Theodor Fontane

Vor dem Sturm

Roman aus dem Winter 1812 auf 13

Deutscher Taschenbuch Verlag

Vollständige Ausgabe.
Herausgegeben und mit einem Anhang versehen von
Walter Keitel und Helmuth Nürnberger.

Von Theodor Fontane
sind im Deutschen Taschenbuch Verlag erschienen:
Frau Jenny Treibel (2079)
Effi Briest (2117)

1. Auflage Februar 1980
2. Auflage August 1983: 11. bis 16. Tausend
Deutscher Taschenbuch Verlag GmbH & Co. KG, München

ISBN 3-446-11431-9
Umschlaggestaltung: Celestino Piatti unter Verwendung
einer Zeichnung von J. A. Klein
Gesamtherstellung: Kösel, Kempten
Printed in Germany · ISBN 3-423-02066-0

VOR DEM STURM

Roman aus dem Winter 1812 auf 13

Über dieses Buch

Nach einem wechselvollen journalistischen Leben veröffentlichte der beinahe sechzigjährige Fontane 1878 seinen ersten Roman: »Vor dem Sturm«, der großartige Auftakt seines epischen Lebenswerkes, der bereits nahezu alle stilistischen und thematischen Merkmale seiner Erzählkunst versammelt.
Mit den Ereignissen vor Ausbruch der Kriege gegen Napoleons Vorherrschaft in Europa als Hintergrund entfaltet Fontane das Panorama der märkischen Adels-, Bürger- und Bauernwelt. Im Mittelpunkt des vielschichtigen Personen- und Handlungsgefüges steht der junge Lewin Vitzewitz, der sich in Berlin von den politischen Ereignissen eher fernhält, doch durch einen weihnachtlichen Besuch in seinem Vaterhaus, dem Gut Hohen-Vietz, zum Handeln gedrängt wird. Sein robuster, draufgängerischer Vater, noch vom alten Schlag des bodenständigen Junkers, würde am liebsten auf eigene Faust den Krieg gegen die Franzosen eröffnen. Es bahnt sich ein Geschehen an, das Lewin beinahe mit dem Tod bezahlen muß.
Fontane umkreist in diesem Roman immer wieder die Frage nach der historischen und sozialen Rolle des preußischen Adels, ein Thema, das ihn bis zu seinem letzten Roman, dem zwanzig Jahre später erschienenen »Stechlin« beschäftigte. Gleichzeitig ergibt sich so eine Fülle von kulturgeschichtlichen Bezugspunkten und mitunter liebevoll breit dargestellten Details der märkischen Geschichte.

ERSTER BAND

Hohen-Vietz

1. KAPITEL

Heiligabend

Es war Weihnachten 1812, Heiliger Abend. Einzelne Schneeflocken fielen und legten sich auf die weiße Decke, die schon seit Tagen in den Straßen der Hauptstadt lag. Die Laternen, die an langausgespannten Ketten hingen, gaben nur spärliches Licht; in den Häusern aber wurde es von Minute zu Minute heller, und der »Heilige Christ«, der hier und dort schon einzuziehen begann, warf seinen Glanz auch in das draußen liegende Dunkel.

So war es auch in der Klosterstraße. Die »Singuhr« der Parochialkirche setzte eben ein, um die ersten Takte ihres Liedes zu spielen, als ein Schlitten aus dem Gasthof »Zum grünen Baum« herausfuhr und gleich darauf schräg gegenüber vor einem zweistöckigen Hause hielt, dessen hohes Dach noch eine Mansardenwohnung trug. Der Kutscher des Schlittens, in einem abgetragenen, aber mit drei Kragen ausstaffierten Mantel, beugte sich vor und sah nach den obersten Fenstern hinauf; als er jedoch wahrnahm, daß alles ruhig blieb, stieg er von seinem Sitz, strängte die Pferde ab und schritt auf das Haus zu, um durch die halb offenstehende Tür in dem dunklen Flur desselben zu verschwinden. Wer ihm dahin gefolgt wäre, hätte notwendig das stufenweise Stapfen und Stoßen hören müssen, mit dem er sich, vorsichtig und ungeschickt, die drei Treppen hinauffühlte.

Der Schlitten, eine einfache Schleife, auf der ein mit einem sogenannten »Plan« überspannter Korbwagen befestigt war, stand all die Zeit über ruhig auf dem Fahrdamm, hart an der Öffnung einer hier aufgeschütteten Schneemauer. Der Korbwagen selbst, mutmaßlich um mehr Wärme und Bequemlichkeit zu geben, war nach hinten zu, bis an die Plandecke hinauf, mit Stroh gefüllt; vorn lag ein Häckselsack, gerade breit genug, um zwei Personen Platz zu gönnen. Alles so primitiv wie möglich. Auch die Pferde waren unscheinbar genug, kleine Ponys, die gerade jetzt in ihrem winterlich rauhen Haar ungeputzt und dadurch ziemlich vernachlässigt aussahen. Aber wie immer auch, die russischen Sielen, dazu das Schellengeläut, das auf roteingefaßten, breiten Ledergurten über den Rücken der Pferde hing, ließen keinen Zweifel darüber, daß das Fuhrwerk aus einem guten Hause sei.

So waren fünf Minuten vergangen oder mehr, als es auf dem Flur hell wurde. Eine Alte in einer weißen Nachthaube, das Licht mit der Hand schützend, streckte den Kopf neugierig in die Straße hinaus; dann kam der Kutscher mit Mantelsack und Pappkarton; hinter diesem, den Schluß bildend, ein hochaufgeschossener, junger Mann von leichter, vornehmer Haltung. Er trug eine Jagdmütze, kurzen Rock und war in seiner ganzen Oberhälfte unwinterlich gekleidet. Nur seine Füße steckten in hohen Filzstiefeln. »Frohe Feiertage, Frau Hulen«, damit reichte er der Alten die Hand, stieg auf die Deichsel und nahm Platz neben dem Kutscher. »Nun vorwärts, Krist; Mitternacht sind wir in *Hohen-Vietz*. Das ist recht, daß Papa die Ponys geschickt hat.«

Die Pferde zogen an und versuchten es, ihrer Natur nach, in einen leichten Trab zu fallen; aber erst als sie die Königsstraße mit ihrem Weihnachtsgedränge und Waldteufelgebrumm im Rücken hatten, ging es in immer rascherem Tempo die Landsberger Straße entlang und endlich unter immer munterer werdendem Schellengeläut zum Frankfurter Tore hinaus.

Draußen umfing sie Nacht und Stille; der Himmel klärte sich, und die ersten Sterne traten hervor. Ein leiser, aber scharfer Ostwind fuhr über das Schneefeld, und der Held unserer Geschichte, *Lewin von Vitzewitz*, der seinem väterlichen Gute *Hohen-Vietz* zufuhr, um die Weihnachtsfeiertage daselbst zu verbringen, wandte sich jetzt, mit einem Anflug von märkischem Dialekt, an den neben ihm sitzenden Gefährten. »Nun, Krist, wie wär' es? Wir müssen wohl einheizen.« Dabei legte er Daumen und Zeigefinger ans Kinn und paffte mit den Lippen. Dies »wir« war nur eine Vertraulichkeitswendung; Lewin selbst rauchte nicht. Krist aber, der von dem Augenblick an, wo sie die Stadt im Rücken hatten, diese Aufforderung erwartet haben mochte, legte ohne weiteres die Leinen in die Hand seines jungen Herrn und fuhr in die Manteltasche, erst um eine kurze Pfeife mit bleiernem Abguß, dann um ein neues Paket Tabak daraus hervorzuholen. Er nahm beides zwischen die Knie, öffnete das mit braunem Lack gesiegelte Paket, stopfte und begann dann mit derselben langsamen Sorglichkeit nach Stahl und Schwamm zu suchen. Endlich brannte es; er tat, indem er wieder die Leine nahm, die ersten Züge, und während jetzt kleine Funken aus dem Drahtdeckel hervorsprühten, ging es auf Friedrichsfelde zu, dessen Lichter ihnen über das weiße Feld her entgegenschienen.

Das Dorf lag bald hinter ihnen. Lewin, der sich's inzwischen bequem gemacht und durch festeren Aufbau einiger Strohbündel eine Rückenlehne hergerichtet hatte, schien jetzt in der Stimmung, eine Unterhaltung aufzunehmen. Ehe des Kutschers Pfeife brannte, wär' es ohnehin nicht rätlich gewesen.

»Nichts Neues, Krist?« begann Lewin, indem er sich fester in die Strohpolster drückte. »Was macht Willem, mein Päth?«

»Dank schön, junger Herr, he is ja nu wedder bi Weg.«

»Was war ihm denn?«

»He hett sich verfiert. Un noch dato an sinen Gebortsdag. Et is nu en Wochner drei; ja, up'n Dag hüt, drei Wochen. Oll Doktor Leist von Lebus hett'em aber wedder torecht bracht.«

»Er hat sich verfiert?«

»Ja, junger Herr, so glöwen wi all. Et wihr wol so um de fiefte Stunn, as mine Fru seggen däd: Willem geih un hol uns en paar Äppels, awers von de Renetten up'n Stroh, dicht bi de Bohnenstakens. Un uns' Lütt-Willem ging ooch, un ick hürt' em noch flüten un singen un dat Klapsen von sine Pantinen ümmer den Floor lang. Awer dunn hürt ick nix mihr, un as he nu an de olle wackel'sche Döör käm un in den groten Saal rinnwull, wo uns' Äppels liggen un wo de Lüt seggen, dat de oll' Matthias spöken deiht, da möt em wat passiert sinn. He käm nich un käm nich; un as ick nu nahjung un sehn wull, wo he bliwen däd, da läg he, glieks achter de Schwell, as dod up de Fliesen.«

»Das arme Kind! Und Eure Frau...«

»De käm ooch, un wi drögen em nu torügg in unse Stuv'

un rewen em in. Mine Fru hätt ümmer en beten Miren-Spiritus to Huus. As he nu wedder to sich käm, biwwerte em de janze lütte Liew, un he seggte man ümmer: ›Ick hebb em sehn.‹«

Lewin hatte sich zurechtgerückt. »Es geht also wieder besser«, warf er hin, und wie um loszukommen von allerhand Bildern und Gedanken, die des Kutschers Erzählung in ihm angeregt hatte, fuhr er hin und her in Erkundigungen, worauf Krist mit so viel Ausführlichkeit antwortete, wie ihm die Raschheit der Fragen gestattete. Dem Schulzen Kniehase war einer von seinen Braunen gefallen; bei Hoppenmarieken hatte der Schornstein gebrannt; bei Witwe Gräbschen hatte Nachtwächter Pachaly einen mittelgroßen Sarg, mit einem Myrtenkranz darauf, vor der Haustür stehen sehn, »un wihl et man en *mittelscher* Sarg west wihr, so hedden se all an de Jüngscht, an Hanne Gräbschen 'dacht. De is man kleen und piept all lang.«

Die Sterne traten immer zahlreicher hervor. Lewin lupfte die Kappe, um sich die Stirn von der frischen Winterluft anwehen zu lassen, und sah staunend und andächtig in den funkelnden Himmel hinauf. Es war ihm, als fielen alle dunklen Geschicke, das Erbteil seines Hauses, von ihm ab und als zöge es lichter und heller von oben her in seine Seele. Er atmete auf. Zwei, drei Schlitten flogen vorüber, grüßten und sangen, sichtlich Gäste, die im Nebendorf die Bescherung nicht versäumen wollten; dann, ehe fünf Minuten um waren, glitt das Gefährt unserer zwei Freunde unter den Giebelvorbau des Bohlsdorfer Kruges.

Bohlsdorf war drittel Weg. Niemand kam. An den Fenstern zeigte sich kein Licht; die Krügersleute mußten in den Hinterstuben sein und das Vorfahren des Schlittens, trotz seines Schellengeläutes, überhört haben. Krist nahm wenig Notiz davon. Er stieg ab, holte eine der Stehkrippen heran, die beschneit an dem Hofzaun entlang standen, und schüttete den Pferden ihren Hafer ein.

Auch Lewin war abgestiegen. Er stampfte ein paarmal in den Schnee, wie um das Blut wieder in Umlauf zu bringen, und trat dann in die Gaststube, um sich zu wärmen und einen Imbiß zu nehmen. Drinnen war alles leer und dunkel; hinter dem Schenktisch aber, wo drei Stufen zu einem höher gelegenen Alkoven führten, blitzte der Christbaum von Lichtern und goldenen Ketten. In diesem Weihnachtsbilde, das der enge Türrahmen einfaßte, stand die Krügersfrau in Mieder und rotem Friesrock und hatte einen Blondkopf auf dem Arm, der nach den Lichtern des Baumes langte. Der Krüger selbst stand neben ihr und sah auf das Glück, das ihm das Leben und dieser Tag beschert hatten.

Lewin war ergriffen von dem Bilde, das fast wie eine Erscheinung auf ihn wirkte. Leiser als er eingetreten war, zog er sich wieder zurück und trat auf die Dorfstraße. Gegenüber dem Kruge, von einer Feldsteinmauer eingefaßt, lag die Bohlsdorfer Kirche, ein alter Zisterzienserbau aus den Tagen der ersten Kolonisation. Es klang deutlich von drüben her, als würde die Orgel gespielt, und Lewin, während er noch aufhorchte, bemerkte zugleich, daß eines der kleinen, in halber Wandhöhe hinlaufenden Rundbogenfenster matt erleuchtet war. Neugierig, ob er sich täuschte oder nicht, stieg er über die niedrige Steinmauer fort und schritt zwischen den Gräbern hin auf die Längswand der Kirche zu. Ziemlich inmitten dieser Wand bemerkte er eine Pforte, die nur eingeklinkt, aber nicht geschlossen war. Er öffnete leise und trat ein. Es war, wie er vermutet hatte. Ein alter Mann, mit Samtkäpsel und spärlichem weißen Haar, saß vor der Orgel, während ein Lichtstümpfchen neben ihm eine kümmerliche Beleuchtung gab. In sein Orgelspiel vertieft, bemerkte er nicht, daß jemand eingetreten war, und feierlich, aber gedämpften Tones klangen die Weihnachtsmelodien nach wie vor durch die Kirche hin.

Übte sich der Alte für den kommenden Tag, oder feierte er hier sein Christfest allein für sich mit Psalmen und Choral? Lewin hatte sich die Frage kaum gestellt, als er, der Orgel gegenüber, einen zweiten Lichtschimmer wahrnahm; auf der untersten Stufe des Altars stand eine kleine Hauslaterne. Als er näher trat, sah er, daß Frauenhände hier eben noch beschäftigt gewesen sein mußten. Ein Handfeger lag da, daneben eine kurze Stehleiter, die beiden Seitenhölzer oben mit Tüchern umwunden. Das Licht der Laterne fiel auf zwei Grabsteine, die vor dem Altar in die Fliesen eingelegt waren; der eine zur Linken enthielt nur Namen und Datum, der andere zur Rechten aber zeigte Bild und Spruch. Zwei Lindenbäume neigten ihre Wipfel einander zu, und darunter standen Verse, zehn oder zwölf Zeilen. Nur die Zeilen der zweiten Strophe waren noch deutlich erkennbar und lauteten:

Sie sieht nun tausend Lichter;
Der Engel Angesichter
Ihr treu zu Diensten stehn;
Sie schwingt die Siegesfahne
Auf güldnem Himmelsplane
Und kann auf Sternen gehn.

Lewin las zwei-, dreimal, bis er die Strophe auswendig wußte; die letzte Zeile namentlich hatte einen tiefen Eindruck auf ihn gemacht, von dem er sich keine Rechenschaft geben konnte. Dann sah er sich noch einmal in der seltsam erleuchteten Kirche um, deren Pfeiler und Chorstühle ihn schattenhaft umstanden, und kehrte, die Türe leise wieder anlehnend, erst auf den Kirchhof, dann, mit raschem Sprung über die Mauer, auf die Dorfstraße zurück.

Der Krug hatte indessen ein verändertes Ansehen gewonnen. In der Gaststube war Licht; Krist stand am Schenktisch im eifrigen Gespräch mit dem Krüger, während die Frau, aus der Küche kommend, ein Glas Kirschpunsch auf den Tisch stellte. Sie plauderten noch eine Weile auch über den alten Küster drüben, der, seitdem er Witmann geworden, seinen Heiligen Abend mit Orgelspiel zu feiern pflege; dann, unter Händeschütteln und Wünschen für ein frohes Fest, wurde Abschied genommen, und an den stillen Dorfhütten vorbei ging es weiter in die Nacht hinein.

Lewin sprach von den Krügersleuten; Krist war ihres Lobes voll. Weniger wollt' er vom Bohlsdorfer Amtmann wissen, am wenigsten vom Petershagener Müller, an dessen abgebrannter Bockmühle sie eben vorüberfuhren. Aus allem ging hervor, daß Krist, der allwöchentlich dieses Weges kam, den Klatsch der Bierbänke zwischen Berlin und Hohen-Vietz in treuem Gedächtnis trug. Er wußte alles und schwieg erst, als Lewin immer stiller zu werden begann. Nur kurze Ansprachen an die Ponys belebten noch den Weg. Die regelmäßige Wiederkehr dieser Anrufe, das monotone Schellenläuten, das alsbald wie von weit her zu klingen schien, legte sich mehr und mehr mit einschläfernder Gewalt um die Sinne unseres Helden. Allerhand Gestalten zogen an seinem halbgeschlossenen Auge vorüber; aber eine dieser Gestalten, die glänzendste, nahm er mit in seinen Traum. Er saß vor ihr auf einem niedrigen Tabouret; sie lachte ihn an und schlug ihn leise mit dem Fächer, als er nach ihrer Hand haschte, um sie zu küssen. Hundert Lichter, die sich in schmalen Spiegeln spiegelten, brannten um sie her, und vor ihnen lag ein großer Teppich, auf dem Göttin Venus in ihrem Taubengespann durch die Lüfte zog. Dann war es plötzlich, als löschten alle diese Lichter aus; nur zwei Stümpfchen brannten noch; es war wie eine schattendurchhuschte Kirche, und an der Stelle, wo der Teppich gelegen hatte, lag ein Grabstein, auf dem die Worte standen:

Sie schwingt die Siegesfahne
Auf güldnem Himmelsplane
Und kann auf Sternen gehn.

Süß und schmerzlich, wie kurz vorher bei wachen Sinnen ihn diese Worte berührt hatten, berührten sie ihn jetzt im Traum. Er wachte auf.

»Noch eine halbe Meile, junger Herr«, sagte Krist.

»Dann sind wir in Dolgelin?«

»Nein, in Hohen-Vietz.«

»Da hab' ich fest geschlafen.«

»Dritthalb Stunn.«

Das erste, was Lewin wahrnahm, war die Sorglichkeit, mit der sich der alte Kutscher mittlerweile um ihn bemüht hatte. Der Futtersack war ihm unter die Füße geschoben, die beiden Pferdedecken lagen ausgebreitet über seinen Knien.

Nicht lange, und der Hohen-Vietzer Kirchturm wurde sichtbar. An oberster Stelle eines Höhenzuges, der nach Osten hin die Landschaft schloß, stand die graue Masse schattenhaft im funkelnden Nachthimmel.

Dem Sohne des Hauses schlug das Herz immer höher, sooft er dieses Wahrzeichens seiner Heimat ansichtig wurde. Aber er hatte heute nicht lange Zeit, sich der Eigentümlichkeit des

Bildes zu freuen. Die beschneiten Parkbäume traten zwischen ihn und die Kirche, und einige Minuten später schlugen die Hunde an, und zwischen zwei Torpfeilern hindurch beschrieb der Schlitten eine Kurve und hielt vor der portalartigen Glastüre, zu der zwei breite Sandsteinstufen hinaufführten.

Lewin, der sich schon vorher erhoben hatte, sprang hinaus und schritt auf die Stufen zu. »Guten Abend, junger Herr«, empfing ihn ein alter Diener in Gamaschen und Frackrock, an dem nur die großen blanken Knöpfe verrieten, daß es eine Livree sein sollte.

»Guten Abend, Jeetze; wie geht es?«

Aber über diesen Gruß kam Lewin nicht hinaus, denn im selben Augenblick richtete sich ein prächtiger Neufundländer vor ihm auf und überfiel ihn, die Vorderpfoten auf seine Schultern legend, mit den allerstürmischsten Liebkosungen.

»Hektor, laß gut sein, du bringst mich um.« Damit trat unser Held in die Halle seines väterlichen Hauses. Ein paar Scheite, die im Kamin verglühten, warfen ihr Licht auf die alten Bilder an der Wand gegenüber. Lewin sah sich um, nicht ohne einen Anflug freudigen Stolzes, auf der Scholle seiner Väter zu stehen.

Dann leuchtete ihm der alte Diener die schwere doppelarmige Treppe hinauf, während Hektor folgte.

2. KAPITEL

Hohen-Vietz

In der Halle schwelen noch einige Brände; schütten wir Tannäpfel auf und plaudern wir, ein paar Sessel an den Kamin rückend, von Hohen-Vietz.

Hohen-Vietz war ursprünglich ein altes, aus den Tagen der letzten Askanier stammendes Schloß mit Wall und Graben und freiem Blick ostwärts auf die Oder. Es lag auf demselben Höhenzuge wie die Kirche, deren schattenhaftes Bild uns am Schluß des vorigen Kapitels entgegentrat, und beherrschte den breiten Strom wie nicht minder die am linken Flußufer von Frankfurt nach Küstrin führende Straße. Es galt für sehr fest, und jahrhundertelang hatten sie einen Reim im Lebusischen, der lautete:

> De sitt so fest up sinen Sitz,
> As de Vitzewitz' up Hohen-Vietz.

Die Pommern lagen zweimal davor; die Hussiten berannten es, als sie sengend und brennend in Lebus und Barnim vordrangen, aber die Heilige Jungfrau im Kirchenbanner schützte das Schloß, und als der damalige Vitzewitz, über dessen Vornamen die Urkunden verschiedene Angaben bringen, ein griechisches Feuer in das Lager der Hussiten warf, zogen sie ab, nachdem sie alle umhergelegenen Dörfer verwüstet hatten. Die Kunst des griechischen Feuers aber hatte der Schloßherr von Rhodus mit heimgebracht, wo er unter den Rittern an zwei Feldzügen gegen die Türken teilgenommen hatte.

Das war 1432. Ruhigere Zeiten kamen. Der hohe Ruf von Hohen-Vietz lebte fort, ohne daß er Gelegenheit gehabt hätte, sich neu zu bewähren. Erst der Dreißigjährige Krieg brachte neue und schwerere Prüfungen.

Am 29. März 1631, fast genau zweihundert Jahre nach der Hussitenüberschwemmung, erschienen von Frankfurt aus sechs Kompagnien Kaiserlicher vor Hohen-Vietz, das am Tage vorher, den Protesten des Schloßherrn Rochus von Vitzewitz zum Trotz, von den von Stettin und Garz her heranziehenden Schweden besetzt worden war. Oberst Maradas, der die Kaiserlichen führte, forderte die Übergabe des Schlosses. Als diese verweigert wurde, legten die Kaiserlichen, die aus je zwei Kompagnien der Regimenter Butler, Lichtenstein und Maradas zusammengesetzt waren, die Leitern an, stürmten das Schloß, brannten es bis auf die nackten Mauern aus und ließen die schwedische Besatzung über die Klinge springen.

Einen Augenblick stand Rochus von Vitzewitz in Gefahr, das Schicksal der Besatzung zu teilen; seine beiden halberwachsenen Söhne aber, sie mochten siebzehn und sechzehn Jahre zählen, warfen sich dazwischen und retteten ihn durch ihre Geistesgegenwart. Oberst Maradas, an den jungen Leuten Gefallen findend, bot ihnen an, im Kaiserlichen Heere Dienst zu nehmen, ein Anerbieten, das von seiten des jüngeren,

Matthias, ohne langes Säumen, auch ohne Widerspruch des Vaters angenommen wurde. Es waren nicht Zeiten, um über erfahrene Unbill, wie sie der Lauf des Krieges für Freund und Feind gleichmäßig mit sich brachte, lange zu grübeln. Matthias trat als Cornet in das Regiment Lichtenstein ein, Anselm aber, der ältere, erklärte, bei dem Vater ausharren und demselben bei Wiederaufbau des Schlosses zur Seite stehen zu wollen.

Dieser Wiederaufbau jedoch verzögerte sich. Als er endlich nach dem Abzug der feindlichen, nunmehr Süddeutschland zum Schauplatz ihrer Kämpfe wählenden Heere beginnen sollte, hatten sich unter den fortwährenden Opfern des Krieges die Verhältnisse derart verschlechtert, daß es an den nötigen Mitteln zu einem Schloßbau gebrach. Rochus entschied sich also, von der Hohen-Vietzer-Höhe, von der aus die Seinen dreihundert Jahre und länger ins Land geblickt hatten, herabzusteigen und zu Füßen derselben, am Nordrande des sich hier hinziehenden alten Wendendorfes, ein einfaches Herrenhaus herzurichten. Dies war 1634.

Anselm ging ihm dabei in allen Stücken zur Hand, und schon Sonntag Exaudi, elf Monate nach Beginn des Baues, konnte die neue Heimstätte der Vitzewitze bezogen werden.

Es war ein Fachwerkhaus, lang, niedrig, mit hohem Dach. In dem Balken aber, der über der Türe hinlief, war ein Spruch eingeschnitten:

Dies ist der Vitzewitzen Haus,
Aus dem alten zog es aus;
Gottes Segen komm herein,
Wird es wohl geschützet sein.

Und fast schien es, als ob der Spruch sich erfüllen und inmitten aller Kriegstrübsal, die über dem Lande lag, an dieser neugegründeten Stätte ein neues Glück erblühen solle. Von Matthias, der aus dem Regiment Lichtenstein in das Regiment Tiefenbach übergetreten, bei Nördlingen verwundet und ein halbes Jahr später, erst zwanzig Jahre alt, zum kaiserlichen Hauptmann aufgestiegen war, trafen Nachrichten ein, die des alten Rochus Herz, trotzdem es den Schweden zuneigte, mit Stolz und Freude erfüllten. Anselm, ohne darum nachgesucht zu haben, sah sich an den Hof gezogen und trat in dieselbe Leibtrabantengarde, in der schon seit hundert Jahren alle Vitzewitze ihrem Herrn, dem Kurfürsten, gedient hatten; was aber vor allem zu Dank und Hoffnung stimmte, das waren zwei gesegnete Fruchtjahre, die der Himmel der Hohen-Vietzer Feldmark schenkte, wahre Prachternten, aus deren Erträgen nunmehr die Mittel zur Aufführung eines stattlichen, rechtwinklig an das eigentliche Wohnhaus sich anlehnenden Anbaues entnommen werden konnten. Dieser Anbau, eine einzige mit Emporen, Wappen und Hirschgeweihen geschmückte Halle, richtete das Gemüt des alten Rochus, der eine hohe Vorstellung von den Repräsentationspflichten seines Hauses hatte, wieder auf und gemahnte ihn an alte gastliche Zeiten. Als er das erstemal den Nachbaradel in diesem »Bankettsaal«, wie er die Halle gern nennen hörte, bewirtete, hielt er eine Ansprache an die Versammelten, die der Überzeugung Ausdruck gab, daß das Haus Vitzewitz auch wieder »bergan« ziehen und nicht immer »geduckt unterm Winde« stehen werde. All Ding, so etwa schloß er, habe seine Zeit, auch Krieg und Kriegesnot, und der Tag werde kommen, wo seine lieben Freunde und Nachbaren wieder auf der *Höhe* bei ihm zu Gaste sein und frei ostwärts mit ihm blicken würden.

Alles stimmte ein. Aber wenn jemals unprophetische Worte gesprochen wurden, so waren es diese. Der Krieg kam wieder, mit ihm Hunger und Pest, und zerstörte entweder den Wohlstand der Dörfer oder diese selbst. Ganze Gemarkungen wandelten sich in eine Wüste, und die Hälfte der Hohen-Vietzer Hofestellen stand leer, weil ihre Insassen verflogen oder verstorben waren. Inmitten dieses Elendes, ehe noch der Schimmer besserer Zeiten heraufdämmerte, schloß Rochus die müden Augen, und sie trugen ihn bergan in die Gruft unterm Altar und stellten den kupfernen Sarg, mit Beschlägen und Wappentafeln und mit aufgelötetem silbernen Kruzifix, in die lange Reihe der ihm vorangegangenen Ahnen. Nichts fehlte; denn der Zeiten Not hatte dem Vater die Ehren des Begräbnisses nicht kürzen sollen. So wollte es der älteste Sohn; der jüngere, mit seinem Regiment an der Fränkischen Saale stehend, hatte der Bestattung nicht beiwohnen können.

Anselm war nun Herr auf Hohen-Vietz.

Es war nicht frohen Herzens, daß er das erste Korn in den nur schlecht gepflügten Boden warf; aber siehe da, die Saat ging auf, ohne daß Freund oder Feind – denn zwischen beiden war längst kein Unterschied mehr – die jungen Halme zerstampft hätte; der Krieg, so schien es, hatte sich ausgebrannt wie ein Feuer, das keine Nahrung mehr findet, und ehe das Jahrzehnt schloß, ging die Mär von Mund zu Mund, die Mär, daß Friede sei.

Und es *war* Friede. Was niemand mehr mit Augen zu sehen gehofft hatte, es war da. Und als abermals zwei Jahre ins Land gezogen waren, ohne daß Schwede oder Kaiserlicher im Lebusischen gelagert und geplündert hätte, und jeder, selbst der Ungläubigste, seiner Zweifel sich entschlagen mußte, da traf ein Brief im Hohen-Vietzer Herrenhause ein, der führte die Aufschrift: »Dem wohledlen, gestrengen und festen Anselm von Vitzewitz, erbsessen auf Hohen-Vietz im Lande Lebus.« Der Brief selbst aber lautete: »Mein insonders vielgeliebter Bruder! Von heut ab in zween Wochen, so Gott seinen Segen zu meinem Plane gibt, bin ich bei Dir in Hohen-Vietz. Ich erwarte nur noch die Permission aus Wien, die mir Kayserliche Majestät nicht refüsieren wird. Vielleicht, daß uns tempora futura wieder zusammenführen, wie uns die Tage der Kindheit und adolescentia zusammen sahen. Wir Lutherischen – trotzdem sie zu Münster und Osnabrügge den Religionsfrieden mit vollen Backen proklamieret haben – sind wenig gelitten im Kayserlichen Heere, und kein Tag vergeht ohne Andeutung, daß man uns nicht mehr braucht. Ich höre, daß Unser gnädigster Herr Kurfürst, dem ich nie säumig gewesen, als meinen Lehns- und Landesherren zu konsiderieren, eine brandenburgische Armee wirbt, derowegen er aus schwedischem und Kayserlichem Heer Offiziers und Generals im Beträchtlichen herübernimmt. Es sollte mir eine rechte Freude sein, so die Reihe auch an mich käme; denn daß ich es sage, es zieht mich wieder heimb in mein liebes Land Lebus. Unsere Vettern und Nachbarn, die Burgsdorffs, die post mortem Schwarzenbergii das A und das O bei Hofe sind, werden doch etwas thun wollen für eine alte Kriegsgurgel, die den Dienst kennt wie den Catechismum Lutheri. Interim bene vale. Der ich bin Dein Bruder Matthias von Vitzewitz, Kayserlicher Oberst.«

Und Matthias kam wirklich und hielt die angegebene Zeit. Ein Fest sollte seine Anwesenheit feiern. In dem großen Anbau waren drei Tische gedeckt; zwei standen unten und liefen, der Länge des Saales nach, nebeneinander her, der dritte Tisch aber stand quer auf einer mit Wappen und Bannern geschmückten Empore, zu der drei Stufen hinanführten. Die ganze Freundschaft aus Barnim und Lebus war geladen; die Brüder saßen einander gegenüber; neben ihnen, an der Quertafel: Adam und Beteke Pfuel von Jahnsfelde, Peter Ihlow von Ringenwalde, Balthasar Wulffen von Tempelberg, Hans und Nikolaus Barfus von Hohen- und Nieder-Predikow, dazu Tamme Strantz, Achim von Kracht, zwei Schapelows, zwei Beerfeldes und fünfe von Burgsdorff. Sie waren alle, schon um Glaubens willen, mehr schwedisch als kaiserlich, besonders Peter Ihlow, der – ein Neffe Feldmarschall Ihlows – einen Groll gegen den Wiener Hof hatte, ihn anklagend, seinen Oheim in Schloß Eger meuchlings gemordet zu haben. Er wiederholte auch heute seine Anklage, wobei es dahingestellt bleiben mag, ob er die Gegenwart des Gastes momentan vergaß oder sie vergessen wollte.

Matthias von Vitzewitz, als er seinen Kriegsherrn, den Kaiser, in so herausfordernder Weise schmähen hörte, erhob sich und rief:

»Peter Ihlow, hütet Eure Zunge. Ich bin kaiserlicher Offizier.«

»Du bist es«, rief jetzt Anselm, aus dem der Wein, aber noch mehr das protestantische Herz sprach, über den Tisch hinüber; »du bist es; aber besser wäre es, du wärest es nie gewesen.«

»Besser oder nicht, ich *bin* es. Des Kaisers Ehre ist meine Ehre.«

»Ein Glück, daß du die Ehre satt hast. Die Fremden sind wenig gelitten im kaiserlichen Heere.«

Matthias, der sich bis dahin mühsam bezwungen hatte, verlor alle Herrschaft über sich, als er sich, durch Vorhaltung seiner eigenen Briefworte, in so wenig großmütiger Weise besiegt und gefangen sah. Die Augen traten ihm aus der Stirn, und sein Kinn auf den Knauf des Degens stützend, schrie er: »Wer das sagt, der lügt.«

»Wer es leugnet, der lügt.«

In diesem Augenblicke zogen beide. Die Zunächstsitzenden sprangen auf, aber ehe noch ein Dazwischenspringen möglich war, hatte des jüngeren Bruders Degen die Brust des älteren durchdrungen. Anselm war tödlich getroffen.

Matthias, außer sich über das Geschehene, wollte sich dem Kurfürsten stellen; nur widerwillig gab er den Vorstellungen derer nach, die auf Flucht drangen. In seine Garnisonstadt Böhmisch-Grätz zurückgekehrt, machte er nach Wien hin Meldung von dem Vorgefallenen; dabei hatte es sein Bewenden. Ihm zu zeigen, wie wenig die Kriegskanzelei den Vorfall beanstande, der ja in Verteidigung kaiserlicher Ehre seine erste Veranlassung hatte, ließ man ihn zum General aufsteigen und gab ihm ein Kommando in Ungarn. Aber diese Gnadenbezeugungen, dankbar, wie er sie entgegennahm, gaben ihm doch die Ruhe nicht wieder, nach der er dürstete, und von Peterwardein aus, wo er im Feldlager lag, schrieb er an den Kurfürsten und rief seine Gnade an, »um dessentwillen, der aller Menschen Heil und Gnade sei«.

Der Kurfürst schwankte; als aber durch die eidlichen Aussagen von Peter Ihlow, Beteke Pfuel und Ehrenreich von Burgsdorff erwiesen war, daß beide Brüder zu gleicher Zeit gezogen hätten, kam es zu einem Generalpardon, »gleichweis als ob die Geschichte nie geschehen wäre«, und Matthias kehrte nach Hohen-Vietz zurück, das er seit dem Tage, an dem Maradas das Schloß gestürmt hatte, nur einmal, in jener unheilvollen Festesstunde, wiedergesehen hatte.

Er kam und brachte, wie die Hohen-Vietzer noch lange erzählten, »eine Tonne Goldes mit sich«; denn Dotationen und Landerwerbungen, wie sie damals herkömmlich waren, hatten ihn reich gemacht. Der Kurfürst empfing ihn in ausgezeichneter Weise und setzte ihn unter Innehaltung herkömmlicher Formen in den Vollbesitz des verfallenen Gutes ein. Unmittelbar darauf schritt der Neubelehnte zur Aufführung eines schloßartigen, mit breiter Treppe und hohen Stuckzimmern reichausgestatteten Renaissanceneubaues, der, mit dem ärmlichen Fachwerkhaus parallel laufend, einen hufeisenförmigen Gebäudekomplex herstellte, in dem die »Bankethalle«, der mehrgenannte Saalanbau des alten Rochus, die verbindende Linie war. Diesen Saalanbau selbst aber, eingedenk dessen, was hier geschah, schuf Matthias von Vitzewitz in eine Kapelle um. Über dem Altar stiftete er ein Bild, dessen Inhalt der Erzählung vom verlorenen Sohn entnommen war; daneben hing er die Klinge auf, mit der er den Bruder erstochen hatte. Er betrat die Kapelle nie anders als in der Dämmerstunde; er liebte nicht, daß man es wußte oder gar davon sprach, aber wer auf dem anstoßenden Fliesenflur des alten Fachwerkhauses zu tun hatte oder müßig lauschte, der hörte seine lauten Gebete.

Seine Buße währte sein Leben lang, und sein Leben kam zu hohen Jahren. Noch spät hatte er sich vermählt. Im Herbste desselben Jahres, das seinen Herrn den Kurfürsten hinscheiden sah, schied auch er aus dieser Zeitlichkeit, und die Hohen-Vietzer, an ihrer Spitze der achtzehnjährige Sohn des Hauses, trugen ihn bis zur alten Hügelkirche hinauf und setzten ihn in die Gruft neben den Kupfersarg des Vaters derart, daß Anselm zur Rechten, Matthias aber zur Linken stand.

Er war in der Zuversicht gestorben, daß Gott seine Buße angenommen habe; auch die, die nach ihm kamen, waren dieses Glaubens voll. Aber dieser Glaube, wie festen Lebensgrund er ihnen gab, konnte ihnen doch den Frohsinn des Lebens nicht wiedergeben. Sie blickten ernst um sich her. Und dieser Zug begann sich fortzuerben. Der Familiencharakter, der in alten Zeiten ein joviales Aufbrausen gewesen war, wich einem Grübeln und Brüten, und ihr Hang zu Festen und Gelagen schlug in einen Hang zur Selbstpein und Askese um. Auch sahen sie sich durch manchen Vorgang, durch Spuk und Wirklichkeit in diesem Hange genährt und gefestigt. In dem zur Kapelle umgeschaffenen Saalanbau, der, verstaubend und verfallend, längst wieder den Kapellencharakter abgestreift hatte und zu einem Vorratsraum für die kleinen Leute des Hauses geworden war, ging der alte Matthias um wie zu Lebzeiten und kniete vor dem Altar, den er gestiftet. Niemand im Hause zweifelte daran. Aber wenn auch ein einzelner den Spuk verneint und, sei es aus Glauben oder Unglauben, die Erscheinung als ein abergläubisch Gebilde verworfen hätte, so hätten doch andere Zeichen zu ihm gesprochen. Seit anderthalb hundert Jahren stand das Geschlecht auf zwei Augen; es sah darin einen Finger Gottes; zwei Brüder sollten nicht wieder in Waffen gegeneinanderstehen.

Die Dorfbewohner, wie kaum versichert zu werden braucht, hegten dies alles wie einen Schatz, und in den Spinnstuben wurde nichts eifriger verhandelt als die Frage, ob der alte Matthias gesehen worden sei oder nicht. Es war eine Art Ehrensache, ihn gesehen zu haben. Man scherzte über ihn und fürchtete sich. Die Bauern selbst waren nicht anders wie ihre Mägde. Auf dem Höhenzuge, dicht neben der Kirche, stand eine alte Buche, die teilte sich halbmannshoch über der Wurzel und wuchs in zwei Stämmen nach rechts und links. Das paßte den Hohen-Vietzern, und die Sage ging, daß beide Brüder, als sie noch Kinder waren, diesen Baum gemeinschaftlich gepflanzt hätten. Als aber Anselm von der Hand des jüngern gefallen sei, da habe sich der Stamm geteilt. Und noch andere wußten, daß Matthias, wenn er unten in der Kapelle gebetet, die große Nußbaumallee bis zur Kirche hinaufsteige und den Buchenstamm da, wo er sich teilt, zu umfassen und zusammenzupressen suche. Aber umsonst. Er sitze dann zu Füßen des Baumes und klage laut.

Aber wenn sich das nach dem Spukhaften und Schauerlichen drängende romantische Bedürfnis in diesen trüben Bildern mit Vorliebe aussprach, so drängte doch auch ein anderer Zug in den Herzen der Hohen-Vietzer ebenso entschieden auf endliche Versöhnung hin, und einen Reimspruch kannte jung und alt, der dieser Hoffnung auf Versöhnung Ausdruck gab. Auch im Herrenhause kannten sie ihn sehr wohl, und der Reimspruch lautete:

Und eine Prinzessin kommt ins Haus,
Da löscht ein Feuer den Blutfleck aus,
Der auseinander getane Stamm
Wird wieder eins, wächst wieder zusamm',
Und wieder von seinem alten Sitz
Blickt in den Morgen Haus Vitzewitz.

3. KAPITEL
Weihnachtsmorgen

An Lewins Seele waren inzwischen unruhige Träume vorübergegangen. Die Fahrt im Ostwind hatte ihn fiebrig gemacht, und erst gegen Morgen verfiel er in einen festen Schlaf. Eine Stunde später begann es bereits im Hause lebendig zu werden; auf dem langen Korridor, an dessen Nordostecke Lewins Zimmer gelegen war, hallten Schritte auf und ab, schwere Holzkörbe wurden vor die Feuerstellen gesetzt und große Scheite von außen her in den Ofen geschoben. Bald darauf öffnete sich die Tür, und der alte Diener, der am Abend zuvor seinen jungen Herrn empfangen hatte, trat ein, einen Blaker in der Hand. Hektor blieb liegen, reckte sich auf dem Rehfell und wedelte nur, als ob er rapportieren wolle: Alles in Ordnung. Jeetze setzte das Licht, dessen Flamme er bis dahin mit seiner Rechten sorglich gehütet hatte, hinter einen Schirm und begann alles, was an Garderobestücken umherlag, über seinen linken Arm zu packen. Er selbst war noch im Morgenkostüm; zu den Samthosen und Gamaschen, ohne die er nicht wohl zu denken war, trug er einen Arbeitsrock von doppeltem Zwillich. Als er alles beisammen hatte, trat er, leise wie er gekommen war, seinen Rückzug an, dabei nach Art alter Leute unverständliche Worte vor sich hermurmelnd. An dem zustimmenden Nicken seines Kopfes aber ließ sich erkennen, daß er zufrieden und guter Laune war.

Die Türe blieb halb offen, und das erwachende Leben des Hauses drang in immer mahnenderen, aber auch in immer anheimelnderen Klängen in das wieder still gewordene Zimmer. Die großen Scheite Fichtenholz sprangen mit lautem Krach auseinander, von Zeit zu Zeit zischte das Wasser, das aus den naßgewordenen Stücken in kleinen Rinnen ins Feuer lief, und von der Korridornische her hörte man den sichern und regelrechten Strich, mit dem Jeetzes Bürste der Hacheln und Härchen, die nicht loslassen wollten, Herr zu werden suchte.

Alles das war hörbar genug, nur Lewin hörte es nicht. Endlich beschloß Hektor, der Ungeduld Jeetzes und seiner eigenen ein Ende zu machen, richtete sich auf, legte beide Vorderpfoten aufs Deckbett und fuhr mit seiner Zunge über die Stirn des Schlafenden hin, ohne weitere Sorge, ob seine Liebkosungen willkommen seien oder nicht. Lewin wachte auf; die erste Verwirrung wich einem heiteren Lachen. »Kusch dich, Hektor«, damit sprang er aus dem Bett. Der Morgenschlaf hatte ihn frisch gemacht; in wenig Minuten war er angekleidet, ein Vorteil halb soldatischer Erziehung. Er durchschritt ein paarmal das Zimmer, betrachtete lächelnd einen mit vier Nadeln an die Tischdecke festgesteckten Bogen Papier, auf dem in großen Buchstaben stand: »Willkommen in Hohen-Vietz«, ließ seine Augen über ein paar Silhouettenbilder gleiten, die er von Jugend auf kannte und doch immer wieder mit derselben Freudigkeit begrüßte, und trat dann an eines der zugefrorenen Eckfenster. Sein Hauch taute die Eisblumen fort, ein Fleckchen, nicht größer wie eine Glaslinse, wurde frei, und sein erster Blick fiel jetzt auf die eben aufgehende Weihnachtssonne, deren roter Ball hinter dem Turmknopf der Hohen-Vietzer Kirche stand. Zwischen ihm und dieser Kirche erhoben sich die Bäume des hügelansteigenden Parkes, phantastisch bereift, auf einzelnen ein paar Raben, die in die Sonne sahen und mit Gekreisch den Tag begrüßten.

Lewin freute sich noch des Bildes, als es an die Türe klopfte.

»Nur herein!«

Eine schlanke Mädchengestalt trat ein, und mit herzlichem Kuß schlossen sich die Geschwister in die Arme. Daß es Geschwister waren, zeigte der erste Blick: gleiche Figur und Haltung, dieselben ovalen Köpfe, vor allem dieselben Augen, aus denen Phantasie, Klugheit und Treue sprachen.

»Wie freue ich mich, dich wieder hier zu haben. Du bleibst doch über das Fest? Und wie gut du aussiehst, Lewin! Sie sagen, wir ähnelten uns; es wird mich noch eitel machen.«

Die Schwester, die bis dahin wie musternd vor dem Bruder gestanden hatte, legte jetzt ihren Arm in den seinen und fuhr dann, während beide auf der breiten Strohmatte des Zimmers auf- und abpromenierten, in ihrem Geplauder fort.

»Du glaubst nicht, Lewin, wie öde Tage wir jetzt haben. Seit einer Woche flog uns nichts wie Schneeflocken ins Haus.«

»Aber du hast doch den Papa...«

»Ja und nein. Ich hab' ihn und hab' ihn nicht; jedenfalls ist er nicht mehr, wie er war. Seine kleinen Aufmerksamkeiten bleiben aus; er hat kein Ohr mehr für mich, und wenn er es hat, so zwingt er sich und lächelt. Und an dem allen sind die Zeitungen schuld, die ich freilich auch nicht missen möchte. Kaum daß Hoppenmarieken in den Flur tritt und das Postpaket aus ihrem Kattuntuch wickelt, so ist es mit seiner Ruhe hin. Er geht an mir vorbei, ohne mich zu sehen. Briefe werden geschrieben; die Pferde kommen kaum noch aus dem Geschirr; zu Wagen und zu Schlitten geht es hierhin und dorthin. Oft sind wir tagelang allein. Ein Glück, daß ich Tante Schorlemmer habe, ich ängstigte mich sonst zu Tode.«

»Tante Schorlemmer! So findet alles seine Zeit.«

»Oh, sie braucht nicht erst ihre Zeit zu finden, sie hat immer ihre Zeit, das weiß niemand besser als du und ich. Aber freilich, eines ist meiner guten Schorlemmer nicht gegeben, einen öden Tag minder öde zu machen. Möchtest du, eingeschneit, einen Winter lang mit ihr und ihren Sprüchen am Spinnrad sitzen?«

»Nicht um die Welt. Aber wo bleibt der Pastor? Und wo bleibt Marie? Ist denn alles zerstoben und verflogen?«

»Nein, nein, sie sind da, und sie kommen auch und sind die alten noch; lieb und gut wie immer. Aber unsere Hohen-Vietzer Tage sind so lang und am längsten, wenn im Kalender die kürzesten stehen. Marie kommt übrigens heute abend; sie hat eben anfragen lassen.«

»Und wie geht es unserm Liebling?«

»In den drei Monaten, daß du nicht hier warst, ist sie voll herangewachsen. Sie ist wie ein Märchen. Wenn morgen eine goldene Kutsche bei Kniehases vorgefahren käme, um sie aus dem Schulzenhause mit zwei schleppentragenden Pagen abzuholen, ich würde mich nicht wundern. Und doch ängstigt sie mich. Aber je mehr ich mich um sie sorge, desto mehr liebe ich sie.«

Soweit waren die Geschwister in ihren Plaudereien gekommen, als Jeetze – nunmehr in voller Livree – in der Türe erschien, um seinen jungen Herrschaften anzukündigen, daß es Zeit sei.

»Wo ist Papa?«

»Er baut auf. Krist und ich haben zutragen müssen.«

»Und Tante Schorlemmer?«

»Ist im Flur. Die Singekinder sind eben gekommen.«

Lewin und Renate nickten einander zu und traten dann heiteren Gesichts und leichten Ganges, ein jeder stolz auf den andern, in den Korridor hinaus. In demselben Augenblick, wo sie an dem Treppenkopf angelangt waren, klang es weihnachtlich von hellen Kinderstimmen zu ihnen herauf. Und doch war es kein eigentliches Weihnachtslied. Es war das alte »Nun danket alle Gott«, das den märkischen Kehlen am geläufigsten ist und am freiesten aus ihrer Seele kommt. »Wie schön«, sagte Lewin und horchte, bis die erste Strophe zu Ende war.

Als die Geschwister im Niedersteigen den untersten Treppenabsatz erreicht hatten, hielten sie abermals und überblickten nun das Bild zu ihren Füßen. Die gewölbte Flurhalle, groß und geräumig, trotz der Eichenschränke, die umherstanden, war mit Menschen, jungen und alten, gefüllt; einige Mütterchen hockten auf der Treppe, deren unterste Stufen bis weit in den Flur hinein vorsprangen. Links, nach der Park- und Gartentür zu, standen die Kinder, einige sonntäglich geputzt, die anderen notdürftig gekleidet, hinter ihnen die Armen des Dorfes, auch Sieche und Krüppel; nach rechts hin aber hatte alles, was zum Hause gehörte, seine Aufstellung genommen: der Jäger, der Inspektor, der Maier, Krist und Jeetze, dazu die Mägde, der Mehrzahl nach jung und hübsch und alle gekleidet in die malerische Tracht dieser Gegenden, den roten Friesrock, das schwarzseidene Kopftuch und den geblümten Manchester-Spenzer. In Front dieser bunten Mädchengruppe gewahrte man eine ältliche Dame über fünfzig, graugekleidet mit weißem Tuch und kleiner Tüllhaube, die Hände gefaltet, den Kopf vorgebeugt, wie um dem Gesange der Kinder mit mehr Andacht folgen zu können. Es war Tante Schorlemmer. Nur als die Geschwister auf dem Treppenabsatz erschienen, unterbrach sie ihre Haltung und erwiderte Lewins Gruß mit einem freundlichen Nicken.

Nun war auch der zweite Vers gesungen, und die Weihnachtsbescherung an die Armen und Kinder des Dorfes, wie sie in diesem Hause seit alten Zeiten Sitte war, nahm ihren Anfang. Niemand drängte vor; jeder wußte, daß ihm das Seine werden würde. Die Kranken erhielten eine Suppe, die Krüppel ein Almosen, alle einen Festkuchen, an die Kinder aber traten die Mägde heran und schütteten ihnen Äpfel und Nüsse in die mitgebrachten Säcke und Taschen.

Das Gabenspenden war kaum zu Ende, als die große, vom Flur aus in die Halle führende Flügeltüre von innen her sich öffnete und ein heller Lichtschein in den bis dahin nur halb erleuchteten Flur drang. Damit war das Zeichen gegeben, daß nun dem Hause selber beschert werden solle. Der alte Vitzewitz trat zwischen Türe und Weihnachtsbaum, und Lewins ansichtig werdend, der am Arm der Schwester dem Festzug voraufschritt, rief er ihm zu: »Willkommen, Lewin, in Hohen-Vietz.« Vater und Sohn begrüßten sich herzlich; dann setzten die Geschwister ihren Umgang um die Tafel fort, während draußen im Flur die Kinder wieder anstimmten:

Lob, Ehr' und Preis sei Gott
Dem Vater und dem Sohne,
Und auch dem Heil'gen Geist
Im hohen Himmelsthrone.

Der Zug löste sich nun auf, und jeder trat an seinen Platz und seine Geschenke. Alles gefiel und erfreute, die Schals, die Westen, die seidenen Tücher. Da lagerte kein Unmut, keine Enttäuschung auf den Stirnen; jeder wußte, daß schwere Zeiten waren, und daß der viel heimgesuchte Herr von Hohen-Vietz sich mancher Entbehrung unterziehen mußte, um die gute Sitte des Hauses auch in bösen Tagen aufrechtzuerhalten.

Zu beiden Seiten des Kamins, über dessen breiter Marmorkonsole das überlebensgroße Bild des alten Matthias aufragte, waren auf kleinen Tischen die Gaben ausgebreitet, die der Vater für Lewin und Renaten gewählt hatte. Lieblingswünsche hatten ihre Erfüllung gefunden, sonst waren sie nicht reichlich. An Lewins Platz lag eine gezogene Doppelbüchse, Suhler Arbeit, sauber, leicht, fest, eine Freude für den Kenner.

»Das ist für dich, Lewin. Wir leben in wunderbaren Tagen. Und nun komm und laß uns plaudern.«

Beide traten in das nebenan gelegene Zimmer, während in der Halle die Weihnachtslichter niederbrannten.

4. KAPITEL
Berndt von Vitzewitz

Der Vater Lewins war Berndt von Vitzewitz, ein hoher Fünfziger. Mit dreizehn Jahren bei den zu Landsberg garnisonierenden Knobelsdorff-Dragonern eingetreten, hatte er, nach beinahe dreißigjährigem Dienst, das Kommando des berühmten Regiments eben übernommen, als ihn im Frühjahr 1795 der Abschluß des Basler Friedens veranlaßte, seinen Abschied zu fordern. Voller Abscheu gegen die Pariser Schreckensmänner sah er in dem »Paktieren mit den Regiciden« ebenso eine Gefahr wie eine Erniedrigung Preußens. Er zog sich verstimmt nach Hohen-Vietz zurück. Vielleicht war es ein Ausdruck seiner Verstimmung, daß er es, wenigstens im geselligen Verkehr, vorzog, seinen militärischen Rang ignoriert und sich lediglich als Herr von Vitzewitz angesprochen zu sehen. Das Gut selbst war ihm schon sieben Jahre früher zugefallen, unmittelbar fast nach seiner Vermählung mit Madeleine von Dumoulin, ältesten Tochter des Generallieutenants von Dumoulin, der bei Zorndorf, als jüngster Offizier in der Schwadron des Rittmeisters von Wakenitz, Wunder der Tapferkeit verrichtet und nach zweimaligem Durchbrechen der russischen Karrees den *Pour le mérite* auf dem Schlachtfelde empfangen hatte.

Madeleine von Dumoulin, groß, schlank, blond, eine typische deutsche Schönheit, wie so oft die Töchter des altfranzösischen Adels, war der Abgott ihres Gemahls. Und doch sah sie zu ihm hinauf; ohne Prätensionen, fast ohne Laune beugte sie sich vor der Überlegenheit seines Charakters. Die Geburt eines Sohnes, noch in der Garnisonstadt des Regiments, schuf ein gesteigertes Glück, das aus beider Augen noch lebhafter sprach, als ihnen, bald nach ihrer Übernahme von Hohen-Vietz, auch eine Tochter geboren wurde. Es war im Mai 1795, ein Frühlingsregen sprühte, und das Zeichen des Bundes zwischen Gott und den Menschen, ein Regenbogen, stand verheißungsvoll über dem alten Hause. Aber die Verheißung, wenn sie dem Kinde gelten mochte, galt nicht dem Vater. Ein Allerschmerzlichstes blieb auch ihm, wie so vielen seiner Ahnen, unerspart. Es traf ihn anders, aber nicht minder schwer.

Der Tag von Jena hatte über das Schicksal Preußens entschieden; elf Tage später hielten bereits angemeldete französische Offiziere vor dem Herrenhause in Hohen-Vietz, zu deren Bewillkommnung, um nicht Anstoß zu geben, auch die kaum von einem hitzigen Fieber wiederhergestellte, noch die Blässe der Krankheit zeigende Dame vom Hause erschienen war. In der Halle war gedeckt. Frau von Vitzewitz blieb und schien ihren Zweck, ein leidliches Einvernehmen zwischen Wirt und Gästen herzustellen, erreichen zu sollen, als sich, während schon der Nachtisch aufgetragen wurde, ein ihr gegenübersitzender Kapitän von der spanischen Grenze, olivenfarbig, mit dünnem Spitzbart, erhob und in unziemlichster Huldigung Worte lallte, die der schönen Frau das Blut in die Wangen trieben. Berndt von Vitzewitz fuhr auf den Elenden ein, andere Offiziere, dazwischen springend, trennten die miteinander Ringenden, und Partei ergreifend für den beleidigten Gemahl, steckten sie draußen im Park den Platz ab, wo der Handel auf der Stelle ausgemacht werden sollte. Berndt, ein Meister auf den Degen, verwundete seinen Gegner schwer am Kopf, und die Franzosen, in der ihnen eigenen ritterlichen Gesinnung, beglückwünschten ihn, ohne die geringste Verstimmung zu zeigen, zu seinem Triumph. Aber es war ein kurzer Sieg, zum mindesten ein teuer erkaufter. Die heftigen, von solchen Vorgängen unzertrennlichen Erregungen warfen die schöne Frau aufs Krankenbett zurück, am dritten Tag war sie aufgegeben, am neunten trugen sie sie die alte Nußbaumallee hinauf, bis an die Hohen-Vietzer Kirche, und senkten sie unter Innehaltung aller von ihr gegebenen Bestimmungen ein. Nicht in die Gruft, sondern in »Gottes märkische Erde«, wie sie so oft gebeten hatte. Die Glocken klangen den ganzen Tag ins Land, und als der Frühling kam, lag ein Stein auf der Grabesstelle, ohne Namen, ohne Datum, nur tief eingegraben: »Hier ruht mein Glück.«

Berndts Charakter hatte sich unter diesen Schlägen aus dem Ernsten völlig ins Finstere gewandelt. Die Lage des zerbröckelten, nahezu aus der Reihe der Staaten gestrichenen Vaterlandes war nicht dazu angetan, ihn aufzurichten. Sein eigner Besitz entwertet, die Ernten geraubt, das Gehöft von Räuberhänden halb niedergebrannt – so verfiel er auf Jahr und Tag in brütenden Trübsinn und lebte erst wieder auf, als Sorge und Mißgeschick, die beinahe unausgesetzt auf ihn eindrangen, einen großen Haß in ihm gezeitigt hatten. Er wurde rührig, regsam, er hatte Ziele, er lebte wieder.

Der Haß, dem er dieses dankte, richtete sich gegen alles, was von jenseit des Rheines kam, aber doch war ein Unterschied in dem, was er gegen den Machthaber und gegen die französische Nation empfand. Für diese letztere, deren Mut, Begeisterung und Opferfähigkeit er so oft gepriesen, so oft vorbildlich hingestellt hatte, hatte er, wie fast alle Märker, im tiefsten Herzen eine nicht zu ertötende Vorliebe, und aller Haß, den er dieser Liebe zum Trotz stark und ehrlich zur Schau trug, war viel mehr Absicht und Kalkül als unmittelbare Empfindung, emporgewachsen aus der unablässigen, mit Geflissentlichkeit gehegten Betrachtung, daß – um ihn selber sprechen zu lassen – »das undankbarste aller Völker einen guten König geschlachtet habe, um sich vor den Triumphwagen eines freiheitsmörderischen Tyrannen zu spannen«. Ganz anders sein Haß gegen den Bonaparte selbst. Ungemacht und ungekünstelt sprang er wie ein heißer Quell aus seinem Herzen. Schon der Name widerte ihn an. Er war kein Franzos, er war Italiener, Korse, aufgewachsen an jener einzigen Stelle in Europa, wo noch die Blutrache Sitte und Gesetz; und selbst die Größe, die er ihm zugestehen mußte, war ihm staunens-, aber nicht bewundernswert, weil sie alles himmlischen Lichtes entbehrte. Er sah in ihm einen Dämon, nichts weiter; eine Geißel, einen Würger, einen aus Westen kommenden Dschingiskhan. Als Mitte November bekannt wurde, daß der Kaiser Küstrin passieren werde, um bis an die Weichsel zu gehen, führte Berndt seine beiden halberwachsenen Kinder – Renate zählte elf, Lewin eben sechzehn Jahre – nach der alten Oderfestung und nahm Stand an dem Müncheberger Tore, um ihnen den zu zeigen, »den Gott gezeichnet habe«. Und als dieser nun unter dem gewölbten Portal hin in die stille Stadt einritt und das gelbe Wachsgesicht wie ein unheimlicher Lichtpunkt zwischen dem Bug des Pferdes und dem tief in die Stirn gerückten Hute sichtbar wurde, da schob er die Kinder in die vorderste Reihe und rief ihnen vernehmlich zu: »Seht scharf hin, das ist der *Böseste* auf Erden.«

Aber wer zu hassen versteht, so es nur der rechte Haß ist, der weiß auch zu lieben, und die leidenschaftliche Zuneigung, die Berndt so viele Jahre lang gegen die zu früh Heimgegangene als sein höchstes irdisches Glück im Herzen getragen hatte, er übertrug sie jetzt auf die Kinder, die als die Ebenbilder der Mutter heranwuchsen. Schlank aufgeschossen, blond und durchsichtig, wichen sie in jedem Zuge von der äußeren Erscheinung des Vaters ab, zu dessen gedrungener Gestalt sich dunkelster Teint und ein schwarzes, kurzgeschnittenes, mit nur wenig Grau erst untermischtes Haar gesellte. Und wie verschieden die Erscheinung, so verschieden auch waren die Charaktere. Leichtbeweglich und leichtgläubig, immer geneigt, zu bewundern und zu verzeihen, hatten die Kinder das heitere Licht der Seele, wo der Vater das düstere Feuer hatte. Demütig und trostreich, angelegt um zu beglücken und glücklich zu sein, leuchtete ihren Wegen die alles verklärende Phantasie. Der Vater freute sich dessen. Er träumte von einer Wandlung, die mit ihnen über das Haus kommen werde.

Berndt von Vitzewitz, wie alle, die ihr Herz an etwas setzen, machte wenig davon; er hatte das Schamgefühl der Liebe. Aber ebensowenig gefiel er sich darin, eine rauhe Außenseite herauszukehren. Weil er Autorität hatte, durfte er darauf verzichten, sie jeden Augenblick geltend zu machen. Er liebte es, im Gespräch den Unterschied der Jahre zu überspringen, und bespöttelte jene Väter und Mütter, die, aus der Not eine Tugend machend, ihre Gefühls- und Gedankenwelt in zwei Rubriken, in eine für die »Intimen« und in eine andere für die Kinder bestimmte Hälfte, zu teilen pflegen. Er war offen, entgegenkommend gegen Lewin, reich an Aufmerksamkeiten gegen Renate. Nur in den letzten Wochen, wie die Schwester dem Bruder bereits geklagt hatte, war eine Änderung eingetreten; er mied jede Begegnung, sprach wenig und saß halbe Nächte lang, wenn ihn nicht Besuche in die Umgegend führten, an seinem Schreibtisch oder durchschritt im Selbstgespräch das einfensterige Kabinett, das sein Arbeitszimmer bildete.

Dies Arbeitszimmer war ebenso tief wie schmal, so daß die gelben, von Tabak- und Lampenrauch längst grau gewordenen Wände, bei dem wenigen Licht, das einfiel, noch dunkler erschienen, als sie waren. Von Luxus keine Spur. Nur für Bequemlichkeit war gesorgt, für jenes Alles-zur-Hand-Haben geistig beschäftigter Männer, denen nichts unerträglicher ist, als erst holen, suchen oder gar warten zu müssen. Die beiden Türen des Kabinetts, von denen die eine nach der Halle, die andere nach dem Damenzimmer führte, lagen dem Fenster zu, wodurch zwei breite Wandflächen zur Aufstellung eines Schreibtisches und eines Ledersofas, beide von beträchtlicher Länge, gewonnen waren. Ein dazwischenstehender gartenstuhlartiger Holzschemel würde die Kommunikation vollständig geschlossen haben, wenn nicht die Tischplatte eine entsprechende Einbuchtung gehabt hätte. Über dem Schreibtisch hing ein schönes Frauenporträt, Brustbild, nachgedunkelt, über dem Sofa ein schmaler, länglicher Spiegel, dessen völlig verblaktes Glas über seine Nutzlosigkeit an dieser Stelle keinen Zweifel ließ. Ein Schlüsselbrett, dazu zwei, drei Hirschgeweihe, mit allerhand Mützen und Hüten daran, vollendeten die Einrichtung. In den Ecken standen Stöcke umher, eine Entenflinte und ein Kavalleriedegen, während an den Paneelen der Fensternische mehrere Spezialkarten von Rußland, mit Oblaten und Nägelchen, je nachdem es sich am bequemsten gemacht hatte, befestigt waren. Zahllose rote Punkte und Linien zeigten deutlich, daß mit dem Zeitungsblatt in der Hand zwischen Smolensk und Moskau bereits viel hin- und hergereist worden war.

Dies war das Zimmer, in das, wie am Schlusse des vorigen Kapitels erzählt, Vater und Sohn eintraten. Beide nahmen auf dem Sofa Platz, gegenüber dem Frauenporträt, das jetzt auf sie niedersah. Berndt, der in seinem gewöhnlichen Hauskostüm war: weite Beinkleider von schottischem Stoff, dunkler Samtrock, dazu ein rotseidenes Tuch leicht um den Hals geschlungen, streckte den rechten Fuß auf ein hohes, tabouretartiges Doppelkissen. Lewin, aus Respekt und Gewöhnung, saß gerade aufrecht neben ihm.

»Nun, was gibt es, Lewin, was bringst du?«

»Vielleicht eine Neuigkeit. Morgen werden unsere Blätter das Bulletin bringen, das die Vernichtung des Heeres zugesteht. Ladalinskis hatten den französischen Text; Kathinka las uns die Hauptstellen vor. Es hat mich erschüttert.«

»Auch mich, aber noch mehr hat es mich erhoben.«

»So kennst du schon den Inhalt? und ich komme wieder zu spät.«

»Tante Amelie empfing den Zeitungsausschnitt schon gestern; du kennst ihre alten Beziehungen. Graf Drosselstein, der gestern bei ihr war, erbot sich, mir persönlich die Nachricht zu bringen. Wir haben wohl eine Stunde geplaudert. Und glaube mir, das Bulletin sagt nicht die Hälfte. Wir haben Briefe aus Minsk und Bialystock; sie sind total vernichtet.«

»Welch ein Gericht!«

»Ja, Lewin, du sprichst das Wort. Die große Hand, die beim Gastmahl des Belsazar war, hat wieder ihre Zeichen geschrieben und diesmal keine Rätselzeichen. Jeder kann sie lesen: ›Gezählt, gewogen und hinweggetan‹. Ein Gottesgericht hat ihn verworfen. Und doch fürchte ich, Lewin, wir haben Neunmalweise am Ruder, die dem zornigen Gott in den Arm fallen wollen. Sie dürfen es nicht. Wagen sie es, so sind sie verloren, sie und wir. – Wie ist die Stimmung?«

»Gut. Es ist mir, als wäre eine Wandlung über die Gemüter gekommen. Das ganze Fühlen ist ein höheres; wo noch Niedrigkeit der Gesinnung ist, da wagt sie sich nicht hervor. Was fehlt, ist eins: ein leitender Wille, ein entschlußkräftiges Wort.«

»Das Wort *muß* gesprochen werden, so oder so. Wenn die Menschen stumm sind, so schreien es die Steine. Gott will es, daß wir seine Zeichen verstehen. Lewin, wir alle sind hier entschlossen. Wir alle stehen hier des Wortes gewärtig; wird es *nicht* gesprochen, so folgen wir dem lauten Wort, das in uns klingt. Es begräbt sich leicht im Schnee. Nur kein feiges Mitleid. Jetzt oder nie. Nicht viele werden den Njemen überschreiten, *über die Oder darf keiner.*«

Lewin schwieg eine Weile; er mied es, dem Blick des Vaters zu begegnen. Dann sprach er halb vor sich hin: »Wir sind die Verbündeten des Kaisers. Wir wollen das Bündnis lösen, Gott gebe es, aber –«

»So mißbilligst du, was wir vorhaben?«

»Ich kann nicht anders. Das, was du vorhast, und was Tausende der Besten wollen, es ist gegen meine Natur. Ich habe kein Herz für das, was sie jetzt mit Stolz und Bewunderung die spanische Kriegsführung nennen. Alles, was von hintenher sein Opfer faßt, ist mir verhaßt. Ich bin für offenen Kampf, bei hellem Sonnenschein und schmetternden Trompeten. Wie oft habe ich in Entzücken geweint, wenn ich auf der Fußbank neben Mama saß und sie von ihrem Vater erzählte, wie er, kaum achtzehnjährig, in die russischen Vierecke einbrach und wie dann Rittmeister von Wakenitz vor der Schwadron ihn küßte und ihm zurief: ›Junker von Dumoulin, lassen Sie uns die Degen tauschen.‹ Ja, ich will Krieg führen, aber deutsch, nicht spanisch, auch nicht slawisch. Du weißt, Papa, ich bin meiner Mutter Sohn.«

»Das bist du, und ein Glück, daß du es bist. Über deiner Mutter Kindheit haben helle Sterne gestanden, und ich bitte Gott, daß der Segen ihres Hauses über dir und über Renaten sei.«

Lewin sah wieder vor sich hin. Berndt von Vitzewitz aber fuhr fort: »Ich weiß, was eine Natur zu bedeuten hat; alles An- und Eingeborene, das nicht gegen die Gebote Gottes streitet, ist mir heilig; gehe deinen Weg, Lewin, ich zwinge dich in nichts. Aber ich, in stillen Nächten habe ich mir's geschworen, ich will den meinen gehen!«

Eine kurze Pause folgte, während welcher Berndt in dem schmalen Zimmer auf- und niederschritt. Dann, ohne des Schweigens zu achten, in dem Lewin verharrte, sprach er weiter: »Ihr in den Städten – und du bist ein Stadtkind geworden, Lewin –, ihr wißt es nicht, ihr habt es nicht recht erlebt. Unter den Augen der Machthaber nahm die Unterdrückung Maß und das Ungesetzliche gesetzliche Formen an. Sie rühmen sich dessen sogar und glauben es beinahe selbst, daß sie unsere Ketten gebrochen haben. Aber wir auf dem Lande, wir wissen es besser, und ich sage dir, Lewin, die rote Hand, die Feuer an die Scheunen legte, die die Goldringe von den Fingern unserer Toten zog, sie ist unvergessen hier herum, und eine rötere Hand wird ihr die Antwort geben.«

Lewin wollte dem Vater antworten; aber dieser, die Heftigkeit seiner Rede plötzlich umstimmend, fuhr mit ersichtlicher Bewegung fort: »Du warst noch ein Knabe, als der böse Feind ins Land kam; der Glanz seiner Taten ging vor ihm her. Was er damals im Übermut seines Glückes unsere Königin zu fragen sich erdreistete: ›Wie mochten Sie's nur wagen, den Kampf gegen mich aufzunehmen?‹, diese Frage ist seitdem von tausend Schwachen und Elenden im Lande selber nachgesprochen worden, als ob sie das A und das O aller Weisheit wäre. Und in dieser Vorstellung unserer Ohnmacht bist du herangewachsen, du und Renate. Ihr habt nichts gesehen als unsere Kleinheit, und ihr habt nichts gehört als die Größe unseres Siegers. Aber, Lewin, es war einst anders, und wir Alten, die wir noch das Auge des Großen Königs gesehen haben, wir schmecken bitter den Kelch der Niedrigkeit, der jetzt täglich an unseren Lippen ist.«

»Und ich bin es sicher«, fiel jetzt Lewin ein, »er wird von uns genommen werden. Wir werden einen frohen, einen heiligen Krieg haben. Aber zunächst sind wir unseres Feindes Freund, wir haben mit und neben ihm in Waffen gestanden; er rechnet auf uns, er schleppt sich unserer Türe zu, hoffnungsvoll wie der Schwelle seines eigenen Hauses; das Licht, das er schimmern sieht, bedeutet ihm Rettung, Leben, und an der Schwelle eben dieses Hauses faßt ihn unsere Hand und würgt den Wehrlosen.«

In diesem Augenblick begannen die Glocken zu klingen, die von dem alten Hohen-Vietzer Turm her zur Kirche riefen. Sie klangen laut und voll in dem klaren Wetter. Berndt horchte auf; dann mit der Hand nach Osten deutend, von wo die Klänge herüberhallten, fuhr er seinerseits fort: »Ich weiß, daß geschrieben steht: ›die Rache ist mein‹, und in menschlicher Gebrechlichkeit, das weiß der, der in die Herzen sieht, bin ich allezeit seinem Wort gefolgt. Ich fürchte nicht, daß ich lästere, wenn ich ausspreche: Es gibt auch eine heilige Rache. So war es, als Simson die Tempelpfosten faßte und sich und seine Feinde unter Trümmern begrub. Vielleicht, daß auch unsere Rache nichts anderes wird als ein gemeinschaftliches Grab. Sei's drum; ich habe abgeschlossen; ich setze mein Leben daran, und, Gott sei Dank, ich *darf* es. Diese Hand, wenn ich sie aufhebe, so erhebe ich sie nicht, um persönliche Unbill zu rächen, nein, ich erhebe sie gegen den bösen Feind aller Menschheit, und weil ich ihn selber nicht treffen kann, so zerbreche ich seine Waffe, wo ich sie finde. Der große Schuldige reißt viel Unschuldige mit in sein Verhängnis; wir können nicht sichten und sondern. Das Netz ist ausgespannt, und je mehr sich darin verfangen, desto besser. Wir sprechen weiter davon, Lewin. Jetzt ist Kirchzeit. Laß uns Gottes Wort nicht versäumen. Wir bedürfen seiner.«

So trennten sie sich, als die Glocken zum zweitenmal ihr Geläut begannen.

5. KAPITEL

In der Kirche

Das Summen der Glocken war noch in der Luft, als Berndt von Vitzewitz, Renaten am Arm, aus einem in den Schnee gefegten Fußsteig in die große Nußbaumallee einbog, die, leise ansteigend, von der Einfahrt des Herrenhauses her in gerader Linie zur Hügelkirche hinaufführte. Dem voraufschreitenden Paare folgten Lewin und Tante Schorlemmer. Alle waren winterlich gekleidet; die Hände der Damen steckten in schneeweißen Grönlandsmuffen; nur Lewin, alles Pelzwerk verschmähend, trug einen hellgrauen Mantel mit weitem Überfallkragen.

Die mehrgenannte Hügelkirche, der sie zuschritten, war ein alter Feldsteinbau aus der ersten christlichen Zeit, aus den Kolonisationstagen der Zisterzienser her; dafür sprachen die sauber behauenen Steine, die Chornische und vor allem die kleinen hochgelegenen Rundbogenfenster, die dieser Kirche, wie allen vorgotischen Gotteshäusern der Mark, den Charakter einer Burg gaben. Wenig hatten die Jahrhunderte daran geändert. Einige Fenster waren verbreitert, ein paar Seiteneingänge für den Geistlichen und die Gutsherrschaft hergerichtet worden; sonst, mit Ausnahme des Turmes und eines neuen Gruftanbaues der nördlichen Langwand, stand alles, wie es zu den Mönchszeiten gestanden hatte.

War nun aber das Äußere der Kirche so gut wie unverändert geblieben, so hatte das Innere derselben alle Wandlungen eines halben Jahrtausends durchgemacht. Von den Tagen an, wo die Askanier hier ihre regelmäßig wiederkehrenden Fehden mit den Pommerherzögen ausfochten, bis auf die Tage herab, wo der Große König an ebendieser Stelle, bei Zorndorf und Kunersdorf, seine blutigsten Schlachten schlug, war an der Hohen-Vietzer Kirche kein Jahrhundert vorübergegangen, das ihr nicht in ihrer inneren Erscheinung Abbruch oder Vorschub geleistet, ihr nicht das eine oder andere gegeben oder genommen hätte.

Ein gleiches, was hier eingeschaltet werden mag, gilt von der Mehrzahl aller alten märkischen Dorfkirchen, die dadurch ihren Reiz und ihre Eigentümlichkeit empfangen. Besonders im Gegensatz zu den weltlichen oder Profan-Bauten unseres Landes. Überblickt man diese, so nimmt man alsbald wahr, daß die eine Gruppe zwar die Jahre, aber keine Geschichte, die andere Gruppe zwar die Geschichte, aber keine Jahre hat. Burg Soltwedel ist uralt, aber schweigt. Schloß Sanssouci spricht, aber ist jung wie ein Parvenü. Nur unsere Dorfkirchen stellen sich uns vielfach als die Träger unserer *ganzen* Geschichte dar, und die Berührung der Jahrhunderte untereinander zur Erscheinung bringend, besitzen und äußern sie den Zauber historischer Kontinuität.

Die Hohen-Vietzer Kirche hatte drei Eingänge, der erste für die Gemeinde von Westen her. Der Turm, durch den dieser Eingang ging, war aus Feldstein roh zusammengemörtelt; es fehlte die Sauberkeit, die den älteren Bau auszeichnete. Von der Decke herab hing ein Seil, an dem die Betglocke geläutet wurde. Rechts an der Wand hin stand ein Grabscheit, eine

Totenbahre; auf ihr lagen Leinentücher, um die Särge hinabzulassen. An der Wand gegenüber waren wurmstichige Holzpuppen, Überreste eines Schnitzaltars aus der katholischen Zeit her, zusammengefegt; daneben aufgeschichtetes Knubbenholz, wahrscheinlich um die Sakristei zu heizen. Das eigentliche Schaustück dieser Vorhalle war aber die »Türkenglocke«, berühmt wegen ihres Tones und ihrer Größe, die, nachdem sie lange oben im Turm gehangen und die Oder hinauf- und hinabgeklungen hatte, jetzt gesprungen aus ihrer Höhe herabgelassen war. Sie war – so wenigstens ging die Sage – aus Geschützen gegossen, die Isaschar von Vitzewitz (des alten Matthias Sohn) aus dem Türkenkriege mit heimgebracht hatte. Inschriften bedeckten den Rand; eine lautete:

Ruf' ich, öffne deinen Sinn,
Gott zu dienen ist Gewinn.

Der schwere Eisenklöppel stand in einer Ecke daneben. Aus dem Turm trat man in den Mittelgang der Kirche; dicht an der Schwelle lag ein granitner Taufstein, ohne Fuß oder Träger, mitten durchgebrochen, noch aus der Zeit der Zisterzienser her. Weiter links, in der Ecke, wo Turm und Kirchenschiff zusammenstießen, war eine Nische in die nördliche Längswand gehauen; an einem Eisenstab hing eine Maria (das Christkind war ihrem Arm entfallen), und ihr zu Häupten stand einfach die Jahreszahl 1431. Das war das Hussitenjahr. Kein Zweifel, daß die Vitzewitze diesen Votivaltar nach Abzug des Feindes gestiftet hatten. Rechts und links vom Mittelgange, bis über die Hälfte der Kirche, liefen die Kirchenstühle hin, alle sauber und verschlossen; nur die Tür des vordersten stand halb offen und hing in den Angeln. Dieser hieß der »Majorsstuhl« seit den Tagen, die der Kunersdorfer Schlacht unmittelbar gefolgt waren. Bis hierher, durch Flucht und Graus, hatten Grenadiere vom Regiment Itzenplitz ihren verwundeten Major getragen, auf diese Bank hatten sie ihn niedergelegt, hier hatte er sich aufgerichtet und die Binden abgerissen. »Kinder, ich will sterben.« Die Bank hatte einen Blutfleck seitdem, und jeder mied die Stelle.

Einen Hauptschmuck der Hohen-Vietzer Kirche bildeten

ihre Grabsteine. Einst hatten sie vom Altar an bis mitten in das Kirchenschiff hinein gelegen; seitdem aber das alte Gewölbe zugeschüttet und die neue Gruft, deren wir schon erwähnten, angebaut worden war, standen sie aufrecht an der Nordwand der Kirche hin. Es waren meist einfache Steine, je nach der Sitte der Zeit mit langen oder kurzen Inschriften versehen, die von Malplaquet und Mollwitz erzählten oder auch von stilleren Tagen, in Hohen-Vietz begonnen und beendet.

An zwei dieser Steine knüpfte die Sage an. Neben der Mariennische stand einer, größer als die andern und dicht beschrieben. Wer die Inschrift las, der wußte, daß Katharina von Gollmitz, eine Freundin des Hauses, einst unter diesem Steine gelegen hatte. Grete von Vitzewitz, der Verstorbenen in besonderer Liebe zugetan, hatte ihr, als sie während eines Besuches in Hohen-Vietz erkrankte und starb, einen Ehrenplatz in der Kirche angewiesen; aber die Freundin im Grabe hatte kein Gefühl für diese Auszeichnung und sehnte sich nach Haus. Immer wenn Grete Vitzewitz über den Grabstein hinschritt, hörte sie eine Stimme: »Grete, mach auf!« Da machten sie endlich auf und brachten den Sarg nach Jargelin, wo Katharina von Gollmitz ihre Heimat hatte. Nun wurde es still. Den Grabstein aber mauerten sie in die Wand.

Ein anderer Stein, dessen Inschrift längst weggetreten war, lag noch dicht vor dem Altar. Er war der einzige, den man an alter Stelle belassen hatte, vielleicht, weil er zerbrochen war. Er weigerte sich hartnäckig, mit den neben ihm liegenden Fliesen gleiche Linie zu halten, und bildete nach und nach eine Mulde. Wie oft auch seine zwei Hälften aufgenommen und Sand und Gerölle in die Vertiefung hineingestampft wurden, der Stein sank immer wieder. Das Volk sagte: »Da liegt der alte Matthias; der geht immer tiefer.«

Dies war nun freilich ein Irrtum, der alte Matthias lag an anderer Stelle, wohl aber gehörte ihm das große Grabmonument an, das, nach der künstlerischen Seite hin, den Hauptschmuck der Hohen-Vietzer Kirche bildete. Es war ein Marmordenkmal, überladen, rokokohaft, dabei jedoch von großer Meisterschaft der Arbeit. Dem Gegenstande nach zeigte es eine gewisse Verwandtschaft mit dem Altarbilde des Saalanbaues. Matthias von Vitzewitz und seine Gemahlin kniend, dabei voll Andacht zu einer Kreuzigung Christi emporblickend. Alles Basrelief, nur die Knienden fast in losgelöster Figur. Darunter ihre Namen und die Daten ihres Lebens und Sterbens. Ein niederländischer Meister hatte das Werk gefertigt und es persönlich zu Schiff bis in die Oder hinaufgebracht.

Als die Bewohner des Herrenhauses die Kirche betraten, begann eben der Gesang der Gemeinde. Eine schmale Treppe, an einem der kleinen Seiteneingänge ausmündend, führte zu dem herrschaftlichen Stuhle hinauf. Dieser, ein auf Pfeilern ruhender, sehr einfacher Holzbau, war ursprünglich durch hohe Schiebefenster geschlossen gewesen, längst aber waren diese beseitigt, und nur noch zwei schmale Bretter, die von der Brüstung bis zur vollen Höhe der Decke aufstiegen, teilten den Raum in drei große Rahmen ab. Vorn an der Wandung war das Vitzewitzsche Wappen angebracht, ein Andreaskreuz, weiß auf rotem Grunde.

In Front dieses herrschaftlichen Stuhles, hart an der Brüstung hin, nahmen die Eintretenden geräuschlos Platz: erst Berndt von Vitzewitz, links neben ihm Renate, dann Tante Schorlemmer. Lewin stellte seinen Stuhl in die zweite Reihe. So vernachlässigt alles war, so war es doch nicht ohne einen gewissen Reiz. Gleich zur Rechten Altar und Kanzel; in Front des Altars das Taufbecken, eine silberne, mit allegorischen Figuren und unentzifferbaren Inschriften reich ausgeschmückte Schüssel, die nur mit großer Mühe vor den Händen des Feindes gerettet worden war. An der Wand gegenüber das vorerwähnte Marmordenkmal des alten Matthias und seiner Gemahlin. Das beste aber, was dieser unscheinbaren Stelle eigen war, war doch das große, fast einen Halbkreis bildende Fenster, das einen Blick auf den Kirchhof und weiter hügelabwärts auf einzelne zerstreute, wie Vorposten ausgestellte Hütten und Häuser des Dorfes gestattete. Neben diesem Fenster, hart an der Kirchwand, stand ein Eibenbaum, der von der Seite her die längsten seiner Zweige vorschob und regelmäßig an die Scheiben klopfte, wenn Pastor Seidentopf seine dreigeteilte Predigt den Hohen-Vietzern ans Herz legte. Lewin setzte sich immer so, daß er einen Blick auf das Fenster frei hatte. Er stand wohl fest auf dem Catechismo Lutheri, wie alle Vitzewitze, seitdem die gereinigte Lehre ins Land gekommen war, aber da war doch ein anderes in ihm, das ihn von Zeit zu Zeit trieb, mehr auf den Eibenbaum draußen als auf die Stimme von der Kanzel her zu achten, wäre diese Stimme auch mächtiger gewesen, als die seines alten Lehrers und Freundes, dem die sonntägliche Erbauung oblag.

Die Sonne schien hell, und ein einfallendes Streiflicht erleuchtete in plötzlichem Glanz die halbe Nordwand, vor allem das große Grabdenkmal dem herrschaftlichen Chorstuhl gegenüber. Die lebensgroßen Figuren waren wie von rosigem Leben angehaucht. Lewin hatte die Schönheit dieses Bildwerkes nie so voll empfunden; er las die langen Inschriften, wie er sich gestand, zum erstenmal.

Der Gesang schwieg; schon während des letzten Verses war Prediger Seidentopf auf die Kanzel getreten, ein Sechziger, mit spärlichem weißen Haar, von würdiger Haltung und mild im Ausdruck seiner Züge. Lewin hing an der wohltuenden Erscheinung, senkte dann den Blick und folgte in andächtiger Betrachtung dem stillen Gebet. Die Gemeinde tat ein Gleiches, neigte sich und schaute voll herzlichem Verlangen zu ihrem Geistlichen auf, als dieser sein Gebet beendet und sein Haupt wiederum erhoben hatte. Denn die Gemüter waren damals offen für Trost und Zuspruch von der Kanzel her und rechneten nicht nach, ob die Worte lutherisch oder kalvinistisch klangen, so sie nur aus einem *preußischen* Herzen kamen. Das wußte Seidentopf, der in gewöhnlichen Zeiten manche Widersacher unter den strenggläubigen Konventiklern seines Dorfes zu bekämpfen hatte, und ein heller Glanz, wie ihn ihm die innere Freude gab, umleuchtete seine Stirn, als er nach Lesung des Evangeliums die Textesworte zu erklären begann. Er sprach von dem Engel des Herrn, der den Hirten erschien, um ihnen die Geburt eines neuen Heiles zu verkünden. Solche Engel, so fuhr er fort, sende Gott zu allen Zeiten, vor allem dann, wenn die Nacht der Trübsal auf den Völkern läge. Und eine Nacht der Trübsal sei auch über dem Vaterlande; aber ehe wir es dächten, würde inmitten unseres Bangens der Engel erscheinen und uns zurufen: »Fürchtet euch nicht, siehe, ich verkündige euch große Freude.« Denn das Gericht des Herrn habe unsere Feinde getroffen, und wie damals die Wasser zusammenschlugen und »bedeckten Wagen und Reiter und alle Macht des Pharao, daß nicht einer aus ihnen übrigblieb«, so sei es wiederum geschehen.

An dieser Stelle, auf das Weihnachtsevangelium kurz zurückgreifend, hätte Pastor Seidentopf schließen sollen; aber unter der Wucht der Vorstellung, daß eine richtige Predigt auch eine richtige Länge haben müsse, begann er jetzt, den Vergleich zwischen dem alten und dem neuen Pharao bis in die kleinsten Züge hinein durchzuführen. Und dieser Aufgabe war er nicht gewachsen. Dazu gebrach es ihm an Schwung der Phantasie, an Kraft des Ausdrucks und Charakters. Schemenhaft zogen die Ägypterscharen vorüber. Die Aufmerksamkeit der Gemeinde wich einem toten Horchen, und Lewin, der bis dahin kein Wort verloren hatte, sah von der Kanzel fort und begann seine Aufmerksamkeit dem Fenster zuzuwenden, vor dem jetzt ein Rotkehlchen auf der beschneiten Eibe saß und in leichtem Schaukeln den Zweig des Baumes bewegte.

Nur Berndt folgte in Frische und Freudigkeit der Rede seines Pastors. Seine eigene Energie half nach; wo die Konturen nicht ausreichten, zog er seine scharfen Linien in die unsicher schwankenden hinein. Was als Schatten kam, wurde zu Leben und Gestalt. Er sah die Ägypter. Bataillone mit goldenen Adlern, Reitergeschwader, über deren weiße Mäntel die schwarzen Roßschweife fielen, so stiegen sie in endlos langem Zuge vor ihm auf, und über all ihrer Herrlichkeit schlossen sich die Wellen des Meeres. Nur über *einem* schlossen sie sich *nicht;* er gewann das Ufer, ein nördliches Eisgestade, und siehe da, über glitzernde Felder hin flog jetzt ein Schlitten, und zwei dunkle, tiefliegende Augen starrten in den aufstäubenden Schnee. Pastor Seidentopf hatte keinen besseren Zuhörer als den Patron seiner Kirche, der – und nicht heute bloß – die freundlich schöne Kunst des Ergänzens zu üben verstand. Aus der Skizze schuf er ein Bild und glaubte doch, dies Bild von außen her, aus der Hand seines Freundes, empfangen zu haben.

Nun war der Sand durch die Uhr gelaufen, die Predigt selbst

geschlossen. Da trat der Pastor noch einmal an den Rand der Kanzel, und mit eindringlicher Stimme der sofort alle Herzen wieder zufielen, hob er an: »Mit Christi Geburt, die wir heute feiern, beginnt das christliche neue Jahr. Ein neues Jahr; was wird es uns bringen? Es wissen zu wollen, wäre Torheit; aber zu hoffen ist unserem Herzen erlaubt. Gott hat ein Zeichen gegeben; mögen wir es zum Rechten deuten, wenn wir es deuten: er will uns wieder aufrichten, unsere Buße ist angenommen, unsere Gebete sind erhört. Die Geißel, die nach seinem Willen sechs lange Jahre über uns war, er hat sie zerbrochen; er hat sich unserer Knechtschaft erbarmt, und die Weihnachtssonne, die uns umscheint, sie will uns verkündigen, daß wieder hellere Tage unserer harren. Ob sie kommen werden mit Palmen, oder ob sie kommen werden mit Schwerterklang, wer sagt es? Wohl mischt sich ein Bangen in unsere Hoffnung, daß der Sieg nicht einziehen wird ohne letzte Opfer an Gut und Blut. Und so laßt uns denn beten, meine Freunde, und die Gnade des Herrn noch einmal anrufen, daß er uns die rechte Kraft leihen möge in der Stunde der Entscheidung. Das Wort des Judas Makkabäus sei unser Wort: ›Das sei ferne, daß wir fliehen sollten. Ist unsere Zeit kommen, so wollen wir ritterlich sterben um unserer Brüder willen und unsere Ehre nicht lassen zuschanden werden.‹ Gott will *kein* Weltenvolk, Gott will keinen Babelturm, der in den Himmel ragt, und wir stehen ein für seine ewigen Ordnungen, wenn wir einstehen *für uns selbst.* Unser Herd, unser Land sind Heiligtümer nach dem Willen Gottes. Und seine Treue wird uns nicht lassen, wenn *wir* getreu sind bis in den Tod. Handeln wir, wenn die Stunde da ist, aber bis dahin harren wir in Geduld.«

Er neigte sich jetzt, um in Stille das Vaterunser zu sprechen; die Orgel fiel mit feierlichen Klängen ein; die Gemeinde, sichtlich erbaut durch die Schlußworte, verließ langsam die Kirche. Auf den verschiedenen Schlängelwegen, die von der Kirche ins Dorf herniederführten, schritten die Bauern und Halbbauern ihren halbverschneiten Höfen zu. Die Frauen und Mädchen folgten. Wer von der Dorfstraße aus diesem Herabsteigen zusah, dem erschloß sich ein anmutiges Bild: der

Schnee, die wendischen Trachten und die funkelnde Sonne darüber.

Die Gutsherrschaft nahm wieder ihren Weg durch die Nußbaumallee. Als sie, einbiegend, an die Hoftür kamen, stand Krist an der untersten Steinstufe und zog seinen Hut. Die silberne Borte daran war längst schwarz, die Kokarde verbogen. Berndt, als er seines Kutschers ansichtig wurde, trat an ihn heran und sagte kurz:

»Fünf Uhr vorfahren! Den kleinen Wagen.«

»Die Braunen, gnädiger Herr?«

»Nein, die Ponys.«

»Zu Befehl!« Mit diesen Worten traten unsere Freunde ins Haus zurück.

6. KAPITEL

Am Kamin

Punkt fünf Uhr war Krist vorgefahren; Berndt liebte nicht zu warten. Von den Kindern hatte er kurzen Abschied genommen, um seiner Schwester auf Schloß Guse oder der »Tante Amelie«, wie sie im Hohen-Vietzer Hause hieß, einen nachbarlichen Besuch zu machen. Daß er noch am selben Abend zurückkehren werde, war nicht anzunehmen; er hatte vielmehr angedeutet, daß aus der kurzen Ausfahrt eine Reise nach der Hauptstadt werden könne. Die Unruhe seiner Empfindung trieb ihn hinaus. Den Weihnachtsaufbau, wie seit Jahren, hatte er sich auch heute nicht nehmen lassen wollen, aber kaum frei, im Gefühl erfüllter Pflicht, schlugen seine Gedanken die alte Richtung ein. Es drängte ihn nach Aktion oder doch nach Einblick in die Welthändel; ein Bedürfnis, das ihm die Enge seines Hauses nicht befriedigen konnte. In der Unterhaltung, das hatte Lewin bei Tische empfunden, tat er sich Zwang an, und das Gefühl davon nahm auch dem Gespräch der Kinder jede freie Bewegung. Eine gewisse Befangenheit griff Platz. So kam es, daß man die Abwesenheit des Vaters, bei aufrichtigster Liebe zu ihm, fast wie eine Befreiung empfand; Herz und Zunge konnten ihren Weg gehen, wie sie wollten. Unsere Hohen-Vietzer Geschwister empfanden übrigens, wie kaum erst versichert zu werden braucht, nicht kleiner oder selbstsüchtiger als andere im Lande; sie wollten nur nicht *gezwungen* sein, über den »Bösesten der Menschen« immer wieder und wieder zu sprechen, als wäre nichts Sprechenswertes in der Welt als dieser eine.

Sie hatten sich samt Tante Schorlemmer im Wohnzimmer eingefunden und saßen jetzt, es mochte die siebente Stunde sein, um den hohen altmodischen Kamin. Mit ihnen war Marie, die Freundin Renatens, des reichen Kniehase dunkeläugige Tochter, deren Besuch für diesen Abend angekündigt war. Jede der drei Damen war nach ihrer Weise beschäftigt. Renate, dem Kamin zunächst sitzend, hielt einen Palmenfächer in der Rechten, mit dem sie die Flamme bald anzufachen, bald sich gegen dieselbe zu schützen suchte; Tante Schorlemmer strickte mit vier großen Holznadeln an einem Schal, der wie ein Vlies neben ihrem Lehnstuhl niederfiel; Marie blätterte neugierig in einer grönländischen Reisebeschreibung, die ihr Tante Schorlemmer zum Heiligen Christ beschert und mit einem Widmungsverse aus Zinzendorf ausgestattet hatte. Zwischen Marie und Lewin, aber keineswegs als eine Scheidewand, stand der Weihnachtsbaum, den Jeetze von der Halle her hereingetragen hatte. Das Plündern, das Sache Lewins war, nahm eben seinen Anfang. Jede goldene Nuß, die er pflückte, warf er in hohem Bogen über die Spitze des Baumes fort, an dessen entgegengesetzter Seite Marie mit glücklicher Handbewegung danach haschte. Im Werfen und Fangen jedes gleich geschickt.

Lewin freute sich dieses Spieles; zudem war er von alters her nie besserer Laune, als wenn er sich den Süßigkeiten des Weihnachtsbaumes gegenüber sah. Das Naschen war sonst nicht seine Sache, aber die Pfennigreiter, die Nonnen, die Fische machten ihn kritiklos und ließen ihn einmal über das andere versichern, »daß in dem plattgedrücktesten Pfefferkuchenbild immer noch ein Tropfen vom himmlischen Manna sei«.

Die gute Laune Lewins steigerte sich bald bis zu Neckerei, unter der niemand mehr zu leiden hatte als Tante Schorlemmer. »Du sollst den Feiertag heiligen«, rief er ihr zu und wies dabei auf die vier hölzernen Stricknadeln, die, wie sich von selbst versteht, nach dieser scherzhaften Reprimande nur um so eifriger zu klappern begannen. Endlich wurde es ihr zuviel. Sie verfärbte sich und resolvierte kurz: »Meine Grönländer können nicht warten.«

Da wir nun im langen Verlauf unserer Erzählung nirgends einen Punkt entdecken können, der Raum böte für eine biographische Skizze unter dem Titel »Tante Schorlemmer«, so halten wir hier den Augenblick für gekommen, uns unserer Pflicht gegen diese treffliche Dame zu entledigen. Denn Tante Schorlemmer ist keine Nebenfigur in diesem Buche, und da wir ihr, nach flüchtiger Bekanntschaft in Flur und Kirche, an dieser Stelle bereits zum dritten Male begegnen, so hat der Leser ein gutes Recht, Aufschluß darüber zu verlangen, wer Tante Schorlemmer denn eigentlich ist.

Tante Schorlemmer war eine Herrnhuterin. Eines Tages, das lag nun dreißig Jahre zurück, war ihr, der damaligen Schwester Brigitte, Mitteilung gemacht worden, daß Bruder Jonathan Schorlemmer, zurzeit in Grönland, eine eheliche Gefährtin wünsche, bereit, ihm in seinem schweren Werke zur Seite zu stehen. Sie hatte diesem Rufe gehorsamt, ihre Wäsche gezeichnet und war mit dem nächsten dänischen Schiff von Hamburg aus gen Norden gefahren. An einem Tage, der keine Nacht hatte, war sie in Grönland gelandet, Bruder Schorlemmer hatte sie empfangen und ihren Bund persönlich eingesegnet. Die Ehe blieb kinderlos, dessen sich jedoch beide in christlicher Ergebung getrösteten. So vergingen ihnen zehn glückliche Jahre. Zu Beginn des elften starb Jonathan Schorlemmer an einem Lungenkatarrh und wurde in einem mit Seehundsfell beschlagenen Sarge begraben. Seine Witwe aber, nachdem sie die Bevölkerung mit allem, was sie hatte, beschenkt und jedem einzelnen versichert hatte, ihn nie vergessen zu wollen, kehrte mit dem Grönlandschiff zunächst nach Kopenhagen und von dort aus in die deutsche Heimat zurück.

In die deutsche Heimat, aber nicht nach Herrnhut. Auf der weiten Rückreise Berlin berührend, wo ihr einige Anverwandte lebten, beschloß sie, im Kreise derselben zu verbleiben, und bezog in jenem Stadtteile, der fünfzig Jahre früher den einwandernden böhmischen Brüdern und Herrnhutern als Wohnplatz angewiesen worden war, ein bescheidenes Quartier. In diesen kleinen Häusern der Wilhelmsstraße würde sie ihr stilles und treues Leben sehr wahrscheinlich beschlossen haben, wenn ihr nicht eines Tages ein Blatt ins Haus geflogen wäre, auf dem sie das Folgende las: »Eine ältere Frau, am liebsten Witwe, wird zur Führung eines Haushaltes auf dem Lande gesucht. Eine Tochter von zwölf Jahren soll ihrer besonderen Obhut anvertraut werden. Bedingungen: Verträglichkeit und Christlichkeit. Anfragen sind zu richten an: B. v. V., poste restante Küstrin.« Tante Schorlemmer schrieb; alles Geschäftliche erledigte sich schnell. Um Weihnachten 1806 traf sie in Hohen-Vietz ein, in dessen Herrenhause gerade damals ein trübes Christfest gefeiert wurde. Man trat sich gegenseitig vertrauungsvoll entgegen, und nach wenig Wochen schon begann der Einfluß unserer Freundin sich geltend zu machen. Nicht das Glück, aber Ruhe und Friede waren in ihrem Geleit. Renate hing ihr an, Lewin verehrte ihre Fürsorge, Berndt von Vitzewitz hatte einen tiefen Respekt vor ihrem Herrnhutertume.

Und darin unterschied er sich freilich von seinen Kindern. Diese beugten sich wohl vor der Aufrichtigkeit, aber nicht vor der Tiefe von Tante Schorlemmers christlichem Gefühl. Ihre Leidenschaftslosigkeit, die dem Vater so wohl tat, erschien den Geschwistern einfach als Schwäche. Nach Ansicht beider gebrauchte sie ihr Christentum wie eine Hausapotheke, und darin lag etwas Wahres. Für alle mehr gewöhnlichen Fälle hatte sie das Sal sedativum einer frommen Alltagsbetrachtung, wie »Rechte Treu kennt keine Scheu« oder »So dunkel ist keine Nacht, daß Gottes Auge nicht drüber wacht;« für ernstere Fälle jedoch griff sie nach dem starken und nervenerfrischenden Sal volatile irgendeines Kraftspruches: »Was will Satan und seine List, wenn mein Herr Jesus mit mir ist.« Das unterscheidende Merkmal zwischen den schwachen und starken Mitteln bestand im wesentlichen darin, daß in den letzteren jedesmal der Böse herausgefordert und ihm die Nutzlosigkeit seiner Anstrengungen entgegengehalten wurde. Alle diese Sprüche aber, ob schwach oder stark, wurden ebenso sehr im festen Glauben an ihre innewohnende Kraft wie mit der äußersten Seelenruhe vorgetragen. Und da steckte die Schuld oder doch das, was den Geschwistern als Schuld erschien. Diese Seelenruhe, die sich neben dem Maß geforderter Teilnahme oft wie Teilnahmlosigkeit ausnahm, reizte die jungen Gemüter und stellte ihre Geduld auf manche harte Probe. Berndt verstand dies stille Christentum besser und hatte an sich selbst erfahren, daß der Trost aus dem Worte Gottes mehr war als der Wortetrost der Menschen.

So war Tante Schorlemmer. – Das Scherzen über ihre vorgeblich freie Stellung zum dritten Gebot hatte sie einen Augenblick ernstlich verdrossen; Lewin aber, ohne dessen zu achten, fuhr in seinen Neckereien fort: »Unsere Freundin scheint übrigens keine Ahnung zu haben, welch hoher Besuch inzwischen vor dem Herrnhuter Gemeindehause gehalten hat.«

»Wer?« riefen die beiden Mädchen.

»Niemand Geringeres als Napoleon selbst. In der Nacht vom elften zum zwölften. Und die Herrnhuter haben wieder versäumt, sich heroisch in die Weltgeschichte einzuführen. Sie haben den Kaiser angegafft, soweit es bei Nacht und Schneetreiben möglich war, und haben ihn weiterfahren lassen. Das macht, weil der herrnhutische Mut im Auslande lebt, in China, in Grönland, in Hohen-Vietz. Überall ist er, nur nicht daheim. Tante Schorlemmer, dessen bin ich gewiß, hätte ihn verhaften und als Weltfriedensbrecher vor Gericht stellen lassen.«

Die Angeredete drohte mit einer ihrer großen Nadeln zu Lewin hinüber, dem es übrigens nahe bevorstand, sich aus dem Angriff in die Verteidigung gedrängt zu sehen. Der »Empereur« war nicht umsonst zitiert worden; einmal in das Gespräch hineingezogen, gleichviel ob im Ernst oder Scherz, begann er seine Macht zu üben, und Lewin, wenigstens momentan des neckischen Tones vergessend, begann ein Bild jener fluchtartigen Reise zu geben, die den zum erstenmal von seinem Glück verlassenen Kaiser in vierzehntägiger Fahrt von Smolensk bis in seine Hauptstadt zurückgeführt hatte. Er gab Altes und Neues, bei einzelnen Punkten länger verweilend, als vielleicht nötig gewesen wäre.

Tante Schorlemmer und Marie waren der Erzählung aufmerksam gefolgt; Renate aber warf hin: »Vorzüglich, und wie belehrend! Ein wahrer Generalbericht über russisch-deutsche Poststationen. Oh, ihr großstädtischen Herren, wie seid ihr doch so schlechte Erzähler, und je schlechter, je klüger ihr seid. Immer Vortrag, nie Geplauder!«

»Sei's drum, Renate; ich will nicht widersprechen. Aber wenn wir schlechte Erzähler sind, so seid ihr Frauen noch schlechtere Hörer. Ihr habt keine Geduld, und die Wahrnehmung davon verwirrt uns, läßt uns den Faden verlieren und führt uns, links und rechts tappend, in die Breite. Ihr wollt Guckkastenbilder: Brand von Moskau, Rostopschin, Kreml, Übergang über die Beresina, alles in drei Minuten. Die Erzählung, die euch und euer Interesse tragen soll, soll bequem wie eine gepolsterte Staatsbarke, aber doch auch handlich wie eine Nußschale sein. Ich weiß wohl, wo die Wurzel des Übels steckt: der Zusammenhang ist euch gleichgiltig; ihr seid Springer.«

Renate lachte. »Ja, das sind wir; aber wenn wir zu viel springen, so springt ihr zu wenig. Eure Gründlichkeit ist beleidigend. Immer glaubt ihr, daß wir in der Weltgeschichte weit zurück seien, und wir wissen doch auch, daß der Kaiser in Paris angekommen ist. Oh, ich könnte Bulletins von Hohen-Vietz aus datieren. Aber lassen wir unsere Fehde, Lewin. Was ist es mit den roten Scheiben im Schloßhof von Berlin? In der Zeitung war eine Andeutung; Kathinka schrieb ausführlicher davon.«

»Was schrieb sie?«

»Wie du nur bist. Nun kümmert dich wieder, was Kathinka schrieb. Daß ich so töricht war, den Namen zu nennen.«

Lewin suchte seine flüchtige Verlegenheit zu verbergen. »Du irrst, ich schweife nicht ab; mich hat das Phänomen lebhaft beschäftigt. Es kam dreimal; am dritten Tage habe ich es gesehen.«

»Und was war es?«

»An allen drei Tagen, etwa eine halbe Stunde nach Sonnenuntergang, erglühten plötzlich die oberen Fenster des alten Schloßhofes. Die Wachen meldeten es. Da die Sonne längst unter war, so dachte man an Feuer. Aber es fand sich nichts.

Auf dem neuen Schloßhof blieben die Fenster dunkel. Die Leute sagen, es bedeute Krieg.«

»Ein leichtes Prophezeien«, bemerkte Tante Schorlemmer ruhig. »Wir hatten Krieg in diesem Jahre und werden ihn mit in das neue hinübernehmen.«

»Ich glaube«, fuhr Lewin fort, »der ganze Vorgang wäre schnell vergessen worden, wenn nicht eines unserer Blätter, das euch nicht zu Händen kommt, am zweitfolgenden Tage schon eine Geschichte gebracht hätte, die bei allem Dunklen ersichtlich darauf berechnet war, der Erscheinung im Schloß eine tiefere Bedeutung zu geben, so etwas wie Zeichen und Wunder.«

»O erzähle!«

»Ja. Aber du darfst nicht ungeduldig werden.«

»Bist du empfindlich?«

»Wohlan denn. Es ist eine Geschichte aus dem Schwedischen. Die Überschrift, die das Blatt ihr gab, war: ›Karl XI. und die Erscheinung im Reichssaale zu Stockholm‹. Ich bürge nicht dafür, daß ich alles genauso wiedergebe, wie's in dem Blatte stand, aber in den Hauptstücken bin ich meiner Sache gewiß. Was man gern hat, behält man. ›Gedächtnis ist Liebe‹, sagte Tubal noch gestern, und selbst Kathinka stimmte bei.«

Bei dem Namen Tubal kam das Erröten an Renate. Lewin aber, als ob er es nicht bemerkt habe, fuhr fort: »Karl XI. war krank. Er lag schlaflos zu später Stunde in seinem Zimmer und sah nach der anderen Seite des Schloßhofes hinüber, auf die Fenster des Reichssaales. Bei ihm war niemand als der Reichsdrost Bjelke. Da schien es dem König, daß die Fenster des Reichssaales zu glühen anfingen, und darauf hindeutend, fragte er den Reichsdrosten: ›Was ist das für ein Schein?‹ Der Reichsdrost antwortete: ›Es ist der Schein des Mondes, der gegen die Fenster glitzert.‹ In demselben Augenblick trat der Reichsrat Oxenstierna herein, um sich nach dem Befinden des Königs zu erkundigen, und der König, wieder auf die glühenden Scheiben deutend, fragte den Reichsrat: ›Was ist das für ein Schein? Ich glaube, das ist Feuer.‹ Auch der Reichsrat antwortete: ›Nein, gottlob, das ist es nicht; es ist der Schein des

Mondes, der gegen die Fenster glitzert.‹ Die Unruhe des Königs wuchs aber, und er sagte zuletzt: ›Gute Herren, da geht es nicht richtig zu; ich will hingehen und erfahren, was es sein kann.‹ Sie gingen darauf einen Korridor entlang, der an den Zimmern Gustav Erichsons vorüberführte, bis daß sie vor der großen Türe des Reichssaales standen. Der König forderte den Reichsdrosten auf, die Tür zu öffnen, und als dieser bat, in dieser Nacht die Tür geschlossen zu lassen, nahm der König selbst den Schlüssel und öffnete. Als er den Fuß auf die Schwelle setzte, trat er hastig zurück und sagte: ›Gute Herren, wollt ihr mir folgen, so werden wir sehen, wie es sich hier verhält; vielleicht, daß der gnädige Gott uns etwas offenbaren will.‹ Sie antworteten: ›Ja.‹«

Hier wurde Lewin unterbrochen. Jeetze trat ein, um eine Schale mit Obst auf den Tisch zu stellen, Erdbeeräpfel und Gravensteiner, die in Hohen-Vietz vorzüglich gediehen. Tante Schorlemmer benutzte die Unterbrechung, um einige wirtschaftliche Ordres zu geben, Renate aber bemerkte: »Ich vermisse die Beziehungen; aber freilich, je geheimnisvoller, desto anregender für die Phantasie.«

Lewin nickte zustimmend. »Dieser Eindruck wird sich bei dir steigern.« Dann fuhr er fort: »Als König Karl und die beiden Räte eingetreten waren, wurden sie eines langen Tisches gewahr, an dem eine Anzahl ehrwürdiger Männer saßen, in ihrer Mitte ein junger Fürst; als solchen bezeichnete ihn der Thron, der, mit Wappenschildern und roten Teppichen behangen, unmittelbar in seinem Rücken aufgerichtet war. Es war ersichtlich, man saß zu Gericht. Am unteren Ende des Tisches stand ein Richtblock, und um den Block her, in weitem Halbkreis, standen Angeklagte, reich gekleidet, aber nicht in der Tracht, die damals in Schweden getragen wurde. Die zu Gericht sitzenden Männer zeigten auf die Bücher, die sie in Händen hielten; sie wollten dem jungen Fürsten nicht zu Willen sein, der aber schüttelte hochmütig den Kopf und wies an das untere Ende des Tisches, wo jetzt Haupt um Haupt fiel, bis das Blut längs dem Fußboden fortzuströmen begann. König Karl und seine Begleiter wandten sich voll Entsetzen von dieser Szene ab; als sie wieder hinblickten, war der Thron zusammengebrochen. Der König aber, indem er des Reichsdrosten Bjelke Hand ergriff, rief laut und bittend: ›Welche ist des Herren Stimme, die ich hören soll? Gott, wann soll das alles geschehen?‹

Und als er Gott zum dritten Male angerufen hatte, klang ihm die Antwort: ›Nicht soll dies geschehen in deiner Zeit, wohl aber in der Zeit des sechsten Herrschers nach dir. Es wird ein Blutbad sein, wie nie dergleichen im schwedischen Lande gewesen. Dann aber wird ein großer König kommen und mit ihm Frieden und eine neue Zeit.‹ Und als dies gesprochen war, schwand die Erscheinung. König Karl hielt sich mühsam. Dann, über denselben Korridor, kehrte er in sein Schlafgemach zurück. Die beiden Räte folgten.«

Lewin schwieg. Im Wohnzimmer war es still geworden; der Fächer ruhte, selbst die Stricknadeln ruhten; jeder blickte vor sich hin. Nach einer Pause fragte Renate: »Wer war der sechste Herrscher in Schweden?«

»Gustav IV.; sein Thron ist zusammengebrochen.«

»So hältst du das Ganze für echt und ehrlich, für eine wirkliche Vision?«

»Ich sage nicht ja und nicht nein. Das Schriftstück, das über diesen Hergang berichtet, liegt im Stockholmer Archiv. Es ist von des Königs Hand in selbiger Nacht geschrieben; seine beiden Begleiter haben es mit unterzeichnet. Die Handschriften sind beglaubigt. Ich habe weder das Recht noch den Mut, solchen Erscheinungen die Möglichkeit abzusprechen. Laß mich sagen, Renate, *wir* haben nicht das Recht.«

Lewin betonte das »wir«. Dann aber wandte er sich, einen scherzhaften Ton wieder aufnehmend, an Tante Schorlemmer und Marie und drang in sie, ihren Glauben oder Unglauben solchen Erscheinungen gegenüber auszusprechen.

Marie stand auf. Jeder sah erst jetzt, welchen tiefen Eindruck die Erzählung auf sie gemacht. Sie drückte die Tannenzweige, die sie mittlerweile, ohne zu wissen warum, zerpflückt hatte, zu einem Knäuel zusammen und warf alles in die halb niedergebrannte Glut. Der rasch aufflackernden Flamme folgte eine Rauchwolke, in der sie nun, einen Augenblick lang, selbst wie eine Erscheinung stand, nur die Umrisse sichtbar und die roten Bänder, die ihr über Haar und Nacken fielen. Es bedurfte ihrerseits keines weiteren Bekenntnisses; sie selber war die Antwort auf die Frage Lewins.

Tante Schorlemmer aber, die Stricknadeln wieder aufnehmend, schüttelte unmutig den Kopf und zitierte dann, als ob sie ein Gespenster beschwörendes Vaterunser vor sich hinbete, mit rascher und deutlicher Stimme:

»Unter Gottes Schirmen
Bin ich vor den Stürmen
Alles Bösen frei.
Laß den Satan wittern,
Laß den Feind erbittern,
Mir steht Jesus bei.«

7. KAPITEL

Im Kruge

Dorf Hohen-Vietz (es hatte auch »ausgebaute Lose«) beschränkte sich in seinem Innenteil auf eine einzige langgestreckte Straße, die, dem Fuße des Hügels folgend, nach Norden hin mit dem Vitzewitzeschen Rittergute, nach Süden hin mit einem großen Mühlengehöft abschloß.

Das Rittergut, soweit seine Baulichkeiten in Betracht kommen, bestand aus zwei hufeisenförmigen Hälften, von denen die eine sich aus den drei Flügeln des Herrenhauses, die andere aus Ställen und Scheunen des gutsherrlichen Gehöftes zusammensetzte. Die offenen Seiten beider Hufeisen waren einander zugekehrt, zwischen beiden lief ein zugleich als Auffahrt dienender Steindamm, der in seiner Verlängerung hügelansteigend in die mehrgenannte Nußbaumallee überging.

Freundlicher noch als das Rittergut lag die Mühle, die eine Öl- und Schneidemühle war. Ein Wasser, das mit starkem Gefälle am Dorf vorüberfloß, trieb beide Werke. Jetzt war der Bach gefroren. Schnee und Eis aber, die in phantastischen Formen an den großen Triebrädern hingen, steigerten, wenn nicht den idyllischen, so doch den malerischen Reiz des weitschichtigen, aus Häusern, Schuppen und Lagerräumen bunt zusammengewürfelten Gehöftes.

Rittergut und Mühle die Flügelpunkte; dazwischen die Straße, die ihre dreißig Häuser oder mehr, ziemlich unregelmäßig auf beide Seiten verteilt hatte. Die linke Seite, die östliche, war die bevorzugte. Hier lagen die Pfarre, die Schule, der Schulzenhof, während die rechte Seite, die fast ausschließlich von Büdnern und Tagelöhnern bewohnt wurde, nur ein einziges stattliches Gebäude aufwies: den *Krug*.

In diesen treten wir jetzt ein. Er hatte nicht das Ansehen, wie sonst wohl Dorfkrüge, dazu fehlte ihm der auf Holzsäulen ruhende, jedem vorfahrenden Wagen als Wetterdach dienende Giebelbau, vielmehr sprang eine doppelarmige, aus Backsteinen aufgemauerte Treppe vor, die fast ein Dritteil der unteren Hausfront ausfüllte. Auch das Geländer war von Stein. Dieser äußeren Erscheinung, die mehr Städtisches als Dörfisches hatte, paßte sich auch die innere Einrichtung an. Von den zwei Gastzimmern, die durch den fliesenbedeckten Flur getrennt waren, zeigte das eine mit seinen blankgescheuerten Tischen und hochlehnigen Schemelstühlen, in die ein Herz geschnitten war, allerdings noch den Krugcharakter, das andere aber mit Mullgardinen und eingerahmten Kupferstichen, darunter Schill und der Erzherzog Karl, glich fast in allem einer Bürgerressourcenstube und hatte sogar einen Lesetisch, auf dem, neben dem »Lebuser Amtsblatt«, der »Beobachter an der Spree« und die »Berlinischen Nachrichten von Staats- und gelehrten Sachen« ausgebreitet lagen. Alles verriet Behagen und Wohlhabenheit, und durfte es auch, denn über beides verfügten die Hohen-Vietzer Bauern, die hier ihr Solo spielten, in ausgiebigster Weise. Ihre Hörigkeit, wenn sie je vorhanden gewesen war, hatte in diesen Gegenden, wo dem herrenlosen Bruch- und Sumpflande immer neue Strecken fruchtbaren Ackers abgewonnen wurden, seit lange glücklicheren Verhältnissen Platz gemacht, und Berndt von Vitzewitz, weil er selbst frei fühlte, freute sich nicht nur dieser wachsenden Selbständigkeit, sondern kam ihr überall entgegen. Ein Ereignis aus seinen jüngeren Jahren her hatte dazu beigetragen. Kurz vor dem Zweiundneunziger Feldzug, als er – noch von seiner Garnison aus – einen Besuch in der Salzwedler Gegend machte, hatte ein Schloß-Tylsener Knesebeck, ein ehemaliger Regimentskamerad, ihn vom Schloß aus ins Dorf geführt und dabei die Worte zu ihm gesprochen: »Seht, Vitzewitz, hier werdet Ihr etwas kennenlernen, was Ihr Euer Lebtag noch nicht gesehen habt: *freie Bauern.*« Und diese Worte, dazu die Bauern selbst, hatten eines tiefen Eindrucks auf ihn nicht verfehlt. Das lag nun zwanzig Jahre zurück, war aber unvergessen geblieben und den Hohen-Vietzern mehr als einmal zugute gekommen.

Auch heute, am Weihnachtstage 1812, hatten sich einige bäuerliche Honoratioren, alles Männer von Mitte Fünfzig und darüber, in der Gaststube versammelt. Es waren ihrer vier: Ganzbauer Kümmeritz, Anderthalbbauer Kallies, Ganzbauer Reetzke und Ganzbauer Krull, lauter echte Hohen-Vietzer, die, seit unvordenklichen Zeiten an dieser Stelle sässig, mit den Vitzewitzen das alte Höhendorf bewohnt und verlassen, dazu auch gemeinschaftlich mit ihnen die guten und schlechten Zeiten durchgemacht hatten. Alle waren festtäglich gekleidet, trugen lange, dunkelfarbige Röcke und saßen, mit Ausnahme eines von ihnen, grade aufrecht in den breiten, gartenstuhlartigen Holzsesseln, die zu acht oder zehn um einen großen, rotbraungestrichenen Rundtisch herumstanden.

Als fünfter hatte sich ihnen der Wirt selber, der Krüger *Scharwenka,* zugesellt, der durch Erbschaft von Frauensseite her ein Doppelbauer und überhaupt der reichste Mann im Dorfe war, nichtsdestoweniger aber, trotz seiner sechshundert Morgen Bruchacker unterm Pflug, nicht für voll und ebenbürtig angesehen wurde. Das hatte zwei gute Bauerngründe. Der eine lief darauf hinaus, daß erst sein Großvater, bei Urbarmachung des Oderbruchs, mit andern böhmischen Kolonisten ins Dorf gekommen war; der andere wog schwerer und gipfelte darin, daß er, allem Abmahnen zum Trotz, von dem wenig angesehenen Geschäft des »Krügerns« nicht lassen wollte. Scharwenka, sooft dieser heikle Punkt zur Sprache kam, pflegte sich auf seinen Großvater selig zu berufen, der ihm von Kindesbeinen an beigebracht habe: Dukaten seien nie despektierlich. Der eigentliche Grund aber, warum er den Bierschank und das »Knechte-bedienen« nicht aufgeben wollte, lag keineswegs bei den Dukaten. Es war dem reichen Doppelbauer viel weniger um den hübschen Krugverdienst als um die tagtägliche Berührung mit immer neuen Menschen zu tun; das Plaudern, vor allem das Horchen, das Bescheidwissen in anderer Leute Taschen, *das* war es, was ihn bei der Gastwirtschaft festhielt. Er setzte seinen Stolz darin, die Nachricht von einer bäuerlichen, durch die Verhältnisse notwendig gewordenen Mesalliance vierundzwanzig Stunden früher zu haben als jeder andere. Subhastationen konnte er voraus berechnen wie die Kalendermacher das Wetter; seine eigentliche Spezialität aber waren die der Feuerlegung verdächtigen Windmüller. Die Liste, die er darüber führte, umfaßte so ziemlich das ganze Gewerk.

So Krüger Scharwenka.

Seinen Platz hatte er gerade der Türe gegenüber genommen, um jeden Eintretenden sehen und begrüßen zu können. Unmittelbar neben ihm saßen Reetzke und Krull, die schon seit einer Stunde rauchten und schwiegen, ganz im Gegensatz zu Kümmeritz und Kallies, die beide von den Gesprächigen waren. Auch von ihnen ein Wort.

Ganzbauer *Kümmeritz,* trotz seiner Fünfzig, hatte durchaus die Haltung und das Ansehen eines alten Soldaten. Und beides kam ihm zu. Er war erst Grenadier, dann Gefreiter im Regiment Möllendorf gewesen, hatte die Rheinkampagne mitgemacht und zweimal die Weißenburger Linien mit erstiegen. War dann bei Kaiserslautern verwundet worden und hatte den Abschied genommen. Er vertrat in diesem Kreise, neben dem Schulzen Kniehase, der heute zufällig ausgeblieben war, die Traditionen der preußischen Armee, kontrollierte den Kaiser Napoleon, malte seine Schlachten auf den Tisch und hielt die Ansicht aufrecht, daß Jena, »wo wir den Sieg ja schon in Händen hatten«, nur durch einen Schabernack verlorengegangen sei.

Das volle Gegenteil von Kümmeritz war Anderthalbbauer Kallies, ein schmalschultriger, langaufgeschossener Mann. Geistig regsam, aber schwach und widerstandslos von Charakter, mußte er es sich gefallen lassen, geneckt und gehänselt zu werden, wozu schon, alles andere unerwogen, sein Beiname herauszufordern schien. Er war nämlich, als er kaum laufen konnte, in eine große Rahmbutte oder Sahnenschüssel gefallen und hieß seitdem in sehr bezeichnender Weise »Sahnepott«. Denn es war ihm sein Lebelang etwas Milchernes geblieben.

Alle fünf dampften jetzt aus langen holländischen Pfeifen; neben jedem lag ein Zündspan. Kallies hatte das Wort. Aus allem ging hervor, daß eben ein anderer Gast, ein Reisender, ein Kaufmann, wie es schien, das Zimmer verlassen haben mußte.

»Immer, wenn ich ihn so stehen sehe«, sagte Kallies mit Wichtigkeit, »fällt mir sein Vater, der alte Tiegel-Schultze ein; der stand auch immer so da, mit beiden Händen in den Hosentaschen, und war auch so ein schnackscher Kerl und sah aus, als hätt' er den Gottseibeiuns beim Dreikart betrogen. Scharwenka, du mußt ja den alten Tiegel-Schultze auch noch gekannt haben.«

Scharwenka nickte; Kümmeritz aber, der eben eine neugestopfte Pfeife anrauchte, sprach in kurzen Pausen vor sich hin: »Tiegel-Schultze? Soll mich das Wetter, wenn ich den Namen all mein Lebtag gehört habe. Und bin doch auch ein Hohen-Vietzer Kind.«

»Das war, als du bei den Soldaten warst, Kümmeritz. So um die achtziger Jahre. Nachher war Tiegel-Schultze tot, wenn er überhaupt gestorben ist.«

Kümmeritz, der wenigstens einen Teil seines wendischen Aberglaubens bei den Soldaten gelassen hatte, schmunzelte vor sich hin und sagte dann: »Sahnepott, keine Dummheiten. Immer räsonabel. Wer tot ist, ist tot. Spuken kann er; aber sterben muß er. Warum hieß er Tiegel-Schultze?«

»Er hieß Schultze. Aber alle Welt nannt' ihn Tiegel-Schultze. Ich bin oft bei ihm gewesen, wenn ich ihm den Rübsen brachte. Immer bar Geld. Die Schwedter sagten: ›*Der* hat gut bezahlen.‹ Er stand dann hinterm Tisch, immer die Hände in den Hosen, und sah einen so verflixt an, daß man ganz irre wurde. Aber nie kein Handel. Scharwenka, das mußt du ja wissen.«

Scharwenka nickte wieder. Sahnepott fuhr fort: »Die Comptoirstube sah aus wie ein Gefängnis, hoch, weiß und Eisenstangen am Fenster. Nichts war drin als drei Wandbretter, und auf den Brettern standen viele hundert Tiegel, große und kleine, irdene und tönerne, darum hieß er Tiegel-Schultze. Ein paar sahen schwarz aus und waren aus Kohle geschnitten.«

»War er denn ein Schmelzer, ein Goldmacher?«

»Das war er, und für den Schwedter Markgrafen hat er manchen blanken Klumpen ausgeschmolzen. Als aber der Markgraf dachte, er könnt' es nun selber und hätte Schultzen alles abgesehen, da wollt' er ihn beiseite schaffen, lud ihn aufs Schloß, suchte Streit mit ihm und feuerte die beiden Läufe seines Suhler Doppelgewehrs auf ihn ab, die mit zwei goldenen Zwickeln geladen waren. Es waren solche, wie die polschen Edelleute an ihren Röcken tragen. Tiegel-Schultze aber lachte, fing die beiden Zwickel mit seiner Linken auf, denn er war eine Linkepoot, zeigte sie dem Markgrafen und sagte: ›Die trag' ich nun zum Andenken an meinen gnädigen Herrn.‹«

Es war ersichtlich, daß Kallies, der jetzt volles Fahrwasser unterm Kiel hatte, den Zeitpunkt für gekommen hielt, sich über das Geschlecht der Tiegel-Schultzen, über Raps, Goldmachen und die Undankbarkeit des Schwedter Markgrafen des weiteren verbreiten zu dürfen. Aber ehe es geschehen konnte, trat ein neuer Gast ein, der nun der Unterhaltung eine andere Wendung gab.

Der Neueintretende war der Müller *Miekley*, dem die Öl- und Schneidemühle am Südende des Dorfes zugehörte. Er war unter Mittelstatur, trug einen hellgrauen Rock und hatte in seinem Gesicht jenen eigentümlichen Ausdruck, den man bei fast allen Landleuten findet, die innerhalb der religiösen Kontroverse stehen, Sektierer sind oder es werden wollen. Wo geistige Arbeit von Jugend auf ihre Züge in das Antlitz schreibt, da ist der Sektiererzug nur ein Zug unter anderen Zügen, einer unter vielen, in deren Gesamtheit er wie verlorengehen oder doch übersehen werden kann; bei Landleuten aber tritt er ganz unverkennbar hervor, und um so mehr, je weniger er die Herrschaft zu teilen hat. Dieser Sektiererzug, in dem sich Sinnlichkeit und Entsagung, Hochmut und Demut mischen, lag auch in Müller Miekley ausgesprochen, der im übrigen ein gewissenhafter Mann war, auf Hausehre hielt und sich der besonderen Protektion Tante Schorlemmers zu erfreuen hatte. Es konnte dies geschehen, ohne nach irgendeiner Seite hin Anstoß zu geben, da Miekley nicht eigentlich aus der Landeskirche ausgetreten war, vielmehr regelmäßig die Predigten Seidentopfs hörte und nur alle Vierteljahr einmal aus dem »tieferen Quell« des Kandidaten Uhlenhorst schöpfte, wenn dieser, das Bruch und die Neumark bereisend, in Hohen-Sathen alle Konventikler von diesseits und jenseits der Oder um sich versammelte. Das war denn freilich ein Fest- und Ehrentag. Alles ruhte, das beste Gespann kam aus dem Stall, und wenn die Wege grundlos gewesen wären, unser altlutherischer Müller hätte sich's zur ewigen Sünde gerechnet, das Manna versäumt zu haben.

Miekley setzte sich links neben Kümmeritz. Dieser, wohl wissend, daß jetzt ein geistlicher Diskurs unvermeidlich geworden sei, kam ihm zuvor und fragte: »Nun, Miekley, wie hat Euch heute die Predigt gefallen?«

»Gut, Kümmeritz, von Herzen gut, trotzdem er nichts davon gesagt hat, daß uns an diesem Tage zu Bethlehem im judäischen Lande das Heil geboren wurde. Noch weniger hat er von dem ›eingeborenen Sohne Gottes‹ gesprochen. Uhlenhorst würde den Kopf geschüttelt haben. Aber er hat gesprochen wie ein braver Mann. Ich kenn' ihn wohl, er hat ein preußisches Herz.«

»Und ein christliches dazu«, riefen die anderen alle wie aus einem Munde.

»Er zetert nicht«, nahm Kallies das Wort, »er verdammt nicht; er ist kein Pharisäer. Er hat die Demut, Miekley, und das ist die Hauptsache.«

»Sahnepott hat recht«, bekräftigte Kümmeritz. »Da ist kein zweiter hier herum, der sich mit unserm Seidentopf messen könnte. Er hat nur einen Fehler, er ist zu gut und zu leichtgläubig, und sieht alles, wie er es wünscht. Über der Ägypter Heer, so sagte er, seien die großen Wasser zusammengeschlagen. Aber König Pharao sitzt wieder in seiner Hauptstadt und spinnt die alten Fäden. Noch sind wir im Bündnis mit ihm, und der Himmel mag wissen, ob wir gnädig von ihm loskommen. Geb uns Gott einen ehrlichen Krieg.«

»Den wirst du haben, Kümmeritz«, warf hier Miekley ein, der sich trotz seines Luthertums einen starken Glauben an Spuk- und Gespenstergeschichten bewahrt hatte, »den wirst du haben und wir alle mit dir. Die Alt-Landsberger Mäher haben wieder gemäht, und jeder von euch weiß, was das bedeutet. Sie haben sieben Tage gemäht, ehe der alte Fritz in den Krieg zog, und die Stoppeln waren damals so rot, als ob es Blut geregnet hätte. In diesem November haben sie wieder gemäht auf kahlem Felde.«

»Und von Sonnenuntergang her«, rief Scharwenka dazwischen, »das will sagen, daß der Feind von Westen kommt. Wir werden die Franzosen wieder im Lande haben, neues, frisches Volk, mit all seinen alten Kniffen und Pfiffen, und wer eine Tochter im Hause hat, der mag sich vorsehen. Sie haben eine freche Art, und die Weiber laufen ihnen nach.«

»Das sollen sie nicht«, versicherte Miekley, »und wo sie's tun, da falle die Schande auf uns. Wo böse Lust über Nacht in die Halme schießt, da lag von Anfang an eine schlechte Saat in den Herzen; wo aber Zucht ist und Sitte und Gebet, da hat der Böse keine Macht, auch wenn er sich in einen schlechten Franzosen verkleidet.«

Alle nickten zustimmend. »Aber«, fuhr Müller Miekley fort, »sie sind doch ein Greuel, nicht, weil sie leichtfertig sind, nein, weil sie ein unheiliges Volk sind. Sie haben sich vermessen, den ewigen Gott des Himmels und der Erde von Thron und Herrschaft abzusetzen, und beinahe schlimmer noch, sie haben sich vermessen, ihn wieder einzusetzen. Nun haben sie wieder einen Gott, aber er ist auch danach; es ist kein rechter Christengott, es ist bloß ein französischer Gott, ein ab- und eingesetzter. Sie kennen nur den Götzendienst ihres Kaisers, aber keinen Gottesdienst, und sooft ich all die Jahre über einen Franzosen in unseren Kirchen gesehen habe, so war es nur, um Unheil anzurichten.«

»Sie haben die Fransen von der Altardecke getrennt; sie haben die goldenen Stickereien ausgeschnitten; sie haben die Leuchter eingeschmolzen«, riefen mehrere dazwischen.

»Oh, sie haben Schlimmeres getan, nicht hier, aber in unserer Nachbarschaft. Den Görlsdorfer Pastor, der das Kirchengut versteckt hatte, haben sie bis unter die Achselhöhlen eingegraben und sind erst in sich gegangen, als er sie bat, ihn totzuschlagen, anstatt ihn zu martern. In Hohen-Finow haben sie den Abendmahlswein getrunken und schlechte Lieder gesungen; dann haben sie den Altartisch aus der Kirche auf den Kirchhof getragen, haben ihre Teufelsknöchel in den Abendmahlskelch getan und haben gewürfelt. In die Gruft sind sie hinabgestiegen und haben der jungverstorbenen Frau die seidenen Kleider abgerissen.«

»Das haben sie getan«, fiel jetzt Sahnepott mit Wichtigkeit ein, der wie alle schwachen Naturen eine Neigung zum Übertrumpfen hatte, »aber in Haselberg haben sie es büßen müssen, wenigstens einer. Die Haselberger Gruft ist, was sie eine Mumiengruft nennen, es soll ihrer mehrere auf dem Hohen-Barnim geben. Die Franzosen nun, als sie die Särge aufbrachen, da sahen sie, daß die Toten unverwest waren. Das gab ein Lachen. Da trugen sie den einen Sarg aus der Gruft in die Kirche, nahmen den Toten heraus, und da seine Arme beweglich waren, beschlossen sie, ihn zu kreuzigen. Sie stellten ihn an die Altarwand und schlugen zwei Nägel durch seine Hände. Die eine Hand aber löste sich wieder ab und gab im Niederfallen dem einen der Missetäter einen Backenstreich. Das entsetzte ihn, daß er tot zu Boden stürzte.«

»Den hat Gott gerichtet«, rief Miekley. »Und solch Schlag wird sie alle treffen, und müßten die Toten auferstehen.«

»Ehe aber Gott seine Wunder tut«, so schloß Kümmeritz das Gespräch, »sollen wir uns seiner Wunder würdig machen. Nicht wahr, Miekley? Wir sollen die Hände nicht in den Schoß legen. Die Alt-Landsberger Mäher haben gemäht; wenn der König ruft, wer von uns noch Kraft hat zu mähen, der mähe mit. Ich bin's entschlossen. Das Letzte für Preußen und den König.«

Die Bauern standen auf und gingen nach entgegengesetzten Richtungen die Dorfgasse entlang. Nach Norden hin glühte ein roter Schein am Himmel auf.

»Ist das Feuer?« fragte Krull.

»Nein«, sagte Miekley, »es ist ein Nordlicht, der Himmel gibt seine Zeichen.«

8. KAPITEL

Hoppenmarieken

Hoppenmarieken wohnte auf dem »Forstacker«, an dessen Rande sich seit hundert Jahren und länger eine aus bloßen Lehmkaten bestehende Straße gebildet hatte. Diese Straße, von den Hohen-Vietzern immer als etwas Fremdes angesehen, stand rechtwinklig zu dem eigentlichen Dorf, nahm hundert Schritt hinter dem Mühlengehöft ihren Anfang und stieg hügelan, in Parallellinie mit der mehrerwähnten, die Auffahrt zum Herrenhause fortsetzenden Nußbaumallee. Es war das Armenviertel von Hohen-Vietz, zugleich die Unterkunftsstätte für alle Verkommenen und Ausgestoßenen, eine Art stabilgewordenes Zigeunerlager, das Abgang und Zugang erfuhr, ohne daß sich die Dorfobrigkeit im einzelnen darum gekümmert hätte. Der »Forstacker war immer so«. So ließ man es gehen und griff nur ein, wenn grober Unfug eine Bestrafung durchaus erforderte.

Wie der moralische Stand des Forstackers, so war auch seine Erscheinung. Die Hütten seiner Bewohner unterschieden sich von den in Front und Rücken derselben stehenden Kofen in nichts als in dem Herdrauch, der aus ihren Dächern aufwirbelte. Der Schnee, der jetzt alles überdeckte, stellte vollends eine Gleichheit her.

In der letzten, schon auf halber Höhe des Hügels gelegenen Lehmkate wohnte, womit wir unser Kapitel begannen, Hoppenmarieken. Die Kofen fehlten; statt dessen faßte ein Heckenzaun das Häuschen ein, welches letztere nach vornhin eine Tür und ein Fenster, sonst aber nirgends einen Eingang oder eine Lichtöffnung hatte. Ein Würfel mit bloß zwei Augen. Das Innere bestand aus wenig Räumen. Der Flur, der nach hintenzu zugleich die Kochgelegenheit hatte, war ebenso schmal wie tief, dazu völlig dunkel; in Sommerszeit aber erhielt er Licht durch die offenstehende Tür, während im Winter das auf dem Herd brennende Feuer aushelfen mußte. Neben dem Flur lag die Stube; hinter dieser der Alkoven.

So war Hoppenmariekens Haus. Wer aber war Hoppenmarieken?

Hoppenmarieken war eine Zwergin. Wo sie eigentlich herstammte, wußte niemand mit Bestimmtheit zu sagen. Die älteren Hohen-Vietzer erzählten, daß sie vor etwa dreißig Jahren ins Dorf gekommen und als eine halbe Landstreicherin, wie manche andere vor ihr und nach ihr, mit wenig günstigen Augen angesehen worden sei. Der damals lebende Gutsherr aber, Berndt von Vitzewitz' Vater, habe Mitleid mit ihr gehabt und die entgegenstehenden Bedenken mit der halb scherzhaften Bemerkung niedergeschlagen: »Dafür haben wir den Forstacker.« Schon damals, so hieß es, habe sie so ausgesehen wie jetzt, ebenso alt, ebenso häßlich, habe dieselben hohen Wasserstiefel, dasselbe Kopftuch getragen und sei, damals wie heute, schon auf weithin kennbar gewesen durch den roten Friesrock, die Kiepe auf ihrem Rücken und den mannshohen, krummstabartigen Stock in ihrer Hand.

Hoppenmarieken, soviel stand fest, hatte sich seitdem auf dem Forstacker eingebürgert und war in der ganzen Südhälfte des Oderbruchs die allergekannteste Person. Dafür sorgte neben ihrer Erscheinung auch ihr Geschäft. Sie hatte deren mehrere. Zunächst war sie Botenläuferin. Dreimal die Woche, wie immer auch Weg und Wetter sein mochte, brach sie, je nach dem Postengange, früh morgens oder spät abends auf, empfing Briefe, Zeitungen, Pakete und kehrte zwölf Stunden später, es sei von Frankfurt oder von Küstrin, nach Hohen-Vietz zurück. Und dieser Botendienst, wie er sie überall bekanntgemacht hatte, machte sie schließlich, trotz allem, was dann und wann gegen sie laut wurde, auch wohlgelitten. Jedes freute sich, Hoppenmarieken über den Hof kommen und durch eine eigentümliche Bewegung ihres Stockes, die etwas Tambourmajorhaftes hatte, angedeutet zu sehen: »Ich bringe Neuigkeiten.« Alle Landposten sind wohlgelitten.

Diese Botendienste bildeten aber nur die Basis ihrer Existenz; wichtiger für sie oder doch wenigstens einträglicher war das Kommissionsgeschäft, das sie nebenbei betrieb. Der Eierhandel aller Dörfer anderthalb Meilen um Hohen-Vietz herum lag eigentlich in ihrer Hand, wobei sie sich doppelter Provisionen zu versichern wußte. Dies ermöglichte sich dadurch, daß das ganze Geschäft auf Tausch beruhte. Eine Bauerfrau in

Zechin oder Wuschewier, die sich ein neues Kopftuch wünschte, setzte sich, wenn Hoppenmarieken des Weges kam, mit dieser in Verbindung, packte ihr einen bereitgehaltenen Hahn samt ein paar Stiegen Eier in die Kiepe und überließ es nun ebenso ihrem Genius wie ihrer Diskretion, das Kopftuch zu beschaffen. Es kam vor, daß in diesem oder jenem Artikel Hoppenmarieken den ganzen Markt bestimmte. Man sah in diesen Vorteilen, die ihr zufielen, einen ehrlichen Verdienst und hatte recht darin. Aber nicht all ihr Verdienst war so ehrlicher Natur. Auf dem Forstacker wohnten Leute, die, selbst übel beleumdet, ihr böse Dinge nachsagten. Aber auch im Dorfe selbst wußte man davon zu erzählen. Die liederlichen Dirnen schlichen sich abends in ihr Haus; sie wahrsagte, sie legte Karten. Sonntags war sie immer in der Kirche und sang mit ihrer rauhen Stimme die Gesangbuchlieder mit, von denen sie die bekanntesten auswendig wußte; aber niemand glaubte, daß sie eine ehrliche Christin sei. Man hielt sie für einen Mischling von Zwerg und Hexe. Selbst im Herrenhause, wo man ihr als einer Dorfkuriosität, zum Teil aber auch um ihrer Brauchbarkeit willen manches nachsah, dachte man im ganzen genommen wenig günstiger über sie. Nur Lewin stand ihr mit einer gewissen poetischen Zuneigung zur Seite. Er liebte scherzhaft über sie zu phantasieren. Ihr Alter sei unbestimmbar, sie sei ein geheimnisvolles Überbleibsel der alten wendischen Welt, ein Bodenprodukt dieser Gegenden, wie die Krüppelkiefern, deren einige noch auf dem Höhenrücken ständen. Bei anderen Gelegenheiten wieder, wenn ihm vorgehalten wurde, daß die Wenden sehr wahrscheinlich schöne Leute gewesen seien, begnügte er sich, sie als ein Götzenbild auszugeben, das, als der letzte Czernebogtempel fiel, plötzlich lebendig geworden sei und nun die früher beherrschten Gebiete durchschreite. Er fügte auch wohl hinzu: Hoppenmarieken werde nie sterben, denn sie lebe nicht. Sie sei nur ein Spuk. Darin versah er es nun aber ganz und gar; sie lebte nicht nur, sie lebte auch gern und gut und dabei ganz mit jener sinnlichen Lust, wie sie den Zwergen immer und den Geizigen in der Regel eigen ist. Und sie war beides, zwergig und geizig.

Die Bauern hatten sich nach ihrem Diskurs im Scharwenkaschen Kruge kaum getrennt, als Hoppenmarieken in dem schweren Schritt ihrer Wasserstiefel die Dorfgasse heraufkam. Sie ging rasch wie immer, nüsterte und sprach unverständliche Worte vor sich hin. Ihr langer Hakenstock bewegte sich dabei taktmäßig auf und ab, und ihr roter Friesrock leuchtete.

Als sie das Mühlengehöft passiert hatte, schwenkte sie links und schritt nun die verschneite Lehmkaten- und Kofenstraße hinauf auf ihr Häuschen zu. Die Tür desselben war nur eingeklinkt und mit Recht, denn alles, was sich drinnen befand, stand im Schutze seiner eigenen Unheimlichkeit. Völliges Dunkel empfing sie; sie tappte, sich mit dem Stocke fühlend, bis in die Mitte des Flurs, stellte hier Stock und Kiepe beiseite und fuhr dann mit ihrer Hand, die eine Hornhaut hatte, in der Herdasche umher, bis ein paar glühende Kohlen zum Vorschein kamen. Sie blies nun, nahm einen Schwefelfaden und zündete mit Hilfe desselben eine Blechlampe an, ohne übrigens von dem bescheidenen Lichte, das dieselbe gab, zunächst Gebrauch zu machen. Sie kroch vielmehr in ein großes, unmittelbar neben dem Herd befindliches Ofenloch hinein, rührte auch hier mit einem langen, halb verkohlten Scheit in der tief nach hinten liegenden Glut, warf Reisig, Tannenäpfel und ein paar Stücke steinharten Torfes auf und trat nun erst in die Stube.

Diese war geräumig. Hoppenmarieken leuchtete darin umher, sah in alle Winkel, tat einen Blick in den nach hinten zu gelegenen Alkoven und drückte zuletzt, beständig vor sich hinsprechend, ihre Zufriedenheit mit dem Sachbefunde aus. Die Lampe gab gerade Licht genug, um alles in der Stube Befindliche erkennen zu können. Neben dem Fenster, dicht an die Ecke geschoben, stand ein Wandschapp mit Tassen und Tellern; der eichene Tisch war blank gescheuert; an der Alkoventür hing ein großer, mitten durchgeborstener Rundspiegel, von dem es zweifelhaft bleiben mochte, ob er um Eitelkeits oder Geschäfts willen an dieser Stelle hing. Denn er sah aus, als ob er beim Wahrsagen und Kartenschlagen notwendig eine Rolle spielen müsse. Im übrigen war eine gewisse weihnachtsfestliche Herrichtung, für die Hoppenmarieken selber am Tage vorher gesorgt zu haben schien, unverkennbar. Das Himmelbett hatte frische Vorhänge, die Dielen waren mit Tannenzweigen bestreut und an dem Deckenhaken hing ein Ebereschenzweig, dessen Beeren, trotz vorgeschrittener Winterzeit, noch ihre schöne rote Farbe zeigten. Alles dies hätte fast einen gemütlichen Eindruck machen müssen, wenn nicht dreierlei gewesen wäre: erstens Hoppenmarieken in Person, dann ihre Vogelkäfige und drittens und letztens der Alkoven. Hoppenmarieken selbst kennen wir; aber von den beiden anderen noch ein Wort.

An allen vier Wänden hin, dicht unter der Decke, lief eine Reihe von Vogelgebauern. Wohl zwanzig an der Zahl. Nur wo Bett und Ofen standen, war die Reihe unterbrochen. Was eigentlich in den Bauern drinsteckte, war nicht klar zu erkennen gewesen, als Hoppenmarieken mit der Lampe daran hingeleuchtet hatte. Nur allerhand dunkle Vogelaugen hatten groß und schläfrig in das Licht gestarrt. Es mußte sich einem aufdrängen, das seien wohl die Augen, die bei Abwesenheit der Herrin hier Wache hielten.

Dieser seltsame Fries von Vogelbauern, in denen bloß schweigsames Volk zu Hause zu sein schien, war unheimlich genug, aber unheimlicher war der Alkoven. Schon der Rundspiegel, der an der Türe hing, bedeutete nichts Gutes. Drinnen war alles leer. Nur Kräuterbüschel zogen sich hier in ähnlicher Weise um die Wände herum, wie nebenan die Vogelkäfige. Es waren gute und schlechte Kräuter: Melisse, Schafgarbe, Wohlverleih, aber auch Allermannsharnisch, Sumpfporst und Klosterwacholder. Dazwischen Bündel von Roggenhalmen, deren gesunde Körner längst ausgefallen waren, während das giftige blaue Mutterkorn noch an den Ähren haftete; der Geruch im ganzen war betäubend. Was einem schärferen Beobachter vielleicht mehr als alles andere aufgefallen wäre, war, daß sämtliches Kräuterwerk, statt an einfachen Nägeln, an dicken Holzpflöcken hing, deren mehrere Zoll betragender Durchmesser in gar keinem Verhältnis zu der winzigen, von ihnen zu tragenden Last stand.

Hoppenmarieken, die es sich mittlerweile bequem gemacht und die hohen Wasserstiefel mit ein Paar aus Filztuch genähten Schuhen vertauscht hatte, holte jetzt die Kiepe vom

Flur herein und schien, ihrem ganzen Hantieren nach, gewillt, einen Schmaus für sich selber vorzubereiten. Sie wühlte behaglich in ihrer Kiepe, bis sie die Gegenstände, die sie suchte, gefunden hatte. Was zuerst aus der Tiefe heraufstieg, war eine blaue Spitztüte, dann kamen zwei Eier, die sie prüfend gegen das Licht hielt, zuletzt ein altes bedrucktes Sacktuch, in das aber etwas Wichtigeres eingeschlagen war. Wenigstens hielt sie das Paket mit beiden Händen ans Ohr und schüttelte. Der Ton, den es gab, beruhigte sie. Sie legte nun alles auf den Tisch, eines neben das andere, und holte vom Schapp her einen alten Fayencetopf mit abgebrochenem Henkel, dazu einen Quirl und einen Blechlöffel. Jetzt war alles beisammen. Sie tat aus der blauen Tüte einen Löffel Zucker in den Topf, schlug die beiden Eier hinein, wickelte aus dem Sacktuch eine Rumflasche heraus, liebäugelte mit ihr, goß ein und quirlte. Nur etwas fehlte noch: das siedende Wasser. Aber auch dafür war gesorgt. Sie trat in den Flur, kroch abermals in das Ofenloch und kam mit einem rußigen Teekessel zurück, dessen Inhalt zischend und sprudelnd in dem großen Fayencetopf verschwand.

Hiermit waren die Vorbereitungen als geschlossen anzusehen. Das eigentliche Fest konnte beginnen. Sie machte den Tisch wieder klar, baute sich einen großen, braunen Napfkuchen auf und sah, während sie den Kopf in beide Arme stützte, mit sinnlicher Zufriedenheit auf das hergerichtete Mahl. Auch jetzt noch war sie beflissen, nichts zu übereilen. War es nun, daß sie in der Hinausschiebung des Genusses eine Steigerung sah, oder hatte sie so ihre eigenen Hoppenmariekeschen Vorstellungen davon, wie nun einmal ein erster Weihnachtstag gefeiert werden müsse, gleichviel, sie begnügte sich vorläufig damit, den aufsteigenden Dampf von der Seite her einzusaugen, und zog dabei den Tischkasten weit auf, in dem, durch eine Scheidewand getrennt, links das Gesangbuch, rechts die Karten lagen. Sie nahm das Gesangbuch, schlug das Christlied auf: »Vom Himmel hoch da komm' ich her«, las in rezitativischer Weise, die sie selber für Gesang halten mochte, die drei ersten, dann die letzte Strophe, klappte wieder zu und tat einen ersten tüchtigen Zug. Gleich darauf ging sie zu einem allerenergischsten Angriff auf den Napfkuchen über, der nun innerhalb zehn Minuten von der Tischfläche verschwunden war. Sie strich die Krümel in ihre linke Handfläche zusammen und schüttete alles sorgfältig in den Mund.

Jetzt, wo der Fayencetopf keinen Nebenbuhler mehr hatte, war sie erst in der Lage, ihm zu zeigen, was er ihr war. Sie legte streichelnd und patschelnd ihre Hände um ihn herum, untersuchte mit den Knöcheln alle Stellen, die einen kleinen Sprung hatten, bog sich über ihn und nippte, schlürfte und tat dann wieder volle Züge. Nachdem sie so den ganzen Kursus des Behagens durchschmarutzt hatte, zog sie den Schubkasten zum zweiten Male auf, nahm jetzt aber, statt des Gesangbuches, das Kartenspiel heraus. Es waren deutsche Karten: Schippen, Herzen, Eichel; sie lagen in Form einer Mulde fest aufeinander, was jedoch für Hoppenmariekens Hände keine Schwierigkeiten bot. Als sie wohl eine halbe Stunde lang aufgelegt, gemischt und wieder aufgelegt hatte, ohne daß die Karten kommen wollten, wie sie sollten, stieg ihr das Blut zu Kopf.

Der Schippenbube wich ihr nicht von der Seite. Das mißfiel ihr; sie wußte ganz genau, wer der Schippenbube war. Was? Da lag er wieder neben ihr. Sie stand unruhig auf, nahm die Lampe, leuchtete hinter den Ofen, sah zwei-, dreimal in den Alkoven hinein und setzte sich dann wieder. Aber die Beklemmung wollte nicht weichen. Sie schnürte deshalb das großgeblumte Kattunmieder auf, das sie trug, nestelte, zerrte, zupfte und fühlte nach einem Täschchen, das sie an einem Lederstreifen auf der Brust trug. Es war da. Sie nahm es ab, zählte seinen Inhalt und fand alles, wie es sein mußte.

Dies gab ihr ihre Ruhe wieder. Sie wollte es noch einmal versuchen und begann abermals die Karten zu legen. Diesmal traf es; der Schippenbube lag weit ab. Ein häßliches Lachen zog über ihr Gesicht; dann tat sie den letzten Zug, schob einen großen Holzriegel vor die Türe und löschte das Licht.

Als eine Stunde später der Mond ins Fenster schien, schien er auch auf das verwitterte Antlitz der Zwergin, das jetzt, wo sich das schwarze Kopftuch verschoben und die weißen Haarsträhnen bloßgelegt hatte, noch häßlicher war als zuvor. Der Mond zog vorüber; das Bild gefiel ihm nicht. Hoppenmarieken selbst aber träumte, daß Schippenbube sie am Halse gepackt habe und an dem Lederriemen zerre, um ihr die Tasche abzureißen. Sie rang mit ihm; der Angstschweiß trat ihr auf die Stirn; dabei aber rief sie: »Wart, ich sag's; Diebe, Diebe!«

Durch das öde Haus hin klangen diese Rufe. Die Vögel stiegen langsam von ihren Sprossen und starrten durch ihre Gitter auf das Bett, von wo die Rufe kamen.

9. KAPITEL
Schulze Kniehase

Dem Kruge gegenüber lag der Schulzenhof. Er bestand aus einem Ziegeldachhaus, an das sich nach rückwärts zwei lange, schmale Stallgebäude anlehnten, die durch eine Scheune miteinander verbunden waren. Ein hinter dieser Scheune gelegenes, mit Obstbäumen und Himbeersträuchern besetztes Ackerstück streckte wieder zwei schmale Blumenstreifen bis dicht an die Dorfstraße vor, so daß in Sommerszeit, wenn man vom Kirchhügel aus auf das Schulzengehöft herniedersah, alles einem großen Garten glich, der Haus und Hof wie zwischen zwei ausgebreiteten Armen hielt. Selbst Miekleys Mühle war dann nicht freundlicher. Bis unter das Dach blühten die Malven, die Bienen summten um den Stock, die Trauben hingen am Spalier, während sich von dem alten, rechts an der Hoftür wachestehenden Birnbaum von Zeit zu Zeit die schweren Früchte lösten und mit Geklatsch auf die Schwellsteine niederfielen. Von den Insassen des Hauses achtete niemand dieses Tones; nur ein Mädchen, das auf der vorgebauten Steintreppe des Hauses unter einem Gerank von Flieder und Geißblatt saß, sah einen Augenblick horchend auf, ehe es fortfuhr das Garn zu wickeln oder die Naht zu säumen.

So war es im Spätsommer. Aber auch im Winter bot der Schulzenhof ein freundliches Bild, auch heute am zweiten Weihnachtsfeiertage. Auf dem Hofe war der Schnee zusammengeschippt, so daß er eine Mauer bildete; die Stalltüren standen auf, aus denen die warme Luft wie ein Nebel ins Freie zog. An der Schwelle saßen Sperlinge und pickten einzelne Körner auf. Sonst alles still; auch der Hofhund feierte.

In einer der Ecken zwischen Stall und Scheune stand seine Hütte; etwas von seinem Lagerstroh hatte er vor die Öffnung geschoben, und auf diesem Kissen lag nun sein spitzer Wolfskopf und sah behaglich in den Morgen hinein.

Und still und festtäglich wie draußen auf dem Hofe, so war auch das Haus. Schon seine Treppe war mit Sand bestreut; in den Ecken der Vordiele standen junge Kiefern und füllten die Luft mit ihrem Harzgeruch; an einem Haken in der Mitte des Flurs aber hing ein Mistelbusch. Die Wohnstuben waren schon geheizt und die Kamintüren geschlossen; nur zur Rechten, wo das große Besuchszimmer lag, knisterte noch ein Feuer und warf seinen Schein. Eine Katze strich ihre Flanken an den warmen Ecken, schnurrend mit gekrümmtem Rücken, zum Zeichen ihres besonderen Behagens.

In dem vordersten Wohnzimmer, um einen schweren Eichentisch herum, befanden sich drei Personen. Dem Fenster zunächst, und diesem den Rücken zukehrend, saß ein breitschultriger Mann, ein Fünfziger. Sein Gesicht drückte Kraft, Festigkeit und Wohlwollen aus. Spärliches, blondes Haar legte sich an seine Scheitel, er war sonntäglich gekleidet und trug einen langen, schwarzbraunen Rock. Die Frau zu seiner Linken, trotz ihrer Vierzig, war noch hübsch, von dunklem Teint und wendisch gekleidet. Ein breiter Kragen fiel über ihr Mieder von schwarzem Tuch, und der kurze Friesrock war in hundert Falten gelegt. Unter der engen Tüllmütze versteckte sich nur halb das glänzend schwarze Haar. Aller Schmuck war silbern. Um den Hals schlang sich eine starke, vorn auf der Brust durch einen Schieber zusammengehaltene Kette; die Ohrgehänge glichen großen, silbernen Tropfen.

Dies war das Schulze Kniehasesche Paar. Dem Alten gegenüber, im vollen Fensterlicht, saß die Tochter des Hauses, Maria, ebenso aufrecht wie Tages zuvor am Kamin des Herrenhauses. Sie trug dasselbe Taftkleid, dasselbe rote Band im Haar; und mit derselben Aufmerksamkeit, mit der sie gestern den Erzählungen Lewins gefolgt war, folgte sie heute der Vorlesung ihres Vaters, der zuerst das Weihnachtsevangelium, dann das 8. Kapitel aus dem Propheten Daniel las. Der alte Kniehase hatte dies Kapitel mit gutem Vorbedachte gewählt.

Mariens Hände lagen still in ihrem Schoß. Und als die Stelle kam: »Und nach diesem wird aufkommen ein frecher und tückischer König, der wird mächtig sein, doch nicht durch seine Kraft, und nur durch seine List wird ihm der Betrug geraten, und er wird sich auflehnen wider den Fürsten aller Fürsten; *aber er wird ohne Hand zerbrochen werden*« – da wurden ihre Augen größer, wie sie es bei der Erzählung von dem Feuerschein im Schlosse zu Stockholm geworden waren, denn, erregbaren Sinnes, nahm jegliches, wovon sie hörte, lebendige Gestalt an. Sonst blieb alles in gleichem Schlag. Das Rotkehlchen, mit leisem Gezirp, hüpfte aus dem Ring auf die Sprossen und wieder von den Sprossen in den Ring; in gleichmäßigem Takt ging der Pendel der Gehäuseuhr. Und so ging auch des Schulzen Kniehase Herz.

Kniehase war ein »Pfälzer«. Wie kam er in dieses Wendendorf? Und wie war er Schulze dieses Dorfes geworden?

Um dieselbe Zeit, als die Scharwenkas mit anderen tschechischen Familien von Böhmen her übersiedelten, wanderten die Kniehases mit rheinischen Familien ein. Das war um 1750, als Friedrich der Große zur Trockenlegung der Sumpfstrecken des Oderbruches und zu ihrer Kolonisierung schritt. Die tschechischen Familien, weil ihrer nur wenig waren, fanden in den altwendischen Dörfern ein Unterkommen, und so kamen die Scharwenkas nach Hohen-Vietz. Die rheinischen Kolonistenfamilien aber, die, ohne Rücksicht darauf, ob sie aus dem Cleveschen oder Siegenschen, aus Nassau oder der Pfalz stammten, sämtlich »Pfälzer« genannt wurden (etwa wie in Irland alle Herübergekommenen »Sachsen« heißen), gründeten eigene Dörfer, unter denen Neu-Barnim das größte war. In diesem Dorfe wurde unser Kniehase geboren, und zwar am Tage des Hubertusburger Friedens. Der Vater schloß daraus, daß der Sohn ein Prediger werden müsse, und ließ ihn nach den bescheidenen Mitteln, die sich darboten, etwas Tüchtiges lernen. Aber der junge Kniehase war weitab davon, ein Mann des Friedens werden zu wollen; nur das Soldatische hatte Reiz für ihn und mit zwanzig Jahren schon, nachdem er den Widerstand des Vaters unschwer besiegt, trat er in die Grenadierkompanie des Regiments Möllendorf ein, das damals zu Berlin in Garnison stand. Der Dienst, trotz aller Strenge, gefiel ihm wohl, und schon 1792, bei Ausbruch der Rheinkampagne, war er unter den Fahnenunteroffizieren des Regiments. Bei Valmy erhielt er ein Ehrenzeichen, bei Kaiserslautern ein zweites. Das kam so. Die Kompanie von Thadden sah sich gezwungen, eine Hügelstellung zu räumen, auf der sie sich seit Beginn des Kampfes behauptet hatte; feindliche Artillerie fuhr auf und beherrschte jetzt das abgeschrägte, wohl 1500 Schritt breite Terrain, auf dem die zurückgehende Kompanie, zum Teil in bloße Trupps aufgelöst, ihren Rückzug bewerkstelligte. In Mittelhöhe des Abhanges lag ein durch einen Schenkelschuß verwundeter Gefreiter und beschwor seine Kameraden, ihn nicht liegen zu lassen. Einige hielten inne; aber das Kartätschenfeuer brach wieder den guten Willen; auch den Tapfersten versagte der Mut. Da sprang Unteroffizier Kniehase vor, lief eine Strecke zurück, lud den Verwundeten auf die Schulter und trug ihn aus dem Feuer. Stabskapitän von Thadden, als die Kompanie sich wieder sammelte, trat an Kniehase heran und schüttelte ihm die Hand; die Grenadiere aber brachen in Jubel aus und nahmen eine halbe Stunde später die verlorengegangene Höhenstellung wieder.

Dieser Tag führte unseren Kniehase, wenn nicht gleich, so doch im regelrechten Lauf der Ereignisse, nach dem alten Wendendorfe, dessen Obrigkeit er jetzt bildete. Denn der Gefreite, den er so mutig aus dem feindlichen Feuer getragen hatte, war niemand anderes als unser Freund aus dem Hohen-Vietzer Kruge her: Peter Kümmeritz. Invalide geworden, erhielt er seinen Abschied; zwei Jahre später aber kam der Frieden, und die ganze Rheinarmee kehrte in ihre Garnisonen zurück. Mit ihr das Regiment Möllendorf.

Es war nach der Ernte, anno 95; die Sommerfäden flogen schon durch die Luft, als an einem jener klaren Tage, wie sie der September bringt, an Miekleys Mühle vorbei ein breitschultriger Mann in seines Königs Rock in die Hohen-Vietzer Dorfstraße einbog. Auf seiner Brust blitzten ein paar Medaillen, und wer sich auf Litzen und Rabatten verstand, der sah, daß es ein Chargierter vom Regiment Möllendorf war. Es war aber kein anderer als unser Unteroffizier Kniehase. Als er, gefolgt von der halben Dorfjugend, die scheubeflissen auf seine Fragen Antwort gab, in das Gehöft seines ehemaligen Gefreiten eintreten wollte, trat ihm an der Schwelle des Hauses nicht Peter Kümmeritz in Person, wohl aber Trude Kümmeritz, seine Schwester, entgegen. Nach allem, was folgte, muß angenommen werden, daß diese Stellvertretung den Wünschen unseres Kniehase nicht zuwiderlief, denn ehe er nach Wochenfrist den gastlichen Kümmeritzschen Hof verließ, um zu seinem Regiment zu retournieren, hatte er nicht nur mit Peter die Kriegskameradschaft erneuert, sondern auch mit Trude sich zu ehelicher Kameradschaft versprochen. Er ging überhaupt nur in seine Garnison zurück, um aus dem Urlaub einen Abschied zu machen, demnächst aber einen Neu-Barnimschen Hof zu kaufen und seine Trude aus dem Wendendorf in das Pfälzerdorf hinüberzuziehen. Es kam aber umgekehrt. Eine Hohen-Vietzer Stelle wurde unerwartet frei, die Truhen der Häuser Kümmeritz und Kniehase steuerten zusammen, und als im Sommer 96 der Raps blühte und sein Duft auf allen Feldern lag, da stieg ein Hochzeitszug den Kirchenhügel hinan, die Glocken läuteten, und die Musikanten bliesen, bis das Brautpaar über die Schwelle war. Kniehase trug seine Uniform, Trude die reiche wendische Tracht, und alt und jung waren einig, daß Hohen-Vietz ein solches Brautpaar seit Menschengedenken nicht gesehen habe. Seit Menschengedenken kein stattlicheres, aber auch kein glücklicheres Paar. Vor allen Dingen kein besseres. Neid und üble Nachrede schwiegen, und wenn anfangs dieser und jener klagte, »daß nun ein Pfälzer ins Dorf gekommen sei«, so verstummte diese Klage doch bald, als sie den Pfälzer kennenlernten. Wo es einen Rat galt, da war er da, und wo es eine Tat galt, da war er zweimal da. Er verstand sich aufs Schreiben und Eingabenmachen, aufs Rechnen und Registrieren, und als anno 1800 der alte Schulze Wendelin Pyterke starb, der seit dem Siebenjährigen Krieg volle vierundzwanzig Jahre im Amte und nach der Kunersdorfer Schlacht, als die Russen kamen, die Rettung des Dorfes gewesen war, da wählten sie den Kniehase zu ihrem Schulzen, ohne sich ums Herkommen zu kümmern, das nur zwei oder drei unter ihnen gewahrt wissen wollten. Berndt von Vitzewitz aber sagte: »Meine Bauern waren immer gescheit, doch für *so* gescheit hab' ich sie all mein Lebtag nicht gehalten.«

Kniehase hatte keinen Feind; selbst die Forstackers Leute sprachen gut von ihm. Im Herrenhause hieß es: »Er ist ein tüchtiger Mann«, in der Mühle hieß es: »Er ist ein frommer Mann«, Peter Kümmeritz aber mit immer wachsendem Respekt sah zu seinem Schwager auf, als ob er den Tag von Kaiserslautern durch eigenes Eingreifen entschieden habe. Er schloß dann wohl ab: »Ich schulde ihm mein Leben, und meine Schwester schuldet ihm ihr Glück.«

Die Kniehases waren ein glückliches Paar; aber kein Glück ist vollkommen: sie blieben kinderlos. Da traf es sich, daß auch eine Tochter ins Haus kam, kein eigenes Kind und doch geliebt wie ein solches.

Es war um Weihnachten 1804, zwei Jahre früher, als die Frau von Vitzewitz starb, da kam ein »starker Mann« ins Dorf, einer von jenen fahrenden Künstlern, die zunächst in rotem Trikot mit fünf großen Kugeln spielen und hinterher ein Taubenpaar aus einem Schubfach auffliegen lassen, in das sie vorher eine Uhr oder ein Taschentuch gelegt haben. Der starke Mann schien bessere Tage gesehen zu haben; seine ganze Haltung deutete darauf hin, daß er nicht immer in einem Planwagen von Dorf zu Dorf gefahren war. Er hielt jetzt vor dem Scharwenkaschen Kruge, führte das magere Pferd in den Stall, und am Abend war Vorstellung. Ein kleines Mädchen, das zehn Jahre sein mochte, wechselte mit ihm ab, sang Lieder und deklamierte; zuletzt erschien sie in einem kurzen Gazekleid, das mit Sternchen von Goldpapier besetzt war, und führte den Schaltanz auf. Die Hohen-Vietzer Bauern, ganz besonders die alten, waren wie benommen und streichelten das Kind mit ihren großen Händen. Es sollte ihnen bald Gelegenheit werden, ihr gutes Herz noch weiter zu zeigen.

Der »starke Mann« war längst kein starker Mann mehr; er war siech und krank. Er legte sich, und es ging rasch bergab. Pastor Seidentopf saß an seinem Bett und sprach ihm Trost zu; der Sterbende aber, der wohl wußte, wie es mit ihm stand, schüttelte den Kopf, zog den Pastor näher an sich heran und sagte fest: »Ich bin froh, daß es zu Ende geht.« Dann wies er mit einer leisen Seitwärtsbewegung des Kopfes auf die Kleine, die am Fenster saß, preßte beide Hände aufs Herz und setzte mit halberstickter Stimme hinzu: »Wenn nur das Kind nicht wäre.« Dabei brach er, alle Kraft über sich verlierend, in ein krampfhaftes Schluchzen aus. Die Kleine, als sie das Weinen hörte, kam herzugesprungen und küßte in leidenschaftlicher Liebe die Hand des Sterbenden. Dieser streichelte ihr das Haar, sah sie an und lächelte. Es war, als ob er in eine lichte Zukunft geblickt hätte. So starb er. Auf dem Tische neben ihm stand die kleine Zauberkommode, aus der immer die Tauben aufflogen. Pastor Seidentopf war tief erschüttert.

An die Hohen-Vietzer aber traten jetzt zwei Fragen heran, von denen es schwer zu sagen, welche die Gemüter mehr beschäftigte. Die *erste* Frage war: »Was machen wir mit dem Toten?«

Die alten Wendenbauern waren gutmütig, aber sie dachten doch ernst in solchen Sachen. Den starken Mann bloß einzuscharren, erschien ihnen als untunliche Härte, ihn aber auf ihrem christlichen Kirchhofe zu begraben, als noch untunlichere Entweihung. War er überhaupt ein Christ? Die Mehrzahl zweifelte. Da fand Pastor Seidentopf unter dem Kopfkissen des Toten eine Tasche mit allerhand Papieren, auch Tauf- und Trauschein. Die Briefe gaben weiteren Aufschluß. Es zeigte sich, daß er Schauspieler gewesen war, daß er eine Tochter aus gutem Hause wider den Willen der Eltern geheiratet hatte, und daß die Frau schließlich hingestorben war in Gram und Elend, aber ohne Vorwurf und ohne Reue. Die letzten Briefe, viel durchlesene, waren aus einem schlesischen Klosterspitale datiert. Ein gescheitertes Leben sprach aus allen, aber kein unglückliches, denn was sie zusammengeführt, hatte Not und Tod überdauert.

Pastor Seidentopf, als er die Briefe gelesen, trat wieder unter seine Bauern, die unten im Krug seiner harrten, und am dritten Tage hatte der starke Mann ein christliches Begräbnis, als ob er ein Kümmeritz oder ein Miekley gewesen wäre. Die Schulkinder sangen ihn hügelan, trotzdem ein großes Schneetreiben war, Frau von Vitzewitz, gütig wie immer, stand mit am Grabe und warf dem Toten die erste Handvoll Erde nach,

Berndt von Vitzewitz aber ließ ihm ein Kreuz errichten, darauf folgender, vom alten Küster Jeserich Kubalke gedichteter Spruch zu lesen war:

Ein Stärkrer zwang den starken Mann,
Nimm ihn Gott in Gnaden an.

So erledigte sich die erste Frage. – Die zweite Frage war: »Was machen wir mit dem *Kinde?*« Pastor Seidentopf erwog die Frage hin und her; hundert Pläne gingen ihm durch den Kopf, aber keiner wollte passen. Die Bauern waren scheu und schwierig. Da trat Schulze Kniehase dazwischen, und das weinende Kind vom Krug aus in sein Haus hinüberführend, sagte er: »Mutter, die schickt uns Gott.«

Und am anderen Tage, weil es dicht vor dem Christfest war, begann er ihr einen Baum zu putzen und nannte sie seine Weihnachtspuppe und sein Zauberkind.

Die Bauern sahen anfangs ängstlich zu; »sie wird ihm wegfliegen«, meinten die einen, »und das wäre noch das beste«, versicherten die anderen. Aber sie flog *nicht* fort, und Pastor Seidentopf sagte: »Sie wird ihm Segen bringen, wie die Schwalben am Sims.«

10. KAPITEL

Marie

»Sie wird dem Hause Segen bringen, wie die Schwalben am Sims«, so hatte Prediger Seidentopf gesprochen, und seine Worte sollten in Erfüllung gehen. Das Kopfschütteln der Bauern nahm bald ein Ende. Es geschah das, was unter ähnlichen Verhältnissen immer geschieht: dunkle Geburt, seltsame Lebenswege, wie sie den Argwohn wecken, wecken auch das Mitgefühl, und ein schöner Trieb kommt über die Menschen, ein unverschuldetes Schicksal auszugleichen. Der Zauber des Geheimnisvollen unterstützt die wachgewordene Teilnahme.

Das erfuhr auch Marie. Ehe noch der erste Winter um war, war sie der Liebling des Dorfes; keiner spöttelte mehr über das Gazekleid mit den Goldpapiersternchen, in dem sie zuerst vor ihnen aufgetreten war. Vielmehr erschien ihnen jetzt dieser bloße Hauch einer Kleidung als ihr natürliches Kostüm, und wenn Schulze Kniehase, der das Kind von Anfang an über die Maßen liebte, drüben im Kruge saß und halb ernsthaft, halb scherzhaft versicherte, »sie sei ein Feenkind«, so widerredete niemand, weil er nur aussprach, was alle längst schon an sich selbst erfahren hatten. Daß sie fortfliegen würde, daran glaubte freilich niemand mehr, mit alleiniger Ausnahme der Mädchen in den Spinnstuben, die voll Spuk- und Gespensterbedürfnis immer Neues und Wunderbares von ihr zu erzählen wußten. Und nicht alles war Erfindung. So hatte sie wirklich eine unbezwingbare Vorliebe für den Schnee. Wenn die Flocken still vom Himmel fielen oder tanzten und stöberten, als würden Betten ausgeschüttet, dann entfernte sie sich aus dem Vorderhause, kletterte die lange Schrägleiter hinauf, die bis auf den First des Scheunendaches führte, und stand dort oben schneeumwirbelt. Die Mädchen versicherten auch, sie hätten sie singen hören. Es bedarf keiner Ausführung, welche phantastisch weitgehenden Schlüsse daraus gezogen wurden.

So war es im Winter. Als der Sommer kam, der eine freiere Bewegung gönnte, gewann sie vollends alle Herzen. Sie besuchte nicht nur die einzelnen Bauerhöfe, sondern auch die ausgebauten Lose, die weiter ins Bruch hineinlagen, spielte mit den Kindern und erzählte Geschichten. Das Fremde und Geheimnisvolle, das sie von Anfang an gehabt hatte, blieb ihr, aber niemand wunderte sich mehr darüber. Auch die Dorfmädchen nicht. Einmal verirrte sie sich; im Kniehaseschen Hause war große Aufregung; alles lief und suchte bis an die Oder hin. Endlich fand man sie, keine tausend Schritt vom Dorfe. Sie lag schlafend im Korn, ein paar Mohnblumen in der Hand; ein kleiner Vogel saß ihr zu Füßen. Niemand kannte den Vogel, als er aufflog und aller Augen ihn verfolgten. »Der hat sie beschützt!« sagten die Hohen-Vietzer.

In der Regel spielte sie auf dem Abhange zwischen der Kirche und dem Dorfe, am liebsten auf dem Kirchhofe selbst. Sie las die Inschriften, umarmte den Rasen von ihres Vaters Grabe, kletterte auf die hohe Feldsteinmauer und sah auf die

Segel der Oderkähne nieder, die, angeglüht von der sich neigenden Sonne, unten auf dem Strome vorüberzogen. Kam dann des alten Küsters Kubalke Magd, um zu Abend zu läuten, so folgte sie dieser, zog ein paarmal mit an dem Glockenstrang und huschte dann in die schon halbdunkle Kirche hinein. Hier setzte sie sich mit halbem Körper auf das äußerste Ende der Frontbank, auf der am Tage nach der Kunersdorfer Schlacht der Major vom Regiment Itzenplitz verblutet war, blickte seitwärts scheu nach dem dunkeln Fleck, den alles Putzen nicht hatte wegschaffen können, und sah dann, um das selbstgewollte Grauen wieder von sich zu bannen, nach dem großen Vitzewitzschen Marmorbilde hinüber, das die Inschrift trug: »So Du bei mir bist, wer will wider mich sein«. So blieb sie, bis der Glockenton verklang. Dann trat sie wieder auf den Kirchhof hinaus, sah der Magd nach, die den Schlängelpfad ins Dorf herniederstieg, und umkreiste bang, aber immer enger und enger die alte Buche, deren zweigeteilter Stamm, der Sage nach, an den Bruderzwist der Vitzewitze gemahnte. Fiel dann ein Blatt oder flog ein Vogel auf, so fuhr sie zusammen.

Es waren schöne Tage, dieser erste Sommer in Hohen-Vietz; aber diese schönen Tage konnten nicht dauern. Die Schulzenleute, Mann wie Frau, hatten längst ihre Sorge darüber. All dies Umherstreifen währte schon zu lange; Arbeit, Ordnung, Schule mußten an seine Stelle treten. Aber wie? Beide Kniehases waren weitab davon, ein Prinzeßchen aus ihrem Pflegekind machen zu wollen, aber ebenso bestimmt fühlten sie auch, daß die Dorfschule kein Platz für sie sei. Sie paßte nicht unter die Holzpantoffelkinder, ganz abgesehen davon, daß sie, ohne je eine Schulstunde gehabt zu haben, um ein Beträchtliches besser lesen konnte als der alte Jeserich Kubalke, zumal wenn er seine Hornbrille vergessen hatte.

In dieser Not half die gute Frau von Vitzewitz. Sie hatte längst daran gedacht, das sonderbare Kind, von dessen phantastischem Wesen sie so manches gehört hatte, als Spiel- und Schulgenossin Renatens in ihr Haus zu ziehen, allerhand Erwägungen aber, die dagegen sprachen, hatten es damals nicht dazu kommen lassen. Der Kniehasesche Pflegling, so gewinnend er sein mochte, war doch immer eines Taschenspielers, im günstigsten Falle eines verarmten Schauspielers Kind, und so wenig sie persönlich einen Anstoß daran nahm, so glaubte sie dennoch in Erziehungsfragen weniger ihr eigenes, durchaus freies und vornehmes Empfinden als vielmehr allgemeine, aus Pflicht und Erfahrung hergeleitete Anschauungen zu Rate ziehen zu müssen. So zerschlug es sich denn wieder. Pastor Seidentopf hätte es freilich wohl schon damals in der Hand gehabt, einen andern Ausgang herbeizuführen; er wollte jedoch, in einer so verantwortungsvollen Angelegenheit, nicht ungefragt eingreifen und zog es vor, sich die Dinge selber machen zu lassen.

Und sie machten sich auch, und zwar in sehr eigentümlicher Weise. Am Rande des Vitzewitzschen Parks, schon in einiger Erhöhung, stand eine Florastatue und sah einen breiten Kiesweg hinunter auf die Gartenfront des Herrenhauses. Zu Füßen der Statue waren fünf dreieckige Blumenbeete angelegt, die in ihrer Gesamtheit einen einfassenden Halbkreis bildeten. An dieser Stelle hatte Marie bei ihren täglichen Streifereien häufig ein paar Blumen gepflückt, Balsaminen oder Reseda, und war dabei niemals einem Verbot begegnet. Im Gegenteil. Der Gärtner, des zierlichen und fremdartigen Kindes sich freuend, hatte ihr zugenickt und einmal sogar ihr ein paar Fuchsiaknospen über das linke Ohr gehängt. Nun war es September geworden; die roten Verbenen blühten, und dazwischen, aus eingegrabenen Töpfen, wuchsen ein paar unscheinbare Blumen auf, die dem spielenden Kinde als dunkle Vergißmeinnicht erschienen. Sie pflückte sie ab. Es war aber Heliotrop, damals noch etwas Seltenes, und Frau von Vitzewitz wollte wissen, wer ihr das angetan und sie um den Anblick ihrer Lieblingsblume gebracht habe. Als Marie davon hörte, faßte sie rasch einen Entschluß. Sie setzte sich auf eine Bank, in unmittelbarer Nähe der Statue, und als Frau von Vitzewitz auf ihrem Spaziergang den breiten Kiesweg hinaufschritt, sprang sie auf, eilte der Herankommenden entgegen, küßte ihr die Hand und sagte: »Ich habe es getan.« Sie war dabei hochrot und zitterte, aber sie weinte nicht. Von diesem Augenblick an war die Freundschaft geschlossen. Frau von

Vitzewitz streichelte ihr das Haar und sah sie fest und freundlich an; dann führte sie sie zu der Bank zurück, von der sie aufgestanden war, stellte Fragen und ließ sich erzählen. Alles bestätigte ihr den ersten Eindruck. So trennten sie sich. Noch am selben Nachmittage aber sagte Frau von Vitzewitz zu Seidentopf: »Das ist ein seltenes Kind«, und ehe acht Tage um waren, war sie die Spiel- und Schulgenossin Renatens.

Sie war anfangs zurück; alles, was sie konnte, war eben Lesen und Deklamieren. Aber ihre schnelle Fassungsgabe, durch Gedächtnis und glühenden Eifer unterstützt, gestattete ihr, das Versäumte wie im Fluge nachzuholen, und ehe noch ein halbes Jahr um war, war sie in den meisten Disziplinen Renaten gleich. Und wie sie den von Frau von Vitzewitz an ihre Fähigkeiten geknüpften Erwartungen entsprach, so auch denen, die sich auf ihren Charakter bezogen. Sie war ohne Laune und Eigensinn; etwas Heftiges, das sie hatte, wich jedem freundlichen Wort. Die beiden Mädchen liebten sich wie Schwestern.

Nichts war mißglückt, über Erwarten hinaus hatten sich die Wünsche der Frau von Vitzewitz erfüllt, dennoch stellten sich immer wieder Bedenken bei ihr ein, die freilich jetzt nicht mehr das Glück Renatens, sondern umgekehrt das Glück Mariens betrafen. Es galt nicht nur den Augenblick, sondern auch die Zukunft befragen. Wie sollte sich diese gestalten? War es recht, dem Schulzenkinde die Erziehung eines adeligen Hauses zu geben? Wurde Marie nicht in einen Widerspruch gestellt, an dem ihr Leben scheitern konnte? Sie teilte diese Bedenken ihrem Gatten mit, der, von Anfang an dieselben Skrupel hegend, sofort entschlossen war, mit Schulze Kniehase, zu dessen Verständigkeit er ein hohes Vertrauen hatte, die Sache durchzusprechen.

Berndt ging in den Schulzenhof, traf Kniehase mitten in Rechnungsabschlüssen, die das nach Küstrin hin gelieferte Stroh- und Haferquantum betrafen, rückte mit ihm in die Fensternische und stellte ihm alles vor, wie er es mit der Frau von Vitzewitz besprochen hatte.

Schulze Kniehase hörte aufmerksam zu, dann sagte er, als sein Gutsherr schwieg: er habe sich's, als von der Sache zuerst gesprochen wurde, auch überlegt, ob er dem Kinde nicht die Ruhe nehme, die doch mehr sei als alles Lernen und Wissen. All sein Überlegen aber habe doch immer wieder dahin geführt, daß es das beste sein würde, die gnädige Frau, die es so gut meine, ruhig gewähren zu lassen. So sei es ein halbes Jahr gegangen. Es jetzt nun nach der entgegengesetzten Seite hin zu ändern, sei nur ratsam, wenn es der ausgesprochene Wille der gnädigen Frau sei. Sein eigener Wunsch und Wille sei es schon seit Monaten nicht mehr; die Bedenken, die er anfangs gehabt, seien mehr und mehr von ihm abgefallen. Er wisse auch wohl warum. Das Kind, das ihm die Hand Gottes fast auf die Schwelle seines Hauses gelegt habe, sei kein bäuerlich Kind; es sei nicht bäuerlich von Geburt und nicht bäuerlich von Erscheinung. Er säße so mitunter in der Dämmerstunde und mache sich Bilder, wie auch wohl andere Leute täten, aber wie vielerlei auch an ihm vorüberzöge, nie sähe er seine Marie mit geschürztem Rock und zwei Milcheimern unter dem Zurufe lachender Knechte über den Hof gehen. Er liebe das Kind, als ob es sein eigen wäre; aber er betrachte es doch als ein fremdes, das eines Tages ihm wieder abgefordert werden würde. Nicht von den Menschen, wohl aber von der Natur. Es wird so sein, wie mit den Enten im Hühnerhof, die eines Tages fortschwimmen, während die Henne am Ufer steht.

Als Kniehase so gesprochen, hatte ihm Berndt von Vitzewitz die Hand gereicht, und im Herrenhause schwiegen von jenem Tage an alle Bedenken.

Auch der Tod der Frau von Vitzewitz, schmerzlich wie er von Marie empfunden wurde, änderte nichts in ihrem Verhältnis zu den Zurückgebliebenen. Tante Schorlemmer kam ins Haus, und frei von jener Liebedienerei, die sich in Bevorzugung Renatens hätte gefallen können, betrachtete sie vielmehr beide Mädchen wie Geschwister und umfaßte sie mit gleicher Herzlichkeit.

Nach der Einsegnung hörten die Unterrichtsstunden auf, aber die beiden Mädchen waren zu innig aneinander gekettet, als daß der Wegfall dieses äußerlichen Bandes das geringste an ihrer Verkehrs- und Lebensweise hätte ändern können. Der

Geburts- und Standesunterschied wurde von Renate nicht geltend gemacht, von Marie nicht empfunden. Sie sah in die Welt wie in einen Traum und schritt selber traumhaft darin umher. Ohne sich Rechenschaft davon zu geben, stellten sich ihr die hohen und niederen Gesellschaftsgrade als bloße Rollen dar, die wohl dem Namen nach verschieden, ihrem Wesen nach aber gleichwertig waren. Es war im Zusammenhange damit, daß unter allen Bildern, die sich im Vitzewitzeschen Hause befanden, eine Nachbildung des »Lübecker Totentanzes«, bei allem Erschütternden, doch zugleich den erhebendsten Eindruck auf sie gemacht hatte. Die Predigt von einer letzten Gleichheit aller irdischen Dinge sprach das aus, was dunkel in ihr selber lebte. Dabei war sie ohne Anspruch und ohne Begehr. Alles Schöne zog sie an; aber es drängte sie nur, daran teilzunehmen, nicht es zu besitzen. Es war ihr wie der Sternenhimmel; sie freute sich seines Glanzes, aber sie streckte nicht die Hände danach aus.

Diese Unbegehrlichkeit hatte sich auch an ihrem sechzehnten Geburtstage gezeigt. Bei dieser Gelegenheit erhielt sie als großes Geschenk des Tages ihr eigenes Zimmer. Beide Kniehases führten sie, mit einer gewissen Feierlichkeit, in die nördliche Giebelstube, die geradeaus den Blick auf den Park, nach rechts hin auf die Kirche hatte, und sagten: »Marie, das ist nun dein; schalte und walte hier; erfülle dir jeden kleinen Wunsch; uns soll es eine Freude sein.«

Marie, im ersten Sturm des Glückes, hatte ein Hin- und Herschieben mit Schrank und Nähtisch, mit Bücherbord und Kleidertruhe begonnen, aber dabei war es geblieben. Es kam ihr nicht in den Sinn, ihrem alten, ihr liebgewordenen Besitz etwas Neues hinzuzufügen. Was sie hatte, freute sie, was sie nicht hatte, entbehrte sie nicht.

»Sie hat Mut, und sie ist demütig«, hatte nach jener ersten Begegnung im Park Frau von Vitzewitz zu Pastor Seidentopf gesagt. Sie hätte hinzusetzen dürfen: »Vor allem ist sie wahr.« Jenes Wunder, das Gott oft in seiner Gnade tut, es hatte sich auch hier vollzogen: innerhalb einer Welt des Scheins war ein Menschenherz erblüht, über das die Lüge nie Macht gewonnen hatte. Noch weniger das Unlautere. Tante

Schorlemmer sagte: »Unsere Marie sieht nur, was ihr frommt, für das, was schädigt, ist sie blind.« Und so war es. Phantasie und Leidenschaft, weil sie sie ganz erfüllten, schützten sie auch. Weil sie stark fühlte, fühlte sie rein.

Im Hohen-Vietzer Herrenhause – es war im Winter vor Beginn unserer Erzählung – sang Renate ein Lied, dessen Refrain lautete:

Sie ist am Wege geboren,
Am Weg, wo die Rosen blüh'n...

Sie begleitete den Text am Klavier.

»Weißt du, an wen ich denken muß, sooft ich diese Strophen singe«, fragte Renate den hinter ihrem Stuhl stehenden Lewin.

»Ja«, antwortete dieser, »du gibst keine schweren Rätsel auf.«

»Nun?«

»An Marie.«

Renate nickte und schloß das Klavier.

11. KAPITEL

Prediger Seidentopf

In der Mitte des Dorfes, neben dem Schulzenhof, lag die Pfarre, ein über hundert Jahre altes, etwas zurückgebautes Giebelhaus, das an Stattlichkeit weit hinter den meisten Bauerhöfen zurückblieb. Es war das einzige größere Haus im Dorfe, das noch ein Strohdach hatte. Zu verschiedenen Malen war davon die Rede gewesen, dieses der Dorfgemeinde sowohl um ihres Pastors wie um ihrer selbst willen despektierlich erscheinende Strohdach durch ein Ziegeldach zu ersetzen; unser Freund Seidentopf aber, der in diesem Punkte wenigstens ein gewisses Stilgefühl hatte, hatte beständig gegen solche Modernisierung protestiert. »Es sei gut so, wie es sei.« Und darin hatte er vollkommen recht. Es war eben ein Dorfidyll, das durch jede Änderung nur verlieren konnte. Der Giebel des Hauses stand nach vorn; dicht unter dem Strohdach hin lief eine Reihe kleiner, überaus freundlich blickender Fenster, während die Fachwerkwände bis hoch hinauf mit Brettern bekleidet und den ganzen Sommer über mit Wein, Pfeifenkraut und Spalierobst überdeckt waren. Neben der Haustüre stand ein Rosenbaum, der, bis an den First hinaufwachsend, im ganzen Oderbruche berühmt war wegen seines Alters und seiner Schönheit. Auch das winterliche Bild, das die Pfarre bot, war nicht ohne Reiz. Eine mächtige Schneehaube saß auf seinem Dache, während die niedergelegten, mit Stroh umwundenen Weinranken, dazu die Matten, die sich schützend über dem Spalierobst ausbreiteten, dem Ganzen ein sorgliches und in seiner Sorglichkeit wohnlich anheimelndes Ansehen gaben.

Dem entsprach auch das Innere. Die Haustür, wie oft in den märkischen Pfarrhäusern, hatte eine Klingel, keine von den großen, lärmenden, die den Bewohnern zurufen: »Rettet euch, es kommt wer«, sondern eine von den kleinen, stillgestimmten, die dem Eintretenden zu sagen scheinen: »Bitte schön, ich habe Sie schon gemeldet.« Der Tür gegenüber, an der entgegengesetzten Seite des langen, fast durch das ganze Haus hinlaufenden Flurs, befand sich die Küche, deren aufstehende Türe immer einen Blick auf blanke Kessel und flackerndes Herdfeuer gönnte. Die Zimmer lagen nach rechts hin. An der linken Flurwand, die zugleich die Wetterwand des Hauses war, standen allerhand Schränke, breite und schmale, alte und neue, deren Simse mit zerbrochenen Urnen garniert waren; dazwischen in den zahlreichen Ecken hatten ausgegrabene Pfähle von versteinertem Holz, Walfischrippen und halbverwitterte Grabsteine ihren Platz gefunden, während an den Querbalken des Flurs verschiedene ausgestopfte Tiere hingen, darunter ein junger Alligator mit bemerkenswertem Gebiß, der, sooft der Wind auf die Haustür stand, immer unheimlich zu schaukeln begann, als flöge er durch die Luft. Alles in allem eine Ausstaffierung, die keinen Zweifel darüber lassen konnte, daß das Hohen-Vietzer Predigerhaus zugleich auch das Haus eines leidenschaftlichen Sammlers sei.

Machte schon der Flur diesen Eindruck, so steigerte sich derselbe beim Eintritt in das nächstgelegene Zimmer, das einem

Antikenkabinett ungleich ähnlicher sah als einer christlichen Predigerstube. Zwar war der Bewohner desselben ersichtlich bemüht gewesen, Amt und Neigung in ein gewisses Gleichgewicht zu bringen, war aber damit gescheitert. Es sei gestattet, einen Augenblick bei diesem Punkte zu verweilen.

Die Studierstube besaß zwei nach dem Garten hinaussehende Fenster, zwischen denen unser Freund eine bis in die Mitte des Zimmers gehende Scheidewand gezogen hatte. So waren zwei große, fast kabinettartige Fensternischen gewonnen, von denen die eine dem *Prediger* Seidentopf, die andere dem *Sammler* und Altertumsforscher gleichen Namens angehörte. Innerhalb dieser Nischen war das Balanciersystem, das sich schon in ihrer äußeren Anlage zu erkennen gab, ebenfalls festgehalten, indem auf dem Arbeitstische in der Camera archaeologica »Bekmanns historische Beschreibung der Kurmark Brandenburg, Berlin 1751 bis 53«, auf dem Arbeitstisch in der Camera theologica »Dr. Martin Luthers Bibelübersetzung, Augsburg 1613«, aufgeschlagen lag. Beides Prachtbücher, wie sie nur ein Sammler hat, groß, dick, in festem Leder, mit hundert Bildern. Über eine Äußerung des Kandidaten Uhlenhorst, der auf einer Versammlung in Hohen-Sathen gesagt haben sollte: »Prediger Seidentopf greife mitunter fehl und schlage in Bekmann statt in der Bibel nach«, gehen wir wie billig an dieser Stelle hin.

Es war dies ein rechter Uhlenhorstscher Sarkasmus, wie ihn die Konventikler wohl zu haben pflegen; aber darin hatten sie recht, daß nicht nur der in der archäologischen Abteilung stehende Lehnstuhl viel tiefer eingesessen, sondern daß auch der ganze, diesseits der Fensternischen verbliebene Rest des Zimmers ein heidnisches Museum, eine bloße Fortsetzung alles dessen war, was schon der Flur geboten hatte. Nur die Walfischrippe und der Alligator fehlten. Zwei mächtige, rechts und links neben der Tür stehende, über den Sims hin durch einen Mittelbau verbundene Glasschränke bildeten eine Art Arcus triumphalis, durch den man in die Studierstube eintrat; und alles, von dem Steinmesser und dem Aschenkrug an, was die märkische Erde nur je an Altertumsfunden herausgegeben hat, das fand sich hier zusammen. Daneben konnte freilich die theologische Bibliothek des Zimmers nicht bestehen, die, ihrer äußersten Verstaubung ganz zu geschweigen, auf einem schmalen, zweibrettrigen Real zwischen Wandvorsprung und Ofen ihre Unterkunft gefunden hatte.

Unser Seidentopf war ein archäologischer Enthusiast trotz einem, und ausgerüstet mit all den Schwächen, die von diesem Enthusiasmus so unzertrennlich sind wie die Eifersucht von der Liebe. Er phantasierte, er ließ sich hinters Licht führen; aber in einem unterschied er sich von der großen Armee seiner Genossen: er sammelte nicht, um zu sammeln, sondern um einer Idee willen. Er war Tendenzsammler.

Innerhalb der Kirche, wie Uhlenhorst sagte, ein Halber, ein Lauwarmer, hatte er, sobald es sich um Urnen und Totentöpfe handelte, die Dogmenstrenge eines Großinquisitors. Er duldete keine Kompromisse, und als erstes und letztes Resultat aller seiner Forschungen stand für ihn unwandelbar fest, daß die Mark Brandenburg nicht nur von Uranfang ein deutsches Land gewesen, sondern auch durch alle Jahrhunderte hin *geblieben* sei. Die wendische Invasion habe nur den Charakter einer Sturzwelle gehabt, durch die oberflächlich das eine oder andere geändert, dieser oder jener Name slawisiert worden sei. Aber nichts weiter. In der Bevölkerung, wie durch die Sagen von Fricke und Wotan bewiesen werde, habe deutsche Sitte und Sage fortgelebt; am wenigsten seien die Wenden, wie so oft behauptet werde, in die Tiefen der Erde eingedrungen. Ihre sogenannten »Wendenkirchhöfe«, ihre Totentöpfe niedrigeren Grades wolle er ihnen zugestehen, alles andere aber, was sich mit instinktiver Vermeidung des Oberflächlichen eingebohrt und eingegraben habe, alles, was zugleich Kultur und Kultus ausdrücke, sei so gewiß germanisch, wie Teut selber ein Deutscher gewesen sei. Um diese Sätze drehte sich für ihn jede Debatte von Bedeutung. Er war sich bewußt, in seinem archäologischen Museum durchaus unanfechtbare Belege für sein System in Händen zu haben, unterschied aber doch zwischen einem kleinen und einem großen Beweis. Der kleine war ihm persönlich der liebere, weil er der feinere war; er kannte jedoch die Welt genugsam, um dem blöden Sinn der Masse gegenüber je nach einem andern als nach dem großen

Beweis zu greifen. Die Stücke, die diesen bildeten, befanden sich sämtlich in den zwei großen Glasschränken des Arcus triumphalis, waren jedoch selbst wieder in unwiderlegliche und ganz unwiderlegliche geteilt, von denen nur die letzteren die Inschrift führten: »Ultima ratio Semnonum«. Es waren zehn oder zwölf Sachen, alle numeriert, zugleich mit Zetteln beklebt, die Zitate aus Tacitus enthielten. Gleich Nr. 1 war ein Hauptstück, ein bronzenes Wildschweinsbild, auf dessen Zettel die Worte standen: »Insigne superstitionis formas aprorum gestant«, »Ihren Götzenbildern gaben sie (die alten Germanen) die Gestalt wilder Schweine.« Die anderen Nummern wiesen Spangen, Ringe, Brustnadeln, Schwerter auf, woran sich als die Sanspareils und eigentlichen Prachtbeweisstücke der Sammlung drei Münzen aus der Kaiserzeit schlossen, mit den Bildnissen von Nero, Titus und Trajan. Die Trajansmünze trug um das lorbeergekrönte Haupt die Umschrift: »Imp. Caes. Trajano Optimo«, auf dem danebenliegenden Zettel aber hieß es: »Gefunden zu Reitwein, Land Lebus, in einem Totentopf.« Das »in einem Totentopf« war dick unterstrichen. Und vom Standpunkte unseres Freundes aus mit vollkommenem Recht. Denn es führte den Beweis, oder sollte ihn wenigstens führen, daß nicht alle Totentöpfe wendisch, vielmehr die »Totentöpfe höherer Ordnung« ebenfalls deutsch-semnonischen Ursprungs seien.

Auflehnung gegen so beredte Zeugen erschien unserem Seidentopf unmöglich, und dennoch hatte er sie zu befahren, wobei es sich so glücklich oder so unglücklich traf, daß sein heftigster Angreifer und sein ältester Freund ein und dieselbe Person waren. Es sprach für beide, daß ihre Freundschaft unter diesen Kämpfen nicht nur nicht litt, sondern immer wurzelfester wurde; allerdings weniger ein Verdienst unseres Pastors als seines gutgelaunten Antagonisten, der, weltmännisch über der Sache stehend, nicht gewillt war, die Semnonen- und Lutizenfrage unter Drangebung vieljähriger herzlicher Beziehungen durchzufechten. In Wahrheit interessierte ihn die »Urne« erst dann, wenn sie anfing, die moderne Gestalt einer Bowle anzunehmen.

Dieser alte Freund und Gegner war der Justizrat Turgany

aus Frankfurt a. O., der, ein Feind aller Prozeßverhandlungen bei trockenem Munde, speziell in dem Prozeß »Lutizii contra Semnones«, manche liebe Flasche ausgestochen hatte, gelegentlich im Pfarrhause zu Hohen-Vietz, am liebsten aber im eigenen Hause, nach dem Grundsatze, daß er über seinen eigenen Weinkeller am unterrichtetsten sei. Schon die Studentenzeit hatte beide Freunde, Mitte der siebziger Jahre, in Göttingen zusammengeführt, wo sie unter der »deutschen Eiche« Schwüre getauscht und, Klopstocksche Bardengesänge rezitierend, sich dem Vaterlande Hermanns und Thusneldas auf ewig geweiht hatten. Seidentopf war seinem Schwure treu geblieben. Wie damals in den Tagen jugendlicher Begeisterung erschien ihm auch heute noch der Rest der Welt als bloßer Rohstoff für die Durchführung germanisch-sittlicher Mission; Turgany aber hatte seine bei Punsch und Klopstock geleisteten Schwüre längst vergessen, schob alles auf den ersteren und gefiel sich darin, wenigstens scheinbar, den Apostel des Panslawismus zu machen. Die Möglichkeit europäischer Regeneration lag ihm zwischen Don und Dnjepr und noch weiter ostwärts. »Immer«, so hatte er bei seiner letzten Anwesenheit in Hohen-Vietz versichert, »kam die Verjüngung von den Ufern der Wolga, und wieder stehen wir vor solchem Auffrischungsprozeß«; halb scherz-, halb ernsthaft vorgetragene Paradoxien, die von Seidentopf einfach als politische Ketzereien seines Freundes bezeichnet wurden.

Aber dieser Freund war nicht halb so schwarz, wie er sich selber malte. Er debattierte nur nach dem Prinzip von Stahl und Stein; hart gegen hart; das gab dann die Funken, die ihm wichtiger waren als die Sache selbst. Zudem wußte der panslawistische Justizrat, daß Streit und immer wieder in Frage gestellter Sieg längst ein Lebensbedürfnis Seidentopfs geworden waren, und gefiel sich deshalb in seiner Oppositionsrolle mehr noch aus Rücksicht gegen diesen als aus Rücksicht gegen sich selbst.

12. KAPITEL

Besuch in der Pfarre

Und es war der Justizrat Turgany, der heute, am zweiten Weihnachtsfeiertage 1812, in der Hohen-Vietzer Pfarre erwartet wurde; auch Lewin und Renate hatten zugesagt, mit ihnen Tante Schorlemmer und Marie.

Vier Uhr war vorüber; es dunkelte schon, der Besuch konnte jeden Augenblick kommen. In den Zimmern war alles festlich vorbereitet. Wo noch ein Stäubchen lag, fuhr unser Freund mit einem Federwedel darüber hin; dann wieder zog er das Taschentuch und polierte an den Scheiben seiner geliebten Schränke. Wer auf Waffen hält, der sorgt auch, daß sie blank sind. Nur an das theologische Bücherbrett, wo der Staub zu dicht lag, vermied er es, heranzutreten. Ein Zwischenfall ließ ihn einen Augenblick aufsehen von seiner Arbeit. An ihm vorbei, als wäre eine Welt versäumt, drang in ziemlich herrischer Weise eine Frau mit rotem Gesicht und weißer Haube in das Studierzimmer ein, goß auf ein vorgehaltenes Schippenblech eine Räucheressenz, wie sie damals Mode war, fuhr ein paarmal durch die Luft und schoß dann in das Nebenzimmer weiter, um ihre Bewegungen, die zwischen Stoßfechten und Weihrauchfaßschwenken eine gute Mitte hielten, in den dahintergelegenen Räumen fortzusetzen. Pastor Seidentopf lächelte, als er ihr nachsah, ein scherzhaftes Wort schien ihm eben auf die Lippe zu treten, aber ehe es laut werden konnte, klingelte die Haustür, und das Aufstampfen auf Dielen und Strohdecke, um den Schnee und die Kälte abzuschütteln, verriet deutlich, daß der Besuch gekommen sei.

Aber nicht der Frankfurter Justizrat. Es waren zunächst die Freunde aus dem Herrenhause. Lewin führte Tante Schorlemmer, Renate und Marie folgten. Man begrüßte sich herzlich. Renate, die es warm fand, nahm ihr Schaltuch ab und stand einen Augenblick, mit der Broschnadel in der Hand, wie in Verlegenheit, wo sie dieselbe hintun solle. Dann öffnete sie den Glasschrank und legte die Nadel in eine der zerbrochenen Urnen. Sie war wie Kind im Hause. Alles lachte; Seidentopf stimmte mit ein.

»Sehen Sie, teuerster Prediger«, hob Renate an, »wenn das nun ein Aschenregen wäre, was jetzt in Flocken vom Himmel fällt, welche Hypothesen gäbe das bei den Seidentopfs der Zukunft, diese Gemmenbrosche in einem wendischen Totentopf!«

»Nicht wendisch, ganz und gar nicht. Aber meine schöne Renate lockt mich nicht heraus«, erwiderte Seidentopf gut gelaunt. »Ich erwarte Turgany noch und darf meine Kräfte nicht an Plänkeleien setzen, auch nicht an die verlockendsten. Aber wo nehmen wir unseren Kaffee?«

»Hier, hier, im Studier- und Rauchzimmer«, riefen die Stimmen durcheinander, mit besonderer Betonung des letzten Worts. Seidentopf lehnte ab. Renate aber bestand darauf. »Wir wollen keine Opfer.«

»Und wenn es ein solches wäre, je mehr Opfer, je mehr Glück.«

»O wie verbindlich! Ganz die gute alte Zeit. Und da bilden sich unsere Residenzler ein« (ein schelmischer Blick Renatens streifte dabei Lewin), »uns feine Sitte lehren zu wollen; hier ist ihr Lehrstuhl, hier im Pfarrhause zu Hohen-Vietz.«

Stühle wurden gestellt; man nahm Platz an einem Rundtisch, der in die Camera archaeologica gerückt worden war, und die schon erwähnte Frau erschien, um den Kaffeetisch zu servieren. Sie wurde sofort und in einer Weise von allen Anwesenden begrüßt, die über ihre Wichtigkeit innerhalb der Hohen-Vietzer Pfarre keinen Zweifel ließ. Ihrer Geburt und Haltung nach hätte sie freilich noch den Friesrock und das schwarzseidene Kopftuch tragen müssen; alle Haushälterinnen aber wachsen schließlich über sich hinaus, und die Hohen-Vietzer machte keine Ausnahme.

Sie nahm allerhand kleine Huldigungen in Anspruch und erwartete beispielsweise von seiten der Gäste ein auszeichnendes Entgegenkommen, später von seiten ihres Pastors die Aufforderung, an der festlichen Tafel teilzunehmen. Aber hiermit war ihrem Selbstgefühl Genüge getan. Sie lehnte regelmäßig ab und war befriedigt, daß die Aufforderung überhaupt stattgefunden hatte.

Sie legte jetzt die Kaffeeserviette, stellte zwei doppelarmige

Leuchter, zugleich auch eine Zuckerdose mit kleinen Löwenfüßen in die Mitte des Tisches und flankierte diese stattliche Zentrumsposition mit zwei silbernen Körben, von denen der eine allerhand Krausgebackenes, der andere eine Pyramide von Kaffeekuchen enthielt; zuletzt kam die Meißner Kanne selbst, auf deren Deckel Gott Amor sich schelmisch auf seinen Bogen lehnte. Der Pastor hatte nie Anstoß daran genommen, vielleicht es nie bemerkt.

Renate machte die Wirtin, verteilte den Zucker sogleich in die Tassen (die großen Blockstücke waren noch nicht Mode) und handhabte dabei die Zuckerzange mit jener Grazie, die allein aussöhnen kann mit diesem Werkzeuge der Unbequemlichkeit. Die Unterhaltung nach den ersten kecken Plänkeleien lenkte sehr bald wieder ins Regelrechte ein und begann mit dem Wetter. Das hatte im Jahre 1812 noch eine ganz besondere Bedeutung. Man könnte sagen, vom Wetter sprechen war damals patriotisch. Schnee und Kälte waren die großen russischen Bundesgenossen.

Der Schnee, der anfangs in kleinen Federchen umhergestäubt war, wirbelte allmählich dichter an den Fenstern vorbei, und aus der Geborgenheit von Pastor Seidentopfs Studierstube – doppelt geborgen, nachdem sie auch zum Kaffeezimmer geworden war – sahen jetzt Wirt und Gäste in den Wirbeltanz hinaus.

Es entstand eine Pause. »Immer mehr Schnee«, begann Lewin, der den Platz zunächst dem Fenster hatte, »es ist doch, als ob Gott selber sie alle begraben wolle. Die Vernichtung kommt über sie; sie fällt in leisen Flocken vom Himmel. Und dazwischen höre ich eine Stimme, die uns zuruft: ›Drängt euch nicht ein, wollt nicht mehr tun, als ich selber tue; ich vollbringe es allein.‹ Ich weiß es wohl, teuerster Pastor, die Stimme, die ich höre, ist nur die Stimme meines Mitleids. Muß ich mich ihr verschließen? Ist dieses Mitleid Schwäche? Muß ich es abtun?«

»Nein, Lewin, dein Herz hat den rechten Zug wie immer. Wenn es etwas gibt, dem zu folgen uns nicht reuen darf, so ist es das Mitleid. Zudem, unsere Feinde sind unsere Verbündeten. Und so lehren uns denn diese Tage treu sein, treu auch gegen den Feind, wie diese Jahre uns gelehrt haben, demütig zu sein. Harren wir. Es werden Zeiten kommen, wo uns sein wird, als lege Gott selber sein Schwert in unsere Hände. Aber dieser Tag, der vielleicht nahe ist, ist noch nicht da. Eins aber gilt heute und immerdar: Offen sei unser Tun. Das ist *deutsch.*«

Lewin wollte antworten, aber Peitschenknall und Schellengeläut, das eben die Dorfgasse heraufkam, unterbrach die Unterhaltung, und Seidentopf rief: »Da sind sie.«

Es waren drei Herren, von denen zwei, in grauen Mänteln und schwarzen Tuchmützen, den Polsterstuhl des Schlittens innehatten, während der dritte, in Pelzrock und Filzkappe, auf der Pritsche saß. Dieser sprang zuerst von seinem Holzbock herunter, reichte dem herbeigekommenen Pfarrknecht die Leinen und war dann den beiden anderen, viel jüngeren, aber schwerfälligeren Herren behilflich, aus ihren Fußsäcken heraus und glücklich ans Land zu kommen.

Alles das verfolgten unsere Freunde, soweit die fallenden Schneeflocken es zuließen, vom Fenster aus mit jenem ungeheuchelten Interesse, das nur der kennt, der die Winterstille der Dörfer an sich selber erfahren hat.

»Wer sind nur die beiden Fremden, die Turgany sich aufgeladen hat?« fragte Lewin; »in seinem eleganten Nerzpelz paßt unser justizrätlicher Freund schlecht zum Kämmerer dieser Graumäntel.«

»Es sind Amtsbrüder von mir«, erwiderte Seidentopf, dem errötenden Lewin die kleine Verlegenheit gönnend, »ein halber und ein ganzer. Der ganze, den du kennen solltest, ist unser Nachbar, der Dolgelinsche Pastor; der halbe konrektort vorläufig noch, rückt aber nächstens in die Heilige-Geist-Pfarre ein. Konrektor Othegraven, ein besonderer Freund Turganys.«

Die neuen Gäste hatten inzwischen aus Pelz und Mänteln sich ausgewickelt, und auf dem Flur erklang die Stimme des Justizrats mit jener Deutlichkeit, die immer auf ein halbes Zuhausesein deutet. Dann öffnete sich die Tür, und alle drei traten ein. Nach vorgängiger Begrüßung rückte man dichter zusammen, schob rechtwinkelig einen zweiten Tisch heran und war sofort im Fahrwasser einer lebhaften Unterhaltung. Turgany, wie er selber mit Stolz zu versichern liebte, duldete keine Pausen.

Er hatte sich mit jenem Feldherrnblick, der ihn in solchen Dingen auszeichnete, den besten Platz gewählt und saß nicht bloß unter einem Urnenreal seines Freundes, worauf er schließlich verzichtet haben würde, sondern auch zwischen Renate und Marie, was er durch geschickte Beseitigung von Tante Schorlemmer – ihr zuflüsternd, daß sein Freund Othegraven glücklich sein würde, sich mit ihr über grönländische Mission unterhalten zu können – herbeizuführen gewußt hatte. »Othegraven habe selber Missionar werden wollen.« In den durch diese Kriegslist eroberten Platz war er ohne weiteres eingerückt und unterhielt nun die beiden Damen von den eben überstandenen Abenteuern. Er verfuhr dabei nicht mit sonderlicher Diskretion, die überhaupt nicht seine starke Seite war, und nahm nicht den geringsten Anstand, den durch seine Gesamterscheinung freilich dazu herausfordernden Dolgeliner Pastor zum komischen Helden seiner Erzählung zu machen. Ein Windstoß habe seines Reisegefährten Kopfbedekkung querfeldein geführt, und eine Art Mützentreiben sei natürlich die Folge davon gewesen. Er werde dieses Anblicks nie vergessen. Der Wind, in den hochgeklappten Doppelkragen sich setzend, habe den unter Segel genommenen Pastor, als ob er in gerader Linie vom Doktor Faust abstamme, immer weiter und weiter getragen, bis endlich das phantastische Bild in den Tiefen eines Oderbruchgrabens verschwunden sei. In diesen sei nämlich der Pastor hineingefallen. Aber die Auserwählten fielen immer nur, um ihr Glück zu finden. So auch hier. In ebendiesem Graben habe die Mütze gelegen.

Der Dolgeliner Pastor war inzwischen in einer Kornpreisunterhaltung mit Lewin begriffen; Tante Schorlemmer und der Konrektor ergingen sich in Parallelen zwischen Nordpol- und Südpolmission, während Turgany eben einen improvisierten Kinderball zu schildern begann, den er am Heiligabend mitgemacht hatte. Er ließ die kleinen Mädchen in ihrer Sprache sprechen und ahmte mit einem gewissen Darstellungstalent, das er hatte, die Wichtigkeit ihrer Mienen und ihrer

Haltung nach. So ging die Unterhaltung. Des Justizrats Ideal war erreicht: keine Pausen.

Turgany, um sein Bild um ein paar Striche weiter auszuführen, war ein starker Fünfziger und wußte sich etwas auf die Jugendlichkeit seiner Erscheinung. Abwehrend gegen alle Schmeichelei, duldete er doch die *eine*, die ihn *nach* dem Siebenjährigen Kriege geboren sein ließ. Es ergab dies für ihn einen Reingewinn von zehn Jahren. Er hielt sich gerade, trug eine goldene Brille und ein Toupet von flachsblonden Locken. Diese Locken hatten einst um andere Schläfen gespielt, und unser Freund, wenn ihn die Laune anwandelte, spöttelte selbst über diese blonde Fülle, die den echten Flachs seiner Jugend weit aus dem Felde schlug; er scherzte darüber, aber liebte es keineswegs, wenn andere seinem Beispiel folgten. Sein frisch erhaltenes Gesicht wäre regelmäßig zu nennen gewesen, wenn nicht sein linker Nasenflügel, der ihm abgehauen und von einem Paukdoktor schlecht angenäht worden war, eine Art Portal gebildet hätte, gerade groß genug, um einen gewöhnlichen Nasenflügel darunterzustellen. Das Kecke, das sein Wesen hatte, wuchs dadurch und paßte zu dem Zug übermütiger Laune, der um seine Mundwinkel spielte.

Die beiden Geistlichen waren von sehr anderem Gepräge und ebenso verschieden untereinander wie von ihrem Freunde, dem Justizrat. Sie hatten nichts gemeinsam als den schwarzen Rock und das weiße Halstuch. Der Konrektor gehörte einer Richtung an, wie sie damals in märkischen Landen nur selten betroffen wurde: Strenggläubigkeit bei Freudigkeit des Glaubens. Ein mehrjähriger Aufenthalt im Holsteinschen, wo er den Wandsbecker Boten und später auch Claus Harms auf seiner dithmarsischen Pfarre kennengelernt hatte, war nicht ohne Einfluß auf ihn geblieben. Er sprach wenig über Christentum und Glaubensfragen, aber auch dem Profanen gab er eine Weihe durch die Art, wie er es behandelte. Er sah alle Dinge in ihrer Beziehung zu Gott; das gab ihm Klarheit und Ruhe. Wenn er sprach, war etwas Helles um ihn her, das mit seinem sonst steifen und pedantischen Äußeren versöhnen konnte.

Der Dolgeliner Pfarrer entbehrte vieler Gaben, aber was

er am gewissesten entbehrte, das war die Leuchtekraft des Glaubens. Er war für praktische Seelsorge, worunter er verstand, daß er den Bauern ihre Prozesse führte, und mußte sich's gefallen lassen, von Turgany abwechselnd als »Kollege«, »Dolgeliner Orakel« und »Lebuser Markt- und Kurszettel« bezeichnet zu werden. Er war weder Orthodoxer noch Rationalist, sondern bekannte sich einfach zu der alten Landpastorenrichtung von Whist à trois. Und nicht immer mit der nötigen Vorsicht. Einmal, so wenigstens erzählte Turgany, hatte er einer älteren unverheirateten Dame geklagt, daß er in Dolgelin keine »Partie« finden könne, was zu den ergötzlichsten Mißverständnissen Veranlassung gegeben hatte. Im übrigen war er ebenso brav wie beschränkt und wohlgelitten. Es fehlte nur der Respekt.

Solcher Art waren die neuen Ankömmlinge. Der Justizrat erhob sich eben, um vor Renate und Marie den kleinen verwachsenen Musikenthusiasten zu kopieren, der an jenem Frankfurter Kinderballabend drei Stunden lang das Violoncell gespielt hatte, als Tante Schorlemmer, einen der Doppelleuchter ergreifend, das Zeichen gab, die Studierstube von den Verpflichtungen gesellschaftlicher Repräsentation freizumachen. Die alte Dame selbst schritt erst dem angrenzenden, dann einem zweiten, dahintergelegenen Zimmer zu; alle jüngeren Elemente der Gesellschaft folgten, Othegraven und selbst Pastor Zabel nicht ausgeschlossen.

Nur Turgany und Seidentopf, die alten Freunde und Gegner, blieben in der Studierstube zurück.

13. KAPITEL

Der Wagen Odins

Die Stunde vor Tische – nach einem alten Herkommen, von dem übrigens Turgany heute nicht ungern abgegangen wäre – gehörte dem wissenschaftlichen Austausch, will sagen, der Kriegsführung. In dieser kurzen Spanne Zeit wurden jene Schlachten geschlagen, denen der Justizrat mit heiterer Entschlossenheit, der Pastor, bei allem Verlangen danach, doch zugleich mit immer erneutem Bangen entgegensah. Denn so laut er auch die Unerschütterlichkeit seines Systems proklamieren mochte, gerade hinter seinen bestimmtesten Versicherungen barg sich der quälendste Zweifel. Alle Systeme sind gefallen, sagte er zu sich selbst, und vor jeder neuen Debatte beschlich ihn die Vorstellung: wenn nun jetzt dein Bau zusammenstürzte!

Diese Vorstellung kam ihm auch heute, und das entsprechende Bangen wuchs einen Augenblick, als Turgany, der inzwischen eine kleine Kiste vom Flur hereingeholt hatte, diese mit einer gewissen Feierlichkeit auf den Tisch stellte und einfach die Worte sprach: »Dies ist nun für dich, Seidentopf. Nimm es, so unchristlich sein Inhalt ist, als eine Christbescherung von mir an. Ob du in dir oder außer dir einen Platz dafür finden wirst, steht freilich dahin. Wenn es in dein System paßt, so schmiede Waffen daraus gegen mich; es soll dann mein Stolz sein, dir selbst zum Siege verholfen zu haben. Entgegengesetztenfalls aber habe den Mut eines offenen Bekenntnisses. Und nun öffne.«

Seidentopf zog den Deckel und nahm aus der Kiste einen kleinen Bronzewagen heraus, der auf drei Rädern lief und eine kurze Gabeldeichsel hatte, auf der, dicht an der Achse, sechs ebenfalls bronzene Vögel saßen, alle von einer Haltung, als ob sie eben auffliegen wollten. Das Ganze, quadratisch gemessen, wenig über handgroß, verriet ebensosehr technisches Geschick wie Sinn für Formenschönheit.

Der Pastor war geblendet; auf einen Augenblick ging alles, was kritisch oder systematisch an und in ihm war, in der naiven Freude des Sammlers unter, und die Hand des Justizrats ergreifend, sagte er: »Das ist ein Unikum; das wird die Zierde meiner Sammlung.«

Dann ließ er den Wagen über den Tisch rollen mit einem Gefühl und einem Gesichtsausdruck, als ob er um fünfzig Jahre jünger gewesen wäre.

Turgany freute sich des Glückes, das er geschaffen; aber rasch wieder von seinem alten Widersachergeist erfaßt, riß er unseren Seidentopf durch ein kurzes »Und nun?« aus seiner Unbefangenheit.

Der Pastor, zunächst noch in jener weichen Stimmung, wie sie Freude und Dank hervorrufen, versuchte dem inquisitorischen »Und nun?« durch allerhand Zwischenfragen über Erwerb und Fundort auszuweichen. Aber vergeblich. Die letztere Frage griff schon in das kritische Gebiet hinüber, und Turgany bemerkte deshalb mit nachdrücklicher Betonung einzelner Worte: »Er ist von *jenseit* der Oder; Wegearbeiter fanden ihn zwischen Reppen und Drossen; er steckte im Mergel; Drossen ist *wendisch* und heißt: ›Stadt am Wege‹. Die Oder war immer *Grenz*fluß.«

»Das ist ohne Bedeutung«, bemerkte Seidentopf ruhig. »Du weißt, es gab eine Zeit, wo diesseits und jenseits des Flusses Deutsche wohnten; nur die Stämme waren verschieden. *Welche* Stämme hüben und drüben, darüber mag gestritten werden; ich betone nur das Germanische überhaupt.«

Turgany lächelte. »So glaubst du wirklich, daß deine Semnonen oder ihresgleichen, die nachweisbar unter Fichten und Eichen wohnten und sich in Tierfelle kleideten, der Schöpfung solcher Kunstwerke fähig gewesen wären?« Er wies dabei auf den Wagen. »Wie ich dir oft gesagt habe, sie sind hingegangen wie das Laub an ihren Bäumen, wie der Ur, der mit ihnen gemeinschaftlich die Wälder bewohnte. Es ist möglich, daß der Welt die Überraschung vorbehalten ist, hier oder dort, in Moor oder Mergel, einmal einem durch Erdsalze petrifizierten Semnonen zu begegnen; ich würde mich freuen, solchen Fund noch zu erleben, er würde jedoch nach der Seite hin, die hier in Frage kommt, nicht das geringste beweisen. Es gab Semnonen, gewiß, aber sie schufen nichts. Sie pflanzten sich fort, das war alles. Ein Schaffen im Sinne der Kunst, der Erfindung kannten sie nicht. Dieser Wagen ist Produkt höherer Kultur. Wer brachte die Kultur in diese Gegenden? so stellt sich die Frage. Du kennst meine Antwort.«

Seidentopf schwieg.

»Ich habe dir so oft gesagt«, fuhr Turgany fort, »und ich muß es wiederholen, es zählt bei mir zu den Unbegreiflichkeiten, daß ein Mann von deinem wissenschaftlichen Ernst, der sich in hundert anderen Stücken durch Vorurteilslosigkeit auszeichnet, die Kultur der slawischen Vorlande bestreiten kann.

Dein System ist eine Anhäufung von Sophistereien. Von unserer alten Priegnitz an, in der wir geboren wurden, bis zu diesem Lande Lebus, in dem wir jetzt beide wohnen, tragen sowohl die Landesteile selbst wie ihre Städte und Dörfer, zum ewigen Zeichen dessen, daß sie aus wendischen Händen hervorgingen, gutslawische Namen; in erster Reihe dies alte Hohen-Vietz, dessen Bewohner, neben ihren vielen anderen Tugenden, auch die der Langmut in Stammes- und Rassefragen üben. Ich meinerseits kann ihnen darin nicht folgen. Es bleibt, wie es ist. Die Deutschen dieser Gegenden waren Wilde; sie hatten Menschenopfer, sie schlitzten ihren Feinden die Bäuche mit Feuersteinen auf. Sie aber, die gesitteten Wenden, die du verleugnest, sie hatten Tempel, trugen feine Gespinste und schmückten sich und ihre Götter mit goldenen Spangen. Was hat dein ganzes Semnonentum aufzuweisen, das heranreichte an die sagenhafte Pracht Vinetas, an die phantastische Tempelgröße Rethras und Oregungas?«

»*Sagenhafte* Pracht«, wiederholte Seidentopf, »mir könnte das Zugeständnis, das in diesem Beiwort liegt, genügen; indessen ich verzichte gern auf den Gebrauch von Waffen, die mir, verzeihe, eine Unachtsamkeit meines Gegners in die Hand gibt. Und so gedenke ich nicht an der Kultur von Rethra und Julin herumzudeuteln. Aber dieses spätere, unter den Anregungen unserer germanischen Welt über sich selbst hinauswachsende Wendentum ist ein Wendentum dieses Jahrtausends, während dieser bronzene Wagen augenscheinlich bis in die ersten Säkula unserer Zeitrechnung zurückdatiert. Ich setze ihn drittes Jahrhundert, vielleicht noch früher.«

»Gut. Und wofür hältst du ihn? Was ist er? Was bedeutet er?«

»Ich hätte es gewünscht, diesen Streit gerade heute, wo ich mich dir so tief verpflichtet fühle, vermieden zu sehen. Da sich dies nicht tun läßt, so nehme ich nicht Anstand, ihn, mit jedem erdenklichen Grade von Bestimmtheit, als ein Symbol des altgermanischen Kultus zu bezeichnen. Er versinnbildlicht nichts anderes als den Wagen Odins.«

»Du greifst etwas hoch«, setzte jetzt Turgany mit schärfer werdender Stimme ein. »Wie es in den Wald hineinschallt, so schallt es wieder heraus. Und so nehme ich denn nicht Anstand, auch *meinerseits* mit jedem erdenklichen Grade von Bestimmtheit zu behaupten, daß dies ein Odinswagen etwa mit demselben Rechte ist, wie ein in irgendeinem Mergellager aufgefundenes Wiegenpferd eine sinnbildliche Darstellung der wendischen Sonnenrosse sein würde. Du darfst den Bogen nicht überspannen. Dieser Wagen ist einfach das Kinderspielzeug eines Lutizischen oder Obotritischen Fürstensohnes, irgendeines jugendlichen Pribislaw oder Mistiwoi.«

Seidentopf wollte antworten, aber Turgany fuhr fort: »Ein Bild heiteren Familienlebens tut sich vor meinen Blicken auf. Holzsäulen mit reichgeschnitzten Kapitälen tragen die phantastisch gezierte Decke, und an den Tischen entlang, bei Würfel und Wein, sitzen die wendischen Schwertmänner, zuoberst der Fürst. Er trinkt auf das Wohl seines einzigen Sohnes, zu dessen Geburtstagsfeier heute die Gäste so zahlreich erschienen sind. Durch die Halle hin, nach rechts und links sich verneigend, schreitet Pribislawa, die Fürstin, und bei jeder grüßenden Bewegung blitzen die goldenen Fransen ihres weißen Gewandes. An ihrer Rechten führt sie den Knaben, dessen Locken unter seiner Otterfellmütze hervorquellen, während hinter ihm her das reiche Spielzeug rollt und rasselt, das dieser Glückstag ihm bescherte. Und dieses Spielzeug ist *hier*.« Damit hob Turgany den vorgeblichen Odinswagen auf und setzte ihn wieder auf den Tisch.

Der Pastor lächelte. Auch Turgany, dem im Anschauen seines durch ihn selbst heraufbeschworenen Bildes heiterer ums Herz geworden war, sah wieder ruhiger drein und sagte in versöhnlichem Tone:

»Seidentopf, ich habe Trumpf gegen Trumpf gesetzt. Du hast mich herausgefordert. Wenn ich, dir folgend, von jedem erdenklichen Grade von Bestimmtheit sprach, so wirst du wissen, was ich damit gemeint habe. Es fehlt uns beiden nur eine Kleinigkeit: ›der Beweis‹.«

»Ich kann ihn geben.«

»Wohlan, so gib ihn.«

»Du gibst zunächst die Bronze zu?«

Der Justizrat nickte.

»Du gibst ferner zu, daß die Bronze der germanischen Zeit mit derselben Ausschließlichkeit angehört wie das Eisen der wendischen?«

Turgany nickte wieder, aber unter Zeichen wachsender Ungeduld.

»Gut. Dies von deiner Seite zugegeben«, fuhr Seidentopf fort, »scheint mir unser Streit durch dein eigenes Entgegenkommen geschlichtet. Ich danke dir für diesen Akt der Unparteilichkeit und Selbstbeherrschung. Dieser Wagen ist bronzen; und *weil* er bronzen ist, ist er germanisch. Das ist der Punkt, auf den es ankommt. Was er *innerhalb* der germanischen Welt war, das ist erst von zweiter Bedeutung. Doch muß ich dabei bleiben, daß auch darüber nicht wohl ein Zweifel sein kann. Hier diese Vögel auf Achse und Gabeldeichsel führen den Beweis. Es sind die Raben Odins. Sie fliegen vor ihm her; wenn ich mich des Ausdrucks bedienen darf, sie ziehen das rätselvolle Gefährt.«

»Du hältst dies also für Raben?«

»Der Augenschein überhebt mich jeder weiteren Ausführung«, erwiderte der Pastor.

»Nun, so erlaube mir die Bemerkung, daß nach meiner ornithologischen Kenntnis, die wenigstens auf dem ganzen, zwischen Fasan und Bekassine liegenden Gebiete der deinigen überlegen ist, diese sogenannten Raben Odins nicht mehr und nicht weniger als *alles* sein können, was je mit Flügeln schlug, vom Storch und Schwan an bis zum Kernbeißer und Kreuzschnabel. Und so ruf' *ich* dir denn zu: ›Heil diesem Isis- und Osiriswagen, denn sechs Ibis sitzen auf seiner Deichsel, Heil diesem Jupiterwagen, denn sechs Adler fliegen vor ihm her.‹«

Während dieser Kontroverse hatte die Haushälterin nebenan mit Tellern und Tassen geklappert und die Beine des Ausziehtisches mit jener rücksichtslosen Lautheit eingeschraubt, die seit alter Zeit her das Vorrecht des von seiner Wichtigkeit überzeugten Küchendepartements bildet. Trotz dieses Lärmens indes waren die scharfen Töne Turganys bis in das dahintergelegene Gesellschaftszimmer gedrungen und veranlaßten hier um so rascher einen allgemeinen Aufbruch, als das immer gern gehörte »Zu Tisch« ohnehin jeden Augenblick gesprochen werden konnte. Renate und Marie, die den Zug führten, erschienen auf der Schwelle des Studierzimmers, als der Justizrat eben seine letzten spöttischen Trümpfe ausspielte.

»Willkommen!« rief Turgany. »Unsere jungen Freundinnen, die Vertreter heiterer Unbefangenheit in diesem Kreise, sollen einen Gerichtshof bilden und zwischen dir und mir entscheiden. Cour d'amour, Sängerstreit; Seidentopf und Turgany in den Schranken.«

Seidentopf war es zufrieden. Alles versammelte sich um den Tisch, und Renate, den Vorsitz nehmend, forderte die streitenden Parteien auf, ihre Sache zu führen. Turgany sprach zuerst; dann schloß Seidentopf: »Und so spitzt sich denn die Frage einfach dahin zu: ist dieser Wagen ein Gegenstand des Kultus, oder ist es ein bloßer Tand? Wurde andächtig zu ihm aufgeschaut oder wurde mit ihm gespielt? Und nun, ihr Raben Odins, zieht eure Kreise und kündet das rechte Wort.«

Renate warf einen Blick auf die Streitenden, dann sagte sie: »Welche Blindheit, ihr Freunde, daß ihr den Wald vor Bäumen nicht seht! War je eine Frage leichter zu entscheiden? Wozu das Suchen in dunkler Ferne? Dieser Wagen, von allerdings symbolischer Bedeutung, ist nichts anderes als ein *Streitwagen*, das zwischen Drossen und Reppen aufgefundene Bild eurer eigenen urewigen Fehde.«

Alles stimmte heiter zu, und die gemeinschaftlich Verurteilten reichten sich die Hand. Renate aber, den Winken der im Hintergrunde beschäftigten Alten endlich die gebührende Aufmerksamkeit schenkend, nahm jetzt den Arm Seidentopfs und schritt dem Nebenzimmer zu, darin auf gastlich hergerichteter Tafel das Linnen glänzte und die Lichter brannten.

14. KAPITEL

»Alles, was fliegen kann, fliege hoch«

Das Nebenzimmer war das Eßzimmer, das von dem Vorrecht aller Speiseräume, kahl und schmucklos sein zu dürfen, den ausgiebigsten Gebrauch machte. Nur zweierlei unterbrach die vorherrschende Nüchternheit: über der nach dem Korridor hinausführenden Tür hing eine große, stark nachgedunkelte, von irgendeinem Niederländer aus der Rubensschule herrührende Bärenhatz, während am Spiegelpfeiler der gegenübergelegenen Schmalwand eine hohe Nußbaumetagere stand, auf deren oberstem Brett ein durchbrochener Korb mit bemaltem Alabasterobst, Birnen, Orangen und Weintrauben paradierte. Die »Bärenhatz« hatte sich vor mehr als fünfzig Jahren, bei Renovierung des Vitzewitzeschen Speisesaales, aus dem Herrenhause nach dem Predigerhause verirrt, in dem damals ein lebelustiger Amtsvorgänger Seidentopfs, soweit ihn nicht Fuchs- und Hasenjagd in Anspruch nahmen, der Hohen-Vietzer Seelsorge oblag.

So kahl und nüchtern das Zimmer war, einen so entgegengesetzten Eindruck machte es von dem Augenblick an, wo die Seidentopfschen Gäste dasselbe zu füllen und zu beleben begannen. Die Armleuchter, die grünen und weißen Gläser, vor allem ein die Mitte der Tafel einnehmender, in der Fülle seiner langen und braunen Zacken eine Hohen-Vietzer Pfarrspezialität bildender Baumkuchen gaben ein überaus heiteres Bild, das aus seiner wunderlich komponierten Umrahmung: kahle Wände, nachgedunkelter Rubens und Alabasterobst, eher Vorteil als Nachteil zog.

Turgany, der sich wieder des Platzes zwischen den beiden jungen Damen zu versichern gewußt hatte, flüsterte, nachdem eine Tasse Tee glücklich an ihm vorübergegangen war, der in Person aufwartenden Alten einige Worte ins Ohr, die von dieser, wie es schien, verständnisvoll aufgenommen und mit Kopfnicken erwidert wurden.

»Neue Anschläge im Werke?« fragte Renate.

»Vielleicht«, bemerkte Turgany. »Aber doch nur solche, die die Neugier meiner schönen Nachbarin nicht lange auf die Probe stellen werden. In jedem Falle Überraschungen von allgemeinerem Interesse als ›der Wagen Odins‹.«

Während dies Gespräch noch geführt wurde, erschien die Haushälterin wieder zu Häupten der Tafel, eine flache Schüssel herumreichend, deren schwarzkörniger, mit Zitronenschnitten reich garnierter Inhalt über die Art der Überraschung nicht länger einen Zweifel lassen konnte.

»Aber Turgany«, murmelte Seidentopf mit liebevollem Vorwurf.

»Keinen vorzeitigen Dank«, nahm der Justizrat das Wort. »Du ahnst nicht, Freund, die geheime Tücke, die hinter diesen schwarzen Körnern lauert. Allen Tafelparagraphen zum Trotz, die schon jede lebhafte Debatte von den Freuden des Mahles ausgeschlossen wissen wollen, trage ich den alten Turgany-Seidentopf-Streit an diesen deinen gastlichen Tisch und entnehme neue Waffen gegen dich diesem Überraschungsgericht, das ich mir, im Vertrauen auf deine Nachsicht, einzuschieben erlaubt habe. Ja, Freund, hier ist das Salz der Erde, das einzige, das noch nicht dumpf geworden. Diese schwarzen Körner, was sind sie anders als ein Vortrab aus dem Osten, als eine Avantgarde der großen slawischen Welt. Sendboten von der Wolga her; Astrachan rückt ein in dieses alte Land Lebus. Ein tiefsinniges Symbol dieses alles! Schon folgen die Steppenreiter, die dieselbe Heimat haben; erwarten wir sie, bereiten wir unsere Herzen. Es lebe das Salz der neuen Zeit; es lebe die große Slawa, die Urmutter unserer wendischen Welt, es lebe Rußland!«

Seidentopf, viel zu liebenswürdig, um nicht für Neckereien wie diese ein bereitwilliges Verständnis zu haben, erhob sich sofort. »Ich bitte, die Gläser zu füllen«, begann er, »versteht sich, die grünen. Unser Freund hat das Salz unserer Zeit, hat Rußland, hat die astrachanische Prärie leben lassen. Ich könnte hervorheben, daß optische Täuschungen, riesenmäßige Vergrößerungen zu den charakteristischen Zügen jener Steppengegenden gehören, von denen uns beispielsweise Reisende berichten, daß einfache Heidekrautbüschel das Ansehen stattlicher Bäume gewönnen; aber ich verzichte auf Bemerkungen, die unseren Streit nur schüren könnten. Ich dürste nicht nach Fehde, sondern nach Versöhnung. Gut denn, es lebe das Wolgasalz, das erfrischt, aber zugleich durchglühe uns dieser deutsche Wein, der erheitert und erhebt. Zu dem Herben geselle sich das Feuer, zu der Kraft die Begeisterung. So vermähle sich die slawische und germanische Welt. Es ist ein *alter* Wein noch, der in unseren Gläsern perlt, und die Gelände waren unser, die ihn trugen und reiften. Sie sollen es wieder sein.

Möge der Most des nächsten Jahres in deutschen Keltern stehen.«

Die Gläser klangen zusammen, auch die Turganys und Seidentopfs. Beide Gegner umarmten sich, alles schüttelte sich die Hände, und das Gefühl patriotischer Erhebung wuchs, als, unter Zugrundlegung des 29. Bulletins, die Tischunterhaltung in das Gebiet der Konjekturalpolitik hinüberglitt.

Erst der Schluß der Tafel machte dem Gespräch ein Ende, an dem sich auch die Damen um so lieber beteiligt hatten, als die Abwesenheit eigentlich zuverlässigen Materials es sowohl jedem reichlich eingestreuten »On dit«, wie nicht minder dem Fluge der Einbildungskraft erlaubte, alles Fehlende aus eigenen Mitteln zu ersetzen. Und auf derartig schwachen Fundamenten aufgeführte Unterhaltungen pflegen meist mehr zu befriedigen als solche, die durch oft unbequeme Tatsachen in ihrem Gange bestimmt werden.

Die Gesellschaft begab sich jetzt aus dem Eßzimmer in die die Zimmerreihe abschließende Putzstube, die im wesentlichen noch die Einrichtung zeigte, die ihr die vor zehn Jahren, beinahe unmittelbar nach der Feier ihrer silbernen Hochzeit, aus der Zeitlichkeit geschiedene Frau Pastorin Seidentopf gegeben hatte. An der einen Längswand standen ein Sofa und ein Birkenmaserklavier, jenes hochlehnig, mit fünf harten, großblümig überzogenen Seegraskissen, dieses auf schmalen, ellenartigen Beinen, deren Dünne nur noch von der seines Tones übertroffen wurde. Dem Sofa gegenüber befand sich der »Jubiläumsschrank«, in dem alles ein Unterkommen gesucht und gefunden hatte, was bei Gelegenheit der mit seiner silbernen Hochzeit zusammenfallenden fünfundzwanzigjährigen Amtsführung unserem Seidentopf an Geschenken und Huldigungen dargebracht worden war. Außer dem Kranz und dem Ehrenpokal standen hier zwei Blumenvasen mit Zittergras, ein Fidibusbecher, ein Album, eine Briefmappe, mit zwei großen Perlenarbeiten geschmückt, von denen die eine die Hohen-Vietzer Kirche, die andere das Landsberger Korrektionshaus darstellte, an dem unser Seidentopf einige Jahre lang amtiert hatte. Aus ebendieser Zeit her stammte auch ein kleines, aus Brotkrume geformtes Kruzifix, das, unscheinbar an sich selbst, in ebenso unscheinbarer Umrahmung hart über der Sofalehne hing. Es war die Arbeit eines in Ketten geschlossenen, auf Lebenszeit verurteilten Sträflings, der, einfach um Beschäftigung willen beginnend, unter dem Tun seiner Hände sich zum gläubigen Christen herangebildet hatte. Turgany pflegte die Bemerkung daran zu knüpfen, daß es ein neuer Beweis sei, wie sich jeder seinen Gott und seinen Glauben schaffe; Seidentopf aber, weil hier sein Innerstes mitspielte, ließ sich in seinen entgegenstehenden Anschauungen nicht beirren, war vielmehr fest überzeugt, daß auch *diesem* Schächer das Wort erklungen sei: »Noch heute wirst du mit mir im Paradiese sein«, und pries sich glücklich, dies Brotkrumen-Kruzifix aus den Händen eines gläubig Sterbenden empfangen zu haben. Er sah es für nichts Geringeres als einen Talisman oder, um christlicher zu sprechen, als einen segenspendenden Hort seines Hauses an.

So war das Zimmer. Tante Schorlemmer nahm Platz auf dem Sofa, die beiden jungen Damen neben ihr, während die Herren um den Tisch herum den Kreis schlossen.

»Was spielen wir?« fragte Renate. »Wir haben die Wahl zwischen Tellerdrehn, Talerwandern und Tuchzuwerfen.«

»Also doch jedenfalls ein Pfänderspiel«, fragte Pastor Zabel, dem etwas bange werden mochte.

»Gewiß«, antwortete Turgany.

»Dann bin ich«, entschied Renate, »alles in allem erwogen, für Lewins Lieblingsunterhaltung: Alles, was fliegen kann, fliege hoch! Er hält dies nämlich für das Spiel aller Spiele.«

»Da wäre ich doch neugierig«, bemerkte Turgany.

»Ich bekenne mich«, nahm Lewin jetzt das Wort, »allerdings zu dem Geschmack, den mir Renate zugeschrieben. Es ist, wie sie sagt. Alle Spiele sind gut, wenn man sie richtig ansieht, aber mein Lieblingsspiel ist doch der besten eines. Es hat zunächst eine natürliche Komik, die sich freilich dem nur auftut, der ein bescheidenes Maß von Phantasie und plastischem Sinne mitbringt. Wem die Tiere, groß und klein, die genannt werden, nur Worte, nur naturhistorische Rubrik sind, wem sozusagen erst nachträglich als Resultat seiner Kenntnis und Überlegung beifällt, daß die Leoparden *nicht* fliegen, dem bleibt der Zauber dieses Spiels verschlossen. Wer aber in demselben Augenblick, in dem der Finger zur Unzeit gehoben wurde, inmitten von Kolibris und Kanarienvögeln einen Siamelefanten wirklich fliegen sieht, dem wird dieses Spiel, um seiner grotesken Bilder willen, zu einer andauernden Quelle der Erheiterung.«

»Sehr gut, sehr gut«, sagte Turgany, sichtlich angeregt durch diese Betrachtung.

»Und doch ist diese Seite des Spiels«, fuhr Lewin fort, »nur eine nebensächliche. Viel wichtiger ist eine andere. Es diszipliniert nämlich unseren Geist und lehrt uns eine rasche und straffe Zügelführung. In körperlichen wie in geistigen Dingen herrscht dasselbe Gesetz der Trägheit. Aus Trägheit rollt die Kugel weiter. So genau auch hier. Siebenmal, in wachsender Geschwindigkeit, haben wir den Finger gehoben, er ist in eine rotierende Bewegung geraten, er fliegt beinahe selbst; da drängt sich das schwerfällig Kompakteste in die Gesellschaft uns leicht und zierlich umschwirrender Vögel ein, und siehe da, unser Finger tut das, was er nicht sollte, und fliegt weiter. Da liegt es! Diese dem Gesetz der Trägheit entstammende Bewegung, unter dem Eindruck eines rasch entstehenden Bildes, mit gleich rascher Willenskraft zu hemmen, das ist die geistige Schulung, die wir aus diesem Spiel gewinnen. Ich kann mir denken, daß wir durch Übungen wie diese unserer Charakterbildung zu Hilfe kommen.«

Der Konrektor lächelte. Er schien die pädagogische Seite des Spiels doch etwas geringer zu veranschlagen. Nur Turgany wiederholte seine Zustimmung. Das Spiel begann und nahm seinen Gang, dabei seine alte Anziehungskraft bewährend. Der alte Streit, ob Drachen fliegen können oder nicht, wurde den Mitspielenden nicht geschenkt. Als man abbrach, lag eine ganze Zahl von Pfändern in einem flachen Arbeitskorb, den Marie herbeigeholt hatte.

»Unser Freund Lewin«, nahm jetzt Turgany das Wort, »hat von dem Spiel der Spiele gesprochen, dabei seinen Gegenstand vom künstlerischen, vom pädagogischen und moralischen Standpunkte, also von *drei* Seiten her beleuchtend, wie es sich in einem Predigerhause geziemt. Ich kann der Versuchung nicht widerstehen, mich über ein verwandtes Thema in ähnlich eindringlicher Weise zu verbreiten. Wollen Sie es glauben, meine Damen, daß sich die tiefsten Geheimnisse der Natur in der Abgabe der Pfänder offenbaren.«

»Das wäre!« bemerkte der Dolgeliner Pastor, der nach dieser Seite hin kein ganz reines Gewissen haben mochte.

»Etwas dezent Indifferentes wählen«, fuhr Turgany fort, »ohne dabei der Trivialität zu verfallen, *das* ist die Kunst. Ein Battisttuch, ein Notizbuch, ein Flakon, eine Brosche dürfen als wahre Musterstücke gelten. Sie sind nur selten zu übertreffen. Ich kannte freilich eine fremdländische, aus dem Süden her an unser Oderufer verschlagene Dame, die lächelnd eine große Perlennadel aus ihrem schwarzen Haare nahm und diese Nadel dann überreichte. Ich hätte die Hand küssen mögen. Das war ein Ausnahmefall nach der glänzenden Seite hin. Desto leichter ist es, hinter der goldenen Mitte des Flakons und der Brosche *zurück*zubleiben. Ich entsinne mich einer im Embonpointalter stehenden Professorenfrau, die Mal auf Mal ihren Trauring als Pfand vom Finger zog. Erlassen Sie mir, Ihnen das eheliche Glück des Hauses zu schildern. In derselben Gesellschaft befand sich ein Herr, der nicht müde wurde, sein englisches Taschenmesser, zehn Klingen mit Korkzieher und Feuerstahl, in den Schoß der Damen zu deponieren, bis das Klingenmonstrum, nach Zerreißung mehrerer Seidenkleider, endlich vor dem allgemeinen Entrüstungsschrei verschwand.«

Der Justizrat hatte diesen Vortrag halten dürfen, ohne Furcht, dadurch anzustoßen. Er war nämlich der Abgabe der Pfänder mit besonderer Aufmerksamkeit gefolgt und kannte genau die Resultate. Selbst Pastor Zabel hatte nichts Schlimmeres eingeliefert als einen großen Karneoluhrschlüssel, den er nicht an der Uhr, sondern selbständig, wie eine Art Sackpistole, in einer seiner großen Taschen trug.

Man schritt nun zur Einlösung.

Lewin, der am meisten verschuldet war, hatte »Steine zu karren«, mußte »Brücke baun« und »Kette machen«, während es dem Dolgelinischen Pfarrer zufiel, als »polnischer Bettelmann« sein Glück zu versuchen.

Endlich hieß es: »Was soll der tun, dem dies Pfand gehört?«

»Schinken schneiden!«

Es war ein Knüpftuch Maries. Diese erhob sich, trat in die Mitte des Zimmers und begann: »Schneide, schneide Schinken, wen ich lieb hab', werd' ich winken.«

Dabei winkte sie dem Frankfurter Konrektor und bot ihm in voller Unbefangenheit ihren Mund. Othegraven, der sonst Gewalt über sich hatte, fühlte sein Blut bis in die Schläfe steigen. Er küßte ihr die Stirn; dann kehrten beide auf ihre Plätze zurück.

Außer Renaten hatte nur Turgany die flüchtige Verlegenheit Othegravens bemerkt.

15. KAPITEL

Schmidt von Werneuchen

Das letzte einzulösende Pfand, ein Notizbuch, gehörte Renaten, die nunmehr aufgefordert wurde, ein Lied zu singen. Sie war dazu bereit, aber wie immer entstand die Frage: was? Zum Glück lagen auf dem kleinen Birkenmaserklavier allerhand Noten aufgeschichtet, unter denen Renate zu suchen begann. Es waren Liederkompositionen, die, soweit der Text in Betracht kam, mit einer Art von gesellschaftlicher Diplomatie *beiden* Dichterschulen entnommen waren, die damals in beinahe unmittelbarer Nähe von Hohen-Vietz ihre Geburts-, jedenfalls ihre Pflegestätte hatten. Die eine Schule, vom Lokalstandpunkt aus angesehen, war die Nieder-Barnimsche, die andere die Lebusische, jene, die derb-realistische, durch Pastor Schmidt von Werneuchen, diese, die aristokratisch-romantische, durch Ludwig Tieck und den in Ziebingen ansässigen Mäzenatenkreis der Burgsdorffs und ihrer Freunde vertreten. Zwischen beiden Schulen suchte der Hohen-Vietzer Pfarrherr, der es überhaupt mit Ausnahme der Semnonen zu keiner entschiedenen Parteinahme bringen konnte, nach Möglichkeit zu vermitteln, hatte abwechselnd Worte der Anerkennung für Werneuchen, Worte der Bewunderung für Ziebingen und gab dieser seiner Halbheit, die, sobald es sich um kirchliche Fragen handelte, den

Spott Miekleys und Uhlenhorsts herausforderte, auch auf literarischem Gebiete durch Anschaffung heute des Schmidtschen »Kalenders der Musen und Grazien«, morgen des Tieckschen »Zerbino« oder »Phantasus« Ausdruck. Übrigens stammten die Klaviernoten meist noch aus der Zeit der verstorbenen Frau her, die, selbst auf dem Barnim gebürtig, zugleich auch minder abwägend als ihr Eheherr, den Werneuchener Poeten um ein weniges bevorzugt hatte.

Renate, nachdem sie hin und her geblättert, wählte schließlich, um dem Suchen ein Ende zu machen, einige Pastor Schmidtsche Strophen, die sich an den Freund aller unglücklich Liebenden richteten, »an den Mond«. Der Überschrift war die Klammerbemerkung hinzugefügt: »Abends elf Uhr am Fenster«.

So manchen Abend traur' ich hier
In stummer Liebe Leid;
In meiner Schwermut blickst du dann
Mich freundlich durch die Weiden an,
Daß mich's im Herzen freut.

Wenn doch, wie du, mein Mädchen mild,
Wie du so freundlich wär'!
O such sie, lieber Mondenschein,
Und schau ihr ernst ins Aug' hinein
Und mach das Herz ihr schwer.

Renate, die das Lied in Text und Komposition zu kennen schien, sang es mit großer Sicherheit, aber zugleich auch mit jenem übertriebenen Aufwand von Stimme und Gefühl, wodurch der Vortragende auszudrücken wünscht, daß er über der Sache stehe.

Dies war den Zuhörern nicht entgangen, von denen die Mehrzahl dieser ironischen Behandlung des Liedes zuzustimmen schien. Nur Seidentopf trat an das Klavier und sagte: »Unser Barnimer Freund scheint vor unserem Lebusischen Fräulein keine Gnade zu finden.«

»Wie kann er auch«, nahm Renate das Wort; »wie bescheiden er sich stellen mag, er hat die Prätension, ein Poet zu sein, und er ist keiner. Es ist sinnig, sich den Dichter auf einem geflügelten Pferde zu denken, weil es die erste Aufgabe aller Poesie ist, das platt Alltägliche hinter sich zu lassen; und nun frag' ich Sie, teuerster Pastor, auf welchem Pferde, geflügelt oder nicht, sind Sie imstande, sich unsern Schmidt von Werneuchen vorzustellen? Ist es vielleicht

der weiße königliche Zelter,
Mit Federbüschen bunt im Winde flatternd,
Die Brust, wie Schnee, mit blauem Schleier schmückend?«

»Nein, liebe Renate«, antwortete Seidentopf, »dieser weiße königliche Zelter ist es sicherlich *nicht*. Die Kreuzzugsjahrhunderte, die drüben bei den Ziebinger Freunden fast nur noch Geltung haben, sind nicht das Zeitalter unseres einfachen und, wie nicht bestritten werden soll, an Haus und Hof gebundenen Schmidt; er ist ganz Gegenwart, ganz Genre, ganz Mark. Er ist so unromantisch wie möglich, aber er ist *doch* ein Dichter.«

»Das ist er«, fiel jetzt der Dolgeliner Pastor ein, zu dessen kleinen Eitelkeiten es gehörte, seine Bekanntschaft mit dem Werneuchener Amtsbruder ins rechte Licht zu stellen. Außerdem hatte er den Wunsch, doch endlich auch seinerseits in den Gang der Unterhaltung einzugreifen, und der rechte Augenblick dafür schien ihm gekommen. »Unser viel angefochtener Freund«, fuhr er fort, »ist ein Poet trotz einem; aber ich sehe wohl, unser Fräulein Renate hat zuviel da drüben nach Frankfurt hin verkehrt und ist aus der Barnimer Schule, die so recht eigentlich eine brandenburgische Schule ist, in die neue Lebuser übergegangen, wo sie nur noch spanische Stücke lesen und mit dem Herrn Tieck einen Götzendienst treiben, als hätt' es vor seiner ›mondbeglänzten Zaubernacht‹ noch gar keine Dichtung und noch gar keinen rechten Mond gegeben. Und dieser Hochmut reizt mich, und wiewohlen Dolgelin ein alt-lebusisches Dorf ist, so steh ich doch in dieser Dichterfehde ganz auf Seiten von Nieder-Barnim, und wenn sie mir sagen wollen, daß noch nie so Schönes gedichtet worden ist wie:

Ihr kleinen goldnen Sterne,
Ihr bleibt mir ewig ferne,

was sie jetzt auf allen Leiern spielen, so sag' ich: nein, ihr

Herren, euer Geschmack ist nicht mein Geschmack, und es fällt mir ganz anders auf die Sinne, wenn unser Werneuchner Freund in seiner drallen Dichterweise anhebt:

Auf seinem Waldhorn bläst des Dorfes Hägereiter,
Die Paare treten an, die Augen werden heiter,
Des Amtmanns Schreiber kommt, die Bauern rufen: Tusch,
Fort mit den Tischen, itzt beginnt der Kiekebusch!

Das nenn' ich Sprache. Ich sehe den Bräutigam mit der rotkalmankenen Weste und höre, wie sie mit den Hacken zusammenschlagen. Da ist echtes Gold drin, gegen das sich die ›kleinen goldnen Sterne‹ verstecken können.«

Turgany lachte herzlich. Im übrigen trat eine kleine Verlegenheitspause ein, die Seidentopf endlich – mit geflissentlicher Umgehung des ganzen Intermezzos, als welches die Dolgeliner Verteidigungsrede anzusehen war – unterbrach, indem er sich an seine schöne Widersacherin wendete: »Sie unterschätzen ihn, liebe Renate, wie so viele mit Ihnen tun. Vielleicht, daß ich meinerseits in den entgegengesetzten Fehler verfalle, weil ich die Vorzüge seines Herzens auch in seinen Dichtungen wiederfinde. Man muß ihn eben kennen.«

»Nun, so lassen Sie uns an Ihrer Kenntnis teilnehmen, erzählen Sie von ihm.«

»Das muß Turgany tun«, fuhr der Pastor fort, »er hat die Gabe eindringlicher Schilderung, er kennt ihn, er schätzt ihn auch, wenn ich mich früherer Gespräche recht entsinne.«

Turgany machte zunächst eine ablehnende Handbewegung und setzte dann erklärend hinzu: »Lieber Seidentopf, es muß eine Verwechselung vorliegen, vielleicht mit deinem Amtsbruder Pastor Zabel, den wir soeben in dankbarer Erinnerung an die rotkalmankene Weste sich enthusiasmieren sahen. An *ihn* wäre dein Appell in der Ordnung gewesen.«

Aber diese Ablehnung, wie vorauszusehen, war umsonst; alles drang in Turgany, der endlich, wohl oder übel, dem allgemeinen Wunsche nachgeben mußte. Vielleicht nicht ungern. Denn er tat nichts lieber als medisieren. »Nun denn«, so hob er an, »Sie wissen alle, daß unser Werneuchener Freund ein Prediger und Dichter ist, aber was Sie vielleicht *nicht* wissen und was so recht eigentlich den Schlüssel zum Verständnis seiner Dichtungen bildet, das ist das, daß er auch Gatte und Vater ist. Die Kanzel steht ihm nahe, aber die Wiege steht ihm näher. Sein Haus ist eine Kinderstube, oder wie es hierlandes heißt: mehr Quarre als Pfarre. Versteht sich, ist er kreuzbrav. Er züchtet Bienen und Blumen und lädt seine Gäste statt in Prosa in Versen, meist in Sonetten, ein. Er ist bescheiden und selbstbewußt, nachgiebig und eigensinnig, harmlos und schlau, in Summa ein Märker. Nicht zufrieden damit, für sein eigen Teil der Pastor Schmidt von Werneuchen zu sein, ist sein bester Freund auch noch der Pastor Schultze von Döbritz. Nomen et omen. Er raucht aus langer Pfeife und trägt Käpsel und Schlafrock, und wenn er den letztern ausnahmsweise nicht trägt, so macht er den Eindruck, als trüge er zwei. Unter seinen Dichtungen hat mir die kleine Gruppe, die die Überschrift aufweist: ›Lieder für Landmädchen, abends beim Melken zu singen‹, immer den größten Eindruck gemacht. In einer angefügten Notiz findet sich nämlich die Bemerkung, daß er sie gedichtet habe, um verschlafene Milchmädchen beim Melken wach zu erhalten. Ich bezweifle, daß er seinen Zweck erreicht hat.«

Seidentopf mühte sich, einen kleinen Unwillen zu zeigen. »Das führt uns nicht weiter, Turgany; du selbst wirst nicht behaupten wollen, in deiner Schilderung auch nur einigermaßen Gerechtigkeit geübt zu haben.«

»Ich weiß doch nicht«, fiel Lewin hier ein. »Wir kennen alle den lebhaften Farbenauftrag unsers justizrätlichen Freundes, aber, einer gewissen drastischen Ausdrucksweise entkleidet, hat er nichts gesagt, was ich nicht von ganzem Herzen unterschreiben möchte. Diese Werneuchener Poesie hat in der Tat kein anderes Ideal als den bekäpselten Familienvater, und die Abfertigung, die ihr von Weimar her zuteil wurde, war wohlverdient. Es ist wahr, manches glückt ihm. Wie hübsch klingt es:

Was lieb sich hat mit Treuen,
Das sucht ein einsam Örtchen gern,
Wo's heimlich sich kann freuen,
Von Lärm und Lauschern fern.

Da hat sich's lieb im stillen,
So inniglich, so minniglich,
Da hat es seinen Willen,
Sein Wesen ganz für sich.

Das ist sinnig; aber daneben liegen Abgründe. Er hat eine gefällige Gabe für den Reim und ein Auge für die Natur. Das ist alles. Seine Schilderungen mögen gelegentlich als Oasen gelten, seine Gedanken sind die Wüste. Sand und wieder Sand. Aber wie denkt nur Marie über ihn? Ich glaube mich zu entsinnen, daß sie seine Lieder mehr als einmal gelesen, auch zu Renate darüber gesprochen hat.«

Die Angeredete wurde rot bis an die Schläfe. Es konnte nicht wohl anders sein. Lewin, der von manchem Plauderabend her die Schärfe ihres Urteils kannte, übersah, daß es ein größerer Kreis war, vor dem zu sprechen er sie so plötzlich aufgefordert hatte. Sie sammelte sich aber schnell und sagte dann fest und schüchtern zugleich: »Ich gehe ganz mit Renaten; er ist kein Dichter, weil er nichts als die Wirklichkeit kennt.«

»Und seine Gabe der Schilderung?« unterbrach Seidentopf.

»Auch sie erquickt mich nicht. Sie ist das Beste an ihm, gewiß, aber les' ich dann: ›bis auf am Himmelsbogen die goldnen Sterne zogen‹, so fühle ich plötzlich den unendlichen Unterschied zwischen *diesen* Sternen und den Alltagssternen unseres Schmidt. Freilich, ich zweifle, ob ich diesen Unterschied werde aussprechen können.«

»Du wirst es können; beginne nur«, riefen ihr Lewin und Renate zu.

»Ich will es versuchen. Der Dichter soll ein Spiegel aller Dinge sein. Schmidt aber spiegelt nichts; er gibt nur die Natur selber.«

»Gut, gut«, fiel Turgany ein, »ich habe mehr als eine Untersuchung gelesen, die zurückbleibt hinter diesem kritischen Debut. Der Schmidtsche Spiegel, wenn ich recht verstanden, ist gar kein Spiegel, sondern nur ein Spiegelrahmen, und die Bilder, die er gibt, sind nichts anderes als eingefaßte Stücke leibhaftiger Natur. Natur, wie wir sie vor uns haben, wenn wir, zurücktretend, auf drei Schritt Entfernung durch ein offenstehendes Fenster sehen. Sehr gut.«

Seidentopf, immer unruhiger werdend, wollte antworten; Turgany aber, als merke er nichts von der Verstimmung seines Freundes, fuhr jetzt in der ihm eigenen Weise fort: »Wir haben nun unser Verdikt abgegeben, und Inkulpat, trotz der günstigen, aber als durchaus parteiisch anzusehenden Aussagen seiner Amtsbrüder von Hohen-Vietz und Dolgelin, ist als schuldig befunden worden. Othegravens zustimmendes Kopfnicken, als die ›goldenen Sterne‹ der Bürgerschen Lenore heraufzogen, hab' ich, hoffentlich nicht mit Unrecht, im Sinne der Anti-Schmidt-Partei gedeutet. Ausständig ist nur noch eine gewichtige Stimme. Ich erhebe hiermit die bestimmte Frage: ›wie stellt sich Herrnhut zu Werneuchen?‹«

Tante Schorlemmer schüttelte den Kopf hin und her und klapperte lebhafter denn zuvor mit ihrem Strickzeug, das sie, nach Auslösung der Pfänder, wieder zur Hand genommen hatte. Sie schien auch jetzt noch jede Antwort verweigern zu wollen.

Turgany aber, uneingeschüchtert, fuhr in Nachahmung richterlicher Würde fort: »So müssen wir denn zu den stärksten Mitteln greifen. Im Namen Zinzendorfs ...«

Die so feierlich Beschworene, eine der eben abgestrickten Nadeln erhebend, drohte bei dieser Formel scherzhaft zu dem Justizrat hinüber und sagte dann: »Renate und Marie haben recht; er ist garstig.«

»Er ist garstig«, wiederholte Turgany. »Mit Hülfe dieser verspäteten Zeugenaussage, in der ich beiläufig einen Saxonismus zu erkennen glaube, tritt unsere Verhandlung in eine neue Phase ein. Es scheint sich der ästhetischen Anklage, wenn auch nur leise, ein moralisches Element beigesellen zu sollen.«

»Das nicht«, fuhr jetzt Tante Schorlemmer mit Entschiedenheit fort, »aber er mißfällt mir ganz und gar. Er mißfällt mir, weil er sein geistlich Kleid ohne geistliche Würde trägt. Der Justizrat hat es getroffen: die Wiege steht ihm näher als die Kanzel. Selbst das heilige Weihnachtsfest ist ihm kein Fest des Kindes Gottes, es ist ihm nur ein Fest seiner eigenen Kinder. Er scheut selbst vor Anstößigkeiten nicht zurück, und ich schäme mich dann in seine Pastorsseele hinein. Nein, nein, das ist nichts für ein herrnhutisch Herz, dem noch die Weihnachtslieder der eigenen Kindheit im Ohre klingen.«

Turgany schwieg. Renate trat an Tante Schorlemmer heran und sagte: »Gib uns das Lied, das du den ersten Weihnachten sangst, als du zu uns gekommen warst. Ich lieb' es so. Bitte, ich sing' auch mit.«

Tante Schorlemmer strickte eifrig weiter. Dann sagte sie: »Gut, ich will es; sind wir doch hier in einem christlichen Predigerhause.« Damit stand sie auf und setzte sich an das Klavier. Mit zitternder Stimme hob sie an, bis die schöne Altstimme Renates wie eine Glocke einfiel. Leise begleitend klang das Klavier. So sangen sie beide:

Holder Knabe
Mit dem Stabe,
Der die Löwen weiden kann,
Denk der kleinen
Armen deinen,
Der du Jüngling warst und Mann.

Laß sie weiden
In den Freuden
Deiner Kindheit, Jesu Christ!
Lehr sie stündlich
Treu und kindlich
Sein, wie du gewesen bist.

Und damit schloß der zweite Weihnachtstag im Pfarrhause zu Hohen-Vietz.

16. KAPITEL

Ein Zwiegespräch

Es mochte halb elf sein, als halblauter Peitschenknall und ein jedesmal plötzliches Erklingen des Schellengeläutes, wenn die beiden Braunen ungeduldig ihre Hälse zur Seite warfen, die Frankfurter Gäste des Pfarrhauses daran gemahnte, daß der Schlitten vorgefahren sei.

Nicht lange, so ward es auf dem Flur lebendig, und das Lachen Turganys – der, aus dem zweiten Zimmer tretend, eben an den Alligator gestoßen und das Ungetüm in eine unheimlich schwankende Bewegung gesetzt hatte – klang bis auf die Straße hinaus, wo der Pfarrknecht, auf und ab stampfend, die Fahrleine hielt und durch Hauchen und Blasen seine halbverklammten Finger vor dem völligen Starrwerden zu schützen suchte. Gleich darauf öffnete sich die Tür, sofort den dünnen Ton ihrer Klingel mit dem Schellengeläute des draußen harrenden Schlittens mischend, auf dessen niedriger Polsterbank Turgany und der Konrektor sich nunmehr rasch zurechtrückten. Ein Gruß noch nach dem Flur hin, ein Schlag mit der Leine auf den Rücken der Pferde, und fort ging es auf verschneiter Straße dem Ausgange des Dorfes zu. Der Dolgeliner Pastor, der noch Geschäftliches mit Seidentopf zu erledigen hatte, war bei seinem Amtsbruder zurückgeblieben.

Hohen-Vietz schlief schon. Alle Gehöfte lagen im Dunkel; nur bei Müller Mieckley war noch Licht, und ein heller Schimmer fiel auf einen würfelförmigen, wohl seit hundert Jahren an dieser Stelle liegenden Stein, von dem aus der Fußweg nach dem Forstacker hin abzweigte.

»Der Müller hat noch Licht«, sagte Turgany, »wahrscheinlich ein Konventikel, Uhlenhorst in Person.«

In demselben Augenblick aber scheuten die Pferde und bogen prustend nach rechts hin aus, so daß es einiger Anstrengung bedurfte, die Stelle zu passieren. Als sie glücklich vorüber waren, sah sich der Justizrat neugierig um und erkannte nun erst Hoppenmarieken, die auf dem Stein gesessen und beim Ansichtigwerden des Schlittens, sehr zur Unzeit, mit ihrem Hakenstock salutiert hatte.

»Wer ist der Kobold?« fragte Othegraven.

»Hoppenmarieken«, antwortete Turgany, »ihres Zeichens Hohen-Vietzer Botenfrau, auch wohl sonst noch allerlei. Man munkelt dies und das, aber die Beweise fehlen. Sie geht oft nachts und ist am andern Morgen wieder da.«

»Ein unheimliches Wesen.«

»Das ist sie. Aber auch ein Original, und das kommt ihr

zustatten. Der alte Vitzewitz sieht ihr manches durch die Finger. Ihr eigentlicher Anwalt aber ist Lewin.«

Turganys Schlitten flog rasch dahin, bei jeder Seitwärtsbewegung den Schnee fußhoch zusammenschaufelnd. Gekröpfte Weiden, abwechselnd mit hohen Pappeln, faßten von rechts und links her den Weg ein und bezeichneten die Richtung, in der sich die Fahrt, im übrigen auf gut Glück hin, vorzubewegen hatte. Dann und wann flog eine Krähe auf, stumm, verschlafen, um sich auf dem nächsten Baumwipfel wieder niederzulassen. Darüber stand der Sternenhimmel, funkelnd in aller winterlichen Pracht. Ein träumerischer Zustand überkam die beiden Reisenden. Es war ihnen, als erstürbe das Schellengeläut ihres Schlittens, während der leise Widerhall von weit, weit her immer lauter, immer brausender zu werden schien. Die Nähe verlor ihre Macht über das Ohr; nur das Ferne, das kaum Hörbare läutete wie Glocken.

Turgany gewann es zuerst über sich, diesen lähmenden Halbtraum abzuschütteln.

»Eine herrliche Nacht!« hob er an.

»Der schöne Abschluß eines schönen Tages«, antwortete Othegraven, der nun auch, als ob das Befreiungswort gesprochen sei, aus dem Banne heraus war. »Welch eine liebenswürdige Natur, Ihr Freund Seidentopf! Welche Frische, welche Teilnahme an jedem Kleinen und Allerkleinsten, und wenn es ein Pfänderspiel wäre.«

Dem Justizrat konnte nichts lieber kommen, als diese Wendung des Gesprächs. »Seidentopf«, so nahm er jetzt das Wort, »ist ein Mann wie ein Kind. Ich habe ihn nun ein Leben lang bewährt gefunden. Vierzig Jahre immer derselbe. Dieselbe Treue. Aber warum zählen Sie Pfänderspiele zum ›Allerkleinsten‹? Da haben Sie unrecht; Pfänderspiele sind eine große Sache.«

Othegraven sah, soweit seine Mantelverpackung es zuließ, den Justizrat fragend an.

Dieser legte seinen linken Pelzarm auf des Konrektors Schulter und fuhr dann mit einer Herzlichkeit, die sonst nicht zu seinen Eigenheiten gehörte, fort: »Ich hätte die Frage nicht tun sollen, oder doch nicht in dieser Form. Die Sache verbietet's und Ihre Person. So denn rund heraus, Othegraven: Sie lieben Marie.«

Othegraven schwieg einen Augenblick und sagte dann mit fester Stimme, in der auch kein leisester Ton von Verlegenheit mitklang: »Ja, von Herzen.«

So weit waren Frage und Antwort gediehen, als die Fortsetzung des Gesprächs beider Freunde durch ihre Einfahrt in das nächstgelegene Dorf unterbrochen wurde. Schon bei den ersten Häusern hörten sie Baß und Klarinette vom Kruge her, unter dessen Erkervorbau, ja bis auf den Fahrdamm hinaus, einzelne Paare trotz bitterer Kälte standen. Die Mädchen kurzärmelig. Ein verzeihlicher Leichtsinn, denn aus der Tanzstube, deren Fenster ausgehoben waren, quoll eine dicke Wolke von Qualm und Rauch. »Da drinnen sind sie beim ›Kiekebusch‹«, sagte Turgany, »schade, daß wir unsern Dolgeliner Pastor nicht mit uns haben.«

Derweilen war der Schlitten an dem Kruge vorbei; der Lärm verhallte, und das weite Schneefeld lag wieder vor ihnen. Turgany, auch bei Othegraven voraussetzend, daß er mit seinen Gedanken an alter Stelle haften geblieben sei, fuhr, als ob überhaupt keine Unterbrechung stattgefunden hätte, ohne weiteres fort: »Und wie gut sie sprach. Jedes Wort ein Treffer.«

»Sie wird immer das Richtige treffen.«

»Ei, Konrektor, schon so tief in Bewunderung! Aber kennen Sie denn die Vorgeschichte dieses Kindes? Sie wissen doch, sie ist eine Waise.«

»Ich weiß alles«, erwiderte der Konrektor. »Ich war vor drei Wochen auf dem Schulzenhofe, und das Kniehasesche Paar hat mir ohne Rückhalt von seinem Pflegling erzählt. Ich weiß, daß sie getanzt und deklamiert hat, und daß sie mit einem Tellerchen herumgegangen ist, um die Münzen einzusammeln. Ich bekenne, daß ich keinen Anstoß daran nehme. Es steigert nur meine Teilnahme.«

»Auch die meinige«, sagte Turgany. »Aber, lieber Othegraven, wir sind sehr verschiedene Leute. Ich bin ein Lebemann, nicht viel besser als ein Heide. Sie sind ein Geistlicher, vorläufig noch in der Konrektorverpuppung, aber der Schmetterling kann jeden Augenblick ausfliegen.«

Othegraven schwieg einen Augenblick. Dann nahm er das Wort: »Lassen Sie mich offen sein, lieber Freund: es drängt mich dazu, und ich finde, es spricht sich gut unter diesen Sternen. Sie nennen sich einen Heiden; ich habe meine Zweifel daran. Aber wie immer auch, Sie irren, wenn Sie das Christentum, zumal nach dieser Seite hin, als eng und befangen ansehen. Im Gegenteil, es ist frei. Und daß es diese Freiheit üben kann, ist im Zusammenhang mit dem tiefsten Punkte unseres Glaubens.«

Der Justizrat schien antworten zu wollen. Othegraven aber fuhr fort: »Wir sind alle in Sünde geboren, und was uns hält, ist nicht die eigene Kraft, sondern eine Kraft außer uns, rund heraus die Barmherzigkeit Gottes. Sie kennen unsere schöne Schildhornsage? Nun, wie mit dem Wendenfürsten Jaczko, so ist es mit uns allen: wir sinken unter in der schweren Rüstung unseres eiteln Ichs, unseres selbstischen Trotzes, wenn uns der Finger Gottes nicht nach oben zieht.«

Turgany nickte. »Sie werden mich nicht in Verdacht haben, Othegraven, für die Selbstgerechtigkeit der Menschen und für das Unkraut von Vorurteilen, das aus ihr sprießt, eine Lanze brechen zu wollen. Ich weiß seit lange, wie wenig es mit dem Stolz unserer Tugend auf sich hat, und wenn ich irgendeines Bibelwortes gedenke, so ist es das: ›der hebe den ersten Stein auf sie‹. Es würde gerade mir schlecht anstehen, die Lebensläufe meiner Mitmenschen durch ein Examen rigorosum gehen zu lassen. Und nun gar die Vergangenheit dieses liebenswürdigen Kindes! Alles, was ich mit meiner Frage sagen wollte, ist etwa das: ›Es ist ein Glück, aus einem guten Hause zu sein.‹ Und an der einfachen Wahrheit dieses Satzes ist nicht wohl zu rütteln. Kniehases Haus ist ein gutes Haus. Das Haus des ›starken Mannes‹ aber, der oben auf dem Hohen-Vietzer Kirchhof unter dem Holzkreuz liegt, ist schwerlich ein solches Haus gewesen.«

»Es fragt sich«, bemerkte Othegraven. »Ich möchte fast das Gegenteil glauben. Es war ein Haus schwerer Prüfungen, wachsender Demütigung; aber wo so viel Liebe, so viel schöner Eifer waltete, von einem jungen Leben den drohenden Makel der Geburt, jeden Verdacht des Ungesetzlichen fernzuhalten, das kann kein Haus der Unsitte gewesen sein. Ich habe die Geschichte von dem ›starken Mann‹ nicht ohne Rührung gehört. Unglück, nicht Unsegen; Heimsuchung, nicht Fluch.«

»Sie überraschen mich«, nahm der Justizrat wieder das Wort. »Ich bin Ihnen dogmatisch nicht gewachsen; aber würden Sie, auch ohne Neigung zu Marie, zwischen Unglück und Unsegen immer so scharf unterscheiden wie in diesem Augenblick? Würden Sie nicht geneigt sein, die Heimsuchung als eine Folge der Verschuldung, als Strafe, als Verwerfung anzusehen? Irr' ich darin, wenn ich annehme, daß gerade Männer Ihrer Richtung Gewicht legen auf Patriarchalität?«

»Nein, darin irren Sie nicht«, erwiderte Othegraven. »Gewiß ist ein Unterschied zwischen dem Hause des Lot und dem Hause von Sodom, und diesen Unterschied, ohne ein klarsprechendes Zeichen, mißachten zu wollen, wäre Auflehnung gegen Sitte und Gebot. Aber was entscheidet, ist doch immer die Gnade Gottes. Und diese Gnade Gottes, sie geht ihre eigenen Wege. Es bindet sie keine Regel, sie ist sich selber Gesetz. Sie baut wie die Schwalben an allerlei Häusern, an guten und schlechten, und wenn sie an den schlechten Häusern baut, so sind es keine schlechten Häuser mehr. Ein neues Leben hat Einzug gehalten. Die Patriarchalität ist viel, aber die Erwähltheit ist alles.«

»Und diese finden Sie in Marie?«

»Ich brauche diese Frage gerade Ihnen, teuerster Freund, nicht erst zu beantworten, denn wir empfinden gleich, jeder von uns auf seine Weise. Und wenn die Vergangenheit dieses Kindes dunkler und verworrener wäre, als sie ist, ich würde diese Verworrenheit nicht achten. Es gibt eben Naturen, über die das Unlautere keine Gewalt hat; das macht die reine Flamme, die innen brennt. Ich habe Marie nie gesehen, ohne mit einer Art von freudiger Gewißheit die Empfindung zu haben: sie wird beglücken und wird glücklich sein.«

Turgany drückte dem Freunde die Hand. »Othegraven, ich habe immer große Stücke von Ihnen gehalten, von heute ab lasse ich Sie nicht wieder los.«

So ging die Unterhaltung; das Schlittengeläute klang über

die Schneefelder hin; in den Dörfern war alles still; kein Licht als die glitzernden Sterne.

Dieselben Sterne schienen auch in ein Giebelfenster von Schulze Kniehases Haus. Marie schlief; die Bilder des letzten Abends, wie sie Leben und Dichtung geboten hatten, zogen in einem phantastischen Zuge an ihr vorüber: vorauf der Dolgeliner Pastor mit dem Schmidt-von-Werneuchenschen Hägereiter, der jetzt sein Waldhorn, statt es zu blasen, über der Schulter trug; dann der »Wagen Odins«, riesig vergrößert, auf dessen Achse Prediger Seidentopf stand. Den Schluß aber machte »der Knabe mit dem Stabe«, und das Weihnachtslied, das Tante Schorlemmer und Renate gesungen hatten, klang im Traume nach.

17. KAPITEL
Tubal an Lewin

Der dritte Feiertag fiel auf einen Sonntag. Es war ein klarer Morgen. Die Scheiben, nach der Parkseite hinaus, standen im goldenen Schein der eben über den Kirchhügel steigenden Sonne, überall aber, selbst wo sonst Schatten lag, leuchtete der am Abend vorher frisch gefallene Schnee.

Es mochte neun Uhr sein. In dem großen Wohnzimmer, in das wir unsere Leser schon in einem früheren Kapitel führten, saßen Lewin und Renate, aber nicht um den Kamin herum, wie am Abend des ersten Weihnachtstages, sondern in der Nähe des eine tiefe Nische bildenden Eckfensters. Sie hatten hier nicht nur das beste Licht, sondern vermochten auch mit Hilfe der mehrgenannten breiten Auffahrt auf die Dorfstraße zu blicken, deren Treiben in der Einsamkeit des ländlichen Lebens immer eine Zerstreuung und oft den einzigen Stoff der Unterhaltung bietet.

Das Frühstück schien beendet; die Tassen waren zurückgeschoben, und Lewin legte eben ein elegantgebundenes Buch aus der Hand. »Ich fürchte, Renate, wir haben ihm doch unrecht getan. Aber diese unglückliche Begeisterung des Dolgeliner Pastors! Da reißt einem die Geduld. Und doch ist viel Sinniges darin. Nun hinke ich mit meiner Ehrenerklärung nach; amende honorable retardée oder ›moutarde après le diner‹, wie Tante Amelie mit Vorliebe sagen würde.«

Renate nickte.

»Apropos die Tante«, fuhr Lewin fort, »ich habe den kleinen Schlitten bestellt, zwei Uhr; in einer Stunde sind wir drüben, ich fahre selbst. – Und Marie war noch immer nicht in Guse?« fügte er nach einer kurzen Pause hinzu.

»Nein«, erwiderte Renate.

»Du schriebst aber doch, sie habe einen guten Eindruck auf die Tante gemacht. Wenn die ›Gräfin Pudagla‹ nicht Anstand nahm, unserem Liebling in diesem Zimmer zu begegnen, so sollte ich meinen, das Eis müßte gebrochen sein.«

»Die Begegnung war unabsichtlich; Marie, die mir ein Buch unseres Seidentopf brachte, trat unerwartet ein. Im übrigen solltest du nicht immer wieder vergessen, daß die Tante alt ist und einer anderen Zeit als der unserigen angehört. Warum willst du Standesvorurteile nicht gelten lassen?«

»Die lasse ich gelten, vielleicht mehr als recht ist. Aber, was ich nicht gelten lasse, das sind die Halbheiten. Tante Amelie – die Vitzewitze mögen mir diese Bemerkung verzeihen – ist durch ihr Hineinheiraten in die Pudaglafamilie in gewissem Sinne über uns selbst hinausgewachsen, sie ist eine vornehme Dame, und wenn es ihre gräfliche Gewohnheit wäre, fächernd und ein Bologneserhündchen im Arm, über das Zweimenschensystem geheimnisvolle Unterhaltungen zu führen, so würde ich ihr respektvollst die Hand küssen und am allerwenigsten eine Widerlegung versuchen. Ich wiederhole dir, ich kann all das würdigen, wenn meine eigenen Empfindungen auch andere Wege gehen. Aber Tante Amelie gehört nicht zu diesen Gräfinnen aus der alten Schule. Sie hält sich für aufgeklärt, für freisinnig. Da vergeht kein Tag, keine Stunde, wo nicht aus Montesquieu, aus Rousseau zitiert, wo nicht freiheitlich-erhaben von der ›vaine fumée‹ gesprochen wird, ›que le vulgaire appelle gloire et grandeur, mais dont le sage connaît le néant‹, und wenn nun nach all dieser Philosophenherrlichkeit die Probe auf das Exempel gemacht werden soll, so erweist sich alles als leere, pomphafte Redewendung, als bloße Maske, hinter der sich der alte Dünkel birgt.«

Die Schwester wollte antworten, Lewin aber fuhr fort: »Nein, nein, Renate, suche davon nichts abzudingen; ich kenne sie, so sind sie samt und sonders, diese Rheinsberger Komtessen, denen die französischen Bücher und Prince Henri die Köpfe verdreht haben. Humanitätstiraden und dahinter die alte, eingeborene Natur. Es ist mit ihnen, wenn du das prätentiöse Bild verzeihen willst, wie mit den Palimpsesten in unseren Bibliotheken, alte Pergamente, darauf ursprünglich heidnische Verse standen, bis die frommen Mönche ihre Sprüche darüber schrieben. Aber die Liebesseufzer an Chloe und Lalage kommen immer wieder zum Vorschein. Rund heraus: das Vorurteilsvolle lasse ich gelten; nur das Unwahre verdrießt mich.«

»Daß ich dir's nur bekenne«, nahm jetzt Renate das Wort, »ich hatte ein Gespräch mit der Tante über ebendiesen Gegenstand. Sie hat sich zu dem Widerspruchsvollen, das in ihrer Haltung liegt, bekannt, und dies Bekenntnis, das sie sehr liebenswürdig gab, wird dich schließlich auch entwaffnen müssen. Ich müßte dich nicht kennen.«

Lewin lächelte. »Wo war es, hier oder in Guse drüben?«

»Hier. Es war bei Gelegenheit derselben Begegnung, von der du aus meinem Briefe weißt; nur über das Gespräch, das folgte, ging ich kurz hinweg. Wir waren zu dreien, Papa, die Tante und ich. Unsere gute Schorlemmer fehlte wie gewöhnlich; die ›beiden Tanten‹, wie du weißt, stimmen nicht gut zusammen. Marie trat ein und stutzte einen Augenblick. Sie ist zu klug, als daß sie nicht lange schon empfunden hätte, wie die Tante zu ihr steht. Rasch faßte sie sich aber, verneigte sich, richtete des Pastors Auftrag an mich aus und entfernte sich wieder unter einer freimütigen Entschuldigung, unser Beisammensein gestört zu haben.«

»Und die Tante?«

»Sie schwieg, wiewohl ihre scharfen Augen jede Bewegung gemustert hatten. Erst als Papa fort war, sagte sie, ohne daß ich es gewagt hätte, eine Frage an sie zu richten: ›Die Kleine ist charmante, eine beauté aus dem Märchen, welche Wimpern!‹ – ›Wir lieben sie sehr‹, wagte ich schüchtern zu bemerken, worauf die Tante nicht ohne Herzlichkeit, zugleich in ihrem allerfranzösischsten Stil, den ich dir erspare, fortfuhr: ›Ich weiß, ich weiß, und jetzt, wo ich sie gesehen habe, begreife ich, was ich bisher für eine Laune hielt. Bei Lewin hielt ich es für mehr. Kann sein, daß ich mich irre‹, setzte sie hinzu, als sie bemerkte, daß ich den Kopf schüttelte. Eine kurze Pause folgte, in der die Tabatière ein paarmal auf- und zugemacht wurde; dann sagte sie lebhaft: ›Ich habe mir's diese Minuten überlegt, ob ich euch auffordern sollte, die Kleine mit nach Guse hinüberzubringen; es fehlt uns dergleichen, und sosehr ich alte Damen hasse, so sehr liebe ich junges Volk. Aber Renate, ma chère, es geht nicht. Ich nehme wahr, daß gewisse Vorstellungen und Geschmacksrichtungen in mir stärker sind als meine Grundsätze. Es bestätigt sich: On renonce plus aisément à ses principes qu'à son goût. Wohl entsinne ich mich des Tages, wo uns Prince Henri durch ein ähnliches Geständnis überraschte. Der Prinz und der Philosoph lagen immer in Fehde. Nun sieh, dieses Kind hat einen Zauber; aber ich fühle doch, daß, wenn sie selbst im längsten Kleide käme, ich mich des Gedankens nicht erwehren könnte, jetzt verkürzt sich die Robe, und sie beginnt den Schaltanz zu tanzen. Ich will dem Kinde durch solche Gedanken nicht wehe tun, ich denke also, wir lassen's beim alten.‹«

Lewin, der aufmerksam gefolgt war, war eben im Begriff, im allerversöhnlichsten Sinne zu antworten, als das Erscheinen Hoppenmariekens, die von der Dorfstraße her in den Hof einbog, die Unterredung unterbrach. In ihrer herkömmlichen Ausrüstung: kurzen Friesrock und hohe Stiefeln, Kiepe und Hakenstock, kam sie geradenweges auf das Herrenhaus zu, salutierte die jungen Herrschaften, die sie gleich hinter dem Eckfenster erkannte, und in der nächsten Minute lagen Briefe und Zeitungen ausgebreitet auf dem Tisch.

Die Zeitungen, so wichtig ihr Inhalt war, enthielten nichts, was Lewin nicht schon gewußt hätte; von den Briefen war einer vom Papa, der in aller Kürze anzeigte, daß er am Abend in Schloß Guse zu sein hoffe, der andere vom Vetter Ladalinski, dem Studiengenossen und Herzensfreunde Lewins.

Dieser strahlte, als sein Auge auf die engbeschriebenen zwei Bogen fiel; Renate errötete leise und sagte: »Nun lies.«

Und Lewin las.

»*Lieber Lewin!* Vielverwöhnter, der Du bist, werden diese Zeilen, die in sich selber schon eine Huldigung bedeuten, Deiner Eitelkeit keinen unerheblichen Vorschub leisten. Aber ich habe eine rechte Plauderlust und empfinde stündlich, daß Du mir fehlst. Bist Du doch der wenigen einer, die das Talent des Zuhörens haben, doppelt selten bei denen, die selber zu sprechen verstehen.

Wir haben einen prächtigen Weihnachtsheiligabend gehabt, und um dieses Abends willen schreibe ich. Du wirst nun zunächst denken, daß der Christbaum, wie es ja auch sein sollte, uns so recht hell ins Herz hineingeschienen hätte; aber so war es nicht. In einem Hause, in dem die Kinder fehlen, wird das Christkind immer einen schweren Stand haben, so nicht etwa der Kindersinn den Erwachsenen verblieben ist. Und Kathinka, die so vieles hat (vielleicht *weil* sie so vieles hat), hat diesen Sinn nicht. Was mich angeht, so bin ich von der Segenshand, die diese Gabe leiht, wenigstens leise berührt worden. Gerade genug, um eine Sehnsucht darnach zu fühlen.

Wir waren allerengster Kreis: Papa, Kathinka, eine neue Freundin von ihr, die Du noch nicht kennst, und ich. Als die Türen eben geöffnet wurden, kam Graf Bninski. Er hatte Aufmerksamkeiten für uns alle, zuweitgehende für mein Gefühl; aber Kathinka schien es nicht zu empfinden. Der erleuchtete Saal, der flimmernde Baum lachten mir ins Auge, aber wie ich Dir wiederholen muß, es drang nicht weiter. Es hatte alles den Charakter einer reichen Dekoration. Selbst der Spitzenüberwurf à la Reine Hortense (Notiz für Renate), den Papa von Paris her bezogen hatte, konnte an diesem Eindruck nichts ändern. Die Unterhaltung, nach den ersten Auswechslungen gegenseitigen Dankes, war nicht frei. Der Graf kannte den Inhalt des Bulletins; wir vermieden ein Gespräch darüber, um ihn nicht zu verletzen.

Unter diesen Umständen war es fast wie Erlösung, als ein lose zusammengeschürzter Zettel an mich abgegeben wurde, der in der lapidaren Schreibweise unseres Jürgaß lautete:

›Heute, Donnerstag, den 24., *Weihnachtsbowle*. Mundts Weinkeller, Königsbrücke 3. Neun Uhr; besser spät als gar nicht. Gäste willkommen. v. J.‹ Ich reichte dem Grafen, der erst tags vorher den Wunsch geäußert hatte, unseren Klub kennenzulernen, den Zettel hin, wies auf die beiden Schlußworte und fragte ihn, ob es ihm genehm sein würde, mich zu begleiten. Er sagte zu, fast zu meiner Überraschung, da seine Stimmung wenig gesellig schien. Übrigens hatte ich später keine Ursache, seine Zusage zu bedauern.

Bald nach neun Uhr waren wir am Rendezvous, das nicht glücklicher gewählt sein konnte. In solchen Sachen kann man sich auf Jürgaß verlassen. Du entsinnst Dich, daß die Flußufer der Königsbrücke zu beiden Seiten einen hohen Quai bilden, auf dem die Giebel und Seitenflügel einzelner alter Gebäude stehen. So auch das Mundtsche Haus. Wir stiegen, von der Straße her, in den Weinkeller hinunter, tappten uns in einem dunklen Gange vorwärts und traten endlich in einen großen, aber niedrigen und holzgetäfelten Salon, der, alte Bilder in mir weckend, mich lebhaft an die Kajüten englischer Kriegsschiffe erinnerte. Einige Freunde waren schon versammelt: v. Schach, Bummcke, Dr. Saßnitz und Buchhändler Rabatzki. Jürgaß fehlte noch. Ich stellte Bninski vor; dann nahmen wir Platz. Ich hatte nun erst den vollen Eindruck von dem Anheimelnden des Lokales, eine gute Beleuchtung, ein Feuer im Ofen, ein langer, weißgedeckter Tisch, dessen Plätze so gelegt waren, daß sie den Gästen einen freien Blick auf die Spree gönnten.

An den Fenstern vorbei, die fast die ganze Höhe des Zimmers hatten und bis auf den Fußboden niedergingen, bewegte sich ein bunter Weihnachtsverkehr, eine Art Newa-Messe. Schlittschuhläufer mit Stocklaternen, Waldteufeljungen, kleine Mädchen mit Wachsengeln, alles zog wie eine Erscheinung, mal hell, mal dunkel, an unseren Fenstern vorüber, und von der Königsbrücke her klang das Schellengeläute der Schlitten und der gedämpfte Lärm der Stadt.

Endlich kam Jürgaß; in der Hand hielt er eine große blaue Tüte. ›Hier bring' ich Weihnachten; die Hauptsache aber, die ich meinen Gästen bringe – denn ich bitte, Sie heut' als solche betrachten zu dürfen –, ist selber ein Gast. Versteht sich, ein Poet.‹ Damit wies er auf einen Herrn, der mit ihm zugleich eingetreten war. Ehe ich noch Zeit hatte, Bninski und Jürgaß miteinander bekanntzumachen, fuhr dieser fort: ›Ich habe die Ehre, Ihnen hier Herrn Grell oder mit seinem vollen Rang und Namen den Theologiekandidaten Herrn Detleff Hansen-Grell vorzustellen, eine Art Hintersassen von mir, einen Hörigen derer von Jürgaß auf Gantzer. Genealogisches über die Grells, beziehungsweise über die Hansen-Grells behalte ich mir vor.‹ Alles sah lachend, wenn auch einigermaßen überrascht, auf Jürgaß, der, ohne eine Antwort abzuwarten, in demselben Tone fortfuhr: ›Unsere ‚*Kastalia*' vertrocknet; es fehlt ihr frisches Blut. Man könnte die Herren Poeten unseres Kreises in Verdacht haben, sie scheuten die Rivalität neuauftretender Kräfte. Wenn *ich* nicht wäre und Bummcke und hier unser Freund Rabatzki, der, um die letzte Spalte seines ‚Sonntagsblatts' zu füllen, dann und wann einen jungen Lyriker einfängt, so wär' es mit dem Sprudeln unseres Musenquells, trotz seines hochtönenden Namens, bald vorbei. Ist es nicht unerhört, daß ich, um die drohendste Gefahr abzuwenden, von meines Vaters Gütern einen lyrischen Sukkurs verschreiben muß?‹

Das Eintreten eines Küfers, in vorschriftsmäßiger Lederschürze, unterbrach die Rede. Er trug eine Bowle auf, und die große Weihnachtstüte begann zu kursieren, die, neben rheinischen Walnüssen, einige Pakete französischer Pfefferkuchen enthielt. Jürgaß hatte den Vorsitz. ›Ich heiße Sie willkommen‹, nahm er abermals das Wort. ›Hinsichtlich der Tüte empfehl' ich weise Sparsamkeit; ihr Inhalt ist momentan unersetzlich. Aber die Bowle hat einen Zuschuß zu gewärtigen, eventuell mehrere.‹

Die Gläser klangen zur Begrüßung zusammen. Ich hatte gleich bei unserem Eintritt an einer der Schmalseiten des Tisches Platz genommen; Bninski mir gegenüber. Dieser Platz gestattete mir, den ›lyrischen Sukkurs‹, der unserer ›Kastalia‹ wieder aufhelfen sollte, ohne Auffälligkeit zu beobachten. Er war, trotz eines guten Profils, eher häßlich als hübsch. Das Haar strohern, die blassen Augen vorstehend und wenig Wimpern. Dabei die Lider leicht gerötet und etwas Stoppelbart. Sein Schlimmstes war der Teint. Gesamteindruck: alltäglich.

Mein Auge glitt zu Bninski hinüber, der ihn auch gemustert haben mochte. Ich erriet seine Gedanken.

Wir hatten leichte Konversation. Bummcke beklagte lebhaft, daß Du fehltest; außerdem wurde Kandidat Himmerlich am meisten vermißt; aus welchem Grunde, konnt' ich nicht erraten. Vielleicht glaubte man, daß einem Kandidaten der Theologie wie Grell nichts Besseres vorgesetzt werden könne als seinesgleichen. Ich bezweifle aber, daß dieser Satz richtig ist.

Es war wohl elf Uhr, und das Schellengeläute von Brücke und Straße her schwieg bereits ganz, als Jürgaß anhob: ›Ich denke, wir improvisieren eine Kastalia-Sitzung. Herr Hansen-Grell wird die Güte haben, uns einiges vorzulesen.‹

Diese Mitteilung wurde mit bemerkenswerter, aber freilich auch verzeihlicher Kühle aufgenommen. Der Gast sah so unpoetisch wie möglich aus, und die Empfehlung unsers Jürgaß, wie Du nachempfinden wirst, war nicht eben dazu angetan, ihm Vorschub zu leisten. Er zog nun ein Manuskript von bedenklichem Umfang aus der Tasche; ich glaube, daß ein Bangen durch alle Herzen ging.

Aber wir sollten bald anderen Sinnes werden. Er bat unbefangen um die Erlaubnis, uns eine Ballade, die einen norwegischen Sagen- oder Märchenstoff behandle, vorlesen zu dürfen: ›Hakon Borkenbart‹. Du mußt nämlich wissen, er hat eine Zeitlang in Kopenhagen gelebt. Wie das so gekommen, das erfährst Du, neben manchem anderen, zu anderer Zeit. Er hob nun an und las ausdrucksvoll, fest, mit wohltönender Stimme und wachsendem Feuer. Es waren wohl an zwanzig Strophen. Gleich die erste, die bei der Debatte wiederholt wurde, ist mir im Gedächtnis geblieben:

Der König Hakon Borkenbart,
Hat Roß und Ruhm, hat Waff' und Wehr,
Und hat allzeit zu Krieg und Fahrt
Viel hohe Schiff' auf hohem Meer,
Es prangt sein Feld in Garben,
Er aber prangt in Narben,
In Narben von den Dänen her.

In der zweiten Strophe zieht Hakon aus, um, trotz seiner fünfzig Jahre, um Schön-Ingeborg zu freien. Ich mühe mich vergeblich, die Reime zusammenzufinden, aber mit der dritten Strophe, die mir besonders zusagte, wird es mir wieder gelingen. Wenigstens ungefähr.

Schon grüßt ihn fern so Turm wie Schloß,
Und stolz und lächelnd blickt er drein;
Er spricht herab von seinem Roß:
›Und bin ich alt, so mag ich's sein!
Und wär' ich alt zum Sterben,
Auch Ruhm und Narben werben
Und werben gut wie Jugendschein.‹

An dieser Stelle, wie Du Dir denken kannst, brach unser alter Bummcke in lautes Entzücken aus. Ich bin ganz sicher, daß er sich in dem Augenblicke als Hakon Borkenbart fühlte. Das Gedicht verläuft nun so, daß die schöne Ingeborg ihn abweist, wofür er Rache gelobt. Er verkleidet sich als Bettler und setzt sich mit einer goldenen Spindel vor Ingeborgs Schloß. Sie begehrt die Spindel; er verweigert sie ihr. Ihre Begierde entbrennt so heftig, daß sie sich dem Bettler hingibt, um die Spindel zu besitzen. Nun kommen die bekannten Konflikte: der Vater in Zorn; Verstoßung. Zuletzt entpuppt sich der Bettler als Hakon Borkenbart, und alles gelangt zu einem glücklichen Schluß.

Es war mir ein Genuß gewesen, dem Gedicht zu folgen, und ich darf sagen: uns allen. Neben dem Dichter selbst interessierte mich Bninski am meisten. Er wurde immer ernster. ›Seltsam‹, so las ich auf seiner Stirn, ›welche Prosa der Erscheinung und dahinter welch heiliges Feuer!‹

Dies Feuer war nun in der Tat der Zauber des Gedichts und des Vortrags. Sonst bot es angreifbare Punkte die Menge. Dr. Saßnitz, auch an diesem Abend der Avantgardenführer unserer Kritik, nahm zuerst das Wort. Er hob mit Recht hervor, daß unser verehrter Gast sein großes Darstellungsvermögen an einen Gegenstand gesetzt habe, dem mit einem geringeren Kraftaufwand mehr gedient gewesen wäre. Das Ganze sei, wie er selber bemerkt habe, ein Märchenstoff. Ein solcher aber müsse in der Schlichtheit, die seinen Reiz bilde, nicht durch Pracht des Ausdrucks gestört werden. Das Gedicht, bei unbestreitbaren Vorzügen, sei zu lang und namentlich zu schwer.

Hätte unser Gast in unser aller Augen noch gewinnen können, so wär' es durch die Art gewesen, wie er den Tadel aufnahm. Er nickte zustimmend und sagte dann zu Saßnitz: ›Ich danke Ihnen sehr; Ihre Ausstellungen haben es getroffen. Ich wußte nicht, woran es lag, daß mich die eigene Arbeit nicht befriedigte; nun weiß ich es.‹

Das Gespräch setzte sich fort. Bald danach war die Bowle geleert, und Jürgaß, der wenigstens des Ausharrens von Bummcke sicher war, befahl eine zweite. Bninski und ich aber warteten ihr Erscheinen nicht ab; Mitternacht war ohnehin bald heran. Als wir auf den stillen Platz hinaustraten, lag der Sternenschein fast wie Tageslicht auf den Straßen. Ich sah hinauf; mir war zu Sinn, als stiege das Christkind aus diesem Sternenglanz in mein armes Herz hernieder. Bninski begleitete mich; wir sprachen kein Wort. Beim Abschied sagte er mit einem Ton, den ich bis dahin nicht an ihm gekannt hatte: ›Ich danke Ihnen, Tubal, für diesen Abend; es würde mich freuen, Ihre Freunde öfter zu sehen.‹

Da hast Du die jüngste Sitzung der Kastalia, noch dazu eine improvisierte.

Und nun lebe wohl. Renate sei mit Dir. Die Form dieses Glückwunsches wiegt hoffentlich tausend Grüße an meine schöne Cousine auf. Dein *Tubal.*

Nachschrift. Eben ist Dein Papa bei dem meinigen. Sie politisieren viel, vielleicht *zu* viel. Er grüßt und hofft, wie er Dir schon geschrieben habe, morgen abend auf Schloß Guse zu sein. Einen Platz in seinem Wagen, den er mir angeboten, habe ich abgelehnt. Es ist mir zuviel ›Freundschaft‹ um Tante Amelie versammelt. Aber ich sehne mich nach Hohen-Vietz und seiner Stille. Kann ich Kathinka bestimmen, mich zu begleiten, so dürft Ihr uns *ehestens* erwarten. Dein T.«

ZWEITER BAND

Schloß Guse

1. KAPITEL

Schloß Guse

Der Lauf unserer Erzählung führt uns während der nächsten Kapitel von Hohen-Vietz und dem östlichen Teile des Oderbruchs an den *westlichen Höhenzug* desselben, zu dessen Füßen, heute wie damals, die historischen Dörfer dieser Gegenden gelegen sind, altadelige Güter, deren meist wendische Namen sich schon in unseren ältesten Urkunden finden. Hier saßen, um Wrietzen und Freienwalde herum, die Sparrs und Uchtenhagens, von denen noch jetzt die Lieder und Sagen erzählen, hier hatten zur Reformations- und Schwedenzeit die Barfus, die Pfuels, die Ihlows ihre Sitze, und hier, in den Tagen, die dem Siebenjährigen Kriege unmittelbar folgten, lebten die Lestwitz und Prittwitz freundnachbarlich beieinander; Prittwitz, der bei Kunersdorf den König, Lestwitz, der bei Torgau das Vaterland gerettet hatte. Oder wie es damals in einem Kurrentausdruck des wenigstens sprachlich französierten Hofes hieß: »Prittwitz a sauvé le roi, Lestwitz a sauvé l'état.«

Alle diese Güter begannen bald nach der Trockenlegung des Oderbruchs, also etwa dreißig Jahre vor Beginn unserer Erzählung, zu ihren sonstigen Vorzügen auch noch *den* landschaftlicher Schönheit zu gesellen. Wer hier um die Pfingstzeit seines Weges kam, wenn die Rapsfelder in Blüte standen und ihr Gold und ihren Duft über das Bruchland ausstreuten, der mußte sich, weit aus der Mark fort, in ferne, beglücktere Reichtumländer versetzt fühlen. Die Triebkraft des jungfräulichen Bodens berührte hier das Herz mit einer dankgestimmten Freude, wie sie die Patriarchen empfinden mochten, wenn sie, inmitten menschenleerer Gegenden, den gottgeschenkten Segen ihres Hauses und ihrer Herden zählten. Denn nur da, wo die Hand des Menschen in harter, nie rastender Arbeit der ärmlichen Scholle ein paar ärmliche Halme abgewinnt, kann die Vorstellung Platz greifen, daß *er* es sei, der diesen armen

Segen geschaffen habe; wo aber die Erde hundertfältige Frucht treibt und aus jedem eingestreuten Korn einen Reichtum schafft, da fühlt sich das Menschenherz der Gnade Gottes unmittelbar gegenüber und begibt sich aller Selbstgenügsamkeit. Es war an diesem westlichen Höhenrande des Bruches, daß der Große König, über die goldenen Felder hinblickend, die Worte sprach: »Hier habe ich in Frieden eine Provinz gewonnen.«

Ein Bild, das diesen Ausruf gerechtfertigt hätte, bot die Niederung am dritten Weihnachtstage 1812 freilich nicht. Alles lag begraben im Schnee. Aber auch heute noch war ein Blick von der das Bruch beherrschenden »Seelower Höhe« aus nicht ohne Reiz; über den zahlreichen ausgebauten Höfen und Weilern zog ein Rauch, die Stelle menschlicher Wohnstätten verkündend, während auf Meilen hin die nur halbverschneiten Kirchtürme der größeren Dörfer im hellen Sonnenschein blitzten.

Einer dieser Kirchtürme, der nächste, zeigte sich in kaum Büchsenschußentfernung von der ebengenannten Höhe, und eine Allee alter Eichen, deren braunes Laub, wo der Wind den Schnee abgeschüttelt hatte, klar zu erkennen war, lief in gerader Richtung auf die Kirche zu. Neben dieser, weit über den Wetterhahn der Turmspitze hinaus, erhoben sich mächtige, zum Teil fremdartig aussehende Bäume, allem Anscheine nach einem großen Parke zugehörend, der von links her das Dorf umfaßte.

Dieses Dorf war *Guse.*

Wie sein Name bekundet, wendischen Ursprungs, führten es doch erst begleitende Vorgänge des Dreißigjährigen Krieges, um welche Zeit die Schaplows hier ansässig waren, in unsere Landesgeschichte ein. Zwei Jahre vor Abschluß des Osnabrükker Friedens vermählte sich Georg von *Derfflinger,* damals noch General in schwedischen Diensten, mit Margarethe Tugendreich von Schaplow und übernahm das Gut. Nicht als Frauenerbe, sondern gegen Kauf; die verschuldeten Minorennen konnten es nicht halten.

Zunächst war die Erstehung des Gutes wenig mehr als eine Kapitalsanlage, vielleicht auch ein Versuch, sich im Brandenburgischen territorial und politisch festzusetzen; aber schon in den sechziger Jahren, lange bevor der Tag von Fehrbellin, der pommersche und der ostpreußische Feldzug den Ruhm Derfflingers auf seine Höhe gehoben hatten, sehen wir den Alten beflissen, hier nicht nur die Schäden vieljähriger Verwahrlosung auszugleichen, sondern auch durch Bauten und Anlagen – in allem dem Beispiele seines kurfürstlichen Herren folgend – eine Musterwirtschaft herzustellen. Abzugsgräben wurden gezogen, Dämme und Wege durch den Sumpf gelegt, das Schloß entstand; die Kirche, zunächst erweitert, erhielt eine Gruft, und ein Kasernenbau, bis diesen Tag erkennbar, nahm die Dragonerabteilung auf, die zu täglichem Dienst bei ihrem Chef und General aus dem benachbarten Garnisonsort nach Guse hinbeordert war. Das eigentlichste Augenmerk des Alten war aber der *Park*, der ihn bald glücklicher machte als der Ruhm seiner Taten. Ein guter Wirt und Haushalter, wie fast alle diejenigen, die das Schwert mit der Pflugschar vertauschen, war er doch freigebig, wenn es die Beschaffung schöner Bäume galt. Zypressen und Magnolien wurden unter großen Kosten herbeigeschafft, und noch jetzt führt ein Zedernhain des Parkes den Namen »Neulibanon«.

In Zurückgezogenheit zu leben und sich seiner Anlagen zu freuen, wurde mehr und mehr das einzige Verlangen des nun achtzigjährigen Feldmarschalls, der, wie er sich selber ausdrückte, bei Hofe »viel Saures und Süßes« gekostet hatte, »aber des Sauren mehr«. Die Zeiten, wo er seinem Freunde, dem Grafen Baudissin, ins Stammbuch schreiben konnte:

Wind und Regen
Sind mir oft entgegen;
Ich ducke mich, lass' es vorübergahn,
Das Wetter will seinen Willen han,

diese Tage beinahe heiterer Resignation lagen für ihn weit zurück, und er war versteift, eckig und reizbar geworden. Endlich gab der Kurfürst, der ihn trotz seiner hohen Jahre im Dienste festhalten wollte, nach, und der Alte hatte nun seinen Willen und seine Freiheit; er gab die Stadt auf und ging nach Guse. Hier, eine kleine Weile noch, sah er auf alles, was er geschaffen, und freute sich des Segens in Feld und Haus. Aber er war müde, müde auch seines Glückes. Noch vor Ablauf des Jahrhunderts schloß sich sein reiches Leben. Er wurde, wie er es angeordnet, ohne Gepränge beigesetzt, in der Gruft, die er selbst gebaut hatte. Auch der Geistliche mußte sich auf den Nachruf beschränken: »Gott habe den Entschlafenen innerhalb des Kriegsdienstes von der niedersten bis zur höchsten Stufe gelangen lassen.« Der Alte hatte Ruhmes genug im Leben erfahren, um den Klang desselben im Tode entbehren zu können.

Sein einziger überlebender Sohn, Friedrich von Derfflinger, trat die reiche Erbschaft an, die außer Dorf und Schloß Guse noch fünf andere Oderbruchgüter umfaßte. Er war Reiterführer und Chef eines Dragonerregiments wie sein Vater; aber nur in Rang und äußerer Stellung ihm verwandt, besaß er wenig von dem kriegerischen Sinn und der feldherrlichen Einsicht, die den Vater zu so hohen Ehren gebracht hatten.

Der Wechsel der Zeiten konnte nicht wohl die Ursache davon sein, denn das neue Jahrhundert, nach einer kurzen Epoche des Friedens, begann mit einem der schlachtenreichsten Kriege, und bei Turin und Malplaquet lagen die Brandenburger gehäuft unter den Toten. Aber wenn die Kriegsannalen nicht von ihm sprechen, so doch Guse, wo er nicht nur die Schöpfungen seines Vaters fortzusetzen, sondern auch diesen Vater selbst zu ehren vom ersten Augenblick an beflissen war. Er erweiterte den Park, er verschönte das Schloß, vor allem aber ließ er dem Toten ein Monument errichten. Die besten Kräfte, wie sie das Berlin der Schlüterzeit aufwies, waren bei Ausführung dieses Denkmals tätig. Über einem offenen Steinsarkophag, in den die Hand des Sohnes den Feldmarschallstab legte, wurde die Büste des Vaters aufgestellt, eine Fama blies in die Posaune, und zwei Derfflingerstandarten mit blauseidenen Fahnentüchern und der Inschrift »agere aut pati fortiora« kreuzten sich zu einer Waffentrophäe. Bis diesen Tag ist der Guser Kirche dieses Denkmal erhalten geblieben.

Drei Jahrzehnte nach dem Tode des Vaters starb auch Friedrich von Derfflinger, und mit ihm erlosch der berühmte Name, der kaum länger als ein halbes Jahrhundert geglänzt hatte, aber während dieser kurzen Dauer hell genug, um auch den Namen Dorf Guses für immer der Dunkelheit zu entreißen. Das alte Derfflingererbe ging durch verschiedene Hände, bis es in Besitz des Grafen von Pudagla kam. Der Graf ließ es zunächst verwalten, und um diese Zeit, wo sich zuerst wieder das Nationale zu regen begann, war es auch, daß die Wallfahrten nach der Derfflingergruft ihren Anfang nahmen. Nicht zum Vorteil dessen, der in ihr ruhte. Jeder, nach einem Andenken lüstern und seine Pietätslosigkeit mit der Vorgabe historischen Interesses deckend, vergriff sich an der Kleidung des Toten, so daß dieser, vor Ablauf eines Jahrzehntes, wie ein nackt Ausgeplünderter in seinem Sarge lag, nur noch mit dem angeschnallten Brustharnisch und seinen hohen Reiterstiefeln bekleidet.

So kam das Jahr 1790. Graf Pudagla starb, und seine Witwe, das Gut übernehmend, machte dem Unfug ein Ende.

Diese Witwe war Tante *Amelie*.

2. KAPITEL

Tante Amelie

Tante Amelie war die ältere Schwester Berndts von Vitzewitz. Um die Mitte des Jahrhunderts, also zu einer Zeit geboren, wo der Einfluß des friderizianischen Hofes sich bereits in den Adelskreisen geltend zu machen begann, empfing sie eine französische Erziehung und konnte lange Passagen der »Henriade« auswendig, ehe sie wußte, daß eine Messiade überhaupt existiere. Übrigens würde schon der Name ihres Verfassers sie an der Kenntnisnahme des Inhalts gehindert haben.

Sie war ein sehr schönes Kind, früh reif, der Schrecken aller nachbarlichen, in Wichtigkeit und Unbildung aufgebauschten Damen und erfüllte mit zwanzig Jahren die auf eine glänzende Partie gerichteten Hoffnungen beider Eltern: im Herbst 1770 wurde sie Gräfin Pudagla.

Graf Pudagla, ein Vierziger, hatte die Feldzüge mitgemacht, am Tage von Leuthen sich ausgezeichnet und stand bei Schluß des Krieges als Rittmeister im Dragonerregiment Anspach und Bayreuth. Eine glänzende militärische Laufbahn schien ihm gesichert. Bei der zweitfolgenden Revue aber sah er sich vom König, der einen groben Fehler wahrgenommen zu haben glaubte, mit harten Worten überhäuft, infolgedessen der Graf den Abschied nahm. Er zog sich auf seine reichen, die halbe Insel Usedom einnehmenden Besitzungen zurück, besuchte während mehrerer Jahre die westeuropäischen Hauptstädte und gab bei seiner Rückkehr durch Annahme eines Prinz Heinrichschen Kammerherrntitels seiner Unzufriedenheit einen offenen Ausdruck. Er *wollte* zu den »Frondeurs« gezählt sein, die der Prinz bekanntermaßen um sich versammelte. Einige Wochen später vermählte er sich mit der schönen Amelie von Vitzewitz, woran sich nach einem kurzen Aufenthalt auf den pommerschen Gütern die Übersiedelung nach Rheinsberg schloß.

Die Vorteile, die der kleine Hof aus der Anwesenheit des Grafen zog, waren, soweit seine eigene Person in Betracht kam, gering. Er hatte, wie seine Gemahlin ihm gelegentlich vorwarf, »au fond du coeur« eine Abneigung gegen den Prinzen, nahm Anstoß an den Sitten, an dem Schmeichelkultus und der hochmütigen Kritik, die hier ihre Stätte hatten, und war jedesmal froh, wenn er nach Wochen kurzen Dienstes wieder auf seine heimatliche Insel zurückkehren, der paterna rura sich erfreuen und in die englischen Parlamentskämpfe sich vertiefen konnte. Denn er liebte England und sah in seinem Volk, seiner Freiheit, seiner Gesetzlichkeit das einzige Staatenvorbild, dem nachzueifern sei.

Aber so viel an Anregung und Huldigung der Graf versäumen mochte, die Gräfin glich diese Versäumnisse mehr als aus. Sie war in kürzester Frist die Seele der Gesellschaft und beherrschte wie den Hof, so auch die Spitze desselben, den Prinzen, eine Erscheinung, die nur diejenigen überraschen konnte, die den gefeierten Bruder des großen Königs einseitiger und äußerlicher nahmen, als er zu nehmen war. Denn während er die Frauen haßte, fühlte er sich doch ebenso zu ihnen hingezogen. Voll Abneigung gegen das Geschlecht als solches, sobald es allerhand ihm unbequeme Forderungen stellte, war er doch ästhetisch geschult und feinsinnig genug, um die eigentümlichen Vorzüge des weiblichen Geistes: Unmittelbarkeit, Witz und gute Laune, Schärfe und Treffendheit des Ausdruckes herauszufühlen. So vollzog sich das Widerspruchsvolle, daß an einem Hofe, der die Frauen als Frauen negierte, ebendiese Frauen doch herrschten, und zwar herrschten, ohne auch nur einen Augenblick auf ihre allerweiblichsten Eigenarten und Unarten verzichten zu müssen. Der Prinz hatte nur das Bedürfnis *persönlichen* Verschontbleibens; im übrigen tolerierte er alle den Sittenpunkt nicht ängstlich wägenden Lebens- und Umgangsformen, die ihm, weil einen unerschöpflichen Stoff für seine sarkastische Laune, ebendeshalb einen bevorzugten Gegenstand der Unterhaltung boten. Die Liebesintrige stand in Blüte; an unsere junge Gräfin aber knüpfte ihn neben manchem anderen auch die Wahrnehmung, daß sie, an Kühnheit der Anschauungen mit ihm wetteifernd, auf die Betätigung dieser Anschauungen verzichtete und keinen Augenblick dem Verdachte Nahrung gab, ihre Grundsätze nach ihrer Lebensbequemlichkeit gemodelt zu haben. Denn wie alle außerhalb des sittlichen Herkommens Stehende, barg auch der Prinz hinter dem Unglauben an einen reinen Wandel doch schließlich nur den im tiefsten ruhenden Respekt vor demselben. Unerschüttert in seinen Allgemeinanschauungen, sah er in der Gräfin »den Ausnahmefall, der ihm die Regel bestätigte«, und beglückwünschte sich, weit über landläufig-kleine Verhältnisse hinaus intimste Beziehungen zu einer Frau unterhalten zu dürfen, die, mit allen Vorzügen der weiblichen Natur ausgestattet, zugleich frei von allen Schwächen derselben war. Eine Spezialfreude gewährte ihm die Gräfin noch dadurch, daß sie für ihren Gemahl dieselbe heitere Kühle hatte wie für alle andern Mitglieder des Rheinsberger Hofes und die Frage nach der Fortdauer des Hauses Pudagla mit niegestörter Gleichgiltigkeit behandelte.

Einer ihrer hervorstechendsten Züge war die Offenheit. Sie wußte, daß sie mehr sagen durfte als andere, und sie bediente sich dieses Vorrechts. Eine Mischung von Pikanterie und Grazie, über die sie Verfügung hatte, gestattete ihr Gewagtheiten, die vielleicht keinem anderen Mitgliede des Hofes mit gleicher Bereitwilligkeit verziehen worden wären; das eigentliche Geheimnis ihrer andauernden Gunst aber war, daß sie die verschiedenen Gebiete der Unterhaltung auch verschieden zu behandeln und genau zu unterscheiden wußte, wo Gewagtheiten allenfalls noch am Platze waren und wo nicht. Wenn ihre Offenheit groß war, so war ihre Klugheit doch noch größer. Das philosophische Gebiet, die Kirche, die Moral bildeten einen weiten, nirgends durch Schnurleinen eingeengten Tummelplatz, während die Politik bereits einzelne, das militärische Gebiet aber, weil mit den Eitelkeiten des Prinzen zusammenhängend, eine ganze Anzahl von mit »Défendu« bezeichnete Partien hatte. Dieser Unterschiede war sich die Gräfin jederzeit bewußt, und während sie vielleicht eben noch in Beurteilung einer voltairisch aufgefaßten Jeanne d'Arc bis an die Grenze des Möglichen gegangen war, unterließ sie doch nicht, bei diskursiver Behandlung irgendeiner prinzlichen Schlachtengroßtat sofort den Ton zu wechseln und an die Stelle unerschrockenster Behauptungen die allerloyalsten Huldigungen treten zu lassen. Im Darbringen solcher Huldigungen – sei es von ungefähr im Gespräch oder sei es vorbereitet in großen Festlichkeiten – war sie unerschöpflich, und wenn sich der Prinz selbst nach ebendieser Seite hin eines wohlverdienten Rufes erfreute, so zeigte sie sich mindestens als seine gelehrige Schülerin. Ihre vollkommene Gleichgiltigkeit gegen militärische Schaustellungen und kriegerische Aktionen besaß sie Kraft genug, hinter einem erheuchelten und deshalb um so lebhafter sich gebärdenden Interesse zu verbergen. Sie wußte, daß wer den Zweck wollte, auch die Mittel wollen mußte, und so waren denn die Prinzenschlachten ihrem Gedächtnisse bald sicherer eingeprägt als die Feste des christlichen Kalenders. Nie verging der sechste Mai, der Jahrestag der Prager Affaire, ohne irgendeine solenne Bezugnahme darauf. Da gab es immer neue Überraschungen: gestickte Teppiche mit dem Hradschin und der Moldaubrücke, samt vier Grenadiermützen in den Ecken; Tableaux vivants, in denen Mars und Minerva, sich überholt fühlend, vor der höheren Rheinsberger Gottheit ihr Knie beugten; Dialoge, ganze Stücke, mit Griechen- und Römerhelden, mit Myrmidonen und Legionen, die sich dann schließlich immer als Prinz Heinrich und das die Prager Höhen erstürmende Regiment Itzenplitz entpuppten.

Sprach sich in diesem allen eine Kunst der Erfindung aus,

so war die Kunst des Schweigens, des Unterdrückens und Verleugnens, die beständig geübt werden mußte, kaum geringer. »Schwerins mit der Fahne« durfte nie gedacht werden; ein Hinweis auf diesen großen Prager Rivalen würde nur zu den ernstesten Verstimmungen geführt haben, und der Prinz, von dem Wunsche erfüllt, einen solchen störenden Zwischenfall von vornherein ausgeschlossen zu sehen, hatte nicht Anstand genommen, »den auf allen Jahrmärkten besungenen Heldentod« einfach als eine »Bêtise« zu bezeichnen.

All diesen Eigenarten, auch wo sie sich bis zur Laune und Ungerechtigkeit steigerten, wußte sich die Gräfin zu bequemen, und ihrer Mühen Lohn war eine sechzehnjährige Herrschaft. Erst das Jahr 1786, ohne diese Herrschaft zu beseitigen, schuf doch einen Wandel der Verhältnisse überhaupt. Der Große König starb, und sein Hinscheiden ermangelte nicht, auch das Rheinsberger Leben empfindlich zu berühren. Der kleine Hof wurde wie auseinandergesprengt; alle freieren Elemente desselben, die großenteils mehr aus Opposition gegen den König als aus Liebe zum Prinzen sich um diesen geschart hatten, schlossen wieder ihren Frieden mit der Staatsautorität und waren froh, aus einem engen und aussichtslosen Kreis in den öffentlichen Dienst zurücktreten zu können. Unter diesen war auch Graf Pudagla. Er ging in demselben Herbst noch nach England, wozu ihn, neben seiner Vertrautheit mit Politik und Sprache, seine freundschaftlichen Beziehungen zu mehreren einflußreichen Familien befähigten. Als ihm diese auszeichnende Mission angetragen wurde, stellte er, besserer Repräsentation halber, an die Gräfin das Ansinnen, ihn zu begleiten. Sie lehnte jedoch ab, zum Teil aus wirklicher Anhänglichkeit an den Prinzen, mehr noch aus einer ihr angeborenen Abneigung gegen England.

Sie blieb also, blieb und huldigte, ohne ihres Bleibens und ihrer Huldigungen noch recht froh zu werden. Die glücklichen Tage lagen eben zurück. Alles war verändert, nicht nur der Hof, auch der Prinz. Seine Mißstimmungen wuchsen. Die staatlichen Interessen, so viele Jahre zurückgedrängt, traten wieder in den Vordergrund und beunruhigten ihn. Namentlich von dem Augenblick an, wo sich in Paris erkennbar die

Gewitter zusammenzogen. Vor seinem großen, nun heimgegangenen Bruder, so wenig er ihn geliebt, so viel er ihn bekrittelt hatte, hatte er doch schließlich allem Besserwissen zum Trotz einen tiefgehenden, ganz ungeheuchelten Respekt empfunden; nichts davon flößten ihm die neuen Verhältnisse ein, noch weniger die Personen. Die Weiberherrschaft, weil alles Feinen und Geistigen entkleidet, war ihm ein Greuel, und unserer Gräfin huldvoll die Hand küssend, sagte er, als der Name der Madame Rietz in seiner Gegenwart genannt wurde: »Je la déteste de tout mon coeur; mes attentions, comme vous savez bien, appartiennent aux dames, mais jamais aux femmes.«

Dies waren Äußerungen besonderen Vertrauens; nichtsdestoweniger überkam die Gräfin das Gefühl, daß ihre Rheinsberger Tage gezählt seien. Sie sehnte sich nicht fort, aber sie bereitete sich in ihrem Herzen darauf vor. Und der Augenblick kam eher, als sie erwartet. Anno 1789 war der Graf auf kurzen Urlaub zurück. Er erkrankte, von einem Schlaganfall getroffen, im Vorzimmer des Königs; am anderen Tage war er tot. Die Nachricht davon erschütterte die Witwe mehr, als diejenigen, die ihre Ehe kannten, erwartet hatten; sie wurde sich jetzt bewußt, in Hochmut und Caprice nicht seine Liebe, aber den Wert seiner edelmännischen Gesinnung unterschätzt zu haben. Sein Testament, das aufs neue ein vollkommener Ausdruck dieser Gesinnung war, konnte die Vorstellung ihres Unrechts, so frei sie ihrer ganzen Natur nach von sentimentaler Reue blieb, nur steigern. Schloß Guse, das, aus freier Hand erstanden, nicht zu den Familiengütern zählte, war der Gräfin samt einem bedeutenden Barvermögen zugeschrieben worden. Sie beschloß, ihr Erbe anzutreten und die Verwaltung des Gutes selbst in die Hand zu nehmen. Nur noch den Winter über wollte sie am Rheinsberger Hofe verweilen; bei Ablauf desselben schied sie nicht ohne Bewegung von dem Prinzen, der ihr neben andern Souvenirs ein eigens gedichtetes Akrostichon überreicht hatte.

Am Osterheiligabend 1790 traf sie in Schloß Guse ein.

Das Schloß konnte zunächst nur den allerunwohnlichsten Eindruck machen. Die Administrationsjahre hatten es, einige wenige Räume abgerechnet, in eine Art Korn- und Futtermagazin umgewandelt; Raps und Weizen lagen aufgeschüttet in den Zimmern, während Heu- und Strohmassen die Korridore füllten. Am störendsten wirkte der ganze linke Flügel, aus dessen zerbröckelten Dielen überall die Pilze hervorwuchsen. Alte Bilder aus der Derfflingerzeit, stockfleckig und eingerissen, die meisten ohne Rahmen, hingen schief und vereinzelt an den Wänden und mehrten nur den Eindruck des Verfalls.

Die Gräfin indessen ließ sich durch den Anblick dieser Unbilden und Schädigungen, die das Schloß erfahren hatte, nicht beirren; im Gegenteil, die Aussicht auf Tätigkeit, die sich für sie eröffnete, hatte für ihre energische Natur einen Reiz. Sie bezog zwei kleine Zimmer im ersten Stock, die von der allgemeinen Zerstörung am wenigsten gelitten, zugleich auch eine gute Luft und einen freien Blick auf den schönen Park hatten. Von hier aus mit allen Handwerkern der nächsten Ortschaften, bald auch mit ihr bekannten hauptstädtischen Künstlern in Verbindung tretend, leitete sie den inneren Um- und Ausbau, der, soweit überhaupt beabsichtigt, in verhältnismäßig kurzer Zeit beendigt war. Am 31. Dezember 1790 zog sie, abergläubisch und tagewählerisch, wie sie war, in die neuen Räume ein, den Silvestertag jedes Jahres, aus allerhand heidnisch-philosophischen Gründen, in denen sich Tiefsinn und Unsinn paarte, zu den ausgesprochenen Glückstagen zählend.

Die neuen Räume lagen sämtlich auf der rechten Seite und bestanden aus einem Billard-, einem Spiegel- oder Blumen- und einem Empfangszimmer, woran sich dann, in den entsprechenden Seitenflügel übergehend, der Speisesaal und das Theater schlossen. Denn ohne Vorhang und Kulissen konnten sich Personen, die aus der Schule des Rheinsberger Prinzen kamen, eine behagliche Lebensmöglichkeit nicht wohl vorstellen. Die ganze linke Hälfte des Schlosses, von Lüftung der Räume und Beiseiteschaffung alles Ungehörigen abgesehen, hatte baulich keine Veränderungen erfahren, während die große zwischen beiden Hälften gelegene Flurhalle zum Stapelplatz für alle Derfflingerreminiszenzen gemacht worden war. Hier befanden sich zwei Falkonetts, zwei ausgestopfte Dragoner mit Glasaugen und die besterhaltenen jener Porträts und Schlachtenbilder, die bis dahin in den Räumen des Schlosses zerstreut gewesen waren. In Front der beiden Dragoner, ziemlich die Mitte der Flurhalle einnehmend, stand ein der Antike nachgebildeter Faun, dessen spöttisches Lachen die beste Kritik alles dessen war, was ihn umstand.

Am folgenden Tage, dem Neujahrstage 1791, gab die Gräfin zur Einweihung der neubezogenen Räume ihre erste Soiree. Der benachbarte Adel war geladen, und Tante Amelie machte die Honneurs ganz auf dem vornehmen Fuße, den ihr ihre Mittel, ihr Geist und die höfische Gewohnheit gestatteten. Alles war entzückt. Wirtin wie Gäste versprachen sich ein anregendes, vielleicht selbst ein freundschaftliches Beieinanderleben; Pläne wurden entworfen; die Zukunft erschien als eine lange Reihe von musikalisch-deklamatorischen Matineen, von L'hombre-Partien und Aufführungen französischer Komödien.

Aber es kam anders.

Schon vor Ablauf des Jahres mußten sich beide Parteien überzeugen, daß man nicht füreinander passe; die Gräfin war zu klug, der Nachbaradel nicht klug genug. Besonders die Frauen. Ihr Französisch (nur noch übertroffen durch ihr Deutsch), die geheuchelten literarischen Interessen, das beständige Sprechen über Dinge, die ihnen ebenso unbekannt wie gleichgiltig waren, mußten den feinen Sinn einer Dame verletzen, die zwischen dem persönlichen Umgang mit einem Prinzen und dem geistigen Verkehr mit hervorragenden Geistern ihr Leben geteilt hatte. Nur die Flüchtigkeit erster Begegnungen hatte über diese Verhältnisse täuschen können. Die Gräfin, als sie den Tatbestand überschaute, brach allen Umgang ab und beschränkte sich, ihre Lesepassion wieder aufnehmend, mehrere Jahre lang auf einen allerengsten Kreis, der sich aus ihrem Bruder Berndt auf Hohen-Vietz, aus dem auf Hohen-Ziesar lebenden Grafen Drosselstein und dem dreiundachtzigjährigen Seelower Superintendenten, der schon die Schlacht bei Mollwitz als Feldprediger mitgemacht hatte, zusammensetzte. Ihrem tiefen Bedürfnisse nach Moquerie und Klatsch, dem in diesem frauenlosen Kreise (Berndts Gemahlin schloß sich aus) nur sehr unvollkommen entsprochen wurde, suchte sie durch ein briefliches Geplauder mit dem Prinzen zu Hilfe zu kommen, der, ein Feinschmecker auf dem Gebiete der Chronique scandaleuse, nicht müde wurde, sie zur Fortsetzung einer beiden Teilen gleich gewinnbringenden Korrespondenz zu ermutigen.

Das ging bis 1802, wo der Prinz starb. Erst nach dieser Zeit empfand sie wieder den Hang, aus ihrer Einsamkeit, die ganz und gar gegen ihre Natur und ihr durch die Verhältnisse nur aufgezwungen war, herauszutreten. Und so geschah es. Die Frauen, gegen die sie, mit den Jahren sich steigernd, eine fast zur Manie gewordene Abneigung hegte, blieben nach wie vor ausgeschlossen; aber den kleinen Männerkreis, der bis dahin ihren Umgang gebildet hatte, suchte sie zu erweitern. Der Wechsel im Besitz auf mehreren der ihr benachbarten Güter bot dazu eine bequeme Gelegenheit, und jener Gesellschaftszirkel begann sich zu bilden, der schon ein Jahrzehnt vor Beginn unserer Erzählung zu allerhand kritischen Bemerkungen von seiten ihres Bruders Berndt, zugleich aber auch zu dem Verteidigungskonklusum der Gräfin: »Tous les genres sont bons, hors l'ennuyeux« geführt hatte.

»Gut«, hatte Berndt geantwortet, »aber dann erfülle auch die Bedingung. Du wirst doch nicht den Kammerherrn von Medewitz als ›hors l'ennuyeux‹ bezeichnen wollen?«

»Doch«, hatte die Schwester repliziert und eine Unterredung abgebrochen, in der beide Geschwister, jeder von seinem Standpunkte aus, im Rechte waren. Die Gräfin, selbstisch in all ihrem Tun, verfuhr nicht nach allgemeinen Gesichtspunkten, sondern nach allerpersönlichstem Geschmack. Ihr Umgangskreis, den Berndt ziemlich spitz als »allerlei Freunde« bezeichnete, war nicht darnach gewählt worden, ob er anderen, sondern lediglich darnach, ob er *ihr* gefiele. Was sie am meisten verachtete, waren herkömmliche Anschauungen; ihre Laune war souverän. Wer ihr ein Lächeln abnötigte, ihr Gelegenheit zu einem Sarkasmus bot, war ihr ebenso unterhaltlich als derjenige, der ihr eine Fülle von Esprit, einen Schatz von Anekdoten entgegenbrachte. Nur die unausgesprochenen Menschen waren ihr interesselos, während alles Aparte, gleichviel, ob es nach der Beschränktheits- oder der Klugheitsseite hin lag, einen prickelnden Reiz für sie hatte.

Sehen wir im folgenden Kapitel des näheren, welcher Art diese »allerlei Freunde« von Schloß Guse waren.

3. KAPITEL

Allerlei Freunde

Die »allerlei Freunde« bildeten einen weiteren und einen engeren Kreis. Der engere Kreis war eine Siebenzahl und bestand aus folgenden Personen: Graf Drosselstein auf Hohen-Ziesar, Präsident von Krach auf Bingenwalde, Generalmajor von Bamme auf Quirlsdorf, Baron von Pehlemann auf Wuschewier, Domherr von Medewitz auf Alt-Medewitz, Hauptmann von Rutze auf Protzhagen, Dr. Faulstich in Kirch-Göritz.

Es wird unsere nächste Aufgabe sein, der bloßen Vorstellung dieser Herren, die mit Ausnahme Dr. Faulstichs alle das sechzigste Jahr erreicht oder überschritten hatten, eine kurze Charakterisierung folgen zu lassen. Wenn dies ein Verstoß gegen die Gesetze guter Erzählung ist, so möge der Leser Nachsicht üben und um so mehr, als der zu begehende Fehler vielleicht mehr scheinbar als wirklich ist. Denn mit wie großem Recht auch die Vorführung abgeschlossener, ihr Tun und Denken zettelartig am Mantel tragender Gestalten verworfen und statt dessen jene Erzählungskunst gepriesen werden mag, die die Phantasie des Lesers in den Stand setzt, das nur eben Angedeutete schöpferisch auszubilden und zu vollenden, so mögen doch Ausnahmen überall da gestattet sein, wo, wie hier, das Nebeneinanderstellen fertiger Figuren nicht viel mehr bedeuten will als eine weniger um der Bildnisse selbst als um des *Ortes* willen, wo sie sich finden, dem Leser vorgeführte *Porträtgalerie.*

Die vornehmste Erscheinung in Schloß Guse, zugleich dem Zirkel am längsten angehörig, war *Graf Drosselstein.* In Königsberg geboren, in dessen Nähe auch die Familiengüter lagen, war er, trotzdem er die Provinz gewechselt hatte, ein vollkommener Repräsentant des ostpreußischen Adels. Dieser Adel, dem Hofe und dem »Dienste« fernerstehend, hatte freilich – wenigstens damals noch – darauf verzichten müssen, seinen Namen gleich ruhmreich wie die märkisch-pommerschen Familien in unsere bis dahin wenig mehr als eine Reihe von Schlachten darstellende Geschichte einzutragen, aber was ihm dadurch an Volkstümlichkeit und historischem Klang verlorengegangen war, war wieder aufgewogen worden durch das Bewußtsein gewahrter Unabhängigkeit. Weniger ein- und untergeordnet in das Räderwerk des militärisch-bürokratischen Staates, hatte sich ganz Ostpreußen und besonders sein Adel – im einzelnen zu seinem Nachteil, im ganzen zu seinem Vorzug – eine ausgesprochene provinzielle Eigentümlichkeit zu bewahren gewußt.

In dieser provinziellen Eigentümlichkeit, die sich vielleicht am besten als ein mitunter herber Ausdruck des Freiheitlichen bezeichnen läßt, stand auch Graf Drosselstein, und wenn er an der Tafel seiner Freundin, der Guser Gräfin, dem säbelbeinigen Generalmajor von Bamme gegenübersaß, der zweideutige Anekdoten erzählte und von Pferden, Prinzen und Tänzerinnen, weniger aus Renommisterei als aus Übermut und schlechter Erziehung, in krähstimmigem Jargon perorierte, so mochte er sich, nicht ohne Anwandlung ostpreußischen Stolzes, des Unterschiedes zwischen seiner heimatlichen Provinz und dem märkischen Stammlande bewußt werden. Aber solche Anwandlungen schwanden so rasch, wie sie kamen. Von seltener Unparteilichkeit, allem Engen und Selbstischen fern, in welcher Form es auch auftreten mochte, stand es für seine Erkenntnis längst fest, daß die Mark trotz aller ihrer Unleidlichkeiten als das Kern- und Herzstück der Monarchie anzusehen sei, mit oder ohne Bammes, ja zum Teil *wegen* derselben.

Der Graf hatte nur kurze Zeit dem Staate gedient. Mit zwanzig Jahren in das erste Bataillon Garde tretend, aber schon nach Ablauf eines Jahres gesundheitshalber den Abschied nehmend, war er froh gewesen, den Anblick des Potsdamer Exerzierplatzes mit dem der Marine von Nizza vertauschen zu können. Wiederhergestellt, durchzog er Italien, lebte, ganz dem Studium der Kunst hingegeben, erst in Rom, dann in Paris und beschloß seine »große Tour« durch einen Ausflug nach Holland und England.

Er war ausgangs der Dreißig, als ihn um 1788 Familienangelegenheiten an den Petersburger Hof führten. Hier machte er die Bekanntschaft einer Komtesse Lieven, die ihn durch ihre durchsichtige Alabasterschönheit in demselben Augenblicke gefangennahm, in dem er sie sah. Seine Werbung wurde nicht zurückgewiesen; die Kaiserin selbst beglückwünschte das schöne Paar, das sich, unmittelbar nach der mit großer Pracht und unter Teilnahme des Petersburger Hofadels gefeierten Vermählung, auf die ostpreußischen Güter des Grafen zurückzog.

Aber das stille Glück der Flitterwochen erschien der jungen Gräfin bald *zu* still. Sie sehnte sich nach dem zerstreuenden Leben der »Gesellschaft«, und da weder die politischen Verhältnisse noch die Gesinnungen des Grafen ein erneutes Auftreten am russischen Hofe – das die junge Gräfin allerdings am liebsten gesehen haben würde – ausführbar erscheinen ließen, so wurde die Übersiedelung nach Hohen-Ziesar, einem ursprünglich den *märkischen* Drosselsteins zugehörigen Gute, das erst vor zwei oder drei Jahren an die ostpreußische Linie gekommen war, beschlossen.

Von Hohen-Ziesar aus ermöglichte sich ein verhältnismäßig leichter Verkehr mit der Hauptstadt, wo das Hofleben, das während der fridericianischen Zeit beinahe völlig geruht hatte, eben damals einen neuen Aufschwung zu nehmen begann. Es war nicht Petersburg, aber es war doch Berlin. Die junge Gräfin, wiewohl zeitweise von einem halb ermüdeten, halb zerstreuten Ausdruck, als ob ihre Seele nach etwas Fernem und Verlorenem suche, gab sich nichtsdestoweniger den Zerstreuungen ohne Rückhalt hin. Sie galt für glücklich; sie schien es auch. Aber der durchsichtige Alabasterteint hatte nichts Gutes bedeutet; ein Blutsturz überraschte sie kurz vor einer Opernhausvorstellung; eine Abzehrung folgte, sie starb vor Ausgang des Winters.

Der Graf war wie niedergeworfen. Er mied auf lange Zeit hin jeden Umgang; selbst in Schloß Guse, wo er damals schon verkehrte, blieb er aus. Als er wieder in der Gesellschaft erschien, war seine Selbstbeherrschung vollkommen; aber er hatte jenen lebemännischen Frohsinn und die gesprächige Heiterkeit eingebüßt, die ihn früher ausgezeichnet hatten. Er lachte nicht mehr. Er hatte nur noch das Lächeln derer, die mit dem Leben abgeschlossen haben. Hier und dort hieß es, daß es nicht der Tod der jungen Gräfin allein sei, der diesen Wandel in seinem Wesen geschaffen habe. Er wandte sich großen Bauten zu; besonders waren es Parkanlagen, die ihn zu zerstreuen begannen. Hohen-Ziesar bot ein gutes Material, und so entstand im Geschmack jener Zeit eine kostspielige Schöpfung, die sich, vom Flachdach des Schlosses oder noch besser vom Kirchtum aus angesehen, als eine große in Stein und Erde ausgeführte Alpenreliefkarte darstellte. Granitblöcke wurden zu irgendeinem Rigi aufgetürmt, über den Grat des Gebirges liefen zwei Pässe, die nach Altorf oder Küßnacht führten, während ein aus unsichtbaren Quellen gespeister See einen kataraktreichen Bergstrom in die Tiefe schickte. Sennhütten und Matten lösten sich untereinander ab; zu Füßen dieser Künsteleien aber, in das wirkliche Oderbruch übergehend, dehnte sich eine reizende Flachlandszenerie mit Feld und Wiesen, mit Fluß, Bach und Brücken und einem stillen, weidenumstandenen Teich, dessen japanisches Inselhäuschen die Schwäne umzogen.

An der Herstellung dieses Parkes nahm unsere Guser Gräfin, die sich zu allem Rokokohaften hingezogen fühlte, den regsten Anteil, der Verkehr wuchs, Briefe wurden gewechselt, Konferenzen abgehalten, deren endliches Resultat nicht nur der Aufbau der Hohen-Ziesarschen »Schweiz«, sondern auch die Etablierung einer Freundschaft war, die sich seitdem namentlich von seiten der Gräfin zu einer wirklichen, über Laune und Zerstreuungsbedürfnis weit hinausgehenden Intimität gesteigert hatte.

Dies konnte kaum ausbleiben. Denn so gewiß die Gräfin am Aparten hing, sowenig sie der Originalfiguren ihres Zirkels entraten mochte, so sehr empfand sie doch auch, was der Mehrzahl derselben fehlte: Schliff, Bildung, Ton, vor allem jegliches Verständnis für Kunst und Schönheit. All dies besaß der Graf. Er hatte nicht nur die Höhe der Rheinsberger Gesellschaft, er übertraf dieselbe sogar durch jenes nachhaltig wirkende Ansehen, das allein aus Selbstsuchtlosigkeit und reinem Wandel sprießt.

Ein bestimmtes Ereignis gab der schon gefestigten Freundschaft ein neues Band. Der Graf nahm Veranlassung, die Gräfin ins Geheimnis zu ziehen; er erzählte ihr die Geschichte vom Hinscheiden seiner Frau, auch von dem, was diesem Hinscheiden unmittelbar vorausgegangen war. Es war das Folgende.

Die junge Gräfin, nach einem heftigen Hustenanfall, schien in einen Zustand tiefen Schlummers zu verfallen, auch der Graf, ermüdet von tagelangem Wachen, schlief in seinem Lehnstuhl ein. Es war spät, nur eine Schirmlampe brannte. Als er erwachte, bemerkte er, daß die Kranke aufgestanden war und sich der Tapetentüre eines Wandschrankes näherte. Eine lethargische Schwere, zugleich ein dunkeles Gefühl, daß er die Kranke in ihrem Tun nicht stören dürfe, hielten ihn in seinem Lehnstuhl fest. Er sah nun, daß sie zunächst ein Kästchen aus dem Schranke, dann aus einem verborgenen Fach des Kästchens eine Anzahl Briefe nahm, die mit einer roten Schnur zusammengebunden waren. Sie schritt wieder zurück, an ihm vorbei, glaubte sich zu überzeugen, daß er schlafe, und trat dann an den Kamin. Sie berührte die Briefe mit den Lippen, löste die Schnur und warf dann jeden einzelnen Brief vorsichtig, damit die Flamme nicht zu hell aufschlüge, in das halberloschene Feuer. Als alles verglimmt war, kehrte sie an ihr Lager zurück, hüllte sich in die Decken und atmete hoch auf, wie befreit von einer bangen Last. Es war ihr letztes Tun. Ehe der Morgen kam, war sie nicht mehr. Welch ein Tag für den Überlebenden! Er hatte sich geliebt geglaubt; nun war alles Wahn und Traum! Wessen Hand hatte die Briefe geschrieben, die die Empfängerin bis zuletzt wie ein Allerteuerstes gehegt hatte? Er frug es immer wieder; aber keine Antwort. Das Geheimnis war bei der Toten und der Asche im Kamin.

So hatte der Graf erzählt. Die Erzählung selbst aber, wie schon angedeutet, besiegelte die Freundschaft, die von jenem Tage an unauflöslich zwischen dem Witwer-Grafen auf Hohen-Ziesar und der Gräfin-Witwe auf Schloß Guse bestand.

Schloß Guse hatte jedoch nur einen Drosselstein; alles andere, was sich von »allerlei Freunden« daselbst versammelte, konnte so ziemlich als Revers des Grafen gelten.

Ihm im Range am nächsten stand Präsident von *Krach*, ein Mann von Gaben und Charakter. Er galt als ein bedeutender Jurist, hatte durch hartnäckige Opposition den Zorn des großen

Königs herausgefordert und seinerseits, in tiefer Verstimmung über die bei dieser Gelegenheit erfahrene Unbill, sich nach Bingenwalde zurückgezogen. Er war hager, groß, scharf, wenig leidlich. Sein hervorstechender Zug war der Geiz. Er beanstandete jede Rechnung und bezahlte sie, nach dem Grundsatze: »Zeit gewonnen, Zins gewonnen«, immer erst nach eingeleitetem prozessualischem Verfahren. Die Betroffenen spotteten, daß es aus alter Anhänglichkeit an die Gerichte geschähe, zu denen sich sein juristisches Paragraphenherz doch immer wieder hingezogen fühle. Eines besonderen Rufes genossen auch seine Diners, die, wiewohl alljährlich nur einmal wiederkehrend, ein wahres Schrecknis der gesamten Oderbrucharistokratie bildeten. Einzig und allein der alte Bamme – den seine Trinkgelder und Kordialequivoken zum Liebling aller als Livreediener eingekleideten Kutscher und Gärtner machten – hatte sich bisher unter Anwendung von Flascheneskamotage diesem Schrecknis zu entziehen gewußt, so daß beispielsweise Baron Pehlemann auf das ernsthafteste versicherte: »Nie, während sämtlicher Krachschen Diners, sei seitens des ›Generals‹ ein Tropfen anderen Weines als aus seinem eignen, Bammeschen Keller getrunken worden.« Bamme selbst, ohnehin von einer beinahe krankhaften Neigung erfüllt, sein Husarentum coûte que coûte zur Geltung zu bringen, ließ sich solche Huldigungen gern gefallen, ermangelte aber andererseits nie, natürlich nur zugunsten neuer Malicen gegen Krach, seinen Schlauheitstriumph über diesen entschieden in Abrede zu stellen. Krach, so schwur er, sei viel zu scharf, um getäuscht werden zu können; er habe den Kriminal- und Inquisitorialblick einer dreißigjährigen Praxis, er sehe alles, er wisse alles; aber freilich, er schweige auch, weil er bei kleinem Ärger die großen Vorteile der Situation sofort überblicke und in Wahrheit nur von einer Frage bestürmt werde: »Warum sind sie nicht alle Bammes?«

Die Gräfin, persönlich von großer Freigebigkeit, nahm wenig Anstoß an diesem Geiz. Sie hatte lange genug gelebt, um zu wissen, daß das gegen sich selbst und andere gleich erbarmungslose Sparen den Körper fest und zäh, den Geist scharf und schneidig mache, vor allem auch der Ausbildung von Originalen günstig sei, freilich keiner angenehmen. Aber darauf kam es ihr nicht an. Was schließlich den Ausschlag zugunsten Krachs gab, war, daß auch der Prinz einen starken Hang zum Ökonomisieren gehabt hatte.

Die dritte Figur des Kreises war der schon mehrgenannte Generalmajor von *Bamme* oder der »General«, wie er kurzweg in Schloß Guse genannt wurde, ein kleiner, sehr häßlicher Mann mit vorstehenden Backenknochen und Beinen wie ein Rokokotisch; die ganze Erscheinung husarenhaft, aber doch noch mehr Kalmück als Husar.

Er gehörte einem alten havelländischen Geschlechte an, Haus Bamme bei Rathenow, das mit ihm erlosch. Die Wahrheit zu gestehen, erlosch nicht viel damit. Seine eigene Jugend war hingewüstet worden; wunderbare Geschichten gingen davon um. Ein adliges Fräulein, das sich von ihm geliebt glaubte, Tochter eines Nachbars, hatte er in Unehre gebracht; den Bruder, der auf Eheschließung drang, jagte er vom Hofe. Das Mädchen selbst, übrigens im Hause der Eltern bleibend, wurde irrsinnig.

Ein Jahr später starb der alte Bamme; Vater und Sohn waren einander wert gewesen. Sie setzten des Alten Sarg auf eine Gruftversenkung, und neben den Sarg, eine Fackel in der Hand, stellte sich der Sohn. Er trug die rote Uniform des Husarenregiments Zieten; die kleine Kirche war schwarz ausgeschlagen. In dem Augenblicke, in dem der Sarg niederstieg, rief die Irrsinnige, die sich auf dem Orgelchor versteckt hatte: »Seht, nun fährt er in die Hölle.« Alles entsetzte sich; nur der, an den sie die Worte gerichtet hatte, lächelte. Er war übrigens ein ausgezeichneter Soldat, das hielt ihn.

Als er nach dem Baseler Frieden, der ihn wurmte, seinen Abschied nahm, zog er aus dem Havellande ins Oderbruch und kaufte sich in der Nähe von Schloß Guse an. Die Groß-Quirlsdorfer hatten sich wenig über ihn zu beklagen. Er setzte zwar das alte Leben fort; aber die Oderbrücher, selber nicht diffizil, legten ihm durch Mißbilligung keinen Zwang auf. Sein Geschmack wurde immer wunderlicher. Starb wer Junges im Dorf, Bursch oder Mädchen, so ließ er ein großes Begräbnis anrichten, vorausgesetzt, daß die Leidtragenden ihre Zustimmung gaben, die Leiche zu schminken und in einem mit vielen Lichtern geschmückten Flur aufzubahren. Dann stellte er sich zu Füßen, rauchte aus einem Meerschaumkopf und sah, halb zugekniffenen Auges, die Leiche eine halbe Stunde lang an. Was dabei durch seine Seele ging, wußte niemand. Er galt für einen Tückebold, auch noch für Schlimmeres; indessen, er war General, märkisch und soldatisch vom Wirbel bis zur Zeh' und von einem humoristisch verwegenen Mut. Erst vor drei Jahren hatte sein letztes Rencontre stattgefunden. Die Veranlassung war ganz in seiner Art. Eine Scheune auf einem Nachbargute brannte nieder; Bamme, der den Besitzer nicht leiden konnte, sagte bei offener Tafel: »Hochversicherte Scheunen brennen immer ab.« Er sollte zurücknehmen. Statt dessen maß er seinen Gegner und krähte nur: »Jede Feuerassekuranz sagt dasselbe.«

Nun kam es zum Duell; Hauptmann von Rutze sekundierte. Der Beleidigte schoß Bammen den rechten Ohrzipfel samt dem kleinen goldenen Ohrring weg, den er »Rheumatismus halber« trug. Er ließ sich nun einen neuen Ring durch die stehengebliebene Ohrhälfte ziehen und sah seitdem skurriler aus denn je.

Eine gewisse Schelmerei, wie zugestanden werden muß, söhnte manchen seiner Gegner mit ihm aus; dazu kam, daß er sich gab, wie er war, und sein eigenes Leben rückhaltlos in den pikantesten Anekdoten aufdeckte. Seine geistigen Bedürfnisse bestanden in Necken, Spotten und Mystifizieren, weshalb er, wie kein zweiter, von allen Sammlern und Altertumsforschern in Barnim und Lebus gefürchtet war. Um seine Tücke besser üben zu können, war er Mitglied der Gesellschaft für Altertumskunde geworden. Feuersteinwaffen, bronzene Götzenbilder und verräucherte Topfscherben ließ er aussetzen und verstecken, wie man Ostereier versteckt, und war über die Maßen froh, wenn nun die »großen Kinder« zu suchen und die Perioden zu bestimmen anfingen. Turgany, wie sich denken läßt, zog den möglichsten Nutzen aus diesen Mystifikationen, und jedesmal, wenn Seidentopf etwas Urgermanisches aufgefunden haben und zum letzten Streiche gegen den zurückgedrängten Justizrat ausholen wollte, pflegte dieser wie von ungefähr hinzuwerfen: »Wenn nur nicht etwa Bamme...«, ein Satz, der nie beendet wurde, weil schon die Einleitung desselben zur vollständigen Verwirrung des Gegners ausreichte.

Alles in allem war der »General« eine Lieblingsfigur auf Schloß Guse, auch der Hecht im Karpfenteich. Die Gefahren und Unbequemlichkeiten, die sich daraus ergaben, wurden durch das frische Leben, das er brachte, wieder aufgewogen. Es kam nicht in Betracht, daß er über Sittlichkeit seine eigenen Ansichten hatte. Man ließ dies gehen. Die Gräfin schlug jede Kritik darüber mit der Bemerkung nieder: »L'immoralité ouverte, c'est la seule garantie contre l'hypocrisie.«

Nur den Vitzewitzes, alt und jung, war mit solcher Bemerkung nicht beizukommen; sie verharrten, bei äußerlich leidlicher Stellung zu dem alten Schabernack, in ihrer Abneigung gegen ihn, und Berndt pflegte zu sagen: »Bamme und Hoppenmarieken, das hätt' ein Paar gegeben!«

Neben Bamme, zugleich als sein natürlicher Gegensatz, stand Baron *Pehlemann,* die vierte Figur des Guser Kreises. Was Bamme an Mut zu viel hatte, hatte Pehlemann zu wenig. Daß er der Gräfin dadurch ein kaum geringeres Interesse einflößte als sein encouragiertes Widerspiel, braucht nicht erst versichert zu werden, aber auch der Kreis selbst war weit entfernt davon, dies Manko an Herzhaftigkeit ernstlich zu beanstanden. Am wenigsten die Militärs. Es läßt sich ähnliches auch heute noch beobachten. Alle Stubenhocker dringen beständig auf »Opfertod«; alte geschulte Soldaten aber, die aus fünfzig Schlachten her wissen, einerseits, welch ein eigen und unsicher Ding der Mut ist, andererseits, welche niedrige Organisation, welch bloßer, wer weiß woher genommener Taumelzustand ausreicht, um ein Heldenstück gewöhnlichen Schlages zu verrichten, alle diese denken sehr ruhig über Bravourangelegenheiten und haben in der Regel längst aufgehört, alles, was dahin gehört, in einem besonderen Glorienschein zu sehen. So kam es, daß Bamme und Pehlemann die besten Freunde waren. Natürlich fehlte es nicht an Hänseleien. Erst einige Wochen vor Beginn unserer Erzählung hatte Pehlemann, der mitunter ein ihn plötzlich überkommendes

Zutrauen zu sich selbst faßte, die Versicherung abgegeben: »seine Abneigung gegen Schußwaffen beruhe lediglich auf einer allzu feinen Organisation seines Ohres«, worauf von seiten Bammes mit so viel Ernst wie möglich erwidert worden war: »Gewiß, dergleichen kommt vor; so lassen Sie uns, wie alte Korpsburschen, einen Gang auf krumme Säbel machen; das ist ein stilles Geschäft; Ihr Ohr bleibt unbelästigt. Höchstens hau' ich es Ihnen ab.« Solches Schrauben und Aufziehen war an der Tagesordnung, störte aber keinen Augenblick das gute Einvernehmen, da der »Wuschewierer Baron«, wie er in der ganzen Umgegend hieß, bei aller sonstigen Grundverschiedenheit von Bamme, wenigstens *eine* gute Seite mit ihm gemein hatte: er war nicht empfindlich. Auch nicht als Dichter, wozu ihn, seinem eigenen Geständnisse nach, das Podagra gemacht hatte. Er wollte nämlich beobachtet haben, daß das Podagra seiner Muse jedesmal weiche, eine vertrauliche Mitteilung, die seitens des Guser Kreises zu folgendem Verse benutzt worden war:

Cedo majori

Als des Barones Podagra
Nun seine Muse kommen sah,
Erschrak es sehr und sagte: »Ach,
Daneben bin ich doch zu schwach«,
Und packte schnell das Zwickzeug ein
Und ließ die beiden ganz allein.

Es hieß angeblich, Bamme habe diesen Vers gemacht; in Wahrheit wußte jeder, daß er von Dr. Faulstich herrühre, der immer bereit war, seine kleinen Piratenboote unter fremder Flagge segeln zu lassen.

Der fünfte des Kreises war der Kammerherr von *Medewitz* auf Alt-Medewitz, ein langweiliger, pedantischer Herr, sehr durchdrungen von der Bedeutung der Medewitze, trotzdem die Blätter der vaterländischen Geschichte den Namen derselben nirgends aufzeichneten. Seine Spezialität waren Erfindungen, in betreff deren er, nach Art der Philosophen, nichts Großes und Kleines kannte. Er hatte für alles die gleiche Liebe. Sparheizung, luftdichter Fensterverschluß, Zerstörung des

Mauersalpeters in Schaf- und Pferdeställen, künstliche Morchelzucht, das waren einige der Fragen, die seinen beständig auf Lösungen und Verbesserungen gerichteten Geist beschäftigten. Den Militärbehörden war er wohlbekannt durch seine mehrfach eingereichten Abhandlungen über erleichtertes Gepäcktragen und praktische Mantelrollung. Immer mit beigefügter Zeichnung. Sein eigentliches Steckenpferd aber waren die Dosen. Er war ein Sammler, und man durfte füglich sagen, was Seidentopf für die Urnen war, das war von Medewitz für die Tabatièren und alles ihnen Anverwandte. In bezug auf die fridericianische Zeit war seine Sammlung so gut wie komplett. Von der Mollwitzdose an, auf der der junge König am Gattertor von Ohlau mit Flintenschüssen empfangen wurde, bis zur Hubertsburgdose, auf der ein Kurier mit einem wehenden Tuche und dem Worte »Friede« darauf durch die Welt flog, hatte er sie alle, einzelne sogar doppelt.

Soweit war alles gut. Er begnügte sich aber nicht mit der »stillen Dose«, er war vor allem auch ein leidenschaftlicher Verehrer jener damals auf der Höhe ihres Ruhmes stehenden, in Gold und Schildpatt ausgeführten Miniaturleierkästen, die unter dem Namen der Spieldosen ihre Reise um die Welt gemacht haben. Solche mit Musik geladene Überfallwerkzeuge führte von Medewitz beständig bei sich, und mit ihnen war es, daß er seine gesellschaftlichen Attentate verübte. Wie es Menschen gibt, vor deren Anekdoten man, und wenn man in einer Begräbniskutsche mit ihnen säße, nie ganz sicher ist, so war man nie sicher vor einer Medewitzschen Spieldose. Er war sich dieser Macht bewußt und übte sie, mitunter glücklich und taktvoll, durch Ausfüllung ängstlicher Pausen; aber viel häufiger noch folgte er den Eingebungen bloßer Laune oder verletzter Eitelkeit. Unfähig, aus eigenen Mitteln zur Gesellschaft beizusteuern, wachte er eifersüchtig über allem, was durch Wissen oder Darstellungsgabe sich auszeichnete, und wenn vielleicht der glänzend aufgebaute Satz eines guten Sprechers eben seinen Abschluß erhalten sollte, durfte man sicher sein, aus bloßer Neidteufelei eine Papagenoarie oder die »Schlacht bei Marengo« dazwischentreten zu sehen. Was das Niederdrückendste war, war, daß das Mittel, wenn nur ein einziger Fremder bei Tische saß, trotz seiner Verbrauchtheit immer wieder wirkte. Der Gräfin wäre es ein leichtes gewesen, dieser Mißgunstsmusik ein Ende zu machen; aber so abgeschmackt sie das Gebaren fand, so freute sie sich doch jedesmal, den verlegenen Ärger der um ihren Redetriumph Betrogenen beobachten zu können.

Der Unbedeutendste des Guser Zirkels war *von Rutze,* leidenschaftlicher Jäger, ein langer, sehniger, ziemlich schweigsamer Mann, ehemals Hauptmann im pommerschen Regiment von Pirch. Er hatte Protzhagen, das übrigens uralter Rutzescher Besitz war, erst vor etwa zwanzig Jahren gekauft. Die Veranlassung dazu wurde, wie folgt, erzählt:

Nach Stargard hin, wo das Regiment von Pirch in Garnison lag, verirrte sich eine Topographie des Oderbruchs. In dem Kapitel »Buckow und seine Umgebung« hieß es auf Seite 114: »Bei Protzhagen, einem Gute, das drei Jahrhunderte lang den Rutzes angehörte, zieht sich eine tiefe Schlucht, die ›Junker Hansens Schlucht‹. Sie führt diesen Namen, weil Junker Hans von Rutze hier stürzte und verunglückte; dies war 1693. Es war der *letzte Rutze.*« Kaum war von einem der Kameraden diese Notiz entdeckt worden, so hieß es in nicht endenden Scherzreden: »Rutze sei untergeschoben; es gäbe keine Rutzes mehr; der letzte läge längst in der Protzhagener Kirche begraben.« Unser Hauptmann, kein Meister im Reparti, wurde mißmutig; er nahm den Abschied und kaufte Protzhagen, um nunmehr an Ort und Stelle die Beweisführung anzutreten, daß es mit dem »letzten Rutze« noch gute Wege habe. Aber er verbesserte sich dadurch nur wenig. Die Stargarder Neckereien waren bekannt geworden und hatten nun auf Schloß Guse ihren Fortgang. Bamme verschwor sich hoch und teuer, daß es mit einem der beiden »letzten Rutzes«, dem jetzigen und dem früheren, notwendig eine sonderbare Bewandtnis haben müsse. Entweder sei der selige Hans von Rutze nichts als eine gespenstische Vorerscheinung, eine Spiegelung von etwas erst Kommendem gewesen, oder aber der unter ihnen wandelnde Freund, ohnehin beinahe fleischlos, sei ein Revenant. Was ihn (Bamme) persönlich angehe, so gäbe er der ersteren Annahme den Vorzug, weil ihm darnach die Wirklichkeit der

Dinge noch eine Hirschjagd, einen Schluchtensturz und einen den Hals brechenden Rutze schuldig sei.

Der alte Hauptmann folgte diesen Auseinandersetzungen jedesmal mit süßsaurem Gesicht, hatte sich aber längst aller Proteste dagegen begeben. Dann und wann schritt er seinerseits zum Angriff, ohne jedoch mit Hilfe dieses Kunstgriffs dem gewandten Bamme beikommen zu können.

Unter seinen sonstigen kleinen Schwächen war die bemerkenswerteste die, daß er sich, in Anbetracht seines aus Schluchten und Abhängen bestehenden Protzhagener Territoriums, für eine Art Gebirgsbewohner hielt. »Wir auf der Höhe« zählte zu seinen Lieblingsredewendungen.

Der Gräfin war er wert durch einen besonderen Respekt, den er ihr entgegenbrachte. Denn wie sehr sie vorgeben mochte, über Huldigungen und Schmeicheleien hinweg zu sein, so war sie schließlich doch nicht unempfindlich dagegen.

Der siebente und letzte des »engeren Zirkels« war Doktor *Faulstich.* Ein späteres Kapitel wird von ihm ausführlicher erzählen.

4. KAPITEL

Vor Tisch

Der ganze Freundeskreis, mit Ausnahme Dr. Faulstichs, welcher nach altem Herkommen den dritten Feiertag in Ziebingen zuzubringen pflegte, war nach Schloß Guse geladen. Auch Lewin und Renate, wie wir wissen.

Diese waren die ersten, die eintrafen. Die Einladung hatte auf vier Uhr gelautet, aber eine volle Stunde früher schon bog der Schlitten Lewins in eine der großen Avenuen ein. Es war nicht mehr die Planschleife mit Strohbündeln und Häckselsack, in der wir zuerst die Bekanntschaft unseres Helden machten; Tante Amelie, für sich selbst gelegentlich salopp, hielt auf Eleganz der Erscheinung bei anderen. Dem bequemten sich die Hohen-Vietzer nach Möglichkeit. Der Schlittenstuhl, mit einem Bärenfell überdeckt, zeigte die bekannte Muschelform, blaugesäumte Schneedecken blähten sich wie seitwärts gespannte Segel, und statt des rostigen Schellengeläutes, das am Heiligabend unseren Lewin in Schlummer geläutet hatte, stand heute ein Glockenspiel auf dem Rücken der Pferde, und zwei kleine Haarbüsche wehten rot und weiß darüber hin. Die körnerpickenden Sperlinge flogen zu Hunderten in der Dorfgasse auf; so ging es auf das Schloß zu. Jetzt war auch die Sphinxenbrücke passiert, und der Schlitten hielt. Lewin, rasch die Decke zurückschlagend, reichte Renaten die Hand, die nun mit der Raschheit der Jugend aus dem Schlitten auf eine über den harten Schnee hin ausgebreitete Binsenmatte sprang. So schritt sie dem Eingange zu. Sie erschien größer als sonst, vielleicht infolge des langen Seidenmantels, grau mit roten Paspeln, aus dessen aufgeschlagener Kapuze ihr klares Gesicht heute mit doppelter Frische hervorleuchtete. Denn die Fahrt war lang, und es ging eine scharfe Luft.

Der Flur umfing sie mit wohltuender Wärme; in dem altmodisch hohen Kamin, den die beiden Derfflingerschen Dragoner flankierten, brannte seit Stunden schon ein gutunterhaltenes Feuer.

Ein Diener in Jägerlivree, der seinen Hirschfänger zu tragen wußte, nahm ihnen die Mäntel ab und meldete, daß sich die Gräfin auf einige Minuten entschuldigen lasse. Dies war die regelmäßig wiederkehrende Form des Empfanges. Lewin und Renate sahen verständnisvoll einander an und schritten durch das Billard- und Spiegelzimmer in den »Salon«. Sich selbst überlassen, traten sie hier an das in einer breiten und tiefen Nische befindliche Eckfenster, dessen untere Hälfte aus einer einzigen Scheibe bestand. Damals etwas Seltenes und sehr bewundert. Die Eisblumen waren halb weggeschmolzen und gestatteten einen Blick ins Freie. Über das Schwanenhäuschen hin, das nur noch mit seinem Spitzdach aus dem verschneiten Schloßgraben emporragte, sahen sie gradaus in eine kahle Kirschallee hinein, die sich bis an die Grenze des Parkes zog. An den vordersten Stämmen waren einige Dohnensprengsel mit ihren roten Ebereschenbüschelchen sichtbar, während am Ausgange der Allee der dunkele Carzower Kirchturm stand, dessen vergoldete Kugel eben in der untergehenden Sonne leuchtete. Um die Geschwister her war alles still; sie hörten nur, wie das mehr und mehr abtauende Eis in einzelnen Tropfen in die Blechbehälter fiel.

Dieser Platz am Fenster war anheimelnd genug; jeder andere Besucher aber würde es doch vorgezogen haben, das letzte Tageslicht noch zu einem Umblick in dem »Salon« selbst zu benutzen. Es war ein quadratischer Raum, der in seiner Einrichtung für ebenso geschmackvoll wie wohnlich gelten konnte. Die den Fenstern gegenübergelegene Seite wurde von einem halbkreisförmigen Diwan eingenommen, der, in der Mitte geteilt, einen Durchgang zu den Flügeltüren des Eßsaales offen ließ. In den ebenfalls freibleibenden Ecken standen Lorbeer- und Oleanderbüsche, nach links und rechts hin verteilt. Neben der Oleanderecke stieg eine Wendeltreppe auf, das zierlich durchbrochene Geländer von Nußbaumholz. Ein dicker Teppich, in dem das türkische Rot vorherrschte, deckte den Fußboden; sonst war alles blau: die Wände, die Gardinen, die Möbelstoffe. Rings umher, auf Säulen und Konsolen, erhoben sich Büsten und Statuetten, deren leuchtendes Weiß beim Eintreten den ersten Eindruck gab. Erst später traten auch die Bilder hervor, die, stark angedunkelt, in kaum geringerer Zahl als jene Marmor- und Alabasterarbeiten das Zimmer schmückten. Es waren sämtlich Erinnerungsstücke aus den Rheinsberger Tagen her. Da war zunächst das Porträt des Prinzen selbst, etwas barock in Auffassung und Behandlung, die Aufschläge von Tigerfell, die Hand auf ein Felsstück und einen Schlachtplan gestützt. Gegenüber Schloß Rheinsberg, seine Front im Wasser spiegelnd, und über den See hin glitt ein Kahn, darin eine schöne Frau mit aufgelöstem Haar, blond wie eine Nixe, am Steuer saß. Es hieß, es sei die Gräfin. An den Fensterpfeilern, im Schatten und wenig bemerkbar, hingen die Pastellporträts der prinzlichen Tafelrunde: Tauentzien, die Wreechs, Knyphausen, Knesebeck; meistens Geschenke der Freunde selbst.

Lewin und Renate sahen noch der untergehenden Sonne nach, als sie aus der Tiefe des Zimmers her den Zuruf hörten: »Soyez les bien-venus.« Sie wandten sich und sahen die Tante, die von der Wendeltreppe her auf sie zuschritt.

Die Geschwister eilten ihr entgegen, ihr die Hand zu küssen.

Die Gräfin trug sich schwarz, selbst die Stirnschnebbe fehlte nicht. Es war dies, dem Beispiele regierender Häuser folgend, die Witwentracht, die sie seit dem Hinscheiden des Grafen nicht wieder abgelegt hatte. Im übrigen hätten Haube und Krause frischer sein können, ohne den Eindruck zu schädigen.

In der Nähe des Eckfensters stand eine »Causeuse«, die denselben Bleu-de-France-Überzug hatte wie alle übrigen Möbel. Dies war der Lieblingsplatz der Gräfin; Renate schob ein hohes Kissen heran, während Lewin sich der Tante gegenübersetzte. Das Gespräch war bald in vollem Gange, mit französischen Wörtern und Wendungen reichlich untermischt, die wir in unserer Erzählung nur sparsam wiedergeben. Die Tante schien gut gelaunt und tat Frage über Frage. Der Hohen-Vietzer Weihnachtsmorgen, sogar der Wagen Odins mußten ausführlich besprochen werden. Dies letztere war das überraschendste, denn in Sachen der Altertümlerei blieb die Guser Gräfin wenig hinter Bamme zurück. Auch Maries wurde gedacht, aber nur kurz, dann lenkte das Gespräch zu den Ladalinskis hinüber, an die das Haus Vitzewitz durch eine Doppelheirat zu ketten der sehnlichste Wunsch der Tante war. Ihr in diesem Wunsche nach Möglichkeit entgegenzukommen, würde sich, da sie die Erbtante war, unter allen Umständen empfohlen haben; es traf sich aber so glücklich, daß der Guser Familienplan und die Herzenswünsche der Hohen-Vietzer Geschwister zusammenfielen.

»Wie verließest du Tubal?« fragte die Tante.

»In bestem Wohlsein«, erwiderte Lewin, »und ein Brief, der heute früh von ihm eintraf, läßt mich annehmen, daß die Feiertage nichts verschlimmert haben.«

»Was schreibt er?«

»Ein langes und breites über literarische Freunde. Aber eine kurze Schilderung des Christabends, und wie die Weihnachtslichter bei den Ladalinskis ziemlich trübe brannten, schickt er voraus. Er sagt auch einiges über Kathinka. Darf ich es dir mitteilen?«

»Je vous en prie.«

Lewin entfaltete den Brief. Es dunkelte schon im Zimmer. Er rückte deshalb näher an das Fenster, dessen Scheiben in dem letzten Rot erglühten. Dann las er, über die Eingangszeilen hinweggehend: »›In einem Hause, in dem die Kinder fehlen, wird das Christkind immer einen schweren Stand haben, so nicht etwa der Kindersinn den Erwachsenen verblieben ist. Und Kathinka, die so vieles hat (vielleicht *weil* sie so vieles hat), hat diesen Sinn nicht.‹«

Lewin schwieg einen Augenblick, weil es ihm schien, daß die Tante sprechen wolle. Dann sagte diese: »Es ist eine richtige Bemerkung, aber es überrascht mich, sie von Tubal zu hören. Es ist, als ob Seidentopf spräche. Kathinka ist eine Polin, ça dit tout, und gerade das macht sie mir wert. Kindersinn! Bêtise allemande. Wie mag nur ein Ladalinski so tief ins Sentimentale geraten. C'est étonnant! Ich würde die deutsche Mutter darin zu erkennen glauben, wenn nicht durch ein Spiel des Zufalls, par un caprice du sort, in ebendieser Mutter mehr polnisch Blut lebendig gewesen wäre als in einem halben Dutzend ›itzkis‹ oder ›inskis‹. Kindersinn! Dieu m'en garde! Ich bitte euch, meine Teuren, verschließt euch der eitlen Vorstellung, als ob diese deutschen Gefühlsspezialitäten die unerläßlichen Requisiten in Gottes ewiger Weltordnung wären.«

Renate faßte sich zuerst und sagte: »Ich glaube, daß mir diese Vorstellung fremd geblieben ist, aber schon die Bibel preist den Kindersinn als etwas Köstliches.«

Die Tante lächelte. Dann nahm sie, wie sie zu tun pflegte, die Hand der Nichte, streichelte sie und sagte: »Du hast diesen Sinn, und Gott erhalte ihn dir. Aber muß ich euch, die ihr mich kennt, noch erst Erklärungen geben? A quoi bon? Gewiß ist es etwas Schönes um ein kindlich Herz, wie um alles, was den Vorzug des Natürlichen und Reinen hat. Aber das stete Sprechen davon oder das Geltendmachen, das immer nur da sich einfindet, wo der Schein an Stelle der Sache getreten ist, das ist kleinbürgerlich deutsch, et voilà ce qui me fâche. Und das war es auch, was den Prinzen verdroß. In seinem Unmut unterschied er dann nicht, ob er die Frommen oder die Heuchler traf; sonst so vorsichtig, wog er nicht länger ab, und auch ich, je n'aime pas à marchander les mots. Ihr müßt Abzüge machen, wo es not tut. Inzwischen laß uns weiter hören, Lewin.«

Lewin fuhr im Lesen fort: »›Als die Türen eben geöffnet wurden, kam Graf Bninski. Er hatte Aufmerksamkeiten für uns alle, zu weitgehende für mein Gefühl, aber Kathinka schien es nicht zu empfinden.‹«

»Aber Kathinka schien es nicht zu empfinden«, wiederholte die Gräfin langsam, den Kopf schüttelnd. Dann fuhr sie fort: »Oh cet air bourgeois, ne se perdra-t-il jamais? Mit neuen Karten das alte Spiel. Je ne le comprends pas. Solange die Welt steht, haben sich Jugend und Schönheit an Geschenken erfreut, an Pracht der Blumen, am Glanz der Steine. Sie passen zusammen. Aber Tubal erschrickt davor und wird nachdenklich, als ob er eine durch Brosche und Nadel in ihrer Tugend bedrohte Epiciertochter zu hüten hätte. Und das heißt Sitte! Sitte, Kindersinn, je les respecte, mais j'en déteste la caricature. Und davon haben wir hierlandes ein gerüttelt und geschüttelt Maß.«

»Ich glaube«, nahm jetzt Lewin das Wort, »Tubal empfindet wie du, wie wir alle. Sein Bedenken, wenn ich ihn recht verstehe, wurde nicht der Gabe, sondern des Gebers halber ausgesprochen. Graf Bninski nähert sich Kathinka, er bewirbt sich um ihre Hand. Vielleicht, daß ich mich irre, aber ich glaube nicht.«

Die Tante war sichtlich überrascht. Dann fragte sie hastig: »Und der Vater?«

»Er steht dagegen, auch Tubal. Sie schätzen den Grafen persönlich, er ist reich und angesehen. Aber du kennst die Gesinnungen beider Ladalinskis oder doch des Vaters. Und Bninski ist Pole vom Wirbel bis zur Zeh'.«

»Und Kathinka selbst?«

Es blieb bei dieser Frage, denn ehe Lewin antworten konnte, wurden im Spiegelzimmer Stimmen laut, und dem zwei Doppelleuchter vorantragenden Jäger paarweis folgend, traten jetzt Krach und Bamme, dann Medewitz und Rutze bei der Gräfin ein.

Nach kurzer Begrüßung wurde auf dem großen Sofa Platz genommen, und die Gräfin, abwechselnd an den einen oder andern ihrer Gäste sich wendend, teilte denselben mit, daß Baron Pehlemann wegen eines neuen heftigen Podagraanfalles abgeschrieben, Drosselstein aber – durch Geschäfte zurückgehalten – erst für 4½ Uhr sein Erscheinen zugesagt habe. »Ich denke«, so schloß sie, »wir warten auf ihn. Der ersten Viertelstunde, die das Recht jeden Gastes ist, legen wir die zweite zu.« Alles verneigte sich, wenn auch unter geheimem Protest.

Eine solche Wartehalbestunde pflegt der Unterhaltung nicht günstig zu sein. Die Schweigsamen schweigen mehr denn je, aber auch die Beredten halten ängstlich zurück, unlustig, ihre vielleicht nur noch des Abschlusses harrende glänzende Anekdote durch die Meldung des eintretenden Dieners unterbrochen und zu ewiger Pointelosigkeit verurteilt zu sehen. Bamme gehörte dieser letzteren Gruppe an, bezwang sich aber und war der einzige, der den ersichtlichen Bemühungen der Gräfin hilfreich entgegenkam. Freilich nur mit teilweisem Erfolg. Über eine sprungweise Konversation kam man nicht hinaus, und die Fragen drängten sich, ohne daß eine rechte Antwort abgewartet wurde. Das Baron Pehlemannsche Podagra gab den dankbarsten Stoff. »Warum mußte er beim letzten Dachsgraben wieder zugegen sein? Ein Podagrist und zwei Stunden im Schnee! Warum riß er wieder den Rauenthaler an sich? Aber das ist so Pehlemannsche Bravour: ein freudiger Opfertod auf dem Altar der Gourmandise! Im übrigen, wo blieb ›Cedo majori‹? Warum hat er nicht seine Muse zitiert?«

»Er hat«, entgegnete die Gräfin und nahm aus einer vor ihr stehenden Alabasterschale ein zierlich zusammengefaltetes Billet. Aber die beiden Stutzuhren, auf deren gleichen Pendelgang Tante Amelie mit peinlicher Gewissenhaftigkeit hielt, schlugen eben halb, die gewährte Frist war um, und die Flügeltüren des hellerleuchteten Eßsaals öffneten sich pünktlich und lautlos nach innen zu.

Die Gräfin und Krach führten sich. In demselben Augenblick trat auch Drosselstein ein. Mit der Linken hinübergrüßend, wie, um anzudeuten, daß er die Tischprozession nicht zu stören wünsche, bot er Renaten seinen Arm. Bamme und Lewin folgten, dann Medewitz. Rutze machte den Schluß.

Dieser, ein leidenschaftlicher Schnupfer, benutzte die Gelegenheit, um aus der stehengebliebenen Tabatière der Gräfin zu naschen. Nicht ungestraft. Ehe er noch die Schwelle des Saales überschritten hatte, war schon das Gewitter herauf. Alles lachte, und Bamme rief: »Ertappt!« Nur Krach bewahrte wie gewöhnlich seine Haltung.

5. KAPITEL

Le Diner

In dem Speisesaale herrschte, trotz Kaminfeuers, die im Eßzimmer sich ziemende niedrige Temperatur. An einem ovalen Tische war gedeckt. Die Gräfin saß, wie herkömmlich, zwischen Krach und Drosselstein, ihr gegenüber Renate. Jäger und galonierte Diener waren geschäftig; ein Kronleuchter brannte.

Der Graf überblickte, während er das Serviettentuch einknotete, den Saal, dessen architektonische Verhältnisse, durch einfache Ausschmückung unterstützt, auch heute wieder den angenehmsten Eindruck auf ihn machten. Es waren vier Stuckwände, gelblich getönt, von Goldleisten eingefaßt, am Plafond ein Deckenbild, das »Gastmahl der Götter« darstellend, eine Kopie nach dem bekannten Fresko der Farnesina. Krach und Rutze, wie sich klarmachend zum Gefecht, schoben die Gläser hin und her; Drosselstein aber wandte sich jetzt der Gräfin zu, um nach einigen der Erbauerin des Saales und ihrem Geschmacke geltenden Verbindlichkeiten nach dem Grafen Narbonne, dem ersten Adjutanten des Kaisers, zu fragen, der, wie die Zeitungen gemeldet, am Weihnachtsheiligabend auf seiner Rückkehr von Rußland beim Könige gespeist habe.

»Ich hörte davon«, erwiderte die Gräfin; »auch General Desaix war zugegen. Graf Narbonne, oh je me le rapelle trèsbien. Er gehörte dem alten Hofe an, war ein Liebling Marie Antoinettens und lancierte sich geschickt in das Empire hinüber. Wissen Sie, was ihm das Herz des Kaisers eroberte?«

Drosselstein verneinte.

»Eine Sache der Etikette. Also eine Bagatelle, ein Nichts, wie die Leute von heute sagen würden. Aber die Parvenus sind auf keinem Gebiete so bereitwillig, zu lernen und zu belohnen, als auf diesem. Ich habe die Anekdote aus Graf Haugwitz' eigenem Munde. Es war unmittelbar nach der Kaiserkrönung, als Narbonne, damals Oberst, dem Kaiser eine Depesche überbrachte. Er ließ sich auf ein Knie nieder und präsentierte den Brief auf seinem Hute. ›Eh bien‹, rief der Kaiser, ›qu'est ce que cela veut dire?‹ Der Oberst antwortete: ›Sire, c'est ainsi qu'on présentait les dépêches à Louis XVI.‹ ›Ah, c'est très-bien‹, antwortete der Kaiser, und Narbonne war als Günstling installiert. Übrigens sind auch die Desaix vom ancien régime, alter Adel aus der Auvergne.«

Rutze hatte gleich anfangs aufgehorcht, als General Desaix genannt worden war. Jetzt, wo die Gräfin den Namen wiederholte, wandte er sich mit der bestimmten und doch zugleich von einer Unglücksahnung durchzitterten Bemerkung zu ihr hinüber: daß seines Wissens General Desaix im Kriege gegen die Österreicher gefallen sei. Er entsinne sich eines Musikstückes: »Die Schlacht bei Marengo«, in dem es am Schluß in einer Parenthese geheißen habe: »Desaix fällt.«

Selbst über Krachs unerschütterliches Antlitz flog ein Lächeln; Drosselstein wollte aufklären, Bamme jedoch kam ihm zuvor und begann mit jener erkünstelten Feierlichkeit, in der er Meister war: »Ja, Rutze, es ist eine tolle Welt. Da fällt einer anno 1800 bei Marengo in voller Junihitze, und am Heiligen Abend 1812 sitzt er bei Seiner Majestät von Preußen zu Tisch. Es sind unglaubliche Kerls, diese Franzosen. Nicht mal ihre Toten ist man los. Sie drängen sich in Diners ein; wer weiß, was wir heute noch zu erwarten haben. Im übrigen wird es wohl ein älterer oder jüngerer Bruder gewesen sein.«

Der Protzhagener Hauptmann verfärbte sich und antwortete pikiert: er danke dem General von Bamme für die schließliche Lösung des Rätsels, müsse sich aber die Bemerkung erlauben, daß es hierzu keiner besonderen Husarenschlauheit bedurft hätte. Aufschlüsse wie diese lägen auch noch innerhalb des Infanteriebereichs.

Bamme lachte; jede Form der Entgegnung war ihm recht. Er nahm nichts übel und befand sich in der glücklichen Lage, um eines Mutes willen, den niemand bezweifelte, seine Pistolen nicht erst laden zu müssen.

Der Zwischenfall währte nicht lange; die Gräfin beschwichtigte, und ein vorzüglicher Chablis, der gereicht wurde, kam ihr zu Hilfe, während von Medewitz, ohne Furcht, dem Streite dadurch neue Nahrung zu geben, die Namen Narbonne und Desaix noch einmal in die Debatte zog. »Es sind doch Männer von Familie, der eine wie der andere«, so hob er an, »aber mit wie sonderbaren Leuten hat Seine Majestät vom ersten Tage seiner Regierung an zu Tische sitzen müssen! Mit einem war ich im Weißen Saale selbst zusammen, mit dem Abbé Sieyès. Ich erschrak, als ich seinen Namen hörte. 1793 sprach er einem Könige von Frankreich das Leben ab, und 1798 saß er einem Könige von Preußen als Ambassadeur gegenüber. Er trug eine trikolore Schärpe; ich sah nur das Rot darin, und sooft er sagte: ›Votre Majesté‹, war es mir immer, als hörte ich: ›La mort sans phrase‹.«

»Ich habe ihn auch gesehen«, bemerkte Krach, mit Wichtigkeit an seinem Halstuch zupfend. »Medewitz will ihn nicht gelten lassen, aber er war doch wenigstens ein Abbé. Auch gehört etwas dazu, einem Könige von Frankreich das Leben abzusprechen. Doch diese Marschälle! Gastwirts- und Böttchersöhne.«

»Je nun«, fiel Drosselstein ein, »Böttchersöhne oder nicht, sie haben von halb Europa so viele Reifen abgeschlagen, daß die Dauben nach rechts und links hin auseinandergefallen sind. Ich liebe diese Marschälle nicht, an denen die Korporalslitzen immer wieder zum Vorschein kommen, aber eines sind sie: Soldaten.«

»Das sind sie!« rief jetzt Bamme, sein Ragout en Coquille schärfer in Angriff nehmend, »und wer nur je einen Halbzug ins Feuer geführt hat, der hat Respekt vor ihnen, Schelme und Beutelschneider wie sie sind.«

»Wie sie sind«, wiederholte der Domherr, eingedenk jener schweren Tage, in denen er seine Dosensammlung nur mit Mühe vor den Händen Soults gerettet hatte.

»Nur einem trag' ich einen Groll im Herzen«, fuhr Bamme fort.

»Davoust?« fragte Lewin.

»Nein, Seiner neapolitanischen Majestät dem König Murat.

Der will im großen und kleinen etwas Besonderes sein, unter anderen auch ein gewaltiger Reitergeneral, weil er das Mamelukengesindel in den Sand geritten hat. Aber ein Zietenscher hat ihm einen Streich gespielt, noch dazu ein Invalide. Ich meine den alten Kastellan Kettlitz in Charlottenburg.«

Alles zeigte Neugier und drang in ihn, zu erzählen.

Es hätte dessen nicht bedurft. »Die Geschichte ist seinerzeit wenig bekannt geworden«, hob er an; »ich habe sie von Kettlitz selber. Am 14. Oktober hatten wir die Affaire von Jena, und zehn Tage später war die französische Avantgarde in Berlin, Murat aber, damals noch Herzog von Berg, in Charlottenburg. Er hatte sich in den Zimmern eingerichtet, die nach der Parkseite hin liegen, dieselben, in denen Kaiser Alexander ein Jahr vorher gewohnt hatte. Der alte Kettlitz war außer sich und machte sich einen Plan. Um fünf Uhr war Diner im großen Saale, und das Bild König Friedrich Wilhelms I. sah ernst und unwirsch auf den neugebackenen Herzog, der neben Berg auch die altpreußisch-kleveschen Lande regierte. Es waren noch nicht viel französische Truppen in der Stadt. Da mit einem Male – die Trüffelpastete war eben aufgetragen – beginnt ein Geschmetter, und zwanzig Trompeten, mit Paukenschlag dazwischen, blasen den Hohenfriedberger Marsch. Ist es unter den Fenstern? Sind preußische Schwadronen in den Schloßhof eingeritten? Murat springt auf, um sich durch die Flucht zu retten. Aber keine Schwadronen sind da; endlich schweigt der Lärm, und alles klärt sich auf. Im Nebenzimmer, ein ganzes Trompeterkorps in seinem Innern bergend, stand ein musikalischer Schrank, an dessen verborgener Feder der alte Kettlitz gedrückt hatte. Ich würde mich freuen, zur Vervollständigung seiner Sammlung diese Monstrespieluhr in die Hände unseres von Medewitz auf Alt-Medewitz übergehen zu sehen, freilich unter der einen Bedingung, in unserer Gegenwart nie die geheime Feder springen zu lassen. Ich liebe Trompeten, aber nur im Feld und Sonnenschein.«

Der Domherr, unfähig, auf die Neckereien Bammes einzugehen, begleitete sie nur mit einem verlegenen Lächeln und fragte dann nach dem Schicksale des Kastellans.

»Nun, der hätte kein Zietenscher sein müssen. Er log sich

heraus, so gut er konnte. Unter allen Umständen hatte er das Gaudium gehabt, den großen Reiterführer, den Mamelukenvernichter, vor dem Hohenfriedberger Marsch auf der Flucht zu sehen. Das war im Oktober 1806. Damals hatte es noch was auf sich mit einem Marschall. Ich hoffe, sie sind seitdem billiger geworden. Aber billiger oder nicht, an dem Tage, wo mir meine Quirlsdorfer den ersten Marschall tot oder lebendig einbringen, leg' ich dem Pfarracker zehn Morgen zu, obschon ich Seine Hochwürden nicht leiden kann.«

»Aber Bamme, was haben Sie beständig mit Ihrem Geistlichen?« bemerkte Krach, der mit seinem eigenen Prediger auf einem guten Fuße stand, seitdem ihm dieser einen Streifen Gartenland ohne Entschädigung abgetreten hatte.

»Er ist mir noch nicht gefällig gewesen«, antwortete Bamme scharf. »Diese Päffchenträger sind maliziöse Kerle, und je glauer sie aussehen, desto mehr. Der meinige ist ein Anspielungspastor.«

»Das klingt, als ob Sie die Kirche besuchten, Bamme«, schaltete die Gräfin ein. »Ich wette, Sie haben seit zehn Jahren keine Predigt gehört.«

»Nein, gnädigste Gräfin. Aber ich habe ein Tendre für Begräbnisse. Jeder hat so seine Andacht, ich habe die meinige; und es ärgert mich, durch allerhand plumpes Zeug darin gestört zu werden. Mit dem Jüngling zu Nain oder dem bekannten weiblichen Pendant desselben fängt er an, aber ehe fünf Minuten um sind, ist er bei Babel, bei Sodom und ähnlichen schlechtrenommierten Plätzen, starrt mich an, läßt etwas Schwefel vom Himmel fallen und sagt dann mit erhobener Stimme: ›Selig sind, die reines Herzens sind, denn sie werden Gott schauen.‹ Und das alles an meine Adresse. So hat er es fünf Jahre getrieben. Aber seit letzte Ostern habe ich Ruhe.«

»Nun?« fragte die Gräfin.

»Wir hatten wieder ein Begräbnis, eine hübsche junge Dirne; es war also Jairi Töchterlein an der Reihe. Aber ihre Herrschaft währte nicht lange; schon auf halbem Wege war Pastor loci wieder bei Lot und seinen Töchtern und sah mich an, als wäre ich mit in der Höhle gewesen. Ich dachte, nun muß Rat werden. Und so lud ich ihn aufs Schloß, nicht zu einer Auseinandersetzung, sondern einfach zu Tisch. Als wir bei der zweiten Flasche waren – trinken kann er –, sagte ich: ›Und nun, Pastorchen, einen Toast von Herzen; stoßen wir an: Es lebe Lot! Ein guter Kerl. Schade mit den beiden Töchtern. Und die Mutter kaum in Salz. Apropos, wie hieß doch der Sohn der ältesten Tochter?‹ Nun denken Sie sich meinen Triumph, er wußt' es nicht. Vielleicht war er bloß verwirrt. Ich aber, mich an seiner Verlegenheit weidend, schrie ihm ins Ohr: ›Bamme‹. Wir haben seitdem schon drei Leichen gehabt, aber er verhält sich ruhig.«

Lewin und Renate, die den Bammeschen Ton mehr von Hörensagen als aus eigener Erfahrung kannten, wechselten Blicke miteinander; sie sollten indessen bald gewahr werden, daß der Übermut des alten Husaren auch vor keckeren Sprüngen nicht zurückschreckte.

Die Gräfin wandte sich an den Domherrn, der, bis dahin wenig ins Gespräch gezogen, eine leise Mißstimmung zu verraten schien, und erbat sich seinen Rat zugunsten baulicher Veränderungen, die vorerst einen dem Einsturze nahen Derfflingerschen Bankettsaal im gegenübergelegenen Flügel, dann aber ganz allgemein die Frage »Kamin oder Ofen«, ein entschiedenes Lieblingsthema des Domherrn, betrafen. Er hatte sogar darüber geschrieben. Medewitz war für Kamine, wobei er jedoch behufs Herstellung eines verbesserten Luftzuges auf Wiedereinführung der mit Unrecht verbannten portalartigen Flügeltüren dringen zu müssen glaubte. Er setzte nunmehr weitschweifig auseinander, wie nach den Ergebnissen neuerer Forschung alles Brennen auf einem starken Zustrom sauerstoffreicher Luft beruhe und wie Kamine überall nur da gediehen, wo Türen und Fenster solchen Luftstrom gestatteten. Er schloß dann mit folgendem zugespitzten Satz: »Das dichte Moosfenster ist der Tod, aber die zugige alte Portaltür ist das Leben des Kamins.«

Bamme, der, wie wir wissen, selber gern sprach und vor allem einen Haß gegen wissenschaftliche Begründungen hatte, glaubte jetzt den Zeitpunkt gekommen, die Unterhaltung wieder an sich reißen zu dürfen. »Gnädigste Gräfin«, hob er an, »scheinen geneigt, auf die Herstellung solcher Portaltüren einzugehen. Darf ich Sie warnen. Ich lege kein Gewicht darauf, daß die große, zweiflügelige Rundtür doch eigentlich nichts anderes ist als das uralte, aus dem Wirtschaftshof in den Salon transponierte Scheunentor, aber worauf ich glaube hinweisen zu müssen, das sind die sozialen, um nicht zu sagen, die sittlichen Gefahren, die von dieser Türform mehr oder minder unzertrennlich sind. Im höchsten Grade solide von Erscheinung, ehrbar, würdig und gesetzt, führen sie zu Konsequenzen, die das gerade Gegenteil von dem allen bedeuten. Ich bitte, nach dem Vorgange des Domherrn auch mir eine wissenschaftliche Auseinandersetzung gestatten zu wollen.«

Da sich kein Widerspruch erhob, fuhr er fort: »Jedes Ding hat in einem bestimmten Etwas die Wurzeln seiner Existenz. Bei dem Kamine, wie wir soeben vernommen haben, ist es der Luftzug, bei der Klapptüre meines Erachtens der Bolzen. Nun müssen Sie mir die Versicherung gestatten, daß der Bolzen ein höchst diffiziler Gegenstand ist; ein Gegenstand, der seine besondere Abwartung fordert, eine Pflichttreue ohnegleichen. Man könnte sagen: mit ihm steht und fällt die Klapptüre.«

Er machte eine Pause. Medewitz schüttelte den Kopf.

»Es ist, wie ich sage«, perorierte Bamme weiter. »Sie mögen schließen, riegeln, klinken, soviel Sie wollen, Sie mögen sich noch so sehr in der Sicherheit wiegen, ›alles fest‹, Sie werden diese Sicherheit als trügerisch erkennen, wenn die einzigen wirklichen Garanten derselben, die großen Haltebolzen, unbeachtet bleiben, wenn sträflicher Leichtsinn es versäumte, diese rettenden Anker zu guter Stunde auszuwerfen. Und dieses Versäumnis ist die Regel. In neunundneunzig Fällen von hundert hat der Diener, dessen Armlänge nicht ausreichte, darauf verzichtet, den Oberbolzen in seine Öffnung zu schieben, und in neunzehn Fällen von zwanzig ist er zu bequem gewesen, sich des Unterbolzens halber zu bücken. Er hat sich mit dem leichteren begnügt, hat sich darauf beschränkt, den Schlüssel im Schloß zu drehen, und so eine bloß scheinbare Sicherheit geschaffen, hinter der alle Mächte des Verderbens lauern. Ich habe selbst dergleichen erlebt. Darf ich davon erzählen?«

Nicht ohne Zögern antwortete ihm ein zustimmendes Kopfnicken der Gräfin.

Bamme wartete dieses Kopfnicken aber nicht ab und fuhr, immer lebhafter werdend, fort: »Nun, die Leibkarabiniers zu Rathenow gaben uns einen Ball. Der große Gasthaussaal lief durch die halbe Etage, sieben Fenster Front, an der unteren Schmalseite aber befanden sich in Gestalt einer Portaltüre zwei jener Scheuntorflügel, auf deren Wiedereinführung unser Domherr dringen zu müssen glaubt. Ein Reisender, todmüde, fährt vor, und da alle Räume besetzt sind, ist er schließlich froh, unmittelbar neben dem Saal ein Zimmer zu finden. Das Bett steht an der Tür entlang. Schlaf! so seufzt er einmal über das andere, und so gering seine Chancen sind, er will es wenigstens versuchen. Mitunter kommt der Gott, wenn man ihn ruft. Nur nicht, wenn die Leibkarabiniers tanzen. Der Unglückliche schüttelt endlich alle Müdigkeit von sich; Tanzmusik und rauschende Kleider verwirren ihm die Sinne; die Neugier, die Wurzel alles Übels, kommt über ihn, und siehe da, er richtet sich auf, um durch die nie fehlende Türritze hindurch ein stiller Zeuge des Balles zu sein. Leichtsinnig Ahnungsloser! Hingegeben süßer Betrachtung, dringt er kräftiger mit Stirn und Schultern vor; er sieht, er lauscht; die Schelmereien kichernder Paare finden in ihm einen unbemerkten Vertrauten; da, o Unheil, gebiert sich plötzlich jene Tücke, deren unter allen Türen der Welt nur die große Portaltüre fähig ist, und langsam nachgebend, aber mit einer Feierlichkeit, als handele es sich um den Einzug eines Triumphators, öffnen sich jetzt die beiden großen Flügel nach rechts und links hin, und huldigend liegt der Reisende zu unseren Füßen. Erlassen Sie mir die Einzelnheiten. Ich werde den Aufschrei hören bis an den letzten meiner Tage. Und solche Klapptüren, bloß um verbesserten Luftzuges willen, will unser Medewitz ...«

Er kam nicht weiter. Die Gräfin, persönlich nicht abgeneigt, den alten General auf seinen gewagtesten Exkursionen zu begleiten, war sich doch andererseits ihrer gesellschaftlichen Pflichten, insonderheit gegen ihre Nichte, zu voll bewußt, als daß sie noch hätte zögern mögen, den Rückzug einzuleiten. Sie erhob sich, und dem Grafen ihren Arm reichend, bat sie die sich miterhebenden Gäste, ihre Plätze behalten und sich die bevorzugte Stunde des Desserts um keine Minute verkürzen zu wollen. Renate folgte mit Krach. Am Eingange des Salons verneigten sich beide Damen gegen ihre Kavaliere, die, der dadurch angedeuteten Weisung folgend, an die Tafelrunde zurückkehrten.

6. KAPITEL

Nullum vinum nisi hungaricum

Hier waren inzwischen, neben anderem Dessert, Schalen mit Obst sowie Ungar-, Port- und alter Rheinwein aufgestellt worden. Vor Bamme stand eine langhalsige Flasche Ruster-Ausbruch in Originalverpackung. Er schenkte zunächst ein Spitzglas bis zur Hälfte voll, befragte das Bouquet, zog einen Schluck langsam ein, und allen Kennzeichen der Echtheit begegnend, setzte er das Glas mit einem Ausdruck der Zustimmung wieder vor sich nieder. Lewin, Rutze, Medewitz rückten näher, alle zu derselben Ungarfahne schwörend. »Das ist recht«, sagte Bamme und füllte die Gläser bis an den Rand, »so was wächst nur in einem Husarenlande.«

An der anderen Tischhälfte saßen jetzt Drosselstein und Krach, jener einen Gravensteiner Apfel schälend, dieser auf eigene Hand mit einer Flasche Liebfrauenmilch beschäftigt. Er gehörte zu denen, die nüchtern bleiben und sich begnügen, erst zänkisch, dann zynisch und schließlich apathisch zu werden. Übrigens stand er heute von Innehaltung seines Turnus ab.

»Daß diesen Rheinhessen so was in die Fässer läuft!« hob er an und ließ den Inhalt seines Glases im Lichte spielen. »Die schlechtesten Kerle den schönsten Wein! Von allen Blutsaugern, die anno 1806 und nun wieder in diesem Jahre durch Bingenwalde gekommen sind, sind keine so verschrien wie diese. Man kann die Kinder mit ihnen zu Bette jagen.«

»Sie haben toller gehaust als die Schweden«, erhob Medewitz von der andern Seite des Tisches her seine Stimme, »sie haben meinen Amtsverwalter über Stroh gesengt; sie taugen nichts, aber sie sind zäh und tapfer.«

»Tapfer wie alles, was auf Bergen wohnt«, schaltete Rutze bekräftigend ein. »Auch bloße Höhenzüge schon geben Charakter.«

»Hauptmann!« rief jetzt Bamme und schob den vor ihm stehenden Dessertteller zurück, »wir sind noch nicht tief genug in Wein, um Sie in Ihrem Protzhagener Schweizerbewußtsein ruhig hinnehmen zu können. Ist der Potsdamer Exerzierplatz eine Gebirgsgegend?«

Rutze machte Augen und schien antworten zu wollen; seine Geisteskräfte ließen ihn aber im Stich, so daß der Handschuh von anderer Seite her aufgenommen werden mußte.

»Über die Berechtigung des Protzhagener Schweizergefühls«, bemerkte Drosselstein, während er dem immer noch nach Worten suchenden Hauptmann freundlich zunickte, »wird sich streiten lassen; aber was mir unbestreitbar scheint, ist die besondere Tapferkeit der Gebirgsvölker. Nur die hart an der See wohnenden Stämme sind ihnen ebenbürtig. Auch vollzieht sich darin nur ein Natürliches. Der stete Kampf mit den Elementen erzeugt Kraft und Mut, und aus Kraft und Mut wird die Kriegstüchtigkeit geboren. Bedarf es der Beispiele? Die Normänner umfuhren Europa, gründeten Staaten und eroberten Byzanz, und wenn die Kuhhörner der alten Urkantone von den Bergen zu Tale klangen, so kam ein Schrecken über ganz Burgund. Vor dem Stoße der Gebirgsclane zitterte London. So war es immer, und so ist es bis diesen Tag. Als alles demütig zu Füßen des Eroberers lag, stieg der erste Widerstand von den Bergen nieder: Spanien und Tirol wagten den Kampf. Die ganze Geschichte dieses Jahrhunderts plädiert für Berg und See.«

»Ich weiß doch nicht, Herr Graf«, nahm jetzt Lewin unter verbindlicher Handbewegung gegen Drosselstein das Wort, »ob ich Ihnen zustimmen darf. Der Mensch ist und bleibt ein Sohn der Erde. Und wo er seine Mutter Erde am reinsten und unmittelbarsten hat, da gedeiht er auch am besten, weil ihm hier die Bedingungen seines Daseins am vollkommensten erfüllt werden. Und so möchte ich denn vermuten, daß der scheinbare Triumph von Berg und See auf Ausnahmefällen oder zum Teil auch auf bloßen Täuschungen beruht. Berge sind natürliche Festungen, und alle Festungen wollen belagert sein. Wer sie glaubt voreilig stürmen zu können, der scheitert, aber er scheitert mehr noch an Wall und Graben als an der Tapferkeit ihrer Verteidiger. Das Gebirge repräsentiert die Defensive, das Element der Eroberung ist in der Ebene zu Hause. Unseres Freundes Seidentopf Semnonen, die Besieger einer Welt, wo stammten sie her, wo saßen sie? *Hier*, zu beiden Seiten der Oder, vielleicht in Guse, wo wir jetzt selber sitzen.«

Bamme nickte; Lewin fuhr fort: »Kein Land wird von den Bergen aus regiert. Rom, als es Rom zu werden gedachte, stieg von der Höhe freiwillig an das Tiberufer nieder. Keine Hauptstadt liegt im Gebirge; aus großen Flachlandsterritorien wachsen die regierenden Zentren auf. Und in und mit ihnen die Feldherrn und die Helden, von Hannibal und Cäsar bis auf Gustav Adolf und Friedrich.«

»Bravo!« rief Bamme. »Vom Standpunkte meines Metiers aus könnte ich mich sogar bis zu dem Satze versteigen, daß Weltgeschichte großen Stils, wie sie sich in Hunnen- und Mongolenzügen darstellt, immer und ewig vom Sattel herab, also, rund herausgesagt, durch eine Art von urzuständlichem Husarentum gemacht worden sei, aber ich entschlage mich aller persönlich eitlen Gedanken und proklamiere lieber den Frieden! Entfalten wir unser Preußenbanner: Suum cuique! Bei Lichte besehen, gilt von Völkern und Stämmen dasselbe, was von den Menschen gilt: sie sind alle zu brauchen. Aber freilich jeder an seiner Stelle. Da liegt's. Wer in der Takelage des ›Victory‹ bei wütender See und feuernden Breitseiten die Trafalgaraffaire ausfechten will, der muß auf anderen Wassern geschwommen haben als auf dem Schwilow- oder Schermützelsee; wer aber umgekehrt bei Zorndorf durch die russischen Vierecke hindurch will, leicht und gewandt wie ein Kunstreiter durch den Papierreifen, dem hilft es nichts, und wenn er auf sämtlichen indischen Ozeanen den Haifischen die Bäuche aufgeschnitten hat. Es ist immer wieder die alte Fuchs- und Storchengeschichte; dem einen paßt der Teller, dem andern die Flasche. Ich persönlich bin vielleicht der einzige Fuchs, zu dem auch die Flasche paßt. Vor allem *solche*. Stoßen wir an. Es ist etwas Schönes um ein ausgiebiges Latein: Nullum vinum nisi hungaricum.«

7. KAPITEL

Nach Tisch

Der Kaffee wurde im Spiegelzimmer genommen. Als auch die Herren hier erschienen, um die nächste halbe Stunde wieder in Gesellschaft der Damen zu verplaudern, fanden sie die Szene anders, als sie erwarten durften. Renate, von einem leichten Unwohlsein befallen, hatte sich zurückgezogen; statt ihrer kam ihnen Berndt von Vitzewitz entgegen, der, eben von Berlin her eingetroffen, die Aufforderung seiner Schwester, der Gräfin, an dem Schlußakte des Diners teilzunehmen, lächelnd abgelehnt hatte. Er war alt genug, um das Mißliche solchen verspäteten Eintretens aus Erfahrung zu kennen.

Lewin begrüßte den Vater. Auch die anderen Gäste gaben ihrer Freude Ausdruck, am lebhaftesten Bamme, der, ohne jede Spur von Kleinlichkeit, seine Schätzung anderer nicht davon abhängig machte, wie hoch oder niedrig er seinerseits taxiert wurde. Nur auf das, was er seine »gesellschaftlichen Gaben« nannte, war er eitel. Und nach dieser Seite hin, wenn auch mit Einschränkungen, ließ ihn Berndt von Vitzewitz gelten.

Das Spiegelzimmer in seinem zurückgelegenen Teile wurde von drei rechtwinkelig zueinanderstehenden Estraden eingenommen, die, mit Blumen und Topfgewächsen dicht besetzt, einen hufeisenförmigen Separatraum bildeten, der sich in den Trumeaux der gegenübergelegenen Fensterpfeiler spiegelte. Innerhalb dieses Raumes, um einen länglichen, auf vier Säulen ruhenden Marmortisch, der fast die Form eines Altars hatte, nahmen die Gäste Platz und waren, während die kleinen Tassen präsentiert wurden, alsbald in einem Gespräch, das an Lebhaftigkeit die kaum beendigte Tischunterhaltung noch übertreffen zu wollen schien. Berndt hatte das Wort, alles war begierig, von ihm zu hören, er hatte den Minister gesprochen.

»Schlagen wir los?« fragte Bamme.

»*Wir?* Vielleicht. Oder wenn *ich* zu entscheiden habe: gewiß! Aber die Herren im hohen Rate? Nein. Am wenigsten der Minister. Er treibt Diplomatie, nicht Politik. Unfähig, feste Entschlüsse zu fassen, sucht er das Heil in Halbheiten. Er spricht von ›Negociationen‹, ein Lieblingswort, das ihm noch aus alten Zeiten her auf den Lippen sitzt. Wir haben nichts von ihm zu erwarten. Er läßt uns im Stich.«

»Ich glaubte dich anders verstanden zu haben«, bemerkte die Gräfin. »Er sei dir entgegengekommen.«

»Entgegengekommen! Ja, persönlich, und solange es sich um Worte handelte. Unter vier Augen schlägt er jede Schlacht. In der Idee sind wir einig: der Kaiser muß gestürzt, Preußen wiederhergestellt werden. Aber *wie?* Da werden die Herzen offenbar. Er will es auf dem Papier ausfechten, nicht mit der Waffe in der Hand, am grünen Tisch, nicht auf grüner Heide. Er hat keine Ahnung davon, daß nur ein rücksichtsloser Kampf uns retten kann. Rücksichtslos und ohne Besinnen. Noch haben *wir* das Spiel in der Hand; aber wie lange noch! Es fehlt ihm das Erkennen der Wichtigkeit dieser Tage. Jede Stunde, die unbenutzt vorübergeht, schreit gen Himmel und klagt ihn an als einen Schädiger und Verräter. Nicht aus bösem Willen, aber aus Schwäche.«

»Und schilderten Sie ihm die Stimmung des Landes?« fragte Drosselstein.

»Gewiß und mit einer Dringlichkeit, die jeden anderen fortgerissen hätte. Aber er! Als ich ihm unsere Gedanken eines Volksaufstandes entwickelte, als ich ihn beschwor, das Wort zu sprechen, erschrak er und suchte sein Erschrecken hinter einem Lächeln zu verbergen. ›Rüsten wir!‹ rief ich ihm zu. Das gefiel ihm. Ich hatte jetzt selber das Wort gesprochen, durch das er mich in geschickter Ausnutzung, worin er Meister ist, zu beschwichtigen hoffte. Er trat mir näher und sagte mit geheimnisvoller Miene, meine Worte wiederholend: ›Vitzewitz, wir rüsten.‹ Aber auch dieses Nichts war ihm schon wieder zuviel. ›Wir rüsten‹, fuhr er fort, ›ohne höchstwahrscheinlich dieser Rüstungen zu *bedürfen*, Napoleon ist herunter, er *muß* Frieden machen, und wir werden ohne Blutvergießen zu unserem Zwecke kommen. Englands und Rußlands sind wir sicher.‹ Ich war starr. Wir trennten uns in gutem Vernehmen, scheinbar selbst in Einverständnis, während doch jeder die Kluft empfand, die sich zwischen unseren Anschauungen aufgetan hatte. Als ich die Treppe hinabstieg, sagte ich mir: ›Also *noch* nicht belehrt! Die Zeit *noch* nicht begriffen! Napoleon *noch* nicht kennengelernt!‹«

Drosselstein, Bamme, Krach, den Unmut Berndts teilend, schüttelten den Kopf; Medewitz aber, der seiner Unbedeutendheit gern ein Loyalitätsmäntelchen umhing, glaubte jetzt den Moment zur Geltendmachung seiner ministeriellen Rechtgläubigkeit gekommen.

»Ich kann Ihre Entrüstung nicht teilen, Vitzewitz, Ihre Hitze reißt Sie fort. Die Kuriere und Stafetten, die beinahe stündlich aus allen Hauptstädten Europas eintreffen, – wissen wir, was sie bringen? Nein. Sie, wie wir alle, sehen die Dinge von einem Standpunkt mittlerer Erkenntnis aus. Der Minister aber hat jenen Überblick über die Gesamtverhältnisse, der uns fehlt. Er ist gut unterrichtet, ein Netz unserer Agenten umspannt Paris, der Kaiser ist auf Schritt und Tritt beobachtet. Wenn Seine Exzellenz ausspricht: ›Er ist herunter, er *muß* Frieden machen‹, so finde ich keine Veranlassung, dem zu widersprechen. Er ist Minister. Er *muß* es wissen, und verzeihen Sie, Vitzewitz, er weiß es auch.«

Berndt lachte. »Es ist mit dem Wissen wie mit dem Sehen. Ein jeder sieht, was er zu sehen wünscht, darin sind wir alle gleich, Minister oder nicht. Seine Exzellenz wünscht den Frieden, und so erfindet er sich einen friedensbedürftigen Kaiser. Das ›Netz seiner Agenten‹ ist ihm dabei mit entsprechenden Berichten gefällig; Kreaturen widersprechen nicht. Ein heruntergekommener Napoleon! O heilige Einfalt! Er ist rühriger denn je und keck und herausfordernd wie immer. An den österreichischen Gesandten trat er während des letzten Empfanges heran. ›Es war ein Fehler von mir, dies Preußen fortbestehen zu lassen‹, so warf er hin, und als der Angeredete, den diese Worte verwirren mochten, vor sich hinstotterte: ›Sire, ein Thron . . .‹, unterbrach er ihn mit einem ›Ah bah‹, und setzte übermütig hinzu: ›Was ist ein Thron? Ein Holzgerüst, mit Sammet beschlagen‹.«

Bamme lächelte; die Gräfin aber bemerkte ruhig: »Darin hat er nun eigentlich recht, il faut en convenir. Wir machen zuviel von solchen äußerlichen Dingen und sehen Erhabenheiten, wo sie nicht sind. Wer so viele Throne zusammengeschlagen hat, kann nicht hoch von ihnen denken; ça se désapprend. Ich liebe ihn nicht, aber in einem hat er meine Sympathien, il affronte nos préjugés. Er fährt durch unsere Vorurteile wie durch Spinneweb hindurch.«

»Das tut er«, erwiderte Berndt, »und es ist nicht seine schlimmste Seite. Aber von dir, Schwester, eine Zustimmung dazu zu hören, überrascht mich. Denn wem verdanken wir diesen Fetischdienst, in dem auch wir drinstecken, diese tägliche Versündigung gegen das erste Gebot: ›Du sollst nicht andere Götter haben neben mir‹, wem anders als deinen gefeierten Franzosen, vor allem jenem aufgesteiften Halbgott, dem auch du die Schleppe trägst: Louis quatorze.«

»Ce n'est pas ça, Berndt«, sagte die Gräfin mit einem Anfluge von Heiterkeit, dem sich abfühlen ließ, wie erfreut sie war, einen Irrtum berichtigen zu können. »Es ist das Gegenteil von dem allen. Ich hasse diese Doktrinen, et ce Louis même, ce n'est pas mon idole. Sachez bien, ich liebe die französische Nation, aber ihren grand monarque liebe ich nicht, weil er seine Nation in seinem pomphaften Gebaren verleugnet. Denn das Wesen des Französischen ist Scherz, Laune, Leichtigkeit. In diesem Ludwig aber spukt von mütterlicher Seite her etwas Schwerfällig-Habsburgisches beständig mit. Und so waren alle Bourbons. Nur *einer* unter ihnen, der keinen Tropfen deutschen Blutes in seinen Adern hatte, und dieser ist mein Liebling.«

»Le bon roi Henri«, ergänzte Berndt.

»Ja *er*«, fuhr die Gräfin fort, »der liebenswürdigste und zugleich der französischeste aller Könige, ein gallischer Kampfhahn, kein radschlagender Pfau, naiv, ritterlich, frei von Grandezza und gespreizten Manieren.«

»Freier vielleicht, als einem Könige geziemt«, scherzte Berndt weiter. »Er spielte Pferd mit dem Dauphin, als der spanische Gesandte bei ihm eintrat, und Frau von Simier, nach dem Eindruck befragt, den der König auf sie gemacht habe, konnte nur erwidern: ›J'ai vu le *roi*, mais je n'ai pas vu Sa *Majesté*.‹«

»Was du als einen Tadel nimmst oder wenigstens comme un demi-reproche, war eher als ein Lob gemeint. Jedenfalls hielt es sich die Waage. Und wie konnt' es auch anders sein?

Er ruhte sicher in sich selbst und gab sich offen in seinen Schwächen, weil er den Überschuß von Kraft fühlte, den ihm die Götter mit in die Wiege gegeben hatten, in seine Wiege, die beiläufig eine Schildkrötenschale war. Er verschwieg nichts und persiflierte sich selbst in dem heiteren Darüberstehen eines Grandseigneurs. Jeder kleinste Zug, den ich von ihm kenne, entzückt mich. Er hatte die Angewohnheit, überall Sachen mitzunehmen, und versicherte mit gascognischer Schelmerei: ›Que s'il n'avait pas été roi, il eût été pendu.‹«

Dies wurde von Krach, der sich nach Art aller Geizigen in Mein- und Deinfragen zu den rigorosesten Grundsätzen bekannte, mit so viel Indignation aufgenommen, wie die Rücksicht gegen die Erzählerin irgendwie gestattete. Er begann mit »unköniglich« und »frivol« und würde sich noch höher hinaufgeschraubt haben, wenn nicht Bamme gereizten Tones dazwischengefahren wäre: »Wer im großen gibt, mag im kleinen nehmen. Freilich erst *geben;* da liegt die Schwierigkeit.«

Krach biß sich auf die Lippen, die Gräfin aber sprach verbindlich zu ihm hinüber: »Sie verkennen mich, Präsident, ich gebe Ihnen meinen Liebling in Moralfragen preis. Es sind ganz andere Dinge, die mich an ihm entzücken. Hören Sie, was Tallemant des Réaux in seinen Memoiren von ihm erzählt. Einer der Hofleute, Graf Beauffremont, wußte von der Untreue der schönen Gabriele. Er sagte es dem Könige. Dieser aber bestritt es und wollt' es nicht glauben; er liebte sie zu sehr. Der Graf erbot sich schließlich, den Beweis zu geben, und führte den König bis an das Schlafzimmer Gabrielens. In dem Augenblick, wo sie eintreten wollten, drehte sich le roi Henri um und sagte: ›Non, je ne veux pas entrer; cela la fâcherait trop.‹«

Medewitz, der selbst Trauriges erlebt hatte, bemerkte, daß er den König nicht begreife; die Gräfin aber fuhr fort: »In dieser Anekdote haben Sie den König tout à fait. Er hielt zu dem Wahlspruch, den Franz I. in ein Fenster zu Schloß Chenonceaux einschnitt:

Souvent femme varie
Et fol est qui s'y fie.

Überhaupt erinnert er an diesen König; nur übertrifft er ihn. Unser Geschlecht, in seinen Schwächen und seinen Vorzügen, ist nie besser verstanden, nie ritterlicher behandelt worden, und die Frauen aller Länder sollten ihm Bildsäulen errichten. Freilich würde es an Neidern nicht fehlen, wie sein eigenes Frankreich einen solchen erstehen sah.«

»Einen Neider?« fragte der in der französischen Memoirenliteratur glänzend bewanderte Graf und schien durch diese Frage einen Zweifel ausdrücken zu wollen.

»C'est ça«, fuhr die Gräfin fort, »und zwar in Gestalt seines eigenen Enkels, des ›grand monarque‹. Als die Stadt Pau ihrem geliebten Henri eine Statue errichten wollte, suchte sie bei Hofe darum nach. Ludwig XIV. sagte nicht ja und nicht nein, sondern schickte statt aller Antwort sein eigenes Bildnis. Aber er hatte den Witz der guten Bürger von Pau nicht gebührend mit in Rechnung gezogen. Diese richteten das Denkmal auf und gaben ihm die Inschrift: ›Celui-ci est le petit-fils de notre bon Henri.‹«

»Und wie lief es ab?« fragte Rutze, der, nach Kinderart zwischen Anekdote und Erzählung keinen Unterschied machend an dem Hergange selbst ein größeres Interesse nahm als an der Pointe. Die Gräfin lächelte.

»Es ist eine Erzählung ohne Schluß, lieber Rutze. Der König wird schwerlich von dieser Inschrift gehört, noch weniger sie gelesen haben. Es ist immer mißlich, solche Scherze zu hinterbringen. Übrigens sorgte gerade damals der Feldzug am Rhein für Aufregungen, die das Auge des Königs nach anderer Seite hin abzogen. Es war die Erntezeit seines Ruhmes, auch seines kriegerischen. Und doch war keine Spur von einem Feldherrn in ihm. Le bon roi Henri schlug die Schlachten, le grand roi Louis ließ sie schlagen; aber Dichter und Maler sind nicht müde geworden, Olymp und Heroenwelt nach Vergleichen für ihn zu durchsuchen.«

»Ich glaube gehört zu haben«, bemerkte Berndt, »daß er eines gewissen militärischen Talentes, wie es hohe Lebensstellungen sehr oft ausbilden, nicht entbehrte.«

»Graf Tauentzien war der entgegengesetzten Meinung. Und ich darf annehmen, daß seine Meinung übereinstimmend mit dem Urteil des Prinzen war.«

»Das Urteil des Königs würde mir kompetenter sein.«

Die Gräfin schwieg pikiert, aber nach kurzer Weile fuhr sie fort: »Du weißt, Berndt, daß der König selber aussprach: ›Le prince est le seul qui n'ait jamais fait de fautes.‹ Es scheint mir darin zugestanden, daß er in der Theorie des Krieges, in allem, was Wissen und Urteil angeht, der Bedeutendere war.«

Berndt zuckte. »Wer die Praxis hat, hat auch die Theorie. Was entscheidet, sind die Blitze des Genies.«

»Aber das Genie hat mannigfache Formen der Erscheinung. Der Prinz würde bei Hochkirch nicht überrascht worden sein.«

»Und bei Leuthen nicht gesiegt haben. Du überschätzest den Prinzen.«

»Du unterschätzest ihn.«

»Nein, Schwester, ich weise ihm nur die Stelle an, die ihm zukommt: die zweite. Zu allen Zeiten ist die Neigung dagewesen, in solchen Personalfragen die Weltgeschichte zu korrigieren. Aber Gott sei Dank, es ist nie geglückt. Das Volk, allem Besserwissen der Eingeweihten, allem Spintisieren der Gelehrten zum Trotz, hält an seinen Größen fest.«

»Aber es sollte de temps à temps diese Größen richtiger erkennen.«

»Gerade hierin erweist es sich als untrüglich, wenigstens das unsere, das in seiner Nüchternheit vor Überrumpelungen gesichert ist. Es zweifelt lange und sträubt sich noch länger. Aber zuletzt weiß es, wo seine Liebe und seine Bewunderung hingehört. Ich habe dies in den letzten Jahren des Großen Königs, wenn Dienst oder Festlichkeiten mich nach Berlin riefen, mehr als einmal beobachten können.«

»Ich meinerseits habe von entgegengesetzten Stimmungen gehört, und mir sind Drohreden des ›untrüglichen Volkes‹ hinterbracht worden, die sich hier nicht wiederholen lassen.«

»Es wird auch an solchen nicht gefehlt haben. Ein gerechter König, während er sich Tausende zu Dank verpflichtet, wird von Hunderten verklagt. Aber was er den Tausenden war, das ließ sich erkennen, wenn er, von der großen Revue kommend, seiner Schwester, der alten Prinzeß Amalie, die er oft das ganze Jahr über nicht sah, seinen regelmäßigen Herbstbesuch machte.«

Rutze, der sich solcher Besuche erinnern mochte, nickte zustimmend mit dem Kopf; Berndt aber fuhr fort: »Ich seh' ihn vor mir wie heut', er trug einen dreieckigen Montierungshut, die weiße Generalsfeder war zerrissen und schmutzig, der Rock alt und bestaubt, die Weste voll Tabak, die schwarzen Sammethosen abgetragen und rot verschossen. Hinter ihm Generale und Adjutanten. So ritt er auf seinem Schimmel, dem Condé, durch das Hallesche Tor, über das Rondell, in die Wilhelmsstraße ein, die gedrückt voller Menschen stand, alle Häupter entblößt, überall das tiefste Schweigen. Er grüßte fortwährend, vom Tor bis zur Kochstraße wohl zweihundertmal. Dann bog er in den Hof des Palais ein und wurde von der alten Prinzessin an den Stufen der Vortreppe empfangen. Er begrüßte sie, bot ihr den Arm, und die großen Flügeltüren schlossen sich wieder. Alles wie eine Erscheinung. Nur die Menge stand noch entblößten Hauptes da, die Augen auf das Portal gerichtet. Und doch war nichts geschehen: keine Pracht, keine Kanonenschüsse, kein Trommeln und Pfeifen; nur ein dreiundsiebzigjähriger Mann, schlecht gekleidet, staubbedeckt, kehrte von seinem mühsamen Tagewerk zurück. Aber jeder wußte, daß dieses Tagewerk seit fünfundvierzig Jahren keinen Tag versäumt worden war, und Ehrfurcht, Bewunderung, Stolz, Vertrauen regte sich in jedes einzelnen Brust, sobald sie dieses Mannes der Pflicht und der Arbeit ansichtig wurden. Chère Amélie, auch dein Rheinsberger Prinz ist eingezogen. Hast du je Bilder wie diese vor Augen gehabt oder auch nur von ihnen gehört?«

Die Gräfin wollte antworten, aber der eintretende Jäger meldete, daß die Schlitten vorgefahren seien. So wurde das Gespräch unterbrochen. Es erfolgte nur noch eine Einladung auf Silvester, bis zu welchem Tage Baron Pehlemann hoffentlich von seinem Anfall wiederhergestellt, Dr. Faulstich aber seiner Ziebinger Umgarnung entzogen sein werde. Eine Viertelstunde später flogen die Schlitten auf verschiedenen Wegen ins Oderbruch hinein. Berndt, behufs Erledigung von Kreis- und anderen Amtsgeschäften, begleitete Drosselstein nach Hohen-Ziesar. Den weitesten Weg hatten Lewin und Renate, quer durch das Bruch hindurch. Als sie vor dem Hohen-Vietzer Herrenhause hielten, berichtete Jeetze mit einem Anflug von Vertraulichkeit, daß die »jungen Berliner Herrschaften« vor einer Stunde angekommen, aber, ermüdet von der Reise, schon zur Ruhe gegangen seien.

»Also auf morgen!« Damit trennten sich die Geschwister.

8. KAPITEL

Chez soi

Über dem Salon, aus dem die Wendeltreppe mit dem Nußbaumspalier ins obere Stock führte, befand sich das Schlafzimmer der Gräfin. Ein stiller Raum, hoch und geräumig, die Fenster nach Norden zu. Unter gewöhnlichen Verhältnissen hätte man diese Lage tadeln dürfen; hier aber, wo die Neigung vorherrschte, sich erst durch die Mittagssonne wecken zu lassen, gestaltete sich, was anderen Orts ein Fehler gewesen wäre, zu einem Vorzug. In der Mitte des Zimmers, nur mit der einen Schmalseite die Wand berührend, stand das Bett, ein großer, mit schweren Vorhängen ausgestatteter Behaglichkeitsbau und nicht eine jener sargartigen Kisten, die das Schlafen als eine Nebensache oder gar als eine Strafe erscheinen lassen. Ein zuverlässiger Mensch wacht aber nicht nur ordentlich, sondern schläft auch ordentlich, und es war eine Feinheit unserer Sprache, das richtig drapierte Großbett ohne weiteres zum Himmelbett zu erheben.

Die Gräfin, noch unter dem Einfluß des Streits, den sie mit dem Bruder gehabt hatte, und verstimmt, an einer, wie sie nicht zweifelte, siegreichen Entgegnung verhindert worden zu sein, stieg die Wendeltreppe langsam hinauf, während ihr ihre Jungfer, ein hübsches, blutjunges Ding von entschieden wendischem Typus, mit einem Ausdruck von Schelmerei und Schlauheit folgte. Es war Eva Kubalke, des alten Hohen-Vietzer Küsters jüngste Tochter und Schwester von Maline Kubalke. Beide nahmen dieselbe bevorzugte Stellung ein. Eva war Liebling und Vertraute bei Tante Amelie, Maline bei Renaten.

Es verging eine geraume Zeit, während welcher die Gräfin nicht sprach. Endlich schien sie ihrer Verstimmung Herr geworden zu sein; sie setzte sich vor einen Spiegel und begann ihre Nachttoilette zu machen. Die Kleine sah ihr beständig nach den Augen. Endlich sagte die Gräfin unter freundlichem Zunicken: »Nun, Eva?«

»Gnädigste Gräfin sind so still.«

»Ja. Aber nun sprich. Nimm den Kamm. Was gibt es?«

»O vielerlei, gnädigste Gräfin. Fräulein Renate war wieder so gut. Sie hat mir alles erzählt. Ich freue mich immer, wenn sie Kopfweh hat und aus dem Salon nach oben kommt. Da höre ich doch von Hohen-Vietz und meiner Schwester Maline.«

»Wie steht es mit dem Bräutigam? War es nicht der junge Scharwenka?«

»Ja, aber sie hat ihm abgeschrieben.«

»Ihm abgeschrieben? Dem reichen Krügerssohn?«

»Das war es eben. Es sind harte Leute, die Scharwenkas, hart und bauernstolz. Er hat ihr vorgeworfen, daß sie arm sei. Aber da war es vorbei. Sie machte sich auch nicht viel aus ihm. Sie will nun in die Stadt.«

»Wenn es nur gut tut.«

»Aber wissen denn gnädigste Gräfin, daß der Hathnower Pastor Hochzeit gehabt hat?«

»Der Hathnower?«

»Ja, gestern, am zweiten Feiertage. Es sollte was Apartes sein.«

»Und mit wem denn?«

»Mit einer Berlinerin. Und wie er dazu gekommen ist! Es ist eine ganze Geschichte.«

»Nun, so erzähle doch.«

»Er war letzten Sommer in Berlin auf Besuch bei einem Freunde, auch Prediger. Den Namen habe ich vergessen, aber ich besinne mich noch.«

»Laß ihn.«

»Nun, der Freund wohnte in einem großen Hause, zwei Treppen hoch. Ein Gewitter zog herauf, und es goß wie mit Kannen. Als es vorüber war und der Regen nur noch leise fiel, legten sich beide Freunde ins offene Fenster und sahen auf die Straße, die unter Wasser stand, so daß die Brückenbohlen umherschwammen. Aber soll ich weiter erzählen?«

»Gewiß.«

»Sie sahen also auf die Straße und die Brückenbohlen, aber auch auf ein paar große Rosenstöcke, die Regens halber umgelegt waren und gerade unter ihnen aus dem Fenster herausguckten. Die Freunde sprachen noch, und der Hathnower wollte sich eben nach den eine Treppe tiefer wohnenden Wirtsleuten erkundigen, als ein Arm herausgestreckt wurde, der dicht über den Rosenstöcken hin einen kleinen irdenen Blumentopf, in dem nur zwei, drei Blätter wuchsen, in den Regen hinaushielt. Ein paar Tropfen fielen auf die Blätter und auch auf den Arm; und dann verschwand er wieder. ›Es war wie eine Erscheinung‹, soll der Hathnower gesagt haben. Den zweiten Tag hielt er an. Es ist eine Steuerratstochter.«

»Das hätte ich dem Kleinen nicht zugetraut. Er ist sonst so schüchtern.«

»Die Leute wissen auch nicht recht, was sie daraus machen sollen. Die einen meinen, es habe ihn so gerührt, die Liebe zu den drei kleinen Blättern, und er habe gleich gesagt, ›die muß jeden glücklich machen‹; die andern aber meinen, Frau Gräfin verzeihen, der Arm habe es ihm angetan.«

»Es wird wohl der Arm gewesen sein«, bemerkte die Gräfin mit ruhiger Überzeugung.

Eva, die ein Schelm war, erwiderte, »daß es ja doch ein Prediger sei«, und fuhr dann in ihrem Abendrapporte fort: »Auf der Manschnower Mühle ist eingebrochen.«

»Beim alten Kriele?«

»Ja, gnädigste Gräfin. Sie haben ihm all sein Gespartes genommen und das Pferd aus dem Stall dazu. Sie müssen die Gelegenheit gut gekannt haben, denn das Geld lag unter dem Fußboden; aber sie brachen die Dielen auf.«

»Hat man auf wen Verdacht?«

»Die Diebe hatten alte Soldatenröcke an, halb zerrissen, so daß man nichts Bestimmtes erkennen konnte. Die Manschnower meinen, es wären Marodeurs gewesen, Franzosen, die das Mitnehmen noch immer nicht lassen könnten. Ihre Gesichter hatten sie schwarz gemacht.«

»Dann waren es keine Franzosen. Wer sein Gesicht schwärzt, der fürchtet, erkannt zu werden. Und du sagtest selbst, sie wußten Bescheid in der Mühle.«

»Aber die Soldatenröcke.«

»Das wird sich aufklären.«

Damit brach das Gespräch ab. Die Toilette war beendet, das Haar leicht zusammengesteckt, und die Gräfin bot Eva gute Nacht. Diese, bevor sie das Zimmer verließ, trat noch an einen großen Stehspiegel heran und ließ, wie man ein Fensterrouleau herunterläßt, einen grünseidenen Vorhang über den Trumeau herabrollen.

Dies geschah jeden Abend, und es ist nötig, ein Wort darüber zu sagen. Wie alle alten Schlösser, so hatte auch Schloß Guse sein Hausgespenst, und zwar eine »schwarze Frau«. Diese weißen und schwarzen Frauen gelten bei Kennern als die allerechtesten Spuke, gerade weil ihnen das fehlt, was dem Laien die Hauptsache dünkt: eine Geschichte. Sie haben nichts als ihre Existenz; sie erscheinen bloß. *Warum* sie erscheinen, darüber fehlen entweder alle Mitteilungen, oder die Mitteilungen sind widerspruchsvoll. So war es auch in Guse. Die Erzählungen gingen weit auseinander, nur das stand fest, daß das Erscheinen der schwarzen Frau jedesmal Tod oder Unglück bedeute. Die Gräfin, sonst eine beherzte Natur, lebte in einem steten Bangen vor dieser Erscheinung; was ihr aber das peinlichste war, war der Gedanke, daß sie möglicherweise einmal einem bloßen Irrtum, ihrem eignen Spiegelbilde zum Opfer fallen könne. Da sie sich immer schwarz kleidete, so hatte diese Besorgnis eine gewisse Berechtigung, und sie traf ihre Vorkehrungen darnach. Die Anlage der mehrerwähnten Wendeltreppe stand im Zusammenhange damit; sie wollte das Spiegelzimmer nicht passieren, wenn sie sich spät abends aus dem Salon in ihr Schlafzimmer zurückzog. In diesem letzteren war nun natürlich der große Trumeau ein Gegenstand ihrer besonderen Aufmerksamkeit und Besorgnis, und ein durch Eva auch nur einmal versäumtes Herablassen des Vorhanges würde schwerlich ihre Verzeihung gefunden haben.

Es war heute noch früh, kaum elf Uhr, und die Gräfin, die ohnehin die Nacht am liebsten zum Tage gemacht hätte, hatte keinen Grund, die Ruhe vorzeitig aufzusuchen. Es waren noch Briefe zu schreiben.

Sie setzte sich an einen mit Schildpatt und Boulearbeit ausgelegten Tisch, der zwischen Bett und Fenster stand, überflog einen kurzen Brief, der ihr zur Linken lag, und schrieb dann selbst:

»Mon cher Faulstich. Tout va bien! Demoiselle Alceste, wie sie mir heute in einem unorthographischen Billet (le style c'est l'homme) anzeigt, hat akzeptiert. Sie wird am 30. in Guse sein et comme j'espère den Dr. Faulstich bereits hier antreffen. Sie dürfen mich nicht im Stiche lassen.

Meinen Dank für die Vorschläge, die Sie gemacht. Ihre Begeisterung für de la Harpe, den Sie zu favorisieren scheinen, kann ich nicht teilen, weder für die ›Barmecides‹ noch für den ›Comte de Warwick‹. Die rotangestrichenen Stellen (Tome VII erfolgt zurück) lasse ich gelten.

Ich habe mich, après quelque hésitation, für Lemierre entschieden, nicht für den ›Barnevelt‹, der so viel Aufsehen gemacht hat und der reifer ist, sondern für den ›Guillaume Tell‹, justement parcequ'il n'a pas cette maturité. Er hat dafür Schwung, Feuer, Leidenschaft. Demoiselle Alceste, ohne daß ich ihr Urteil kaptiviert hätte, ist mir beigetreten. Ich leugne übrigens nicht, daß auch Rücksichten auf den Effekt meine Wahl bestimmt haben. Cléofés Paraphrasen an die Freiheit sind genau das, was man jetzt hören will, et comme Intendant en Chef du Théâtre du château de Guse, habe ich die Verpflichtung, Neues, Zeitgemäßes zu bringen und mich dem Geschmacke meines Publikums anzubequemen. S'accomoder au goût de tout le monde, c'est la demande de notre temps. Das Beste wird Demoiselle Alceste tun müssen et encore plus la surprise. Also Verschwiegenheit, auch gegen Drosselstein.

Aber eines fehlt noch, cher Docteur, et c'est pour cela que je recours à bonté. Es fehlt ein Prolog, ein Epilog, ein Chorus, ein Irgendetwas, das vorwärts oder rückwärts oder seitwärts weist, denn so könnte man den Chorus vielleicht definieren. Sie werden schon das Richtige finden. J'en suis sûre. Vielleicht täte es auch ein Lied. Aber es müßte etwas Leichtes sein, das Renate vom Blatte singen könnte.

N'oubliez pas que je vous attends le 30. Je suis avec une parfaite estime votre affectionnée A. P.«

Ein zweiter Brief war an Demoiselle Alceste gerichtet. Er

enthielt nur den Ausdruck der Freude, sie mit nächstem zu sehen. Die Gräfin siegelte beide Briefe, löschte die auf dem Schreibtische stehenden Kerzen und legte sich nieder. Nur noch die italienische Lampe brannte. Sie band, wie sie seit vielen Jahren tat, ein safranfarbenes Tuch um ihre Stirn und versuchte zu lesen, aber das Buch entfiel ihrer Hand. Die Eindrücke des Tages zogen an ihr vorüber; sie hörte die heftigen Reden Berndts, dann klangen sie ruhiger, und die großen Portaltüren, die Bamme mit so viel Eindringlichkeit geschildert hatte, öffneten sich langsam und leise. Aber in den Saal, in dem die Leibkarabiniers tanzten, trat niemand anderes als Mademoiselle Alceste, die Worte Lemierres auf den Lippen, den Sieg auf der Stirn. Alles applaudierte.

Der Traum spann sich weiter; die Gräfin schlief.

9. KAPITEL

Untreuer Liebling

Der andere Morgen sah die beiden Geschwisterpaare, Lewin und Renate und Tubal und Kathinka, beim Frühstück versammelt. Nach herzlicher Begrüßung und sich überstürzenden Fragen, die teils der Christbescherung im Ladalinskischen Hause, teils der gestrigen Reunion in Schloß Guse galten, wurden die Dispositionen für den Tag getroffen. Kathinka und Renate wollten auf der Pfarre vorsprechen, dann Marie zu einer Plauderstunde abholen, während die beiden jungen Männer einen Besuch in dem benachbarten Städtchen Kirch-Göritz verabredeten. Die Anregung dazu ging von Tubal aus, der in der »Jenaer Literaturzeitung« einen mit dem vollen Namen Dr. Faulstichs unterzeichneten Aufsatz »Arten und Unarten der Romantik« gelesen und sofort den Entschluß gefaßt hatte, bei seiner nächsten Anwesenheit in Hohen-Vietz den Doktor aufzusuchen.

Erst nach Regelung aller dieser Dinge kam das bis dahin hastig und sprungweise geführte Gespräch in einen ruhigeren Gang, und die Hohen-Vietzer Geschwister drangen jetzt in Tubal, ihnen von der durch Jürgaß improvisierten Weihnachtssitzung, besonders aber von Hansen-Grell, dieser jüngsten Akquisition der »Kastalia« zu erzählen. Auch Kathinka wollte von ihm hören.

»Ich werde schlecht vor eurer Neugier bestehen«, begann Tubal. »Es geht mein Wissen, trotzdem ich Jürgaß am ersten Feiertage gesprochen, nicht wesentlich über das hinaus, was ich in meinem langen Weihnachtsbriefe bereits geschrieben habe. Er ist unschön, von schlechtem Teint und hat wenig Grazie. Aber dieser Eindruck verliert sich, wenn er spricht. Manches an ihm erklärt sich aus seinem Namen, der als ein Abriß seiner Lebensgeschichte gelten kann. Sein Vater, ein einfacher Grell, in Gantzer gebürtig und ursprünglich Soldat, wurde, wer weiß wie, nach Dänemark verschlagen. Er heiratete daselbst, und zwar im Schleswigschen, eines wohlhabenden Handwerkers Tochter. In jenen Gegenden heißt alles Hansen; zugleich ist dort die Sitte verbreitet, den Kindern einen aus dem Familiennamen des Vaters und der Mutter gebildeten Doppelnamen mit auf den Lebensweg zu geben. So entstanden die Hansen-Grells. Einige Jahre später zog es den Vater, der inzwischen geschulmeistert, sich als Turmuhrmacher und Orgelspieler versucht hatte, wieder in sein märkisches Dorf zurück, und er schrieb an die Gutsherrschaft in Gantzer, in einem langen Briefe schildernd, wie groß sein Heimweh sei. Der alte Jürgaß, als er das las, war an seiner schwachen Stelle getroffen, und vier Wochen später trafen Grell und Frau nebst einer ganzen Kolonie von Hansen-Grells in Gantzer ein.«

»Und der alte Jürgaß schaffte Rat; dessen bin ich sicher«, warf Lewin dazwischen. »Es ist eine Familie, wie wir keine bessere haben. Ohne Lug und Trug. Sie sind mit den Zietens verschwägert und mit den Rohrs; von den einen haben sie die Hand, von den anderen das Herz.«

»Es ist, wie du sagst«, fuhr Tubal fort. »Es fand sich ein Haus, ein Amt, ein Streifen Land, und unser Hansen-Grell kam auf die Havelberger Schule. Als er aber halbwachsen war, wurde seiner Mutter Blut und Namen in ihm lebendig, und er erschien eines Tages bei den Großeltern in Schleswig. Er hatte die ganzen fünfzig Meilen zu Fuß gemacht. Es war ein gewagtes Ding, aber es schlug ihm zum Guten aus, selbst in Gantzer, wo der alte Jürgaß dem alten Grell auseinandersetzte, daß jeder Mensch, aus dem etwas geworden sei, der eine früher, der andere später, eine Desertion begangen habe. Selbst Kronprinz Friedrich. In der Großeltern Haus wuchs inzwischen unser Hansen-Grell heran und ging nach Kopenhagen; es war dasselbe Jahr, in dem die Engländer die Stadt bombardierten. Einzelne Vorgänge, die seiner Umsicht wie seinem Mut ein gleich glänzendes Zeugnis ausstellten, führten ihn als Erzieher in das Haus eines Grafen Moltke, in dem er glückliche Jahre verlebte. Seine skandinavischen Studien fallen in diese Zeit. Als aber Schill, dessen Auftreten er mit glühendem Patriotismus verfolgt hatte, von dänischen Truppen umstellt und dann in den Straßen Stralsunds zusammengehauen wurde, kam der Grell in ihm so nachdrücklich heraus, daß er, übrigens unter Fortdauer guter Beziehungen zu dem Moltkeschen Hause, seine Kopenhagener Stellung aufgab und ins Brandenburgische zurückkehrte.«

»Es überrascht mich«, bemerkte Lewin, »nie früher von ihm gehört zu haben. Wo war er all die Zeit über? Unser Jürgaß zählt sonst nicht zu den Schweigsamen.«

»Ich möchte vermuten, daß er seine Zeit zwischen literarischen Beschäftigungen in Berlin und Aushilfestellungen auf dem Lande teilte. Dann und wann war er in Gantzer. In Stechow, wenn ich recht verstanden habe, hat er gepredigt. Im übrigen wird er vor Ablauf einer Woche meine Mitteilungen vervollständigen können. Und wenn nicht er, so doch jedenfalls Jürgaß, der, während er ihn ironisch zu behandeln scheint, eine fast respektvolle Vorliebe für ihn hat. Er rühmt vor allem sein Erzählertalent, wenn es sich um skandinavische Naturbilder oder um die Schilderung persönlicher Erlebnisse handelt. Schon in dem ›Hakon Borkenbart‹, den er uns vorlas, trat dies hervor. Es war mir interessant, mit welcher Aufmerksamkeit Bninski folgte, erst dem Gedichte, dann dem Dichter, vielleicht noch mehr dem Menschen. Aber ich entsinne mich, ich schrieb schon davon.«

»Es will mir scheinen, Tubal«, nahm hier Kathinka das Wort, »daß du dem Grafen deine persönlichen Empfindungen unterschiebst. Er verlangt Schönheit, Form, Esprit, alles das, was dieser nordische Wundervogel, in dem ich schließlich eine

Eidergans vermute, nicht zu haben scheint. Bninski ist durchaus für südliches Gefieder. Er hat gar kein Verständnis für preußische Kandidaten- und Konrektoralnaturen, die nie prosaischer sind, als wo sie poetisch oder gar enthusiastisch werden.«

»Da verkennst du den Grafen doch«, erwiderte Tubal, und Lewin setzte mit einer Verbeugung gegen die schöne Cousine hinzu: »Ich muß auch widersprechen, Kathinka; Bninskis Neigungen gehen den Weg, den du beschrieben hast, aber er ist zugleich eine tiefer angelegte Natur, und es dämmert in ihm die Vorstellung, daß es gerade die Hansen-Grells sind, die wir vor den slawischen Gesellschaftsvirtuosen, vor den Männern des Salonfirlefanzes und der endlosen Liebesintrige voraushaben. Übrigens ist es Zeit, unser Thema abzubrechen. Kirch-Göritz ist eine Stunde, und die Tage sind kurz. Wir nehmen doch die Jagdflinten? Möglich, daß uns ein Hase über den Weg läuft.«

Tubal stimmte zu. Ihr Adieu für den Moment ihres Aufbruchs sich vorbehaltend, verließen beide Freunde das Zimmer, um sich für ihre Jagd- und Gesellschaftsexpedition zu rüsten.

Auch die jungen Damen standen auf, und Renate begann die Brotreste zu verkrumeln, mit denen sie jeden Morgen ihre Tauben zu füttern pflegte.

Kathinka, in einem enganschließenden polnischen Überrock von dunkelgrüner Farbe, der erst jetzt, wo sie sich erhoben hatte, die volle Schönheit ihrer Figur zeigte, war ihr dabei behilflich. Alles, was Lewin für sie empfand, war nur zu begreiflich. Ein Anflug von Koketterie, gepaart mit jener leichten Sicherheit der Bewegung, wie sie das Bewußtsein der Überlegenheit gibt, machte sie für jeden gefährlich, doppelt für den, der noch in Jugend und Unerfahrenheit stand. Sie war um einen halben Kopf größer als Renate; ihre besondere Schönheit aber, ein Erbteil von der Mutter her, bildete das kastanienbraune Haar, das sie, der jeweiligen Mode Trotz bietend, in der Regel leicht aufgenommen in einem Goldnetz trug. Ihrem Haar entsprach der Teint und beiden das Auge, das, hellblau wie es war, doch zugleich wie Feuer leuchtete.

»Sieh«, sagte Renate, während sie mit einer Schale voll Krumen auf das Fenster zuschritt, »sie melden sich schon.« Und in der Tat hatte sich draußen auf das verschneite Fensterbrett eine atlasgraue Taube niedergelassen und pickte an die Scheiben. »Das ist mein Verzug«, setzte sie hinzu und drehte die Riegel, um die Krumen hinauszustreuen. Kathinka war ihr gefolgt. In dem Augenblick, wo das Fenster sich öffnete, huschte die schöne Taube herein, setzte sich aber nicht auf Renatens, sondern auf Kathinkas Schulter und begann unter Gurren und zierlichem Sichdrehen ihren Kopf an Kathinkas Wange zu legen.

»Untreuer Liebling!« rief Renate, und in ihren Worten klang etwas wie wirkliche Verstimmung.

»Laß«, sagte Kathinka. »Das ist die Welt. Untreue überall; auch bei den Tauben.«

In diesem Momente traten die beiden Freunde wieder ein, um sich, wie angekündigt, bei den jungen Damen bis auf Spätnachmittag zu empfehlen. Sie trugen Jagdröcke, Pelzkappen, hohe Stiefel, dazu die Flinten über die Schulter gehängt. »Nehmen wir einen Hund mit?« fragte Tubal.

»Nein. Tiras lahmt, und Hektor scheucht alles auf und bringt nichts zu Schuß. Das beste Tier und der schlechteste Hund.« So brachen sie auf.

10. KAPITEL
Kirch-Göritz

Kirch-Göritz liegt an der andern Seite der Oder, südöstlich von Hohen-Vietz. Es standen zwei Wege zur Wahl, und die beiden Freunde beschlossen, auf dem Hinmarsche den einen, auf dem Rückmarsche den andern einzuschlagen. Sie passierten zuerst das Dorf, dann den Forstacker. Als sie bei Hoppenmariekens Häuschen vorüberkamen, das stumm und verschlossen dalag, standen sie neugierig still und lugten hinein. Sie sahen aber nichts. Dann schlugen sie einen Fußsteig ein, der diesseitig in halber Höhe des Oderhügels hinlief. Dann und wann flog eine Schackelster auf; nichts, was einen Schuß verlohnt hätte.

Sie sprachen von Faulstich, und Tubal skizzierte den Artikel aus der »Jenaer Literaturzeitung«, den Lewin nicht gelesen hatte. »Ich fürchte fast«, sagte dieser, »daß der Verfasser hinter dem Eindruck, den seine Arbeit auf dich machte, zurückbleiben wird. Er ist ein kluger und interessanter Mann, aber doch schließlich von ziemlich zweifelhaftem Gepräge.«

»Desto besser. Ich bin, wie du übrigens wissen könntest, unserer Tante Amelie gerade verwandt genug, um alles, was einen ›Stich‹ hat, zum Teil um dieses Stiches willen zu bevorzugen. Und Faulstich wird keine Ausnahme machen. Er ist mir schon interessant dadurch, daß er in Kirch-Göritz lebt, ein Mann, der sich an die sublimsten Fragen wagt! Welche Schicksalswelle hat ihn an diesen Strand geworfen?«

»Wir wissen wenig von ihm, und das wenige bedarf wahrscheinlich auch noch der Korrektur. Er ist ein Altmärker, wenn ich nicht irre, aus der Gardelegener Gegend, wo sein Vater Prediger war, ein strenggläubiger, was dem Sohne von Jugend auf widerstand. Nichtsdestoweniger ging er, dem Willen des Vaters nachgebend, nach Halle und begann theologische Studien. Er kam aber, durch literarische Liebhabereien abgezogen, nicht recht vorwärts. Eine Art ästhetische Feinschmeckerei war schon damals seine Sache. Er lernte den um mehrere Jahre jüngeren Ludwig Tieck kennen, spielte den Beschützer, zugleich das oberste kritische Tribunal, und diese Bekanntschaft, so kurz und oberflächlich sie war, war es doch, was ihn schließlich nach allerhand Zwischenfällen nach Kirch-Göritz führte.«

»Und diese Zwischenfälle laß mich hören.«

»Gewiß; denn sie sind charakteristisch für den Mann. Es kam endlich zum völligen Bruch zwischen Vater und Sohn, und schon erwog dieser, ob er sich nicht einer herumziehenden Schauspielergesellschaft anschließen sollte, als er sich durch in Berlin angeknüpfte Verbindungen in den Kreis der Rietz-Lichtenau gezogen sah. Dieser Kreis, wie du von deinem Papa oft gehört haben wirst, war besser als sein Ruf. Die Rietz, zu manchem anderen, das sie besaß, hatte gute Laune, scharfen Verstand und ein natürliches Gefühl für die Künste. Sie paßte für ihre Rolle. Es war eben allerlei Verwandtes zwischen ihr und Faulstich, der sich bald unentbehrlich zu machen wußte.

Er stellte Bilder, erfand Bonmots fürstlicher Personen, sorgte für Klatsch und Anekdoten und machte die Festgedichte. All dies hatte natürlich ein Ende, als die Seifenblase der Lichtenauschen Größe zerplatzte, und Faulstich, wie vier Jahre früher in Halle, sah sich zum zweiten Male den bittersten Verlegenheiten gegenüber.«

»... aus denen ihn nun Tieck, wie der besternte Fürst in der Komödie, befreite.«

»Du sagst es. Die gelockerten Beziehungen knüpften sich wieder an; Faulstich tat den ersten Schritt. Tieck seinerseits, der eben damals den ›Gestiefelten Kater‹ gebracht hatte und mit dem ›Zerbino‹ und der ›Genoveva‹ in Vorbereitung war, begriff leicht, was ihm Faulstich in den zu führenden Fehden wert sein mußte. Denn er war kein gewöhnlicher Kritiker. Voller Phantasie verstand er es, den Intentionen, selbst den Capricen der jungen Schule zu folgen. So halb aus Interesse, halb aus Gutmütigkeit empfahl ihn Tieck an die Burgsdorffs nach Ziebingen hin. Den Rest errätst du leicht.«

»Doch nicht, gib wenigstens eine Andeutung.«

»Gut. Er kam also nach Ziebingen, was im weiteren zur Bekanntschaft mit Graf Drosselstein und bald auch zur Übersiedelung nach Hohen-Ziesar führte. Ich kann mich dessen noch entsinnen. Es fiel ihm zu, in der etwas wüstgewordenen Bibliothek wieder Ordnung zu schaffen, und der Graf, soweit ihm die Parkanlagen Zeit ließen, ging ihm dabei zur Hand. Sie entdeckten alte, mit Initialen reichausgestattete Drucke, Ritterbücher aus dem Ende des 15. Jahrhunderts, die nun, im Triumphe nach Ziebingen geschafft, einen erwünschten Stoff zu neuen Dichtungen und noch mehr zu kritischen Untersuchungen boten. Etwa um 1804 wurde die zweite Lehrerstelle in Kirch-Göritz frei. Dem Familieneinfluß erwies es sich nicht schwer, das Einrücken Faulstichs in diese Stelle durchzusetzen. Auch Tante Amelie wirkte mit. Es ist eine halbe Sinekure, und die paar pflichtmäßigen Lektionen fallen gelegentlich noch aus. Die Kirch-Göritzer müssen sich eben damit trösten, daß jede Stunde, die ihrer Stadtschule verloren geht, der romantischen Schule zugute kommt.«

»Ob es ihnen leicht wird?«

»Ich zweifle. Von dem Brombeerstrauche kleinstädtischer Magistrate sind eben keine Trauben zu pflücken. Auch läßt sich nicht behaupten, daß Dr. Faulstich es ihnen leicht macht.«

»Ist er hochmütig?«

»Im Gegenteil, er hat das Verbindliche, das allen Leuten innewohnt, die ihren ethischen Bedarf aus dem ästhetischen Fonds bestreiten. Er ist entgegenkommend, immer scherzhaft, zum mindesten kein Spielverderber. Dem allerkrausesten Zeuge hört er nicht nur geduldig zu, sondern antwortet auch mit einem verbindlichen ›Ihrem Gedankengange folgend‹, unter welchem Höflichkeitsdeckmantel er dann entweder erst Klarheit in das Chaos bringt oder auch gerade das Gegenteil von dem Gesagten festzustellen weiß. Seine Klugheit und seine affablen Manieren sind es, die ihn halten, aber er gibt Anstoß durch sein Leben, seinen Wandel.«

»So war sein Sich-heimisch-Fühlen im Hause der Rietz mehr als ein Zufall?«

»Ich fürchte, daß es so ist. Er lebt mit einer kinderlosen Witwe, einer Frau von beinahe Vierzig; du wirst sie sehen. Sie beherrscht ihn natürlich, und seine gelegentlichen Bestrebungen, ihr den bescheidenen Platz anzuweisen, der ihr zukommt, scheitern jedesmal.«

»Aber warum schüttelt er sie nicht ab?«

»Dazu gebricht es ihm an Kraft. Er ist eine schwache Natur. Und in dieser schwachen Natur steckt auch das, was mehr Anstoß gibt als alles andere: sein Mangel an Gesinnung.«

»Ist denn Kirch-Göritz der Ort, solche Schäden aufzudekken?«

»Ein jeder Ort, möcht' ich meinen, ist dazu geschickt. Und Faulstich hält nicht hinterm Berge. Er bekennt sich offen zu seinem Sybaritismus, zu einer allerweichlichsten Bequemlichkeit, die von nichts so weit ab ist als von Pflichterfüllung und dem kategorischen Imperativ. Er kennt nur sich selbst. Alle Großtat interessiert ihn nur als dichterischer Stoff, am liebsten in dichterischem Kleide. Eine Arnold von Winkelried-Ballade kann ihn zu Tränen rühren, aber eine Bajonettattacke mitzumachen, würde seiner Natur ebenso unbequem wie lächerlich erscheinen.«

»Das teilt er mit vielen. Es ließe sich darüber streiten, ob das ein Makel sei.«

»Ich würde dir unter Umständen zustimmen können. Aber wenn wir im allgemeinen in der Aufstellung unserer Grundsätze strenger sind als in ihrer Betätigung, so gibt es doch auch Ausnahmen, wo wir dem Leben und seiner Praxis das nicht gestatten mögen, was uns der Theorie nach noch als statthaft erscheint. Ich weiß es nicht, aber ich gehe jede Wette ein, daß das, was in diesen Weihnachtstagen alle preußischen Herzen bewegt hat, von unserem Kirch-Göritzer Doktor entweder einfach als eine Störung empfunden oder aber gar nicht beachtet worden ist. Meine Shakespeareausgabe gegen ein Uhlenhorstsches Traktätchen, daß er vom 29. Bulletin auch nicht eine Zeile gelesen hat. Eine Einladung nach Guse oder Ziebingen erscheint ihm wichtiger als eine Monarchenzusammenkunft oder ein Friedensschluß. Er ist in nichts zu Hause als in seinen Büchern; Volk, Vaterland, Sitte, Glauben – er umfaßt sie mit seinem Verstande, aber sie sind ihm Begriffs-, nicht Herzenssache. Heute als Kustos an die Pariser Bibliothek berufen, würde er morgen bereit sein, den Kaiser zu apotheosieren. Und das empfinden die kleinen Leute, unter denen er lebt. Es wird jetzt ein Landsturm geplant; über kurz oder lang werden auch die Kirch-Göritzer ausrücken. Dr. Faulstich aber? Er wird ihnen nachsehen, lachen und zu Hause bleiben.«

Während dieses Gespräches hatten die beiden Freunde den Punkt erreicht, wo der am diesseitigen Abhang sich hinziehende Weg scharf ansteigend nach links hin abzweigte. Sie folgten dieser Abzweigung und standen nach wenigen Minuten auf dem Rücken des Hügels, den Fluß zu Füßen, jenseits desselben das neumärkische Flachland. Alles in Schnee begraben, die vereinzelten Terrainwellen in der weißen Fläche verschwindend. Auch das Oderbett hätte sich kaum erkennen lassen, wenn nicht inmitten desselben eine durch den Schnee hin abgesteckte Kiefernallee die Fahrstraße von Frankfurt bis Küstrin und dadurch zugleich den Lauf des Flusses bezeichnet hätte. Rechtwinklig auf diese Fahrstraße stießen Queralleen, welche die Kommunikation zwischen den Ufern unterhielten und in ihrer

Verlängerung, hüben wie drüben, auf spärlich verstreute Ortschaften zuführten.

Die Freunde freuten sich des Bildes, das trotz seiner Monotonie nicht ohne Reiz und einen gewissen Anflug von Feierlichem war.

»Wozu gehört der Kirchturm dort drüben, mit den großen Schallöchern und der goldenen Kugel?« fragte Tubal.

»Zu Dorf Ötscher.«

»Ötscher! Ich habe nie den Namen gehört.«

»Und doch spielt er in unserer Geschichte mit. Zwei Meilen weiter südlich liegt Kunersdorf, wo Kleist fiel und der König in die historischen, besser als alles andere den Moment schildernden Worte ausbrach: ›Will denn keine verdammte Kugel mich treffen?‹ Hierher, auf Ötscher zu, zogen sich an jenem furchtbaren Augusttage die zu Kompanien zusammengeschmolzenen Regimenter, Schiffbrücken wurden geschlagen, und angesichts der Stelle, wo wir jetzt stehen, gingen die Trümmer über den Strom. Das hier zur Rechten ist Reitwein. Ein Finkensteinsches Gut. Dort übernachtete der König.«

»Es ist ein Glück, dich hier als Führer zu haben. Ich hätte dieser Öde jeden historischen Moment abgesprochen.«

»Sehr mit Unrecht. Es liegen hier Schätze auf Schritt und Tritt. Da ist Kriegsrat Wohlbrück drüben in Frankfurt, der seit Jahren die Materialien zu einer Historie des Landes Lebus sammelt und auch in Hohen-Vietz war, um unser Gutsarchiv zu durchforschen. Den hab' ich mehr als einmal sagen hören: ›Es fehlt uns nicht an Geschehenem, kaum an Geschichte, aber es fehlt uns der Sinn für beides.‹ Sieh hier drüben den verschneiten Häuserkomplex hinter den zwei schiefstehenden Weiden, das ist unser Ziel: Kirch-Göritz dans toute sa gloire. Es wirkt in diesem Augenblick wie eine Biberkolonie, und doch war es ein Bischofssommersitz, der im 14. Jahrhundert eine berühmte Wallfahrtskirche und im 16. Jahrhundert ein noch berühmteres Marienbild hatte. Aber laß uns jetzt hinabsteigen; der Habicht, der dort fliegt, ist außer unserm Bereich. Ich erzähle dir, so du noch hören willst, von dem Neste vor uns. Ohnehin spielen deine Landsleute vom Bug und der Weichsel her eine Rolle in der Geschichte der Stadt.«

»Da bin ich neugierig«, erwiderte Tubal, »obschon ich fürchten muß, wenig Schmeichelhaftes zu hören.«

»Die Geschichte schmeichelt selten«, fuhr Lewin fort, während sie den Weitermarsch antraten.

»Eines Tages, ich gehe gleich in medias res, waren also die Polen im Lande, sengten, plünderten, mordeten und brachen auch in ein Frauenkloster ein, das hierherum in unmittelbarer Nähe von Kirch-Göritz stand. Eine der Nonnen, hart bedrängt, suchte sich des Anführers zu erwehren und beschwor ihn, von ihr abzulassen; sie wollte ihn zum Dank dafür einen festmachenden Spruch lehren, dessen Kraft er gleich an ihr selbst erproben möge. Dabei kniete sie nieder. Er war auch bereit und hieb zu, während sie die Worte sprach: ›In manus tuas, Domine, commendo spiritum meum.‹ Er aber entsetzte sich, als der Kopf vom Rumpfe flog.«

Eine kurze Pause folgte; dann sagte Tubal: »Aber du sprachst von noch anderen Vorkommnissen; laß mich hoffen, daß sie polnischer Zutat entbehren.«

»Es ist so. Was noch übrigbleibt, mag als ein neumärkisches Lokalereignis gelten; doch ebendeshalb ist es um so niederdrückender. Die Kirch-Göritzer hatten ein wundertätiges Marienbild, und dieses Bild schien allen Wechsel der Zeiten überdauern zu sollen. Auf allen Nachbarkanzeln wurde bereits die neue Lehre gepredigt, aber die Pilgerfahrten zur Heiligen Jungfrau, deren Mirakel in der eigenen Bedrängnis mit jedem Tage stiegen, hatten ihren Fortgang. Das reizte den Küstriner Markgrafen, einen scharfen Protestanten, und er gab dem Landeshauptmann im Lande Sternberg, Hansen von Minkwitz, Befehl, dem Unfug ein Ende zu machen. Minkwitz nahm zehn oder zwölf bewaffnete Bürger aus der Stadt Drossen, die zu seinem Amtsbezirke gehörte, und rückte mit ihnen auf Kirch-Göritz zu. Er gedachte das wundertätige Bildnis einfach wegzuführen. Aber es kam anders, als er wollte und sollte. Unterwegs schlossen sich nämlich in allen Dörfern, die er zu passieren hatte, Bauern und loses Gesindel seinem Zuge an, Leute, die noch vor wenig Wochen zu der allerheiligsten Jungfrau gebetet und ihre Pfennige zu den Füßen derselben niedergelegt hatten. Und so brachen denn infolge dieses Zuwachses die

Minkwitzschen nicht mehr als ein geordneter Trupp, sondern als ein wilder, regelloser Haufen in Kirch-Göritz ein. Das Muttergottesbild sah sich von seinem Standort gestürzt und in unzählige Stücke zerschlagen; alles andere: Chorstühle, Schnitzereien, Trauerfahnen, wurden zerrissen oder verbrannt. In die goldgestickten Meßgewänder aber, die diesem Schicksal entgingen, kleidete sich schließlich das Gesindel und zog in wüstem Mummenschanz in seine Dörfer heim. Der ganze Hergang ein zum Himmel schreiendes Beispiel, wie wenig in den sogenannten Glaubenszeiten der Glaube und wieviel die Roheit bedeutet. Nur daß sich jener in diese kleidet, gilt als ein Beweis seiner Kraft.«

»Ich möchte dir widersprechen«, warf Tubal ein.

»Es sei darum, aber nicht jetzt. Dies hier vor uns sind die ersten Häuser von Kirch-Göritz. Und wir können nicht mit Pro und Contras auf den Lippen bei Dr. Faulstich eintreten.«

11. KAPITEL

Doktor Faulstich

Kirch-Göritz bestand aus wenig mehr als einer einzigen Straße, die sich in ihrer Mitte zu einem schmalen, ein unregelmäßiges Dreieck bildenden Platz mit nur zwei Eckhäusern erweiterte.

In einem dieser Eckhäuser wohnte Dr. Faulstich. Es war zweistöckig, mit hohem Dach, und gehörte der verwitweten Seilermeister Griepe, die den oberen Stock an den städtischen Rentamtmann, das nach dem Platze zu gelegene Frontzimmer des Erdgeschosses aber an unsern Doktor vermietet hatte. Eine dahintergelegene große Stube mit Kochgelegenheit bewohnte sie selbst. Was sonst noch an Raum da war, wurde durch einen tiefen, gewölbten Torweg eingenommen, in dem die harkenartigen Ständer aus der ehemaligen Reeperbahn des seligen Meisters umherstanden.

Tubal und Lewin traten in den Torweg ein und klopften an der ersten Türe links. Eine etwas hohe, aber im übrigen wohlklingende Stimme rief »Herein«, und im nächsten Augenblicke sahen sich unsre Freunde durch Dr. Faulstich begrüßt.

Dieser entsprach auch in seiner äußern Erscheinung dem Charakterbilde, das Lewin von ihm entworfen hatte. Trotz allem auf den ersten Blick Gewinnenden fehlte doch mancherlei, und wenn das leichtgekräuselte Haar und mehr noch die weiten Beinkleider aus großkariertem Stoff ihn momentan als einen Mann erscheinen ließen, der sich daran gewöhnt hatte, mit seinen Ansprüchen nicht allzu weit hinter denen seines Umgangs zurückzubleiben, so kennzeichneten ihn daneben Chemise und Halstuch und ein hervorguckender Rockhängsel als einen Gelehrten von herkömmlicher Parure, der gegen Sauberkeit au fond gleichgiltig und für seine Scheineleganz zu größerem Teile dem Drosselsteinschen Schneider verpflichtet war.

Er schien aufrichtig erfreut, die beiden jungen Männer zu sehen, und über die Lobsprüche leicht hinweggehend, die Tubal seiner kritischen Arbeit spendete, schob er mit einem scherzhaften: »Sie sehen, meine Herren, die Ehrenplätze des Sofas sind okkupiert«, zwei Binsenstühle an den Tisch. Tubal und Lewin nahmen Platz, während der Doktor, über den eine gewisse Wirtlichkeitsunruhe gekommen war, an die Hinterwand des Zimmers eilte und, mit dem Zeigefingerknöchel dreimal anklopfend, zugleich aufmerksam hinhorchte, ob drinnen auch geantwortet würde. Diese Antwort schien nicht auszubleiben, denn er kehrte, befriedigten Gesichts, zu seinen Gästen zurück, ihnen mit einem Anfluge von Ironie mitteilend, daß er vor kaum einer Stunde einen Brief »aus dem Kabinett der Frau Gräfin Tante« erhalten habe. Inhalt: Silvestergeheimnis.

Es würde nun dies Geheimnis das Schicksal aller ähnlichen gehabt haben, nämlich das, sofort ausgeplaudert zu werden, wenn nicht das Erscheinen der Witwe Griepe das eben anhebende Gespräch unterbrochen hätte.

Sie blieb in der Türe stehen, und mit einem Ausdruck äußerster Respektlosigkeit, der ihr im übrigen immer noch hübsches Gesicht geradezu verzerrte, auf den ängstlich dasitzenden Doktor blickend, faßte sie alles, was sie zu sagen hatte, in ein halb wie Frage und halb wie Drohung klingendes »Na?« zusammen.

»Ich möchte Sie bitten, Frau Griepe, uns etwas Obst zu bringen, Hasenköpfe, Reinetten. Auch Brot und Butter.«

»Gleich?«

»Ich bitte darum. Die Herren kommen von Hohen-Vietz.«

Diese halbe Vorstellung blieb nicht ohne Wirkung, um so weniger, als Tubal, der es in solchen Dingen nicht genau nahm, sich leise gegen Frau Griepe verbeugte. Eine solche Huldigung gefiel ihr, noch mehr der, von dem sie ausging. Sie musterte Tubal mit jenem Blicke suchenden Einverständnisses, in dem, je nachdem, der Reiz und die Widerwärtigkeit Frau Griepes lag, und verschwand dann wieder, ohne die Bitte Faulstichs mit einem »Ja« oder »Nein« beantwortet zu haben.

Lewin hatte sich inzwischen in dem Zimmer des Doktors umgesehen, das, trotzdem es geräumig war, nirgends Platz und Bequemlichkeit bot. Eine durchweg vorherrschende Unordnung sorgte noch mehr dafür als Anhäufung von Sachen. Auf dem runden Tische nicht bloß, auch auf den umherstehenden Stühlen lagen Schulhefte, Bücher, samt ganzen Haufen durcheinandergeschobener belletristischer Blätter; am buntesten aber sah es auf dem mit einem häßlichen blaugelben Wollenstoff überzogenen Schlafsofa aus, in betreff dessen Faulstich selbst mit nur allzu großem Rechte bemerkt hatte, »daß die Ehrenplätze bereits okkupiert seien«. Nur von der einen Ecke zu sprechen, die sich unmittelbar neben dem Arbeitsschemel des Doktors befand, so stand hier ein rasch beiseitegesetztes Kaffeegeschirr, auf dessen porzellanener Zuckerdose ein eleganter Einband lag. Ein Teelöffel als Lesezeichen. Erfreulicher als dieser Anblick wirkte die kleine Porträtgalerie, die sich in zwei Reihen über der Sofalehne hinzog. Es waren Silhouetten, Kalenderbilder, auch in Gips- oder Wachsmasse ausgeführte Medaillons, die Lewin in ihrer Gesamtheit leicht als einen Parnaß unsrer romantischen Dichter erkannte; die Köpfe der beiden Schlegel, auch Tiecks und Wackenroders traten ihm in ihren charakteristischen Profilen entgegen.

Er begann eben Fragen an einzelne dieser Bildnisse zu knüpfen und hörte mit Interesse, wie schwer es dem Doktor geworden sei, diese Sammlung in einiger Vollständigkeit herzustellen, als ein Klappern draußen an der Tür die Rückkehr der Frau Griepe verkündete. Sie trat ein, setzte den erbetenen Imbiß, indem sie einen Haufen Blätter mit wenig verhehlter Geringschätzung beiseiteschob, auf den Tisch, ließ dem »Na!« und »Gleich?« ihrer ersten Unterhaltung jetzt ein ebenso kurzes »So« folgen und entfernte sich dann wieder mit jenem überheblichen Gesichtsausdruck, den gewöhnliche Frauen ihrem Opfer nie schenken, wenn sie aus diesem oder jenem Grunde ihre Herrscherrolle momentan mit der Rolle einer Dienerin vertauschen müssen.

Faulstich atmete auf, er begann ungezwungener zu werden und bat, das durch Frau Griepe Gebotene nunmehr seinerseits auf eine höhere Stufe heben zu dürfen. »Ich bin nicht immer so gut assortiert wie heute«, damit trat er an einen Wandschrank heran, der, einem scheuen Blicke nach, womit Lewin darüber hinstreifte, ein Chaos zu enthalten schien, und kam mit einem ganzen Arm voll Sachen, die sich unschwer als Ziebinger Weihnachtsreste erkennen ließen, an den Tisch zurück. Es waren Gewürzkuchen, Marzipan und eine langhalsige Flasche Maraschino in Originalverpackung. Auch ein paar Spitzgläser brachte er herbei. Aber die Flasche Maraschino war noch nicht geöffnet. Er nahm also ein kleines Karlsbader Messer, an dem sich ein Duodezkorkenzieher befand, und begann zu ziehen. Was sich voraussehen ließ, geschah; der Korkzieher brach ab. Was tun? Er warf das Messerchen beiseite, besann sich einen Augenblick und sagte in ziemlich bedrückt klingendem Scherz: »Ich habe nicht den Mut, die Sanftmut Frau Griepens auf eine letzte Probe zu stellen; wir müssen es anderweitig versuchen.« Und damit setzte er zwei Gabeln ein und zog den Kork.

Er nahm nun selber Platz, füllte die Spitzgläschen und stieß an auf das Haus Hohen-Vietz. Lewin dankte, Tubal aber ließ »die Arten und Unarten der romantischen Schule« leben. Faulstich war nicht unempfindlich gegen solche Huldigungen und lächelte, während Tubal fortfuhr: »Ich möchte Sie, geehrtester Herr Doktor, nicht gern in ein Gespräch über Dinge verwikkeln, die Sie abgetan haben; Roma locuta est; aber eine Bemerkung müssen Sie meiner Neugier zugute halten: Haben Sie nicht Novalis auf Kosten Tiecks überschätzt?«

»Ich glaube kaum«, erwiderte Faulstich, der klug genug war, in solchen Fragen eher ein Lob als einen Tadel zu erblikken; »ich zweifle, daß er überhaupt überschätzt werden kann. Die ganze Schule vereinigt sich in dieser Anschauung.«

»Auch Tieck? Empfindet er nicht solche Neudekretierung als eine Thronentsetzung?«

»Keineswegs, denn diese Neudekretierung geht von ihm selber aus. Er ist Kritiker genug, um in Novalis die Spitze, die Vollendung der Schule zu erkennen, und er ist ehrlich genug, das, was er erkannt hat, auch auszusprechen. Selbst auf die Gefahr hin einer Einbuße eigenen Ruhms.«

»Es überrascht mich doch, einer so besonderen Wertschätzung des zu früh Verstorbenen zu begegnen.«

»Es bedarf einer besonderen Organisation und kaum minder einer allereingehendsten Beschäftigung mit ihm, um diesem Lieblinge der Schule, wie ich ihn nennen darf, folgen zu können. Es gilt dies gleichmäßig von seiner Prosa wie von seinen Versen. Aus dem Eindruck, den ich von Ihnen gewonnen habe, möchte ich schließen, daß Sie von Natur darauf angelegt sind, in die kleine Novalisgemeinde einzutreten. Und das ist die Hauptsache. Ob andererseits Ihre Beschäftigung mit dem Dichter Ihrer natürlichen Beanlagung für ihn entspricht, ist mir nach mehr als einmal gemachter Erfahrung zweifelhaft. Ich weiß, wie selbst die zurückschrecken, die sich zu ihm bekennen.«

»Ich kann keinen Grund haben«, erwiderte Tubal in guter Laune, »mit dem Bekenntnis einer Oberflächlichkeit zurückzuhalten, die hier wie überall eine meiner Tugenden ist. Ich kenne seinen Roman und zwei, drei Lieder: ›Kreuzgesang‹, ›Bergmannslied‹ und ähnliches.«

»Das alles zählt zu seinen besten Sachen, aber das Beste ist nicht immer das Eigentlichste. Als ich Sie die Straße heraufkommen sah, las ich eben in seinen ›Hymnen der Nacht‹. In diesen Hymnen haben Sie den eigentlichen Novalis.«

Bei diesen Worten nahm der Doktor das elegant gebundene Buch, legte das sonderbare Lesezeichen ohne jeglichen Anflug von Verlegenheit beiseite und sagte dann, in dem Buche blätternd: »Ich widerstehe nicht der Versuchung, Sie mit einigem, was ich eben las, bekanntzumachen.«

Die beiden Freunde stimmten zu.

»Wir gelten ohnehin als Fanatiker«, fuhr Dr. Faulstich fort, »und wo Fanatismus ist, da ist auch Proselytenmacherei. Übrigens werde ich Ihre Geduld nicht ungebührlich in Anspruch nehmen. Es sind nur wenige Zeilen, eine Verherrlichung des Griechentums.« Faulstich las nun die betreffende Stelle und sagte dann, als er das Buch wieder aus der Hand legte: »Ist die griechische Welt je tiefer und treffender geschildert worden? Und doch ist diese Schilderung nur der Übergang zu der des Christentums. Hören Sie selbst. Jede Zeile berührt mich wie Musik.«

Und er las weiter: »Im Volke, das vor allem verachtet und der seligen Unschuld der Jugend trotzig fremd geworden war, erschien mit nie gesehenem Angesicht die neue Welt: in der Armut dichterischer Hütte der Sohn der Ersten Jungfrau und Mutter. Einsam entfaltete sich das himmlische Herz zu einem Blütenkelch allmächtiger Liebe, und mit vergötternder Inbrunst schaute das weissagende Auge des blühenden Kindes auf die Tage der Zukunft, unbekümmert über seiner Tage irdisches Schicksal.«

Der Doktor schwieg. Die beiden Freunde waren aufmerksam gefolgt. »Sonderbar«, bemerkte Lewin, »es berührt mich fast, als ob diese Schilderung, innig, wie sie ist, hinter der Verherrlichung des Griechentums zurückbliebe. Sollte die Sehnsucht nach der Schönheit doch mächtiger in ihm gewesen sein als die christliche Legende samt dem Glauben an sie?«

Tubal schüttelte den Kopf. »Ich empfand Ähnliches wie du, ohne dieselben Schlüsse daraus zu ziehen. Die Kraft des poetischen Ausdrucks ist kein Gradmesser für unsere Überzeugungen, kaum für unsere Neigungen. Ich liebe den Frieden de tout mon coeur, aber ich würde den Krieg um vieles leichter und besser verherrlichen können. Alles Farbige hat den Vorzug, und selbst schwarz ist besser als weiß. Nimm unsere frömmsten Dichter; wo Gott und der Teufel geschildert werden, kommt jener zu kurz.«

Dr. Faulstich, der, während Tubal sprach, in dem Novalisbande, als ob er eine bestimmte Stelle suche, weitergeblättert hatte, nickte zustimmend und bemerkte dann zu Lewin: »An einer allerintimsten Stellung unseres Dichters zum Christentum ist gar nicht zu zweifeln; käme dieser Zweifel aber auf, so wär' es mit seiner Suprematie vorbei. Denn es ist nicht das Maß seines Talents, sondern das Maß seines Glaubens, was ihn über die Mitstrebenden erhebt. Es gibt auch eine Romantik des Klassischen, aber die wirkliche Wiege und Wurzel alles Romantischen ist eben die Krippe und das Kreuz. In allem Schönsten, was die Schule geschaffen hat, klingt laut oder leise dieser Ton, und die Sehnsucht nach dem Kreuz ist ihr Kriterium. In keinem ist diese Sehnsucht lebendiger als in Novalis; er hat sich in ihr verzehrt. Sie nannten schon den ›Kreuzgesang‹; aber schöner, tiefer sind die Strophen, mit denen er die Reihe seiner ›Geistlichen Lieder‹ einleitet. Ich lese Ihnen wenige Zeilen, weil ich der Wirkung derselben sicher bin:

›Wenn alle untreu werden,
So bleib' ich dir doch treu,
Daß Dankbarkeit auf Erden
Nicht ausgestorben sei.
Für mich umfing dich Leiden,
Vergingst für mich in Schmerz,
Drum geb' ich dir mit Freuden
Auf ewig dieses Herz.

Oft muß ich bitter weinen,
Daß du gestorben bist
Und mancher von den Deinen
Dich lebenslang vergißt.
Von Liebe nur durchdrungen,
Hast du so viel getan,
Und doch bist du verklungen,
Und keiner denkt daran.‹«

Der Doktor, der mit von Zeile zu Zeile bewegter werdender Stimme gelesen hatte, legte das Buch aus der Hand; dann fuhr er fort: »Seit dem Paul Gerhardtschen ›O Haupt voll Blut und Wunden‹ ist nichts Ähnliches in deutscher Sprache gedichtet worden. Und das in diesen Zeiten des Abfalls!«

Tubal war bewegter als Lewin; er stand, wie alle sinnlichen Naturen, unter dem Einfluß schwärmerischen, sich anschmiegenden Wohllauts. So schritt er, während Lewin das Novalisgespräch mit dem Doktor fortsetzte, auf das Fenster zu und sah hinaus. Schulknaben und Mädchen in Pelzmützen und roten Kopftüchern kamen die Straßen herauf und jagten und schneeballten sich, während Hunderte von körnerpickenden Sperlingen hin und her hüpften, aber nicht aufflogen. Alles atmete Frieden, und Tubal, der im Anblick dieses Bildes das in einer stillen Sehnsucht wurzelnde Glück, wie es die Vorlesung der Strophen in ihm angeregt hatte, wachsen fühlte, trat jetzt vom Fenster her wieder an den Tisch und sagte, dem Doktor die Hand reichend: »Wie beneide ich Ihnen diese Kirch-Göritzer Tage! Statt des Geschwätzes der Menschen Schönheit und Tiefe, und dabei die Muße, sich beider zu freuen.«

Lewin schwieg. Er kannte zuviel von der Wirklichkeit der Dinge, um zuzustimmen; der Doktor aber antwortete: »Sie haben aus dem Becher nur gekostet; wer ihn leeren muß, der schmeckt auch die Hefen. Und immer höher steigt dieser Bodensatz. Die Bücher sind nicht das Leben, und Dichtung und Muße, wieviel glückliche Stunden sie schaffen mögen, sie schaffen nicht das Glück. Das Glück ist der Frieden, und der Frieden ist nur da, wo Gleichklang ist. In dieser meiner Einsamkeit aber, deren friedlicher Schein Sie bestrickt, ist alles Widerspruch und Gegensatz. Was Ihnen Freiheit dünkt, ist Abhängigkeit; wohin ich blicke, Disharmonie: gesucht und nur geduldet, ein Klippschullehrer und ein Champion der Romantik, Frau Griepe und Novalis.«

Er war aufgesprungen und durchschritt das Zimmer. »Beneiden Sie mich nicht«, fuhr er fort, »und vor allem hüten Sie sich vor jener Lüge des Daseins, die überall da, wo unser Leben mit unserem Glauben in Widerspruch steht, stumm und laut zum Himmel schreit. Denn auch unsere Überzeugungen, was sind sie anders als unser Glauben! Die Wahrheit ist das Höchste, und am wahrsten ist es: ›Selig sind, die reinen Herzens sind‹.«

In diesem Augenblick erschien Frau Griepe, die sich mittlerweile geputzt hatte, wieder in der Tür, vorgeblich, um anzufragen, ob sie abräumen solle, in Wahrheit aus Neugier und um sich zu zeigen. Ein Blick innerlichsten Grolls schoß aus dem Auge des Doktors, aber sofort seine Kette fühlend, verzog er den Mund zu einem freundlichen Lächeln. »Wir wollen es lassen, Frau Griepe, später.« Damit zog sich die Frau wieder zurück.

Die Freunde hatten sich erhoben; der Nachmittag, der längst angebrochen war, mahnte zum Aufbruch. Tubal reichte dem Doktor die Hand. »Ich habe nichts überhört; Ihre Worte haben mich mehr getroffen, als Sie wissen können.« Der Doktor lächelte: »Novalis ist tief, aber das Evangelienwort, das ich eben gesprochen, ist tiefer. Ihnen, lieber Lewin, hat es die Mutter Natur ins Herz geschrieben. Und das ist die Gewähr Ihres Glücks.«

»Berufen wir es nicht.«

Damit trennte man sich. Frau Griepe stand in der Haustür, um noch einen Gruß zu erhaschen, und sah beiden Freunden nach und lachte.

12. KAPITEL

Helpt mi!

Es schlug vier Uhr, als Lewin und Tubal den Ausgang des Städtchens erreicht hatten. Wenige Minuten später standen sie am Fluß, und Tubal, der um einige Schritte voraus war, schickte sich bereits an, das steile Ufer hinabzusteigen, als ihm Lewin zurief:

»Laß uns diesseits bleiben; wir haben hier die große Straße; erst zwischen Neu-Manschnow und dem Entenfang bei der Hohen-Vietzer Kirche gehen wir über.«

Tubal war es zufrieden. Sie schritten also eine kleine Strecke zurück, bis sie wieder inmitten einer breiten Pappelallee standen, die sie schon fünf Minuten vorher passiert hatten, und nahmen nun ihre Richtung erst auf die Rathstocker Fähre, dann auf das Neu-Manschnower Vorwerk zu. Dieses Vorwerk war halber Weg. Die Straße stieg ein wenig an. Als sie den höchsten Punkt erreicht hatten, wurden sie des Hohen-Vietzer Kirchturms ansichtig, der auf dem jenseitigen Höhenzuge wie ein Schattenriß im Abendrote stand.

»In einer Viertelstunde ist es dunkel«, sagte Lewin, »aber wir können nicht fehlen; jetzt haben wir die Straße, nachher den Turm.«

Tubal nickte zustimmend; aber ihn gesprächig zu machen, wollte nicht gelingen. Die Worte des Doktors von dem »Widerspruch des Daseins« klangen ihm noch im Ohr. Er war dadurch in seinem eigenen Tun getroffen worden, mehr noch in dem seines Hauses, und es lag ihm jetzt daran, die kaum angeknüpfte Bekanntschaft fortzusetzen. Denn so verhaßt ihm alles Predigerhafte war, so tief ergriffen ihn Sätze, die reicher Erfahrung und einer lebhaften Empfindung entstammten.

In Schweigen schritten die beiden Freunde nebeneinander her. Als sie die Rathstocker Fähre zur Linken hatten, war es Abend geworden. Einzelne Sterne blinkten matt; in nördlicher Richtung begann ein Flimmern.

»Ich glaube, der Mond geht auf«, bemerkte Lewin und wies auf eine helle Stelle am Horizont.

»So früh?« fragte Tubal gleichgültig und sah sich weiterer Antwort überhoben, als ein Fuhrwerk herankam, dessen eiserne Kummetkette an der Deichsel klapperte. Lewin kannte das Gespann. Es war der Manschnower Müller.

»Guten Abend, Kriele. Noch so spät bei Weg?«

»Man möt wull, Jungeherr. Se weten doch, wat mi passiert is?«

»Ja, Kriele. Aber wie konnten Sie nur das Geld unter die Diele legen?«

»Ja, wo sull man mit hen, Jungeherr? De een' Stell is so schlecht as de anner. Ick will nu nach Frankfurt. Morgen is Verhür.«

»Haben sie denn die Diebe schon?«

»Se hebben Paschken und Pappritzen, de immer mit dabi sinn. Awers Justizrat Turgany hett mi seggen laten: Pappritz is et nich. Un mit Paschken wihr et ooch man soso.«

»Nun, der Justizrat versteht es. Grüßen Sie ihn von mir.«

»Dat will ick utrichten, Jungeherr.«

Dabei zogen die Pferde wieder an; eine Weile noch hörte man das »Hü!« des Müllers und dazwischen das Klappern der Kette. Dann war alles still.

Die Begegnung, unbedeutend, wie sie war, hatte wenigstens die Zungen gelöst. Tubal fragte, Lewin antwortete, und ehe noch die Familiengeschichte des Manschnower Müllers auserzählt war, hielten die beiden Freunde dem Hohen-Vietzer Kirchturm gegenüber. Sie bogen aus der Pappelallee links ein, folgten dem Laufe eines kleinen Grabens, der sich quer durch den Acker hinzog, und standen alsbald an einem verschneiten, wohl zwanzig Fuß hohen Abhang, von dem aus nicht Weg, nicht Steg zum Fluß hinunterführte. Zum Gehen war es zu steil, zum Springen zu hoch, so legten sich beide, Gewehr im Arm, auf den Rücken, drückten die Schultern fest in den Schnee und glitten glücklich hinab; freilich nur, um sofort vor einem neuen, ernsteren Hindernisse zu stehen. Inmitten des Flusses ließen sich einige Tannen erkennen, die den Längsweg bezeichneten, aber kein Querweg, der sie bequem und sicher hinübergeführt hätte, war abgesteckt. Tubal schritt nichtsdestoweniger vorwärts und wollte den Übergang forcieren, Lewin indessen litt es nicht.

»Du weißt nicht, was du tust. Es ist das diffizilste Terrain. Überall hier herum hauen die Dorfleute große Löcher in das Eis; es ist der Fische halber, die sonst ersticken. Das überfriert dann, und der Schnee verweht die Stelle.«

»Aber wir müssen doch hinüber?«

»Gewiß, aber nicht hier. Es wird sich schon ein Übergang finden. Tausend Schritte weiter aufwärts zweigt der Weg nach Gorgast ab. Das ist ein großes Dorf. Ich bin sicher, daß sich die Gorgaster eine Kuschelallee abgesteckt haben.«

»Nun gut, du mußt es wissen.« Damit schritten beide Freunde am Flußrande hin, der oft so schmal war, daß sie mit ihrer rechten Schulter den verschneiten Abhang streiften. Es war ein beschwerlicher Marsch, namentlich da, wo große Büsche von rotem Werft überklettert werden mußten. Endlich sahen sie die Stelle, von wo rechts her eine Art von Hohlweg einmündete und sich quer über das Eis hin fortsetzte.

»Unsere Irrfahrt geht zu Ende«, sagte Lewin und wies auf

die schwarzen, zugespitzten Bäumchen, die sich bald deutlich als die Kiefern einer Querallee erkennen ließen. »Mehr Abenteuer, als ich zwischen Kirch-Göritz und Hohen-Vietz für möglich gehalten hätte.«

»Und wir sind noch nicht im Hafen«, antwortete Tubal. »Ein russischer Feldzug im kleinen. Schnee, Schnee. Et voilà la Bérésine.«

»Aber keine Brücke wird unter uns zusammenbrechen«, scherzte Lewin und bog voranschreitend in den abgesteckten Weg ein, der die beiden Freunde nach wenigen Minuten schon sicher ans andere Ufer führte.

Hier überstiegen sie zunächst den Höhenzug, auf dem sie nach links hin den Hohen-Vietzer Kirchturm noch eben erkennen konnten, und sahen sich nun gezwungen, dieselben tausend Schritte wieder zurückzumarschieren, die sie jenseits über das Ziel hinausgeschossen waren. Der Weg, den sie noch zu machen hatten, lief zunächst am Fuße des Hügels, dann aber an einer dichten Schonung hin, von deren vorderstem Eck aus höchstens ein Büchsenschuß bis zum Dorf und kaum halb so weit bis zur großen, von Küstrin auf Hohen-Vietz zu führenden Straße war.

Als sie dies Eck erreicht hatten, hörte der Fußpfad auf oder war in der Dunkelheit nicht mehr bestimmt zu erkennen. Sie schwankten noch, ob sie wieder umkehren und den eben aufgegebenen Hügelweg (der sie in den Hohen-Vietzer Park geführt haben würde) fortsetzen oder quer über den verschneiten Sturzacker hin auf die große Straße zuschreiten sollten, als sie zwischen den Bäumen eben dieser Straße verschiedener Gestalten ansichtig wurden. Gleich darauf war es auch, als ob gesprochen, und im nächsten Augenblicke schon, als ob ein heftiger Streit geführt würde. Plattdeutsche Schmäh- und Scheltworte ließen sich unterscheiden, bis es plötzlich über das Feld hin zu ihnen herüberklang:

»He wörgt mi; helpt mi, Lüd!«

Lewin, um sich rascher zurechtzufinden, war auf einen großen Feldstein gesprungen, der hier am Waldeck als Grenzzeichen lag, aber schwerlich würd' er seinen Zweck erreicht haben, wenn nicht in demselben Augenblick der Mond aus dem Gewölk, das ihn seit einer Stunde verdeckt hatte, hervorgetreten wäre. Er sah jetzt alles deutlich.

»Das ist Hoppenmarieken!« rief er. Zugleich sprang er von dem Steine herunter, riß das Gewehr von der Schulter und schoß den einen Lauf ab, um zu zeigen, daß Hilfe da sei. »Das wird wenigstens eingeschüchtert haben; vorwärts, Tubal!« Und damit setzten sich beide Freunde quer über das Feld hin in Trab. Lewin stürzte, raffte sich aber schnell auf und war im nächsten Augenblick wieder an Tubals Seite.

Als sie den halben Weg bis zur Straße hinter sich hatten, konnten sie die Szene deutlich erkennen. Einer von den Strolchen war nach dem Dorf zu als Posten ausgestellt, während der andere mit Hoppenmarieken rang und an ihrem Halse riß und zerrte.

»Halt aus!« rief Lewin, der jetzt einen Vorsprung hatte; aber es bedurfte des Zurufes nicht mehr. Der Straßenräuber ließ von ihr ab und lief, einen weiten Bogen beschreibend, auf dasselbe Wäldchen zu, von dessen entgegengesetztem Eck aus Tubal und Lewin ihren Lauf über den Sturzacker hin begonnen hatten. Der andere, als Posten aufgestellte, verschwand nach der Dorfseite hin.

Als Lewin und dann Tubal den Fahrdamm erreicht hatten, war auch Hoppenmarieken verschwunden. Aber gleich darauf fanden sie dieselbe. Sie lag hinter einem aufgeschichteten Steinhaufen, zwischen diesem und einer Pappelweide, deren oberes Geäst voller Krähennester war. Die Kiepe war noch auf ihrem Rücken, der Stock in ihren Händen.

»Ist sie tot?« fragte Tubal.

Lewin, ohne sich vom Gegenteil überzeugt zu haben, schüttelte den Kopf, bückte sich zu ihr nieder und zog ihre beiden Arme aus den leinenen Tragebändern heraus. Als er sie so von der Kiepe freigemacht und sich vergewissert hatte, daß es nichts als eine Ohnmacht war, hob er sie vom Boden auf und setzte sie mit dem Rücken an den Baum.

»Gib etwas Schnee«, rief er Tubal zu, während er selber ihr das enge Tuchmieder öffnete, dessen oberste Haken ohnehin bei dem Ringen und Zerren abgerissen waren. Er sah jetzt deutlich an dem rot und blutrünstig gewordenen Hals und

Nacken, daß alle Anstrengungen des Strolchs keinen anderen Zweck gehabt hatten, als ihr die Geldtasche zu entreißen, die sie herkömmlich an einem harten und engen Lederriemen um den Hals trug. Der Riemen hatte aber weder reißen noch auch sich über den Kopf fortziehen lassen wollen.

In diesem Momente schlug Hoppenmarieken die Augen auf. Ihr erstes war, daß sie nach der Tasche faßte; dann erst musterte sie die Personen, die um sie beschäftigt waren. Ein ihr sonst nicht eigenes, gutmütiges Lächeln, das mit ihrer Häßlichkeit aussöhnen konnte, flog über ihr Gesicht, als sie Lewin, ihren Liebling, erkannte, den einzigen Menschen, an dem sie wirklich hing. Sie streichelte und patschelte ihn; als aber Tubal auch jetzt noch fortfuhr, ihr in einer ihr lästigen Weise die Stirn mit Schnee zu reiben, wurde sie ungeduldig, stieß ihn zurück und wies mit dem Zeigefinger immer heftiger auf die neben ihr stehende Kiepe. Lewin verstand ihr Gebaren einigermaßen und begann in der Kiepe umherzukramen. Als er, gleich in der obersten Lage, eine mit einem Sacktuche umwickelte Flasche fand, wußte er, was Hoppenmarieken gemeint hatte. Er machte Miene, während er sich über sie bog, etwas von dem Branntwein in seine Hand zu gießen; aber jetzt richtete sich ihr Unmut selbst gegen diesen, und ihm ärgerlich die Flasche aus der Hand reißend, tat sie einen tüchtigen Zug. Sofort hatte sie all ihre Lebenskräfte wieder, drückte den Kork in die Flasche und rief Lewin zu: »Nu helpt mi up, Jungeherr.« Dann setzte sie die Kiepe auf den Steinhaufen, legte den langen Krummstock daneben und fuhr mit ihren kurzen Armen durch die leinenen Kiepenbänder. So stand sie wieder marschfertig da.

»Willst du nicht mit uns zurück?« fragte Lewin. »Wir begleiten dich.«

Sie schüttelte den Kopf und setzte sich nach der entgegengesetzten Seite hin in Marsch, im Selbstgespräch allerhand Unverständliches vor sich hinmurmelnd.

Die Freunde sahen ihr nach. Von Zeit zu Zeit blieb sie stehen und drohte mit ihrem Stock nach dem Wäldchen hinüber, in dem der eine der Strolche verschwunden war.

13. KAPITEL

In der Amts- und Gerichtsstube

Berndt von Vitzewitz war, während Tubal und Lewin ihren Besuch in Kirch-Göritz machten, nach Hohen-Vietz zurückgekehrt. Es lagen anstrengende Tage hinter ihm, zugleich Tage voller Enttäuschungen. Der Minister, wie wir wissen, hatte sich mit glatten Worten jeder bindenden Zusage zu entziehen gewußt, und auch in anderen einflußreichen Kreisen der Hauptstadt, soweit ihm dieselben zugänglich waren, war er der ihm verhaßten Wendung begegnet: »Wir müssen abwarten.« Nirgends ein Verstehen des Moments. Nur in Guse hatte sich Hauptmann von Rutze, mit dem er unmittelbar vor dem Aufbruch noch ein Gespräch herbeizuführen wußte, seinen auf rücksichtsloses Vorgehen gerichteten Plänen geneigt gezeigt. Drosselstein schwankte; aber auf der Fahrt von Guse nach Hohen-Ziesar war er unter dem Einflusse, den Berndts Beredsamkeit ausübte, anderen Sinnes geworden und hatte schließlich nicht nur einer allgemeinen Volksbewaffnung, sondern auch, wenn kein regelrechter Krieg erklärt werden sollte, dem Plane eines auf eigene Hand zu führenden Volkskrieges zugestimmt.

Bei seinem Eintreffen in Hohen-Vietz war Berndt angenehm überrascht, Besuch vorzufinden. Er hatte das Bedürfnis, von Zeit zu Zeit seinen ihn mit der Macht einer fixen Idee beherrschenden Plänen entrissen zu werden, und niemand war dazu geschickter als Kathinka, die, während sie die politischen Gespräche vermied, zugleich geistvoll genug war, den entstehenden Ausfall durch glückliche Impromptus oder durch Pikanterien aus den Hof- und Gesellschaftskreisen zu decken. Ihre Erscheinung wirkte mit. Er überließ sich auch diesmal ihrem Geplauder, vergaß über der Schilderung eines Ballabends bei Exzellenz Schuckmann, wo der bayrische Gesandte dies und das gesagt oder getan hatte, momentan alle Pläne und Sorgen und sah sich der heiteren Zerstreuung dieses Geplauders erst wieder entzogen, als das Erscheinen Tubals und Lewins und ihre Erzählung des eben gehabten Abenteuers seine Gedanken in das alte Geleise zurückdrängten. Er klingelte.

»Jeetze«, rief er dem eintretenden Diener zu, »schicke Krists Willem zum Schulzen. Oder gehe lieber selbst. Ich müßt' ihn sprechen. Morgen früh halb elf.«

Er wollte nach diesem Zwischenfall, schon um Kathinkas willen, das Gespräch in den Ton leichter Unterhaltung zurückführen, aber es mißglückte, da auch Tubal und Lewin eine rechte Heiterkeit nicht finden konnten.

Das war abends.

Am anderen Morgen finden wir Berndt in seiner im ersten Stock gelegenen Amts- und Gerichtsstube, einem großen Eckzimmer, von dem aus, nachdem eine Seitentür vermauert worden war, nur ein einziger Ausgang auf den Korridor führte. An ebendiesem Korridor lagen auch die Fremdenzimmer.

Die Amts- und Gerichtsstube zeigte nur weniges, was der Feierlichkeit ihres Namens entsprochen hätte. Sie war eine Schreib- und Arbeitsstube wie andere mehr, in die sich Berndt namentlich um die Sommerzeit, wenn die beiden großen Fenster von Spalierwein überwachsen waren, gern zurückzog. Es war dann hier luftig und schattig, und in dem dichten Weinlaub zwitscherten die Vögel und sahen in das geräumige Zimmer hinein. Denn geräumig war es geblieben, trotzdem es an Urväterhausrat, an Realen mit Büchern und Akten, an eisenbeschlagenen Truhen und einem altmodischen, bis fast an die Decke reichenden Kachelofen nicht fehlte. Eine der Truhen stand rechts neben der Tür und hatte ein Vorlegeschloß, während auf den Simsen der Reale, in chaotischem Durcheinander, wendische Totenurnen und italienische Alabastervasen, zwei Dragonerkasketts und eine in rötlichem Ton ausgeführte Porträtbüste Friedrich des Großen standen. Man sah deutlich, es fehlte der Schönheits- und Ordnungssinn. Es hatte sich zusammengefunden; weiter nichts.

An dem mit allerhand Schriftstücken überhäuften Schreibtische, dessen eine Schmalseite den Fensterpfeiler berührte, saß Berndt, einen großen Bogen Kartenpapier vor sich, den er, mit Hilfe von Lineal und Reißfeder, in Rubriken teilte. Er begann eben die nötigen Überschriften zu machen, als er draußen auf der Besendecke ein sorgliches Putzen und gleich darauf ein

Klopfen an der Türe hörte, leise genug, um artig, und laut genug, um nicht ängstlich zu sein.

»Herein!« Es war der Erwartete.

»Guten Tag, Kniehase. Auf die Minute. Das sitzt uns Alten nun einmal im Blut. Die Jungen sind nicht mehr dazuzubringen. Nehmen Sie Platz, da, den Stuhl am Ofen, und nun rücken Sie heran.«

Der so Begrüßte legte Hut und Handschuh auf die große Truhe mit dem Vorlegeschloß und tat im übrigen, wie ihm geheißen.

»Ich habe Sie rufen lassen, Kniehase«, nahm Berndt wiederum das Wort, »weil etwas geschehen muß. Und Sie sind der Mann, den ich brauche. Aber ich will nicht vorgreifen. Erst das Nächstliegende. Sie haben von dem Überfall gehört, der unserer alten Hexe fast das Leben oder doch die Geldtasche gekostet hätte.«

Kniehase nickte.

»Fünfhundert Schritt vom Dorf, auf offener Straße, der Abend kaum angebrochen. Und wenn dies alleinstände! Aber in einer Woche der dritte Fall. Am Heiligen Abend dem Golzower Schmidt die Kuh aus dem Stall getrieben, am zweiten Feiertage dem Manschnower Müller die Dielen aufgebrochen, gestern Hoppenmarieken fast gewürgt. Wohin sind wir gekommen?«

»Es ist Quappendorfer Gesindel, gnädiger Herr. Miekley war am dritten Feiertag in Frankfurt, er sah noch, wie sie Paschken und Pappritzen einbrachten.«

»Nicht doch, Kniehase. Das ist es eben, was mich reizt und ärgert, dieses törichte Zugreifen ohne Sinn und Verstand. Immer dieselben armen Teufel, in fünf von sechs Fällen müssen sie wegen fehlenden Beweises wieder entlassen werden, und das heißt Justiz! Es ist zum Erbarmen. Und das alles aus Bequemlichkeit; die Gerichtsherren wollen nicht denken, und die Schulzen wollen nichts tun. Von den Bauern sprech' ich gar nicht; sie löschen immer erst, wenn das eigene Dach brennt. Das muß aber anders werden, und wir müssen anfangen. Unsere Hohen-Vietzer sind die besten. Kein Kolonistenpack, das über Nacht reich geworden. Nichts für ungut, Kniehase, Sie sind selbst ein Pfälzer.«

Kniehase lächelte. »Gnädiger Herr haben ganz recht, die alten Wendischen sind besser; störrig, aber zäh und zuverlässig.«

»Und gescheit dazu, sonst hätten sie den Neu-Barnimer Pfälzer nicht zum Hohen-Vietzer Schulzen gemacht. Das ist mein alter Satz. Aber nun horchen Sie auf, Kniehase: was Sie Quappendorfer Gesindel nennen, ist fremdes Volk, Franzosen.«

»Nicht doch, gnädiger Herr. Ich war eben mit bei Pastor Seidentopf heran. Die Franzosen, so meint er, stehn oben an der Grenze, und wenn es hoch kommt, an der Weichsel.«

»Es ist so. Und doch hab' ich recht. Ich spreche nicht von der kleingewordenen ›Großen Armee‹, nicht von den aus Moskau herausgeräucherten Korps, die jetzt wie Novemberfliegen über die weiße Wand kriechen, ich spreche von dem kleinen verzettelten Zeug, das hier an fünfzig Plätzen zurückgelassen wurde: ein paar Tausend in Küstrin, fünftausend in Stettin, die meisten aber stecken in den kleinen polnischen Nestern. Wie weit ist es bis an die Grenze?«

»Zehn Meilen, wie die Krähe fliegt.«

»Da haben Sie es, Kniehase. Dieses verzettelte Zeug, das nicht in Festungen untergebracht werden konnte, das läuft jetzt weg wie Wasser, wenn die Reifen von der Tonne fallen. Neapolitaner, Würzburger, Nassauer, das hält ohnehin nicht zusammen. Und wenn erst mal das eiserne Band fehlt, so ist nur ein Schritt noch vom Soldaten- bis zum Räuberleben. Was hier herumspukt, sind Deserteure aus dem Polnischen, vielleicht auch Marodeurs von den Zuzugsregimentern, die der Kaiser jetzt als vorläufige kleine Münze in allen Taschen Deutschlands zusammenkratzt. Und mit diesem Gesindel, ob aus Polen oder sonstwoher, müssen wir ein Ende machen; zum wenigsten darf es uns nicht über den Kopf wachsen. Und kommen dann die Reste von der Großen Armee heran, heute hundert und morgen tausend, so haben wir's bei den Einern und Zehnern gelernt. ›Wer das Kleine nicht achtet, ist des Großen nicht wert‹, so sagt das Sprichwort. Also vorwärts! Und je eher, je lieber.«

Der Hohen-Vietzer Schulze reckte sich in die Höhe und

schien antworten zu wollen, aber der Gutsherr hatte sein letztes Wort noch nicht gesprochen.

»Was ich meine, Kniehase, ist das: wir müssen uns fertigmachen; Landsturm, Dorf bei Dorf.«

»Und wenn dann der König ruft...«

»So sind wir da«, ergänzte Berndt, zugleich mit scharfer Betonung hinzufügend: »Und wenn er uns *nicht* ruft, so sind wir *auch* da. Und das ist es, Kniehase, weshalb ich Sie habe rufen lassen.«

»Es geht nicht ohne den König.«

Der alte Vitzewitz lächelte. »Es geht; die Zeiten wechseln. Es gibt Zeiten des Gehorchens und Abwartens, und es gibt andere, wo zu tun und zu handeln erste Pflicht ist. Ich liebe den König; er war mir ein gnädiger Herr, und ich habe ihm Treue geschworen, aber ich will um der beschworenen Treue willen die natürliche Treue nicht brechen. Und diese gehört der Scholle, auf der ich geboren bin. Der König ist um des Landes willen da. Trennt er sich von ihm, oder läßt er sich von ihm trennen durch Schwachheit oder falschen Rat, so löst er sich von *seinem* Schwur und entbindet mich des meinen. Es ist ein schnödes Unterfangen, das Wohl und Wehe von Millionen an die Laune, vielleicht an den Wahnsinn eines einzelnen knüpfen zu wollen; und es ist Gotteslästerung, den Namen des Allmächtigen mit in dieses Puppenspiel hineinzuziehen. Wir haben drüben gesehen, wohin es führt; zu Blut und Beil. Weg mit dieser Irrlehre, von höfischen Pfaffen großgezogen; es ist Menschensatzung, die kommt und geht. Aber unsere Liebe zu Land und Heimat, die dauert wie das Land selber.«

Kniehase schüttelte den Kopf. »Es geht nicht ohne den König«, wiederholte er. »Der gnädige Herr sind hier geboren und kennen das Bruch und seine Bauern. Aber, mit Permission, ich kenne die Bauern besser. Der König ist ihnen alles. Der König hat ihnen das Bruch eingedeicht, der König hat ihnen die Kirchen gebaut, der König hat ihnen die Gräben gezogen. So wissen sie es von Vater und Großvater her, und so wissen sie es von sich selber. Wenn ich mit Kallies und Kümmritz und den anderen Ganzbauern drüben bei Scharwenka sitze, so ist ›der Alte Fritz‹ das dritte Wort. Er ist ihr

Herrgott, und sie sprechen von ihm, als wenn er noch lebte. Nur eins ist dem Bauer noch mehr ans Herz gewachsen: sein Haus und Hof.«

»Und um Haus und Hof willen soll er jetzt die Waffe in die Hand nehmen. Es ist nicht das erstemal in diesem Lande. Als der Schwede jenseit der Elbe in der Altmark hauste, haben sich die Bauern aufgemacht, ohne viel zu fragen. Und das ist es, was sie wieder sollen.«

»Ich weiß davon«, antwortete Kniehase, »es waren Drömlinger Bauern. Aber sie hatten Fahnen, darauf geschrieben stand:

Wir sind Bauern von geringem Gut
Und dienen unserm Kurfürsten und Herrn mit unserm Blut.«

Der alte Vitzewitz, der sich seines Schulzen und der Zähigkeit freute, mit der er seine Sache zu führen wußte, gab ihm die Hand und sagte: »Eine solche Fahne, Kniehase, wollen wir *auch* haben, und wir wollen sie hoch in Ehren halten. Aber wenn uns der König diese Fahne verbietet, so müssen wir sie tragen auch ohne seinen Namen, um des *Landes* willen, und dieser Rechtstitel ist nicht der schlechteste. Denn unser Land ist unsere Erde, die Erde, aus der wir selber wurden.«

Kniehase schüttelte wieder den Kopf. »Die Erde tut es nicht, gnädiger Herr.«

»Doch, Kniehase«, fuhr Berndt fort, »die Erde tut es, *muß* es tun, weil sie unser Erstes und Letztes ist. Und, irdisch gesprochen, auch unser Bestes. Wir sind Erde, und wir sollen wieder Erde werden, und das ist es, was uns die Erde so teuer macht. Ein jeder ahnt es von Anfang an, aber das rechte Wissen davon, das kommt uns erst, das will erfahren sein. Ich *hab'* es erfahren. Sie waren dabei, Kniehase, wie wir den Sarg hinauftrugen; Sie wissen schon, welchen. Es war Winterzeit, und der Schnee fiel. Als aber der Schnee schmolz und im März der erste Krokus kam, da hab' ich die Erde da oben, die mein Glück barg, mit meinen Lippen berührt und immer wieder berührt. Und seit dem Tage weiß ich, was eine teure und geliebte Erde ist.«

Berndt fuhr bei dieser Erinnerung mit der Hand über Augen und Stirn.

Kniehase wußte wohl, warum, aber er wollt' es nicht wissen, denn er war eine schamhafte Natur und sah stumm vor sich hin.

»Das war im Frühjahr anno sieben«, nahm der alte Vitzewitz nach kurzer Pause wieder das Wort, »ich sollt' es aber noch besser erfahren. Ich hatte noch nicht ausgelernt, was Erde sei. Es war um dieselbe Zeit, Sie entsinnen sich, Kniehase, daß sie den Kyritzer Kämmerer, der so unschuldig war wie Sie und ich, vor eins ihrer feigen und feilen Kriegsgerichte stellten und ihn aburteilten und niederschossen. Was sage ich: ›niederschossen‹? Hinwürgen war es. Denn so schlecht wie das Urteil, so schlecht war seine Vollstreckung. Er lag am Boden, der unglückliche, tapfere Mann, und konnte nicht sterben. Da sprang ein mitleidiger Westfale vor und schoß ihm ins Herz: ›Aus Liebe zu dir, du unschuldig Blut, will ich dir zum Tode helfen.‹«

Kniehase nickte. Er entsann sich des Hergangs, der damals alles mit Entsetzen erfüllt hatte.

»Sehen Sie, Kniehase, von dem Tage an hörte ich immer die fünf Schüsse, und mir war, als fühlte ich sie an meinem eignen Herzen. Ich hatte keinen Schlaf mehr, aber ich wußte, was mich ruhig machen würde, und endlich macht' ich mich auf in die Priegnitz. Als ich in der kleinen Stadt ankam, fragt' ich nach und ließ mich hinausführen. Es war vor einem der Tore, eine Pappelallee und ein wüstes Feld daneben. Da schickt' ich das Kind wieder fort, das mich hinausbegleitet hatte, und als ich nun allein war, da warf ich mich nieder an den Hügel und riß eine Handvoll Erde heraus und hob sie gen Himmel. Und mein Herz war voller Haß und voller Liebe. Da hab' ich zum *anderen*mal erfahren, was Erde ist, Heimaterde. Es muß Blut drin sein. Und überall hier herum ist mit Blut gedüngt worden; bei Kunersdorf ist eine Stelle, die sie das ›Rote Feld‹ nennen. Und das alles soll preisgegeben werden, weil ein König nicht stark genug ist, sich schwacher Ratgeber zu erwehren? Nein, Kniehase, *mit* dem König, solange es geht, *ohne* ihn, wenn es sein muß.«

Berndt schwieg. In diesem Augenblicke klopfte es, und der eintretende Jeetze übergab einen Brief, großes Format mit großem Siegel. Berndt erkannte Turganys Handschrift. Er überflog den Inhalt und las dann laut: »Ich bitte Sie, hochverehrter Herr und Freund, in Ihrer Umgegend, vielleicht auch auf dem Forstacker, recherchieren zu lassen. Alles deutet darauf hin, daß die Sippschaft, die wir suchen, irgendwo zwischen Hohen-Vietz und Manschnow steckt. Wir haben heute ein zweites Verhör, der Manschnower Müller ist vorgeladen. Aber es wird nur das Resultat des ersten bestätigen, und unsere zwei herkömmlichen Sündenböcke werden, wie gewöhnlich, wieder entlassen werden müssen. Ich behalte mir weitere Mitteilung für die nächsten Tage vor. Ihr Turgany.«

Berndt lachte. »Sie sehen, Kniehase, Transport und Gefangenenkost sind abermals vergeudet. Aber Turgany ist auf falscher Fährte. Hier herum sitzen sie nicht. Es wird sich zeigen, wo. Wer brachte den Brief, Jeetze?«

»Konrektor Othegraven.«

»Ist er noch da?«

»Ja, Fräulein Renate hat ihn hereingebeten. Sie sind mit dem anderen gnädigen Fräulein im Wohnzimmer.«

»Ich lasse den Herrn Konrektor bitten.«

Jeetze ging, der Schulze wollte folgen.

»Nein, Kniehase, Sie bleiben, ich will mir den Sukkurs, den mir ein glücklicher Zufall schickt, nicht entgehen lassen.«

Gleich darauf trat der Konrektor ein, von Berndt mit besonderer Freundlichkeit empfangen. Einige kurze Begrüßungsworte wurden gewechselt. Dann fuhr der Hohen-Vietzer Gutsherr fort: »Ich will Sie, lieber Othegraven, nicht mit Aufträgen an Turgany belästigen, wir haben morgen ohnehin Frankfurter Botentag. Aber gegen meinen alten Kniehase hier möcht' ich mich Ihrer versichern. Er will mich im Stich lassen, er kennt in diesem königlichen Lande Preußen kein anderes Losschlagen, als was von obenher gebilligt worden ist. Seidentopf stimmt ihm zu. Auch Sie?«

»Nein und dreimal nein«, antwortete Othegraven, »und ich schätze mich glücklich, endlich einmal statt vor tauben Ohren vor einem gleichgestimmten Herzen Zeugnis ablegen zu können.«

Kniehase, der die strengkirchliche Richtung des Konrektors

kannte, horchte auf; Othegraven selbst aber fuhr fort: »Es ist ein königliches Land, dieses Preußen, und königlich, so Gott will, soll es bleiben. Es haben es große Fürsten aufgebaut, und der Treue der Fürsten hat die Treue des Volkes entsprochen. Ein Volk folgt immer, wo zu folgen ist; es hat dem unseren an freudigem Gehorsam nie gefehlt. Aber es ist fluchwürdig, den toten Gehorsam zu eines Volkes höchster Tugend stempeln zu wollen. Unser Höchstes ist Freiheit und Liebe.«

Berndt war im Zimmer auf und ab geschritten. Er stellte sich vor Othegraven: »Ich wußt' es. So sind wir einig, und ich darf auf Sie rechnen. Dieser Moment, der nicht wiederkommt, darf nicht versäumt werden. Ist man an oberster Stelle verblendet genug, sich der Waffe, die wir schmieden, nicht bedienen zu wollen, nun, so führen wir sie selbst.«

»So führen wir sie selbst«, wiederholte Othegraven. »Aber der Bruch, den wir fürchten, er wird sich *nicht* vollziehen. Es kommen andere, bessere Tage. Die Schwäche wird der Entschlossenheit weichen, und das sicherste Mittel, dahin zu wirken, ist, daß wir selber Entschlossenheit zeigen. Es ist, wie ich wohl weiß, ein Mißtrauen da in unsere Kraft, selbst in unseren guten Willen. Zeigen wir dem König, daß wir für ihn einstehen, auch wenn wir ihm widersprechen. Auch die Schillschen setzten sich in Widerstreit mit seinem Willen und starben doch unter dem Rufe: ›Es lebe der König‹. Es gibt eine Treue, die, während sie nicht gehorcht, erst ganz sie selber ist.«

Kniehase sah vor sich hin. Er fühlte den Boden, auf dem er stand, erschüttert, aber noch war er nicht besiegt.

»Ich habe meinen Eid geschworen«, sagte er, »um ihn zu halten, nicht, um ihn zu brechen oder auszulegen. Die Obrigkeit ist von Gott. Aus der Hand Gottes kommen die Könige, die starken und die schwachen, die guten und die schlechten, und ich muß sie nehmen, wie sie fallen.«

»Aus der Hand Gottes«, rief jetzt Berndt, »kommen die Könige, aber auch viel anderes noch. Und gibt es dann einen Widerstreit, das letzte bleibt immer das eigene Herz, eine ehrliche Meinung und – der Mut, dafür zu sterben.«

»Es ist so, Schulze Kniehase«, nahm Othegraven wieder das Wort, »*und sich entscheiden ist schwerer als gehorchen.*

Schwerer und oft auch treuer. Ihr Gutsherr hat recht. Sehen Sie sich um, das Ganze versagt den Dienst; überall fast ist es der einzelne, der es wagt. Ein Mann wie Sie, Kniehase, war auch der Hofer, treu wie Gold. Aber als sein Kaiser Frieden machte, da sagte der Sandwirt: ›Der Franz'l hat's gemußt, ich muß es *nicht;* ich halt' ihm dies alte Land Tirol.‹ Und als er so sprach und handelte, da brach er seinem Kaiser den Frieden und war schuldig bei Freund und Feind. Er hat es mit dem Tode bezahlt. Aber glauben Sie, Kniehase, daß der Kaiser, wenn er den Namen Hofer hört, an Eidbruch und Untreue denkt? Nein, das Herz schlägt ihm höher, und gesegnet Land und Fürst, wo die Liebe lebendig ist und auf sich selber mehr hört als auf Amtsblatt und Kommandowort.«

Kniehase war jetzt aufgestanden. Er streckte Berndt seine Hand entgegen. »Gnädiger Herr, ich glaube, der Konrektor hat es getroffen. Sich entscheiden ist schwerer als gehorchen. Ich *habe* mich entschieden. Wir machen uns fertig hier herum, und wir schlagen los, ohne nach ›ja‹ oder ›nein‹ zu fragen. Denn fragen macht Verlegenheit. Es darf keiner über die Oder. Und kommt es anders, und soll uns dies fremde Volk auf ewig unter die Füße treten, nun, so geb uns Gott Kraft, zu sterben, wie Hofer und die Schillschen gestorben sind.«

»Das dank' ich *Ihnen,* Othegraven«, sagte Berndt, »ich allein hätte meinen Schulzen nicht bezwungen. Ich hoffe, wir sehen uns jetzt öfter. Der Plan ist mit Graf Drosselstein durchgesprochen. Ein Netz über das Land. Lebus beginnt; wir sind die Vorhut. Hier zwischen Frankfurt und Küstrin treffen die großen Straßen zusammen. Ich zähle die Stunden, bis es sich entscheidet.«

Sie blieben noch eine Weile; dann verabschiedeten sich der Konrektor und Kniehase und schritten die Treppe hinunter, über den Flur. Hektor, unter Zeichen besonderer Freude, als er den Schulzen sah, begleitete beide Männer über den Hof.

Sie nahmen ihren Weg auf den Scharwenkaschen Krug zu, immer noch in lebhaftem Gespräch. Doch schien es andere Fragen als Krieg und Landsturm zu betreffen. Sie trennten sich erst, nachdem sie die Front des Krügergehöftes wohl ein dutzendmal ausgemessen hatten.

Als des Konrektors kleines Fuhrwerk wieder auf der Frankfurter Straße südlich trabte, saß Schulze Kniehase bei seiner Frau. Sie plauderten lange, und wiewohl Frau Kniehase Verschwiegenheit gelobte, war doch vor Ablauf des Tages alles Geplauderte in Hohen-Vietz herum.

Nur eine wußte nichts davon: *sie*, die der Gegenstand dieses Plauderns gewesen war.

14. KAPITEL

Es geschieht etwas

Sankt Jonathan, der 29. Dezember, war von alter Zeit her der Tag der Umzüge in Hohen-Vietz, allerhand Mummenschanz wurde getrieben, und bei Beginn des Nachmittags zogen außer Knecht Ruprecht und dem Christkinde auch Joseph und Maria und die Heiligen Drei Könige von Haus zu Haus. Zu diesem alten Bestande traten aber auch neue Figuren hinzu, so heute der »Sommer« und der »Winter«, von denen jener zu seinem leichten Strohhut Harke und Sense, dieser zu Pelz und Holzpantinen einen Dreschflegel trug. Sie führten ein Zwiegespräch:

Ich bin der *Winter* stolz,
Ich baue Brücken ohne Holz –

und rühmten sich ihrer gegenseitigen Vorzüge, bis zuletzt Versöhnung und Segenswünsche für das jedesmalige Haus, in dem sie sich befanden, ihren langausgesponnenen Streit beendeten.

Ein besonderes Glück machten heut auch die Schulkinder, deren mehrere als »Schneewittchen und ihre Zwerge« ihren Umzug hielten; Schneewittchen mit langem blonden Haar, die Zwerge mit Flachsbärten und braunen Kapuzen. Als sie zuletzt auf den Gutshof kamen, fanden sie die jungen Herrschaften samt Tante Schorlemmer in derselben großen Halle, in der auch der Weihnachtsaufbau stattgefunden hatte, versammelt, und nach kurzer Ansprache, worin Schneewittchen für ihre Begleiter um die Erlaubnis zum Rätselaufgeben gebeten hatte, traten die Zwerge vor und taten ihre Fragen:

»Was kann kein Mensch erzählen?«

Daß er gestorben ist.

»Wer kann alle Sprachen reden?«

Der Widerhall.

»Wer ist stärker, der Reiche oder der Arme?«

Der Arme; denn er hat Not, und Not bricht Eisen.

So gingen die Fragen, aber die hier gegebenen Antworten blieben aus, und Maline Kubalke, die mit in der Halle war, mußte manchen Teller voller Äpfel und Nüsse herbeischaffen, um die Quersäcke der Zwerge zu füllen.

So verging der Nachmittag. Als es dunkelte, wurd' es still in Hohen-Vietz, weil alt und jung zu Tanz und festlichem Beisammensein im Scharwenkaschen Krug sich putzte, und erst um die sechste Stunde, als von den ausgebauten Losen her, die zum Teil weit ins Bruch hineinlagen, Wagen und Schlitten unter Peitschenknall und Schellengeläut herangefahren kamen, war es mit dieser Stille wieder vorbei.

Auch auf dem Herrenhofe rüstete sich alles zum Aufbruch, Herrschaft und Dienerschaft, und wer eine halbe Stunde nach Beginn des Tanzes von der Dorfstraße her auf die lange Front des Vitzewitzschen Wohnhauses geblickt hätte, hätte nur an zwei Fenstern Licht gesehen. Diese zwei Fenster lagen neben der Amts- und Gerichtsstube und zogen die Aufmerksamkeit nicht bloß dadurch auf sich, daß sie die einzig erleuchteten waren, sondern mehr noch durch das dunkele Weingeäst, das sich von dem starken Spalier aus in zwei, drei phantastischen Linien quer über die Lichtöffnung ausspannte. Hinter diesen Fenstern, an einem mit einem roten Stück Fries überdeckten Sofatisch, saßen Renate und Kathinka, zu denen sich seit einer Viertelstunde, um den Abend mit ihnen zu verplaudern, auch Marie gesellt hatte. Allen dreien, selbst Kathinka nicht ausgeschlossen, war es eine herzliche Freude, sich einmal allein und ganz unter sich zu wissen, und um diese Freude noch zu steigern, hatten sie sich aus dem großen Gesellschaftszimmer des Erdgeschosses in diese viel kleinere Stube des ersten Stockes zurückgezogen.

Tante Schorlemmer fehlte. Sie war gegen ihre Gewohnheit ausgeflogen und saß plaudernd in der Pfarre, während der alte Vitzewitz, abwechselnd vom Schulzen Kniehase und dann wieder von Lewin und Tubal unterstützt, im Kruge seinen politischen Diskurs hatte. Die Bauern zeigten sich in allem willig; es war so recht ein Abend, um das Eisen zu schmieden.

Sehr anders, wie sich denken läßt, verliefen mittlerweile die Plaudereien unserer drei jungen Mädchen, von denen Renate durch besondere Lebhaftigkeit, Marie durch besondere Zurückhaltung sich auszeichnete. Sie hatte – aller Herzlichkeit unerachtet, mit der sich ihr Kathinka, wie schon bei früheren Gelegenheiten, so auch diesmal wieder genähert hatte – doch ein bestimmtes Gefühl, daß es sich für sie zieme, ihre schwesterlich-intime Stellung zu Renaten so wenig wie möglich geltend zu machen und nur bei gegebener Veranlassung, am liebsten, wenn aufgefordert, sich an dem Gespräche der beiden Cousinen zu beteiligen. Dieses Gespräch selbst war ihr Freude genug und wurd' es mit jedem Augenblicke mehr, seit Kathinka, die halb sitzend, halb liegend, den rechten Fuß auf die Sofapolster gezogen hatte, von Berliner Gesellschaftszuständen und zuletzt von einer großen Soiree bei dem alten Prinzen Ferdinand zu sprechen begann.

»Das ist der Vater von dem Prinzen Louis, der bei Saalfeld fiel?« fragte Renate. »Was gäb' ich drum«, fuhr sie fort, nachdem ihre Frage bejaht worden war, »wenn ich einer solchen Soiree beiwohnen könnte! Papa hat es mir für diesen Winter versprochen; aber die Zeiten sehen nicht darnach aus.«

»Du verlierst weniger dabei, als du meinst. Es sind Gesellschaften wie andere mehr. Du siehst Generale, Grafen, Präsidenten, als wärest du in Ziebingen oder in Guse; die Schleppen sind etwas länger, und ein paar hundert Lichter brennen mehr. Das ist alles.«

»Aber der Prinz wird doch keine Krachs und Bammes um sich versammeln?«

»Nicht ausschließlich; aber ebensowenig kann er sie vermeiden. Er hat keine Wahl; Stellung und Geburt entscheiden, nicht der Mann. Du siehst auf die Auserwählten von Schloß Guse mit so wenig Respekt, weil du sie kennst; aber laß deine Neugier und Eitelkeit erst einen einzigen Winter lang befriedigt sein, und es ist mit dem Zauber dieser Hofgesellschaften für immer vorbei.«

»Ich zweifle daran, wenn ich auch glaube, daß du persönlich nicht anders sprechen kannst. Du erhebst eben Ansprüche, die mir fremd sind. Ich für mein Teil würde zufrieden sein, einen Blick in diese Welt tun zu dürfen, in der jeder etwas bedeutet. Nimm den alten Prinzen selbst; er ist der Bruder Friedrich des Großen; das allein genügt, ihn mir wert zu machen; ich könnte nicht ohne Ehrfurcht auf ihn blicken. Er würde mich vielleicht ignorieren oder ein an und für sich gleichgiltiges Wort an mich richten, aber es würde mir nicht gleichgiltig sein, ihn gesehen oder gesprochen zu haben.«

Kathinka lächelte.

»Du lachst mich aus«, fuhr Renate fort, »aber denke, daß ich das Leben eines armen Landfräuleins führe, öde und einsam, und statt der Mutter nur die gute Schorlemmer im Haus. Gib mir die Hand, Marie; du bist mir Trost und Freude, aber du kannst mir keinen Hofball ersetzen. Wie das alles blitzen und rauschen muß! Und dann der König selbst. Nenne mir ein paar Namen, Kathinka, daß ich mir eine Vorstellung machen kann.«

»O da ist der alte Graf Reale, der Gemahl der Oberhofmeisterin, der vor zwei Jahren auf Besuch in Guse war, und der Hofmarschall von Massow auf Steinhöfel, und der Herr von Eckardtstein auf Prötzel, und Herr von Burgsdorff auf Ziebingen, und Graf Drosselstein auf Hohen-Ziesar.«

»Aber die kenn' ich ja alle.«

»Eben darum hab' ich sie dir genannt.«

»Und die fremden Gesandten!« sagte Renate, der kurzen Unterbrechung nicht achtend. »Wie gern säh' ich den Grafen von St. Marsan und den Minister Hardenberg, an dem Papa beständig zu mäkeln und zu tadeln hat. Ich denke mir ihn liebenswürdig. Apropos! Ist auch dein Graf Bninski, verzeihe, daß ich ihn so nenne, bei Hofe vorgestellt worden?«

»Nein. Er lehnte es ab.«

»Ach, nun weiß ich, warum die Hofgesellschaften so wenig Gnade vor dir finden. Lewin hat mir den Grafen beschrieben; aber ich möcht' ihn gern von dir geschildert hören.«

»Denk ihn dir als das Gegenteil von dem Konrektor, dem ich heute vormittag das Glück hatte vorgestellt zu werden. Wie hieß er doch?«

»Othegraven!«

»Richtig, Othegraven. Ein hübscher Name, ursprünglich adlig. Aber diese bürgerliche Abart, welche pedantische Figur! Er hält sich gerade, aber es ist die Geradheit eines Lineals.«

»Du mußt ihn auf das hin ansehen, was er ist.«

»Dann kann er als vollkommen gelten; denn er ist der Schulmeister, wie er im Buche steht.«

»Ich sehe doch, wie recht Tante Amelie hatte, als sie neulich von dir sagte: Kathinka ist eine Polin. Nur die Deutschen, wie mir erst gestern wieder unser Seidentopf versicherte, verstehen es, von äußerlichen Dingen abzusehen. Meinst du nicht auch?«

»Nein, Närrchen, ich meine es nicht; es ist nur deutsch, sich in diesen und ähnlichen Eitelkeiten zu gefallen. Und ich will auch nicht daran rütteln, ebensowenig wie an den Verketzerungen, die über uns Polen von langer Zeit her im Schwunge sind. Nur zweierlei wird man uns lassen müssen: Leidenschaft und Phantasie. Und nun laß dir sagen, Schatz, wenn es etwas in der Welt gibt, das imstande ist, über Äußerlichkeiten hinwegzusehen, so sind es *diese* beiden. Der Graf ist ein schöner Mann, aber ich versichere dich, er wäre mir derselbe, wenn er auch diesem Othegraven wie sein leiblicher Zwillingsbruder gliche. Denn bei der vollkommensten äußeren Ähnlichkeit würde diese Ähnlichkeit doch aufhören, weil er eben innerlich von Grund aus ein anderer ist.«

»Ein anderer. Aber ob ein besserer?«

»Es genügt ein anderer. Es gibt prosaische und poetische Tugenden. Laß uns über den Wert beider nicht rechten. Ich möchte dich nur dahin bekehren, daß es nicht Form und Erscheinung ist, wiewohl ich beide zu schätzen weiß, was mir den Grafen wert und angenehm macht.«

»Und so wär' es denn was?«

»Beispielsweise seine Treue. Denn, unglaublich zu sagen, die Polen können auch treu sein.«

»Es gilt wenigstens nicht als ihre hervorragendste Eigenschaft.«

»Um so mehr ziert sie den, der sie hat. Und ich möchte Bninski dahin zählen. Als Kosciusko im letzten Treffen, das über Polen entschied, am Saume eines Tannenwäldchens lag, das er drei Stunden lang gegen Übermacht verteidigt hatte, stand ein Fahnenjunker, ein halbes Kind noch, neben ihm und deckte den von Blutverlust ohnmächtig Gewordenen mit seinem jungen Leben. Er hätte sich retten können, aber er verschmähte es. Endlich überwältigt, bat er um eines nur: seinen gefangenen General pflegen und dieselbe Zelle mit ihm teilen zu dürfen. Dieser Fahnenjunker war der Graf.«

Marie, die bis dahin von ihrer Handarbeit nicht aufgeblickt hatte, sah Kathinka mit ihren großen Augen an.

Kathinka aber, den Blick freundlich erwidernd, fuhr fort: »Siehe, Renate, das war Treue; nicht solche, wie ihr sie liebt, die jeden heimlichen Kuß zu einer Kette für Zeit und Ewigkeit machen möchte, aber doch auch eine Treue und nicht der schlechtesten eine. Und wie der Fahnenjunker war, so blieb er. Er war mit in Spanien. Das polnische Lancierregiment, das er führte, Tubal hat mir davon erzählt, nahm einen Engpaß; den Namen hab' ich vergessen; aber sie sagen, der Fall stehe einzig da in der Kriegsgeschichte. Unter den wenigen, die den Tag überlebten, war der Graf. Nach Paris schwerverwundet zurückgeschafft, empfing er aus des Kaisers Hand das rote Band der Ehrenlegion. Und ich darf sagen, es kleidet ihn . . . Nein, Renate, du verkennst mich und dich nicht minder. Wir empfinden gleich. Alles Poetische reißt uns hin, und Steifheit und Pedanterie, auch wenn sie Othegraven heißen, lassen uns kalt. Das ist nicht polnisch, das ist weiblich. Frage Marie.«

»Ich werde die Frage nicht tun«, scherzte Renate, »denn du mußt wissen –«

»So will ich antworten, ohne gefragt zu sein«, unterbrach Marie mit Unbefangenheit. »Alle Welt schätzt den Konrektor, unser Pastor liebt ihn –«

»Aber *du*, könntest *du* ihn lieben?«

»Nein. Nie und nimmer, und wenn er Kosciusko verteidigte oder einen Engpaß stürmte. Er ist vielleicht mutig, aber ich kann ihn mir nicht als Helden vorstellen. Ich bedauere, wenn ich ihm unrecht tue. Wen ich lieben soll, der muß mich in meiner Phantasie beschäftigen. Er beschäftigt mich aber überhaupt nicht.«

»Aber *du* ihn desto mehr. Othegraven hat Heimlichkeiten, flüsterte mir noch gestern unser alter Seidentopf zu. – Doch es schlägt neun, und wir vergessen über dem Plaudern unser Abendbrot.«

Damit erhob sich Renate und schritt auf eine Rokokokommode zu, auf deren überall ausgesprungener Perlmutterplatte Maline, ehe sie das Haus verließ, ein großes Cabaret mit kaltem Aufschnitt samt Tischzeug und Teller gestellt hatte.

Das Sofa und die Kommode standen an derselben Wand, und zwischen ihnen war nur der Raum frei, wo sich die früher aus diesem Fremdenzimmer in die Amts- und Gerichtsstube führende Tür befunden hatte. Diese Türstelle, weil nur mit einem halben Stein zugemauert, bildete eine flache Nische und war deutlich erkennbar.

Renate, in ihrer Plauderei fortfahrend, war eben – während Kathinka die Lampe aufhob – im Begriff, das Cabaret, das nach damaliger Sitte in einer Holzeinfassung stand, auf den Tisch zu setzen, als sie etwas klirren hörte.

Sie sah die beiden anderen Mädchen an. »Hörtet ihr nichts?«

»Nein.«

»Es klirrte etwas.«

»Du wirst mit dem Cabaret an die Teller gestoßen haben.«

»Nein, es war nicht hier, es war nebenan.«

Damit legte sie das Ohr an die Wand, da, wo die vermauerte Tür war.

»Wie du uns nur so erschrecken konntest«, sagte Kathinka. Aber ehe sie noch ausgesprochen hatte, hörten alle drei deutlich, daß in dem großen Nebenzimmer ein Fensterflügel aufgestoßen wurde. Gleich darauf ein Sprung, und dann vorsichtig tappende Schritte, vielleicht nur vorsichtig, weil es dunkel war. Es schienen zwei Personen. Und in dem weiten Hause niemand außer ihnen, keine Möglichkeit des Beistandes; sie ganz allein. Marie flog an die Tür und riegelte ab; Kathinka, ohne sich Rechenschaft zu geben, warum, schraubte die Lampe niedriger. Nur noch ein kleiner Lichtschimmer blieb in dem Zimmer.

Renate legte wieder das Ohr an die Wand. Nach einer Weile

hörte sie deutlich den scharfen, pinkenden Ton, wie wenn mit Stahl und Stein Feuer angeschlagen wird; sie horchte weiter, und als der Ton endlich schwieg, war ihre Phantasie so erregt, daß sie wie hellsehend alle Vorgänge im Nebenzimmer zu verfolgen glaubte. Sie sah, wie der Schwamm angeblasen wurde, wie der Schwefelfaden brannte und wie die beiden Einbrecher, nachdem sie auf dem Schreibtisch umhergeleuchtet, das Wachslicht anzündeten, mit dem der Vater die Briefe zu siegeln pflegte. Alles war Einbildung, aber einen Lichtschein, während sie den Kopf einen Augenblick zur Seite wandte, sah sie jetzt wirklich, einen hellen Schimmer, der von der Amtsstube her auf das Schneedach des alten gegenübergelegenen Wohnhauses fiel und von dort über den dunkelen Hof hin zurückgeworfen wurde.

Die Mädchen sprachen kein Wort; alle unter der unklaren Vorstellung, daß Schweigen die Gefahr, in der sie sich befanden, verringere. Sie reichten sich die Hand und lugten nach der Auffahrt und, soweit es ging, nach der Dorfgasse hinüber, von der allein die Hilfe kommen konnte.

Nebenan war es mittlerweile wieder lebendig geworden. Es ließ sich erkennen, daß sich die Strolche sicher fühlten. Sie warfen ein Bündel Nachschlüssel wie mit absichtlichem Lärmen auf die Erde und fingen an, sich an der großen, neben der Tür stehenden Truhe, darin das Geld und die Dokumente lagen, zu schaffen zu machen. Sie probierten alle Schlüssel durch, aber das alte Vorlegeschloß widerstand ihren Bemühungen.

Ein Fluch war jetzt das erste Wort, das laut wurde; dann sprangen sie, die bis dahin größerer Bequemlichkeit halber vor der Truhe gekniet haben mochten, wieder auf und begannen, wenn der Ton nicht täuschte, an der inneren, die beiden Stuben voneinander trennenden Wand hin auf den Realen umherzusuchen. Sie rissen die Bücher in ganzen Reihen heraus und fegten, als sie auch hier nichts ihnen Passendes entdeckten, mit einer einzigen Armbewegung den Sims ab, so daß alles, was auf demselben stand: chinesische Vase, Büste, Dragonerkasketts, mit lautem Geprassel an die Erde fiel. Ihre Wut schien mit der schlechten Ausbeute zu wachsen, und sie rüttelten jetzt an der alten Tür, die nach dem Korridor hinausführte. Wenn sie nachgab!

Die Mädchen zitterten wie Espenlaub. Aber das schwere Türschloß widerstand, wie vorher das Truhenschloß widerstanden hatte.

Die Gefahr schien vorüber; noch ein Tappen, wie wenn in Dunkelheit der Rückzug angetreten würde; dann alles still.

Renate atmete auf und schritt auf den Tisch zu, um die Lampe wieder höherzuschrauben; aber im selben Augenblicke fuhr sie zurück; sie hatte deutlich einen Kopf gesehen, der von der Seite her sich vorbeugte und in das Zimmer hineinstarrte.

Keines Wortes mächtig und nur mühsam an der Sofalehne sich haltend, wies sie auf das Fenster, vor dem jetzt wie ein Schattenriß eine Gestalt stand, die mit der Linken an dem Weingeäst sich klammerte, während die mit einem Fausthandschuh überzogene Rechte die Scheibe eindrückte und nach dem Fensterriegel suchte, um von innen her zu öffnen.

Alle drei Mädchen schrien laut auf und stoben auseinander; Kathinka, aller sonstigen Entschlossenheit bar, faltete die Hände und versuchte zu beten, Renate riß an der Klingelschnur, gleichgiltig gegen die Vorstellung, daß niemand da sei, die Klingel zu hören, während Marie, von äußerster Angst erfaßt, in die Gefahr hineinsprang und, ohne zu wissen, was sie tat, zu einem Stoß gegen die Brust des Draußenstehenden ausholte. Aber ehe der Stoß traf, knackte und krachte die Spalierlatte, und die dunkele Gestalt draußen stürzte auf den Schnee des Hofes nieder.

Keines der Mädchen wagte es, einen Blick hinaus zu tun, aber sie hörten jetzt deutlich den Ton der Flurglocke, die Renate fortfuhr zu läuten, und gleich darauf das Anschlagen eines Hundes. Es war ersichtlich, daß Hektor seine neben der Herdwand liegende warme Binsenmatte dem Tanzvergnügen im Krug vorgezogen und, ohne daß jemand davon wußte, das Haus gehütet hatte. Er stand jetzt unten auf der Flurhalle, unsicher, was das Läuten meine, und sein Bellen und Winseln schien zu fragen: wohin? Aber er sollte nicht lange auf Antwort warten. Renate, die Tür öffnend, rief mit lauter Stimme den Korridor hinunter: »Hektor!« und ehe noch der Ton in dem langen Gange verklungen war, hörte sie das treue Tier, das in mächtigen Sätzen treppan sprang und im nächsten Augenblicke schon der jungen Herrin seine Pfoten auf die Schulter legte. Jegliche Angst war jetzt von ihr abgefallen; sie faßte mit der Linken das Halsband des Hundes, um Halt und Stütze zu haben, und flog dann mit ihm treppab über den Hof hin. Als sie eben von der Auffahrt her in die Dorfgasse einbiegen wollte, stand der alte Vitzewitz vor ihr.

»Gott sei Dank, Papa – Diebe – komm!«

Im nächsten Augenblick war der Alte in dem Zimmer oben, wo sich Kathinka weinend an seinen Hals warf, während Marie ihm mit noch zitternden Lippen die Hände küßte.

15. KAPITEL

Die Suche

Der andere Morgen sah die Familie samt ihren Gästen wie gewöhnlich im Eckzimmer des Erdgeschosses versammelt. Nur Renate fehlte; sie hatte Fieber, und ein Bote war bereits unterwegs, um den alten Doktor Leist von Lebus herbeizuholen. Das Gespräch drehte sich natürlich um den vorhergehenden Abend, und Kathinka, die sich in übertriebener Schilderung ihrer ausgestandenen Angst gefiel, suchte hinter Selbstpersiflierung ein Gefühl gekränkter Eitelkeit, das sie nicht loswerden konnte, zu verstecken. Sie geriet dabei in einen halb scherzhaften Ton, der aber dem alten Vitzewitz durchaus nicht zuzusagen schien. Er schüttelte den Kopf und wurde seinerseits immer ernster.

Aus den Einzelheiten der Unterhaltung war so viel zu ersehen, daß Berndt, um den Tanz im Kruge nicht zu stören, alles Alarmschlagen verboten, selbst ein Revidieren der Amts- und Gerichtsstube hinausgeschoben und sich damit begnügt hatte, Hof und Park durch einen aus Kutscher Krist und Nachtwächter Pachaly gebildeten Wachtposten abpatrouillieren zu lassen. Jeetze, der sich auch dazu gemeldet, war wegen Alter und Hinfälligkeit und unter Anerkennung seines guten Willens zu Bette geschickt worden.

Es schlug neun, als unser Freund Kniehase, der erwartet war, von der Auffahrt her über den Hof kam. Tubal und Lewin, die am Fenster standen, sahen und grüßten ihn. Gleich darauf meldete Jeetze: »Schulze Kniehase.«

»Soll eintreten.«

Berndt ging ihm entgegen, gab ihm die Hand und schob einen Stuhl an den Tisch.

»Setzen Sie sich, Kniehase. Was wir zu sprechen haben, ist kurz und kein Geheimnis. Kathinka, bleib! Es kommt alles schneller, als ich erwartete, aber vorbereitet oder nicht, wir dürfen nichts hinausschieben. Es ist keine Stunde zu verlieren, wir müssen wissen, wen wir vor uns haben. Unser eigenes Gesindel hätte sich nicht an Hoppenmarieken gemacht. Ich bleibe dabei, es ist fremdes Volk; Marodeurs von der Grenze.«

Kniehase schüttelte den Kopf.

»Gut, ich weiß, daß Sie anders denken. Es wird sich zeigen, wer recht hat, Sie oder ich. Auf wieviel Leute können wir rechnen? Haben wir zehn oder zwölf, so rücken wir aus. Heute noch, gleich.«

»Bis auf zehn werden wir kommen, wenn der gnädige Herr sich selber mitrechnen und die jungen Herren. Ich habe Nachtwächter Pachaly auf die Lose geschickt, zu Schwartz und Metzke und auch zu Dames, das sind die jüngsten. Aber er kann vor Mittag nicht wieder da sein. Wir müssen also nehmen, was wir hier im Dorfe finden.«

»Und das sind?«

»Nicht viele.«

»Kümmritz?«

»Kann nicht, hat wieder das Reißen.«

»Müller Miekley?«

»Der will nicht. Er hat etwas von Aufstand gehört und von Krieg führen ohne den König, das hat ihn stutzig gemacht: ›Wer das Schwert nimmt, der soll durch das Schwert umkommen.‹ Wir müssen uns hinter Uhlenhorst stecken, der hat die Altlutherischen in der Tasche.«

»Und Kallies?«

»Der will, aber ich kenne ›Sahnepott‹, er hat das Zittern und kann kein Blut sehen.«

»Nun, denn Krull und Reetzke?«

»Ja, die kommen, und Dobbert und Roloff auch, das sind

vier Gute. Und dann die beiden Scharwenkas, der Alte und der Jungsche, und auch Hanne Bogun, der Scharwenkasche Hütejunge.«

»Der Hütejunge?« fragte Lewin, »er hat ja nur einen Arm.«

»Aber vier Augen, junger Herr, den müssen wir haben. Er sieht wie ein Habicht und klettert.«

»Gut, Kniehase, so wären wir unser zehn. Es muß ausreichen für eine erste Suche, und nun wollen wir, ehe die Bauern kommen, die Amtsstube revidieren; vielleicht, daß wir etwas finden, das uns einen Fingerzeig gibt.«

Sie stiegen in das erste Stockwerk, auch Kathinka folgte, dem alten Schulzen, neben dem sie ging, auf Flur und Treppe vorplaudernd, daß seine Pflegetochter die mutigste von ihnen und zugleich die erste Ursach ihrer Rettung gewesen sei.

So waren sie, der alte Vitzewitz immer um ein paar Schritte vorauf, bis an die Türe der Amtsstube gekommen, die sie jetzt nicht ohne ein gewisses und, wie sich im nächsten Augenblicke zeigen sollte, nur allzu gerechtfertigtes Grauen öffneten. Eine grenzenlose Verwüstung starrte ihnen entgegen; Bücher und Scherben, alles durcheinander, über das ganze Zimmer hin Flecke von abgetropftem Wachs, und auf der Platte des großen Schreibtisches ein Brandfleck, von dem Schwamm oder Schwefelfaden herrührend, den die Strolche hier sorglos aus der Hand geworfen hatten. Neben der Truhe lag noch ein Stemmeisen und auf dem Fensterbrett ein dicker, halb zerrissener Fausthandschuh.

Es waren nicht Gegenstände, die, wie sie auch von Hand zu Hand gingen, auf eine bestimmte Spur hätten hindeuten können, und so in gewissem Sinne enttäuscht, schritten alle wieder in das Erdgeschoß zurück, wo sie jetzt die Bauern samt dem jungen Scharwenka und Hanne Bogun, dem Hütejungen, bereits versammelt fanden. Es wurde beschlossen, zunächst auch noch den Hof abzusuchen oder wenigstens die Stelle, von wo aus der Einbruch ausgeführt worden war. Hier stand noch die vom Wirtschaftshof herbeigeschleppte Leiter, deren sich die Diebe bedient hatten. Lewin stieg die Sprossen hinauf und revidierte das äußere Fenstersims, während Tubal und der junge Scharwenka unten im Schnee nachforschten; aber selbst von den zahlreichen Fußstapfen, die, um den Giebel des Hauses herum, nach der Parkallee und dem Parke selber führten, konnte schließlich nicht festgestellt werden, ob sie von den Dieben oder von Krist und Pachaly herrührten.

»So geben wir es auf«, sagte Berndt, »und sehen, ob wir auf Gorgast und Manschnow zu etwas finden.«

Jeetze brachte die Flinten, und der abmarschierende Männertrupp war eben im Begriff, vom Hofe her auf die Dorfgasse zu treten, als sie hinter sich einen Schäferpfiff hörten und, sich wendend, des Scharwenkaschen Hütejungen ansichtig wurden, der, vorläufig noch zurückgeblieben, mittlerweile die Leiter von dem Amtsstubenfenster an das Fenster der Nebenstube gestellt und auf eigene Hand weitergesucht hatte.

Er winkte jetzt lebhaft mit dem losen Ärmel seines Stummelarmes und gab Zeichen, aus denen sich schließen ließ, daß er einen Fund gemacht habe.

Die Männer kehrten um. Als sie dicht heran waren, hielt ihnen Hanne Bogun einen Messingknopf entgegen.

»Wo lag er?« fragte der alte Vitzewitz in lebhafter Erregung.

Der Hütejunge, ohne Antwort zu geben, sprang wieder die Leiter hinauf und legte den Knopf auf dieselbe Stelle, von wo er ihn weggenommen hatte. Es war das Querholz, das dicht unter dem Fenster hinlief, und so konnte nicht wohl ein Zweifel sein, daß bei dem Zusammenbrechen des unteren Spaliers die scharfe Kante der oberen Latte den Knopf abgestreift hatte. Er war von einer französischen Uniform. In der Mitte ein N, während der Rand der Innenseite die Umschrift zeigte: 14e Rég. de ligne.

Berndt triumphierte, seine Vermutungen schienen sich bestätigen zu sollen, die Bauern stimmten ihm bei. Nur Kniehase schüttelte nach wie vor den Kopf. Es kam aber zu weiter keinen Auseinandersetzungen, und nachdem der Knopf reihumgegangen war, brachen alle wieder auf. Der Hütejunge, der zwei Jagdtaschen trug, folgte.

Sie hielten zunächst die große Straße in der Richtung auf Küstrin zu. Als sie bis zu der Stelle gekommen waren, wo vor zwei Tagen Hoppenmarieken angefallen und fast erwürgt worden war, bogen sie rechts ab auf dasselbe Wäldchen zu, von dem aus Tubal und Lewin ihren Wettlauf über den verschneiten Sturzacker hin gemacht hatten. Die Bauern kannten aber ihr Terrain besser und wählten einen festgetretenen Fußweg, der auf die Mitte des Gehölzes zulief.

Hier angekommen, wurde beratschlagt, ob man dasselbe absuchen solle. Der alte Scharwenka, der seit fünfundzwanzig Jahren immer nur in einem hohen Federbett geschlafen hatte, hielt es für unmöglich, daß man bei zwölf Grad Kälte unter freiem Himmel nächtigen und sich mit einer Zudecke von Schneeflocken behelfen könne; Kniehase war aber anderer Meinung und setzte, sich auf seine Feldzugserfahrungen berufend, auseinander, daß es nichts Wärmeres gebe als eine mit Stroh ausgelegte Schneehütte. Daraufhin wurde denn das Absuchen beschlossen; aber sie kamen bis an den jenseitigen Rand, ohne das geringste gefunden zu haben. Nirgends weggeschaufelter Schnee, kein Reisig, keine Feuerstelle.

Man mußte sich nun schlüssig machen, ob man sich auf das diesseitige, zwischen Gorgast, Manschnow und Rathstock gelegene Terrain beschränken oder aber zugleich auch auf das andere Flußufer übergehen und die ganze Strecke von den Küstriner Pulvermühlen an bis zum Entenfang und vom Entenfang bis Kirch-Göritz hin abpirschen wolle. Man entschied sich für das letztere, so daß im wesentlichen dieselben Punkte berührt werden mußten, an denen Tubal und Lewin, als sie den Dr. Faulstich besuchten, auf ihrem Hin- und Rückwege vorübergekommen waren. Dies festgestellt, einigte man sich dahin, daß, um größerer Bequemlichkeit willen, die Mannschaften in zwei, nach rechts und links hin abmarschierende Trupps geteilt werden sollten, was – wenn nichts vorfiel und an vorausbestimmter Stelle richtig eingeschwenkt wurde – zu einem Mittagsrendezvous in Nähe des Neu-Manschnower Vorwerks führen mußte. Den einen Trupp führte Kniehase, den anderen Berndt. Bei diesem letzteren waren, außer Tubal und Lewin, der junge Scharwenka und Hanne Bogun, der Hütejunge.

Der Berndtsche Trupp hielt sich rechts. Um einen freien Überblick zu haben, gaben sie den am diesseitigen Abhang sich hinschlängelnden Fußpfad auf und erstiegen die Höhe. Das

Wetter war klar, aber nicht sonnig, so daß kein Flimmern die Aussicht störte. Berndt und Tubal hatten einen Vorsprung von fünfzig Schritt und waren alsbald in einem Gespräch, das selbst die Aufmerksamkeit des ersteren mehr als einmal von den Außendingen abzog. Tubal erzählte von seinen Kinderjahren, seiner in Paris lebenden Mutter, von Kathinka und schüttete sein Herz aus über das unruhige und widerspruchsvolle Leben, das er von Jugend auf geführt habe.

»Ich habe kein Recht, die Motive zu kritisieren, die meinen Papa bestimmt haben mögen, sich zu expatriieren, aber er hat uns durch diesen Schritt, den er tat, keinen Segen ins Haus gebracht. Unser Name ist polnisch und unsere Vergangenheit und zu bestem Teil auch unser Besitz, soweit wir ihn vor der Konfiskation gerettet haben. Und nun sind wir Preußen! Der Vater mit einer Art von Fanatismus, Kathinka mit abgewandtem, ich mit zugewandtem Sinn, aber doch immer nur mit einer Liebe, die mehr aus der Betrachtung als aus dem Blute stammt. Und wie wir nicht recht ein Vaterland haben, so haben wir auch nicht recht ein Haus, eine Familie. Und das ist das Schlimmste. Es fehlt uns der Mittelpunkt. Kathinka und ich, wir sind aufgewachsen, aber nicht auferzogen. Was wir an Erziehung genossen haben, war eine Erziehung für die Gesellschaft. Und so leben wir bunte Tage, aber nicht glückliche, wir zerstreuen uns, wir haben halbe Freuden, aber nicht ganze, und sicherlich keinen Frieden.«

Dem alten Vitzewitz war kein Wort verlorengegangen. Er kannte das Leben der Ladalinskis bis dahin nur in den großen Zügen, und das Ansehen, das der Vater in einzelnen prinzlichen Kreisen genoß, sein auch jetzt noch bedeutendes Vermögen, vor allem aber das jeder Engherzigkeit Entkleidete, das alle Mitglieder dieses Hauses gleichmäßig auszeichnete, hatte ihn eine Verbindung mit demselben stets als etwas in hohem Maße Wünschenswertes erscheinen lassen. Heute zum ersten Male, während er doch zugleich den Bekenntnissen Tubals mit gesteigerter Teilnahme folgte, beschlich ihn ein Zweifel, ob es geraten sein würde, das Schicksal seiner beiden Kinder an das dieser Familie zu ketten.

Auch Lewin und der junge Scharwenka plauderten lebhaft.

Sie waren gleichalterig, weshalb denn auch Lewin, dem Wunsche des alten Spielkameraden nachgebend, das ehemalige »Du« beibehalten hatte. Hanne Bogun schritt pfeifend hinter ihnen und unterhielt sich damit, Vogelstimmen nachzuahmen.

»Wie steht es mit Maline?« fragte Lewin.

»Schlecht oder gar nicht, sie hat mir abgeschrieben.«

»Ich habe davon gehört. Aber du sollst sie ja gekränkt haben; du hättest ihr ihre Armut vorgeworfen.«

»Das erzählt Fräulein Renate, die alles glaubt, was ihr Maline sagt. Sehen Sie, junger Herr, das ist nun das Allerhäßlichste an ihr, daß sie nicht die Wahrheit sagt und mich verschwatzt. Und ich litt' es auch nicht, bloß daß ich denke, man kann doch nicht wissen, wie es kommt. Und dann will ich die, die vielleicht doch noch meine Frau wird, nicht schon vorher in aller Leute Mäuler gebracht haben.«

»Aber du mußt ihr doch etwas zuleide getan oder ihr irgendwas gesagt haben, das sie dir übelnehmen konnte.«

»Ja, weil sie alles übelnimmt. In dem Briefe, worin sie mir abschrieb, stand: ›Wir Scharwenkas hätten einen Bauernstolz‹; aber, junger Herr, wenn wir den Bauernstolz haben, dann haben die Kubalkes den Küsterstolz. Ihr Vater, der alte Kubalke, hat ja den Kirchenschlüssel, und dann und wann sonntags, wenn der Pastor Abhaltung hat, liest er uns auch das Evangelium vor. Und er kann auch Grabschriften machen und Verse zu Hochzeiten und Kindelbier. Daneben müssen sich denn freilich die Bauern verstecken; wenigstens glauben das alle Kubalkes, als ob es selber ein Evangelium wäre. Und die kleine Eve drüben in Guse, das ist die schlimmste, denn die gnädige Gräfin verwöhnt sie jeden Tag mehr.«

»Aber Maline?«

»Ja, Maline! Sie ist nicht so schlimm wie die Eve, aber eitel und hochmütig ist sie auch. Und seit Martini, wo der alte Justizrat hier war und zu ihr sagte: ›Maline sei ein wendisches Wort und heiße Himbeere, und sie heiße nicht bloß so, sie *sei* auch eine‹, seit diesem Tage ist mit ihr kein Auskommen mehr. Und wie kam es denn? Und was hat sie mir denn übelgenommen? Ich sollte ihr das große karierte Tuch holen, und als ich es ihr nun wirklich geholt hatte, da wollte sie, daß ich es ihr auch umhängen sollte. Da sagte ich zu ihr: ›Du bist keine Prinzeß, Maline, du bist eines armen Schulmeisters Tochter.‹ Und da verschwatzt sie mich nun und klagt den Leuten vor, ich hätte ihr ihre Armut vorgeworfen! Und was war es? Ihren Hochmut hab' ich ihr vorgeworfen. Aber Worte verdrehen und Lügen aufputzen, als ob es die Wahrheit wäre, darauf versteht sie sich. Und wenn ich ihr nicht so gut wäre – denn der alte Justizrat hat eigentlich recht –, so wär' es schon lange mit uns aus gewesen. Nun ist es auch wirklich vorbei; aber ich denke doch immer noch, es soll wieder einklingen.«

Unter solchem Geplauder, das den mitteilsamen Krügerssohn ganz und gar und den ihm zuhörenden, meist nur Fragen stellenden Lewin wenigstens halb in Anspruch genommen hatte, hatten beide junge Männer nicht darauf geachtet, daß das Pfeifen hinter ihnen still geworden war. Als sie sich von ungefähr umwandten, sahen sie den eine gute Strecke zurückgebliebenen Hanne Bogun, wie er, die beiden Jagdtaschen von der Schulter streifend, eben im Begriff stand, eine Kiefer zu erklettern, die sich nach oben hin in zwei weit voneinanderstehende Äste teilte. Es war dies der höchste Punkt der ganzen Gegend, und die Absicht des Hütejungen, von hier aus Umschau zu halten, lag klar zutage. Aber jede Betrachtung über das, was er wolle oder nicht wolle, ging in dem Schauspiel unter, das ihnen jetzt die Klettergeschicklichkeit des Einarmigen gewährte. Er klemmte den Stumpf fest, als ob er den Arm selbst gar nicht vermisse, und geschickt die am schlanken Stamm hin kurz abgebrochenen Aststellen benutzend, auf denen er sich wie auf Leitersprossen ausruhte, war er noch eher oben, als die beiden jungen Männer den Weg bis zu der Kiefer hin zurückgelegt hatten.

»Was gibt es, Hanne?«

Er machte von der Gabel aus, in der er jetzt stand, eine Handbewegung, als ob er nicht gestört sein wolle, und sah dann erst die Flußufer auf- und abwärts, zuletzt auch ins Neumärkische hinüber. Er schien aber nichts zu finden und glitt, nachdem er sein Auge den ganzen Kreis nochmals hatte beschreiben lassen, mit derselben Leichtigkeit wieder hinab, mit der er fünf Minuten vorher hinaufgestiegen war.

Er blieb nun, während die beiden jungen Männer rasch weiterschritten, in gleicher Linie mit ihnen und gab auf die kurzen Fragen, die Lewin von Zeit zu Zeit an ihn richtete, noch kürzere Antworten.

»Nun, Hanne, was meinst du, werden wir sie finden?«

Der Hütejunge schüttelte den Kopf in einer Weise, die ebensogut Zustimmung wie Zweifel ausdrücken konnte.

»Ich begreife nicht, daß die Gorgaster und Manschnower ihnen nicht besser aufpassen. Es gibt doch hier keine Schlupfwinkel, kaum ein Stückchen Wald; dabei liegt Schnee. Ich glaube, sie haben ihre Helfershelfer; sonst müßte man doch endlich Bescheid wissen.«

»Manch een mack et wol weeten?« sagte der Hütejunge.

»Ja, aber wer ist ›manch een‹?«

Der Hütejunge lächelte pfiffig vor sich hin und fing wieder an, eine Vogelstimme nachzuahmen, vielleicht aus Zufall, vielleicht auch, um eine Andeutung zu geben.

»Du machst ja ein Gesicht, Hanne, als ob du etwas wüßtest. An wen denkst du?«

Hanne schwieg.

»Es soll dein Schaden nicht sein. Nicht wahr, Scharwenka, wir kaufen ihm eine Pelzmütze und hängen ihm einen blanken Groschen an die Troddel! Nun, Hanne, wer ist ›manch een‹?«

Hanne schritt ruhig weiter, sah nicht links und nicht rechts und sagte vor sich hin: »Hoppenmarieken.«

Lewin lachte. »Natürlich, Hoppenmarieken muß alles wissen. Was ihr die Karten nicht verraten, das verraten ihr die Vögel, und was die Vögel nicht wissen, das weiß der Zauberspiegel. Dieselben Kerle, die sie gewürgt haben, werden ihr doch nicht ihren Zufluchtsort verraten haben.«

Der Hütejunge ließ sich aber nicht stören und wiederholte nur mit einem Ausdruck von Bestimmtheit: »Se weet et.«

Während dieses Gespräches hatten alle drei den Punkt erreicht, wo sie, nach der am Wäldchen getroffenen Verabredung, den auf der Höhe laufenden Fußweg aufgeben, nach links hin niedersteigen und über den Fluß gehen mußten. Ihnen gegenüber schimmerte schon der Kirch-Göritzer Turm, aber doch noch gute fünfhundert Schritt nach rechts hin, woran Lewin deutlich erkannte, daß der ihnen zu Füßen liegende, mit jungen Kiefern abgesteckte Weg nicht derselbe war, den er vorgestern mit Tubal passiert hatte, sondern ein Parallelweg, der wahrscheinlich auf die Rathstocker Fähre zuführte.

Der alte Vitzewitz und Tubal waren schon halb hinüber, als Lewin erst in den Kuschelweg einbog. Er sprach nicht, aber desto mehr beschäftigte ihn Hoppenmarieken. Es erschien ihm jetzt hinfällig, was er seinerseits gegen ihre Mitwissenschaft gesagt hatte; Streitigkeiten zwischen Diebsgenossen waren am Ende nichts Ungewöhnliches, und wenn ein Rest von Unwahrscheinlichkeit blieb, so schwand er doch vor der Bestimmtheit, mit der Hanne Bogun sein »Se weet et« ausgesprochen hatte. War doch der Hütejunge, so sagte sich Lewin, zu dieser Bestimmtheit mutmaßlich nur allzu berechtigt. Denn wenn es jemanden auf der Hohen-Vietzer Feldmark gab, der Hoppenmarieken in ihren Schlichen und Wegen nachgehen oder doch ihr Treiben auf der Landstraße, ihre Begegnungen und Tuscheleien beobachten konnte, so war es eben Hanne, der sommerlang das Scharwenkasche Vieh hütete und entweder in einem ausgetrockneten Graben oder versteckt im hohen Korne lag.

Unter solchen Betrachtungen hatte Lewin die Mitte des Flusses erreicht, der alte Vitzewitz und Tubal waren schon am jenseitigen Ufer und kletterten eben den steilen Rand hinauf. Zur Linken Lewins ging der junge Scharwenka, beide nach wie vor im Schweigen und des Hütejungen nicht achtend, der wieder ein paar Schritte hinter ihnen zurückgeblieben war.

Aber in diesem Augenblick drängte sich Hanne, rasch über das Eis hinschlitternd, an die Seite seines jungen Herrn, zupfte ihn am Rock und sagte, mit seinem losen Ärmel nach links hinzeigend: »Jungschen Scharwenka, kiek eens.«

Des Krügers Sohn blieb stehen, Lewin auch, und beide lugten nun scharf nach der Richtung hin, die ihnen Hanne bezeichnet hatte.

»Ich sehe nichts«, rief Scharwenka und wollte weiter.

Aber Hanne hielt ihn fest und sagte: »Tööf en beten, grad ut, mang de Pappeln; jitzt.«

Hanne hatte recht gesehen. Zwischen zwei Pappeln, die mitten auf dem Eis zu stehen schienen, wirbelte ein dünner Rauch auf. Dann und wann schwand er, aber im nächsten Augenblicke war er wieder da.

»Jetzt haben wir sie! Wo Rauch ist, ist auch Feuer. Vorwärts!«

Damit bogen beide junge Männer aus dem querlaufenden Kuschelweg in die große, die Mitte des Stromes haltende und für Schlitten und Wagen bequem fahrbare Längsallee ein, während Hanne, zur Meldung des Tatbestandes und mit der Aufforderung, umzukehren, an den alten Vitzewitz und Tubal abgeschickt wurde.

Lewin und der junge Scharwenka setzten inzwischen ihren Weg fort, machten aber lange Pausen, bis sie wahrnahmen, daß Hanne die beiden bereits am anderen Ufer Befindlichen eingeholt und ihnen seine Meldung ausgerichtet hatte. Nun schritten auch sie wieder schneller vorwärts. Bald entdeckten sie, daß das, was sie kurz vorher noch für eine mit zwei hohen Pappelweiden besetzte Landzunge gehalten hatten, eine jener kleinen Rohrinseln war, denen man in der Oder so häufig begegnet. Das einfassende Rohr, wenn auch hier und dort durch die Schneemassen niedergelegt, ließ sich deutlich erkennen; alles aber, was dahinterlag, war durch ebendiesen Einfassungsgürtel verborgen.

Sie gaben nun auch die große Längsallee auf, hielten sich halb links und tappten sich durch den außerhalb der Fahrstraße fußhoch liegenden Schnee auf die Insel zu. Als sie dicht heran waren, verschwanden ihnen zuerst die Rauchwölkchen, bald auch die beiden Pappeln, und im nächsten Augenblicke standen sie vor dem Schilfgürtel selbst. Lewin wollte den Durchgang forcieren, überzeugte sich aber, daß dies unmöglich sei. Auch war es überflüssig. Während seiner Anstrengungen hatte der junge Scharwenka einen mannsbreiten Gang entdeckt, der mit der Sichel durch das Rohr geschnitten war; er winkte Lewin heran, und beide drangen nun vor, nicht ohne Schwierigkeiten, da der Wind zahllose Halme in den Gang hineingeweht und diesen an manchen Stellen wieder verstopft hatte. Endlich waren sie durch den Rohrgürtel, der eine Tiefe von fünfzehn Schritt haben mochte, hindurch, und das wenige, was noch verblieb, als eine Art Schirm benutzend, sahen sie jetzt, von gesicherter Stelle aus, auf das Innere der Insel.

Das Bild, das sich ihnen bot, war überraschend genug und berührte sie, als ob sie auf einen leidlich instand gehaltenen Wirtschaftshof blickten. Alles war von einer gewissen Ordnung und Sauberkeit. Der Schnee lag zusammengefegt zu beiden Seiten; eine Kuh, die mit dem linken Vorderfuß an eine der beiden Pappeln gebunden war, nagte von einem durch Strohbänder zusammengehaltenen Heubündel, während in der Nähe der anderen Pappel ein hochbepackter Schlitten stand, der unter seiner mit Stricken umwundenen Segelleinwand den Ertrag des letzten Fanges bergen mochte.

So der Hof, dessen friedliches Bild nur noch von dem Anblick des als Wohnhaus dienenden Holzschuppens übertroffen wurde. Dieser Holzschuppen, von beiden Seiten her mit Schnee umkleidet, nicht viel anders, als ob er in einen Schneeberg hineingebaut worden wäre, schien aus drei Räumen von verschiedener Größe zu bestehen. Die beiden kleinen, die als Stall und Küche dienten, waren offen, während der dritte, größere Raum mit zwei alten Brettern und einer funkelnagelneuen Tür zugestellt war, deren Klinke, Haspenbeschlag und roter Ölfarbenanstrich über ihren Gorgaster oder Manschnower Ursprung keinen Zweifel gestattete. Vor dem aufgemauerten Herd, auf dem ein mäßiges Reisigfeuer brannte, stand, mit Abschäumen und Töpferücken beschäftigt, eine noch junge Frau, dann und wann zu einem Blondkopf sprechend, der auf einem Futtersack dicht an der Schwelle saß. Als Rauchfang, wie Lewin deutlich erkennen konnte, diente ein Ofenrohr, das zwei Handbreit über das Schneedach hinausragte. In dem offenen Stalle stand ein Pferd und klapperte mit der Eisenkette.

»Das ist Müller Krieles Brauner«, sagte Scharwenka.

Beide junge Männer zogen sich nach dieser ihrer Rekognoszierung wieder an den äußeren Rand des Schilfgürtels zurück, um hier auf die Ankunft ihres Sukkurses zu passen. Sie hatten nicht lange zu warten. Berndt und Tubal, von dem Hütejungen gefolgt, waren bereits dicht heran, und gleich darauf drängten alle fünf, durch den schmalen Gang hin, wieder auf den Punkt zu, von wo aus Lewin und der junge Scharwenka ihre Beobachtungen angestellt hatten. Im Flüstertone wurde Kriegsrat gehalten und das Abkommen getroffen, daß Tubal und Hanne Bogun auf die Frau losspringen, die beiden Vitzewitze samt ihrem Krügerssohn aber in den mit den zwei Brettern und der roten Tür zugestellten Raum eindringen sollten.

Es war sehr wahrscheinlich, daß sich die Strolche, um den auf ihren nächtigen Streifzügen versäumten Schlaf wieder einzubringen, hier zur Ruhe niedergelegt hatten; erwies sich diese Voraussetzung aber auch als Irrtum, so hatte man wenigstens die Frau, mit deren Hilfe es nicht schwer halten konnte, die etwa ausgeflogenen Vögel einzufangen.

»Eins, zwei, drei!« ein Sprung über den Hof hin, und im nächsten Moment schrie die Frau auf, während Berndt und Scharwenka, gefolgt von Lewin (der Bretter und Tür mit leichter Mühe niedergerissen hatte), in den mit Blak- und Branntweindunst angefüllten Raum hineindrängten. Das hell einfallende Tageslicht ließ alles rasch erkennen. An den Wänden, links und rechts hin, standen zwei kienene Bettstellen, die, wie draußen die rotangestrichene Tür, einst bessere Tage gesehen haben mochten. Jetzt waren sie mit Strohsäcken bepackt, auf und unter denen in voller Kleidung zwei Kerle mit übrigens noch mehr gedunsenem als verwildertem Gesicht in festem Schlafe lagen.

»Ausgeschlafen?« donnerte Berndt und setzte dem an der rechten Wand Liegenden den Kolben auf die Brust.

Der so Angeschriene fuhr sich schlaftrunken über die Augen und starrte dann mit einem Ausdruck, in dem sich Schreck und Pfiffigkeit zu einer Grimasse verzogen, auf den alten Vitzewitz, der, als er den guten Effekt sah, den die Überraschung ausgeübt hatte, das Gewehr wieder ruhig über die Schulter hing und beiden Strolchen zurief: »Macht euch fertig!«

Im Nu waren sie auf den Beinen; beide mittelgroß und Männer von Vierzig. Der eine war nach Landessitte in eine dickwollene Tagelöhnerjacke, der andere in einen französischen Soldatenrock gekleidet, beide mit Holzschuhen an den Füßen, aus denen lange Strohhalme heraussahen. Ihren Anzug aufzubessern, dazu war nicht Zeit noch Gelegenheit. Auf einer als Tisch dienenden Kiste stand ein Blaker mit niedergeschweltem Licht; daneben zwei bauchige Flaschen von grünem Glase, drin ein Korbmuster eingedrückt war, auch ein Tschako und eine Filzmütze. Sie bedeckten sich damit, ließen die Flaschen, in denen noch ein Rest sein mochte, in ihre Tasche gleiten und stellten sich dann in eine Art von militärischer Positur, wie um ihre Marschbereitschaft auszudrücken. Berndt machte eine Handbewegung: »Vorwärts!«

Draußen drängte sich der im Soldatenrock an die Seite des jungen Scharwenka und fragte mit einer halben Vertraulichkeit: »Wohenn geiht et?«

»An den Galgen!«

Der Strolch grinste: »Na, Jungschen Scharwenka, so dull sall et ja woll nich wihren!«

»Ihr kennt mich?«

»Wat wihr ick Se nich kennen? Ick bin ja Muschwitz von Großen-Klessin.«

»So, so; und der andere?«

»Rosentreter von Podelzig.«

Der junge Scharwenka warf den Kopf in die Höhe, als ob er sagen wollte: »So sieht er auch aus.« Damit schritten sie über den Hof auf den schmalen Gang zu, der durch das Schilf führte.

Eine halbe Stunde später hatte die kleine Kolonne den vorausbestimmten Rendezvousplatz, das Neu-Manschnower Vorwerk, erreicht. Sie fanden den Kniehaseschen Trupp, der keinen Aufenthalt gehabt hatte, schon vor. Krull und Reetzke, nachdem alles erzählt worden, was zu erzählen war, erboten sich, den Gefangenentransport, der auf Frankfurt ging, zu übernehmen; eine Verstärkung dieser Eskorte war nicht nötig, da sowohl Muschwitz wie Rosentreter froh schienen, ihre Winterhütte mit unfreieren, aber bequemeren Verhältnissen vertauschen zu können. Die Frau, in betreff deren Zweifel herrschten, wem von den beiden sie zugehörte, folgte stumm, einen kleinen Schlittenkasten ziehend, in den sie das Kind hineingesetzt hatte.

Die Hohen-Vietzer traten gleichzeitig mit dem Abmarsch der Gefangenen ihren Rückweg an. Und zwar über das am diesseitigen Ufer liegende Manschnow. An der Mühle vorüberkommend, teilten sie dem alten Kriele mit, in welchem Stalle er seinen Braunen wiederfinden würde; auf dem Schulzenamte aber wurde Befehl zurückgelassen, daß die Manschnower, zu deren Revier die Insel gehörte, den Schuppen durchsuchen und durchgraben und alles geraubte Gut, das sich etwa finden würde, nach Frankfurt hin abliefern sollten.

16. KAPITEL

Von Kajarnak, dem Grönländer

Um zwei Uhr waren unsere Hohen-Vietzer wieder in ihrem Dorf und eine halbe Stunde später wußte jeder bis auf die letzten Lose hinaus, daß die Strolche gefunden und auf dem Wege nach Frankfurt seien. Im Kruge, wo sich bald einige Bauern, auch Kallies und Kümmeritz, versammelten, entsann man sich Muschwitzens sehr wohl, der immer ein Tagedieb und Taugenichts gewesen sei, und erging sich in Vermutungen, woher er den französischen Soldatenrock genommen haben könne, Vermutungen, die mit Totschlag begannen und über qualifizierten Diebstahl hin einfach bei Tausch oder Kauf endigten. Dies letztere war denn auch das wahrscheinlichste. In Küstrin, wo der Typhus jeden Tag die Reihen der französischen, zum Teil aus Hessen und Westfalen bestehenden Garnison lichtete, war zu solchen »Geschäften unter der Hand« die reichlichste Gelegenheit gegeben. Von Rosentreter wußte niemand. Das Lob des Hütejungen war auf aller Lippen.

Auch im Herrenhause riß das Erzählen gar nicht ab. Kathinka und Tante Schorlemmer wollten alles bis auf die kleinsten Züge wissen, und als es unten im Wohnzimmer nichts mehr zu berichten gab, wurde oben in Renatens Krankenzimmer das Berichterstatten fortgesetzt. Lewin saß eine Stunde lang an ihrem Bett und ließ der Reihenfolge nach erst das Absuchen des Wäldchens, dann den Überfall und den Transport der Gefangenen an ihrem Auge vorüberziehen. Nichts wurde vergessen; namentlich hob er aus seinem Gespräche mit dem jungen Scharwenka hervor, daß Maline unrecht habe, pries Hanne Boguns Umsicht und schilderte schließlich den Eindruck, den die auf dem Rohrwerder mitgefangene Frau auf ihn gemacht habe.

So kam die Tischstunde heran. Der alte Vitzewitz war in bester Laune, und so unbequem es ihm sein mochte, mit seiner Hypothese von den »Marodeurs« und »Deserteurs« eine arge Niederlage erlitten zu haben, so gewann er es doch über sich, was sonst nicht seine Art war, über sich selbst und seinen Rechnungsfehler zu scherzen. Wußte er doch, daß er schließlich recht behalten würde. Alles war nur Frage der Zeit.

Gleich nach Tisch sollte zu Graf Drosselstein nach Hohen-Ziesar hinübergefahren werden; Tubal und Kathinka schuldeten ihm ohnehin noch ihren Besuch, der, wenn er überhaupt noch gemacht werden sollte, nicht hinausgeschoben werden konnte. Denn am andern Tage schon sollte von Schloß Guse aus die Rückkehr beider Geschwister nach Berlin angetreten werden. Krist mit den Ponys hielt schon vor der Treppe, als die Tafel aufgehoben wurde; wenige Minuten später bog der Wagen von der Auffahrt her in die Dorfstraße ein. Kathinka, einer ihrer Passionen folgend, hatte die Leinen genommen und fuhr. Als sie an Miekleys Mühle vorüberkamen, begegnete ihnen Doktor Leist von Lebus, der sich getreulich einstellte, um nach seiner Kranken zu sehen. Nur kurze Grüße wurden gewechselt.

Alte-Doktor Leist, der seit zwanzig Jahren im Hohen-Vietzer Herrenhause so gut Bescheid wußte wie in seinem eigenen, stieg, nachdem er ein paar Worte mit Jeetze gewechselt und von dem großen Ereignis des Tages gehört hatte, treppan und trat bei Renaten ein.

Nur Maline war bei ihr. Das Schlafzimmer, jetzt auch Krankenzimmer, lag auf der der Gerichtsstube entgegengesetzten Seite des Hauses und war nur durch eine Giebelwand von dem mehrgenannten alten Querbau getrennt, der ehedem als Bankettsaal, dann als Kapelle gedient und nun längst schon seine früheren Bestimmungen mit der bescheidenen einer großen Obst- und Rumpelkammer vertauscht hatte. Am Ende des Korridors befand sich eine schmale Tür, die mit Hilfe einer hochstufigen Treppe die Verbindung mit diesem alten Querbau unterhielt. Doktor Leist trat an das Bett der Kranken, fühlte den Puls und sagte dann, während er eine fieberstillende Arznei auswickelte:

»Hier bring' ich etwas. Der alte Doktor Leist ist wie der Weihnachtsmann; er bringt immer etwas mit.«

»Nur der Weihnachtsmann bringt Süßes, und Doktor Leist bringt Bitteres.«

»Nicht doch, nicht doch, Renatchen. Da sollten Sie den alten Leist doch besser kennen. Der weiß, was sich schickt, und kennt seine deutschen Sprichwörter. Gleich und gleich gesellt sich gern. Und für so liebe kleine Fräuleins ist das Bittere gar nicht da.«

»Also sauer?«

»Sauer und süß; eine Doppellimonade.«

»Das ist recht. Ich fürchte mich vor jedem Löffel Medizin. Aber eine Doppellimonade, das mag gehen. Und wie ist es mit der Diät, Doktorchen?«

»Nicht zu streng. Sagen wir: ein Biskuit und etwas gestowtes Obst.«

»Nicht auch frisches?«

»Allenfalls auch frisches. Aber mit Auswahl. Etwa einen mürben Gravensteiner oder eine Kalville.«

»Danke, danke. Die lieb' ich gerade sehr. Und darf ich mir auch etwas vorplaudern lassen? Von Maline?«

»Gut, gut.«

»Oder von Tante Schorlemmer?«

»Noch besser. Sie wird, denk' ich, mehr kalmieren als irritieren. Und das ist genau, was wir brauchen.«

Damit empfahl sich Doktor Leist und versprach, am andern Tage wiederzukommen.

Der Alte war kaum fort, als Renate Malinen heranwinkte.

»Nun nimm eine Fußbank und setze dich zu mir; hier dicht an mein Bett. Wir haben ja des Doktors Erlaubnis. Und nun gib mir deine Hand. Ach, wie schön kühl du bist. Wenn ich nur eine ruhige Nacht hätte! Aber ich habe immer Bilder vor den Augen.«

»Das ist das Fieber.«

»Ja, das Fieber. Und das quält mich, daß ich den Anblick der armen Frau nicht loswerden kann.«

»Welcher Frau?«

»Die sie heute mittag auf dem Rohrwerder mit aufgespürt haben. Lewin sagte mir, daß kein rohes Wort, nicht einmal eine Klage über ihre Lippen gekommen sei.«

»Aber, Fräulein, es ist ja eine Diebin. Und keiner weiß, wem sie zugehört. Krist sagte mir: ›Sie hat zwei Männer oder keinen.‹ Und das ist doch schlimm, das eine wie das andere.«

»Ich habe doch Mitleid mit ihr, und so recht eigentlich schlecht kann sie nicht sein; denn sieh, sie hat nicht an sich gedacht, sondern erst an ihr Kind und hat es in einen kleinen Schlittenkasten gepackt und es mit sich genommen. Und nun seh' ich immer die lange Frankfurter Pappelallee vor mir, die kein Ende nimmt und weit, weit am Horizonte zu einem Punkte zusammenläuft. Und zwischen den Pappeln geht die Frau und zieht den Schlittenkasten, in dem das Kind sitzt, und wenn sie aufwärts, abwärts an den Punkt kommt, wo die Pappeln ein Ende zu nehmen schienen, dann tut sich eine neue Allee auf, die noch länger ist und wieder in einem Punkte zusammenläuft. Und die Frau wird immer matter und müder. Es peinigt mich. Ich wollte, daß ich das Bild loswerden könnte.«

»Krull und Reetzke sind ja gute Leute und werden ihr nicht mehr auflegen, als sie tragen kann.«

»Es sind Bauern, und Bauern sind hart und taub. Ich wollte, der junge Scharwenka hätte den Transport übernommen. Der ist schon anders und läßt mit sich reden.«

»*Der?*« fragte Maline.

»Ja, *der*. Und du mußt dich nicht gleich verfärben, wenn ich bloß seinen Namen nenne. Er hat mit Lewin gesprochen und ihm seine Not geklagt.«

»Er verklagt mich überall.«

»Das sagt er auch von dir. Und nun höre mich an, Maline, und wirf nicht den Kopf. Wir waren immer gute Freunde; so laß dir raten und sei nicht eigensinnig.«

Aber ehe Renate weitersprechen konnte, barg Maline den Kopf in ihrer Herrin Bettkissen und fing heftig an zu schluchzen.

»Und nun wirst du gar noch weinen! Aber weine nur. Es ist das erste Zugeständnis, daß du unrecht hast und daß der kleine Trotzkopf es nur noch nicht eingestehen will.«

»Er hat mir meine Armut vorgeworfen.«

»Nein, das hat er nicht. Er hat dir deinen Hochmut vorgeworfen. Und da hat er recht. Und er hat auch recht in allem, was er von euch Kubalkeschen Mädchen sagt. Das ist ein ewiges Nasenrümpfen und Vornehmtun von dir und der kleinen Eve drüben, und das lassen sich die Bauern nicht gefallen. Ihr wollt beide wie Stadtmädchen sein.«

Maline nickte.

»Und was hättest du denn in der großen Stadt? Ein bißchen Putz und ein paar Anbeter mehr. Aber was käme für dich dabei heraus? Ein städtisches Elend und eine Stabstrompeter- oder Kassenbotenfrau. Nein, Maline, bleib in Hohen-Vietz; es ist ein Glück, das du machst; sind doch die Scharwenkas die reichsten Leute im Dorf, und nicht die schlechtesten. Und er liebt dich und kann nicht von dir los, trotzdem er eigentlich möchte. Und siehe, das ist so recht die Liebe, wie ich sie mir auch immer gewünscht habe, daß man einen vor Ärger umbringen und zugleich vor Sehnsucht totküssen möchte.«

»Wie gut Fräulein Renate das alles beschreiben können. Aber *er* muß kommen.«

»Nein, du mußt kommen.«

Maline seufzte. Dann aber plötzlich bedeckte sie Renatens Hand mit Küssen, und aufatmend, als ob eine große Last von ihr genommen wäre, sagte sie: »Wie leicht mir wieder ums Herz ist! Ach, Fräulein, Fräulein, er ist ja doch der beste Mensch von der Welt. Und es ist auch hübsch von ihm, daß er sich nicht alles gefallen läßt. Ein Mann muß doch ein Mann sein. Und eigentlich kann ich ihn ja doch um den Finger wickeln.«

Es schlug sieben, und Maline erhob sich, um der Kranken ihre Medizin zu geben.

»Doktor Leist hat recht; es schmeckt wie eine Doppellimonade. Und nun hole mir noch ein paar Kalvillen. Hier schräg unter uns aus dem alten Saal. Aber nimm den Wachsstock und sieh dich vor auf der Treppe; die Stufen sind so ausgelaufen. Und verfitze dich auch nicht in dem Bohnenstroh.«

Maline sah vor sich hin. Dann sagte sie verlegen: »Ich möchte die Äpfel doch lieber aus der Speisekammer holen, nicht aus dem alten Saale.«

»Aber wozu den weiten Weg? Wir sind ja hier Wand an Wand. Ein paar Stufen und du bist unten. Die Kalvillen liegen links neben dem Altar.«

»Ich kann nicht gehen, Fräulein Renate.«

»Was ist dir?«

»Ich fürchte mich.«

»Weshalb?«

»Er betet wieder.«

»Wer?«

»*Der alte Matthias.*«

Renate schloß einen Augenblick die Augen und sagte dann mit erkünstelter Ruhe: »Ich bin ihm nie begegnet. Glaubst du daran?«

»Ich weiß es nicht. Ich weiß nur, was mir die Ruschen, die alte Jätefrau, immer gesagt hat: ›Wer den Spuk verschwört, dem erscheint er.‹«

»Und wer hat ihn gesehen?«

»Nachtwächter Pachaly.«

»Wann?«

»Letzte Nacht.«

»Erzähle, was du gehört hast.«

»Ich mag nicht. Fräulein Renate werden sich erschrecken und kränker werden.«

»Nein, nein, ich will es wissen.«

»Nun gut denn. Also Krist und Pachaly hatten die Wache. Jeetze kam auch; ich sah ihn, als ich um die zehnte Stunde nach Hause kam, denn es gefiel mir nicht im Krug, und ich wollte nicht tanzen. Das gnädige Fräulein werden schon wissen, warum ich nicht tanzen wollte. Aber das muß ich sagen, er tanzte auch nicht.«

Renate nickte, während Maline die Hand ihrer jungen Herrin küßte und dann fortfuhr:

»Jeetze hatte sich Krists grauen Mantel angezogen und einen alten Säbel darübergeschnallt. Es war zum Lachen. Als der gnädige Herr ihn sah, wurd' er ärgerlich und sagte: ›Das ist nichts für dich, Jeetze. Du hast deine Zeit gehabt.‹ Und dann trat er zu Krist und Pachaly und befahl ihnen, daß sie sich immer in Nähe des Hauses halten sollten. ›Krist, du nimmst die Parkseite, und Pachaly, Ihr nehmt die Dorfseite, und bei dem großen Mittelfenster des alten Saales trefft ihr zusammen. Und haltet euch immer so, daß ihr euch anrufen könnt.‹ Das alles hört' ich noch mit meinen eigenen Ohren. Aber das andere hab' ich von Pachaly.«

»Nun?«

»So gingen sie denn wohl zwei Stunden. Es war ganz still. Nur vom Krug her, wo man noch nichts wußte, hörten sie Musik. Krist, den jetzt zu frieren anfing, trat in die Hoftür und schlug Feuer an, um sich eine warme Pfeife zu stopfen. Dadurch kam es, daß sie sich für dies eine Mal bei dem großen Mittelfenster nicht trafen und daß Pachaly den langen Querbau allein passieren mußte. Als er an das letzte Fenster kam, sah er Licht; er trat näher heran und hob sich auf die Fußspitzen. Da sah er, daß das alte Bild erleuchtet war, und vor dem Altar kniete einer und betete. Er hatte aber keine Stimme zum Rufen. Indem kam Krist heran, und er winkte ihm. Dieser sah auch noch den Schein; als er aber an die Stelle treten wollte, wo Pachaly eben gestanden hatte, losch alles aus, und es war wieder dunkel. Sie hörten nur noch Schritte und ein Knistern im Stroh, das vor den Stufen lag.«

Renate hatte sich höher aufgerichtet. Die Wand, an der sie lag, war die Giebelwand, an deren anderer Seite – nur um eine Treppe tiefer – der alte Altar sich befand. Eine Herzensangst befiel sie. Sie hatte das Bedürfnis eines Zuspruchs, den ihr Maline nicht geben konnte; so sagte sie: »Du solltest mir Tante Schorlemmer rufen.«

Maline ging. Als sie aber eben die Tür öffnen wollte, rief ihr Renate nach:

»Nein, bleib!« Und dann wieder ihrer Furcht sich schämend, setzte sie hinzu: »Nein, geh; ich will mich bezwingen.«

Es vergingen Minuten. In dem nur matt erleuchteten Zimmer bewegten sich die Schatten hin und her; ihr fiebriges Auge folgte diesem Tanz und haftete zuletzt auf der Bilderreihe, die an der anderen Wand des Zimmers hing. Es waren englische

Buntdruckbilder, eines ein gotisches Portal darstellend, in dem eine Ampel hing und durch das hindurch man auf einen Altar blickte. Alles in vorzüglicher Perspektive und der Altar nur ein Punkt. Sie sah ihn nicht, sie wußte nur, daß er da war. Und vor ihrem Auge wuchs jetzt das Portal, und der Altar wuchs, und vor den Stufen des Altars kniete wer. Es schlug ihr das Herz, und sie konnte doch von dem Bilde nicht lassen.

Da hörte sie Schritte draußen, und gleich darauf trat Tante Schorlemmer ein, noch die Wirtschaftsschürze vor, ein sicheres Zeichen, daß sie von Herd oder Küche abgerufen worden war. Maline, die wegen ihrer Spukgeschichte ein schlechtes Gewissen haben mochte, war zurückgeblieben.

»Wie gut, daß du kommst, liebe Schorlemmer. Ich habe eine rechte Sehnsucht nach dir gehabt. Du mußt ein bißchen mit mir plaudern. Aber erst gib mir deine Hand; so – und nun gib mir zu trinken.«

»Gott, wie du fieberst, Kind. Man darf euch auch keine halbe Stunde allein lassen. Und ich mußte doch die Hasen spicken. Auf Stinen ist kein Verlaß; das nennt sich Köchin und weiß kaum, daß der Hase sieben Häute hat. Nun trink, mein Renatchen. Ich werde noch einen Löffel Himbeeressig hineintun; das kühlt. Hast du denn auch eingenommen?«

Renate leerte das Glas, das ihr Tante Schorlemmer gereicht hatte, und sank dann erschöpft in ihre Kissen. Aber die Angst, die sie bis dahin beherrscht hatte, war doch von ihr gewichen, und als ob sie plötzlich im Schutze guter Geister sei, sagte sie ruhig: »Glaubst du an Gespenster?«

»Dacht' ich's doch. Hat die Maline wieder nicht reinen Mund halten können. In der Küche plappert das auch den ganzen Tag schon. Und da ist einer wie der andere. Nur den Pachaly hätt' ich für gescheiter gehalten. Denn er hält sich zu Uhlenhorst; und das muß man den Altlutherischen lassen, daß sie von solcher Schwachheit und Narrheit nichts wissen wollen. Sie haben eben den Glauben, und der läßt den Aberglauben nicht aufkommen.«

»Liebe Schorlemmer«, sagte Renate, »du bist so gut, aber einen kleinen Fehler hast du doch. Alles, was dir nicht paßt, das ist für dich nicht da, und wenn es doch da ist, so glaubst du es mit einem guten Spruch aus der Welt schaffen zu können.«

»Ja, mein Renatchen, das kann ich auch. Mit einem guten Spruch ist viel auszurichten. Und wer an Gott und Jesum Christum glaubt, der fürchtet keine Gespenster.«

»Du mußt mir nicht ausweichen wollen. Ich will nicht wissen, wer sich vor Gespenstern fürchtet und wer nicht; ich will nur wissen: Gibt es Gespenster?«

»Nein.«

»Und doch lebst du hier unter uns, die wir seit hundert Jahren, wie so viele alte Häuser, ein Hausgespenst haben. Wenigstens erzählen es die Leute. Lewin ist überzeugt, daß sie recht haben; du lächelst; nun gut, das soll nicht viel bedeuten. Aber auch der Papa glaubt daran, und du weißt besser als ich, daß er fest im Glauben steht. Es ist keine sechs Wochen, daß wir den Fall mit Krists Wilhelm hatten. Und nun Pachaly! Er ist doch ein verständiger Mann. Ich sage nicht ›ja‹, wo du ›nein‹ sagst, aber ich mag wenigstens die Möglichkeit nicht bestreiten.«

»Ich tue es. Wo es nicht Lug und Trug ist, ist es Sinnentäuschung. Die Toten sind tot.«

»Laß dir etwas erzählen. Ich fand einmal ein Buch, in dem las ich, daß nichts unterginge und daß an einem bestimmten Tage *alles* wiederkäme, die große und die kleine Welt, Mensch und Tier, auch die sogenannten leblosen Dinge. Ich würde also nicht nur dich wiedersehen und Malinen, auch Hektor und den englischen Buntdruck mit dem gotischen Portal und dem Altar, der dort drüben an der Wand hängt. Und diese durch ein Reinigungsfeuer gegangene Welt, diese verklärte Spiegelung von allem, was je dagewesen ist, würde die Seligkeit sein. Es war ein frommes Buch, in dem ich das alles fand, und ich habe nichts gelesen, das einen tieferen Eindruck auf mich gemacht hätte. Und nun frag' ich dich, was ist ein Gespenst anders als ein vorausgesandter Bote dieser verklärten Welt?«

»Es ist doch, wie ich sage: die Toten sind tot. Und die verklärte Welt, die kommen wird, ist eben keine Welt von dieser Welt. Sie harret unserer, aber nicht hier, nicht in der Zeitlichkeit. Nur einer ist, der wieder unter den Menschen erschienen, das war auf dem Wege nach Emmaus. Aber dieser eine war Christus der Herr, der Sohn des allmächtigen Gottes. Sieh, Renatchen, es muß doch einen Grund haben, daß sich die Gespenster nur an bestimmten Orten finden. In Hohen-Vietz gibt es ihrer, in Herrnhut nicht. Und auch da nicht, wo Herrnhut am Nord- oder Südpol seine Hütten und Häuser baut. Wenigstens *in* diesen Hütten und Häusern nicht. So hab' ich es selbst erfahren. In Grönland, rings um uns herum, sahen die Grönländer, die wohl hundert Spuke haben, ihre Gespenster ruhig weiter, aber in unserem Missionshause hat sich keins blicken lassen. Ein Herrnhuter und ein Spuk, das verträgt sich nicht. Und das, mein Renatchen, machen doch die Sprüche, von denen du meinst, daß ich mir einbildete, alles Böse damit aus der Welt schaffen zu können.«

»Sei wieder gut, Schorlemmerchen. Und zum Zeichen, daß du es bist, erzähle mir etwas von den Grönländern. Du bist nun sechs Jahre in Hohen-Vietz, und ich weiß kaum, wie der Ort hieß, an dem du so lange gelebt und geschafft und Liebes begraben hast. Erzähle mir davon, aber nichts von den grönländischen Gespenstern; ich habe an unseren Hohen-Vietzern über und über genug. Plaudere mir etwas Stilles und Heiteres vor, etwas Frommes, das mich erhebt und mich anweht wie mit himmlischer Kühlung. Denn mich verlangt nach Kühle. Aber gib mir erst von der Medizin. Es muß acht Uhr vorüber sein.«

Tante Schorlemmer tat, wie ihr geheißen; dann nach Renatens Strickzeug suchend, um Beschäftigung für ihre Hände zu haben, setzte sie sich, als alles gefunden und vorbereitet war, in den hohen Lehnstuhl und sagte: »Nun, womit beginnen wir?«

»Natürlich mit dem Anfang; also mit dem Lande selbst. Ich habe mal ein Bild gesehen: Felsen und Wasser und Eisberge und Schnee; am Ufer lag eine Robbe; daneben um den Vorsprung saß ein weißer Fuchs, während auf der Felsenkante dicke, kurzbeinige Vögel hockten. Ich glaube, sie hießen Pinguine.«

»Es ist nicht ganz so, aber es mag passieren, und ich verzichte darauf, an deinem Bilde zu verbessern.«

»Doch, doch, ich will nicht bloß unterhalten sein, ich will auch lernen.«

»Nun gut denn. So denke dir einen endlosen Küstenstrich, viele hundert Meilen lang, aber nur wenige hundert Schritt breit. Vor diesem Streifen liegt das Meer, mit tausend Inselchen betüpfelt, und hinter diesem Streifen liegt das Gebirge, das der Quere nach geborsten und zerklüftet ist, und aus diesen Klüften stürzen die Wasser dem Meere zu.«

»Ich möcht' es sehen.«

»In einer solchen Kluft lag auch unsere Kolonie. Ich sage: lag; sie liegt aber noch da und wird, so Gott will, noch manchen Tag überdauern. Und diese Kolonie hieß Neu-Herrnhut. Zu meiner Zeit hatte sie zwanzig Häuser.«

»Das ist wenig.«

»Wenig und viel. Aber wie würdest du erst staunen, wenn du diese Häuser gesehen hättest. Als Lewin heute mittag den in den Schnee hineingebauten Holzschuppen auf dem Rohrwerder beschrieb, stand auf einmal das Haus vor mir, das ich mit meinem lieben Seligen zehn Jahre lang bewohnt habe. Es war auch in drei Teile geteilt, Stall und Stube, und eine Küche dazwischen. Und was nannten wir unser? Ein Bett und eine Truhe, und darüber ein paar Pflöcke und Riegel, an denen unsere Habseligkeiten hingen. Auf dem Tische stand eine Lampe, und daneben lag Gottes Wort. Das fehlte nun freilich auf dem Rohrwerder und war doch unser Bestes, unser einziger Trost in Not und Gefahr.«

»Und waret ihr denn in Gefahr?«

»Nicht vor den Menschen, oder doch nur selten. Denn die Grönländer sind ein sanftes, stilles und sittsames Volk und verstehen es, ihre Leidenschaften zu verbergen.«

»Ich dachte mir, sie wären verzwergt und abergläubisch und sähen aus wie Hoppenmarieken.«

»Da hast du es wieder halb getroffen. Aber zur andern Hälfte nicht. Denn Hoppenmarieken ist roh, und die Grönländer sind fein. Man hört keinen Zank und keinen Streit, ja ihrer Sprache fehlen die Schimpf- und Schelteworte. Beleidigungen rächen sie durch Witz und Spöttereien, zu denen der Kläger den Beklagten wie zu einem Zweikampf herausfordert, und wer die meisten Lacher auf seiner Seite hat, der hat gesiegt. Es ist ihnen überhaupt die Gabe verliehen, sich leicht und zierlich auszudrücken. Sie sind gastfrei und gesellig, und zur Zeit der Wintersonnenwende gibt es Tänze und Ballspiel und Gesänge unter Begleitung einer Trommel. Sie sind sich übrigens ihrer guten Manieren wohl bewußt, und wenn sie einen Fremden loben wollen, so sagen sie: ›Er ist so sittsam wie wir.‹«

»Da müßt ihr ihrem Selbstgefühl gegenüber oft einen schweren Stand gehabt haben. Denn ich entsinne mich, daß Pastor Seidentopf, als wir noch zum Unterrichte gingen, zu Marie und mir sagte: ›Ein schlichter und ein großer Sinn passen gleich gut zu den Offenbarungen des Christentums, aber ein eitler Sinn widerstrebt ihnen hartnäckig.‹«

»Dafür muß ich ihm eigens noch danken, denn die Wahrheit dieses Satzes haben wir manchen lieben Tag in unserer Kolonie erfahren müssen. Es ging nicht vorwärts. Wenn wir heut einen Zoll breit gewonnen zu haben glaubten, so verloren wir ihn morgen wieder an die Angekoks.«

»An die Angekoks?«

»Ja. Das sind nämlich die Wahrsager und Zauberer, meist listige Betrüger, unter denen aber auch Schwärmer vorkommen, die Visionen haben oder sich dessen wenigstens rühmen. Sie vermitteln den Verkehr mit den beiden großen Geistern; indem sie den guten Geist anrufen und den bösen Geist bannen, von denen übrigens der gute Geist männlich und der böse weiblich ist.«

»Ei, ei, das ist aber doch ein Mangel an Galanterie, der an so feinen Leuten wie die Grönländer, die nicht einmal Schimpf- und Scheltworte haben, mich überrascht.«

»Und doch, mein Renatchen, geduldig von uns hingenommen werden muß, denn überall ist es Eva, die verführt und aus dem Paradiese treibt. Aber ich sprach von den Angekoks. Ihr natürlicher Scharfsinn kam ihnen in ihrem Widerstande gegen uns zustatten, und an Verspottungen, wie sie schon unser Herr und Heiland zu tragen hatte, fehlte es auch uns nicht, die wir uns in Demut zu ihm bekannten. Aber da erbarmte sich Gott unserer Not, und das ist denn nun die Geschichte von Kajarnak, die ich dir, wenn du noch Geduld hast, wohl erzählen möchte.«

»Was ist Kajarnak?«

»Ein Name. Der Name eines Grönländers aus dem Süden. Denn es gibt südliche und nördliche Grönländer, die nach Art aller Halbnomaden ihre Zelte bald hier, bald dort im Lande aufschlagen, um nach einer bestimmten Zeit an ihre alten Wohnplätze zurückzukehren. Und so kam denn, auf einem solchen Jagd- und Wanderzuge, ein südländischer Trupp in unsere Kolonie, um einen Tag oder eine Woche unter uns zu rasten. Es waren hundert oder mehr. Wir hießen sie willkommen, und Matthäus Stach, der damals an der Spitze unserer Kolonie stand und dem noch Friedrich Böhnisch und mein guter Schorlemmer als Gehilfen beigegeben waren, ließ bei ihnen anfragen, ob sie an einer unserer Missionsstunden teilnehmen wollten. Dies wird dich vielleicht wundern; aber du mußt wissen, daß sie es über die Maßen lieben, einen Wortstreit zu führen und sich mit Hilfe des Witzes, den sie haben, ihrer Überlegenheit bewußt zu werden. Es kamen denn auch viele. Wir hatten eben unsere Plätze eingenommen, und Matthäus Stach las ihnen ein Kapitel aus dem Evangelium Johannis vor, das er kurz vorher ins Grönländische übersetzt hatte. Sie hörten aufmerksam zu; die meisten lächelten; aber einige zeigten doch eine Teilnahme. An diese wandte sich jetzt unser Bruder und fragte sie, ob sie an eine unsterbliche Seele glaubten.«

»Aber du wolltest ja von Kajarnak erzählen.«

»Ich bin schon mitten in seiner Geschichte. Also Matthäus Stach fragte sie, ob sie an eine unsterbliche Seele glaubten? Sie antworteten: ›Ja!‹ Und nun begann er zu ihnen vom Sündenfall und von der Erlösung zu sprechen. Ich höre noch seine Stimme, denn er war ein Mann von besonderen Gaben. Da tat der Herr einem unter ihnen das Herz auf, und von so vielen Erweckungen ich auch gehört und gelesen habe, keine hat mich je tiefer bewegt. Das macht, weil sich alles so schlicht und einfach gab. Matthäus Stach, der wohl sah, daß sein Wort auf guten Boden fiel, sprach immer eindringlicher, und als er eben Christi Leiden am Ölberg geschildert hatte, da trat ein Grönländer an den Tisch und sagte mit lauter und bewegter Stimme, in der schon das Heil zitterte: ›Wie war das? Ich will das noch einmal hören.‹ Diese Worte gingen uns, die wir sie mithörten, durch Mark und Bein, und sie sind in Neu-Herrnhut unvergessen geblieben. Von der Stunde an war der Segen Gottes über unserem Tun.«

»Es konnte nicht wohl anders sein. Solche Worte verklingen nicht. Empfind' ich doch in diesem Augenblick noch ihre Wirkung.«

Tante Schorlemmer küßte Renatens Stirn und fuhr dann fort: »Eine Woche verging, und der Grönländertrupp war immer noch in unserer Kolonie. Dann aber brachen sie auf, um weiter nördlich ihren Jagden nachzugehen, und nur Kajarnak blieb zurück; mit ihm seine beiden Schwäger samt ihren Frauen und Kindern, alles in allem vierzehn Personen. Wir lobten ihr Bleiben und hatten Betstunde mit ihnen. Die Kinder empfingen Unterricht, was sehr schwer war, da die Grönländer das, was wir Erziehung nennen, gar nicht kennen. Sie lieben nämlich ihre Kinder mit äffischer Zärtlichkeit und lassen sie aufwachsen, ohne Gehorsam zu fordern oder Ungehorsam zu strafen. Als ein halbes Jahr um war, stellte Matthäus Stach die Frage, ob es Zeit sei, die nun Vorbereiteten zu taufen; aber mein guter Schorlemmer, der den Unterricht geleitet hatte, meinte doch, daß es ihm geboten scheine, noch zu warten. Und so geschah es. Erst am zweiten Ostertage wurden vier Angehörige dieser grönländischen Erstlingsfamilie von der Macht der Finsternis losgerissen; Kajarnak erhielt den Namen Samuel, seine Frau wurde Anna, sein Sohn Matthäus, seine Tochter Auna genannt. Darüber war große Freude in der Kolonie. Aber die Freude sollte nicht lange währen. Vier Wochen später kam Nachricht, daß der ältere Schwager, der sich auf kurze Zeit von uns entfernt und einem Jagdzuge nach dem Norden angeschlossen hatte, auf eine hinterlistige und grausame Weise ermordet worden sei, weil er den Sohn eines heidnisch gebliebenen Grönländers mit Christensprüchen totgehext habe. Zugleich wurde hinzugesetzt, daß die Angekoks in einer großen Verschwörung seien, um auch dem jüngeren Schwager Kajarnaks dasselbe Los zu bereiten. Da bemächtigte sich unserer kleinen grönländischen Gemeinde, sowohl der Getauften wie derer, die noch in Vorbereitung waren, ein Zittern und Zagen, und sie beschlossen, in den Süden zurückzukehren, wo sie unter ihren Verwandten sicherer zu sein hofften. Ach, wir mußten sie ziehen lassen, so schwer es uns auch wurde, und ich sehe noch Kajarnak, wie er bitterlich weinte und immer wieder uns Festigkeit gelobte und sich dann losriß; und wie dann die Schlitten in langer Linie an uns vorüberfuhren, über Fiskenäs und Frederikshaab auf den Süden zu.«

»Und hielt er Wort?«

»Wir hatten wenig Hoffnung, denn es war ein neuer Abfall über die Gemüter gekommen, und selbst solche, die sich in unserer Nähe hielten, gehorchten wieder den Angekoks. Wir waren betrübten Gemütes, auch ich, die ich nach meiner schwachen Kraft all die Zeit über meinem guten Schorlemmer getreulich zur Seite gestanden hatte. Ein Jahr verging, ohne daß Kunde von Kajarnak gekommen wäre, am wenigsten er selbst. Da feierten wir, es war am Johannistag, die Hochzeit von Anna Stach und Friedrich Böhnisch, und als wir bei unserem Mahl waren und erbauliche Lieder sangen, die, was dich vielleicht verwundern wird, von drei Violinen und einer Flöte begleitet wurden, da trat Kajarnak in den Brüdersaal und begrüßte uns. Die Freude war so groß, daß wie von selber aus dem Hochzeitsfest ein Fest des Wiedersehens wurde. Wir hatten ja unsern verlornen Sohn wieder oder doch den, den wir schon als einen solchen betrachtet hatten. Und nun mußte Kajarnak erzählen, alles Große und Kleine, und wie die Seinen ihn aufgenommen hätten. Er verschwieg uns nichts. Sie hätten ihn anfangs oft und mit sichtlichem Vergnügen angehört; als sie dann aber seines Wortes überdrüssig geworden wären, habe er sich in die Stille begeben und seine Erbauung allein gehabt. Zuletzt habe es ihn sehr verlangt, wieder bei uns, seinen Brüdern, zu sein, immer mehr und mehr, bis ihm die Sehnsucht nicht Ruhe und Rast gelassen habe; und da sei er nun. Mein guter Schorlemmer, der ihn so recht eigentlich in das Heil eingeführt hatte, weinte vor Freuden, und Friedrich Böhnisch sagte, das sei ihm eine unvergeßliche Stunde und sein Ehrentag habe nun eine doppelte Weihe.«

»Das durft' er sagen. Es war ein Hochzeitstag, wie ihn sich jeder wünschen mag! Mir würde dieses Wiedersehen ein Zeichen froher Vorbedeutung gewesen sein.«

»Und das war es auch. Das junge Paar wurde glücklich. Auch Kajarnak. Aber seine Tage waren gezählt. Ich glaube fast, daß er sich in seiner Treue nicht genug tun konnte und daß er sich (er war nur von schwachem Körper) in seinem Eifer übernahm. So wurd' er denn von einem heftigen Lungen- und Seitenstechen befallen, das seinem Leben rasch ein Ende machte. In den größten Schmerzen bewies er ein gesetztes Wesen, und wenn die Seinigen anfingen, um ihn zu weinen, sagte er: ›Betrübet euch nicht. Ihr wisset, daß ich von euch der erste gewesen bin, der sich zu dem Sohne Gottes bekehrt hat, und nun ist es sein Wille, daß ich der erste sein soll, der zu ihm kommt. Wenn ihr ihm treu seid, so werden wir uns wiedersehen und uns über die Gnade, die er an uns getan hat, ewiglich freuen.‹ Danach schlief er ein, während unsere Gebete seine scheidende Seele dem Erbarmer empfahlen. Seine Frau bestand darauf, daß er nicht nach Landessitte, sondern nach christlicher Weise begraben würde. Und so geschah es. Nicht nur die Brüder und ihre Angehörigen, auch die Kaufleute von der Kolonie fanden sich zu seinem Begräbnis ein, mit dem unser neuer Gottesacker eingeweiht wurde. Die Grönländer wunderten sich über alles, was sie sahen; unseren Brüdern aber ging dieser Tod sehr nahe. Denn sie verloren viel in ihm: einen erweckten, begabten und gesegneten Zeugen des Evangeliums.

Und da hast du nun meine Geschichte von Kajarnak, dem ersten Getauften.«

Renate ergriff die Hand ihrer alten Freundin und sagte: »Ach wie ich dir danke, liebe Schorlemmer. Es ist nun alle Furcht wie verflogen, und ich fühle mich, als hätt' ich nie von Spuk und Gespenstern gehört. Und nun will ich schlafen. Aber sage mir noch erst den Spruch von den vierzehn Engeln. Wir wollen ihn zusammen sprechen:

Abends bei Zubettegehn
Vierzehn Engel bei mir stehn;
Zwei zu Häupten,
Zwei zu Füßen,
Zwei zu meiner rechten Seit',

Zwei zu meiner linken Seit',
Zwei, die mich decken,
Zwei, die mich strecken,
Zwei, die führen mich sogleich
In das liebe Himmelreich.«

Sie schwiegen eine Weile. Dann sagte Renate: »Und nun geh. Ich habe ja nun Schutz. Laß nur die Seitentür auf, daß mich Maline hört.«

»Gute Nacht, Renatchen!«

»Gute Nacht, liebe Schorlemmer!«

17. KAPITEL

Ein Rabennest

Der nächste Tag war Silvester.

In aller Frühe schon brach Hoppenmarieken auf, um womöglich bis Mittag wieder zurück zu sein und alles putzen und scheuern, auch ihre Vorbereitungen zu einem Silvesterpunsch treffen zu können. Sie machte heute die kurze Tour und schritt auf Küstrin zu. Es war erst sieben Uhr, als sie an dem Herrenhause vorbeikam und über den Hof hin sich mit Jeetze begrüßte, der eben die nach beiden Seiten hin einklappenden Laden des großen Eckfensters öffnete. Aus der Unbefangenheit ihres Grußes ließ sich erkennen, daß ihr die Gefangennehmung der beiden Strolche, von der sie aller Wahrscheinlichkeit nach nur zu sehr mitbetroffen wurde, nicht bekannt geworden war. Erst nach Mitternacht von einer Wanderung quer durch das Bruch in ihre Wohnung zurückgekommen, hatte sie, selbst bei den Forstackersleuten, die doch sonst wohl die Nacht zum Tage zu machen liebten, niemand mehr wach getroffen und war, als sie aufstand, wahrscheinlich die einzige Person in ganz Hohen-Vietz, die von dem Ereignis des vorigen Tages nichts wußte.

Erst zwei Stunden später versammelten sich Wirt und Gäste des Herrenhauses am Frühstückstisch. Auch Berndt, wenn ihn nicht Geschäfte riefen, war kein Frühauf, und die nicht vor vier Uhr nachmittags angesetzte Fahrt nach Guse konnte keinen Grund bieten, die bequeme, längst zu einer Art Hausordnung gewordene Gewohnheit zu unterbrechen. Tante Schorlemmer, bei Renate festgehalten, erschien noch etwas später und beantwortete die Fragen, die über das Befinden der Kranken an sie gerichtet wurden.

Das Gespräch, nachdem auch noch Dr. Leists beruhigende Worte mitgeteilt worden waren, wandte sich dann dem am Abend vorher in Hohen-Ziesar gemachten Besuche zu, dessen einzelne Momente in dem Hin und Her einer immer muntrer werdenden Plauderei noch einmal durchlebt wurden. Aus allem ging hervor, daß Drosselstein sich als der liebenswürdigste der Wirte, voll Entgegenkommen gegen Berndt, voller Aufmerksamkeiten gegen Kathinka gezeigt hatte. Als diese, die sich zum ersten Mal in Hohen-Ziesar befand, ihre Verwunderung über die sonst nirgends in der Mark vorkommende Großartigkeit der Schloßanlage geäußert hatte, hatte der Graf ohne Rücksicht auf die späte Stunde noch Veranlassung genommen, sie samt den anderen Gästen durch die lange Zimmerflucht des ersten Stockes: den Ahnensaal, die Rüstkammer und die Bildergalerie, zu führen, während zwei Diener mit Armleuchtern voranschritten. Unter dieser halb düsteren Beleuchtung war alles, an dem man bei hellem Tageslicht gleichgiltig vorüberzugehen pflegte, zu einer Art Bedeutung gekommen, und die seitabstehenden Ritter mit halbgeschlossenem Visier, die über Kreuz gelegten Lanzen, dazu die Ahnenbilder selbst, die zu fragen schienen: »Was stört ihr unser stilles Beisammensein?«, hatten eines tiefen Eindrucks auf Kathinka nicht verfehlt. Vor allem ein jugendliches Frauenporträt, das ihr seitens des Grafen als das Bildnis Wangeline von Burgsdorffs, einer nahen Anverwandten seines Hauses, bezeichnet worden war, war ihr in der Erinnerung geblieben.

An dies von einem Niederländer aus der Vandyckschule herrührende Bildnis, dessen unheimlich hellblaue Augen schon manchen früheren Besucher von Hohen-Ziesar bis in seine Träume hinein verfolgt hatten, knüpften die am Abend vorher nur flüchtig beantworteten Fragen Kathinkas wieder an, und Berndt, ein wahres Nachschlagebuch für alle Schloß- und Familiengeschichten der ganzen Umgegend, war eben im Begriff, die Neugier der schönen Fragstellerin durch eingehende Mitteilungen über »Wangeline«, die von vielen märkischen Forschern als der historisch beglaubigte Ursprung der »weißen Frau« angesehen werde, zu befriedigen, als ein Klopfen an der Tür das kaum begonnene Gespräch unterbrach. Ein ältlicher Mann mit spärlichem, nach hinten gekämmtem Haar, den sein spanisches Rohr und mehr noch der lange blaue Rock mit einem Wappenblech auf der Brust als Gerichtsdiener kennzeichneten, trat ein, übergab einen Brief an den alten Vitzewitz und machte dann wieder einige Schritte zurück bis in die Nähe der Tür. Alles verriet den alten Soldaten. Berndt erbrach das Schreiben und las: »Hochgeehrter Herr und Freund! Ich säume nicht, Ihnen von dem Resultat eines ersten Verhörs, das ich gestern nachmittag noch mit der durch Ihre Umsicht entdeckten und eingelieferten Diebessippschaft angestellt habe, Kenntnis zu geben. Aus den beiden Strolchen, hinsichtlich deren sich Hohen-Clessin und Podelzig in den Ruhm der Geburtsstätte teilen, war, aller Kreuz- und Querfragen unerachtet, nichts zu extrahieren; die Frau aber, die jenen beiden erst seit kurzem zugehört und mehr noch durch anderer als durch eigene Schuld unter die Rohrwerder Sippschaft geraten ist, hat umfassende Geständnisse abgelegt, die sich einmal auf die zumeist in den Küstriner Vorstädten ausgeführten Diebstähle, sodann aber auch auf die Hehlereien beziehen, die dieses Treiben unterstützt haben. Am schwersten belastet ist unsere Freundin Hoppenmarieken. Ich bitte Sie, eine Haussuchung bei ihr veranlassen oder selbst leiten zu wollen, wobei ich mit Rücksicht auf die besondere Schlauheit der vorläufig unter Verdacht Stehenden Ihre Aufmerksamkeit auf Dielen und Wände des Hauses hingelenkt haben möchte. Der Einlieferung des geraubten Gutes, an dessen Auffindung ich nicht zweifle, sehe ich ehemöglichst entgegen. Ob es geboten oder in Erwägung ihrer Geisteszustände auch nur zulässig sein wird, der Bezichtigten gegenüber die volle Strenge des Gesetzes walten zu lassen, darüber sehe ich seinerzeit Ihrer gefälligen Rückäußerung entgegen.

Turgany«

Berndt legte den Brief, den er mit halblauter Stimme gelesen hatte, vor sich nieder und sagte dann, zu dem alten Gerichtsdiener sich wendend: »Lieber Rysselmann, mein Kompliment an den Herrn Justizrat, und ich würde nach seinen Angaben verfahren.« Dann zog er die Klingel. »Jeetze, sorge für einen Imbiß. Frankfurt ist weit, und unser Alter da wird wohl die Mitte halten zwischen dir und mir. Nicht wahr, Rysselmann, sechzig?« Der Alte nickte. »Und dann schicke Krist zu Kniehase; er soll Nachtwächter Pachaly rufen lassen und mich auf dem Forstacker erwarten.«

»Da klagt nun Renate«, fuhr der alte Vitzewitz fort, als Jeetze und Rysselmann das Zimmer verlassen hatten, »über öde Tage in Hohen-Vietz! Sage selbst, Kathinka, leben wir nicht, seit du hier bist, wie im Lande der Abenteuer? Erst ein Raubanfall auf offener Straße, dann ein Einbruch in unser eignes Haus, dann ein regelrechtes Diebstreiben unter Innehaltung taktisch-strategischer Formen und nun eine Haussuchung im Revier einer Zwergin – nenne mir einen friedlichen Ort in der Welt, wo in drei Tagen mehr zu gewärtigen wäre! Im übrigen bin ich neugierig, ob sich die Aussagen, die die Rohrwerder-Frau gemacht hat, auch bewahrheiten werden.«

»Ich zweifle nicht daran«, bemerkte Lewin. »Nach allem, was mir Hanne Bogun gestern sagte, und noch mehr nach dem, was er mir verschwieg, konnt' ich kaum etwas anderes erwarten, als was Turgany jetzt schreibt. Wann willst du nach dem Forstacker hinaus?«

»Gleich oder doch bald. Es darf nicht über den Vormittag hinaus dauern.«

»Dürfen wir dich begleiten?«

»Gewiß. Je mehr Augen, desto besser; wir werden sie der Schlauheit der alten Hexe gegenüber ohnehin nötig haben.«

So trennte man sich. Berndt empfahl sich mit einigen Worten bei Kathinka, die sich nunmehr ihrerseits treppauf begab, um mit Renaten über die wunderlich widersprechendsten Themata, über Graf Drosselstein und den alten Rysselmann, über Wangeline von Burgsdorff und Hoppenmarieken zu plaudern.

Eine Viertelstunde später brach der alte Vitzewitz auf, in

seiner Begleitung Tubal und Lewin. Sie gingen rasch. Noch ehe sie Miekleys Gehöft erreicht hatten, überholten sie Kniehase und Pachaly, die schon auf dem Wege waren, und bogen nun gemeinschaftlich mit ihnen in den Forstacker ein. Gleich darauf standen sie vor Hoppenmariekens Haus. Man war schon vorher übereingekommen, ganz regelrecht vorzugehen, das heißt, mit dem Küchenflur zu beginnen und mit der Kammer abzuschließen, jedenfalls aber nichts übereilen zu wollen.

Die Tür war nur eingeklinkt. Sie wurde geöffnet und der Holzkloben vorgelegt, um mit Hilfe des nun einfallenden Tageslichts bis in alle Winkel hineinsehen zu können. In der steinharten Lehmdiele des Fußbodens konnte nichts vergraben sein; so blieb nur noch der Herd und gegenüber dem Herde der Kamin, von dem aus der Stubenofen geheizt wurde. Aber die Nähe des Feuers ließ ein Versteck an dieser Stelle nicht als wahrscheinlich annehmen. Ebenso war der nach innenzu liegende Schwellstein, der durch diese seine verwunderliche Lage Verdacht erwecken konnte, viel zu groß und schwer; Lewin und Kniehase mühten sich umsonst, ihn von der Stelle zu rücken.

In der Küche war also nichts; so trat man denn in die Stube. Die großen Vögel in den Bauern saßen schon an den Vorderstäben und blickten auf die fremden Besucher. Diese fingen jetzt an, ihre Aufgabe zu teilen. Pachaly, das rot- und weißkarierte Deckbett zurückschlagend, fühlte mit der Hand in den Kissen, dann in den Strohsäcken umher, während Berndt ringsum die Wände, Tubal die Fliesen des verhältnismäßig hohen Ofenfundaments beklopfte. Überall nichts. In das offenstehende Tellerschapp, in Schrank- und Tischkästen hineinzusehen, verlohnte sich kaum; die frischgescheuerten Dielen waren aus einem Stück und liefen vom Fenster bis an die Wand gegenüber; nirgends ein Einschnitt oder sonst Verdächtiges. Es mußte also in der Kammer sein.

Die Kammer, ein dunkler Alkoven, hatte nur wenig über sieben Fuß im Quadrat. Es war darum für fünf Personen fast unmöglich, sich darin zu drehen und zu bewegen, weshalb Berndt und Kniehase, beide ohnehin belästigt durch die stickige Luft des überheizten Zimmers, vor die Tür traten, wohin ihnen Lewin, nachdem er vergebliche Versuche gemacht hatte, sich mit einem schwarzen, auf der Brust rotbetüpfelten Vogel anzufreunden, einige Minuten später folgte.

Nur Tubal und Pachaly waren noch in der Kammer. Sie zündeten ein Licht an und begannen auch hier mit Klopfen an den Lehmwänden hin. An der einen Seite, wo die großen Kräuterbüschel an vier oder fünf dicken Pflöcken hingen, hatte dies seine Schwierigkeiten. Es gelang aber; freilich ohne besseres Resultat als in Flur und Stube.

»Wir werden den Scharwenkaschen Hütejungen holen müssen«, sagte Tubal, »der hat die besten Augen.«

»Nicht doch«, sagte Pachaly, »dem ist sein Ruhm und die versprochene Pelzmütze schon zu Kopf gestiegen. Ich kenne den Jungen. Er sieht nicht besser als andere, er weiß nur besser Bescheid, denn er ist selber vom Forstacker und kennt alle Schliche und Wege, die das Gesindel geht.«

»Mag sein. Aber wo sollen wir noch suchen? An den Wänden keine hohle Stelle; die Dielen aufgenagelt, und in dem ganzen Alkoven nichts drin als diese rotgestrichene Kommode mit zwei leeren Schubkästen. Es kann doch nichts hier über uns in der Decke stecken? Hoppenmarieken ist ein Zwerg und reicht mit ihrer Hand keine fünf Fuß hoch.«

»Nicht in der Decke, junger Herr; aber hier um die Kommode herum muß es sein. Solche Kreaturen wie Hoppenmarieken sind eitel, putzen sich und zeigen allen Leuten gern, was sie haben. Warum hat sie die Kommode in die dunkle Kammer gestellt, wo sie niemand sieht? Das bedeutet was!«

»So sehen wir nach«, sagte Tubal, schob den Gegenstand von Pachalys Verdacht rechts weg gegen den großen Gundermannsbüschel, der bei dieser Gelegenheit raschelnd vom Pflock fiel, und trat nun, dicht an der Wand, auf die breite Mitteldiele, deren linkes Ende gerade hier durch die darüberstehende Kommode verdeckt gewesen war. Im selben Augenblicke senkte sich das Brett, dem an dieser Stelle die Balkenunterlage fehlte, um mehrere Zoll und hob sich, nach Art eines in der Mitte aufliegenden Wippbrettes, an der entgegengesetzten Seite in die Höhe.

»Dacht' ich's doch«, sagte Pachaly, sprang herzu und stellte die Diele, die sich unschwer entfernen ließ, beiseite. Was sich jetzt zeigte, war immer noch überraschend genug. Der ganzen Länge des Brettes entsprechend, war das Erdreich herausgenommen und bildete eine ziemlich flache Rinne, die sich nur nach links hin, wo das Brett aufwippte, zu einer mehr als zwei Fuß tiefen Grube vertiefte. Zwischen beiden war alles derartig geschickt verteilt, daß sich die flache Rinne als das Schnitt- und Kurzwarengeschäft, die vertiefte Grube aber als das Kolonialwarenlager Hoppenmariekens ansehen ließ.

Pachaly begann jetzt auszupacken und reichte, was sich an Gegenständen vorfand, Tubal zu, der es in Ermangelung eines besseren Platzes auf Hoppenmariekens Bett legte. Es waren Schürzenzeuge, ein Stück roter Fries, ein Rest von geblümtem Sammetmanchester, bunte Haubenbänder und schwarzseidene Tücher, wie sie die Oderbrücherinnen als Kopfputz tragen. In der Grube fanden sich Beutel mit Zucker, Kaffee, Reis, darüber in Stangen geschnittene Seife und Talglichte, die oben an den Dochten wie zu einer großen Puschel zusammengebunden waren. Aus allem ergab sich, daß Hoppenmarieken mit Hilfe dieses Warenlagers einen Handel trieb und Gegenstände, die sie von Küstrin oder Frankfurt aus mitbringen sollte, so weit wie möglich aus ihrem eignen Hehlervorrat zu nehmen pflegte. Das Brett wurde nun wieder aufgelegt, es paßte wie ein Deckel. Auch die Nägel, die einer rechtmäßigen Diele zukommen, fehlten nicht; sie waren aber vor dem Einschlagen mit der Zange kurz abgekniffen und hatten keinen anderen Zweck, als nach oben hin die Köpfe zu zeigen.

Die draußen Auf- und Abschreitenden hatten inzwischen ihre Promenade unterbrochen und waren wieder eingetreten. Berndt musterte alles und sagte dann: »Ich kenne Hoppenmarieken, hiermit zwingen wir's nicht. Sie wird all dies für ihr Eigentum ausgeben, und es wird schwer halten, ihr das Gegenteil zu beweisen. Denn sie steckt mit allerhand schlechtem Handelsvolk zusammen, das jeden Augenblick bereit ist, ihr den rechtmäßigen Erwerb zu bestätigen. Ich bin aber sicher, daß es gestohlenes Gut ist; es fehlt nur noch das Eigentliche, so etwas ausgesprochen Privates, das ihr alle Ausflucht abschneidet. Suchen wir weiter. Muschwitz und Rosentreter, von unserem eigenen Gesindel, das wir hier auf dem Forstacker haben, gar nicht zu reden, werden sich auf Schürzenzeug und Seifenstangen nicht beschränkt haben.«

Indem war Pachaly, der, während Berndt sprach, in seinen Nachforschungen nicht nachgelassen hatte, auf die Schwelle der kleinen Tür getreten und winkte Lewin, der ihm zunächst stand, in die Kammer hinein. Er trat, als dieser ihm gefolgt war, ohne weiteres an den dicken Holzpflock, von dem der Gundermannsbüschel herabgefallen war, hob das Licht in die Höhe und sagte: »Passens Achtung, junger Herr, der Pflock sitzt nicht fest; der Lehm ist rundum abgesprungen; dahinter steckt was.«

»Das wäre!« rief Lewin lebhaft, faßte den Pflock und riß ihn ohne die geringste Mühe heraus.

Es zeigte sich ein tiefes Loch in der Lehmwand, viel tiefer, als das verhältnismäßig nur kurze Holzstück erheischte. Das mußte einen Grund haben. Lewin suchte deshalb in der Höhlung umher und fand ein Päckchen, nicht viel größer als eine halbe Faust, das erst in ein Stück blaues Zuckerpapier, dann, wie sich ergab, in einen Lappen grober Leinwand eingewickelt war. Als er beides entfernt hatte, lag der Inhalt vor ihm wie der Raub eines Rabennestes: ein silbernes Nadelbüchschen, eine Taschenuhr in einem Schildpattgehäuse, eine Kinderklapper, eine mit kleinen Rauchtopasen eingefaßte Amethystbrosche, von der die Nadel abgebrochen war, ein Petschaft mit nicht entzifferbarem Namenszug und ein kleiner ovaler Goldrahmen, in dem sich wahrscheinlich ein Miniaturbild befunden hatte. Alles ohne sonderlichen Wert, aber gerade das, dessen die Beweisführung bedurfte.

»Nun haben wir sie«, sagte Berndt ruhig, wickelte die Gegenstände wieder ein und steckte sie zu sich.

Auch noch die anderen Pflöcke wurden untersucht, saßen aber fest im Lehm. Es ließ sich annehmen, daß nichts unentdeckt geblieben war, und so beschloß man, von weiterer Nachsuchung abzustehen. In der Küche fand sich eine alte Kiepe vor, und Pachaly erhielt Ordre, alles, was aufgefunden war, in diese hineinzupacken und nach dem Herrenhause zu schaffen. Er gehorchte nicht gern, da es ihm gegen die Ehre war, an hellem lichten Tage mit einer Kiepe über die Dorfstraße zu gehen; der Dienst aber ließ ihm keine Wahl, und seinem Ärger in kurzen Selbstgesprächen Luft machend, tat er schließlich, wie ihm geheißen.

Berndt und Kniehase, von den beiden jungen Männern unmittelbar gefolgt, hatten inzwischen die Auffahrt zum Herrenhause erreicht und waren eben im Begriff, von der Dorfgasse her auf den Vorhof einzubiegen, als sie, keine dreihundert Schritt' mehr entfernt, Hoppenmarieken auf der großen Küstriner Straße herankommen sahen. Die kleine Figur, der rasche Schritt und die lebhaften Bewegungen ließen sie leicht erkennen.

»Da kommt sie«, sagte Berndt, und sich an Pachaly wendend, der schon vor dem Pfarrhause die Voranschreitenden eingeholt hatte, fügte er hinzu: »Nun eile dich; schiebe zwei, drei Stühle vor meinen Schreibtisch oben und baue auf, was du hast.«

Hoppenmarieken grüßte schon von weitem. Sie schien in sehr guter Stimmung und überreichte, als sie heran war, ihrem Gutsherrn einen Brief, den sie schon, als sie der Gruppe ansichtig geworden war, aus ihrem Mieder hervorgezogen hatte.

»Is hüt' dis een man«, sagte sie und setzte wie zur Erklärung hinzu: »De berlinsche Post is nich to rechte Tid inkamen.«

Sie wollte weiter und hatte schon einige Schritte gemacht, als ihr Berndt nachrief: »Hoppenmarieken, ich habe noch was für dich. Aber oben in meiner Stube, komm.«

Es mußte wider Willen des Sprechenden etwas Fremdklingendes in seiner Stimme gelegen haben; jedenfalls war der Ausdruck der Sicherheit aus dem Gesichte der Zwergin fort, als sie über den Hof hin und dann treppauf ihrem Gutsherrn nachschritt. Kniehase und die beiden Freunde folgten.

Pachaly hatte mittlerweile in der notdürftig wieder in Ordnung gebrachten Gerichtsstube seinen Aufbau beendet. Von den Bändern und Tüchern war nicht viel zu sehen. So recht ins Auge fiel nur das große, noch regelrecht auf ein Brett gewickelte rote Friesstück, ebenso die aus Seifenstangen und dem Lichterbündel aufgebaute Pyramide.

»Nun, Hoppenmarieken«, sagte Berndt, »wie gefällt dir der rote Fries?«

»Jut, Jnädjeherr. Wat süll he mi nich jefallen? Et is ja von den ingelschen; de Ell seben Groschen.«

»Hast du dies Stück Fries vielleicht schon gesehen.«

»Ick weet nich.«

»Besinne dich.«

»Ick seh so veel, Jnädjeherr; ick mag et wol all sehn hebben.«

»Wo?«

»Bi Jud' Ephraim.«

»Oder bei dir!«

»Bi mi? Jo, Wettstang, bi mi; hohoho. Nu seh ick ihrst. Se sinn bi mi west und hebben min kleen Tuusch- und Kramgeschäft utfunnen. Unner de Deel; en beeten beschwierlich; awers ick bin nich sicher sünnst.«

»Gut, Hoppenmarieken, du mußt vorsichtig sein. Es gibt jetzt so viel Gesindel ...«

»Oh, so veel!«

»Nun gut. Aber du nimmst ja den Kaufleuten das Brot. Hast du denn einen Gewerbeschein?«

»Ne, Jnädjeherr, den hebb ick nich.«

»Ja, da werden wir dich am Ende in Strafe nehmen müssen.«

Bei diesen mit einem heiteren Anfluge gesprochenen Worten kehrte ihr ihre frühere Sicherheit zurück. Sie hatte plötzlich das Gefühl, daß alles einen guten Verlauf nehmen werde, und sagte halb grinsend, halb bittend vor sich hin: »Dat wihrn de Jnädjeherr jo nich dohn.«

»Ja wer weiß, Hoppenmarieken. Sieh mal hier, da ist noch was zum Auswickeln für dich!« und dabei nahm er das Päckchen, das er bei der Haussuchung zu sich gesteckt hatte, aus seiner großen Überrockstasche und legte es dicht vor ihr auf den Tisch.

Sie fiel sofort auf die Knie und schrie: »Ick weet von nischt.«

»Aber wir wissen genug.«

»Ick weet von nischt. De kämen beed' in bi mi ...«

»Wer?«

»Muschwitz und Rosentreter ... un seggten, ick süll et man verwohren. Awers ick wull jo nich, un ick schreeg. Do nähm Muschwitz sin Taschenknif und seggt to mi: ›Wif, ick schnid di de Kehl ab, wenn du schreegst!‹ Un da nohm ick et.«

»Du lügst, Hoppenmarieken; du bist Hehlerin, was du immer warst. Du hast ihnen Geld gegeben; ich vermute, nicht genug; darum haben sie sich neulich auf der Landstraße noch etwas nachholen wollen. Sie waren sicher, daß du sie nicht verraten würdest. Aber sie haben *dich* doch verraten.«

»Jo, dat hebben se. Se wullen rut ut de Schling, un ick sall rin. Awers ick will nich, un ick bruk nich. Schwören will ick; ick *kann* schwören. Rufens Seidentoppen in; ja Seidentopp sall koamen... Oh, du lewe Herrjott, wat et för Minschen jewen deiht! Dat is, weem eens sülwsten to good is. O Jott, o Jott.« Und dabei rutschte sie auf den Knien näher zu Berndt heran und küßte ihm die Rockschöße.

»Steh auf!«

Der zwergige Unhold aber, immer noch auf den Knien, fuhr fort: »Et is allens nich so. Oh, dis Muschwitz, un de anner von Podelzig! Se hebben beed logen as de Düwels. Schwören will ick; ick *kann* schwören. Pachaly, holens ne Bebel in. Un hier sinn mine Finger; un schwören will ick, *in* de Kirch un ut de Kirch un wo Se sünnst wullen.«

»Du sollst nicht schwören, denn du schwörst falsch. Was machen wir mit ihr, Kniehase?«

Hoppenmarieken, die nicht anders dachte, als daß man ihr ans Leben wollte, schrie jetzt jämmerlich auf und rang die kurzen, stummelhaften Hände. Zuletzt sah sie Lewin, der an der Tür stehengeblieben war. Sie wollte rutschend auf ihn los, mutmaßlich, um die Szene zu wiederholen, die sie eben vor dem alten Vitzewitz gespielt hatte. Aber Pachaly hielt sie zurück.

»Laß es hingehen, Papa«, rief jetzt Lewin, als ob Hoppenmarieken, deren Unzurechnungsfähigkeit für ihn feststand, gar nicht zugegen wäre. »Sieh sie dir an; es ist der Mensch auf seiner niedrigsten Stufe. Droh ihr; das ist das einzige, was sie versteht. Ihr ganzer Rechtsbegriff ist ihre Furcht. Und Turgany weiß das so gut wie wir; er wird nichts an die große Glocke hängen. Wenn es aber sein muß, so wird er sie schildern, wie sie ist. Und das ist ihre beste Verteidigung. Ich bitte dich, laß sie laufen.«

»Hast du gehört?« fragte jetzt Berndt zu der Zwergin hinüber, die, während Lewin sprach, endlich aufgestanden war.

Sie zwinkerte mit den Augen und sagte: »Ick hebb allens hürt; ick weet, ick weet. Jo, de junge Herr, he kennt mi, un ick kenn' *em*. Un ick hebb'n all kennt, as he noch so lütt wihr, *so* lütt. Jo, de junge Herr...!«

»Er bittet für dich«, fuhr Berndt fort, »und will, daß ich dich laufen lasse. Warum? Weil du Hoppenmarieken bist. Ich aber kenn' dich besser und weiß, du hörst das Gras wachsen. Schlau bist du und taugst nichts; das ist das Ganze von der Sache. Nimm deine Kiepe; wir wollen diesmal noch ein Auge zudrücken. Aber paß Achtung, wenn wir dich wieder ertappen, ist es aus mit dir. Und nun geh und bessere dich fürs neue Jahr.«

Sie sah sich nach Stock und Kiepe um, die sie beide beim Eintritt ins Zimmer neben der eisenbeschlagenen Truhe niedergesetzt hatte. Als sie wieder marschfertig war, glitt ihr Auge noch einmal über die auf den Stühlen ausgebreiteten Sachen hin. Es war ersichtlich, daß sie Lust hatte, Besitzrechte daran geltend zu machen. Berndt sah den Blick und empfand jetzt, daß Lewin doch recht habe.

»Geh!«, wiederholte er, »alles bleibt hier und wird nach Frankfurt abgeliefert. Vielleicht du auch noch!«

Sie nahm das letzte Wort als einen Scherz und grinste wieder.

Eine Minute später schritt sie, mit ihrem Stock salutierend, über den Hof hin, in einem Tempo, als ob nichts vorgefallen sei oder eine ganz alltägliche Streitszene hinter ihr läge.

18. KAPITEL
Othegraven

Der alte Rysselmann, in Jeetzes kleiner Bedientenstube durch einen Imbiß gestärkt und wieder aufgewärmt, passierte eben das an der großen Straße nach Frankfurt gelegene Dorf Podelzig, als ihm ein leichter Kaleschwagen begegnete, auf dessen Lederbank er den Freund seines Justizrats, den Konrektor Othegraven, erkannte. Othegraven ließ halten.

»Guten Tag, Rysselmann, gut bei Weg? Was in aller Welt bringt Sie nach Podelzig?«

»Ich komme schon von Hohen-Vietz. Dienstsachen; ein Brief vom Herrn Justizrat an den Herrn von Vitzewitz. Ein guter Herr; und so ist das ganze Dorf.«

»Ich will auch hin«, sagte Othegraven. »Treffe ich den Schulzen Kniehase?«

»Im Dorf ist er; aber ob der Herr Konrektor ihn treffen werden, ist unsicher. Denn ich hörte, wie der gnädige Herr nach ihm schickte, weil sie bei der alten Botenfrau, die Hoppenmarieken heißt, eine Haussuchung abhalten wollen. Es soll eine Hehlerin sein.«

»Danke schön, Rysselmann; meinen Gruß an den Justizrat. Gott befohlen!«

Damit fuhr der Konrektor in raschem Trabe weiter auf Hohen-Vietz zu. Was ihm Rysselmann gesagt hatte, kam ihm ungelegen, und wenn er zu den Leuten gehört hätte, die auf Zeichen achten, so hätte er umkehren müssen. Er war aber ohne jede Spur von Aberglauben und sah in allem, was geschah, ein unwandelbar Beschlossenes. Seinem Bekenntnis, noch mehr seiner Parteistellung nach streng lutherisch, ruhte doch – ihm angeboren und deshalb unveräußerlich – auf dem Grunde seines Herzens ein gut Stück prädestinationsgläubiger Calvinismus.

Von Podelzig war nur noch eine Stunde. Es läutete Mittag, als Othegraven vor dem Pfarrhause hielt. Seidentopf, den er bei seiner vorgestrigen Anwesenheit in Hohen-Vietz nicht aufgesucht hatte, begrüßte ihn herzlich an der Schwelle seiner Studierstube, die jetzt, wo die Wintersonne schien, ein besonders freundliches Ansehen hatte. Alles war verändert, und die Haushälterin, die sich am zweiten Feiertage durch ihr aufgeregtes Hin- und Herfahren mit Schippe und Räucheressenz so bemerklich gemacht hatte, zeigte heute die vollkommenste Ruhe, als sie, nach dem Brauch des Hauses und ohne daß eine Aufforderung dazu ergangen wäre, ein Frühstück vor Othegraven auf den Tisch stellte.

Beide Männer hatten auf einem kleinen Sofa in der Nähe des Ofens, unter dem verstaubten Real der Bibliotheca theologica, Platz genommen und sahen in den verschneiten Garten hinaus. Eine Esche stand vor dem Fenster, in Sommerzeit ein wunderschöner Baum; jetzt, wo seine Zweige wie geknotete Hanfstrippen niederhingen, ein trauriger Anblick. Aber keiner von beiden hatte ein Auge dafür, und während der Konrektor, dessen Vorhaben einem guten Appetit nicht günstig war, sich mehr an ein Glas Wein als an das Frühstück hielt, erzählte der Pastor von dem, was sich seit vorgestern in Hohen-Vietz ereignet hatte, von dem Einbruch und von dem Auffinden der Strolche auf dem Rohrwerder.

»Abenteuer und Kriegszüge, als hätten wir schon den Feind im Lande«, so schloß er.

Othegraven, augenscheinlich in sehr unkriegerischer Stimmung, brachte der Erzählung dieser Dinge nur ein geringes Interesse entgegen, das erst wuchs, als der Gesprächsgegenstand wechselte und Seidentopf von dem zweiten Feiertage, ihrem heiteren Beisammensein an jenem Abende, von Pastor Zabels Verlegenheit beim Pfänderspiel und vor allem von Marie zu plaudern begann, wie sie so reizend gewesen sei und so Hübsches über seinen Werneuchner Amtsbruder gesprochen habe, trotzdem er ihr nicht habe beistimmen können.

»Sie könnten mir nichts sagen«, unterbrach ihn Othegraven, »das mich mehr erfreute. Denn wissen Sie, lieber Pastor, ich habe eine herzliche Neigung zu diesem schönen Kinde.«

Seidentopf erschrak; um so mehr, je höher er Othegraven schätzte. Nie war an einen solchen Fall von ihm gedacht worden; jetzt, wo er eintrat, empfand er ihn als eine Unmöglichkeit. Er faßte sich endlich und fragte: »Weiß Marie davon?«

»Nein, ich habe vorgestern mit dem Schulzen gesprochen. Er hat mir geantwortet, Marie sei ein Stadtkind und gehöre in die Stadt; wenn er sie sich an der Seite eines braven Mannes, der sie liebe, denke, so lache ihm das Herz. Und eines Studierten, bald vielleicht eines Pastors Frau, das sei so recht das, was er sich immer gewünscht habe. Das Kind sei sein Augapfel, und mein Antrag sei ihm eine Ehre; aber sie müsse selber entscheiden. Ich konnte ihm nur zustimmen; und da bin ich nun, um mir diese Entscheidung zu holen.«

»Ich wünsche Ihnen Glück, Othegraven. Aber alles erwogen, paßt Marie zu Ihnen?«

Othegraven wollte antworten; Seidentopf indessen, als er

aus den ersten entgegnenden Worten heraushörte, daß sich die Antwort nur auf das »Gazekleid mit den Goldsternchen« und alles das, was damit in Zusammenhang war, beziehen werde, unterbrach den Konrektor und sagte ruhig: »Ich meine nicht das, ich meine, haben Sie bedacht, ob zwei Naturen zueinander passen, von denen die eine ganz Phantasie, die andere ganz Charakter ist?«

»Ich habe es bedacht; aber daß ich es Ihnen bekenne, mehr in Hoffnung als in Zweifel und Befürchtung. Eine Frau von Phantasie, ein Mann von Charakter, wenn ich diese auszeichnende Eigenschaft, die Sie mir zuerkennen, ohne weiteres annehmen darf, ist gerade das, was mir als ein Ideal erscheint. Was ist die Ehe anders als Ergänzung?«

»So heißt es in Büchern und Abhandlungen, und ich kann mir Fälle denken, oder sage ich lieber, ich kenne Fälle, wo dies zutrifft. Aber wenn ich in dem Buche meiner Erfahrungen nachschlage, so ist es im großen und ganzen doch umgekehrt. Die Ehe, zum mindesten das Glück derselben, beruht nicht auf der Ergänzung, sondern auf dem gegenseitigen Verständnis. Mann und Frau müssen nicht Gegensätze, sondern Abstufungen, ihre Temperamente müssen verwandt, ihre Ideale dieselben sein. Vor allem aber, lieber Othegraven, wir sind noch nicht bei der Ehe. Es handelt sich zunächst um den Zug des Herzens, der fast immer nach dem Gleichgearteten geht; wenigstens bei Naturen wie Mariens.«

Othegraven lächelte. »So würde denn, teuerster Pastor, die Frage, die Sie vorhin an mich richteten, nicht haben lauten müssen, ob Marie zu mir, sondern ob ich zu ihr passe? Des ersteren bin ich sicher; um mir auch über den zweiten Punkt Gewißheit zu verschaffen, dazu bin ich hier. Ich bitte, mein Fuhrwerk auf Ihrem Hofe halten lassen zu dürfen; in einer halben Stunde sehe ich Sie wieder. Sie sollen der erste sein, der erfährt, wie die Würfel über mich gefallen sind. Ein unchristlich Wort das; aber ich halt' es aufrecht, weil es genau ausdrückt, was ich in diesem Augenblick empfinde, aller Überzeugung zum Trotz, daß es schließlich kein Würfelspiel ist, was über uns entscheidet. Wir sollten vielleicht vor solchen Widersprüchen, in die auch ein gläubig Herz geraten kann, weniger erschrecken, als wir gewöhnlich tun; wir gewönnen dadurch für uns selbst und für andere mehr, als wir verlieren. Was starr ist, ist tot.«

Sie trennten sich, und Othegraven schritt auf den Schulzenhof zu.

Er fand in dem Zimmer links, in dem am zweiten Weihnachtsfeiertage der alte Kniehase das Kapitel aus dem Propheten Daniel gelesen hatte, nur die Frau des Schulzen vor. Sie schritt ihm unter herzlichem Gruß, aber doch in einer gewissen Befangenheit entgegen und sprach ihr Bedauern aus, daß ihr Mann abwesend sei, einer Dienstsache halber, mit der sie den Herrn Konrektor nicht behelligen wolle. Am wenigsten heute, da sie wisse, weshalb er komme. Sie werde Marie rufen. Dann rückte sie ihm einen Stuhl und stieg hinauf in die Giebelstube, wo die Tochter mit allerhand kleiner Handarbeit, mit Stopfen und Nähen beschäftigt war, um nichts Unfertiges oder Unordentliches mit in das neue Jahr hinüberzunehmen. In der resoluten Weise einer Frau, die von Vorbereiten und Überraschungenersparen nicht viel hält, sagte sie hier kurz und ohne Umschweife: »Komm, Marie, Konrektor Othegraven ist unten; er hat bei dem Vater um dich angehalten. Sage nun ›ja‹ oder ›nein‹, uns Alten ist beides recht. Wir haben keinen anderen Wunsch als dein Glück, und du mußt selber wissen, was dich glücklich macht.«

Marie war heftig erschrocken, faßte sich aber und folgte der Mutter treppab. Othegraven hatte den Stuhl, der ihm angeboten war, nicht angenommen; er stand am Fenster, mit den Fingern der rechten Hand auf den Knöcheln der linken spielend wie jemand, der voll innerer Unruhe ist.

»Hier ist sie«, sagte Frau Kniehase und schritt wieder auf die Tür zu.

»Bleibe, Mutter«, bat Marie.

Frau Kniehase gab ihre Absicht auf und setzte sich an das Spinnrad. »Marie, Sie wissen, weshalb ich hier bin«, begann Othegraven nach einer kurzen Pause.

»Ja, die Mutter hat es mir eben gesagt.«

»Hat es Sie überrascht?«

»Wir kennen uns erst kurze Zeit.«

»Das Herz, wenn es überhaupt sprechen will, spricht schnell. Es ist jetzt ein halbes Jahr, Marie, daß ich Sie zum ersten Male sah, es war im Park, an der Stelle, wo das Rondell ist. Ich entsinne mich jedes kleinsten Umstandes.«

Marie nickte, zum Zeichen, daß auch ihr der Tag in Erinnerung geblieben sei.

»Es war Besuch da«, fuhr Othegraven fort, »der Steinhöfelsche Herr von Massow, der junge Herr von Burgsdorff und Dr. Faulstich aus Kirch-Göritz; Sie spielten Reifen, und ich hörte schon von fern Ihr Lachen, als ich mit dem alten Herrn von Vitzewitz die große Rüsternhecke heraufkam. Fräulein Renate, in einem hellblauen Sommerkleid, stand Ihnen gegenüber. Als ich dann an dem Spiele teilnahm und Ihnen mit ungeübter Hand die Reifen zuwarf, fingen Sie jeden auf, ob er zu kurz oder zu weit flog. Ihre Geschicklichkeit glich aus, was der meinigen fehlte. Ich habe nichts davon vergessen, und als ich an jenem Abend nach Frankfurt zurückfuhr, wußte ich, daß ich Sie liebte.«

Marie schwieg; das Spinnrad surrte, man hätte eine Nadel fallen hören.

»Haben Sie mir nichts zu sagen, Marie?«

Sie schritt jetzt rasch auf ihn zu, reichte ihm die Hand und sagte mit einer Entschlossenheit, in der das voraufgegangene Bangen nur noch leise nachklang: »Es kann nicht sein; Sie selbst haben mir die Antwort auf die Lippen gelegt, als Sie sagten, das Herz spräche schnell, wenn es überhaupt sprechen wolle.« Dann barg sie das Gesicht in ihre Hände und rief: »Ach, bin ich undankbar?«

»Ich habe keinen Anspruch auf Ihren Dank, Marie.«

»Und doch bin ich undankbar vielleicht, nicht gegen Sie, aber gegen mein Geschick. Ich war nicht so jung, als ich in dieses Haus kam, daß ich hätte vergessen können, was ich vorher war. Und wenn ich es je vergessen hätte, so würde mich das Kreuz, das oben auf meines Vaters Grabe steht, jeden Tag daran erinnert haben. Die Art, wie mich Gott geführt, legt mir besondere Dankespflichten auf, und ich weiß nicht, ob ich diese Pflichten erfülle, wenn ich jetzt einfach sage: mein Herz spricht nicht. Es *sollte* vielleicht sprechen; aber es schweigt. Und so muß es denn bleiben, wie es ist. Es trennt uns etwas, ein Unterschied der Naturen, den ich nicht zu nennen weiß, der aber da ist, weil ich ihn empfinde.«

Marie schwieg.

»So hab' ich denn wenigstens Gewißheit empfangen«, nahm Othegraven das Wort, »und das Traurigste, was es gibt, hoffnungslos zu hoffen, ist mir erspart geblieben. Sie haben es verschmäht, sich hinter Halbheiten zu flüchten; ich danke Ihnen dafür. Auch dies zeigt mir, wie richtig meine Neigung wählte, richtig, aber nicht glücklich. Und es ist ohne Bitterkeit, Marie, daß ich von Ihnen scheide; denn das Herz läßt sich nicht zwingen. Und ob ich es gleich wünschte, daß sich das Ihrige anders entschieden hätte, so weiß ich doch, daß es sich entschieden hat, wie es sich entscheiden *mußte.*«

Er reichte erst Marie, dann der Mutter die Hand und verließ das Haus, in dem ein kurzes Gespräch über sein Glück den Stab gebrochen hatte.

Eine Stunde später fuhr er wieder auf Frankfurt zu.

»Lieber Freund«, so waren des Pastors letzte Worte gewesen, »ich beobachte das Leben nun vierzig Jahre, und immer wieder habe ich wahrgenommen, daß sich Männer Ihrer Art zu Naturen wie Mariens unwiderstehlich hingezogen fühlen, ohne daß diese Naturen die Liebe, die ihnen entgegengetragen wird, jemals erwidern können. Den Charakter zieht es zur Phantasie, aber nicht umgekehrt.«

Othegraven, indem er die Seidentopfschen Worte hin und her wog, lächelte schmerzlich.

»Es ist so; der Alte hat recht. Und so werd' ich denn liebelos durch dieses Leben gehen; denn nur *die* Seite des Daseins, die mir fehlt, hat Reiz für mich und zieht mich an. Und so ist mein Los beschlossen. Trag' ich es; nicht nur weil ich muß, auch weil ich *will.* Tue, was dir geziemt. Aber ich hatte es mir schöner geträumt; auch heute noch.«

Während dieses Selbstgespräches war der Konrektor in Podelzig eingefahren und passierte die Stelle, wo er dem alten Rysselmann begegnet war. Er entsann sich der gehobenen Stimmung, in der er noch zu ihm gesprochen hatte, und wiederholte vor sich hin: »Ja, schöner geträumt; auch *heute* noch!«

19. KAPITEL

Silvester in Guse

Der Brief, den Hoppenmarieken mit dem Bemerken »is hüt dis een man«, an Berndt überreicht hatte, war während der unmittelbar folgenden Szene vergessen worden. Erst als unsere Zwergin vom Forstacker, als sei nichts vorgefallen, in alter Munterkeit vom Hof her in die Dorfstraße einbog, entsann sich Berndt des Schreibens wieder, das aus Kirch-Göritz war und die Aufschrift trug: »An Fräulein Renate von Vitzewitz. Hohen-Vietz bei Küstrin.« Er gab den Brief an Lewin, der nun den langen Korridor hinunterschritt, um ihn Renaten persönlich zu überbringen.

In dem Krankenzimmer war es hell, Renate selbst ohne Fieber, nur noch matt. Kathinka saß an ihrem Bett, während Maline seitab am Fenster stand und eine der Kalvillen schälte, die sie sich am Abend vorher geweigert hatte, aus dem alten Spukesaal heraufzuholen.

»Ist es erlaubt?« fragte Lewin und nahm einen Stuhl. »Ich komme nicht mit leeren Händen; hier ein Brief für dich, Renate.«

»Ach, das ist hübsch! Ich wollte, daß alle Tage Briefe kämen. Kathinka, nimm dir das zu Herzen, und du auch, Lewin. Ihr verwöhnten Leute habt keine Ahnung davon, was uns in unserer Einsamkeit ein Brief bedeutet.«

Während dieser Worte hatte sie das Siegel erbrochen und sah nach der Unterschrift: »Doktor Faulstich.« Es konnte nicht anders sein; wer außer ihm in Kirch-Göritz hätte Veranlassung haben können, an Fräulein Renate von Vitzewitz zu schreiben! Der Brief war übrigens vom 29., also um einen Tag verspätet.

»Lies ihn uns vor«, sagte Kathinka, »so du keine Geheimnisse mit dem Doktor hast.«

»Wer weiß; ich will es aber doch wagen.« Und sie las: »Mein gnädigstes Fräulein! Ein Richterspruch, der keinen Appell gestattet, hat Sie auserkoren, bei der am Silvester in Schloß Guse stattfindenden Vorstellung mitzuwirken. Mehr noch, Sie werden die Festlichkeit zu eröffnen und beifolgenden

Prolog zu rezitieren haben, den ich, trotz des bis hierher angeschlagenen Direktorialtones, in meiner geängstigten Dichtereitelkeit Ihrer freundlichen Beurteilung, speziell auch der Nachsicht der beiden Kastaliamitglieder, die mich gestern durch ihren Besuch erfreuten, empfehle. Voll berechtigten Mißtrauens in unsere Kirch-Göritzer Postverhältnisse, habe ich geschwankt, ob es nicht vielleicht geraten sei, diesen Brief durch einen Expressen an Sie gelangen zu lassen; vierundzwanzig Stunden aber für eine Entfernung, die selbst mit dem Umweg über Küstrin nur anderthalb Meilen beträgt, sind reichlich bemessen, und so hege ich denn die Hoffnung, diese Zeilen samt ihrer Einlage rechtzeitig bei Ihnen eintreffen zu sehen. Que Dieu vous prenne, vous et ma lettre, dans sa garde! Mit diesem Wunsche, der sich in Form und Sprache fast mehr schon gegen Guse als gegen Hohen-Vietz verneigt, Ihr treuergebenster Doktor Faulstich.«

»Allerliebst«, sagte Kathinka.

»Ich gebe euch auch noch die Nachschrift.« Und Renate las weiter: »Die Toilette, mein gnädigstes Fräulein, darf Sie nicht beunruhigen, trotzdem es niemand Geringeres als Melpomene selbst ist, der ich meine Prologstrophen in den Mund gelegt habe. In wie vielen Beziehungen auch die neun Schwestern von Klio bis auf Polyhymnia sich beschwerlich erweisen mögen, in einem Punkte sind sie bequem: in der Kostümfrage. Der Faltenwurf ist alles. Ich vertraue übrigens, wenn wir eines Rats benötigt sein sollten, auf Demoiselle Alceste, die mit Hilfe Racines und seiner Schule seit vierzig Jahren unter den Atriden gelebt hat und die Staffeln zwischen Klytämnestra und Elektra beständig auf- und niedergestiegen ist.«

»Ach, wie schade!« rief Maline vom Fenster her, ganz nach Art verwöhnter Dienerinnen, die sich gern ins Gespräch mischen.

»Ja, da hast du recht«, sagte Renate, halb in wirklichem, halb in scherzhaftem Unmut, während sie den Brief wieder zusammenlegte. »Da blitzt es nun mal einen Augenblick herauf, aber nur um mir das Dunkel meiner Hohen-Vietzer Tage wieder um so fühlbarer zu machen. Verzeihe, Kathinka, daß ich undankbar deines Besuches und der Stunden vergesse, die du mir an meinem Bett und auch vorher schon weggeplaudert hast, aber daß ich um diese Fahrt nach Guse komme und um Demoiselle Alceste und um meinen Prolog, das verwinde ich mein Lebtag nicht. Sage selbst: als Muse, als Melpomene; wie das schon klingt! Und von einer französischen Schauspielerin eigenhändig drapiert! Ich kann siebzig Jahre alt werden, ohne zu so was Herrlichem je wieder aufgefordert zu werden.«

»Aber ist es denn unmöglich?« fragte Kathinka. »Du fühlst dich wohler, das Fieber ist fort. Komm mit, wir stecken dich in einen Fußsack und von oben her in einen Pelz.«

Renate schüttelte den Kopf. »Das darf ich dem alten Leist nicht antun. Wenn ich ihm stürbe – das verzieh' er mir all mein Lebtag nicht. Nein, ich bleibe; und *du*, Kathinka, mußt die Rolle sprechen.«

»Ich?«

»Ja, du hast keine Wahl. In dem Salon unserer Tante ist, wie du weißt, außer dir und mir nichts von Damenflor zu Hause, und wenn Demoiselle Alceste – ich habe die Strophen eben überflogen – nicht als ihr eigener Herold auftreten, sich ankündigen und vielleicht auch verherrlichen soll, so bleibt dir nichts übrig, als den Prolog zu sprechen. Du hast ohnehin die Melpomenefigur. Aber ich glaube fast, du tust es ungern.«

»Nicht doch, ich mißtraue nur meinem Gedächtnis.«

»Oh! da schaffen wir Rat«, sagte Lewin. »Es sind noch zwei Stunden, bis wir aufbrechen; vor allem aber haben wir noch die Fahrt selbst; ich werde dir unterwegs die Strophen rezitieren, einmal, zweimal, und im Nachsprechen wirst du sie lernen. Die frische Luft erleichtert ohnehin das Memorieren.«

Kathinka war es zufrieden. So trennte man sich, da nicht nur die Tischglocke jeden Augenblick geläutet werden konnte, sondern auch das wenige, was außerdem noch an Zeit verblieb, zu Vorbereitungen nötig war, die sich für die Ladalinskischen Geschwister mehr noch auf ihre Abreise überhaupt als auf die Fahrt nach Guse bezogen. Sie hatten nämlich vor, wenn die Tante sie nicht festhielt, in derselben Nacht noch nach Berlin zurückzukehren.

Um vier Uhr hielt das Schlittengespann mit den Schneedekken und den roten Federbüschen, dasselbe, das am dritten Weihnachtsfeiertage Lewin und Renaten nach Guse hinübergeführt hatte, vor der Rampe des Hauses, und nach herzlichem Abschiede von Tante Schorlemmer, auch von Jeetze und Maline, die sich mit ihrem Schürzenzipfel eine Träne trocknete und immer wiederholte: »wie schön es gewesen sei« und: »solch liebes Fräulein«, rückten sich endlich die Ladalinskis auf ihrer Polsterbank zurecht, während Lewin den Platz auf der Pritsche nahm. Der alte Vitzewitz, der noch an Turgany zu schreiben und seinen Bericht über die Resultate der Haussuchung beizufügen hatte, hatte zugesagt, in einer Viertelstunde mit den Ponies zu folgen.

»Ich überhole euch doch! Was gilt die Wette, Kathinka?«

»Du verlierst.«

»Nein, ich gewinne.«

Gleich darauf zogen die Pferde an, und der leichte Schlitten flog mit einer Schnelligkeit dahin, die zunächst wenigstens für die Chancen Berndts besorgt machen konnte.

Kathinka, wie am Abend vorher auf der kurzen Fahrt nach Hohen-Ziesar, hatte auch heute wieder die Leinen genommen, das Glockenspiel klang, und die roten Büsche nickten. Ihr Weg ging erst tausend Schritt auf der Küstriner Straße zwischen den Pappeln hin, ehe sie nach links in die weite Schneefläche des Bruchs einbogen. Als sie die Stelle passierten, wo der Überfall stattgefunden hatte, zeigte Tubal scherzend nach der Waldecke hinüber und beschrieb der Schwester seinen Wettlauf über den Sturzacker hin.

»Und das alles im Ritterdienste Hoppenmariekens. Wer hielt je treuer zu seiner Devise: Mon coeur aux dames!«

»Es müssen eben Zwerginnen kommen, um euch zu ritterlichen Taten anzuspornen. Sonst laßt ihr andere eintreten in Taten und Gesang, und wenn es Doktor Faulstich wäre. Im übrigen ist es Zeit, Lewin, daß wir unsere Lektion beginnen. Ich weiß vorläufig nur, daß die erste Strophe mit einem Reim auf Guse abschließt; Muse, Guse. Ich glaube, die ganze Melpomene-Idee wäre nie geboren worden, wenn dieser Reim nicht existiert hätte.«

Nun begann unter Lachen das Rezitieren, und immer, wenn eine neue Strophe bezwungen war, salutierte Lewin, und der Knall seiner Schlittenpeitsche, dann und wann das Echo wekkend, hallte über die weite Schneefläche hin. So hatten sie Golzow, bald auch Langsow passiert, und der Guser Kirchturm wurde schon zwischen den Parkbäumen sichtbar, als plötzlich die Ponies, deren schwarze Mähnen von Renneifer wie Kämme standen, ihnen zur Seite waren und der alte Vitzewitz, in seinem Kaleschwagen sich aufrichtend, zu Kathinka hinüberrief: »Gewonnen!«

»Nein, nein!« Und nun begann ein Wettfahren, in dem als nächstes Objekt die Ottaverime des Doktors und gleich darauf alle Gedanken an Prolog und Melpomene über Bord gingen. Auch über die Braunen, die vor den Schlitten gespannt waren, kam es wie eine ehrgeizige Regung alter Tage, aber der Vorteil ihrer größeren Schritte ging bald unter in dem Nachteil ihrer längeren Dienstjahre, über die nur einen Augenblick lang die jugendlich machenden Schneedecken hatten täuschen können, und um ein paar Pferdelängen voraus donnerte der Kaleschwagen über die Sphinxenbrücke und hielt als erster vor dem Schloß. Berndt hatte das Spritzleder schon zurückgeschlagen, sprang herab und stand rechtzeitig genug zur Seite, um Kathinka die Hand reichen und ihr beim Aussteigen aus dem Schlitten behilflich sein zu können.

»Da hast du die gewonnene Wette«, sagte sie, dem Alten einen herzhaften Kuß gebend, während sie zugleich, zu Lewin gewandt, hinzusetzte: »Voilà notre ancien régime.«

Dann traten sie in die geheizte Flurhalle, wo Diener ihnen die Mäntel und Pelze abnahmen.

In dem blauen Salon der Gräfin war heute der »weitere Zirkel«, dem außer einigen unmittelbaren Nachbarn von Tempelberg, Quilitz und Friedland her auch der Landrat und der neue Selowsche Oberpfarrer angehörten, schon seit einer halben Stunde versammelt und teilte seine Aufmerksamkeiten zwischen der Wirtin und ihrem bevorzugten Gaste, Demoiselle Alceste. Diese, wie sie zugesagt, war bereits einen Tag früher eingetroffen, und in Plaudereien, die sich bis über Mitternacht hinaus ausgedehnt hatten, war der Rheinsberger Tage, der Wreechs, Knesebecks und Tauentziens, vor allem auch der prinzlichen Schauspieler, des genialen Blainville und der schönen Aurora Bursay mit herzlicher Vorliebe gedacht worden. Über Erwarten hinaus hatte das Wiedersehen, das nach länger als zweiundzwanzig Jahren immerhin ein Wagnis war, beide Damen befriedigt, von denen jede das Verdienst, sofort den rechten Ton getroffen zu haben, für sich in Anspruch nehmen durfte. Am meisten freilich Demoiselle Alceste; sie vereinigte in sich die Liebenswürdigkeiten ihres Standes und ihrer Nation. Sehr groß, sehr stark und sehr asthmatisch, von fast kupferfarbenem Teint und in eine schwarze Seidenrobe gekleidet, die bis in die Rheinsberger Tage zurückzureichen schien, machte sie doch dies alles vergessen durch den die größte Herzensgüte verratenden Ausdruck ihrer kleinen schwarzen Augen und vor allem durch ihre Geneigtheit, auf alles Heitere und Schelmische und, wenn mit Esprit vorgetragen, auch auf alles Zweideutige einzugehen. Was ihr anziehendes Wesen noch erhöhte, waren die Anfälle von Künstlerwürde, denen sie ausgesetzt war, Anfälle, die – wenn sie nicht an und für sich schon einen Anflug von Komik hatten – jedenfalls in dem als Rückschlag eintretenden Moment der Selbstpersiflierung zu herzlichster Erheiterung führten. Ihre geistige Regsamkeit, auch ihr Embonpoint, das keine Falten gestattete, ließen sie jünger erscheinen als sie war, so daß sie sich, obgleich sie beim Regierungsantritt Ludwigs XVI. die Phädra gespielt hatte, in weniger als einer halben Stunde der Eroberung erst Drosselsteins und dann Bammes rühmen durfte.

Von diesen Eroberungen mußte ihr, ihrem ganzen Naturell nach, die zweite die wichtigere sein. Drosselsteins hatte sie viele gesehen, Bammes keinen, und den Tagen der Liebesabenteuer auf immer entrückt, hatte sie sich längst daran gewöhnt, den Wert ihrer Eroberungen nur noch nach dem Unterhaltungsreiz, den ihr dieselben gewährten, zu bemessen. Sie war darin der Gräfin verwandt, nur mit dem Unterschiede, daß diese das Aparte überhaupt liebte, während alles, was *ihr* gefallen sollte, durchaus den Stempel des Heitern tragen mußte. Dabei war ihr überraschenderweise auf der Bühne das Komische nie geglückt, und nur in Rollen, die sich auf Inzest oder Gattenmord aufbauten, hatte sie wirkliche Triumphe gefeiert.

Es wurde schon der Kaffee gereicht, als die Hohen-Vietzer eintraten und auf Tante Amelie zuschritten. Diese, nach herzlicher Begrüßung, erhob sich von ihrem Sofaplatz, um ihren Liebling Kathinka – die kaum Zeit gefunden hatte, von Renatens Unwohlsein und der momentan in Gefahr geratenen Melpomenerolle zu sprechen – mit ihrem französischen Gaste bekanntzumachen.

Demoiselle Alceste brach ihr Gespräch mit Bamme ab und trat den beiden Damen entgegen.

»Je suis charmée de vous voir«, begann sie mit Lebhaftigkeit, »Madame la Comtesse, votre chère tante, m'a beaucoup parlé de vous. Vous êtes polonaise. Ah, j'aime beaucoup les Polonais. Ils sont tout-à-fait les Français du Nord. Vous savez sans doute que le Prince Henri était sur le point d'accepter la couronne de Pologne.«

Kathinka hatte nie davon gehört, hielt aber mit diesem Geständnis klüglich zurück, während Demoiselle Alceste das immer politischer werdende Gespräch in Ausdrücken fortsetzte, die, was Bewunderung für den Prinzen und Abneigung gegen den königlichen Bruder anging, selbst Tante Amelie kaum gewagt haben würde. Das Thema von der polnischen Krone bot die beste Gelegenheit dazu.

»Dem ›grand Frédéric‹«, fuhr sie mit spöttischer Betonung seines Namens fort, »sei der Gedanke, seinen Bruder als König eines mächtigen Reiches zur Seite zu haben, einfach unerträglich gewesen. Es habe freilich, wie das immer geschehe, nicht an Versuchen gefehlt, die eigentlichen Motive mit Gründen ›hoher Politik‹ zu verdecken; sie aber wisse das besser, und der Neid allein habe den Ausschlag gegeben.«

Kathinka, die von dem Prinzen nichts wußte als seinen Weiberhaß, nahm aus diesem krankhaften Zuge, der ihn ihr unmöglich empfehlen konnte, eine momentane Veranlassung zu Loyalität und Verteidigung des großen Königs her, bis sie sich endlich lächelnd mit den Worten unterbrach: »Mais quelle bêtise; je suis polonaise de tout mon coeur et me voilà prête à travailler pour le roi de Prusse.«

Damit brach der politische Teil ihrer Unterhaltung ab und glitt zu dem friedlichen Thema der nahe bevorstehenden Theatervorstellung über. Aber auch hier kam es zu keinen vollen Einigungen. Immer wieder vergeblich wurde von seiten Kathinkas geltend gemacht, daß sie als Prolog sprechende Melpomene ein natürliches Anrecht habe, in die Geheimnisse Dr. Faulstichs und seiner künstlerischen Hauptkraft: Demoiselle Alceste, eingeweiht zu werden. Diese blieb dabei, daß es zu dem Anmutigsten des Theaterlebens gehöre, die Akteurs und Aktricen sich wieder untereinander überraschen zu sehen. Und solch heiteres Spiel dürfe nicht mutwillig gestört werden.

Während dieses Gespräch in der großen Fensternische geführt wurde, die den Blick in den Park und die untergehende Sonne hatte – nur ein Streifen Abendrot lag noch am Himmel –, hatten sich Tubal und Lewin zur Seite der Tante niedergelassen, um über die jüngsten Hohen-Vietzer Ereignisse zu berichten. Der Kreis wurde bald größer. Erst Krach und Medewitz, dann der Lebuser Landrat samt dem Seelowschen Oberprediger, zuletzt auch Baron Pehlemann, der, einen Rest von Podagra mißachtend, in oft erprobter Gesellschaftstreue sich eingefunden hatte, alle rückten näher, um sich von dem Einbruch der Diebe, von dem Auffinden der beiden Landstreicher auf dem Rohrwerder und endlich von der Haussuchung bei Hoppenmarieken erzählen zu lassen. Niemand folgte gespannter als Tante Amelie selbst, die, neben einer natürlichen Vorliebe für Einbruchsgeschichten, eine herzliche Genugtuung empfand, die von ihrem Bruder vermuteten französischen Marodeurs sich einfach in Muschwitz und Rosentreter verwandeln zu sehen. Der überlegene Charakter Berndts war ihr zu oft unbequem, als daß ihr der Anflug von Komischem, der dadurch auf seine Pläne fiel, nicht hätte willkommen sein sollen.

Und doch waren es gerade wieder diese Pläne, die, während die Schwester im stillen triumphierte, den Bruder auf das lebhafteste beschäftigten. In demselben Augenblicke beinah, wo die Vorstellung Kathinkas das zwischen Demoiselle Alceste und Bamme geführte Gespräch unterbrochen hatte, hatte sich Berndt des alten Generals zu bemächtigen gewußt, und ihn beiseite nehmend, war er nicht säumig gewesen, ihm seine bis dahin nur flüchtig angedeuteten Gedanken über Insurrektion des Landes zwischen Oder und Elbe zu entwickeln. Der Hauptpunkt blieb immer die Volksbewaffnung à tout prix, also *mit* dem Könige, wenn möglich, *ohne* den König, wenn nötig. In betreff dieses Punktes aber war Berndt gerade dem alten General gegenüber nicht ohne Sorge. Bamme gehörte nämlich jener unter dem Absolutismus großgezogenen militärischen Adelsgruppe an, die auf eine Kabinettsordre hin all und jedes getan hätte und unter einem Lettre-de-Cachet-König so recht eigentlich erst an ihrem Platze gewesen sein würde. So kannte Berndt den General. Er übersah aber doch zweierlei: einmal seine stark ausgeprägte Heimatsliebe, die, wenn verletzt, sich jeden Augenblick bis zu dem unserem Adel ohnehin geläufigen Satze: »*Wir* waren *vor* den Hohenzollern da« hinaufschrauben konnte, dann seinen Hang zu Wagnis und Abenteuer überhaupt, der so groß war, daß ihm jede Konspiration angenehm und einschmeichelnd und ein *nach* oben hin gerichteter Absetzungsversuch, weil seltener und aparter, vielleicht noch anlockender als ein *von* oben her angeordneter Unterdrückungsversuch erschien. Ohne Grundsätze und Ideale, war sein hervorstechendster Zug das Spielerbedürfnis; er lebte von Aufregungen.

Berndt, als er ihm alles entwickelt hatte, setzte ruhig hinzu: »Da haben Sie meinen Plan, Bamme. Seine Loyalität kann bestritten werden. Wir stehen ein für das Land; Gott ist mein Zeuge, auch für den König. Aber wenn wir die Waffen wider seinen Willen nehmen, so kann es uns auf Hochverrat gedeutet werden. Ich bin mir dessen bewußt, und ich spreche es aus.«

Bamme hatte während dieser letzten Worte lächelnd an seinem weißen Schnurrbart gedreht: »Es ist, wie Sie sagen, Vitzewitz. Aber was tut's! Wir müssen eben unsere Haut zu Markte tragen; das ist hier Landes so der Brauch. Ich weiß genau, wie sie es da oben machen, oder sagen wir lieber, wie sie es machen *müssen;* denn ich glaube, sie haben keine Wahl. Es wird damit beginnen, daß man uns verleugnet, immer wieder und wieder, immer ernsthafter, immer bedrohlicher. Aber mittlerweile wird man abwarten und unser Spiel mit Aufmerksamkeit und frommen Wünschen verfolgen. Glückt es, so wird man den Gewinn: ein Land und eine Krone, ohne weiteres akzeptieren und uns dadurch danken, daß man uns – verzeiht; mißglückt es, so wird man uns über die Klinge springen lassen, um sich selber zu retten. Es kann uns den Kopf kosten; aber ich für mein Teil finde den Einsatz nicht zu hoch. Ich bin der Ihre, Vitzewitz.«

Während so an verschiedenen Punkten des Salons über die verschiedensten Themata, über die polnische Krone, Hoppenmarieken und den Volksaufstand zwischen Oder und Elbe gesprochen wurde, lag die ganze Schwere des Dienstes, zugleich die ganze Verantwortlichkeit für Gelingen oder Mißlingen dieses Abends auf den Schultern Dr. Faulstichs. Die Gräfin, nur eine alleroberste Leitung, ein letztes Ja oder Nein sich vorbehaltend, hatte alles andere mit einem leicht hingeworfenen: »Vous ferez tout cela« auf den Kirch-Göritzer Doktor abgewälzt. »Was dem Ziebinger Grafen recht ist, ist der Guser Gräfin billig.« Er hatte gehorchen müssen und auch gern gehorcht, aber doch in Bangen. Und dieses Bangen war nur allzu gerechtfertigt. Übersah er die Situation, so war er eigentlich nur seiner selbst sicher, und auch das kaum. Hundert Fragen drängten auf ihn ein. Wie würde, um nur eine der nächstliegenden und wichtigsten zu nennen, das Streichinstrument- und Flötenquintett bestehen, das, die musikalischen Kräfte von Selow und Kirch-Göritz zusammenfassend, der Leitung des jungen Guser Kantors, eines nach Tante Amelies Meinung verkannten musikalischen Genies, anvertraut worden war? Würde Kathinka, wirklicher Deklamation zu geschweigen, die Prolog-Ottaverime auch nur fehlerfrei und ohne Anstoß sprechen können? Würde Alceste die ganze Vorstellung nicht zu sehr als Bagatelle behandeln? War Verlaß auf die Dienerschaften, Männlein wie Weiblein, die mit Dekorationswechsel, Bereithaltung einiger Requisiten, endlich auch mit dem Zurückziehen und Wiederfallenlassen der Gardine betraut worden waren? Denn das Guser Theater hatte noch statt eines rouleauartigen Vorhanges den von links und rechts her zusammenfallenden Teppich. Mehr als einmal schoß dem Doktor das Blut zu Kopf und weckte die Lust in ihm, in dieser zwölften Stunde noch mit einem Demissionsgesuch vor die Gräfin zu treten; aber im selben Augenblicke die Unmöglichkeit solchen Schrittes einsehend, richtete er sich an dem Satze auf, der in ähnlichen Lagen schon so oft geholfen hat: »Nur erst anfangen.« Übrigens erwuchs ihm, als die Not am größten war, eine wesentliche Hilfe aus dem plötzlichen Erscheinen der kleinen Eve. Diese hatte sich ihm kaum zur Verfügung gestellt, als auch schon ein besserer Geist in die Dienerschaften fuhr, die guten Grund hatten, es mit dem erklärten Liebling der Gräfin nicht zu verderben.

So kam neun Uhr; schon eine Stunde vorher waren Mademoiselle Alceste und Kathinka aus dem Salon abgerufen worden. Jetzt trat Eve an ihre Herrin heran, um ihr zuzuflüstern, daß alles bereit sei. Die Gräfin erhob sich sofort, reichte Drosselstein den Arm und schritt durch das Eßzimmer in den dahintergelegenen Theatersaal, der sich, ziemlich genau halbiert, in eine Bühne und einen Zuschauerraum teilte. In letzterem herrschte eine nur mäßige Helle, um die Gestalten auf der Bühne in desto schärferer Beleuchtung erscheinen zu lassen. Etwa zwanzig Sessel waren in zwei Reihen gestellt, in Front derselben fünf hochlehnige Stühle für die Musik, in deren Mitte, den Blick auf den Vorhang gerichtet und eine Notenrolle in der Hand, der als Kapellmeister funktionierende Guser Kantor stand, Herr Nippler mit Namen. Auf den Polstersesseln lagen Theaterzettel, die auf Veranlassung Faulstichs bei dem Buchbinder und Fibelverleger P. Nottebohm in Kirch-Göritz gedruckt worden waren und jetzt, nachdem alles Platz genommen hatte, sofort einem eifrigen Studium unterzogen wurde. Der Zettel lautete:

Théâtre du Château de Guse.
Jeudi le 31 Décembre 1812.
La représentation commencera à 9 heures.

1. Ouverture exécutée sous la direction de M. Nippler, chantre de Guse, par 3 violons, 1 flûte et 1 basse.

2. Prologue. (Melpomène.)
3. Début de Mademoiselle *Alceste Bonnivant*.
Scènes diverses, prises de Guillaume Tell. Tragédie en cinq actes par Lemierre.
a. Cléofé, épouse de Tell, s'adressant à son mari:
Pourquoi donc affecter avec moi ce mystère,
Et te cacher de moi comme d'une étrangère?
b. Cléofé, s'adressant à la Garde de Gesler:
Je veux voir mon époux, vous m'arrêtez en vain etc.
c. Cléofé, s'adressant à Gesler:
Quoi, Gesler! quand j'amène un fils en ta présence etc.
d. Cléofé, s'adressant à Walther Fürst:
C'était-là le moment de soulever la Suisse. Tu l'as perdu!
4. Finale composé pour 2 violons et 1 flûte par M. Nippler.

Le Sous-Directeur Dr. Faulstich.

Imprimé par P. Nottebohm,
relieur, libraire et éditeur à Kirch-Goeritz.

Die Mehrzahl der Anwesenden war mit dem Studium des Zettels noch nicht bis zur Hälfte gediehen, als das Zeichen mit der Klingel gegeben wurde. Nippler klopfte mit der steifen Papierrolle auf das Podium, und sofort begannen die Violinen ihr Werk; jetzt fiel die Flöte ein, während von Zeit zu Zeit des »Basses Grundgewalt« dazwischen brummte. Nun war es zu Ende, Nippler trocknete sich die Stirn, und die Gardine öffnete sich. Melpomene stand da.

Ein »Ah!« ging durch die ganze Versammlung, so von Herzen, daß auch einer zaghafteren Natur als der Kathinkas der Mut des Sprechens hätte kommen müssen.

Ehe sie begann, fragte Rutze leise den neben ihm sitzenden Baron Pehlemann: »Was stellt sie vor?«

»Melpomene.«

»Aber hier steht ja Prolog.«

»Das ist ein und dasselbe.«

»Ah, ich verstehe«, flüsterte Rutze mit einem Gesichtsausdruck, der über die Wahrheit seiner Versicherung die gegründetsten Zweifel erlaubte.

Kathinka trat einen Schritt vor. Sie trug ein weißes Gewand, an dem sich die Drapierungskunst Demoiselle Alcestens glänzend bewährt hatte, und stemmte ein hohes, grüneingebundenes Notenbuch – auf dessen beide Deckel eine Abschrift der zu sprechenden Strophen aufgeklebt worden war – mit ihrer Linken gegen die Hüfte. Die Rechte führte den Griffel. So sah sie einer Klio ähnlicher als einer Melpomene. Ruhig, als ob die Bretter ihre Heimat wären, das Auge abwechselnd auf die Versammlung und dann wieder auf das aushelfende Notenbuch gerichtet, sprach sie:

»Ihr kennt mich! Einst ein Götterkind der Griechen,
Irr' ich vertrieben jetzt von Land zu Land,
Und Unkraut nur und Moos und Efeu kriechen
Hin über Trümmer, wo mein Tempel stand;
Ach oft in Sehnsucht droh' ich hinzusiechen
Nach einem dauernd-heimatlichen Strand –
Raststätten nur noch hat die flücht'ge Muse,
Der liebsten eine *hier*, hier in Schloß Guse.

Und fragt ihr nach dem Lose meiner Schwestern?
Die meisten bangen um ihr täglich Brot,
Thalia spielt in Schenken und in Nestern
Und gar Terpsichore, sie tanzt sich tot;
So schritt ich einsam, als sich mir seit gestern
In meinem Liebling der Gefährte bot,
Ihr kennt ihn, und herzu zu diesem Feste
Bring' ich das beste, was ich hab': *Alceste*.«

Hier unterbrach sie sich einen Augenblick, wandte mit vieler Unbefangenheit das Notenbuch um, so daß der Rückdeckel, auf dem die Schlußstrophe stand, nach oben kam, und fuhr dann fort:

»Sie wünscht euch zu gefallen. Ob's gelinget,
Entscheidet *ihr;* die Huld macht stark und schwach;
Und wenn ihr Wort euch fremd im Ohre klinget,
Dem Fremden eben gönnt ein gastlich Dach.
Empfanget sie, als ob ihr *mich* empfinget,
Ihr Vitzewitze, Drosselstein und Krach,
Mein Sendling ist sie, wollt ihm Beifall spenden,
›Ich habe keinen zweiten zu versenden.‹«

Die Gardine fiel. Lebhafter Beifall wurde laut, am lautesten von seiten Rutzes, der einmal über das andere versicherte, daß er nun völlig klar sehe und Faulstich bewundere, der dies wieder so fein eingefädelt habe. Der einzige, der bei dem kleinen Triumphe Kathinkas in Schweigen verharrte, war Lewin. Die Sicherheit, mit der sie die nur flüchtig gelernten Strophen vorgetragen hatte, hatte ihn inmitten seiner Bewunderung auch wieder bedrückt. »Sie kann alles, was sie will«, sagte er zu sich selbst; »wird sie immer wollen, was sie soll?« In dem Reichbeanlagten ihrer Natur, in dem Übermut, der ihr daraus erwuchs, empfand er in schmerzlicher Vorausahnung, was sie früher oder später voneinander scheiden würde.

Die Pause war um, die Violinen intonierten leise, nur um anzudeuten, daß die nächste Nummer im Anzuge sei. Aller Blicke richteten sich auf den Zettel: »Scènes prises de Guillaume Tell. Erste Szene: Cléofé, épouse de Tell, s'adressant à son mari.« Im selben Augenblicke öffnete sich die Gardine. Eine Hintergrundsdekoration, die Berg und See darstellte, hatte sich jetzt vor den griechischen Tempel geschoben, das Kuhhorn erklang, und dazwischen läuteten die Glocken einer Herde. So verändert war die Szene; aber veränderter war das Bild, das innerhalb derselben erschien. An die Stelle der jugendlichen Gestalt in Weiß trat eine alte Dame in Schwarz: Mademoiselle *Alceste*, die die Kostümfrage mit äußerster Geringschätzung behandelt und, das schwarze Seidenkleid (ihr eines und alles) beibehaltend, sich damit begnügt hatte, durch einen langen Hirtenstab und einen den Guseschen Gewächshäusern entnommenen Rhododendronstrauß das Schweizerisch-Nationale, durch ein Barett mit blinkender Agraffe aber den Stil der großen Tragödie herzustellen. Das »Ah!« der Bewunderung, das Kathinka empfangen hatte, blieb ihr gegenüber aus, aber sie achtete dessen nicht, aus langer Erfahrung wissend, daß der Ausgang entscheide, und dieses Ausgangs war sie sicher.

Sie sprach nun, jedes falsche Echauffement vermeidend, erst die den Gatten um Mitteilung seines Geheimnisses beschwörenden Worte: »Pourquoi donc affecter avec moi ce mystère?« dann in rascher Reihenfolge die nur kurzen Sentenzen, die sich abwechselnd an die Geßlerschen Knechte und zuletzt an Geßler selbst richteten. In jedem Worte verriet sich die gute Schule, und bei Schluß dieser dritten Szene durfte sie sich ohne Eitelkeit gestehen, daß sie »ihr Publikum in der Hand habe«.

Aber die vierte Szene: »Cléofé s'adressant à Walther Fürst« stand noch aus. Tante Amelie, die das Stück in allen seinen Einzelheiten kannte, versprach sich gerade von diesen Zornesalexandrinern einen allerhöchsten Effekt und äußerte sich eben in diesem Sinne gegen Drosselstein, als die Regisseurklingel hinter dem Vorhang den Fortgang des Spieles anzeigte.

Aber wer beschreibt das Staunen aller, zumeist der Gräfin selbst, als jetzt, bei dem sich Wiederöffnen der Gardine, statt Cléofés ein verwandtes und doch wiederum wesentlich verändertes Bild auf sie niederblickte. Was bedeutete diese neue Gestalt? Nur einen Augenblick schwebte die Frage. Der Hirtenstab, der Rhododendronstrauß, das Barett mit der Agraffe waren abgetan, und ein kurzer Rock mit grünem Kragen, der wenigstens die obere Hälfte des schwarzen Seidenkleides verdeckte, ließ keinen Zweifel darüber, daß die trotzig auf dem Felsen stehende Jägergestalt niemand Geringeres sein sollte als Wilhelm Tell selbst. Mit der Spitze seiner Armbrust wies er auf den eben getroffenen Geßler. Und in *deutscher* Sprache, verwunderlich, aber nicht störend akzentuiert, sprach Alceste, die dieser von Faulstich geplanten Überraschung mit großer Bereitwilligkeit zugestimmt hatte, die Schlußworte des Dramas, die, hier und dort über das Schweizerische hinausgehend, als ein allgemeiner Hymnus auf die Befreiung der Völker gedeutet werden konnten:

»Tot der Tyrann! Er schändet uns nicht mehr,
Bedrückte Brüder, Freunde, tretet her,
Von seinem Schlosse, das in Flammen steht,
Der Feuerschein wie eine Fahne weht,
Verkündigend: es fiel die Tyrannei,
Geßler ist tot, und unser Land ist frei.«

Bei diesen Worten stieg Demoiselle Alceste die Felsenstufen hinunter, und dicht an den Rand des Podiums tretend, fuhr sie mit gehobener Stimme fort:

»Und denkt der Feind an einen Rachezug,
Ihn zu vernichten sind wir stark genug;
Er komme nur, Soldaten sind wir all',
Es schirmt uns unsrer Berge hoher Wall,
Und dringt er doch in unsre tiefste Schlucht,
Die keinen Ausgang kennt und keine Flucht,
Dann über ihn mit Fels und Block und Stein,
In der Verwirrung *wir* dann hinterdrein,
Mit Sens' und Sichel und mit Schwert und Speer:
›Ergib dich, Feind, du rettest dich nicht mehr!‹
So fällt sein Helmbusch, seines Stolzes Zier,
Denn stärker war die Freiheit, waren *wir*.«

Ein Beifallssturm, der alle Triumphe Kathinkas verschwinden machte, brach jetzt los, und: »Demoiselle Alceste« klang es, erst gemurmelt, dann immer lauter. Nach Innehaltung der den Applaus steigernden Pause erschien die Gerufene, sich würdevoll verneigend, und da weder für Kränze noch Bouquets gesorgt worden war, trat Tante Amelie selbst an das Podium und reichte ihr zum Zeichen ihres Dankes auf die Bühne hinauf ihre Hand. Gleich darauf intonierte Nippler ein kurzes, von ihm selbst gesetztes Finale, unter dessen Klängen die Gäste sich erhoben, um in den Fronträumen das Souper zu nehmen.

Hier war inzwischen an kleinen Tischen gedeckt worden, an denen nun, nach dem baldigen Erscheinen derer, die die Mühen des Tages recht eigentlich bestritten hatten, wie Wahl oder Zufall es fügten, Platz genommen wurde. Auch Nippler war geladen worden. Bamme, der eine Vorliebe für Ausnahmegestalten hatte, nahm ihn in besondere Affektion, ihm einmal über das andere versichernd: »Das sei doch einmal eine Musik gewesen. Besonders die Flöte.«

Der Haupttisch, auf dem sechs Kuverts gelegt waren, stand in dem Spiegelzimmer. Hier saßen unmittelbar neben der Gräfin Mademoiselle Alceste und Kathinka, den Damen gegenüber aber Drosselstein, Berndt und Baron Pehlemann, der auf dem Gebiete französischer Literatur nicht ganz ohne Ansprüche war und die »Henriade« in Übersetzung, den »Charles

Douze« sogar im Original gelesen hatte. Tubal und Lewin, als Anverwandte des Hauses, machten die Honneurs in dem blauen Salon; einige der Herren hatten sich in das Billardzimmer zurückgezogen, unter ihnen Medewitz, dessen etwas fistulierende Stimme von Zeit zu Zeit an dem Tische der Gräfin hörbar wurde.

Es war dies derselbe auf vier runden Säulen ruhende Marmortisch, an dem bei Gelegenheit des Weihnachtsdiners der Kaffee genommen und schließlich in Veranlassung der alten Streitfrage »Roi Frédéric oder Prince Henri« eine ziemlich pikierte Debatte zwischen dem alten Vitzewitz und seiner Schwester, der Gräfin, geführt worden war. Auch heute sollte diesem Tisch eine geschwisterliche Fehde nicht fehlen.

Aber diese Fehde stand noch in weiter Ferne und war nur der Abschluß einer sich lang ausspinnenden Konversation, die zunächst nur das »vollendete Spiel« Mademoiselle Alcestes und erst nach Erschöpfung aller erdenkbaren Verbindlichkeiten auch das Stück selbst zum Gegenstand hatte.

Die Gräfin, die mit vieler Geschicklichkeit diesen Übergang machte, wußte dabei wohl, was sie tat. Sie war die einzige, die die Tragödie gelesen, zugleich auch mit Hilfe einer vorgedruckten Biographie sich über die Lebensumstände Lemierres unterrichtet hatte, so daß sie sich in der angenehmen Lage sah, den in Sachen französischer Literatur mit ihr rivalisierenden Drosselstein in die zweite Stelle herabdrücken und überhaupt nach allen Seiten hin brillieren zu können. Am meisten vor Demoiselle Alceste selbst, die, als echtes Bühnenkind, sich mit dem Auswendiglernen ihrer Rolle begnügt und nicht die geringste Veranlassung gefühlt hatte, sich in Vor- und Nachwort oder gar in Anmerkungen und literarhistorische Notizen zu vertiefen.

Es war ein anmutiges Lebensbild, das die Gräfin, indem sie Fragen von links und rechts her hervorzulocken wußte, nach und nach vor ihren Zuhörern entrollte, unter denen selbst Berndt, weil es menschlich schöne Züge waren, die zu ihm sprachen, ein ungeheucheltes Interesse zeigte. Lemierre, nach Poetenart, war immer ein halbes Kind geblieben. Anspruchslos, hatte sein Leben nur drei Dingen angehört: der Dichtung, der Entbehrung und der Pietät. Er war schon sechzig, als er zu Ruhm kam, aber auch dieser Ruhm ließ ihn ohne Mittel und Vermögen. Es waren kleine Summen, die die Aufführungen seiner Stücke ihm eintrugen; empfing er sie, so machte er sich auf den Weg nach Villiers le Bel, wo seine beinahe achtzigjährige Mutter lebte. Er teilte mit ihr, plauderte ihr seine Hoffnungen vor und kehrte dann, wie er den Hinweg zu Fuß gemacht hatte, so auch zu Fuß in die Hauptstadt und an seine Arbeit zurück.

Wie so viele Tragödienschreiber war er heiteren Gemütes, und seine Scherze, seine Anekdoten, seine Gelegenheitsverse belebten die Gesellschaft. So arm er war, so gütig war er; selbst neidlos, weckte er keinen Neid. Ein Nervenleiden, das ihn schon monatelang vor seinem Tode befallen hatte, schloß ihm die Sinne. So starb er im Juli 1793, inmitten der Tage der Schreckensherrschaft, die er noch erlebt, aber nicht mehr mit Augen gesehen hatte.

So etwa waren im Zusammenhange die Notizen, die die Gräfin vereinzelt gab. Sie wiegte sich in dem Bewußtsein ihrer Überlegenheit und wurde deshalb wenig angenehm überrascht, als Drosselstein, den Namen Lemierres einige Male wiederholend, wie wenn er sich auf etwas Halbvergessenes besinne, mit einem leisen Anfluge von Sarkasmus sagte: »Ja, es kann nur Lemierre gewesen sein; gnädigste Gräfin entsinnen sich gewiß des Bonmots, das bei Gelegenheit der zweiten Aufführung des ›Guillaume Tell‹ gemacht wurde? Ich fand es in den ›Anecdotes dramatiques‹.«

Die Miene, mit der Tante Amelie die Frage begleitete, ließ keinen Zweifel über die Antwort, so daß Drosselstein, um ihr die Verlegenheit eines »Nein« zu ersparen, ohne jede Pause fortfuhr: »Schon bei dieser zweiten Aufführung, trotzdem das Stück enthusiastisch aufgenommen worden war, war das Theater leer, und nur etwa hundert Schweizer hatten sich aus Patriotismus eingefunden. Einer von den anwesenden Franzosen bemerkte diese seltsame Zusammensetzung des Publikums und flüsterte seinem Nachbar zu: ›Sonst heißt es: kein Geld, keine Schweizer; hier würd' es heißen müssen: keine Schweizer, kein Geld.‹«

Die Gräfin war selbst witzig genug, um unter dem Einfluß einer gutpointierten Wendung ihrer Verstimmung Herr zu werden, und bald wieder auf dem Vollklang Lemierrescher Tragödientitel, auf »Idomeneus« und »Artaxerxes« sich wiegend, steigerte sie sich in ihrem Enthusiasmus bis zu der Behauptung, daß sich die Überlegenheit des französischen Geistes in nichts so sehr ausspräche als in der Tatsache, daß selbst Erscheinungen zweiten Ranges *dem* überlegen seien, was innerhalb der deutschen Literatur als ersten Ranges angesehen würde.

Berndt, der ahnen mochte, auf was die Gräfin hinauswollte, horchte auf und bemerkte ruhig: »Könntest du Beispiele geben?«

»Gewiß; und ich nehme das, das uns am bequemsten liegt, eben diesen ›Guillaume Tell‹, dem wir mit Hilfe unseres verehrten Gastes«, und hierbei machte sie eine verbindliche Handbewegung gegen Mademoiselle Alceste, »eine so schöne Stunde verdanken. Lemierre n'est qu'un auteur de second rang. Aber wie überlegen ist sein ›Guillaume Tell‹ dem ›Wilhelm Tell‹ des Herrn Schiller, ein Stück, in dem mehr Personen auftreten, als die vier Waldstätte Einwohner haben. Und dazu ein beständiger Szenenwechsel; ein Lied wird gesungen, und ein Mondregenbogen spannt sich aus; alles opernhaft. Zuletzt erscheint Geßler zu Pferde...«

»... Und der Souffleur gerät in Gefahr, wie Max Piccolomini unterm Hufschlag zugrunde zu gehen. Nicht wahr, Schwester?«

»Ich akzeptiere deine Worte und überhöre den Spott, der sich nach deiner Art mehr gegen mich als gegen den Dichter richtet. Er kann übrigens meiner Zustimmung entbehren; der Weimaraner Herzog hat ihn nobilitiert.«

»Das hat er. Hast du denn aber je den Schillerschen Tell mit Aufmerksamkeit gelesen?«

»Ich hab' es wenigstens versucht.«

»Da bist du mir in unserem Streit um einen Pas voraus, denn ich darf mich meinerseits nicht rühmen, auch nur einen Versuch zur Lektüre Lemierres gemacht zu haben. Aber eines ist sicher, er kam und ging. Sie mögen ihm, was ich nicht weiß, einen Sitz in der Akademie gegeben, ihm Kränze geflochten, ihm in irgendeinem Ehrensaal ein Bild oder eine Büste errichtet haben, es bleibt doch bestehen, was ich sagte: er kam und ging. Er hat keine Spur hinterlassen.«

»Und doch folgten wir vor einer Stunde erst eben diesen Spuren und waren hingerissen durch die Schönheit seiner Worte.«

»Seiner Worte, ja; aber nicht durch mehr. Er mag das Herz seiner Nation berührt haben, aber er hat es nicht *getroffen.* Nach solchen Balsam- und Trostesworten, wie sie der Schillersche Tell hat:

> Wenn der Gedrückte nirgends Recht kann finden,
> Greift er getrosten Mutes in den Himmel
> Und holt herunter seine ew'gen Rechte,

wirst du den Tell deines Lemierre, dessen bin ich sicher, vergeblich durchsuchen. Ich wüßte sonst davon. Dieser ›Herr Schiller‹, wie du ihn nennst, ist eben kein Tabulaturdichter, er ist der Dichter seines *Volkes,* doppelt jetzt, wo dies arme, niedergetretene Volk nach Erlösung ringt. Aber verzeih, Schwester, du weißt nichts von Volk und Vaterland, du kennst nur Hof und Gesellschaft, und dein Herz, wenn du dich recht befragst, ist bei dem Feinde.«

»Nicht bei dem Feinde, aber bei dem, was er vor uns voraus hat.« »Und das ist in deinen Augen nicht mehr und nicht weniger als alles. Ich sehe seine Vorzüge, wie du sie siehst, aber das ist der Unterschied zwischen dir und mir, daß du von keiner Ausnahme wissen willst und der im ganzen zugestandenen Überlegenheit auch in jedem Einzelfalle zu begegnen glaubst. Erinnere dich, es gibt Fruchtbäume, die nur spärlich tragen; vielleicht ist Deutschland ein solcher. Und wenn denn durchaus gescholten werden soll, so schilt den Baum, aber nicht die einzelne Frucht. Diese pflegt um so schöner zu sein, je seltener sie ist. Und eine solche seltene Frucht ist *unser* Tell.«

Während dieses Streites hatte sich aus dem Salon und dem Billardzimmer her ein rasch wachsender Kreis von Zuhörern um Vitzewitz gebildet, welcher erst, als er schwieg, das Peinliche der Situation empfand; nicht seiner ihn stets herausfordernden Schwester, wohl aber Mademoiselle Alceste gegenüber. Er trat deshalb auf diese zu, küßte ihr die Hand und sagte: »Pardon, Madame, wenn ich durch eines meiner Worte Sie verletzt haben sollte. Ich fühle, was wir einem fremden Gaste, aber zugleich auch, was wir unserem Vaterlande schuldig sind. Sie sind Französin; ich frage Sie, was Sie an irgendeiner Stelle Frankreichs bei Unterordnung Ihres Corneille unter einen fremden Poeten zweiten Ranges empfunden haben würden! Ich täusche mich nicht in Ihnen, Sie hätten gesprochen nach Ihrem Herzen, nicht nach der Forderung gesellschaftlicher Konvention. Madame, ich rechne auf Ihre Verzeihung.«

Mademoiselle Alceste erhob sich mit einer Würde, als ob ihr mindestens eine Corneilleszene zu spielen auferlegt worden sei, und sagte: »Monsieur le baron, vous avez raison, et je suis heureuse de faire la connaissance d'un vrai gentilhomme. J'aime beaucoup la France, mais j'aime plus les hommes de bon coeur partout où je les trouve.« Dann, sich respektvoll vor der Gräfin verneigend, fuhr sie, gegen diese gewandt, fort: »Mille pardons, Madame la Comtesse, mais, sans doute, vous vous rappelez la maxime favorite de notre cher prince: la vérité c'est la meilleure politique.«

Die Gräfin reichte der alten Französin die Hand und lächelte gezwungen. Den Blick des Bruders vermied sie. Sie konnte Szenen wie diese vergessen, aber nicht sogleich. Der Augenblick behauptete sein Recht über sie. –

Es war elf Uhr vorüber. Das Gespräch, das schon zu lange literarisch geführt worden war, wandte sich jetzt den alleräußerlichsten Erörterungen zu und drehte sich um die Frage: wann der Wagen oder Schlitten vorfahren, wer aufbrechen oder bleiben solle. Gegen Tubals und Kathinkas Abreise wurde seitens der Gräfin ein entschiedenes Veto eingelegt, dem sich die Geschwister unschwer fügten. Sie willigten ein, zu bleiben, mit ihnen Dr. Faulstich und Mademoiselle Alceste. Kathinka verließ gleich darauf das Zimmer, angeblich, um ihren Koffer- und Etuischlüssel an Eva zu geben, in Wahrheit, um mit dieser zu plaudern. Denn sie war auch darin ganz Dame von Welt, daß ihr Kammermädchengeschwätz sehr viel und Professorenuntersuchung sehr wenig bedeutete.

In immer flüchtiger werdenden Fragen und Antworten setzte sich mittlerweile die Konversation fort, in die selbst einige Bammesche Drastika kein rechtes Leben mehr bringen konnten. Endlich schlug es zwölf; Berndt öffnete eines der Flügelfenster, um das alte Jahr hinaus-, das neue hereinzulassen und rief, während die frische Luft einströmte:

»Ich grüße dich, neues Jahr; oft hab' ich dich kommen sehen, aber nie wie zu dieser Stunde. Es überrieselt mich süß und schmerzlich, und ich weiß nicht, ob es Hoffen ist oder Bangen. Wir haben nicht Wünsche, wir haben nur einen Wunsch: Seien wir frei, wenn du wieder scheidest!«

Die Gläser klangen zusammen, auch das Mademoiselle Alcestes. Sie teilte ihre patriotischen Empfindungen zwischen Ancien Régime und Republik; gegen den Kaiser, der ihr ein Fremder, ein Korse war, unterhielt sie einen ehrlichen Haß. So war denn nichts in ihrem Herzen, das dem unglücklichen Lande, in dem sie so viele glückliche Jahr gelebt hatte, die Rückkehr zu Freiheit und Machtstellung hätte mißgönnen können.

Die Aufregung, die der kurze Toast geweckt hatte, dauerte noch fort, als Kathinka wieder in den Saal trat.

»Wir haben Blei gegossen«, sagte sie lachend und legte einen blanken Klumpen, auf dem eine Moosgirlande sichtbar war, vor die Tante nieder. »Eva meint, daß es ein Brautkranz sei.«

Alle waren einig, daß Eva richtig gesehen und sehr wahrscheinlich noch richtiger prophezeit habe. So ging das gegossene Blei von Hand zu Hand. Es kam zuletzt auch an Lewin, auf den es bei seiner Befangenheit in abergläubischen Anschauungen einen Eindruck machte, daß der Kranz nicht geschlossen war.

Die Diener traten ein, um zu melden, daß die Wagen und Schlitten warteten. Berndt empfahl sich zuerst; dann folgten die anderen Gäste, meist paarweise oder mehr. Mit Drosselstein war der lebusische Landrat; sie hatten denselben Weg.

Nur Lewin fuhr allein. Aus den ersten Dörfern scholl ihm noch Musik entgegen; dazwischen Schüsse, die das neue Jahr begrüßten. Dann wurd' es still, und nur das Bellen eines Hundes klang von Zeit zu Zeit aus der Ferne her. Sein Schlitten schaufelte, wo die Fahrstraße schlecht war, nach rechts und links hin den Schnee zusammen; er selber aber hing träumerisch den Bildern dieses Tages nach.

Auf dem Polstersitze saß wieder Kathinka; »nun ist es Zeit, Lewin, an unsere Lektion zu denken«, und er beugte sich vor, daß ihre Wangen einander berührten, und begann ihr die Verse vorzusprechen. Dann sah er sie auf der Bühne stehen, ruhig, ihres Erfolges sicher, und es war ihm, als vernähme er den Wohllaut ihrer Stimme. »Wie schön sie war!« Ein leidenschaftliches Verlangen ergriff ihn, ihr zu Füßen zu stürzen und ihr seine Liebe, die sie verspottete, weil er nicht den Mut eines Geständnisses hatte, unter tausend Schwüren und Küssen zu bekennen; aber er schüttelte den Kopf, denn er fühlte wohl, daß es umsonst sei und daß er sie nie besitzen werde.

Die Sterne flimmerten immer heller; er sah hinauf, und in seiner Seele klangen plötzlich wieder die Worte jener Bohlsdorfer Grabsteininschrift: »Und kann auf Sternen gehen.«

Da fiel alles Verlangen von ihm ab. Er sah noch das Bild Kathinkas, aber es verdämmerte mehr und mehr, und der Friede des Gemütes kam über ihn, als er jetzt einsam über die breite Schneefläche des Bruches hinflog.

DRITTER BAND

Alt-Berlin

1. KAPITEL

Im Johanniterpalais

Der alte Vitzewitz war bald nach sechs Uhr früh in Berlin eingetroffen und in der Burgstraße, nur hundert Schritt von der Langenbrücke, in dem dazumal angesehenen Gasthofe »Zum König von Portugal« abgestiegen. Er gab einige Weisungen an Krist, die sich auf den »Grünen Baum«, wo, wie herkömmlich, das Gespann untergebracht werden sollte, bezogen, und beschloß dann, in zwei Stunden Morgenschlaf alles, was er in der Nacht versäumt haben mochte, nachzuholen. Viel war es nicht, denn er gehörte zu den Glücklichen, denen, wenn die Müdigkeit kommt, Bett oder Brett dasselbe gilt.

Um neun Uhr, er hatte die zwei Stunden pünktlich gehalten, saß er frisch bei seinem Frühstück. Die Stutzuhr tickte, das Feuer im Ofen prasselte, die Eisblumen schmolzen, alles atmete Behagen; Berndt trat an das Fenster und sah geradeaus über den Fluß hin, auf die gotischen, im hellen Morgenschein erglänzenden Giebel des hier noch mittelalterlich gebliebenen Schlosses.

»Das kann nicht über Nacht verschwinden«, sprach er vor sich hin und begann dann, aus der Fensternische zurücktretend, sich mit militärischer Raschheit anzukleiden. Er wählte statt seiner neumärkischen Dragoneruniform, die sich für die Mehrzahl der Visiten, die er vorhatte, wohl am besten geeignet hätte, den roten Frackrock der kurbrandenburgischen Ritterschaft und war eben mit seiner Toilette fertig, als ein eintretender Diener meldete, daß Geheimrat von Ladalinski vorgefahren sei. Berndt nahm Hut und Handschuh, drehte den Schlüssel im Schloß und saß eine Minute später an der Seite des Geheimrats, mit dem er sich brieflich zu gemeinschaftlicher Abmachung einiger Neujahrsgratulationen verabredet hatte.

Der Geheimrat war in Gala. Sie begrüßten sich herzlich, verzichteten aber auf ein eigentliches Gespräch, da der ihnen zunächstliegende Zweck ihre Aufmerksamkeit in Anspruch nahm.

Nur die Namen einzelner Minister und Gesandten wurden genannt, bei denen Karten abzugeben waren, bis endlich der Wagen auf die Rampe des an der Ecke des Wilhelmsplatzes gelegenen Johanniterordens-Palais rollte.

In diesem Palais wohnte der Herrenmeister des Ordens, der alte Prinz Ferdinand, zu dem Geheimrat von Ladalinski seit einer Reihe von Jahren beinahe freundschaftliche Beziehungen unterhielt, während Berndt von Vitzewitz, der ihn nur oberflächlich kannte, lediglich den Bruder Friedrichs des Großen in ihm verehrte. Hierin begegneten sich damals viele Herzen, und dem zweiundachtzigjährigen Prinzen wurden Huldigungen zuteil, die bis dahin seinem langen und immerhin ereignisreichen Leben versagt geblieben waren. Er hatte die »große Zeit« mit gesehen und mit durchgekämpft; das gab ihm in diesen Tagen der Erniedrigung ein Ansehen über seine sonstige Bedeutung hinaus, und manche Hoffnung richtete sich an ihm auf. Auch konnt es nicht ausbleiben, daß ihm der Heldentod seines ältesten Sohnes zu Dank und Mitruhm angerechnet wurde. Dieser älteste Sohn war der in Liedern vielgefeierte Prinz Louis, der, die hereinbrechende Katastrophe voraussehend, am Tage vor der Jenaer Schlacht bei Saalfeld gefallen war.

Der alte Prinz, als ihm die beiden Herren gemeldet wurden, war bereit, dieselben zu empfangen, und ließ sie bitten, ihn in seinem Arbeitszimmer erwarten zu wollen. Als sie dasselbe betraten, wurden die Rollen zwischen ihnen dahin verteilt, daß Berndt so weit wie möglich die Konversation führen, der Geheimrat aber nur gelegentlich sekundieren solle.

Das prinzliche Arbeitszimmer schloß die Front des Hauses nach links hin ab und sah mit zweien seiner Fenster bereits auf die Wilhelmsstraße. Es war von größerer Behaglichkeit, als sonst prinzliche Zimmer zu sein pflegen. Dicke türkische Teppiche, halb zugezogene Damastgardinen, Portieren und Lambrequins verliehen dem nicht großen Raume das, was er bei vier Fenstern und zwei Türen eigentlich nicht haben konnte: Ruhe und Geschlossenheit, und das Feuer im Kamin, indem es zugleich Licht und Wärme ausströmte, steigerte den wohligen und anheimelnden Eindruck. An den Fensterpfeilern befanden sich niedrige Bücherschränke und Etageren, so daß Raum blieb für Büsten und Bilder, darunter als bestes ein Landschaftsbild mit Architektur, Schloß Friedrichsfelde, den Sommeraufenthalt des Prinzen darstellend. Sein eigenes lebensgroßes Porträt, von der Hand Graffs, hing über dem Kamin. Daneben zog sich ein breites Sofa ohne Lehne bis an die nächste Türeinfassung, während ein runder, mit einer alabasternen Blumenschale geschmückter Tisch in den durch das Sofa gebildeten rechten Winkel hineingeschoben war.

Berndt, der sich zum ersten Male an dieser Stelle sah, hatte seine Musterung kaum geschlossen, als der Prinz, die Portiere der zu seinem Schlafzimmer führenden Türe zurückschlagend, früher eintrat, als erwartet war, und, die Verbeugung beider Herren mit freundlichem Gruß erwidernd, durch eine Handbewegung sie aufforderte, auf dem Sofa Platz zu nehmen. Er selber stellte sich mit dem Rücken gegen den Kamin, die Hände nach hinten zu gefaltet und ersichtlich bemüht, so viel Wärme wie möglich mit ihnen einzufangen. In diesem Bedürfnis verriet sich sein hohes Alter; sonst ließ weder seine Haltung noch der Ausdruck seines Kopfes einen Zweiundachtziger vermuten. Berndt erkannte gleich das Eigentümliche dieses Kopfes, das ihm in einer seltsamen Mischung von Anspruchslosigkeit und Selbstbewußtsein zu liegen schien. Und so war es in der Tat. Von Natur unbedeutend, auch sein lebelang, zumal an seinen Brüdern gemessen, sich dieser Unbedeutendheit bewußt, durchdrang ihn doch das Gefühl von der hohen Mission seines Hauses und gab ihm eine Majestät, die, wenn er (was er zu tun liebte) die Stirn runzelte, sich bis zu dem Ausdruck eines donnernden Jupiters steigern konnte. Eine mächtige römische Nase kam ihm dabei zustatten. Wer aber schärfer zusah, dem konnte nicht entgehen, daß er, im stillen lächelnd, den Donnerer bloß tragierte und allen ablehnenden Stolz, den er gelegentlich zeigen zu müssen glaubte, nur nach Art einer Familienpflicht erfüllte.

»Sie kommen, mir Ihre Glückwünsche zum Neuen Jahre auszusprechen«, hob er an. »Ich danke Ihnen für Ihre Aufmerksamkeit um so mehr, je gewisser es das Los des Alters ist, vergessen zu werden. Die Zeitläufte weisen freilich auf mich hin.« Er schwieg einen Augenblick und setzte dann, einen Gedankengang abschließend, dessen erste Glieder er nicht aussprach, mit Würde hinzu: »Ich wollte, daß ich dem Lande mehr sein könnte als eine bloße Erinnerung.«

»Eure königliche Hoheit sind dem Lande ein Vorbild«, antwortete Ladalinski.

»Ich bezweifle es fast, mein lieber Geheimrat. Wenn ich meinem Lande je etwas war, so war es durch Gehorsam. Nie hab' ich, im Krieg oder Frieden, die Pläne meines Bruders, des Königs, durchkreuzt; ich habe nicht einmal den Wunsch darnach empfunden. Das ist jetzt anders. Der Gehorsam ist aus der Welt gegangen, und das Besserwissen ist an die Stelle getreten, selbst in der Armee. Ich frage Sie, wäre bei Lebzeiten meines erhabenen Bruders der Austritt von dreihundert Offizieren möglich oder auch nur denkbar gewesen, ein offener Protest gegen die Politik ihres Kriegs- und Landesherrn? Ein Geist der Unbotmäßigkeit spukt in den Köpfen, zu dem ich alles, nur kein Vorbild bin.« Der alte Vitzewitz, wiewohl er sicher war, daß der Prinz von seinen Plänen nichts wußte, nichts wissen *konnte*, hatte sich bei diesen Sätzen, deren jeder einzelne ihn traf, nichtsdestoweniger verfärbt.

»Eure königliche Hoheit«, nahm er das Wort, »wollen zu Gnaden halten, wenn ich die Erscheinungen dieser Zeit anders auffasse und nach einer anderen Ursache für dieselben suche. Auch der Große König hat Widerspruch erfahren und hingenommen. Wenn solcher Widerspruch selten war, so war es, weil sich Fürst und Volk einig wußten. Und in der bittersten Not am einigsten. Jetzt aber ist ein Bruch da; es fehlt der gleiche Schlag der Herzen, ohne den selbst der Große König den opferreichsten aller Kriege nicht geführt haben würde, und die Maßregeln unserer gegenwärtigen Regierung, indem sie das Urteil des Volkes mißachten, impfen ihm den Ungehorsam ein. Das Volk widerstreitet nicht, weil es will, sondern weil es muß.«

»Ich anerkenne den Widerstreit der Meinungen. Aber ich stelle mich persönlich auf die Seite der größeren Erfahrung und des besseren Wissens. Und wo dieses bessere Wissen zu suchen und zu finden ist, darüber kann kein Zweifel sein. Sie müssen der Weisheit meines Großneffen, meines allergnädigsten Königs und Herrn vertrauen.«

»Wir vertrauen Seiner Majestät ...«

»Aber nicht dem Grafen, seinem ersten Minister.«

»Eure königliche Hoheit sprechen es aus.«

»Ohne Ihnen zuzustimmen; denn, mein lieber Major von Vitzewitz, dieser Unterschied zwischen dem König und seinem ersten Diener ist unstatthaft und gegen die preußische Tradition. Ich liebe den Grafen von Hardenberg nicht; er hat den Orden, dem ich fünfzig Jahre als Herrenmeister vorgestanden, mit einem Federstrich aus der Welt geschafft, er hat unser Vermögen eingezogen, unsere Komtureien genommen; aber ich habe seinen Maßregeln nicht widersprochen. Ich kenne nur

Gehorsam. Wir leben in einem königlichen Lande, und was geschieht, geschieht nach dem Willen Seiner Majestät.«

»Dem Worte nach«, antwortete Berndt mit einem Anfluge von Bitterkeit. »Der Wille des Königs – wer will jetzt sagen, wie und wo und was er ist. Unter dem Großen König, Eurer königlichen Hoheit erhabenem Bruder, lag es den Ministern ob, den Willen Sr. Majestät auszuführen, jetzt liegt es Sr. Majestät ob, die Vorschläge, das heißt den Willen seiner Minister zu sanktionieren. Was sonst beim Könige lag, liegt jetzt bei seinen Räten; noch entscheidet der König, aber er entscheidet nicht mehr nach dem Wirklichen und Tatsächlichen, das er nicht kennt, sondern nur noch nach dem Bilde, das ihm davon entworfen wird. Er sieht Freund und Feind, die Welt, die Zustände, sein eigenes Volk durch die Brille seiner Minister. Der Wille des Königs, wie er aus Erlassen und Verordnungen zu uns spricht, ist längst zu einer bloßen Fiktion geworden.«

Der Prinz verriet kein Zeichen des Unmuts. Er schritt einige Male über den Teppich hin; dann wieder seinen Platz am Kamin einnehmend, antwortete er mit einem Ausdrucke gewinnender Vertraulichkeit: »Sie verkennen den König, meinen Großneffen, Sie und viele mit Ihnen. Ich darf mich nicht rühmen, in die Pläne Seiner Majestät eingeweiht zu sein; es ist nicht Sitte der preußischen Könige, die Mitglieder des Hauses, alt oder jung, zu Rate zu ziehen oder auch nur in den Geschäftsgang einzuweihen; aber das glaube ich Ihnen auf das bestimmteste versichern zu dürfen: das persönliche Regiment, von dem Sie glauben, daß es zu Grabe gegangen sei, ist um vieles größer, als Sie mutmaßen.«

»Eure königliche Hoheit überraschen mich.«

»Ich glaube es wohl; auch mag ich mich in diesem und jenem irren; aber in einem irre ich mich nicht, und dies eine ist die Hauptsache. Wie sollen wir uns zu dem Kaiser, unserem hohen Verbündeten, stellen? Das ist die Frage, die jetzt alle Gemüter beschäftigt. Sie glauben, daß es der Minister sei, der zu zögern und hinauszuschieben und durch Versprechungen Zeit zu gewinnen trachtet; ich sage Ihnen, es ist der König selbst.«

»Weil ihm die Dinge derartig vorgelegt werden, daß er zu keinem anderen Entschlusse kommen kann.«

»Nein, weil er in einer Politik des Abwartens allein das Richtige sieht. Die Zeit allein wird die Lösung dieser Wirren bringen. Er ist durchdrungen von der Unhaltbarkeit der gegenwärtigen Zustände, und mehr als einmal habe ich ihn sagen hören: ›Der Kaiser ist ohne Mäßigung, und wer nicht Maß halten kann, verliert das Gleichgewicht und fällt.‹ Er hält das Kaisertum für eine Seifenblase, nichts weiter.«

»Aber eine Seifenblase von solcher Festigkeit, daß Staaten und Throne bei der Berührung mit ihr zusammenstürzen.«

»Ich bin nicht impressioniert, das Wort meines Großneffen, trotzdem es meine eigene Meinung ausdrückt, aufrechtzuerhalten. Aber er sprach auch wohl von einem Gewitter, das sich austoben müsse. Und glauben Sie einem alten Manne, der durch fast drei Menschenalter hin den Wechsel der Dinge beobachtet hat: es *wird* sich austoben.«

»Gewiß, königliche Hoheit, aber nachdem es vorher die höchsten Spitzen getroffen hat.«

»Wenn sich diese Spitzen nicht so zu schützen wissen, daß der Strahl an ihnen niedergleitet.«

»Durch Bündnis?« Der Prinz nickte.

Berndt aber fuhr fort: »Es mag auch das seine Zeit gehabt haben, aber diese Zeit ist um. Ein jeder Tag hat seine Pflicht und seine Forderung. Der eine fordert Unterwerfung, der andere Bündnis, ein dritter Auflehnung. Ich möchte glauben, königliche Hoheit, der Tag der Auflehnung sei angebrochen.«

»Womit? Wir haben keine Armee.«

»Aber wir haben das Volk.«

»Der König mißtraut ihm.«

»Seiner Kraft?«

»Vielleicht auch *der*; aber vor allem dem neuen Geiste, der jetzt in den Köpfen der Menge lebendig ist.«

»Und gerade in diesem Geiste liegt das Heil, wenn man ihn zu nutzen und ihm in Klugheit zu vertrauen versteht.«

»Ich widerspreche nicht; aber dieser Aufgabe fühlt sich der König nicht gewachsen, sie widersteht seiner Natur. Ihm bedeuten viele Köpfe viele Sinne. Erwarten Sie nach dieser Seite hin nichts von ihm.«

»Ich hoffe, daß ihm Zuversicht kommt und in dieser Zuversicht der Glaube an ein gutes und treues Volk, das nichts anderes begehrt als die Gewährung, für seinen König sterben zu dürfen.«

Der Prinz, seinen Platz abermals wechselnd, schob einen Fauteuil neben das Sofa, nahm, sich niederlassend, Berndts Hand in die seine und sah ihn dabei fest und freundlich mit seinen großen Augen an.

»Ich kenne das Volk; ich habe mit ihm gelebt. In meinen hohen Jahren, wo sich der Sinn für vieles schließt, öffnet er sich für anderes, und so sage ich, weil ich es weiß, es ist ein gutes Volk. Ich sehe es so klar, als ob es vor meinem leiblichen Auge stünde. Aber der König ist eingeschüchtert; er hat viel Schmerzliches erlebt und nicht das Große, das meine jungen Tage gesehen haben. Ich kenne ihn genau. Er schließt lieber ein Bündnis mit seinem Feinde, vorausgesetzt, daß ihm dieser Feind in Gestalt eines Machthabers oder einer geordneten Regierung entgegentritt, als mit seinem eignen, in hundert Willen geteilten, aus dem Geleise des Gehorsams herausgekommenen Volke. Denn er ist ganz auf die Ordnung gestellt. Mit einem einheitlichen Feinde weiß er, woran er ist, mit einer vielköpfigen Volksmasse nie. Heute ist sie mit ihm, morgen gegen ihn, und während das ihm zu Häupten stehende napoleonische Gewitter ihn treffen, aber auch ihn schonen kann, sieht er in der entfesselten Volksgewalt nur ein anstürmendes Meer, das, wenn erst einmal die Dämme durchbrochen sind, unterschiedlos alle gesellschaftliche Ordnung in seinen Fluten begräbt. Und die gesellschaftliche Ordnung gilt ihm mehr als die politische. Und darin hat er recht.«

Eine kurze Pause entstand; der Prinz erhob sich wieder, ein Zeichen, daß er die Audienz zu schließen wünsche. Er reichte beiden Herren die Hand und dankte dem Geheimrat, daß er ihm Gelegenheit gegeben habe, die nähere Bekanntschaft eines dem Vaterlande treuergebenen Mannes zu machen.

»Es ist hocherfreulich, selbständigen und bestimmten Ansichten zu begegnen; aber erschweren Sie dem leitenden Minister nicht seine Stellung. Wir werden das Bündnis aufrechterhalten, bis es sich von selber löst, und dieser Zeitpunkt, so nicht alle Zeichen trügen, ist nahe. Der versinkende Dämon nimmt dann auch die Kette mit, die uns an ihn fesselte.«

»Aber nur, um uns *doch* und vielleicht für immer in Unfreiheit zurückzulassen; wir werden nichts als die Herrschaft gewechselt haben. Denn unser Tun und Lassen bestimmt unser Los, und andere werden kommen, die dem, der so willfährig die Schleppe trug, eine neue Kette schmieden.«

»Hoffen wir das Gegenteil.«

Damit schieden sie. Beide Herren verneigten sich, der Wagen fuhr wieder auf die Rampe, und der französische Doppelposten, der vor dem Palais stand, machte die Honneurs. »Wie hat Ihnen mein Prinz gefallen?« fragte der Geheimrat.

»Gut; ich fürchte, daß er recht hat und daß ich den Widerstand, den ich in dem Minister suchte, in dem Könige selbst zu suchen habe. Aber auch das erschüttert mich nicht. Ich habe das Bangen vor dem Volke nicht, und ich wage es *mit* ihm. Es ist eine Torheit, auf die Fehler oder Nachsicht eines Gegners rechnen zu wollen, wenn man die Macht in der Hand hat, ihm die Gesetze vorzuschreiben. Die Hände in den Schoß legen, heißt ebensooft Gott versuchen, als Gott vertrauen. Aide-toi même et le ciel t'aidera.«

Damit bog der Wagen rechts um die Lindenecke und hielt gleich darauf vor dem Gasthofe »Zur Sonne«, wo man beschlossen hatte, das Dejeuner zu nehmen.

2. KAPITEL

Auf dem Windmühlenberge

In dem »Wieseckeschen Saal auf dem Windmühlenberge«, in dem erst am Abend vorher der große Silvesterball stattgefunden hatte, waren am Neujahrstage wohl an hundert Stammgäste mit ihren Frauen und Kindern versammelt. Alles war wieder an seinem alten Platz, und auf derselben Stelle, wo sich vor kaum vierundzwanzig Stunden die Paare gedreht hatten, standen jetzt, als ob der Ball nie stattgefunden hätte, die grüngestrichenen, etwas wackeligen Tische mit den vier Stühlen drum herum; und zwischen den Stühlen und Tischen, hin und her und auf und ab, preßte sich eine Schar von Verkäufern, die hier seit vielen Jahren heimisch und fast ein zugehöriger Teil des Lokals geworden waren: alte Mütterchen mit Schaumkringeln und Zimmetbrezeln, primitive Tabulettkrämer, in deren vorgebundenen Kästchen Stahl und Schwamm, Schwefelfäden und blaue Glasperlen zum Verkaufe lagen, endlich Stelzfüße, die neben den beiden Berliner Zeitungen auch allerhand Flugblätter feilboten. Über dem Ganzen lag eine angesäuerte Weißbierluft, die, durch Lichterblak und Tabaksqualm ziemlich beschwerlich werdend, nur dann und wann sich auffrischte, wenn ein Glas dampfenden Punsches vorübergetragen wurde.

An einem dieser Tische, der halb schon unter der Musikempore stand, saßen vier Berliner Bürger, zwei von ihnen in eifrigem Gespräch, die beiden andern ebenso eifrige Zuhörer. Es waren Nachbarn aus der Prenzlauer Straße: der Schornsteinfegermeister Rabe, der Bürstenmacher Stappenbeck, der Posamentier Niedlich und der Mehl- und Vorkosthändler Schnökel. Alle vier Männer von vierzig Jahren und drüber, Niedlich und Schnökel in demselben Hause wohnend, nur durch den Flur getrennt.

Rabe war der Angesehenste unter ihnen und hatte nicht nur das, was die meisten Schornsteinfegermeister zu haben pflegen: gute Haltung, frischen Teint und weiße Zähne, sondern auch einen wundervollen Charakterkopf, der jedem Chefpräsidenten Ehre gemacht haben würde. Er wußte das auch und verfuhr darnach, ließ sich lieber erzählen, als daß er selber erzählte, und vermied, obschon er aus einer alten Berliner Familie stammte, alle großen Worte. Er war der Drosselstein dieses Kreises, das aristokratische Element, wie denn die Schornsteinfegermeister, bei denen das Geschäft von Vater auf Sohn geht, wirklich eine Art Bürgeradel bilden.

Wenn Rabe der Drosselstein dieses Kreises war, so war Stappenbeck der Bamme. Niedlich warf ihm vor, daß er den Bürstenmacher nicht verleugnen könne, und das traf in allen Stücken zu; denn wie sein Haar, so war auch seine Manier und Sprechweise: die Borsten immer nach oben. Ein echter Berliner. Er stand an Ansehen hinter Rabe zurück, war ihm aber an Wissen und Witz und selbst an Erfahrung weit überlegen. Er hatte Reisen gemacht, war um seines Geschäftes willen, das er mit Eifer und Umsicht betrieb, in Polen und Rußland gewesen und galt seit Beginn des Zuges gegen Moskau in allen russischen Lokalfragen als unanfechtbare Autorität. Selbst Rabe, ohnehin zu vornehm, um lange zu streiten, unterwarf sich seinen Weisheitssprüchen, die von dem festen Boden der Landeskenntnis aus allerdings mit Vorliebe in das Politisch-Militärische hinüberspielten.

Sein Gegensatz war Posamentier Niedlich, ein kleiner artiger Mann, dessen Redseligkeit nur durch seine Ängstlichkeit gezügelt wurde. Er trug einen hellgrünen Rock und, weil er an Kopfreißen litt, ein Käpsel von geblümtem Sammetmanchester mit einer Puschel daran, »dem Zeichen seines Standes«, wie Stappenbeck versicherte. Er konnte, von Geschäfts wegen an ein beständiges Hin- und Herhüpfen gewöhnt, nie länger als fünf Minuten sitzenbleiben, ganz einem Zeisig ähnlich, der es nicht lassen kann, die Sprossen seines Bauers auf- und abzuspringen. Auf seinen mageren Backen brannten zwei scharfabgezirkelte rote Flecke, als ob er hektisch oder echauffiert sei; er war aber weder das eine noch das andere.

Den Schluß machte Schnökel. Er war der Baß dieses kleinen Männerkonzertes, in Stimme wie Figur. Ein großer, starker Mann mit kurzem Hals; das Bild des Apoplektikus, ein gründlicher Kenner in Sachen Berliner und Cottbuser Weißbieres. Er schmeckte nicht nur die Sorten, sondern auch die Lagerungstage heraus, trank, rauchte und schwieg. Nur dann und wann, wenn das wiederholte Klopfen mit dem Deckel nicht geholfen hatte, rief er über alle zwischenstehenden Tische hinweg mit Stentorstimme nach einer neuen »Weißen«.

Stappenbeck hatte die »Berlinische Zeitung« unter seinem linken Ellbogen. Es war die Nummer vom 26. Dezember, aus der er seinen drei Genossen eben die Hauptstellen des darin abgedruckten neunundzwanzigsten Bulletins vorgelesen hatte. Mit der Rechten fuhr er, sich aufzufrischen, in die große Schnupftabaksdose, die zwischen ihnen mitten auf dem Tische stand; Rabe rauchte still, Schnökel in großen Wolken, während Niedlich, ein ausgesprochener Nichtraucher – der, solange die Vorlesung dauerte, zu Stappenbecks äußerstem Mißbehagen ein ganzes Dutzend Zuckeroblaten geräuschvoll zerbrochen und aufgegessen hatte –, jetzt eine alte Frau heranwinkte, um sich den Schaumkringeln zuzuwenden.

Die Schilderung des Überganges über die Beresina, womit der in der Zeitung gegebene bloße Auszug des Bulletins abschloß, hatte, namentlich bei Rabe, neben der patriotischen Freude doch auch menschliche Teilnahme geweckt, und es war nicht ohne Bewegung, daß er vor sich hinsprach:

»Gerichte Gottes! Was wird aus ihm, Stappenbeck? Kann er sich von diesem Schnee- und Eisfeldzuge wieder erholen?«

»Wie sich ein Karpfen erholt, wenn das Eis bis auf den Grund gefroren ist; er muß sticken. Ich sage dir, Rabe, es is alle mit ihm. Du mußt nicht vergessen: erstens die Gegend und dann den Schnee und dann das Volk. Ich kenn' es. Das is ja nich so wie hier bei uns. Nehmen wir an, du willst nach Potsdam; ja, da is erst der ›Schwarze Adler‹, dann Stimmings, dann Kohlhasenbrück, un überall was Warmes. Aber nu nimm Rußland. Da marschierst du den ganzen Tag immer gradaus, un wenn du am Abend einen begegnest und fragst ihn: ›Wie weit is es noch?‹, so sagt er: ›Fünf Meilen.‹ Aber du kannst nicht fragen, denn du begegnest keinem.«

Rabe nickte. Trotzdem er das Übertriebene wohl heraushörte, sah er doch ebenso deutlich, daß diese Übertreibung nur das scherzhafte Kleid für eine ernsthaft gemeinte Sache war. Niedlich aber sagte:

»Du vergißt bloß eins, lieber Stappenbeck; sie sind ja schon in Wilna, und von Wilna bis an die Grenze is bloß noch neunzig Meilen.«

»Bloß noch neunzig Meilen«, wiederholte Stappenbeck in gedehntem Tone, in dem sich Ärger und gute Laune die Waage hielten. »Wie weit is es doch bis Alt-Landsberg?«

»Drei Meilen.«

»Gut also, drei Meilen. Nu sage mir, Gevatter, denkst du noch an den Grünen Donnerstag – es geht jetzt ins dritte Jahr –, wo wir die Tour zusammen machten? Du hattest einen warmen Rock an und weite Stiefel; von dem Proviant, den wir mit hatten, will ich gar nich reden. Und nu besinne dich, wie der Posamentier Niedlich in den Alt-Landsberger »Blauen

Löwen« einrückte! Leugnen is nich, denn ich habe dir selber den Wollfaden durch die Quesen gezogen. Und du redst von ›bloß neunzig Meilen‹.«

Schnökel lachte. »Ja, neunzig Meilen is eine hübsche Ecke. Aber mit dem Kaiser, Stappenbeck, is es drum noch lange nich alle. Warum soll es auch alle mit ihm sein? Is er nich heil heraus? Un sitzt er nich wieder ausgewärmt und ausgefuttert in Paris? Un seine Franzosen, die nich mitgefroren haben, die kenn' ich; die werden ihm bald wieder eine neue Armee machen.«

»Nein, Schnökel, das werden sie nicht«, antwortete Stappenbeck, der sich inzwischen auch eine Pfeife angezündet und den brennenden Fidibus am Tischrand ausgeklopft hatte. Nur ein paar Funken glimmten noch. »Blas an diesem Fidibus, so viel du willst, er brennt nich wieder. Ich glaube nich, daß ihm die Franzosen eine neue Armee machen, und wenn sie's tun, wer soll sie kommandieren? Da liegt der Has' im Pfeffer. Er ist ein Deibelskerl, aber er kann doch am Ende nich allens allein besorgen.«

»Das braucht er auch nicht; dazu hat er seine Generale«, bemerkte Rabe.

»Die hat er eben *nich*. Vorläufig stecken sie noch mit erfrorenen Zehen in Rußland, und ich sage dir, Rabe, das müßte schnurrig zugehen, wenn auch nur einer wieder nach Paris käme und seinem Empereur vermelden könnte: ›Hier bin ich.‹«

»Sollen wir sie denn alle totmachen?« fragte Niedlich mit einem gemischten Ausdruck von Schauder und Schelmerei.

»Nein, du nicht. Deine reinen Posamentierhände sollen sich nicht mit Marschallsblut besudeln. Du kannst ihnen – denn das hast du um deine Puschelmütze verdient – meinetwegen die Quasten und Raupen liefern, wenn sie erst wieder hier sind. Aber, Niedlich, ›wenn‹. Es sind freilich, wie du sagst, bloß neunzig Meilen von Wilna bis Memel, aber ich müßte die Russen schlecht kennen, wenn sie diesen Spaziergang nicht ausnutzen sollten. Und zwischen Memel und unsrem Prenzlauer Tor liegt auch noch gerade Erde genug, um ein Dutzend Marschälle und alles, was drum und dran hängt, zu begraben.«

»Wer soll das tun?« fragte Rabe mit ablehnender Würde. »So was is nich Mode bei uns.«

»Kann aber werden«, fuhr Stappenbeck fort. »Die Not lehrt nich bloß beten, und die Welt besteht nich aus lauter Posamentiers. Ich sage dir, Rabe, in Litauen und Masuren werden sie schon zufassen. Aber wenn sie auch nicht zufassen, wenn sich keine Hand rührt, der liebe Gott tut es für uns. Sie fallen um wie die Fliegen. Und die paar, die bis hierher kriechen, die müssen wir irgendwo unterbringen.«

»Wo denn?«

»'ne neue französische Kolonie; aber hinter Wall und Graben.«

»Und wenn sie der Kaiser wieder haben will?«

»Dann mag er sie sich holen. Aber er wird nich; denn um *die* Zeit sind die Russen hier.«

»Vielleicht.«

»Nein, gewiß. Nimm mir's nicht übel, Rabe, das verstehe ich besser. Wer in Wut is, der steht nicht still. Das is überall so. Wenn meine Frau was mit mir hat – und sie hat mitunter was mit mir – und ich geh' in die andere Stube, weil ich genug habe, was tut sie? Sie kommt mir nach. Und da geht es weiter. Das ist, was man die menschliche Natur nennt. Und der Russe is auch ein Mensch. Erst recht. Ich sage dir, Rabe, der Russe kommt, und der Kaiser wird *nicht* kommen. Denn die Franzosen haben ihn satt; und das kannst du mir glauben, so sehr viel is auch nie mit ihm los gewesen. Ich hab' es schon anno sechs gesagt, als er auf seiner brandroten Fuchsstute hier einritt, mit seinem gelben Gesicht und den stechenden Augen. ›Kinder‹, sagt' ich, ›es is doch man ein ganz kleiner Kerl; der Alte Fritz war auch kleine, aber so kleine war er doch noch lange nich.‹ Ich bin nu mal für die Großen. So wie Saldern war oder Möllendorf.«

Es schien, daß Stappenbeck noch fortfahren wollte, aber ein Krüppel, der mit zurückgebundenen Fußstummeln von Tisch zu Tisch rutschte, hielt ihm eben ein Blatt entgegen und sagte: »Das is was für Sie, Herr Stappenbeck; ein Groschen, aber ich nehm' auch zwei.«

Es war ein löschpapierner Bogen: »Neue Lieder, gedruckt in diesem Jahr«, mit zwei Holzschnitten, von denen der eine die drei Grazien in einem ovalen Rosenkranze, der andere auf der Rückseite einen kleinen Amor darstellte.

Stappenbeck gab dem Krüppel die gewünschte doppelte Löhnung und schlug den Bogen auseinander, in dem er irgendeinen franzosenfeindlichen Reim, wie sie damals mit Hilfe solcher fliegenden Blätter verbreitet wurden, zu finden hoffte. Er überflog die Überschriften: »Ännchen von Tharau«, »Frisch auf, Kameraden, aufs Pferd, aufs Pferd«, »Herr Schmidt, Herr Schmidt«, »Das Gespenst in Tegel«. Er wurde ungeduldig und drehte den Bogen um: »Die Schlacht bei Groß-Aspern«, »Oh, Schill, dein Säbel tut weh«; sollte der Krüppel diese beiden gemeint haben? Aber das waren ja bekannte Sachen. Halt hier, *das* mußt' es sein; es hatte keine Überschrift, aber die beiden ersten Zeilen konnten als solche gelten.

»Lies«, sagte Rabe, der dem Gesichte Stappenbecks ansah, daß er endlich gefunden hatte, was er suchte. Und Stappenbeck las:

»Warte
Bonaparte;
Warte nur, warte, Napoleon,
Warte, warte, wir kriegen dich schon.

Ja der Russ'
Hat uns gezeigt, wie man's machen muß:
Im ganzen Kremmel
Nicht eine Semmel,
Und auf den Hacken
Immer nur Hunger und Kosacken,
Ja der Russ'
Hat uns gezeigt, wie man's machen muß.

Hin ist der Blitz
Deiner Sonne von Austerlitz,
Unterm Schnee
Liegen all deine Corps d'Armée.
Warte
Bonaparte;
Warte nur, warte, Napoleon,
Warte, warte, wir kriegen dich schon.«

Die nächste Folge war, daß der Krüppel wieder herangewinkt wurde; jeder wollte jetzt seiner Frau den Spottvers mit nach Hause nehmen. Von dem Mitleid, das die Vorlesung des Bulletins begleitet hatte, war nichts mehr übrig, und besonders Schnökel wiederholte mit wachsendem, von Hustenanfällen begleiteten Behagen: »Im ganzen Kremmel nicht eine Semmel.« Ihr Lesen und Lachen war an den umstehenden Tischen bemerkt worden, und ein alter Herr, der freilich nichts weniger als geneigt aussah, an ihrer Heiterkeit teilzunehmen, und von Rabe als »Herr Klemm«, von Stappenbeck aber mit besonderer, etwas spöttischer Betonung als »Herr Feldwebel Klemm« begrüßt wurde, trat an sie heran. Die Charge, bei der ihn Stappenbeck nannte, erklärte zum Teil das Aparte seiner Erscheinung. Er hielt sich kerzengerade, hatte das spärliche weiße Haar mit einem großen Kamme nach hintenzu zusammengesteckt und trug zu seinem langen blauen Rock und schwefelgelber Weste ein Paar Reiterstiefel, die bis zum Knie hinauf blitzblank geputzt waren. Der hagere Hals steckte in einer steifen Binde.

»Wollen Sie nich Platz nehmen, Herr Klemm?« fragte Rabe.

»Haben Sie schon gelesen, Herr Feldwebel Klemm?« fügte Stappenbeck hinzu und überreichte ihm den Bogen, den er mittlerweile derart zusammengefaltet hatte, daß das Lied, auf das es ihm ankam, obenauf lag.

Klemm dankte und las den Spottvers, während er aus seiner holländischen Pfeife kleine Wölkchen blies. Er verzog keine Miene, legte, als er geendet, das Blatt wieder auf den Tisch und sagte: »Die Polizei, die sich um vieles kümmert, das sie nichts angeht, macht die Augen zu, wo sie sie aufmachen sollte. Wohin führt das? Zu Krawall und Auflehnung. Und was ist das Ende vom Liede? Wir werden statt an der linken Hand an beiden Händen gebunden werden, und an den Füßen dazu.«

Er schlug mit den Knöcheln seiner rechten Hand auf das vor ihm liegende Blatt und fuhr fort: »Und sind wir nicht im Bündnis mit dem Kaiser? Leider zu spät; wären wir es immer gewesen, es stände besser mit uns. Aber der alte Fehler ist noch wieder zu reparieren, gerade jetzt. Geschieht es, gut; geschieht es *nicht*, ertappt er uns wieder auf dem faulen Pferde, so sind wir verloren. Von Treue will ich nicht sprechen, die Politik braucht nicht treu zu sein; aber klug, klug, meine Herren.«

»Was jetzt klug ist, ist klar«, sagte Stappenbeck. »Er hat nur noch Trümmer; der Russe drängt nach, wir von vorn; so klatscht es zusammen, und wir haben ihn unter der Fliegenklatsche.«

»Fliegenklatsche! Sie machen die Rechnung ohne den Wirt, Herr Bürstenmacher Stappenbeck. Der Russe wird nicht nachdrängen, glauben Sie mir. Aber *wenn* er nachdrängt, wenn er über den Njemen geht und über die Weichsel, dann werden Sie freilich so was Ähnliches haben, aber nicht Fliegenklatsche, sondern Mausefalle. Und wer steckt drin? Der Russe.«

»Das wäre. Da bin ich doch neugierig«, sagte Rabe.

»Bitte, Herr Niedlich, wollen Sie mir ein Stück Kreide geben.«

Niedlich sprang auf.

»Nein, ich danke Ihnen, ich finde hier noch ein Stück in meiner Tasche.«

Damit schob der strategische Feldwebel die Gläser in eine Ecke zusammen und zog von oben nach unten einen Strich über den grünen Tisch hin. »Dieser dicke Strich also«, hob er an, »ist die Grenze, rechts Rußland, links Preußen und Polen. Achten Sie darauf, meine Herren, auch Polen. Dieser Punkt hier links ist Berlin, und hier zwischen Berlin und dem dicken russischen Grenzstrich diese zwei kleinen Schlängellinien, das sind die Oder und die Weichsel. Nun müssen Sie wissen, an der Oder und Weichsel hin, in sechs großen und kleinen Festungen, stecken dreißigtausend Mann Franzosen, und ebenso viele stecken hier unten in Polen in einer sogenannten Flankenstellung, halb schon im Rücken. Ich wiederhole Ihnen, achten Sie darauf, denn in dieser Flankenstellung liegt die Entscheidung. Jetzt drängt der Russe nach; schwach ist er, denn wenn eine Armee friert, friert die andere auch, und schlottrig geht er über die Weichsel. Und nun geschieht was? Von den Oderfestungen her treten ihm dreißigtausend Mann ausgeruhte Truppen entgegen, von der Flankenstellung her andere dreißigtausend Mann, legen sich ihm vor und schneiden ihm die Rückzugslinie ab. Und klapp, da sitzt er drin. Das ist, was man eine Mausefalle nennt. Ich mache mich anheischig, Ihnen die Stelle zu zeigen, wo die Falle zuklappt. Hier dieser Punkt. Es muß Köslin sein oder vielleicht Filehne. Ich gehe jede Wette ein, zwischen Köslin und Filehne kapituliert die russische Armee. Wie Mack bei Ulm. Was nicht kapituliert, ist tot.«

»Und ich glaub' es alles nicht«, sagte Stappenbeck und wischte mit dem Ärmel seines Flauschrocks die ganze Mausefalle vom Tisch weg.

»Ich kann Ihren Glauben nicht zwingen«, sagte Klemm mit einer Miene ruhiger Überlegenheit. »Es ist ein eigen Ding mit der Kriegswissenschaft; Bürstenmacher können sie haben –«

»Und Feldwebel–«

»Aber auch nicht«, schloß Klemm seinen Satz.

»Aber auch nicht«, wiederholte Stappenbeck.

Schnökel war diesen Schraubereien mit einem schweren asthmatischen Lachen gefolgt; Rabe aber, dem alles, was zu Zank und Streit führen konnte, zuwider war, erhob sich und sagte: »Es ist Zeit, ihr Herren, ich gehe; wer kommt mit?« Alle folgten der Aufforderung, steckten die Blätter, die sie gekauft hatten, zu sich und schritten mit einem kurzen »Guten Abend, Herr Klemm!« an diesem vorüber auf die Tür zu. Als sie diese fast schon erreicht hatten, kam ihnen ein gelblicher, mittelgroßer Hund nachgesetzt und schoß ängstlich, weil er sich vergessen glaubte, dem kleinen Niedlich durch die Beine hindurch, so daß dieser nur mit Mühe seine Balance hielt. Es war Kratzer, Stappenbecks Spitz, der sich die ganze Zeit über an allen Tischen, wo Kinder saßen, mit Kringelfangen beschäftigt hatte, ein häßliches Tier, ebenso storr und widerhaarig wie sein Herr. Jetzt sprang er an diesem in die Höhe, winselte, bellte und jagte, als er draußen im Freien war, kreuz und quer über das Plateau des Windmühlenberges hin, ersichtlich froh, nach dem Gesellschaftszwang der letzten Stunden sich wieder austoben zu können.

Die vier Bürger hielten sich auf dem ziemlich breiten Fußwege, den die zahlreichen Gäste des Wieseckeschen Lokals nach dem Prenzlauer Tore hin in dem dichtliegenden Schnee gestapft hatten. Rabe, trotzdem es kalt war, bewahrte seine distinguierte Haltung; die drei anderen aber, die sich wenig um ihr Aussehen kümmerten, hatten die Mützen ins Gesicht gezogen und sich bis an die Ohren hinauf in ihre dicken gestrickten Schals gewickelt. Schnökel, der bei Ostwind nicht sprechen konnte, blieb etwas zurück; Niedlich hielt Linie mit den beiden andern, aber nur mühsam, da er ein Trippler war.

Das Gespräch wollte nicht gleich in Gang kommen; endlich begann Rabe, der mehr ausdauernd als schnell von Gedanken war:

»Ich glaube doch, Stappenbeck, du hast ihn zu despektierlich behandelt. Ich hab's mir nämlich überlegt. Erstens ist er ein alter Mann, zweitens ist er ein Soldat, und drittens hat er die Schlacht bei Torgau gewonnen.«

»Das hat er«, fiel Niedlich ein, der bestimmt ausgesprochenen Sätzen eines andern, besonders aber, wenn sie von Rabe kamen, gern zustimmte.

Stappenbeck blieb stehen und pfiff seinem Hund. Kratzer kam in großen Sätzen heran, blaffte ein paarmal und jagte dann wieder, als wäre der böse Feind hinter ihm her, in wildem Zickzack über den in Schnee liegenden Windmühlenberg hin. »Seht«, sagte Stappenbeck, »so hat Klemm die Schlacht bei Torgau gewonnen. Immer die Beine in die Hand. Er ist gelaufen, daß es eine Freude war.«

»Aber er soll ja doch gesammelt haben«, nahm Rabe wieder das Wort. »Ich entsinne mich der Sache ganz genau. ›Wie heißt Er?‹ frug ihn der König, als er ihn die zerstreuten Grenadiere wieder in Reih' und Glied bringen sah. ›Klemm, Euer Majestät.‹ – ›Na, das ist brav, mein lieber Klemm; *ich* werd' es Ihm nicht vergessen.‹ Und dann ritt der König weiter. Ich hab' es ihn selber erzählen hören.«

»Wen? Den König?«

»Nein, Klemm.«

Stappenbeck lachte. »Rabe, du hast bloß einen Fehler. Du glaubst alles. Ich kenn' diesen Patron besser. Er ist nicht einer von den Grenadiers, die bei Torgau gesammelt *haben,* sondern einer von denen, die gesammelt worden *sind.* Und das mit des

Alten Fritzen eigenhändigem Krückstock. ›Rackers, wollt Ihr denn ewig leben?‹ An diesem allergnädigsten Zuruf hat unser Klemm seinen ehrlichen Anteil.«

»Du kannst ihn nicht leiden, Stappenbeck, und auf wen du mal eine Pike hast –«

»Den pik' ich, aber diesen Feldwebel Klemm noch lange nicht genug. Er ist ein schlechter Kerl durch un durch. Eine Memme, ein Großmaul und ein Schnurrer.«

»Ein Schnurrer?« fragte Rabe.

»Ja, ein Schnurrer ist er«, fiel hier Niedlich ein, der rasch erkannt hatte, daß sich die Partie schließlich doch wieder zu Stappenbecks Gunsten entscheiden werde. »Ein Schnurrer ist er. Im Sommer sitzt er auf den Gütern fest, bei den Bredows und den Rohrs, die sind gutmütig; das ist denn so seine Weidezeit; un wenn so Anfang Dezember geschlachtet wird, da kommt er schon mit langen Neujahrswünschen, bloß damit er sich wieder in Erinnerung bringt. Er kriegt auch Almosen. Un was für welche! Ich hab' ihn selber die Dukaten putzen sehen.«

»Na, na«, sagte Rabe, »wenn er ein hilfsbedürftiger Mann ist –«

»Ein Geizhals ist er un ein Schuft dazu«, nahm Stappenbeck, immer mehr sich ereifernd, wieder das Wort und zog den dicken Schal, der ihn am Sprechen hinderte, etwas tiefer unter das Kinn. »Ich weiß, was ich sage; er wohnt bei meiner Frau Bruder im Hause; die kennen ihn; er ist ein Mantelträger, ein Spion.«

»Na, na«, wiederholte Rabe.

»Und wenn er kein Spion ist, was ich ihm nicht beweisen kann, wenn ich es auch fest und sicher glaube, so ist er doch eine undankbare Kreatur. Was Niedlich erzählt hat, wie er sich bei den havelländischen Adligen, die ich alle kenne von wegen der Borsten, immer wieder herausfuttert, das war vordem un das war seine gute Zeit. Ich meine seine ehrliche Zeit. Denn ich bin auch nich so und gönne jedem seine Satte saure Milch un auch noch was dazu. Aber seit anno sechs kennt unser Klemm die Havelländischen nich mehr. Un auch die andern nicht, wo er sonst sein feldwebliges Einlager hielt. Er hat die Herrschaft gewechselt. Das tut kein Hund nich. ›Kratzer!‹ Seht, da kommt er schon wieder. ›Kusch dich, Kratzer.‹ Es ist ein treues Tier. Aber dieser Klemm, keine acht Tage, daß die Löffelgarde durchs Hallesche Tor gezogen war, so war er schon liebes Kind mit all und jedem, drängte sich an die Generals und machte den Kompläsanten. Da gab es denn Louisdors statt der Dukaten. Ein Schweifwedler ist er und ein Gelegenheitsmacher. Und wie er vor Jena die Franzosen samt ihrem Kaiser aufgefressen hat, so frißt er jetzt die Russen auf und zeichnet uns mit Kreide die ›Mausefalle‹ auf den Tisch, drin er sie fangen will. Aber ich hab' es ihm angestrichen.«

In diesem Augenblicke klangen zwei französische Signalhörner, bald auch der dumpfe Ton einer Trommel herüber und unterbrachen den Redestrom Stappenbecks, der sein letztes Wort noch nicht gesprochen zu haben schien. Alle vier blieben stehen und horchten auf, denn auch Schnökel war mittlerweile herangekommen. Der letzte, der sich einfand, war Kratzer; er legte seinen Hals an das Knie seines Herrn, schnoberte in der Luft umher, winselte und gab sich das Ansehen, als ob er auch so seine Betrachtungen habe.

»Sie blasen Retraite«, sagte Stappenbeck mit einem Tone, der den Doppelsinn seiner Rede ausdrücken sollte.

»Gebe es Gott!« antwortete Rabe.

Dann, während die Hörner verklangen, setzten die Männer ihren Heimweg fort. Vor ihnen lag die Stadt mit ihren tausend Lichtern, bis endlich ein Hohlweg, der vom Plateau aus nach dem Tore hinunterführte, ihnen den Anblick der Lichter entzog.

Aber die Sterne des Winterhimmels standen über ihnen und funkelten hell in das neue Jahr hinein.

3. KAPITEL

Geheimrat von Ladalinski

Das Haus, das der Geheimrat von Ladalinski bewohnte, lag in der Königsstraße, der alten Berliner Gerichtslaube schräg gegenüber. Es war ein aus dem Anfange des vorigen Jahrhunderts stammender, damals auf Geheiß König Friedrichs I. aufgeführter Spätrenaissancebau, der an seiner Fassade durch mannigfache geschmacklose Restaurationen gelitten, im Innern aber seine frühere Stattlichkeit vollkommen beibehalten hatte. Namentlich galt dies, neben Hof und Treppe, von dem ganzen ersten Stock, in dem die Empfangs- und Gesellschaftsräume lagen. Hier zeigten sich noch jene Stuckornamente, die den Barockbauten Schlüters so viel Reiz und Leben liehen, und vom Plafond herab grüßten, wenn auch stark nachgedunkelt, die großen, nach Giulio Romanoschen Originalen im Corte reale zu Mantua ausgeführten Deckenbilder, mit denen der prachtliebende König den ganzen ersten Stock hatte dekorieren lassen. An diese Gesellschaftsräume schlossen sich nach rechts und links hin zwei kleinere Zimmer, einfenstrig mit breiten Wandflächen, die, weil mehr benutzt, auch mehr eingebüßt und von ihrer ehemaligen reichen Ausschmückung nur die Deckenbilder, darunter ein »Nacht und Morgen« und einen »Sturz des Phaethon« gerettet hatten.

Das eine dieser beiden kleineren Zimmer war das geheimrätliche Arbeitskabinett, dessen der Tür gegenüber befindliche Längswand von zwei hohen, eine ganze Registratur bildenden Aktenrealen eingenommen wurde. Zwischen diesen Realen auf einem freigebliebenen Wandstreifen hing das Bildnis einer schönen jungen Frau, deren Ähnlichkeit mit Kathinka unverkennbar war. Dasselbe ins Rötliche spielende kastanienbraune Haar, vor allem derselbe Augenausdruck, so daß das einzige, was abwich, das minder scharfgeschnittene Profil, als etwas Gleichgiltiges erscheinen konnte. Durch die halbe Länge des Zimmers hin zog sich ein großer Arbeitstisch; er stand so, daß das Auge des Geheimrats, wenn er aufsah, das schöne Frauenporträt treffen mußte. Im übrigen hatte das Kabinett manches, was an die Einrichtung eines Junggesellenzimmers erinnerte. Neben dem altmodischen, mit Bildern aus der biblischen Geschichte geschmückten Ofen machte sich ein ziemlich großer, aber flacher und mit roten Tuchflicken angefüllter Korb bemerkbar, der einem englischen Windspiel als Lagerstätte diente, während in einem in der Fensternische stehenden Glasbassin mehrere Goldfischchen ihr munteres Spiel trieben. Die halbherabgelassenen Rouleaux dämpften das ohnehin nur mäßig einfallende Licht; alles war Wärme und Behagen.

Die kleine Pendule schlug eben zehn, als der Geheimrat eintrat, ein Sechziger, groß und schlank, das kurzgeschnittene graue Haar voll und dicht nach oben gerichtet. Er trug einen veilchenfarbenen Samtschlafrock, unter dem er sich in bereits sorglichster Toilette zeigte. Seine Haltung, vor allem die Adlernase, gaben ihm etwas entschieden Distinguiertes. Das Windspiel drängte sich an ihn, um ihn respektvoll, aber verdrießlich zu begrüßen, und zog sich dann zitternd, während das Glöckchen an seinem Halse hin und her tingelte, wieder in seinen warmen Korb zurück. Der Geheimrat seinerseits schritt auf das Bassin zu, um die Fischchen mit einigen Krumen und Insekteneiern zu füttern; er verweilte minutenlang dabei und nahm dann Platz an seinem Arbeitstisch, auf dem amtliche Schreiben, auch mehrere Zeitungen, darunter englische und französische, ausgebreitet lagen. Er pflegte zunächst alles Geschriebene zu erledigen; heute hielt er sich zu den Zeitungen und nahm den »Moniteur«.

Überlassen wir ihn auf eine Viertelstunde ungestört seiner Lektüre und erzählen wir, während er sich in Empfangsfeierlichkeiten und Loyalitätsadressen vertieft, einiges aus seinem Leben.

Alexander von Ladalinski war um die Mitte des vorigen Jahrhunderts auf dem den Mittelpunkt der gleichnamigen Herrschaft bildenden Schlosse Bjalanowo geboren. Die nächste größere Stadt, aber doch mehrere Meilen entfernt, war Czenstochau. Einige der zur Herrschaft gehörigen Güter zogen sich westlich und griffen mit ihrem Hauptbestande ins Herzogtum Schlesien hinüber, das eben damals preußisch geworden war.

Der junge Ladalinski empfing eine sorgfältige Erziehung, ging, um diese zu vollenden, erst nach Paris, dann nach Wien und hatte, dreiundzwanzig Jahre alt, eben die Verwaltung seiner Güter übernommen, als die Verhältnisse des Landes ihn in die politischen Kämpfe hineinzogen. So wenig er diese Kämpfe liebte, so gewissenhaft führte er sie durch, nachdem er erst in dieselben eingetreten war. Er saß im Reichstag und zählte zu den Hervorragendsten unter den Führern der antirussischen Partei. Schon damals sprach sich in seiner Haltung eine bei mehr als einer Gelegenheit hervortretende Hinneigung zu Preußen aus. Diese Hinneigung, vielleicht auch der schon erwähnte Umstand, daß ein Teil seiner Besitzungen dem preußischen Staatsverbande zugehörte, war es wohl, was bei Veranlassung der Thronbesteigung König Friedrich Wilhelms II. seine Mission an den Berliner Hof veranlaßte. Er fand an demselben ein ihn auszeichnendes Entgegenkommen, besonders von seiten des Ministers von Bischofswerder, in dessen Hause er sehr bald ein täglicher Gast wurde. Hier war es auch, wo er die junge Comtesse Sidonie von Pudagla kennenlernte. Was ihn vom ersten Augenblicke an mehr noch als ihre Schönheit bezauberte, war der heitere Übermut ihrer Laune, die mit graziöser Rücksichtslosigkeit geübte Kunst, den Schaum des Lebens wegzuschlürfen. Etwas Pedantisches, das ihm eigen und dessen er sich, in seinen jungen Jahren wenigstens, zu seiner eignen Unzufriedenheit bewußt war, ließ ihm diese Kunst ausschließlich im Lichte eines Vorzugs erscheinen. Ehe er Berlin verließ, wurde die Verlobung gefeiert; in der Weihnachtswoche folgte dann die Hochzeit, die, unter Teilnahme des ganzen Prinz Heinrichschen Hofes, von dem Bruder und der Schwägerin der Braut: dem Grafen und der Gräfin von Pudagla, in Rheinsberg ausgerichtet wurde.

Hatte schon die Hochzeitsfeier einen glänzenden Charakter gehabt, so noch mehr die Hochzeitsreise. Es war wie die Einholung einer Prinzessin. An jedem Rastplatze immer neue Überraschungen, die sich steigerten, je näher man dem Ziele kam. Endlich lag Bjalanowo vor ihnen, hoch, im Abenddunkel eben noch erkennbar, und als nun der vorderste Schlitten in die breite, winterlich kahle Avenue einbog, da wurden auf den vier dicken Rundtürmen vier große Feuer angezündet, in deren Schein jetzt der alte, halbverfallene Backsteinbau dalag wie ein Schloß aus dem Märchen. Unter dem jubelnden Zuruf aller Hintersassen fuhr das junge Paar in den Schloßhof ein.

Die Freude, die der Gemahl über die glückliche Durchführung des von ihm selber angeordneten Schauspiels empfand, ließ ihn die Mienen seiner jungen Frau nicht aufmerksam beobachten. Er hätte sonst wahrnehmen müssen, daß sie für den eigentlichen Wert dieser Aufmerksamkeiten kein Verständnis hatte; was sich an Liebe darin aussprach, entging ihr oder berührte sie nicht. Sie war ohne Dank.

Und in dieser Stimmung verharrte sie. Ihr Gatte, der sie heiter sah, glaubte sie glücklich; aber sie war es nur obenhin, und keine andere Verpflichtung kennend als Genuß und Zerstreuung, erschien ihr das in Aufmerksamkeiten sich überbietende Entgegenkommen ihres Gemahls gleichförmig und ermüdend, und nur noch die von außenher herantretenden Huldigungen hatten Wert.

Es war ein Jahr nach der Hochzeit, als dem Hause ein Sohn geboren wurde. Er erhielt den Namen Pertubal, der von ältesten Zeiten her in der Familie heimisch und in jedem Jahrhundert wenigstens einmal glänzend vertreten war. Ein Pertubal von Ladalinski hatte den Zug gegen Zar Iwan mitgemacht, ein anderer dieses Namens war in der Schlacht bei Tannenberg, ein dritter unter Sobieski vor Wien gefallen. Es hieß, der Name sei syrisch und stamme noch aus den Kreuzzügen her. Alle aber, wie sich aus den Urkunden ergab, hatten die Abkürzung »Tubal« dem vollen Namen vorgezogen.

Die Geburt eines Sohnes, während alle Welt Glückwünsche aussprechen zu müssen glaubte, wurde von seiten der Mutter wenig anders als störend empfunden, die denn auch, als man ihr den Säugling reichte, von ihrem Lager aus erklärte, daß sie kleine Kinder immer häßlich gefunden habe und ihrem eigenen zuliebe keine Ausnahme machen könne. Das Kind erhielt eine polnische Amme mit einem roten Kopftuch und einem noch röteren Brustlatz und wurde samt dieser, seiner Pflegerin, in den oberen Stock verwiesen; kaum aber, daß die Mutter ihren ersten Kirchgang gemacht hatte, so begann der ausgelassene Gesellschaftsverkehr aufs neue, den das »freudige Ereignis« nur auf Wochen unterbrochen hatte.

Unter denen, die auf Schloß Bjalanowo verkehrten, war auch Graf Miekusch, ein Gutsnachbar, klein, zierlich, mit langem, rotblondem Schnurrbart, eine typische polnische Reiterfigur. Die Verwandtschaft seiner Natur mit der der jungen Frau stellte von Anfang an eine Intimität zwischen beiden her, die, mit voller Unbefangenheit sich gebend, von Ladalinski wohl bemerkt, aber nicht beargwohnt wurde. Er vertraute vollkommen; einzelnes, das ihm hinterbracht wurde, wies er als Klatsch und Neid zurück, und wenn nichtsdestoweniger von Zeit zu Zeit eine leichte Wolke seinen Himmel trübte, so wußte der Übermut der jungen Frau, die solchen Regungen der Eifersucht nur mit heiterem Spott begegnete, sein Vertrauen schnell wiederherzustellen. Er war glücklich, als Kathinka geboren wurde, doppelt glücklich, als er wahrnahm, daß seine Freude von seiner Frau geteilt wurde. In der Tat sah die junge Mutter anders auf dieses zweitgeborne Kind, als sie auf Tubal geblickt hatte; es wurde nicht in das obere Stockwerk verwiesen, blieb vielmehr in ihrer unmittelbaren Nähe, ja, sie liebte es, an seine Wiege zu treten und sich, ohne daß ein Wort über ihre Lippen gekommen wäre, seines Anblicks zu freuen. Sah sie sich selbst in ihm?

Das war im Frühjahr 1792. Ein ungetrübter Sommer folgte, aber als der Herbst kam, brach ein Glück zusammen, das von Anfang an nur ein Schein gewesen war. Es geschah das, was in gleichen Fällen immer geschieht: das Verbotene, des letzten Zwanges müde, fand eine Befriedigung darin, sich vor aller Welt zu entdecken.

Die Art der Ausführung entsprach dem Charakter der jungen Frau. Es war eine Fuchsjagd bei Graf Miekusch angesagt, dessen weites, eine einzige große Fläche bildendes Gutsareal ein vorzügliches Terrain bot. Auch die Damen der Nachbargüter waren geladen, niemand fehlte; der Graf, zu seinen anderen gesellschaftlichen Vorzügen, hatte auch den Ruf eines glänzenden Wirts. Es war ein wundervoller Septembertag, der Himmel blank wie eine Glocke, hier und dort eine Kiefernschonung und am Horizont der spitze Kirchturm des nächsten Städtchens. Dabei windstill, und die Sommerfäden zogen. Der Fuchs war bald aufgetrieben, und in glänzendem Zuge schossen Reiter und Reiterinnen über Wiesen und Stoppelfelder hin, jeder begierig, den andern zu überholen. Nur die junge Frau von Ladalinski hielt sich zurück, Graf Miekusch an ihrer Seite; beide schienen auf die Ehren des Tages verzichten zu wollen. Aber bald änderte sich das Bild; immer mehr Paare schieden aus der vordersten Reihe aus, und ehe eine Stunde um war, waren der Graf und seine Begleiterin noch die einzigen, die der Fährte folgten oder doch zu folgen schienen. Die Zurückbleibenden, ihnen nachschauend, waren entzückt von der Ausdauer der beiden Reiter, deren Gestalten, je mehr sie sich dem in blauem Dämmer daliegenden Städtchen näherten, immer kleiner und schattenhafter wurden. Endlich schwanden sie ganz, und da Mittag heran war, beschloß man, auf das Schloß des Grafen zurückzukehren. Es verging eine Stunde, eine zweite und dritte; es kam der Abend, und man wartete noch. Die Gäste brachen endlich auf, um auf ihre eigenen Güter heimzureiten. Unter ihnen auch Ladalinski. »Also doch«, klang es in hundertfältiger Wiederholung in seinem Herzen. Erst am dritten Tage wurde durch einen Boten ein versiegelter Zettel an ihn abgegeben: »Erwarte mich nicht zurück; Du siehst mich nicht wieder. Es war ein Irrtum, der uns zusammenführte. Vergiß mich. Einen Kuß für das Kind. Sidonie von P.«

Das Blatt entfiel ihm. Jedes Wort eine Demütigung, selbst ihre Namensunterschrift: Sidonie von P. Sie hatte also den Namen ihrer eigenen Familie wieder angenommen und strich die sechs Jahre, die sie an seiner Seite verlebt hatte, wie ein unbequemes Intermezzo aus. Er war niedergeschmettert, und doch konnte er die kurze Forderung, die sie stellte: »Vergiß mich«, nicht erfüllen. Zu eigner bitterster Beschämung gestand er sich, daß er sie, wenn sie zurückkehrte, ohne ein Wort des Vorwurfs oder der Erklärung, freudigen Herzens wieder aufnehmen würde. Der rätselhafte Zug der Natur war mächtiger in ihm als alle Vorstellung.

Er verfiel in Trübsinn, bis die Schicksale seines Landes ihn herausrissen. Es bereiteten sich jene Ereignisse vor, die schließlich Polen aus der Reihe der Staaten strichen. Rußland machte seine Pläne, und diese zu vereiteln, darauf waren jetzt, wie die Anstrengungen aller Patrioten, so auch die seinigen gerichtet. Er schloß sich der Kosciuszkoschen Partei an und entwarf eine liberale Verfassung, die den Beifall der Whigführer im englischen Parlamente fand; endlich, als die Waffen entscheiden mußten, trat er in die Armee. Was ihm an militärischer Erfahrung abging, wußte er durch Mut und Eifer zu ersetzen. Es war keiner, dem Kosciuszko mehr vertraut hätte als ihm.

Bei Szekoszin hielt er bis zuletzt aus. Als nach dem unglücklichen Treffen bei Maciejowice der Rückzug auf Praga ging, wurde ihm das Kommando der nur aus vier schwachen Bataillonen bestehenden Arrièregarde anvertraut. Mit diesen deckte er den Übergang über die Pilica zwei Stunden lang und benutzte die Zeit, während er noch jenseits der Brücke mit dem Feinde bataillierte, geteerte Strohkränze um die Holzpfeiler legen und diese Kränze anzünden zu lassen. Die Brücke stand schon in Rauch und Flammen, als er die Trümmer seiner Bataillone glücklich hinüberführte. Die Russen drängten nach; eine schwache Abteilung derselben, die gleich darauf gefangen wurde, gewann gleichzeitig mit ihm das Ufer. Als aber das Gros in geschlossener Kolonne folgte, brachen die halbweggebrannten Mittelpfeiler zusammen, und alles, was auf der Brücke war, stürzte nach. Suwarow selbst hielt keine hundert Schritt' von der Unglücksstätte. Es war die letzte glänzende Aktion im freien Felde; drei Tage später fiel Praga.

Ladalinski legte sein Kommando nieder. Das »Finis Poloniae« seines Kampfgenossen, wenn er es nicht sprach, so empfand er es doch. Es war ihm klar, daß das Land russisch werden würde, vielleicht mit einem Scheine von Selbständigkeit. Dieser Gedanke war ihm unerträglich. Es gab kein Polen mehr; so beschloß er, sich zu expatriieren. Er ging zunächst auf seine jenseits der Grenze gelegenen schlesischen Güter und stellte von hier aus dem preußischen Hofe seine Dienste zur Verfügung. Ein umgehend eintreffendes Schreiben Bischofswerders sprach ihm seine Freude über den rasch und mutig gefaßten Entschluß aus und berief ihn, vorbehaltlich königlicher Genehmigung, in das Auswärtige Amt. Diese Genehmigung erfolgte wenige Tage später. Die großen Flächen polnischen Landes, die gerade damals Preußen einverleibt wurden, wiesen die Staatsverwaltung darauf hin, solche Anerbietungen nicht abzulehnen.

In kürzester Frist hatte Ladalinski sich in den neuen Verhältnissen zurechtgefunden. Seine mehr preußisch als polnisch angelegte Natur unterstützte ihn dabei; dem Unordentlichen und Willkürlichen abhold, fand er in dem Regierungsmechanismus, in den er jetzt eintrat, sein Ideal verkörpert. Was darin Schädliches war, das übersah er oder erachtete es als gering, nachdem er die Nachteile eines entgegengesetzten Verfahrens so viele Jahre lang beobachtet hatte. Er war bald preußischer als die Preußen selbst. Die Auszeichnungen, die ihm zuteil wurden, seine Missionen, erst an den Kopenhagener, dann an den englischen Hof, auf denen ihn Tubal, damals ein Kind noch, begleitete, trugen das ihrige dazu bei. Von London nach dem Tode des Königs und der Amtsniederlegung Bischofswerders zurückberufen, trat er, in dem richtigen Gefühl, erst dadurch seine Staatszugehörigkeit zu beweisen, zum Protestantismus über. Er wählte die reformierte Kirche, weil es die Kirche des Hofes war. Gewissensbedenken waren der Zeit der Aufklärung fremd. In dem Ansehen seiner Stellung änderte der Regierungswechsel nichts, wenn schon die Stellung selbst eine andere wurde; er schied aus dem Auswärtigen Amt, um dem Generaloberfinanzdirektorium, Abteilung für die Domänen, zugewiesen zu werden. Seine landwirtschaftlichen Kenntnisse, die bedeutend waren, konnten hier eine vorzügliche Verwendung finden. Mit Übernahme dieses Amtes war auch sein Wohnungnehmen in dem alten Palais in der Königsstraße verknüpft gewesen. Er bewohnte es jetzt seit fünfzehn Jahren; Kathinka war in demselben herangewachsen.

Ob ihn von Zeit zu Zeit eine Sehnsucht nach Bjalanowo und dem alten Schloß mit den vier Backsteintürmen, an das sich die schönsten und die schwersten Stunden seines Lebens knüpften, beschlich, wer wollt' es sagen! Kein Wort, das darauf hingedeutet hätte, kam je über seine Lippen. Er schien glücklich in seinem Adoptivvaterlande, vielleicht war er es auch, und fest entschlossen, in seine alte Heimat, auch wenn derselben ihre staatliche Selbständigkeit, wie es einen Augenblick schien, wiedergegeben werden sollte, *nicht* zurückzukehren, hielt er sich zu den prinzlichen Höfen, um von diesem festen, gegebenen Punkte aus in allmählich immer intimer werdende Beziehungen zu dem Adel des Landes hineinzuwachsen. Er lebte, mehr, als er es sich gestand, nur noch der Durchführung dieser Pläne, in denen er sich übrigens durch seine Schwägerin »Tante Amelie« unterstützt wußte, und sah deshalb nichts lieber als die Anwesenheit seiner Kinder in

Hohen-Vietz. Eine Doppelheirat mit einer alten märkischen Familie stellte den Schritt erst sicher, den er getan hatte, und beruhigte ihn über die polnischen Sympathien Kathinkas, die, was immer der Grund derselben sein mochte, ihm kein Geheimnis waren.

Der Geheimrat hatte mittlerweile seine Lektüre beendet; er schob die Blätter beiseite und klingelte. Ein eintretender Diener brachte die Schokolade, und ehe er noch das Zimmer wieder verlassen konnte, kam schon das Windspiel aus seinem Korbe herbei, diesmal nicht verdrießlich, und drängte sich an die Seite seines Herrn. Der Geheimrat lächelte und warf ihm die Biskuits zu, denen diese Zärtlichkeit gegolten hatte. Erst jetzt nahm er einen Brief wahr, der auf demselben Tablett lag und die charakteristischen Schriftzüge Tante Ameliens zeigte. Er war einigermaßen überrascht. Erst am Abend vorher, zu später Stunde, waren Tubal und Kathinka von Schloß Guse zurückgekehrt; die Zeit, sie zu begrüßen, hatte sich noch nicht gefunden, und schon war ein Brief da, der also die Reise nach Berlin ziemlich gleichzeitig mit ihnen gemacht haben mußte. Der Geheimrat erbrach das Siegel und las:

»Mon cher Ladalinski! Tubal und Kathinka haben mich erst vor einer Stunde verlassen, mit ihnen, zu meinem Bedauern, Demoiselle Alceste, deren Sie sich, mein Teurer, aus alten Rheinsberger Tagen entsinnen werden. Ich empfinde, ganz gegen meine Gewohnheit, eine Lücke und fülle sie am besten aus, indem ich über die Kinder spreche, deren Anwesenheit mir die letzten Tage so angenehm gemacht hat. Je mehr ich mich ihrer freute (et en effet ils m'ont enchantée), desto lebendiger wurde mir wieder der Wunsch jener liaison double, die wir so oft besprochen haben. Ich habe mich ganz in die Vorstellung hineingelebt, Tubal in Guse schalten und walten und den alten Derfflingersitz, der unter meinen Händen nur eben sein Dasein fristet, auf seine alte Höhe gehoben zu sehen. Des Beistandes, dessen er dazu bedarf, darf er von Hohen-Vietz aus sicher sein. Die schönen Frauen verschiedener Nationalität waren dort immer heimisch; meine Großmutter, avec un teint de lys et de rose, war eine Brahe,

Berndts Frau eine Dumoulin, und es würde mich glücklich machen, diesen Kreis durch unsern Liebling erweitert zu sehen. Vous savez tout cela depuis longtemps. Mais les choses ne se font pas d'après nos volontés. Des jungen Hohen-Vietzer Volkes bin ich sicher, aber nicht des Hauses Ladalinski. Kathinka nimmt Lewins Huldigungen hin, im übrigen spielt sie mit ihm; Tubal hat ein Gefühl für Renate, qui ne l'aurait pas? Aber dieses Gefühl bedeutet nichts weiter als jenes Wohlgefallen, das Jugend und Schönheit allerorten einzuflößen wissen. So seh' ich Schwierigkeiten, die mir bei Kathinka in der Gleichgiltigkeit, bei Tubal in der Oberflächlichkeit der Empfindung zu liegen scheinen. Et l'un est aussi mauvais que l'autre. Es ist offenbar, daß Kathinka eine andere Neigung unterhält; die Gegenwart des Grafen in Ihrem Hause stört unsere Pläne, und doch ist sie nicht zu ändern; alles, was sich ziemt, ist Achtsamkeit und Vermeidung dessen, was das Feuer schüren könnte. Ihre Klugheit, mon cher beau-frère, wird das Richtige treffen. Ich verspräche mir am meisten von Trennungen. Lewin muß aus seinem engen Kreise heraus; er muß vor allem die literarischen Allüren abstreifen. Er nimmt diese Dinge gründlicher und ernsthafter, als sich mit dem Edelmännischen verträgt, das wohl ein Interesse haben, aber nicht fachmäßig sich engagieren soll. Bleiben wir in guten Beziehungen zu Frankreich, comme je souhaite sincèrement, so würde ich einen einjährigen Aufenthalt in Paris als ein Glück für ihn ansehen. Er würde das Weltmännische gewinnen, das ihm jetzt fehlt und auf das Kathinka einzig und allein Gewicht legt. Et je suis du même avis.

Je faisais mention de la France. Mein Bruder würde mich auf Hochverrat verklagen, wenn er wüßte, daß ich von einer ›Fortdauer guter Beziehungen‹ gesprochen habe. Und doch ist es gerade sein Gebaren, was mich diese Wünsche noch mehr betonen läßt, als es ohnehin meinen Sympathien entspricht. Il organise tout le monde. Das ganze Oderbruch auf und ab schreitet er zu einer Volksbewaffnung, für die er hundert Namen hat: Landwehr, Landsturm und ›Letztes Aufgebot‹. In seinem Eifer übersieht er, wie diese letzte Bezeichnung, anstatt Furcht einzuflößen, nur tragikomisch wirken kann. Drosselsteins hat er sich bemächtigt; von Bamme spreche ich gar nicht, der immer mit dabei sein muß, wenn es etwas gilt, in dem sich Torheit und Waghalsigkeit den Rang streitig machen. C'est son métier. Es erheitert mich, wenn ich mir seine Groß- und Klein-Quirlsdorfer als mittelmärkische Guerillas denke. Diese Dorfschaften, in denen im Durchschnitt keine sechs Jagdflinten aufzutreiben sind, wollen sich dem Marschall Ney entgegenstellen, à Ney, le héros de la Moskwa. Quant à moi, ich habe nur den Eindruck des Wahnsinns von diesem extravaganten Tun und hoffe, daß die Weisheit des Staatskanzlers, der ich unbedingt vertraue, uns vor einer Politik bewahrt, die uns vernichten und nicht einmal das Mitleid der anderen Staaten sichern würde. Car le ridicule ne trouve jamais de pitié.

Ich sehe stilleren Zeiten und stabileren Zuständen vertrauungsvoll entgegen; Rußland ist keine aggressive Macht; Frankreich wird seine Welteroberungspläne begraben und nach einer Epoche zwanzigjähriger Unruhe eine Epoche des Friedens folgen lassen. J'en suis convaincu. Paris wird wieder werden, was es immer war und was es nie hätte aufhören sollen zu sein: le centre de la civilisation européenne. Je le désire dans l'intérêt universel et dans le nôtre. Dieu veuille vous prendre dans sa sainte garde, mon cher Ladalinski. Tout à vous votre cousine Amélie P.«

Der Geheimrat legte den Brief aus der Hand, dessen politische Meinungen einen geringen, die voraufgehenden Bemerkungen über Kathinka und Bninski aber einen desto größeren Eindruck auf ihn gemacht hatten. Er las die Stelle noch einmal: »Die Gegenwart des Grafen in Ihrem Hause stört unsere Pläne, und doch ist sie nicht zu ändern; alles, was sich ziemt, ist Achtsamkeit und Vermeidung dessen, was das Feuer schüren könnte.« Als er aufsah, fiel sein Blick auf das schöne Frauenbild ihm gegenüber, und allerhand Erinnerungen, in die sich zum ersten Male auch Befürchtungen für die Zukunft mischten, drängten sich ihm auf. Er kannte die Geschichte so vieler Familien. »Es erben...«, aber ehe er den Gedanken ausdenken konnte, grüßte ihn der Zuruf: »Guten Morgen, Papa«, und auf seinem Sitze sich wendend, sah er Kathinka, die, den Kopf durch die Portiere steckend, ihm freundlich zunickte. Im selben Augenblicke war sie an seiner Seite, und unter ihren Liebkosungen schwanden die trüben Bilder, die noch eben vor seiner Seele gestanden hatten.

4. KAPITEL
Bei Frau Hulen

An demselben Abend war Gesellschaft bei Frau Hulen. Sie konnte damit, wenn sie standesgemäß auftreten und die ganze Flucht ihrer Zimmer öffnen wollte, nicht länger zögern, da Lewin für den nächsten Tag schon seine Rückkehr von Hohen-Vietz angezeigt hatte. Gleich nach Eintreffen dieses Briefes waren denn auch unter Beihilfe eines kleinen lahmen Jungen, der in dem Keller nebenan die Bierflaschen spülte und wegen seines körperlichen Gebrechens sonderbarerweise als Laufbursche benutzt wurde, die Einladungen ergangen und ohne Ausnahme angenommen worden.

Um sieben Uhr brannten die Lichter in der ganzen Hulenschen Wohnung, die neben einer kleinen, schon im Seitenflügel befindlichen Küche aus zwei Frontzimmern und zwei dunklen Alkoven bestand. Die Hälfte davon war an Lewin vermietet, der indessen in seiner Abwesenheit und bei den freundschaftlichen Beziehungen, die zwischen ihm und seiner Wirtin obwalteten, nicht das geringste dagegen hatte, seinen Wohnungsanteil in die Festräume hineingezogen zu sehen.

Und Festräume waren es heute, ganz abgesehen von den Lichtern und Lichterchen, die bis in den Flur hinaus nicht gespart waren. In beiden Öfen war geheizt, und auf den Simsen schwelten Räucherkerzchen, schwarze und rote, während alle Kunst- und Erinnerungsgegenstände, auf die Frau Hulen die besondere Aufmerksamkeit ihrer Gäste hinzulenken wünschte, noch eine besondere, ihnen angemessene Beleuchtung erfahren hatten. Unter diesen Gegenständen standen die Papparbeiten ihres verstorbenen Mannes, der Werk- und Küpenmeister in einer kleinen Färberei, in seinen Mußestunden aber ein plastischer Künstler gewesen war, obenan. Das meiste lag nach der architektonischen Seite hin. Außer einem offenen und figurenreichen Theater, das die Lagerszene aus den »Räubern« darstellte, hatte er seiner Witwe einen dorischen Tempel und einen viertehalb Fuß hohen, in allen seinen Öffnungen mit Rosapapier ausgeklebten Straßburger Münster hinterlassen, der nun heute mit Hilfe kleiner Öllämpchen bis in seine Turmspitze hinauf erglühte. Dieser Münster, wie noch bemerkt werden mag, stand auf einer hochbeinigen Pfeilerkommode und verdeckte gewöhnlich einen dahinter befindlichen kleinen Spiegel; nicht aber heute, wo derselbe, um nicht den Verdacht aufkommen zu lassen, als ob es der Zimmereinrichtung an irgend etwas Standesgemäßem gebräche, um drei Handbreit höher hinaufgerückt worden war. Nur die Turmspitze sah gerade noch in das etwas bleifarbene Glas hinein.

Und wie zeigte sich Frau Hulen selber? Sie trug außer der hohen weißen Haube, ohne welche sich niemand entsann sie je gesehen zu haben, ein braunes, noch von ihrem Seligen eigenhändig gefärbtes Merinokleid, dazu ein schwarzes, eng um den Hals gepaßtes Sammetband, in das abwechselnd blaue und gelbe Sterne eingestickt waren.

»Wie wird es ablaufen?« fragte sie sich und ging noch einmal alle wichtigen Punkte durch, putzte die Lichter, nur um ihre Unruhe loszuwerden, und strich in Lewins Alkoven, der heute als Garderobezimmer dienen mußte, die Bettdecke glatt. Dann sah sie wieder nach dem Straßburger Münster und seiner Beleuchtung, und ihr war, als ob sie hätte eintreten sollen. »Wie wird es werden?« wiederholte sie beklommen, und zugleich einen Blick in den Spiegel werfend, zupfte sie an dem Halsband, das sich etwas verschoben hatte.

In diesem Augenblicke klingelte es. Frau Hulen beeilte sich aufzumachen und war einigermaßen verstimmt, als sie wahrnahm, daß es nur die Zunzen war, eine alte taube Frau, die mit ihr auf demselben Flur wohnte und ihre Einladung zu der heutigen Reunion bloß aus Furcht vor ihren Klatschereien erhalten hatte. Denn sie hatte Gott in der Welt nichts zu tun und stand, sooft sie jemanden ins Haus treten und die letzte Treppe heraufkommen sah, immer hinter dem Kuckloch ihrer Doppeltür, um auszukundschaften, wer und was es eigentlich sei.

»Ich bin wohl die erste, liebe Hulen. Na, einer muß der erste sein.«

»Gewiß, liebe Zunz, und Sie werden doch Ihre nächste Nachbarin nicht warten lassen. Wollen Sie nicht Ihr Tuch ablegen?«

Die Alte, die die Worte der Hulen nicht recht verstanden, aber doch aus ihren Handbewegungen entnommen hatte, um was es sich handelte, schüttelte verdrießlich den Kopf, zog ihr rotes Crèpe de Chine-Tuch, ein Wahrzeichen aus alten, besseren Zeiten her, fester um sich und schritt gravitätisch, als fühle sie sich sicher in dem Furchtgefühl, das sie einflößte, in das nächstgelegene Zimmer. Es war das Lewins. Hier sah sie sich neugierig um, nickte ein paarmal, wie um ihre Überraschung über die Mitverwendung der doch vermieteten Räume auszudrücken, und fragte dann: »Der junge Herr ist wohl verreist?«

»Freilich, liebe Zunz, Sie wissen es ja.«

»So, so«, brummte die Alte und fuhr mit dem Zeigefinger über das kleine Klavier hin, um zu sehen, ob auch der Staub gewischt sei. Dann passierte sie, ein paarmal hüstelnd, wie wenn ihr der Räucherkerzchenqualm beschwerlich falle, die Schwelle zur »guten Stube« und nahm auf dem Sofa Platz.

Dies widersprach nun aber ganz und gar den gesellschaftlichen Arrangements der Hulen, so daß diese, ärgerlich über die Anmaßung der Alten, sich von der Furcht vor ihr freizumachen begann.

»Bitte hier, liebe Zunz«, damit wies sie auf einen steiflehnigen Großvaterstuhl, der zwischen dem Ofen und einer Etagere stand. »Ich hole Ihnen auch das Bilderbuch.«

Die Alte murmelte etwas, das fast wie Protest und jedenfalls wie Verwunderung klang, gehorchte aber doch und setzte sich in den Stuhl, auf den die Hulen hingewiesen hatte. Gleich darauf kam diese wieder, in beiden Händen ein großes und ziemlich schweres Buch haltend, auf dessen Titelblatt (der oberste Deckel war abgerissen) in dicken Buchstaben zu lesen stand: »Die Singvögel Norddeutschlands; neunzig kolorierte Kupfertafeln.«

Die Zunzen schlug auf, aber sie war noch nicht beim dritten Blatt, als es abermals klingelte.

Die jetzt Erscheinende war Demoiselle Laacke, Musik- und Gesanglehrerin und die besondere Freundin der Hulen, die sich durch diesen Umgang geschmeichelt fühlte, ein Mädchen von vierzig, groß, hager, mit langem Hals und dünnem rotblonden Haar. Ihre wasserblauen Augen, beinahe wimperlos, hatten keine selbständige Bewegung, folgten vielmehr immer nur den Bewegungen ihres Kopfes und lächelten dabei horizontal in die Welt hinein, als ob sie sagen wollten: »Ich bin die Laacke; ihr wißt schon, die Laacke, mit reinem Ruf und unbescholtener Stimme.« Von der Königin Luise hatte sie, bei Gelegenheit eines Wohltätigkeitskonzerts, eine Amethystbrosche erhalten. Diese trug sie seitdem beständig. Im übrigen waren Armut, Demut und Hochmut die drei Grazien, die an ihrer Wiege gestanden und sie durch das Leben begleitet hatten. Sie verneigte sich artig, wenn auch etwas steif und herablassend, gegen die alte Zunzen und nahm dann wie selbstverständlich auf dem Sofa Platz.

Frau Hulen setzte sich zu der Neuangekommenen, patschelte ihr die Linke und sagte: »Wie froh ich bin, Sie zu sehen, liebe Laacke. Sie sind immer so gut und machen keinen Unterschied.«

»Ach, liebe Hulen, wie können Sie nur davon sprechen; das wäre ja ungebildet. Sind wir denn nicht alle Menschen?«

Hier trat eine kleine Pause ein, während welcher die Klavierlehrerin ihren Schal von der schmalen und abschüssigen Schulter herabgleiten ließ. Dann fragte sie: »Wen darf man denn noch erwarten?«

Die Hulen rückte unruhig hin und her und sagte etwas verlegen: »Die Ziebolds.«

»Oh, die Ziebolds! Das ist ja hübsch. Ich entsinne mich; er hat eine Stimme, Tenor oder Bariton.«

»Ja, er hat eine Stimme«, fuhr die Hulen fort, »und ist immer spaßhaft und manierlich, aber es mag doch keiner neben ihm sitzen. Und neben der Frau erst recht nicht. Das macht die Pfandleihe. Sehen Sie, die alten Ziebolds, was also die Eltern von diesen Ziebolds waren, das waren sehr gute Leute, ja man kann sagen, es waren feine Leute. Sie hatten das Leinewand- und Strumpfwarengeschäft, Ecke der Jüden und Stralauer, und wir wohnten auf demselben Hof. Das war das Jahr vorher, als der Alte Fritz starb. Und da wurde ja meine alte Mutter krank, und weil sie wieder zu Kräften kommen sollte und ich nicht kochen konnte, weil ich ja immer aus mußte wegen der Näherei, ja, liebe Laacken, ich habe mich auch quälen müssen, da kamen ja nun die Ziebolds, und einen Tag gab es eine Suppe und den andern Tag Braten oder Huhn, immer Flügel und Brust, und sonntags schickte der alte Mann, der eigentlich geizig war, aber ich kann es ihm nicht nachsagen, eine halbe Flasche Wein. Und so ging es bis an ihren Tod, ich meine meiner Mutter Tod.«

Bei dieser Erinnerung fuhr die Sprecherin mit ihrem Zeigefingerknöchel über das rechte Auge.

»Das waren also die *alten* Ziebolds?« bemerkte Mamsell Laacke, die durch Betonung des Wortes andeuten wollte, daß sie eigentlich von den jungen Ziebolds zu hören gehofft hatte. Die Hulen verstand es auch und fuhr fort:

»Ja, das waren die alten, das heißt, sie waren noch gar nicht alt, so um Mitte Funfzig, aber sie machten es auch nicht lange mehr und starben denselben Winter noch, wo meine Mutter gestorben war. Erst sie, den dritten Weihnachtsfeiertag, wenn es nicht schon der zweite gewesen ist, er aber schleppte sich noch so bis in den März. Sie wissen ja, liebe Laacke: ›Märzensonne und Märzenluft graben manchem seine Gruft.‹ Er war immer schwach auf der Brust.«

»Und da kam denn wohl das Geschäft an die *jungen* Ziebolds?« fragte jetzt Mamsell Laacke mit allen Zeichen der Teilnahme an den sich rasch häufenden Todesfällen.

»Ja, an die jungen Ziebolds«, bestätigte die Hulen, »das heißt an *ihn,* denn er hatte damals noch keine Frau. Er war nämlich ein sehr hübscher Mann, und weil er gut reden konnte und eine goldene Brille trug, so sagten sie immer, er sähe aus wie ein Justizkommissarius, und sie nannten ihn auch ›Herr Justizkommissarius Ziebold‹. Das schmeichelte ihm, und er war immer mit Schauspielern und ihren Mamsells zusammen, und eines Tages hatte er eine an dem Hals.«

»Seine jetzige Frau? Ah, ich verstehe.«

»Ja, seine Frau. Da hing denn nun der Himmel voller Geigen. Aber der Krug geht so lange zu Wasser, bis er bricht, und es war noch kein Jahr um, da war alles verkauft, und sie kamen in Not, wie mir die Zunzen erzählt hat. Denn ich wohnte damals noch in der Roßstraße.«

Die Zunzen, die trotz ihrer Taubheit das meiste verstanden hatte, nickte mit dem Kopfe.

»Die junge Ziebolden aber«, fuhr die Hulen fort, »das war immer eine sehr resolute Person, und sie wußte bald Rat, und als ich meinen Mann heiratete und wieder hierher in die Klosterstraße zog, da wohnten sie schon auf dem Hohensteinweg und hatten die Pfandleihe. Nun sehen Sie, liebe Laacke, die Pfandleihe, das war ja noch nichts Schlimmes, und ich sagte damals zu meinem Seligen, daß ich die alten Ziebolds gekannt hätte und daß es sehr gute Leute gewesen wären. Und so kamen wir auch wieder zusammen und besuchten uns. Aber das dauerte ja gar nicht lange, da hieß es: das mit der Pfandleihe, das sei bloß so nebenbei und die Ziebolds liehen Geld auf hohe Zinsen, und sie seien nicht besser als Wucherer und bei zehn Talern müßten die Leute zwanzig Taler schreiben. Und das ist es, warum keiner neben den Ziebolds sitzen will.«

»Bitte, setzen Sie mich neben Herrn Ziebold«, bemerkte Mamsell Laacke mit der ruhigen Haltung einer Äbtissin, die sich hinter dem Schild ihres Rufes und ihrer Stellung gesichert weiß. »Und wen erwarten Sie noch?«

»Herrn Feldwebel Klemm.«

»Ach, der steife, alte Herr mit den Stulpstiefeln, der die Schlacht bei Torgau gewonnen hat. Er streitet immer und trägt eine schwefelgelbe Weste. – Und wen sonst noch?«

»Herrn Nuntius Schimmelpenning.«

»Schimmelpenning!« wiederholte die Laacke, »der Bote vom Kammergericht. Ich entsinne mich. Er soll der Sohn des alten Präsidenten Schimmelpenning sein, nur daß ihm das ›von‹ unter die Bank gefallen ist. Wie kommen Sie nur zu *dem*, liebe Hulen? Ein wenig angenehmer Mann und so wichtig.«

In diesem Augenblicke zog es wieder an dem Draht, und da die Frau Hulenschen Gesellschaften wie andere Gesellschaften waren, so trat denn auch gerade derjenige ein, von dem eben gesprochen worden war: Herr Nuntius Schimmelpenning. Er war ein starker Fünfziger, mit aufgeworfenen Lippen, die er zusammenpreßte und dann wieder schmatzend mit einem kleinen Paff öffnete, wobei er weiße, wundervolle Zähne zeigte. Der alte Präsident hatte es ebenso gemacht. Übrigens hatte die Laacke recht; er konnte an Aufgeblasenheit und Wichtigtuerei mit jedem Truthahn streiten und sah in die Welt hinein, als ob er wenigstens sein Vater oder gar das Kammergericht selbst gewesen wäre. Er glaubte auch so was.

Frau Hulen stellte nun vor; Schimmelpenning aber, von der Verbeugung der ihm unbequemen Mamsell Laacke nicht die geringste Notiz nehmend, schritt auf die alte Zunzen zu, deren Namen ihm auch genannt worden war, und sagte mit lauter Stimme: »Zunz; bei Graf Voß, Wilhelmsstraße? Entsinne mich; habe Ihren Mann noch gekannt.«

»Ich auch«, sagte die Alte, die aus Respekt vor der stattlichen Erscheinung des Nuntius aufgestanden war, im übrigen aber, gerade weil er so laut sprach, alles falsch verstanden hatte. Schimmelpenning, der nicht wußte, was er aus dem »Ich auch« der Alten machen sollte, und bei seiner immer regen Empfindlichkeit nur allzu geneigt war, es für eine Verhöhnung zu nehmen, zog ein verdrießliches Gesicht und schien überhaupt durch seine ganze Haltung ausdrücken zu wollen: »Sonderbare Gesellschaft; wie komm' ich nur dazu?« Dann trat er an die hochbeinige Kommode, trommelte auf dem Dach des Straßburger Münsters und sah in den Spiegel hinein, bei welcher Gelegenheit ihn wieder seine Ähnlichkeit mit dem alten Präsidenten überraschte.

Von dem Garderobezimmer her – in dem, wenn nicht alles täuschte, zwei rasch hintereinander eingetroffene Paare mit dem Ablegen ihrer Sachen beschäftigt waren – hörte man jetzt ein lebhaftes Sprechen, wie es Personen eigen ist, die mit einer Art Nachdruck entweder ihre Unbefangenheit oder ihre besondere Berechtigung ausdrücken wollen, und gleich darauf trat das erste dieser Paare in Frau Hulens Zimmer ein. Es waren Herr Ziebold und Frau, er an seinen Löckchen und seiner goldenen Brille, sie an ihrer theaterhaften Haltung und einem ebenso eng anliegenden wie tief ausgeschnittenen Seidenkleid erkennbar.

Schimmelpenning drückte statt eines Grußes nur leise das Kinn nach unten und würde durch seine reservierte Haltung, die so weit ging, daß er beide Hände auf den Rücken legte, noch mehr aufgefallen sein, wenn nicht das zweite Paar, das beinahe unmittelbar folgte, die Aufmerksamkeit von ihm abgezogen hätte. Es waren Herr Deckenflechter Grüneberg und Tochter, ein hagerer, wachsfarbener Mann, der, weil er auf einem kleinen Stubenwebstuhl allerhand filzartige Tuchstreifen zu breiten und schmalen Fußdecken zusammenwebte, gelegentlich auch Herr Teppichfabrikant Grüneberg genannt wurde. Er selbst bedeutete wenig, trotz seiner Eulenphysiognomie, in welcher Stirn, Kinn und Nasenspitze an derselben senkrechten Linie, Mund und Augen aber weit zurück und sozusagen wie im Schatten lagen; desto mehr aber bedeutete seine Tochter, die groß und stark und ohne alle Ähnlichkeit mit ihm, überhaupt gar nicht seine Tochter, sondern ein angeheiratetes Kind aus seiner verstorbenen Frau erster Ehe war. Sie hieß Ulrike. Beinahe häßlich, mit großen, nichtssagenden und zum Überfluß auch noch weit vorstehenden Augen, hatte sie doch die feste Überzeugung: schön und durch ihre Schönheit zu etwas Höherem berufen zu sein. Ihr Umgang mit Frau Hulen erschien ihr unter ihrem Stande, mehr noch unter ihren persönlichen Ansprüchen, wurde aber doch von ihr gepflegt, weil sie wußte, daß ein adeliger, junger Herr bei der Alten zu Miete wohnte. Ihre Gedanken gingen immer nach dieser Richtung hin.

Herr Ziebold hatte sich neben Mamsell Laacke auf das Sofa gesetzt; Ulrike trat an das Theater und nahm einzelne Figuren, Karl Moor, Roller und den hübschen Kosinski, aus der offenen Szene heraus; von der Zunzen war keine Rede mehr. Schimmelpenning, den Rücken gegen eins der Fenster gelehnt, starrte gleichgültig auf die Decke, und nur Ziebold und Grüneberg unterhielten ein Tagesgespräch, zu dem beide sehr ungleich beisteuerten, Grüneberg in einem Schwall von Worten, Ziebold in einzelnen kurzen und mitunter spöttischen Bemerkungen. Die Hulen kam immer mehr in Aufregung; sie fühlte, daß es nicht so ging, wie es gehen sollte, und immer neue Versuche zur Annäherung ihrer Gäste machend, sagte sie schon zum dritten oder vierten Mal: »Sie kennen sich ja schon von früher.«

Die so Angeredeten schienen sich aber jedesmal nur sehr langsam und widerstrebend darauf zu besinnen. Die Widerstrebendste war Frau Ziebold. Sie spielte mit ihrer goldenen Erbskette, über deren Ursprung allerhand dunkele Gerüchte gingen, und warf ihrem Manne Blicke zu, sich mit dem dummen Menschen, dem Grüneberg, nicht zu weit einzulassen. Sonst verzog sie keine Miene. Nur wenn sie Ulrikens Wichtigkeit sah, lächelte sie. Denn sie kannte die Grünebergs »vom Geschäft her« und hatte der Tochter, die hinter dem Rücken des Vaters alles tat, was ihr bequem war, mehr als einmal aus der Verlegenheit geholfen.

Von Gästen fehlte nur noch Feldwebel Klemm; endlich kam auch er, und Frau Hulen, die Wunderdinge von ihm erwartete, atmete auf. Er war in demselben Aufzuge, Stulpenstiefel und hochzugeknöpfte, schwefelgelbe Weste, in dem er sich überall präsentierte, und machte sich, nachdem er Mamsell Laacke zum Ärger Ulrikens mit besonderer Auszeichnung begrüßt hatte, namentlich mit den Ziebolds zu schaffen, sei es, weil er in seiner Eigenschaft als Zwischenträger und Gelegenheitsmacher allerhand unaufgeklärte Beziehungen zu ihnen hatte, oder weil er einfach zeigen wollte, daß er das Recht habe, sich über das Gerede der Leute wegzusetzen und seine Sonne über Gerechte und Ungerechte scheinen zu lassen. An Schimmelpenning, der mittlerweile seine Stellung mit halbrechts gewechselt und sich an einen altmodischen Eckschrank gelehnt hatte, ging er ohne Gruß vorüber; beide maßen sich mit einem Ausdruck von Geringschätzung.

»Wir sind nun alle beisammen«, nahm Frau Hulen das Wort, »und ich denke, wir wollen recht fröhlich und ausgelassen sein. Nicht wahr, liebe Laacke? Sie singen uns doch nachher etwas? ›Schweizerfamilie‹ oder ›Bei Männern, welche Liebe fühlen‹.«

»Aber liebe Hulen.«

»Warum nicht, Laackechen? Es ist ja bloß ein Lied. Und Mamsell Ulrike hört es gewiß gern und wir andern auch. Und nicht wahr, Herr Ziebold, Sie begleiten doch? Aber nun wollen wir uns zu Tische setzen. Bitte, liebe Zunzen, helfen Sie mir den Tisch hereinbringen.«

Unsere gute Hulen hatte die letzten Worte sehr laut gesprochen; nichtsdestoweniger antwortete die Alte, die vielleicht wirklich nicht gehört hatte, vielleicht auch nur ärgerlich war, zu dieser Dienstleistung wie selbstverständlich herangezogen zu werden: »Na, ich denke doch bis zehn«, worauf sich Mamsell Laacke, um allen weiteren Erörterungen vorzubeugen, mit fast jugendlicher Raschheit erhob und den Eßtisch aus der Küche hereintragen half. Stühle wurden gerückt, und in kürzester Zeit saß alles: Klemm obenan, Frau Hulen unten, die Zunzen dicht neben ihr; dann kamen die Pfandleihersleute, an beiden Ecken einander gegenüber; neben Ziebold, wie sie es sich ausbedungen hatte, die Laacke.

Alle Speisen standen schon in der Mitte, als erster Gang eine große Schüssel mit Mohnpilen, daneben links ein Heringssalat und rechts eine Sülze. Alles reich gewürzt; auf dem Mohn eine dichte Lage von gestoßenem Zimt, auf dem Salat kleine Zwiebeln, die mit Pfeffergurken und sauren Kirschen abwechselten. Ein echtes Berliner Essen.

»Bitte, so vorliebzunehmen; Mamsell Ulrike, wollen Sie nicht so gut sein und die Pilen herumgehen lassen? Gott, wie ich mich freue!«

»Ganz auf unserer Seite«, antwortete Herr Ziebold und putzte erst seine Brille, dann heimlich auch die Gabel am Tischtuchzipfel ab.

Was das Gespräch anging, so konnte sich's aller Wahrscheinlichkeit nach nur darum handeln, ob es durch Klemm oder Schimmelpenning geführt werden sollte; Grüneberg war zu einfältig, und Ziebold, der in seinen jungen Jahren ein echter Berliner Vielsprecher gewesen war, hatte sich inzwischen aus diesem Geschäft zurückgezogen und begnügte sich damit, die Reden anderer mit einigen Schlagwörtern zu begleiten.

»Sagen Sie, liebe Hulen«, nahm Schimmelpenning das Wort, »wie heißt denn eigentlich der junge Herr, der bei Ihnen wohnt?«

»Vitzewitz, Herr Nuntius.«

»Vitzewitz«, wiederholte dieser, »ein sonderbarer Name.«

»Es kann nicht jeder Schimmelpenning heißen«, sagte Klemm und wechselte Blicke mit seinem Gegner. »Übrigens, wenn ich recht unterrichtet bin, heißt er *von* Vitzewitz.«

Schimmelpenning war gerade gescheit genug, um die Malice herauszufühlen, ignorierte die Zwischenrede aber völlig und fuhr, zu Frau Hulen gewandt, fort: »Was studiert er denn eigentlich?«

»Er studiert... es ist so was Fremdes und Lateinisches, und wenn er noch ein paar Jahre dabei bleibt, dann kommt er ans Kammergericht.«

»Nu, nu«, sagte Schimmelpenning und reckte sich etwas höher.

»Aber er wird nicht dabei bleiben; er hat immer anderes vor und liest den ganzen Tag Komödienstücke von einem Mohr, der seine Frau würgte, und von einem alten König, der wahnsinnig wurde, weil ihn seine Kinder, noch dazu Töchter, im Stiche ließen. Ich höre das immer, denn er spricht so laut, daß es die Zunzen durch die Wand hören könnte, nicht wahr, liebe Zunz, und wenn ich dann anklopfe und ihm einen Brief bringe oder eine Flasche frisches Wasser, dann seh' ich mitunter, daß er geweint hat. Ja, Sie lachen, Herr Schimmelpenning, aber er hat ein weiches Herz, und ein weiches Herz ist keine Schande. Ich könnte davon erzählen, wie gut er ist.«

»Nun, so erzählen Sie doch«, rief Ulrike, während Frau Ziebold und ihr Mann sich wieder verständnisvoll ansahen.

Die Hulen aber fuhr fort: »Nun gut, Ulrikchen, ich will es Ihnen erzählen. Unsere Betten stehen nämlich Wand an Wand, und die Wand hat nur einen Stein. Und nun hab' ich ja meinen Magenkrampf, und da hilft nichts, kein Doktor und kein Apotheker. Und richtig, es war so um Martini herum, und vielleicht war ich auch selber schuld, weil ich von dem Gänsebraten gegessen hatte, der immer Gift für mich ist, und siehe da, da hatt' ich ihn wieder. Und ich wußte mir nicht anders zu helfen, denn die Wehtage wurden immer größer, und ich klopfte. Erst ganz leise; und als ich das zweitemal geklopft hatte, da rief er: ›Gleich, Frau Hulen, ich komme schon.‹ Und als ich noch so denke, was wohl das beste sein wird, da steht er auch schon da, gestiefelt und gespornt, und sagt bloß: ›Magenkrampf? Ich dacht' es mir; na, da weiß ich Bescheid, Frau Hulen.‹ Und keine halbe Minute, da hör' ich ihn in der Küche, wie er Holz spaltet und in der Asche herumklopft und an meinem Küchenschapp die Kasten aufzieht, einen nach dem andern. Un nu merk' ich ja, was er vorhat, und rufe aus meinem Bett heraus: ›Zweites Fach rechts!‹ ›Schon gut, Frau Hulen‹, sagt' er, ›ich habe schon‹, und nu dauert es auch gar nicht lange mehr, da ist er da. Und was bringt er? Einen richtigen Kamillentee, bloß ein bißchen zu stark und noch zu heiß. Aber da goß er ihn ja aus der Obertasse in die Untertasse, zweimal, dreimal, bis er mundrecht war. Und nu trank ich. Und wollen Sie glauben, mir wurde gleich besser. Ich will nich sagen, daß es der Kamillentee war, aber die Guttat war es, die ging mir zu Herzen, und der Magenkrampf war weg.«

»Aber liebe Hulen!« sagte jetzt langsam und jede Silbe betonend die Laacke, die während der ganzen Erzählung verlegen auf ihren Teller geblickt hatte.

Die Hulen aber ließ sich nicht einschüchtern und erwiderte ziemlich scharf: »Liebe Laacke, ich sehe bloß, daß Sie noch keinen Magenkrampf gehabt haben.«

»Sehr richtig«, bemerkte Ziebold, indem er der neben ihm sitzenden Alten gutmütig und vertraulich auf ihrer welken Hand herumtrillerte, »ich habe die Bekanntschaft dieses Peinigers nur einmal gemacht, aber gerade gründlich genug, um zeitlebens zu wissen, was es mit ihm auf sich hat. Das war anno sechs, an dem Tage, als die Löffelgarde einzog. Es regnete leise und war schon kalt. Wann war es doch, Herr Feldwebel Klemm?«

»Ende Oktober.«

»Ganz richtig; ich erkältete mich bis auf den Tod und hatte Schmerzen, daß ich schrie; aber es tut mir doch nicht leid, bei diesem Löffelgardeneinzug mit dabei gewesen zu sein.«

»Warum hieß es denn eigentlich die Löffelgarde?« fragte Ulrike.

»Weil sie statt des Federstutzes einen blechernen Löffel trugen. Die anderen Herrschaften werden es damals alle gesehen haben, aber wenn Mamsell Grüneberg davon hören will...«

»Bitte«, sagte Ulrike verbindlich, und Ziebold, der sich von der ihm unbequem werdenden Kontrolle seiner Frau freizumachen begann, fuhr ohne weiteres fort: »Diese Löffelgarde, wie mir Herr Feldwebel Klemm bestätigen wird, hatte allerhand Absonderlichkeiten und schickte, wenn sie einzog, einen aus ihrer Mitte voraus, der zwanzig oder dreißig Schritt' vor der nachrückenden Kolonne ging und durch sonderbare Manieren und ein absichtlich abgerissenes Kostüm ankündigen mußte: jetzt kommt die Löffelgarde! Denn sie waren stolz auf ihren Namen und ihr Abzeichen.«

Ziebold, der als guter Erzähler den Wert einer Pause zu schätzen wußte, bat hier um ein Glas Wasser und nahm erst, als Frau Hulen das Gewünschte gebracht hatte, seinen Faden wieder auf.

»Ich sehe noch den ersten, der durch das Hallesche Tor kam. Er gehörte zu dem schlimmen Davoustschen Korps, und alles, was dieses Korps bedeutete, das lag in diesem einen vorausmarschierenden Mann. Er war lang und hager, mit blassem Gesicht und pechschwarzem Haar, das ihm tief in die Stirn hing. Seine Beinkleider, von einer Art Leinenzeug, waren schmutzig und zerrissen, und die halbnackten Füße steckten in Schuhen, eigentlich nur noch Sohlen, die wie Sandalen festgebunden waren. Ein Pudel, den er an einem Strick führte, ging auf zwei Beinen nebenher und fing die Brotstücke auf, die ihm von ihm zugeworfen wurden. An seinem Pallasch aber, den er statt des gewöhnlichen Infanteriesäbels trug, hing eine Gans, und auf dem kleinen, fuchsig gewordenen Hut, den er schief und pfiffig aufgesetzt hatte, steckte der blecherne Löffel, das Feldzeichen der ganzen Bande.«

»Ach, wie nett«, sagte Ulrike, der zu Ehren die ganze Geschichte erzählt worden war, »ein blecherner Löffel, es ist doch zu komisch.«

Feldwebel Klemm aber, der keine Gelegenheit vorübergehen ließ, seine Franzosenfreundlichkeit zu betonen, und durch den wohlberechneten Appell an sein endgültiges Urteil nicht ganz gewonnen worden war, rief über den Tisch hin: »Ich möchte Herrn Ziebold nur bemerken, daß es doch am Ende keine ›Bande‹ war, die damals unter dem Befehl des Marschall Davoust, Herzogs von Auerstädt und späteren Prinzen von Eckmühl, Durchlaucht, durch das Hallesche Tor einzog. *Wenn* es aber eine Bande war, so war es jedenfalls eine ganz aparte, denn sie kam recte von Jena her, wo wir, um es milde zu sagen, vor dieser Bande nicht zum besten bestanden hatten.«

»Nein, nicht zum besten«, antwortete Frau Hulen. »Aber nichts für ungut, Herr Feldwebel Klemm, davon dürfen wir nicht sprechen, denn das ist ein schlechter Vogel, der sein eigen Nest beschmutzt, und das Unglück von damals oder die Schande von damals, ich weiß nicht, was richtig ist, das muß nun begraben und vergessen sein. Ich habe freilich auch gedacht, es wäre mit uns vorbei, weil es alle Leute sagten, und man ist doch nur eine arme Frau, die nicht ›nein‹ sagen darf, wenn die andern ›ja‹ sagen. Aber das kann ich Ihnen sagen, Herr Klemm, schon das nächste Jahr, als ich die zwei grünen Särge sah, da wußte ich, daß wir wieder aufkommen würden.«

»Zwei grüne Särge?« fragte Ulrike und versuchte zu lachen.

»Ja, zwei grüne Särge, drin die beiden alten Sängebuschens begraben wurden. Er und sie. Haben Sie denn nicht davon gehört, Ulrikchen? Sie müssen doch damals, mit Permission, schon ein halbwachsenes junges Ding gewesen sein.«

»Nein«, versicherte Ulrike.

»Nun«, fuhr Frau Hulen fort, »die beiden alten Sängebuschens, die hier gleich um die Ecke wohnten, zwei Häuser von der Waisenkirche, die waren es also. Er war Registrator, aber früher war er Soldat gewesen und hatte unter vier Königen gedient, und als das Rheinsberger Denkmal fertig war und Prinz Heinrich alle alten Soldaten einlud, da lud er auch den alten Sängebusch ein, daß er mit dabei sein sollte. Ich habe den Brief selbst gesehen, alles deutsch geschrieben, aber Henri war französisch. Und als er nun starb, ich meine den alten Sängebusch, da fanden sie einen Zettel, darauf geschrieben stand, daß er in einem grünen Sarge begraben werden wolle, bloß um seinen Glauben und seine Zuversicht zu zeigen, daß sein liebes Vaterland Preußen wieder aufkommen würde... Und nun starb ja die Frau, die auch alt und krank war, denselben Tag, und so kam es, daß *zwei* grüne Särge bestellt wurden. Der alte Prediger Buntebart aber, als sie begraben werden sollten, ließ eine schwarze Bahrdecke darüber decken, weil er ängstlich war und keinen Lärm und keinen Aufstand haben wollte. Aber da kannt' er die Berliner schlecht, und als der Zug sich in Bewegung setzte, rissen sie die Bahrdecke herunter, daß die grünen Särge wieder sichtbar wurden, und so trugen sie sie zwischen vielen tausend Menschen hin, und alles nahm den Hut ab und dachte bei sich: ›Ob wohl der alte Sängebusch recht behalten wird?‹ Und er *hat* recht behalten. Bäcker Lehweß, als ich heute das Frühstück holte, sagte zu mir: ›Hören Sie, Hulen, Preußen kommt wieder auf.‹ Und der alte Bäcker Lehweß sagt nicht leicht was, was er nicht verantworten kann.«

Herr Ziebold nickte der alten Hulen freundlich zu, Feldwebel Klemm aber, mit dem linken Zeigefinger zwischen Hals und Krawatte hin- und herfahrend, sagte halb ungeduldig, halb herablassend: »Das ist eine rührende Geschichte, Frau Hulen; aber den alten Sängebusch und seinen grünen Sarg in Ehren, er könnte sich doch geirrt haben.«

»Wer nicht?« antwortete Schimmelpenning, der nicht leicht eine Gelegenheit vorübergehen ließ, einer von Klemm geäußerten Ansicht zu widersprechen. »Wer nicht? sage ich noch einmal; Sie, ich, jeder. Irren ist menschlich, aber dieser alte Sängebusch hat sich *nicht* geirrt. Ich bitte, mich nicht mißzuverstehen; grüne Särge hin, grüne Särge her, ich bin Protestant und verachte jeden Aberglauben. Diese grünen Särge sind eine Kinderei. Aber wir müssen doch wieder aufkommen, und warum? Weil wir die Gerechtigkeit haben. Da liegt es. Justitia fundamentum imperii. Zeigen Sie mir in der ganzen alten und neuen Geschichte so etwas wie die Mühle von Sanssouci oder wie den Müller Arnoldschen Prozeß. Das Kammergericht, meine Herrschaften. Und ›es gibt noch Richter in Berlin‹, haben selbst unsere Feinde zugestanden. Ich will nichts gegen die Franzosen sagen, aber eins *muß* ich sagen: sie haben keine Gerechtigkeit. Und wo keine Gerechtigkeit ist, da ist kein Maß, und wo kein Maß ist, da ist kein Sieg. Und *wenn* ein Sieg da war, so hat er keine Dauer und verwandelt sich in Niederlage. Und der Anfang dieser Niederlage ist da. Der Russe drängt nach, wir legen uns vor, und so zerreiben wir diese französische Herrlichkeit wie zwischen zwei Mühlsteinen.«

»Sie sprechen von zwei Mühlsteinen«, lächelte Klemm, »gut, ich lasse die zwei Steine gelten, aber was dazwischen zerrieben werden wird, das werden nicht die Franzosen sein, sondern die Russen.«

»Nicht doch, nicht doch«, riefen Ziebold und Grüneberg gleichzeitig und setzten dann hinzu: »Oder zeigen Sie uns wenigstens, *wie*.«

Dieser Aufforderung hatte Klemm entgegengesehen.

»Es wäre gut, wir hätten eine Karte«, sagte er; »aber ein paar Striche tun es auch. Frau Hulen, ich bitte um einen Bogen Papier.«

Frau Hulen beeilte sich, den gewünschten Bogen herbeizuschaffen, auf dem Klemm nun, mit jener Sicherheit, wie sie nur die tägliche Wiederholung gibt, dieselben Linien zu zeichnen begann, die er schon am Neujahrsabend mit Kreide auf den Tisch gezeichnet hatte.

Dann hob er an: »Dieser dicke Strich also, wie ich zu bemerken bitte, ist die Grenze, rechts Rußland, links Preußen und Polen. Achten Sie darauf, meine Herrschaften, auch Polen. Hier links ist Berlin, und hier, zwischen Berlin und dem dicken russischen Grenzstrich, diese zwei kleinen Schlängellinien, das sind die Oder und die Weichsel. Nun müssen Sie wissen, an der Oder und Weichsel hin, in sechs großen und kleinen Festungen, stecken dreißigtausend Mann Franzosen, und ebenso viele stecken hier unten in Polen, in einer sogenannten Flankenstellung, halb schon im Rücken. Ich wiederhole Ihnen, achten Sie darauf; denn in dieser Flankenstellung liegt die Entscheidung. Jetzt drängt der Russe nach; schwach ist er, denn wenn eine Armee friert, friert die andere auch, und schlottrig geht er über die Weichsel. Und nun geschieht was? Von den Oderfestungen her treten ihm dreißigtausend Mann ausgeruhter Truppen entgegen, während von der polnischen Flankenstellung her andere dreißigtausend Mann heraufziehen, sich vorlegen und ihm die Rückzugslinie abschneiden. Und klapp, da sitzt er drin. Das ist, was man eine Mausefalle nennt. Ich mache mich anheischig, Ihnen die Stelle zu zeigen, wo die Falle zuklappt. Hier, dieser Punkt; es muß Köslin sein oder vielleicht Filehne. Ich gehe jede Wette ein, zwischen Köslin und Filehne kapituliert die russische Armee. Wie Mack bei Ulm. Was nicht kapituliert, ist tot.«

Alles war erstaunt; nur Schimmelpenning, der in den Weißbierlokalen der Stadt nicht viel weniger gut zu Hause war als sein Gegner, sagte mit einschneidender Ruhe: »Es ist bekannt, Herr Klemm, daß Sie diese Sätze jetzt täglich wiederholen, buchstäblich wiederholen, wobei es nichts tut, ob Sie die Weichsel mit Bleistift auf Papier oder mit Kreide auf den Tisch zeichnen. Sie werden über kurz oder lang Ungelegenheiten davon haben; doch das ist Ihre Sache. Eins aber ist meine Sache, Ihnen zu sagen, daß ich alles, was Sie tun und sprechen, unpatriotisch finde.«

»Muß ich bei Ihnen Patriotismus lernen?« brauste Klemm auf und schlug mit der flachen Hand auf den Tisch. »Ehe Ihnen Ihre Mutter, ich bitte um Entschuldigung, meine Damen, die ersten Hosen anpaßte, war ich schon bei Torgau. Ich habe die Grenadiers gesammelt . . .«

»Ich weiß davon«, unterbrach ihn Schimmelpenning, »aber das waren nicht *Sie,* das war der Major von Lestwitz.«

»Ich weiß nicht, was der Major von Lestwitz getan hat«, schrie der immer aufgeregter werdende Klemm, »aber was *ich* getan habe, das weiß ich.«

»Und behalten es in gutem Gedächtnis«, höhnte Schimmelpenning weiter. »Auch ist es noch keinem eingefallen, Herr Klemm, daß Sie jemals eine von Ihren Großtaten vergessen hätten.«

Bei dem Worte »Groß« machte der Nuntius eine lange, maliziöse Pause; Frau Hulen aber, die den Streit aus der Welt zu schaffen wünschte, wandte sich an Herrn Schimmelpenning und bat ihn mit eindringlicher Stimme, die auf dem linken Flügel noch unberührt stehende Sülze herumgehen zu lassen. Es wurde nicht überhört, so hoch die Wogen auch gingen. Als das neue Gericht bei der Zunzen vorbeikam, die von Zeit zu Zeit an Hustenanfällen litt und deshalb vorsichtig mit reizbaren Sachen sein mußte, beugte sie sich zur Hulen und fragte leise: »Viel Pfeffer?«, worauf diese antwortete: »Nein, liebe

Zunz, englisch Gewürz.« Diese beruhigende Erklärung schien von der Alten richtig verstanden zu werden, denn sie nahm ausgiebig von der Schüssel, die sie noch in Händen hielt. Dem ausbrechenden Streit der Gegner aber war glücklich gesteuert. Bald darauf wurde aufgestanden, und nachdem sich, mit Ausnahme von Klemm und Schimmelpenning, alles die Hände gedrückt und eine gesegnete Mahlzeit gewünscht hatte, begab man sich paarweise in Lewins Zimmer, wo nun Punsch und Krausgebackenes herumgereicht wurde.

»Und nun, liebe Laacke, singen Sie uns was; aber nichts Trauriges, nicht wahr, Ulrikchen, nichts Trauriges?« Ulrike stimmte bei, worauf Mamsell Laacke bemerkte, daß sie nichts Trauriges singen wolle, aber auch nichts Heiteres. Das Heitere widerstände ihr, weil es flach und unbedeutend sei; sie liebe das Gefühlvolle, und man solle immer nur das singen, was der eigenen Natur entspräche. Denn »in unserer Stimme ruht unser Herz«.

Es wurden nun Lewins Noten einer wiederholten Durchsuchung unterworfen, bis endlich ein paar Opernarien gefunden waren, in denen der vielgerühmte Tenor des Herrn Ziebold mitwirken konnte. Mamsell Laacke überreichte ihm ein himmelblau broschiertes Heft, auf dessen Titelblatt zu lesen stand: »Fanchon, das Leiermädchen, von Friedrich Heinrich Himmel, Klavierauszug, Akt II«; darunter ein Bildnis Fanchons, kurzärmlig, mit Kopftuch und einer Art Mandoline in der Hand.

Nichts konnte, alles in allem erwogen, willkommener sein als das. Ein Duett hat immer etwas von dem Reize einer dramatischen Szene. Die Laacke intonierte und begann, während Herr Ziebold seine Linke auf die niedrige Stuhllehne legte:

In heitrer Abendsonne Strahlen,
Dort, wo die Alpenrose keimt,
Laß ich die liebe Hütte malen,
Wo meine Kindheit ich verträumt.

Daß eine Grille nie dich lenke,
Die nur gemeine Seelen kränkt;

Entehren jemals die Geschenke
Von dem, der uns sein Herz geschenkt?

Nachdem diese letzte Zeile nicht nur dreimal wiederholt, sondern seitens der gefühlvollen Laacke auch mit besonderem Nachdruck vorgetragen worden war, fiel der Tenor Ziebolds ein, und beide sangen nun die Schlußstrophe:

Die Liebe teilet unbefangen,
Was einem nur das Glück beschied,
Und zwischen Geben und Empfangen
Macht Liebe keinen Unterschied.

Ziebold hatte von alter Zeit her eine Force im Tremulando und erzielte damit auch heute eine solche Wirkung, daß die bis dahin kühle Stimmung umschlug und die Gefühle allgemeiner Menschenliebe wenigstens momentan zum Durchbruch kamen. Der Abend war jetzt entschieden auf seiner Höhe. Frau Hulen empfand dies und schlug deshalb unverzüglich eine Wanderpolonaise vor, die denn auch, durch alle Zimmer hin, unter geschickter Umkreisung des stehengebliebenen Eßtisches ausgeführt wurde. Zum Schluß aber spielte die Laacke zu hastig und ließ absichtlich einige Takte aus. »Bin ich eingeladen, um auf diesem Klimperkasten dieser froschäugigen Mamsell Ulrike zum Tanze aufzuspielen?« So drängten sich die Fragen, und der letzte Moment des Festes war wieder ein Mißakkord.

Eine Viertelstunde später gingen die Paare nach verschiedenen Seiten hin die Klosterstraße hinunter, die Ziebolds links, auf den Hohen Steinweg zu.

»Das ist nun das letztemal gewesen«, sagte Frau Ziebold; »du bringst mich nicht mehr hin. Ich habe nicht Lust, mit Mamsell Laacke auf demselben Sofa zu sitzen. Und dies alberne Ding, die Ulrike! Sah mich an, als hätte sie mich noch nie gesehen; ich glaube gar, sie dachte, daß ich sie zuerst grüßen sollte. Und wie steht es denn? Sie hilft uns nicht, aber wir helfen ihr. Das gelbe Mohrkleid und die Zuckerzange lagern nun schon in die zehnte Woche.« Hier hielt die Sprecherin, denn die Luft ging scharf, einen Augenblick inne, um Atem zu schöpfen. Dann aber fuhr sie fort: »Und nun gar diese Mannsbilder! Ich weiß wirklich nicht, wer unausstehlicher ist, dieser Klemm, der nur drei Stücke auf seiner Leier hat, oder dieser Schimmelpenning, der aussieht, als habe er die Gerechtigkeit erfunden.«

Ziebold lachte und sagte: »Du vergißt Grünebergen; war er nicht dein Tischnachbar?«

»Freilich war er das; aber glaubst du, daß er ein Wort mit mir gesprochen hätte? Und warum nicht? Weil er ein alter Narr ist und immer das liebe Töchterchen angafft und auf den Prinzen wartet, der sie mit einer goldenen Kutsche abholen soll. Und dann nimm es mir nicht übel, Ziebold, die Hulen ist eine gute Frau, aber was waren das für Pilen? Semmelstücke, und das bißchen Mohn kratzig und multrig.«

Die *Grünebergs* hielten sich derweilen rechts. Als sie um die Ecke der Stralauer Straße bogen, sagte Ulrike: »Ich weiß eigentlich nicht recht, was der Hulen beikommt? Immer so, als ob sie keine arme Frau wäre; drei Gerichte und Krausgebackenes und Punsch. Mir gefällt es nicht, und ich finde es unrecht. Und dann immer in zwei Stuben, als ob ihr alle beide gehörten! Wenn ich eine Stube vermiete, so habe ich sie vermietet; der junge Herr von Vitzewitz, der mir das letztemal aufmachte, als ich klingelte, weil die Hulen nicht zu Hause war, würde sich doch sehr wundern, wenn er diese Mamsell Laacke mit ihren langen knöchernen Fingern auf seinem Klavier hätte herumhantieren sehen. Und diese Singerei! Da hör' ich doch lieber die Kurrende. Aber es soll immer so was sein. Ein bißchen Blindekuh oder ein paar Kartenkunststücke, das ist ihr nicht genug ... Und was für Menschen! Er, Ziebold, das muß wahr sein, ist ein kulanter Mann, und man merkt es ihm an, daß es ihm nicht an der Wiege gesungen worden ist. Aber diese Person, seine Frau! Immer in Seide und mit Korallenohrbommeln; ich mag nicht wissen, wem sie gehören. Sie muß doch Mitte Vierzig sein, und dabei ausgeschnitten wie die jüngste. Aber das weiß ich, ich gehe nicht wieder hin. Ich will mir nicht meinen Ruf verderben.«

So dachten auch die andern. Befriedigt war nur Frau Hulen selbst.

5. KAPITEL
Soiree und Ball

Um die vierte Stunde des andern Tages, die Sonne war eben unter, hielten die seit einer Woche kaum noch aus dem Geschirr gekommenen Hohen-Vietzer Ponies vor dem uns aus dem Beginn unserer Erzählung bekannten Hause in der Klosterstraße. Lewin hatte die Leinen genommen und wartete geduldig auf die Rückkehr des Kutschers, der abgestiegen war, um den altmodischen, mit vielen Riemen zugeschnallten Mantelsack in die Frau Hulensche Wohnung hinaufzutragen. Das Gefährt war nicht mehr der nur für eine Nachtfahrt geeignete Sack- und Planschlitten, sondern der leichte, zweisitzige Kaleschwagen, mit dem Berndt seine hier- und dorthingehenden Ausflüge zu machen pflegte. Es wurd' unserm Freunde nicht schwer zu warten, denn der ganze nordwestliche Himmel glühte noch, und die kleine, fast unmittelbar zu seiner Linken gelegene, ringsumher von Efeu umwachsene Klosterkirche stand wie ein Schattenbild in dieser abendlichen Glut und nahm seine Aufmerksamkeit gefangen. Von allen Seiten kamen Krähen heran, setzten sich auf die Zacken des Giebelfeldes und berieten sich, wie sie zu tun pflegen, für die Nacht. In der Straße war nur wenig Leben; die Laternen wurden an ihren langen Drahtketten herabgelassen, langsam angezündet und langsam und knarrend wieder in die Höhe gezogen. Endlich kam Krist zurück, und während dieser, ohne wieder aufzusteigen, das Fuhrwerk nach dem »Grünen Baum« hinüberdirigierte, öffnete Lewin die schwere, mittelst eines innen angebrachten Steingewichts sich von selbst schließende Haustür und stieg die Treppen hinan.

Auf der dritten und letzten schimmerte schon das Licht, mit dem Frau Hulen auf den Flur getreten war, teils um ihrem jungen Herrn Lewin ihren Respekt zu bezeigen, aber noch mehr, um die dicke Efeugirlande über der Tür sichtbar zu machen, die sie zu seinem Empfange geflochten.

»Guten Abend, Frau Hulen.« Damit trat er erst in den Alkoven und von diesem aus in das große Vorderzimmer, das die Liebe und Sorgfalt der Alten in ähnlicher Weise festlich hergerichtet hatte. Auf dem runden Sofatische standen zwei kleine brennende Lichter, Kaffeegeschirr und ein Napfkuchen, während eine zweite Girlande, auch von Efeu, aber schmal und zierlich und aus einzelnen Blättern zusammengenäht, die damastne Kaffeeserviette einfaßte.

»Aber das ist ja, als ob ein Bräutigam einzöge, Frau Hulen; wo kommt nur all der Efeu her?«

»Kirchenefeu, junger Herr.«

»Also von drüben?«

»Ja, drüben von der Klosterkirche; ich hab' ihn an dem linken Chorpfeiler gepflückt, wo Küster Susemihls Johanna mit dem kleinen Würmchen begraben liegt. All in eins, Mutter und Kind. Es sind nun drei Jahr. Können sich der junge Herr nicht mehr entsinnen?«

»Nein. Was war es denn damit?«

»Es soll ein Marschall gewesen sein; aber Herr Kaufmann Ziebold hat mich ausgelacht; es sei freilich ein Marschall gewesen, aber bloß ein französischer Logiermarschall, was sie bei uns einen Wachtmeister nennen. Na, lieber Gott, ich kann es nicht wissen, ich bin eine alte Frau, aber das weiß ich, Marschall oder nicht, daß er einen schweren Stand haben wird, denn es war ein gutes Kind, die Johanna, und sie hielt auf sich, und selbst die alte Zunzen, die von jedem was weiß, wußte ihr nichts nachzusagen. Es war noch ein Glück, daß das Kind gleich tot war. Einige sagen freilich, es wäre nicht tot gewesen, aber ich glaub' es nicht, und man soll nicht sagen, was man nicht beweisen kann. Und nun langen Sie zu, junger Herr, und schenken sich ein, ehe der Kaffee kalt wird.«

»Ja, Frau Hulen, das ist leichter gesagt als getan. Wo denken Sie hin? So bei Gräberefeu ...«

»Ach, junger Herr, da kenn' ich Sie besser. Wenn die Dienstagsherren hier sind, der dicke Herr Hauptmann, der immer so spaßig ist, und der Herr von Jürgaß und der Herr Himmerlich, der solche dünne Stimme hat, und ich höre dann von nebenan zu, da weiß ich schon, je lauter sie lesen und je rührender es ist, desto mehr Tassen und Gläser muß ich bringen. Und wer dann am meisten dabei ist, das ist mein junger Herr.«

»Nun, Frau Hulen, wenn die Sachen so liegen, da muß ich

es schon versuchen«, und dabei schenkte er sich ein und machte sich's bequem, während die Alte, um ihn nicht länger zu stören, aus dem Zimmer ging.

Auf dem Tische, zu einem kleinen Fächer geordnet, lagen auch die vier, fünf Briefe, die während seiner Abwesenheit eingegangen waren. Einer von Jürgaß enthielt eine kurze Anfrage, wann und wo die nächste Kastaliasitzung stattfinden solle, ein anderer, erst vor wenig Stunden geschrieben, war von Tubal. Nur wenige Zeilen. Lewin las:

»4. Januar. Seit vorgestern abend sind wir wieder hier. Papa, der uns schon früher von Guse zurückerwartet hatte, hat auf heute (Montag) eine Soiree angesetzt. So du rechtzeitig eintriffst, laß uns nicht im Stich. Wir haben Überfluß an Herren, aber nicht an Tänzern. Die Mazurka, die vor dem Feste bei Wylichs aufgeführt wurde und in der Kathinka, wie Du gehört haben wirst, einen ihrer Triumphe feierte, soll wiederholt werden. Du fehltest damals; sei heute da. Dein T.«

Lewin legte das Blatt aus der Hand, das ihn verstimmt hatte. Während der Fahrt war er geschäftig gewesen, sich diesen ersten Abend als ein häusliches Idyll auszumalen, alles hell und licht, in dem Frau Hulens weiße Haube, die weiße Teekanne und viele quadratisch gefaltete weiße Blätter (von denen er jedes zu beschreiben hoffte) die seinem Auge sich einschmeichelndsten Punkte waren, und nun zerrann dieser Traum in demselben Augenblicke, in dem er ihn zu verwirklichen dachte. Er hatte weder Lust zu tanzen noch tanzen zu sehen, am wenigsten Kathinka, deren Mazurkapartner, wie er sich aus begeisterten Schilderungen der Freunde sehr wohl entsann, Graf Bninski gewesen war. Und doch war die Einladung nicht zu umgehen. Er hatte noch zwei Stunden, und müde von der Fahrt, überwand er mit Hilfe seiner Ermattung seine Mißstimmung, drückte sich in das seegrasharte Sofakissen und schlief ein.

Als er erwachte, war alles dunkel im Zimmer, die kurzen Lichter niedergebrannt. Er wickelte sich aus einer Decke heraus, mit der ihn Frau Hulen, während er schlief, zugedeckt hatte; aber es kostete ihm Mühe, sich zurechtzufinden. Wo war er? Er tappte sich auf das Fenster zu und sah auf die

Straße hinunter. Da waren die Laternen, die in trübem Lichte brannten; drüben der Schatten mit den zwei kleinen Türmen, das war die Klosterkirche. Was war es doch damit? Wer hatte doch davon erzählt? Richtig, die Hulen. Da war ja die Girlande; und Johanna Susemihl und das Würmchen; und er fühlte nun, daß eine stickige Luft in dem Zimmer war und daß der betäubende Geruch des Efeus und der Lichterblak ihm einen dumpfen Kopfschmerz zugezogen hatten. Was tun? Er öffnete den Fensterflügel, an dessen einem Riegel er sich mechanisch gehalten hatte, und atmete erst wieder freier, als die kalte Nachtluft in sein Zimmer zog. Dann klopfte er, und Frau Hulen kam.

»Wie spät ist es?«

»Acht Uhr.«

»Ei, da hab' ich mich verschlafen. Und dies Kopfweh. Ein Glas Wasser, Frau Hulen, und Licht. Ich muß mich eilen.«

Die Alte lief hin und her; die Kommodenkästen flogen auf und zu, und eine Stunde später stieg Lewin die breite Steintreppe hinauf, die an Nischen mit drei, vier Perückenkurfürsten vorüber in das erste Stock des Ladalinskischen Hauses führte. Er warf den Mantel ab, hörte, während er in dem Garderobezimmer seine Toilette ordnete, den gedämpften Strich der Geigen und schritt dann über den mit Orangerie besetzten Vorflur in das offenstehende Entree, das, zwischen den beiden großen Gesellschaftssälen gelegen, gerade die Mitte der ganzen Zimmerflucht bildete. Es war im übrigen ein Entree wie andere mehr, schmucklos, mit einem einzigen hohen, zugleich als Balkontür dienenden Fenster, und zeichnete sich durch nichts aus als durch sein Deckenbild: Venus bei dem Untergange Trojas ohnmächtig in die Arme des Zeus sinkend. Es war das beste der alten Plafondgemälde und zugleich das wohlerhaltenste.

Unser Freund, wenig heimisch in der Welt der bildenden Künste, würde zu keiner Zeit ein begeistertes Auge für die Linien dieser Komposition gehabt haben, am wenigsten hatte er es heute, wo Kopfweh, Mißstimmung und ein gerade an dieser Stelle stattfindendes Gedränge ohnehin an einer eingehenden Beobachtung hinderten. Nach links hin lag der Tanzsaal. Lewin sah hinein und bemerkte, daß zwölf oder vierzehn Paare zu einer Anglaise angetreten waren; aber Kathinka fehlte. Wo war sie? Und bei dieser Frage stürmten Bilder und Gedanken auf ihn ein, die dem Versuche, sie als töricht zu verbannen, nur zögernd und widerstrebend nachgaben. Er ließ nun sein Auge die Sitzreihe niedergleiten, auf der an der Längswand des Saales hin die älteren Damen Platz genommen hatten; aber auch hier vergebens.

In der Mitte dieser Reihe saß die alte Gräfin Reale, Oberhofmeisterin der Prinzessin Ferdinand, eine Dame von Siebzig oder darüber, mit einer gebogenen und doch spitz auslaufenden Nase. Alles an ihr war grau: die Robe, der Schal, das hochaufgetürmte Haar, und sie glich einem bösen Kakadu, besonders, als sie jetzt ein schwarzes Lorgnon mit zwei großen Kristallgläsern aufsetzte und Lewin, dessen hastiges Suchen ihr aufgefallen sein mochte, verwundert und beinahe strafend ansah. Dieser schlug die Augen nieder und richtete sie ziemlich verwirrt auf die Nachbarin der alten Gräfin. Dies war ein Fräulein von Bischofswerder, Tochter des ehemaligen Ministers und Dame d'atour der Königinwitwe. Sie trug das wenige blonde Haar, das sie hatte, in zwei Locken gelegt, die jetzt aber von der Hitze des Saales ihre ohnehin spärliche Federkraft verloren hatten und in dünner, ungebührlicher Länge bis an den Gürtel hinunterhingen. Überhaupt war alles lang an ihr, der Hals und die dänischen Handschuhe, die bis zum Ellbogen hinaufreichten, und inmitten all seiner Mißstimmung überkam ihn ein Lächeln. »Mamsell Laacke!« sagte er vor sich hin.

Er gab endlich alles weitere Suchen und Forschen auf und schritt in den nach rechts hin gelegenen Saal hinüber, in dem Erfrischungen gereicht und in dicht umherstehenden Gruppen die Neuigkeiten des Tages ausgetauscht wurden. Es waren meist ältere Herren: Adjutanten und Kammerherren der verschiedenen prinzlichen, damals sehr zahlreichen Hofstaaten, Gesandte kleinerer Höfe, Exzellenzen aus dem auswärtigen Departement und Abteilungschefs des Oberfinanzdirektoriums wie der Kriegs- und Domänenkammer. Einige davon spezielle Freunde des Hauses, so der Intendant der königlichen Schlösser und Gärten, Herr Valentin von Massow, Schloßhauptmann von Wartensleben, Generaldirektor der königlichen Schauspiele, Freiherr von der Reck und Staatsrat und Polizeipräsident Le Coq. Auch Universitätsprofessoren, Ärzte, Geistliche und Berliner Stadtzelebritäten waren erschienen; in der ersten Fensternische standen Hofprediger Eylert und der Oberkonsistorialrat Sack in eifrigem Gespräch, während in unmittelbarer Nähe von Lewin Professor Dr. Mursinna, der damalige berühmteste Chirurg der Stadt, und der Schauspieler Fleck ein lebhaftes Gespräch führten. Lewin verstand jedes Wort und hörte deutlich, daß Mursinna das Hinken Richards III. nicht korrekt finden wollte. Es hätte ihn unter andern Umständen auf das lebhafteste interessiert, dem Gange dieser Unterhaltung folgen zu können, aber in der Unruhe seines Gemüts fühlte er sich nur bedrückt, auch in diesem Saale keinem näher befreundeten Gesicht zu begegnen. Von jüngeren Männern war niemand da, den er kannte. Auch Bninski nicht, und bei dieser Wahrnehmung stieg ihm plötzlich wieder das Blut in die Stirn, und er wechselte die Farbe, freilich nur, um sich schon im nächsten Augenblicke wieder der Vorstellungen zu schämen, womit ihn seine Eifersucht in immer neuen Anfällen verfolgte.

Endlich wurd' er eines holsteinischen Baron Geertz, Hofkavaliers bei der Königinwitwe, ansichtig, der, mit Jürgaß intim und im Ladalinskischen Hause aus- und eingehend, im Laufe des Winters einigen Kastaliasitzungen beigewohnt hatte. Unser Freund näherte sich ihm und fragte nach Jürgaß und Tubal. »Ich bin eben auf dem Wege zu ihnen«, damit schritt der Baron auf eine an der entgegengesetzten Schmalseite des Saales befindliche Tür zu, schlug die Portiere zurück und ließ Lewin eintreten, während er selber folgte.

Es war das uns wohlbekannte Arbeitszimmer des Geheimrats, das aber heute, um es als Gesellschaftsraum mitverwenden zu können, eine vollständige Umgestaltung erfahren hatte. Wo sonst das Windspiel und die Goldfischchen ihre bevorzugten Plätze hatten, standen Blumenkübel mit eben damals in die Mode gekommenen Hortensien, während vor den hohen, jeder Wegschaffung spottenden Aktenrealen dunkelrote, mit einer schwarzen, griechischen Borte besetzte Gardinen ausgespannt worden waren. Nur das Bild der Frau von Ladalinski war geblieben. Der große Schreibtisch hatte einem vielfarbigen Diwan und einer Anzahl zierlich vergoldeter Ebenholzstühle Platz gemacht, die sich um einen chinesisch übermalten Tisch gruppierten. Hier saßen die Freunde vor einer unverhältnismäßig großen Zahl leerer Gläser der verschiedensten Form und Farbe und empfingen Lewin mit einem so freudelauten Zuruf, wie die gesellschaftliche gute Sitte nur irgendwie gestattete. Hauptmann Bummcke und Rittmeister von Jürgaß, die sich's auf dem Diwan selbst bequem gemacht hatten, nahmen ihn in die Mitte; Tubal, auf einem der Ebenholzstühle, saß gegenüber; Baron Geertz und ein Kammerherr Graf Brühl rückten ein und schlossen den Kreis. Bummcke, der vor einer Viertelstunde schon, ehe die Anglaise begann, mit Kathinka gewalzt und, dem beständigen Fächeln mit seinem Batisttuch nach zu schließen, die gehabten Anstrengungen noch immer nicht überwunden hatte, hatte das Wort.

»Es will nicht mehr gehen, Tubal, und doch tanzt es sich mit Ihrer Schwester wie mit einer Fee.«

»Wo sie nur sein mag«, warf Graf Brühl ein, »ich suche sie seit zehn Minuten. Aber umsonst.«

»Sie kleidet sich um für die Mazurka«, erwiderte Tubal.

»Und wie sie mich abgeführt hat«, fuhr Bummcke fort, einen Diener heranwinkend, der mit einem Sherrytablett eben in der Türe erschien. »Ich wollte ihr etwas Verbindliches sagen – deliziöser Sherry, Baron Geertz, lassen Sie die Gelegenheit nicht vorübergehen –, und so sagt' ich ihr, mein gnädigstes Fräulein, sagt' ich, wenn ich so Ihren vollen Namen höre: Kathinka von Ladalinska, da ist es mir immer wie Janitscharenmusik, ja auf Ehre, es tingelt und klingelt wie das Glockenspiel vom Regiment Alt-Larisch.«

»Und was antwortete sie?« fragte Jürgaß, während Lewin und Tubal Blicke wechselten.

»Nun, sie antwortete kurz: ›Da passen wir ja zusammen‹, und als ich, nichts Gutes ahnend, etwas verlegen anklopfte: ›Darf ich fragen: *wie*, mein gnädigstes Fräulein?‹ Da sagte sie: ›Aber, Hauptmann Bummcke, es überrascht mich einigermaßen, Ihr feines Ohr auf die musikalische Bedeutung von *ande-*

rer Leute Namen beschränkt zu sehen. Muß ich Ihnen wirklich das Instrument erst nennen, das sozusagen von Ihrer ersten Namenssilbe lebt?‹ Und dabei nahm sie meinen Arm, und ich mußte ihr schließlich noch dankbar sein, in dem eben wieder beginnenden Tanze meine Verlegenheit verbergen zu können.«

Die ganze Tafelrunde stimmte lachend in die Heiterkeit des sich selbst persiflierenden Erzählers ein, und nur Jürgaß, während er sorgfältig ein Korkbröckelchen aus seinem Sherryglase herausfischte, gefiel sich in einer Haltung erkünstelten Ernstes.

»Ihnen ist nicht zu helfen, Bummcke. Warum tanzen Sie noch? Wer sich in Gefahr begibt, kommt drin um. Aber ich kenne euch, ihr Herren von der Infanterie! Das ist die Eitelkeit aller dicken Kapitäns, durch einen raschen Walzer ihre Schlankheit beweisen oder gar wiederherstellen zu wollen. Nein, Bummcke, Sie tanzen entweder zu viel oder zu wenig. Zu viel für das Vergnügen, zu wenig für die Kur. Tanzen ist Lieutenantssache. Mit neununddreißig ist man ein Mann der Dejeuners, der kurzen und der langen Sitzungen, und wenn es eine Kastaliasitzung wäre. Apropos, Lewin, wann haben wir die nächste?«

»Wenn wir den Dienstag festhalten, morgen.«

»Mir recht, und ich werd' es Hansen-Grell und die andern wissen lassen. Himmerlichs und Rabatzkis sind wir sicher. Aber wie steht es mit Ihnen, Tubal? Unseres Freundes Bummcke, der, wie ich wahrzunehmen glaube, wegen indiskreter Enthüllung seines Lebensalters mit mir zürnt, werd' ich mich persönlich zu bemächtigen wissen. Es darf niemand fehlen; denn nach wie vor beflissen, dem ermattenden Springquell der Kastalia einen neuen Sprudel zu geben, hab' ich abermals für frische Kräfte Sorge getragen. Ich sage Kräfte; beachten Sie den Plural. Es sind eben ihrer zwei, mit denen ich komme, zwei verwundete Kameraden. Weiteres morgen, wenn ich die Ehre haben werde, Ihnen die beiden Herren vorzustellen. Heute nur noch das. Es waren ihrerzeit Poeten, wie wir deren wohl oder übel jetzt so viele unter unseren jungen Leutnants haben; aber die Kampagnen, die spanische und die russische – denn in der Tat, beide Herren treffen hier von Nord und Süd her in unserer guten Stadt Berlin zusammen – haben ihnen nach der Seite der Dichtung hin nichts abgeworfen. Smolensk und Borodino lagen nicht günstig für die Lyrik. Was sie mitgebracht haben, sind Wunden und Tagebuchblätter. Aber auch das muß willkommen sein.«

»Und ist es«, bestätigte Lewin, der sich jetzt erhob, um in den Tanzsaal zurückzukehren. Dies gab das Zeichen für alle; selbst Bummcke, der eben gehörten Ermahnungen uneingedenk, schob das erst halbgeleerte Glas beiseite und folgte.

Sie hätten den Moment nicht glücklicher wählen können; die vier Mazurkapaare, Bninski und Kathinka, dazu die schlesischen Grafen Matuschka, Seherr-Thoß und Zierotin mit ihren jungen und schönen Frauen waren eben zum Tanze angetreten, Herren und Damen in einem Kostüm, das, ohne streng national zu sein, das polnische Element wenigstens in quadratischen Mützen und kurzen Pelzröcken andeutete. Es waren jene vier Paare, deren Tubal in seinem Billett erwähnt und die schon auf der Wylichschen Soiree geglänzt hatten. Und nun begann der Tanz, der, damals in den Gesellschaften unserer Hauptstadt Mode werdend, dennoch, wenn Polen oder Schlesier von jenseit der Oder zugegen waren, in begründeter Furcht vor ihrer Überlegenheit immer nur von diesen getanzt zu werden pflegte.

Alles hatte sich des graziösen Schauspiels halber herzugedrängt, so daß es schwer hielt, in Nähe der Tür noch einen Platz zu gewinnen. Bummcke, dessen Embonpoint die Schwierigkeiten verdoppelte, gab es auf, sich neben dem riesengroßen Major von Haacke und der Doppelkonsistorialratsfigur des Oberhofpredigers Sack siegreich zu behaupten, und kehrte in das Sanktuarium zurück, wo er zu seiner nicht geringen Überraschung Jürgaß und Baron Geertz in den zwei Diwanecken bereits wieder vorfand.

»Tres faciunt collegium. Ich verzeichne diesen Tag als den Tag Ihrer Bekehrung«, empfing ihn Jürgaß. »Besser spät als nie. Neben dem Tanzen ist das Tanzensehen das Schlimmste, schon um der Verführung willen, die notorisch in allem conspectus liegt.«

Ein Livreediener, augenscheinlich für diesen Abend nur eingekleidet, ging vorüber.

»Alle Teufel, Grützmacher, wo kommen Sie hierher? Aber

das trifft sich gut; ein Cliquot, gute Seele.« Dann zu Baron Geertz sich wendend, den die Vertraulichkeit überrascht haben mochte, sagte er: »Unser ehemaliger Regimentsfriseur von Goecking-Husaren.«

Der Diener kam zurück und setzte zwinkernd eine Flasche mit blankem Kork auf den Tisch.

Lewin hatte sich mittlerweile bis in die vorderste Reihe der Zuschauer geschoben und überblickte wieder den Saal wie eine halbe Stunde vorher. Von den vier Paaren, die sich in zierlicher Bewegung drehten, sah er nur eins, und während er hingerissen war von der Schönheit der Erscheinung, beschlich ihn doch zugleich das schmerzlichste der Gefühle, das Gefühl des Zurückstehenmüssens und des Besiegtseins, nicht durch Laune oder Zufall, sondern durch die wirkliche Überlegenheit seines Nebenbuhlers. Er empfand es selbst. Alles, was er sah, war Kraft, Grazie, Leidenschaft; was bedeutete daneben sein gutes Herz? Ein Lächeln zuckte um seine Lippen, er kam sich matt, nüchtern, langweilig vor. Die alte Gräfin Reale, seiner ansichtig werdend, setzte wieder die großen Kristallgläser auf und ließ nach kurzer Musterung das Lorgnon fallen mit einer Miene, die das Urteil, das er sich selber eben ausgestellt hatte, untersiegeln zu wollen schien. Die beiden Locken des Fräuleins von Bischofswerder hingen noch länger und trübseliger herab. Es schien ihm alles ein Zeichen.

Der Tanz war vorüber; alles drängte in den Saal, um den vier reizenden Damen Dank und Bewunderung auszusprechen; auch Bummcke und Jürgaß zeigten sich und schienen durch ihr plötzliches Wiedererscheinen ihre halbstündige Abwesenheit verleugnen zu wollen.

Unter den Beglückwünschenden war auch der alte Ladalinski selbst; er plauderte eben mit der schönen Gräfin Matuschka, die, soweit Teint und Taille mitsprachen, sich siegreich selbst neben Kathinka behauptet hatte, als einer der Lakaien an ihn herantrat und ihm etwas ins Ohr flüsterte.

Der Geheimrat setzte noch einen Augenblick die Unterhaltung fort, verbeugte sich dann gegen die junge Gräfin und folgte dem Diener. Auf dem Vorflur fand er einen Boten aus dem Auswärtigen Departement, der ihm ein kuvertiertes

Schreiben überreichte. Der Geheimrat, in Verlegenheit, wo er von dem Inhalt desselben Kenntnis nehmen sollte, trat in das Garderobezimmer und erbrach das Schreiben. Es waren nur wenige Worte.

»*York hat kapituliert.* Ein Adjutant Macdonalds brachte dem französischen Gesandten die Nachricht. Der Staatskanzler fährt eben zum König.«

»Wer gab Ihnen den Brief?« fragte Ladalinski.

Der Bote nannte den Namen einer dem Ladalinskischen Hause befreundeten Exzellenz, die zugleich die rechte Hand Hardenbergs war.

»Ich lasse Seiner Exzellenz meinen Dank und meinen Respekt vermelden.« Damit steckte der Geheimrat das Schreiben zu sich und kehrte in die Gesellschaft zurück.

Er war entschlossen, zu schweigen; als er aber an dem Mittelfenster des Saals Kathinka und Bninski und gleich darauf auch Tubal in eifrigem Gespräche sah, ließ es ihm keine Ruhe, und er schritt auf die Plaudernden zu.

»Ich hab euch eine Mitteilung zu machen, auch Ihnen, Graf; aber nicht hier.«

Ohne eine Antwort abzuwarten, wandte er sich nach dem zunächstgelegenen Seitenzimmer, das, für gewöhnlich von Kathinka bewohnt, heute, wie sein eigenes Arbeitskabinett, mit in die Reihe der Empfangsräume hineingezogen worden war. Einige Paare, deren Herzensbeziehungen vielleicht nicht älter waren als dieser Abend, hatten in der Stille dieses ohnehin nur durch wenige Lichter und eine rubinrote Ampel erleuchteten Boudoirs eine Zuflucht gesucht; jetzt aufgescheucht, verließen sie, je nach ihrem Temperamente, heiter oder mit einem Anfluge von Verstimmung ihre Plätze.

Kathinka wies auf die Stühle, die frei geworden waren; aber Ladalinski sagte: »Nehmen wir nicht Platz, wir können uns ohnehin der Gesellschaft nicht entziehen. Was ich zu sagen habe, ist kurz: York hat kapituliert.«

»Eh bien!« bemerkte Kathinka, offenbar enttäuscht, nach all dem Ernst, den ihr Vater zur Schau getragen hatte, nichts weiter zu hören als *das*. Sie war durchaus unpolitisch und kannte nur Persönliches und Persönlichkeiten.

»Kathinka!« rief der Graf, in der Erregung des Moments sich einen Augenblick vergessend, verbesserte sich aber schnell und setzte mit Förmlichkeit hinzu: »Mein gnädigstes Fräulein!« In seiner Stimme klang ein leiser Vorwurf. Dann, zu dem Geheimrat sich wendend, dem der Wechsel in der Anrede, erst vertraulich, dann förmlich, nicht entgangen war, sagte er: »Kapitulation! Das heißt, er ist zu den Russen übergegangen.«

»Ich vermute es.«

Bninski stampfte mit dem Fuße: »Und das nennen sie Treue hierlandes!«

Dann und wann erschien ein Kopf an der Portiere, um ebenso schnell wieder zu verschwinden; der Graf aber, in seiner Erregung weder das eine noch das andere wahrnehmend, fuhr mit Bitterkeit fort:

»O dies ewige Lied von der deutschen Treue! Jeder lernt es, jeder singt es, und sie singen es so lange, bis sie es selber glauben. Die Stare müssen es hierzulande pfeifen. Ich bin ganz sicher, daß dieser General York alles verachtet, was nicht einen preußischen Rock trägt, und das Ende davon heißt ›Kapitulation‹!«

Eine peinliche Pause folgte; keiner vermochte das rechte Wort zu finden, und während in dem alten Ladalinski sich polnisches Blut und preußische Doktrin wie Feuer und Wasser befehdeten, fühlte Kathinka, daß sie durch ihr unbedachtes »Eh bien« diesen Sturm zur Hälfte heraufbeschworen hatte.

Tubal faßte sich zuerst. »Ich glaube, Graf, Ihr Eifer verwirrt Ihr Urteil. Sie wissen, wie ich stehe; überdies sichert mich meine Geburt gegen den Verdacht eines engherzigen Preußentums.«

Der Geheimrat wurde befangen; Tubal aber, der es nicht sah oder nicht sehen wollte, sprach in ruhigem Tone weiter:

»Nehmen wir den Fall, wie er liegt. Was geschehen ist, ist ein politischer Akt. Solang es eine Geschichte gibt, haben sich Umwälzungen, auch die segensreichsten, durch einen Wort- oder Treubruch eingeleitet. Ich erspare Ihnen und mir die Aufzählung. Wenn es Ausnahmen gibt, so sind es ihrer nicht viele, oder kluge Vorsorglichkeiten haben das Odium zu eskamotieren gewußt.«

Der alte Ladalinski atmete auf, während Tubal fortfuhr: »Wer vor große, jenseits des Alltäglichen liegende Aufgaben gestellt wird, der soll sich ihnen nicht entziehen, am wenigsten sich zum Knecht landläufiger Begriffe von Ruf und gutem Namen machen. Er soll nicht kleinmütig vor Verantwortung zurückschrecken, denn darauf läuft diese ganze Ehrensorge hinaus. Mit Gott und sich selber hat er sich zu vernehmen. Er soll sich zum Opfer bringen können, *sich,* Leben, Ehre. Geschieht es in rechtem Geiste, so wird er die Ehre, die er einsetzt, doppelt wiedergewinnen. Das ist der ewige Widerstreit der Pflichten, zwischen deren Wert es abzuwägen gilt. Eine Treue kann die andere ausschließen. Wo die Bewährung der einen durch die Verletzung der anderen erkauft werden muß, da wird freilich immer ein bitterer Beigeschmack bleiben; aber gerade der, der diesen Beigeschmack am bittersten empfindet, wird aus den reinsten Beweggründen heraus gehandelt haben.«

»Und es ist General York, an den Sie dabei denken?« fragte Bninski mit einem Anfluge von Spott.

»Gerade an ihn dacht' ich. Kurz, Graf, Sie dürfen ihn verurteilen, nicht verdächtigen. Was seine Tat gilt, wird sich zeigen; seine Ehre aber, wie sie meines Schutzes nicht bedarf, sollte gegen jeden Zweifel oder Angriff gesichert sein.«

Es schien, daß Bninski antworten wollte, aber die Musik begann wieder, und die jetzt halb zurückgeschlagene Portiere ließ erkennen, daß die Paare zu einem Contre zusammentraten. Kathinka, mit dem jungen Grafen Brühl engagiert, mahnte zum Abbruch des Gesprächs, das ohnehin andere Wege gegangen und von längerer Dauer gewesen war, als der Geheimrat bei Beginn desselben vorausgesehen hatte. Manches war ihm peinlich gewesen; nur Tubals gute Haltung hatte ihn mit diesem Peinlichen wieder versöhnt.

Ehe der Contre zu Ende war, wußte die ganze Gesellschaft von dem großen Ereignis. Die Wirkung war um vieles geringer, als erwartet werden durfte. Die Herren versicherten, »daß sie nicht überrascht seien, daß sich vielmehr nur ein Unausbleibliches vollzogen habe«. Die Damen dachten der Mehrzahl nach wie Kathinka und waren nur klug genug, mit einem gleichmütigen »Eh bien« zurückzuhalten. Aber wie gering die Wirkung sein mochte, sie war doch groß genug, eine gewisse Zerstreutheit hervorzurufen und dadurch die Gesellschaft zu stören. Schon um zwölf fuhren die ersten Wagen vor, und ehe eine halbe Stunde um war, hatten sich die Säle geleert.

Bummcke, Jürgaß, Lewin, zu denen sich auch Baron Geertz und der alle andern beinahe um Haupteslänge überragende Major von Haacke gesellt hatten, gingen zusammen die Treppe hinunter. Unten trennte sich Lewin von ihnen; die vier andern Herren aber hatten denselben Weg und schritten auf die Lange Brücke zu. Als sie die Mitte derselben erreicht hatten, sahen sie zu dem Reiterstandbild des Großen Kurfürsten auf, das in seiner oberen Hälfte vom Marstall und alten Postgebäude her, in deren Fenstern noch Licht war, beleuchtet wurde. Der prächtige Kopf schien zu lächeln.

»Seht«, sagte Jürgaß, »er sieht nicht aus, als ob es mit uns zu Ende ginge.«

6. KAPITEL

Im Kolleg

Lewin schritt die Königsstraße nach links hinunter, um seine Wohnung auf nächstem Wege zu erreichen. Ein leiser, aber eiskalter Wind wehte vom Alexanderplatze her und schnitt ihm ins Gesicht; er zog den Mantelkragen in die Höh' und grüßte den Wächter, der sich Schutzes halber unter das Portal des Rathauses gestellt hatte.

»Scharfer Wind, Ehrecke.«

»Ja, junger Herr; 's is Bernauscher, der geht immer bis auf die Knochen.«

Damit wünschten sie sich eine gute Nacht, und Lewin hörte nur noch das Knarren der Laternen, die sich in ihren über die Straße gespannten Ketten langsam im Winde hin- und herbewegten. Er passierte den Hohen Steinweg, bog in die Klosterstraße ein und sah hier, immer sich rechts auf dem Bürgersteige haltend, mit halbem Auge nach der andern Seite hinüber, wo er seit lange jedes Haus kannte. Bei Bäcker Lehweß war Licht, und der Geruch von frischgebackenem Brot zog aus dem offenstehenden Fenster der im Souterrain befindlichen Backstube quer über den Fahrdamm hin bis zu ihm herüber. Dicht daneben, vor dem als Magazin dienenden alten »Lagerhause« (dem ehemaligen kurfürstlichen Schloß), stampfte ein französischer Wachtposten, der sein Gewehr an das Schilderhaus gelehnt hatte, mit beiden Füßen in den Schnee und schlug sich mit den Armen überkreuz, wie die Matrosen tun, wenn sie die Finger wieder geschmeidig haben wollen. Dann kam das »Graue Kloster« und dann die Klosterkirche, deren beide Spitztürme eine hohe Schneehaube trugen; sie saß um so fester, je zerbröckelter die Steine waren.

Lewin, als er der Kirche ansichtig wurde, fühlte plötzlich ein Verlangen, dem Grabe Johanna Susemihls einen Besuch zu machen. Er ging von der rechten auf die linke Seite der Straße hinüber und trat durch einen zerfallenen Bogengang auf den Kirchhof. Alles war dicht verschneit. Er sah aber bald, daß ein Pfad in den Schnee getreten war, der an den Gräbern vorbei und, wo diese schon eingesunken waren, auch über sie hinweg um die Kirche herumführte. Diesen Weg schlug er ein, bis er an den linken Chorpfeiler kam. Da war es, das Grab. Von dem Efeu, der es überwuchs, war unter der weißen Grabdecke nicht viel zu sehen, aber an dem Pfeiler stieg er, von Schnee nur wenig überstreut, bis dicht unter das Dach empor. An ebendiesem Pfeiler lehnte auch das Holzkreuz, das, trotzdem es kaum drei Jahre stand, schon wieder halb umgefallen war und mit seiner Aufschrift – soviel sich erkennen ließ, nur ein Name ohne Spruch und Datum – klagend oder bittend gen Himmel sah. Lewin fühlte sich erschüttert von dem Anblick und faltete unwillkürlich die Hände; dann verfolgte er im Schnee hin den schmalen Weg weiter, bis er wieder an die Stelle kam, von der er ausgegangen war, und schritt nun über den Damm hin auf seine Wohnung zu.

Frau Hulen war noch auf; sie ging nicht gern eher zu Bett, als bis sie ihren jungen Herrn unter Hut und Obdach wußte.

»Raten Sie, Frau Hulen, wo ich herkomme?«

»Von dem Geheimrat, wo das schöne Fräulein ist.«

»Da war ich auch. Vorher. Aber jetzt.«

»Ich kann es nicht raten.«

»Von Johanna Susemihl.«

»Und um Mitternacht!«

»Das ist die beste Zeit. Wissen Sie, Frau Hulen, mir tut die Johanna leid. Wer kann immer tugendhaft sein?«

»Gott, Gott, junger Herr, was is das nur mit Ihnen!«

Lewin antwortete nicht und pfiff leise vor sich hin. Er schien zerstreut und die Gegenwart der Alten kaum zu bemerken. Endlich begann er wieder: »Ich bin noch nicht müde, Frau Hulen; das macht, ich habe heute nachmittag meinen Schlaf vorweggenommen. Bringen Sie mir noch die grüne Schirmlampe, die kleine mit dem runden Fuß; ich will noch lesen.«

Frau Hulen tat, wie ihr geheißen, empfahl ihm noch, seinen Mantel über das Fußende zu legen und dreimal, ohne sich zu rühren, bis hundert zu zählen, und ließ ihn dann allein.

Er war in der Tat in einer Aufregung, die die guten, ihm von der Alten gegebenen Regeln nur allzusehr rechtfertigte. In fieberhafter Schnelle lösten sich die auf ihn einstürmenden Bilder untereinander ab, und wechselnde Gestalten umschwirrten und umdrängten ihn: Kathinka trat zur Mazurka an, aber ihr Tänzer war nicht Bninski, sondern Bummcke; dann sah er den Grafen mit Johanna Susemihl neben dem Chorpfeiler stehn, und dann wieder kam General York über ein weites Schneefeld geritten, das immer enger wurde, bis es der Klosterhof war, und drohte den beiden, die sich hinter dem Chorpfeiler zu verstecken suchten, mit dem Finger. Endlich wichen die Gestalten; das Fieber fiel von ihm ab, und ein Zustand süßer Mattigkeit überkam ihn, in dem dann und wann sogar ein Hoffnungsflämmchen aufzuckte. Zugleich regte sich der Wunsch in ihm, dieser Stimmung, in der sich Trauer und Hoffnung die Waage hielten, Ausdruck zu geben. Er schritt auf seinen altmodischen Sekretär zu, stellte vom Tisch her die kleine Schirmlampe auf die längst schräggedrückte, bei jeder Berührung knarrende Platte, nahm aus einem der Fächer eine Anzahl immer bereitliegender weißer Blätter und schrieb:

Tröste dich, die Stunden eilen,
Und was all dich drücken mag,
Auch das Schlimmste kann nicht weilen,
Und es kommt ein andrer Tag.

In dem ew'gen Kommen, Schwinden,
Wie der Schmerz liegt auch das Glück,
Und auch heitre Bilder finden
Ihren Weg zu dir zurück.

Harre, hoffe, nicht vergebens
Zählest du der Stunden Schlag;
Wechsel ist das Los des Lebens,
Und – es kommt ein andrer Tag!

Es war ihm von Zeile zu Zeile freier ums Herz geworden. Er schob das Blatt unter die anderen Blätter, legte sich nieder und schlief ein.

Es war schon acht Uhr vorüber, als Frau Hulen, die die ganze Wochen- und Tageseinteilung genau kannte und wohl wußte, daß der Dienstag »Kollegientag« war, nach mehreren gescheiterten Versuchen, ihren jungen Herrn durch Tassenklappern und Öffnen der Alkoventür zu wecken, endlich eine Blechschippe mit großem Lärm, als würden zwei Becken zusammengeschlagen, umfallen ließ. Das half denn auch; Lewin fuhr auf, suchte noch halb schlaftrunken auf dem Nachttisch umher und ließ die Uhr repetieren. Acht und ein Viertel! Er erschrak über die späte Stunde, ließ es sich aber angelegen sein, durch Eile das Versäumnis wieder einzubringen, und stand zwanzig Minuten später marschfertig in seinen Stiefeln.

Der feste Schlaf hatte ihm wohlgetan, alle trüben Gedanken waren wie verflogen, und erst der Anblick seiner eignen Strophen, die nur halbversteckt auf der Sekretärplatte lagen, rief ihm die Stimmung des vorigen Abends zurück. Aber nur in seinem Gedächtnis, nicht in seinem Gemüt. Er überflog die Zeilen und schloß mit halblauter Stimme: »Und es kommt ein andrer Tag!« Dabei war ihm so frisch zu Sinn, als ob dieser »andere Tag« schon angebrochen sei. In gehobener Stimmung nahm er seinen Weg erst über die Lange Brücke, dann an der Stechbahn und Schloßfreiheit vorbei und schritt auf die Universität, das ehemalige Prinz Heinrichsche Palais, zu.

Er machte diesen Weg nur zweimal in der Woche. Bereits

hoch in den Semestern, ja seit dem Herbste mit seinem Triennium fertig, fand er es ausreichend, nur noch das zu hören, was ihm besonders zusagte oder so glücklich lag, daß es ihm die Tage, die er frei haben wollte, nicht unterbrach. So hörte er bei Savigny, bei Thaer und Fichte, die alle drei am Dienstag und Freitag, und zwar in drei hintereinanderfolgenden Stunden lasen. An den übrigen Tagen hielt er sich zu Haus, Studien hingegeben, die ganz und gar seiner Neigung entsprachen. Er las viel, stand ganz in den Anschauungen der romantischen Schule, verfolgte mit besonderem Eifer die Fehden, die dieselbe führte, und nahm auch wohl gelegentlich selbst an diesen Fehden teil. Seine Lieblingsbücher, die nicht von seinem Tisch kamen, waren Shakespeare und die Percysche Balladensammlung; beiden zuliebe hatte er Englisch gelernt, das er nicht sprach, aber gut verstand. Dann und wann versuchte er sich selbst in einigen Strophen, nach Ansicht der Kastalia mit Erfolg, nach seiner eigenen Meinung aber ohne wirklich dichterischen Beruf. Indessen muß gesagt werden, daß er hierin zu weit ging und wenigstens in einem Punkte, vielleicht gerade in dem entscheidenden, in einer irrtümlichen Strenge gegen sich selbst befangen war. Das nämlich, was er sich als Schwäche auslegte, war in Wahrheit seine Stärke. Er machte keine Gedichte, sie kamen ihm, und er genoß des Glückes und Lohnes (des einzigen, dessen der Dichter sicher sein darf), sich alles, was ihn quälte, vom Herzen heruntersingen zu können.

Die erste Vorlesung war heute bei Savigny. Er sprach über »Römisches Recht im Mittelalter« und schien, der völligen Ruhe nach zu schließen, mit der er begann und endigte, von dem großen Tagesereignis, das in der Tat erst im Laufe der Vormittagsstunden allgemeiner bekannt wurde, nichts gehört zu haben. Auch in dem unmittelbar folgenden Thaerschen Kolleg geschah der Kapitulation mit keiner Silbe Erwähnung, entweder weil der Professor ebenfalls noch ohne Kenntnis war oder voll feinen Taktes empfand, daß das Thema seiner Vorlesung: »Der Fruchtwechsel und die landwirtschaftliche Bedeutung des Kartoffelbaues«, keine recht passende Anknüpfung gestattete.

Von elf bis zwölf las Fichte über den »Begriff des wahrhaften Krieges«. Es war ein Collegium publicum, für das, ebenso mit Rücksicht auf das Thema wie auf die Popularität des Vortragenden, von Anfang an der größte der Hörsäle gewählt worden war; nichtsdestoweniger war alles längst besetzt, als Lewin eintrat, und nur mit Mühe gelang es ihm, sich auf der letzten Bank einen halben Eckplatz zu erobern. Aller Erwartungen waren gespannt, und diese sollten nicht getäuscht werden. Das akademische Viertel war noch nicht um, als der kleine Mann mit dem scharfgeschnittenen Profil und den blauen, aber scharftreffenden Augen auf dem Katheder erschien. Er hatte sich mühevoll den Aufgang erkämpfen müssen. »Meine Herren«, begann er, nachdem er nicht ohne ein Lächeln der Befriedigung seinen Blick über das Auditorium hatte hingleiten lassen, »meine Herren, wir sind alle unter dem Eindruck einer großen Nachricht, die *nicht* kennen zu wollen mir in diesem Augenblick als eine Affektation oder eine Feigheit, das eine so schlimm wie das andere, erscheinen würde. Sie wissen, worauf ich hinziele: General York hat kapituliert. Das Wort hat sonst einen schlimmen Klang, aber da ist nichts, das gut oder böse wäre an sich; wir kennen den General und wissen deshalb, in welchem Geiste wir sein Tun zu deuten haben. Ich meinesteils bin sicher, daß dies der erste Schritt ist, der, während er uns zu erniedrigen scheint, uns aus der Erniedrigung in die Erhöhung führt. Es werden auch andere Worte und Auslegungen an Ihr Ohr klingen. Die Feigheit, weil sie sich ihrer selber schämt, sucht sich hinter Autoritätsaussprüchen oder einem Kodex falscher Ehre zu decken; ja, sie flüchtet sich hinter den besten Wappenschild dieses Landes. Aber das Nest des Aares ist kein Krähennest. Es kann nicht sein, daß die große Tat kleinmütig gemißbilligt worden sei, und wär' es *doch,* nun so kräftige sich in uns der Glaube: es ist nicht, auch wenn es ist. Seien wir voll der Hoffnung, die Mut, und voll des Mutes, der Hoffnung gibt. Vor allem tun wir, was der tapfere General tat, d.h. *entscheiden* wir uns.«

Enthusiastisch antwortete das Auditorium, dann schwieg alles, und keine weiteren Demonstrationen wurden laut, auch nicht, als mit dem Glockenschlage zwölf der Vortragende abbrach und rasch das Katheder verließ. Nur wie zum Zeichen persönlicher Verehrung folgten ihm viele durch die langen Korridore hin, bis er aus dem westlichen Flügel des Gebäudes ins Freie trat.

Lewin war im Auditorium zurückgeblieben, um Jürgaß zu begrüßen, den er während der Vorlesung auf einer der vordersten Reihen bemerkt hatte. Er fand ihn in eifrigem Gespräch mit einem jungen Manne, der nach der Beschreibung, die Tubal in seinem Weihnachtsbriefe gemacht hatte, niemand anders sein konnte als Hansen-Grell. Und in der Tat, er war es.

Nach kurzer Vorstellung, in der Jürgaß seiner Liebhaberei für kleine Neckereien wie üblich die Zügel hatte schießen lassen, schritten alle drei erst auf das Portal, dann auf das zwischen den steinernen Schilderhäusern gelegene Gittertor zu und bogen schließlich, um einen gemeinschaftlichen Spaziergang zu machen, nach rechts hin in die Linden ein.

Diese waren, trotzdem es ein prächtiger, wenn auch kalter Tag war, wenig besucht, und nur an dem Hin- und Herfahren vieler Equipagen ließ sich erkennen, daß in den diplomatischen Kreisen eine Aufregung herrschen müsse.

An der Ecke des Redernschen Palais, das damals seine Schinkelrenovierung noch nicht erfahren hatte, begegneten unsere drei Freunde dem Major von Haacke, der eben von seinem Prinzen kam.

»Guten Tag, Haacke. Wie steht es?«

»Nicht gut.«

»Also doch.«

»Der König ist indigniert; Natzmer mit Ordres, die an Schärfe nichts zu wünschen übrig lassen, geht noch heute ins Hauptquartier ab. Kleist übernimmt das Kommando. Den Alten werden sie vor ein Kriegsgericht stellen; hat er Glück, so kann es ihm den Kopf kosten.«

»Alles Komödie! Es kann nicht sein. Ich kenne York; so brav er ist, so schlau ist er auch. Er hat Instruktionen gehabt.«

»Ich glaub' es nicht. Dies sind nicht Zeiten für Instruktionen; sie binden nicht bloß den, der sie empfängt, sondern auch den, der sie gibt. Und das Schlimmste ist, sie kompromittieren am dritten Ort. Es lebt sich jetzt am besten von der Hand in den Mund, und die einzige Instruktion, die jeder stillschweigend empfängt, heißt: Tue, was dir gut dünkt, und nimm die Folgen auf dich.«

Damit trennte man sich wieder, und unsere Spaziergänger schritten am Rande des Tiergartens hin, einem Lokale zu, das der Mewessche Blumengarten hieß. Sie nahmen an einem kleinen Tische Platz, setzten die Bedienung durch mehrere Forderungen, die sämtlich nicht ausgeführt werden konnten, in Verlegenheit und begnügten sich endlich damit, einen Kaffee zu bestellen, von dem, in Erwägung, daß es ein Uhr war, keiner recht wußte, ob er ihn sich als einen zweiten Morgen- oder einen ersten Nachmittagskaffee anrechnen solle.

Lewin war all die Zeit über weniger mit der Kapitulation als mit der Kastaliasitzung beschäftigt gewesen. Diese reihum gehenden Reunions in ihrem literarischen Gehalte jedesmal so glänzend wie möglich zu gestalten, bildete den Ehrgeiz jedes einzelnen; heute versammelte man sich bei ihm, und noch war seinerseits nichts geschehen, um den Erfolg des Abends sicherzustellen.

Er klagte darüber scherzhaft zu Jürgaß, der ihn in gleichem Ton erst auf die beiden angekündigten Gäste – wie sich bei dieser Gelegenheit ergab, die Herren von Hirschfeldt und von Meerheimb – und, als auch das nicht völlig ausreichen wollte, auf Hansen-Grell verwies, der, soweit seine Wissenschaft reiche, immer etwas Frisches und leidlich Lesbares in der Tasche habe. »Sans doute, aujourd'hui comme toujours.«

Hansen-Grell behauptete das Gegenteil, aber doch mit einer Miene, die gegründete Zweifel in seine Versicherung gestattete. Jürgaß schüttelte den Kopf, und selbst Lewin entschloß sich zu direkterem Vorgehen.

»Haben Sie etwas?«

»Nein.«

»Ich kenne das«, warf Jürgaß ein. »Suchet, so werdet ihr finden.«

Es entstand eine kleine Pause; dann endlich sagte Hansen-Grell, indem er ein dickes Notizbuch aus der Tasche zog: »Gut, ich habe etwas. Aber es ist nicht eigentlich fertig und wird auch nie fertig werden.«

»Nun«, erwiderte Lewin, »dann ist es so gut wie fertig oder besser als das. Es gibt ohnehin eine Literatur von Bruchstücken. ›Fragmente‹ sind das Beste, was man bringen kann. Geben Sie her.«

Grell riß das Blatt ohne weiteres aus dem Notizbuch heraus und gab es an Lewin, der, während Jürgaß herzlich lachte, »einen Dichter«, wie er sich ausdrückte, »einmal wieder auf seinen Winkelzügen ertappt zu haben«, die Strophen rasch überflog und durch mehrmaliges Nicken seine Freude und Zustimmung zu erkennen gab.

Der Kaffee war inzwischen gekommen; sie nippten nur, und da die etagenförmig aufgestellten Rhododendron- und Magnolientöpfe, zu denen sich als äußerste Seltenheit auch noch einige Kamelien gesellten, weder für Jürgaß noch für seine Begleiter ein besonderes Interesse boten, so brachen sie rasch wieder auf und gingen auf die Stadt zu.

An der Ecke der Leipziger und Friedrichsstraße trennten sich ihre Wege.

7. KAPITEL
Kastalia

Lewin ging zu Tisch. In dem sackgassenartig verbauten Teil der Taubenstraße, von dem aus damals, wie heute noch, ein schmaler Durchgang auf den Hausvogteiplatz führte, war eine altmodische Weinhandlung, in deren hochpaneeliertem, an Wand und Decke verräuchertem Gast- und Speisezimmer Lewin seine ziemlich einfache Mittagsmahlzeit einzunehmen pflegte. Rascher als gewöhnlich hatte er sie heute beendet, und vier Uhr war noch nicht heran, als er schon wieder in seiner Wohnung eintraf. Zwei Briefe waren in seiner Abwesenheit abgegeben worden, einer von Dr. Saßnitz, der sein lebhaftes Bedauern aussprach, am Erscheinen in der Kastalia verhindert zu sein, der andere vom Kandidaten Himmerlich, zugleich unter Beifügung eines lyrischen Beitrags. Es waren vier sehr lange Strophen unter der gemeinschaftlichen Überschrift: »Sabbat«. Lewin lächelte und schob das Blatt, nachdem er auf demselben mit Rotstift eine I vermerkt hatte, in einen bereitliegenden, als Kastaliamappe dienenden Pappbogen, in den er gleich darauf auch die von Hansen-Grell empfangenen Verse sowie seine eigenen Reime vom Abend vorher hineinlegte. Auch diese beiden Beiträge hatten zuvor ihre Rotstiftnummer erhalten.

Hiermit waren die ersten Vorbereitungen getroffen, aber freilich nicht die letzten. Noch sehr vieles blieb zu tun, trotzdem zugestanden werden muß, daß einzelne Fragen durch eine weise Gesetzgebung aufs glücklichste geregelt und dadurch wie vorweg gelöst waren. So beispielsweise die Bewirtungsfrage. Es hieß in Paragraph sieben des von Jürgaß entworfenen Statutes wörtlich wie folgt: »Die Kastalia hat sich in Sachen der Bewirtung ihres Namens und Ursprungs würdig zu zeigen. Den Grundpfeiler ihrer Gastlichkeit bildet unverrückbar das reine Wasser und, was diesem am nächsten kommt, der Tee. Nur exzeptionell darf ein Rhein- oder Moselwein geboten werden. Der große Vereinsbecher bleibt den Priesterhänden unseres Mitgliedes Lewin von Vitzewitz, als Gründer des Vereins, anvertraut. Substantia, selbst in Ausnahmefällen, nicht zulässig.«

Dies war Paragraph sieben. Aber seine Voraussicht hatte nicht jede Schwierigkeit aus der Welt schaffen, am wenigsten die für Lewin immer brennender werdende Platzfrage lösen können, die sich teils aus der vergleichsweisen Enge seines Zimmers, teils aus den unausreichenden Möbelbeständen Frau Hulens ergab. Ein zarter Punkt, den sich Lewin der alten Frau gegenüber nicht zu berühren getraute. Und so mußten denn auch heute wieder, unter den Mühen immer erneuten Ausprobierens, zwei runde Tische nicht bloß nebeneinandergerückt, sondern auch in der Diagonale aufgestellt werden, da bei Parallelstellung mit der Wand die Türe nicht auf- und zugegangen wäre und zu einer Störung dieser immerhin wichtigen, weil einzigen Kommunikationslinie mit Frau Hulen geführt haben würde.

Endlich war alles geschehen, und Lewin mochte sich seines Werkes freuen, Lampe und Lichter brannten. Auf dem einen der beiden Tische präsentierte sich das Symbol der Kastalia, die große Wasserkaraffe, während in der Mitte des andern der mit Perlen gestickte Tabakskasten aufragte, dessen Haupt- und Deckelbild den Tod der Königin Dido darstellte. Zwischen Sofa und Tür, an einer Wandstelle, die wenigstens von den meisten Tischplätzen aus mit Leichtigkeit abgereicht werden konnte, stand nach damaliger Sitte ein ständerartiger Pfeifentisch, die Weichselholzrohre, oder woraus sonst sie bestehen mochten, mit Puscheln und Quasten reich geschmückt, während einige Rheinweinflaschen und neben ihnen der in dünnstem Silberblech getriebene Kastaliabecher in einer Ecke des Fensterbrettes ihrer Zeit warteten.

Frau Hulens Schwarzwälder Uhr, deren Ticktack man auch in Lewins Zimmer hörte, hatte kaum sieben ausgeschlagen, als es klingelte. Es waren Rabatzki und Himmerlich, die sich auf der dritten Treppe getroffen und trotz der herrschenden Dunkelheit erkannt oder doch auf gut Glück hin begrüßt hatten. Waren sie doch, nach einer Art von stillschweigendem Übereinkommen, immer die ersten und benutzten die Minuten, die ihnen bis zum Eintreffen der anderen Mitglieder blieben, zur Erledigung von redaktionellen Fragen. Rabatzki gab nämlich ein kleines Sonntagsblatt heraus, und ohne Übertreibung durfte gesagt werden, daß der lyrisch-novellistische Teil desselben jedesmal vor Beginn der letzten Kastaliasitzung endgültig festgestellt wurde.

Nur heute nicht. Rabatzki hatte kaum Zeit gefunden, an »seine rechte Hand«, wie er Himmerlich gerne nannte, eine erste Frage zu richten, als das Erscheinen des Rittmeisters alle weiteren Unterhandlungen unmöglich machte. Mit Jürgaß waren die beiden angekündigten Gäste, von Hirschfeldt und von Meerheimb, erschienen, von denen der letztere den linken Arm noch in der Binde trug. Lewin sprach ihnen aus, wie sehr erfreut er sei, sie zu sehen, doppelt, wenn, wie Herr von Jürgaß in Aussicht gestellt habe, sie sich bereit zeigen sollten, durch Mitteilungen aus ihren Tagebuch- und Erinnerungsblättern zu dem gelegentlich etwas mattsprudelnden Quell der Kastalia beizusteuern. Beide Herren verneigten sich, während Jürgaß zwei Manuskripte, deren er sich schon vorher zu versichern gewußt hatte, an Lewin überreichte.

Dieser hoffte, noch vor Beginn der Sitzung zu einem einigermaßen eingehenden Gespräche mit den ihm bis dahin persönlich unbekannt gebliebenen Gästen Gelegenheit zu finden; er war aber kaum über die erste Begrüßung hinaus, als ein abermaliges Klingeln die eben begonnene Unterhaltung unterbrach. Es waren Tubal und Bninski, die eintraten. Lewin erwartete, zwischen dem Grafen und Hirschfeldt, die beide in Spanien, aber auf verschiedenen Seiten gefochten hatten, von Anfang an ein gespanntes Verhältnis eintreten zu sehen; aber gerade das Unerwartete geschah. Bninski, durch Tubal vorbereitet, wandte sich mit einer Politesse, in der fast mehr noch ein Ton der Herzlichkeit als der bloßer Artigkeit klang, sofort an Hirschfeldt, und wenn auch allerhand Fragen und Unterbrechungen, wie sie namentlich Jürgaß liebte, ein andauerndes Gespräch nicht aufkommen ließen, so verfehlte der Graf doch nicht, durch kleine Aufmerksamkeiten die besonderen Sympathien auszudrücken, die er für seinen Gegner empfand.

Infanteriekapitän von Bummcke war der letzte. Jürgaß konnte ihm das nicht schenken und hielt ihm die Uhr entgegen.

»Militärs, lieber Bummcke, kennen keine akademischen Viertel. In Sommerzeiten möcht' es, in Anbetracht Ihrer besonderen Verhältnisse, hingegangen sein; aber bei zwölf Grad Kälte kann ich keinem Embonpoint der Welt eine Unpünktlichkeit von beinahe zwanzig Minuten zugute halten.«

»Anfangen, anfangen!« riefen mehrere Stimmen, unter denen die von Rabatzki und Himmerlich deutlich erkennbar waren. Lewin, während Mitglieder und Gäste sich, so gut es ging, um die zwei Tische her gruppierten, klopfte mit einem Zuckerhammer auf und nahm dann selber auf seinem durch ein aufgelegtes Sofakissen zu einer Art Präsidentenstuhl umgewandelten Lehnsessel Platz. Er war kein Meister in der Rede, aber Amt und Situation ließen ihm keine Wahl.

»Meine Herren«, hob er an, »ich heiße Sie willkommen. Wir sind leider nicht vollzählig. Unsere beste kritische Kraft ist ausgeblieben: Doktor Saßnitz hat sich brieflich entschuldigt. Dagegen freue ich mich, Ihre Aufmerksamkeit auf eine stattliche Reihe von Vorlagen, darunter auch Drucksachen, hinlenken zu können. Unter diesen Drucksachen stehen diejenigen Publikationen obenan, die von früheren Mitgliedern der Kastalia herrühren. Es sind dies ›*Die Ahnen von Brandenburg*‹, ein epischer Hymnus von Friedrich Graf Kalkreuth, und die vor wenig Tagen erst bei J. E. Hitzig hierselbst erschienenen ›Dramatischen Dichtungen‹ von Friedrich Baron de la Motte Fouqué, unter denen sich, neben altnordischen Sachen, auch ›Die Familie Hallersee‹ und ›Die Heimkehr des Großen Kurfürsten‹ befinden, die während des vorigen Winters in unserem Kreise zuerst gelesen und mit so viel Jubel aufgenommen wurden.«

Hier unterbrach sich Lewin, um die beiden genannten Bücher kursieren zu lassen. Dann fuhr er fort: »An neuen Beiträgen für die heutige Sitzung sind fünf Arbeiten eingegangen, sehr verschieden an Umfang: lyrische oder lyrisch-epische Dichtungen, ferner Tagebuch- und Erinnerungsblätter aus Spanien und Rußland. Es ist Regel, mit den lyrischen Sachen zu beginnen und alles, was dem Gebiete der Erzählung angehört, folgen zu lassen. Ich ersuche Herrn Kandidaten Himmerlich, uns seine, wenn ich recht gesehen habe, aus dem Englischen übersetzten Strophen vorlesen zu wollen. Sie führen den Titel: ›Der Sabbat‹.«

Mit diesen Worten überreichte Lewin das Blatt.

Jürgaß war bei Nennung der Überschrift in ziemlich demonstrativer Weise mit der linken Handfläche über das Kinn gefahren.

Himmerlich, in unverkennbarer nervöser Unruhe und eifrig bemüht, das mehrmals eingekniffte Blatt wieder glatt zu streichen, wiederholte zunächst: »Der Sabbat, Gedicht von William Wilberforce.«

»Ist das derselbe Wilberforce«, fragte Jürgaß, »der den Sklavenhandel abgeschafft hat?«

»Nein, im Gegenteil.«

»Nun, er wird ihn doch nicht wieder eingeführt haben?«

»Auch das nicht. Der einen so berühmten Namen führende junge Dichter, mit dem ich Sie heute bekanntmachen möchte, ist Fabrikarbeiter. Wenn ich sagte ›im Gegenteil‹, so wollte ich damit ausdrücken, daß er selber noch in einer Art von Sklaverei steckt. Ich fühle das Unlogische meiner Wendung und bitte um Entschuldigung.«

»Gut, gut, Himmerlich. Nicht immer gleich empfindlich.«

»Jede Art von Empfindlichkeit ist mir durchaus fremd. Ich bitte aber, da ich einmal das Wort habe, einige Bemerkungen vorausschicken zu dürfen. Es ist Ihnen allen bekannt, daß die englische Sprache mit kurzen Wörtern überreich gesegnet ist und daß dieselbe, nicht immer, aber oft, in einer einzigen Silbe das zu sagen versteht, wozu wir deren drei gebrauchen. Weibliche Reime, um auch das noch zu bemerken, haben die Engländer so gut wie gar nicht.«

»Wie verwerflich!«

»Aus diesen sprachlichen Unterschieden erwachsen Schwierigkeiten, auf die wenigstens kursorisch einzugehen Sie mir gütigst gestatten wollen.«

»Nein, lieber Himmerlich, vorbehaltlich präsidieller Entscheidung ›gütigst *nicht* gestatten wollen‹. Ich habe bis hierher geschwiegen, sehr wohl wissend, jedes Huhn kakelt, ehe es sein Ei legt. Aber diesem bis zu einem gewissen Grade nachzugebenden Naturrecht steht, wenn es auszuschreiten droht, das geschriebene Recht der Kastalia gegenüber. Paragraph neun unserer Statuten regelt die Frage der Vorreden ein für allemal und gibt diesen selber ihr zuständiges Maß. Auch von dem Redefeuer gilt des Dichters Wort: ›Wohltätig ist des Feuers Macht, wenn sie der Mensch bezähmt, bewacht.‹ Ich habe den Eindruck, daß das statutenmäßig vorgesehene Maß bereits überschritten wurde, und bitte deshalb unseren Herrn Vorsitzenden, auf Vortrag der Dichtung selbst dringen zu wollen.«

Lewin nickte zustimmend, und Himmerlich, indem er sich leicht verfärbte, begann mit vibrierender Stimme:

»'s ist Sabbatfrüh', und noch im Sinken spendet
Ein zaubrisch Licht des Vollmonds Silberpracht.
Es ist noch früh, die Mitte kaum beendet
Der stillen, sternenblassen Sommernacht;
Schon hab' ich froh mich auf den Weg gemacht
Am Rain entlang, entlang an Wald und Auen

Und harre nun, auf daß der Tag erwacht,
Um andachtsvoll dem Schauspiel zuzuschauen,
Vor dessen Majestät die Herzen übertauen.

Die Lerche wacht; mit flatterndem Gefieder
Erhebt sie sich, verschmähend unsre Welt,
Und wie sie steigt, so werden ihre Lieder
Von Lust und Wohlklang mehr und mehr geschwellt;
Das Wasserhuhn, als würd' ihm nachgestellt,
Entflieht vor mir mit hast'gem Flügelschlagen,
Sogar das Lamm erschrocken innehält,
Und statt am Grase ruhig fortzunagen,
Reißt es vom Pflock sich los, um übers Moor zu jagen.«

An dieser Stelle erfuhr die Vorlesung durch das Erscheinen der Frau Hulen, die mit dem Teebrett eintrat, eine Unterbrechung. Lewin, immer voll Mitgefühl mit Poeteneitelkeiten, schon weil er sie selber durchgemacht hatte, winkte mehrmals, daß sich die Alte zurückziehen möchte; aber es war schon zu spät, und Himmerlich hatte durch ein minutenlanges Martyrium zu gehen. Er dankte kurz, als das herumgehende Tablett auch an ihn kam, schickte der endlich wieder verschwindenden Alten einen Blick voll tragikomischen Hasses nach und fuhr dann mit gehobener Stimme fort:

»Nun wird es hell, und sieh, der Berge Gipfel
Erglühen purpurn, und der Feuerball
Der Sonne selbst vergoldet schon die Wipfel
Und scheucht ins Tal der Nebel feuchten Schwall;
Und höher in die Kuppel von Kristall
Will sich der ew'ge Strahlenquell erheben,
In Höh' und Tiefe *Licht* wird's überall,
Bis schlucht-entlang die letzten Schatten schweben –
Ein neuer Tag ist da und atmet neues Leben.

Jetzt laß mich, Gott, Gemeinschaft mit Dir halten!
Quell aller Weisheit, Herr und Vater mein,
Du siehst mein Herz, Dir spricht mein Händefalten,

O laß Dein Licht auf meinen Wegen sein;
Gib mir die Kraft – *Du* gibst sie nur allein –,
Aus Sünd' und Schwachheit mich herauszuschälen,
Und lehre mich an *Deines* Auges Schein
Des eignen Auges matten Sinn zu stählen,
Auf daß die Lust ihm wird, den rechten Pfad zu wählen.«

Kaum daß die letzte Zeile verklungen war, so erhob sich Buchhändler Rabatzki von seinem Platz und sagte in einem Ton, in dem Wichtigkeit und Bescheidenheit beständig miteinander rangen: »Meine Herren! Ohne Ihrem kompetenteren Urteil« (»Sehr gut, Rabatzki!«) »irgendwie vorgreifen zu wollen, bitt' ich nur einfach von meinem vorwiegend geschäftsmännischen Standpunkt aus bemerken zu dürfen, daß ich mich glücklich schätzen würde, diese Strophen in der nächsten Nummer meines Sonntagsblattes, und zwar ausnahmsweise an der Spitze desselben, bringen zu können. Ich bitte Herrn Himmerlich, mich dazu autorisieren, zugleich aber auch in einer Anmerkung einige kurze biographische Notizen über den englischen Dichter, der mir seines berühmten Namensvetters durchaus würdig zu sein scheint, geben zu wollen.«

Über Himmerlichs Gesicht, der diese schmeichelhaften Worte Rabatzkis als ein gutes Omen für alles Kommende ansah, flog es wie Verklärung. Er sollte seines Triumphes aber nicht lange froh bleiben. Jürgaß klopfte den Fidibus aus, mit dem er eben eine frische Pfeife angeraucht hatte, und sagte: »Unseres Freundes Rabatzki sonntagsblattliche Begeisterung in Ehren, eines möcht ich wissen: ist es ein Bruchstück?«

»Nein.«

»Dann gestatten Sie mir die Behauptung, daß Ihr Sabbat zwar ein Ende, aber keinen Schluß hat.«

»Es wird sich darüber streiten lassen. Ich glaube nicht, daß es nötig war, meinen Morgenspaziergänger bis an seinen Frühstückstisch zurückzubegleiten.«

»Und ich meinerseits möchte bezweifeln, daß Sie dem Gedichte durch eine solche gemütlich-idyllische Zutat geschadet hätten. Indessen, lassen wir das. Aber die Form, die Form, Himmerlich! Sagen Sie, was sind das für sonderbare Strophen?«

»Es sind sogenannte Spencerstrophen.«

»Spencerstrophen?« fuhr Jürgaß fort, »ich finde diesen Namen fast noch sonderbarer als die Verse selbst.«

»Ich nehme an, Herr von Jürgaß«, antwortete Himmerlich in einem immer erregter werdenden Tone, »daß Sie mit dem Bau der Ottaverime vertraut sind, jener achtzeiligen schönen Strophen, in denen Tasso und Ariost ihre unsterblichen Werke, den Orlando furioso und das Gerusalemme liberata, dichteten.«

Jürgaß, der sich auf diesem Gebiete nichts weniger als zu Hause fühlte, rauchte stärker und suchte seine wachsende Unsicherheit hinter einem mit der Miene der Superiorität gesprochenen »Und nun?« zu verbergen.

»Und nun?« griff Himmerlich das letzte Wort auf, »die Spencerstrophe mag als ein Geschwisterkind dieser Tasso- und Arioststrophe angesehen werden. Ihre Reimstellung ist freilich anders, sie hat auch nicht acht Zeilen, sondern neun und geht in eben dieser neunten Zeile aus dem fünffüßigen Jambus in den Alexandriner über ...«

»Ist aber nichtsdestoweniger eigentlich ein- und dasselbe. Ich beneide Sie, Himmerlich, um diese Schlußfolgerung.«

Eine gereizte Debatte schien unausbleiblich; Lewin indessen schnitt sie geschickt ab, indem er bemerkte, daß es nicht Aufgabe dieses Kreises sein könne, die größeren oder geringeren Verwandtschaftsgrade zwischen Spencerstrophe und Ottaverime festzustellen. Er müsse bitten, auf die Dichtung selber einzugehen, wenn es nicht vorgezogen würde, trotz einiger kleiner Ausstellungen des Herrn von Jürgaß, die warmen Worte, in denen sich ihr immer treu befundenes Mitglied Buchhändler Rabatzki bereits geäußert habe, einfach als Urteil und Dankesausdruck der Kastalia selbst zu akzeptieren.

Hierauf wurde nicht nur überhaupt eingegangen, sondern auch mit einer Bereitwilligkeit, deren ironischer Beigeschmack von dem unglücklichen Himmerlich sehr wohl herausgefühlt wurde.

»Wir wenden uns nunmehr dem zweiten der eingegangenen Beiträge zu«, fuhr Lewin fort. »Es sind Strophen unseres sehr verehrten Gastes, des Herrn Hansen-Grell, den in kürzester Frist als Mitglied dieses Kreises begrüßen zu dürfen ich als meinen persönlichen, übrigens von allen Mitgliedern der Kastalia geteilten Wunsch ausgesprochen haben möchte. Ich bitte Herrn Hansen-Grell, seine Strophen lesen zu wollen.«

Dieser zog, um des Tabakrauches willen, der bereits seine Schleier auszuspannen anfing, das Licht etwas näher an sich heran und begann dann ohne Zögern mit ruhiger, aber sehr eindringlicher Stimme: »*Seydlitz;* geboren zu Calcar am 3. Februar 1721.«

»Ist das die Überschrift?« unterbrach Jürgaß.

»Ja«, war die kurze Antwort.

»Nun, da bitt' ich doch bemerken zu dürfen, daß mich dieser Titel noch mehr überrascht als Bau und Reimstellung der Himmerlichschen Spencerstrophe. ›Geboren zu Calcar am 3. Februar 1721‹, das ist die Überschrift eines Nekrologs, aber nicht eines Gedichtes!«

»Und vor allem eine Überschrift«, erwiderte Hansen-Grell in heiterer Laune, »die niemand anders verschuldet hat als Herr von Jürgaß selbst. Ohne seine Abneigung gegen alles, was einer Captatio benevolentiae ähnlich sieht, würde der Titel meines Gedichtes einfach ›General Seydlitz‹ gelautet haben; aber jeder Möglichkeit beraubt, das mir unerläßliche ›geboren zu Calcar‹ auf dem herkömmlichen Vorredewege zu Ihrer freundlichen Kenntnis zu bringen, ist mir nichts andres übriggeblieben, als jene biographische Notiz gleich mit in die Überschrift hineinzunehmen.«

»Und so haben wir doch wieder eine Vorrede gehabt...«

»Weil wir keine haben sollten. – Aber ich bin zu Ende.« Und Hansen-Grell las nun ohne weitere Störung:

»*General Seydlitz*

In Büchern und auf Bänken
Da war er nicht zu Haus,
Ein Pferd im Stall zu tränken,
Das sah schon besser aus;
Er trug blanksilberne Sporen
Und einen blaustählernen Dorn, –
Zu *Calcar* war er geboren,
Und Calcar, das ist Sporn.

Es sausen die Windmühlflügel,
Es klappert Leiter und Steg,
Da, mit verhängtem Zügel
Geht's unter dem Flügel weg;
Und bückend sich vom Pferde,
Einen vollen Büschel Korn
Ausreißt er aus der Erde –
Hei, Calcar, das ist Sporn.

Sie reiten über die Brücken,
Der König scherzt: ›Je nun,
Hie Feind in Front und Rücken,
Seydlitz, was würd' Er tun?‹
Der, über die Brückenwandung
Setzt weg, halb links nach vorn,
Der Strom schäumt auf wie Brandung –
Ja, Calcar, das ist Sporn.

Und andre Zeiten wieder;
O kurzes Heldentum!
Er liegt todkrank danieder
Und lächelt: ›Was ist Ruhm?
Ich höre nun allerwegen
Eines besseren Reiters Horn, –
Aber auch *ihm* entgegen,
Denn Calcar, das ist Sporn.‹«

Ein Jubel, wie ihn die Kastalia seit lange nicht gehört hatte, brach von allen Seiten los und legte, wie Hansen-Grell, um sich dadurch weiteren Ovationen zu entziehen, scherzhaft bemerkte, ein vollgültiges Zeugnis von der kavalleristischen Zusammensetzung der Dienstagsgesellschaft ab. Er traf es hiermit richtig: Bninski, Hirschfeldt, Meerheimb waren Kavalleristen von Fach, Tubal und Lewin gute Reiter. Aber auch die Minorität ließ es an lebhaften Beifallsbezeugungen nicht fehlen; Bummcke, wenn nicht Reiter, war doch wenigstens Soldat, Rabatzki tadelte nie, und Himmerlich fühlte sich erleichtert, seine Verstimmung hinter enthusiastischen, wenn auch kurzen und etwas krampfhaften Ausrufungen verbergen zu können. Gewann er doch für sich selbst und nebenher noch das Wohlgefühl neidloser Charaktergröße.

Endlich hatte sich die Aufregung gelegt, und Tubal bat ums Wort, was ihm zu verschaffen, bei einer zwischen Bummcke und Jürgaß über die Zulässigkeit der Wendung »halb links nach vorn« eben wieder ausgebrochenen Privatfehde, einigermaßen schwer hielt. Zuletzt aber gelang es, und Tubal bemerkte nun: »Ich bitte zunächst an einen Satz erinnern zu dürfen, den Dr. Saßnitz vor einiger Zeit an dieser Stelle aussprach: ›Unsere Strenge ist unser Stolz‹. Sie fühlen, daß dies die Brücke ist, auf der ich zu einem Angriff vorgehen möchte. Der Reiz des Gedichtes, das wir eben gehört, liegt ausschließlich in seinem Ton und seiner Behandlung; es ist keck gegriffen und keck durchgeführt, aber es hat von dieser Keckheit offenbar zu viel.«

»Kann nicht vorkommen«, warf Jürgaß ein.

»Doch«, fuhr Tubal fort. »Unser verehrter Gast hat dies auch selbst empfunden.«

Hansen-Grell nickte.

»Jedes Kunstwerk, so wenigstens stehe ich zu diesen Dingen, muß aus sich selber heraus verstanden werden können, ohne historische oder biographische Notizen. Diesen Anspruch aber seh' ich in diesem Gedichte nicht erfüllt. Es ist eminent gelegenheitlich und auf einen engen oder engsten Kreis berechnet, wie ein Verlobungs- oder Hochzeitstoast. Es hat die Bekanntschaft mit einem halben Dutzend Seydlitzanekdoten zur Voraussetzung, und ich glaube kaum zuviel zu sagen, wenn ich behaupte, daß es nur von einem preußischen Zuhörer verstanden werden kann. Lesen Sie das Gedicht, auch in bester Übersetzung, einem Engländer oder Franzosen vor, und er wird außerstande sein, sich darin zurechtzufinden.«

Bninski schüttelte den Kopf.

»Unser verehrter Gast, Graf Bninski«, fuhr Tubal fort, »scheint mir nicht zuzustimmen. Es freut mich dies um des Dichters willen, dem ich, von unerwarteter Seite her, einen Verteidiger erstehen sehe. Der Graf hat vielleicht die Freundlichkeit, sich eingehender über diesen Gegenstand zu äußern.«

Lewin wiederholte dieselbe Bitte.

»Ich kann mich auf wenige Bemerkungen beschränken«, nahm der Graf in gutem, wenn auch polnisch akzentuiertem Deutsch das Wort. »Ich kenne von General Seydlitz nichts als seinen Namen und seinen Ruhm, glaube aber das Gedicht des Herrn Hansen-Grell vollkommen verstanden zu haben. Ich ersehe aus seinen Strophen, daß Seydlitz zu Calcar geboren wurde, daß er das Lernen nicht liebte, aber desto mehr das Reiten. Dann folgen Anekdoten, die deutlich für sich selber sprechen, zugleich auch seine Reiterschaft glorifizieren, bis er in der letzten Strophe jenem besseren Reiter erliegt, dem wir alle früh oder spät erliegen. Dies wenige ist genug, weil es ein Ausreichendes ist. Hier steckt das Geheimnis. Ich habe mich in Jahren, die länger zurückliegen, als mir lieb ist, um die Volkslieder meiner Heimat gekümmert, auch vieles davon gesammelt, überall aber hab' ich wahrgenommen, daß das sprungweise Vorgehen zu den Kennzeichen und Schönheiten dieser Dichtungsgattung gehört. Die Phantasie muß nur den richtigen Anstoß empfangen; ist dies geglückt, so darf man kühn behaupten: ›Je weniger gesagt wird, desto besser.‹«

»Ich bescheide mich«, erwiderte Tubal, »um den Fortgang unserer Sitzung nicht länger als wünschenswert unterbrochen zu sehen. Wenn ein unbefugter Blick in den Pappbogen unseres Herrn Vorsitzenden mich nicht falsch orientiert hat, so haben wir zunächst noch einige von ihm selber herrührende Strophen zu erwarten.«

»Der Scharfblick unseres Freundes Ladalinski hat sich auch diesmal wieder bewährt. Es war meine Absicht, die lyrische Reihe heute persönlich abzuschließen, bitte aber, meinen Beitrag, der noch der Feile bedarf, zurückziehen zu dürfen.«

Lewin sprach diese Worte nicht ohne Verlegenheit, da es in Wahrheit ein sehr anderer Grund war, der ihn von seiner ursprünglichen Absicht abzustehen veranlaßte. Wußt' er doch am besten, aus welcher zaghaften Stimmung heraus die drei kleinen Strophen geschrieben worden waren, um die es sich handelte; und wie sehr sich diese Zaghaftigkeit schließlich auch in das Gewand der Hoffnung gekleidet haben mochte, doch war es ihm zu Sinn, als ob Bninski mit feinem Ohr den elegischen Grundton des Liedes heraushören und die Veranlassung dazu erraten müßte. Dieser Gedanke war ihm in hohem Maße peinlich, so daß er denn auch wirklich die Strophen zurückschob und das nunmehr obenaufliegende Prosamanuskript an Rittmeister von Hirschfeldt überreichend, diesen bat, mit seinem Vortrage zu beginnen.

Der Angeredete, mit jener Frankheit, die der Reiz und Vorzug des Soldaten ist, rückte sich zurecht und begann, ohne jedes Vorwort, mit klangvoller Stimme:

Erinnerungen aus dem Kriege in Spanien

Das Gefecht bei Plaa

Mein älterer Bruder Eugen, nachdem er erst unter Schill, dann unter dem Herzog von Braunschweig gefochten, auch der Einschiffung nach England sich angeschlossen hatte, hatte von dort aus spanische Dienste genommen und war im Sommer 1810 in Andalusien eingetroffen. Als ich davon hörte, folgte ich ihm und traf ihn, eben gelandet, auf dem großen Marktplatze von Cadix. Über die Freude des Wiedersehens gehe ich hinweg. Er hatte an demselben Tage das Majorspatent empfangen, und seinem Einfluß gelang es leicht, mir eine Offiziersstelle zu erwirken.

Das Treiben in Cadix mißfiel uns, so daß wir froh waren, als Meldung eintraf, daß wir der in Katalonien stehenden, täglich in Gefechten mit dem Feinde verwickelten Armeeabteilung zugeteilt seien. Wir gingen dahin ab und landeten, nach einer höchst beschwerlichen, uns den ganzen Unterschied zwischen einem spanischen und einem englischen Kriegsschiff fühlbar machenden Seereise, im Hafen von Tarragona. Dies war Ende November, genau zwei Monate nach meiner Ankunft in Spanien. In Katalonien sah es besser aus als in Andalusien. Wir kamen zum Dragonerregiment Alcantara, mein Bruder als Oberstleutnant, ich als Premier. Der Empfang, den wir fanden, war kameradschaftlich; man hatte ein besonderes Vertrauen zu allen preußischen Offizieren.

Die Alcantaradragoner waren ihrerzeit ein sehr bevorzugtes und sehr prächtiges Regiment gewesen; sie trugen unter dem alten Regime dreieckige Hüte mit weißen Bandtressen, gelbe lange Röcke mit rotem Futter und rotem Kragen, dazu grüne Rabatten und blaue, kurze Hosen. Eine Vertretung also sämtlicher Farben. Von dieser Pracht und Herrlichkeit war indessen nach der Neuformierung, die die ganze Armee seitdem erfahren hatte, wenig übriggeblieben, und die Alcantaradragoner, die wir vorfanden, mußten sich an einem niedrigen, ledernen Tschako und einem langen, blauen Rock mit Regimentsnummer und Messingknöpfen genügen lassen. Die Bewaffnung war ein sehr langer Degen mit schmaler Klinge und schwerem eisernen Korb, so daß das Gewicht in der Hand lag, dazu Karabiner und Pistole.

Unser Regiment gehörte zur Armee des Generals O'Donnell, spezieller, zu der vorgeschobenen Division des Generals Sarsfield. Dieser, erst sechsundzwanzig Jahr' alt, brillanter Soldat, voll eiserner Ruhe im Gefecht, faßte ein besonderes Vertrauen zu meinem Bruder, in dem er alle Eigenschaften, die ihn selber auszeichneten, sofort wiedererkannte. Jede Auskunft, die uns erwünscht sein konnte, wurde uns zuteil. Die Division war numerisch nur schwach und bestand aus zwei Infanterie- und vier Kavallerieregimentern, zusammen höchstens fünftausend Mann. Es waren das Infanterieregiment Almeria und das Schweizerregiment Baron Wimpfen, dazu Alcantara- und Numanciadragoner, Kürassierregiment Katalonien und Husarenregiment Granada.

Gleich in den ersten Tagen nach unserer Ankunft wurde eine vierhundert Pferde starke Avantgarde gebildet und dem Befehle meines Bruders unterstellt. Uns gegenüber stand General Macdonald, der das nördlich von uns gelegene Barcelona mit starken Kräften festhielt und durch Ausführung eines Umgehungsmarsches uns auch das südlich von uns gelegene Tortosa zu entreißen trachtete. Glückte das, so waren wir eingeschlossen und mußten froh sein, uns auf Tarragona zurückziehen und hier wieder einschiffen zu können. Katalonien war dann verloren. Und es kam so. Aber ehe es dahin kam, hatten wir eine Reihe blutiger Gefechte.

Aus der Reihe dieser Gefechte greife ich nur das bei Plaa heraus, weil es für mich persönlich entscheidend wurde.

Es war am 7. Januar, als wir erfuhren, daß Tortosa über sei. Wir standen damals, die ganze Division Sarsfield, am Nordabhange eines hohen Bergzuges, der in einiger Entfernung von der Küste mit dieser parallel läuft, und hielten, unter täglichen Plänkeleien mit den Vortruppen des Macdonaldschen Korps, die von Lerida nach Tarragona quer über das Gebirge führende Straße besetzt. Solange diese Straße, samt dem Defilee, dem sogenannten Passe von Plaa, in unseren Händen war, hatte der Verlust von Tortosa, so wichtig er war, wenigstens für unsere unmittelbare Sicherheit nichts zu bedeuten; der Besitz jenes Passes sicherte uns die Rückzugslinie bis ans Meer. Brachten wir die, im ganzen genommen, nicht große Energie mit in Anschlag, die seitens des Gegners entwickelt wurde, so lag kein Grund vor, unsere Stellung zu wechseln. Da, wo wir standen, wirkten wir offensiv; gaben wir aber unsere Stellung am Nordabhange auf und zogen uns auf die andere Seite des Gebirges, so zeigten wir jene Besorgnis, die schon einer halben Niederlage gleichkommt.

Wir hatten aber den Eifer des Gegners unterschätzt, wenigstens den des Generals Suchet, der, gemeinschaftlich mit Macdonald operierend, diesen an Rührigkeit übertraf. Am 14. Januar kam Meldung, daß eine starke feindliche Avantgarde von der Küste her, also in unserem Rücken, heranmarschiere und unverkennbar die Absicht habe, den Paß bei Plaa zu schließen. Dorf Plaa lag an der uns entgegengesetzten Seite des Gebirges, hart am Fuße desselben. General Sarsfield, als er diese Meldung empfing, war schnell entschlossen; er verstärkte die bis dahin nur aus vierhundert Pferden der Regimenter Alcantara und Granada bestehende Avantgarde durch zwei Bataillone vom Schweizerregiment Wimpfen und gab meinem Bruder Befehl, in einem Nachtmarsch über das Gebirge zu gehen und noch vor Tagesanbruch das jenseitsgelegene Dorf Plaa zu besetzen. Der Aufbruch erfolgte sofort; ein entsetzliches Wetter aber, Regen und Sturm, bei dem der schmale Fußpfad nur derart passiert werden konnte, daß ein Mann dem andern folgte, verzögerte das Eintreffen in Plaa bis um zehn Uhr morgens. Es war die höchste Zeit; schon ging die französische Avantgardendivision unter General Eugenio (so daß sich hier zwei Namensvettern gegenüberstanden) gegen Dorf Plaa vor, und nur mit äußerster Anstrengung gelang es meinem Bruder, das Dorf bis Mittag zu halten.

Um diese Stunde erschien General Sarsfield mit dem Gros und stellte das schon rückwärtsgehende Gefecht wieder her. Aber Terrain war unsererseits nicht zu gewinnen, und als eine Stunde später allerhand Verstärkungen auch beim Feinde eintrafen, ging dieser mit einem vollzähligen Dragonerregiment abermals zum Angriff über. Diesseits war momentan nichts zur Hand als ein in Ablösung unserer Avantgarde in die Front gezogenes Kürassierregiment, die Kürassiere von Katalonien, unter ihrem Kommandeur Don Pedro Gallon. Unmittelbar hinter den Kürassieren hielten wir: Alcantaradragoner und Granadahusaren. Unsere Kürassiere, kaum zweihundert Pferde stark, waren zu schwach und kamen ins Schwanken; aber im selben Augenblicke, wo mein Bruder das Schwanken wahrnahm, gab er uns das Zeichen zum Angriff, und in langer Linie stürzten wir in die linke Flanke der feindlichen Dragoner. Sie wichen sofort und verwickelten ein hinter ihnen haltendes Chasseurregiment mit in die eigene Flucht. Die Verfolgung ging eine Meile weit, es gab viele Gefangene; General Eugenio, der persönlich die Flucht aufzuhalten gesucht, wurde niedergehauen und starb am Tage darauf.

Es war ein vollständiger Sieg, und seitens der Unserigen nicht allzu teuer erkauft; nur *ich* verlor viel an diesem Tage: mein Bruder Eugen, wie der General Eugenio, dem er gegenübergestanden hatte, erlag seinen Wunden. Was ich noch zu sagen habe, betrifft nur ihn und mich.

Um fünf Uhr war das Gefecht beendet, und ich führte, was ich vom Regiment Alcantara noch zur Hand hatte, wieder auf Plaa zurück. Ich war im ganzen gut davongekommen, hatte aber während des Demelées von einem französischen Dragoner, den ich packen wollte, einen Stoß mit dem Degengefäß in das Gesicht erhalten, so daß ich, schwarz und angeschwollen, einen schlimmeren Anblick gewährte als mancher Schwerblessierte. So trat ich vor meinen Bruder, von dessen Verwundung ich schon unterwegs gehört hatte. Ich fand ihn in einem Bauernhause von Plaa in Pflege guter Leute. Als er mich sah, drang er darauf, daß ich mich zunächst verbinden lassen sollte, was denn auch geschah. Als ich wieder zu ihm kam, setzte ich mich, und wir begannen zu plaudern. Zunächst von der Affaire, die nun glücklich hinter uns lag. Ich mußte ihm alle Kleinigkeiten erzählen, denen er mit größtem Interesse folgte; meinem Pferde beispielsweise, einem schönen schwarzen Hengst, war ein Ohr dicht vom Kopfe weggehauen worden, was er sehr bedauerte. Besondere Aufmerksamkeit aber schenkte er einem Tagebuche, das sich in einem Mantelsacke, der mir bei der Beuteverteilung zugefallen war, vorgefunden hatte. Es war von dem ersten Einrücken der Franzosen in Katalonien bis zum 14. Januar 1811 mit großer Genauigkeit geführt und enthielt, von kleinen Krokis begleitet, eine Schilderung fast aller Gefechte, in denen auch wir engagiert gewesen waren. Eugen blätterte halbe Stunden lang in dem Buche und lobte die Unparteilichkeit der Darstellung. Ich glaubte nach allem an nichts weniger als Gefahr und mußte dem Doktor recht geben, der trotz heftiger Schmerzen, über die der Verwundete von Zeit zu Zeit klagte, immer nur von zwei leichten Blessuren sprach. Es waren Degenstiche in die linke Seite. Auffallend erschien mir nur seine Weichheit; er war in einer gefühlvollen Stimmung, sprach viel von Hause, von unserem alten Vater und trug mir Grüße auf, da er auf einige Wochen noch am Schreiben gehindert sein werde.

So verging der Abend. Ich hatte vor, trotz aller Ermüdung bei ihm zu wachen. Es kam aber anders. Bald nach Mitternacht wurde Alarm geblasen, und ich begab mich zu meinem in Front des Dorfes biwakierenden Regiment, das gleich darauf Befehl erhielt, gegen ein der Küste zu gelegenes Städtchen, das den Namen Valls führte, zu rekognoszieren. Meinen Verwundeten ließ ich übrigens in guter Obhut zurück; ich hatte beim Schweizerregiment Wimpfen um einige Mannschaften zu seinem Schutz gebeten, und es traf sich, daß der Unteroffizier, der diese Mannschaften kommandierte, früher, als mein Bruder noch in Halberstadt garnisonierte, mit ihm in ein und derselben Kompanie des Regiments Herzog von Braunschweig gestanden hatte. Beide freuten sich sehr, sich wiederzusehen.

Unser Ritt gegen Valls verlief ohne Bedeutung, kostete aber

Zeit und Mühe, und erst in den Nachmittagsstunden des andern Tages kehrten die Truppen, die die Rekognoszierung ausgeführt hatten, nach Plaa zurück. Mehrere Offiziere, denen ich begegnete, sagten mir: es ginge besser mit Eugen. Ich fand ihn auch wirklich ruhiger, ohne Schmerzen, aber sehr matt. Nichtsdestoweniger ließ er sich die kleinen Vorgänge des Tages von mir erzählen, hörte aufmerksam zu und verlangte mehr zu wissen, wenn ich aus Rücksicht auf seinen Zustand schwieg. Plötzlich aber unterbrach er mich und sagte: »Entsinnst du dich noch des Abends auf der Seereise von Cadix nach Tarragona, wo wir mit unsern deutschen Kameraden der Heimat gedachten und wo dann die Frage laut wurde: ›Wer wird die Heimat wiedersehen?‹ Ich weiß jetzt einen, der sie nicht wiedersehen wird.« Ich bog mich über ihn und bat ihn, sich nicht durch solche trübe Gedanken aufzuregen; er hörte mich aber nicht und fuhr dann fort: »Es wird sich heute noch manches ereignen: ich sehe schwarz in die Zukunft. Nimm dich, wenn es zum Gefechte kommt, in acht. Unsere Pferde sind matt zum Umfallen. Vergiß auch nicht, daß man nicht bei jeder Gelegenheit sich rückhaltlos drangeben soll. Man opfert sich sonst leicht ohne Zweck.« Dies waren seine letzten Worte. Ich hatte ihn eben aufgerichtet, um ihm einen Löffel Arzenei zu geben; als ich ihn wieder auf das Kopfkissen zurücklegen wollte, schien es mir, als ob er sehr blaß würde. Ich faßte seine Hand, sie war kalt; er drückte die meinige krampfhaft, rang nach Luft und war tot.

Dies war am 16. nachmittags. General Sarsfield, als er von dem Hinscheiden hörte, ließ mir sein Beileid ausdrücken und fügte die Bemerkung hinzu: es würde gut sein, den Toten sobald wie möglich in die hochgelegene Klosterkirche von Plaa hinaufzuschaffen; jede Stunde könne ein neues Gefecht bringen, dessen Ausgang unsicher sei.

Ich ließ mir dies gesagt sein. Aus alten Dielen, ›vier Bretter und zwei Brettchen‹, wurde schleunigst ein Sarg hergestellt und Eugen in der Uniform seines Regiments in die Totentruhe hineingelegt. So schafften ihn einige meiner Dragoner in die Klosterkirche hinauf und stellten ihn dicht an die Altarstufen.

Völlig erschöpft von den Anstrengungen und Aufregungen

der vergangenen Tage hatte ich mich, als die Nacht anbrach, auf eine Schütte Stroh niedergelegt. Ich war so recht von Herzen traurig; die Bilder meiner Kindheit und ersten Jugend zogen an mir vorüber; nun war ich allein, ganz allein, und der Bruder, den ich so sehr geliebt hatte, tot.

Im Begriff, einzuschlafen, wurde ich durch einen Ordonnanzoffizier geweckt. Er kam vom General und war abgeschickt, um ein Papier zu holen, das Sarsfield beinahe unmittelbar vor Beginn des Treffens bei Plaa an Eugen gegeben hatte. Es sei von Wichtigkeit, er müsse es haben.

Ich erinnerte mich des Hergangs sofort, war Augenzeuge gewesen, wie mein Bruder das Papier in sein Reiterkoller gesteckt hatte, und bat deshalb den Offizier, mich bis zur Klosterkirche hinauf begleiten zu wollen, da der Tote noch denselben Rock anhabe, den er vor Beginn des Gefechts getragen habe. Er lehnte aber, Geschäfte vorschützend, ab; auch mein Diener Francesco, als ich mich nach ihm umsah, war verschwunden. So blieb mir nichts übrig, als allein zu gehen.

Ich nahm eine kleine Laterne, die nur ein Glas hatte, und schritt auf das ziemlich weitschichtige Klostergebäude zu. Ein dienender Bruder öffnete mir, erschrak aber, als ich ihn bat, mir nun auch die Kirchentür öffnen zu wollen. »Jetzt in der Nacht bringt mich kein Mensch hinein.« Vergebens sucht' ich ihn zu überreden. »Es ist nicht geheuer«, dabei blieb er. Endlich gab er mir wenigstens den Schlüssel zur Kirche, zugleich mit der Weisung: wenn ich zweimal im Schloß gedreht, müßt' ich mit aller Kraft gegen die Tür stoßen, weil sie verquollen sei und schwer aufginge.

Um bis an die Kirche zu kommen, waren noch zwei lange Kreuzgänge zu passieren. Gerade hier hatte tags zuvor ein erbitterter Infanteriekampf (der unsererseits durch das Schweizerregiment geführt worden war) stattgefunden, und alles trug noch die Spuren dieses Kampfes: die Leichen waren zwar weggeschafft, aber die Blutlachen geblieben; die Standbilder, von den Wänden herabgerissen, lagen zertrümmert am Boden; selbst die Luft war dumpf und modrig. An diesen Bildern der Zerstörung vorbei ging ich auf die Kirche zu, steckte den Schlüssel hinein, drehte zweimal, stieß die Türe auf, die sich langsam und dröhnend öffnete. Ich legte meinen Mantel ab, der mir jetzt nur hinderlich sein konnte, nahm den Degen in die eine, die Laterne in die andere Hand und schickte mich an, das hochüberwölbte Mittelschiff hinaufzuschreiten. Eine unheimliche Stille herrschte, und der Widerhall meiner Schritte erschreckte mich.

So kam ich bis an den Altar. Da stand der Sarg, vorläufig mit einem Brett nur überdeckt. Ich hob es auf, und meines Bruders gläserne Augen starrten mich an. Ich stellte, da kein anderer Platz war, die Laterne zu seinen Füßen und begann langsam Knopf um Knopf den Uniformrock zu öffnen, der sich fest und beinahe eng um seine Brust legte. Ich tat es mit abgewandtem Gesicht; aber wie ich auch vermeiden mochte, nach ihm hinzusehen, ich hatte doch sein Todesantlitz vor mir. Endlich fand ich das Papier und steckte es zu mir. Dann kam das Schwerste: ich mußte die Knöpfe wieder einknöpfen, da ich es nicht über mich gewinnen konnte, ihn in offener Uniform wie einen Beraubten liegenzulassen. Und als auch das geschehen, trat ich den Rückweg an.

Am andern Nachmittage – der Feind griff uns nicht an – wurde mein Bruder mit allen militärischen Ehren durch das Schweizerregiment Wimpfen in derselben Klosterkirche zu Plaa, in der er vierundzwanzig Stunden vor dem Altar gestanden hatte, begraben. An ebenderselben Stelle wurden sein Säbel, seine Handschuhe und Sporen aufgehängt und erst einige Monate später, auf Befehl des Generals O'Donnell, der den Toten dadurch ehren wollte, in die Kathedrale von Tarragona gebracht. Dort befinden sie sich noch.

Der Vortragende, als er bis hierher gelesen, rollte das Manuskript zusammen und legte es auf eines der Fensterbretter; die Zuhörer, gesenkten Blickes, schwiegen. Der erste, der sich erhob, war Bninski.

»Ich bin selbst Gast in diesem Kreise und fürchte beinahe, mich eines Übergriffes schuldig zu machen, wenn ich vor Berufeneren das Wort ergreife. Aber meine Stellung, was mich entschuldigen mag, ist eine ausnahmsweise. Ich habe zwei Jahre vor Ihnen, Herr von Hirschfeldt, auf denselben Feldern, wenn auch auf der Ihnen feindlichen Seite, gekämpft; ich kenne die Plätze, von denen Sie uns gelesen; kaum verschwundene Bilder sind mir wieder lebendig geworden. Was Freund, was Feind! An gleicher Stelle die gleiche Gefahr. Ich bitte, Sie daraufhin als einen mir teuer gewordenen Kameraden begrüßen zu dürfen.«

Während dieser Worte hatte Jürgaß die ihm zunächststehende Rheinweinflasche entkorkt und mit einer der Situation angepaßten Raschheit den großen silbernen Kastaliabecher bis an den Rand gefüllt. »Meine Herren, einer jener Ausnahmefälle, wie sie Paragraph sieben unseres Statuts, ich nehme nicht Anstand zu sagen: in seiner Weisheit voraussieht, ist eingetreten. Und so trink' ich denn auf das Wohl unseres verehrten Gastes Rittmeisters von Hirschfeldt. Er lebe! Viele Ehren haben sich auf seinem Scheitel gehäuft, so viele Ehren wie Wunden; aber eines blieb ihm bis diesen Tag versagt: er hatte noch nicht aus dem Silberbecher der Kastalia getrunken. Auch diese Stunde ist da. Ich trink' ihm zu, und er tue mir Bescheid.«

Und bei wiederholten Hochs kreiste der Becher.

Nach Huldigungen wie diese konnte es Lewin nur noch obliegen, ein Schlußwort zu finden. »Die vorgeschrittene Stunde«, so begann er, »mehr noch das gehobene Gefühl, das uns dieselbe gebracht hat, dringen auf Abbruch und Vertagung. Ich erwarte Ihre Zustimmung.« (»Ja, ja!«) »Unsere nächste Sitzung soll, so sich kein Widerspruch erhebt« (»Nein, nein!«) »unter Zurückstellung aller bis dahin etwa eingehenden Lyrika, durch die Tagebuchblätter unseres verehrten Gastes, des Herrn von Meerheimb, die heute zu unserm Bedauern nicht mehr zum Vortrag gelangen konnten, eröffnet werden. Ich schließe die Sitzung.«

Damit brach man auf in kleineren und größeren Gruppen. Die Mehrzahl hielt sich links; nur Jürgaß, Bummcke und Hansen-Grell gingen, als sie die Königsstraßenecke erreicht hatten, nach rechts hin auf den Alexanderplatz zu, um in den Tiefen des Mundtschen Weinkellers, natürlich die Kastaliasitzung als Text nehmend, unter Plauderei und Kritik den Abend zu beschließen.

8. KAPITEL
Leichtes Gewölk

Der andere Morgen war klar und sonnig und gab auch dem Arbeitszimmer des Geheimrats ein helleres Licht, als gewöhnlich in Wintertagen darin anzutreffen war. Ein Strahl fiel bis an den Korb in der Ofenecke, wo das Windspiel in seinem Zwischenzustande von Schlafen und Zittern lag. Die Pendule schlug zehn, und der Geheimrat, mit der Pünktlichkeit, die ihm eigen war, trat in das Zimmer und nahm seinen Platz vor dem Arbeitstische, auf dem auch heute wieder Zeitungen und einzelne an ihn persönlich gerichtete Schreiben unter einem Briefbeschwerer von schwarzem Marmor lagen. Daneben ein elfenbeinernes Papiermesser mit geschnitztem Schlangengriffe.

Es war ein klarer Tag, aber er hatte doch sein »leichtes Gewölk«, wenigstens in dem Gemüte des Geheimrats, der denn auch, die gewohnte Ordnung der Dinge verkehrend, heute seinen Frühbesuch bei den Goldfischchen hinausgeschoben und statt dessen sofort nach dem Zeitungsblatt gegriffen hatte. Er flog über die Spalten hin, aber sein Auge ließ unschwer erkennen, daß er nicht las, sondern nur bemüht war, die Unruhe, die ihn erfüllte, vor sich selber zu verbergen.

»Guten Morgen, Papa«, klang es wieder wie bei einem früher geschilderten Besuche in seinem Rücken, und ehe er noch sich wenden und den Gruß erwidern konnte, war Kathinka an seiner Seite. Auch sie schien befangen, und ihm scharf nach den Augen sehend, sagte sie: »Du hast mich rufen lassen, Papa?«

»Ja, Kathinka, ich bitte dich, Platz zu nehmen.«

»Nicht so. Erst mußt du mich freundlicher ansehen und nicht so feierlich, als ob sich eine Staatsaktion vorbereite.«

Der Geheimrat klopfte mit der elastischen Spitze des Elfenbeinmessers auf seinen Schreibtisch und wandte sich dann, indem er seinem Sessel eine kurze Drehung gab, der Fensternische zu, in der Kathinka, den Rücken dem Lichte zu, Platz genommen hatte. Sie saß infolge davon in einem sehr wirkungsvollen Halbschatten, und der freudige Stolz über die schöne Tochter ließ den Vater auf Augenblicke das Peinliche des Momentes vergessen. Kathinka selbst war sich des Eindrucks, den sie machte, vollkommen bewußt. Sie trug ihr Haar wie gewöhnlich in den Vormittagsstunden in einem goldenen Netze, aber dies Netz hatte sich halb geöffnet, und ein Teil der kastanienbraunen Locken fiel auf den Kragen eines weiten, dominoartigen Morgenkleides. Ihre Füße, leicht übereinandergeschlagen, steckten in kleinen Saffianschuhen, und schnell die Vorteile berechnend, die der Vater aus seinem Spielen mit dem Elfenbeinmesser zog, nahm sie ihrerseits die kleine, neben den Goldfischchen liegende Netzkelle zur Hand, um damit zu spielen.

»Ich habe dich bitten lassen, Kathinka, um ein paar Fragen an dich zu richten, Fragen, die mich seit Wochen beschäftigen. Der Brief Tante Amelies hat mir dieselben aufs neue nahegelegt, und ich würde gleich nach deiner Rückkehr mit dir gesprochen haben, wenn nicht die Unruhe der letzten Tage mich daran gehindert hätte.«

»Die gute Tante«, sagte Kathinka. »Sie denkt mehr an mein Glück als ich selbst. Ich sollte ihr dankbarer dafür sein, als ich es bin.«

»Ich wollte, du könntest es. Die Wünsche, die sie hegt, sind auch die meinen. Und ihre Erfüllung schien mir so nahe. Aber du selbst hast alles wieder in Frage gestellt. Daß ich es bekenne, zu meiner Betrübnis. Wie stehst du zu Lewin?«

»Gut.«

»Dies ›Gut‹, das eine ganze Antwort zu sein scheint, ist doch nur eine halbe.«

»Nun, so will ich dir unumwunden die ganze geben. Ich habe Lewin lieb, aber ich liebe ihn nicht. Alles an ihm ist Phantasie; er träumt mehr, als er handelt. Dies mag als ein Grund gelten. Aber bedarf es denn der Gründe? Die Tante, die sonst so klug ist, oder vielleicht weil sie es ist, vergißt ganz und gar, wie wenig das ›Warum‹ in unseren Neigungen bedeutet. Sie will mein Glück, aber sie will es auf *ihre* Art, und was mir Sache des Herzens ist, ist ihr nur Sache des Hauses. Ich fühle mich aber nicht getrieben, einer Guseschen Hof- und Hauspolitik zuliebe ein Verlöbnis einzugehen oder gar ein Bündnis zu schließen. Das sind Rheinsberger Reminiszenzen, die für Tante Amelie sehr viel, für mich sehr wenig bedeuten. Sie behandelt alles wie die Verbindung zweier regierender Häuser; das mag schmeichelhaft sein; aber Lewin ist kein Prinz, und ich bin keine Prinzessin.«

»Du vergißt nur eins: Lewin liebt dich.«

Kathinka klopfte, während sie den linken Fuß hin- und herschaukelte, mit der Netzkelle leicht auf den Rand des Bassins; der Geheimrat aber fuhr fort:

»Lewin liebt dich, und es ist nicht lange, daß du diese Liebe erwidertest oder doch zu erwidern schienst. Erst die letzten Monate haben alles geändert, und du sprichst nun spöttisch von der Verbindung ›zweier regierender Häuser‹. Ich schätze den Grafen, aber ich fürchte, es war keine glückliche Stunde, die ihn in unser Haus führte. Hat sich der Graf dir gegenüber erklärt?«

»Nein.«

»Glaubst du, daß er dich liebt?«

»Ja.«

»Und du?«

Es kam Kathinka gelegen, daß das Windspiel, das sehr bald nach ihrem Eintreten seinen Korb verlassen und zur Empfangnahme von Liebkosungen und Zuckerbröckelchen sich bei ihr eingestellt hatte, inzwischen immer verdrießlicher geworden war. Es lief jetzt, weil die Bröckelchen nach wie vor ausblieben, zwischen ihr und der Etagere, in der sich die Zuckerdose befand, hin und her und begleitete die Unterhaltung durch beständiges Klingeln und Bellen. Der Geheimrat empfand dies ersichtlich als eine Störung, und Kathinka, jede seiner Mienen verfolgend, benutzte die Gelegenheit, um eine Pause zu gewinnen. Sie erhob sich deshalb von ihrem Stuhl, holte die Dose herbei, und eines der Zuckerstücke zerbeißend und zerbrechend, warf sie dem Windspiel, das sich sofort beruhigte, die Krümel zu. Dann tauchte sie den Zipfel ihres Taschentuchs in das Bassin, benetzte ihre Fingerspitzen und sagte:

»Deine Frage zu beantworten, Papa, ja, ich habe den Grafen gern.«

Der Geheimrat lächelte. »Das wird dem Grafen nicht genügen, Kathinka. Wenn du glaubst, daß er dich liebt, so wirst du dir Rechenschaft geben müssen, ob du seine Neigung erwidern kannst.«

»Ich kann es.«

»Und du wirst es?«

Sie schwieg; man hörte den Pendelschlag der Uhr. Endlich sagte der Geheimrat:

»Du hast mir genug gesagt, Kathinka, auch durch dein Schweigen. Ich ersehe eins daraus, eins, auf das ich Gewicht lege, daß du, statt einfach dem Zuge deines Herzens zu folgen, Rücksicht nimmst auf das, was mein Wunsch ist.«

Kathinka wollte antworten, der Geheimrat aber wiederholte: »Auf das, was mein Wunsch ist«, und fuhr dann fort:

»Aber auch dieser Wunsch ist unbeugsam und unabänderlich, und ich kann ihn *deinen* Wünschen nicht unterordnen. Es verbietet sich. Höre mich. Die Tante wünscht die Partie mit Lewin; ich wünsche sie auch; aber ich bestehe nicht darauf. Worauf ich bestehe, das ist allein die Nichtheirat mit Bninski. Sie darf nicht sein, so sehr der Graf persönlich meine Sympathien hat. Die Ladalinskis sind aus Polen heraus, und sie können nicht wieder hinein. Ich habe die Brücken abgebrochen. Ob das Geschehene das allein Richtige war, ist nicht mehr zu befragen; es genügt, daß es geschehen ist.«

»Es war ein Scherz, Papa«, nahm jetzt Kathinka das Wort, »daß ich von ›Prinz und Prinzessin‹ und von einer Verbindung zweier regierender Häuser sprach. Es hat dich verdrossen, und ich bedaure es. Aber hatt' ich nicht eigentlich recht? Der Graf, wie du dich ausdrückst, hat persönlich deine Sympathien; er ist reich, angesehen, ehrenhaft, und unsere Herzen und Charaktere stimmen zueinander. Und doch ist alles umsonst, weil es, vergib mir den Ausdruck, in deine Diplomatie nicht paßt. Der gütigste der Väter, immer bereit, mir jeden kleinsten Wunsch zu erfüllen, versagt mir den größten, weil es ihm seine politischen Pläne stört, weil es ihn kompromittiert.«

»Ich lasse das Wort gelten, aber in meinem Sinne. Die Furcht vor Kompromittierung ist nicht immer kleinlich und untergeordnet, sie kann auch berechtigt und Existenzfrage sein. Sie ist es für mich. Es handelt sich nicht um Einbildungen oder einen launenhaften Einfall; all dies berührt meine Ehre mehr, als du glaubst. Ein Mißtrauen gegen mich hat nie geschwiegen, auch nicht nach meinem Übertritt. Von dem Augenblicke an, wo du nach Polen zurückkehrst, mit *meiner* Zustimmung und an der Seite eines Mannes, dessen preußenfeindliche Gesinnungen kein Geheimnis sind, gebe ich dem Verdachte Nahrung, in meiner jetzigen Stellung, die mich Einblick in so manches gewinnen ließ, nur ein Aufhorcher gewesen zu sein. Ich wiederhole dir, was du selber weißt, nur widerstrebend ist die Gesellschaft dem Vertrauen gefolgt, das mir der Hof entgegenbrachte, und büße ich dieses Vertrauen ein, sehe ich es auch nur erschüttert, so schwindet mir der Balken unter den Händen fort, der nach dem Schiffbruch meines Lebens mich noch trägt. Lächle, wer mag. Ich bedarf der Gunst des Königs, der Prinzen; wird mir diese Gunst genommen, so bin ich zum zweiten Male heimatlos. Und davor erschrickt mein Herz. Nenne das politisch oder nenn es Furcht vor Kompromittierung. Was es auch sein mag, es ist Sache meines Lebens, nicht meiner Eitelkeit.«

Kathinka schritt auf den Vater zu, ihm die Stirn küssend, während sie ihren Arm um seine Schulter legte. Dann sagte sie: »Laß mich dir wiederholen, es ist noch kein Wort zwischen mir und dem Grafen gefallen. Ich glaube, daß er absichtlich eine Erklärung vermeidet, denn – um ihn auch vor dir zu verklagen – er hat wie du die Untugend, politisch zu sein. Soviel ich weiß, trägt er sich mit dem Gedanken, wieder in die polnische Armee des Kaisers einzutreten. Gerade der gegenwärtige Augenblick scheint einen solchen Schritt zu fordern. Was aber auch kommen möge, *eines* verspreche ich: dich für meine Person weder mit Wünschen noch Bitten zu beunruhigen. Ich werde schweigen, und nichts soll durch mich geschehen, das deine Stellung nach oben hin gefährden oder deine Zugehörigkeit zu diesem Lande neuen Verdächtigungen aussetzen könnte.«

Dem Geheimrat entging nicht, daß die Worte Kathinkas, trotz eines scheinbaren Eingehens auf seine Wünsche, mit besonderer Vorsicht gewählt waren. Aber er empfand gleichzeitig, daß es zu nichts führen würde, sich minder zweideutiger

Zusagen versichern zu wollen. So ließ er es sich an dem halben Erfolge genügen und brach die Unterredung ab. »Es wäre mir lieb«, so schloß er, »du schriebest einige Worte an die Tante. Störe ihr ihre Pläne nicht. Auch um deinetwillen nicht. Die Tage wechseln, und wir mit ihnen. Das Wandelbarste aber sind Frauenherzen. Was dir heute nichts ist, kann dir morgen etwas sein. Brich nicht ab; ich brauche dir keine Namen zu nennen. Es gibt ja Halbheiten des Ausdrucks, eine Sprache, die du, wenn mich nicht alles täuscht, wohl zu sprechen verstehst.«

»Ich werde schreiben. Und du magst die Zeilen lesen, Papa.«

»Ich vertraue deinem Wort und deiner Klugheit. Und nun halte dich bereit. Ich habe den Wagen um zwölf bestellt. Der alte Wylich ist immer ein Pünktlichkeitspedant, doppelt bei seinen Matineen. Wir werden übrigens eine neue Zeltersche Komposition hören; Rungenhagen begleitet.«

Damit trennten sie sich.

9. KAPITEL
Renate an Lewin

Eine Woche verging, ohne daß in dem Bekannten- und Freundeskreise Lewins und der Ladalinskis etwas Berichtenswertes vorgekommen wäre. Und was von diesem Kreise galt, galt von der ganzen Stadt. Auch in dieser hatte sich die durch die Nachricht von General Yorks Kapitulation hervorgerufene Aufregung längst wieder gelegt und war einer unbestimmten, aber die Gemüter erhebenden Vorstellung von dem Anbrechen einer neuen Zeit gewichen. Wie gewaltige Kämpfe es noch bedürfen würde, um diese heraufzuführen, das ahnten die wenigsten; die Mehrzahl lebte der Überzeugung, daß ihnen der Sieg als ein Resultat der Napoleonischen Niederlagen wie von selber zufallen würde, und selbst die vielen, immer neu wiederholten Versicherungen, daß der König in seinem Bündnis mit Frankreich auszuharren, den General York aber, der dies Bündnis gefährdet habe, vor ein Kriegsgericht zu stellen gedenke, konnten an dieser Zuversicht nichts ändern. Man sah in diesem allen ein aufgezwungenes Spiel und ganz im Einklang mit den Worten, die Professor Fichte seinen Zuhörern ans Herz gelegt hatte, eine bloße Maske, die jeden Augenblick abgenommen werden könne. Die Empfindung des Volks, wie so oft, war den Entschlüssen seiner Machthaber weit vorausgeeilt. Und in diesem Gefühl verliefen die Tage.

Die Stille der zweiten Januarwoche war nicht einmal durch eine Kastaliasitzung unterbrochen worden. Jürgaß, bei dem sie stattfinden sollte, hatte sich in den Frühstunden des dazu festgesetzten Tages der Mühe unterzogen, bei den Freunden vorzusprechen und den Ausfall der Sitzung anzukündigen, zugleich bittend, eine auf den andern Tag lautende Einladung zu einer »extraordinären Session« akzeptieren zu wollen. Diese war auf einen engeren Zirkel berechnet und sollte die Form eines Dejeuners annehmen.

Der andere Tag war nun da, aber noch nicht die festgesetzte Stunde. Lewin hatte sich's auf seinem Sofa so bequem gemacht, wie es der Bau desselben zuließ, und blätterte in Herders »Völkerstimmen«, einem Buche, das ihm besonders teuer war. Es war ein Geschenk Kathinkas und hatte selbst dadurch nichts an seinem Werte verloren, daß es ihm von seiten der Geberin, die nur Sinn für das Pathetische und Komische, aber nicht für das Naive hatte, mit einem Anfluge von Spott überreicht worden war. Er las eben die Stelle:

So geht's, wenn ein Maidel zwei Knaben lieb hat,
Tut wunderselten gut,
Das haben wir beid' erfahren,
Was falsche Liebe tut –

als Frau Hulen mit einem Briefe eintrat, der von der Post her abgegeben worden war. Es waren Zeilen von Renatens Hand, trugen aber nicht den Küstriner, sondern den Selower Stempel, woraus er ersah, daß ihn ein expresser Bote behufs rascherer Beförderung quer durch das Bruch getragen haben mußte. Dies fiel ihm auf, ebenso die Länge des Briefes, als er nicht ohne eine gewisse Unruhe das Siegel erbrochen hatte. Denn unter den zwei extremen Parteien, denen alle briefschreibenden Damen zugehören, zählte Renate für gewöhnlich zur Partei der äußersten Kurzschreiber. Was bedeutete diese Ausnahme?

Lewin las:

»*Hohen-Vietz*, Dienstag, den 12. Januar 1813.

Lieber Lewin! Papa, der Dir schreiben wollte, wird eben abgerufen; Graf Drosselstein ist da, um Geschäftliches mit ihm zu erledigen. So fällt mir es zu, Dir über unsere letzten Erlebnisse zu berichten. Schwere Stunden liegen hinter uns. Wir hatten diese Nacht ein großes Feuer: der alte Saalanbau ist niedergebrannt.

Du wirst Näheres wissen wollen; so laß mich denn erzählen.

Es war kaum zwölf, als ein Lärm mich weckte. Ich richtete mich auf und sah, daß die Scheiben glühten, als fiele das Abendrot hinein. Ich sprang aus dem Bett und lief an das Fenster; der Hof war noch leer, aber aus der Mitte des Saalanbaus schlug eine Flamme auf, und unter der Einfahrt, den Rücken mir zugekehrt, stand unser alter Pachaly und blies auf seinem Kuhhorn in die Dorfgasse hinein, in Tönen, die mir noch jetzt im Ohre klingen.

Mich wandelte eine Ohnmacht an, und von den nächsten Minuten weiß ich nichts. Als ich mich wieder erholt hatte, saß ich aufgerichtet in meinem Bett, und Tante Schorlemmer und Maline waren um mich her, beide zitternd vor Angst und Aufregung. Sie packten immer neue Kissen in meinen Rükken, Maline hatte Riechsalz gebracht, und Tante Schorlemmer betete, während ihr die Lippen flogen: ›Herr Gott Zebaoth, steh uns bei in unserer Not!‹

Ich weiß nicht, wie es kam, aber alle Angst war plötzlich von mir abgefallen, wie wenn die hinschwindende Ohnmacht den Schrecken mit fortgenommen hätte. Ich verlangte aufzustehen, kleidete mich rasch an, und da gerade nichts anderes zur Hand war, setzte ich die polnische Mütze auf, die Kathinka hier zurückgelassen hatte. So ging ich hinunter.

Das Feuer hatte mittlerweile rasche Fortschritte gemacht, und noch immer war nichts da zum Löschen. Aber kaum, daß ich auf den Hof getreten war, als auch schon von der Dorfgasse her ein Rasseln hörbar wurde, und im nächsten Augenblick kam unsere Hohen-Vietzer Spritze durch das Tor; Krist und der junge Scharwenka hatten sich an die Deichsel gespannt, und Hanne Bogun, mit seinem Stumpfarm gegen den Wasserkasten gelehnt, half durch Schieben nach. Hart an dem Steindamm, aber jenseits nach dem Wirtschaftshofe hin, fuhren sie auf. Papa hatte schon vorher Mannschaften an den Ziehbrunnen und an die kleine Hofpumpe gestellt, und nun in doppelter Reihe wurden die Eimer zugereicht. Alles war Eifer und Leben, und ehe fünf Minuten um waren, fiel der erste Strahl in die Flamme. Schulze Kniehase leitete alles. Sonderbar, inmitten dieses Grauses schlug mir das Herz wie vor Freude höher. Aber welch ein Anblick auch! Ich werde dieser Minuten nie vergessen. Die Nacht hell wie der Tag, alle Gesichter vom Glanz beschienen, Kommandoworte und dazwischen jetzt, vom Turme her, in langen, abgemessenen Pausen das Stürmen der Glocke. Der alte Kubalke, trotz seiner Achtzig, war selbst hinaufgegangen, um in das ganze Bruch hineinzurufen: ›Feuer, Feuer!‹ Und nicht lange, so hörten wir, von den nächsten Dörfern her, die Antwort ihrer Glocken darauf.

›Das ist die Hohen-Ziesarsche‹, sagte Jeetze, der, klappernd vor Frost, neben mir stand, und gleich darauf fiel auch die Manschnower ein. Ich erkannte sie selbst an ihrem tiefen Ton. Immer rascher gingen nun die Eimer, da jeder wußte, daß die Hilfe von den Nachbarorten her jetzt jeden Augenblick kommen müsse. Und sie kam auch wirklich. Die Hohen-Ziesarsche war wieder die erste; im Carrière mit zwei von des Grafen Pferden kam sie den Forstackerweg herunter, und wir hörten sie schon, als sie bei Miekleys um die Ecke bog. Es schütterte wie ein Donner. Mit lautem Freudengeschrei wurden sie begrüßt, und Kümmeritz, der seine Gicht eben erst losgeworden war, übernahm das Kommando.

Auf dem Wirtschaftshofe, aber doch so, daß die in Front stehenden Spritzen unbehelligt blieben, hatte sich inzwischen das halbe Dorf versammelt. In vorderster Reihe standen Seidentopf und Marie; er, in seiner alten schwarzen Tuchmütze mit dem weit vorstehenden Schirm, daß es aussah, als ob er sich gegen den Feuerschein schützen wolle; sie, an seinen

Arm gelehnt, und wie ich durch das aufregende Schauspiel ganz hingenommen. Wieder überraschte sie mich durch ihre besondere Schönheit. Ihr Gesicht war schmaler und länger als gewöhnlich, und aus dem rot- und schwarzkarierten schottischen Tuch heraus, das sie nach Art einer Kapuze übergeworfen hatte, leuchteten ihre großen, dunklen Augen selber wie Feuer.

Die Eimerkette ging, der Strahl fiel in die Flamme, aber bald mußten wir uns überzeugen, daß es unmöglich sei, den Saalanbau auch nur teilweise zu retten, und so gab Papa Ordre, den Wasserstrahl nur noch auf Dach und Giebel des Wohnhauses zu richten, um wenigstens das Übergreifen des Feuers zu hindern. Aber auch das schien nicht gelingen zu sollen; das Weinspalier fing bereits an, an mehreren Stellen zu brennen, und das am Hause niederführende Gossenrohr, als oben das Zink geschmolzen, löste sich aus der Dachrinne und stürzte auf den Hof.

In diesem Augenblick erschien Hoppenmarieken unter der Einfahrt, blieb stehen und sah auf das Feuer. Sie kam nicht von Hause, sondern war erst wieder auf dem Wege dahin. Wer weiß, wo sie bis dahin gesteckt hatte. Als Hanne Bogun der Alten ansichtig wurde, schüttelte er seinen linken Jackenärmel wie im Triumph und rief: ›Da is Hoppenmarieken‹, und gleich darauf: ›De möt et bespreken.‹ Papa wußte wohl, daß die Leute, die so vieles von ihr wissen, ihr auch nachsagen, daß sie Feuer besprechen könne; es widerstand ihm aber, sich an ihre Teufelskünste, an die er nicht glaubt oder die ihm zuwider sind, wie hilfebittend zu wenden. Seidentopf, der wohl sehen mochte, was in ihm vorging, trat an ihn heran und sagte: ›Wer Gott im Herzen hat, dem muß alles dienen, Gutes und Böses.‹ Da winkte Papa die Alte heran und sagte: ›Nun zeige, Marieken, was du kannst.‹

Diese hatte nur darauf gewartet; sie marschierte zwischen den beiden Spritzen hindurch rasch auf die Stelle zu, wo der alte Saalanbau mit unserem Wohnhaus einen rechten Winkel bildete, und stellte, nachdem sie zwei, drei Zeichen gemacht und ein paar unverständliche Worte gesprochen hatte, ihren Hakenstock scharf in die Ecke hinein. Dann, während sie quer über den Hof hin wieder auf die Einfahrt zurückmarschierte, sagte sie zu den Spritzenleuten: ›De Hohen-Ziesarschen künnen nu wedder to Huus foohren‹, und schritt, ohne sich umzusehen, die Dorfstraße hinunter in der Richtung auf den Forstacker zu. Ihren großen Hakenstock aber hatte sie statt ihrer selbst an der Brandstätte zurückgelassen.

Das Feuer ließ augenblicklich nach; Sparren und Balken stürzten zusammen, aber es war, als verzehre sich alles in sich selbst und habe keine Kraft mehr, nach außen hinauszugreifen. Zugleich ließ der leise Wind nach, der bis dahin gegangen war, und es begann zu schneien. Ein entzückender Anblick, der dunkelrote Schein, in dem die Flocken tanzten.

Die Hohen-Ziesarsche Spritze fuhr wirklich ab, und der Hof wurde wieder leer; nur Papa und der alte Kniehase blieben noch und trafen ihre Anordnungen für die Nacht. Ich war mit unter den ersten, die sich zurückzogen, und trotzdem mein Zimmer unmittelbar an die Brandstätte stieß, so war meine Zuversicht, daß die Gefahr beseitigt sei, doch so groß, daß ich gleich einschlief. In meinem Traume mischte sich das eben Erlebte mit jener wundersamen Feuererscheinung im alten Schloß zu Stockholm, wovon Du Marie und mir am ersten Weihnachtstage erzähltest, als wir am Kamin saßen und den Christbaum plünderten. Ich sah im Traum die Scheiben meines Fensters glühen; als ich aber aufstand, um nach dem Schein zu sehen, war ich nicht mehr allein und gewahrte nur eine lange Reihe Verurteilter, die mit entblößtem Hals an einen Block geführt wurden. Ein entsetzliches Bild, und alles rot, wohin ich sah. Aber in diesem Augenblicke trat Hoppenmarieken in die Tür des Reichssaales, und alles rief: ›De möt et stillen.‹

Da hob sie den Stock, und es war kein Blut mehr; und das Bild versank und sie selber mit.

Heute früh war ich zu guter Stunde beim Frühstück; Papa und die Schorlemmer erwarteten mich schon. Ich hatte mich vor dieser Begegnung gefürchtet; die Scheune, die vor zwei Jahren niederbrannte, liegt noch als ein Schutthaufen da, und nun ein zweites Brandunglück, das wieder auszugleichen es vollends an den Mitteln fehlen wird. Ich fand aber eine ganz andere Stimmung vor, als ich gefürchtet hatte. Papa war gesprächig und von einer Weichheit, die mehr von Hoffnung als von Trauer zeugte. Er nahm meine Hand, und als er sah, daß ich nach einem Trostworte suchte, lächelte er und sagte:

›Und eine Prinzessin kommt ins Haus,
Ein Feuer löscht den Flecken aus –

Ich fange an, mich mit dem alten Hohen-Vietzer Volksreim auszusöhnen. Die Prinzessin läßt noch auf sich warten, aber der Flecken ist fort, das Feuer hat ihn ausgelöscht. Ja, meine liebe Renate, Rätsel umgeben uns, und vielleicht ist es Torheit, uns in dem Doppelhochmut unseres Wissens und Glaubens alles dessen, was Aberglauben heißt und vielleicht nicht ist, entschlagen zu wollen. Auch in ihm, von weither herangeweht, liegen Keime der Offenbarung. ‚Ein Feuer löscht den Flecken aus', inmitten all dieser Prüfungen ist es mir, als müßten andere, bessere Zeiten kommen. Für uns, für alle.‹ Ich wollte antworten; aber Jeetze trat ein und meldete, daß Graf Drosselstein vorgefahren sei.

Da hast du den längsten Brief, den ich je geschrieben. Einen Gruß an Kathinka, auch an Frau Hulen.

Herzlichst Deine *Renate von V.*«

Lewin legte den Brief aus der Hand. Er war bewegt, aber dasselbe Gefühl, das in Vater und Schwester vorgeherrscht hatte, gewann auch in ihm die Oberhand: die Freude darüber, daß etwas Unheimliches aus ihrem Leben genommen sei.

Er setzte sich schnell an sein Pult und schrieb eine vorläufige kurze Antwort, in der er diesem Gefühle Ausdruck gab. Am Schlusse hieß es: »Der Altar ist nicht mehr, und der alte Matthias, wenn er weiter ›spöken‹ will, muß sich eine andere Betestelle suchen.« Aber er erschrak vor seinen eigenen Worten, als er sie wieder überlas. »Das klingt ja«, sprach er vor sich hin, »als lüd' ich ihn aus dem Saalanbau in unser Wohnhaus hinüber. Das sei ferne von mir. Ich mag den ›Komtur‹ nicht zu Gast bitten.« Und mit dicker Feder strich er die Stelle wieder durch.

Dann kleidete er sich rasch an, um Jürgaß, der nach dieser einen Seite hin empfindlich war, nicht warten zu lassen.

10. KAPITEL
Dejeuner bei Jürgaß

Nicht bloß die alte Exzellenz Wylich, wie Geheimrat von Ladalinski sich ausgedrückt hatte, war ein Pünktlichkeitspedant, sondern auch Jürgaß. Dies wußte der ganze Kreis. So kam es, daß sich eine Minute vor zwölf alle Geladenen auf Flur und Treppe trafen, selbst Bummcke, der die scherzhaft eingekleidete, aber ernst gemeinte Reprimande von der letzten Kastaliasitzung her noch nicht vergessen hatte.

Die Jürgaßsche Wohnung befand sich in einem mit einigen Reliefschnörkeln ausgestatteten Eckhause des Gendarmenmarktes und nahm die halbe nach dem Platze zu gelegene Beletage ein. Sie bestand, soweit sie zu repräsentieren hatte, aus einem schmalen Entree, einem dreifenstrigen Wohn- und Gesellschaftszimmer und einem Speisesalon. Schon die Größe der Wohnung, noch mehr ihre Ausschmückung, konnte bei einem märkischen, auf Halbsold gestellten Husarenoffizier, dessen väterliches Gut mit drei seiner besten Ernten nicht ausgereicht haben würde, auch nur ein Dritteil dieser Zimmereinrichtungen zu bestreiten, einigermaßen überraschen; unser Rittmeister war aber nicht bloß der Sohn seines Vaters, sondern auch der Neffe seiner Tante, eines alten Fräuleins von Zieten, die als Konventualin von Kloster Heiligengrabe ihrem Liebling, eben unserem Jürgaß, ihr ganzes, ziemlich bedeutendes Vermögen testamentarisch hinterlassen hatte. In diesem Testament hieß es wörtlich: »In Anbetracht, daß mein Neffe Dagobert von Jürgaß, einziger Sohn meiner geliebten Schwester Adelgunde von Zieten, verehelichten von Jürgaß, durch seiner Mutter Blut, insonderheit auch durch Bildung des Geistes und Körpers ein echter Zieten ist, vermache ich besagtem Neffen, Rittmeister im Göckingkschen (ehemals Zietenschen) Husarenregiment, in der Voraussetzung, daß er das Zietensche, so Gott will, immer ausbilden und in Ehren halten will, mein gesamtes Barvermögen, samt einem Bildnis meines Bruders, des Generallieutenants Hans Joachim von Zieten, und bitte Gott, meinen lieben Neffen in seinem lutherischen Glauben und in der Treue zu seinem Königshause erhalten zu wollen.«

Dieses Testament war zufälligerweise gerade am 14. Oktober 1806, also am Tage der Doppelschlacht bei Jena und Auerstädt, seitens der alten Konventualin, die noch denselben Winter das Zeitliche segnete, niedergeschrieben worden, weshalb denn auch Jürgaß, bei der Wiederkehr jedes 14. Oktober, in seiner Weise zu sagen pflegte: »Sonderbarer Tag, an dem ich nie recht weiß, ob ich ein Fest- oder ein Trauerkleid anlegen soll; Preußen fiel, aber Dagobert von Jürgaß stieg.«

Im übrigen hatte ihn die Tante richtig abgeschätzt; es steckte ihm von der Mutter Seite her, neben einem Hange zu gelegentlich glänzendem Auftreten, auch das gute Haushalten der Zieten im Blute, so daß sich sein Vermögen, aller Zeiten Ungunst zum Trotz, in den seit der Erbschaft verflossenen sechs Jahren eher gemehrt als gemindert hatte.

In besonders reicher Weise war das schon erwähnte Wohnzimmer von ihm ausgestattet worden, was denn auch zur Folge hatte, daß alle diejenigen Herren, die heute zum erstenmal in diesen Räumen waren, ihre Aufmerksamkeit auf Pfeiler und Wände desselben richteten. Herr von Meerheimb entdeckte sofort eine in verkleinertem Maßstab gehaltene Kopie eines großen, eine Zierde der Dresdener Galerie bildenden Tintoretto, während von Hirschfeldt sich freute, einer langen Reihe von Buntdruckbildern zu begegnen, deren Originale er in London bei Gelegenheit einer Ausstellung Josua Reynoldsscher Werke gesehen hatte. Die Fülle aller dieser Ausschmückungsgegenstände, unter denen namentlich auch bemerkenswerte Skulpturen waren, gab dem Geplauder, das ohnehin im Auf- und Abschreiten geführt wurde, etwas Unruhiges und Zerstreutes, das dem Aufkommen eines gemütlichen Tones ziemlich ungünstig war, von Jürgaß aber, so sehr ihm unter gewöhnlichen Verhältnissen die Pflege des Gemütlichen am Herzen lag, nicht unangenehm empfunden wurde, da ihm nicht entgehen konnte, daß der Grund dieser beständig hin- und herspringenden Unterhaltung ausschließlich eine seiner Eitelkeit schmeichelnde Bewunderung für seine Kunstwerke oder aber Neugier in betreff der sonst noch vorhandenen Sehenswürdigkeiten war.

Zu diesen Sehenswürdigkeiten gehörte vor allem der »große Stiefel«, der, sechs Fuß hoch, mit einer anderthalb Zoll dicken

Sohle und einem neun Zoll langen Sporn daran, seinerzeit entweder selbst eine cause célèbre gewesen war oder doch zu einer solchen die Anregung gegeben hatte. Es hatte damit folgende Bewandtnis.

Es war am Ende der neunziger Jahre, als Jürgaß, damals noch ein blutjunger Lieutenant bei den Göckingkhusaren, mit Wolf Quast vom Regiment Gensdarmes die Friedrichsstraße nach dem Oranienburger Tore zu hinaufschlenderte. Dicht vor der Weidendammer Brücke, gegenüber der Pépinière, fiel ihnen ein riesiger Sporn auf, der im Schaufenster eines Eisenladens hing. Sie blieben stehen, lachten, schwatzten und setzten fest, daß der erste, der in Arrest käme, den Sporn kaufen solle. Der erste war Jürgaß. Aber der Sporn war kaum erstanden, als ein neues Abkommen getroffen wurde: »Der nächste läßt einen Stiefel dazu machen.« Dieser nächste nun war Quast, und nach Ablauf von wenig mehr als einer Woche wurde der mittlerweile gebaute Riesenstiefel unter allen erdenklichen Formalitäten prozessionsartig erst in die Kaserne und dann in Quasts Zimmer getragen. Von den jüngeren Kameraden beider Regimenter fehlte keiner. Da stand nun der Koloß, und der Riesensporn wurde angeschnallt. Aber der einmal wachgewordene Übermut war noch nicht befriedigt, und eine Steigerung suchend, wurde beschlossen, dem großen Stiefel und großen Sporn zu Ehren auch ein entsprechend großes Fest zu geben. Der Stiefel natürlich als Bowle. Gesagt, getan. Das Fest verlief zu vollkommensten Genugtuung aller Beteiligten, aber keineswegs zur Zufriedenheit des Kriegsministers, der vielmehr dem Unfug ein Ende zu machen und den großen Stiefel tot oder lebendig einzuliefern befahl.

Die betreffende Ordre war kaum ausgefertigt, als alle jungen Lieutenants einig waren, daß es Ehrensache sei, den Stiefel coûte que coûte zu retten, der nunmehr auch wirklich bei der bald darauf stattfindenden Kasernenrevision aus einem Zimmer in das andere und schließlich in Rückzugsetappen erst auf die havelländischen, dann auf die Ruppinschen und Priegnitzschen Güter der respektiven Väter und Oheime wanderte, die sich nolens volens in das von ihren Söhnen und Neffen eingeleitete Spiel mitverwickelt sahen. So kam er schließlich nach

Gantzer und war auf ein ganzes Dutzend Jahre hin vergessen, als unser Jürgaß, bei Gelegenheit eines kurzen Besuchs im väterlichen Hause, des ehemaligen corpus delicti wieder ansichtig wurde und sofort beschloß, es als originelle Zimmerdekoration in seiner eben in Einrichtung begriffenen Wohnung zu verwenden. Er machte übrigens nicht mehr und nicht weniger von der Sache, als sie wert war, und wenn er, die Geschichte vom »großen Stiefel« erzählend, einerseits viel zu viel Urteil hatte, um einen Fähnrichsstreich als Heldentat zu behandeln, so war er doch auch keck und unbefangen genug, sich des Übermutes seiner jungen Jahre nicht weiter zu schämen.

Der eintretende Diener, die Flügeltüren des Speisesalons öffnend, meldete durch diese stumme Sprache, daß das Frühstück serviert sei, und Jürgaß, vorausschreitend, bat seine Gäste, ihm folgen zu wollen. An einem runden Tische war gedeckt. Hirschfeldt und Meerheimb nahmen zu beiden Seiten des Wirtes Platz, Hansen-Grell ihm gegenüber; Tubal, Lewin und Bummcke, auf die sich aus der Reihe der Kastaliamitglieder die Einladungen beschränkt hatten, schoben sich von rechts und links her ein.

Die Jürgaßschen Frühstücke waren berühmt, nicht nur durch ihre Auserlesenheit, sondern beinahe mehr noch durch die Aufmerksamkeiten und Überraschungen, womit er das Mahl zu begleiten pflegte. Auch heute war er nicht hinter seinem Ruf zurückgeblieben. Unter dem Kuverte von Hirschfeldt lag, aus einem französischen Reisebuche herausgeschnitten, die »Kathedrale von Tarragona«, ein kleines Bildchen, auf dessen Rückseite die Worte zu lesen waren: »In dankbarer Erinnerung an den 5. Januar 1813«, während Hansen-Grell beim Auseinanderschlagen seiner Serviette eines zierlichen, silbernen Sporns ansichtig wurde, der auf dem Kartenblatt, auf dem er befestigt war, nach Art einer Devise die Umschrift führte:

Er trug blanksilberne Sporen
Und einen blaustählernen Dorn,
Zu Calcar war er geboren,
Und Calcar, das ist Sporn.

Auch für Bummcke war gesorgt und eine Überraschung da, die freilich mehr den Charakter einer Neckerei als einer Aufmerksamkeit hatte. Es war eine große, neben seinem Teller liegende Papierrolle, die sich nach Entfernung des roten Fadens, der sie zusammenhielt, als ein vielfach lädierter, in grober Schabemanier ausgeführter Kupferstich erwies. Darunter stand: »Einzug des Hauptmanns von Bummcke in Kopenhagen«. Und in der Tat, so wenig glaubhaft ein hauptmännischer Einzug in die dänische Hauptstadt sein mochte, es sah mehr oder weniger nach etwas Derartigem aus, schon weil die Straßenarchitektur getreulich wiedergegeben und für jeden, der Kopenhagen kannte, der aus drei Drachenschwänzen aufgeführte Spitzturm des alten Börsengebäudes ganz deutlich erkennbar war. Nichtsdestoweniger bedeutete der eigentliche Gegenstand des Bildes, auf dem man einen offenen, mit vier Pferden bespannten und von Militär eskortierten Wagen sah, etwas sehr anderes und stellte weder die Entrée joyeuse Bummckes noch überhaupt einen Einzug, wohl aber die »Abführung der Grafen Brandt und Struensee zu ihrem ersten Verhöre« dar. Bummcke, der den Kupferstich aus einem alten Antiquitätenladen her seit lange kannte, fand sich in dem Scherze schnell zurecht oder gab sich wenigstens das Ansehen davon, was das Beste war, das er tun konnte. Er hatte nämlich, was hier eingeschaltet werden mag, die Schwäche, mit einer etwas weitgehenden Vorliebe von seiner »nordischen Reise«, der einzigen, die er überhaupt je gemacht hatte, zu sprechen und war infolge dieser Schwäche – von der er übrigens selber ein starkes Gefühl hatte – bei mehr als einer Gelegenheit nicht bloß das Opfer Jürgaßscher Neckereien gewesen, sondern hatte auch die Erfahrung gemacht, daß Stillhalten das einzige Mittel sei, denselben zu entgehen oder doch sie abzukürzen.

Das Tablett mit Port und Sherry wurde eben herumgereicht, als Bummcke, das Blatt noch einmal auseinanderrollend, mit jener Ruhe, die einem das Gefühl, seinen Gegenstand zu beherrschen, gibt, anhob: »Der arme Struensee! Ich habe die Stelle gesehen, draußen vor der Westerngade, wo sie ihm den Kopf herunterschlugen. Was war es? Neid, Ranküne und nationales Vorurteil. Ein Justizmord ohnegleichen. Er war so unschuldig wie die liebe Sonne.«

»Seine Intimitäten schienen aber doch erwiesen«, bemerkte Jürgaß wichtig, dem nur daran lag, seinen Infanteriekapitän in das geliebte dänische Fahrwasser hineinzubringen.

»Intimitäten!« entgegnete dieser, der dem Köder, trotzdem er den Haken sah, nicht widerstehen konnte. »Intimitäten! Ich versichere Ihnen, Jürgaß, alles Torheit und Verleumdung. Ich habe während meines Aufenthaltes in Kopenhagen Gelegenheit gehabt, zu Personen in Beziehung zu treten, die, passiv oder aktiv, in dem Drama mitgewirkt haben. Ein Spiel war es mit Ehre und Leben, eine blutige Farce von Anfang bis zu Ende. Das Kanonisieren ist außer Mode; hätten wir noch einen Rest davon, diese Königin Karoline Mathilde müßte heiliggesprochen werden.«

»Wenn es nicht indiskret ist, nach Namen zu fragen, woher stammen Ihre Informationen?«

»Vom Leibarzt der Königin«, sagte Bummcke.

»Nun, der muß es wissen«, erwiderte Jürgaß übermütig, »aber er schafft mit seiner Autorität die Aussagen derer, die sich selber schuldig bekannten, nicht aus der Welt. Ich appelliere vorläufig an unseren Freund Hansen-Grell. Er muß doch in seinem gräflichen Hause das eine oder das andere über den Hergang gehört haben.«

»Nein«, antwortete dieser, »das gräfliche Haus, soviel ich weiß, hatte Ursache, über den Fall zu schweigen, und ihn aus Büchern kennenzulernen habe ich versäumt. Ich muß mich überhaupt anklagen, der dänischen Geschichte, von einzelnen, weitzurückliegenden Jahrhunderten abgesehen, nicht *das* Maß von Aufmerksamkeit geschenkt zu haben, das ihr gebührt.«

»Und wir hatten gerade«, bemerkte Tubal verbindlich, »nach Ihrer Hakon Borkenbart-Ballade, womit Sie uns am Weihnachtsabend erfreuten, den entgegengesetzten Eindruck.«

»Weil Sie aus meiner Kenntnis der halb sagenhaften Vorgeschichte des Landes allerhand schmeichelhafte Rückschlüsse auf meine gesamte dänische Geschichtskenntnis zogen. Aber leider mit Unrecht. Ich habe mehr um Dichtungs als um Historie willen im Saxo Grammaticus und in den älteren Mönchschroniken gelesen, so viel, daß ich schließlich die moderne Königin Karoline Mathilde über die alte Königin Thyra Danebod vergessen habe.«

»Thyra Danebod«, rief Jürgaß in aufrichtigem Enthusiasmus, »das ist ja ein wundervoller Name. Er tingelt etwas weniger als Kathinka von Ladalinska; aber trotzdem! Was meinen Sie, Bummcke?«

Bummcke, der sich so unerwartet an den Ladalinskischen Ballabend erinnert sah, drohte gutmütig mit dem Finger; Hansen-Grell aber fuhr fort: »Ich teile ganz den Enthusiasmus unseres verehrten Wirtes, und wenn ich auf das Gewissen gefragt würde, würd' ich bekennen müssen, aus dem Zauber dieses Namens und vieler ähnlicher so recht eigentlich die Anregung zu meinem Studium altdänischer Geschichten empfangen zu haben. Sigurd Ring und König Helge, Ragnar Lodbrok und Harald Hyldetand entzückten mich durch ihren bloßen Klang, und sooft ich dieselben höre, ist es mir, als teilten sich die Nebel und als sähe ich in eine wundervolle Nordlandswelt, mit klippenumstellten Buchten, und vor ihnen ausgebreitet das blaue Meer und hundert weißgebauschte Segel am Horizont.«

»Es ist der fremde Klang, der unser Ohr gefangennimmt«, bemerkte Hirschfeldt, der sich von Spanien her ähnlich bestechender Namenseindrücke entsinnen mochte, und Lewin und Tubal stimmten ihm bei.

»Gewiß«, fuhr Hansen-Grell fort, »dieser Fremdklang ist von Bedeutung. Aber es ist, über denselben hinaus, doch schließlich ein anderes noch, was diesen altdänischen Namen ihren eigentümlichen Zauber leiht. Es spricht sich nämlich in ihnen jene der Sprichwörterweisheit der Völker verwandte Begabung aus, Menschen, Erscheinungen, ja ganze Epochen in einem einzigen Beiwort zu charakterisieren. Die Kraft in der Knappheit, das Viel im Wenigen, *da* haben wir den Schlüssel zum Geheimnis.«

Bummcke geriet in Aufregung, so sehr, daß er – was sonst nicht seine Sache war – den Château d'Yquem mit ablehnender Handbewegung an sich vorübergehen ließ und zu Hansen-Grell, wie zu einem Herzensvertrauten, hinüberrief: »Ich weiß, worauf Sie hinaus wollen. Sprichwörterweisheit sagten Sie, ganz richtig. An den König Erichs, wenigstens an den ersten sechs oder sieben, läßt es sich am besten zeigen: Erik Barn, Erik Ejegod, Erik Lam, Erik Plopenning, Erik Glipping. Ich verbinde mit jedem ein Bild, eine Vorstellung, besonders mit dem Plopenning und dem Glipping. Glipping, das heißt soviel wie ›Augenplink‹ oder der ›Wimperer‹. Und wirklich, es ist zum Lachen, aber ich sehe ihn vor mir, wie er mit dem rechten Augenlide immer hin und her zwinkert.«

Jürgaß warf sich in den Stuhl zurück und sagte während eines Hustenanfalls, der sich vor lauter Heiterkeit nicht legen wollte: »Das ist denn doch das kapitalste Stück von Fremdlandsenthusiasmus, das mir all mein Lebtag vorgekommen ist. König Wimperer, ich grüße dich.«

»Wenn Sie mehr von ihm wüßten, Jürgaß, so würden Sie dieser bedeutenden Figur mit mehr Respekt begegnen. Er war ein guter König und wurde zu Viborg mit sechsundfünfzig Stichen ermordet.«

»Nicht mehr wie billig. Warum hat er gewimpert? Ich greife mit dem Champagner um zwei Gänge vor. Es lebe Erik Glipping!«

»Er lebe, er lebe!« und die Gläser klangen zu Ehren des alten Dänenkönigs zusammen. Hansen-Grell aber, ehe noch der Übermut sich völlig gelegt hatte, sagte: »Halten Sie es der Pedanterie eines Kandidaten und Schulmeisters zugute, wenn er von seinem Thema nicht los kann, ich verspreche aber, kurz zu sein.«

»Kurz oder lang, Grell, Sie sind immer willkommen.«

»Gut, ich akzeptiere. Unseres verehrten Hauptmanns Vorliebe für König Glipping und, wenn ich mich so ausdrücken darf, die plastische Gegenständlichkeit, mit der er uns denselben vorzuführen verstand, hat uns auf einen Schlag die goldenen Tore der Heiterkeit aufgeschlossen, ich muß aber doch noch einmal ins Ernste zurück. In unserer neueren Geschichte, soweit sie uns von Kaisern und Königen erzählt, ist jetzt die *Zahl* in Mode gekommen; der Erste, Zweite, Dritte, auch der Vierzehnte und Fünfzehnte; die Zahl gilt, und mit ihr das Nüchternste, das Unpoetischste, das Charakterloseste, das es gibt. Demgegenüber stehen meine alten skandinavischen Königsnamen, nach Klang und Inhalt, ich betone, auch nach Inhalt, auf dem Boden der Poesie, und das ist es, was sie mir so wert macht. Epigrammatischer als ein Epigramm, ist mancher dieser Namen doch zugleich wie ein Gedicht, rührend oder ergreifend, je nachdem. Urteilen Sie selbst. Ich will nur zwei nennen: Olaf Hunger und Waldemar Atterdag! Ist es möglich, Personen und Epochen in einem einzigen Worte schärfer und eindringlicher zu zeichnen? Es vergißt sich nie wieder. Olaf war ein guter König, aber das Land siechte hin an Mißernten und böser Krankheit, und weder seine Gebete noch sein ausgesprochener Wille, sich für das Volk zum Opfer zu bringen, konnten den Unsegen tilgen oder gar in Segen verwandeln. Und so bedeutet dieser König, auf den Blättern der dänischen Geschichte, eine Zeit des Fluchs, von Not und Tod, und sein gespenstisches Bild trägt unverschuldet die furchtbare Unterschrift: Olaf Hunger.«

»Und hält *uns* eine Fastenpredigt bei unserem Frühstück! Lassen Sie ihn fallen, Grell. Was ist es mit dem andern?«

»Er steht da wie sein Gegenstück.«

»Gott sei Dank!«

»Er war schön und siegreich und liebte die Frauen.«

»A la bonne heure.«

»Aber mehr als das, er war auch heiter und gütig. In jungen Jahren hatten ihn eigene Leidenschaft und anderer Rat zu hitzigen Taten fortgerissen; als er aber ein Mann geworden war, da reute ihn die Raschheit seiner Jugend, und er schwur es sich, nichts Hartes und Strenges mehr aus dem Moment heraus tun zu wollen. Umdrängten ihn seine Hofleute und forderten einen schnellen Spruch von ihm, wohl gar Tod, so machte er eine leichte Bewegung mit Kopf und Hand und sagte nur: ›Atterdag‹. Das heißt: Andertag. Und ein Füllhorn reicher Gnade quoll aus dem einen Wort, und ›Atterdag‹ hat einen guten Klang in Dänemark bis diese Stunde.«

»Das ist mein Mann, Grell. Atterdag! Und Sie haben recht, da haben wir Klang und Inhalt. Sie decken einander. Ich seh' ihn vor mir, so deutlich wie Bummcke den Glipping sah. Aber mein Atterdag zwinkert nicht. Er hat ein wundervolles blaues Auge, und hinter ihm her ziehen endlose Hochzeitszüge, und die Fahnenschwenker werfen ihre Stöcke bis hoch in den Himmel hinein. Lassen Sie den Fasan noch einmal herumgehen, Tubal, das sind wir dem Atterdag schuldig und dem Olaf Hunger erst recht.«

Das Gespräch ließ nun die Dänenkönige fallen, bald Skandinavien überhaupt, und nur Bummcke machte noch einen herkömmlichen Versuch, von Kopenhagen aus in Aalborg zu landen, um dann, quer durch Jütland hin, den großen Limfjord zu befahren. Dies war seine Lieblingstour, weil er in elf Gesellschaften von zwölf darauf rechnen durfte, sie allein gemacht und somit unangefochten das Wort zu haben. Aber dieses Vorzuges ging er heute verlustig, und kaum daß er in ziemlich sentimentalen Ausdrücken von dem »Klageton« und dem »Wehmutsschleier« der nordjütischen Landschaft gesprochen hatte, als ihm auch schon der Widerspruch Grells hart auf der Ferse war, der, der hunderttausend wie weiße Nymphäen auf dem Limfjord schwimmenden Möwen ganz zu geschweigen, nie ein smaragdgrüneres Wasser und nie einen azurblaueren Himmel gesehen haben wollte.

»Nichts Gewöhnlicheres als ein solcher Gegensatz empfangener Eindrücke«, nahm von Meerheimb das Wort, »und es bedarf nicht einmal zweier Personen, um Widersprüchen wie diesen zu begegnen; wir finden sie in uns selbst. Was wir die Stimmung der Landschaft nennen, ist in der Regel unsere eigene. Lust und Leid färben verschieden. Als wir auf der Smolensker Straße zogen und in die Nähe der alten russischen Hauptstadt kamen, war es uns, als marschierten wir unter einem Regenbogen, und überall, wohin wir blickten, stiegen, wie durch Spiegelung, die goldenen Kuppeln Moskaus vor uns auf. Unsere Sehnsucht sah sie, lange bevor sie sich wirklich in dem Nebelduft des Horizontes abzeichneten. Das war um die Mitte September. Und vier Wochen später zogen wir wieder dieselbe Straße. Der Rückzug hatte begonnen. Es war noch nicht kalt, und die Oktobersonne schien nicht weniger hell, als die Septembersonne geschienen hatte, aber rings umher lag Öde und Einsamkeit, und die Flüsse, statt mit uns zu plaudern, schienen hinzuschleichen wie die Wasser der Unterwelt. Das Land war nicht verändert, aber *wir*.«

Jeder stimmte bei, selbst Jürgaß, der nur den Strich zwischen Neustadt und Gantzer ausnahm, von dem er versicherte, immer denselben Eindruck empfangen zu haben. Welchen? darüber schwieg er, entweder aus Vorsicht oder weil er die sich gerade jetzt bequem darbietende Gelegenheit zu einer noch ausstehenden Ansprache nicht unbenutzt vorübergehen lassen wollte.

»Herr von Meerheimb«, so hob er an, während er mit dem Messerrücken an das Glas klopfte, »hat uns soeben über die Felder von Moshaisk oder ihnen nahegelegener Territorien geführt, nicht in breiter Schilderung, sondern diskursive, wenn ich mich so ausdrücken darf, in landschaftlichen Aperçus, in gegensätzlichen Stimmungsskizzen. Ich erinnere Sie daran, daß uns die vorgerückte Stunde der letzten Kastaliasitzung um einen Vortrag brachte, der, wenn ich recht unterrichtet bin, sich auf denselben Feldern von Moshaisk bewegt, freilich nur um auf ebendiesen Feldern sehr andere Bilder als die Kuppeln von Moskau, die wirklichen oder die visionären, vor unseren Blicken aufsteigen zu lassen. Und so erlaube ich mir, an unseren verehrten Gast die Frage zu richten, ob es ihm genehm sein würde, das in erwähnter Sitzung Versäumte nachzuholen und vor diesem engeren Kreise den uns zugedachten Abschnitt aus seinem Tagebuche zu lesen?«

Von Meerheimb verneigte sich und sagte dann: »Ich gehorche gern Ihrer freundlichen Aufforderung, sosehr ich auch, ganz in Übereinstimmung mit Herrn von Hirschfeldt, der mir darüber nach der letzten Kastaliasitzung seine Konfessions gemacht hat, das Mißliche solcher Vorlesungen fühle. Dies Mißliche wird dadurch nicht vermieden, daß man auf die Mitteilung aller persönlichen Heldentaten – ein Wort, das ich zu nehmen bitte, wie es gemeint ist – Verzicht leistet. Man bleibt eben ein Teil des Ganzen, und indem man dieses feiert, feiert man wohl oder übel sich selber mit. Keine Darstellung großer Vorgänge, bei denen man zugegen war, wird dies vermeiden können, auch die dezenteste nicht, und jeder, der es dennoch wagt, ist auf die besondere Nachsicht seiner Hörer angewiesen. Dieser Nachsicht bin ich bei *Ihnen* sicher. Im übrigen bitte ich, trotz des Bannes, unter dem in diesem Kreise die Vorreden stehen, noch vorweg bemerken zu dürfen, daß ich nur Erlebtes, also im Hinblick auf den großen Vorgang nichts Vollständiges gebe. Einzelnes, was jenseits des persönlich Erlebten liegt, ebenso wie die Namen von Ortschaften und Personen verdanke ich den Mitteilungen und Aufschlüssen gefangener russischer Offiziere, mit denen ich später im Smolensker Lazarette lag. Und nun habe ich geschlossen und ersuche unseren verehrten Wirt in jedem Momente, der ihm passend scheint, über mich zu verfügen.«

»Nehmen wir den Kaffee«, damit hob Jürgaß die Tafel auf und schritt, Herrn von Meerheimb den Arm bietend, in das Wohnzimmer voran.

Hier waren inzwischen alle Vorbereitungen getroffen und, trotzdem es noch früh war – nach vorgängiger Schließung der schweren Fenstergardinen –, die kleinen mit Kristallglas gezierten Wandleuchter angezündet worden. In dem blanken englischen Kamin, der als Schmuckstück der Wohnung in den großen Ofen hineingebaut worden war, brannte ein helles Feuer, und um den Sofatisch herum, den ein golddurchwirktes türkisches Tuch bedeckte, standen an den freigebliebenen Seiten hohe Lehnstühle und gepolsterte Sessel. Der Kaffee wurde serviert, und während Wirt und Gäste um den Tisch her Platz nahmen, rückte sich von Meerheimb einen Doppelleuchter zurecht und las »Borodino«.

11. KAPITEL
Borodino

...Wir glaubten nicht mehr, daß die Russen standhalten würden. Sie zogen sich auf der großen Smolensker Straße zurück, vermieden jedes Rencontre mit unsern Vortruppen und schienen Moskau ohne Schwertstreich preisgeben zu wollen. Es war aber anders beschlossen; auf russischer Seite wechselte der Oberbefehl, Kutusow kam an Barclay de Tollys Stelle, und unserm Einzuge in Moskau ging ein Zusammenstoß voraus, von dem der Kaiser selbst bei hereinbrechender Nacht sagte: »Ich habe heute meine schönste Schlacht geschlagen, aber auch meine schrecklichste.«

Das war bei Borodino am 7. September.

Schon der 5. gab uns einen Vorgeschmack. Als wir am Abend dieses Tages ins Biwak rückten, hörten wir, daß in unserer Front ein heftiges Gefecht stattgefunden und die Division Compans, zu der auch das 61. Linienregiment gehörte, eine russische Schanze gestürmt habe. Unmittelbar darauf sei der Kaiser erschienen und habe, die Lücken in dem genannten Regimente wahrnehmend, unruhig gefragt: »Wo ist das dritte Bataillon vom Einundsechzigsten?«, worauf der alte Compans geantwortet habe: »Sire, es liegt in der Schanze.«

Am 6. hatten wir Gewißheit, daß uns die Russen eine Schlacht bieten würden, und tags darauf standen wir ihnen in aller Frühe schon auf Kanonenschußweite gegenüber.

Es war ein klarer Tag. Die Sonne, eben aufgegangen, hing wie eine rote Kugel über einem Waldstrich am Horizont und sah auf das kahle Plateau hinunter, das sich, halb Brache, halb Stoppelfeld, in bedeutender Tiefe, aber nur etwa in Breite einer halben Meile vor uns ausdehnte. Die Höhenstellung, auf der wir hielten, erleichterte es mir, mich in dem Terrain zurechtzufinden, und ich erkannte bald, daß das vor uns liegende Plateau keineswegs eine glatte Tenne sei, sondern mehrere kleine Senkungen und Steigungen habe. Namentlich eine dieser Senkungen, allem Anscheine nach ein ausgetrocknetes Flußbett, markierte sich scharf und zog sich, das voraussichtliche Schlachtfeld in zwei Hälften teilend, wie ein Wallgraben zwischen unserer und der feindlichen Stellung hin. Hüben wir, drüben die Russen. Dies ausgetrocknete Flußbett hieß der Semenowskagrund. Wer angriff, mußte diesen Grund passieren, und in der Tat drehte sich die neunstündige Schlacht um den Besitz desselben und dreier teils am diesseitigen, teils am jenseitigen Rand gelegenen Positionen. Diese drei Positionen waren die folgenden: 1. die Bagrationfleschen; 2. das Dorf Semenowskoi und 3. die große Rajewskischanze. Position zwei und drei lagen jenseit des Grundes, auf der von den Russen besetzten Hälfte des Schlachtfeldes, Position eins aber, die Bagrationfleschen, waren brückenkopfartige, bis an den diesseitigen Rand des Semenowskagrundes vorgeschobene Werke. Alle drei Positionen bildeten das feindliche Zentrum, an das sich ein rechter und linker Flügel anlehnte. Der rechte bei Borodino, der linke bei Utiza. In tiefen Kolonnen stand der Feind, scheinbar endlos. Wir sahen weithin das Blitzen der Bajonette und in Front seiner Stellung, am Rande des Grundes hin, die dunkeln Öffnungen seiner Geschütze.

Soweit der Feind. Aber das helle Licht des Morgens, dazu die Höhen, die wir innehatten, gönnten uns auch einen Überblick über unsere eigene Aufstellung. Unmittelbar vor uns, in sechs Divisionsmassen, standen die Korps von Davoust und Ney, hinter uns Junot und die Garden, während wir selber, zehntausend Reiter unter König Murat, sowohl in Länge wie Tiefe die Mitte des diesseitigen Schlachtenkörpers einnahmen.

Der Plan Napoleons ging dahin, erst die Flügelpunkte: Borodino und Utiza, jenes durch die italienischen Garden des Vizekönigs, dieses durch die Polen unter Poniatowski, nehmen zu lassen, dann aber, und zwar unter Mitwirkung der ebengenannten von rechts und links her einschwenkenden Flügelkorps (deren rasches Vordringen er nicht bezweifelte), die furchtbare Zentrumsposition des Feindes zu durchbrechen. Erst die Fleschen, dann Semenowskoi, dann die Rajewskischanze.

Schon vor Tagesanbruch war der erste Kanonenschuß gefallen, um sieben begann die Schlacht. Der Vizekönig nahm Borodino; aber Poniatowski, auf einen stärkeren Feind stoßend, als er erwartet hatte, konnte nicht Terrain gewinnen. So blieb, als namentlich auch bei Borodino der Angriff wieder ins Stocken kam, die Mitwirkung von den Flügeln her aus und zwang die zu unseren Füßen haltenden Korps von Davoust und Ney, die Durchbrechung des feindlichen Zentrums in weder von links noch rechts her unterstützten Frontalangriffen zu versuchen. Die Division Compans, dieselbe, die am 5. das erbitterte Gefecht gehabt hatte, hatte wieder die Tête. Sie warf sich auf das nächste Angriffsobjekt, die Bagrationfleschen, nahm sie, verlor sie und nahm sie zum zweitenmal, aber nur, um sie zum zweitenmal zu verlieren. Der tapfere Compans fiel, Rapp und Davoust, mehr oder minder schwer verwundet, mußten das Schlachtfeld verlassen, und immer neue Divisionen wurden vorgezogen, um uns den Besitz dieses vorgeschobenen Werkes zu sichern. Erst nach dem vierten diesseitigen Sturm gaben die russischen Grenadiere, die hier unter Fürst Woronzoff gestanden und geblutet hatten, jeden Wiedereroberungsversuch auf und zogen sich, soviel ihrer noch waren, auf den jenseitigen Rand des Semenowskagrundes zurück. Zu schwach, noch selbst feste Körper zu bilden, reihten sie sich in andere Truppenkörper ein, die sie hier vorfanden. Es waren ihrer noch vierhundert Mann, der Rest von sechstausend. Fürst Woronzoff, als er am Abend des Tages seinen Bericht an den Kaiser abfaßte, schloß mit den Worten: »Meine Grenadierbataillone sind nicht mehr; aber sie verschwanden nicht *von* dem Schlachtfelde, sondern *auf* ihm.«

Um elf Uhr hatten wir die Fleschen, und der Grund mußte nun überschritten werden, um zunächst das schon an vielen Stellen brennende Dorf Semenowskoi, dann die links danebengelegene große Rajewskischanze zu nehmen. Aber schon begann es an den Kräften dazu zu fehlen, wenigstens in der Front. Die Divisionen des Davoustschen Korps waren nur noch Schlacke, die des Neyschen kaum minder, und nur die Division Friant war noch intakt. Sie erhielt Befehl zum Vorgehen und nahm jetzt die Tête, während die schon im Feuer gewesenen Divisionen aufschlossen. Die Bravour des Angriffs schien einen Augenblick einen großen Erfolg versprechen zu sollen; aber in demselben Moment, wo die vordersten Bataillone den jenseitigen Rand des Semenowskagrundes erstiegen, wurden sie von einem auf nächste Distanz hin abgegebenen Massenfeuer in langen Reihen niedergemäht; die nachrückenden Bataillone stutzten, wandten sich und suchten diesseitig der Schlucht in Ravins und Einschnitten eine Zuflucht zu gewinnen. Der Sturmversuch war als gescheitert anzusehen, und in unserer ganzen Front, sowohl unmittelbar vor uns wie auch nach beiden Flügelpunkten hin, standen keine frischen Infanteriekörper mehr, denen eine Wiederholung des Sturmes zuzumuten gewesen wäre.

In diesem Augenblicke kam Befehl an König Murat, es mit seinen Reitermassen zu versuchen. Zu diesen Reitermassen gehörten auch wir. Murat, nach Empfangnahme der Ordre, zog sofort vom linken Flügel her seine vier Kavalleriekorps staffelweise vor, erst Grouchy, dann Nansouty, dann Montbrun, dann Latour-Maubourg, und ließ sie, das letztgenannte Korps vorläufig noch zurückhaltend, mit nur kurzen Pausen gegen die Positionen des feindlichen Zentrums vorbrechen. Grouchy führte, Nansouty und Montbrun folgten. Das Schlachtfeld donnerte unter dem Hufschlag von mehr als 6000 Pferden; selbst der Donner der Geschütze wurde momentan übertönt. Aber der ungeheure Reitersturm vermochte nicht mehr, als die wiederholten Angriffe der Infanteriedivisionen vermocht hatten; am diesseitigen Rande des Semenowskagrundes stürzten die vordersten Reihen, und was übrigblieb, riß die nachfolgenden Regimenter mit in die Flucht der in Front gestandenen hinein.

Ein neuer Mißerfolg; tausend reiterlose Pferde stoben über das Feld hin. Grouchy, Nansouty, Montbrun hatten versagt; nur unser 4. Kavalleriekorps, Latour-Maubourg, hielt noch unberührt am rechten Flügel, in seiner Front unsere Kürassierdivision unter General de Lorges. Wir nannten ihn scherzhaft, aber zugleich auch in Anerkennung seiner chevaleresken Tugenden unseren »Ritter de Lorges«, und in der Tat, der Moment war nahe, wo die Division, die seinen stolzen Namen führte, den »Handschuh aus dem Löwengarten« holen sollte. Eine Staubwolke wurde von links her sichtbar, und König Murat selbst, der bis dahin am anderen Flügel gehalten hatte, sprengte bis in unsere Front. Er war prächtiger und phantastischer gekleidet denn je, und wahrnehmend, daß wir trotz der von Zeit zu Zeit einschlagenden Kugeln in vollkommener Ruhe Linie hielten, warf er uns im Vorüberreiten Kußhändchen zu und salutierte mit seiner Reitgerte, die er statt des Säbels führte. Zugleich gab er Befehl zum Angriff, und in zwei großen Reitermassen jagten wir über das Feld hin, die eine dieser Massen, die sechs Regimenter starke polnische Ulanendivision unter General Rozniecki (wir verloren sie bald darauf aus dem Gesicht), die andere, von der ich ausschließlich zu erzählen habe, unsere Kürassierdivision de Lorges. Aber auch diese teilte sich wieder, und wie sich eben erst aus unserer gesamten Latour-Maubourgschen Korpsmasse die polnische Ulanendivision herausgelöst hatte, so löste sich jetzt, nur wenige Minuten später, aus unserer Kürassierdivision de

Lorges die westfälische Brigade von Lepel heraus. General von Lepel galt als der schönste Offizier der westfälischen Armee; er war der Liebling Friederike Katharinens, der Gemahlin König Jérômes. Wir sahen ihn eben noch mit erhobenem Pallasch vor der Front seiner Brigade, als eine Paßkugel ihn vom Pferde warf. Auf den Tod verwundet, nannte er den Namen seiner Königin und starb. Seine Brigade aber stutzte, wandte sich seitwärts und griff erst später wieder in den Gang des Gefechtes ein.

So waren wir denn allein: sächsische Brigade *Thielmann*, achthundert Reiter der Regimenter Garde du Corps und von Zastrow. War unsere Stellung ohnehin am äußersten rechten Flügel gewesen, so gebot es jetzt unsere Lage, wie General von Thielmann in Beobachtung der voraufgegangenen Gefechtsmomente klar erkannt hatte, uns immer weiter nach rechts zu ziehen. Woran waren alle bisherigen Angriffe gescheitert? An der immer sich gleichbleibenden Schwierigkeit, den steil abfallenden Semenowskagrund angesichts der feindlichen Geschützreihe zu passieren. Eine Möglichkeit des Gelingens war also nur gegeben, wenn sich am Flußbett hin Übergangsstellen finden ließen, wo die Böschung minder abschüssig und das feindliche Feuer minder heftig war. Solche Stellen lagen flußaufwärts nach Utiza zu, und durch immer weiteres Ausbiegen uns mehr und mehr aus dem Kanonenbereich herausziehend, entdeckten wir endlich, keine tausend Schritt mehr von dem genannten Flügelpunkt entfernt, eine flach abfallende, vom russischen Geschütz kaum noch erreichte Stelle, die uns ein bequemes Hinabreiten in den Semenowskagrund zu ermöglichen schien. Das war, was wir suchten. Eine Minute später hielten wir in dem ausgetrockneten Flußbett, dessen Ränder, je mehr wir uns, links einschwenkend, dem feindlichen Zentrum wieder näherten, immer höher und steiler wurden. Aber diese höher- und steilerwerdenden Ränder waren zunächst unser Schutz, und das Feuer der um Dorf Semenowskoi her in Batterie stehenden hundert russischen Geschütze ging über unsere Köpfe hinweg. Wir waren schon bis dicht an das Dorf heran, ohne nennenswerten Verlusten ausgesetzt gewesen zu sein; General Thielmanns geschickte Führung hatte uns davor bewahrt. Aber nun kam der entscheidende Moment, und dieselben steilen Böschungen, die bis dahin unsere Rettung gewesen waren, waren nun unsere Gefahr. Und doch mußten wir sie hinauf. Unser Regiment Garde du Corps führte; ›In Zügen rechts schwenkt, Trab!‹ und im nächsten Augenblick suchten wir den Abhang und gleich darauf die Höhe zu gewinnen. Einzelne überschlugen sich und stürzten zurück; die meisten aber erreichten die Crête, rangierten sich und gingen zur Attacke vor.

Erst im Anreiten sahen wir, wo wir waren. Keine dreihundert Schritt' vor uns brannte Dorf Semenowskoi; zwischen uns und dem Dorfe aber und dann wieder über dasselbe hinaus standen schachbrettartig sechs russische Karrees, Gardegrenadierbataillone, die berühmten Regimenter Ismailoff, Litauen und Finnland. Ihr Feuer empfing uns aus nächster Nähe, aber ehe eine zweite Salve folgen konnte, waren die diesseits des Dorfes stehenden Vierecke niedergeritten, und durch das brennende Semenowskoi hindurch ging die Attacke, ohne Signal oder Kommandowort, aus sich selber heraus im Fluge weiter. Innerhalb des Dorfes freilich stürzten viele der vordersten Reiter in die den ehemaligen Wohnungen als Korn- und Vorratsräume dienenden, jetzt mit glühendem Schutt gefüllten Kellerlöcher, aber die nachfolgenden Rotten passierten glücklich die gefährlichen Stellen, und alles, was jenseits stand, teilte das Schicksal derer, die diesseits gestanden hatten. Das Regiment Litauen verlor in zehn Minuten die Hälfte seiner Mannschaften.

Aber nicht die ganze Brigade Thielmann war durch das brennende Dorf geritten; ein kleines Häuflein derselben, nicht hundert Mann stark und aus Bruchteilen beider Regimenter gemischt, hatte sich vielmehr, gleich nach dem Niederreiten der ersten Karrees, nach rechts hin tiefer in die russische Schlachtordnung hineingewagt, um hier dem Angriff einer eben hervorbrechenden feindlichen Kavallerieabteilung zu begegnen. Es glückte; die feindlichen Kürassiere wurden geworfen, und in Ausbeutung des auch an dieser Stelle beinahe unerwartet errungenen Erfolges jagten wir – ich selber gehörte dieser Abteilung zu – zwischen den massiert dahinterstehenden Bataillonskolonnen hindurch und erwachten erst wieder zu voller Besinnung, als wir uns plötzlich im Rücken der gesamten russischen Aufstellung sahen.

Wir hätten von dieser Stelle aus leichter bis Moskau reiten können als bis an den Semenowskagrund zurück. Und doch mußten wir diesen Grund, die Scheidelinie zwischen Freund und Feind, wiederzugewinnen suchen.

Also kehrt! Jeder hing an dem Wort unseres Führers, willig, ihm zu folgen, aber ehe wir noch wenden konnten, brachen aus zwei links und rechts befindlichen Waldparzellen dichte Baschkiren- und Kalmückenschwärme hervor, irreguläre Truppen, denen man, weil man ihnen in der Front nicht traute, diese Reserveposition angewiesen hatte. Im Nu saßen sie uns mit ihren Piken in Seite und Nacken, und eine Niederlage, der wir in zweimaligem Kampfe mit den Elitetruppen des Feindes glücklich entgangen waren, sie harrte jetzt unserer im Angesichte dieses Gesindels. Oberst von Leyser wurde vom Pferde gestochen, gleich nach ihm Major von Hoyer, und ehe fünf Minuten um waren, waren von unserem ganzen Häuflein nur noch zwei übrig: Brigadeadjutant von Minckwitz und ich. Wir hieben uns aus der immer dichter werdenden Gesindelmasse heraus und jagten dann auf unseren müden Pferden durch dieselben Intervallen, durch die wir gekommen waren, wieder zurück. Was uns rettete, waren sehr wahrscheinlich die schwarzen Kürasse, die das Regiment von Zastrow trug, so daß wir beim Passieren der langen Infanterieflanken für russische Kürassiere gehalten wurden. Unsere Pferde, wunders genug, dauerten aus, und ehe eine halbe Stunde um war, hielten wir wieder in der Reihe unserer Kameraden, so viele deren überhaupt noch waren. Von unserem Todesritt zu erzählen, dazu war keine Zeit. Denn eben jetzt bereiteten die Russen zur Rückeroberung der *Position* von Semenowskoi (von einem *Dorfe* gleichen Namens war nicht mehr zu sprechen) einen großen Angriff vor, und alles, was noch jenseits des Grundes hielt, mußte wieder nach diesseits zurück. Auch wir.

Es mochte jetzt Mittag sein oder doch nur wenig später. Unsere Anstrengungen, dies konnten wir uns nicht verhehlen, waren im wesentlichen ebenso resultatlos verlaufen wie die voraufgegangenen Kavallerieangriffe Grouchys, Montbruns, Nansoutys; wir hatten die feindliche Seite des Semenowskagrundes erstiegen, sechs Gardebataillone niedergeritten, russische Reiterregimenter geworfen und die feindliche Schlachtaufstellung vom Rücken her gesehen, aber der endliche Abschluß war doch der, daß wir, wenn auch tausend Schritt' vorgeschoben, abermals am *diesseitigen* Rande des Grundes standen und die Aufgabe, die Russen auch vom *jenseitigen* Rande zu vertreiben, aufs neue aufnehmen mußten. Daß dies geschehen würde, war unzweifelhaft; ein Verzicht darauf würde so viel wie Verlust der Schlacht bedeutet haben. Es war also nur die Frage: *wann?*

Zwei Stunden blieben wir in Erwartung; es schien, daß man an oberster Stelle schwankte; endlich kam Befehl, alle in Front stehenden Kräfte zusammenzufassen und auf der ganzen Linie noch einmal vorzugehen. Unserer Brigade Thielmann, bis auf die Hälfte zusammengeschmolzen, war dabei der Löwenanteil zugedacht; sie erhielt Ordre, die gefürchtete Rajewskischanze, den festesten Punkt der feindlichen Zentrumsstellung, zu stürmen. Ein Schanzensturm mit Kavallerie!

Es war Ney selbst, der diesen Befehl überbrachte. General Thielmann zeigte statt aller Antwort auf die zertrümmerte Brigade: vierhundert Reiter auf müden Pferden. Aber Ney, in der furchtbaren Erregung des Moments, zog das Pistol aus dem Halfter und hielt es im Anschlag, zum Zeichen, daß er bereit sei, jeden Versuch eines Widerspruchs zum Schweigen zu bringen. Thielmann setzte sich vor die Front, die Trompeter bliesen, und abermals ging es gegen den Grund. Diesmal mit halblinks, weil die Rajewskischanze um fünfhundert Schritte weiter flußabwärts lag. Was und wen wir im Anreiten verloren, weiß ich nicht mehr, weil sich alles, was nun kam, in wenige Minuten zusammendrängte. Nur soviel, daß die Verluste bedeutend waren. Jetzt waren wir heran, und im nächsten Augenblick unten in der Schlucht; aber das war nicht mehr das leere Flußbett, in dem wir drei Stunden vorher, als wir in weitem Bogen von Utiza her einschwenkten, einen beinahe vollkommenen Schutz vor dem feindlichen Kreuzfeuer gefunden hatten, sondern in ebendieser schutzgebenden Vertiefung hatten sich jetzt frische, aus der Reserve her vorgezogene Bataillone eingenistet und empfingen uns, in dichten Knäueln Stellung nehmend, erst mit Flintenfeuer, dann, wenn wir die Knäuel sprengten, mit Kolben und Bajonett. Doch umsonst; wie die Windsbraut gingen wir hindurch oder dran vorüber, denn unsere Aufgabe war nicht, uns hier unten in Gruppen- und Knäuelkämpfen zu vertun, sondern drüben die hochaufragende Rajewskischanze im ersten Anlauf zu nehmen. Und jetzt waren wir den steilen Flußbettabhang wieder hinauf und hielten vor der noch steileren Böschung der Schanze selbst. Unsere vordersten Züge bogen unwillkürlich nach rechts hin aus und suchten durch eine im Halbkreis gehende Bewegung die Kehle der Schanze zu gewinnen, die nachfolgenden Rotten aber, als wäre die Schanzenböschung nur die Fortsetzung des eben im Fluge genommenen Flußbettabhanges, jagten die Redoute hinauf und sprengten von oben her mitten in die Schanze hinein. Ein Kampf Mann gegen Mann entspann sich; die Kanoniere, die nach Wischer und Hebebäumen griffen, wurden niedergehauen; was übrigblieb, warf die Waffen fort und gab sich zu Gefangenen. Nur General Lichatschew, der hier kommandierte, wollte keinen Pardon. Er hatte eine Stunde vorher die Schanze verlassen, um bei General Kutusow über den damals gutstehenden Gang des Gefechtes zu rapportieren. »Wo liegt die Schanze?« hatte Kutusow gefragt, und Lichatschew hatte die rechte Hand erhoben, um die Richtung anzugeben. Eine Sechspfünderkugel riß ihm die Hand fort; er hob die Linke, zeigte scharf gegen Süden und sagte: »Dort.« Dann war er, nur leicht verbunden, in die ihm anvertraute Schanze zurückgekehrt. Nun lag er tot unter den Toten.

Das Zentrum war durchbrochen, die Rajewskischanze in unseren Händen. Als, um uns abzulösen, die Division Morand heranrückte und General Thielmann den Befehl zum Sammeln der Brigade gab, war kein Trompeter mehr da, um zu blasen. Ein Schwerverwundeter endlich ließ sich aufs Pferd heben und blies die Signale. So gingen wir auf die andere Seite des Grundes zurück.

Es war erst drei Uhr, aber die Kraft beider Heere war wie ausgebrannt. Wir hatten ein Drittel, die Russen die Hälfte ihres

Bestandes an diesen Tag gesetzt. Kutusow, in einem Kriegsrat, der abgehalten wurde, beschloß, bis hinter Moskau zurückzugehen. Er wußte, daß man's ihm nicht zum Guten anrechnen werde, und sagte: »Je payerai les pots cassés, mais je me sacrifie pour le bien de ma patrie.«

Am andern Morgen trat er den Rückzug an; Napoleon folgte den Tag darauf. Auch wir. Wir waren nur noch ein Trümmerhaufen; was wir gewesen, das lag bei Semenowskoi und in der Rajewskischanze; aber in unsere Standarten durften wir den Namen schreiben: *Borodino!*

12. KAPITEL

Durch zwei Tore

An »Borodino« knüpften sich hundert Fragen, und von Meerheimb, während er diese Fragen beantwortete, blieb der Mittelpunkt des Kreises. Er erzählte von dem Marsche über das unaufgeräumte, die entsetzlichsten Szenen bietende Schlachtfeld, von dem Einzug in Moskau, von ihren Hoffnungen und Enttäuschungen, endlich von dem Aufgeben der verödeten und mittlerweile zu einer Brandstätte gewordenen Hauptstadt. Mit dem Bilde, das er von diesem Elend entwarf – eine Woche später war er verwundet worden –, brachen seine Schilderungen ab. Es konnte dabei nicht fehlen, daß einzelner französischer Heerführer, Neys oder Nansoutys, noch häufiger Murats und des Vizekönigs, mit wenig verhehlter Vorliebe gedacht wurde; aber die Verhältnisse lagen damals in Preußen und ganz besonders in seiner Hauptstadt so eigentümlich, daß solcher Vorliebe ohne die geringste Besorgnis vor einem Anstoß Ausdruck gegeben werden konnte. Niemand wußte, wohin er sich politisch, kaum, wohin er sich mit seinem Herzen zu stellen hatte, denn während unmittelbar vor Ausbruch des Krieges dreihundert unserer besten Offiziere in russische Dienste getreten waren, um nicht für den »Erbfeind« kämpfen zu müssen, standen ihnen in dem Hilfskorps, das wir ebendiesem »Erbfeinde« hatten stellen müssen, ihre Brüder und Anverwandten in gleicher oder doppelter Zahl gegenüber. Wir betrachteten uns im wesentlichen als Zuschauer, erkannten deutlich alle Vorteile, die uns aus einem Siege Rußlands erwachsen mußten, und wünschten deshalb diesen Sieg, waren aber weitab davon, uns mit Kutusow oder Woronzow derartig zu identifizieren, daß uns eine Schilderung französischer Kriegsüberlegenheit, an der wir, gewollt oder nicht gewollt, einen hervorragenden Anteil hatten, irgendwie hätte verletzlich sein können.

Es schlug eben sechs, als von Meerheimb sich erhob, um den Beginn einer Opernvorstellung – die »Vestalin« wurde gegeben – nicht zu versäumen. Als sich herausstellte, daß er keine Verabredung mit anderen Kameraden getroffen habe, wurde beschlossen, ihn in die Vorstellung zu begleiten; nur Hansen-Grell und Lewin lehnten ab und schritten auf verschiedenen Wegen ihrer Wohnung zu.

Lewin hatte noch die Vorlesung im Sinn, die nicht als Schlachtbeschreibung, wohl aber als Schilderung überhaupt einen großen Eindruck auf ihn gemacht hatte. Er sah das brennende Semenowskoi und wie die Pferde, im flüchtigen Passieren der Brand- und Schwelstätte, in die verräterisch mit Aschenschutt überdeckten Kellerlöcher stürzten; er sah die tiefen russischen Kolonnen, zwischen denen, als gält' es eine Spießrutengasse zu passieren, Oberst von Leyser und seine Todesschar hindurchjagten, und er sah endlich, wie sich ein Wiesenstreifen plötzlich mit gelben Schafpelzreitern füllte, Baschkiren und Kalmücken, die nun nach Art eines Wespenschwarms ihre Opfer niederstachen. All das sah er, und dazwischen, wie eine Melodie, die er nicht loswerden konnte, hörte er die Worte des alten Compans: »Sire, es liegt in der Schanze.«

Es klang ihm noch im Ohr, als er die Treppe zu seiner Wohnung hinaufstieg. Hier fand er alles hell und licht. Frau Hulen mußte sich die Stunde seiner Rückkehr genau berechnet oder seinen Schritt auf dem Hausflur richtig erkannt haben, jedenfalls brannte schon die kleine grüne Studierlampe auf seinem Schreibtisch und schien ihn zu sich einzuladen. Er ließ auch nicht lange auf sich warten, nahm Platz und warf einen Blick auf die Bücher, Blätter und Briefe, die noch ebenso lagen, wie er sie vormittags, als er sich für das Jürgaßsche Frühstück rüstete, zurückgelassen hatte. Renatens Brief überflog er noch einmal, ohne daß sich der Eindruck sonderlich gesteigert hätte; es blieb, wie es war; der äußere Schaden durfte neben dem inneren Gewinn nicht in Betracht kommen. Andererseits trieb es ihn auch wieder, seinen Gedanken, die das Sorgenvolle eines zweiten stattgehabten Brandunglücks innerhalb wenig mehr als Jahresfrist nicht verkennen konnten, womöglich eine freundlichere Richtung zu geben, und die zur Hand liegenden Bücher sollten ihm dabei behülflich sein. Zuoberst lag immer noch der Band Herder. Als er ihn wieder aufschlug, fiel sein Auge auf dasselbe Lied, dessen Schlußzeilen ihn am Vormittage so weh ums Herz gemacht hatten, und abergläubisch, wie er war, sah er darin ein Zeichen von wenig guter Vorbedeutung. Er schloß verdrießlich das Buch, das ihm die gewünschte Freudigkeit nicht geben wollte, und weiter suchend, entdeckte er endlich ein broschürtes Heft, auf dessen zitronengelbem Umschlag, neben seinem eigentlichen Titel: »Chants et Chansons populaires«, noch von Tante Amelies charakteristischer Hand die Worte geschrieben standen: »Dedié à son cher neveu L. v. V. par Amélie, Comtesse de P.; Château de Guse, Noël 1812.« Lewin, voller Mißtrauen in den literarischen Geschmack der Guser Tante, hatte sich noch nicht entschließen können, in das Büchelchen hineinzusehen; lächelnd griff er jetzt nach demselben und blätterte darin. Eine der kleineren Abschnittsüberschriften, die er sich, vielleicht nicht ganz richtig, mit »Kinderreime« übersetzte, reizte flüchtig seine Neugier, und er begann zu lesen:

Ma petite fillette, c'est demain sa fête.
Je sais pour elle ce qui s'apprête:
Le boulanger fait un gâteau,
La couturière un petit manteau...

»Das ist ja allerliebst«, sagte er, »und ganz, wonach ich mich gesehnt habe. Wie mir diese Reime wohltun!« Und er las unter steigendem Interesse bis zu Ende. Die Zeilen hafteten sofort in seinem Gedächtnis; aber das genügte ihm nicht, er wollte sie deutsch haben, wobei dahingestellt bleiben mag, ob nicht vielleicht schon die nächste Kastaliasitzung mit aufmunterndem Winken vor seiner Seele stand. Jedenfalls war es unter dem Einfluß einer freudigerregten Stimmung, die auch dem Übersetzer rascher die Feder führt, daß er wie im Fluge die Reimpaare der zierlichen kleinen Strophe niederschrieb. Nur der »petit manteau« der couturière hatte ihm eine kleine Schwierigkeit gemacht.

Die letzte Zeile stand noch kaum auf dem Papier, als es klopfte und Frau Hulen eintrat. Sie brachte den Tee.

»Setzen Sie sich, Frau Hulen, ich will Ihnen etwas vorlesen.«

Die Alte blieb an der Tür stehen und sah verlegen auf ihren jungen Herrn. Jetzt erst merkte dieser, daß er, in dem Übermut plötzlicher guter Laune, einen gewagten Schritt getan habe, und die Reihe des Verlegenwerdens kam an ihn. Er getröstete sich jedoch, wie so viele vor und nach ihm, mit der alten Anekdote, daß auch Molière das Urteil seiner Haushälterin zu Rate gezogen habe, und sagte deshalb, während Frau Hulen das Teebrett niedersetzte, mit ziemlich wiedergewonnener Unbefangenheit: »Hören Sie nur zu; es ist nicht schlimm.

Zu meiner Enk'lin Namenstag
Ihr jeder etwas bringen mag:
Der Bäcker bringt ein Kuchenbrot,
Der Schneider einen Mantel rot,
Der Kaufmann schickt ihr, weiß und nett,
Ein Puppenkleid, ein Puppenbett,
Und schickt auch eine Schachtel rund,
Mit Schäfer und mit Schäferhund,
Mit Hürd' und Bäumchen, paarweis' je,
Und mit sechs Schafen, weiß wie Schnee;
Und eine Lerche, tirili,
Seit Sonnenaufgang hör' ich sie,
Die singt und schmettert, was sie mag,
Zu meines Lieblings Namenstag.

Nun, Frau Hulen«, schloß Lewin seine Vorlesung, »was meinen Sie dazu?«

Die Alte zupfte an ihrem Haubenband und sagte dann: »Sehr hübsch.«

»Das ist mir zu wenig.«

»Ja, junger Herr, ich kann es doch nicht wunderschön finden!«

»Warum nicht?«

»Es geht alles so klipp und klapp wie ein Fibelvers.«

»Das ist es ja eben; das soll es ja. Ganz richtig. Sie sind doch eine kluge Frau, Frau Hulen, und wenn ich wieder einen Fibelvers schreibe, so sollen Sie auch wieder die erste sein, die ihn zu hören kriegt.«

Es schien nicht, daß die Mitteilung einer derartig bevorstehenden Auszeichnung von derjenigen, an die sie sich richtete, in ihrem ganzen Werte gewürdigt wurde; Frau Hulen suchte vielmehr, während sie sonst das Plaudern über die Maßen liebte, die Rückzugslinie zu gewinnen, und erst als sie die Türklinke schon in der Hand hatte, wandte sie sich noch einmal und sagte: »Ach, da war auch der junge Schnatermann hier...«

»Von Lichtenberg?«

»Ja, von Lichtenberg. Er brachte eine Empfehlung von seinem Vater, und sie hätten morgen ein Dachsgraben in der Dalwitzer Forst. Es kämen noch andere Berliner Herren. Ob der junge Herr auch vielleicht Lust hätte? Elf Uhr am Lichtenberger Weg.«

Lewin nickte.

»Das trifft sich gut; Donnerstag ist ein freier Tag. Wecken Sie mich früh, Frau Hulen.«

Und damit wünschten sie sich eine gute Nacht.

Lewin war zu guter Stunde auf, und da nur mäßige Kälte herrschte, so bedurfte es für ihn, der ohnehin gegen Wind und Wetter abgehärtet war, keiner sonderlichen Vorbereitungen, um sich für die Partie zu rüsten.

Der Weg bis zum Rendezvousplatz war nicht allzu weit und hielt sich vom Frankfurter Tore aus auf derselben Pappelallee, die Lewin auf seinen Besuchs- und Ferienreisen nach Hohen-Vietz ungezählte Male passiert hatte. Er kannte bis nach Lichtenberg und Friedrichsfelde hin jedes einzelne Etablissement und versäumte selten, wenn er an der »Neuen Welt«, einem vielbesuchten Vergnügungslokal, vorüberkam, ein Glas Bernausches zu trinken und mit dem alten, blauschürzigen Wirt, der immer selbst bediente, einen langen Diskurs zu halten. Heute gebot es sich aber doch, auf solche Diskurse, die leichter anzufangen als abzubrechen waren, Verzicht zu leisten, und so schritt er denn an dem Etablissement vorüber, vor dem eben ein mit zwei großen Hunden angeschirrter Brotwagen abgeladen wurde.

Er war noch kaum dreihundert Schritt' drüber hinaus, als er auf dem breiten Fahrdamm, auf dem er bequemlichkeitshalber selber ging, einen ungeordneten Trupp Menschen auf sich zukommen sah, vierzig oder fünfzig, soweit es sich in der Entfernung abschätzen ließ. Es schien, daß auch er bemerkt worden war, denn der Trupp, sei es auf ein Kommandowort oder aus Antrieb jedes einzelnen, begann sich plötzlich militärisch zu ordnen, und Lewin, der nicht wußte, was er aus dieser Erscheinung machen sollte, trat auf die Seite, um die Näherkommenden an sich vorbei zu lassen. Er hatte jedoch noch eine Weile zu warten, denn es waren keine raschen Fußgänger mehr, die da heranmarschierten. Endlich ließen sich die vordersten deutlich erkennen. Sie trugen graue Mäntel samt einem Tschako und konnten auf den ersten Blick noch als eine uniformierte Truppe gelten, aber bei genauerer Musterung zeigte sich der ganze Jammer ihres Zustandes. Die Stiefel, soweit sie deren hatten, waren aufgeschnitten, um die verschwollenen Füße minder schmerzvoll hineinzuzwängen, und wenn der Wind den Mantel auseinanderschlug, sah man, wie die Gamaschen herabhingen oder völlig fehlten. Alles desolat. Ihre teils froststarren, teils längst erfrorenen Hände waren in Tuch- und Zeuglappen gewickelt, und von Waffen hatten sie nichts mehr als das Seitengewehr. Sie sahen nach Lewin hin und grüßten ihn artig, aber scheu.

Nach dieser Infanterieabteilung kam Kavallerie, Kürassiere, zehn Mann oder zwölf, die Reste ganzer Regimenter. Sie waren in besserem Aufzug, hatten noch ihre weißen Mäntel, zum Teil auch noch die hohen Reiterstiefel und trugen zum Zeichen, daß sie durch Mißgeschick und nicht durch Schuld ihre Pferde verloren hätten, die Sättel derselben über die eigenen Schultern gelegt. Einige hatten noch ihre Helme mit den langen Roßschweifen, und diese wider Willen herausfordernden Überbleibsel aus den Tagen ihres Glanzes gaben ihrer Erscheinung etwas besonders Grausiges.

Den Schluß machte wieder Infanterie, die von einem am linken Flügel marschierenden Korporal in zerschlissener, aber noch vollständiger Equipierung geführt wurde. Es war ein großer, hagerer Mann mit schwarzem Kinnbart und tiefliegenden Augen, unverkennbar ein Südfranzose. Lewin faßte sich ein Herz, trat an ihn heran und sagte: »Vous venez . . .«, aber die Stimme versagte ihm, und: »de la Russie«, ergänzte der Korporal, während er die Hand an den Tschako legte.

Im nächsten Augenblick war der Trupp vorüber, ein Leichenzug, der sich selber zu Grabe trug. Lewin sah ihm minutenlang nach, und Empfindungen, wie sie seine Seele nie gekannt, durchwühlten ihn.

»Das sind sie, denen wir aufpassen und Fallen legen und die wir dann hinterrücks erschlagen sollen. Nein, Papa, das wäre schlimmer als den Schlaf morden, schlimmer als das Schlimmste.«

Er hing seinen Gedanken noch eine Weile nach, dann wandte er sich wieder vorwärts, um das Rendezvous am Lichtenbergerweg zu erreichen.

Aber er hielt bald wieder inne. Ein tiefes Mitleid überkam ihn, zugleich ein unendliches Verlangen, diesen Unglücklichen ein Rat, eine Hülfe zu sein, und Rendezvous und Schnatermann, Dalwitzer Forst und Dachsgraben leichten Herzens aufgebend, beschloß er, wieder in die Stadt zurückzukehren.

Der Vorsprung, den der kleine Trupp gewonnen hatte, war nicht groß, und schon am Ausgang der Frankfurter Linden holte er die letzte Sektion desselben wieder ein. Er sah hier, daß viel Volks um die einzelnen her war, beruhigte sich aber, als er wahrnahm, daß es meist Neugier und Teilnahme war, was sie begleitete. Nur einzelne Hasseswort wurden laut; Hohn und Spott schwiegen. Er hielt sich deshalb zurück und folgte nur in einiger Entfernung dem Zuge, der erst über den Alexanderplatz in die Königsstraße, dann über den Schloßplatz in die Behrenstraße ging. Hier befand sich die französische Kommandantur, in deren großen Hof, nachdem man zuvor leise gepocht, diese Rückzugsavantgarde der ehemaligen »Großen Armee« eingelassen wurde. Die Menge draußen, die bald ermüdete, verlief sich in die Nachbarstraßen.

Nur Lewin blieb. Er mochte eine Viertelstunde vor dem Hause auf- und abgeschritten sein, als die große Portaltür sich von innen her öffnete und fünf von den weißmäntligen Kürassieren wieder auf die Straße traten. Die Sättel hatten sie in der Kommandantur zurückgelassen. Mit dem scharfen Auge, das die Not gibt, erkannten sie Lewin sofort wieder, traten an ihn heran und hielten ihm fragend und bittend die Quartierbilletts entgegen, mit deren Inhalt sie nichts anzufangen wußten. Lewin las die Zettel, die sämtlich auf ein und dasselbe kasernenartige Haus am »Rondell«, wie damals noch der jetzige Belle-Alliance-Platz hieß, ausgestellt waren.

»Suivez-moi«, sagte er und trat rechts neben den Vordersten. Sie folgten ruhig, ohne daß ein Wort gesprochen wurde.

Als sie den Wilhelmsplatz fast schon passiert und den Eckpunkt erreicht hatten, wo die Statue Winterfeldts steht, hörten sie kriegerische Musik, die, wenn das Ohr nicht täuschte, vom Potsdamer Tor oder aus der Nähe desselben herkommen mußte. Lewin, solchen Klängen nicht gut widerstehend, setzte sich in ein schnelleres Marschtempo, hielt aber wieder inne, als er wahrnahm, daß es den ermüdeten Kürassieren schwer wurde, ihm zu folgen. Er wandte sich, wie um durch Freundlichkeit seinen Fehler wieder gutzumachen, an den unmittelbar neben ihm gehenden und sagte, mit dem Finger nach der Richtung hinzeigend, von wo die Musik kam: »Entendez-vous?«

Und über die matten Züge des Angeredeten flog ein Lächeln, als er antwortete: »Ce sont des clairons français!«

Mittlerweile waren sie bis an die Ecke der Wilhelms- und Leipzigerstraße gekommen und sahen vom Tore her, denn der Zug schien endlos, eine ganze französische Division im Anmarsch. Die Musik schwieg eben, wahrscheinlich um Atem zu schöpfen; auf dem Bürgersteige aber, zu beiden Seiten der heranmarschierenden Kolonne, drängten sich dichte Volksmassen, ja waren teilweis' weit voraus, um rascher nach dem Lustgarten zu kommen, wo, wie man wußte, Truppeneinzüge und andere militärische Schauspiele abzuschließen pflegten. Lewin samt seinen Schutzbefohlenen war unter einen Torweg getreten und konnte den lauten Äußerungen der dicht an ihm vorüberflutenden Menge mit Leichtigkeit entnehmen, daß es die von Italien her frisch eingetroffene Division Grenier sei, was da jetzt in allem militärischen Pomp die Leipzigerstraße heraufkomme. Er hörte auch, daß General Augereau, der Gouverneur von Berlin, der Division bis Schöneberg entgegengeritten sei, um sie feierlich einzuholen und den Berlinern in beherzigenswerter Weise zu zeigen, daß der Kaiser nach wie vor unerschöpfte Hilfsquellen und trotz Moskau noch immer Armeen habe.

Es waren immer dieselben Namen und Bemerkungen, die laut wurden; jetzt aber schwieg alles, denn die Spitze der Kolonne, General Augereau selbst, war heran, ein großer, starker Mann mit Adlernase und durchdringendem Blick. Er trug die Uniform eines Marschalls von Frankreich. Die demontierten Kürassiere, als sie seiner ansichtig wurden, rückten sich zurecht, und einer, der ihn schon vom italienischen Feldzug her kannte, flüsterte den andern zu: »Voilà le Duc de Castiglione!«

Eine Suite von Ordonnanzoffizieren folgte unmittelbar, und erst, als auch diese vorüber war, ließ sich die Front des an der Tête marschierenden Bataillons mit Deutlichkeit erkennen. Es war italienische junge Garde. Vorauf ein Tambourmajor, klein und mager, aber mit einem fuchsfarbenen Schnurrbart, der bis an die roten Epauletten reichte. Fünf Schritt hinter ihm ein riesiger Mohr, nur mit Kopf und Hals über die hochaufgeschnallte Regimentspauke hinwegragend, und neben demselben ein vierzehnjähriger Hornist, ein bildschöner und, wie sich leicht erkennen ließ, von allen Weibern verhätschelter Junge, der lachend und kokett seine weißen Zähne zeigte. Er trug ein kleines, silbernes Clairon in der Rechten und sah nach den Fenstern hinauf, um wahrzunehmen, ob er auch beobachtet werde.

Die Musik schwieg noch immer. Aber jetzt, keine dreißig Schritt mehr von der Wilhelmsstraßenecke entfernt, hob der Tambourmajor seinen Stock, warf ihn in die Luft und fing ihn wieder. Im selben Moment gab der Mohr einen Paukenschlag, und der kleine Hornist neben ihm setzte das silberne Horn an den Mund und schmetterte die Signale. Dann wieder ein Paukenschlag; das Clairon schwieg, und die aus vierzig Mann oder mehr bestehende Regimentsmusik fiel ein. Im Geschwindschritt ging es vorüber; Sappeurs folgten, dann Grenadiere, und unablässig liefen Kommandoworte die lange Reihe der Bataillone hinunter.

Als Lewin sich nach seinen Gefährten umsah, standen sie abgewandt. Von ihrem alten Stolze war nichts übriggeblieben als die Scham über ihr Elend. Er wollte nicht sehen, was er nicht sehen sollte, und richtete deshalb sein Auge wieder auf die Kolonne, die jetzt mit dem letzten ihrer Bataillone defilierte. Erst als auch dieses vorüber war, legte er seine Hand leise auf die Schulter des ihm Zunächststehenden und sagte: »Eh bien, hâtons-nous!«

So schritten sie, ohne daß weiter ein Wort gesprochen worden wäre, die Wilhelmsstraße bis nach dem Rondell hinunter.

Als sie eine Viertelstunde später hier schieden, stellten sich die fünf Weißmäntel wie in Reih und Glied nebeneinander und legten salutierend die Hand an den Korb ihres Pallasch. In ihrem Auge aber lag, was ein edles Herz am meisten erschüttert: der Dank des Unglücks.

13. KAPITEL

Ein Billett und ein Brief

Und solche Gegensätze, wie sie Lewin an jenem Vormittage, der für ihn wenigstens die Schnatermannsche Jagdpartie scheitern sah, beobachtet hatte, brachte von da ab jeder Tag: durch die nordöstlichen Tore der Stadt zog das Elend, durch die westlichen der Glanz des Krieges herein. In den Straßen aber begegneten beide einander und sahen sich verwundert, oft beinahe feindselig an. »So waren wir«, sagten die finstern Blicke der einen, aber das entsprechende: »So werden wir sein« erlosch in dem Leichtsinn und der Eitelkeit der anderen.

Unter den Berlinern, die nach ihrer Gewohnheit nicht leicht einen Truppeneinzug der einen oder anderen Art versäumten, nahm sich jeder aus diesem Gegensatz der Erscheinung das heraus, was ihm paßte, und auch in dem Kreise unserer Freunde, das Ladalinskische Haus mit eingeschlossen, gingen die Ansichten darüber weit auseinander, ob der in seinem schmutzigen, am Wachtfeuer halb verbrannten Mantel heranmarschierende Veteran oder der riesige, goldbetreßte und paukenschlagende Mohr des Grenierschen Korps als das richtigere Bild des Kaiserreiches anzusehen sei. Bninski, der mit Hilfe einer nach Polen hin lebhaft geführten Korrespondenz von den bedeutenden Truppenmassen unterrichtet war, die sich eben damals, unter dem Befehl des Vizekönigs, in den Weichselfestungen, im Warschauschen und Posenschen zusammenzogen, sah durch das Eintreffen frischer Divisionen aus dem Süden, von deren Existenz er selbst keine Ahnung gehabt hatte, nicht nur jede momentane Gefahr des Kaiserreichs beseitigt, sondern knüpfte auch an diese scheinbare Unerschöpflichkeit aller Hilfsquellen die weitgehendsten Hoffnungen, während andererseits Jürgaß, Hirschfeldt und von Meerheimb – besonders dieser letztere, der die totale Deroute vor Augen gehabt hatte – an ein Wiederaufgehen des napoleonischen Sternes nicht glauben wollten.

»Er mag neue Armeen aus der Erde stampfen«, sagte Meerheimb, »aber nicht solche, wie zwischen Smolensk und Moskau begraben liegen.«

Lewin, unpolitisch und seiner ganzen Natur nach abhängig vom Moment, kam zu keiner bestimmten Überzeugung und sah das Kaiserreich sinken und sich wieder heben, je nach den heitern oder tristen Szenen, deren zufälliger Augenzeuge er sein durfte.

Eine Woche war vergangen, wieder ohne Kastaliasitzung, was in der peinlichen Akkuratesse seinen Grund hatte, mit der seitens aller Mitglieder an ihrem »Dienstage« festgehalten wurde. Dieser letzte Dienstag aber hatte, mit Einrechnung der Gäste, so ziemlich den halben Kastaliabestand: Jürgaß, Bummcke, Tubal, dazu Hirschfeldt und Meerheimb nach Potsdam entführt, wo am darauffolgenden Tage die Konfirmation des Kronprinzen in der Schloßkapelle und daran anschließend ein Gottesdienst in der Garnisonkirche stattfinden sollte. Tubal machte den Ausflug in Begleitung seines Vaters, der eine direkte Einladung, der Feierlichkeit beizuwohnen, erhalten hatte. Auch die Gegenwart Kathinkas wäre dem Geheimrat erwünscht gewesen, war aber, zu sichtlichem Verdruß desselben, von der an selbständiges Handeln gewöhnten Tochter abgelehnt worden. Sie kannte nichts Ermüdenderes als Zeremonien, namentlich kirchliche, und zog es vor, »zu festlicher Begehung des Tages« sich für Mittwoch abend – an dem, zu später Stunde erst, die nach Potsdam hin Geladenen zurückerwartet wurden – bei der schönen Gräfin Matuschka anmelden zu lassen. Für den dann folgenden Donnerstag war seit Anfang der Woche schon eine kleine, nur den engsten Freundeskreis umfassende Reunion bei Ladalinskis festgesetzt, zu der selbstverständlich auch Lewin eine Einladung empfangen und angenommen hatte. Er durfte deshalb einigermaßen überrascht sein, am Morgen dieses Tages ein zierliches, in ein Dreieck zusammengefaltetes und mit blauem Lack gesiegeltes Billet nachstehenden Inhalts zu erhalten: »Lieber Lewin! Ich glaubte Dich vorgestern oder gestern, wo Papa und Tubal in Potsdam waren, erwarten zu dürfen; aber Du verwöhnst mich nicht durch Aufmerksamkeiten. Siehst Du Gespenster? Sei nicht töricht, Lewin. Ich schreibe Dir, weil ich den Wunsch habe, Dir einen Morgengruß ins Haus zu schicken, und im übrigen nicht sicher bin, ob Du Deine Zusage für heute abend noch im Gedächtnis hast. Poeten sind vergeßlich; Verse an mich hast Du schon längst vergessen. Kathinka v. L.«

Lewin las zwei-, dreimal, sich die Worte wiederholend: »Siehst Du Gespenster?« und »Sei nicht töricht, Lewin.« Es war ihm einen Augenblick, als schlösse sich ein tropischer, in berauschendem Dufte schwimmender Garten vor ihm auf und Kathinka, von einem Boskett her, hinter dem sie sich versteckt gehalten, spränge ihm mit ausgebreiteten Armen entgegen und riefe ihm übermütig zu: »Schlechter Sucher, der du bist! Warum konntest du mich nicht finden?« Aber dann las er wieder: »Poeten sind vergeßlich; Verse an mich hast Du längst vergessen«; und er lachte bitter.

»Dies ist der echte Ton, weil es der spöttische ist! Was sind ihr Verse? Oh, ich verstehe sie ganz. Ein glücklicher Liebhaber ist ihr nicht des Glückes genug, sie bedarf noch eines unglücklichen, um den Vollgeschmack des Glückes zu haben. Deshalb hält sie mich fest. Das ist die Rolle, die sie mir zudiktiert! Folie für einen glänzenderen Stein.

Er wollte das Billett zerknittern, und fühlte doch, daß ihm die Hand versagte. Eine weichere Stimmung überkam ihn, und er berührte die Stelle, die auf Augenblicke wenigstens neue Hoffnungen in ihm angefacht hatte, mit seinen Lippen. Dann faltete er das Blatt zusammen und steckte es zu sich.

Es war ihm klar, daß die nächsten Stunden, wenn er sie an seinem Schreibtische zubrächte, doch für ihn verloren sein würden; so brach er auf, um in der Stadt Zerstreuung zu suchen. Er fand sie rascher, als er erwarten durfte. An der Ecke des Rathauses standen Hunderte von Personen, um einen in französischer und deutscher Sprache abgefaßten, auf große gelbe Zettel gedruckten Straßenanschlag zu studieren. Er trat hinzu und las über die Köpfe der vor ihm Stehenden hinweg: »Seine Exzellenz der Herr Marschall, Commandant en Chef des elften Armeecorps, ist benachrichtigt, daß zu Berlin viele Subalternoffiziere, auch Employés der Großen Armee angekommen sind, die ihre Korps, ohne dazu ermächtigt zu sein, verlassen haben. Seine Exzellenz befiehlt allen vorgenannten Personen, die Stadt zu verlassen, widrigenfalls alle diejenigen, die diesem Befehl nicht genügt haben, durch die Gendarmerie verhaftet, ihre Namen aber dem Herrn Kriegsminister notifiziert werden sollen. Alle Gastwirte sind angewiesen, keine der in nachstehender Ordre bezeichneten Offiziers bei sich aufzunehmen, und werden im Betretungsfalle in eine näher zu bestimmende Geldstrafe genommen werden. Gez. Augereau, Herzog von Castiglione.«

Dieser Straßenanschlag, mehr noch als das neunundzwanzigste Bulletin, das in den Weihnachtstagen erschienen war, enthielt das Zugeständnis einer vollkommenen Auflösung der Großen Armee; die Disziplin war hin, und mit ihr das zusammenhaltende Band. Jeder, der die Bekanntmachung las, empfing diesen Eindruck und ließ es nach Berliner Art nicht an spitzen Bemerkungen fehlen. »Employés und Subalternoffiziere! Von den Generälen ist keine Rede«, sagte der eine; »und von den Marschällen erst recht nicht«, fügte ein anderer hinzu. »Gewiß nicht; eine Krähe kratzt der andern die Augen nicht aus.« So ging es hin und her, und dazwischen die mehr als einmal wiederholte Versicherung, daß die Berliner Gastwirte keine französischen Polizeibeamten wären.

Lewin löste sich bald aus dem Menschenknäuel heraus und traf in der Nähe der Stechbahn ein paar Kommilitonen, die sich leicht bereden ließen, ein Kolleg zu opfern und an einem Spaziergange nach Charlottenburg teilzunehmen. Es war ein Marwitz und ein Löschebrand, Landsleute und alte Bekannte schon von den Schulbänken des Grauen Klosters her. Sie schritten erst die Linden, dann die große Chaussee hinunter auf das »Türkische Zelt« zu, wo sie, da zwölf Uhr mittlerweile herangekommen war, ein Dejeuner bestellten.

Unter lebhaftem Geplauder, das sich abwechselnd um York und das Augereausche Plakat, um Spontinis »Vestalin« und die Konfirmation des Kronprinzen drehte, wurde Lewin der Verstimmungen Herr, die der Vormittag mit sich gebracht hatte, und sah sich nur flüchtig wieder daran erinnert, als er beim Herausnehmen seiner Brieftasche das seiner Form und Farbe nach einigermaßen auffällige Billett Kathinkas zur Erde fallen ließ.

»Ei, Vitzewitz«, sagte Löschebrand, »ein Billet-doux! Immer neue Seiten, die wir an ihm kennenlernen; nicht wahr, Marwitz?« Dieser bestätigte, und im nächsten Augenblicke war der Zwischenfall vergessen.

Es mochte vier Uhr sein oder nur wenig später, als Lewin wieder in den Flur seines Hauses trat und sich an dem alten, längst spiegelglatt gewordenen Treppengeländer die halbweggelaufenen Stufen hinauffühlte.

Er fand oben einen Brief vor, in dessen Aufschrift er, trotz des schon herrschenden Halbdunkels, leicht die Hand seines Vaters erkennen konnte. Die Scheiben glühten noch im Abendrot. Er trat deshalb an das Fenster und las:

»*Hohen-Vietz*, den 20. Januar

Lieber Lewin!

Das Hohen-Vietzer Ereignis der vorigen Woche hat Dir Renate mitgeteilt, und Deiner umgehenden Antwort hab' ich entnehmen können, daß Du das Unglück, denn ein solches bleibt es, mit derselben geteilten Empfindung ansiehst wie wir alle. Eine niedergebrannte Scheune des Wirtschaftshofes und nun ein in Asche gelegter Flügel des Herrenhauses gewähren freilich keinen erfreulichen Anblick, am wenigsten den der Ordnung; aber sind es denn Zeiten der Ordnung überhaupt, in denen wir leben? Und so stimmen die Brandstätten zu allem übrigen. Nichts mehr davon. Es steht mehr auf dem Spiel als das.

Unsere Organisation ist beendet. Ich sehe Drosselstein, der mehr Eifer entfaltet, als ich bei seiner reservierten Natur erwarten konnte, beinahe täglich, ebenso Bamme, mit dem ich mich auszusöhnen beginne. Er ist Feuer und Flamme, und seinen beleidigenden Zynismus, von dem er auch jetzt nicht läßt, paart er mit einer Selbstsuchtslosigkeit, ja ich muß es sagen, mit einer gelegentlichen Höhe der Gesinnung, die mich in Erstaunen setzt. Nächst ihm ist Othegraven der tätigste. Er hat einen großen Einfluß unter den Bürgern, und die Schüler der beiden oberen Klassen hängen an jedem seiner Worte. Das Pedantische, das ihm sonst eigen ist, hat er entweder abgestreift, oder weil es in einem starken Glauben an sich selber wurzelt, unterstützt es wohl gar die Wirkung seines Auftretens.

Wenn ich sagte, unsere Organisation sei beendet, so hatte ich dabei nur unser Barnim und Lebus im Auge; an anderen Orten fehlt noch manches, so namentlich in den durch ihre Lage so wichtigen Dörfern *jenseits* der Oder. Wir *diesseits* haben eine Landsturmbrigade gebildet, vier Bataillone, die sich nach ebenso vielen Städten unserer beiden Kreise benennen: Bernau, Freienwalde, Müncheberg und Lebus. Die Ordre de bataille des letzteren wird Dich am meisten interessieren, weshalb ich sie hier folgen lasse:

Landsturmbataillon Lebus

1. Kompanie Hohen-Ziesar: Graf *Drosselstein.*
2. Kompanie Alt-Medewitz-Protzhagen: Hauptmann von *Rutze.*
3. Kompanie Hohen-Vietz: Major von *Vitzewitz.*
4. Kompanie Neu-Lietzen-Dolgelin: (Vakat).

Nach dem Prinzip, das Du hierin erkennen wirst – Bamme hat das Kommando der Brigade übernommen –, verfahren wir überall. An Offizieren ist noch Mangel, weil die Zahl derer, die nur mit Wind von oben segeln können, auch bei uns überwiegt. In zehn oder zwölf Tagen muß trotz alledem alles schlagfertig sein, auch da, wo man am meisten zurück ist.

Dies ist in gewissem Sinne zu spät, um so mehr, als es für das, was ich in den Weihnachtstagen vorhatte, auch *heute* schon zu spät sein würde. Die gesamte französische Generalität, wie mir Othegraven aus Frankfurt und Krach, der in Küstrin war, von dorther schreibt, ist glücklich über die Oder. In Zobelpelzen und mit immer erneutem Vorspann, an dem es unsere Dienstbeflissenen nicht haben fehlen lassen, sind sie dem Kaiser, der ihnen das Beispiel gab, gefolgt. Der Nachteil, der uns daraus erwächst, ist unberechenbar; die Beseitigung der Generäle, *so oder so* (von diesem Satze geh' ich nicht ab) war eben wichtiger, als es die Beseitigung der Armeereste je werden kann. Vieles ist versäumt, unwiederbringlich verloren. Unsere Politik des Abwartens ist daran schuld.

Aber eben dieses Abwarten, das uns so vieles versäumen ließ, hat uns vor ebenso vielem bewahrt, und wenn nun schließlich zwischen guten und schlimmen Folgen abgewogen werden soll, so ist es möglich oder – ich zögere nicht, dies Zugeständnis zu machen – selbst sehr wahrscheinlich, daß sich die Waage nach der guten Seite hin neigt. Vor drei Wochen glaubte ich, daß es *ohne* den König geschehen müsse, jetzt weiß ich – und gesegnet sei dieser Wandel der Dinge –, daß es *mit* ihm geschehen wird. Wir werden einen Krieg haben nach alten preußischen Traditionen. Ich wäre vor einem Volkskriege nicht erschrocken, denn erst das Land und dann der Thron, aber wie unser märkisches Sprichwort sagt: Besser ist besser.

Ja, Lewin, ein Wandel der Dinge, an den ich nicht mehr zu glauben wagte, er ist da, und die nächsten Tage schon werden ihn der Welt verkünden. Leicht möglich, daß, wenn Du diese Zeilen erhältst, der erste der beabsichtigten Schritte bereits geschehen ist.

Und nun höre. Der Hof verläßt Potsdam und geht nach

Breslau. Dieser Schritt ist wichtiger, als Du ermessen kannst. Was ihn veranlaßt hat, darüber gehen nur Gerüchte. Es heißt, daß Napoleon beabsichtigt habe, sich des Königs zu bemächtigen und ihn als Geisel, als Gewähr für die friedliche Haltung des Landes, auf eine französische Festung abführen zu lassen. Ich untersuche nicht, wieviel Wahres oder Falsches an diesem Gerüchte ist, es genügt, daß ihm der König Glauben geschenkt hat. Unmittelbar nach der Konfirmation des Kronprinzen, die heute stattfindet, wird der Aufbruch erfolgen. Es geht in fünf Etappen; das Regiment Garde wird diese Übersiedelung begleiten oder decken. Breslau, Schlesien sind gut gewählt; die Provinz ist die einzige, die keine französische Besatzung hat, und Österreich, auf das wir rechnen, ist nahe.

Und nun höre weiter!

Auf den 26. ist das Eintreffen des Königs in Breslau festgesetzt; eine Woche später wird er sein Volk zu den Waffen rufen. Der Entwurf zu diesem Aufruf ist in meinen Händen gewesen; er spricht die Sprache, die jetzt gesprochen werden muß, und es ist nur eins, was ihm fehlt: der Feind wird nicht genannt. Aber, Gott sei Dank, es bedarf dessen nicht mehr. Yorks zum Schein verworfene, aber wie ich jetzt mit Bestimmtheit weiß, in allen Stücken gebilligte Kapitulation, dazu der wahrscheinlich morgen schon stattfindende Aufbruch des Hofes, um sich den Launen eines unberechenbaren Bundesgenossen zu entziehen, alles das läßt keinen Zweifel darüber, *wem* es gilt.

Und in die leere Luft verhallen wird dieser Aufruf nicht. Ich kenne unser Volk. Es ist wert, daß es besteht, und es wird sich für sein Bestehen einsetzen. Das ist alles, was es kann. Keiner hat mehr als sich selbst. Wir haben viele Fehler, aber auch viele Vorzüge; es trifft sich, daß wir den Gegensatz von schwarz und weiß nicht bloß in unseren Farben haben. Der Sinn fürs Ganze ist seit des Großen Königs Tagen in uns lebendig geworden, und sehen wir das Ganze hinschwinden, so schwindet uns auch die Lust an der eigenen Existenz. Denk' an den alten Major, der am Tage nach Kunersdorf in unserer Hohen-Vietzer Kirche verblutete. Sein Blutfleck erzählt von ihm bis diesen Tag. Er dachte, daß Preußens letzte Stunde gekommen sei; »ich will sterben, Kinder«, rief er, als sie ihn niederlegten, und riß sich den Verband von seiner Wunde.

Und solcher leben noch viele bei uns!

Im übrigen, wir werden einen *ordentlichen* Krieg haben, Lewin, und ordentliche Fahnen. Hörst Du: ordentliche, preußische, königliche Fahnen. Du sollst mit mir zufrieden sein. Bin ich doch mehr in Dein Lager übergegangen als Du in das meine. Schreibe bald; noch besser, komm! Alles grüßt: die Schorlemmer, Renate, Marie. Selbst Hektor, der mich groß ansieht und zärtlich winselt, scheint sich melden zu wollen.

Wie immer Dein alter Papa B. v. V.«

14. KAPITEL

Kleiner Zirkel

Die Einladung zu Ladalinskis hatte auf sechs Uhr gelautet; der alte Geheimrat, wenn er es vermeiden konnte, liebte nicht die späten Zusammenkünfte. So war es denn hohe Zeit für Lewin, sich zu rüsten. Und er tat es; aber nicht in bester Laune. Immer wieder bestürmte ihn die seit Stunden vergebens zurückgedrängte Frage, was Kathinka mit ihrer zweiten, so rätselvoll zugespitzten Einladung eigentlich bezweckt habe, und immer wieder lautete die Antwort: »Kokettes Spiel! Sie bedarf meiner; ich bin ihr wertlos und wertvoll zugleich; sie hält mich wie den Vogel am Faden und gefällt sich darin, den Faden nicht aus der Hand zu lassen.« Das war der Grundton in seiner Betrachtung, in der nur leise Hoffnungsstimmen mitklangen.

Es schlug eben sieben vom Marien- und gleich darauf auch vom Nikolaiturm, als unser Freund in das Ladalinskische Haus eintrat.

Die Gesellschaft war schon versammelt, und zwar in dem uns bekannten kleinen Damenzimmer, das heute, wo statt der rotdämmerigen Ampel eine große und helle Astrallampe brannte, um vieles heiterer wirkte als an jenem Ballabend, der nur zwei große Momente gehabt hatte: die Mazurka und die Nachricht von der Kapitulation.

Kathinka, trotzdem sie beim Eintreten Lewins in einer intimen Flüsterunterhaltung mit der schönen Matuschka war, begrüßte den wie gewöhnlich um eine Stunde zu spät Kommenden mit ebensoviel Unbefangenheit wie Freundlichkeit, und während dieser einen Stuhl nahm, um in den aus Tubal, Bninski, Jürgaß und dem alten Ladalinski gebildeten Halbkreis einzurücken, unterließ sie nicht, über das »Zuspätkommen« der Poeten zu spötteln, das übrigens nicht wundernehmen könne, da die Unpünktlichkeit die Schwester der »Vergeßlichkeit« sei. Dem letzteren Wort gab sie nicht nur einen verstärkten Ton, sondern auch einen besondern Vertraulichkeitsausdruck, als ob sie sich dadurch noch einmal zu dem ganzen Inhalt ihres Vormittagsbilletts, das mit einem leisen Vorwurf über seine »Vergeßlichkeiten« geschlossen hatte, habe bekennen wollen. Er seinerseits unterließ jede Antwort darauf, entweder weil ihn das Spiel verdroß, oder weil er in ebendiesem Augenblicke, vom Sofa her, die beiden großen Kristallgläser der alten, auch heute wieder neben dem Fräulein von Bischofswerder sitzenden Oberhofmeisterin-Exzellenz scharf auf sich gerichtet fühlte, doppelt scharf und böse, weil er sie durch sein verspätetes Eintreffen in einem begonnenen Vortrag unterbrochen hatte. Voll Verlangen, sie, wenn irgend möglich, wieder zu versöhnen, erhob er sich von seinem Stuhl, auf dem er kaum erst Platz genommen hatte, um in etwas wirren Worten eine Entschuldigung zu versuchen; die alte Exzellenz schlug aber mit unverkennbar absichtlichem Geräusch ihre Lorgnette zusammen und lächelte hochmütig, wie um auszudrücken, daß Schweigen und Dulden um vieles schicklicher gewesen sein würde, und fuhr dann, an der Bischofswerder rücksichtslos vorbeisprechend, in ihren Mitteilungen mit schnarrender Stimme fort: »Ich wiederhole Ihnen, lieber Ladalinski, daß Seine Majestät morgen mit dem frühesten Potsdam verlassen werden. Das nächste Nachtquartier wird in Beeskow genommen, einer kleinen Stadt, die besser ist als ihr Ruf; sie hat ein ehemalig bischöfliches Schloß. Die Garden begleiten den König. Tippelskirch hat an Kessels Stelle das Kommando übernommen. Kessel bleibt in Potsdam. Seine Majestät gedenken am 26. in Breslau einzutreffen.«

»Ich empfing eben eine gleichlautende Nachricht von meinem Vater aus Hohen-Vietz«, bemerkte der in seiner Verlegenheit abermals fehlgreifende Lewin und mußte sich – da Blicke wirkungslos bleiben zu sollen schienen – nunmehr eine direkte Reprimande von seiten der alten Gräfin-Exzellenz gefallen lassen.

»Es ist nicht Art der preußischen Oberhofmeisterinnen«, erwiderte dieselbe spitz, »Nachrichten über Seine Majestät den König in Umlauf zu setzen, die noch der Bestätigung bedürfen. Es freut mich indessen, Ihren Herrn Vater so gut unterrichtet zu sehen. Ich bitte, mich ihm bei nächster Gelegenheit in Erinnerung bringen zu wollen. Seine Schwiegermutter, die Generalin von Dumoulin, war eine Jugendfreundin von mir.«

Lewin, der nicht wußte, was er aus diesen Worten machen sollte, in denen sich neben aller Überhebung doch auch wieder ein leiser Anflug von Teilnahme aussprach, hielt es für das geratenste, alles Unliebsame darin zu überhören, und verbeugte sich artig gegen die alte Gräfin, während diese mit Wichtigkeit fortfuhr:

»Augereau hat strikten Befehl, sich in bestimmt vorgezeichneten Fällen, namentlich im Fall eines Aufstandes, der Person des Königs zu bemächtigen, und Seine Majestät, die seit länger als drei Wochen von diesem strikten Befehle weiß, würde sich der drohenden Gefahr schon früher entzogen haben, wenn nicht der Wunsch vorgeherrscht hätte, die bevorstehende Konfirmation des Kronprinzen, die nun gestern, wie wir alle wissen, wirklich stattgefunden hat, abzuwarten. Übrigens haben Seine Königliche Hoheit, was Ihnen, lieber Geheimrat, trotz Ihrer Anwesenheit bei der Feier entgangen sein dürfte, zur Erinnerung an diesen hochwichtigen Tag, aus den Händen Seiner Majestät einen kostbaren Ring erhalten.«

»Sans doute«, bemerkte Bninski.

»Sans doute?« wiederholte fragend und gedehnt die alte Oberhofmeisterin, der der spöttische Ton in der hingeworfenen Bemerkung des Grafen nicht entgangen war. »Warum sans doute, Graf Bninski?«

»Weil der Ring«, erwiderte dieser, »das Zeichen ewiger und unverbrüchlicher Treue ist und eine Feier in diesem Lande, am wenigsten eine kirchliche, ohne dieses Zeichen nicht wohl gedacht werden kann.«

Der Geheimrat rückte verlegen hin und her. Es war ihm im höchsten Maße peinlich, in seinem Hause, noch dazu in Gegenwart zweier Damen vom Hofe, Worte fallen zu hören, deren ironische Bedeutung trotz des Ernstes, mit dem sie vorgetragen wurden, niemandem entgehen konnte. Er sah deshalb zu dem Grafen hinüber, ersichtlich bemüht, diesen, wenn nicht zu einem Wechsel des Gesprächs, so doch wenigstens zu einem Wechsel des Tones zu veranlassen. Bninski aber ignorierte diese Bemühungen und fuhr in demselben Tone fort: »Es zählt dies zu den Eigentümlichkeiten deutscher Nation. Immer ein feierliches In-Eid-und-Pflicht-Nehmen, dazu dann ein entsprechendes Symbol, und ich darf sagen, ich würde überrascht sein, wenn dem kostbaren Ringe, den Seine Königliche Hoheit aus den Händen des Königs, seines Vaters, empfangen hat, nicht noch eine direkte Aufforderung zum Treuehalten, entweder in Form einer eingravierten Devise oder eines Bibelspruchs, beigegeben sein sollte. Etwa: ›Sei getreu bis in den Tod‹, oder dem ähnliches.«

Die alte Gräfin preßte die Lippen zusammen. Es war ersichtlich, daß sie schwankte, in welcher Art sie replizieren solle; aber sich rasch für eine versöhnliche Haltung entscheidend, sagte sie mit erzwungener guter Laune: »Ich sehe, Graf, daß Sie von dem Ringe wissen. Wenn durch Inspiration, so beglückwünsche ich Sie und uns. Der innere Rand trägt allerdings die Umschrift: ›Offenbarung Johannis 2. V. 10‹. In diesem Punkte haben Sie recht behalten; aber nicht darin, daß dieser Konfirmationsring eine Hof- oder Landessitte sei. Im Gegenteil; es ist der erste Fall der Art.«

»So wird es Sitte werden. Gute Beispiele pflegen einen fruchtbaren Boden in dem loyalen Sinn des Volkes zu finden.«

Sehr wahrscheinlich, daß die fortgesetzten Sarkasmen Bninskis doch schließlich alle friedlichen Entschlüsse der Oberhofmeisterin, die fast ebenso heftig wie hochfahrend war, in ihr Gegenteil verkehrt hätten, wenn nicht in diesem Augenblicke Kathinka ihr bis dahin mit der schönen Matuschka geführtes Gespräch abgebrochen und zwei Taburetts, für sich und ihren

Plauderpartner, in den Halbkreis, zwischen Lewin und Bninski, hineingeschoben hätte.

»Welche Blasphemien, Graf!« wandte sich Kathinka an diesen. »Sollte man doch meinen, wenn man den Ton Ihrer Worte vor Gericht stellen könnte, daß Sie geneigt seien, den Ring für ein überflüssiges Ding in der Weltgeschichte zu halten. Aber darin irren Sie. Nichts ohne Ring. Nicht wahr, Herr von Jürgaß?«

»Sans doute«, sagte dieser, der, ohne Furcht dadurch anzustoßen, das fast zum Zankapfel gewordene Wort wiederholen durfte. »Ich stimme Fräulein Kathinka bei: nichts ohne Ring! Um ihn dreht sich alles in Leben, Sage, Geschichte; der liebste war mir immer der des Polykrates, denn ich schätze Leute, die Glück haben. Nun haben wir auch noch die Ballade dazu. Mit Hilfe eines Ringes vermählte sich der Bischof seiner Kirche, der Doge dem Meere und selbst Heinrich VIII. seinen sechs Frauen, dieser geniale Hasardeur mit dem six-le-va. Beiläufig, eine Kollektivausstellung seiner sechs Trauringe müßte zu sonderbaren Betrachtungen führen.«

»O nichts von diesem König Oger, der es vergessen zu haben schien, daß unschuldige Frauen auch eines natürlichen Todes sterben können.«

»Aber Anne Bulen, meine Gnädigste, war überführt.«

»Ach, ich bitte Sie, Jürgaß, haben Sie je von einer überführten Frau gehört? Ich glaube gar, Sie wollen ernsthaft seinen Verteidiger machen; da hätt' ich Sie doch für galanter gehalten. Erzählen Sie mir lieber von besseren Ringen als von den sechs Trauringen König Heinrichs.«

»Dann kann ich nur noch von den drei Ringen der Puttkamers erzählen.«

»Sie scherzen. Von den Tudors auf die Puttkamers! Das ist denn doch ein Sprung. Im übrigen bin ich neugierig genug. Was ist es damit? Aber es muß etwas Heiteres sein.«

»Ich weiß nicht. Es beginnt gleich damit, daß diese drei Ringe nur noch zwei sind. Und diese zwei sind wieder unsichtbar.«

»Oh, das ist ein guter Anfang; etwas gespenstisch. Aber wir haben ja noch früh. Also nur weiter.«

»Nun gut. Es waren also drei Ringe, die die Wichtelmännchen oder die ›kleinen Leute‹ oder die Unterirdischen den Puttkamers zum Geschenke machten, vor langen, langen Jahren, als Pommern eben fertig geworden war.«

»Wann war das?«

»Sagen wir hundert Jahre nach Fertigwerdung der Mark; diese Differenz müssen Sie meinem Lokalpatriotismus zugute halten. Also die Puttkamers hatten ihre drei Ringe, die sie, so hatten die Wichtelmännchen gesprochen, wahren und in Ehren halten sollten, das würde dem Hause Glück und Segen bringen. Und es kam auch Segen ins Haus, namentlich an Kindern, bis plötzlich, niemand weiß wie, der eine Ring verlorenging und der Segen sich minderte.«

»Ah!« sagte Tubal.

»Sie sagen ›Ah‹ und atmen auf«, fuhr Jürgaß fort. »Die Puttkamers aber mochten auf den Segen nicht verzichten. Und weil sie sicher gehen wollten, so baute der reichste von ihnen ein schönes Schloß, und in den Schloßturm hinein, da wo die Wände am dicksten sind, vermauerte er die beiden verbliebenen Ringe. Und da sind sie noch und bergen wie sich selbst, so auch das Glück des Hauses.«

Das Fräulein von Bischofswerder, das bis dahin steif und unbeweglich auf dem Sofaplatz gesessen hatte, hatte, während Jürgaß sprach, immer lebhafter und zustimmender ihr Kinn an den Hals gedrückt. Jetzt nahm sie das Wort: »Auch wir hatten einen solchen Ring«, sagte sie, »der der Sage nach das Glück der Familie begründen sollte.«

»Und es wohl auch begründet *hat*«, unterbrach die alte Exzellenz. »Es war, denk' ich, der Geisterring Ihres Herrn Vaters, der die Lebendigen einschläferte und die Toten zitierte.«

»Gewiß«, erwiderte die Bischofswerder, die bei diesem Hohn ihre sonstige Devotion hinschwinden fühlte, »gewiß, Exzellenz. Und unter diesen Toten befanden sich ganze Familien, die ohne den Ring meines Vaters immer tot geblieben wären. Ist nicht die Dankbarkeit auch eine deutsche Tugend, Graf Bninski?«

Dieser, einigermaßen überrascht, von so unerwarteter Seite her seine Ketzereien unterstützt zu sehen, verbeugte sich gegen die Bischofswerder, während der Geheimrat von dem Gedanken geängstigt, die kaum erst überstandene Gefahr in neuer Gestalt heraufziehen zu sehen, sich mit der Frage an Lewin wandte: »Was war es doch, Lewin, mit dem Bredowschen Erbringe, von dem du mir vor Weihnachten erzähltest? Nur der Eindruck ist mir geblieben. Ich hört' es gerne noch einmal. Exzellenz Reale wird es gestatten, und Kathinka, die so lebhaft für Ringe plädiert, muß dir dankbar sein, etwas zur Verherrlichung ihres Themas zu hören.«

»Gewiß«, bemerkte diese, »ich würde schon dankbar sein, unseren schweigsamen Freund sich überhaupt an unserem Gespräche beteiligen zu sehen, doppelt, wenn es in Verteidigung des Ringes und seiner welthistorischen Mission geschieht. Denn jedes Ding braucht seinen Mann, und ich wüßte nicht, was besser zusammenpaßte als ein Ring und Vetter Lewin. Vor allem, wenn es ein Trauring ist. Es ist ein stiller, natürlicher Bund zwischen beiden, und es ließe sich ein Märchen darüber schreiben; ja, ich glaube, ich könnte es, unpoetisch wie ich bin. Ich würde den Trauring als einen kleinen runden, in seiner Mitte ausgehöhlten König auffassen, der alle guten Leute beherrscht, die Ehrbaren und die Tugendsamen. Und an den Stufen seines Thrones stände sein erster Minister, als ehrbarster und tugendsamster, und er hieße Lewin.«

Lewin wurde blaß und rot, faßte sich aber rasch und sagte ruhig: »Nach einer Charakterschilderung wie dieser werd' ich mich freilich der an mich ergangenen Aufforderung nicht entziehen können, um so weniger, als es von König Pharaos Tagen her zu den Aufgaben und Vorrechten eines Tugendministers gehört, Träume zu deuten und Geschichten zu erzählen. Und so beginn' ich denn:

Es war also wirklich ein Erbring, breit und mit allerhand Zeichen, und eine junge Frau von Bredow, deren Eheherr, Josua von Bredow, Rittmeister und Amtshauptmann von Lehnin war, trug ihn am Ringfinger der linken Hand. Den Winter über lebte das junge Paar in der kleinen Perleberger Garnison, wenn aber der Mai kam, gingen sie, wie sich's gebührte, nach Lehnin, um in dem geräumigen Abthause, dem einzigen, das aus alten Klostertagen her noch geblieben war, ihre amtshauptmannschaftliche Wohnung und zugleich auch eine Sommerfrische zu nehmen. Das waren dann glückliche Wochen, und sie fuhren nach Plessow, Göttin, Reckahne, um die verschiedenen Rochows, und ebenso nach Groß-Kreuz, um den alten Herrn von Arnstedt zu besuchen, ihr liebstes aber blieb doch immer, an dem schönen Klostersee spazieren zu gehn, besonders wo zwischen Brombeer- und Haselsträuchern hin der Weg über die dicht in Blumen stehende Wiese läuft.«

»Wie hübsch«, sagte Kathinka. »Ich hätte mit von der Partie sein mögen.«

»Und eines Abends«, fuhr Lewin fort, »machten sie wieder ihren Spaziergang, und weil gerade die Hagerosen blühten, wandelte die junge Frau die Lust an, eine derselben zu pflükken. Sie drückte deshalb, um die Rose leichter abreißen zu können, einen dicht umherstehenden Haselstrauch beiseite, aber im selben Augenblicke, wo sie die Linke nach der Rose hin ausstreckte, schlug die stärkste der Haselruten wieder zurück und streifte ihr den Ring vom Finger. Sie sah den goldenen Bogen, den er in der Luft beschrieb, und wie er dann auf den Wiesenstreifen dicht hinter der Hecke niederfiel. Ein leiser Schrei kam über ihre Lippen; dann teilten beide sorglich die Hecke, bückten sich und begannen zu suchen. Sie suchten noch, als schon die Mondsichel am stillen Abendhimmel stand; sie suchten in der Frühe des Morgens und als es Mittag war. Aber umsonst, der Ring war fort. Du wolltest mit von der Partie sein, Kathinka; vielleicht daß deine glückliche Hand ihn gefunden hätte.«

»Keine Diversionen«, lachte diese. »Die Geschichte, die Geschichte.«

»Und mit dem Ringe war das Glück des jungen Paares dahin; nicht langsam und allmählich, sondern unmittelbar. ›Du hättest vorsichtiger sein sollen‹, sagte der Eheherr im Tone des Vorwurfs, und mit diesem Worte war es geschehen. Aus dem ersten Vorwurf wurde der erste Streit, und alles, was den Frieden eines Hauses stören kann, brach in Jahresfrist herein: Krankheit und Kränkung, Mißernten und Eifersucht.«

»Auch Eifersucht? Nicht doch. Du darfst deine Helden nicht mutwillig um die Gunst deiner Hörer bringen.«

»Nur um sie neu zu gewinnen. Allerdings erst für spätere Zeiten.«

»Dann überschlage, was zwischen liegt.«

»So wollt' ich auch. Die silberne Hochzeit war endlich nahe, und Josua von Bredow, der längst den Dienst quittiert und sich auf seine Amtshauptmannschaft in die Lehniner Einsamkeit zurückgezogen hatte, dachte trotz manchen Unfriedens, der nach wie vor in seinem Hause herrschte, den Tag zu feiern. Es waren doch immer fünfundzwanzig Jahre! Er hatte deshalb einen großen Bogen Papier vor sich und schrieb eben die Namen derer auf, die zu dem Tage geladen werden sollten, als ihm Frau von Bredow, die trotz ihrer fünfundvierzig immer noch eine hübsche und stattliche Frau war, über die Schulter sah und auf das bestimmteste forderte, daß der alte Arnstedt, der sich auf dem letzten Potsdamer Ball ungebührlich benommen habe, gestrichen werden sollte.

Eine Szene schien unvermeidlich. Da trat in großer Aufregung die Wirtschafterin ins Zimmer und sagte: ›Gnädiger Herr, da is er; die alte Holtzendorffen hat ihn eben gefunden.‹ Und dabei legte sie eine große Frühkartoffel vor ihn hin, die, beim Ansetzen, mit ihrer Spitze in den goldenen Erbring hineingewachsen war. Da war er also wieder. Die gnädige Mutter Natur gab ihn heraus, und Josua von Bredow und seine geborene von Ribbeck wußten nun, daß wieder bessere Tage kommen würden. Er gab ihr einen Kuß und strich den alten Arnstedt ohne Widerrede aus. Und als in der Woche darauf die silberne Hochzeit wirklich gefeiert wurde, da traten sie zum zweitenmal vor den Altar, und der alte Lehniner Pastor Krokisius, der aber damals noch bei mittlern Jahren war, hielt eine wunderschöne Rede über den Spruch: ›Wen Gott lieb hat, dem müssen alle Dinge zum Besten dienen.‹ Und als seine Rede, denn er konnte sich nicht kurz fassen, endlich zu Ende war, da nahm er die Hand der Silberbraut und steckte den Ring an denselben vierten Finger, von dem ihn die böse Haselrute abgestreift und dadurch eine lange Zwischenzeit des Unfriedens geschaffen hatte. Am Tage nach dieser Feier aber, denn sie mochten sich von ihrem Schatz nicht wieder trennen, ließen sie von Berlin her einen Graveur kommen, der mußte den Tag des Verlustes und des Wiederfindens in den Ring eingraben und die schöne Bibelstelle, über die Pastor Krokisius gepredigt hatte. Und wenn sie nicht gestorben sind, so leben sie heutigen Tages noch.«

Die Gräfin-Exzellenz hatte während der Erzählung mehr und mehr ihre hautaine Haltung abgelegt und tippte jetzt Lewin, wie zur Besiegelung ihrer jungen Freundschaft, mit der Lorgnettenspitze auf die Hand.

Kathinka versprach, sobald sie Königin geworden sein würde, ihn als Traumdeuter und ersten Erzähler an ihren Hof zu ziehen, und nur die Bischofswerder konnte sich nicht darüber beruhigen, daß dieser entzückende Ring gerade in eine Kartoffel hineingewachsen sei, »die Poesie leide darunter«, eine Bemerkung, der Lewin ohne weiteres zustimmte, weil er die Unmöglichkeit einsah, in diesen ästhetischen Anschauungen Licht zu schaffen.

Der alte Geheimrat, seiner Natur entsprechend, verweilte bei Nebensächlichkeiten und wollte namentlich wissen, welcher Bredowschen Linie der Erbring angehört habe. Dann kam er auf *Lehnin,* verbreitete sich über die Weissagung, deren erste und letzte Zeilen er im lateinischen Original auswendig wußte, und schloß mit einem Seufzer darüber, daß ihm während voller siebzehn Jahre ein Besuch dieser alten Kulturstätte, zugleich des Begräbnisplatzes so vieler Markgrafen und Kurfürsten, versagt geblieben sei.

»Aber warum versagt?« unterbrach ihn Tubal, und ehe der alte Ladalinski antworten konnte, fiel Kathinka mit aller Bestimmtheit ein:

»Machen wir die Partie. Wer ist unser Reisemarschall? Tubal, nein; Lewin, zweimal nein. Aber Sie, Herr von Jürgaß! Ich will nicht so viel Menschenkenntnis haben, um einen Attaché von einem Professor zu unterscheiden, wenn Sie nicht der geborene Reisemarschall sind.«

»Ich würde sofort meine Unfähigkeit beweisen, wenn ich widerspräche.«

»Also angenommen?«

»Ja.«

»Und wann?«

»Nicht vor Dienstag. Wir haben in Potsdam Relais; so ist es Zeit, wenn wir um Mittag aufbrechen. Rendezvous: Schöneberg, am ›Schwarzen Adler‹. Zwölf Uhr pünktlich. Au revoir.«

15. KAPITEL

Lehnin

Und der verabredete Dienstag kam. Aber er kam nicht, ohne daß *das* eingetreten wäre, was bei ähnlichen Verabredungen immer einzutreten pflegt: die Hälfte hatte sich inzwischen eines andern besonnen. Nicht nur die Gräfin-Exzellenz samt der Dame d'atour vom Hofe der hochseligen Königin, auch der alte Geheimrat, dessen pedantisch-romantisches Verlangen, die lateinischen Zeilen der Lehninschen Weissagung an Ort und Stelle zitieren zu können, den eigentlichen Anstoß zu der Partie gegeben hatte, hatte schließlich auf die Teilnahme daran verzichtet. Aber an Stelle dieser ausscheidenden Elemente waren andere herangezogen worden, und ein frischer, in der Nacht von Montag auf Dienstag gefallener Schnee versprach eine rasche und prächtige Fahrt. Denn man war übereingekommen, die Partie zu Schlitten zu machen. Ein leiser Ostwind ging, die Sonne schien, und der Himmel stand blau und wolkenlos wie eine Glocke.

Es schlug eben zwölf vom Schöneberger Turm, als vier Schlitten vor dem »Schwarzen Adler«, dem durch Jürgaß bestimmten Rendezvous, vorfuhren. Ihre Insassen waren Bekannte vom Ladalinskischen Balle her, Graf Matuschka, Graf Seherr-Thoß, Graf Zierotin, alle drei mit ihren jungen Frauen. Nur Bninski fehlte. Statt seiner war Tubal als Schlittenpartner eingetreten und hatte an Kathinkas Seite Platz genommen. Eine Minute später erschien ein fünftes Gespann, etwas größer und nach Art aller gemieteten Schlitten ziemlich unelegant, in dem Lewin, von Hirschfeldt und Bummcke saßen. Jürgaß, der zu beschaffenden Relais halber, war schon seit drei Stunden nach Potsdam voraus.

Die Begrüßungen gingen eilig, denn es gebot sich, des kurzen Tages halber, mit den Minuten zu geizen. Tubal nahm die Tête, dann folgten die drei jungen Paare, während der »Célibataire-Schlitten«, wie die gräflichen Damen das zuletzt eingetroffene Gefährt in guter Laune getauft hatten, den Schluß machte. An dieser guten Laune nahm alsbald alles teil; die Pferde warfen den Schaum nach hinten, die Schellen und Glöckchen läuteten, und wenn ein niedrighängender Zweig gestreift wurde, stäubte der Schnee in die Luft oder fiel in glitzernden Kristallen auf die Muffen und Bärendecken nieder. Und dabei Geplauder überall, auch in dem abschließenden Schlitten der Célibataires.

»Wo nur Bninski sein mag?« fragte Lewin. »Er schien so geneigt, uns zu begleiten.«

»So haben Sie nicht davon gehört?« antwortete Bummcke. »Jürgaß hat ihn gebeten, auf eine Teilnahme an der Partie zu verzichten.«

»Aber wie konnt' er nur? Ich wenigstens hätte mich eines solchen Auftrags nicht entledigen mögen.«

Bummcke lachte. »Sie kennen ja Jürgaß. Ich wette, daß es ihm leichter geworden ist als der müden Krähe, die da eben vor uns auffliegt, das Flügelschlagen. Er verfährt nach dem alten Grundsatz: ›Ehrlichkeit die beste Politik‹ und hat dem Grafen offen gesagt, daß sein Erscheinen eine Verlegenheit schaffen würde. Ich glaube nämlich, er hat eine Überraschung, irgend etwas Preußisch-Patriotisches vor. Sie wissen, er liebt dergleichen. Was ihm Bninski geantwortet, weiß ich nicht, nur so viel ist gewiß, daß ihr gutes Einvernehmen keine Störung erfahren hat. Es überrascht mich nicht. Jürgaß ist harmlos und der Graf eine vornehme Natur. Selbst seine Vorurteile beleidigen nicht. Er haßt uns, aber er haßt das Ganze, nicht die einzelnen. Denken Sie daran, Hirschfeldt, wie liebenswürdig er alles aufnahm, was Sie über Spanien lasen. Es ist nichts Kleinliches an ihm.«

Hirschfeldt nickte zustimmend, und während dieses Gespräch fortgesponnen und im Anschluß daran des letzten Abends bei Ladalinskis, der alten hochmütigen Exzellenz, der steifen und zeremoniellen Bischofswerder und zuletzt auch der zwischen beiden geführten Fehde gedacht wurde, passierten unsere Freunde den Steglitzer Park, über den die leichter und eleganter gebauten Schlitten der vier Mazurkapaare schon seit einer kleinen Weile hinaus waren. Lewin drang auf prompteren Anschluß, aber der Abstand blieb, und immer, wenn der Weg eine Biegung machte, sah der nachfolgende fünfte Schlitten die Flankenlinie der vier vorausfliegenden Gespanne, die blauen Schleier der Damen und die weißen Schneedecken, die sich im Winde bauschten und blähten.

An den ausgebauten Häusern von Zehlendorf vorbei ging es im Fluge auf das Stimmingsche Gasthaus am Wannsee zu, und Lewin, mit der Hand nach links deutend, wies jetzt auf eine umfriedete, nur an vier Pappeln erkennbare Stelle hin, wo sich seit Jahresfrist der Grabhügel Heinrichs von Kleist erhob. Hirschfeldt, damals schon in Spanien, wußte nichts von dem beklagenswerten Ereignis, und so fiel es seinen Gefährten zu, ihm von den letzten Schicksalen, dem Leben und Sterben eines Kameraden zu erzählen, mit dem er, als beide noch in derselben Garnison standen, wenigstens oberflächlich bekannt gewesen war. Von dieser Erzählung sprang das Gespräch bald zu seinen Dichtungen über, und der Charakter des Käthchens von Heilbronn, vor allem die dramatische Berechtigung oder Nichtberechtigung des Somnambulen war noch keineswegs festgestellt, als schon ihr Schlitten durch die defileeartige Schmalung hindurchglitt, die bei Kohlhasenbrück durch den dicht an die Straße herantretenden Fichtenwald und von der anderen Seite her durch das Röhricht des Griebnitzsees gebildet wird. Eine Minute später, und die verschneiten Weberhäuser von Nowawes, nicht viel größer wie winterliche Grabhügel, lagen zu beiden Seiten, und jetzt am Brauhausberg, dann an der Schloßkolonnade vorbei, ging es in das stille Potsdam hinein. Heute stiller denn je, denn der Hof und die Garden, wie es die alte Exzellenz an dem letzten Ladalinskiabend vorhergesagt hatte, waren seit einer halben Woche fort. Am Jägertore hielt Jürgaß, zehn Schritte weiter abwärts die Relais, und nachdem alle Herren und Damen ihren Reisemarschall begrüßt, ein paar Postknechte aber die Pferde gewechselt und die Sielen und Schellengeläute wieder aufgelegt hatten, ging es ohne weiteren Aufenthalt in immer rascherem

Tempo in die Havellandschaft hinein. Denn das Ziel mußte noch vor Sonnenuntergang erreicht werden.

Es war jetzt zwei Uhr. Die Kuppeldächer der Communs und des Neuen Palais blinkten in der Nachmittagssonne, und unmittelbar dahinter dehnte sich das Golmer Bruch; Dorf Eiche mitsamt seinem Kirchturm schien darin zu versinken. Nun lag auch das zurück, und aus der Eis- und Schneewüste, zu der die sonst in seeartigen Flächen dahinfließende Havel geworden war, ragten nur noch die Mastspitzen von ein paar Dutzend Kähnen auf, die der Frost auf ihrer Fahrt überrascht und zur Überwinterung im Eise gezwungen hatte. Dann kam Stadt-Werder, nur kenntlich an einer Rauchsäule, die über der großen Brauerei der Insel stand, und nun an niedrigen, aber steilen Hügeln vorbei, auf deren Abhängen nichts sichtbar war als Krähen und Schnee, jagten die Schlitten den nächsten Dörfern zu.

Die Gespräche stockten oder wurden einsilbiger; alles hatte nur noch einen Gedanken: das Ziel. Jürgaß übernahm die Führung, denn Groß-Kreuz war eben passiert, und der Weg, der jetzt nach links hin in den großen Lehniner Tannen- und Eichenforst einzubiegen begann, erheischte beides: ein scharfes Auge und eine sichere Hand.

Zuerst Tannen. Ah, wie die Stille des Waldes alles labte! Der Wind schwieg, und jedes Wort, auch wenn leise gesprochen, klang laut im Widerhall. Ein warmer Harzduft war in der Luft und steigerte das Gefühl des Behagens. Über den Weg hin, hier und dort, liefen die Spuren, die das Wildschwein in den Schnee gewühlt hatte; von den schwanken Zweigen flog das Rotkehlchen auf, und aus der Tiefe des Waldes hörte man den Specht. Nun kam eine große Lichtung, an deren entgegengesetzter Seite das Laubholz anfing, aber zunächst noch mit Tannen untermischt. Die Sonne glühte hinter den Bäumen, und je nachdem die Lichter fielen, schimmerte das braune Laub der Eichen golden oder kupferfarben, während die schwarzen Tannenwipfel wie scharfgezeichnete Schatten in der schwimmenden Glut des Abends standen. Alles war hingerissen von der Schönheit des Anblicks, und Lewin sah deutlich, wie eine kleine Hand nach der anderen sich aus dem wärmenden Muff zog und auf die Waldstellen hindeutete, wo sich die Schatten und Lichter so zauberisch mischten.

Bummcke entsann sich, selbstverständlich von Kopenhagen her, eines dieselben Abendtöne wiedergebenden Claude-Lorrain und wollte eben zu kunstwissenschaftlichen Betrachtungen übergehen, als der Wald, der kurz zuvor noch endlos geschienen, sich plötzlich öffnete und eine Anzahl zerstreuter Baulichkeiten ziemlich deutlich erkennen ließ. Und ehe noch unsere Reisenden sich zurechtgefunden und ihrer Überraschung Ausdruck gegeben hatten, hielten sie schon vor ihrem Ziel: der Klosterkirche von *Lehnin*.

War es Zufall oder hatte Jürgaß die Zeit ihrer Ankunft im voraus angegeben, gleichviel, aus der neben dem großen Rundbogenportale befindlichen Seitentür trat ihnen, ohne daß sie hätten klopfen oder warten müssen, ein kleiner hagerer Mann mit langem, weißem Haar entgegen, der alte Lehninsche Küster, nur um zwei Jahre jünger als sein Hohen-Vietzer Kollege Jeserich Kubalke. Er begrüßte die zunächststehenden Damen durch Abnehmen seines Käpsels, sprach ein paar Worte mit Jürgaß und öffnete dann, entweder weil dieser darum gebeten oder auch, weil er selber den Wunsch einer möglichst feierlichen Einführung hatte, die schwere mit Eisen beschlagene Mitteltür. In dieser, trotz des Zugwindes, der wehte, blieb er stehen, bis alle Besucher eingetreten waren.

Die Glut des Abends stand noch in den westlichen Scheiben, und ein roter Schimmer, der allem wieder einen Anflug von Leben lieh, fiel auch auf die Brautkränze, die vertrocknet und mit langen, ausgeblaßten Bändern an der gegenüber befindlichen Kirchenwand hingen. Es war die denkbar beste Stunde. Nichtsdestoweniger konnte keinem Beobachter entgehen, daß alles enttäuscht war, besonders die Damen. Sie hatten eben mehr erwartet.

»Wo sind die Grabsteine?« fragte die Matuschka mit der vollen Ruhe derer, die sich noch weitab davon fühlen.

»Sie dürfen keine Mehrheit von mir verlangen, gnädigste Gräfin«, antwortete Jürgaß, der sich mit dieser und Kathinka von dem Reste der Gesellschaft abgesondert und, weil er das

Kloster genau kannte, der speziellen Führung der beiden jungen Damen unterzogen hatte. »Die Lehninschen Grabsteine, dank amtlicher und nichtamtlicher Verwüstungen, beschränken sich auf *einen*. Ich werde gleich die Ehre haben, Ihnen denselben vorzustellen.« Damit schritt er die Stufen zum hohen Chore hinauf, wo ein Mönch, in Stein geschnitten, auf seinem Grabe lag. Kathinka und die Matuschka folgten.

»Ich erwartete«, sagte die Gräfin, »einen Soldaten zu sehen«, setzte dann aber, sich schnell verbessernd, hinzu, »ich meine einen Krieger. Sie dürfen nicht lachen, Jürgaß. Es ist doch anzunehmen, daß die Markgrafen Krieger waren, mit Schild und Panzerhemd und einer Krone. Oder trugen sie keine? Sie schweigen wieder; das ist nicht recht; ein Führer muß immer sprechen. Jedenfalls müssen diese Markgrafen doch irgend etwas auf dem Kopfe gehabt haben. Es waren Askanier, wenn ich den alten Ladalinski recht verstanden habe.«

»Ja, Askanier oder Anhaltiner.«

»Nicht doch. Sie wollen mich verwirren. Wenn es Askanier waren, so können es keine Anhaltiner gewesen sein. Der alte Dessauer, der auf dem Lustgarten steht und von dem sie bei großen Militärkonzerten den Marsch mit dem langen Trompetensolo spielen, *der* war ein Anhaltiner ... Aber was ist denn das?« Und dabei stieß die schöne Gräfin mit ihrer Fußspitze an einen Baumstumpf, der, selber hart wie Stein, etwa zwei, drei Handbreiten hoch sich aus dem Steinboden erhob.

»Das ist das Überbleibsel von jenem Eichenstamm, aus dem vor so und so vielen Jahrhunderten, mit deren näherer Angabe ich Sie nicht belästigen will, das gesamte Kloster Lehnin emporgewachsen ist. Unter diesem Baume, als er noch ein Baum und nicht ein Stumpf war, hatte Markgraf Otto, der erste seines Namens, einen Traum, der ihm Gefahr in diesen Wäldern prophezeite. Markgraf Otto aber war ein Sohn Albrechts des Bären, von dem gnädigste Gräfin vielleicht gehört haben werden.«

»Gewiß, gewiß; Heinrich der Löwe, Albrecht der Bär.«

»Sehr gut. Nun, also Markgraf Otto hatte einen bösen, unheilverkündenden Traum, und seine Mannen, die auch christliche Askanier waren, drangen, als sie von dem Traume hörten, in ihn, eine schutzgebende Burg gegen die Wenden zu bauen.«

»Gegen die Wenden? Was sind Wenden?«

»Wenden hießen die heidnischen Völkerschaften, die damals hier zu Hause waren.«

»Nun gut. Und was tat nun der Markgraf?«

»Er erwiderte: ›Eine Burg gegen die Wenden will ich gründen, aber eine Burg, von der aus unsere teuflischen Widersacher‹, darunter verstand er die Wenden, ›nicht durch Waffenlärm, sondern durch heiligen Gesang verscheucht werden sollen.‹ Und so baute er ein Kloster. Und dies Kloster hieß Lehnin.«

Während dieser Auseinandersetzung waren sie weitergeschritten bis an das Querschiff der Kirche, in dem alle möglichen Bilder in wurmstichigen, halbzerstörten Holzrahmen hingen, so daß oft ganze Stücke herausgefallen waren. Vor dem größten dieser Bilder blieb Kathinka, die den Arm der Matuschka genommen hatte, stehen und sagte zu Lewin, der mittlerweile von der andern Gruppe her sich ihnen angeschlossen hatte: »Wie häßlich. Es sieht aus wie ein Jahrmarktsbild.«

»Es ist auch etwas derart. Selbst die Einteilung in Felder, wie die Damen bemerken werden, ist uns nicht erspart geblieben. Allerdings hat es der Künstler bei einer bloßen Zweiteilung, bei einem einfachen Oben und Unten bewenden lassen. Oben das greuliche Durcheinander ist die Ermordung des ersten Lehniner Abtes, den die Wenden erschlugen, weil sie ihn in Verdacht eines Liebesabenteuers hatten.«

»Ich nehme an, ohne Grund«, sagte Kathinka.

»In meiner Eigenschaft als erster Tugendrat von König Ring würd' es mir schlecht anstehen, einen Zweifel dagegen auszusprechen. Ich wünschte nur, daß auch der Maler nachsichtiger mit ihm verfahren wäre.«

»Es ist vielleicht schon aus der protestantischen Zeit.«

Lewin wollte die gereinigte Lehre rein von der Schuld dieses Bildes halten und begann eben eine Auseinandersetzung, als Jürgaß ihn darin unterbrach und zur Eile mahnte, da, nach dem durchaus einzuhaltenden Programm, innerhalb der nächsten zehn Minuten nicht nur die draußenliegende Trümmerhälfte der Kirche, sondern auch noch die Reste des Klosterkreuzganges und der denselben einschließenden alten Baulichkeiten besichtigt werden müßten.

Diese mit lauter Stimme gesprochene Jürgaßsche Mahnung war nicht bloß von Lewin gehört worden, und alles eilte, um ihr zu gehorchen, dem Ausgange zu. Nur die Gräfinnen Seherr-Thoß und Zierotin, die sich bei dem Bilde des ermordeten Abts in Vermutungen und heiteren Spottreden erschöpft hatten, waren zurückgeblieben und erschraken jetzt, als sie sich plötzlich mit den Braut- und Totenkronen allein sahen, in denen es unter dem hereinwehenden Zugwind zu rascheln begann. Das Abendrot in den Scheiben war immer grauer geworden; unheimlich sahen sie sich um und suchten nach dem Ausgang, den sie, bang und verwirrt, trotzdem sie ganz in seiner Nähe standen, nicht finden konnten. Endlich kam der Küster und geleitete sie hinaus. Sie machten ihm kein Hehl aus ihrer Furcht und nickten ihm freundlich zu, als er den Schlüssel wieder im Schloß drehte.

Unter den Trümmern draußen – die spätere gotische Hälfte der Kirche war eingestürzt – fanden sich alle wieder zusammen; aber ihres Bleibens war an dieser Stelle nicht. Sie lugten nur eben in einen stehengebliebenen Wendeltreppenturm hinein, zeigten einander die Ebereschensträucher, die auf den Schrägungen der Strebepfeiler mehr durch Schnee als Erdreich festgehalten schienen, und schritten dann über einen quadratischen Hof hin, der, von alten und neuen Klostergebäuden, von Klafterholz und Heckenzäunen eingefaßt, einen wunderlich gemischten Anblick von Glanz und Dürftigkeit gewährte. An einer stehengebliebenen Feldsteinmauer entlang, der man nach innenzu eine Art Sommerdach gegeben hatte, lief eine Kegelbahn, auf deren Lattenrinne die Kugeln wie in Schnee eingemauert lagen. In einer der Ecken dieses Schuppens waren Bohnenstangen kreuz und quer zusammengeworfen, während rechts daneben, wo das Klafterholz aufgeschichtet lag, auf einem überragenden Pfeilerstück ein paar Berberitzensträucher standen, die mit ihren tiefroten Beeren über die nachbarlichen, schon gelblich werdenden Ebereschenbüschel spotten zu wollen schienen. Alles das wurde nur im Fluge mitgenommen, und müde des Schauens, aber voller Verlangen nach einem Mittagsmahle, dem übrigens alle, die Jürgaß kannten, mit unbedingtem Vertrauen entgegensahen, stiegen jetzt die Paare einige neben dem Kegelschuppen befindliche hohe Stufen hinauf, die in ein langes, halb aus Feldstein, halb aus Backstein aufgemauertes Gebäude führten: das alte Refektorium.

Es war eine hohe, halbzerstörte Halle, die nur an ihrem unteren Ende noch ein schützendes Dach hatte. Unter dieser geschützten Stelle war eine lange Tafel gedeckt, an deren einer Schmalseite – und zwar da, wo dieselbe die jenseitige Giebelwand zu berühren schien – ein mächtiges Kaminfeuer brannte, während an den zwei Langseiten hin sechs in Helm und Brustharnisch gekleidete Klosterknechte standen, alle mit Fackeln in der Hand. An jeder Seite drei. Das »Ah!«, das laut wurde, war der eigentlichste Reisemarschallstriumph dieses Tages.

Die Plätze waren gelegt. Lewin, der sich während des Besuches in der Kirche rascher, als es sonst wohl seine Art war, mit der schönen Matuschka befreundet hatte, saß zwischen dieser und Kathinka. Jürgaß präsidierte. Die hohe Kaminflamme in seinem Rücken, erhob er sich, um ein Wort der Begrüßung zu sprechen.

»Ich heiße Sie, meine Freunde, willkommen in diesen Räumen, in denen ich selber ein Gast bin. *Wie* sie sich mir erschlossen haben, ist mein Geheimnis. Ob es der Frater Hermannus war, der, seine Weissagungen rezitierend, mich persönlich in Küche und Keller umherführte, oder ob aus näherliegender Zeit der Erbring meiner Vettern, der Bredows, hier seine Wunder wirkte, das eine wie das andere hüllt sich in Dunkel. Genug, wir sind da, und die Tafel ist gedeckt. Und nun, dienende Brüder, an euer Werk!«

Diese letzten Worte waren an vier zu beiden Seiten seines Sessels stehende Mönche gerichtet, die trotz der besten Absicht, als Lehninsche Zisterzienser angesehen zu werden, doch durchaus in dem Kostüm eines Maskenballkapuziners steckengeblieben waren. Sie trugen braune, mit einem Strick umgürtete Kutten, und während einer von ihnen die Humpen mit Werderschem Bier zu füllen, ein zweiter den Wildschweinskopf und dann den Hirschrücken umherzureichen begann, schritten die beiden andern langsam die Halle hinunter bis an die Stelle, wo das Dach fehlte und ein letzter Rest von Tageslicht auf den Fußboden fiel. Hier war eine Falltür aus alter oder neuer Zeit, in die jetzt einer der Fratres, der einen brennenden Kienspan in Händen hielt, hinabstieg, während der andere auf der aufgeklappten Tür stehenblieb und von Zeit zu Zeit neugierig in das Kellerloch hinunterblickte. Bald wurden Flaschen, die, weil sie weder Staub noch Spinnwebe zeigten, nicht lange an dieser Stelle gelagert haben konnten, hinaufgereicht und von dem obenstehenden Bruder in Empfang genommen, der dann mit einer Gewandtheit, an der sich die Jürgaßsche Schule leicht erkennen ließ, die Korke zu ziehen und den goldenschimmernden Rheinwein in die grünen Römer einzuschenken begann. Sein Konfrater (der mit dem brennenden Kienspan) war in dem Keller zurückgeblieben. Niemand dachte seiner mehr.

An der Tafel belebte sich inzwischen die Unterhaltung; die Damen waren ausgelassen, am ausgelassensten aber Lewin, der – nicht unempfindlich gegen das Entgegenkommen der augenscheinlich ein Gefallen an ihm findenden schönen Gräfin – vor allem in dem Bewußtsein glücklich war, sich endlich einmal Kathinka gegenüber in einer anderen Rolle als in der des von ihr verspotteten Träumers zeigen zu können. Ihre Neckereien, in denen sich mehr und mehr ein Anflug von Eifersucht oder verletzter Eitelkeit aussprach, steigerten nur sein Wohlgefühl und seine gute Laune.

»Haben Sie denn, gnädigste Gräfin«, wandte er sich an diese letztere, »das weiße Fräulein bemerkt, als wir in den Wendeltreppenturm hineinsahen? Ich schrak zusammen; es war ein vollkommenes Bild unglücklicher Liebe.«

Die Gräfin lachte; Kathinka aber sprach an Lewin vorbei: »Glaub' ihm nicht, Wanda; er weiß nichts von unglücklicher Liebe. Ihm ist nie zu trauen, am wenigsten aber seinen Geschichten. Er erfindet sich, was ihnen fehlt.«

»Desto besser«, sagte die Matuschka. »Ich mache mir nichts

aus wahren Geschichten. Die wahren Geschichten sind immer langweilig oder häßlich. Bitte, Herr von Vitzewitz, erzählen Sie mir von dem ›weißen Fräulein‹. Ganz auf Diskretion. Aber etwas recht Hübsches: Mönch, Liebe, Sehnsucht.«

»Ja, gnädigste Gräfin, da haben Sie die Geschichte schon vorweg erzählt. Mönch, Liebe, Sehnsucht – das ist alles.«

»Oh, tun Sie noch ein wenig hinzu.«

»Ich darf es nicht, so gern ich Ihnen zu Diensten wäre. Solche Geschichten sind sehr empfindlich und nehmen es übel, wenn man an ihnen rührt oder sie gar verbessern will. Das weiße Fräulein geht treppauf, treppab und sucht den Mönch, den sie liebt. Aber er verbirgt sich ihr. Um Sonnenuntergang tritt sie dann auf den Söller und breitet die Arme sehnsüchtig nach ihm aus, als habe sie ihn gesehen. Aber es war nur ein Schein. Dann setzt sie sich in den Pfeilerschatten und weint.«

»Das ist hübsch«, sagte die Matuschka, auf deren immer lachendem Gesicht es einen Augenblick wie Teilnahme oder Trauer zitterte. Denn sie war weniger glücklich, als sie schien. Kathinka aber warf den Kopf in den Nacken und sagte: »Ich höre nicht gern von unglücklicher Liebe.«

»Und doch ist die Welt voll davon«, antwortete Lewin.

»Vielleicht gerade deshalb, daß ich sie nicht mag. Es ist so alltäglich, so tödlich, immer wieder dasselbe. Ich begreife keine unglückliche Liebe.«

»Die Reichen begreifen nie, daß es auch Arme gibt.«

Aber Kathinka hörte nicht, und in ihrer Vorliebe für Paradoxien auch vor dem Gewagtesten nicht zurückschreckend, gefiel sie sich jetzt darin, ihren einmal ausgesprochenen Satz in heiterem Spiele weiter auszuführen:

»Wenn Liebe nicht glücklich sein kann, sollte sie gar nicht sein. Ich entsinne mich nicht, in der Bibel (ich meine im Alten Testament, wo die Menschen noch menschlicher waren) von einer unglücklichen Liebe gelesen zu haben. David liebte glücklich, Salomo noch mehr. Wenn man etwas sagen kann, so ist es vielleicht das, daß sie *zu* glücklich liebten. Unglückliche Liebe ist eine neue Erfindung, wie die Buchdruckerkunst oder das Spinnrad. Ja, wie das Spinnrad. Das surrt und summt, und endlos wird der tränennasse Faden weitergesponnen.«

Die Matuschka horchte verwundert auf; Kathinka aber, durch diese Wahrnehmung eher angespornt als eingeschüchtert, fuhr in sich steigerndem Übermute fort: »Und nun gar ein ›weißes Fräulein‹, das einen Mönch liebt. Man liebt überhaupt keinen Mönch. Wenn man ihn aber liebt – und ich ertappe mich plötzlich auf der Laune, nur noch Mönche lieben zu wollen –, so muß man ihn so lieben, daß kein Kloster der Welt ihn halten und verbergen kann. Aber Pardon, Wanda! Du mußt lachen; deshalb sprech' ich ja. Lewin bitt' ich nicht um Entschuldigung, weil ich ihm wieder ansehe, daß er alles glaubt, was ich eben gesagt habe.«

Es war inzwischen immer dunkler geworden, und an der dem Kamin gegenübergelegenen Giebelwand lag nur noch ein grauer Dämmer, den dann und wann ein helleres Aufleuchten der weiter oben in der Halle stehenden Fackeln durchblitzte. Man sah auch in diesem ungewissen Scheine, daß es draußen leise zu schneien begonnen haben mußte, denn durch das offene Dach fielen einzelne große Flocken. Jeder fröstelte, und die Damen zupften ihre Pelzröcke höher an den Hals hinauf. Das war die Stimmung, die Jürgaß brauchte; er erhob sich jetzt, um nach seinen ersten, bei Beginn des Mahles gesprochenen Begrüßungsworten die eigentliche Rede des Tages zu halten.

»Es hat Ihnen gefallen«, so begann er, »in Lehnin meine Gäste zu sein, in demselben Lehnin, an dessen vor vierhundert Jahren durch Frater Hermannus aufgezeichnete Weissagungen die Feinde Preußens so oft und so frohlockend erinnert haben, vor allem in diesen Tagen der Erniedrigung, in denen gehässiger Scharfsinn herausgerechnet hat, daß jetzt die Stunde da sei, von der uns die Prophezeiung berichtet: ›Und dem Letzten seines Stammes wird das Zepter aus der Hand geschlagen werden.‹ Aber diese Feinde Preußens haben nicht zu Ende gelesen, und wir, die wir andern Sinnes sind, lesen uns eine andere, schönere Stelle heraus, in der es anschließend an jene Worte der Trauer heißt: ›Und die Mark vergißt all ihrer Leiden, und kein Fremdling darf fürder über sie frohlocken.‹ Ja, meine Freunde, *diese* Stunde ist da, und weil sie da ist, ruf' ich in ebendieser Halle, die nun bald wieder – auch *das* verkündet uns die Weissagung – im Glanze eines neuen goldenen Daches in alle Lande hineinleuchten wird: Vivat Borussia! Was aber aus Nacht geboren wurde, versink auch in Nacht. Pereat Bonaparte!«

Das Pereat verklang, ohne daß es, zunächst wenigstens, beantwortet worden wäre, denn während Jürgaß noch seine letzten Worte sprach, war unten in der Halle, genau da, wo die Falltür sein mußte, ein dunkelqualmiges, aus der Tiefe kommendes Licht sichtbar geworden, und aus ebendiesem qualmigen Lichte hatte sich zittrig und wackelnd erst ein Hut von wohlbekannter Form und dann ein kurzer französischer Uniformrock erhoben, mit schlaff herabhängenden Ärmeln und allerhand wunderlichem Fingerwerk, von dem sich nicht hatte erkennen lassen, ob es menschliche Hände oder abgestutzte Wurzelzweige waren. Einen Augenblick stand die Erscheinung und sah kopf- und augenlos die Halle hinunter; dann versank sie wieder in dieselbe Tiefe, aus der sie aufgestiegen war. Und mit schwerem Schlage, der durch die Halle dröhnte, schlug die Falltür zu.

Nun erst löste sich der Bann, und die Grafen Seherr-Thoß und Zierotin, die Jürgaß zunächst saßen, wiederholten jetzt das Pereat, in das alle übrigen Gäste in rasch wiedergewonnener Tafelheiterkeit einstimmten. Nur Hirschfeldt schwieg; er hatte sich draußen in der Welt im Kampfe gegen den »großen Feind der Menschheit« einen Respekt vor eben diesem Feinde erworben, der ihn an Szenen, in denen der renommistische Ton des Regiments Gensdarmes nachklang, wenig Gefallen finden ließ.

Eine kurze Weile noch ging das Geplauder und wechselten die Reden, unter denen auch ein kurzer, in pointierter Weise gesprochener Toast Kathinkas auf den »Reisemarschall« war; dann erhob sich dieser und sagte, auf das beinahe niedergebrannte Kaminfeuer deutend: »Es erlischt, und mit ihm unser Fest.«

Und damit war das Zeichen zum Aufbruch gegeben. Als sie gleich darauf, von den Fackelträgern begleitet, paarweise die Halle hinunterschritten und an der Falltür vorüberkamen, lag diese, weil der Luftzug hier die Flocken gegen die Giebelwand getrieben haben mochte, höher unter Schnee als die andern

Teile der offenen Halle. Jürgaß, der den Zug führte, wies darauf hin und sagte: »Begraben in Schnee.« Und mit diesen Worten hatten alle den Ausgang erreicht, stiegen die hohen Steinstufen hernieder und nahmen ihre Plätze in den Schlitten, die bereits vorgefahren waren.

Eine Viertelstunde später lag alles, Lehnin und seine Kirche, das Refektorium und die »Erscheinung im kleinen Hut« wie ein Traum hinter ihnen, und durch den stillen Wald hin hörte man das Gespräch und das Lachen der einzelnen Paare.

Man war übereingekommen, frischerer Unterhaltung halber an den einzelnen Stationspunkten die Plätze zu wechseln. Die Fahrt auf der ersten Station machte Lewin mit Jürgaß, bei welcher Gelegenheit ihm auch Auskunft wurde, mittelst welcher alten Beziehungen sich das In-Szene-Gehen dieses Lehniner Festes überhaupt ermöglicht hatte; in Groß-Kreuz indessen bei dem eintretenden Plätzewechsel kam Jürgaß an die Seite der Matuschka, während sich Kathinka Lewin als ihren Partner erbat.

»Du scheinst dich vor mir zu fürchten; aber das Törichtste, Freund, ist immer die Furcht. Da du mich zu wählen versäumtest, wähl' ich dich. Und so ist es immer; das Unglück, das wir fliehen wollen, läuft uns nach.«

Und ehe noch die letzten Worte gesprochen waren, flog der Schlitten, auf dessen schmaler Holzpritsche Lewin Platz genommen hatte, die Groß-Kreuzer Eichenallee hinauf und bog dann in den schmalen Uferweg ein, der sich zwischen der scheinbar endlosen, in Eis und Schnee daliegenden Havelfläche und den verschneiten Plateauabhängen hinzog.

Sie waren schon eine gute Strecke gefahren, ohne daß ein Gespräch versucht oder auch nur ein einziges Wort gewechselt worden wäre; endlich sagte Lewin, indem er sich vorbeugte:

»Gib mir deine Hand, Kathinka.«

Sie tat es, und er bedeckte sie mit Küssen. »Ich kann nicht ohne dich leben«, sprach er an ihrem Ohr. »Habe Mitleid mit mir; sage mir, daß du mich liebst. Ich solle nicht töricht sein, schriebst du, und ich solle keine Gespenster sehen. Ach, es ist an dir, Kathinka, sie zu bannen.«

Sie schwieg. Und nur das Schnauben der Pferde und das

Läuten der Glocken klang durch die Öde hin. Lewin aber fühlte nichts als ihren Atem und hörte nichts als das Hämmern seines eigenen Herzens.

»Denkst du noch an Silvestertag, wo wir nach Guse fuhren und die Strophen memorierten? Es war eine entzückende Fahrt, und ich war so glücklich.«

Kathinka nickte.

»Aber Tubal war damals mit uns, und ich sagte mir hundertmal in meinem Herzen: ›Oh, daß wir doch allein wären!‹ Und nun sind wir allein, Kathinka... Du meintest, ich fürchtete mich. Ja, man fürchtet sich vor seinem Glück.«

Sie entzog ihm ihre Hand; er aber, wohl empfindend, daß es nicht im Unmut war, fuhr in wachsender Erregung fort: »Ja, allein mit dir; darin liegt all mein Glück. Ach, daß doch diese Stunde wüchse und mein Leben würde und daß ich so hinführe mit dir über die Welt, in Schnee und Wind, und nichts fühlte als dein wehendes Haar an meiner Stirn.«

Es schien ihm, daß seine Worte nicht ungehört verklangen, denn in einem andern als ihrem gewöhnlichen Tone sprach sie halbleise vor sich hin: »Gib mir die Zügel, Lewin.«

»Du hast sie, heut' und immer.«

»Aber ich brauch' einen freieren Arm, um sie zu führen; hilf mir dazu.«

Und er nahm ihr den leichten Seidenmantel von Arm und Schulter und legte die Zügel in ihre Hand.

Die Pferde, als empfänden sie die straffere Führung, griffen im Augenblicke rascher aus, und der im Winde rückwärts wehende Mantel umflatterte Lewins erglühendes Gesicht. Unendliche Sehnsucht erfüllte sein Herz und zuckte und fieberte in jedem Tropfen seines Bluts, als Kathinka jetzt in der Wonne des Fahrens und Dahinfliegens sich weiter in den Sitz zurückwarf und ihre Schulter leicht an seine Brust lehnte. Aber die Scheu, die sein angeboren Erbteil war, überkam ihn wieder, und es war ein einziger Kuß nur, den er zitternd auf ihren Nacken drückte.

So vergingen Minuten; dann sagte Kathinka: »Der Wind geht zu scharf, Lewin; hilf mir wieder in meinen Mantel.« Es klang fast wie Spott. Er empfand es, aber gehorchte.

Nun schwiegen beide, und über die Havelbrücken hin flog ihr Schlitten. Die Sterne standen winterklar am Himmel, die Schneefelder blinkten und blitzten, und bald auch, in silbergrauem Dämmer, stiegen wieder die Kuppeln der Communs und die breiten Massen des Neuen Palais vor ihren Blicken auf. Da war das Jägertor, und an der alten Stelle warteten die Relais. Lewin und Kathinka waren die ersten; er half ihr von ihrem Sitz und küßte ihr die Hand. Sie sah ihn groß an, aber freundlich, und sagte nur, jedes Wort betonend: »Du bist ein Kind.«

Nicht lange, so waren auch die anderen Schlitten heran; die Pferde wurden gewechselt, die Plätze auch; Tubal nahm wieder den Sitz neben der Schwester.

Und so ging es in neuem Jagen auf Berlin zu.

16. KAPITEL
Kathinka

Die Wintersterne, die während der Lehniner Rückfahrt so funkelnd am Himmel gestanden hatten, hatten einen hellen Tag versprochen, und dieser helle Tag war nun da. Die Sonne, wo sie scharf hinfiel, schmolz den Schnee von den Dächern, und als sie gegen Mittag ihren höchsten Stand beinahe erreicht hatte, sah sie scharf an dem Nikolaikirchturm vorbei in Kathinkas Zimmer hinein. Es war ein so blendendes, in steiler Schrägung einfallendes Licht, daß das grüne Rouleau bis zur Hälfte des hohen Fensters hatte herabgelassen werden müssen, aber auch jetzt noch hatte jeder Gegenstand eine volle Beleuchtung, und diese war es, die samt den mit frischen Hyazinthen besetzten Blumentischen den anheimelnden Eindruck unterstützte, den das sorglich gehaltene Zimmer zu jeder Zeit zu machen pflegte. Einiges in seiner Einrichtung war während der letzten zwei, drei Tage geändert worden. Vor dem Sofa, auf dem an jenem Abende, wo die Lehniner Partie verabredet worden war, die alte Exzellenz gethront und nach anfänglicher Kriegführung mit beinahe jedem Mitgliede der Gesellschaft schließlich ihren Frieden mit allen geschlossen hatte, fehlte heute der runde Tisch, über den hin damals der Streit der Meinungen gegangen war, und nur ein großer Teppich lag statt dessen an ebendieser Stelle ausgebreitet, ein Musterstück Brüsseler Weberei, auf dem Frau Venus mit ihrem Taubengespann durch die Lüfte zog. Es war derselbe Teppich, dessen durch Farbenpracht ausgezeichnetes Bild unsren Freund Lewin auf seiner Weihnachtsfahrt nach Hohen-Vietz, wo wir zuerst seine Bekanntschaft machten, bis in seine Träume hinein begleitet hatte. Denn sein letzter Besuch an jenem Tage hatte dem Ladalinskischen Hause gegolten.

Das lag nun einen Monat zurück, und heute war es das Auge Kathinkas, das sich vom Sofa her auf dieses Teppichbild richtete. Aber sie sah es, ohne es zu sehen, denn vor ihrer Seele standen andere Bilder, bunt und lachend, und doch ein tiefer Schatten darüber hin. Was war es, das diesen Schatten warf?

Es schien, daß jemand von ihr erwartet wurde, wenigstens horchte sie von Zeit zu Zeit nach der Türe hinüber. Aber es blieb still, und in wachsender Unruhe erhob sie sich endlich und schritt auf die Blumentische, dann auf den Stehspiegel zu, um das eine oder andere an ihrem Anzuge zu ändern. Es war eine Morgentoilette, ähnlich jener, die sie am Tage ihrer Rückkehr aus Guse während ihres Gesprächs mit dem Vater getragen hatte: ein weißbordierter, dunkler Morgenrock mit Pelerine und großen, birnenförmigen Schnurösen, die in weiße Perlmutterknöpfe einhakten. Niemand würde das Geringste an ihrer Erscheinung vermißt haben, nur sie selber schien nicht zufrieden, ordnete ihr Haar immer wieder und wechselte mit dem Musselintuch, das sie leicht geknüpft um den Hals trug. Dann ging sie wieder auf das Sofa zu, warf sich in die eine Ecke desselben und legte den Fuß auf ein Taburett, das sie schon vorher auf den Teppich gestellt hatte. In der Ecke lag ein Buch. Sie schlug es auf und versuchte zu lesen; aber umsonst, sie konnte ihre Aufmerksamkeit nicht zwingen.

In diesem Augenblicke trat der Graf unangemeldet ein, und sie zog den Fuß von dem Kissen, ohne sonst ihre Haltung zu ändern. Es schien, daß sie sich an demselben Morgen schon gesprochen hatten; kein Wort der Begrüßung wurde laut. Er trat an sie heran und küßte ihr die Hand.

»Und was bringst du?« fragte sie mit wiedergewonnener Ruhe.

»Die Entscheidung.«

»So sprich, erzähle«, fuhr sie fort, während sie mit dem Zeigefinger auf die Fingerspitzen ihrer linken Hand tupfte. »Ich weiß alles und will es doch von dir hören. Wie verlief es? Ich hoffe, daß dich nichts verletzt hat, kein Wort, keine Miene.«

»Nein«, antwortete der Graf, indem er sich auf das Taburett setzte und Kathinkas Hand in seine Linke nahm. »Er hörte mich ruhig an. Als ich geendet, legte er das Elfenbeinmesser, mit dem er nach seiner Gewohnheit spielte, beiseite und sagte, ich glaube wörtlich: ›Ich bin nicht überrascht, Graf; ich habe diesen Antrag erwartet, offengestanden gefürchtet. Sie wissen ohne Versicherung, daß sich diese Bemerkung nicht gegen Ihre Person richtet. Ihnen den vollkommensten Beweis davon zu geben, wäre leicht, wenn ich nicht Punkte dabei berühren und Bedingungen stellen müßte, die Sie nach einer andern Seite hin verletzen und Ihre Zustimmung nie finden würden.‹«

Kathinka lächelte.

»Das alte Lied«, sagte sie.

»Ja«, fuhr Bninski fort, »er will mit Polen, mit unserem Lande, ein für allemal gebrochen haben, und daß ich es kurz mache, er schloß damit, daß eine Verbindung zwischen uns aus zwei Gründen untunlich und, wie er glaube, unmöglich sei: des Hofes halber und seiner Erinnerungen halber. Das letztere begreif' ich, das erstere nicht.«

»Und doch ist beides in einem Zusammenhang«, antwortete Kathinka, »dies Zugeständnis sind wir ihm schuldig. Er bedarf des Hofes. Weil er die Brücken abgebrochen und sich und uns, sei es mit Recht oder Unrecht, aus dem heimischen Boden in einen fremden verpflanzt hat, kann er besonderer günstiger Bedingungen nicht entbehren, um in dem fremden Boden aufs neue Wurzel zu schlagen. Unter diesen günstigen Bedingungen aber, wie ich dir nicht erst zu sagen brauche, steht der Sonnenschein des Hofes obenan.«

»Vielleicht«, sagte Bninski, »oder meinetwegen auch gewiß. Es bleibt schließlich doch, wie es ist, und ich fass' es nicht, warum er gerade *diesen* Boden wählte. Und *daß* er ihn wählte, das entscheidet nun über uns. Denn was er anzudeuten schien, einen Friedensschluß auch meinerseits mit diesem Lande zu machen, nie, nie, Kathinka. Auch nicht um dich.«

Er blieb stehen und schlug heftig die Finger ineinander. Dann, als ob er sich die Verkehrtheit des alten Ladalinski in einer Art Selbstgespräch klarzumachen suche, sprach er vor sich hin: »Was zog ihn nur hierher? Gerade *ihn*? Es bleibt ein Rätsel und ein Widerspruch. Denn er hat einen Überschuß von jenem Edelsinn, dessen gänzliches Fehlen in diesem Lande mir dieses Land so widerwärtig macht. Er ist großer Opfer und großer Entschlüsse fähig, und selbst der unheilvolle Schritt, der ihn in die Selbstverbannung trieb, trägt immer noch den Stempel der Entsagung an der Stirn. Und was herrscht nun hier? Der Vorteil, der Dünkel, die großen Worte!«

»Auch *du* singst dein altes Lied«, sagte Kathinka.

Aber Bninski hörte nicht, und ohne die Stellung zu wechseln, fuhr er in wachsender Erregung fort: »Er ist ein Pedant. Da war er freilich hier am Ort. Denn alles, was hier in Blüte steht, ist Rubrik und Formelwesen, ist Zahl und Schablone, und dazu jene häßliche Armut, die nicht Einfachheit, sondern nur Verschlagenheit und Kümmerlichkeit gebiert. Karg und knapp, das ist die Devise dieses Landes. Ich war noch ein Kind, da las ich auf der Krakauer Schule von den Alten-Fritzischen Grenadieren, daß sie Westen getragen hätten, die gar keine Westen waren, sondern nur rote dreieckige Tuchstücke, die gleich an den Uniformrock angenäht waren. Und wahr oder nicht, diese dreieckigen Tuchlappen, ich sehe sie hier in allem, in Kleinem und Großem. Angenähtes Wesen, Schein und List, und dabei die tiefeingewurzelte Vorstellung, etwas Besonderes zu sein. Und woraufhin? Weil sie jene Rauf- und Raublust haben, die immer bei der Armut ist. Nie ist es satt, dieses Volk; ohne Schliff, ohne Form, ohne alles, was wohltut oder gefällt, hat es nur *ein* Verlangen: immer mehr! Und wenn es sich endlich übernommen hat, so stellt es das Übriggebliebene beiseite, und wehe dem, der daran rührt. Seeräubervolk, das seine Züge zu Lande macht! Aber immer mit Tedeum, um Gott oder Glaubens oder höchster Güter willen. Denn an Fahneninschriften hat es diesem Lande nie gefehlt.«

»Ich erkenne dich nicht mehr«, unterbrach ihn Kathinka. »Du sprichst dich aus dem Recht in das Unrecht hinein. Du fühlst selbst die Übertreibung, zu der dich Vorurteil und Bitterkeit fortreißen.«

»Nein, ich übertreibe nicht. Ich lese nur die Rückseite der Medaille, weil ich sie lesen *will*. Mag ein anderer sie wieder umkehren und sich an der obenaufliegenden Herrlichkeit erfreuen, Bild oder Schrift, ich bin es zufrieden. Es mag etwas Großes damit sein, nur nicht für mich und auch nicht für *ihn*«, und dabei wies er mit der Linken nach dem an der entgegengesetzten Seite des Hauses gelegenen Zimmer des Geheimrates hinüber. »Auch nicht für *ihn*, sag' ich, denn er ist Pole vom Wirbel bis zur Zeh'. Er täuscht mich nicht mit seiner loyalen Preußenmiene. Preußen! Warum gerade Preußen, das uns zuerst um dreißig Silberlinge verschacherte. Jetzt ist es freilich selber an die Kette gelegt; aber auf wielange?... Preußen! Preußen! Warum nicht Frankreich? Warum nicht Rußland, grundschlecht, wie es ist! In seiner Sündenblüte hat es doch wenigstens den Mut, sich zu seinen Taten zu bekennen. Aber nein, es mußte Preußen sein. Und dieses Preußen, in dem der Ladalinskistamm, einer Einbildung, einer Marotte zuliebe, neu blühen und Wurzel schlagen soll, *das* tritt nun zwischen dich und mich, und um des vielleicht ausbleibenden Lächelns dreier Prinzlichkeiten willen geht in dieser Zeit, in der Gott sei Dank mehr Prinzen auf den Schlachtfeldern als in fürstlichen Wochenstuben geboren werden, unser Glück wie eine Feder in die Luft. Soll es das, Kathinka?! Bist du entschlossen?«

Sie schwieg.

»Lieben wir uns?«

»Du sagst es.«

»So seh' ich nur *einen* Weg. Und du wirst den Entschluß dazu fassen können. So denk' ich, so hoff' ich.«

Kathinka legte die Hand an ihre Stirn; dann, als entsänne sie sich auf etwas Zurückliegendes, sagte sie: »Ich versprach ihm, nichts zu tun, das seine Stellung untergraben oder seine Zugehörigkeit zu diesem Lande neuen Verdächtigungen aussetzen könnte.«

»Und dies Versprechen wirst du halten. Die Flucht wirft alle Schuld auf *uns.*«

»Und doch ist ein Schwanken in mir«, fuhr Kathinka fort. »Nicht, daß ich vor meinem Anteil an dieser Schuld erschräke. Du weißt, wie ich bin, und was an Furcht in mir ist, geht unter in der Lust am Wagnis. Also nicht um mich. Aber um *deinetwillen;* aus Liebe zu dir. Du sollst nicht in einem falschen Lichte dastehen. Und du wirst es. Wie bittere Worte werden fallen ... von Tubal ...«

»... Von Lewin ...«

»Nenne nicht seinen Namen. Es schmerzt mich; denn es ist keiner, den ich mehr gequält und dem ich tiefer verschuldet wäre. Und nun tu' ich ihm das Schwerste! Er liebte mich, und ich war ihm gut von Jugend auf. Das ist nun vorbei. Aber du irrst, wenn du glaubst, daß bittere Worte von *seinen* Lippen kommen werden. Nicht von ihm; aber die andern! Erinnere dich des Ballabends, als du von General Yorks Kapitulation hörtest, und denke deines spöttischen ›Sans doute‹, womit du der alten Exzellenz ihre feierliche Geschichte von dem kronprinzlichen Einsegnungsringe verdarbst. Was war die Meinung von alledem? Eine tiefe Verachtung gegen das, was sich hierlandes als ›deutsche Treue‹ gibt. Und nun frag' ich dich, üben *wir* die Treue, übst *du* sie?«

»Auch nicht ihr Gegenteil«, antwortete Bninski.

Kathinka schüttelte den Kopf.

Der Graf aber fuhr fort: »Und wenn es wäre, wie du meinst, Kathinka, so sprich ein Wort und laß es mich einsehen, *daß* es so ist, und ich will dem, was ich tue, kein Mäntelchen umhängen. Ich bin kein Ritter von La Mancha, der die Untreue aus der Welt herausfechten will; ich will sie nicht abschaffen, am wenigsten will ich die Vorstellung großziehen, daß ich ihr persönlich entwachsen sei oder über ihr stünde. Untreue! sie war das Erste und wird das Letzte sein; ich erschrecke nicht vor dem Wort und nicht einmal vor der Tat. Aber das Tugendgesicht, das sie hierzulande annimmt, *das* hass' ich. Was mir zuwider ist, das ist die Lüge. Und das eine weiß ich: es ist *nicht* Lüge, wenn ich das, was geschehen soll, weder Vertrauensbruch noch Untreue, wohl aber Zwang und Konsequenz und Notwehr nenne. Zug um Zug. Gegen das gekünstelte und mißbräuchlich geübte Recht deines Vaters, das uns zum Opfer mir unbegreiflicher Rücksichten machen will, setzen wir unser natürliches Recht, das Recht unserer Neigung.«

Eine kurze Pause folgte, und nur, um das peinliche Schweigen zu unterbrechen, fügte der Graf hinzu: »Sieh auf die Zukunft, Kathinka. Es kommen bessere Tage. Er wird sich hineinfinden; das unabänderlich Geschehene bekehrt besser als tausend bittende Worte.«

»Du verkennst ihn«, sagte sie, »er hat den ganzen Eigensinn der Gütigen und Schwachen. Ich darf es aussprechen, denn er war schwach gegen mich von Jugend auf. Er wird uns nicht hassen, seine Liebe zu mir wird unerschüttert bleiben, aber er wird sich mit dem Geschehenen *nicht* versöhnen und wird *nicht* Frieden mit uns schließen. Ich weiß, was ich tue. Es ist ein Scheiden auf Nichtwiedersehen!«

Der Graf schritt auf und ab. Als er wieder an das Sofa trat, nahm sie seine Hand und sagte, mit einem Ausdruck zu ihm aufblickend, der ihr sonst fremd war: »Und so sei es denn, Jarosch! Ich fühle, es ist beschlossen, und nicht bloß durch uns. Wir erben alles: erst das Blut und dann die Schuld. Ich war immer meiner Mutter Kind. Nun bin ich es ganz. Sei gut mit mir. Ich habe nur noch dich.«

Und sie warf sich an seine Brust.

17. KAPITEL
Bei Hansen-Grell

Zwei Tage nach diesem Gespräch zwischen Kathinka und Bninski saß Lewin in Briefen, die der Erledigung harrten. Einige, darunter Zeilen von Doktor Faulstich und Tante Amelie, lagen schon so lange unter dem Stein, daß er ihre Beantwortung nicht wohl weiter hinausschieben und den Nichtbesuch seiner drei Vorlesungen – denn es war wieder Freitag – sich eher zum Verdienst als zur Versäumnis anrechnen konnte. Die Hulen, die von Zeit zu Zeit auf ihren altberlinischen, aus allerlei Tuchecken zusammengenähten Filzschuhen durch das Zimmer ging, sah mit Kopfschütteln, wie die Zahl der auf dem Sofatisch ausgelegten Briefe von Viertelstunde zu Viertelstunde wuchs, einige noch nicht fertig und nur erst auf der ersten Seite beschrieben. Denn Lewin haßte das Aufstreuen, ein Punkt, in dem er ausnahmsweise mit Kathinka übereinstimmte.

»Ein Liebesbrief mit aufgestreutem Sand«, pflegte diese zu sagen, »da wird die Liebe gleich mit verschüttet und begraben.«

Er schrieb schon zwei Stunden, aber der Hauptbrief war noch ungeschrieben, der an Renate. Er hatte ihn sich bis zuletzt aufgespart; das Plaudern mit der Schwester sollte ihn schadlos halten für die Mühen oder gar den Zwang alles dessen, was voraufgegangen war. Der Brief an Faulstich war eine literarische Abhandlung, der an Tante Amelie wie gewöhnlich ein Eiertanz gewesen; das lag nun endlich hinter ihm, und er konnte sich erholen und die Feder frei laufen lassen.

»Liebe Renate!« so schrieb er, »wir haben heute den 29., und es ist nicht ohne Beschämung, daß ich auf das Datum Deines Briefes aus der Mitte des Monats sehe. Meine flüchtige Antwort darauf war keine Antwort. Laß mich versuchen, Versäumtes nachzuholen.

Diese und die letzte Woche, wie Du aus den Zeitungen ersehen haben wirst, haben allerlei Dinge von Wichtigkeit gebracht; was Papa mir schrieb, hat sich bestätigt. Der Einsegnung des Kronprinzen folgte die Abreise des Königs nach Breslau; der ganze Hof begleitete ihn, auch die Garden. Potsdam ist seitdem wie ausgestorben, wovon wir uns bei Gelegenheit einer nach Lehnin hin unternommenen Partie durch den Augenschein überzeugen konnten. Von dieser Partie, die letzten Dienstag stattfand, möchte ich Dir nun wohl erzählen. Du weißt oder vielleicht auch nicht, daß Lehnin ein altes Zisterzienser Kloster ist; die meisten der Askanier wurden dort begraben, auch einige von den Hohenzollern; Johann Cicero, wenn ich nicht irre, und Joachim Nestor. Aber diese beiden standen kaum in ihrer Gruft, so kam die Säkularisation, und ihre großen Metallsärge wanderten aus der Klosterkrypta in die Krypta des Berliner Doms. Es gibt auch eine Lehninsche Weissagung, ›Vaticinium Lehninense‹, hundert lateinische Verse, die den Untergang der Hohenzollern und die Wiederaufrichtung des katholischen Glaubens in Mark Brandenburg prophezeien; aber alles sehr dunkel und unbestimmt, so daß man, wie so oft, bei einigem guten Willen auch gerade das Gegenteil herauslesen kann. Auf dieses Lehnin nun war in voriger Woche das Gespräch gekommen, und der Geheimrat, der einige Verse aus der ihm durch unseren alten Direktor Bellermann vor Jahr und Tag schon bekannt gewordenen Weissagung rezitierte, verriet plötzlich einen lebhaften, an ihm ganz ungewohnten Enthusiasmus, das Kloster kennenzulernen. Bei aller Hochachtung gegen ihn möcht' ich im Vorübergehen doch die Vermutung aussprechen, daß er sich in dem Gedanken gefiel, an Ort und Stelle seine Vorträge fortsetzen und uns durch eine Art mittelalterlicher Klassizität imponieren zu können. Aber sein Enthusiasmus hielt nicht vor, und als der Dienstag herankam, stand er von der Teilnahme ab. Jürgaß war schon vorher zum Reisemarschall ernannt worden. Natürlich durch Kathinka. Außer ihr und dem engeren Ladalinskischen Kreise waren die Grafen Matuschka, Seherr-Thoß und Zierotin samt ihren jungen Frauen mit von der Partie. Es gab eine Überraschung nach der andern; Jürgaß bewährte seinen alten Ruf als Festordner; die Matuschka war reizend, und ich hatte den Triumph, Kathinka eifersüchtig zu sehen. Auf der Rückfahrt fuhren wir eine hübsche Strecke zusammen. Ich sagte ihr herzliche Worte, vielleicht mehr als das, und sie nahm sie freundlich auf. Bninski verläßt uns bald; er geht auf seine Güter und von da nach Warschau, um sich dem Vizekönig, mit dem er befreundet ist, zur Verfügung zu stellen. Zu Poniatowski steht er nicht gut. Es wäre Torheit, wenn ich wegleugnen wollte, daß ich den Tag seiner Abreise herbeiwünsche. Kathinka zeichnet ihn aus; aber es ist nicht ihre Art, sich mit Abwesenden zu beschäftigen oder Erinnerungen zu leben. Sie gehört der Stunde, und die Stunde, so scheint es, ist mir günstig. Ich glaube wieder an die Möglichkeit meines Glücks. Sie schrieb mir neulich: ›Sieh nicht Gespenster, Lewin.‹

Und nun laß mich fragen: Wie steht es in Hohen-Vietz? Was machen die Freunde: Seidentopf, die Schorlemmer, Marie? Denke Dir, ich träumte diese Nacht von ihr, und als was sah ich sie? Als Braut. In einem langen, langen Schleier stand sie vor dem Altar; aber es war nicht der Altar der Hohen-Vietzer Kirche. Ihr Kleid war weiß und leicht wie der Schleier und mit Sternchen übersät. Sie sah sehr schön aus, und wer meinst Du, daß ihr Bräutigam war? Drosselstein. Nicht unser alter, sondern ein junger; groß und schlank und in eine Uniform gekleidet, in der ich unseren Hohen-Ziesarschen Freund nie gesehen habe. Als ich mich heute früh des Traumes entsann, mußt' ich an das denken, was Du so oft über Marie gesagt hast: Du würdest dich nicht wundern, eine goldene Kutsche bei Kniehases vorfahren und die kleine Prinzessin mit verweinten und zugleich freudestrahlenden Augen neben ihrem Prinzen Platz nehmen zu sehen. Du hast ihr Wesen darin getroffen. Es war doch nur in der Ordnung, daß sie Othegravens Antrag ablehnte. Damals mißbilligte ich es; es schien mir eine Unklugheit, wenn nicht Schlimmeres. Aber ich hab' ihr unrecht getan. Er ist aus Münsterland, und sie ist aus Feenland, und alles Westfälische ist der letzte Fleck der Erde, mit dem sich die Feen befreunden können.

An Faulstich und Tante Amelie habe ich heute früh geschrieben. Wenig zu meiner Zufriedenheit. Die Briefe an die Gräfintante passen mir nie; ich weiß nicht, woran es liegt. Ich sollte mir einen Sammelkasten für Anekdoten und Bonmots anlegen und diesen Kasten einfach ausschütten, wenn ich einen Brief an die Tante zu schreiben habe. Aber dergleichen kann ich nicht. Ich leide mitunter unter meiner Schwerfälligkeit, und um so mehr, als es derselbe Zug ist, den mir Kathinka nicht verzeiht.

Ich werde sie heute abend sehen, auch Tubal. Dieser ist viel mit Bninski und dem Rittmeister von Hirschfeldt zusammen, einem ausgezeichneten Offizier, der in Spanien war (auf englischer Seite), was aber nicht hindert, daß er sich mit dem Grafen befreundet hat. Das letztemal, daß ich Tubal sah – es war in Lehnin, während wir die Kirche besuchten –, fragte er mich: ›Wann reisen wir nach Hohen-Vietz?‹ Ich lasse dahingestellt sein, ob ihm dabei die Enrollierung in das Landsturmbataillon Lebus oder seine Kusine Renate mehr am Herzen lag.

Und nun lebe wohl. Ich sehe heiterer in die Zukunft als seit lange. Alles läßt sich gut an, das Große und das Kleine. Und das Kleine ist die Hauptsache, denn es ist das Ich. Gruß an Papa und die Freunde. Dein *Lewin.*«

Es war inzwischen ein Uhr geworden, und da sein Mittagsweg ihn ohnehin an dem großen Postgebäude vorüberführte, so unterzog sich Lewin der Mühe, die fünf Briefe, die das Ergebnis dieses Vormittags waren, selbst am Schalter abzugeben. Neben der Post war das Ladalinskische Haus; er sah hinauf, aber in allen Zimmern der ersten Etage, auch in dem des Geheimrats, waren die Rouleaus herabgelassen. Er sann einen Augenblick nach, was die Ursache davon sein könne, vergaß aber den gehabten Eindruck wieder, als er an der Ecke der Stechbahn Jürgaß begegnete, mit dem er nun ein kurzes Gespräch über die nächste Kastaliasitzung führte.

»Auf Dienstag!« damit trennten sie sich, und Lewin, nachdem er in der Taubenstraße an alter Stelle sein einfaches Mittagsmahl eingenommen hatte, ging auf die lange, der ehemaligen Berliner Stadtmauer entsprechende Wallstraße zu, von der aus er – in nur geringer Entfernung vom Spittelmarkt – in die aus alten und stattlichen, aber freilich auch heruntergekommenen Häusern bestehende Kreuzgasse einbog.

In einem dieser alten und stattlichen Häuser wohnte *Hansen-Grell,* zu dem sich Lewin um seiner Schlichtheit und kaum minder um seines romantischen, ebendieser Schlichtheit fast widersprechenden Zuges willen von Anfang an in hohem Maße hingezogen gefühlt hatte. Eine Aufforderung zu einem Besuche war nie ausgesprochen worden, aber als sie vor zwei Tagen, wo ein Zufall sie zusammengeführt, sich nach längerem und sehr eingehendem Geplauder wieder getrennt hatten, hatte Lewin den Entschluß gefaßt, diesen Besuch in Grells Wohnung auch ohne Aufforderung zu machen. Es war ein Hochparterre. Acht oder zehn Steinstufen, ausgelaufen und von einem verbogenen Eisengeländer eingefaßt, führten hinauf. An der Tür, mit dicker Feder auf ein halbes Kartenblatt geschrieben, stand *Hansen-Grell.*

Lewin klopfte.

»Herein!«

Es war eine in drei Felder geteilte, nur mit dem vordersten

Drittel sich öffnende Tür, gerade breit genug, einen Menschen mit seiner Schmalseite hindurchzulassen. Lewin passierte das Defilee und befand sich in einem großen, wohl vierzehn Fuß hohen Raum, in dem er auf den ersten Blick nichts weiter als vier kahle, gelbgetünchte Wände und einen ungeheuren, schwarzen Kachelofen erkennen konnte. Zugleich hatten sich vier lange, schmale Gardinenstreifen, bei dem durch das Öffnen der Tür entstandenen Luftzug, in eine langsam schwerfällige Bewegung gesetzt. Aber dieser Eindruck des Kahlen und Öden blieb nicht lange, und die gemütlicheren Elemente kamen zu ihrem Recht. In dem von innenher geheizten Ofen war der Torf so weit niedergebrannt, daß der Anblick der in blauen Flämmchen zuckenden Glut mit diesem unschönsten aller Heizungsmateriale wieder aussöhnen konnte, und von dem danebenstehenden, mit Büchern überdeckten Klapptisch stiegen kleine, sich kräuselnde Wölkchen auf und zogen dem Eintretenden wie ein freundlicher Gruß entgegen. Hansen-Grell war bei der Präparation seines Nachmittagkaffees.

»Einen Augenblick noch«, rief er, und den Topf mit kochendem Wasser, den er nur halb geleert hatte, wieder in die Glut des Ofens schiebend, trat er jetzt Lewin entgegen und reichte ihm die noch halb rußige Hand, nachdem er sie durch einen energischen Strich über den Ärmel seines Flausrocks hin wenigstens aus dem Gröbsten herausgebracht hatte.

»Ich freue mich herzlich, Sie zu sehen«, sagte er, »besonders zu dieser Stunde, wo die Ofenglut und der dampfende Kaffee die Honneurs des Hauses machen. Sie trinken mit. Ich bin, wie Sie sehen, etwas beschränkt im Wirtschaftlichen, aber was Tassen angeht, kann ich mit jeder Klatschbase konkurrieren.«

Lewin wollte erwidern, aber Hansen-Grell fuhr fort: »O nicht doch; fürchten Sie nicht, mich zu benachteiligen; hier ist der Kaffee und dort das Wasser. Ich könnte die ganze Kastalia bewirten, ohne jede Gefahr persönlicher Einbuße. Ich bitte Sie, nehmen Sie Platz, während ich nach meiner besten Meißner suche. Sie sollen die vergoldete haben, mit einem Amor und einer Schäferin, die lacht und weint, weil sie schon getroffen ist. Können Sie sich denken, daß ich eine Passion für solche Spielereien habe? Es ist noch ein Nachklang aus meinen Kopenhagener Tagen her. Der alte Graf war ein leidenschaftlicher Sammler.«

Bei diesen Worten hatte sich Hansen-Grell an einen auf den ersten Blick nicht wahrnehmbaren Schrank gemacht, der in einer der dicken Wände mitten drin steckte, und suchte hier nicht bloß nach der versprochenen Meißner Tasse, sondern behufs besserer Repräsentation auch nach einer Zuckerschale, die er auf einem der Bretter oben oder unten gesehen zu haben sich deutlich entsann. Er persönlich hatte das Tütenprinzip.

Lewin war inzwischen der Aufforderung seines in halber Verlegenheit immer weitersprechenden Wirtes gefolgt und hatte, die Gardinen zurückschlagend, in einer der tiefen Fensternischen Platz genommen. Hier standen zwei Binsenstühle, auf deren einem ein paar aufgeschlagene Bücher lagen, und während Hansen-Grell – der die Zuckerschale noch immer nicht entdeckt hatte – sein mehr und mehr in bloße Verwunderungsausrufe sich auflösendes Gespräch fortsetzte, nahm Lewin eines der kleinen Bändchen zur Hand und sah hinein. Es waren Hölderlins Gedichte. Auf einer der aufgeschlagenen Seiten standen vier Zeilen.

In jüngeren Tagen war ich des Morgens froh,
Des Abends weint' ich; jetzt, da ich älter bin,
Beginn' ich zweifelnd meinen Tag, doch
Heilig und heiter ist mir sein Ende.

Lewin empfing einen bedeutenden Eindruck von diesen Zeilen, aber es war dafür gesorgt, daß er sich ihm nicht lange hingeben konnte. Hansen-Grell hatte mittlerweile alles gefunden, was ihm wünschenswert erschien, und präsentierte jetzt, nachdem er, ängstlich die Diele haltend, den weiten Weg zwischen Ofen und Fenster zurückgelegt hatte, seinem Gaste eine bis an den Rand hin gefüllte Tasse Kaffee.

Dieser nahm, schlürfte und lobte und sagte dann: »Ich bin überrascht, Sie bei Hölderlin zu finden. Nach dem Bilde, das ich mir von Ihnen gemacht habe, mußten Sie mit der ›ums Morgenrot fahrenden Lenore‹ für dieses und jenes Leben verbunden sein. Ich kann Ihnen auch allenfalls den ›wilden Jäger‹ oder die ›Chevyjagd‹ gestatten, aber Hölderlin? Nein.«

Hansen-Grell hatte sich auf den gegenüberstehenden Binsenstuhl gesetzt und sagte, während er seine beiden Hände auf das bequem übergeschlagene Knie legte: »Sie berühren da einen feinen Punkt, wenn Sie wollen, einen Widerspruch in meiner Natur. Vielleicht auch in mancher andern. Es ist ganz richtig, daß ich meiner Empfindung und, wenn ich von so Unbedeutendem sprechen darf, auch meiner Dichtung nach ganz in die neue Schule hineingehöre; ich halte es wohl oder übel mit den Romantikern und werde nie von etwas anderem träumen als von nordischen Prinzessinnen und siegreichen Schlangentötern. Und wird es mir gelegentlich des romantischen Apparates zu viel, so pfleg' ich mich, nach der Lehre vom Gegensatz, mit einer Art Passion auf Rokokodinge zu werfen und vor Puder und Reifrock nicht zu erschrecken. Aber etwas Klassisches nie, weder nach Form noch Inhalt.«

Lewin lächelte und wies auf das zwischen ihnen liegende Buch.

»Ich komme darauf«, fuhr Hansen-Grell fort, »das ist es ja eben, was mich von einem Widerspruche sprechen ließ. Ich werde nie klassisch empfinden, nie auch nur den Versuch machen, einen Hexameter oder gar eine alkäische Strophe aufzubauen, und doch, wo immer ich mit dieser Welt des Klassischen in Berührung komme, fühl' ich mich in ihrem Banne und sehe, solange dieser Zauber anhält, auf alles Volksliedhafte wie auf bloße Bänkelsängereien herab. Ich habe dann plötzlich aller naiven Dichtung gegenüber ein Gefühl, als ob ich hübsche Dorfmädchen auf einem Hofball erscheinen sähe; sie bleiben hübsch, aber die Buntheit und die Willkürlichkeit ihres Aufputzes läßt selbst ihren wirklichen Reiz als untergeordnet erscheinen.«

»Ich kann Ihnen darin nicht zustimmen«, erwiderte Lewin. »Sie sprachen schon selbst das Wort aus, auf das es mir anzukommen scheint, ›solange der Zauber anhält‹. Da liegt es. Auch in der Kunst gilt das ›Toujours perdrix‹, und jedes Zuviel weckt das Verlangen nach einem Gegenteil.«

»Möglich, daß Sie es mit dem ›Toujours perdrix‹ getroffen haben«, sagte Hansen-Grell, »aber nach meiner eigenen persönlichen Erfahrung muß ich es doch in etwas anderem suchen.

Vielleicht haben Sie Ähnliches beobachtet. Unsere dichterische Produktion, und das ist der Punkt, auf den ich Gewicht lege, entspricht unserer *Natur*, aber nicht notwendig unserem *Geschmack*. Dieser kann sich über jene erheben. Wollen wir einen Einklang herstellen, soll unser Geschmack, der unsere *Lektüre* bestimmt, auch unsere *Produktion* bestimmen, so läßt uns die Natur, die andere Wege ging, im Stich, und wir scheitern. Wir haben dann unseren Willen gehabt, aber das Geborene ist tot.«

Lewin wollte antworten, Hansen-Grell indes fuhr in Entwickelung seines Gedankens mit Lebhaftigkeit fort: »Im übrigen, was unseren schwäbischen Hyperion angeht«, und dabei schlug er mit dem Finger auf das vor ihm liegende Bändchen, »so löst sich der Widerspruch, den ich Ihnen anfänglich zugestand, auf eine vielleicht viel einfachere Weise. Hölderlin, aller Klassizität seiner Form unerachtet, ist Romantiker von Grund aus. Darf ich Ihnen meine Lieblingsstrophen vorlesen?«

»Ich bitte darum.«

Es dunkelte schon. Da Hansen-Grell aber die Strophen so gut wie auswendig wußte, so genügte jede Beleuchtung, und er las:

Nur einen Sommer gönnt, ihr Gewaltigen,
Und *einen* Herbst zu reifem Gesange mir,
Daß williger mein Herz, vom süßen
Spiele gesättiget, dann mir sterbe!

Die Seele, der im Leben ihr göttlich Recht
Nicht ward, sie ruht auch drunten im Orkus nicht;
Doch ist mir einst das Heil'ge, das am
Herzen mir liegt, das Gedicht, gelungen:

Willkommen dann, o Stille der Schattenwelt!
Zufrieden bin ich, wenn auch mein Saitenspiel
Mich nicht hinabgeleitet; einmal
Lebt' ich wie Götter, und mehr bedarf's nicht.

Er legte das Buch aus der Hand und fuhr ohne Pause fort: »Das sind alkäische Strophen, klassisch in Bau und Form, und doch klingt es in ihnen romantisch trotz Orkus und aller Schatten- und Götterwelt der Klassizität.« Nun erst sah er auf Lewin.

Dieser schwieg noch immer. Aber sein Schweigen sagte mehr als es die enthusiastischsten Worte gekonnt hätten. Endlich sprach er vor sich hin: »Wie schön, und wie ist die Stimmung getroffen!«

»Ja, das ist's«, nahm Grell noch einmal das Wort. »Die Stimmung ist *getroffen;* und darauf kommt es an, das entscheidet. Es ist jetzt Mode, von Stimmung zu sprechen und von In-Stimmung-Kommen. Aber das In-Stimmung-*Kommen* bedeutet noch nicht viel. Erst der, der die ihm gekommene Stimmung: das rätselvoll Unbestimmte, das wie Wolken Ziehende scharf und genau festzuhalten und diesem Festgehaltenen doch zugleich auch wieder seinen zauberischen, im Helldunkel sich bewegenden Schwankezustand zu lassen weiß, erst *der* ist der Meister.«

Lewin nickte, aber zerstreut. Er hatte offenbar nur mit halbem Ohre hingehört und wiederholte statt aller andern Antwort nur die Schlußworte des Liedes: »Einmal lebt' ich wie Götter, und mehr bedarf's nicht.«

Hansen-Grell war aufgestanden, und sein unschönes Gesicht mit dem kurzen Strohhaar und den geröteten Lidern verklärte sich von innen heraus zu wirklicher Schönheit. »Ob Lied oder Liebe, ob Freiheit oder Vaterland, *einmal* leben wie Götter und dann – sterben. Sterben bald, ehe das große Gefühl der Erinnerung verblaßt.«

Sie sprachen noch eine Weile, beide sich in dieselben Vorstellungen vertiefend; dann sagte Lewin: »Lassen Sie uns gehen, Grell, draußen hängt noch das Abendrot; es plaudert sich besser im Freien.«

Und damit verließen sie das Haus und gingen über den Opernplatz auf den Lustgarten und die Schloßfreiheit zu.

Hinter der Sophienkirche ging eben die Mondsichel auf.

18. KAPITEL

Fort!

Um die sechste Stunde war Lewin wieder in seiner Wohnung; das Gespräch, das er mit Hansen-Grell geführt, klang noch in seiner Seele nach. Die schöne Macht des Idealen, durch einfache Verhältnisse mehr unterstützt als beeinträchtigt, war ihm nie reiner entgegengetreten. Er hatte während seines Besuches mehr als einmal an Faulstich denken müssen; und doch, bei manchem Verwandten, welcher Unterschied! In der Beschäftigung mit den Künsten, auch in der Freude daran, waren sich beide gleich; aber während der eine das Schöne nur feinsinnig kostete, strebte ihm der andere mit ganzer Seele nach. Was den einen verweichlichte, stählte den andern, und so war Grell ein Vorbild, während Faulstich eine Warnung war.

Es fehlte heute das Abendrot, das sonst wohl um diese Stunde drüben über den Dächern hing, und so kam es, daß in Lewins Zimmer bereits ein völliges Dunkel herrschte. Er klopfte bei Frau Hulen; sie war nicht zu Hause. Ebenso fehlte die grüne Schirmlampe und war auch in dem Nebenzimmer nicht zu finden.

»Was nur der Alten ist?« sagte Lewin und war einen Augenblick verdrießlich über die »Unordnung«, lachte aber bald wieder und setzte hinzu: »Freilich die erste in anderthalb Jahren.«

Er tappte bis in die Küche, schürte in der Herdasche, bis die Glut zutage kam, und zündete seinen Wachsstock an. Und nun vorsichtig, um die Mühe des Anzündens nicht noch einmal zu haben, ging er in sein Zimmer zurück.

Jetzt erst sah er, daß ein Brief auf dem Tisch lag, die Aufschrift sehr flüchtig, allem Anscheine nach von Tubals Hand. Was ihm am meisten auffiel, war das unverhältnismäßig große Siegel. Es war ersichtlich, daß der Inhalt gegen unbefugte Neugier hatte sichergestellt werden sollen. Wenn Frau Hulen einen schwachen Punkt hatte, so lag er nach dieser Seite hin.

Lewin wußte davon. Er lächelte deshalb, als er das Siegel erbrach und den auseinandergefalteten Bogen bequemeren Lesens halber neben die kleine Wachsstockflamme hielt. Aber sein Lächeln währte nur einen Augenblick. Es waren nicht mehr als drei Zeilen.

»Komm heute abend nicht; Kathinka ist fort. In einem Zettel, den wir auf ihrem Schreibtische fanden, hat sie Abschied von uns genommen. Alles andere errätst Du.

Dein *Tubal.*«

Das Blatt entfiel seiner Hand, während er selber auf das Sofa zurücksank. Er war eine Minute lang wie betäubt. Dann richtete er sich auf und legte seinen Kopf erst in seine zusammengefalteten Hände, dann auf Tisch und Sofalehne; aber alles war ihm zu heiß. Er sprang auf und trat an das Fenster. Die fahle Mondessichel, eben aus dem Gewölk heraus, sah ihm ins Gesicht; ein paar Krähen drüben flogen auf; unten knarrten die Laternen. Die Kühle der Scheiben tat ihm wohl, aber die Angst blieb und stieg ihm höher ans Herz. Ihn verlangte nach Luft; so nahm er eine Filzkappe vom Riegel und schritt auf Flur und Treppe zu. Er war schon auf den ersten Stufen, als er, plötzlich durch kleine Sorglichkeiten bestimmt, wieder umkehrte, um die Zeilen zu zerreißen, die auf dem Tische liegengeblieben waren, und den noch brennenden Wachsstock auszulöschen. Nun erst verließ er das Haus.

Unten bog er in die Königsstraße ein; aber die Steinmassen bedrückten ihn, wie ihn das Zimmer bedrückt hatte, und er empfand deutlich, daß er aus der Stadt heraus müsse. So hielt er sich rechts und nahm dann über den Alexanderplatz hin seine Richtung auf das Frankfurter Tor zu.

Es war derselbe Weg, den er am Tage, wo das Dachsgraben in der Dalwitzer Forst sein sollte, gemacht hatte. Als er wieder in die Nähe des Gasthauses zur »Neuen Welt« kam, das damals in rechter Vormittagsstille dagelegen hatte, sah er, daß alle Fenster erleuchtet waren; Klarinetten spielten auf, und junge Paare, denen es drinnen zu heiß geworden war, standen draußen unter den beschneiten Lindenbäumen. Was kümmerte sie der Wind, der ging, oder der Schnee, der lag? Der nächste Tanz brachte die Verkühlung wieder heraus.

Lewin hatte sich an einen der zwei Pfosten gelehnt, die mittelst eines darübergelegten Querbalkens den ziemlich primitiven Eingang zur »Neuen Welt« bildeten. Die Musik drinnen ging immer frischer. Er schlug den Takt mit dem rechten Fuße mit und fand den Tanz allerliebst. »Wer doch auch mit dabei wäre! Wer tanzen will, dem ist leicht gespielt, sagt das Sprichwort. Warum heißt es nicht: Wem gespielt wird, der tanze!«

In diesem Augenblick legte sich von hinten her ein Arm um seine Hüfte, und ein junges Ding, das sich am Heckenzaune hin, ohne daß er es merkte, herangeschlichen haben mußte, sagte vertraulich:

»Komm, sie stimmen schon. Es gibt noch einen Schottschen. Du kannst mich und Malchen auch nach Hause bringen.«

Es klang mehr schelmisch als zudringlich, und Lewin, der dies fühlte, wandte sich um und ergriff ihre Hand. Das Mädchen aber, das ihn verwechselt haben mochte und jetzt erst in sein verstörtes Gesicht sah, erschrak und lief quer über den Vorgarten in den Saal zurück. Drinnen mußte sie von der Begegnung erzählt haben, denn zwei, drei Köpfe erschienen gleich darauf am Fenster und blickten neugierig nach dem Fremden hinaus.

Freilich nicht auf lange, denn der Schottische begann nun wirklich, und Lewin, während er weiterging, versuchte sich die Takte für seinen Marsch zurechtzulegen. Es gelang auch eine Weile; aber der Tanzrhythmus war doch stärker als alles andere, und aus seinem gezwungenen Marschtempo immer wieder herausfallend, marschierte er in einem wunderlichen Wechsel von Tanz und Schritt die gradlinige Pappelchaussee hinunter. Er kam an der Stelle vorbei, wo ihm an dem Schnatermanntage das Elend des Rückzuges zuerst entgegengetreten war; indessen er gedachte der erschütternden Begegnung nicht mehr und zählte nur noch die Takte der Musik, trotzdem er diese selbst schon längst nicht mehr hörte.

»So hintanzen«, sagte er, »das heißt Leben. Nur nichts schwer nehmen. Ich habe das Beste versäumt. Und am Ende auch heute wieder. Sie war hübsch und nicht zimperlich. ›Du kannst mich und Malchen nach Hause bringen ... Sei nicht töricht, Lewin.‹ Nein, nein, das sagte sie nicht; das war schon früher.«

Er schwieg eine Weile, seine Gedanken im stillen weiterspinnend. »Und mit der Johanna Susemihl, was war es denn am Ende? Und was liegt daran, ob ihr die alte Zunzen das Kleine gegönnt hat oder nicht! Nun sind sie tot, und nur der Maréchal de logis, so denk' ich mir, lebt noch. Er hatte Tressen an dem Hut und einen Klunker dran. Und *fremde* Tressen; ja, das macht es; das Neue, das Fremde. Etwas anderes muß es sein. Neugier wie zu Mutter Evas Tagen.«

Er war jetzt über Friedrichsfelde hinaus; nur wenn er sich wandte, sah er noch die Lichter des Dorfes. Am Himmel kein Stern; über die Mondessichel hin zogen die Wolken, immer dichter, immer rascher. Aber rascher noch gingen die Bilder über seine Seele.

»Wie die Hulen sich wundern wird! Ich sehe sie, wie sie mit der kleinen Lampe nach mir sucht, als ob ich ein versteckter Liebhaber wäre. Und der bin ich eigentlich auch; nur zu sehr versteckt; ich werde nie gefunden. Die Hulen wird so verdutzt aussehen wie damals, als ich ihr das französische Kinderlied vorlas. ›Klippklapp‹, sagte sie; es war gar nicht so dumm. Wie ging es doch?

An meiner Enk'lin Namenstag
Ihr jeder etwas schenken mag:
Der Bäcker schickt ein Zuckerbrot,
Der Schneider einen Mantel rot . . .

Ja, so ging es. ›Le boulanger fait un gâteau, la couturière un p'tit manteau‹, das schien die leichteste Stelle und war dann hinterher die schwerste. Ich entsinne mich noch . . . Was es doch für wunderliche Sachen gibt; ein französischer Kinderreim zwischen Friedrichsfelde und Dalwitz. Aber warum nicht? Es gibt noch viel Wunderlicheres.«

Er passierte jetzt das Dorf, dessen Namen er eben genannt hatte. Der mit alten Rüstern besetzte Fahrweg lag im Dunkeln, und die Fensterläden der meist einzeln stehenden Häuser waren geschlossen; aber aus den herzförmigen Öffnungen fiel ein Lichtschein auf die Straße.

»Brennende Herzen«, sagte er, »morgen früh sind sie wieder an die Wand geklappt und so schwarz wie vorher. Es ist auch lange genug, vier Stunden zu brennen. Hier wohnt der Pastor; der brennt sechs.«

Hundert Schritte hinter dem Pastorhause schloß das Dorf, und Lewin trat ins Freie. Ihn fröstelte. War es die Nachtluft, oder war es das Fieber? Er schlug den Rockkragen in die Höhe und die Mützenklappen nach unten; aber das Frösteln blieb.

»Wohin geh' ich nur? Ich weiß es nicht. Oder ob ich umkehre? Nein. Ich kann nicht wieder in die Häusermasse hinein; sie nimmt mir den Atem, sie bringt mich um. Also weiter. Ich werde wohl irgendwo hinkommen.«

So schritt er abermals vorwärts; eine Viertelmeile, eine halbe. Nach rechts hin, an einer Biegung der Chaussee, stand der Schattenriß eines Kirchturms.

»Ich bin müde, und ich glaube fast, ich habe Hunger.«

Er setzte sich auf einen neben der Straße zusammengefahrenen Steinhaufen und sah dem dürren Laube zu, das über den glattgefahrenen Schnee hin an ihm vorübertanzte. Denn der Wind, der seit Stunden schon dichte Wolkenmassen voraufgeschickt hatte, kam jetzt selber und fegte zwischen den Pappeln hin. Es war ein Südwest, feucht und voll kleiner Regentropfen, aber einzelne dieser Tropfen gefroren wieder und schlugen ihm wie Nadeln ins Gesicht. »Tauwind«, sagte Lewin, »wie heißt es doch? Der Tauwind kam vom Mittagsmeer ... ja, ich glaube, so fängt es an; aber das andere hab' ich vergessen. Ich finde nur noch die Figuren heraus, den Grafen und den Zöllner und den braven Mann. Wer ich wohl sein mag? Der Graf? Nein. Aber der brave Mann; ja, der bin ich, das ist mein Fach.«

Er blickte die Chaussee hinauf, hinunter und sagte dann: »Es sieht aus wie die Pappelallee, die durch das Bruch führt, und der Schatten, der dort unten steht, könnte die Guser Kirche sein ... Das sind nun vier Wochen, und mir ist, als wär' es ein Jahr.« Er stützte die Stirn in seine Hand und träumte, und in seinem Traume klang es immer vernehmlicher wie leises, fernes Glockenläuten. Er horchte danach, voll wachsender Sehnsucht, und endlich war es ihm, als fühle er das Labsal einer Träne und als käm' es wie Befreiung über sein schwerbedrücktes Herz.

Aber es sollte nicht sein; es war anders beschlossen. Das Läuten, das er nur traumhaft gehört zu haben glaubte, kam wirklich näher, und ehe er sich noch zurechtgefunden hatte, sah er von der Dalwitzer Seite her ein Fuhrwerk zwischen den Pappeln herankommen. Sonderbar, es war kein Schlitten, wie das Geläute hatte vermuten lassen, sondern ein leichter, offner Wagen, dessen zwei kleinen Pferden, sei es aus Laune oder übertriebener Vorsicht, ein Schellengurt aufgelegt worden war. Und jetzt war der Wagen heran; die Pferde scheuten und bogen nach rechts hin aus. Auf dem Vordersitze saß ein junges Paar, er mit verschränkten Armen in einen Mantel gewickelt, sie groß und schlank, in einem enganschließenden Rock und einer mit Pelz besetzten Mütze. Die Form ließ sich nicht erkennen, aber sie führte die Zügel und erschrak heftig, als sie des am Wege Sitzenden ansichtig wurde. Erst an der nächsten Pappel wandte sie sich noch einmal um und sprach dann, allem Anscheine nach, lebhaft zu ihrem Begleiter.

Lewin sah das alles, und ohne zu wissen, was er tat, sprang er auf und suchte dem ihm rasch entschwindenden Fuhrwerk zu folgen. Er wollte rufen, schreien, aber er brachte keinen Ton hervor. Und so lief er, bis ihm die letzten Kräfte versagten und er lautlos inmitten des Weges niederstürzte.

Eine Stunde später hielt ein Schlitten vor dem Bohlsdorfer Krug; es schlug eben vom Turm. Der Knecht, der von seinem Häckselsack gestiegen war, um die Pferde abzusträngen, zählte die Schläge und brummte verdrießlich vor sich hin: »All elwen; för Mitternacht bin ick nich to Huus; awers ick kunn em doch nich liggen laten.« Damit ging er auf den Hekkenzaun zu, neben dem ein paar verschneite Krippen standen, während von der Hof- und Gartenseite her die Glut eines hochaufgemauerten Backofens, in dem das Reisigholz eben niedergebrannt war, über den Zaun weg auf die Straße sah. Der Knecht starrte hinein, freute sich des warmen Hauchs und schleppte dann eine der Krippen, aus der er den Schnee durch bloßes Umstülpen entfernt hatte, bis vor sein Gespann und öffnete den Häckselsack. Die Pferde, denen es zu lange dauern mochte, fuhren mit ihren Mäulern suchend und schnopernd durch den leeren Trog. Er gab ihnen einen Schlag: »Künn jih nicht töwen«, und stappste dann, als er ihnen endlich ihr Futter eingeschüttet hatte, unter dem Vorbau weg in die Krugstube, wo auf zwei großen Brettern die zum Einschieben in den Ofen eben fertig gewordenen Brote lagen.

»'n Abend, Krügersch.«

»'n Abend, Damerow. Noch so spät bi Weeg?«

»Ja, man möt ja wull. Dat oll Schlackerwetter geiht ei'm bis up de Knaken.«

»Dat deit et. Wat wullen S', Kirsch o'er Kümmel?«

»Geben S' en Kirsch. Awer töwen S' noch en beten. Ick hebb do een'n upp'n Schlitten. He läg as för dood bi de Chausseesteen. Upp'n Hoar, un ick hedd em överfoahren.«

»Kennen S' em nich?«

»Nee. He süht ut as en Stadtminsch, as en Berlinscher. Koamen S' man mit rut.«

Die Krügersfrau, die noch beim Abtrocknen war, nahm eine kleine Laterne vom Brett, steckte den Lichtstumpf an, hakte wieder ein und folgte dem Knecht auf die Straße. So traten sie an die Rückseite des Schlittens, der nur zwei Korbwände hatte, nach hinten zu aber offen war. Der Knecht schob ein Strohbündel, das als Decke gedient haben mochte, zurück, und die Krügersfrau leuchtete nun in den Schlitten hinein. Aber die Laterne fiel ihr aus der Hand, und sie tat einen Schrei. Dann lief sie wieder in das Haus, rüttelte den Mann, der in dem Alkoven nebenan eingeschlafen war, und rief: »Steih up, Drews. Kumm, mach flink. Ick gloob, he is all dood.«

»Wihr, wihr?« fragte der Krüger, aus dem Schlaf auffahrend.

Aber die Frau war schon wieder an der Tür. »Jott, Jott, wihr sall et sinn? . . . De jungsche Herr von Hohen-Vietz.«

VIERTER BAND

Wieder in Hohen-Vietz

1. KAPITEL

In Bohlsdorf

Es war drei Tage später. In dem hinter der Gaststube gelegenen Alkoven saß die Bohlsdorfer Krügersfrau und beugte sich über ihr Kind. Sie sang es in Schlaf, aber mit leiser Stimme, und in noch leiserer Schaukelbewegung ging die Wiege. Es hätte dieser Vorsicht nicht bedurft, denn der Kranke, dem sie galt, und der über dem Alkoven gebettet war, lag nun schon den dritten Tag in einem schweren Schlaf und war taub und tot gegen alles, was um ihn her vorging. Ein Arzt war noch nicht zu beschaffen gewesen, aber an Pflege gebrach es nicht, wenn man einem bloßen Aufmerken und Abwarten, dem sich seit dem gestrigen Tage zwei Frauen unausgesetzt unterzogen, diesen Namen geben konnte.

Mittag war vorüber. Es mochte die zweite Stunde sein, die schon wieder sinkende Sonne schien durch das Fenster einer kleinen Giebelstube, und ein freundlicher Glanz, als ging er von dem Kranken selber aus, war um diesen her.

»Seine Stirn ist feucht«, sagte die Schorlemmer. »Geh, Renate, und ruhe dich aus. Eine Viertelstunde nur.«

»Ich bin nicht müde.«

»Du mußt es sein. Geh.«

Und sie ging. Aber nicht, um zu ruhen, sondern um einen Brief, den sie versprochen hatte, nach Hohen-Vietz hin zu schreiben.

Das Stübchen, das gleich nach ihrer Ankunft als Wohn- und Schlafzimmer eingeräumt worden war, lag an der andern Giebelseite des Hauses und zeigte noch jenes Durcheinander, das der erste Moment der Ankunft immer zu geben pflegt. Zum Ordnen und Aufräumen war eben noch nicht Zeit gewesen. Auf zwei Stühlen stand der geöffnete Reisekoffer, während auf eins der beiden Betten hin Muffen und Mäntel samt allerlei Schals und Tüchern geworfen waren.

Renate schien auch jetzt noch kein Auge für diese Dinge zu haben, ließ alles liegen, wie es lag, und rückte nur den Tisch, um besseres Licht zu haben, an den Fensterpfeiler. Dann schob sie die rote Leinwanddecke, in die ein radschlagender Pfau weiß eingemustert war, ziemlich unsorglich beiseite und nahm ein Karlsbader Schreibnecessaire aus dem Koffer, das, wenn man es aufklappte, ein schräges Pult bildete. Aber die Tinte war fest eingetrocknet, so fest, daß selbst ein paar Tropfen Wasser nicht helfen wollten. So mußte denn anderweitig Rat geschafft werden. Sie nahm aus ihrem Notizbuch ein dünnes Bleistiftchen, das natürlich abgebrochen war, gab ihm eine

Spitze, so gut es ging, und schrieb nun in Schriftzügen, deren schwer entzifferbare Form nur noch von ihrer Blässe übertroffen wurde, das Folgende:

»*Bohlsdorf*, den 1. Februar.

Liebe Marie!

Wir sind gestern um die vierte Stunde hier angekommen und fanden unseren Kranken in einem tiefen Schlafe, der auch jetzt noch anhält. Wie tief dieser Schlaf ist, zeigte sich heute früh. Ich stieß ein neben dem Ofen stehendes Schüreisen um und erschrak, denn es gab einen großen Lärm; aber Lewin öffnete die Augen nur, um sie sofort wieder zu schließen. Übrigens schien er mich erkannt zu haben; ich sah ihn lächeln, freilich nur wie im Traum, denn der Schlaf hatte gleich wieder Gewalt über ihn. Wir erwarten jeden Augenblick Doktor Leist, und diese Zeilen sollen nicht eher fort, als bis wir ihn gehört haben.

Wie dies alles so gekommen? Ich habe nur wenig mehr erfahren, als wir schon wußten. Und Du mit uns. Ein Knecht fand ihn besinnungslos am Wege, lud ihn auf seinen Schlitten und gab ihn hier in Bohlsdorf ab. Die Krügersleute haben sich seiner angenommen und ihn gehegt und gepflegt. Er liegt in einer Giebelstube; Tante Schorlemmer und ich bewohnen die andere; nur der Bodenflur ist zwischen uns.

Warum er Berlin verlassen hat, um in Wind und Wetter bis hierher zu kommen, darüber hab' ich nur Vermutungen. Und auch diese kaum. Es muß etwas Plötzliches gewesen sein, denn er war leicht gekleidet und trug nur Rock und Filzkappe, trotzdem es eine naßkalte Nacht war. Eine Stunde früher, als der Knecht ihn fand, hat ihn der Bohlsdorfer Amtmann, der mit seiner jungen Frau von einem der Nachbardörfer kam, auf den Chausseesteinen sitzen sehen. Die junge Frau (sehr hübsch) war heute Vormittag bei mir und hat mir von der Begegnung erzählt. Sie habe sich vor ihm wie vor einer Erscheinung erschrocken. Dann sei er aufgesprungen und ihrem Wagen zwischen den Pappeln hin eine lange Strecke gefolgt. So wenigstens habe sie zu sehen geglaubt; sicher sei sie nicht. Du siehst, alles ist dunkel und rätselvoll. Die junge Frau, die wohl eine halbe Stunde hier war, überraschte mich durch eine Ähnlichkeit mit Kathinka, selbst in ihrer Art, sich zu kleiden. So trug sie, um nur eines zu nennen, eine polnische mit weißem Pelz besetzte Mütze.

Ach, Marie, wie hat sich alles um uns her geändert! Ich sehne mich jetzt nach den stillen Hohen-Vietzer Tagen zurück, die ich so oft verklagt habe. Von allen Seiten drängt es heran, und ich erkenne, wie mein Herz zu schwach und zu klein ist, allem, was geschieht, sein zuständig Teil zu geben. In ruhigen Zeiten hätte mich der plötzliche Tod der Tante betrübt oder doch beschäftigt, jetzt vergehen Stunden, ohne daß ich daran denke. Nur an Dich denke ich viel, immer.

Ich erwarte noch heut' ein paar Zeilen aus Guse; Papa hat sie mir zugesagt. Das Begräbnis der Tante vermute ich morgen; ihm beizuwohnen, daran ist nicht zu denken; ich kann hier nicht eher fort, als bis wir Lewin außer Gefahr wissen. Und ehe nicht der alte Leist ... Aber da hör' ich seine Stimme laut und eindringlich auf der Treppe. Alles wispert im Hause, selbst die Knechte, die kommen, werden zur Ruhe bedeutet und fügen sich dem Zwang; nur alte Doktoren haben in ihrem Sprechen und Auftreten das Vorrecht der Zwanglosigkeit, und der alte Leist macht keine Ausnahme. Ich schließe vorläufig und will nur hören, was er sagt.«

Renate schob das Blatt unter das Schreibnecessaire und traf den Doktor bereits am Bette drüben. Er sah mit seinen zwei Pelzhandschuhen, die an einer dicken Schnur rechts und links über den Mantelkragen hingen, abenteuerlich genug aus und grüßte mit der einen freien Hand, während er mit der andern den Puls des Kranken zählte. Er schien zufrieden, befühlte noch Stirn und Schläfe und sagte dann: »Lassen wir ihn allein; er braucht uns nicht.« Damit verließen alle drei den ruhig Weiterschlafenden und gingen in die Frauenstube hinüber, wo nun der Alte seinen Mantel ablegte, während Renate über alles Kleine und Große, was die Auffindung Lewins begleitet hatte, in ähnlicher Weise wie in ihrem Briefe an Marie zu berichten begann.

»Sehr gut, sehr gut«, unterbrach sie der offenbar ziemlich

unaufmerksame Doktor und fuhr dann, nachdem er auf einem Binsenstuhle Platz genommen und sich die breiten braunfleckigen Hände behaglich gerieben hatte, in vertraulichem Tone fort:

»Und nun, mein Renatchen, ehe wir weiterplaudern, bitt' ich um einen Kaffee, das heißt, mit Permission: um einen Cognakkaffee. Den Milchkaffee habe ich abgeschworen. Das ist nichts für einen alten Doktor mit Landpraxis.«

Tante Schorlemmer ging, um das Gewünschte herbeizuschaffen; der alte Leist aber, der, wie alle Doktoren, auch wenn sie nicht beim Feldscher begonnen haben, gerne sprach und Anekdoten erzählte, um das ewige Einerlei der Krankengeschichten loszuwerden, wiederholte, als die Schorlemmer hinaus war, seine letzten Worte und setzte dann erklärend hinzu: »Sehen Sie, mein Renatchen, mit dem milchernen ist es nichts. Ich meine den Kaffee. Sonst laß ich auf das Milcherne nichts kommen, denn es ist die höhere Stufe. Aber was ich sagen wollte. Sehen Sie, dies Franzosenvolk ist sonst nicht mein Gustus, und ihre Guillotinenwirtschaft, was sie damals ›La Terreur‹ oder, wie wir sagen, den Schrecken oder den Terrorismus genannt haben, das kann ich ihnen nicht vergessen; aber, der Wahrheit die Ehre, mit dem Cognakkaffee, da haben sie's getroffen. Es gibt so Sachen, worin sie uns überlegen sind.«

Renate rückte ungeduldig hin und her; der alte Leist indessen schien es nicht zu bemerken und fuhr fort:

»Und es ist eigentlich nicht mehr und nicht weniger als meine Pflicht und Schuldigkeit, daß ich mich ehrlich dazu bekenne. Denn ohne diesen Cognakkaffee wär' ich nicht mehr am Leben und säße nicht in diesem hübschen Bohlsdorfer Krug. Sie haben von Anno 93 gehört, oder quatre-vingt-treize, wie die Franzosen sagen. Sie lieben alles, was einen Schnepper hat und so ins Ohr klingt, als ob es was Apartes wäre. Und sehen Sie, damals hatten wir ja den Champagnefeldzug, und ich war auch mit, mitsamt meiner Grenadierkompagnie von Alt-Larisch. Nun ja, ›Champagne‹, das klingt ganz gut, und wer es nicht besser weiß, der denkt sich lauter bauchige Weinflaschen und einen blanken Pfropfen, der mit einem Knall an die Decke springt. Aber du himmlische Güte, wir haben die Champagne ganz anders kennengelernt. Es regnete Tag und Nacht, immer Biwak und im Freien kampiert auf Kalk- und Lehmboden, der das Wasser nicht durchläßt, und ehe vier Wochen um waren, lag die halbe preußische Armee nicht mehr im Biwak, sondern im Lazarett. Und der alte Leist, trotzdem er ein Doktor war, hätte auch darin gelegen, wenn er sich nicht gehütet hätte. Denn der kannte die Lazarette, und weil er sie kannte, kroch er lieber beiseite und schleppte sich bis an ein alleinstehendes Bauernhaus, in dessen Tür er, mit Permission, eine dicke, alte Französin stehen sah. Und die hatte Mitleid mit ihm und nahm ihn auf. Und um es kurz zu machen, sie packte mich in ein turmhohes Bett, und als ich nun einen Schüttelfrost kriegte und meine Zähne, so viel ihrer noch waren, vor Kälte zusammenschlugen, da brachte sie mir einen Cognakkaffee, eine Tasse, zwei Tassen, ich weiß nicht, wieviel ich getrunken habe. Aber das weiß ich, daß ich den dritten Tag wieder auf den Beinen war. Und seitdem trink' ich ihn in allen schweren Lebenslagen, wohin ich auch sieben Meilen bei zehn Grad Kälte rechne, erstens aus Dankbarkeit, zweitens aus Vorsicht und drittens, weil er mir schmeckt.«

In diesem Augenblick trat die Schorlemmer wieder ein, und die Krügersfrau mit dem geforderten Kaffee folgte. Neben der Tasse stand ein Glas. Der Doktor liebäugelte damit, schwankte zwischen Anstand und Begehrlichkeit, unterlag aber wie gewöhnlich der letzteren und leerte das Glas auf einen Zug. Der Mischungsprozeß war unterblieben.

Renate, deren anfängliche Ungeduld bei dem Geplauder des Alten eher geschwunden als gestiegen war, sah ihm lächelnd zu und sagte dann, ihre Hand auf seinen Arm legend:

»Aber nun, lieber Doktor Leist, wie steht es mit unserem Kranken? Ist Gefahr?«

»Gefahr, Gefahr«, antwortete der Alte im Tone scherzhaften Vorwurfs, »werde doch nicht von Anno 93 sprechen, wenn Gefahr wäre! Nein, mein Renatchen, wenn dem alten Leist so was Bitteres auf der Zunge liegt, da schmeckt ihm nichts, und wenn es ein Cognakkaffee wäre. Wie es mit ihm steht? Gut steht es. Er schläft sich gesund. Nichts von Gefahr. Überreizung der Nerven. Das ist alles.«

Renate schwieg. Sie wollte nicht weiter forschen, da sie den Zusammenhang der Dinge zu ahnen begann. Die Schorlemmer aber, die nichts von solchen Zuständen wußte, fragte halb ärgerlich:

»Nervenüberreizung; was soll das? Woher?«

»Ja, mein liebes Tantchen«, antwortete Leist, »das ist mehr, als ein armer Doktor wissen kann. Der muß schon froh sein, wenn er erkennt, was er vor sich hat. Woher es kommt, darauf kann er sich nicht einlassen. Das weiß eben nur der Kranke selbst. Und unser Lewin wird es schon wissen und sich eines Tages unser aller Neugier erbarmen, denn eine rechte Neugiersgeschichte ist es, dessen bin ich sicher.«

Und dabei schmunzelte der Alte so listig vor sich hin, als ob er den ganzen Liebesroman von Anfang bis Ende gelesen hätte.

»Aber nun Verhaltungsbefehle!« sagte Renate, »was tun wir?«

»Wir warten. Das ist überhaupt das Beste, was der Mensch tun kann. Zeit, Zeit. Die Zeit bringt alles. Dem Kranken bringt sie Gesundheit. Wir warten also.«

»Und wie lange noch?«

»Ja, das ist nun wieder so eine Frage. Aber rechnen wir nach. Heute ist der dritte Tag. Ich denke den fünften Tag, also übermorgen. Übermorgen wird er ausgeschlafen haben und wird irgend etwas wollen, vielleicht einen gerösteten Speck oder ein Zwiebelfleisch. Was es aber auch sein mag, er muß es haben, denn was dann spricht, das ist die Stimme der Natur, die durchaus gehört werden will.«

»Ach, wie freue ich mich«, sagte Renate, »meinen Brief mit so guten Nachrichten schließen zu können! Ich schrieb, als Sie vorfuhren, eben an Marie Kniehase. Wissen Sie, Doktor, Sie könnten mir die letzten Zeilen diktieren.«

»Das will ich«, sagte der Alte, »und will auch den Briefträger machen, denn ich fahre über Hohen-Vietz. Haben Sie alles?«

»Alles.«

»Nun denn schreiben wir: ›...Eben ist Doktor Leist hier und versichert uns, es sei keine Gefahr. In zwei Tagen wird unser

Kranker außer Bett und in einer halben Woche so gut wie genesen sein. Dies alles schreib' ich nach dem Diktat des Alten, der diesen Brief selbst mitnehmen will. Punktum, Gedankenstrich. Deine Renate.‹«

Renate sprang auf, schob in heiterer Laune dem Doktor das Blatt zu und sagte: »So, nun haben wir es schwarz auf weiß, und Sie müssen nur noch darunter schreiben: ›Beglaubigt‹ und Ihren Namen. Aber keinen Doktorkrikelkrakel, sondern deutlich und leserlich für jedermann.«

Der Alte tat, wie ihm geheißen. Dann erhob er sich, und während ihm Renate wieder in seinen schweren und vielkragigen Mantel hineinhalf, schloß er seinen Besuch mit den Worten: »Und nun noch eines, Ihr Damen. Ich muß die Gesunden bitten, sich über den Kranken nicht zu vergessen. Sonst vertauschen wir bloß die Rollen. Also keine Allotria wie Nachtwachen und andere Überflüssigkeiten. Tantchen, ich mache Sie verantwortlich. Und übermorgen sehe ich wieder nach. Und nun Gott befohlen.«

Sie begleiteten ihn treppab bis an den Wagen, der unter dem Vorbau hielt. Bald zogen die Pferde an, und Renate und die Schorlemmer grüßten dem Alten nach. Eine rechte Sorge war von ihnen genommen; er hatte so zuversichtlich gesprochen. Gegen Abend kam eine alte Wartefrau, um sie am Bette des Kranken abzulösen, und beide gingen nun in ihre Giebelstube hinüber, um nach zwei schlaflosen Nächten eine ruhige Nacht zu haben.

Renate war müde, Tante Schorlemmer aber rüstig und beweglich wie immer. Sie setzte sich zu ihrem Liebling und zeigte sich geneigt, noch eine Viertelstunde zu plaudern.

»Wie mag es in Guse aussehen?« fragte Renate. »Ach, liebe Schorlemmer, ich sorge mich, von der Tante zu träumen.«

»Du wirst es nicht.«

»Und wie sie nur gestorben sein mag«, fuhr Renate fort. »Ich glaube nicht, daß sie einen christlichen Tod gehabt hat. Und nun sehe ich sie im Sarge liegen, blaß, mit ihrer schwarzen Witwenhaube, und die Schnebbe daran noch tiefer in die Stirn gerückt als gewöhnlich. Und vor diesem Bilde fürchte ich mich. Es mag nicht recht sein. Aber dir darf ich es sagen, liebe

Schorlemmer, daß ich lieber hier in Bohlsdorf als in Guse bin. Ist es ein Unrecht?«

Die Schorlemmer streichelte ihr die Hand und sagte: »Wenn es ein Unrecht ist, mein Renatchen, so ist es ein kleines. Ich weiß wirklich nicht, ob es unsere Christenpflicht ist, einem Toten ins Gesicht zu sehen. Und sie hatte etwas Unheimliches. Alle, die Jesum verachten, haben nichts von seinem Gnadenschein.«

»Und was nun aus Guse wird? Es war Allod, und als Kaufgut fällt es nicht an die Pudaglas zurück.«

»Ich wüßte schon einen Erben.«

»Welchen?«

»Renate von Vitzewitz. Aber du hättest dann einen andern Namen.«

»Geh doch. Was du nur sprichst. Ich armes Fräulein und das schöne Gut.«

»Ja, mein Renatchen, die Menschen sind nicht immer, was sie scheinen, und während du glaubst, daß ich nur an Grönland und Neu-Herrnhut denke, denk' ich an ganz andere Dinge. Ich habe auch so meine kleinen Passionen und verheirate die Menschen gern, und wenn ich so in die Zukunft sehe, da seh' ich nichts als ...«

»Nun?«

»Nichts als Hochzeitszüge, kleine und große: du, Marie, Maline. Selbst für die Eve hab' ich schon gesorgt, trotzdem sie hochfahrend ist und es eigentlich nicht verdient.«

»Und Kathinka?«

»Nein, Kathinka nicht. Die tut alles selbst und braucht meine Vorsorge nicht.«

»Ach, wie beneid' ich dich, daß du so Hübsches denken kannst. Ich sehe keinen Hochzeitszug. Und jetzt, wo ich mir einen solchen vorstellen will, seh' ich ihn schwarz.«

»Das ist, weil du mit deinen Gedanken in Guse bist.«

»Ich glaube, daß du recht hast, wenigstens wünsche ich es. Ach wie lieb ist es, daß du bei mir bist. Ich muß an den Abend vor Silvester denken, wo du mir die Gespensterfurcht wegerzähltest. Es war die Geschichte von Kajarnak, dem ersten Getauften; du siehst, ich habe den Namen gut behalten. Aber nun will ich schlafen. Sage mir noch eines von euren Liedern, ein recht hübsches, keins von den süßen mit Lämmlein und Englein. Die kann ich nicht ertragen.«

»Nun, dann wollen wir ein recht festes und kerniges nehmen«, sagte die Schorlemmer:

»Schau von deinem Thron,
Vater, Geist und Sohn.«

Renate nickte zustimmend, und die Alte fuhr mit immer leiser werdender Stimme bis an die dritte Strophe fort:

»Reinige mein Herz
Auch mit meinem Schmerz;
Gib, daß sich mein Eigenwille
Ruhig in dem deinen stille;
Alles, was noch mein,
Eigne dir allein.«

Sie sprach nicht weiter. Renate hatte die Hände gefaltet, lächelte und schlief.

2. KAPITEL

Eine Begegnung

Die Sonne des nächsten Vormittags schien hell auf die Bohlsdorfer Dächer. Renate war bei der Amtmannsfrau gewesen, um ihr einen Gegenbesuch zu machen, und kam eben von dem Gutshofe zurück, als sie ein herrschaftliches Fuhrwerk vor dem Kruge halten sah. Der Herr, dem es gehörte, ging inmitten der Dorfgasse auf und ab. Er war von hoher Gestalt, trug Pelzrock und Pelzstiefel und sah von Zeit zu Zeit nach dem Kirchturm hinauf, dessen groteskgeformte Schneehaube seine Aufmerksamkeit auf sich zu ziehen schien. Im Näherkommen erkannte Renate den alten Geheimrat.

»Onkel Ladalinski!« rief sie und eilte ihm entgegen.

Der Geheimrat war ersichtlich befangen, und eine kurze Pause folgte den ersten Begrüßungsworten, bis Renate fragte: »Du bist auf dem Wege nach Guse?«

»Ja, liebe Renate; zum Begräbnis der Tante. Aber was führt *dich* in dieses Dorf? Ich erwartete, dich in Guse zu sehen, dich und Lewin und den Papa.«

»Du wirst nur den Papa in Guse treffen; Lewin ist hier.«

»Lewin ist hier?«

»Ja, krank und bewußtlos; nun schon den vierten Tag. Die Leute schickten uns einen Boten. Es war denselben Morgen, wo die Nachricht von dem Tode der Tante kam. Papa fuhr nach Guse, ich nach hier. Die Schorlemmer begleitete mich, und wir fanden Lewin, wie wir nach allem, was uns der Bote gesagt hatte, erwarten mußten. Er lag in tiefem Schlaf. Alles ist in Dunkel, und wir raten hin und her, was ihn in naßkalter Nacht von Berlin fort und hierher geführt haben mag. Ein Knecht fand ihn wie tot neben den Chausseesteinen.«

Der Geheimrat schwieg eine Weile; dann nahm er Renatens Arm und sagte: »So weißt du von nichts? Ach, Kind, welche Tage haben wir durchlebt! Kathinka ist fort, und wir werden sie nicht wiedersehen.«

Das also war es. Renate sah nun klar, schien aber weniger überrascht, als der Geheimrat bei seinen letzten Worten erwartet haben mochte.

»Kann ich Lewin sehen?« fragte dieser.

»Ja; er liegt oben.«

Sie stiegen nun die schmale Treppe hinauf und fanden die Schorlemmer am Bette des Kranken. Sie wollte das Zimmer verlassen, aber der Geheimrat bat sie, zu bleiben. Lewin schlief mit einem Ausdruck, als ob er sich dieses Schlafes freue, und der alte Ladalinski war durch den Anblick erschüttert. Über ihn, seit jenem Tage, war kein erquicklicher Schlaf gekommen. Er nahm des Kranken Hand und sagte: »*Er* wird genesen«, und in dem schmerzlichen Ton, in dem er diese Worte sprach, klang es begleitend mit: »*ich* nicht.«

So verließen sie wieder das Haus und kehrten auf die Dorfgasse zurück, wo sich inzwischen alt und jung um den Chaisewagen und das verdrießlich über die Ledertrommel (als ob es eine Logenbrüstung wäre) hinwegblickende Windspiel versammelt hatte.

»Ich spräche gern noch ein paar Worte mit dir«, sagte der

Geheimrat und wies mit leiser Kopfbewegung auf die Dorfleute, die jetzt ihre neugierigen Blicke mehr auf das herzutretende Paar als auf den Wagen zu richten begannen.

»Laß uns in die Kirche gehen«, erwiderte Renate, »die Tür ist offen.«

Er war es zufrieden. Sie stiegen über die halbverfallene Feldsteinmauer und schritten, an ein paar Gräbern vorbei, auf dieselbe Seitentür zu, durch die Lewin am Weihnachtsheiligabend eingetreten war.

In der Kirche war alles öde; nur auf den schwarzen Tafeln standen noch die Nummern der Gesangbuchverse, die man am letzten Sonntag gesungen hatte. Ein scharfes Seitenlicht fiel auf das Altarbild: eine Kreuzigung. Maria und Johannes fehlten, und nur eine Magdalena lag auf den Knien und hielt das Kreuz umfaßt. Es war ein häßliches Bild aus der Mitte des vorigen Jahrhunderts, am häßlichsten die Magdalena. Sie trug ein hohes Toupet von rotblondem Haar, in das große Perlen eingeflochten waren. Der Ausdruck sinnlich und roh. Den Geheimrat verdroß es; er wandte sich ab und suchte nach einem Platz in der Kirche, der ihm Sicherheit vor diesem Anblick gewähren mochte. Er fand ihn auch. Zur Seite des Altars, in eine Ecke geschoben, standen vier alte Chorstühle, die, nach ihrem Schnitzwerk zu schließen, noch aus der katholischen Zeit stammten und bei einer Renovierung der Kirche hier seitab ein Unterkommen gefunden hatten. Der alte Ladalinski zeigte darauf hin, und sie nahmen die beiden vordersten ein.

Jeder scheute sich, von Kathinka zu sprechen. So stockte das Gespräch, noch ehe es recht begonnen. Endlich faßte sich Renate und sagte: »Ich vermisse Tubal; er war der Liebling der Tante, und nun fehlt er an ihrem Grabe.«

»Und doch war es ein richtiges Gefühl, was ihn zurückhielt«, erwiderte der Geheimrat.

Renate sah ihn fragend an.

»Ein richtiges Gefühl«, wiederholte dieser nach einer Pause, »das Gefühl einer Mitschuld. Ach, meine teure Renate, die Schuld, die wir auf uns laden, tragen wir nicht allein. Andere sind gezwungen, sie mitzutragen. Und Tubal empfindet das. Er wollte niemand von euch sehen, nicht Lewin und nicht dich.«

»Und doch hätt' er sich überwinden sollen«, sagte Renate. »Und daß er es *nicht* tat, Onkel Ladalinski, das kann ich ihm nicht zum Guten rechnen, wenigstens nicht zum Guten allein. Er gab einem feinen Gefühle nach und mißtraute dem unsrigen. Das war nicht recht, sonst hätt' er wissen müssen, daß wir solche Mitschuld nicht gelten lassen und ihr Bekenntnis nicht annehmen würden.«

Sie schwieg einen Augenblick; dann fragte sie, wie um dem Gespräch eine andere Wendung zu geben: »Weißt du, wie die Tante starb?«

»Nein, ich hörte nichts. Alles, was ich erfuhr, erfuhr ich aus einer kurzen Anzeige deines Vaters. Ich war erschüttert, denn sie hatte meinem Herzen nahe gestanden, und ich mußte mich aufrichten an der Vorstellung dessen, was ihr durch diesen raschen und unerwarteten Tod erspart geblieben ist. Denn sie liebte nicht, ihre Pläne durchkreuzt zu sehen. *So* durchkreuzt!« Er schwieg eine Weile und setzte dann hinzu: »Und ihre Pläne, Renate, waren meine Wünsche. Alles, was davon noch übrig ist, leg' ich in deine Hand.«

Renate blickte vor sich hin und errötete. Dann aber sagte sie rasch und in beinahe heiterem Tone: »Oheim Ladalinski, laß mich offen sein. Ich darf es. Du pochst nicht an die rechte Tür, und du weißt es auch; was du freundlich in meine Hand legen möchtest, das liegt in einer anderen.«

»Nein, Renate, es liegt bei dir. *Ein* Herz zwingt das andere. Und ich weiß ...«

Sie schüttelte den Kopf und wollte antworten; aber beide hörten jetzt draußen ein Kratzen an der Tür, und im nächsten Augenblicke kam das Windspiel den Mittelgang der Kirche herauf, stellte sich, mit unruhiger Kopfbewegung, bellend und klingelnd vor den Geheimrat und lief dann wieder auf den Seiteneingang zurück, immer sich umblickend, ob sein Herr auch folge.

»Kutscher und Diener werden ungeduldig«, sagte der alte Geheimrat; »wir müssen abbrechen.«

Damit verließen beide die Kirche und schritten wieder über den Kirchhof auf den Wagen zu, in den das Windspiel eben hineingehoben wurde. Der Geheimrat nahm seinen Platz neben demselben und streichelte es, während er die Rechte Renaten zum Abschied reichte.

»Ich danke dir für unser Gespräch; behalt es in gutem Gedächtnis. Ich bitte dich darum.«

Damit trennten sie sich. Renate trat unter den Vorbau des Kruges und sah dem Wagen nach. Ihre Gedanken waren bei Tubal, und sie suchte sich das Bild desselben vorzustellen; aber es waren immer die Züge Kathinkas, die sie sah.

»Sind sie einander so ähnlich?« fragte sie sich und stieg die Treppe hinauf.

Eine Stunde später brachte die Krügersfrau das Essen, legte das Tischtuch und entschuldigte sich einmal über das andere, daß es so spät geworden sei, aber »der kräpsche Junge« habe nicht schlafen wollen. Sie wisse nicht, von wem er es habe, von seinem Vater sicherlich nicht, denn der schlafe zuviel. Ihre Sprechweise, während sie so plauderte, war über ihren Stand, dabei ziemlich zwanglos, und nur mitunter, wenn sie lebhafter wurde, entschlüpfte ihr ein plattdeutsches Wort.

Tante Schorlemmer und Renate hatten Platz genommen und rückten einen dritten Stuhl an den Tisch.

»Sie müssen bleiben«, sagte Renate, »und sehen, wie gut es uns schmeckt. Denn Sie führen eine gute Küche, das hab' ich gleich gestern herausgefunden. Der Kleine schläft, da haben Sie Zeit und können uns etwas erzählen. Wir sind nun schon fast zwei Tage hier und haben noch nicht einmal Ihren Namen erfahren.«

»Ich heiße Kemnitz ... das heißt mein Mann.«

Sie sagte dies in einem Tone, der andeuten sollte, daß ihr väterlicher Name um einen Grad höher gewesen sei.

Renate verstand es auch so und fuhr deshalb fort: »Sie sind gewiß aus der Stadt? Aus Alt-Landsberg oder Müncheberg?«

»Nein, das nicht; ich bin von hier. Mein Vater hatte die Schule, und als ich bei Pastor Lämmerhirt eingesegnet war, da kam ich aufs Amt. Denn wir waren drei Mädchen, und ich bin die mittelste; Christiane hatte den Marzahnschen Müller geheiratet, und Mariechen, was unsere Jüngste ist, ist noch zu Hause, denn unsere Mutter lebt noch.«

»Und da sind Sie wohl immer auf dem Amt gewesen?« fragte Renate.

»Ja, bis vor anderthalb Jahren. Ich hatt' es gut. Die junge Frau war das einzige Kind, und wir waren immer zusammen, und da sah und hört' ich alles. Der jetzige Amtmann hielt es mit der Mutter und hat sich hineingeheiratet; er war erst bloß Verwalter. Und man merkt es auch noch; auf dem Hof hat er das große Wort, aber in der Stube ist er mäuschenstill, denn die Mutter hat das Regiment, und die Tochter lernt es jeden Tag besser.«

»Und *Ihr* Mann, liebe Frau Kemnitz, der war wohl auch auf dem Amt?«

»Ja, er war der Meier. Er diente schon das siebente Jahr und sah mir immer nach den Augen, daß ich lachen mußte. Und erst wollt' ich ja nicht, aber da sagte mir der Pastor Lämmerhirt, ›ich sollte mich nicht um mein Glück bringen‹. Da nahm ich ihn denn, und es tut mir auch nicht leid, denn er ist gut gegen mich, und nun gar der Junge, Sie glauben nicht, wie er das Kind liebt. Da muß man denn schon ein Auge zudrükken.«

»Das muß eine gute Frau immer«, sagte die Schorlemmer und hob in freundlicher Ermahnung ihren Zeigefinger. »Eine gute Frau muß die Augen immer aufhaben, aber sie muß sie auch zuzumachen verstehen, je nachdem. Sie muß alles sehen, aber sie muß nicht alles sehen *wollen*.«

Die Krügersfrau, die nach Art der Dorfleute bei Sehen und Nichtsehen immer nur an Liebesgeschichten dachte, mißverstand die sehr anders gemeinten Worte Tante Schorlemmers und antwortete lachend: »Ach, so was ist es ja nicht; da käm' er mir auch recht.«

»Nun, was ist es denn?« fragte Renate neugierig.

»Ja, was ist es, Fräuleinchen? Ich schäme mich fast, davon zu sprechen. Er schläft immer, und das soll nicht sein. Des Abends, wenn die Gaststube leer ist, les' ich ihm eine Gesangbuchepistel vor, so bin ich großgezogen, so war es bei meinem Vater selig, und so war es auch auf dem Amt. Und wenn auf dem Amt auch keiner recht hinhörte, so taten sie doch so. Aber mein Kemnitz schläft. Eine Zeitlang hab' ich ihn lesen lassen, bis ich sah, daß es auch nicht ging. Er hat immer den Sandmann in den Augen.«

»Das ist aber doch nichts Schlimmes, meine liebe Frau Kemnitz«, sagte Renate.

»Doch, gnädiges Fräulein«, erwiderte die Krügersfrau. »Und wenn er bloß schliefe, wenn er schläft; aber er schläft auch, wenn er wach ist. Und das ist das Allerschlimmste. Er vergißt alles, er hat gar keinen Merk. Sehen Sie, letztes Vogelschießen, da hatten wir das Haus voll, alle Stuben, und ich war oben und unten, in Küche und in Keller, und wir verschenkten einen halben Anker Wacholder. Ja, verschenkt haben wir ihn, denn mein Kemnitz vergaß die Kreidestriche, und als er sie zuletzt machte, so nach Gutdünken, weil er sich vor mir fürchtete, da waren sie falsch, und wir hätten noch Streit und böse Nachrede gehabt, wenn ich nicht, als der Lärm eben anfing, dazugekommen wäre. Da fuhr ich denn mit meinem Ärmel über die ganze Rechnung hin und sagte: ›Es ist alles frei gewesen‹, und brachte jedem ein Extraglas und tat, als ob es mich freute, denn die Bauern sind sehr schwierige Leute. Aber in der Nacht hab' ich meine blutigen Tränen geweint.«

Die Krügersfrau hatte sich so hineingesprochen, daß ihr noch in der Rückerinnerung wieder die Tränen in die Augen kamen, aber sie fühlte auch zugleich, daß Reden und Aussprechen der beste Trost sei, und so fuhr sie fort: »Und wenn es noch so wäre wie den vorvorigen Sommer. Aber da haben wir ja jetzt den ›Roten Krug‹, keine hundert Schritt vom Dorf, nach Taßdorf zu. Ostern fing er an zu bauen, Pfingsten war alles unter Dach, und Johanni zog er ein. Er heißt Bindemeier und ist ein verdorbener Stellmacher; ein schlechter Mensch, der immer abbrennt und immer in Scheidung lebt. Er hat nun schon die dritte Frau; aber die Kinder sind von der ersten, auch die Line, die morgen Hochzeit macht.«

»Hochzeit, wen heiratet sie denn?« fragte Renate.

»Einen Dahlwitzer Bauerssohn. Erst sollt' es ja nicht sein. Der Alte drüben wollte nicht, denn er ist geizig und hat den Bauernstolz. Aber da ging ja die Line nach Dahlwitz und hat den Alten so mitbehext, daß er jetzt Stein und Bein schwört, wenn der Junge sie nicht nähme, so wollt' er sie selber nehmen, denn er ist Witwer.«

»Ist sie denn so hübsch?«

»Nein, hübsch ist sie nicht; aber sie hat so ein Wesen. Und von wem hat sie's? Vom Vater hat sie's. Und das ist es ja eben. Denn sehen Sie, Fräuleinchen, er hat bloß die Schankgerechtigkeit und ist gar kein richtiger Krüger, wiewohlen er den ›Roten Krug‹ hat; aber das muß wahr sein, das Krügern versteht er. Und mein Kemnitz versteht es nicht. Der kreidet gar nicht an und der andere doppelt. Und keiner, der in den ›Roten Krug‹ kommt, merkt es, weil er jedem zum Munde redet und immer eine Geschichte hat.«

»Und möchten Sie tauschen?« fragte jetzt Renate, »und einen Mann haben wie den im ›Roten Krug‹?«

»Um Gottes Willen nicht«, erschrak die Krügersfrau, »da hätt' ich ja keine ruhige Stunde mehr.«

»Sehen Sie, da haben wir das Geständnis Ihres Glücks. Sie haben den Frieden des Gemüts, der das Beste ist. Lassen Sie Ihren Mann nur ruhig schlafen; er ist ein guter Mann, und das ist gerade genug. Schläft er viel, so müssen Sie viel wachen; das hebt sich dann. Etwas fehlt immer, und irgendwo drückt der Schuh einen jeden; den einen hier, den andern da.«

Die Krügersfrau seufzte. »Das hat mir Pastor Lämmerhirt auch gesagt«, und dabei erhob sie sich und schob die Teller zusammen. Aber auf ihr erstes Wort zurückkommend, setzte sie hinzu: »Ein schläfriger Mann ist doch nicht gut, das laß ich mir nicht nehmen.«

Und damit verließ sie das Zimmer. –

»Weißt du, an wen ich habe denken müssen?« fragte Renate.

»Gewiß; an Maline.«

»Nur daß der junge Scharwenka nicht schläfrig ist. Vielleicht zu wenig.«

»Da drückt der Schuh am andern Ende«, schloß die Schorlemmer.

Renate nickte, und müde von den Anstrengungen dieser Tage warf sie sich auf ihr Bett, um eine Stunde zu schlafen. Die Schorlemmer deckte sie mit einem Mantel zu und ging in das andere Zimmer hinüber. Hier setzte sie sich zu Häupten

Lewins und begann an einem Strickzeug zu stricken, das sie sich von der Krügersfrau geborgt hatte, denn ihre Hände konnten nicht ruhen.

Als die Sonne schon im Sinken war, brachen Renate und die Schorlemmer auf, um einen Spaziergang zu machen, wozu die Luft und die Beleuchtung aufforderten. Sie gingen die nach Taßdorf führende Pappelallee hinunter, an dem ›Roten Kruge‹ vorbei, wo schon alles in hochzeitlicher Vorbereitung war. Keines sprach; endlich sagte die Schorlemmer, als ob sie wisse, daß Renatens Gedanken denselben Weg machten: »Und nun so weggenommen, ohne Vorbereitung und ohne Abendmahl und nichts in Händen als ein französisches Buch. Daraufhin wird einem nicht aufgetan.«

Sie waren stehengeblieben und sahen jetzt über einem dunkeln Waldstreifen den Mond aufgehen, blaß und silbern.

»Dorthin liegt Guse«, sagte Renate.

Die Schorlemmer bejahte.

»Ich glaube, sie begraben sie jetzt. Mir ist, als hörte ich das Singen.«

»Möge Gott ihrer Seele gnädig sein!«

Und beide falteten die Hände und gingen in das Dorf zurück.

3. KAPITEL
»So spricht die Natur«

Die Nacht über hatten abwechselnd die Krügersfrau und eine alte Frau aus dem Dorfe bei Lewin gewacht; nun war es neun Uhr früh, und Renate und die Schorlemmer saßen wieder an seinem Bette. Er schlief unruhiger als die Tage vorher, und einzelne, freilich nur halb verständliche Worte kamen von seinen Lippen. In dem Zimmer lag ein heller Morgenschein, und das Eis schmolz von den Scheiben. Sonst war nichts hörbar als das Zwitschern eines Zeisigs und das Klappern von Tante Schorlemmers Nadeln. So verging eine halbe Stunde, während welcher die Frauen vor sich hin oder auf den Kranken sahen. Jetzt traf die Sonne sein Gesicht, und Renate flüsterte: »Sieh, er träumt. Und etwas Freundliches muß es sein.«

Und ehe die Schorlemmer antworten konnte, gingen draußen die Glocken, und Lewin erwachte. Sein erster Blick fiel auf die Schwester. Er erkannte sie und sagte: »Renate.«

Diese war aufgesprungen, nahm ihn in ihre Arme und rief einmal über das andere: »Mein lieber, lieber Lewin.« Tante Schorlemmer strickte weiter, aber ihre Lippen zuckten. Als Lewin sie bemerkte, nickte er ihr zu und gab ihr die Hand.

Es war ersichtlich, daß er noch sehr matt war. Sie legten ihm ein Kissen in den Rücken, so daß er mehr saß als lag, und sein Auge lief nun im Zimmer umher, um sich zurechtzufinden.

»Wo bin ich?«

Sie nannten ihm den Namen des Dorfes. Er schüttelte den Kopf, schien sich aber zu besinnen und fragte dann: »Wo ist Papa?«

»In Guse.«

»In Guse? Warum in Guse?«

Renate und die Schorlemmer sahen einander an und wußten nicht, was antworten. Aber Renate faßte sich bald und sagte ruhig:

»Tante Amelie ist tot.«

»So, so ... wie alt war sie?«

Es blieb bei der Frage, denn sein Bewußtsein begann wieder zu schwinden, und einen Augenblick später lag er abermals in tiefem Schlaf. Und doch war er dem Leben wiedergegeben, er hatte gesprochen, und beide Frauen reichten sich in freudiger Bewegung und wie zum Ausdruck ihres Dankes die Hand.

So war eine halbe Stunde vergangen, als die Krügersfrau in sichtlicher Erregung eintrat. »Eben kommt der Zug«, rief sie und vergaß, was sie doch sonst immer tat, ihre Stimme zu dämpfen. »Die Orgel spielt schon. Und die Jungschen vom Amt sind auch mit dabei. Schlimm genug. Nur die Alte nicht, die hält zu uns. Jott, Jott, ich zittre.«

»Aber so machen Sie doch, liebe Frau Kemnitz, daß Sie den Zug nicht versäumen oder wenigstens mit in die Kirche kommen«, sagte die Schorlemmer und drängte die Krügersfrau gutmütig auf die Türe zu.

»Ich kann ja nicht«, lamentierte diese. »Wir sind ja Feindschaft. Und die Leute würden mit Fingern auf uns zeigen und sagen, daß wir ihnen das Glück wegwünschten. Nein, das geht nicht.«

»Ich möchte die Braut schon sehen«, sagte Renate.

»Ach, Fräuleinchen, deshalb komm' ich ja eben. Hübsch ist sie nicht, aber, wie ich Ihnen schon sagte, sie hat so was. Und dann erzählen Sie mir nachher, wie sie aussah. Jott, ich weiß nicht, was ich drum gäbe. Ja, Fräuleinchen, Sie müssen die Braut sehen und die liebe Tante Schorlemmer, wenn ich Sie so nennen darf, auch. Vier Augen sehen mehr als zwei. Ach, da kommen sie schon; das ist die Musik, und ich darf nicht einmal ans Fenster. Und wenn ich auch dürfte, der Zug kömmt ja nicht vorbei. Und warum nicht? Bloß weil sie denken, wir haben ihnen Häcksel über den Weg gestreut.«

Renate sah der Schorlemmer nach den Augen, ob sie es auch recht fände. »Geh nur, Kind«, sagte diese, »ich komme mit. In der Kirche sein bringt nie Schaden. Du siehst dir die Braut an, und ich weiß schon, was ich zu tun habe.«

Die Krügersfrau war hocherfreut, lief hin und her und bedankte sich abwechselnd bei der Schorlemmer und bei Renaten. Dann brachte sie zwei dicke Porstsche Gesangbücher, die in Sammet gebunden und mit Metallzwingen zugehalten waren, und versprach einmal über das andere, bei dem Kranken bleiben zu wollen. »Hier hab' ich was zu tun«, schloß sie, »und dabei vergeht mir die Zeit und ist mir am wohlsten. Es soll ihn keine Fliege stören.« Renate und die Schorlemmer aber nahmen ihre Mäntel um, sahen noch einmal auf Lewin, der ruhig weiterschlief, und verließen das Zimmer, während sich die Krügersfrau an das Fußende des Bettes setzte.

Sie konnten noch nicht über die Straße sein, als die Glocken zum drittenmal zu läuten begannen. Endlich aber wurd' es still. »Nun singen sie«, sagte die Frau vor sich hin. »Jott, Jott, ich hätte sie so gern gesehen; er soll ihr eine silberne Kette geschenkt haben mit Schloß und Schieber. Er kann es; hat sie doch den Alten mit in der Tasche. Ein freches Ding, und dabei rotes Haar und Sommersprossen. Aber ich will nichts gesagt haben; sie steht jetzt vorm Altar. Und vielleicht ist sie nicht so schlimm. Jott, gib ihr deinen Segen und uns auch. Denn auf Kemnitz ist kein Verlaß. Und ich kann ja doch nicht alles alleine machen.«

Während sie noch diesen Stoßseufzer betete, schlug Lewin, ohne vorher einen unruhigen Schlaf gezeigt zu haben, beide Augen auf und sah die Krügersfrau freundlich an. Er war durch die letzte Stunde Schlaf ganz ersichtlich gestärkt worden. »Wo ist Renate?« fragte er. »Ich meine das Fräulein.«

»In der Kirche, junger Herr. Und die liebe Tante Schorlemmer auch. Ich bin eigentlich schuld, ich habe sie fortgeschickt; das heißt, ich habe sie darum gebeten. Denn wir haben heute eine Trauung; die Line vom ›Roten Krug‹. Sie hat einen Bauerssohn weggeschnappt, einen aus Dahlwitz. Na, ich gönn' es ihnen.«

So schwatzte sie weiter.

Lewin hatte sich inzwischen aufgerichtet und schien Anteil an allem zu nehmen. Wer ihn aber schärfer beobachtet hätte, hätte sehen müssen, daß er mehr auf das Gezwitscher des Zeisigs als auf das Geplauder der Krügersfrau hörte. Endlich wandte er sich an diese und sagte: »Ich habe Hunger.«

»Weiß schon«, antwortete die Kemnitzen, und als sie noch ein paar Fragen getan hatte, wußte sie ganz genau, was der Kranke wolle, und lief in die Küche. Hier brannte, wie herkömmlich, das Feuer auf dem Herd; sonst aber hatte sie jegliches selbst zu beschaffen, da das Gesinde drüben in der Kirche war. Sie nahm eine Kasserolle vom Rauchfang, dann einen Mörser und begann mit viel mehr Lärm, als nötig gewesen wäre, zu klappern und zu stoßen. Sie schien sich in diesem Lärmen zu gefallen. Als sie nun aber durch die Küchentür wahrnahm, daß Kemnitz schläfrig hinter einem Fensterpfeiler hockte und auf die Dorfstraße sah, wo doch nichts zu sehen war, rüttelte und schüttelte sie ihn, zwang ihm ohne weiteres den Mörser in die Hand und rief ihm ärgerlich und auf plattdeutsch zu: »Stött en beten.«

»Wat denn, Lene?«

»Rük et; sunnst brukst du't nich to weeten.« Und hiermit war sie schon wieder bis an die Küchenschwelle. Kemnitz aber, in den verschiedenen Pausen, die er sich gönnte, konnte deutlich hören, daß sie sich draußen an dem Tellerschapp zu schaffen machte.

So war eine gute Zeit vergangen, als das wiederbeginnende Orgelspiel anzeigte, daß die Zeremonie drüben zu Ende sei. Die Kirchentüren wurden geöffnet, und unter Vorantritt der Musik setzte sich der Hochzeitszug wieder in Bewegung. Mit unter den letzten, die die Kirche verließen, waren Renate und Tante Schorlemmer, die neben dem Orgelchor einen guten Platz gefunden hatten. Sie besprachen Pastor Lämmerhirts Rede, die der Schorlemmer nur wenig gefallen hatte. Renate dachte milder darüber. Als sie den Krug erreichten, fuhr auch Doktor Leist wieder vor.

Dieser war dem Zuge begegnet und in bester Laune. »Das bedeutet Glück!« rief er den beiden Damen zu und trat mit ihnen zugleich in den Flur. Das erste, was ihnen hier begegnete, war die Krügersfrau in Person. Sie kam die Treppe herunter und hielt ein Brett in Händen, auf dem Teller und Löffel lagen.

»Wie geht es?« fragte Renate.

»Gut, Fräuleinchen.«

»Ist er wach?«

»Ja.«

»Nun erzählt, liebe Frau«, sagte Doktor Leist. »Was hat es gegeben?«

»Nun, das gnädige Fräulein waren noch nicht lange fort, und der Prediger drüben konnte noch kaum angefangen haben, da schlug er die Augen auf. Ich meine, der junge Herr.«

»Und was sagte er?«

»Er fragte nach dem gnädigen Fräulein, und als ich ihm alles erzählt hatte, auch von der Line und ihrer Hochzeit, da sah er mich groß an und sagte: ›Ich habe Hunger‹. Und da dacht' ich ja nu gleich an alles, was uns Doktor Leist gesagt hatte, und fragte bloß, was er haben wollte, und nannte ihm wohl zehnerlei. Es war aber immer nicht das Rechte, und er schüttelte den Kopf einmal über das andere und wurde verdrießlich. Zuletzt aber sagte er: ›Jetzt hab' ich's.‹ Und was war es? Können Sie sich's denken, Fräuleinchen, eine Suppe war es. Und noch dazu eine Biersuppe. Und da fragt' ich ihn bloß:

›Wie denn, junger Herr, mit Karwe oder mit Ingwer?‹ Und da lachte er still vor sich und sagte: ›Mit Ingwer.‹«

»Mit Ingwer«, wiederholte der alte Leist. »Da haben wir die Genesung. Es war ihm nicht gleichgiltig, so oder so. Nein, mit Ingwer. Ja, meine Damen, so spricht die Natur. Ich gratuliere Ihnen und uns allen, und nun lassen Sie uns den Kranken sehen.«

Sie stiegen nun wieder treppauf und fanden Lewin aufrecht im Bette sitzend. Er erkannte den Doktor; als er aber die Linke heben wollte, um sie ihm zu reichen, sank sie matt auf das Bett zurück.

»Wie geht es, Lewin?«

»Ich denke, gut.«

»Ich denke, gut! Das ist mir nicht gut genug. Wie schmeckte die Suppe?«

»Gut.«

»Das ist recht. So muß es heißen. Nichts von Kopfweh?«

»Nein.«

Der Doktor nahm jetzt selber die Hand und zählte den Puls. Als er damit geendet hatte, sah er, daß der Kranke vor Erschöpfung wieder eingeschlafen war. »Stören wir ihn nicht.«

So verließen sie das Zimmer und nahmen erst draußen auf der Treppe das Gespräch wieder auf. »Es geht alles, wie es soll. Krisis überstanden; alle Zeichen der Genesung da. Kein Fieber; nur matt, matt. Aber jede Stunde Schlaf bringt ihn um eine Woche weiter. Morgen wird er aufstehen wollen, und übermorgen kann er reisen.«

»Und wir?«

»Wir reisen morgen schon und bestellen ihm Quartier«, antwortete der Doktor.

»Und schicken ihm Krist und den Planschlitten.«

»Getroffen. Den wollt' ich eben empfehlen. Und einen tüchtigen Häckselsack in den Rücken. Denn im Kreuz wird es wohl noch fehlen.«

Damit hatten sie den Unterflur erreicht und standen vor der Gaststube, in der dem Doktor noch ein Warmbier vorgesetzt werden sollte. Aber er dankte, »denn er müsse noch bis Reitwein.« Und als die Krügersfrau nichtsdestoweniger fortfuhr, in ihn zu dringen, schnitt er endlich jede weitere Verhandlung durch das eine Wort »Wöchnerin« kategorisch ab. Das half. Tante Schorlemmer wurde noch verlegener als Renate.

Unter dem Vorbau hielt bereits der Wagen des Alten. Er schickte sich eben an, hinaufzusteigen, als er seinen Fuß von dem Tritteisen wieder zurückzog. »Der alte Leist wird alt; hätte die Hauptsache beinahe vergessen«, und dabei begann er in den Tiefen seiner Manteltasche herumzusuchen. Endlich fand er ein dickes, rotledernes Notizbuch, das zugleich als chirurgisches Besteck diente, und nahm einen Brief heraus: »An Renate von Vitzewitz.«

Nun erst stieg er auf. »Auf Wiedersehen in Hohen-Vietz.« Renate und die Schorlemmer erwiderten seinen Gruß.

Der Brief aber war von Marie.

4. KAPITEL

Genesen

Und es kam alles, wie Doktor Leist gesagt hatte. Am andern Morgen verlangte Lewin aufzustehen und fühlte sich trotz aller Mattigkeit doch kräftig genug, das Zimmer zu verlassen und unten unter dem Vorbau von Renate und Tante Schorlemmer Abschied zu nehmen. Es war des Krügers Gespann; Kemnitz selber fuhr. Er zeigte sich quicker, als seine Gewohnheit war, und als Renate auf ihn hinwies und der Krügersfrau ein gutgemeintes Wort über seine Raschheit ins Ohr flüsterte, sagte diese nicht ohne einen gewissen Stolz: »Oh, er kann schon. Aber er läßt es an sich kommen. Und das ist es eben.« In der nächsten Minute nahmen beide Damen ihre Plätze; Kemnitz hakte das Schutzleder ein und stieg nun auch seinerseits über das Rad weg auf den Kutschersitz ohne Lehne. Noch ein Händedruck, und der Wagen verschwand an der andern Seite der Kirche.

Lewin ging in sein Zimmer zurück. Er hatte sich mehr angestrengt, als seine Kräfte zuließen, und warf sich jetzt angekleidet aufs Bett, nicht um zu schlafen, wohl aber um zu ruhen. Allerhand Bilder zogen an ihm vorüber, wechselnd und phantastisch, aber immer eines aus dem andern sich gestaltend. Er sah Frau Hulens dunkle Küche und den kleinen Wachsstock, den er in der Herdasche mit so viel Mühe angezündet hatte, und aus dem Wachsstock ward eine Kerze, und aus der Kerze wurden zwölf Kerzen, und alle zwölf brannten zu beiden Seiten eines Sarges, darin lag die Tante, die schwarze Witwenhaube tief in die Stirn gerückt. Und neben dem Sarge standen kleine Zypressenbäume, die wuchsen und wuchsen hoch wie Pappeln, und nun war es eine Pappelallee, und zwischen den Pappeln kam ein Wagen rasch herangefahren, dem lief er nach und wollte rufen, aber die Stimme versagte.

Alles dies kam und ging und kam wieder, ohne daß es ihn ernstlich beunruhigt hätte. Ein Druck lag auf ihm, bleiern, aber schmerzlos, und unter dem Einfluß einer beinahe süßen Betäubung wurde das Nächstliegende wie in weite Ferne gerückt und das Wirkliche zum Traum. Erregungen der Phantasie, nichts weiter, und von Empfindungen nur eine: die Sehnsucht nach Hohen-Vietz.

Und nun war wieder ein Tag und eine Nacht vergangen; der helle Morgen schien in die Fenster, und es mochte die zehnte Stunde sein. Krist, der bald nach Mitternacht mit dem Planschlitten und einer ganzen Winterausstattung von Pelzröcken, Schals und Filzstiefeln eingetroffen war, war bereits im Stalle beschäftigt, den beiden Braunen die Sielen und die Geläute aufzulegen, und die Krügersfrau stand in der Stalltür, ebensosehr, um selbst noch zu erzählen, wie, um Hohen-Vietzer Neuigkeiten gegen ihre Bohlsdorfer einzutauschen.

Lewin saß reisefertig in seinem Zimmer, während diese Gespräche geführt wurden. Er hatte schon einen Morgenspaziergang gemacht, nicht ins Freie hinaus, nur in die Kirche hinüber, um noch einmal den Grabsteinspruch zu lesen, den er längst auswendig wußte. Seit einer halben Stunde war er von da zurück und hielt ein zusammengefaltetes Blatt in Händen, dessen Inhalt ihn zu beschäftigen schien. Es war Marie Kniehases Brief, den er sich am Tage vorher, im Momente von Renatens Abreise, von dieser erbeten hatte. »Ich will ihn doch noch einmal überfliegen«, sagte er, beugte sich gegen das Fenster vor und las mit halblauter Stimme:

»Liebe Renate!

Deinen Brief habe ich gestern abend, wo Doktor Leist bei uns vorfuhr, erhalten. Um mit ihm noch persönlich zu sprechen, dazu war keine Zeit; er wollte bei der späten Stunde gleich weiter. Ich las und lief dann in meiner Herzensfreude zum Pastor, der kaum weniger freudig bewegt war als ich. Und doch ist es etwas Trauriges. Du schreibst: ›Warum er Berlin verlassen hat?‹ und fügst dann hinzu: ›Darüber habe ich nur Vermutungen, und auch diese kaum.‹ Ach, meine liebe Renate, ich weiß es, und in Traum und Wachen habe ich diese Stunde kommen sehen.

Hier ist alles still, viele Bauern und ihre Frauen sind zum Begräbnis Deiner Tante hinüber. Denn sie war doch auf ihre Art beliebt, und jeder sprach von ihr. Auch Seidentopf ist seit einer Stunde fort. Er will erst nach Guse, dann nach Küstrin und Hohen-Ziesar, und wir erwarten ihn erst am Schluß der Woche zurück. Welche seltsame Trauerversammlung wird um den Sarg der Tante stehen! Bamme, Rutze, Doktor Faulstich. Und denke Dir, auch Jeetze trauert. Es rührte mich fast, als ich ihn heute sah. Er hat ein paar schwarze Gamaschen hervorgesucht – ›noch von der gnädigen Frau her‹, sagte er, und einen Flor.

Meine Gedanken sind beständig bei Euch; sie wandern von einem Giebelzimmer in das andere, und mir ist immer, als kennte ich das Dorf. Es ist dasselbe, von dem uns Lewin am ersten Feiertage erzählte, und ich sehe noch alles vor mir: den Christbaum mit der jungen, hübschen Krügersfrau und den Blondkopf und dann die dunkle Kirche mit der Stehleiter am Altar und der kleinen Handlaterne. Und vor dem Altar liegt der Grabstein mit dem schönen Spruch, den ich mir seitdem wohl hundertmal vorgesprochen habe. Mir ist dann immer, als wüchse ich und könnte fliegen.«

Hier hielt Lewin einen Augenblick inne und wiederholte sich die Worte: als wüchse ich und könnte fliegen. »Wie gut sie es trifft«, setzte er hinzu. Dann nahm er das Blatt, das er aus der Hand gelegt hatte, wieder auf und las bis zu Ende.

»Gebe Gott, daß sich des alten Leist Prophezeiungen erfüllen; er hat versprochen, diese Zeilen wieder mit zurückzunehmen, und ich schicke sie durch Hoppenmarieken nach Lebus. Sie wartet draußen und stößt mit ihrem Stock auf die Flurfliesen, ein Zeichen, daß sie ungeduldig wird. Ich fürchte mich viel zu sehr vor ihr, um ihre schlechte Laune noch wachsen zu lassen. Und so lebe denn wohl, meine einzig geliebte Renate, mein Glück, mein Stolz und meine Zuversicht. Grüße die Schorlemmer, und wenn Lewin die Augen aufschlägt, so denke recht innig auch an mich. Dann fühl' ich es in meinem Herzen.

Deine *Marie*.«

Lewin, als er zu Ende gelesen, erhob sich und trat an den Zeisigbauer, um dem Vögelchen, das ihm die langen Stunden des voraufgegangenen Tages so freundlich weggezwitschert hatte, zu Dank und Abschied ein Zuckerstückchen zwischen die Stäbe zu stecken.

Er wollte sich eben wieder setzen, als Krist eintrat, um zu melden, daß alles fertig und der Schlitten vorgefahren sei. Zugleich bepackte er sich mit der ganzen Winterausstattung, die unangerührt auf der Bettdecke liegengeblieben war, und stapfte wieder treppab, während Lewin ihm folgte. Auf der Türschwelle blieb dieser noch einmal stehen und sah in das Zimmer zurück. Er war nicht erschüttert, auch nicht eigentlich bewegt (die Nachwehen der Krankheit hielten ihn noch in ihren Banden), aber aller Apathie zum Trotz empfand er doch deutlich, was ihm die hier verbrachten Tage gewesen waren und daß ein Leben hinter ihm versank und ein anderes begann.

Unten stand die Krügersfrau. Kemnitz war noch nicht zurück, aber ihr Prachtstück, den Blondkopf, hielt sie auf ihrem Arme. Sie konnte sich zum Abschiede nicht besser präsentieren, wußt' es auch und lachte herzlich und gefallsüchtig, bis ihr Lewin die Hand reichte und Dankesworte sprach, wobei sie sofort ebenso leidenschaftlich wie krampfhaft zu schluchzen begann. Denn trotzdem sie auf dem Amte hochdeutsch erzogen und im Konfirmandenunterricht bei Pastor Lämmerhirt viel spruchfester gewesen war als ihre kleine Freundin, so hatte sie sich doch die naturkindliche Kraft bewahrt, in jedem passend erscheinenden Moment einen Strom von Tränen vergießen zu können. Lewin, der diese Naturkraft von den Hohen-Vietzer Bauerfrauen her kannte, machte nicht mehr davon, als es wert war, streichelte das Kind, das mit der Hand freundlich nach ihm haschte, und stieg dann hinter den Pferden fort auf die Deichsel des Schlittens. »Und nun vorwärts, Krist.« Dabei drückte er sich bequem in die zu einer Rückenlehne fest zusammengepackten Strohbündel, und in raschem Trabe ging es um die Kirche herum, an den nächsten Gehöften vorbei, in die sonnenbeschienene Landschaft hinein.

Es war ein wundervoller Tag, frisch und doch nicht kalt; am Horizont standen dunkle Streifen von Tannenwald, und dazwischen zeigten sich die Spitztürme verschiedener Ortschaften und Dörfer. Einige davon wurden passiert, und Krist, der hier allerlei Freundschaft hatte, sprach ein Wort oder hielt auch wohl an, um seine Pfeife wieder in Brand zu bringen. Lewin aber genoß der wundervollen Luft und fühlte sich mit jedem Atemzuge mehr und mehr genesen; seine Nerven belebten sich wieder, und der Druck schwand, der bis dahin auf ihm gelegen hatte. Immer freundlicher wurden die Bilder, er gedachte Seidentopfs, und es war ihm, als zöge er dem Frieden entgegen.

So vergingen die Stunden; schellenläutend trabten die Pferde dahin, und schon neigte sich die Sonne zum Untergang.

Vier Uhr war vorüber, als sie vor dem Dolgeliner Kruge hielten. Gerade gegenüber war die Pfarre. Lewin stieg ab, um drinnen in der Krugstube einen Imbiß zu nehmen; Krist aber, nachdem er dem einen Braunen eine wollene Decke, dem andern einen alten Militärmantel aufgelegt hatte, ging über den Fahrdamm auf die andere Seite des Dorfes hinüber, wo gerade Pastor Zabels kleiner Schlitten dicht vor dem Staketenzaune hielt. Der Pfarrknecht nahm die Leinen abwechselnd in die linke und rechte Hand und stampfte ungeduldig den Schnee.

»'n Abend, Karges«, sagte Krist. »Wo wiste henn?«

»Na'h Gus'.«

»Woto denn? Se is joa all unner de Ihrd'. Siet vörvörgestern.«

»Joa. Awers de Schoolkinner hebben hüt ihrst ehren Dag. De süllen um Klocker söss spiest wahren: Hirs' und Swiensbroaten. Un jeed' een noch en Kringel för to Huus.«

»Richtig, richtig, de Schoolkinner. Awers wat hätt denn dien Pastor dabi to dohn?«

»Joa, wat hätt hi dabi to dohn? Ick weet et nich. He möt man ümmer mit dabi sinn.«

In diesem Augenblicke trat Lewin wieder aus dem Krug auf die Straße. Krist, als er seinen jungen Herrn sah, brach das Gespräch rasch ab und kehrte zu den Pferden zurück. Hier nahm er den alten Kavalleriemantel vom Rücken des einen Braunen und hielt ihn ausgebreitet vor Lewin hin, zum Zeichen, daß dieser, ehe er wieder einsteige, ihn anziehen müsse. Lewin wollte aber nicht.

»Laß, Krist«, sagte er, »es ist nicht kalt.«

»Doch, junge Herr. De Sünn is all unner. Un ick süll acht upp Se hebben, dat hebben se mi beed' seggt, ihrst de een, un denn de anner. Un dat helpt nu nich.«

»Laß nur. Ich werde schon sagen, daß ich nicht gewollt habe.«

»Ne, junge Herr, dat geiht nu nich anners. Mit uns' Frölen, da mücht' et ja wull noch sinn, awers bi de Oll'Schorlemmern, doa hedd ick verspeelt.«

»Na, denn gib her«, sagte Lewin und wickelte sich in den bereitgehaltenen Mantel ein.

Es war ihm bald lieb, dem Andringen Krists nicht eigensinnig widerstanden zu haben; es wurde frischer von Minute zu Minute, und die Wärme, die der dicke Mantel gab, tat ihm wohl. Die Sterne zogen herauf; ein Gefühl süßen, unnennbaren Wehs überkam ihn, und ein Tränenstrom brach aus seinen Augen, nicht reichlicher, als ihn die gute Frau Kemnitz vor wenig Stunden erst vergossen hatte, aber viel, viel heißer. Und doch bedeuteten ihm diese Tränen Glück und Genesung. Er gedachte Mariens, und wie sie beide so gleich empfänden. »Mir ist dann, als wüchse ich und könnte fliegen«, wiederholte er aus ihrem Briefe und sah dabei zu den Sternen hinauf, die immer heller funkelten.

So ging die Fahrt. Die Braunen, die seit gestern abend zwölf

Meilen gemacht hatten, fielen allmählich in Schritt, und erst von Manschnow aus, wo sie den Stall zu wittern begannen, setzten sie sich wieder in Trab. Es schlug sieben vom Hohen-Vietzer Turm, als sie der vordersten Parkspitze ansichtig wurden, und ehe der letzte Schlag ausgeklungen, hielt der Schlitten vor der Rampe des Wohnhauses. Das erste, was Lewin sah, war der in Trümmern daliegende Saalanbau, und so wenig ihn damals die Nachricht von dem Feuer erschüttert hatte, so groß war jetzt der Eindruck, den die Brandstätte auf ihn machte. Und dieser Eindruck wurde noch dadurch gesteigert, daß im Wohnhause selbst alles in Schweigen und Dunkel lag.

Niemand ließ sich sehen. Krist knipste mit der Peitsche, und die Braunen schüttelten ungeduldig ihr Schellengeläut. Endlich kam Licht, und Jeetzes hagere Gestalt zeigte sich hinter der Glastüre. Er stellte den Leuchter etwas seitwärts, um die Flamme gegen den Zugwind zu schützen, und trat dann ins Freie, um seinem jungen Herrn bei dem Aussteigen behilflich zu sein.

»Guten Abend, Jeetze. Alles ausgeflogen?«

»Ja, junger Herr. Wir hatten Sie nicht so früh erwartet.«

»Und wo ist Papa?«

»Immer noch in Guse.«

»Und Renate?«

»Bei Müller Miekley. Uhlenhorst ist da, und da sind ja nun die Lutherschen wieder zusammen. Auch die von drüben; der Zehdensche Amtmann und der alte Oberförster von Lietze-Göricke. Unser Fräulein wollte erst nicht mit; aber Tante Schorlemmer hat ihr keine Ruhe gelassen.«

»So, so«, sagte Lewin in leiser Verstimmung.

»Soll ich sie holen?«

»Nein, laß. Ich bin müde.«

Damit traten sie von der Halle her, in der dies Gespräch geführt worden war, auf den Hinterflur des Hauses, wo Hektor schon seinen jungen Herrn erwartete. Aber als ob er wisse, daß dieser krank gewesen sei, enthielt er sich aller stürmischen Liebkosungen. Still wedelnd ging er neben ihm her und leckte ihm nur immer wieder die Hand, während sie die Treppe hinaufstiegen.

In Lewins Zimmer war alles zu seinem Empfange bereit. Das leichte Federbett war halb zurückgeschlagen, und die bunte Steppdecke lag zusammengefaltet auf dem Stuhl daneben. Auf dem Sofatisch standen Maiblumen, das einzige, was das seit dem Tode der Frau von Vitzewitz vernachlässigte Gewächshaus hergegeben hatte. Aber was ihnen Wert lieh, war das, daß es Lewins Lieblingsblumen waren. Er sog ihren Duft ein und sagte mit bewegter Stimme: »Renate!« während sich ihm ein beglückendes Gefühl des Geborgenseins in Heimat und treuer Liebe um das schwergeprüfte Herz legte.

Eine Stunde später öffnete Jeetze leise wieder die Tür. Das Licht brannte noch, und der Alte nahm es vom Tisch, um es zu löschen. Hektor, der auf seinem Rehfell lag, blinzelte mit dem einen Auge, aber rührte sich nicht.

Und im nächsten Augenblicke war alles wieder still.

5. KAPITEL

Letztwillige Bestimmungen

Der nächste Abend sah unsere Freunde wieder im Halbkreis um den Hohen-Vietzer Kamin her. Es war so ziemlich dasselbe Bild wie am ersten Weihnachtsfeiertage, nur der Christbaum fehlte und mehr noch die Heiterkeit, die damals das Spiel mit den goldenen Nüssen begleitet hatte. Die Schorlemmer strickte wieder an ihrem Vlies, Renate, einen Kreppstreifen vor sich, nähte an einer Trauerrüsche, und Lewin – immer noch unter der Nachwirkung seiner Krankheit oder doch der Anstrengungen des gestrigen Tages – sah abgespannt vor sich hin und spielte gleichgültig mit einem Tannapfel, den er aus dem neben ihm stehenden Holzkorb genommen hatte. Nur Marie war bemüht, durch allerlei Fragen ein Gespräch einzuleiten, aber es blieb bei kurzen Antworten.

Die kleine Uhr auf dem Kaminsims schlug acht. In diesem Augenblick meldete Jeetze den Pastor, der gleich darauf eintrat. Jeder bezeigte herzliche Freude, die sich bei Renaten in allerhand kleinen Neckereien äußerte. Es sei nicht gut, wenn der Hirt seine Herde verlasse; schon vier Stunden seien zu viel, und nun gar vier Tage! Nun sei der Wolf eingebrochen: Uhlenhorst in Person.

»Ich weiß«, sagte Seidentopf. »Und wer begab sich freiwillig in die Gefahr? Wer war wieder mit dabei?«

»Natürlich wir. Aber wir sind diesmal ungeschädigt davongekommen. Und nicht bloß wir, auch der Zehdensche Amtmann ließ ihn im Stich, als er beständig wiederholte: ›Wer das Schwert nimmt, soll durch das Schwert umkommen.‹ Er konnte schon in den Weihnachtstagen von diesem Spruche nicht los, und nun wurd' es jedem zuviel. Er vergißt immer, daß er zu alten Soldaten spricht. Er ist ein Lauenburger oder aus dem Eutinschen, und wenn ich ihn so höre, so bedünkt es mich immer, als ob jede andere Provinz auch ein anderes Christentum hätte. Aber das führt uns in Streit; ich sehe Tante Schorlemmer schon ungeduldig werden. Also nichts mehr davon. Und nun nehmen Sie Platz, teuerster Pastor, hier ist Ihr Stuhl, zwischen Marie und mir. Und nun erzählen Sie.«

»Wovon?«

»Von all und jedem, aber zuerst von Guse, denn wir wissen so gut wie nichts. Papa war nur einmal hier, und das war, als wir noch in Bohlsdorf waren. Also bitte, alles ist neu für uns. War es feierlich? War der Sarg offen oder geschlossen? Ach, ich hätte mich totgeängstigt, so stundenlang neben dem offenen Sarge zu stehen. Wer hielt die Rede? Wer war da?«

»Alle, der ganze Freundeskreis: Bamme, Drosselstein, Krach, der Protzhagener Hauptmann in seiner alten Uniform vom Regiment Pirch – keiner fehlte. Auch Faulstich war da, mit einer Art Kantate, die, wenn Nippler seine Komposition beendet haben wird, am zweiten oder dritten Sonntag in der Guser Kirche gesungen werden soll. Unser Kirch-Göritzer Doktor hatte vorläufig die Textesstrophen drucken lassen und überreichte jedem von uns ein Blatt.«

»Eine Kantate«, sagte die Schorlemmer. »Und von Faulstich! Das wird ein rechter Heidenspuk gewesen sein, von Anfang bis zu Ende. Nichts von Grab und Tod und noch weniger von Auferstehung. Bloß Unterwelt und Schatten und ein Dutzend griechischer Götternamen!«

»Doch nicht, liebe Schorlemmer«, erwiderte Seidentopf. »Sie

tun ihm unrecht. Es ist nichts Christliches, was er geschrieben hat, aber auch nichts Anstößiges. Dazu hat er zuviel Takt. Übrigens hab' ich das Blatt mitgebracht, und unsere Damen mögen entscheiden.« Damit nahm er ein schwarzgerändertes Papier aus der Brusttasche und gab es Lewin, der es apathisch auseinanderfaltete und nach kurzem Besinnen, ohne den Inhalt auch nur überflogen zu haben, weiterreichte.

»Lies du, Renate.« Und Renate las:

Am Grabe
der Gräfin *Amelie* von *Pudagla*,
geb. von *Vitzewitz*

Die du Niedres gemieden
In hohem Sinn,
Du bist nun geschieden;
Wohin, wohin?

Wohin? So klingen
Der Fragen viel;
Warum sie lösen, bezwingen?
Du bist am Ziel.

Das Beste hienieden,
Du hast es erreicht:
Du hast den *Frieden*.
Sei dir die Erde leicht.

Eine kurze Pause folgte. Dann sagte die Schorlemmer: »Es ist nicht anstößig, weil es nicht spöttisch ist. Aber, teuerster Pastor, einem christlichen Herzen gibt es doch Anstoß genug. Er fragt: ›Wohin?‹ und weiß die Antwort nicht. Gott sei Dank, ich weiß sie.«

Seidentopf, der einer von den Allerweltsadvokaten war und immer etwas zu verteidigen fand, wollte auch diesmal zugunsten Faulstichs eintreten, Renate aber, die mittlerweile wahrgenommen hatte, daß auch die Rückseite der an Ausdehnung und Gläubigkeit gleich kurzgehaltenen Kantate mit Bleistiftzeilen überkritzelt war, ließ es zu keiner pastoralen Entgegnung kommen und bemerkte nur, indem sie mit ihrem Zeigefinger über das Gekritzel hinfuhr: »Ich wette, teuerster Prediger, daß wir hier, auf der Rückseite des Blattes, bereits Ihren kritischen Kommentar haben. Hab' ich recht?«

»Nein, liebe Renate«, antwortete Seidentopf. »Ich bin überhaupt unkritisch, wie Turgany versichert. Auf manchem Gebiete vielleicht weniger, als er annimmt, aber doch gewiß unkritisch auf dem Gebiete der Kantate. Ich käme in Verlegenheit, wenn ich überhaupt nur feststellen sollte, was eine Kantate sei.«

»Nun, wenn keinen Kommentar, was enthalten diese Zeilen *dann*?«

»Letztwillige Bestimmungen der Guser Tante. Nicht ihr eigentliches Testament – ein solches hat sich überhaupt nicht vorgefunden –, aber eine Art Begräbnisprogramm. Es fand sich unter anderen Papieren auf ihrem Schreibtisch, und ich habe mir, mit des Papas Erlaubnis und natürlich unter Weglassung einiger französischer Einschiebsel, in aller Eile eine Abschrift davon genommen.«

»Oh, das müssen wir hören«, rief Renate mit Lebhaftigkeit. »Aber es ist Augenpulver und gar nicht zu entziffern. Da müssen Sie selber aushelfen.«

»Gern«, erwiderte Seidentopf, »und um so lieber, als genau nach dem Inhalte dieses Programms verfahren wurde. Ebendiese Bestimmungen sind die beste Beschreibung, die ich Ihnen von dem Begräbnis selber geben kann.«

»Nun, so lesen Sie«, bat Renate.

Lewin und Marie stimmten mit ein, und nur die Schorlemmer sagte: »Was werden wir da wieder hören müssen!«

Dann nahm Seidentopf das Blatt zurück und begann ohne weitere Säumnis oder Vorrede:

»Bei meinem Ableben einzuhaltende Bestimmungen.

Ich fürchte den Tod. Aber diese Furcht hält mich nicht ab, ihm ins Gesicht zu sehen. Er ist das Unvermeidliche. Und so bestimme ich, Amelie von Pudagla, geb. von Vitzewitz, in nachstehendem wie folgt:

Erstens. Ich will in meiner Witwentracht in einen Sarg von Zedernholz gelegt und sodann aufgebahrt in die große Halle gestellt werden, da, wo der Faun steht. Dieser muß sich, solang es dauert, an einem andern Orte behelfen.«

»Da wo der Faun steht«, wiederholte die Schorlemmer und klapperte mit ihren Nadeln.

Seidentopf fuhr fort:

»*Zweitens.* Den vierten Tag, bei Sonnenuntergang, will ich begraben werden, aber nicht in der Kirche, auch nicht in der angebauten Derfflingergruft, sondern im Guser Schloßpark, und zwar in dem kleinen Zedernhain, den sie Neulibanon nennen.

Drittens. Es soll auf dem Wege vom Schlosse bis in den Park, unter Vorantritt Nipplers, von allen Dorfkindern das Lied: ›Was Gott tut, das ist wohlgetan‹, gesungen werden. Aber nicht: ›O Haupt voll Blut und Wunden‹. Dies verbiete ich ausdrücklich.«

Alle schienen von dieser Bestimmung überrascht und sahen sich untereinander an, schwiegen aber. Nur die Schorlemmer sagte: »Mein Gott, was ihr das schöne Lied nur getan hat! Ich hätte keine Ruh' im Grabe, wenn ich so was in meinem Letzten Willen niedergeschrieben hätte. Renate, Kind, daß du mir dafür sorgst, daß das Lied gesungen wird. Ich meine bei mir.«

»Ich werd' es, liebe Schorlemmer. Aber hören wir weiter.«

»*Viertens.* Am Grabe soll der Prediger eine kurze Ansprache halten, und dabei soll er mich nicht loben wegen dessen, was ich auf Erden gewesen bin oder getan habe, vielmehr soll er nur sagen, daß mir alles Versteckte, Unklare und Erheuchelte all mein Lebtag zuwider gewesen ist. Dies soll er sagen nicht mir zum Ruhme, sondern weil es die Wahrheit ist.

Fünftens. Es soll ein Granitblock auf mein Grab gelegt und seinerzeit eine Metalltafel mit folgender Grabinschrift eingelegt werden:

L'éloge ou le blâme ne touchent plus celui
Qui repose dans l'éternité.
L'espérance embellit ma vie et m'accompagne en mourant.

Sechstens. Faulstich, dem ich mein Miniaturbild mit der Rubineneinfassung hinterlasse, soll eine Kantate dichten, und Nippler (der ein Douceur von zehn Dukaten empfängt) soll diese Kantate komponieren. Sie mag, je nach Befinden, am Grabe oder aber in der Guser Kirche am dritten Sonntage nach meinem Begräbnis gesungen werden.

Siebentens. Am dritten Tage nach meiner Beisetzung und dann alljährlich an meinem Todestage sollen die Schulkinder gespeist und zwölf Dorfarme neu gekleidet werden.

Achtens. Mit Ausführung dieser Bestimmungen betraue ich meinen Bruder Berndt von Vitzewitz, ehemals Major im Dragonerregiment von Knobelsdorff, Erbherr auf Hohen-Vietz.«

Seidentopf, als er gelesen, faltete das Blatt wieder zusammen, und die Schorlemmer, ohne von ihrer Arbeit aufzusehen, murmelte vor sich hin: »Da kommt selbst Faulstich wieder zu Ehren.«

Lewin lächelte. Er hatte sich schon vorher von Paragraph zu Paragraph immer mehr erheitert und sagte jetzt ruhig: »Du hattest immer deinen kleinen Krieg mit der Tante drüben. Solange sie lebte, war das gut; nun aber ist sie tot, das ändert viel, und ich glaube, wir müssen sie schließlich gelten lassen.«

Die Schorlemmer schüttelte den Kopf.

»Du schüttelst den Kopf«, fuhr Lewin fort, »aber das überzeugt mich nicht. In allem, worin sie uns mißfiel, hat sie sich jetzt an anderer Stelle zu verantworten; sie weiß jetzt mehr als wir und ist unserem Urteil in allem, was jenseits liegt, entrückt. Unsere Meinung über sie hat sich nur noch auf *das* zu beschränken, was sie diesseits war und bedeutete. Und das hatte sein Gewicht. Gewiß, ihre Schwäche war der Glaube, aber ihre Stärke war der Mut. ›Ich marchandiere nicht‹, pflegte sie zu sagen. Und alles, was wir eben gehört haben, führt uns den Beweis, daß sie sich bis zuletzt nicht handeln ließ und sich und ihrem Unglauben treu zu bleiben verstand.«

Lewins blasses Gesicht hatte sich, während er sprach, gerötet. Als er jetzt schwieg, erklärte Seidentopf seine volle Zustimmung. Ein solches tapferes Bekenntnis des Unglaubens, alles Ausharren bis ins Angesicht des Todes hinein, habe seinen Beifall und sei ihm viel, viel lieber als das Angstchristentum beispielsweise Baron Pehlemanns, der bei jedem Gichtanfall begierig nach der Bibel greife und sie wieder zuklappe, wenn der Anfall vorüber sei.

Niemand war überrascht, solchen Äußerungen aus dem Munde Seidentopfs zu begegnen. Auch die Schorlemmer nicht. Aber wenn sie nicht überrascht war, so war sie doch noch weniger einverstanden damit.

»Ausharren!« wiederholte sie lebhaft, »wenn es ein solches gewesen wäre! Aber, teuerster Pastor, es war kein Ausharren und am wenigsten ein Ausharren bis in den Tod. Ich habe die Tante gekannt und las in ihrem Herzen. Das war ihr lästig. Ein tapferes Bekenntnis des Unglaubens! Ach, wie Sie sie verkennen. Sie schrieb das nieder nicht in der Tapferkeit, sondern in der Eitelkeit ihres Herzens und freute sich der Vorstellung, mit welch erstaunten Augen das alles einst nach ihrem Tode gelesen werden würde. Von Bamme, von Krach und vielleicht auch von dem langen Hauptmann. Aber der Tod war noch nicht da. Wär' er dagewesen, von Angesicht zu Angesicht, sie hätte diese Zeilen *nicht* geschrieben, dessen bin ich gewiß. Sie hatte Mut, aber bloß den Lebens-, nicht den Todesmut.«

Jeetzes Eintreten unterbrach das Gespräch. Er erschien mit einem Tablett, auf dem kleine bemalte Tellerchen und ein altmodischer, silberner Obstkorb standen. Da niemand gewillt schien, den Platz am Kamin aufzugeben, so wurde das Tablett auf ein rundes, mit Tulaer Arbeit ausgelegtes Tischchen gestellt und dieses Tischchen in den Halbkreis hineingeschoben. Marie, deren Hände frei waren, machte die Wirtin und schälte das Obst.

Allmählich, während der Teller von Hand zu Hand ging, begann das Gespräch wieder, wandte sich aber, da Friedensschlüsse, wie jeder wußte, nicht wohl möglich waren, anderen Gegenständen zu.

Natürlich behielt Seidentopf das Wort; war er doch, seines Aufenthaltes bei Graf Drosselstein ganz zu geschweigen, unmittelbar nach dem Guser Begräbnis einen Tag lang in Küstrin gewesen und hatte während dieses Tages vieles gesehen und noch mehr gehört. Ein besonderes Interesse weckten seine Mitteilungen über die von Tag zu Tag sich mehrenden Desertionen, die freilich, wie Seidentopf hinzusetzte, nicht überraschen dürften, da die Hälfte der Garnison aus Westfalen unter dem Kommando des Generals von Füllgraf bestünde, eines alten Haudegens, der selber, wie man in der Bürgerschaft wohl wisse, aus dem Konflikt zwischen seinem deutschen Herzen und seinem französischen Eide nicht herauskäme. Auch seine Leute wüßten es und gingen deshalb in ganzen Trupps auf und davon. Andere, die vorläufig noch aushielten, hätten ihm einen Vers an die Türe geklebt, der habe gelautet:

*Füll*graf bist du? Sage nein,
Fülle nicht des Feindes Reih'n.
Führ' uns! *Voll*graf sollst du sein!

Der alte Füllgraf selber, schon um nicht persönlich in Verdacht zu kommen, als sympathisiere er mit den Unzufriedenen, habe bei General Fournier, seinem Oberkommandanten, Anzeige von diesem Vorfalle gemacht und auf Untersuchung angetragen, aber die Untersuchung habe nichts ergeben, und die Desertionen hätten sich nur gemehrt. Der letzte Trupp sei siebzehn Mann stark gewesen und habe sich auf Kirch-Göritz zu davongemacht. Das sei nun drei Tage. Auf dem »Hohen Kavalier« hätten sie dann freilich die Alarmkanone abgefeuert, aber wozu? Die Bürger hätten gelacht und die Franzosen auch. Denn diese hörten von nichts anderem mehr als von »Volksbewaffnung« und wären natürlich klug genug, einzusehen, daß dieselben Bauern, die jetzt einen Aufstand vorhätten, nicht Lust haben könnten, die Schergen zu spielen und Deserteure zu fangen und abzuliefern.

Hier unterbrach Lewin den Pastor, um sich nach dem Stande der Landsturmorganisation zu erkundigen, und erfuhr nun mit vielen Details, welche Fortschritte die Volksbewaffnung im Laufe der letzten drei Wochen gemacht habe. Anfangs sei Hohen-Vietz an der Spitze gewesen; die fast achttägige Abwesenheit Berndts aber habe zu kleinen Hemmnissen geführt, so daß jetzt Drosselstein voraus sei und vor allem Rutze. Er wisse das von Bamme selbst, mit dem er am Begräbnistage einen Spaziergang durch den Guser Park gemacht habe. Dieser Spaziergang sei überhaupt sehr angenehm gewesen, denn es plaudere sich gut mit dem Alten. Daß er nicht in die Groß-Quirlsdorfer Kirche zu bringen sei, oder doch nur ausnahmsweise, das sei seines Amtsbruders Sache. Der habe ihn mit seinem Schablonenchristentum herausgepredigt. Und das Schablonenchristentum sei nicht besser als das Pehlemannsche Angstchristentum. Aber gleichviel, sie seien in lebhaftem Gespräch die große Rüsternallee hinaufgegangen und durch den Dohnenstrich zurück, bis sie wieder vor dem Schwanenhäuschen gestanden hätten. Hier hätte Bamme nach dem Eckfenster hinaufgesehen und endlich vor sich hingesprochen:

»Sehen Sie, Seidentopf, es war doch eine merkwürdige Frau. Sie traf es immer, und auch mit diesem Rutze. Ja, da reichen keine hundert Mal, daß ich ihr zugeschworen, den ganzen Rutzeschen Verstand in eine Haselnuß einpacken zu wollen, aber sie gab nicht nach und sagte nur immer wieder: ›Lieber Bamme, der Charakter entscheidet.‹ Und sie hat recht gehabt. Gestern war ich bei ihm in Protzhagen. A la bonne heure. Was er da zusammengebracht und einexerziert hat, ist unsere beste Kompanie. Ein Triumph der Disziplin. Kerle, um den Teufel aus der Hölle zu jagen!«

Über dieses Bammesche Zitat kam Seidentopf nicht hinaus, denn es schlug eben neun, um welche Zeit er regelmäßig in seine Wohnung zurückzukehren liebte; außerdem gefiel ihm heute Lewins Aussehen nicht. So brach er auf, von Marie begleitet, die denselben Heimweg mit ihm hatte.

Als sie den Hof passiert und auch das niedrige Vorderhaus, in dem Krist und der Gärtner wohnten, schon im Rücken hatten, sagte Seidentopf: »Wie fandest du Lewin? Mir gefiel er nicht. Keine dreimal, daß er das Wort nahm. Und wie spitz und abgespannt er aussah.«

»Er sprach wenig«, sagte Marie. »Aber das darf uns nicht wundernehmen. Es war heute zuviel für ihn. Und die gestrige Fahrt. Und nach allem, was er durchgemacht hat an Leib und Seele.«

»So weißt du, was es war?«

Marie nickte. »Es war, was ich vermutete. Kathinka ist fort. Doch was sprech' ich Ihnen davon; Sie werden in Guse davon gehört haben!«

»Ja, Vitzewitz nahm mich beiseite und erzählte mir's; aber auch wenn er geschwiegen hätte, ich hätt' es dem alten Ladalinski von der Stirn gelesen. Er machte den Eindruck eines gebrochenen Mannes.«

»Sie war sein Liebling, aller Menschen Liebling. Und ich glaube fast, ich beneidete sie.«

»Beneide sie nicht, Marie«, sagte Seidentopf, indem er ihr die Hand reichte. »Du hast das bessere Teil erwählt: Demut und den Frieden des Gemütes. In ihm allein ist Glück. Und nun: gute Nacht!«

Und damit trennten sie sich, und der Pastor trat in den Flur seines Hauses und gleich darauf in sein Studierzimmer ein. Hier war alles dunkel, aber die Läden waren noch nicht geschlossen, und der Schnee und die Sterne draußen gaben gerade so viel Licht, als ihm lieb war. Er setzte sich auf das kleine Ledersofa und sah in den winterlich daliegenden Garten hinaus.

»Es kommt doch, wie es kommen soll«, sagte er. »Ich bin dessen gewiß. Und jetzt mehr denn je. Kathinka fort. Das ging über alle Berechnung. Sie war die große Gefahr in meinem Exempel.«

Er wollte dem noch weiter nachhängen, aber die großhaubige Haushälterin erschien geräuschvoll, stellte die kleine Studierlampe neben Beckmanns »Geschichte der Kurmark Brandenburg« und schloß die Läden.

6. KAPITEL

Ein Deserteur

Um dieselbe Stunde, wo Seidentopf und die Frauen im Herrenhause plauderten, plauderten auch die Bauern im Hohen-Vietzer Krug. Es waren unsere alten Freunde vom ersten Weihnachtsfeiertage her: Kümmritz und »Sahnepott«, und Krull und Reetzke; aber auch Miekley, der damals den Diskurs über Tiegel-Schultze und den Schwedter Markgrafen durch sein spätes Erscheinen unterbrochen hatte, hatte heute schon seinen Platz am Tische. Der alte Scharwenka ging wie gewöhnlich auf und ab und machte den Wirt, während Schulze Kniehase dem Fenster zu saß, wo der Küstriner Anzeiger und die beiden berlinschen Zeitungen lagen.

Es traf sich, daß heute Bauer Reetzke, der sonst mit Krull um die Wette schwieg, das Wort führte. Denn er war den Tag vorher in Küstrin gewesen, wohin er, der Verproviantierung der Festung halber, ein Fuder Oderbruchheu abzuliefern gehabt hatte. Sein Bericht reichte zwei Tage weiter als der des Pastors.

»Sie verproviantieren sich also«, sagte Sahnepott. »Laß hören, Reetzke, wie steht es damit?«

»Je nachdem«, sagte dieser. »Alle Speicher sind voll, aber mit dem Schlachtvieh steht es schlecht. Das liebe Vieh hält nicht mehr bei ihnen aus und läuft ihnen weg. Vorletzte Nacht hundertundsiebzig Stück, alle von Tamsel und Quartschen.«

»Hundertundsiebzig Stück?« fragte Kümmritz.

»Ja, Kümmritz, wie ich dir sage. Vorgestern hatten sie das Tamseler Vieh zusammengetrieben und vorvorgestern das von Quartschen, und das stand ja nun auf dem ›Gorin‹, keine tausend Schritt vor der Stadt, und war paarweis zusammengekoppelt. Sie hatten es auch eingehürdet, und da, wo der Eingang war, stand eine Schildwacht. Aber nach eins ging der Mond unter, und als es wieder dämmerte und die Ablösung kam, da sahen sie, daß alles Vieh fort war.«

»Wie denn?«

»Es war ein Loch in der Hürde, und das hatte sich das liebe Vieh zunutze gemacht. Erst dachten die Franzosen, die Bauern hätten es heimlich weggetrieben, aber es waren keine Fußstapfen im Schnee, nur Klauenspuren, die bis halben Wegs nach Tamsel gingen. Weiter wagten sich die Franzosen nicht, denn die Russen sind schon bis dicht heran; bei Blumberg haben sie gestern eine Patrouille weggefangen.«

»Das liebe Vieh«, sagte Kümmritz, »das hat so seinen Instinkt und läuft den Franzosen weg, aber die Westfalen bleiben und der alte Füllgraf auch. Und wenn es noch Westfalen wären! Aber es sind Altmärkische, aus der Salzwedeler Gegend und von Stendal. Ich habe selber mit ein paar von ihnen gesprochen. Warum laufen sie nicht weg? Warum desertieren sie nicht?«

»Sie desertieren«, sagte Reetzke. »Vorige Woche vierzehn und diese Woche siebzehn Mann. Aber einen haben sie wieder, einen blutjungen Menschen; sie brachten ihn ein, als ich mit meinem Fuder Heu vor dem großen Magazin hielt.«

»Wer bracht' ihn ein?« fragte Scharwenka und setzte sich mit an den Tisch. »Unsere Neumärker drüben werden doch keinen Deserteur einfangen?«

»Nein«, fuhr Reetzke fort, »die Franzosen brachten ihn ein; sie hatten ihn in der Krampe gefangengenommen. Gestern früh. Wißt ihr denn nichts davon?«

»Nein, wir wissen von nichts. Laß hören, Reetzke«, riefen mehrere durcheinander, und auch Kniehase legte das Blatt aus der Hand.

»Nun«, sagte Reetzke, »es war ja ein Überfall, und die Franzosen mußten Fersengeld geben. Sie haben vier Tote gehabt.«

»Und in der Krampe?« fragte Kniehase, der immer aufmerksamer geworden war. »Und mit den Russen war es?«

»Nein. Mit den Kirch-Göritzern. Handschuhmacher Pfeiffer, der immer den linken Fuß nachzieht und schon anno sechs den einen General in der Drewitzer Heide weggeputzt haben soll – sie konnten es ihm aber nicht beweisen –, der war der Oberste. Es ist ein kräpscher Kerl und schießt gut und war schon dreimal Schützenkönig.«

»Die Kirch-Göritzer!« unterbrach Kümmritz. »Wer das gedacht hätte! Nun aber laß den Handschuhmacher und seinen linken Fuß, und erzähle, was du weißt. Laß dir's nicht so brokkenweise herausholen.«

»Nun, die siebzehn gingen also nach Kirch-Göritz und kamen ins Schützenhaus. Und da war ja nun Pfeiffer, der nie was zu tun hat, und steckte sich auch gleich in seine Schützenuniform mit der Medaillenkette und begrüßte sie und lobte sie, denn er kann reden wie ein Daus. Und als sie nun erzählt hatten, von wo sie desertiert wären und daß jeden Morgen zwanzig Mann in die Krampe müßten, um den Werft für die Faschinen zu schneiden, da sagte Pfeiffer: ›Kinder, das gibt einen Coup. Ich war mit bei den Schillschen, und ich versteh' es. Morgen früh also. Wer will mit?‹ Da meldeten sich all die siebzehn Westfalen, denn das mußten sie, wenn sie nicht als schlechte Kerle dastehen wollten, und von den Kirch-Göritzer Schützen traten auch noch elfe vor. Und Pfeiffer war der neunundzwanzigste. So sah er auch gerade aus.«

Die Bauern lachten, denn sie kannten ihn alle.

»Und nu kam ja der andere Morgen, das war gestern früh, und sie schlichen sich dicht an der Oder hin, erst an dem Entenfang und dann an den Pulvermühlen vorbei. Und so kamen sie bis an die Stelle, wo die Franzosen den Werft schnitten, und der Werft stand so hoch und so dicht, daß sie sich einander nicht sehen konnten. Aber an einer Stelle war ein Gang, da drängten sie sich durch, einer hinter dem andern, und nun brachen sie mit Hurra vor, und Pfeiffer schoß ein altes Pistol ab, und die elf Göritzer Schützen gaben eine Salve in den Haufen hinein, daß gleich vier fielen und die andern auf die Festung davonliefen. Jetzt nun die Westfalen hinterher; aber es war Glatteis, und der vorderste Westfälinger, der zwei von den Ausreißern dicht auf der Ferse war, glitt aus und fiel so, daß er nicht gleich wieder aufkonnte. Da drehten sich die zwei nach ihm um und packten ihn und schleppten ihn mit sich fort. Das war der blutjunge Mensch, den ich um die zehnte Stunde einbringen sah. Und da sagt' ich so bei mir, denn ich war neugierig geworden: ›Reetzke‹, sagt' ich, ›du wirst nicht über Manschnow fahren, du fährst über Kirch-Göritz.‹ Und so fuhr ich über Kirch-Göritz. Aber, du mein himmlischer Vater, da war ja nu alles wie besessen, und den Pfeiffer hatten sie mit Punsch und Redensarten ganz toll gemacht. Und der hält sich jetzt für Schill und Blücher all in eins.«

»Das sieht ihm ähnlich«, sagte Kümmritz, »ein Großmaul, das immer genau vorher weiß, wo was zu riskieren ist und wo nich. Schade, daß das junge Blut die Zeche bezahlen muß. Aber so geht es immer: dieser lahme Pfeiffer kriegt den Ruhm, und der arme Westfälinger wird die Kugel vor den Kopf kriegen.«

Sie sprachen noch hin und her, und Sahnepott erschöpfte sich eben in Möglichkeiten, wie der Deserteur in dem Momente, wo er ausglitt, doch vielleicht noch zu retten gewesen wäre, als der junge Scharwenka eintrat, der heute ebenfalls Heu- und Strohlieferungen nach Küstrin hin gehabt hatte. Er trug noch hohe Stiefel, Flausrock und Pelzmütze und begrüßte jeden einzelnen, war aber ersichtlich in großer Erregung.

»Setz dich, Wenzlaff«, sagte der Alte. »Was bringst du? Du siehst nicht aus wie gute Zeitung.«

Der junge Scharwenka fuhr mit der Hand über die Stirn und sagte dann: »Sie haben ihn erschossen; ich stand keine dreißig Schritt davon; sie wollten, daß es jeder sehen sollte.«

»Den Deserteur?« fragten alle.

»So wißt ihr schon davon?«

»Nein. Wir wußten nur, daß sie gestern einen Deserteur eingebracht haben. Reetzke hat uns eben davon erzählt. Aber nun sprich, wie war es?«

Der junge Scharwenka rückte zwischen Krull und Reetzke ein und sagte dann: »Ich hatt' eben abgeliefert, aber den Schein hatt' ich noch nicht, denn der alte Füllgraf war nicht bei Weg', und als ich auf dem Magazin fragte, wie lang es wohl noch dauern könnte, da sagte der Inspektor: die vierte Stunde würde wohl herankommen oder auch noch mehr. Und dabei schlug die Schloßuhr eben erst zwölf. Aber was war zu machen, und so sagt' ich zu Mathissen: ›Na, Mathis, denn helpt et nich; wie möten utspann'n. Du weetst ja, bi Kerkow'n upp'n Kietz. Föhr man ümmer vörut. Ick kumm glieks na'h.‹ Denn ich mußte noch zu Menken mit heran wegen dem Kirschfaß. Und dann ging ich über die Brücke. Und ich war noch keine zehn Minuten in der Ausspannung und stand mit dem alten Kerkow vor seinem Torweg, und die Hühner pickten um uns her, da hörten wir trommeln, Gott, trommeln, wie ich's all mein Lebtag noch nicht gehört habe.«

»Das macht, Wenzlaff«, sagte Kümmritz, »weil du nicht bei den Soldaten gewesen bist. Ich kenn' es. Ein Wirbel und dann alles still und dann wieder ein Wirbel. Es bedeutet nicht viel Gutes.«

Der junge Scharwenka nickte und fuhr fort: »Und nun dauerte es auch gar nicht lange, da kamen sie die Straße herauf. Erst fünf Tambours und ebenso viele Pfeifer; aber die Pfeifer spielten nicht. Und dann kam der junge Mensch. Jott, wie der aussah. Nicht bang und nicht traurig, aber das war es eben, was mir einen Stich ins Herz gab, und als er mich stehen sah und wohl sehen mochte, wie mir das Mitleid in den Augen saß, da nahm er seine kleine Mütze ab und grüßte mich.«

Die Bauern rückten alle näher; man hätt' ein Blatt in der Krugstube fallen hören.

»Und dann kam ja der alte Füllgraf, ein paar Adjutanten neben sich, und den Schluß machte das ganze Bataillon, dasselbige Bataillon, von dem der junge Westfälinger desertiert war. Aber es war nur noch schwach, keine vierhundert Mann. Da sagte der alte Kerkow: ›Kumm, Jungschen-Scharwenka, da möten wi mit dabi sinn.‹ Und ich ging mit.«

»Und doch heißt es: ›Du sollst nicht voll Neugier in deinem Herzen sein und nicht zu den Gaffern stehen‹«, sagte Miekley.

»Doch, Miekley«, warf Kümmritz ein. »Doch, so was muß man sehen; das macht einen Eindruck. Und man hütet sich davor, oder man kriegt auch einen Haß gegen den Feind. Und beides ist gut.«

»Und so ging es denn«, fuhr der junge Scharwenka fort, »immer mit Trommelwirbel bis an die letzten Häuser, und bei Raschmacher Günzel bogen sie links ein aufs freie Feld, da, wo die Reperbahn ist. ›Halt!‹ kommandierte der alte Füllgraf, und dann formierten sie Karree, aber die vierte Seite war offen, und hier war das Grab. Ich stand mit Kerkow zwischen den Pappeln, und wir sahen den Sand, der frisch aufgeworfen auf dem Schnee lag. Und mir zitterte das Herz, denn fünf Mann und ein Sergeant waren jetzt aus dem Karree vorgetreten, und sie verbanden ihm die Augen mit seinem Taschentuch. Ein altes blaues Tuch mit weißen Punkten. Und nun sollt' er niederknien. Aber da mit eins riß er das Tuch wieder ab und trat auf den General zu, der keine zehn Schritt von ihm hielt, und sagte was, was ich nicht hören konnte. Aber ich sah, daß der alte Füllgraf nickte und mit der Hand über seine Augen fuhr. Und da war es, als ob dem jungen Menschen leicht ums Herz geworden wäre, und er stellte sich gerad aufwärts hin und sah lange gen Himmel, wohl eine Minute lang. Und nun war er fertig, und mit der linken Hand, in der er noch das blaue Tuch hielt, schlug er an seine Brust und rief: ›Hierher, Kameraden, hier sitzt das preußische Herz. Feuer!‹ Und die Salve krachte, und im nächsten Augenblicke war alles vorbei. Der alte Füllgraf aber ritt heran und sagte zu dem Kommando: ›Gebt mir das Tuch.‹ Aber der Tote hielt es so fest, daß es Mühe machte. Dann schlossen sie wieder auf und rückten in Sektionen an uns vorbei. Jetzt spielten auch die Pfeifer, und ich merkte wohl, daß es etwas Lustiges sein sollte. Aber mir war nicht lustig ums Herz, als ich so hinterherging. Es war erst ein Uhr, und erst um sechs hab' ich meinen Schein gekriegt. Waren *das* fünf Stunden!«

Damit legte er den vom alten Füllgraf unterzeichneten Quittungsschein auf den Tisch. Jeder von den Bauern nahm das Blatt und sah nach der Unterschrift. Dann sagte Sahnepott: »Und warum es gerade sein eigenes Bataillon sein mußte! Sie haben ja Franzosen genug. Aber das ist solch französischer Kniff. Immer was Apartes. Und grausam dazu.«

»Sei doch still, Sahnepott«, sagte Kümmritz verdrießlich. »Es kann nicht jeder in die Milchschüssel fallen. Du redst, wie du's verstehst. Apartes! Dummes Zeug. Ein Deserteur wird totgeschossen, das is in der ganzen Welt so. Bei Pirmasens faßten wir auch einen, war auch ein hübscher Junge. Aber was half's ihm? Krieg ist Krieg.«

Miekley wollte Sahnepott zustimmen, Kümmritz aber, der in Erregung war, ließ ihn nicht zu Worte kommen und sagte nur: »Ich will nichts hören, Miekley. Du bist in die Traktätchen gefallen, und das ist das Allerschlimmste. Uhlenhorst will den Krieg abschaffen, aber der Krieg wird Uhlenhorsten abschaffen. Denn wenn wir erst den Krieg haben, dann spricht er vor leeren Bänken. Und das kann jeden Tag kommen. Ich sag' euch, es geht los, und dann wollen wir uns wieder sprechen. Der alte Groß-Quirlsdorfsche hat was vor, und den kenn' ich, mit dem ist schlecht Kirschen pflücken, und Uhlenhorst wird ihn nicht anders machen. Landsturm oder nicht, er liest euch die Kriegsartikel vor, und was nicht standhält bei der Fahne, das kommt vors Kriegsgericht. Und was das bedeutet, das wißt ihr.«

Sahnepott und Miekley schüttelten den Kopf.

»Schüttelt nur; ich sag' euch, es wird ernsthaft; wir erleben was, und hier herum wird es am schlimmsten. Das hab' ich aus der alten Prophezeiung. Wißt ihr, was die sagt? Es werden rote Reiter am Himmel ziehen, und die Menschen werden so rar werden, wie die Störche anno 57 rar waren, wo der große Sturm sie verschlagen hatte, daß man alle fünf Meilen nur einen sah. Und so wie Gott damals seinen Gottesvogel geschlagen hat, so wird er jetzt die Menschen schlagen. Der Frieden aber soll bei Chorinchen geschlossen werden.«

»Ja«, sagte Krull, »ich hab' es auch gelesen letzten Sonntag im Küstrinschen Anzeiger; 's war auf der letzten Seite, wo die kleinen Geschichten stehen und die Rätsel.«

»Und da steht auch heute die Antwort«, sagte Kniehase und trat vom Fenster her an den Mitteltisch heran. »Wollt ihr's hören?«

»Ja«, riefen alle.

»Nun denn: *Antwort auf den Klagepropheten in Nummer fünf des Anzeigers.*«

»Und was schreibt er?«

»1812 wird viel Schnee fallen, und in Moskau wird ein großes Feuer sein.«

»Der macht sich's bequem«, brummte der alte Scharwenka, »der prophezeit ins Vergangene hinein.«

»1813 aber«, fuhr Kniehase zu lesen fort, »da wird eine Zeit kommen, wie noch keine war auf Erden. Da werden die alten Leute nicht zänkisch und die jungen Mädchen nicht neugierig sein. Die Doktors werden keine Geschichten mehr erzählen, und die Richter nur bei Nacht schlafen. Und man wird nur im Herbst Wein machen. Die Reichen werden menschlich und die Bettler werden fleißig sein. Und alle Leute desselben Standes werden sich untereinander lieben.«

Die Bauern lachten, und Kümmritz sagte: »*Auch* ein Prophet. Einer, der klagt, und ein anderer, der Spaß macht. Aber welcher ist der rechte?«

»Immer der, der ernst sieht«, meinte Miekley.

»Nein, Miekley«, sagte Kniehase, »immer der, der heiter sieht. Die Welt geht nicht unter und wir auch nicht.«

Alle waren einig, daß Kniehase recht habe, sonst sei es gar kein Leben mehr.

Ein paar von den Bauern schrieben sich noch für ihre Frauen und Töchter die »neue Prophezeiung« ab, Sahnepott aber nahm den jungen Scharwenka beiseite und ließ sich noch von dem Deserteur erzählen. Denn er war derjenige im Kreise, der, weil er der Schwachnervigste war, auch am meisten das romantische Bedürfnis hatte.

Und dann trennten sie sich.

7. KAPITEL

Frau Hulen schreibt

Am andern Morgen saßen die Geschwister allein am Frühstückstisch; Berndt war noch immer nicht zurück, die Schorlemmer in der Wirtschaft tätig. Lewin hatte sich sichtlich erholt, sprach aber wenig, so daß Renate froh war, Hoppenmarieken unter der Auffahrt erscheinen und wie gewöhnlich durch Erhebung ihres Hakenstockes andeuten zu sehen, daß sie Briefe bringe. Gleich darauf trat sie denn auch ein, von der Schorlemmer begleitet, und legte Briefe und Zeitungen auf den Tisch. »De een is von Faulstichen«, sagte sie, was sie, da sie nicht lesen konnte, dem Siegel oder irgendeinem andern äußerlichen Zeichen entnommen haben mußte. Und sie hatte recht. Faulstich schickte seine mehrerwähnte Kantate und benutzte die Gelegenheit, da sich nach Guse hin keine medisanten Briefe mehr richten ließen, den unter Handschuhmacher Pfeiffer erfochtenen Sieg der Kirch-Göritzer in einem ironisch pomphaften Bulletin zu verherrlichen. Einzelne Verse unter der Überschrift »Die Schlacht an der Krampe« waren eingestreut. In diesen hieß es:

»Und als sie sich den Mut geschärft
An dem Lebenswasser von Danzig,
Durchbrachen sie den roten Werft,
Alle neunundzwanzig.

Und Göritz und sein Vogel Greif
Kamen in Zorn und Eifer,
Da wurde König der Than von Feif',
Unser Handschuhmacher Pfeiffer.«

Hoppenmarieken hatte diese Reime noch mit angehört und dabei die Hände gefaltet, als ob es Gesangbuchverse wären. Zuletzt aber, als sie den Namen Pfeiffers hörte, fand sie sich zurecht und sagte: »Joa, diss' Pfeiffer, diss' lütt' Humpelbeen. In Schullen säät he ümmer; nu wahrens em wull övern Kopp tosammensloan.«

Und damit griff sie nach ihrer Kiepe und stapste wieder aus dem Zimmer hinaus.

Lewin schob den Brief zurück, der ihn wenig angenehm berührt hatte. »Ganz Faulstich; immer ein Auge für das Lächerliche und weiter nichts. Kein Einsetzen seiner selbst. Da bin ich doch schließlich mehr noch für Handschuhmacher Pfeiffer. Aber laß sehen, was der andere Brief bringt.«

Dieser »andere« war ein kleines, auf der Rückseite mit einem Glaube-Liebe-Hoffnung-Petschaft gesiegeltes Viereck, obenauf aber mit einer ziemlich langen hintereinander fortlaufenden Adresse versehen, die sich durch Rechtschreibung gerade nicht auszeichnete. »Seiner Edelgeboren Herrn Lewin von Vitzewitz, zur Zeit in Hohen-Vietz bei Küstrin; frei.« Lewin glaubte die Schriftzüge oft gesehen zu haben und wußte doch nicht wo. Neugierig erbrach er das Siegel, um nach der Unterschrift zu sehen. »Von meiner alten Hulen!«

»O lies«, sagte Renate, und die Schorlemmer setzte hinzu: »Das wird uns besser gefallen.«

»Wer weiß«, meinte Lewin. Aber man hörte seiner Stimme an, daß er desselben Glaubens und seiner Sache ziemlich sicher war. Und so las er:

»Lieber junger gnädiger Herr!

Es sind jetzt recht schwere Zeiten, wie mir Fräulein Renate von Bohlsdorf her geschrieben hat, damit ich doch wüßte, wo Sie wären. Und das war eine rechte Güte von dem lieben Fräulein.

Ja, schwere Zeiten sind es, und ich mag gar nicht davon sprechen. Aber das muß ich Ihnen als eine alte Frau doch sagen, es war nichts für Sie. Ich hab' es gleich gesehen; sie war wohl schlank wie eine Wespe, aber *die* stechen auch, und dann muß man Erde auflegen, daß der Schmerz vergeht. Und ist es das Herz, dann ist es schlimm. Ja, lieber junger Herr, so war es auch mit Ihnen, daß Ihnen Erde aufgelegt werden sollte. Aber der liebe Gott wollt' es nicht und hat anders geholfen, ohne Tod und Sterben, und hat Sie zu einem rechten Glücke aufgehoben.« Bis hierher hatte Lewin gelesen, aber jetzt flimmerte es ihm vor den Augen, und er ließ die Hand sinken, in der er das Blatt hielt.

Renate nahm es, um statt seiner zu lesen, und wiederholte leise: »Zu einem rechten Glücke aufgehoben.« Dann fuhr sie fort: »Das weiß ich ganz bestimmt. Das hab' ich Ihnen angesehen, denselben Tag, als Sie bei mir mieteten und gleich sagten: ›Das finde ich zu wenig, Frau Hulen‹, und mir aus freien Stücken zulegten. Ach, wer so ein Herz für die armen Leute hat, für den hat der liebe Gott auch ein Herz und läßt ihn nicht umkommen, und Sie haben es auch wohl erfahren, was wir letzten Sonntag wieder gesungen haben:

›Oft hast du mich gelabet,
Mit Himmels Brot gespeist,
Mit Trost mich reich begabet –‹

Ja, lieber junger Herr, das sind rechte Trostesworte, so recht für arme Leute geschrieben. Und am Ende sind wir alle arm, auch wenn wir reich sind. Sie wissen schon warum.

Und dieses alles hatt' ich Ihnen schreiben wollen, lieber Herr Lewin, wie ich Sie als alte Frau doch wohl nennen darf. Und wenn Sie wieder bei Wege sind, da werden Sie doch wohl wieder bei der alten Hulen wohnen wollen. Das meinte das gnädige Fräulein auch. Und Sie kriegen solche Wohnung auch gar nicht wieder, denn es paßt alles. Der ›Grüne Baum‹, und die Singuhr, und die Klosterkirche. Aber von der will ich weiter nicht reden, weil sie so katholisch aussieht.

Bitte, grüßen Sie das gnädige Fräulein, die so gut ist und an eine alte Frau gedacht hat, als welche ich hochgeneigtest bin und verbleibe Ihre Wilhelmine Hulen, geb. Petermann.«

Lewin wollte das Blatt zurücknehmen, aber Renate sagte: »Nein, noch nicht. Es gibt noch eine lange Nachschrift.« Und sie las weiter: »Ich muß Ihnen, junger Herr, doch auch noch vermelden, daß der Herr Rittmeister von Jürgaß fort ist. Er war hier und fragte nach Ihnen. Und der spaßige kleine Hauptmann auch. Sie gehen beide nach Breslau, wohin jetzt alles geht. Denn der alte Lehweß hat doch recht gehabt, und Preußen kommt wieder auf. Und morgen soll es in der Zeitung stehen. Aber die Menschen wollen ja nicht warten, und das ist ein Laufen und Trommeln, als hätten wir schon den Krieg. Und wer zu alt ist oder zu schwach, der gibt, was er hat, oder er sammelt. Die Potsdamer Kadetten haben vierzig Taler gesammelt.«

Renate lachte; denn dieser ersten Nachschrift, dicht an den Rand gekritzelt, folgte noch eine zweite: »Denken Sie sich, junger Herr, der lahme Kellerjunge von nebenan will auch mit. Er sagt, der König kann alles brauchen. Und vorgestern hab' ich mir im Bölkschen Saal den ›Brand von Moskau‹ angesehen. Gott, wie das so aufschlug! Ich dachte, wir müßten alle mitverbrennen. Ihre Obige.«

Die Schorlemmer hatte mit einer Art Andacht dem Geplauder dieses Briefes zugehört. »Das ist eine gute Frau«, sagte sie jetzt, und setzte dann hinzu: »Wir wollen ihr eine Kiste schikken! – Nicht wahr, Renatchen?« Und damit verließ sie das Zimmer, um die Geschwister allein zu lassen.

Sie traf damit den Wunsch beider, zumal Renatens, die nach einer Weile des Bruder Hand ergriff und leise fragte: »Darf ich mit dir sprechen, Lewin?« Dieser nickte.

»Die Hulen hat recht«, begann Renate, »sie hat es in ihrer Herzenseinfalt getroffen. Und nun höre mich an. Du bist jetzt zwei Tage hier, und wir können nicht so nebeneinander hergehen, immer nur in ängstlicher Vermeidung dessen, was uns das Herz bedrückt. Du bist verwundert, weil ich sage ›uns‹. Aber es ist so, denn ich bin bedrückt wie du.«

Sie schwieg und hatte vor, von Kathinka zu sprechen, aber der Name wollte ihr nicht über die Lippen, und so fuhr sie fort: »Ach, ich habe sie so geliebt, mehr als eine Schwester. Sie hatte das vornehme Wesen, das so gefällt, und sie hatte mir es angetan, mir und dir und jedem. Ich muß noch an den Morgen denken, als ihr nach Kirch-Göritz ginget, du und Tubal, und die Tauben an das Fenster kamen und sich liebkosend an sie drängten, als ich kaum erst den Riegel geöffnet hatte. Das verdroß mich damals. Aber ich hatte unrecht. Es flog ihr eben alles zu. Auch die Tauben. Und auch Marie ging in ihr auf und verzehrte sich in Bewunderung, ja, sie verzehrte sich, denn ihr blutete das Herz.«

Lewin, dem kein Wort entgangen war, lächelte und sagte: »Wir hören gern das Lob von dem, was uns verloren ging. Sonderbar, indem es uns das Gefühl des Verlustes steigert, tröstet es uns. Aber du darfst auch tadeln, Renate, tadeln, ohne Furcht, mir wehe zu tun. Denn ich wurde frei im Herzen, nicht durch eigene Kraft und kaum durch eigenen Willen, aber als ich vorgestern, in den hellen Wintertag hinein, hierherfuhr, da fühlt' ich, daß ein altes Leben von mir abfalle und ein neues Leben beginne. Es klingt alles noch in mir nach, leise-schmerzlich, aber ich bin doch ein Genesender.«

»Ach, daß ich sprechen könnte wie du«, sagte Renate. »Dir liegen die trüben Tage zurück, meiner aber harren sie noch. Und wenn sie mir erspart bleiben, so wird es doch immer ein Schweres sein, was mich vor einem noch Schwereren bewahrt. Ich weiß es, daß es so kommen wird; ich fühl' es vorahnend in meinem Gemüte.«

Lewin wollte antworten, aber Renate fuhr in wachsender Erregung fort: »Es ist ein dunkles Haus, und was sie selbst nicht haben, das können sie niemand geben: Licht und Glück. Es war immer ihr Schicksal, Liebe zu wecken, aber nicht Vertrauen. Vertrauen, ›die Mutter aller Liebe und ihr Kind‹. So las ich einmal, und es ergriff mich damals tief. Aber ich hab' es seitdem anders gefunden. Es gibt auch eine Liebe ohne Vertrauen, und ich heg' eine solche; du weißt zu wem, und ich kann sie nicht aus meinem Herzen reißen. Und deshalb werd' ich *nicht* glücklich sein.«

»Doch, Renate, du wirst es. Glücklicher als ich.«

Sie schüttelte den Kopf.

»Tubal . . .«

». . . ist seiner Schwester Bruder«, unterbrach ihn Renate in schmerzlicher Bewegung, »ist *Kathinkas* Bruder.«

8. KAPITEL

Hauptquartier Hohen-Vietz

Ihr Gespräch wurde durch das Vorfahren eines Wagens unterbrochen, und Renate, die den Blick auf das Fenster frei hatte, rief: »Der Papa!« Er war es und trat den Geschwistern, die sich rasch erhoben hatten, schon im Vorzimmer entgegen. Die Begegnung war herzlich; er küßte Renaten die Stirn und nahm dann Lewin bei beiden Händen, während er ihn zugleich bis an die Fensternische zog.

»Laß sehen«, sagte er und musterte ihn von Kopf zu Fuß mit scharfem Auge. »Nun, ich lese gute Zeitung; es war dein erster Schmerz, er tut am wehesten, aber er heilt auch am schnellsten. Junge Tage, kurzes Leid. Du wirst auch noch die Kehrseite davon kennenlernen. Und nun nichts mehr davon. Laßt uns Platz nehmen.«

Jeetze war eingetreten, um den Frühstückstisch zum zweitenmal zu decken, und die Schorlemmer erschien, um ihren Teil an der Freude des Wiedersehens zu haben. Denn so herrnhutisch kühl ihr Herz auch schlug, so vergaß sie doch dieser Kühle, wenn, nach Tagen oder Wochen der Trennung, die Stimme des alten Vitzewitz zum ersten Male wieder hörbar wurde. Auch Hektor hatte sich eingefunden, und so war alles beisammen.

»Wie wir dich erwartet haben, Papa!« sagte Renate. »Nicht aus Liebe, denn davon liebst du nicht zu hören, aber aus Neugier. Wir wissen nichts oder so gut wie nichts. Erzähle! Wie starb sie?«

»Hat denn Seidentopf nicht davon gesprochen?«

»Ja und nein. Er sprach von ihrem Begräbnis, aber nicht von ihrem Tod. Ich werde den Gedanken nicht los, daß es ein Schreck war, der sie tötete.«

»Und du triffst es. Der Tod muß sie plötzlich überrascht haben. Ich sah sie noch in der Stellung, in der sie Eve denselben Morgen gefunden hatte. Sie saß in dem großblümigen Lehnstuhl zu Füßen ihres Bettes, ihre noch offenen Augen auf den Stehspiegel gerichtet. Das Buch, in dem sie gelesen, ein Band Diderot, war ihr entfallen und lag neben dem Stuhl.«

»Und wie war sie gekleidet?«

»Schwarz. Eva war den Abend vorher von ihr fortgeschickt worden; sie wollte selbst ihre Nachttoilette machen. Das war um elf. Um diese Stunde muß es geschehen sein oder nicht viel später.«

»Und . . .« Renate stockte.

»Ich weiß, was du fragen willst«, fuhr Berndt fort. »Der Spiegel, als ich in das Schlafzimmer trat, hatte seinen grünen

Vorhang. Aber Eve wurde rot, als ich darnach fragte, und widersprach sich einmal über das andere. Das arme Ding; ich wollte nicht weiter in sie dringen. Um so weniger, als ich sicher bin, daß sie's am Abend vorher vergessen hatte.«

»Wer ein Gespenst großzieht, den bringt es um«, sagte die Schorlemmer.

»Wir sollen es nicht großziehen, aber wenn es da ist . . .«

»So sollen wir seiner nicht achten. Dann schwindet es. Es kann Mißachtung nicht ertragen, denn es ist eitel wie alle höllische Kreatur.«

Berndt lächelte, gab der Schorlemmer die Hand und sagte: »Unser alter Streit! Vielleicht, daß wir noch mal Frieden darüber schließen. Aber lassen wir das. Was ich euch noch zu sagen habe, Kinder, hat einen bessern Klang. Wir sind reich! Und wenn du dich im Spiegel siehst, Renate, so siehst du das Bild einer Erbtochter.«

»Ich wußt' es«, triumphierte die Schorlemmer. »Ich hab' es dir prophezeit, den Abend in Bohlsdorf, als Doktor Leist seinen ersten Besuch machte.«

Renate wurde rot, denn sie gedachte auch manches anderen noch, das die Schorlemmer damals gesagt hatte; Berndt aber, ohne des Zwischenfalls zu achten, fuhr fort: »Ein Testament ist nicht da. Von einem gesetzlichen Anspruch der Pudaglas an Guse kann keine Rede sein. Es ist Allod. So fällt es an mich, als an den nächsten Erben. Ich habe mit Ladalinski, den ich vorläufig das Interesse der Pudaglas zu vertreten bat, die Dinge durchgesprochen; er weiß, in welchem Sinn ich mich glücklich schätzen würde, Wünschen oder Ansprüchen des ihm so nahe verwandten Hauses, vor allem aber seinen eigenen Wünschen entgegenzukommen. Es berührt das alte Pläne der Tante. Ihr kennt sie. Von dem Augenblicke an, meine teure Renate, wo du gewählt haben wirst, gehört Guse dir, ich bin nur Nutznießer und Verwalter. Im übrigen sollen dich diese Worte zu nichts bestimmen, deine Wahl ist frei.«

Die Geschwister schwiegen, und selbst die Schorlemmer fand keinen Spruch, der ausgedrückt hätte, was in ihr vorging. Berndt schien es zufrieden, und während er nach seiner Gewohnheit dem neben ihm liegenden Hektor von den mit

Fleisch belegten Brotschnitten zuwarf, die für ihn selbst bestimmt waren, fuhr er fort: »Und so wären wir denn reich, reich in diesen allerärmsten Tagen. Und so gewiß Gott weiß, daß es mich nie nach irdischem Besitz gedrängt hat, so gewiß ist es auch, daß mich dieser Besitz jetzt freut. Ich fühle mich freier. Denn daß ich es euch gestehe, die Not und Drangsale dieser Zeit lagen schwer auf mir, schwerer, als ich es vor euch wahrhaben mochte. Die niedergebrannte Scheune ...«

»... Die bauen wir nun wieder auf, Papa.«

»Und den Saalanbau ...«

»... Den nicht«, lachte Renate. »Dazu versag' ich, als Erbtochter, die nötigen Mittel. Nein, da machen wir klares Spiel und ziehen den Garten bis vor das Haus, ganz wie drüben in Hohen-Ziesar, und der Graf selber muß uns dabei behilflich sein. Das ist ja seine Passion. Ich bin für Reseda und Levkojen, aber nur als Rabatteneinfassung, und aus der Mitte der Beete wachsen Malven auf. Zimmetfarbene und wie von Atlas, die lieb' ich am meisten. Und die beiden Derfflingerkanonen schaffen wir von Guse herüber, nur den Faun lassen wir da, und auf den Damm stellen wir eine Sonnenuhr oder noch lieber eine große schwarze Glaskugel, drin sich die Dorfstraße spiegelt und Hoppenmarieken, wenn sie vorübergeht.«

»Das läßt sich hören, Renate, und ich sehe, daß du dich schnell in die besseren Tage hineinlebst. Nur deinem eigenen Schloß, als das ich Guse vorläufig ansehe, darfst du, dem alten Hohen-Vietz zuliebe, nichts entführen wollen, und wenn es auch nur die zwei Derfflingerkanonen wären. Wer weiß übrigens, was davon übrigbleibt? Vorläufig sind die Franzosen drüben und nehmen mit, was ihnen gefällt. Wenigstens wenn wir ihnen nicht auf die Finger sehen. Komm, Lewin, daß wir darüber sprechen.«

Berndt erhob sich, Lewin folgte. Sie gingen in das einfenstrige Zimmer, darin Vater und Sohn zu Beginn unserer Erzählung ihr erstes Gespräch über Volksaufstand und endliche Vernichtung der Fremdherrschaft gehabt hatten. Es hatte sich nichts geändert: hier das Sofa und dort das Bild und an dem breiten Fensterladen die Karte von Rußland mit ihren verschiedenfarbigen Nadeln. Alles wie damals am ersten Weihnachtsfeiertage.

Der alte Vitzewitz nahm Platz, streckte seinen Fuß, wie er zu tun pflegte, auf den vor seinem Arbeitstische stehenden Schemel und sagte: »Setz dich, Lewin. Ehe wir von anderem sprechen, noch ein Wort über dich. Ich wollt' es vor den Frauen nicht ausspinnen. Sie dürfen nicht zuviel davon hören; gleich schwillt ihnen der Kamm. Denn alle wollen herrschen, und es freut sie, daß sie so viel Macht über uns haben. Darin sind sie sich alle gleich und in einer ewigen stillen Verschwörung gegen uns.«

Lewin sah vor sich hin; Berndt nahm seine Hand und fuhr fort:

»Es läßt sich leicht sprechen über Schweres, das uns selber nicht mehr drückt oder vielleicht nie gedrückt hat. Ja, es ist so; was dich drückt, Lewin, ist mir erspart geblieben. Aber anderes, anderes! Ich weiß davon und weiß auch: leben heißt überwinden lernen. Den beweglichen Naturen, Naturen wie der deinigen, hat Gott es in solchen Kämpfen am leichtesten gemacht. Und so wußt' ich, daß du's überwinden würdest. Was noch fehlt, bringt die Zeit und unsere Zeit rascher als jede andere. Denn alles drängt nach Aktion, und Handeln ist so gewiß das Beste, wie Brüten das Schlimmste ist. Diese Tage werden dich freimachen.«

»Ich bin es, Papa. Als du vorfuhrst, hatt' ich mit Renaten ein Gespräch darüber. Es liegt hinter mir. Was noch fehlt, ist bloß ein Körperliches. Es waren schwere Krankheitstage, und sie wirken noch nach. Weiter nichts. Aber was ist es mit Guse? Du wolltest davon erzählen.«

»Ja. Und so höre denn. Gestern nachmittag, ich war eben erst aus der Kirche zurück, wo mir Nippler seine Komposition zu der Kantate vorläufig auf der Orgel vorgespielt hatte, als es im ganzen Dorfe hieß: Die Franzosen kommen. Und richtig, es war so. Eine Viertelstunde später rückten hundert Mann ein und hielten vor dem Schloß. Sie waren von verschiedenen Regimentern des Oudinotschen Korps und führten eine Kriegskasse mit sich. Als ich an sie herantrat, begrüßte mich ihr Führer, ein schwarzer Italiener, der sich Conte di Rombello nannte. Seiner Charge nach ein Kapitän. Er sprach, um mich einzuschüchtern, von dem ›Hauptkorps‹, das morgen nachrücken werde, und forderte Quartier. Ich zeigte mich sofort bereit (mir hätte nichts Lieberes passieren können) und lud ihn auf das Schloß, wo ich ihm unter den Zimmern desselben die Wahl freistellte. Er wählte das Spiegelzimmer, ein etwas sonderbarer Geschmack. Aber das ist seine Sache. Hübsch ist er, und so wird er sich sehen wollen. Die Kriegskasse steht in der Halle, die vorläufig zum Schutze der Gelder in eine Art Wachlokal umgeschaffen worden ist. In den Räumen daneben liegen dreißig Mann, ebenso viele hab' ich in der alten Derfflingerkaserne, den Rest bei den Bauern untergebracht.«

»Und nun dein Plan?«

»Der Trupp will morgen früh weiter. Was also geschehen soll, muß rasch geschehen. Bamme weiß davon; aber ich hab' es bei einer bloßen Meldung bewenden lassen. Wir machen es mit dem, was wir hier zur Hand haben. Rechnen wir die Manschnower und Gorgaster mit hinzu, so haben wir hundert Mann. Damit zwingen wir's, denn sie sind matt wie die Fliegen, und der moralische Halt ist längst heraus. Dazu Nacht und Überraschung. Es kann nicht fehlen. Was vereinzelt bei den Bauern liegt, ist froh, mit dem Leben davonzukommen. So handelt sich's nur um das Schloß. Vorn an der Sphinxenbrücke steht ein Doppelposten, den lassen wir stehen. Wir passieren statt dessen den Graben, da, wo das Schwanenhäuschen steht, und dringen von hinten her ein. Kniehase muß das leiten. Ich für meine Person nehme den ›Conte‹ gefangen, und du und Wenzlaff sind mit mir. Sind wir geschickt, so darf es uns nicht einen Mann kosten. Die Kriegskasse bleibt unser; das heißt bis auf weiteres. An dem Tage, wo sich der König erklärt hat, schaffen wir sie nach Berlin. Dort wird man sie brauchen können, denn Geld ist immer das Knappste im Lande Preußen.«

»Und die Gefangenen?«

»Es soll ihnen kein Haar gekrümmt werden. Ich bin aus der Weißglühhitze heraus. Entsinne dich dessen, was ich dir schrieb: ›Wir wollen einen regelrechten Krieg haben.‹ Und so schicken wir denn die Gefangenen zu den Russen. Übrigens will ich nicht behaupten, daß sie dort gut gebettet wären. Und nun laß uns zu Kniehase gehen, daß wir alles Nähere mit ihm besprechen. Um neun müssen wir marschfertig und um Mitternacht in Guse sein.«

Damit nahmen sie Hut und Stock und schritten über den Hof hin auf die Dorfgasse zu.

Eine Stunde später kehrten Berndt und Lewin aus dem Schulzenhofe zurück, wo sie mit Kniehase den »Coup« noch einmal durchgesprochen und alle zur Ausführung nötigen Schritte verabredet hatten. Sie fanden Jeetzen in großer Aufregung, was Berndt zu der Frage veranlaßte: »Du trippelst wieder, Jeetze, was ist passiert?«

»Der Herr General ist da.«

»Bamme?«

»Ja; General von Bamme. Der gnädige Herr waren noch keine Viertelstunde fort, als er vorritt auf seinem kleinen Shetländer. Der gnädige Herr wissen schon, auf dem isabellfarbenen mit der schwarzen Mähne. Krist und ich haben ihn bei den Ponies untergebracht.«

»Den Shetländer. Aber wo ist der General?«

»Oben. Ich habe gleich einheizen müssen, weil es klamm und kalt war. Er sitzt in der Amtsstube und hat seinen grauen Mantel anbehalten und die Pelzmütze auf.«

Die beiden Vitzewitze stiegen nunmehr treppauf und fanden den General genau so, wie Jeetze ihn beschrieben hatte. Vor ihm, auf dem ziemlich in der Mitte stehenden Arbeitstische, lag eine große, mit Tintenfaß und Papierschere festgehaltene Spezialkarte von Barnim und Lebus, auf der sich der kleine, mit seinem Oberkörper weit vorgebeugte Mann mühsam zu orientieren suchte. Ein Versuch, der ihm durch die dichte Tabakswolke, in der er steckte, nicht eben erleichtert wurde.

»Guten Tag, General.«

»Guten Tag, Vitzewitz. Sie sehen, ich habe mich hier eingerichtet ohne Meldung oder Anfrage. Sonst nicht meine Gewohnheit. Aber sie müssen jetzt dem alten Bamme den ›General‹ in Rechnung stellen, und zwar zu seinen Gunsten. Mein altes Groß-Quirlsdorf liegt zu sehr aus der Welt, und rundheraus, ich gedenke Hohen-Vietz zu meinem Hauptquartier zu machen. Anfangs war ich unschlüssig, ob ich nicht unser gräfliches Hohen-Ziesar vorziehen sollte; aber Hohen-Vietz ist besser. Hier läuft die große Straße, und was von Küstrin aus nach Westen will, muß an Ihren Fenstern vorbei.«

»Ich freue mich, General, daß Sie die Wahl so und nicht anders getroffen haben.«

»Und um die Wahrheit zu gestehen«, fuhr Bamme fort, »es ist nicht bloß wegen der Lage, es ist auch Ihretwegen, Vitzewitz, daß ich mich *hier* und nicht in Hohen-Ziesar einquartiert habe. Sie sind nun einmal die Seele von der Sache, haben alles geplant, sind vom Metier und kennen das Lokal. Und das ist die Hauptsache. Sehen Sie, da sitz' ich hier über der Karte und spiele meinen eigenen Generalquartiermeister. Aber wie! Mehr als dreißigmal bin ich in dieser halben Stunde zwischen Küstrin und Berlin hin und her gefahren, ohne auch nur drei richtige Wolfsgruben ausfindig gemacht zu haben.«

»Wolfsgruben?« fragte Berndt und sah dem Alten verwundert ins Gesicht, während Lewin einen Stuhl an die Rückseite des Tisches schob, um wenigstens von obenher auf die vor Bamme ausgebreitete Karte sehen zu können.

»Ja, Wolfsgruben oder auch Fuchsfallen, wie Sie wollen. Und nun hören Sie mich an. Darin, daß etwas geschehen muß, in *dem* Punkte sind wir einig. Und auch darin, daß es die höchste Zeit ist. Die Marschälle und Korpskommandanten sind fort, alle die großen Namen, aber von den Kleinen stecken noch Hunderte zwischen Weichsel und Oder, und die müssen wir haben. Also ›wegfangen‹ oder, wenn Sie wollen Wegelagerung, Stellmeiserei. Vor Worten darf man nicht erschrecken, am wenigsten *wir;* etwas von unserer Ahnen Blut und Metier wird uns doch wohl verblieben sein. Ob man uns, was wir vorhaben, danken wird, ob wir gut damit fahren werden? Das ist freilich die Frage. Ich zweifle fast. Sie kennen meine Ansicht darüber. Das ›Auf-eigene-Hand-Tun‹ ist hierlandes immer ›suspect‹ gewesen, wie Gräfin Schwester gesagt haben würde. Man mag uns oben nicht. Und sie haben auch ganz recht, die Nürnberger Herren; denn man sieht wohl, wo es anfängt, aber nicht, wo es endet.«

Bamme, der, wenn es die Frage »Hohenzollern contra Quitzow und Genossen« galt, jedesmal zu labyrinthischen Exkursen weggerissen wurde, hatte auch heute wieder den Faden verloren, weshalb Vitzewitz ohne weiteres auf die schwebende Frage zurückgriff. »Also Wolfsgruben.«

Bamme lachte, zündete den kleinen Meerschaum, der ihm während des Sprechens ausgegangen war, wieder an und sagte: »Ja, Wolfsgruben, Vitzewitz, oder, da das große Wort schon gesprochen wurde: Wegelagerungsetappen, Generalsfallen. Es ist nicht nötig, daß es immer Generale sind. Wir nehmen auch Kompaniechefs. Alles, was hineinfällt, ist gut. Nur nicht wählerisch. Da haben Sie die Sache. Aber wollen Sie glauben, Vitzewitz, daß ich auf diesen zehn Meilen auch nur drei solche Generalsfallen hätte herausspintisieren können! Auf Ehre, nicht eine. Und warum nicht? Weil ich ein Havelländischer bin und, zu meiner Schande sei es gesagt, mich in vollen siebzehn Jahren in Barnim und Lebus nicht zurechtgefunden habe. Rathenow, Havelberg, da weiß ich Bescheid, da kenn' ich Weg und Steg. Aber was kenn' ich hier? Hohen-Vietz und Hohen-Ziesar.«

»Und Guse.«

»Ja, Guse. Das wäre nun solche Falle gewesen. Aber weg sind sie.«

»Wer? was?« rief Berndt.

»Alles! Die hundert Mann, der Conte und die Kriegskasse. Und das letzte ist das Schlimmste. Vor zwei Stunden, keine dreihundert Schritt vorm Dorf, passierte ich den ganzen Trupp, ihren Geldkasten mitten in der Kolonne. Gescheite Leute. Sie müssen Wind gekriegt haben. Übrigens ein entzückender schwarzer Kerl, dieser Conte. Und wie das schwatzte und parlierte! Ich hätt' ihn der Tante noch gegönnt; nichts für ungut, Vitzewitz.« Berndt stampfte mit dem Fuße, nicht um der Tante, sondern um des gescheiterten Coups willen.

»Ist es doch, als ob es nicht sein sollte«, rief er. »Immer wieder verfehlt, immer wieder hinausgeschoben. Sagen Sie selbst, Bamme, in demselben Augenblicke, in dem wir den Hirsch beschleichen wollen, raschelt es, und er geht wieder ins Weite.«

»Lassen Sie ihn, Vitzewitz; die Tage wechseln. Eine Karte verliert und die nächste gewinnt. Übrigens wett' ich sechs Flaschen Chateau d'Yquem gegen eine Chateau Krach, daß der Conte, trotz seiner wundervollen Augen, nicht drei Meilen weit kommt. Die Generalsfallen sind zwar noch nicht fertig, aber mitunter machen sie sich von selbst. Und was die Gelder angeht, so hab' ich den Trost, wenn ein Armeekorps herunter ist, so ist es seine Kriegskasse auch. Und dieser arme Oudinot hat so recht eigentlich die Zeche bezahlen müssen. Also begraben wir's.«

»Wir werden es müssen«, sagte Berndt. »Geh, Lewin, und sage Kniehase, daß er die Mannschaften läßt, wo sie sind, vor allem die Manschnower und Gorgaster. Wir dürfen sie nicht durch unnützes Hin- und Herziehen widerhaarig machen, sonst fehlen sie, wenn wir sie brauchen.«

Und als diese Punkte reguliert und im Eifer über Neuzuverfolgendes der Guser Fehlschlag halb schon wieder vergessen war, trat Jeetze ein, um zu melden, daß das Diner angerichtet sei.

9. KAPITEL

Ein Aide de camp

Bamme zu Ehren war in der Halle gedeckt worden. Ein großes Kaminfeuer brannte, draußen fielen Flocken, und die alten Vitzewitze sahen aus ihren Rahmen verwundert auf den kleinen, krähstimmigen Mann hernieder, der einmal über das andere »Herr General« genannt wurde. Zu ihren Zeiten hatten die Generale anders ausgesehen. Vielleicht galt übrigens ihre Verwunderung mehr noch der reichen und ganz besonderen Tafelausstattung, als irgend etwas anderem; denn nicht nur brannten heute die schweren, vierarmigen Silberleuchter, sondern zwischen diesen Leuchtern paradierte auch noch ein unverhältnismäßig großer, die Donau mit all ihren Zuflüssen darstellender Rokokoaufsatz, auf dessen oberster Spitze die Kaiserin Maria Theresia thronte. Das hatten die alten Perükken-Vitzewitze seit vollen dreißig Jahren nicht gesehen, und selbst unser Berndt war bei seinem Eintritt in die Halle einen Augenblick wie betroffen gewesen. Renate aber, als sie diesem Blicke begegnet war, hatte mit dem Zeigefinger erst auf sich selbst gewiesen und dann dem Vater in schelmischer Laune zugeflüstert: »*Ich*, Papa, als Erbtochter von Guse!«

Gleich darauf hatte man Platz genommen. Bamme zwischen Berndt und Renate, Lewin und die Schorlemmer ihnen gegenüber. Einer der gestellten Stühle war leer geblieben, da der ebenfalls geladene Seidentopf noch in der letzten halben Stunde hatte absagen lassen. Der alte Kossäte Maltusch nämlich lag seit letzter Nacht im Sterben und hatte nach dem Abendmahle verlangt. Von seiten Bammes war unmittelbar nach Bekanntwerden dieses Behinderungsgrundes allerhand wirres Zeug über Abendmahl und Mittagsmahl gemurmelt worden, aber so undeutlich und mit so schlechtem Gewissen, daß er selbst von der Schorlemmer, die dergleichen nie durchgehen ließ, nicht hatte zur Verantwortung gezogen werden können.

Der alte Kossäte Maltusch, nicht viel jünger als unser Freund Jeserich Kubalke, wohnte drei Viertelstunden vom Dorf hart an der Hohen-Ziesarschen Grenze und war eigentlich schon auf einer Art Landzunge in die Drosselsteinsche Feldmark hineingebaut. Das führte denn, nachdem auf dem Gebiete Maltusch-Seidentopf-Kubalke mehrere Minuten lang geplänkelt worden war, alsbald ins Gräfliche hinüber und vom Gräflichen auf den Grafen selbst. Alle waren einig in seinem Lobe; Renate sprach mit besonderer Wärme, und selbst die Schorlemmer pries seinen »vor ihm selbst verborgenen« christlichen Sinn. »Hätt' er einen andern Verkehr gehabt«, sagte sie, »und statt in Zeiten des Abfalls in Zeiten der Erweckung gelebt, er wär' ein Mann geworden wie ›unser Graf‹.«

»Danken wir Gott«, erwiderte Bamme, »daß er geblieben ist, wie Natur und Verhältnisse ihn schufen. Ich habe nichts gegen den lausitzischen Grafen, den Sie, meine Verehrteste, als ›Ihren Grafen‹ zu bezeichnen lieben; aber ich erschrecke, wenn ich mir unseren Drosselstein, der, seine Tugenden in Ehren, ohnehin schon nicht zu den Alleroriginellsten gehört, als Zinzendorf den Zweiten vorstelle. Es tut jeder gut, sich auf seine eigenen Beine zu stellen, diese Beine mögen sein, wie sie wollen. Wir haben die unsrigen, Zinzendorf hatte die seinigen. Wenn ich sage die ›unsrigen‹, so muß ich um Entschuldigung bitten, weil ich mir wohlbewußt bin, meine berechtigten Eitelkeiten nicht gerade nach dieser Seite hin suchen zu dürfen. Im übrigen bleibt es dabei: ›Das Traurigste sind die Dubletten.‹ Woran ist Prinz Heinrich gescheitert? Die Gräfin drüben ist tot, und so läßt sich ohne Furcht vor einzubüßender Freundschaft allenfalls eine Antwort auf diese Frage geben. Er ist gescheitert einfach an der Tatsache, daß er doch schließlich nichts anderes als ›beinah sein Bruder‹ war. Da lob' ich mir den alten Ferdinand, den Sie neulich, Vitzewitz, in seinem Johanniterpalais besucht haben. Der war nie etwas, Gott weiß es, aber er war doch wenigstens er selbst. Nein, meine Werteste, lassen wir unseren Hohen-Ziesarschen Grafen, wie er ist. Das wird das Beste sein für ihn und für uns. Er hat eben nur einen Fehler!«

»Und der wäre?« fragte Berndt.

»Er wird das Pregelwasser nicht los, oder, was dasselbe sagen will, er steckt zu tief in seinen ostpreußischen Vorurteilen. Achten Sie darauf, wenn er über politische Dinge spricht, speziell in diesen unseren Tagen, wo sie, nach seiner ehrlichsten Überzeugung, dort oben wieder beflissen sind, die Weltgeschichte zu machen und Freiheit und Ordnung in Balance zu bringen. Ich kenn' ihn. In Ostpreußen ist die Mannhaftigkeit und in Königsberg ist die Weisheit zu Hause. Daran ist nicht zu rütteln, das ist Paragraph eins. Alles, was sich in den anderen Provinzen findet, wird an dieser Elle gemessen. Auch wir Märker passieren nur so obenhin. Er läßt uns gelten, aber bloß als Rohmaterial. Wir werden abgerichtet für den Dienst, für Armee und Verwaltung, aber aus uns selber sind wir nichts und bedeuten wir nichts. Wir sind unfrei, Werkzeuge, Hofsklaven, Hohenzollernsche Leibtrabanten.«

Berndt lächelte.

»Ja, General«, sagte er, während er mit den Fingern der linken Hand leise auf dem Tischtuch trommelte, »bei Lichte besehen, *ist* es nicht so?«

»Nein, Vitzewitz, nein. Natürlich, es gibt Ausnahmen, ein

paar oder meinetwegen auch viele. Aber das reizt mich eben, daß man über die Pehlemanns, die Medewitz' und Rutzes, die nichts haben als Spieluhren, Gicht und Dummheit, daß man über diese die Vitzewitze und die Bammes vergißt. Hofadel! Bah! Der Jagdjunker von Otterstädt, der den abgeleierten Spruch von ›Jochimken, Jochimken, höde di'‹ an seines gnädigen Herrn Kammertüre schrieb, war auch bei Hofe. Leibtrabanten! Unsinn! Frondeurs sind wir, alle oder doch die Besten von uns, und Ab- und Einsetzen, das wäre so unsere Passion, wenigstens die meine. Wann waren die Bammes bei Hofe? Nie. Und die Vitzewitze nicht oft. Wir haben anno 95 nicht gefragt, und jetzt fragen wir wieder nicht. Man geht zusammen, solang es paßt. Manus manum lavat. Wenn mir wohl wird, wird mir immer lateinisch. Legitimität, Loyalität! Bah! Alles ist Akkord und Pakt und gegenseitiger Vorteil.«

»Und *Eid*«, sagte die Schorlemmer.

Bamme zuckte die Achseln.

»Meine Gute«, fuhr er geringschätzig fort (denn er wußte, daß ihn die Schorlemmer nicht leiden konnte), »wenn es mit den Eiden ginge, so würden die Zinzendorfe die Welt regieren. Ich bezweifle, daß wir dabei gewönnen. Denken Sie sich eine tugendhafte Weltgeschichte. Wenigstens ich für mein Teil möchte sie nicht lesen. Es ist mit den Eiden wie mit den Gesetzen, sie sind nur dazu da, um gebrochen zu werden. Wenigstens die politischen; die Liebeseide nehm' ich natürlich aus.«

Und dabei wandte er sich zu der neben ihm sitzenden Renate und küßte ihr die Hand.

»Ich weiß, daß Sie scherzen«, sagte diese.

»Ach, meine Gnädigste«, fuhr Bamme fort, der auf seine Art eine Schwärmerei für Renaten hatte, »ich scherze nicht, ich verfalle nur in meinen alten Fehler, mir die Ohren nicht genau zu berechnen, vor denen ich spreche. Das alles waren Sätze für die Gräfin-Tante, nicht für die schöne Nichte. Ich war in diesem Augenblicke in Guse, nicht in Hohen-Vietz. Pardon!«

Schon während diese letzten Worte gesprochen wurden, war von der Dorfgasse her ein rasch sich steigerndes Schellengeläute hörbar geworden, und gleich darauf hielt ein Schlitten vor den Flachstufen des Hauses.

»Nach der Regel müßte das Drosselstein sein«, sagte Bamme und erhob sich halb von seinem Stuhl, um schärfer nach dem Vorplatz hinaussehen zu können. Es war aber nicht Drosselstein, vielmehr traten, zu nicht geringem Staunen Lewins, Hirschfeldt, Grell und Tubal ein und wickelten sich, während letzterer erst zu Vorstellung seiner beiden Reisegefährten, dann zu Entschuldigungen über ihr allseitig unangemeldetes Erscheinen schritt, aus ihren Schals und Mänteln heraus.

Berndt, gastlich und zerstreuungsbedürftig, gab seiner Freude über den unerwarteten Besuch – eine Freude, die, wie sich leicht denken läßt, von dem »immer frisches Blut« verlangenden Bamme geteilt wurde – den lebhaftesten Ausdruck; nichtsdestoweniger blieb eine kleine Verlegenheit, die sich bei Lewin und Renaten und mehr noch bei Tubal hinter einem beständigen Hin- und Herfragen, ohne daß die Antwort abgewartet worden wäre, zu verstecken suchte. Ja selbst die Schorlemmer ließ ihre sonstige Ruhe vermissen.

Inzwischen waren Stühle gerückt worden, und da bei dem ersten Besetzen der Tafel außer dem Seidentopfschen Platz auch noch die Schmalseiten oben und unten freigeblieben waren, so wurde das Tischarrangement keinen Augenblick ernstlich gestört. Es war die Rede davon, einige der Gänge rasch noch einmal wieder erscheinen zu lassen, alle Neuangekommenen aber lehnten auf das bestimmteste ab und erklärten nicht nur, unterwegs eine sehr substantielle Mahlzeit eingenommen, sondern auch, wie der Augenschein zeige, für ihre Ankunft in Hohen-Vietz den denkbar glücklichsten Moment, den des Desserts, getroffen zu haben. Dem stimmte Bamme, der gerade Schwarzbrot und Biskuitschnitten mit frischer Butter zusammenmörtelte, emphatisch bei und verschwor sich einmal über das andere, daß die Feinschmecker aller Zeiten, von Lukull bis auf Friedrich den Großen, das eigentliche Dîner immer nur als den Sockel der drei großen Dessertgottheiten Bacchus, Momus und Pomona angesehen hätten.

So phantasierte der Alte weiter, dessen guter Laune es denn auch vorzugsweise zuzuschreiben war, daß das befangene Hin-

und Herfragen der ersten Minuten einer ungezwungeneren Unterhaltung Platz zu machen begann. Jeder beteiligte sich schließlich daran, insbesondere Tubal, aus dessen Mitteilungen unter anderem auch ihr eigentliches Reiseziel erkennbar wurde. Sie befänden sich, so versicherte er, auf dem Wege nach Breslau, wo sie dem durch Jürgaß und Bummcke gegebenen Beispiele zu folgen und in die daselbst sich bildende Freiwilligenarmee einzutreten gedächten. Der Aufruf, von dem alle Welt spräche, sei zwar noch nicht da, niemand bezweifele aber, daß er kommen werde (»Jede Stunde«, warf Berndt dazwischen), und ein gestern von Jürgaß eingetroffener Brief gäbe bereits ein Bild des neuerwachten Lebens. So sei neben anderem auch ein schlesischer Landsturm in Bildung begriffen. Alle Männer von achtzehn bis sechzig Jahren, soweit sie noch nicht Waffen trügen, sollten herangezogen werden. Zweck dieses Landsturms sei, den Feind, wo er sich in schwachen Detachements zeige, zu überfallen, Generale wegzufangen (Bamme schlug mit der flachen Hand auf den Tisch) und mit Fourageurs und Marodeurs kurzen Prozeß zu machen. Scharnhorst leite das Ganze; Blücher sei angekommen. Was aber am schwersten wiege, der König selbst, der bis dahin an einem kräftig-patriotischen Aufschwung gezweifelt habe, sei jetzt selber von Zuversicht getragen. Und in diesem neuen Glauben werd' er sich befestigen, denn der Geist sei überall derselbe. Von allen Seiten strömten Gaben herbei: Geld, Waffen, Equipierung; jeder gäbe, was er habe, und wer nichts habe, der gäbe sich eben selbst. Alles dies sei dem Jürgaßschen Schreiben entnommen. Er seinerseits aber glaube noch hinzufügen zu sollen, daß in den nächsten Tagen schon neuntausend Freiwillige von Berlin nach Breslau abgehen würden.

Diese Mitteilungen, mit Jubel aufgenommen, schlugen den letzten Rest von Verlegenheit, wenn ein solcher überhaupt noch da war, in die Flucht, namentlich bei Berndt, der ohnehin von Anfang an den Vorfall im Ladalinskischen Hause nicht gerade von der allertragischsten Seite genommen hatte. Was war es denn schließlich? Mehr dem Eigensinn als der Ehre des alten Geheimrats war eine Niederlage bereitet worden. Bninski war Graf und reich, und Lewin – war jung. Der Ungar, dem nicht nur Bamme, sondern die ganze Tafelrunde mehr und mehr zuzusprechen begann, begann auch in gleichem Maße die gute Stimmung zu steigern, und Berndt, erfüllt von Plänen, deren Ausführung aus der Anwesenheit und dem Verbleib seiner Gäste nur Vorteil ziehen konnte, richtete schließlich die Frage an Tubal: »Bis wie lange?«

»Bis morgen.«

Das war nun freilich nicht das, was er zu hören gewünscht hatte.

»Ihr müßt bleiben«, rief er, »und uns zur Hand gehen. Mit dem Guser Coup sind wir sitzen geblieben; dieser Conte war klüger, als ich ihn nahm, und hat seinen Kopf rechtzeitig aus der Schlinge gezogen. Aber die nächsten Tage müssen etwas bringen, und wenn wir recta gegen ›Bastion Brandenburg‹ oder den ›Hohen Kavalier‹ anstürmen sollten. Bamme und ich waren die ersten hier herum und exerzierten schon, als sich jenseits der Oder noch keine Hand rührte, und nun haben sie drüben den kleinen Krieg comme il faut, während wir immer noch dasitzen wie die Spittelweiber in der Nachmittagspredigt.«

Ein strafender Blick der Schorlemmer traf ihn, und Berndt, nachsichtig bis zur Schwäche gegen die rigorösen Launen der alten Herrnhuterin, korrigierte sich sofort und sagte, seinen letzten Satz in anderer Form wiederholend: »Während wir immer noch stillsitzen und unsere Hände in den Schoß legen. Aber das muß anders werden. Überall ist man uns voraus, in Soldin, in Driesen, in Landsberg. Und nicht genug daran, keine Stunde Wegs von hier schlagen diese Kirch-Göritzer ihre Krampenschlacht, und ehe wir's uns versehen, hat Faulstich den Pour le mérite. Sind wir dazu da, um vor Handschuhmacher Pfeiffer die Segel zu streichen? Wir, die wir zuerst gekräht haben, zuerst und am lautesten. Sollen wir uns sagen lassen, daß wir bloß gespielt und mit Exerzitium und Trommelschlagen dem lieben Herrgott die Zeit gestohlen hätten. Nein, ich hasse nichts mehr als diese Soldatenspielerei. Und warum? Weil ich Soldat war und das Ding ernsthaft ansehe. Ein Bürger, ein Bauer ist nicht gebunden, die Waffe zu nehmen, aber *wenn* er sie nimmt, muß er sie brauchen, sonst ist er ein Narr oder ein Prahler.«

»Es ist doch ein eigen Ding um den Ungar«, schmunzelte Bamme und drehte seinen Schnurrbart. »So läßt er uns beispielsweise die Rollen tauschen. Sie, Vitzewitz, sprechen wie Bamme, so muß ich denn wie Vitzewitz sprechen. Das heißt ruhig und besonnen. Nein, Freunde, Sie gehen zu weit, vor allem zu weit gegen sich selbst. Zum Streiten gehören zwei, sagt das Sprichwort. Und zum Bataillieren auch. Erst müssen wir sie haben, *haben.*«

»Nicht doch«, unterbrach ihn Berndt, »verstecken wir uns nicht hinter *diesem* Satz. Der Feind ist überall. Es braucht nur guten Willen, und wir begegnen ihm. ›Suchet, so werdet ihr finden.‹ Ein Sprichwort ist des anderen wert, und meines ist sogar ein Spruch. Solche Trupps, wie die hundert Mann in Guse, sind jetzt auf jeder Straße. Wir erklären sie gefangen, mehr ist nicht nötig. Es sind Expeditionen (du warst ja dabei, Tubal), als ob wir Muschwitz und Rosentreter aufsuchten, meine ›französischen Marodeurs‹ von damals. Von Gefahr keine Rede, viel weniger, als um unserer Reputation willen zu wünschen wäre. Aber das Blatt kann sich wenden, neue Regimenter des Vizekönigs mischen sich schon mit den alten, und unter allen Umständen, so oder so, du bleibst, du und deine Freunde!«

Tubal wechselte zustimmende Blicke mit Hirschfeldt.

»So bleiben wir denn«, riefen beide, und Hirschfeldt, indem er sich gegen Berndt verneigte, setzte hinzu: »Der Aufruf ist noch nicht da, und die Bildung der Freiwilligenkorps hat kaum erst begonnen. So versäumen wir nicht viel. Ist doch Hohen-Vietz ohnehin eine Etappe nach Schlesien; in drei Tagen sind wir in Breslau, spätestens in vier. Ich für mein Teil stelle mich zu Diensten, und unser Freund Grell, bei allem Kriegseifer, der ihn beseelt, wird ein Gespräch über Hölderlin, zu dem sich ihm hier die beste Gelegenheit darbietet, auch nicht zu den verlorenen Stunden zählen. Ich bitte den Herrn General, über mich verfügen zu wollen.«

»Topp, Hirschfeldt«, sagte dieser. »Das nenn' ich eingefangen! Sie sind mir willkommener, als Sie wissen können. Es ist nichts Kleines für einen alten Zietenschen, der bloß reiten und die Augen aufmachen kann, einen Aide-de-camp um sich zu haben, der sich auf Karten und Listen und aufs Schreiberhandwerk versteht. Denn ganz ohne Federfuchserei geht es nicht mehr in der Welt. Auf gute Kameradschaft also!«

Und dabei klangen die Gläser zusammen.

Eine Viertelstunde später erhoben sich alle von der Tafel, und die beiden Damen, während der Rest der Gesellschaft das Eckzimmer aufsuchte, stiegen in das obere Stockwerk hinauf, um hier für die Plazierung ihrer Gäste Sorge zu tragen. Sie kamen überein, den hölderlin-schwärmenden Grell bei Lewin, Tubal und Hirschfeldt aber in dem nebenangelegenen Zimmer unterzubringen. Alles dies war rasch geordnet, nur Bammes Unterbringung machte Schwierigkeiten. »Wo schaffen wir ihn hin?« sagte die Schorlemmer. »Ich mag ihn nicht auf unserem Korridor haben. Er ist anstößig und ein Greuel.«

»Ich fürchte mich auch vor ihm«, entgegnete Renate. »Das heißt ein wenig.«

»Und das ist gut, daß du dich fürchtest. Ich tue es auch, wenn Abneigung Furcht ist. Er darf nicht nach oben, zehn Schritt von deinem und meinem Zimmer. Vielleicht klingelt er, oder gewiß klingelt er, und Maline muß ihm ein Glas Wasser bringen.«

»Nun?«

»Nun?« wiederholte die Schorlemmer. »Wie du nur fragst, Renate! Ich habe dich doch zu fromm erzogen. Ein Mensch wie Bamme trinkt nie Wasser und klingelt immer und rechnet dabei auf dies und das.«

»Aber, liebe Schorlemmer...«

»Ich habe mit den Angekoks gelebt«, fuhr diese fort, »und die Grönländer, die auch klein sind, geradeso klein wie dieser Bamme, die waren auch alle in der Fleischeslust. Meine liebe Renate, gewiß, man soll den Teufel nicht an die Wand malen; aber ebenso gewiß ist es, man soll den Brunnen nicht erst zudecken, wenn das Kind hineingefallen ist. Und die Maline ist ein Kind, ja, das ist sie mit all ihrer Klugheit. Denn was die Klugheit hilft, das verdirbt die Eitelkeit. Und mit den Eitlen hat er immer das leichteste Spiel. Du weißt schon wer. Mir ist, als hätten wir den Bösen im Hause.«

»Du nimmst es schlimmer, als es ist«, sagte Renate. »Er hat

keinen guten Ruf. Aber die Menschen übertreiben, und alles in allem, er ist ein alter Mann; er muß siebzig sein oder darüber. Ich entsinne mich, daß die Tante von ihm sagte: ›Wenn wir die Sünde nicht fliehen, so flieht die Sünde doch schließlich uns.‹ Sie sagte es französisch, aber das hörst du nicht gern.«

So ging oben auf dem Korridor das Gespräch, und während es geführt wurde, plätscherte der Gegenstand all dieser moralischen Ängste nicht nur persönlich in einem Meer von Behagen, sondern wußte sein eigenes Wohlgefühl auch seiner Umgebung mitzuteilen. Er war affabel und pikant wie gewöhnlich, durch Hirschfeldts Bleiben aufrichtig erfreut, und verzichtete darauf, wichtigtuerisch den General zu spielen. Wußt' er doch, daß er sich gehen lassen konnte, ohne an Autorität etwas Erhebliches einzubüßen. Und wenn doch, so war er der Mann, sich das Verlorengegangene jeden Augenblick zurückzuerobern. Mit Hansen-Grell, der ihm unter seinem etwas fremdklingenden Doppelnamen vorgestellt worden war, wußt' er anfänglich, teils um dieses Namens, teils um seiner sonderbar vorstehenden Augen willen, nichts Rechtes anzufangen, söhnte sich aber bald mit ihm aus und versprach ihm beim Tarock – das unser Gantzerscher Kantorssohn als Spielpartner im Graf Moltkeschen Hause bis zur Perfektion gelernt hatte – einmal über das andere die Groß-Quirlsdorfer Pfarre, »wenn er erst seinen ›jetzigen‹ zu Tode geärgert oder nach Berlin hin weggelobt haben würde«. Denn dahin passe er, und dahin müss' er. Patronat und Pfarre könnten eben nur bei Gleichartigkeit der Interessen mit- und nebeneinander bestehen, und das beste Bindemittel sei und bleibe Tarock oder doch überhaupt die Karte.

Rasch verging der Abend. Bald nach neun Uhr wurde das Spiel abgebrochen, und alles zog sich zurück, die jüngeren Männer in die Fremdenstuben treppauf, der General in sein Parterrezimmer, in das auch bei heftigem Klingeln *nicht* einzutreten allen weiblichen Dienstboten des Hauses aufs schärfste anbefohlen worden war.

Eine halbe Stunde später war alles still; nur in einer der oberen Korridorstuben war noch Licht, und Renate und Marie plauderten von den Erlebnissen des Tages: von Bamme und den ridikülen Befürchtungen der Schorlemmer, von Grell und seiner imponierenden Häßlichkeit, von Hirschfeldt und seinem zerhauenen Gesicht.

»Narben ist doch das Schönste«, versicherte Marie.

Und dann glitt das Gespräch zu Tubal hinüber, dessen Name sehr bezeichnenderweise bis dahin noch nicht genannt worden war.

»Erzähle«, sagte Marie, »wie war er?«

»Er war befangen und vermied es, meinem Auge zu begegnen. Dabei sprach er viel und hastig, aber ich bemerkte wohl, daß ihm nur daran lag, sich und uns über das Peinliche dieses Wiedersehens hinwegzuhelfen. Eine Zartheit, die mich rührte. Aber das ist so Ladalinskische Art. Sie haben alle jene Vornehmheit, die lieber sich als andere verklagt. Und das mindeste zu sagen, es ist, als teilten sie die Verantwortung für das, was geschehen. Deshalb war auch Tubal nicht mit in Guse. Der alte Geheimrat bekannt' es mir schon, als wir uns in Bohlsdorf trafen.«

Marie schüttelte den Kopf.

»Ich seh' es anders«, sagte sie. »Was du Zartheit nennst, ist ihr Gewissen, und die Mitschuld, deren sie sich leise zeihen, ist keine eingebildete. Sie sind sich alle gleich und kennen nichts als den Augenblick. Er liebt dich und ist doch seiner eigenen Liebe nicht sicher. Voller Mißtrauen gegen sich selbst, begegnet er dir mit Scheu. Vielleicht, daß er es dir offen bekennen wird, um wenigstens vor sich selbst einen Halt und etwas, das einer Rechtfertigung ähnlich sieht, gewonnen zu haben.«

»Ihr hattet immer eure Fehde«, sagte Renate. »Wüßt' ich es nicht besser, ich könnte glauben, du liebtest ihn.«

Und damit schieden die Freundinnen, und Maline kam, um Marie nach Hause zu begleiten.

Die letzten Worte dieser Unterhaltung waren unter Lachen gesprochen worden, aber Renate, als sie wieder allein war, lachte nicht mehr. Waren das nicht dieselben Befürchtungen, die sie selbst erst diesen Morgen aufrichtig und doch in der Hoffnung auf Widerlegung gegen Lewin geäußert hatte? Und nun hörte sie nichts als die Bestätigung alles dessen, was ihr ahnungsvoll das eigene Herz bedrückte. Hatte Marie recht? Und, schlimmer als das, hatte *sie selber* recht?

Sie hätte wohl noch weitergefragt und gegrübelt, wenn nicht die Schorlemmer eingetreten wäre. Diese kam, um ihrem Lieblinge »Gute Nacht« zu sagen. »Die Erbtochter ist da«, so schloß sie, »nun werden auch bald die Hochzeitszüge kommen.«

»Ach, liebe Schorlemmer«, entgegnete Renate, »es ist mit euch Herrnhutern ein eigen Ding. Ihr seid fromm, aber prophetisch seid ihr nicht.«

»Das darfst du nicht sagen, Renate. Wer den rechten Glauben hat, der sieht auch das Rechte.«

»Das Rechte, aber nicht immer das Richtige. Die Wirklichkeit der Dinge läßt euch im Stich.«

Die Schorlemmer lachte gutmütig vor sich hin.

»Das sind so Sätze aus dem neuen Lewinschen Katechismus«, sagte sie. »Aber nichts mehr davon, mein Renatchen, für heute schlafe. Das wird wohl das Rechte und auch das Richtige sein.«

10. KAPITEL

Am Wermelin

Lewin und Grell waren am frühesten auf, beschlossen aber, das Erscheinen der übrigen abzuwarten. Dies währte nicht lange. Schon nach Ablauf weniger Minuten hatte sich alles in der Halle versammelt, in der heute der Gäste halber auch das Frühstück genommen werden sollte. Nur die Damen fehlten noch; Renate ließ sich vorläufig entschuldigen, während die Schorlemmer, voll instinktiver Abneigung gegen den alten General, einfach fortgeblieben war, sich damit getröstend, daß ihre Abwesenheit doch von niemandem, vielleicht mit Ausnahme Berndts, bemerkt werden würde. Und dieser kannte den Grund. Jeetze trippelte geschäftig hin und her, jede neue

Bammesche Zweideutigkeit mit leisem Gekicher begleitend und still in sich hinein bekennend, daß er, als er letzte Woche die schwarzen Gamaschen anlegte, an so heitere Hohen-Vietzer Tage gar nicht mehr geglaubt habe.

»War Hoppenmarieken schon hier?« fragte Berndt.

Jeetze verneinte, der alte General aber, der, trotzdem er im geheimen beständig mit ihr verglichen wurde, bis dahin nie von der Zwergin gehört hatte, fragte neugierig: »Hoppenmarieken? Wer ist das?«

»Sie mag Ihnen selber antworten«, sagte Berndt. »Eben seh' ich sie über den Hof kommen.«

Und so war es. Ehe noch weitere Fragen gestellt werden konnten – denn auch Grell und Hirschfeldt waren aufmerksam geworden –, erschien der Gegenstand allgemeiner Neugier innerhalb der Glastür und war nicht wenig überrascht, an eben der Stelle, wo sonst nur die toten Vitzewitze von der Wand herniedersprachen, einer heiteren Gesellschaft Lebendiger zu begegnen.

»Hier, General, haben Sie Hoppenmarieken«, sagte Berndt.

Und Lewin setzte hinzu: »Meine Freundin, nicht wahr, Marieken?«

»Hohoho«, lachte die Zwergin und stellte die Kiepe vor sich hin, in der sie nun zu kramen begann, trotzdem alles, was sie brauchte, obenauf lag.

»Briefe?« fragte Berndt.

»Nei, jnäd'ge Herr, man bloß de Berlinsche. Awers hüt steit et inn.«

Und damit reichte sie Berndt die Zeitung herüber.

»Ah, der *Aufruf*!«

»Joa, dat süll et ja woll sinn. So seggte de Postminsch ook. Un een von de Küstrinsche Börgers röpp mi na'h: ›Nu geiht et los, Hoppenmarieken ...‹ Na, man too, mi sall et recht sinn. Un vorbi is et nu mit de lütten Franzosen, dat 's man kloar; se röwern joa all, un de oll' General . . .«

»Füllgraf?«

»Ne, de anner, de öwerste.«

»Ah, General Fournier. Nun, was ist es mit dem?«

»He wihr gistern bi Markgraf Hans' unnen. He sülwst, un

fiev or söß von sine Genrals un Uffziers. All unnen in de Gruft.«

»Und da haben sie nach den vierundzwanzig Wispeln Dütchens gesucht, die der Markgraf mit ins Grab genommen haben soll?«

Hoppenmarieken nickte.

»Und wer hat es dir erzählt?«

»Oll Bäcker Mewes.«

»Und was noch?«

»Nich veel, un ihrst verstünn ick em nich. Awers dunn lachte joa Mewes und knipste mi und seggte: ›Bis' doch sünsten nicht so dumm, Hoppenmarieken. Un nu paß upp. De Ruß' is doa mitsamt sine Kosaken, un de hebben all ehre groten Ballerbüssen bi Quartschen und Tamsel. Un dat weten jo nu de lütten Franzosen ook un wullen sich nich ihrst rutrükern loaten. Se trecken aff. Un wenn een afftrecken deiht, denn nümmt he mit, wa he kreegen kann. Un dissentwegen wihren se gistern bi Markgraf Hansen unnen in sine Gruft. Awers se hebben nix fun'n.‹«

»Das glaub' ich wohl«, sagte Bamme und setzte dann, an Vitzewitz sich wendend, hinzu: »Markgraf Hans war ein Hohenzoller, und die verstehen's; die vergraben kein Pfund, am wenigsten vierundzwanzig Wispel Dütchen; die Hohenzollern wollen Zinsen haben. Das hätt' ich dem Küstrinschen General sagen können. Aber freilich, er würd' es mir nicht geglaubt haben.«

Hoppenmarieken, die kein Wort von dem allen verstanden hatte, lachte nichtsdestoweniger, nickte dem alten General vertraulich zu und verließ dann, salutierend und ihr übliches Kauderwelsch vor sich hinsprechend, die Halle.

»Ein Prachtexemplar«, sagte Bamme. »Hätt' ich einen kleinen fürstlichen Hof, *die* ließ ich auf Hokuspokus abrichten, auf Tränkchen und Wahrsagerei.«

»Da wäre Geld und Mühe weggeworfen«, antwortete Berndt. »Sie versteht es ohnehin schon.«

»Desto besser; aber nun den ›*Aufruf*‹. Lassen Sie hören, Vitzewitz.« Und dieser begann zu lesen.

Während der ersten zehn Zeilen blieb aller Aufmerksamkeit gefesselt, bald aber ließ diese nach und *mußte* nachlassen, da man allerhand Halbheiten entdeckte und guten Grund hatte, sich im ganzen arg enttäuscht zu fühlen. Dieses Gefühl war so stark, daß das Erscheinen Schulze Kniehases, der noch vor Schluß der Vorlesung eintrat, kaum als eine Störung empfunden wurde.

»Setzen Sie sich, Kniehase«, sagte Berndt. »Was bringen Sie?«

»Gute Zeitung, gnädiger Herr; wir haben ihn.«

»Wen, den Vizekönig?«

»Nein, nicht so hoch hinaus, aber doch den italienischen Grafen. Eben war der Trebnitzer Verwalter bei mir; in seiner Kirche liegen die ganzen hundert Mann gefangen. Den Grafen haben sie nach Selow gebracht, weil er einen Hieb über den Kopf hat.«

»Erzählen Sie.«

»Nun also: es muß so gestern um die Mittagsstunde gewesen sein, als sie durch Alt-Rosenthal kamen. Gleich dahinter fängt die Trebnitzer Heide an, rechts hohe Stämme, aber nach links hin eine Kusselschonung, und der Kusselschonung, so meinte der Verwalter, der trauten sie nicht recht. Aber was half es, sie mußten durch, weil sie vor Dunkelwerden noch nach Jahnsfelde wollten. Und so marschierten sie denn dicht aufgeschlossen und die Kriegskasse immer in ihrer Mitte bis an den kleinen See, der schon zwischen den Kusseln liegt und eigentlich bloß ein Tümpel ist, und den die Rosenthalschen und die Trebnitzer den ›Wermelin‹ nennen. Und da war es ja nun vorbei mit ihnen, denn dahinter steckten sie ja gerade, und nun vorwärts, immer mit Hurra, was die Franzosen von Moskau her gar nicht mehr hören können. Und da warfen sie die Gewehre weg und gaben sich gefangen.«

»Alle?«

»Bis auf den Grafen. Der riß eins der Gewehre wieder auf und schoß einen aus dem Sattel. Aber Tettenborn kam ihm von der Seite und hieb ihn über den Kopf, daß er niederstürzte.«

»Tettenborn?« fragten alle.

»Ja, Oberst Tettenborn mit zwanzig Kosaken. Er war denselben Morgen bei Zellin über die Oder gegangen. Jetzt ist er in Selow, wohin er den Grafen abgeliefert hat. Und hat ihm auch seinen Degen wiedergegeben, weil er sich als ein tapferer Offizier und Mann von Ehre gezeigt habe.«

Bamme faßte sich zuerst. Er hatte, wie Berndt und alle anderen, bei Beginn der Erzählung von einer Barnim-Lebuser Waffentat zu hören geglaubt und war, als der Name Tettenborn fiel, einen Augenblick ernstlich verstimmt gewesen, die ganze geträumte Landsturmherrlichkeit auf ein neues Kosakenstückchen hinauslaufen zu sehen. Aber der alte General war nicht der Mann, irgendeinem Ärger länger als zwei Minuten nachzuhängen, hatte vielmehr umgekehrt ein ausgesprochenes Talent, auch das Ärgerlichste sofort wieder von der guten Seite zu nehmen.

»Ziehen wir die Summe, Vitzewitz, so haben wir uns aus drei Gründen zu gratulieren: erstens hab' ich recht behalten (was in meinen Augen immer eine Hauptsache bleibt), zweitens haben wir den Conte samt seinen hundert Mann und drittens haben wir die Kosaken oder doch ihre Vorhut *diesseits* der Oder. Ärgerlich genug, denken Sie. Aber wie die Dinge liegen, bleibt uns nichts übrig, als mit jedem Winde zu segeln, auch mit diesem Windbeutel von Tettenborn. Also keine Kopfhängerei, Vitzewitz. Etwas wird auch für uns noch übrig bleiben, und wenn es bloß der Vizekönig wäre, nach dem Sie sich bei Schulze Kniehase so teilnehmend erkundigt haben.«

Das half, Berndt gewann seine gute Laune wieder, und eine Fahrt nach Hohen-Ziesar, welches letztere Bamme, trotz seiner vieljährigen Beziehungen zu Drosselstein, noch immer nicht kennengelernt hatte, wurde verabredet. Der alte Vitzewitz entschied sich für eine vorgängige schriftliche Anmeldung und ging in sein Arbeitskabinett hinüber, die nötigen Zeilen zu schreiben.

Auch alle anderen erhoben sich: Grell und Hirschfeldt, um unter Lewins Führung das Dorf und die Kirche kennenzulernen, der alte General, um bei Seidentopf einen Besuch zu machen. »Ich muß mir seine Scherben mal wieder auf alte Bekannte hin ansehen und vielleicht auch seine Münzen.

Trajan, Hadrian, Antoninus Pius. Weiter komm' ich nie. Sonderbar, daß ich immer gerade bei *dem* stecken bleibe.«

Nur Tubal hatte sich ausgeschlossen und ging in das Eckzimmer hinüber, wo er hoffen durfte, die Damen zu treffen. Oder doch wenigstens seine Kusine. Und er hatte sich nicht getäuscht. Renate, mit einer Perlenstickerei beschäftigt, saß in der Nähe des Fensters und zählte auf einem vor ihr liegenden Muster die Stiche.

»Störe ich?«

»Nein, aber ich glaubte, die Herren seien ins Dorf gegangen und in die Kirche. Oder hast du, wie der alte General, eine Abneigung gegen Kirchen?«

»Ich zog es vor, zu bleiben. Darf ich einen Stuhl nehmen, Renate?«

Sie nickte zustimmend.

»Unsere Stunden hier sind gezählt«, fuhr er fort. »Hirschfeldt wird ungeduldig, ihm brennt der Boden unter den Füßen, und was ich dir zu sagen habe, duldet keinen Aufschub.«

Renate gedachte des Gesprächs, das sie mit dem alten Ladalinski in der Bohlsdorfer Kirche geführt hatte. Es lag ihr daran, es zu keiner Erklärung kommen zu lassen, wenigstens in diesem Augenblicke nicht; so ging sie, um Fragen zu verhüten, vor denen sie bangte, selbst zu Fragen über.

»Hast du Briefe?« sagte sie. »Ich meine Briefe von Kathinka.«

»Nicht Briefe, aber flüchtige Zeilen. Ich empfing sie vorgestern, den Tag vor unserer Abreise.«

»Und von wo?«

»Von Myslowitz, einem Städtchen an der Grenze. Die Güter des Grafen sind in der Nähe.«

»Darf ich wissen, was sie schreibt?«

»Ich habe keine Geheimnisse, Renate. Und hätt' ich sie, so würd' es mich glücklich machen, sie mit dir teilen zu können.«

»Ich dürste nie nach Geheimnissen, aber ich bin voller Verlangen, von Kathinka zu hören. Bitte, lies.«

Und Tubal las:

»Myslowitz, 4. Februar.

Mein lieber Tubal!

Wir gehen morgen über Miechowitz und Nowa-Gora auf Bninskis Güter. Ein katholischer Geistlicher wird uns begleiten. Ich gedenke (Bninski wünscht es) in unsere alte Kirche zurückzutreten. Es ist nichts in mir, was mich daran hindern könnte; alles in allem gefällt mir das Römische besser als das Wittenbergische. Schreibe mir bald. Ich bin begierig, von Euch zu hören, von *allen*. Ich denke stündlich an Papa und jetzt oft auch an unsere Mutter. Du begreifst. Bninski will nach Paris; er ist, wie ich ihn mir gedacht, und ich bin glücklich, *ganz* glücklich. Freilich ein Rest bleibt. Ist es *unser* Los oder Menschenlos überhaupt?

Deine *Kathinka*.«

Eine Pause trat ein.

Dann sagte Renate: »Und diese Zeilen sollen dich nun begleiten. Es ist schön, ein liebes Wort mit hinauszunehmen. Aber nicht ein solches. Es klingt so trüb und traurig.«

»Ach, Renate, daß ich ein tröstlicheres Wort mit mir nehmen könnte. Sprich es. Du weißt, was mich zu hören verlangt.«

Sie schwieg.

Tubal aber fuhr fort: »Ich weiß, warum du schweigst. Es fehlt uns etwas in den Herzen der Menschen, das ist unser Verhängnis. Meinen Vater hat es getroffen und ihm am Leben gezehrt, und nun trifft es mich. Es ist, als ob wir etwas verscherzt hätten. Einen Augenblick schien es, daß es anders werden sollte; da fällt nun *dies* in unser Leben hinein. Und wieder ist es hin. Altes und Neues zeugt gegen uns, und das ›Ja‹, das ich zu hören verlange, will nicht über deine Lippen.«

Da war nun das »Selbstbekenntnis«, das Marie am Abend vorher erst prophezeit hatte, und der leise Spott ihrer Worte klang schmerzlich in Renaten nach. Aber einen Augenblick nur, dann war es überwunden, und alles, was sich jemals zu Tubals Gunsten in ihrer Seele geregt, es war wieder da, doppelt da unter dem Einfluß eines tiefen Mitgefühls, das seine Worte geweckt hatten, und mit jener Offenheit und Heiterkeit, die den Zauber ihres Wesens ausmachte, sagte sie: »Höre mich, Tubal, ich will dir nichts verschweigen. Lewin und ich, wir haben es oft miteinander durchgesprochen, auch gestern erst. Euer Los ist nicht das schlimmste. Eines ward euch versagt, ein anderes ward euch gegeben. Und dies andere...«

Sie schwieg.

Er aber ergriff ihre Hand und rief, indem er sie mit Küssen bedeckte: »O diese deine Hand, daß ich sie halten dürfte mein Lebelang, immer, immer.«

»Ich werde sie keinem andern reichen. Aber verlange von dieser Stunde nicht mehr, und am wenigsten binde dich. *Ich*, ich bin gebunden.«

»O sage, daß du mich liebst, Renate. Sprich es, es hängt so viel an diesem Wort.«

»Nein, nicht jetzt. Es sind nicht Zeiten für Bund und Verlöbnis oder doch nicht für uns. Aber andere Zeiten kommen. Und hast du dann das eigene Herz geprüft und das meine vertrauen gelehrt, dann, ja dann!«

11. KAPITEL

Hohen-Ziesar

Der Ausflug zu Drosselstein war auf zwei Uhr festgesetzt worden. Schon vorher hatten sich Berndt und Bamme verabredet, den Weg ihrerseits zu Pferde zurücklegen zu wollen. Der alte General auf seinem Shetländer. Ihnen gesellte sich Tubal, der, nach dem Vormittagsgespräche, von einer ihm selber unerklärlichen Scheu befallen war, die Fahrt an Renatens Seite zu machen. Er schien unsicher, welchen Ton er anzuschlagen habe. Oder war es ein anderes noch?

Die Reiter nahmen einen Vorsprung. Sie konnten indes den Stein vor Miekleys Mühle kaum passiert haben, als auch schon das Schlittengespann vorfuhr, das die Geschwister samt Grell und Hirschfeldt nach Hohen-Ziesar hinüberbringen sollte. Jeetze stand mit Decken und Kissen bereit, Lewin nahm die Leinen, und einen Augenblick später zogen die Braunen an und trabten die stille Dorfgasse hinauf. Das Klingen der

Glöckchen mischte sich mit der Heiterkeit unserer Reisenden, von denen Lewin auf der Pritsche ritt, während der auf einem bloßen Brettstück untergebrachte Grell die beständige Versicherung von der Bequemlichkeit seines Rücksitzes durch ein ebenso beständiges Hin- und Herrutschen widerlegte. Am plauderhaftesten war Renate. Sie fühlte sich glücklicher denn seit lange. Dasselbe Zwiegespräch, das in Tubal verlegen nachwirkte, war ihr über Erwarten hinaus eine Quelle des Trostes geworden. Was sie dem alten Geheimrat in der Bohlsdorfer Kirche gesagt hatte: »Du pochst nicht an die rechte Tür«, das war damals wie zu jeder Zeit der Ausdruck ihres Herzens gewesen. Solange sie Tubal liebte, hatte sie auch der Zweifel begleitet, ob ihre Liebe von ihm erwidert werde, und dieser Zweifel, quälender als alles andere, war nun von ihr genommen. Er liebte sie. Was bedeutete daneben die Frage nach der Dauer oder nach der Treue seines Gefühls? Was war, verglichen damit, die bloße Zukunftsfrage: »Werd' ich glücklich oder unglücklich sein?« Jetzt *war* sie glücklich, und ein verbleibender Rest von Furcht, der sie leise durchschauerte, steigerte nur das Hochgefühl des Augenblicks. Ihr war, als schreite sie durch einen Wald, aus dessen Tiefen es dunkel und bang-geheimnisvoll erklinge; aber was ihr die Nähe bot, das war Licht und Sonnenschein und Jubilieren der Vögel. Lewin hatte recht, der von helleren Tagen, und die Schorlemmer hatte recht, die von lauter Hochzeitszügen gesprochen hatte. Marie war eine Schwarzseherin, und sie selber war es mit ihr. Aber das lag nun zurück; sie war es *gewesen.*

Diese glückliche Stimmung zeigte sich auch in der Unbefangenheit des Gesprächs, das sich bald um den Grafen zu drehen begann.

»Ist er mit den ostpreußischen Drosselsteins verwandt?« fragte Hirschfeldt.

»Gewiß; er gehört ihnen zu«, antwortete Renate, »und es ist ein glücklicher Zufall, daß wir ihn trotzdem in unserer Provinz haben. Er erbte Hohen-Ziesar in den ersten Jahren seiner Ehe und bezog es, um in der Nähe des Hofes zu leben. Es war aus Rücksicht gegen seine junge Frau.«

»So ist er verheiratet?« fragte Hirschfeldt weiter.

»Er war es. Die Gräfin starb; erst Abzehrung, zuletzt ein Blutsturz, der sie tötete. Sie war sehr schön, eine Gräfin Lieven. Als sie starb, verbarg sich der Graf vor der Welt; er war nur dann und wann in Dresden, und es hieß, daß er zum Katholizismus übertreten werde.«

»Die Drosselsteins zählen sonst zu den festesten Protestanten.«

»Auch wohl der Graf. Aber es gibt Lagen – so wenigstens sagte die Tante, der ich auch die Verantwortung dafür zuschiebe –, wo der Protestantismus versagt und der Katholizismus das Herz weicher bettet.«

»Und in einer solchen Lage war der Graf?«

»Man behauptet es. Lewin mag Ihnen davon erzählen; es ist eine romantische Geschichte, und romantische Geschichten sind sein Steckenpferd. Übrigens alles in allem, ich glaube, was man sich erzählt. Sie werden das Bild der Gräfin sehen und mögen dann selber urteilen. Es hängt in dem Empfangszimmer: eine blaßblaue Robe, mit weißen Rosen besetzt. Nur eine, dicht über dem Gürtel, ist dunkelrot. Und das Bild wurde doch zwei Jahre vor ihrem Tode gemalt.«

»Sonderbar«, sagte Grell, der sich inzwischen auf seinem Rücksitz eingerichtet hatte.

»Ja, das ist es. Aber es überrascht in Hohen-Ziesar weniger als anderswo. Das Schloß ist reich an Sonderbarkeiten, darunter Ausgegrabenes aus Herkulanum und Pompeji: Pinzetten und Broschen und, denken Sie sich, eine Nagelschere. Der Graf war lange dort und hat alle diese Dinge mitgebracht.«

»Und ich werde mich freuen, sie kennenzulernen«, entgegnete Grell, »möchte jedoch der prophetisch gemalten roten Rose den Vorzug vor allem anderen geben.«

»Und darin haben Sie recht«, erwiderte Renate. »Und auch darin, daß Sie mich an mein verlorenes Thema mahnen. Die pompejanische Schere schnitt mir den Faden entzwei. Aber wovon wollt' ich sprechen? Ja, von sonderbaren Bildern in Hohen-Ziesar. Nun, auch davon ist die Hülle und Fülle da. So zum Beispiel ein Bildnis der ›weißen Frau‹.«

»Der weißen Frau!« riefen Grell und Hirschfeldt a tempo und mit einer Lebhaftigkeit, als ob ihnen dieselbe bereits erschienen wäre. Dann setzte Hirschfeldt hinzu: »Aber seit wann lassen sich die Gespenster porträtieren?«

»Nein«, lachte Renate. »*So* Pikantes darf ich Ihnen freilich nicht in Aussicht stellen. Es ist das Porträt eines schönen Hoffräuleins aus den letzten Regierungsjahren des Großen Kurfürsten, Wangeline von Burgsdorff. Sie starb jung und muß als ›weiße Frau‹ umgehen, um ihre Schuld im Tode zu büßen. Natürlich eine Liebesschuld.«

Hirschfeldt lächelte. Grell aber, der alles etwas pedantisch nahm, wiederholte den Namen »Wangeline von Burgsdorff« und setzte dann hinzu:

»Ich war der Ansicht, daß es eine Gräfin von Orlamünde sei, auf der Plassenburg heimisch und, wenn ich mich nicht irre, auch auf dem Bayreuther Schloß. Es ist mir noch in Erinnerung, daß ich als Kind immer mit Gruseln von den ›vier Augen‹ las, die ›zwischen stünden‹ und aus der Welt geschafft werden müßten. Ich verstand es nur halb, aber um so mehr erregte es meine Phantasie. Und nun hör' ich einen anderen Namen: Wangeline von Burgsdorff.«

»Sie dürfen mich nicht examinieren«, erwiderte Renate. »Wollen Sie mehr wissen, so muß das Haupt der Kastalia nachhelfen. Sage, Lewin, wie war es?«

Aber dieser, statt Auskunft zu geben, zeigte nur, während er die Leinen in seine Linke nahm, mit der Rechten auf das hinter Parkbäumen eben sichtbar werdende Schloß und sagte: »Der Graf selber mag uns antworten.«

Wenige Minuten später hielt der Schlitten auf der nach dem Garten zu gelegenen Rampe, wo Drosselstein seine junge Freundin bereits erwartete und ihr beim Aussteigen die Hand reichte. So traten sie durch eine Doppeltür in das Empfangszimmer ein. Hirschfeldt und Grell folgten.

Das Empfangszimmer war ein großer quadratischer, fast durch die ganze Tiefe des Hauses gehender Saal, hinter dem nur noch ein schmaler Korridor lief. Der Korridor sah auf den Innenhof, wie der Empfangssaal auf Garten und Park. In diesem Saale ließ sich auf den ersten Blick erkennen, daß der Besitzer von Hohen-Ziesar reich und vielgereist und von gutem Geschmack in den bildenden Künsten sein müsse. An der einen

Wand hing ein großes Tableau, halb Architektur, halb Landschaft, das alte ostpreußische Schloß der Drosselsteins darstellend. Diesem Tableau gegenüber befand sich das Bild der verstorbenen jungen Gräfin. Grell suchte die rote Rose und fand sie. Er hatte sich die Rose noch röter und die Gräfin selbst noch schöner gedacht, also eine doppelte Enttäuschung, von der die zweite wahrscheinlich nur eine Folge der ersten war. In allen Fensternischen befanden sich Orangeriekübel und Blumentische, während an den drei anderen Seiten des Saales Konsolen von schwarzem Marmor liefen. Auf diesen standen römische Kaiser mit roteingeschriebenen Namen. Bamme, der schon eine Viertelstunde lang da war, hatte zwei, drei davon gelesen: Geta, Caracalla, Alexander Severus, und war dann mit einem hingemurmelten »nicht zuviel auf einmal« von der Konsolenreihe zurückgetreten; eine ziemlich dunkele Bemerkung, die sich wahrscheinlich auf seine verwandten numismatischen Vormittagsstudien bei Seidentopf bezogen hatte.

Das Gespräch war über Oberflächlichkeitsfragen noch kaum hinaus, als Drosselstein Renaten seinen Arm bot, um diese zu Tische zu führen. Eine zurückgeschlagene Doppelportiere zeigte den Weg in das nebenangelegene Eßzimmer. Hier brannten schon – die Gardinen waren geschlossen – zwei achteckige zierliche Kandelaber und gaben Licht genug, das Zimmer in allen seinen Teilen erkennen zu lassen. In die Stuckwände waren antike Mosaiken eingelassen, Darstellungen von Wild, Geflügel, Fischen, während an der Decke die »Hochzeit der Psyche« nach Giulio Romanos gleichnamigem Fresko im Palazzo del Té zu Mantua eine für unsere damaligen Kunstverhältnisse bemerkenswert gute Nachbildung gefunden hatte. Bamme sah nichts von all diesen Dingen, desto mehr Grell, dessen natürlicher Sinn dafür im Moltkeschen Palais ausgebildet worden war.

Renate hatte den Platz zwischen Drosselstein und Bamme. Dieser, vielleicht von Jugend auf, jedenfalls aber seit den Tagen der Guser Tafelrunde fest an dem Satze haltend, daß Medisieren das beste Mittel zu Durchbrechung aller bloßen Unterhaltungspräliminarien sei, warf sich heute mit Ungestüm auf Seidentopf, den er schon mehrere Stunden früher, in der Hohen-Vietzer Pfarre, bei Vorführung des »Odinswagens« zum Opfer für die bevorstehende Dînerkonversation ausersehen hatte. Freilich mit schließlich ausbleibendem Erfolg; ausbleibend, weil er sich, wie der Augenschein lehrte, wieder einmal geirrt oder, um ihn selber zu zitieren: »wieder einmal vor nicht ganz richtigen Ohren« gesprochen hatte. Drosselstein nämlich war zu vornehm, um überhaupt viel zu lachen, Lewin und Renate hatten den Justizrat über eben dasselbe Thema besser und mit noch größerem Behagen perorieren und phantasieren hören, und Berndt – sonst nach Art aller ernster angelegten Naturen ein allerdankbarstes Publikum für Scherz und Heiterkeiten – steckte doch gerade heute zu tief in seinen Plänen, um sich an Bammes Exkursen über die sechs vorgeblichen Odinsvögel ergötzen zu können. Er nahm vielmehr eine flüchtige Pause wahr, um mit einem kurzen »ad vocem Seidentopf« dem ihm gegenübersitzenden Drosselstein die Mitteilung zu machen, daß er, in seiner Eigenschaft als Patron, die Verlesung des »Aufrufes« von der Kanzel für nächsten Sonntag angeordnet habe.

Und nun rollte statt des »Odinswagens« das Thema »Aufruf« eine Viertelstunde lang friedlich über den Tisch hin, bis von seiten Drosselsteins die mehr oder weniger provozierende Bemerkung gemacht wurde, daß er in dem Aufrufe das *Ostpreußische* vermisse. Er fühle wohl, daß er durch ein solches Wort den Vorwurf einer gewissen Parteilichkeit auf sich lade; der Geist der Provinzen sei nun aber mal ein verschiedener, und die Haltung des märkischen Adels, dem er dadurch nicht zu nahe zu treten gedenke, werde jedenfalls zu sehr durch persönliche Beziehungen bestimmt. Davon wisse man sich in seiner heimatlichen Provinz frei. »*Ihr* Stolz«, so schloß er, indem er sich gegen Vitzewitz und Bamme leise verneigte, »ist die Loyalität, die Diskretion, die Reserve; *unser* Stolz ist die Freiheit. Unter den Händen Dohnas oder Schöns oder Auerswalds hätte dieser Aufruf eine andere Gestalt gewonnen. Seine Tugend ist die Vorsicht, er hat den Hofstempel; was ihm fehlt, ist die Sprache der Gradheit und Männlichkeit.«

Bamme wollte scharf antworten, bezwang sich aber, um

keine Störung aufkommen zu lassen, und sagte nur: »Sonderbar, je nordöstlicher, desto verpflichteter werden wir jetzt. Wir verdanken den Ostpreußen viel, aber noch mehr, so scheint es, sollen wir den Kosaken verdanken. Wir haben sie seit gestern diesseits der Oder. Haben Sie schon von dem Überfall zwischen Alt-Rosenthal und Trebnitz gehört? Hundert Mann gefangen. Es wird Aufsehen machen.«

Der Graf war noch ohne Nachricht. Er ließ sich erzählen, folgte mit sichtlichem Interesse den etwas starkgefärbten Bammeschen Schilderungen und war nur schließlich überrascht, sich ohne weiteres »zu Herbeiführung nunmehriger gemeinschaftlicher Operationen« aufgefordert zu sehen. Nicht mit Tettenborn, sondern mit Tschernitscheff in Person.

»Sie müssen ins Hauptquartier, Drosselstein«, resolvierte Bamme, »und zwar morgen schon. Unser eigener Kopfbestand ist in diesem Augenblick besser, als er nach acht Tagen sein wird. Jetzt hab' ich noch einen Aide-de-Camp; aber wie lange bin ich seiner sicher? Jede Stunde kann er auf und davon fliegen. Also rasch. Es muß ein größerer Coup unternommen werden, und ich habe so meine Pläne. Aber dazu bedürfen wir der Russen. Sie kennen ja Tschernitscheff und alles, was um ihn her ist, von Ihren Petersburger Tagen her.«

Bamme, trotzdem er von den seinerzeit umgehenden Gerüchten gehört haben mußte, sprach doch von diesen »Petersburger Tagen« wie von einer lieben Erinnerung des Grafen und würde noch tiefer in den etwas diffizilen Gegenstand eingedrungen sein, wenn nicht Drosselstein durch rasches Akzeptieren der Mission alles erledigt und zu seiner weiteren Sicherheit an Renaten die Frage gerichtet hätte: »Wo nehmen wir den Kaffee?«

»Natürlich in der Galerie.«

»Dort, fürcht' ich, ist es zu kalt.«

»Gleichviel. Die Herren haben die Pflicht, abgehärtet zu sein, und ich stecke mich in Muff und Mantel.«

Drosselstein war es zufrieden, flüsterte gleich darauf dem hinter seinem Stuhle stehenden Diener einige Worte zu und lenkte dann das Gespräch auf Faulstich und Nippler hinüber, deren gemeinschaftliches Kantatenwerk als ein neutraler Boden für die Konversation angesehen werden konnte. Bamme –

nachdem zuvor Nipplers Ansprüche auf den Titel eines »verkannten Genies« untersucht und mit Stimmengleichheit verneint und bejaht worden waren – sprach bei dieser Gelegenheit die Hoffnung aus, daß die Kürze des Textes durch die Komposition nicht wieder in Frage gestellt werden möge.

Dieser zugespitzte Satz bot einen guten Tafelschluß. Drosselstein erhob sich, und nachdem er seine Gäste noch einige Minuten in dem Empfangszimmer festzuhalten gewußt hatte, bat er sie, wie es Fräulein Renate befohlen habe, den Kaffee in der *Galerie* nehmen zu wollen.

12. KAPITEL

Die weiße Frau

Diese »Galerie«, nach Norden hin gelegen, zog sich durch den ganzen linken Flügel des Schlosses. Sie bestand aus drei Sälen, von denen der vorderste die Familienbilder enthielt, einige davon mit großer historischer Staffage. Die Gardinen waren auch hier geschlossen, ein Kaminfeuer brannte, und der Kaffeetisch war inmitten des Saales serviert. Was aber mehr als alles dies das Auge der Eintretenden gefangennahm, waren zwei auf hohen Tripoden stehende Silberschalen, die, zu beiden Seiten des Kamins plaziert, ihre blaßblauen Spritflammen in zwei leise zitternden Säulen aufsteigen ließen. Der Graf hatte dies angeordnet, um den kalten Raum rascher zu erheizen, aber vielleicht mehr noch um des malerisch-phantastischen Effektes willen. Und dieser Effekt war erreicht. Es fehlte nicht an Beglückwünschungen.

In weitem Halbkreise wurde Platz genommen, und während der Kaffee herumgereicht wurde, zeigte Renate, die jetzt zwischen Grell und Hirschfeldt saß, auf ein unmittelbar vor ihnen hängendes Bildnis in ganzer Figur, das im Schein der beiden blauen Flammen an gespenstigem Leben zu gewinnen schien. »Das ist sie.«

Grell rückte seinen Stuhl zurück, um besser sehen zu können, und sagte dann: »Ein schöner Kopf, aber unheimlich.«

»Ich vermute«, setzte Hirschfeldt hinzu, »daß aus dem unheimlichen Ausdruck dieser Augen die Sage selbst entstanden ist; sie fordern zu der Annahme heraus, daß sie nicht dazu bestimmt waren, sich wie zwei gewöhnliche Augen im Tode zu schließen. Sie haben etwas, als müßten sie wachen und endlos sehen.«

»In jeder alten Galerie finden sich solche Bilder«, sagte Berndt. »Sonderbarerweise sind es immer Frauen, und zwar junge und schöne Frauen.«

»Ein sehr lehrreicher Wink«, bemerkte Bamme, »der aber unbeachtet bleiben wird, wie so viele andere. Übrigens würd' ich dankbar sein, über kurz oder lang zu hören, um was es sich eigentlich handelt. Diejenigen unter uns, die das Glück hatten, an Fräulein Renatens Seite die Fahrt hierher zu machen, scheinen inzwischen in einen Geheimbund eingetreten zu sein. Ich vermute, wenn Vermutungen gestattet sind: Wangeline von Burgsdorff.«

Drosselstein nickte.

»Dacht' es«, fuhr Bamme fort. »Faulstich hat mir vor Jahr und Tag davon erzählt, aber er kam über Andeutungen nicht hinaus. Ich möchte mehr davon wissen. Hören Sie, wie draußen die Rouleauringe an den Scheiben klappern? Es muß windig geworden sein. Das ist so recht ein Ton für Gespenstergeschichten. Da wir zwölf Uhr nicht haben können, so müssen wir mit sechs Uhr zufrieden sein. Also Thema: Wangeline. Sie muß eine Großtante von Ihnen gewesen sein, Drosselstein. Was war es mit ihr?«

»Eine kurze Geschichte«, sagte dieser. »Wangeline von Burgsdorff war Hoffräulein und stand im Dienst einer Herrin, die rücksichtslos und ehrgeizig dem aus erster Ehe stammenden Erbprinzen die bekannte ›vergiftete Orange‹ zubestimmt, aber vorläufig nur ans Krankenlager gestellt hatte. Da, von plötzlicher Reue befallen, beschwor sie das Fräulein, in das Zimmer des Kranken zurückzueilen, um diesen zu retten, wenn überhaupt noch zu retten sei. Und über die Korridore hin flog jetzt die leichtverhüllte Gestalt Wangelinens, bis ein ihr plötzlich entgegentretender Kavalier, an dem sie leidenschaftlich hing, ihren flüchtigen Gang auf Augenblicke hemmte. Auf Augenblicke nur, aber lange genug, um den Tod des Prinzen zu verschulden. Sie kam zu spät, und der Fluch traf sie, das im Leben versäumte Wort im Tode sprechen zu müssen. So geht sie um und warnt.«

Diese kurzen Notizen, trotz ihrer Lücken und Dunkelheiten oder vielleicht auch um derselben willen, hatten eines Eindrucks auf die Mehrzahl der Anwesenden nicht verfehlt. Nur Bamme schüttelte historisch-kritisch den Kopf und sagte, während er die Tasse aus der Hand setzte: »Pardon, Drosselstein, daß ich Ihnen widerspreche. Aber es geschieht wenigstens nicht leichtsinnig. Sie wissen, ich habe ein paar Liebhabereien, früher waren es die jungen Frauen, jetzt sind es die weißen, und alles, was von Peter Goldschmidts ›Höllischem Morpheus‹ an bis auf Rentsch' ›Brandenburgischen Zedernhain‹ hinunter über die weißen Frauen geschrieben worden ist, das hab' ich gelesen. Und siehe da, es ist und bleibt die Orlamünderin. Ich kann den Verdacht nicht unterdrücken, daß sich Ihre Verwandten, die Burgsdorffs, eine neue weiße Frau kreiert haben, bloß aus Rankünе, weil einer von ihnen, und zwar niemand Geringeres als Ihr berühmter Konrad von Burgsdorff, weiland Günstling des Großen Kurfürsten, von der *wirklichen* weißen Frau (meiner Orlamünderin) die Berliner Schloßtreppe hinuntergeworfen wurde. Dergleichen vergessen unsere märkischen Familien (die wegen mangelnder ›Gradheit und Männlichkeit‹ natürlich alle tückisch und rachsüchtig sind) so gut wie nie, und so haben sich denn die Burgsdorffs durch Aufstellung einer Prätendentin zu revanchieren und dem altetablierten Spuk ein Paroli zu bieten gesucht.«

Drosselstein preßte die Lippen zusammen und sagte pikierter, als sich mit seiner sonstigen Sprechweise vertrug: »Eh bien, General, wenn Sie den ›Höllischen Morpheus‹ gelesen haben, woran ich nicht im geringsten zweifle, so verzicht' ich darauf, Ihre Meinungen zu widerlegen.«

Bamme hörte die Gereiztheit sehr wohl heraus, verneigte sich aber, als ob nichts vorgefallen sei, und fuhr in demselben Tone fort: »Es ist, wie ich sage: Prätendentenschaft aus Familienrankünе. Nichtsdestoweniger, Drosselstein, wenn ich etwas für Ihre Wangeline tun kann, so rechnen Sie auf mich. Erstens bin ich überhaupt für alles Stürzen und Absetzen, das einzige, was mir die Weltgeschichte lesbar macht, und zweitens und hauptsächlichst muß ich Ihnen einräumen, daß es meine alte Freundin, die Orlamünderin, ihrerseits übertrieben hat. Sie verdient eine Dethronisierung. Und warum? Weil sie die Gesetze nicht hält. Und daran geht jede Dynastie zugrunde; auch im Reiche der Gespenster.«

Renate lachte und sagte dann: »Aber, General, da geraten Sie doch in einen argen Widerspruch mit sich selbst. Sie proklamieren erst Ihre Vorliebe für alles Stürzen und Absetzen, will sagen, für alles Auflehnen gegen das gegebene Gesetz, und im selben Augenblicke rechnen Sie es ihrer armen Orlamünderin zum Schaden und Nachteil an, die Gesetze ›im Reiche der Gespenster‹ nicht gehalten zu haben. Wie wollen Sie da heraus?«

»Eine heikle Situation«, replizierte Bamme. »Soviel muß ich zugeben, meine Gnädigste. Aber ich will es wenigstens versuchen, aus dem Dilemma herauszukommen. Sehen Sie, da hab' ich diesen letzten Winter ein englisches Trauerspiel, den ›König Richard III.‹, aufführen sehen. Eine sehr interessante Figur, tapfer, rücksichtslos und, was die Hauptsache ist, diabolisch vergnügt. Nun, ich darf wohl sagen, ich habe mich gefreut, ihn unter seinen Brüdern und Lords aufräumen und sich die Krone aufsetzen zu sehen; aber ich kann nicht behaupten, mich am Schlusse des Stücks über die fatale Lage, in die er sich durch ein halbes Dutzend allerliebster Morde gebracht sieht, im geringsten gewundert zu haben. Mit anderen Worten, ich lese gern von Stürzen und Absetzen und gedenke bei diesem Geschmack zu bleiben, aber ich find' es andererseits nur in der Ordnung – außerdem auch eine Steigerung meines Vergnügens –, den Stürzer und Absetzer schließlich selbst an die Reihe kommen zu sehen. Illegitimitäten sind interessant und von einem gewissen Standpunkte aus sogar angenehm und begehrenswert, aber sie bleiben doch zuletzt sie selbst, das heißt Dinge, für die früher oder später gezahlt werden muß. Menschen oder Gespenster, macht keinen Unterschied.«

»Und was sind denn nun die ›Illegitimitäten‹ oder die Ungehörigkeiten Ihrer armen Orlamünderin, zu deren Sturze Sie selber mitarbeiten wollen?«

»Zweierlei, meine Gnädigste. Erstens: sie hält nicht das Haus, ist vielmehr ein Wandergespenst, eine ganz unstatthafte Spezies. Sie spukt reihum und bereist alle alten und neuen Hohenzollernschlösser: Plassenburg, Bayreuth, Berlin. Das scheint eine Kleinigkeit, ist aber ein Kardinalverbrechen. Es gibt Reiseprediger, aber keine Reisegespenster. Das ist gegen die Konvention.«

»Es mag gegen die Konvention sein«, antwortete Renate, »aber es ist hübsch und gefällt mir um ebensoviel besser, wie mir der Hund besser gefällt als die Katze. Ich stelle die Herrentreue höher als die Treue gegen das Haus.«

»Eine feine Doktorfrage«, sagte Bamme, »in der ich mich nicht gleich zurechtzufinden weiß.«

»Gut; aber Sie sprachen von zweierlei. Was haben Sie weiter? Was war Ihr zweiter Anklagepunkt gegen die weiße Frau?«

»Etwas, wobei ich leider noch weniger auf Ihre Zustimmung rechnen darf, denn es ist eine Bekleidungsfrage.«

»Doch erzählbar?«

»Durchaus; Seidentopf würde darüber predigen können.«

»Nun denn.«

»Nun denn. Dasselbe Ausdauern, das ich von meinen Gespenstern in Lokalfragen verlange, verlang' ich auch von ihnen in Toilettenfragen. Aber was zeigt sich tatsächlich? Dieselbe Libertinage. Dreihundert Jahre lang haben wir eine schlichte ›weiße Frau‹ gehabt, nonnenhaft mit Schleier und Skapulier. Das war in der Ordnung. Da geschieht nun was? Hören Sie: Eines Tages, völlig unmotiviert, vervornehmt sie sich und beginnt eine Krause zu tragen. Schlimm genug; mais enfin immer noch une dame blanche. Da plötzlich vollzieht sich das Unerhörte, und als wolle sie sich über sich selbst und uns mokieren, erscheint sie tout-à-fait in einer schwarzen Parüre, mit Astrachanmuff und dito Pelzbesatz. Und so haben wir denn jetzt eine ›schwarze weiße Frau‹. Das ist das vorläufig letzte Stadium, wenigstens in Bayreuth. Wie es in Berlin steht, muß erst das nächste Auftreten entscheiden.«

»Und wie deuten Sie sich das alles, ist es ein wirklicher Spuk oder Täuschung und Betrug?«

»Tausendkünstler und Gespenstergeschichtenerzähler, meine Gnädigste, haben Erlaubnis, jede Aufklärung zu verweigern. Aber ich gebe sie dennoch. Den Mondschein und das wehende Handtuch außer Spiel gelassen, mögen Sie sicher sein, daß es von vier Fällen dreimal ein verdrießlicher Kastellan und das viertemal ein hübsches kleines Hoffräulein ist, ein junges Blut...«

In diesem Augenblicke wurde Justizrat Turgany gemeldet.

»Sehr willkommen!« sagte Drosselstein, und der Angemeldete trat ein.

13. KAPITEL

Der Plan auf Frankfurt

»Wie stehen Sie zu der weißen Frau?« rief Renate dem eintretenden Justizrat entgegen, der seinerseits, ohne sich verwirren zu lassen, unter leichtem Gruß gegen die Fragestellerin antwortete: »Gut, meine schöne Freundin. Ich stehe zu allen Frauen gut.«

»Auch zu den weißen?«

»Auch zu den weißen«, wiederholte Turgany. »Ganz besonders aber zu der Bayreutherin, die letzten Sommer wieder viel von sich reden machte. Natürlich in den Zeitungen. Ich halte sie für die patriotischste Frau des Landes, seit sie den großen Empereur zweimal aus ihrem Schlosse hinausgespukt hat. ›Ce maudit château‹ waren seine höchsteigenen Worte. Aber vertagen wir das. Ich möchte zunächst bitten, mich mit den beiden Herren ad latus Fräulein Renates bekanntzumachen.«

Drosselstein stellte Grell und Hirschfeldt vor, die alsbald nach einer kurzen, in Sprüngen geführten Unterhaltung überrascht waren, den Justizrat in alle Geheimnisse der letzten Kastaliasitzung eingeweiht zu finden. Als sie dieser Überraschung Ausdruck gaben, sagte Turgany: »Sie vergessen, meine Herren, daß ein Jurist verpflichtet ist, Aug' und Ohr überall zu haben, zumal in Zeiten wie die jetzigen. Ich habe mich eben zu Ihrer Verwunderung über Calcar und die Seydlitzsporen verbreitet, aber was würden Sie sagen, wenn ich Ihnen auch von den andern, historisch beglaubigteren Sporen erzählen wollte, die seitens des Generals O'Donnell in der Kathedrale zu Tarragona aufgehängt wurden.«

In solchen Andeutungen ging es weiter. Alle waren neugierig geworden, bis sich zuletzt das Rätsel löste. Himmerlich, ein jüngerer Studiengenosse Othegravens, stand in Korrespondenz mit diesem und ermangelte nie, über die literarischen Wochenvorgänge zu berichten. Von Othegraven kam es dann an Turgany.

Dieser hatte Platz genommen, und während er noch, unter fortgesetzten Aperçus, in denen er exzellierte, seine Tasse ausnippte, sagte Drosselstein: »Und nun, Turgany, was verschafft uns die Freude, Sie hier zu sehen? Ich bin Erfahrungsmann genug, um Ihnen irgend etwas wie Geschäfte von der Stirn zu lesen. Auch ist mir Ihr Sprühfeuer verdächtig. Ich fürchte, die Dusche kommt nach. Was ist es? Etwas Juristisches?«

»Nicht doch«, entgegnete Turgany. »Höher hinaus. Politisch-militärisch.«

»Das wäre«, sagte Drosselstein, und Berndt und Bamme horchten auf, ohne zunächst an einen rechten Ernst zu glauben.

Der Justizrat aber wiederholte: »Politisch-militärisch. Lassen Sie mich gleich in medias res gehen. Ich darf es doch? Wir sind unter uns?«

Drosselstein nickte.

»Nun denn«, begann Turgany, »was mir zu sagen obliegt, ist kurz das: Wir haben seit drei Tagen den französischen General Girard in unserer Stadt, von der Armee des Vizekönigs, mit ihm zwei schwache Regimenter, keine zweitausend Mann.«

»Kriegskasse?« fragte Bamme.

»Nein, aber fünfzig Kanonen, bronzene Acht- und Zwölfpfünder. Und auch das ist nicht zu verachten. Die Tage sind vor der Tür, wo wir sie werden brauchen können, brauchen in der richtigen Direktion, das heißt mit Front gegen Westen. Der ›Aufruf‹ verschweigt es, aber man muß zwischen den Zeilen lesen.«

Berndt und Bamme wechselten Blicke des Einverständnisses; Turgany fuhr fort:

»Also zweitausend Mann und fünfzig Kanonen. Es fragt

sich, ob die Mittel da sind, einen Überfall gegen diese feindlichen Streitkräfte zu wagen. Auf die Frankfurter Bürgerschaft, oder doch auf einen starken Bruchteil derselben, ist mit Sicherheit zu rechnen. Und im Namen dieser Bürgerschaft bin ich hier. Othegraven, der an der Spitze steht, ist entschlossen, mit zwölf Mann alten Soldaten, die sich freiwillig gemeldet haben, den General Girard gefangenzunehmen. Zugleich Stab und Adjutantur des Generals. Was die Besatzung angeht, so befindet sie sich in der Dammvorstadt, an der andern Seite der Oder. Alles liegt also daran, die Verbindung zwischen hüben und drüben zu stören. Das Aufeisen des Flusses hat zu beiden Seiten der Brücke bereits begonnen; diese selbst wird geopfert werden, wenn es die Umstände fordern. Hier haben Sie, was unsererseits geboten werden kann.« Der Justizrat schwieg einen Augenblick. Dann fuhr er fort: »Lassen Sie mich noch ein paar Worte hinzusetzen. Ihre Landsturmkräfte, soweit *ich* eingeweiht bin, reichen mutmaßlich für das Unternehmen aus, sie werden aber *sicher* ausreichen, wenn die Russen, die nur drei Meilen von Frankfurt stehen, ihre Mitwirkung zusagen. Diese Mitwirkung würde sich auf einen bloßen Scheinangriff gegen die Dammvorstadt zu beschränken haben und nur den Zweck verfolgen, die jenseits liegenden zweitausend Mann von einem Übergangsversuche auf das diesseitige Flußufer abzuhalten. Ich war angewiesen, alles dies, behufs weiterer Veranlassung, zur Kenntnis unseres nächsten Nachbars, des Herrn Grafen Drosselstein, zu bringen; ein glücklicher Zufall aber hat es gefügt, daß ich dem Herrn General selbst« (und hierbei verneigte sich Turgany gegen Bamme) »ein Bild der Sachlage geben konnte.«

Alles war sehr ernst geworden, und weder die klappernden Rouleauringe noch Wangeline selbst konnten länger als Ursache des Fröstelns gelten, das plötzlich über alle hinlief. Es war vielmehr das Bewußtsein, sich auf einen Schlag vor eine Entscheidung gestellt zu sehen; jeder erschrak, und selbst in Berndt und Bamme befehdete sich das Gefühl einer schweren und gefahrvollen Verantwortung mit ihrer Freude darüber, daß nun endlich die Stunde gekommen sei. Nach einer Weile sagte Bamme:

»Hirschfeldt, Sie haben mehr Krieg gesehen als ich, was antworten wir?«

Hirschfeldt zuckte leise die Achseln und begleitete dies Achselzucken mit einer Handbewegung, die so gut Zustimmung wie Ablehnung ausdrücken konnte. Der alte General gewann dabei seine gute Laune wieder und sagte: »Soweit bin ich gerade auch: halber Weg zwischen Ja und Nein. Ihre spanische Kriegsführung, soviel ich davon weiß (leider wenig genug), ist eine lange Kette von Beschleichungen und Überrumpelungen gewesen. Ich wette, daß Sie dergleichen zu Dutzenden hinter sich haben. Sie müssen also davon wissen. Was halten Sie von Überfallen einer feindlichen Stadt? Denn als solche, verzeihen Sie, Justizrat, müssen wir Ihr loyales Frankfurt um seiner feindlichen Besatzung willen vorläufig ansehen.«

»Was ich zu sagen habe«, nahm jetzt Hirschfeldt das Wort, »ist kurz das. Alles hängt, die russische Mitwirkung als sicher angenommen, von der Beschaffenheit ebendieser feindlichen Besatzung ab; ist es eine gute Truppe, so geht es schlecht, ist es eine schlechte Truppe, so geht es gut.«

»Dann wird es gut gehen«, warf jetzt Vitzewitz dazwischen. »Und unter allen Umständen, wir dürfen diesen Vogel nicht wieder aus den Händen lassen, auch nicht auf die Gefahr hin, daß er uns kratzt und beißt. Aber er wird es nicht. Diese Regimenter sind Rudera, wie die hundert Mann, die wir in Guse hatten. Ein Hurra, und sie werfen die Gewehre weg. Also mit gutem Mute vorwärts. Oder sollen wir uns niedriger veranschlagen als die zwanzig Kosaken samt ihrem Tettenborn! Ich für meine Person akzeptiere den Plan und antworte mit einem bedingungslosen: ›Ja.‹«

Alles stimmte bei; selbst Renate wurde für einen Augenblick von dem kriegerischen Geiste ihres Hauses erfaßt. »Ja, ja«, klangen die Stimmen durcheinander. Endlich legte sich die Aufregung, und nachdem Drosselstein sein Versprechen wiederholt und seinen Besuch im russischen Hauptquartier auf den andern Vormittag festgesetzt hatte, erklärten sich Berndt und Bamme bereit, unmittelbar nach Rückkehr des Grafen eine Frankfurter Rekognoszierungsfahrt antreten zu wollen. Bei

Gelegenheit dieser Fahrt sollten dann mit Othegraven alle weiteren Verabredungen zu prompter, gemeinschaftlicher Aktion, an der übrigens Turgany *persönlich* nicht teilnehmen zu wollen erklärte, getroffen werden.

Die Stimmung zu scherzhaftem Geplauder ließ sich nicht wiederfinden, und so wurde denn zu verhältnismäßig früher Stunde aufgebrochen. Erst fuhr der Schlitten vor; zehn Minuten später hoben sich auch die Reiter in ihre Sättel. Der Tauwind, der während der Nachmittagsstunden geweht, hatte nachgelassen, und es zog eine scharfe Luft von Osten her; der Himmel klärte sich wieder, und die Sterne traten immer blitzender hervor.

Bamme ritt zwischen Berndt und Tubal. Es ging im Schritt, und der Shetländer hatte Mühe, sich mit den beiden andern Reitern en ligne zu halten. Ein jeder hing seinen Betrachtungen nach; endlich sagte Bamme: »Wer ist dieser Othegraven?«

»Ein Konrektor«, antwortete Berndt. »Etwas steif und pedantisch, aber energisch und mutig von Natur. Und hätt' er diesen Mut *nicht,* so würd' er ihn aus seiner Begeisterung schöpfen. Ein Mann von Ehre.«

»Sonderbar«, sagte Bamme. »Zu meiner Zeit waren die Konrektors anders. Wir hingen ihnen einen Papierzopf an oder bemalten ihnen den Rücken, und ich entsinne mich nicht, daß es von irgendeinem geheißen hätte: er sei ein Mann von Ehre.«

Der Alte schwieg, schien aber seinen Gedanken weitergesponnen zu haben, als er nach einer Weile fortfuhr: »Ihre Schwester, die Gräfin, liebte von solchen Dingen zu sprechen und sah dann immer verdrießlich aus, weil sie nicht recht wußte, ob sie weinen oder lachen sollte. ›Das ist der Wind, der von Westen her weht.‹ Es war französisch, das war das Gute daran, aber das Aufkommen der Rotüre störte sie wieder. Ich für meinen Teil habe nichts gegen die Rotüre. Kann mir nicht helfen, mir bedeutet der Mensch die Hauptsache, und ist dieser ganz allgemeine homo, von dem ich als guter Lateiner wohl sprechen darf, wirklich um einen Kopf gewachsen, seitdem sie drüben den armen König um ebensoviel kürzer gemacht haben, so scheint mir die Sache nicht zu teuer bezahlt. Le jeu vaut la chandelle. Auch eine Guser Reminiszenz. Ach, Vitzewitz, das Dümmste sind doch die Vorurteile. Wie gefiel Ihnen Drosselstein, als er heute wieder das ostpreußische Register zog?«

»Und noch dazu an falscher Stelle«, lachte Berndt. »Ich habe zufällig in Erfahrung gebracht, von wem der Aufruf geschrieben wurde. Staatsrat Hippel. Ostpreußisches pur sang. Aber ich wollte Drosselstein die Beschämung ersparen. In unseren Schwächen sind wir am empfindlichsten, Sie, ich, jeder. Seien wir froh, daß wir ihn haben; er ist doch der Sanspareil unseres Kreises und von Kopf zu Fuß ein Edelmann. Die meisten heißen bloß so; er aber hat den Vorzug, einer zu *sein.*«

Bamme stimmte bei; damit brachen sie das Gespräch ab und setzten ihre Pferde in Trab.

In Hohen-Vietz angekommen, hatten alle das Bedürfnis nach Ruhe und zogen sich zurück, unter den ersten Hirschfeldt und Tubal, die dasselbe Zimmer innehatten. Sie plauderten noch eine kleine Weile, dann wurde Hirschfeldt still. Er schlief. Nur Tubal wachte noch.

Allerlei Gedanken gingen ihm durch den Kopf, deren er nicht Herr werden konnte.

»Bin ich verlobt?« fragte er sich, als er endlich das Licht gelöscht hatte. »Ich glaube ja ... Da müßt' ich ja glücklich sein! Und bin ich es? O gewiß, ich bin es, ich *bin* glücklich ... Aber nicht glücklich genug; ich würde sonst jubeln und nichts hören und sehen als *sie.* Und seh' ich sie? Sonderbar, ich habe kein deutliches Bild von ihr. Kaum ein Bild überhaupt ... Und doch lieb' ich sie. ›Wer liebte sie nicht!‹ sagte die Tante ... Ach, Glück, Glück. Hab' ich dich? Und ich frage noch ... Undankbarer, der ich bin!«

So sann er weiter. Immer schattenhafter zogen die Bilder an ihm vorüber, bis auch er entschlief.

14. KAPITEL

Eingeschlossen

Der nächste Tag, ein Sonnabend, war ein Tag der Vorbereitungen. Bamme saß über Plänen und Karten, während Berndt in aller Frühe aufgebrochen war, um die fernerstehenden Truppenteile heranzubeordern. Gleich nach drei Uhr war er von diesem Ausfluge zurück. Als er wenige Minuten später in das Parterrezimmer des alten Generals eintrat, fand er diesen in eifrigem Gespräche mit Drosselstein, der eben über seine Sendung ins russische Hauptquartier rapportierte. Tschernitscheff war ihm nicht nur mit ausgesuchter Artigkeit entgegengekommen, sondern hatte sich auch dahin geäußert, daß er auf Vorschläge wie diese, mit andern Worten auf Kooperation, recht eigentlich gerechnet habe. Nur diese verspreche bei dem kleinen Kriege, der voraussichtlich in den nächsten Wochen bevorstände, die gewünschten Erfolge. Der Überfall Frankfurts, wenn nur von allen Seiten rechtzeitig eingegriffen würde, böte geringere Schwierigkeiten, als es auf den ersten Blick erscheinen möchte. Die französischen Truppen seien decouragiert, unter allen Umständen aber erheische die Parkierung eines so bedeutenden Geschützmaterials einen raschen Versuch. Er proponiere deshalb die Nacht von Montag auf Dienstag und werde seinerseits im Laufe des voraufgehenden Tages bis in die Kunersdorfer Gegend rücken, um von dort aus zu näher festzusetzender Stunde die Dammvorstadt angreifen zu lassen, und zwar mit zweitausend Mann Elitetruppen. Seines Eifers dürfe man sich versichert halten; er werde persönlich zugegen sein und den Angriff leiten.

So Drosselsteins Bericht, dem Berndt und Bamme mit wachsendem Interesse gefolgt waren. Beide glaubten in dem guten Ausgange dieser Mission das Unterpfand weiteren Gelingens erblicken zu dürfen und setzten die schon vorher geplante »Rekognoszierung gegen Frankfurt« auf den nächsten Vormittag fest. Zugleich dankten sie dem Grafen für den diplomatischen Takt, mit dem er die Verhandlungen geführt habe, woran sich dann die Bitte reihte, wenigstens bis zu Tische bleiben zu wollen. Drosselstein indessen lehnte, Geschäfte vorschützend, ab und empfahl sich, nachdem er noch einmal gebeten hatte, die Nacht von Montag auf Dienstag, »schon um den guten Willen Tschernitscheffs nicht zu verwirren«, zu Ausführung des Unternehmens im Auge behalten zu wollen.

Gegen Abend kam Seidentopf, und Jeetze wartete, daß der Kartentisch befohlen werden würde. Die Tarockpartie fiel aber aus, ein Zeichen, daß die Generalspflichten schwer auf Bamme zu lasten begannen. Er selber scherzte darüber und suchte sich durch Selbstpersiflierung, die dann wieder mit Übermütigkeit wechselte, die Last etwas leichter zu machen; aber er kam nicht weit damit, und nur als Berndt von der Heiligkeit des Sonntags zu sprechen und, zu Seidentopf gewandt, ein Mal über das andere ein Bedauern auszudrücken begann, daß er, um der Frankfurter Rekognoszierungsfahrt willen, die Kirche, die Predigt und die Verlesung des Aufrufs versäumen müsse, regte sich der alte Widerspruchsgeist in ihm, und er fuhr mit einem in höchster Stimmlage gesprochenen »*Ich* für mein Teil versäume nicht viel« scharf und trocken dazwischen. Einige Minuten später zogen sich alle zurück, nachdem man noch übereingekommen war, sich am andern Morgen eine halbe Stunde früher als gewöhnlich am Frühstückstische zu treffen.

Und nun war dieser andere Morgen da, und die Glocken des Hohen-Vietzer Turmes klangen durch die winterklare Luft. In dem Herrenhause war alles Leben und Bewegung; die einen rüsteten sich zum Gange in die Kirche, die andern zu der Frankfurter Fahrt. Es fehlten nur noch zehn Minuten an zehn; Krist fuhr vor (wieder die Ponies), und erst Berndt und Bamme, dann Hirschfeldt und Grell bestiegen das offene Gefährt. Nur Lewin und Tubal blieben zurück, vielleicht weil die Sitzplätze des Wagens nicht recht ausreichten, vielleicht auch, um an einem so wichtigen Tage wie der heutige den herrschaftlichen Chorstuhl nicht unbesetzt erscheinen zu lassen. Und jetzt begannen die Glocken zum drittenmal zu läuten, und während mit den Abfahrenden noch Grüße gewechselt wurden, boten die beiden zurückbleibenden Freunde den schon zum Kirchgange bereitstehenden Damen ihren Arm und schritten mit ihnen erst durch die verödeten Gänge des Parkes, dann durch die Lindenallee bis zur Kirche hinauf. Die kleine Seitenpforte war verschlossen, so daß sie heute den Haupteingang benutzen und durch den Turm, wo die Bahre und die gesprungene Türkenglocke stand, in die Kirche eintreten mußten. Diese war schon gefüllt, da jeder in Erfahrung gebracht hatte, daß ein Wort über Krieg und Frieden von der Kanzel gesprochen werden sollte. Nur der Majorsstuhl dicht vor dem Altar war leer wie immer.

Renate und die Schorlemmer gingen das Mittelschiff hinauf, Lewin und Tubal folgten. Als sie bis in die Mitte waren, bogen sie nach rechts hin in einen Quergang ein, der erst zu einem schmalen Treppchen und mit Hilfe desselben zu dem herrschaftlichen Chore hinaufführte. Hier nahmen sie Platz auf alten, hochlehnigen Lederstühlen und stimmten in das Lied ein, das eben gesungen wurde. Lewin saß am meisten zurück, Tubal unmittelbar hinter Renate und der Schorlemmer, so daß er zwischen ihnen hindurch den Blick auf das große Denkmal und ein paar der vordersten Bankreihen frei hatte. Auf der zweitvordersten Bank saß Schulze Kniehase samt Frau und Tochter. Marie hatte sich mit Renaten leise begrüßt, aber seitdem von ihrem Gesangbuche nicht mehr aufgeblickt.

Es war ein schöner Tag; alles sah hell aus, und dieser Eindruck wuchs noch, als die lichte Gestalt unseres Seidentopf auf der Kanzel erschien. Der Gesang schwieg, und nur die Orgeltöne klangen noch leise nach, während alles sich neigte, um, dem Vorgange des Geistlichen folgend, ein stilles Gebet zu sprechen. Nun aber ging es wieder wie Leben durch die Versammlung, aller Köpfe richteten sich auf, und Seidentopf, mit der Rechten sein langes, weißes Haar zurückstreichend, begann: »Andächtige Gemeinde! Der Tag, den wir ersehnt haben, ist gekommen. Vor Wochen und Monaten schon, als Gott auf den russischen Schlachtfeldern sein Zeichen gab, als edle und tapfere Heerführer, den Schein des Ungehorsams nicht fürchtend, im wahrhaften Sinn und Geist unseres Königs zu handeln und den ersten entscheidenden Schritt zur Abwerfung eines uns unerträglich gewordenen Joches zu tun wagten, schon damals wußten wir, daß dieser ersehnte Tag kommen werde. Aber er war noch nicht da. Nun ist er angebrochen. Der Übergang von der Knechtschaft in die Freiheit bereitet sich vor. Der König hat geredet, das ungeduldig erwartete Wort, es ist gesprochen worden. Jeder unter euch kennt es, aber von dieser Stelle aus sei es noch einmal verkündet.«

Und nun entfaltete unser Freund das den Aufruf abschriftlich enthaltende Blatt und las mit lauter und eindringlicher Stimme. Die Wärme seines Vortrags lieh auch den einfachsten Sätzen Bedeutung und Leben, und eine Wirkung gab sich zu erkennen, wie sie bei dem Einzellesen daheim niemand an sich erfahren hatte. Besonders waren es die Worte, die von der Vaterlandsliebe und der in Zeiten der Gefahr immer am lebhaftesten bewährten Anhänglichkeit an den König sprachen, denen die Versammlung mit sichtlicher Bewegung folgte.

Und nun fuhr Seidentopf fort: »So, meine Freunde, hat der König gesprochen. Gesprochen wie noch nie zuvor, weil er noch nie zuvor in gleich hohem Maße das für einen König erhebendste und beglückendste Gefühl haben durfte, das Gefühl einer reinen und vollkommenen Übereinstimmung mit seines Volkes Wunsch. Ein heiliger Krieg ist es, der beginnt, ein Krieg voll Hoffnung *auf innerliche Befreiung,* und so will ich denn sprechen über die Worte des Propheten Jeremias im achtzehnten Kapitel: ›Und plötzlich rede ich gegen ein Volk und Königreich, daß ich es ausrotte, zerbreche und verderbe; wo sich es aber bekehret von seiner Bosheit, dawider ich rede, so soll mich auch reuen das Unglück, das ich ihm gedachte zu tun.‹ Ja, meine Freunde, Gott war auch wider uns, daß er uns ausrotte, zerbreche und verderbe um unserer Schuld und Sünde willen, denn diese Schuld war groß.«

Und nun begann er, rückwärts blickend, seiner Gemeinde das Bild unserer Schuld zu malen. Unter eines großen Königs Regiment hätten wir rasch den Gipfel des Ruhmes erklommen, eines Ruhmes, der uns hochfahrend, sorglos und bequem gemacht habe. Unredlicher Gewinn habe zum Überfluß unser Gebiet vergrößert, bis die Hälfte unseres Landes aus fremdem Volk bestanden habe, derart, daß wir kaum noch gewußt hätten, ob wir Deutsche seien oder nicht. Und während von andern Völkern um hohe Güter des Lebens gekämpft worden sei, hätten wir selbstgerecht und selbstsüchtig seitab gestanden und des Glaubens gelebt, daß wir durch bloße Ruhe mächtiger und furchtbarer werden würden. So sei der trotzig-übermütigen Klugheit unserer staatlichen Jugend eine verzagte Klugheit auf dem Fuße gefolgt, und mit dem Hinschwinden unseres Ruhmes sei zuletzt auch unsere Ehre mehr und mehr ein Schattenbild geworden. Eine Flut von Eitelkeit und Verschwendung habe die mühsamen Werke besserer Jahre zerstört, bis es endlich über uns hereingebrochen sei und der Herr, um mit den Worten des Propheten zu sprechen, »wider uns geredet habe«, als gegen ein Volk, das er ausrotten, zerbrechen und verderben wolle. Ein zermalmendes Kriegsunglück, das noch in unser aller Gedächtnis sei, habe uns schließlich von unserer falschen Höhe in den Abgrund geworfen.

Hier machte Seidentopf eine Pause. Dann aber, sich vorbeugend, fuhr er mit gehobener Stimme fort: »Ein zermalmendes Kriegsunglück, sagte ich. Aber schlimmer als dieser Krieg war der Frieden, der folgte. Ich rede nicht von der äußerlichen Not, die er mit sich führte, ich rede von der traurigen Gewöhnung, die er schuf, *das Unwürdige zu dulden*. Eine Gewöhnung, die so weit ging, daß in vielen Gemütern (nicht in den euern, meine Freunde) der Wunsch und die Hoffnung auf einen bessern und würdigeren Zustand verloren ging. In vielen war nur noch der Gedanke lebendig, wie man sich dem fremden Joch am bequemsten fügen könne. Andere aber, die noch die Hoffnung auf eine bessere Zeit nicht aufgeben wollten, worin gefielen sie sich, in was suchten sie die Rettung? In *Lug* und *Trug*. Ihr Tun wurde Heuchelei, und um die drohendste Gefahr zu vermeiden, zeigten sie Freundschaft und baten um solche, wo sie doch nur verachten und verabscheuen konnten. Jene Schamlosigkeit war da, die um des Lebens willen jeden edleren *Zweck* des Lebens hintenansetzt oder vergißt. So war unser Zustand, meine Geliebten, und wir selber waren nach den Worten der Schrift ›wie die Heiden in der Wüste‹. Das waren die zurückliegenden Tage unserer Gefangenschaft; aber danken wir dem Herrn: ein *neuer Tag* ist da.«

Und nun begann er seiner Gemeinde zu zeigen, was dieser »neue Tag« erheische und bedeute: Rückkehr zur Wahrheit, Rückkehr zu dem Mute, den die Wahrheit gibt. Er führte dies aus und nannte »die Wehrhaftigkeit des Volkes«, wie sie durch den heute verlesenen Aufruf proklamiert worden sei, eine Morgengabe, eine Gewähr besserer Zeiten. Im Gegensatz zu Jahrzehnten, wo der Übermut des Soldaten den Mut für etwas ihm ausschließlich Zuständiges gehalten habe, sei der Mut jetzt eine Pflicht jedes einzelnen geworden. Und diesen Mut würden auch *sie* zu betätigen haben, jede Stunde könne sie rufen, und käme sie, so sollten sie sich derselben würdig zeigen.

Andächtig war die Gemeinde gefolgt. Auch Lewin hatte diesmal nicht Zeit gefunden, nach dem Rotkehlchen auszuschauen, und nur Tubals Aufmerksamkeit war bald abgeirrt und hatte zwischen dem großen Grabdenkmal und dem silbernen Altarkruzifix einen mechanischen Pendelgang gemacht, den die wunderlichsten Fragen begleitet hatten. »Wieviel hat das Grabdenkmal gekostet?« »Wovon sind die Messingleuchter so blank?« »Welcher Vitzewitz hat das Kruzifix gestiftet?« und dann waren neue Fragen gekommen, um schließlich den ersten wieder Platz zu machen. Und woher das alles? Hatten die Seidentopfschen Worte doch eines tieferen Tones entbehrt? O nein. Aber auf ihrem unausgesetzten Gange zwischen dem Grabdenkmal und dem Kruzifix waren seine Blicke Marie begegnet. *Das* war es. Ihr Mund zuckte von Zeit zu Zeit, und ihre großen dunkeln Augen erschienen wie geschlossen, so tief lagen sie unter dem Schatten ihrer Wimpern. Er sah das blasse, feingeschnittene Profil, und sah es, bis er *nur* noch sah und nichts mehr hörte als die vorwurfsvolle Stimme in seinem Innern, die leise seine Blicke begleitete.

Die Predigt hatte mittlerweile geschlossen, nur das Gebet war noch zu sprechen, und alles sah erwartungsvoll zu der Kanzel auf, auch Marie. Sie fühlte wohl, daß Blicke von dem Chorstuhl her sie trafen, aber sie hatte die Kraft, dieser Blicke nicht zu achten oder doch in ihrer Seele sich ihrer zu erwehren, denn sie war reinen Gemüts und ohne Schein und Falsch.

Seidentopf aber betete: »Barmherziger Gott und Herr. Du hast Großes an uns getan, daß du uns berufst, um ein freies und würdiges Dasein zu kämpfen. Steh uns bei. Der Sieg kommt von dir, und mit Vertrauen ist es, daß wir Heil und

Segen für unser Tun von dir erflehen. Schütze den König, verleihe Weisheit und Kraft den Heerführern, Mut denen, die die Waffen tragen, treue Ausdauer aber *allen*, auch uns. Und wie das Glück des Krieges auch wechseln möge, *eines* gib uns als seine letzte Segnung, gib uns *Freiheit* und *Frieden*.«

Nun fiel wieder die Orgel ein, der letzte Vers wurde gesungen, und langsam erhoben sich die Hohen-Vietzer und verließen die Kirche. Marie blieb zurück, um Renaten und die Schorlemmer zu begrüßen; dann schritten sie gemeinschaftlich den Mittelgang hinunter. Tubal und Lewin folgten.

Als alle den spitzbogigen Mauereinschnitt erreicht hatten, der von der Seite her in den Turm führte, bemerkte Marie, daß sie das Gesangbuch sehr wahrscheinlich auf ihrem Sitzplatze habe liegen lassen. Sie wollte umkehren, aber Tubal litt es nicht und schritt den Mittelgang wieder hinauf, um das vermißte Buch zu holen. Marie sah ihm nach und wartete, während die andern durch das Außenportal ins Freie traten.

Das Buch war nicht da. Tubal, nachdem er erst auf der Bank und dann am Fußboden hin- und hergesucht hatte, richtete sich endlich wieder auf und machte mit beiden Armen ein Zeichen, das die Vergeblichkeit seiner Bemühungen ausdrücken sollte. Marie rief ihm zu: »Da muß ich selber kommen«, und ging nun ebenfalls das Kirchenschiff hinauf. Aber in diesem Augenblicke hatte sich das Buch auch schon auf einem schmalen Brett unter der pultartigen Schrägung gefunden, und Tubal hielt es triumphierend in die Höhe und ihr entgegen. Sie nahm es dankend aus seiner Hand, wandte sich dann und schritt eilig wieder dem Ausgange zu; ehe sie diesen jedoch erreicht hatte, hörte sie, daß von außen her zugeschlossen wurde. Der alte Kubalke, von seinem Orgelchor herabkommend, hatte nicht bemerkt, daß noch wer in der Kirche war.

Marie fuhr zusammen, faßte sich indessen rasch und sagte: »Wir sind eingeschlossen, bitte, pochen Sie schnell an die Tür.«

Auch Tubal war erschrocken, aber anders als seine Gefährtin. Er fühlte sich wie von einem elektrischen Schlage getroffen.

»Wozu pochen, Marie«, sagte er, »der Alte würde uns doch nicht hören. Und so wären wir denn Gefangene.«

»Ja, aber in einer *Kirche* gefangen. Und auf alle Fälle, die

Fenster sind nicht hoch... und Renate wird unsere Abwesenheit bemerken.«

»Gewiß; aber hoffen wir, nicht zu früh.«

Marie hörte, wie seine Stimme zitterte.

»Gut«, sagte sie, »so sind wir denn Gefangene. Machen wir das Beste davon und nutzen wir die Zeit. Es verlohnt sich immer, zu lernen, und ich wette, Sie kennen unsere Kirche noch nicht. Niemand kennt sie; jeder glaubt genug getan zu haben, wenn er das große holländische Monument bewundert und den Namen des alten Matthias von Vitzewitz oder wohl gar den seiner tugendreichen Veronika von Beerfelde mühsam entziffert hat. Das heißt dann die Hohen-Vietzer Kirche kennen. Wir haben aber hier vielerlei.«

Sie sprach dies alles in beinahe heiterem Tone, ganz ersichtlich, um ihre Befangenheit zu verbergen, und als Tubal, statt aller andern Antwort, ihr nur immer forschender ins Auge sah, setzte sie rascher und hastiger hinzu: »Ich muß Ihnen das alles zeigen. So verlieren wir diese Minuten nicht. Von dem zerbrochenen Taufstein, von dem die Leute sagen, er sei tausend Jahre alt, will ich Ihnen nicht erst erzählen, Sie glauben es doch nicht; aber hier rechts das Muttergottesbild, das müssen Sie sehen. Sehen Sie, die Maria hat ihr Christkind aus den Händen fallen lassen.«

»Vielleicht, weil sie wieder freie Hand haben wollte.«

»O nicht doch, das ist Spott und gottlos. Und ich sehe schon, es paßt so wenig für Sie wie der tausendjährige Taufstein. Aber hier, das ist etwas, das paßt für uns beide«, und dabei zeigte sie mit ihrer Hand auf einen alten, aufrechtstehenden Grabstein, der in die Wandstelle dicht neben dem Muttergottesbilde eingemauert war.

Tubal trat an den Stein heran und las: »Katharina von Gollmitz.«

»Ja, das war ihr Name.«

»Lassen wir den Namen«, sagte Tubal, »was soll er uns? Was sollen uns die Toten?«

»Doch, doch, Sie müssen von ihr hören. Sie war die Freundin eines *damaligen Fräulein von Vitzewitz*, den Vornamen hab' ich vergessen, aber nehmen wir an, daß sie Renate hieß.«

»Nicht Renate.«

»Ja, nehmen wir an, daß sie Renate hieß. Und ihre Freundin, eben diese Katharina von Gollmitz, deren Grabstein Sie hier vor uns sehen, die starb hier und wurde hier begraben. Aber das tote Fräulein von Gollmitz hatte Sehnsucht in ihre Heimat und wollte fort von hier und aus dem fremden Grabe wieder heraus.«

»Ich glaub' es nicht.«

»Oh, Sie müssen es glauben, denn es ist wahr, und es weiß es jedes Kind hier. Und immer, wenn das Fräulein von Vitzewitz über diesen Grabstein hinschritt, der damals noch mit den andern Steinen im Mittelgange lag, dann hörte sie, wie die Freundin rief: ›Renate, mach auf!‹«

Tubal lächelte.

»Und so rufen auch *wir* jetzt; nicht wahr?«

»Nicht ich.«

»Doch, doch, Sie müssen es auch rufen, denn so gemahnt uns der Grabstein. Und alles, an das uns die Grabsteine mahnen, auch wenn sie stumm sind, das müssen wir tun.«

»Ja; nur nicht heute, nur nicht in dieser Minute. Wir *leben*, Marie.«

»Aber wielange noch?« antwortete diese.

Tubal stutzte. Es war etwas in ihrem Wort, das ihn getroffen hatte. Er entschlug sich indessen des Eindrucks wieder und sagte nur: »Lassen wir die Grabsteine.«

Und damit schritten sie wieder in den Mittelgang der Kirche zurück.

Als sie die vordersten Bänke beinah erreicht hatten, unterbrach Tubal das lange Schweigen und sagte mit weicherer Stimme: »Nicht wahr, Marie, wir wollen gute Kameraden sein? Das Schicksal hat uns hier zusammengeführt. Ist es nicht, als ob wir einander gehören sollten?«

»Nein, nicht wir ... Aber horch, ich höre Stimmen.«

»Welche?«

»Ich weiß es nicht.«

»Nicht *unsere* Stimmen, Marie, nicht *Ihre*, nicht die *meine*?«

»Nein, nein, Renatens.«

Sie betonte den Namen, und er fühlte wohl, weshalb. Aber

außer sich ergriff er jetzt ihre Hand und sagte mit rasch sich steigernder Heftigkeit: »Renate und immer wieder Renate. Wozu, was soll es? Ich bitte Sie, nur jetzt nicht diesen Namen; ich mag ihn nicht hören. Er will sich zwischen uns stellen, aber er soll es nicht. Nein, nein, Marie!« Und er warf sich nieder und umklammerte sie, während er sein glühendes Gesicht an ihrem Kleide barg. Einen Augenblick war es ihr, als ob sie nach Hilfe rufen oder in der pochenden Angst ihres Herzens das Altartuch erfassen sollte, aber plötzlich von einem andern Gedanken durchblitzt, riß sie die halboffene Türe auf, die zu dem Majorsstuhl führte, und zeigte mit ihrer Rechten auf die Blutstelle, die das Grauen aller derer war, die davon wußten.

Umsonst.

»Und ob Leben und Sterben zwischen uns stünde«, rief er, »ich lasse dich nicht, Marie... ich will es...«

Da wurd' es wirklich von außen her laut, der Schlüssel drehte sich im Schloß, und gleich darauf erschien der alte Jeserich Kubalke und kam zwischen den Chorstühlen langsam die Fliesen herauf.

»Nichts für ungut, junger Herr. Aber mit einundachtzig da hat man keine Augen mehr, und da hab' ich Sie denn eingeschlossen und gefangengesetzt. Und zwei schmucke Gefangene, das muß ich sagen. Ja, ja, Marie.«

Beide hatten unter dieser Begrüßung ihre Ruhe wiedergewonnen und erzählten nun dem Alten, daß sie die Zeit ausgenutzt und die großen Grabsteine gelesen hätten, auch den von der Gollmitz.

»Auch den von der Gollmitz. Weiß schon, das war das Fräulein, das nicht hier bleiben wollte. Ja, das muß man lesen. Aber die jungen Leute tun's nicht, und wenn sie's tun, so denken sie nichts dabei. Ja, die Grabsteine...«

So plaudernd, waren sie wieder bei dem Ausgange der Kirche angekommen.

»Vater Kubalke«, sagte Marie, »wir haben denselben Weg.«

Tubal trat an sie heran und bot ihr die Hand, wie zum Zeichen, daß Friede zwischen ihnen sein solle. »Es war ein Traum, Marie. Nicht wahr?«

Sie schüttelte den Kopf.

Da nahm sie den Arm des Alten, der die letzten Worte kaum gehört, am wenigsten beachtet hatte, und stieg mit ihm einen der schmalen Pfade hinab, die von dem Kirchhügel aus auf die Mitte des Dorfes zuführten.

15. KAPITEL
Die Rekognoszierungsfahrt

Um eben diese Zeit trabten die Ponies über Hohen-Ziesar auf Frankfurt zu.

Hohen-Ziesar lag ein Beträchtliches abseits der Straße; Berndt aber hatte den halbstündigen Umweg nicht gescheut, um – was am Tage vorher versäumt worden war – Drosselstein zur Teilnahme an ihrer Frankfurter Rekognoszierungsfahrt aufzufordern. Freilich eine vergebliche Mühe, da der Graf, wie man erfuhr, Hohen-Ziesar schon in früher Stunde verlassen hatte. Und zwar sehr wahrscheinlich, um jenseits der Oder einen zweiten Besuch im russischen Hauptquartier zu machen. Sicheres verlautete nicht; nur die Tatsache seiner Nichtanwesenheit blieb und wurde von Berndt und Bamme mit ziemlich gleicher Befriedigung aufgenommen, da beide au fond du coeur wenig Lust hatten, sich in Sachen, die sie besser verstanden, von bloß »höheren Gesichtspunkten« aus dreinreden zu lassen.

Und so ging es, unter Empfehlungen an den Grafen, weiter in die klare Winterlandschaft hinein. Die Ponies schienen das Versäumnis einholen zu wollen und ließen in ihrem Eifer erst nach, als sie dicht vor Podelzig wieder an die große Straße kamen. Im Dorfe selbst erfuhren unsere Freunde, daß vor kaum einer halben Stunde die vordersten Staffeln der am Tage vorher heranbeorderten Bataillone eingetroffen seien, und gleich darauf wurden sie verschiedener Gruppen von Landsturmmännern gewahr, die, von alt und jung umstanden, allerhand Fragen stellten und beantworteten. Einen Augenblick erwog Berndt, ob er absteigen und zu den Leuten sprechen solle; er unterließ es aber, um nicht abermals die wenigen noch bleibenden Tagesstunden gekürzt zu sehen.

Das nächste Dorf war Clessin. Auch hier ließen sich Unruhe und Erregung – der Aufruf war eben verlesen worden – deutlich erkennen, und nur in Cliestow, in dem eben zu Mittag geläutet wurde, war alles still. Hier saßen die Sperlinge zu Hunderten auf dem Fahrdamm, unschlüssig, ob sie auffliegen sollten oder nicht, und nichts als der sonnenbeschienene Rauch, der hell und gradlinig aus den Essen stieg, deutete auf Leben.

Und nun lag auch Cliestow zurück. Der Weg stieg in leiser Schrägung an, und eine reizende Szenerie begann sich mehr und mehr dem Auge darzustellen.

Über das weit nach rechts hin gebreitete Plateau waren zahlreiche Gehöfte ausgestreut, während nach links hin das ganz in der Tiefe liegende, nur von Kropfweiden eingefaßte Odertal sich schlängelte. Und in eben dieser Tiefe, keine halbe Stunde mehr von unseren Reisenden entfernt, stieg jetzt auch das Ziel ihrer Fahrt, die Stadt selber herauf, deutlich erkennbar an dem gekupferten Hut der Oberkirche und den vielen goldenen Kugeln, die wie Butterblumenknospen das grüne Spitzdach umstanden.

»Ich zähle sieben Kirchen«, sagte Bamme, der aus einer Art Eigensinn nie zuvor in Frankfurt gewesen war. »Es scheint eine große Stadt, größer, als ich dachte.«

»Der eigentliche Kern ist klein«, antwortete Berndt. »Aber die Vorstädte strecken sich weit hinaus. Sehen Sie drüben die Dammvorstadt, fast eine Stadt für sich. Und dahinter Kunersdorf, blutigen Schlachtenangedenkens. Hier auf unserer Seite des Flusses sind wir friedlicher. Die lange Häuserlinie dort unten ist die *Lebuser* Vorstadt; aber ich will Sie nicht vor der Zeit mit solchen Einzelheiten behelligen. Vom Spitzkrug aus haben wir das alles viel deutlicher und sehen den Sottmeiers in die Schornsteine hinein.«

»Den Sottmeiers?« fragte Bamme.

»Ja, hier dürfen wir sie noch so nennen.«

»Was ist es damit?«

»Eine von den Neckereien und Fehden, wie sie zwischen ›Altstadt‹ und ›Neustadt‹ überall zu Hause sind. Ob es paßt, ist gleichgültig, wenn es nur reizt und böses Blut macht. Und das tut es. Ein altes Weib, nicht viel besser als eine Hexe, steckte vor hundert Jahren die ganze Vorstadt hier unten in Brand. Sie hieß Witwe Sottmeier und wurde mit sechs oder sieben ihrer Komplizen auf den Scheiterhaufen gestellt. Feuer für Feuer; das war damals noch die Regel. Seitdem werden alle Kietzer nach dem übelberufenen alten Weibe genannt und heißen ›Sottmeiers‹. Eine sonderbare Logik, erst den Schaden und dann den Schimpf. Aber ob logisch oder nicht, es gefällt den Altstädtern, und so bleibt's beim alten.«

Unter diesen Gesprächen waren sie bis an ein weißgetünchtes Wirtshaus mit hohem Strohdach gekommen, das, an der Spitze dreier hier zusammentreffender Straßen gelegen, den Namen »Spitzkrug« führte. Es war dies der vorerwähnte Aussichtspunkt, weshalb denn auch Vitzewitz halten ließ. Ein dreieckiger, durch die drei Straßen gebildeter Garten lag vor dem Hause; hier stellten sich unsere Freunde auf und sahen, über einen Heckzaun hinweg, auf das reliefartig vor ihnen liegende Bild. Bamme hatte den Blick überall und erkannte gleich, daß dies der Punkt sei, der für alle Fälle gehalten werden müsse.

»Hier stellen wir unsere Soutiens«, sagte er. »Über den *Spitzkrug* geht unser Rückzug. Die drei Wege hier lassen uns die Wahl und verwirren den Feind.«

»Warum Rückzug?«

Bamme lachte. »Ein gesicherter Rückzug ist der halbe Sieg. Wer vorwärts will, muß mit dem Gedanken an ein mögliches Rückwärts beginnen. Weiß ich, daß ich wieder heraus kann, so geh' ich dem Beelzebub in seinem Allerheiligsten zu Leibe. Fragen Sie Hirschfeldt, der kennt den Krieg.«

Während dieser Worte hatte Bamme sein Notizbuch genommen und begann die verschiedenen Straßen einzuzeichnen. Als er damit fertig war und nach dem Namen einer zu Füßen gelegenen kleinen Vorstadtkirche gefragt hatte, sagte er zu Vitzewitz: »Und diese Bergnase hier, die nach der Stadt zu vorspringt?«

»Das ist der Galgenberg.«

»So, so. Und die Straße, die von hier aus daran vorüberläuft?«

»Die Richtstraße. Mutmaßlich, weil sie von der Stadt her

zur Richtstätte führte. Ein Rest von den drei Pfeilern ist noch zwischen den Kirschbäumen sichtbar.«

»Lassen wir die Pfeiler, Vitzewitz«, sagte Bamme. »Ich bin für eine gesicherte Rückzugslinie, aber wenn es sein kann, an anderen Örtlichkeiten vorüber. Erst die Sottmeiers und nun der Galgenberg und die Richtstraße, das hat freilich alles seinen Zusammenhang; aber ich bekenn' Ihnen offen, weniger Folgerichtigkeit und mehr Heiterkeit wäre mir lieber. Nomen et omen. Ich bin abhängig von solchen Sachen und geh' ihnen gern aus dem Wege. Brechen wir ab; ich habe mich orientiert.«

Sie stiegen nun wieder auf und fuhren bergab in die Vorstadt hinein, erst an der kleinen Sankt Georgskirche und dann an dem gleichnamigen Spitale vorüber. Eine einzige, lange Straße. So kamen sie nach zehn Minuten bis an den Brückendamm, der, wo die Alt- oder Innenstadt beginnt, wenigstens damals noch, über einen breiten, wenn auch ausgetrockneten Wallgraben hin auf das alte Lebuser Tor zuführte. Unmittelbar vor diesem Tore buchtete sich der Brückendamm zu einem kleinen winkligen Platze aus, auf dem, in die Ecke geschoben, ein paar zweirädrige, aber starkgebaute Karren standen. Daneben lagen eiserne Kanonenrohre, alle rostig, ein paar zerbrochen, als ob sie, von der Kunersdorfer Schlacht her, hier liegengeblieben wären. Bamme merkte sich alles. Dann passierten sie das gewölbte, noch aus den Zeiten der Stadtbefestigung herstammende Tor, hinter dem sich die große Torwache befand. Der Posten vorm Gewehr schritt auf und ab, sah die Vorüberfahrenden neugierig freundlich an und grüßte mit leichter Handbewegung.

»Ein Glück für ihn«, sagte Bamme, »daß er morgen abend abgelöst ist und nicht mehr an dieser Stelle schildert. Ein hübscher Junge und grüßt uns so freundlich. Es wäre mir leid um ihn.«

Hundert Schritte hinter der Torwache zweigt nach links hin eine schmale Straße ab. Sie führt auf den Fluß zu, aber ehe sie denselben erreicht, erweitert sie sich zu einem Kirchplatze, auf dem sich grau und turmlos die älteste Stadtkirche erhebt. Ist man an dieser vorbei, so gewahrt man sogleich, wie der Platz sich wieder verengt und abermals Straße wird. Aber nur zwei, drei Häuser zu jeder Seite. Und dann ist man am Kai. In einem dieser Häuser wohnte Turgany. Berndt hatte die Zügel genommen und fuhr vor. Es war ein großes, altes Eckhaus, mit vorspringendem Erker und einem prächtigen Blick auf Platz und Bollwerk. Ein rechtes Aussichtshaus. Berndt, als er angeordnet, daß Krist ausspannen und entweder bis an den Spitzkrug oder doch wenigstens bis an einen alten, schon vorher am Ausgange der Lebuser Vorstadt gelegenen Gasthofe zurückfahren solle, stieg mit Bamme die breite Steintreppe hinauf, während Grell und Hirschfeldt folgten.

Der Justizrat empfing sie herzlich und stellte Othegraven vor, der unruhiger noch als Turgany der Ankunft der Hohen-Vietzer Gäste entgegengesehen hatte. In der Nähe des Fensters war ein Frühstückstisch serviert, an dem man Platz nahm und artigkeitshalber einstimmte, als seitens des Wirts das Ausbleiben Drosselsteins bedauert wurde. Grell, seiner Gewohnheit nach, musterte das Zimmer, das aus der Zeit stammte, wo Gotik und Renaissance sich um die Herrschaft gestritten hatten. Der Erker war noch gotisch, während die großen Wandflächen und insonderheit die Stuckornamente schon auf Etablierung der Renaissance deuteten. Ebenso der Ofen, der auf seinen grünglasierten Kacheln die Geschichte des Tobias darstellte.

»Ein delikater Rauenthaler«, sagte Bamme, »werde mir seinerzeit die Adresse der Handlung ausbitten. Hoffentlich kein Geheimnis. Aber nun zu den Geschäften, meine Herren. Carpe diem. Staunen Sie nicht, Vitzewitz, mich schon wieder auf den Schleichwegen der Klassizität zu betreffen. Umgang bildet, und man ist seiner Gesellschaft etwas schuldig. Aber nun Ihren Plan, Othegraven.«

Othegraven verbeugte sich etwas steif und sagte dann: »Es wird sich, nachdem unser Freund Turgany bereits die Ehre gehabt hat, Ihnen unseren Überfallsplan vorlegen zu dürfen, im wesentlichen nur noch um Kenntnisnahme der Lokalität wie um Festsetzungen hinsichtlich der Zeit handeln, immer vorausgesetzt, daß nicht Ihrerseits, Herr General, Änderungen oder neue Vorschläge beliebt werden. Unterbleiben diese« – Bamme nickte – »so werd' ich Altes mehr zu rekapitulieren als dem Ihnen schon Bekannten erheblich Neues hinzuzufügen haben.«

»Desto besser. Viele Strähnen verwirren nur. Also repetieren wir unser Exerzitium.«

»So bitte ich Sie denn, Herr General, an dies Erkerfenster herantreten zu wollen. Auch die anderen Herren. Wir haben dann unser Aktionsfeld vor uns, und das wenige, was überhaupt noch zu sagen bleibt, läßt sich wie auf einer aufgeschlagenen Karte demonstrieren.«

Alle hatten sich erhoben und waren in den Erker eingetreten. Othegraven zeigte nach links hin. »Herr General wollen das dritte Haus am Platz bemerken, das größte, scharf an der Kirche vorbei.«

»Ich sehe; das mit den verschnittenen Linden, und das Schilderhaus davor. Es sieht aus wie ein Gasthof.«

»Sehr richtig. In diesem Gasthofe wohnen General Girard und sein Stab. Auch drei oder vier Ordonnanzen. In demselben Augenblick, in dem der erste Schuß fällt, brechen wir, von der Kirche her, vor. Es sind keine zwanzig Schritt. Ehe der General noch den Schlaf abgeschüttelt hat, ist er gefangen. Stab und Ordonnanzen mit ihm.«

»Und dann?«

»Fünf Minuten später müssen auch die Mannschaften in unseren Händen sein, die hier in der Altstadt herum einzeln oder zu zweien und dreien in Bürgerquartier liegen. Wir kennen die Häuser und werden sie vorher umstellen. Für die prompte Durchführung dieser Dinge hoff' ich mich verbürgen und Ihnen unmittelbar nach Ihrem Eintreffen auf diesem Platze Meldung von dem Vollzogenen machen zu können. Das ist der *erste* Akt.«

»Und dann?« wiederholte Bamme seine Frage.

»Und dann«, antwortete der Konrektor etwas spitz, »beginnt eben der zweite, *Ihr* Akt, Herr General. Denn unsere Bürgerschaften sind gewillt, sich Ihrem Kommando, von dem Augenblick Ihres Eintreffens an, in allen Punkten zu unterstellen. Der Ruf eines entschlossenen Mannes geht Ihnen voraus, und Entschlossenheit ist alles.«

Bamme verbeugte sich. Er war nicht unempfindlich gegen

solche Huldigungen, am wenigsten, wenn sie von Gesellschaftskreisen ausgingen, denen gegenüber er das Gefühl hatte, sich aus diesem oder jenem Grunde wiederherstellen zu müssen. Denn er wußte sehr wohl, was ihm fehlte.

Othegraven fuhr fort: »Es wird sich in diesem zweiten Akte darum handeln, ob *wir*, will sagen, Ihre Landsturmmänner und unsere Bürgerschaften, in gemeinschaftlicher Aktion imstande sind, uns der zweitausend Mann Voltigeurs und Grenadiers zu erwehren, die samt ihren Regiments- und Bataillonschefs drüben in der Dammvorstadt liegen und unzweifelhaft von Beginn des Kampfes an eifrig bemüht sein werden, den Übergang in die Altstadt zu forcieren. Ein leichtes soll es ihnen nicht werden. Die Brücke opfern wir, und für Aufeisung des Stromes ist gesorgt. Unsere Kietzer Fischer haben es an gutem Willen nicht fehlen lassen; Tag und Nacht in den Kleidern; Seine Majestät der König soll davon erfahren. Nichtsdestoweniger, ohne besserem Urteil vorgreifen zu wollen, scheint mir der Ausgang dessen, was wir vorhaben, von dem Eintreffen oder Nichteintreffen der Russen abzuhängen. Halten sie Wort, so haben wir übermorgen früh eine französische Brigade gefangengenommen, fünfzig Kanonen erbeutet und, was die Hauptsache ist, der ganzen Provinz ein Zeichen, ein Beispiel gegeben. Lassen uns umgekehrt die Russen im Stich, so können wir uns gegen zweitausend Mann nicht auf die Dauer halten. Denn es sind ausgeruhte Soldaten, Reserven, die nicht mit in Rußland waren. Ich bedaure noch einmal das Nichtzugegensein des Herrn Grafen, getröste mich indessen, daß er uns nur fehlt, um sich durch einen zweiten Besuch im Hauptquartiere Tschernitscheffs der russischen Mitwirkung abermals zu versichern.«

»Sehr gut, Othegraven«, sagte Bamme. »Das nenn' ich den geborenen Generalquartiermeister, Schule Prinz Eugen oder doch wenigstens Montecuculi. Nicht wahr, Hirschfeldt? Und alles knapp und kurz. Also bestens akzeptiert. Es fehlt nur noch eine Kleinigkeit: die Ausführung. Aber Tschernitscheff oder nicht, es *muß* glücken; zum mindesten dürfen wir keinen andern Gedanken mehr aufkommen lassen. Wir haben A gesagt und müssen B sagen. Alles Kriegsspiel ist Würfelspiel.

Und wir knöcheln für eine gute Sache. Alea jacta est. Ich habe mein Latein wieder und meine gute Laune.«

Dabei waren sie vom Fenster an den Tisch zurückgetreten und nahmen wieder Platz. Aber keiner war in der Stimmung, das Frühstück fortzusetzen. Turgany traf es deshalb, als er sagte: »Brechen wir auf, werte Herren und Freunde. Mein Programm lautet: erst Inspizierung des diesseitigen Oderkai, dann Brückenpassage, Dammvorstadt, Herzog-Leopold-Denkmal und französischer Geschützpark. Soweit gediehen, betracht' ich unsere fußgängerischen Aufgaben als gelöst und stelle meinen Wagen für alles weitere zur Verfügung. Er wird uns am Geschützpark oder doch in der Nähe desselben erwarten. Dann Repassierung der Brücke, Kleist-Denkmal und Rückkehr in meine Wohnung oder aber in die Lebuser Vorstadt, wohin Sie, wenn ich recht gehört, Ihren eigenen Wagen dirigiert haben.«

Und damit brachen alle auf, um ihre Rekognoszierung zu Fuß zu beginnen.

Von Turganys Wohnung bis an den Fluß waren kaum hundert Schritt. Eine sonntägliche Stille herrschte den Kai entlang, der in großen Abständen mit uralten Pappelweiden besetzt war. Eingefroren im Eise lagen Oderkähne und größere Kielboote, die nach Stettin hin gehörten und hier vor der Zeit vom Winter überrascht worden waren. Nach rechts hin lief die Brücke über den Fluß, zwanzig Joche oder mehr, zwischen denen unsere Freunde des großen, zum Brückenschutz errichteten Eisbrechers ansichtig wurden. Alle Arbeit ruhte; die Glocken der Oberkirche gingen, und einzelne geputzte Frauen, die zur Nachmittagspredigt wollten, eilten an ihnen vorüber.

Bamme musterte den Kai und die Pappelweiden bis rechts an die Brückenjoche hinauf und sagte dann zu Berndt: »Voilà, Vitzewitz, unser mutmaßliches champ de bataille.« Dieser nickte zustimmend in guter, beinahe heiterer Laune. Denn er war viel ruhiger als der Alte, weil er das, was sie vorhatten, nicht als Abenteuer, sondern als Pflicht und Aufgabe nahm.

So kamen sie bis an die Brücke und gingen in die Dammvorstadt hinüber. Die Welt hier schien nur noch aus Franzosen zu bestehen; einige, als ob draußen die Junisonne schiene, balancierten auf den Querhölzern der offenstehenden Fenster, während sich andere mit Bockspringen vergnügten oder sich auf Flur und Diele mit Kindern und jungen Mädchen unterhielten. So namentlich auch vor dem großen Gasthofe »Zum goldenen Löwen«, hart an der Brücke, der in eine Kaserne umgewandelt war. An der Ecke dieses Gasthofes vorbei bogen jetzt unsere Freunde nach links hin ein und wandten sich dem großen Herzog-Leopold-Denkmale zu, das sie schon vorher, als sie von Turganys Wohnung aus auf den Fluß zugeschritten waren, in aller Deutlichkeit gesehen hatten. Es lag jener Stelle gerade gegenüber; nur der breite Fluß dazwischen.

Nun standen sie vor diesem Denkmal, zu dessen beiden Seiten – und zwar zwischen dem hochaufgestapelten Klafter- und Bretterholz eines hier befindlichen Holzhofes – vierzig bronzene Geschütze zusammengefahren waren. Der Anblick, der sich ihnen bot, weckte sehr verschiedene Gedanken. Othegraven sah mißtrauisch auf die Bretter und Bohlen und sann nach, wie sie wegzuschaffen wären, während Berndt und Bamme mit Befriedigung wahrnahmen, daß die Munitionskarren fehlten. So war man wenigstens vor einem Mitspielen der Artillerie gesichert.

Grell hatte sich inzwischen mit seinem Interesse dem Denkmale selber zugewandt. Drei Frauengestalten trugen eine sternenbekränzte Urne; am Sockel des Ganzen aber standen folgende Worte: »Menschenliebe, Standhaftigkeit, Bescheidenheit – drei himmlische Geschwister – tragen Deinen Aschenkrug, verewigter Leopold, und klagen mit der Göttin der Stadt, deren Bürger Du zu retten eiltest, und klagen mit dem Odergott, in dessen Wellen Du untergingst, daß die Erde ihr Kleinod verloren hat.«

Bamme war ebenfalls herzugetreten und sagte jetzt, während er auf die Urne zeigte: »Aschenkrug. Wer's glaubt! Sieht es nicht aus wie eine Riesenbowle? Und das soll es am Ende auch sein. Ich wette, der Bildhauer – Ehre seinem Andenken – war ein Schalk und schrieb auf seine Art Geschichte. Sie wissen doch, Vitzewitz?«

»Ich weiß«, sagte dieser. »Aber es ist widerlegt.«

»Schade«, fuhr Bamme fort. »Die hübschesten Sachen in der

Weltgeschichte werden immer widerrufen oder widerlegt. Pitt starb an einer Flasche Burgunder; aber das war nicht groß genug für einen Rednerhelden oder meinetwegen auch Heldenredner, und so heißt es jetzt, er sei an der Schlacht von Trafalgar gestorben. Hätt' ich die Notiz von Rutze, so würd' ich an eine Verwechslung mit Nelson glauben. Aber es steht in allen Büchern und Blättern. Apropos Rutze. Seine Kompanie ist brillant, vielleicht die beste. Nichts für ungut, Vitzewitz.«

Während diese Worte gewechselt wurden, war der französische Posten mit einem »Pas permis, monsieur« an den emsig zeichnenden Grell herangetreten, hatte sich jedoch jedes weiteren Einspruchs begeben, als ihm unser Hölderlinfreund seine mit komischem Ungeschick abkonterfeiten drei Gottheiten gezeigt und dadurch die Lachlust des kleinen Südfranzosen erregt hatte.

Von der Brücke her kam ihnen jetzt das Turganysche Fuhrwerk entgegen. Sie stiegen ein, behalfen sich, so gut es ging, und erledigten ihr Programm – auch bei dem Ewald von Kleist-Denkmal einige Minuten verweilend – in der vorher festgesetzten Reihenfolge. Darnach trennte man sich, um Krist und die Ponies in der Lebuser Vorstadt aufzusuchen. Ihre letzte Abmachung war dahin gegangen, daß die Landsturmbrigade nicht später als ein Uhr nachts von Montag auf Dienstag am Spitzkrug eintreffen solle. Ein Vertrauensmann Othegravens werde sie daselbst erwarten.

Die kleine Sankt-Georgskirche schlug eben fünf, als unsere Freunde am Ausgange der Lebuser Vorstadt eintrafen und vor einem hier befindlichen alten Wirtshause den Hohen-Vietzer Kaleschwagen erkannten. Aber noch nicht angespannt.

Beinahe die Hälfte der »Wirtschaft« wurde von einem ungewöhnlich großen Torweg eingenommen, der durch die ganze Tiefe des Hauses lief. Es dunkelte schon, und so hätte sich von der gewölbten Einfahrt sehr wahrscheinlich nichts weiter als ein schwarzes Loch erkennen lassen, wenn nicht in Höhe des Gewölbes eine Stallaterne geschaukelt hätte. Mit Hilfe dieser gewahrte man drei Stufen, die nach links hin aus dem Torweg in eine, so schien es, den ganzen Rest des Gebäudes einnehmende Gaststube führten. Alles andere lag im Quergebäude. In Front der Ausspannung aber war anscheinend noch ein zweiter Torweg sichtbar, ebenfalls mit einer Laterne. Sah man indessen schärfer zu, so gewahrte man, daß dieser Torweg gar kein Torweg sei, sondern eine große Kapellennische, in deren Hintergrund ein bemaltes Kruzifix hing. Neben diesem Kruzifix zwei weißgetünchte Heilige, die auf ihren bittend vorgestreckten Armen wohl ein halbes Dutzend vertrockneter Kränze trugen. Vitzewitz war in den Hof gegangen, um nach Krist und den Ponies zu sehen; Bamme, von Grell und Hirschfeldt begleitet, patrouillierte draußen auf und ab und wollte durchaus Näheres über die zwei »Torwege« hören. Er sah sich deshalb um und gewahrte schließlich einen Menschen, der, auf einem der niedrigen Fenstersimse hockend, wie ein Schatten in der matterleuchteten Öffnung saß.

»He, Sottmeier!«

Der Angerufene erhob sich und kam auf Bamme zu. Es ließ sich jetzt erkennen, daß er Hausknecht, Küfer und Marqueur, alles in einer Person war. Er trug eine grüne Friesschürze. Sein eines Auge, das viel größer aussah als das andere, hatte einen weißen Fleck, und dieser weiße Fleck bohrte sich immer auf den, mit dem er sprach. Dazu storres schwarzes Haar; alles häßlich und unheimlich.

»He, Freund«, sagte Bamme, dem die Lust vergangen war, das Wort »Sottmeier« zu wiederholen, »he, Freund, wie heißt eure Ausspannung?«

»Der letzte Heller.«

»Das ist gut. Gefällt mir. Man hört ordentlich, wie er springt. Und hier nebenan der Torweg mit dem Kruzifix und den zwei Nonnen, wie heißt *der*?«

»Auch der letzte Heller.«

»Wetter, das gefällt mir nicht; dieser ewige ›letzte Heller‹, als ob es sonst nichts in der Welt gäbe. Das schmeckt ja wie Miserere. Grell, wo will das hinaus? Mit dem Galgenberg haben wir angefangen, und mit dem letzten Heller hören wir auf. Zweimal der letzte Heller, auf Ehre, das ist zuviel.«

Grell lachte. »Wir müssen es uns auf das Beste hin ansehen, Herr General. Es ist eigentlich eine Feinheit, diese zwei ›letzten Heller‹ so dicht nebeneinander wie Himmel und Hölle. War es doch immer so. Der eine ließ sein Letztes bei der Kirche, der andere bei der Kneipe. Es stammt alles noch aus den katholischen Zeiten her. Aber ich glaube nicht, daß es viel besser geworden ist.«

»Ich auch nicht«, sagte Bamme, und damit schritt er auf die drei Stufen zu, die vom Torweg aus nach der Gaststube hinaufführten. Grell und Hirschfeldt folgten. Einen Augenblick später trat auch Berndt ein, der, nach längerem Umhertappen in dem dunklen Stall, Krist auf einer Futterkiste total verschlafen vorgefunden und nicht ohne Mühe zum Anspannen seiner Ponies veranlaßt hatte.

In der Gaststube saßen einige Sottmeiers beim Dreikart. Bamme war nicht in der Laune, sich populär zu machen; er suchte deshalb ein anderes, dahintergelegenes Zimmer auf, in welchem er ein großes Billard vorfand, halb zerrissen, aber die Fetzen mit einer Stopfnadel notdürftig wieder zusammengenäht. Darüber hing eine blakende Lampe. »Sieht sie nicht aus, als wäre sie draußen den Nonnen fortgenommen«, sagte er zu Grell und setzte dann, zu dem Hausknecht sich wendend, hinzu: »Noch ein Licht.«

Dieser brachte zwei und wollte, da kein Tisch da war, das eine auf den Queueständer, das andere auf das Brettchen eines neben dem Ofen stehenden hochbeinigen Kinderstuhles setzen, Bamme befahl aber: »Nicht da; hierher, rechts und links neben die Karoline!« und ließ die Lichter mitten auf das Billard stellen.

Als dies geschehen und die »grüne Friesschürze« wieder verschwunden war, sagte der Alte: »Ich wette, er hat nicht eingeklinkt; riegeln wir zu; besser ist besser. Wer die Menschen kennt, mißtraut ihnen. Es riecht hier überhaupt nach Spelunke, und wo es nach Spelunke riecht, da riecht es auch nach Verrat.«

Grell schob den Riegel vor und stellte sich dann wieder neben Bamme, der mit immer komischer werdender Feierlichkeit fortfuhr:

»Eh wir in den Wagen steigen, meine Herren, will ich die Dispositionen für morgen auf den Tisch zeichnen. Ein Stück Kreide, Hirschfeldt. Alle großen Schlachten sind mit drei Linien gewonnen worden. Und diese drei Linien hab' ich auch für morgen in petto.«

Hirschfeldt hatte mittlerweile den alten Queueständer durchsucht und ein Stück Kreide gefunden. Er gab es an Bamme, der sofort einen Kreis auf das Billardtuch malte und diesen Kreis durch einen dicken Flußstrich in links und rechts halbierte.

»Hier rechts«, hob er an, »die Dammvorstadt ist Tschernitscheffs Sache; hol' ihn der Teufel, wenn er uns im Stiche läßt. Was *wir* zu tun haben, liegt links, *hier* an den drei Toren.«

Und nun begann er jedes der drei Tore durch einen kurzen Doppelstrich zu bezeichnen, den er quer durch die Peripherie des Kreises zog.

Dann fuhr er mit steigendem Eifer fort: »Um ein Uhr halten wir am Spitzkrug und marschieren auf drei Straßen gegen die drei Tore. Das ist das Vorspiel. Und nun das Stück selber. Wir *nehmen* die drei Tore, gleichviel, mit List oder Gewalt, und dringen in drei Strahlen auf den Kirchplatz vor. Da haben wir die drei strategischen Linien. Kirchplatz ist Rendezvous. Dort entscheiden sich die Dinge, so oder so. Hoffen wir alles, und fürchten wir nichts. Und damit basta. Parole ›Zieten‹. Und wolle der alte Husarenvater in Gnaden mit uns sein.«

Ein Lächeln ging über aller Züge, als sie so den alten »Husarenvater« wie Gott und seine Heiligen angerufen sahen. Aber Bamme bemerkte nichts. Er öffnete nur das Fenster, nahm eine Handvoll Schnee und wusch damit seinen dreilinigen Angriffsplan wieder weg.

Draußen hielten jetzt die Ponies. Krist knipste mit der Peitsche, und der storrige Hausknecht, der mittlerweile seine Friesschürze zu einem Dreieck zusammengesteckt hatte, drängte sich an Bamme, um ihm beim Aufsteigen behilflich zu sein.

»Verkehren Franzosen hier?« fragte dieser.

»Nicht viel.«

»Nette Leute?«

»Na, soso. Wer sie gerade leiden kann. Nicht schlimmer als unsere.«

Während dieses Gespräches hatte sich alles zurechtgerückt, und der Wagen fuhr langsam hügelan und auf den Spitzkrug zu.

»Galgengesicht, dieser Kerl«, sagte Bamme. »Vergessener Rest von der Familie Sottmeier; irgendein Wende, der nach hinten und vorne zugleich sieht. Ein Schielkönig comme il faut. Hol ihn der Teufel. Ich wette, daß er gehorcht hat.«

»Nicht doch«, sagte Vitzewitz und lachte. »Es ist ein Dolgeliner. Sein Vater ist Schmied. Es flog ihm ein Funken ins Auge.«

Und damit ging es in raschem Trab ins Bruch hinein und auf Hohen-Vietz zu, das sie bei guter Zeit erreichten.

16. KAPITEL

Wen trifft es?

Um die achte Stunde – Berndt und seine Hohen-Vietzer Gäste waren noch nicht zurück – saßen Renate, Tubal und Lewin in dem uns wohlbekannten Eckzimmer. Seidentopf, der zugesagt hatte, zu kommen, war ausgeblieben; Lewin schien zerstreut; Tubal, befangener noch als am Tage seiner Ankunft, vermied es, dem Auge Renatens zu begegnen. So scheiterten alle Bemühungen dieser letzteren, das sich hinschleppende Gespräch in einen etwas lebhafteren Gang zu bringen, und jeder, wenn ein Wagen vorüberfuhr, atmete auf, in der Hoffnung, daß es die Ponies sein möchten.

»Wo sie nur bleiben?« sagte jetzt Renate. »Den ganzen Tag über bin ich ein Gefühl der Sorge nicht losgeworden; ich hatt' es in der Kirche schon und dann, als ich bemerkte, daß ihr eingeschlossen waret, du und Marie. Ich sagt' es auch der Schorlemmer. Willst du glauben, Tubal, daß ich mich an Mariens Stelle geängstigt hätte. Die Mittagsstunde hat ihren Spuk so gut wie Mitternacht.«

Tubal, den jedes Wort traf, bückte sich, um ein paar Tannäpfel in den Kamin zu werfen, und sagte verlegen vor sich hin: »Die Zeit verging uns rasch. Wir haben die Grabsteine gelesen.«

»Die Grabsteine«, wiederholte Renate. »Das hätte mir den Mut auch nicht gehoben. Aber Marie, glaub' ich, setzte sich in den Majorsstuhl und vergäße seine Schrecken, vorausgesetzt, daß es sein müßte. Denn im Grunde hat sie das Grauen so gut wie ich, sie hat nur mehr Kraft, ihre Furcht zu bezwingen.«

Die Pendüle schlug jetzt acht, und Renatens Besorgnisse wurden immer größer. »Haltet ihr es für möglich«, sagte sie, während sie sich erhob und voll Unruhe auf das Fenster zuschritt, »daß die Franzosen von unserem Vorhaben erfahren haben können? Unser Landsturm ist seit drei Tagen auf allen Straßen, und es gibt immer feile Kreaturen, die für Lohn oder Vorteil den Spion machen.«

»Gewiß«, sagte Lewin. »Aber diese Spione können nicht mehr verraten, als sie selber wissen. Und was sie wissen, das wissen die Franzosen auch. Es ist einfach das, daß sich ein Wetter gegen sie zusammenzieht. Nicht bloß hier, überall.«

»Und nun dieser Drosselsteinsche Brief«, fuhr Renate fort, die nur mit halbem Ohre zugehört hatte, »ich glaube nicht, daß er viel Gutes bringt. Es ist mir, als läs' ich ihn Zeile für Zeile. Absage, Zweifel, irgend etwas...«

In diesem Augenblicke fuhr der mit so viel Spannung erwartete Wagen über das Pflaster des Hofes und hielt. »Da sind sie!« riefen alle, und ehe Renate Zeit gefunden hatte, die bis dahin im Hintergrunde des Zimmers stehende Astrallampe vor das Sofa zu stellen, traten unsere Frankfurter Reisenden bereits ein. Die Schorlemmer und Jeetze folgten. Fragen über Fragen. Abendbrot wurde refüsiert, nur Tee befohlen, und weil alle mehr oder weniger ausgefroren waren, kam man überein, statt am Sofatisch, um den Kamin her Platz zu nehmen. Der Tagesbericht sollte chronologisch gegeben werden, kam aber nicht weit, da sich, als des über Hohen-Ziesar genommenen Umweges gedacht wurde, Lewin und Renate sofort des Drosselsteinschen Briefes entsannen, der in der Freude des Wiedersehens vergessen worden war.

Berndt erbrach den Brief und las: »Nur wenige Worte, mein teurer Vitzewitz. Eben komme ich von jenseits der Oder zurück und erfahre, daß Sie mit dem General und zwei anderen Herren hier waren, um mich für Frankfurt abzuholen. Ich war, wie Sie gewiß vermutet haben werden, inzwischen ein zweitesmal bei Tschernitscheff, den ich bereits auf dem Marsche traf.

Er rückt heute noch bis auf zwei Meilen gegen Frankfurt vor. Seine Gesinnungen sind unverändert die besten. Er teilte mir zum Schlusse mit, daß er an seinen unmittelbaren Chef, den Korpskommandanten Fürsten Wittgenstein, berichtet habe und spätestens bis morgen mittag der Gutheißung der von ihm getanen, beziehungsweise noch zu tuenden Schritte entgegensähe. Tout à vous. Drosselstein.«

Ein jeder empfand die Zweideutigkeit dieser Tschernitscheffschen Zusage, die nötigenfalls auch Rückzug bedeuten konnte, keiner aber gab dieser Empfindung Ausdruck, am wenigsten Bamme, der, um der schlechten Stimmung ein Ende zu machen, von allem Möglichen und Unmöglichen, von Othegraven und den Sottmeiers, von den beiden »letzten Hellern«, dem himmlischen und dem höllischen, und schließlich auch von den zwei Nonnen »mit der blakenden ewigen Lampe« zu perorieren begann. Zuletzt verschwor er sich, daß es ein gutgeplantes Unternehmen sei, vor allem klar in der Anlage; drei Linien konzentrisch auf einen Punkt gerichtet, garantierten den Erfolg. Die Russen seien gute Kameraden. Hierbei warf er einen Blick auf Vitzewitz, um zu sehen, ob dieser es ernsthaft oder ironisch auffassen würde. Ja, sie seien gute Kameraden, *müßten* es sein, und es werde glücken. Wenn es aber *nicht* glücke, so sei die Welt keinen Schuß Pulver wert, einschließlich der ganzen göttlichen Gerechtigkeit, über die er ohnehin so seine Gedanken habe.

Alles sah verlegen vor sich hin, und die Schorlemmer flüsterte Renaten zu: »Wo will das hinaus?«; Bamme selbst aber, immer neue Löffel voll Baseler Kirschwasser in die längst geleerte Teetasse gießend, begann jetzt in seinem Ärger über Tschernitscheff – gegen den er klugheitshalber nichts sagen durfte – die Schalen seines Zornes auf den »Tout à vous-Drosselstein« auszuschütten, der sich mindestens zweierlei hätte sparen können: erstens den erneuten Besuch im russischen Hauptquartier und zweitens diesen Brief. Aber er gehöre ganz und gar zu den vornehmen Herren, die, weil sie nichts Besseres zu tun hätten, immer zwischen artigen Besuchen und artigen Briefen hin und her pendelten. Und das hieße dann Lebensart und Diplomatie.

Nach diesem Trumpfe – denn er hielt es mit »guten Abgängen« – erhob er sich plötzlich, wünschte gute Nacht und ging in sein Zimmer hinüber. Berndt folgte seinem Beispiele, bald auch die andern, und ehe zehn Uhr heran war, war alles still und dunkel im Haus.

Nur in den Hinterzimmern des Oberstocks brannte noch Licht. Hier hatten sich's die Freunde bequem gemacht und genossen des Behagens, den eben beschlossenen Tag noch einmal durchzuplaudern. Auch des kommenden wurde dabei gedacht.

Tubal und Hirschfeldt, wie seinerzeit erzählt, waren Schlafkameraden. Ihr Zimmer lag mehr der Treppe zu, jener mittleren Stube gegenüber, in der die drei jungen Mädchen an dem »Einbruchsabend« in eine so tödliche Angst versetzt worden waren. Schon an einem der voraufgegangenen Tage hatte man des kleinen Abenteuers samt des Nachspiels mit Hoppenmarieken eingehender gedacht; heute kam man darauf zurück, und Tubal sagte plötzlich: »Und nun, Hirschfeldt, mit einem Sprunge, der von Hoppenmarieken aus eigentlich kein Sprung mehr ist, wie gefällt Ihnen Bamme? Sie sind heute den ganzen Tag über mit ihm zusammen gewesen. Aber auch vor einer Stunde noch, unten am Kamine; hörten Sie's wohl? er mokierte sich über Drosselstein und glaubte es zu dürfen. Und was ist es am Ende? Diogenes in der Tonne, der sich über Alexander ärgert. Ein bißchen Zynismus, ein bißchen Schabernack. Ich lasse das Preußentum gelten, aber dies säbelbeinige Märkertum, das sich am liebsten in einen Husaren verkleidet, jeden Augenblick den alten Zieten spielen möchte und nichts von ihm hat als die Häßlichkeit, das ist mir verhaßt. Ja, die Häßlichkeit. Sehen Sie sich diesen Mann an, der für einen Typus dieser Gegenden gelten kann, und dann beantworten Sie mir die Frage, ob sich in der ganzen Gotteswelt, wenn Sie Kirgisen und Kalmücken außer Spiel lassen, etwas Ähnliches findet wie dieser ›Typus Bamme‹?«

»Vielleicht nicht«, antwortete Hirschfeldt. »Aber ich kann mich darüber nicht entrüsten. Der ›Typus Bamme‹, wie vieles an ihm auszusetzen sein mag, ist wenigstens ehrlich. Und je mehr in diesem Lande geheuchelt wird, vielleicht auch um seiner Entstehung und Geschichte willen geheuchelt werden muß, desto wohltuender berühren mich Einzelfiguren, die, wenn Sie mir den Ausdruck zugute halten wollen, durch En-detail-Ehrlichkeit die nationale En-gros-Schuld zu tilgen trachten. Bewußt oder unbewußt, ist gleichgiltig.«

Tubal hatte sich in seinem Bette aufgerichtet und sah verwundert zu dem Sprecher hinüber. Es war ihm, als ob er Bninski gehört hätte. Hirschfeldt aber, während er die Lichtschnuppe mit seinem Finger wegknipste, fuhr in demselben Gleichmutstone fort: »Es wundert Sie, Ladalinski, mich so sprechen zu hören. Mich, einen Altpreußen. Aber es erklärt sich leicht. Ich war lange draußen, und draußen lernt es sich. Jeder, der zurückkommt, wird durch nichts so sehr überrascht als durch den naiven Glauben, den er hier überall vorfindet, daß im Lande Preußen alles am besten sei. Das Große und das Kleine, das Ganze und das Einzelne. Am besten, sag' ich, und vor allem auch am ehrlichsten. Und doch liegt unser schwacher und schwächster Punkt gerade nach dieser Seite hin. Welche Politik, die wir seit zwanzig Jahren gemacht! Lug und Trug, und wir mußten daran zugrunde gehen. Denn gleichviel, Staat oder Person, wer wankt und schwankt, wer unzuverlässig und unstet ist, wer Gelöbnisse bricht, mit einem Worte, wer nicht Treue hält, der ist des Todes. Und nun Gott befohlen. Löschen wir das Licht und schlafen wir. Morgen sind wir schlechter gebettet.«

Er löschte das Licht und sah Altes und Neues an sich vorüberziehen. Aber eines sah er nicht: wie seine letzten Worte das Herz seines Schlafkameraden getroffen hatten.

In dem Zimmer nebenan plauderten Lewin und Grell.

»Morgen um diese Zeit sind wir auf dem Marsch«, sagte Lewin. »Ist Ihnen leicht ums Herz?«

»Nein«, antwortete Grell. »Ich war nie im Feuer und bin deshalb in Furcht, vielleicht Furcht zu zeigen. Auch ist es ein eigen Ding mit den Vorahnungen.«

»Glauben Sie daran?«

»Ja«, bemerkte Grell. »Nicht jeder hat sie; aber wir haben es von der Mutter her. Im Schleswigschen ist es häufig.«

Eine kurze Pause folgte. Dann sagte Lewin: »Ich mag nicht in Sie dringen, Grell, über Dinge zu sprechen, von denen Sie vielleicht lieber schweigen. Aber eines möcht' ich doch sagen dürfen: ich habe den Eindruck, als ob Sie das, was wir vorhaben, um einen Grad ernsthafter nehmen, als es genommen sein will. Es ist ein Coup, der entweder glückt oder nicht glückt; das ist alles. Überraschen wir den Feind, so gibt er sich gefangen, überraschen wir ihn nicht, oder lassen uns die Russen im Stich, so ziehen wir uns zurück; aber im einen wie im anderen Falle, nennenswerte Verluste werden schwerlich zu verzeichnen sein. Der Feind ist eben eingeschüchtert und wird sich, selbst wenn er unsern Angriff siegreich abschlägt, auf bloße Defensive beschränken müssen.«

Grell lächelte. »Möglich, daß Sie recht haben, Vitzewitz. Jedenfalls wünsch' ich es. Aber Sie kennen die Frühjahrsgewitter: ein Blitz aus heiterem Himmel, und dann ist es wieder vorbei. *Ein* Schlag nur, aber er fordert jedesmal sein Opfer. Und wer will sagen, *wer* gefordert wird oder *wen* es trifft.«

Beide schwiegen und hingen ernsten Gedanken nach. Dann sagte Lewin, der dem Gespräch eine andere Wendung zu geben trachtete: »Haben Sie Kleists Grabmal besucht? Es wirkt etwas zopfig mit seinem Schmetterling und seiner Inschrift in drei Sprachen, und doch hab' ich immer einen tiefen Eindruck davon empfangen.«

»Ja«, bestätigte Grell. »Aber der Eindruck, den ich vorher von dem Herzog-Leopold-Denkmal empfing, war tiefer.«

»Und weshalb?«

»Weil es mir noch deutlicher und entschiedener meinen Lieblingssatz predigt, daß es erst der Tod ist, der uns unser eigentliches Leben gibt. Auch hienieden schon. Wer würde von dem armen Herzoge noch wissen, wenn er sein Leben einfach ausgelebt hätte bis auf den letzten Tag. Er unterbrach aber den Gang seiner Stunden und opferte sich; und nun lebt er fort, weil er zu sterben verstand.«

»Es ist unser Tun, nicht unser Tod, was uns ein schöneres Leben sichert.«

»Aber doppelt gesichert ist es uns, wenn es ein Tun im Tode ist.«

17. KAPITEL
Die Revue

Und nun kam der Tag, an dem es sich entscheiden sollte.

Schon in aller Frühe war der alte General außer Bett gewesen, hatte Jeetze geklingelt und Hirschfeldt rufen lassen, der dann auch sofort erschienen und eine halbe Stunde später abgeritten war, um die ordre du jour an alle im halbmeiligen Umkreise stehenden Bataillone zu überbringen. Diese ordre du jour ging dahin, daß ebendiese Bataillone Punkt zwölf behufs abzuhaltender Revue in unmittelbarer Nähe von Hohen-Vietz eintreffen, gleich nach der Revue in ebendiesem Dorfe Alarmquartiere beziehen und neun Uhr abends zum Abmarsche gegen Frankfurt bereitstehen sollten.

Mit Abfassung dieser Ordres hatte sich Bamme während seiner schlaflosen Stunden beschäftigt. Jetzt erst, wo Hirschfeldt unterwegs war, wurde der Alte ruhiger; es gab nun kein Zurück mehr, oder, um ihn selber sprechen zu lassen, »die Zettel waren gedruckt, und das Stück mußte wohl oder übel gespielt werden.«

Er hatte seine Ruhe wieder, aber freilich nicht sein Behagen. Denn so groß sein Selbstbewußtsein war, so groß war auch, selbst unter gewöhnlichen Verhältnissen, seine Selbsterkenntnis. Und nun gar heute! Er fühlte sich der ihm zugefallenen Aufgabe nicht recht gewachsen und gestand sich unverhohlen, daß er alles, was er an Gaben besaß, nicht recht brauchen und alles, was er *nicht* besaß, in der Eile weder beschaffen noch durch Eifer und guten Willen ersetzen konnte.

Zur Abhaltung der Revue war ein großes Brachfeld ausgewählt worden, das zwischen dem Fichtenwäldchen und der Chaussee lag, dicht neben dem Pflugacker, über den hin, am dritten oder vierten Weihnachtstage, die von ihrem Kirch-Göritzer Besuche heimkehrenden Freunde ihren Wettlauf zur Rettung Hoppenmariekens gemacht hatten. Aber bis zwölf Uhr war noch eine lange Zeit, und jeder suchte sie zu kürzen. Tubal und Lewin fuhren nach Reitwein hinüber, um sich ein Grabmonument anzusehen, das daselbst aufgestellt werden sollte; der alte Vitzewitz traf »auf alle Fälle hin« einige Anordnungen, und Grell ging in die Pfarre; so schien es in der Tat, als ob Bamme, der allein blieb, die ganze Pein des Abwartens und Stundenzählens am vollsten und ausschließlichsten durchkosten solle. Aber Kniehase half ihm aus der Verlegenheit, ihm meldend, daß von den Nachbargütern her einige Reitpferde zur Auswahl für den »Herrn General und seinen Adjutanten« gestellt worden seien. Sie ständen am Spritzenhause, zwischen dem Krug und dem Schulzenhof.

Unter diesen Pferden war auch eine Fuchsstute, die Drosselstein geschickt hatte, ein schönes Tier, beinahe brandrot, das dem Alten außerordentlich gefiel. Dennoch war er in Zweifel, ob er sich dafür entscheiden sollte.

»Die Fuchsstute gefällt mir«, sagte er, »aber es hat sein Mißliches damit. Eigentlich halt' ich es mit meinem kleinen Isabellfarbenen, den Sie ja kennen; wir haben dasselbe Maß und passen zusammen. Was meinen Sie, Kniehase, nehm' ich den Shetländer oder nehm' ich die Fuchsstute?«

»Mit Permission, Herr General«, sagte Kniehase, »wenn der Herr General mich fragen, der kleine Shetländer geht nicht. Ein General muß hoch sitzen, höher als alle anderen; man muß ihn sehen können wie die Fahne. *Dies* hier ist das Generalspferd!« und damit gab er der Fuchsstute einen Schlag auf die Kruppe.

»Gut, Kniehase, Sie sind ein verständiger Mann. Also die Fuchsstute für mich. Und festgesattelt und die Steigbügel hochgeschnallt, daß sie nicht bloß so nebenher läuten. Und nun noch eins, Kniehase; muß ich zu den Leuten sprechen, muß ich ihnen eine Rede halten?«

»Ja, Herr General, das müssen Sie schon, das geht nicht anders. Und immer scharf ins Gewissen, das haben sie gern, und die Alten sagen dann: ›*Der* versteht's.‹ Und wer's versteht, dem gehorchen sie, und dem folgen sie, und wenn's ihnen auch an Kopf und Kragen ginge. So kenn' ich unsere Leute, gut Beispiel ist alles, gut Beispiel und Mut.«

Bamme nickte.

»Und, Herr General«, fuhr Kniehase fort, »eines wollt' ich mit Permission noch gefragt haben: Wollen der Herr General nicht eine Uniform anlegen? Es ist immer gut, so zweierlei Tuch.«

»Nein, Kniehase, Uniform und Uniform ist ein Unterschied. Ein alter Husarenrock ist nur gut unter seinesgleichen, jeder drückt dann ein Auge zu. Aber allein ist er gefährlich und hat dann so seine Beinamen. Mantel und Pelzmütze, das muß ausreichen, und meine Karbatsche hier.« Und dabei fuchtelte er mit einem dicken Fischbein, das ihm je nach Bedürfnis als Stock und Gerte diente, in der Luft umher.

Während dieser Worte war die Fuchsstute beiseite geführt worden, mit ihr auch ein schöner Grauschimmel, den man als Reservepferd für Hirschfeldt ausgesucht hatte. So vergingen einige Minuten, dann sagte Bamme, der mit dem Schulzen auf und ab geschritten war: »Wie spät ist es, Kniehase?«

»Halb zwölf.«

»Da haben wir noch eine halbe Stunde; wo bleib' ich so lange?«

»Der Herr Pastor steht am Fenster. Wollen der Herr General nicht bei ihm eintreten?«

»Nein, Kniehase, mir ist nicht nach Seidentopf. Und die Totentöpfe hab' ich gestern erst gesehen. Es ist Schlackerwetter, und drüben ist ja der Krug; wem gehört er doch?«

»Den Scharwenkas.«

»Richtig, den Scharwenkas, böhmische Kolonisten.«

»Ja, Herr General; aber alle Stuben sind voll, von wegen der Revue, Bauern und Knechte. Wenn der Herr General mit in den Schulzenhof kommen wollten?«

»Gewiß, Kniehase, mir sehr willkommen. Habe bei den Vitzewitzes allerlei gehört. Sollen eine schöne Tochter haben, einen wahren Ausbund.«

»Pflegetochter, Herr General.«

»Macht mir keinen Unterschied. Die alte herrnhutsche Klucke drüben, die aus Furcht vor mir immer drei Sprüche auf der Zunge hat, hat uns gestern von dem Töchterchen erzählt, so was von Hühnerhof und Schwanenei. Ich gebe nicht viel auf altes Weibergeschwätz, aber ich bin doch neugierig, das Mirakel, das junge Schwänchen, kennenzulernen.«

Damit hatten sie den Schulzenhof erreicht und traten nach

links hinein, wo Marie, die das Vorführen und Aussuchen der schönen Pferde mit vielem Interesse beobachtet hatte, am Fenster saß. Sie stand jetzt auf, um das Zimmer zu verlassen; der alte General aber, während er sie mit listigen Augen musterte, sagte: »Bitte, bleiben Sie, Sie sollen mit mir zufrieden sein.«

Und Marie blieb. Bamme nahm einen Stuhl und bemerkte zu dem Schulzen: »Bitte, Kniehase, sagen Sie dem Rittmeister, daß er mich draußen auf der Chaussee erwartet. Ich will von *hier* aus reiten, und lassen Sie der Stute draußen noch eine Decke auflegen; sie kommt von Drosselstein, wird also wohl verwöhnt sein. Ihr Töchterchen erzählt mir unterdessen alte Geschichten. Alte Geschichten, die Sie schon kennen.«

Kniehase ging.

Marie, die nicht das Beste von dem Alten wußte, blieb ziemlich ruhig, ruhiger als gestern in der Kirche. Sie hörte bald heraus, daß er es gut mit ihr meinte und daß Teilnahme und selbst Respekt aus seinen Worten sprachen.

»Ich bin ein alter Mann«, begann er, »und plaudere gern. Am liebsten aber hab' ich Menschen, die anders sind als andere. Und dabei bin ich neugierig wie eine Nachtigall. Da müssen Sie mir denn schon ein paar Fragen zugute halten. Nicht wahr, Sie sind kein Hohen-Vietzer Kind, nicht aus dem Bruch?«

»Nein, ich bin aus dem Sächsischen«, sagte Marie.

»Ah, aus Sachsen«, fuhr Bamme fort. »Ich dacht' es beinah, es hat was auf sich mit dem alten Reim. Und Sie verloren Ihre Eltern früh?«

»Ja, meine Mutter hab' ich kaum gekannt. Dann zog ich mit meinem Vater über Land; aber er kränkelte viel.«

»Sie zogen mit ihm, wie darf ich das verstehen?«

»Wir zogen umher und gaben Vorstellungen: Tanz und Deklamation und Zauberei. Erst in kleinen Städten, dann in Dörfern; und hier starb er. Er hat sein Grab oben auf dem Kirchhof, und der alte Jeserich Kubalke, unser Küster und der Vater von der hübschen Maline, hat ihm eine Grabschrift geschrieben.«

»Und wie kam es *dann*?«

»Ich weinte herzlich, nicht um meiner Not willen, denn ich hatte nicht das Gefühl davon, aber weil ich ihn so sehr geliebt hatte. Noch jetzt häng' ich an ihm und träume von ihm. Sie sehen mich an, Herr General, so freundlich, wie ich nicht gedacht hätte, daß Sie jemanden ansehen könnten. Und das gibt mir einen Mut, von meinem Vater zu sprechen. Ach, die verachteten Menschen, wenn sie gut sind, sind es die besten. Ich habe früh erfahren, wie wenig der Schein bedeutet. Und wie müssen erst unsere Herzen vor Gott liegen, der alles sieht und alles weiß!«

Sie hatte das mit tiefer Bewegung gesprochen; jetzt schwieg sie und sah ein nervöses Zucken um den Mund des Alten, der seinerseits die Frage wiederholte:

»Und wie kam es *dann*?«

»Es kam dann, was Sie jetzt sehen; die Kniehases nahmen mich in den Schulzenhof hinüber. Es war vor Weihnachten, und er baute mich seiner Frau auf, und ich war ihre Puppe. Ich hatt' es gut, zu gut; aber da war die verstorbene gnädige Frau, *die* sah es, und als sie gewahr wurde, daß ich wild aufwuchs und zu sehr meinen Willen hatte, da sorgte sie für das Rechte. Oder wenn's nicht das Rechte war, doch für das, was sie für das Rechte hielt. Sie nahm mich in das Herrenhaus, und da wurden wir zusammen erzogen, Renate und ich, ich meine das Fräulein und ich. Wir waren in gleichem Alter und immer miteinander.«

»Und mit Lewin?« fragte Bamme, den wieder die Lust zu necken anwandelte.

»Ja, auch mit Lewin, bis er in die Stadt kam. Aber wir sind gute Kameraden geblieben.«

»Und bleiben es auch wohl?«

»Ich hoff' es.«

Bei dieser Wendung des Gesprächs war Kniehase wieder eingetreten, um zu melden, daß es Zeit sei; drei von den Bataillonen seien schon auf dem Rendezvous am Wäldchen eingetroffen, und das vierte würde sofort antreten. Das war eine willkommene Nachricht. Der alte General empfahl sich, wickelte sich draußen auf dem Flur in seinen Husarenmantel und schwor einmal über das andere, während er mit unsicherer

Hand an seinen Kragenösen herumnestelte, daß er sechs Pflegetöchter ins Haus nehmen wolle, wenn nur *eine* so geriete wie diese kleine Fee. Denn eine Fee sei sie, trotzdem die richtigen Feen blaue Augen haben müßten. Und darnach hob er sich in den Sattel, rückte sich zurecht und warf der am Fenster stehenden Marie Kußhändchen zu, aber mehr freundlich als geckenhaft. Und gleich darauf ritt er ab. Ein sonderbares Bild, der kleine Mann auf dem hohen brandroten Pferde, in Mantel und Pelzmütze und die Steigbügel hochgeschnallt.

Im übrigen war alles, wie Schulze Kniehase gesagt hatte, und als Bamme jetzt in Nähe des zur Revue bestimmten Blachfeldes eintraf, sah er, daß drei der Bataillone bereits regelrecht aufmarschiert waren. Sie standen hufeisenförmig oder in einem Karree, dessen vordere Seite geöffnet war. In diesem Augenblicke meldeten Drosselstein und Vitzewitz, daß auch Bataillon Lebus im Anmarsch sei. Dasselbe rapportierte Hirschfeldt, und der kleine Mann wuchs ordentlich auf seinem hohen Pferde, als er sich von den verschiedensten Seiten her so begrüßt und zum Mittelpunkt aller dienstlichen Meldungen gemacht sah.

Diese Meldungen waren kaum beendet, als man auch schon vom Dorfe her Trommelschlag hörte und zwischen den Pappeln hin einer lang heranziehenden Kolonne gewahr wurde. Es waren unsre Lebuser. Sie marschierten in Abständen von hundertundfünfzig Schritt. Und jetzt waren die Vordersten deutlich erkennbar geworden: Kompanie *Lietzen-Dolgelin*. Ein Alter mit einer Fahne, deren Stock in einem breiten Gurt steckte, schritt rüstig voran, trotzdem sein rechter Fuß etwas kürzer war als der linke.

»Wer ist der Alte?« fragte Bamme den neben ihm haltenden Vitzewitz.

»Rentamtmann Mollhausen von Lietzen. Hat noch unter Markgraf Karl gedient. Bei Kunersdorf Schuß durch die Hüfte.«

»So, so. Und die Fahne, die der Alte führt? Rot und weiß. Hab' ich all mein Lebtag nicht gesehen.«

»Das ist die Komtureifahne mit dem achtspitzigen Johanniterkreuz. Lietzen war Ordensgut.«

Unter diesem Gespräche war »Lietzen-Dolgelin« bis dicht

herangekommen und schwenkte rechts, um an den einen Flügel des offenen Karrees zu rücken. Dadurch wurde die zunächstkommende Kompanie sichtbar. Es war die von *Hohen-Ziesar.* Sie hatte die meiste Musik: zwei Trommler und zwei Pfeifer, und die ganze vorderste Sektion bestand aus lauter berittenen Mannschaften: Verwalter und Meier von den verschiedenen Gütern und Vorwerken des Grafen. Dieser selbst, als er seine Leute herankommen sah, setzte sich an ihre Front und führte sie, die Degenspitze neigend, an dem alten Bamme vorüber.

Jetzt kam Kompanie *Hohen-Vietz.* Sie hatte das meiste Ansehen und wurde von den anderen wie eine alte vornehme Familie behandelt. Das machte, weil sie die historische war. Die Lietzner Komtureifahne mit dem achtspitzigen Kreuz wollte nicht viel besagen, denn ihr Fahnentuch war neu, keine dreißig Jahre alt; Kompanie Hohen-Vietz aber hatte noch das siegreiche Kirchenbanner aus den Hussitentagen her und vor allem die große Schwedentrommel, von der jedes Kind in den Bruchdörfern wußte und die jetzt dumpf und eintönig ihren Marsch wirbelte. Es war der Schmied, der sie trug, an einem breiten, mit Muscheln besetzten Lederbande, nicht viel schmäler als der Ledergurt eines Schlittengeläuts. Die Trommelwandung war blau, und der krause Mohrenkopf, der sich in gelbem Schilde auf ebendieser Wandung befand, war durch Seidentopf als der Kopf der Königin Christine festgestellt worden.

Und nun kam Kompanie *Protzhagen,* Hauptmann von Rutze am rechten Flügel und statt des Trommelschlägers einen Hornisten in der Front. Dieser, ein dicker, kurzhalsiger Mann und seines Zeichens Protzhagener Kuhhirt, steckte wie verloren in den Windungen eines riesigen Horns, von dem es hieß, daß es dasselbe sei, drin Junker Hans von Rutze vor hundertundfünfzig Jahren den Hals gebrochen habe. Es gab nur zwei Töne von sich, einen tiefen und einen hohen, von denen der tiefe zum Angriffs- und der hohe zum Rückzugssignal bestimmt worden war. Die Kompanie selbst aber, nach wie vor die beste, war in all ihren Gliedern mit Piken bewaffnet, eingedenk der historischen Tatsache, daß Eusebius von Rutze in der großen Schlacht bei Budapest mit einer Pikenierkompanie das türkische Zentrum durchbrochen hatte. Daraufhin hatte sein Urenkel, unser Hauptmann, allem Dreinreden einzelner zum Trotz auf Piken bestanden, und Bamme – selber ein Freund der blanken Waffe und des Mann gegen Mann – war ihm gern zu Willen gewesen. Er sah jetzt schmunzelnd auf Rutze, der, das sechs Fuß lange Sponton in beiden Händen, gravitätisch an ihm vorbeidefilierte, und wandte sich zu Berndt: »Voilà, der Anmarsch der Protzhagener Gebirgsvölker. Sehen Sie, Vitzewitz, das Monstrum in der blechernen Boa Constriktor. Das reine Horn von Uri.«

Und damit schwenkten auch die Rutzeschen nach rechts hin ein.

Ihr Einschwenken, wie das der letztgenannten Kompanien überhaupt, hätte, wenn es en ligne erfolgt wäre, das bis dahin offene Karree schließen müssen, dadurch aber, daß sie *hinter*einander, zu je zwei und zwei, am rechten und linken Flügel des Hufeisens aufmarschierten, war zwischen ihnen eine breite Gasse freigeblieben, durch die jetzt erst Bamme und dann alle Bataillonskommandeure, die mit auf der Chaussee gehalten hatten, in das Karree einritten.

Die Barnimschen Bataillone, zum Unterschiede von den Lebusischen, hatten viele kleine Kompaniefahnen mitgebracht, rote Frieslappen, in die, wie sich die Landsturmmänner ausdrückten, der »preußische Kuckuck« eingenäht worden war. Diese Fahnen senkten sie jetzt, während zugleich alle Trommeln, große und kleine, gerührt wurden. Der alte General salutierte, ritt die Fronten ab und nahm dann seine Stellung inmitten des Karrees, von seiner Suite und mehreren der Barnimschen Fahnenträger umgeben. Der Moment war nun da, wo gesprochen werden mußte.

Bamme war nicht ängstlich und wußte zu reden, wie jeder, dem es gleichgültig ist, ob seine Rede gefällt oder nicht.

»Leute!« begann er, »in Frankfurt sind funfzig Kanonen und bloß zweitausend Franzosen. Ein paar hundert mehr oder weniger tut nichts. Wir wollen sie überrumpeln; wollt ihr?«

»Ja, Herr General!«

»Gut, ich hab' es nicht anders von euch erwartet. Denn was

sagte der Alte Fritz? ›Wenn ich Soldaten sehen will‹, sagte er, ›so seh' ich das Regiment Itzenplitz.‹ Und das andere Mal sagte er: ›Wenn ich Soldaten sehen will, so seh' ich das Regiment Markgraf Karl.‹ Ja, Leute, so sagte der Alte Fritz. Habt ihr verstanden, was ich meine?«

»Ja, Herr General.«

»Regiment Itzenplitz und Regiment Markgraf Karl, wo waren sie zu Hause?«

»Hier, Herr General.«

»Richtig, hier in Barnim und Lebus. Kerls, sollen wir schlechter sein, als unsere Väter waren? Sollen wir, wenn uns der Alte Fritz ansieht, die Augen niederschlagen?«

»Nein, nein!«

»Es wird nicht viel kosten; die Bürger helfen und die Russen auch. Aber ›wo Holz gehauen wird, fallen Späne‹. Ein paar von uns werden die Zeche bezahlen müssen. Wollt ihr?«

»Ja!«

»Ich wußt' es. Aber nun die Ohren steif. Wer ein Hundsfott ist, kriegt die Kugel vor den Kopf. Ich bin ein spaßhafter Mann, aber wenn es ernst wird, versteh' ich keinen Spaß. Und nun vorwärts! Feldgeschrei ›Zieten!‹ und Losung ›Hohen-Vietz!‹ Das können sie nicht nachplappern... Und wißt ihr, wer sie holen soll, sie und ihren Kaiser?«

»Ja, wir.«

»Nein, der ›Kuckuck‹ soll sie holen«, und dabei wies er auf die kleinen Kompaniefahnen der neben ihm stehenden Barnimschen Fahnenträger.

Diese schwenkten jetzt wieder ihre roten Frieslappen, alle Spielleute fielen ein, und Bamme hatte die Genugtuung, seinen letzten Redetrumpf durch nicht endenwollende Hurras begleitet zu sehen.

Als sich der Lärm einigermaßen wieder gelegt hatte, ritt er grüßend aus dem Viereck auf die Chaussee zurück. Die Bataillone brachen rasch in Sektionen ab und folgten ihm unter Trommelschlag in das Dorf.

Auch das »Horn von Uri« klang abwechselnd mit seinem tiefen und seinem hohen Ton dazwischen.

18 KAPITEL
Der Aufbruch

Die Nachmittagsstunden vergingen rascher, als man erwartet hatte; sämtliche Kommandeure waren zu Tisch geladen, und das Gespräch mit ihnen kürzte die Zeit. Selbst Bamme, als er erst wahrnahm, daß es seinen Geschichten und Anekdoten, aller pressanten Lage zum Trotz, an einem aufmerksamen und dankbaren Publikum nicht fehlte, kam über die gefürchteten Stunden in guter Laune hinweg.

Schon lange vor neun begannen sich die Bataillone zu sammeln und standen nun das Dorf hinauf und hinunter: bei Miekleys Mühle die Vorhut, auf der Straßenerweiterung zwischen dem Krug und dem Schulzenhof die beiden Barnimschen Bataillone, vor dem Herrenhause das Bataillon Lebus. Es war ziemlich dunkel, aber bei dem Lichterschein, der von rechts und links her auf die Gasse fiel, ließen sich die aus Piken und Gewehren zusammengesetzten Pyramiden deutlich erkennen. Vor den Häusern standen die Landsturmmänner im Gespräch mit den Frauen und Mädchen, denn alles, was Waffen tragen konnte, war in Reih' und Glied.

Bamme hielt bei Miekleys Mühle neben einer Art Biwaksfeuer, das hier mitten auf dem Fahrdamme angezündet worden war. Die Pelzmütze tief ins Gesicht gerückt, den Husarensäbel über den grauen Mantel geschnallt, gewährte er jetzt, angeglüht von dem Flammenschein, auf seiner hochbeinigen, roten Fuchsstute einen noch groteskeren Anblick als bei seinem Ritte zur Revue. Neben ihm hielt Hirschfeldt.

Und nun schlug es neun, und ehe noch der letzte Schlag verklungen war, hieß es: »An die Gewehre!« Jeder, der das Kommando hörte, wußte, von wem es kam. Diese scharfe Krähstimme hatte nur einer. Die Landsturmmänner des zunächststehenden Bataillons gehorchten augenblicklich und mit der Präzision alter Soldaten, während Hirschfeldt die Dorfgasse hinaufjagte, um den Befehl von Bataillon zu Bataillon zu bringen. Dann warf Bamme die Fuchsstute links herum, nahm zwischen zwei Holzpfeilern, die den Eingang zum Mühlengehöft bildeten, Stellung und kommandierte: »Bataillon, marsch!« Die Tambours schlugen an, und unter Hurra ging es im Geschwindschritt an dem Alten vorbei, der immer, wenn ein neues Bataillon herankam, die Pelzmütze lüpfte, um wenigstens die vordersten Rotten zu begrüßen. Jetzt kam auch das Bataillon Lebus, das die Nachhut bildete; die Schwedentrommel lärmte, und der Protzhagener Kuhhirt, mit dem Junker-Hansen-Horn, blies unablässig dazwischen. Es klang wie Feuerruf.

Vitzewitz und Drosselstein ließen im Vorbeimarsch präsentieren, und erst als der letzte Mann ihres Nachhutbataillons vorüber war, gab auch Bamme seinen Platz zwischen den zwei Pfeilern auf und folgte an der Queue der Kolonne.

Eine halbe Stunde später war wieder alles still in der Dorfgasse, und nur die Lichter brannten noch bis tief in die Nacht hinein; denn da war kein Haus, dessen Insassen nicht den Zug in Furcht und Hoffnung, mit Sorgen und Gebet begleitet hätten.

So war es auch in der Pfarre. Hier saßen Renate und die Schorlemmer, die gekommen waren, sich Rat und Trost zu holen. Wenigstens galt dies von Renate. Die Schorlemmer hatte selber, was sie brauchte, und nahm ihre Zuflucht lieber zu dem eisernen Bestand ihrer Lieder und Sprüche, die sie, nicht ganz mit Unrecht, für heilskräftiger ansah als alles, was ihr Seidentopf bieten konnte.

Beide (Renate wie die Schorlemmer) waren noch nicht lange zugegen, als auch Marie vom Schulzenhofe her eintrat. Man begrüßte sich herzlich, aber es wollte kein rechtes Gespräch aufkommen, und nachdem einige gleichgültige Worte gewechselt waren, sahen alle schweigend vor sich hin. Immer wieder im Laufe des Tages war versichert worden, daß es sich aller Wahrscheinlichkeit nach nur um ein leichtes Unternehmen handle, daß die Franzosen demoralisiert seien und daß man angesichts dieser Tatsachen einen regelrechten oder gar hartnäckigen Widerstand kaum zu gewärtigen habe; nichtsdestoweniger hatte Hirschfeldts ernste Miene und mehr noch Bammes inmitten aller Heiterkeit unverkennbar hervortretende Unruhe deutlicher gesprochen als alle jene hoffnungsreichen Versicherungen. Die Gefahr sollte geleugnet werden, aber sie war da. So hing jeder allerlei trüben Gedanken nach, am meisten aber Marie. Für Lewin fürchtete sie nichts, es war ihr, als ob irgendein Flammenschild ihn schützen müsse; aber Tubals gedachte sie mit Zittern. War es eine Neigung, ihr selbst zum Trotz? Nein. Es lag nur tief in ihrer Natur, an einen Ausgleich zu glauben, das Mysterium von Schuld und Sühne war ihr ins Herz geschrieben, und ihre geschäftige Phantasie malte ihr dunkle Bilder, wechselnd in der Szenerie, aber ihr Inhalt immer derselbe.

So vergingen Minuten; das Schweigen wurde peinlich, um so peinlicher, als auch der sanguinische Seidentopf, der seiner Natur nach immer mehr hoffte als fürchtete, an diesem Schweigen teilnahm.

Endlich sagte Renate: »Welchen Weg werden sie nehmen? Ich habe den Papa zu fragen vergessen. Am Fluß hin ist es näher, aber der Höhenweg ist besser und nicht so trist und öde.«

»Soweit ich Bamme verstanden habe«, antwortete Seidentopf, »wollen sie bei Reitwein oder doch spätestens bei Podelzig die Kolonne teilen und auf *beiden* Straßen vorgehen, die Barnimschen unten an der Oder, unser Bataillon und die Münchebergschen über das Plateau hin. Beim Spitzkrug treffen sie dann wieder zusammen. Hirschfeldt hatte den Platz an der kleinen Georgenkirche vorgeschlagen, aber Bamme bestand auf dem Spitzkrug.«

»Das glaub' ich«, sagte die Schorlemmer. »Er ist immer mehr für Krug als Kirche. Und das ist es, was mich ängstigt und meine Hoffnung so niederdrückt.«

Renate nahm die Hand der alten Freundin und sagte: »Ich sehe nicht ein, warum. Weißt du doch nichts von ihm, als was die Leute sagen.«

»Und das ist auch gerade genug. Was die Leute sagen, ist immer wahr, trotzdem die Welt voll Lüge ist. Aber die Lüge läuft sich tot, und was dann bleibt, das ist die Wahrheit. Hast du je gehört, daß sie von dem Grafen drüben etwas Böses sprechen? Nein, und warum nicht? Weil er ein reines Herz hat. Es hat ihm bloß die Erweckung gefehlt und das Licht des Glaubens. Aber was diesem garstigen Bamme fehlt, das ist nicht mehr und nicht weniger als alles, und was er dafür hat, das ist Qualm und Rauch. Und er raucht auch immer (aus einer häßlichen kurzen Pfeife), und durch die ganze Stube hin liegt Asche und Fidibus und Schwamm. Er hat uns Löcher in die Dielen gebrannt, und überall sieht es aus, als ob, ich will nicht sagen wer, fünf Tage lang bei uns im Quartier gelegen hätte. Was soll Gutes davon kommen? O nein, Renatchen, was wir brauchen, das ist die Hilfe Gottes. Der muß seine Engel schicken, daß sie für uns streiten; aber sie können nicht streiten an *dieses* Mannes Seite, denn das Reine verträgt sich nicht mit dem Unreinen.«

»Liebe Schorlemmer«, sagte Marie, »du tust ihm doch wohl unrecht, er wird schwärzer gemalt, als er ist; das hat er mit seinem Vorbilde gemein. Er kam heute vormittag in unser Haus und setzte sich zu mir und sprach mit mir, wohl eine halbe Stunde lang. Ich fürchtete mich keinen Augenblick und jedenfalls ein gut Teil weniger als vor vielen anderen, die keine Bammes sind. Er war sehr artig und sehr teilnehmend, und ich muß sagen, ich habe nichts Häßliches aus seinem Munde gehört. Vielleicht, daß er früher anders war. Er ist klug und kennt die Menschen, und ich glaube, er weiß recht gut, was er sagen darf und was nicht.«

»Marie hat recht«, sagte Seidentopf. »Und zudem, er hat noch eine große Tugend: er heuchelt nicht und macht sich nicht besser, als er ist. Im Gegenteil, er legt sich allerhand Tollheiten zu, denn das menschliche Herz ist wunderlich in seinen Eitelkeiten. Die meisten suchen ihren Vorteil im Tugendschein, er gefällt sich im Schein der Sünde. Ich will nicht alles an ihm loben, aber wenn ich die Summe seiner Fehler ziehen sollte, so würd' ich sagen, er ist eitel und gefallsüchtig und nicht fest in Grundsätzen.«

»Nicht fest in Grundsätzen«, brauste jetzt die Schorlemmer auf. »Das nenn' ich denn doch Beschönigung. Grundsätze? Er hat überhaupt keine, und das ist das Schlimmste. Denn wer keine Grundsätze hat, der ist wie ein Raubtier oder eine Katze. Und wie macht es die Katze? Jetzt schnurrt und spinnt sie noch und wärmt sich an der Ofenecke, aber im nächsten Augenblicke springt sie dem schlafenden Kind an die Kehle. ›Sie hat es für eine Maus gehalten‹, sagen dann die Leute, die für alles eine Entschuldigung haben. Aber ich mag nichts davon wissen. Maus hin, Maus her, die kleine Unschuld ist tot.«

Renate und Marie wechselten Blicke, die Schorlemmer aber, die, so gut sie war, in ihrem Eifer oft aller Liebe vergaß, fuhr immer heftiger fort: »Und mit diesem Manne ziehen sie gegen die Mauern einer festen Stadt, als ob er ein Mann Gottes und ein Auserwählter wäre. Er wird aber den dicken Mann von Protzhagen, dem sie das alte Rutzenhorn um den Nacken gelegt haben, umsonst blasen lassen, denn das alte Rutzenhorn ist keine Posaune, und Bamme, Gott weiß es, ist kein Josua. Denn der hatte das Gesetz, das Gott dem Mose gegeben, und wich nicht zur Rechten und nicht zur Linken. Und so blieb es in Israel, und wenn es arg wurde, weil sie sich mit den heidnischen Völkern mischten und den heidnischen Göttern dienten, dann weckte Gott einen Gottesmann unter ihnen, der schlug dann die Moabiter und Amalekiter und viele andere noch. Und warum schlug er sie? Weil sein Auserwählter dem rechten Gotte diente und die Baalstempel stürzte. Aber dieser Bamme, der nun auszieht, um unsere Feinde zu schlagen, der ist selber ein Heidenkind und möchte jeden Tag dem Baal Tempel und Altäre bauen. Und was ist sein Baal? Das Spiel und der Trunk und die Fleischeslust. Und deshalb sage ich, er wird nicht wiederkehren wie Gideon . . .«

»Aber vielleicht wie Jephtha«, scherzte Renate, »und ich werde ihm, wenn er siegreich heimkehrt, mit Pauken und Zimbeln entgegenziehen.«

Seidentopf und Marie vergaßen angesichts dieses Bildes auf Augenblicke wenigstens den Ernst ihrer Lage, Renate selbst aber, während sie die Hand der Alten nahm, setzte beschwichtigend hinzu: »Sieh nicht so böse darein, liebe Schorlemmer, aber es ist nicht gut, wie du sprichst. Sind wir doch hier in schwerer Stunde beisammen, und die Liebsten, die wir haben, sind ausgezogen, um dem Lande das Zeichen der Erhebung zu geben. Und was tust du? Du malst uns schwarze Bilder, als ob alles untergehen müßte um dieses *einen* Mannes willen. Das ist nicht recht, und ich kenne dich nicht wieder. Um eines Guten willen übt Gott viel Gnade, so hast du mich früher gelehrt, aber er bereitet nicht um eines Schuldigen willen hundert Unschuldigen ihr Verderben. Habe ich recht, lieber Pastor?«

»Ja und wieder ja«, sagte Seidentopf, »und es führt zu nichts, unsere Herzen immer bänger und schwerer zu machen, wo wir uns aufrichten sollen. Der Eifer hat meine alte Freundin hingerissen. Wir haben all' einen Punkt, der eine diesen, der andere jenen, wo wir, wenn wir am gerechtesten zu sein vermeinen, am ungerechtesten werden. Und bei meiner Freundin heißt er: Bamme. Lassen wir den Streit und das Trübesehen und lesen wir ein Wort von der Allmacht und der Gnade Gottes.«

Marie war aufgestanden und holte von der Camera theologica her die große Augsburgsche mit den Eisenzwingen und öffnete die Klammern. Der alte Seidentopf aber las den neunzigsten Psalm: »Herr Gott, du bist unsere Zuflucht für und für. Ehe denn die Berge worden und die Erde und die Welt geschaffen worden, bist du, Gott, von Ewigkeit zu Ewigkeit.«

Darnach erhoben sich die Schorlemmer und Renate, um in das Herrenhaus zurückzukehren. Mit ihnen auch Marie, denn sie wollten die Nacht zusammen bleiben.

19. KAPITEL
Der Überfall

Während in der Pfarre Seidentopf und die drei Frauen in dieser Weise plauderten, rückten die Kompanien auf Frankfurt zu. Einzelne Sterne, kaum hervorgekommen, hatten sich ebenso rasch wieder versteckt, und nur der Schnee, der lag, gab gerade Licht genug, um des Weges nicht zu fehlen. Schweigsam, in dunkler Kolonne ging der Marsch, und wer hundert Schritte seitwärts gestanden hätte, hätte nichts wahrgenommen als einen langen Schattenstrich und dann und wann ein paar Funken aus den kurzen Pfeifen der Landsturmmänner. Die Krähen sahen dem Zuge nach, verwundert, aber ohne sich zu rühren, und nur ein paar von ihnen flogen krächzend auf, um es am Wege hin den andern zu melden. Dabei senkte sich das Gewölk immer tiefer, und jeder empfand es wie Schwüle, trotzdem eine kalte Luft strich.

So kamen sie bis Reitwein, wo noch überall Licht war. Viele von den Dörflern, auch hier meistens Frauen, waren bis auf den Fahrweg hinausgetreten, um ihre in der Kolonne befindlichen Angehörigen zu begrüßen, andere blieben in den Türen stehen und wehten und winkten mit weißen Tüchern, was in dem Dunkel, das herrschte, einen unheimlichen Eindruck machte.

Hinter dem Dorfe teilte sich der Weg. Als die Kolonnenspitze den Gabelpunkt erreicht hatte, schwenkten die Barnimschen Bataillone, ganz wie es Seidentopf vermutet hatte, nach links hin in die Niederung ab, während die andere Hälfte des Zuges auf dem Plateau hin weitermarschierte. Bei dieser zweiten Hälfte befand sich, außer dem Kommandierenden und seinem Adjutanten, auch unser Landsturmbataillon Lebus.

An der Spitze desselben, den vordersten Rotten um fünfzig Schritte voraus, ritten Drosselstein und Vitzewitz. Sie kannten Weg und Steg und hatten auf Bammes ausdrücklichen Wunsch die Führung während des Marsches übernommen. Beiden war nicht plauderhaft zu Sinn; endlich aber, als die letzten Reitweinschen Häuser schon in Büchsenschußentfernung hinter ihnen lagen, begann Drosselstein: »Ein Glück, daß wir Hirschfeldt an der Seite des Generals haben. Er ist kaltblütig und kennt den Krieg.«

»Ja«, bestätigte Vitzewitz. »Und ein Glück um so mehr, als der Alte sich selber mißtraut. Er war eitel genug, das Kommando, das wir ihm anboten und in Anbetracht aller Umstände wohl oder übel anbieten *mußten*, auch wirklich anzunehmen; jetzt aber ist er unsicher, weil er sich seiner Aufgabe nicht gewachsen fühlt. Am liebsten würd' er es jedem einzelnen sagen, und ich rechne es ihm hoch an, daß er darauf verzichtet und sich wenigstens den Leuten gegenüber zum Schweigen zwingt. Er ist kein Mann der ruhigen Überlegung und nur waghalsig für seine Person. Die Verantwortlichkeit drückt ihn. Diese Stunden sind übrigens die schlimmsten. Ist er erst in Aktion, wird er sich selber wiederfinden.«

»Und diese Aktion, wie wird sie ablaufen?« fragte der Graf.

»Ich hoffe, gut; es wäre denn . . .«

Drosselstein sah ihn fragend an.

»Es wäre denn«, wiederholte Vitzewitz, »daß uns die Russen im Stich ließen.«

»Ich habe nicht nur Tschernitscheffs Zusicherung, ich habe sie, wie Sie wissen, gestern zum *zweiten* Male empfangen. Er ist kein Mann der Eifersüchteleien.«

»Vielleicht nicht«, antwortete Vitzewitz. »Aber ich kenne die Russen, sie sind launenhaft und lassen es an sich kommen. Dabei haben sie jene glatten gesellschaftlichen Formen, die die Sache nur noch schlimmer machen. Sie versprechen alles und wissen im voraus, daß sie das Versprochene nicht halten werden, wenigstens fühlen sie sich nicht in ihrem Gewissen gebunden. Es fehlt ihnen zweierlei: Ehrgefühl und Mitgefühl. Und Tschernitscheff ist wie die anderen. Es ist möglich, daß er kommt, aber es ist andererseits nicht *un*möglich, daß er *nicht* kommt. Und das ist es, was mir Furcht und Sorge macht.«

Drosselstein suchte zu widerlegen, aber seine Worte verrieten deutlich, daß er im Grunde seines Herzens Berndts Befürchtungen teilte.

In der nachrückenden Kolonne war nach wie vor alles still. Schulze Kniehase führte den ersten Zug, Lewin den zweiten, Tubal den dritten. Zwischen dem zweiten und dritten Zuge ging Hanne Bogun. Bamme, seiner hohen Fuchsstute mißtrauend, hatte auf ein Reservepferd bestanden, und der Scharwenkasche Hütejunge war ausersehen worden, den Shetländer am Zaume nachzuführen. In der ganzen Kolonne war er der einzige, dem es wirklich wohl ums Herze war. Eitel und seit dem Tage, wo die »Suche« stattgefunden hatte, von einem immer wachsenden Dünkel gequält, war er auch jetzt wieder begierig, sich hervorzutun, und zweifelte keinen Augenblick, daß sich die Gelegenheit dazu finden würde. Schon sein Aufzug deutete darauf hin; er trug eine Friesjacke und Leinwandhose wie gewöhnlich, aber über die Jacke war ein breiter Ledergurt geschnallt, in den er einen Schlitz gemacht und ein langes, in der Mitte ausgeschliffenes Messer hineingesteckt hatte. Der ganze Junge das Bild eines frechen Tunichtgut.

Tubal, den die Stille bedrückte, trat ein paar Schritte vor und sagte zu dem Einarm: »Hanne, wie heißt das nächste Dorf?«

»Podelzig.«

»Eine halbe Meile, nicht wahr?«

»Joa; awers de de Voß 'meten hett.«

»Wieso?«

»De giwt immer sien'n Swans noch to.«

»Und Podelzig ist halber Weg bis Frankfurt?«

Hanne Bogun nickte.

»Höre, Hanne«, fuhr Tubal fort, »wie war es doch damals, war nicht einer von den Rohrwerderschen aus Podelzig?«

»Joa, Rosentreter.«

»Richtig, Muschwitz und Rosentreter. Nun hab' ich sie wieder. Muschwitz, das war der mit der französischen Uniform und dem Tschako. Weißt du noch?! Was ist denn aus ihm geworden und aus dem andern?«

»De sitten beed' noch.«

»Und die hübsche Frau, die das Kind in dem Schlittenkasten nachfuhr?«

»De sitt ooch noch.«

»Arme Frau.« – Hanne grinste.

»Dat's all nich so schlimm, junge Herr. Rysselmann kachelt in, und upp'n Rohrwerder doa wihr et man küll. Bi Winterdag wüll'n se all insitten; awers wenn de Kalmus kümmt, denn is et wat anners, denn wüll'n se all wedder rut.«

Tubal fragte noch nach dem Spitzkrug und wie weit er vor der Stadt läge. Hanne Bogun wußte aber nichts davon; er war über Podelzig nicht hinausgekommen.

An der Queue der Kolonne ritten Bamme und Hirschfeldt.

»Nun, Hirschfeldt, wie ist Ihnen?«

»Gut, Herr General.«

»Freut mich. Ehrlich gestanden, mir will es nicht glücken; ich bin nicht recht in meinem esse, alles kommt mir zu hochbeinig vor, besonders meine Stute. Und solch Überfall ist doch ein eigen Ding, ein Pferd wiehert, ein Hund blafft, und alle Chancen sind hin. Spielen Sie, Hirschfeldt?«

»Ich habe gespielt.«

»Nun, dann wissen Sie, den einen Tag weiß man ganz

genau, daß Treff sieben gewinnen wird, und den andern Tag weiß man es nicht.«

»Und solch ein Tag ist heute?«

»Hol' mich der Geier, ja. Sehen Sie die Krähen an, die hier oben sitzen, sie rühren sich nicht einmal. Sie wissen, daß wir ihnen vor Angst nichts tun werden. Kluge Tiere. Eben ritt ich die Kolonne herunter, Gott, wie das alles schleicht, so schwarz und still, als ob dieser Graben der Fluß in der Unterwelt wäre. Wie hieß er doch?«

»Styx.«

»Richtig, Styx. Der reine Leichenzug. Und ich wette, den Kerls ist auch so zumute. Jeder wäre lieber zu Haus.«

Hirschfeldt lächelte.

»Es ist immer so, General. Die beste Truppe macht ein schief Gesicht, eh' es losgeht. Und nun gar bei Nacht. Die Nacht ist keines Menschen Freund, sagt das Sprichwort, und der Soldat ist auch ein Mensch. Aber die Leute sind gut. Die Pikenkompanie unter dem hagern alten Herrn...«

»Rutze.«

»...Diese Pikenkompanie kann als Muster gelten, und die Kompanie Hohen-Vietz kommt ihr gleich. Sehen Sie solchen Mann wie diesen Kniehase, ein Herz wie ein Kind und ein paar Arme wie ein Athlet. Ich habe mir heute bei der Revue jeden einzelnen scharf angesehen. Es wird alles in allem gut ablaufen, immer vorausgesetzt...«

»Nun?«

»Immer vorausgesetzt, daß uns die Russen nicht im Stiche lassen.«

Bamme nickte und sagte dann zustimmend: »Ich traue dem Tettenborn nicht. Flausenmacher. Will sich in die Zeitungen bringen. Berlin, Berlin. Alles dies hier ist ihm zu wenig, macht nicht Aufsehen genug.«

Es war ganz ersichtlich, daß Bamme den ernsten und beinahe feierlichen Tschernitscheff mit dem etwas leichtfüßigen Tettenborn, der seit vollen drei Tagen auf dem Hohen-Barnim, zwischen Küstrin und Berlin, umherschwärmte, verwechselte. Hirschfeldt war auch willens, den Alten respektvollst darüber aufzuklären, dieser aber fuhr ohne Pause fort: »Sie glauben nicht, Hirschfeldt, was ich an solchen Eitelkeiten alles habe scheitern sehen! Und was noch schlimmer ist als die Eitelkeiten, das sind die Rivalitäten, doppelt und dreifach, wenn sie sich ein politisches oder nationales Mäntelchen umhängen können. Und nun gar diese Russen! Ich wette, daß uns jeder von ihnen eine Schlappe gönnt. Es liegt ihnen daran, der Welt und vielleicht auch sich selber weiszumachen, daß es ohne Kosaken nicht geht und daß überall, wo diese Hilfe fehlt, eine Niederlage sicher ist. Sie gefallen sich in ihrer Befreierrolle, und um so mehr, je neuer ihnen die Rolle ist.«

Unter solchen Gesprächen setzte sich der Marsch der Kolonne fort, und durch die Nacht hin hörte man nichts als den schweren Tritt der Landsturmmänner auf dem hartgefrorenen Schnee und von Zeit zu Zeit das Klappern ihrer Piken und Gewehre, wenn sie diese von der einen Schulter auf die andere legten. Um zehn Uhr passierten sie Podelzig, um elf die Lebuser Schäferei. Von hier aus war es noch anderthalb Stunde; immer schwankender wurde der lange schattenhafte Zug, bis man es von der Oberkirche her Mitternacht schlagen hörte; einige Minuten später hielten alle am Spitzkrug. Die beiden Barnimschen Bataillone waren schon da und standen zu beiden Seiten des Wegs. Eine kurze Rast war unerläßlich; Bamme ließ die Gewehre zusammenstellen, und gleich darauf saßen die Landsturmmänner auf Zaunplanken und Chausseesteinen und wickelten aus ihren Sacktüchern heraus, was ihnen Weib und Kind an Zehrung mit auf den Weg gegeben hatten. Kein Wort fiel; jeder fragte sich still, ob es wohl seine letzte Mahlzeit sei.

Bamme war während dieser Lagerszene in den Spitzkrug eingetreten, in dessen großem, aber niedrigem und spärlich erleuchtetem Gastzimmer er den erwarteten Vertrauensmann der Frankfurter Bürgerschaften bereits vorfand. Aus seinem Rapport ergab sich, daß alle Häuser am Nikolaikirchplatz mit Bürgerwehren besetzt, in der alten Kirche selbst aber die besten Mannschaften versteckt seien, mit denen Othegraven den General Girard gefangenzunehmen gedenke. All dies wurde mit Freude gehört; eine zweite Mitteilung indessen, dahingehend, daß unten am Eingang in die Vorstadt, keine hundert Schritt' vom »letzten Heller« entfernt, eine französische Schildwache stehe, war desto unerfreulicher und nur angetan, ernste Verlegenheiten zu bereiten. Was tun, wie sollte man an dieser Schildwache vorbei?

Der Spitzkrugwirt erbot sich, noch einmal nachzusehen. Bamme war es zufrieden und ließ inzwischen die Brigade wieder antreten. Er selbst hielt am rechten Flügel, in Front des Bataillons Lebus. Nicht lange, so war der Wirt zurück und bestätigte, daß ein französischer Wachtposten vor dem Sankt Georgshospitale schildere.

»Verdammt!« sagte Bamme, »dieser Kerl ist mir im Wege. Wir müssen ihn beschleichen und niederstoßen. Freiwillige vor!«

Aber keiner rührte sich. Nur Hanne Bogun trat aus Reih' und Glied und sah dem General entschlossen, aber frech und widerwärtig ins Gesicht. Er hatte das lange Messer, das ihm bis dahin zur Seite gehangen hatte, mehr nach vorn hin in den Ledergurt geschoben und hielt es mit seiner einen Hand umfaßt.

Bamme gab dem Jungen einen Jagdhieb und sagte: »Nichts für dich, Hanne«, worauf dieser grinsend zurücktrat, um wieder den Zaum des Shetländers zu nehmen, den er einen Augenblick abgegeben hatte.

Eine peinliche Pause folgte.

Endlich hörte man Kniehases Stimme vom rechten Flügel her: »Wenn es sein *muß*, Herr General...«

Und es lag etwas in dem Ton und Ausdruck dieser Worte, das eines tiefen Eindrucks nicht verfehlte. Bamme, der mit unter diesem Eindruck war, preßte seine Fuchsstute dicht an die Schulter des athletischen alten Mannes und sagte dann: »Nein, Kniehase, lassen wir's. Es muß *nicht* sein.« Und damit fiel ein Stein von aller Brust. Ein Vorschlag, der schon vorher gemacht worden war, wurde wieder aufgenommen und im Einklange damit beschlossen, die lange Vorstadt ganz zu vermeiden, vielmehr dicht neben derselben hin, im Schutze des sogenannten »Donischberges«, eines mit Werft und Strauchwerk bestandenen Hügelrückens, bis an die Altstadt vorzudringen. Erst hier, am Tore selbst, sollte dann coûte que coûte der Kampf aufgenommen werden.

Und sofort jetzt, unter Belassung eines den Rückzug sicherstellenden Bataillons am Spitzkruge, wurden alle nötigen Kommandos für den Vormarsch gegeben. Die beiden Barnimschen Bataillone setzten sich über das Plateau hin in Bewegung, um die weiter südlich gelegenen Tore zu gewinnen, während das Bataillon Lebus die mehrgenannte Hügelstraße hinunterrückte. Dicht vor dem »letzen Heller« bog es nach rechts hin ab und marschierte zunächst in aufgelöster Ordnung, immer zwischen den Windungen des Donischberges hin, auf die ringförmige Esplanade zu, die den Kranz der Vorstädte von der Altstadt trennte.

Kompanie *Hohen-Vietz* hatte die Tête. Als sie den Platz am Graben erreicht und mit der Raschheit alter Soldaten sich wieder rangiert hatte, setzte sich Vitzewitz an die Spitze der Seinen, zog den Degen und ritt im Galopp gegen die Dammbrücke vor, die, über den Graben weg, auf das alte Lebuser Tor zuführte. Dieses war geschlossen, und durch das obere Gatter fielen einzelne Schüsse. Kümmritz, der schon anno vierundneunzig als »Kugelfang« gegolten hatte, erhielt einen Streifschuß, gleich darauf einen zweiten, ohne daß seine gute Laune oder die der Zunächststehenden gestört worden wäre; jetzt aber stürzte der Sohn des alten Bauers Püschel zusammen, Kugel durch die Brust, und Vitzewitz, zurückprallend, murmelte vor sich hin: »Der erste Tote.«

Alles stockte; Schreck und Ratlosigkeit. Es ging nicht weiter.

In diesem Augenblicke jagte Bamme die lange Kolonne herauf, bis in die Front des Zuges, und mit seinem dicken Fischbein auf die zweiräderigen Karren zeigend, die nach rechts hin in der von ihm Tages zuvor schon wohlbemerkten Torausbuchtung standen, rief er Kniehase zu: »Vier Mann vor! Ich kenn' unsere Stadttore; wurmstichig wie Bierpfropfen. Ran! Und weg mit dem Bettel!«

Und krach, da lag es, und unter Hurra brachen jetzt unsere Vordersten in Alt-Frankfurt ein. Alles vom Feinde floh in die Wache; nur der Posten vorm Gewehr, ein Voltigeur mit einem Spitzbart, hielt noch aus, und Vitzewitz hob eben den Arm, um ihn in Revanche für den Toten, der draußen vor dem Gattertore lag, niederzuhauen, als Hanne Bogun aalglatt an ihm vorbeischoß und den Voltigeur von der Seite her niederstach.

»Petit crevé!« rief der tödlich Getroffene und sank zu Boden.

Der Rest des Bataillons rückte nach, und als sich in den nächstfolgenden Minuten alles auf dem Brückendamm und zum Teil auch schon unter dem tiefen Torgewölbe gesammelt hatte, gab Bamme Befehl, daß Kompanie Hohen-Vietz, und zwar unter Befehl Kniehases, als zunächst verfügbare Reserve bei der von ihr erstürmten Torwache verbleiben, Vitzewitz selbst aber (dessen Rats er nicht entbehren mochte) ihn auf dem weiteren Vormarsch in die Stadt hinein begleiten solle. Ebenso Hanne Bogun mit dem Shetländer.

Kaum daß diese Befehle gegeben waren, als sich auch schon die lange Kolonne nach vorn hin in Bewegung setzte: Kompanie Hohen-Ziesar vorauf, dann Lietzen-Dolgelin, dann Rutze mit seinen Pikenieren. Als der letzte Mann vorüber war, warf Bamme seine Fuchsstute herum, gab ihr die Sporen und setzte sich en ligne mit Drosselstein, der mittlerweile schon das Gassengewirr der Innenstadt erreicht hatte.

»Links schwenkt!« Die Führer wiederholten das Kommando, und ohne daß irgendeine Stockung oder Unordnung stattgefunden hätte, defilierten alle drei Kompanien auf den öden Kirchplatz, an dessen einer Ecke das Turganysche Haus gelegen war. Diesseits war noch alles in Halbdunkel; kaum aber daß unsere Landsturmmänner an beiden Seiten der Kirche vorbei den abwärts gelegenen Teil des Platzes erreicht hatten, als sich ihren Blicken ein völlig verändertes Bild entgegenstellte. Vor dem Gasthofe mit den verschnittenen Linden standen zahlreiche Bürgerwehren, in allen Etagen schimmerte Licht, und ehe Bamme noch Zeit zu Überblick und Orientierung gefunden hatte, meldete Othegraven, daß General Girard und sein Stab gefangengenommen und auf Ehrenwort in ihren Zimmern belassen worden seien. Nur eine schwache Abteilung unter Major Rudelius habe die Bewachung des Hauses und der Gefangenen übernommen.

Bamme nickte, lobte das Verhalten der Bürger und führte dann seine Kompanien in die breite, aber kurze Straße hinein, die, wie schon bei früherer Gelegenheit hervorgehoben, vom Kirchplatze her auf den Flußkai mündete. Und jetzt war dieser Kai erreicht, und ein Ausruf allgemeinen Erstaunens wurde laut. An der anderen Seite des Flusses standen der Holzhof und das Bohlenlager in Flammen, während nach rechts hin die Brücke brannte. Das Feuer drüben stieg hoch und hell in den Nachthimmel hinein, über der Brücke aber, die, des nassen Holzes halber, mehr schwelte als brannte, lagen Rauch und Qualm in dichten Wolken, aus denen nur dann und wann eine dunkle Glut auflohte.

Der alte General kommandierte: »Halt!« und ließ seinen rechten Flügel, die Drosselsteinschen, unmittelbar am Brückenaufgange Stellung nehmen. Hier hielt er auch in Person. Als er aber wahrnahm, daß er von dieser Position aus nicht Umblick genug habe, ritt er auf die Brücke selbst hinauf und postierte sich in Nähe des Feuers, das ihm zugleich eine Art Deckung gewährte. Und nun übersah er die langen Linien von Freund und Feind.

Nach links hin die *Seinen*, ein Bild, das ein altes Soldatenherz wohl erfreuen konnte. Erst die berittenen Mannschaften von Hohen-Ziesar, dann die Komtureifahne von Lietzen-Dolgelin (achtspitziges Kreuz im roten Feld), dann Rutze mit niedergesenktem Sponton und hinter diesem die schmucken Uniformen der Frankfurter Bürgerschützen, grün und goldbordiert – alles sichtbar im hellen Feuerschein des brennenden Holzhofes. In Front der langen Aufstellung aber Drosselstein und Vitzewitz, als Unterbefehlshaber an beiden Flügeln.

Und ebenso klar sah er drüben den *Feind*. In Trupps von zehn und zwanzig Mann standen die Voltigeurs am Ufer hin, ersichtlich ohne Führung. Aber diese sollte nicht lange mehr auf sich warten lassen; Offiziere zu Pferde jagten am Kai hin auf und ab, aus dem Gassengewirr der Dammvorstadt lärmten Trommeln und Hörner, und ehe zehn Minuten um waren, erschienen geschlossene Grenadierkompanien, an ihren hohen Bärenmützen deutlich erkennbar, und nahmen Stellung zwischen der Brücke und dem brennenden Holzhof, während die Voltigeurs allmählich die Böschung hinabzusteigen und einen

Weg über das Eis hin zu gewinnen suchten. Mit vielem Geschick avancierten sie, je nach den Signalen sich sammelnd oder wieder trennend, und stutzten erst, als sie mitten auf dem Fluß der breiten Rinne gewahr wurden, die die Kietzer Fischer in das Eis gehauen hatten. An Überspringen war nicht zu denken, dazu war die Rinne zu breit; so mußten sie wieder zurück, um entweder Bretter herbeizuschaffen oder weiter flußabwärts, wo das Aufeisen mutmaßlich ein Ende hatte, den Übergang zu versuchen.

Bamme sah diese Rückwärtsbewegung und freute sich ihrer. Aber so viel sie für den Augenblick bedeutete, so bedeutungslos war sie, wenn die Hilfe ausblieb, auf die diesseitig gerechnet war. Waren die Russen in die Dammvorstadt eingedrungen? Hatten sich die Barnimschen Bataillone der beiden andern Stadttore bemächtigt? Bammes scharfes Ohr horchte nach rechts und links, aber kein Ton wurde laut, der ihm diese Frage bejaht hätte. Immer gewisser wurd' es ihm, daß er, wenn Tschernitscheff ausblieb, in diesem ungleichen Kampfe unterliegen müsse.

Das Bild, das sich ihm mittlerweile darstellte, konnte dieser trüben Erwartung nur als Bestätigung dienen. Die bis an die Rinne vorgedrungenen Voltigeurs waren kaum wieder am Ufer zurück, als sie mit der dem französischen Soldaten eigenen Raschheit sich in ihrer Lage zurechtzufinden und allerlei Hilfen auszukundschaften wußten. Ohne Kommandos abzuwarten, griffen sie nach dem, was der Moment erheischte, und während einige zupackten, um ein paar der am Ufer liegenden Flachboote die Böschung hinab und auf das Eis zu schieben, hatten sich andere der an den Pappelweiden hin aufgestellten Bootshaken bemächtigt, mit denen sie nun auf den brennenden Holzhof zuliefen und oben in die Bohlen- und Bretterlager einhakten, um diese niederzureißen. Es glückte. Viele dieser Bretter waren erst angeglimmt, und sie rasch durch den Schnee ziehend, bis die Flämmchen erloschen waren, schleppten sie sie jetzt über das Eis hin bis wieder in die Mitte des Flusses, wo denselben Augenblick auch ein paar eben eingetroffene Flachboote rasch und geschickt in die Wasserrinne hinabgelassen wurden. In weniger als einer Viertelstunde war die

Pontonbrücke fertig, und über dieselbe weg avancierten jetzt die Vordersten, während sich vom Ufer her immer größere Voltigeurtrupps und zuletzt auch geschlossene Grenadierkompanien in Bewegung setzten. En avant! Und dazwischen am Kai hin und auf dem Eise das Schmettern der Clairons.

Diesseits aller örtlichen Vorteile beraubt, mußte sich's nun zeigen, wer der Stärkere sei. Der erste Ansturm, der sich gegen die Frankfurter richtete, mißlang; aber ohne durch dieses abermalige Scheitern in die geringste Verwirrung zu geraten, schoben sich die französischen Kolonnen einfach weiter links, wo mehrere nebeneinanderliegende Holz- und Torfkähne ihnen eine vorzügliche Deckung gewährten. Um so vorzüglicher, als die Schiffsrumpfe gerade mannshoch waren, so daß die Angreifer kaum getroffen werden konnten.

Über diese Schiffsrumpfe hinweg entspann sich nun ein Feuergefecht, dessen endlicher Ausgang um so weniger zweifelhaft sein konnte, als die hier stehenden Pikeniere den Kampf nicht nur ohne Deckung führen, sondern, schlimmer als das, auch das feindliche Feuer aushalten mußten, ohne es ihrerseits erwidern zu können. Der Mut der Rutzeschen sah sich hier auf eine harte Probe gestellt. Sie kamen zuletzt ins Schwanken, und da Vitzewitz Anstand nahm, sich an die neben ihm stehenden Drosselsteinschen um Hilfe zu wenden, die bei der immer wachsenden Ausdehnung des Gefechts jeden Augenblick selbst angegriffen werden konnten, entschloß er sich, auf eigene Verantwortung bis an die Torwache zurückzureiten und seine daselbst untätig haltenden Hohen-Vietzer heranzuholen.

Auch Bamme, von seiner Brückenstellung aus, hatte die Rückwärtsbewegung der Rutzeschen Pikenmänner wahrgenommen, und in voller Wut auf sie losjagend, rief er ihnen schon von weitem zu: »Stillgestanden! Gewehr zur Attacke rechts!« Und siehe da, sie gehorchten wirklich, legten die Piken ein und gingen wieder bis halb an die Böschung vor. Aber eben jetzt von links und rechts her einschlagende Kugeln erneuerten nicht bloß das Schwanken, sondern steigerten es noch, und Bamme sah im Nu, daß es unmöglich sein werde, die Rutzeschen en ligne mit den übrigen Kompanien zu halten. Nichtsdestoweniger warf er sein Pferd herum, um wenigstens einen Versuch zu machen, die Weichenden von hinten her wieder vorzutreiben. Und hierbei traf er auf den Protzhagenschen Hornisten, der ängstlicher noch als alle anderen nach Deckung suchte.

»Ins drei Deibels Namen, Horn von Uri, blas!« rief er und hieb mit dem Fischbein auf den verwirrten Hornbläser ein. Dieser, der Macht des Kommandoworts gehorchend, schob, ohne zu wissen, was er tat, sein altes Rutzenhorn zurecht und begann zu blasen, aber, in der Angst seines Herzens, statt des Angriffs- das Rückzugssignal. In diesem Augenblicke (ein Glück für den Protzhagenschen) erhielt die rote Fuchsstute Bammes eine Kugel, so daß diese mitsamt ihrem Reiter zusammenstürzte. Aber mit merkwürdiger Raschheit war der Alte wieder auf, bestieg den Shetländer, den Hanne Bogun in Bereitschaft gehalten hatte, und saß im nächsten Augenblicke wieder fest im Sattel.

»Ah!« sagte er, während er sich behaglich zurechtrückte, und alles Zwanges los, den ihm das »Generalspferd« von Anfang an auferlegt hatte, hatte er nun endlich sich selber wieder. Er schob das Fischbein unter den Sattel und zog den Husarensäbel, den er »Anno 95« geschworen hatte nicht wieder ziehen zu wollen.

Er hatte sich selber wieder, aber auch nichts mehr, denn die gesamte Lage war inzwischen nicht besser geworden. Die Voltigeurs, immer weiter nach rechts sich dehnend, hatten flußabwärts, an Stellen, wo das Aufeisen ein Ende nahm, ihren Übergang bewerkstelligt und schickten sich an, aus allen Nebengassen vorbrechend, unsere gesamte Aufstellung von Seite und Rücken her zu nehmen. Und schlimmer als alles, auch die wenigen, diesseits in Bürgerquartieren untergebrachten Franzosen, die sich bis dahin ruhig und versteckt gehalten hatten, gewannen jetzt wieder Mut und schossen aus den Fenstern ihrer Häuser. Es waren namentlich die Drosselsteinschen, die von diesem Fensterfeuer arg betroffen wurden, und als gleich darauf, »pour combler le malheur«, wie der Graf vor sich hinmurmelte, auch die drüben am »Goldenen Löwen« stehenden Grenadierabteilungen ein Salvenfeuer mitten durch den Qualm und Rauch der brennenden Brücke hin abgaben, kam ein Schwanken in die ganze Linie.

Es stand in Wahrheit hoffnungslos; nichtsdestoweniger flackerte die Hoffnung noch einmal auf, als in eben diesem bedrohtesten Augenblicke vom Kirchplatze her der feste Tritt der heranmarschierenden Hohen-Vietzer vernehmbar wurde.

»Hurra, Kinder!« rief Bamme, »das ist die Schwedentrommel«, und unter dem Jubel der Pikeniere, die momentan wieder zum Stehen gebracht worden waren, rückten jetzt unsere Freunde in die vorderste Linie ein.

Berndt erkannte vom Sattel aus sofort, daß sich, eben jetzt, um die bis dahin siegreich verbliebenen Frankfurter Bürgerschützen eine geschickt angelegte Schleife zusammenzuziehen begann, und in höchster Erregung seinen drei vordersten Sektionen zurufend: »Vorwärts!... Nicht schießen, Bajonett!« spornte er, bevor er noch wahrnehmen konnte, ob man ihm folge oder nicht, sein Pferd mitten in den Knäuel hinein, gerade auf die Stelle zu, wo er den mit einem alten Kavalleriesäbel sich nach links und rechts hin wie wahnsinnig verteidigenden Konrektor deutlich erkannt hatte. Aber freilich, eh' er noch an diesen herankonnte, wär' er sicherlich vom Pferde gerissen und ein Opfer seines Muts und seiner Hilfebereitschaft geworden, wenn ihm nicht seine Hohen-Vietzer dicht und mit Ungestüm gefolgt wären, so dicht, daß er inmitten aller Aufregung und Verwirrung dennoch jeden einzelnen zu erkennen glaubte. Er sah, daß Kniehases Stirn blutete, und daß Grell, der in dem wirren Durcheinander seine Kappe verloren hatte, von einem französischen Offizier niedergehauen wurde. Dann aber umschleierte sich alles vor seinen Augen, Schüsse fielen, französische und deutsche Fluchwörter, und als er eine Minute später aus dem Knäuel wieder heraus war, mußte er wahrnehmen, daß all ihre Anstrengungen nichts erreicht hatten und daß es mißglückt war, Othegraven zu befreien. Wer außer Grell noch gefallen oder gefangen war, ließ sich im Momente nicht mit Bestimmtheit übersehen. Lewin wurde vermißt; aber er konnte zu den Versprengten und Abgedrängten gehören, von denen sich in jedem Augenblick verschiedene wieder einfanden.

Nach diesem allem konnt es sich nur noch darum handeln, möglichst rasch und mit möglichst wenig Verlust aus der Frankfurter Falle wieder herauszukommen. Bamme gab Befehl erst zum Abbrechen des Gefechtes, dann zum Rückzuge. Die Pikeniere rückten über den inzwischen leer und lichtlos gewordenen Platz, dann folgte Hohen-Ziesar, dann Lietzen-Dolgelin. Die Hohen-Vietzer, die noch den meisten Halt hatten, deckten den Rückzug. Dieser ging in Ordnung, bis die Spitze der Kolonne das alte Lebuser Tor erreichte. Hier, von Flintenschüssen des wieder ins Gewehr getretenen französischen Wachkommandos empfangen, gerieten die Vordersten ins Schwanken und gleich darauf in eine Verwirrung, die sich bald dem ganzen Zuge mitteilte und während des Marsches durch die Vorstadt hin eher steigerte als minderte. Die lange Straße lag im Dunkel, hier Wagen, dort umgestülpte Fischerboote hemmten die Passage, und viele der ermüdeten Landsturmmänner glitten aus oder stürzten in die Gossen und Löcher, an denen kein Mangel war.

»Licht!« schrie Bamme. »Verdammte Sottmeiers, stecken Häuser an und wollen Lichter sparen. Licht sag' ich, oder den roten Hahn auf euer Dach.«

Und dabei schlug er mit seinem Fischbein, zu dem er wieder seine Zuflucht genommen hatte, an die Haustüren und Fensterläden. Das half; einzelne Lichter erschienen, und man sah jetzt wenigstens, wo man war. So ging es in schwankender Linie die nicht endenwollende Vorstadt entlang, am Sankt Georgshospitale vorbei, bis sie zuletzt am »letzten Heller« hielten. Die Rotten wurden abgezählt; Lewin fehlte noch immer.

Das am Spitzkrug zurückgelassene Bataillon war schon vorher aus freiem Entschluß bis an den Fuß des Berges hinabgestiegen.

Ein Trost, aber auch der einzige.

Das Lämpchen brannte noch immer in der vergitterten Nische und die beiden »Nonnen« hielten nach wie vor ihre welken Kränze dem Gekreuzigten entgegen.

Bamme sah eine Weile in die Nische hinein und sagte dann zu dem neben ihm stehenden Hirschfeldt: »Hier, Hirschfeldt, hier ist unser Platz, hier am ›letzten Heller‹. Hier wurd' es geplant, und hier geht es zu Ende. Ich hatt' eine Ahnung davon. Der letzte Heller. Da *haben* wir ihn!«

20. KAPITEL

Der andere Morgen

In die Nacht und dann allmählich in den dämmernden Tag hinein war der Rückzug gegangen, die Kolonne während des Marsches immer kleiner werdend. Schon am Spitzkrug waren die Barnimschen Bataillone, bei Reitwein die Kompanien Hohen-Ziesar und Lietzen-Dolgelin abgeschwenkt, und nur der verbleibende Rest, darunter die Rutzeschen Pikeniere, rückte bis Hohen-Vietz.

Es schlug sieben, als sie bis dicht an Miekleys Mühle heran waren. Ein schwerer, graugelber Nebel senkte sich, und nur die Vordersten konnten das Gehöft erkennen. Dazu herrschte peinliche Stille; die dicke Luft dämpfte den Ton, und es war, als schlichen sie heran. Bamme fühlte das und wollte damit ein Ende machen. »Vorwärts, Hirschfeldt«, rief er, »vorwärts mit der ganzen Janitscharenmusik! Wir wollen nicht ohne Sang und Klang einrücken, als kämen wir recte von der Armensünderbank. Zeigen wir unser gutes Gewissen, oder tuen wir wenigstens so.« Und durch den Nebel hin wirbelte die Hohen-Vietzer Trommel, und einzelne Töne des Rutzeschen Hornes fielen ein. Alles dumpf und trübe, und jedem, der es hörte, ging es durch Mark und Bein. Endlich hielten sie. »Gewehr ab!« Es war der Platz zwischen dem Krug und dem Schulzenhof; in den Häusern war Licht, aber niemand zeigte sich auf der Straße. Berndt und Bamme hatten noch eine kurze Beratung wegen Unterbringung der Pikeniere; dann gab die Trommel das Signal, und alles rückte in die Quartiere ab. Ehe fünf Minuten um waren, waren nur noch unsere Freunde da, schweigsam und unschlüssig, was zu tun. Keinen drängte es, die Schwelle des Herrenhauses wieder zu betreten, wußte doch jeder: Unglücksboten kommen immer zu früh. Endlich sagte Berndt, indem er auf den Schulzenhof hinwies: »Ich habe noch ein Wort mit Kniehase zu sprechen. Bitte, General, melden Sie mich bei meiner Tochter. Oder Tubal, du.«

Bamme nahm Hirschfeldts Arm, und Tubal folgte. So schritten sie die Dorfgasse hinauf bis an das Herrenhaus. Jeetze stand in der Glastür und schien mit seinem verwunderten Blick nach dem alten und jungen Herrn zu fragen. »Noch im Dorf«, sagte Bamme und setzte dann in halblautem Tone hinzu: »Kommen Sie, Hirschfeldt, ich liebe keine Familienszenen. Am wenigsten solche.« Und damit ging er nach dem Korridor, der in sein Zimmer führte. Nur Tubal blieb zurück. Was war zu tun? Sollte er bei Renaten eintreten? Er konnt' es nicht; so warf er sich in einen alten neben dem Kamin stehenden Lehnstuhl, in dem Jeetze die Nacht zugebracht hatte.

Berndt war nicht auf den Schulzenhof zugeschritten; er hatte nur allein sein wollen und folgte jetzt den Voraufgegangenen in kurzer Entfernung. Ihm schlug das Herz, und langsam, als ob er eine zu schwere Last trüge, schwankte er erst an der Pfarre und dann an Bauer Püschels großem Gehöft vorüber. Da drinnen war auch Trauer: der einzige Sohn gefallen.

Das nächste Gehöft war das von Kallies. Zwischen beiden lief ein Ligusterzaun, und einige der dürren Zweige streiften ihm das Gesicht, als er daran vorüberging. Er blieb stehen und sann und horchte und griff dann in die Zweige hinein, um sich zu halten, denn er fühlte, daß er dem Umfallen nahe sei.

»Alles gescheitert«, sagte er. »Und ich hab' es so gewollt. Gescheitert, ganz und gar. Soll es mir ein Zeichen sein? Ja. Aber ein Zeichen, daß wir unser Liebstes an ein Höchstes setzen müssen. Nichts anderes. Dies ist keine Welt der Glattheiten. Alles hat seinen Preis, und wir müssen ihn freudig zahlen, wenn er für die rechte Sache gefordert wird.«

So sprach er zu sich selbst. Aber inmitten dieses Zuspruchs, an dem er sich aufzurichten gedachte, ergriff es ihn mit neuer und immer tieferer Herzensangst, und sich vor die Stirn schlagend, rief er jetzt: »Berndt, täusche dich nicht, belüge dich nicht selbst. Was war es? War es Vaterland und heilige Rache, oder war es Ehrgeiz und Eitelkeit? Lag bei *dir* die Entscheidung? Oder wolltest du glänzen? Wolltest du der erste sein? Stehe mir Rede, ich will es wissen; ich will die Wahrheit wissen.«

Er schwieg eine Weile; dann ließ er den Zweig los, an dem er sich gehalten hatte, und sagte: »Ich weiß es nicht. Bah, es wird gewesen sein, wie es immer war und immer ist, ein bißchen gut, ein bißchen böse. Arme kleine Menschennatur! Und ich dachte mich doch größer und besser. Ja, sich besser dünken, da liegt es; Hochmut kommt vor dem Fall. Und nun welch ein Fall! Aber ich bin gestraft, und diese Stunde bereitet mir meinen Lohn.«

So war er bis auf den Hof seines Hauses gekommen. In der Halle fand er Tubal, der, erschöpft von der Anstrengung, in Jeetzes Lehnstuhl eingeschlafen war. Neben ihm lag Hektor. Als dieser seines Herrn ansichtig wurde, sprang er auf und drängte sich an ihn, aber ohne sonst ein Zeichen der Freude zu geben. Berndt streichelte das kluge Tier, warf einen Blick voll stillen Neides auf den schlafenden Tubal und schritt dann auf die Tür zu, die nach dem Eckzimmer führte. Er legte die Hand auf den Griff und zögerte noch einmal. Aber es mußte sein. Nur die beiden Mädchen waren da. Renate flog ihm entgegen. »Mein einzig lieber Papa«, rief sie und hing an seinem Halse. Dann ließ sie von ihm ab und fragte wie sein Gewissen: »Wo ist Lewin?«

Der alte Vitzewitz rang, ein Wort zu finden. Endlich in einem Tone, in dem sich der ganze Jammer seines eigenen Herzens aussprach, sagte er: »Ich weiß es nicht.«

»Also gefangen, tot?«

»Nein, nicht tot, noch nicht.«

Angst und Zittern ergriffen Renaten, aber in demselben Momente sah sie, daß Marie schwankte und wie leblos zu Boden stürzte. Berndt war von dem Anblick wie mitgetroffen. Ihm schwindelte unter dem Andrang alles dessen, was auf ihn einstürmte; endlich riß er sich aus seiner Betäubung und zog die Klingel. Jeetze kam, gleich darauf auch die Schorlemmer; alles lief und rannte; er selber aber war geschäftig, Marie wieder aufzurichten. Als ihm dies geglückt, sah er, daß sie aus einer Stirnwunde dicht neben der linken Schläfe blutete; sie war auf den scharf vorspringenden Kaminfuß gefallen. Endlich von ihrer Ohnmacht sich wieder erholend, verlangte sie nach dem Schulzenhofe gebracht zu werden, wozu sich Maline weniger aus Mitleid als Neugier sofort bereit erklärte. Durfte sie doch hoffen, unten im Dorfe mehr zu hören als im Herrenhause, wo jeder sich einschloß und schwieg. Selbst auf Bamme, trotzdem seine Klausur aufgehört hatte, war nicht viel zu rechnen.

Als Berndt und Renate wieder allein waren, sagte jener: »Was war es mit Marie? Ich hätte sie für fester gehalten.«

Renate schwieg.

»Er ist dein Bruder«, fuhr Berndt fort. »Und doch, du trugst es.«

Eine Pause folgte, während welcher Renate den Blick zu Boden senkte. Endlich antwortete sie: »Sie liebt ihn.«

Der alte Vitzewitz, nach allem, was er eben mit Augen gesehen hatte, schien eine Antwort wie diese erwartet zu haben und sagte deshalb ruhig: »Und er – weiß er davon?«

»Nein.«

»Bist du dessen gewiß?«

»Ja, ganz gewiß. Nie verriet sie sich, weder mit Wort noch Blick. Und hätte sie's, Lewin hätte kein Auge dafür gehabt; er war blind in seiner Liebe zu Kathinka.«

Berndt schritt im Zimmer auf und ab, und die widerstreitendsten Empfindungen bekämpften sich in seiner Brust. Einen Augenblick zuckte es spöttisch um seinen Mund, daß des »starken Mannes« Kind in das alte Haus der Vitzewitze kommen solle, aber dann schwand aller Spott wieder, und die nächstliegende Not gewann allein Gewalt in seinem Herzen, die Not um den einzigen Sohn. »Wie rette ich ihn?« Und es war, als ob er vor sich selber ein Gelübde täte: »Gott, ich lege jeden Stolz zu deinen Füßen; demütige mich, ich will stillhalten; alles, alles; nur erhalte mir ihn.«

Renate, während Berndt auf- und abgeschritten war, war ihm mit den Augen gefolgt. Sie wußte genau, was in seiner Seele vorging, und sagte jetzt: »Bitte, Papa, sage mir alles. Was ist es mit ihm? Verschweige mir nichts!«

Er nahm ihre Hand. »Ich habe dir nichts verschwiegen, Kind. Dunkel und Ungewißheit ist alles. Ich weiß nicht mehr als du. Aber eines weiß ich nur zu gut: wir müssen alles fürchten, alles, auch wenn in diesem Augenblicke Gottes Sonne noch über ihm scheint. Mit den Waffen in der Hand gefangen! Sie werden ihn vors Kriegsgericht bringen, und ...«

»Wie kam es?« unterbrach ihn Renate. »Sprich, ich möchte von ihm hören, mich an etwas aufrichten, und wenn es an nichts anderem wäre als an dem eitlen Troste getaner Pflicht oder bewiesenen Mutes.«

»Und diesen Trost kann ich dir gewähren. Es war ein Handgemenge; sie hatten Othegraven umzingelt, und wir wollten ihn freimachen. So ging es hinein in den Knäuel. Als wir wieder heraus waren, fehlte Lewin. Anfangs hofften wir noch, denn es fehlten viele, die sich nach und nach wieder zu uns fanden; aber Lewin blieb aus. Kein Zweifel, er ist gefangen.«

»Und was tun wir?«

»Was uns allein noch bleibt: Gottes Barmherzigkeit anrufen. Mögen ihm alle guten Engel zur Seite stehen! Wir können nichts mehr.« Und damit verließ er das Zimmer und ging in sein Kabinett hinüber.

Hier war es kalt und unwirsch. Jeetze hatte zu heizen vergessen; dazu lag Staub auf Tisch und Stühlen. Aber Berndt sah es nicht oder glitt gleichgiltig mit dem Auge darüber hin, während er doch in dem Widerstreit, der in solchen Momenten unsere Seele zu füllen pflegt, seinen Sinn auf andere, fast noch gleichgiltigere Dinge richtete. Er sah, daß an dem Schlüsselbrett die Schlüssel falsch hingen, und begann nun alles nach Nummer und Reihe zu ordnen. Dann schritt er auf das Fenster zu und starrte minutenlang auf die russischen Karten und Pläne, die hier immer noch an den breiten Klappläden angeklebt waren. »Minsk, Smolensk, Bialystok.« Und er wiederholte die Namen, auf- und abschreitend, immer wieder und wieder. Endlich blieb er vor dem Bilde stehen, das über seinem Arbeitstische hing, und seine Augen füllten sich mit Tränen. »Geliebte«, sprach er vor sich hin, »wie preis' ich Gott, daß dir *diese* Stunde nach seinem gnädigen Ratschluß erspart geblieben ist. Ach, daß ich wäre, wo du bist. Frieden allein ist bei den Toten.«

Er ließ sich auf das Sofa nieder und begann ein Frösteln zu fühlen. Da lag sein Mantel, den Jeetze, statt ihn anzuhängen, einfach über die Lehne geworfen hatte. Das traf sich gut. Er zog ihn an sich und wickelte sich ein. »Minsk, Smolensk...« Aber nun schwand ihm das Bewußtsein, und er schlief.

Er schlief fest und lange. Mittag war vorüber, als ihn ein Klopfen an der Tür weckte. Es war schon das drittemal. »Herein!« Jeetze meldete, daß der alte Rysselmann gekommen sei.

»Laß ihn vor. Gleich.«

Der alte Rysselmann trat ein, steif und geradlinig wie immer, das Haar nach hinten gekämmt, seinen Rohrstock unterm Arm und das Gerichtsdienerblechschild auf dem langen, blauen Stehkragenrock. Er blieb an der Tür stehen und grüßte militärisch; neben ihm Jeetze, der das Zimmer zu verlassen zögerte. »Bleib nur«, sagte Berndt, der das Zögern des Alten wohl verstand, »du willst auch wissen, wie es steht. Du liebst ihn auch... Ach, wer nicht?« Und dabei strich er sich leis und verstohlen über Stirn und Augen. Dann erst trat er auf den alten Gerichtsdiener zu und sagte: »Nun, Rysselmann, was bringt Ihr?«

»'n Brief vom Herrn Justizrat.«

»Gutes drin?«

Der Alte schwieg. Er konnte nicht ja sagen, und das Nein wollte ihm nicht über die Lippen.

Berndt wog den Brief hin und her, den er sich zu öffnen scheute, denn jetzt mußt' es sich entscheiden. Er musterte den Alten einmal, zweimal und fand zuletzt, daß er alles in allem nicht aussah wie einer, der eine Todesnachricht bringe. »Ich will den Brief lesen – aber allein... Und dann noch eins, Rysselmann; wißt Ihr...«

»Ja, gnädiger Herr, eins weiß ich.«

»Und?«

»Der junge Herr lebt.«

Des alten Vitzewitz Händen entfiel der Brief, und seine Lippen flogen. Er konnte nicht sprechen. Als er sich wieder gefaßt hatte, trat er auf Jeetze zu, legte seine Hand auf des alten Dieners Schulter und sagte, während er ihn in freudiger Erregung schüttelte: »Hast du's gehört, Alter? Er lebt! Und nun sorge mir für Rysselmann. Er hat uns Gutes gebracht, bring ihm wieder Gutes. Nein, bring ihm das Beste. Hier hast du den Schlüssel; unten links, wo der spanische liegt. Hol' ihm eine Flasche, mein alter Jeetze. Und du sollst mittrinken. Hast du's gehört? Er *lebt*!«

Jeetze küßte seinem Herrn die Hand und zitterte und zimperte hin und her. Dann ging er, während Rysselmann ihm folgte. Berndt, als er allein war, öffnete den Brief und überflog ihn. Es war, wie der alte Gerichtsdiener gesagt hatte. Er verließ nun selber das Kabinett, um sich in das Eckzimmer zu den Frauen hinüber zu begeben. Er traf nur Renate, die bang und fragend auf ihn zueilte. »Noch ist Hoffnung, Kind. Und nun rufe die Schorlemmer.« Erst als diese gekommen war, setzten sie sich um den runden Tisch, und Berndt las:

»Hochgeehrter Herr und Freund!

Ich habe die traurige Pflicht, Ihnen anzuzeigen, daß der Kampf dem Feinde zwei Gefangene in die Hände fallen ließ: Ihren Sohn und den Konrektor Othegraven. Ihr Sohn wird im Laufe des Vormittags unter Eskorte nach Küstrin geschafft werden, Konrektor Othegraven wurde bei Tagesanbruch am Lohhof erschossen. Mir liegt nach dieser kurzen, vorgängigen Mitteilung nur noch ob, Ihnen über den Tod dieses Tapferen zu berichten. Ich schlief seit kaum einer Stunde, als ich durch eine französische Ordonnanz geweckt wurde, die mir anzuzeigen kam, daß einer der Gefangenen, der Konrektor Othegraven, mich zu sprechen wünsche. Ich kleidete mich rasch an, und der junge Soldat führte mich nach der alten Nikolaikirche hinüber, an deren Ausgängen französische Doppelposten standen. Innen sah es scharf aus; auf einer Schütte Stroh lagen die Toten; der erste, den ich sah, war Kandidat Grell.

In der Sakristei traf ich Othegraven. Er saß in einem hochlehnigen, alten Chorstuhl, und die Tür stand offen, so daß er den Blick auf die Kanzel frei hatte. Er wies darauf hin und sagte: ›Sehen Sie, Turgany, hier hab' ich zum ersten Male gepredigt. Mein Text war: ‚Selig sind die Friedfertigen'. Und dies ist nun das Ende. Das Kriegsgericht hat gesprochen, und binnen hier und einer Stunde ist es mit mir vorbei.‹ Ich nahm seine Hand, und da von Rettung oder Begnadigung keine Rede sein konnte, so fragte ich nach seinem Letzten Willen und ob ihm das Scheiden schwer würde. Er verneinte es und setzte hinzu, daß er einmal gelesen habe, wie das Leben einem Gastmahl gleiche. Jeder habe den Wunsch, auszudauern; aber wer in der Mitte des Mahles abgerufen würde, fühle bald nachher, daß er wenig versäumt habe. Und das sei wahr. Er für seinen Teil wünsche nur erst über die Trommelwirbel und das Augenverbinden weg zu sein; auch mißtraue er den Franzosen und ihrem Schießen. ›Sie tuen alles unordentlich, und den Hofer haben sie massakriert.‹ Er hing diesem Gedanken eine Weile nach und sagte dann, ehe ich noch eine weitere Frage an ihn gerichtet hatte: ›Ich habe niemand; meine kleine Sammlung fällt an Seidentopf, alles andere an das Hospital dieser Kirche. Und nun wollen wir Abschied nehmen, Turgany. Grüßen Sie diese tapfere Stadt, die mir so teuer geworden ist, und sagen Sie jedem, der es hören will, daß ich in der Hoffnung auf Jesum Christum, aber zugleich auch in dem festen Glauben stürbe, mein Leben an eine gute Sache gesetzt zu haben. Ich habe gepredigt: ‚Selig sind die Friedfertigen', aber es ist auch geboten, uns zu wehren und für unser Leben und Gesetz zu streiten.‹

Und danach schieden wir. Für immer.

Eine Stunde später ward ich zu General Girard befohlen. Ein echter Franzos, menschlich und von edler Gesinnung. ›Ich konnt' es nicht ändern‹, empfing er mich. ›Ein Aufstand in unserm Rücken und von ihm geleitet; er mußte sterben. So will es das Gesetz des Krieges und unsere Sicherheit. Nach seinen Mitschuldigen frag' ich nicht; Ihr Volk lehnt sich jetzt wider uns auf, und wir müssen sehen, wie wir durchkommen.‹ Und danach entließ er mich sichtlich bewegt, nachdem er hinzugefügt hatte, daß der ›Directeur adjoint‹, wie er ihn nannte, ›comme un vieux soldat‹ gestorben sei.

Wir haben ihn dicht neben der Kirche, wo noch ein eingegittertes Stück von dem alten Kirchhof übrig ist, begraben. Neben ihm Hansen-Grell.

Ich schließe mit dem herzlichen Wunsche, daß der Transport Ihres Sohnes nach Küstrin ein erster Schritt zu seiner Begnadigung oder vielleicht auch zu seiner Befreiung sein möge.

Turgany.«

Das erste Gefühl, als Berndt den Brief aus der Hand legte, war das des tiefsten Dankes.

Renate umarmte und küßte den Vater, und der Schorlemmer, die nie weinte und stolz darauf war, fielen die Tränen auf die gefalteten welken Hände. Sie hatte kein Wort, und selbst ihre Sprüche versagten ihr.

Lewin lebte noch, noch also war Hoffnung. Aber eine rechte Freude wollte trotz alledem nicht aufkommen, und wenn alle bis dahin von dem Schrecken beherrscht gewesen waren, ihn vielleicht schon verloren zu haben, so beherrschte sie jetzt die Furcht, ihn jeden Augenblick verlieren zu können.

So verging eine halbe Stunde; Renate hatte das Zimmer verlassen, um auf dem Schulzenhofe nach Marie, die Schorlemmer, um draußen nach der Wirtschaft zu sehen. Denn was auch geschehen möge, das Herdfeuer brennt und mahnt uns an den Anspruch und das Recht des alltäglichen Lebens. Berndt seinerseits war allein geblieben; er sann und plante und verwarf wieder. Als die Stutzuhr eben zwei schlug, erschien Jeetze und meldete, daß angerichtet sei.

Wie gewöhnlich, seitdem Besuch im Hause war, war in der Halle gedeckt worden. Bamme trat auf Vitzewitz zu, um ihm zu der »guten Zeitung« zu gratulieren; aber es klang frostig. Jeder konnte den Zweifel heraushören, nicht an der Sache selbst, aber an ihrem Wert. Man setzte sich; Berndt fragte nach Marie, nach Kniehase, nach Rysselmann; bald aber hob er die Tafel auf, an der, aller Anstrengungen unerachtet, nur wenig gesprochen worden war. Alles erschien ihm wie Versäumnis, ehe man nicht wenigstens einen Plan verabredet hatte. Er zog sich in sein Arbeitskabinett zurück und ließ eine Viertelstunde später die Herren bitten, ihm dahin folgen zu wollen.

In dem Zimmerchen war es inzwischen freundlicher geworden; ein Feuer brannte, und der alte Mantel, der über der Lehne gehangen hatte, hing jetzt am Riegel. Der General und Hirschfeldt erschienen zuerst, nach ihnen Tubal. Alle drei zu placieren, würde bei der Enge des Raumes nicht leicht gewesen sein, wenn nicht Bamme, der es warm liebte, dicht an den Ofen gerückt wäre. Hier saß er mit untergeschlagenen Füßen und rauchte, mehr einem Götzenbilde als einem Menschen ähnlich.

Jeetze kam und reichte Kaffee, nach dem jeder mehr oder weniger begierig war. Und wirklich, die Tassen waren kaum geleert, als eine bessere Stimmung Platz zu greifen begann. War denn die Lage wirklich so hoffnungslos? Nein. Berndt nahm das Wort und erklärte, daß er in der Furcht der Franzosen, in ihrer mutmaßlichen Scheu vor einem zweiten zu statuierenden Exempel den besten Teil seiner Hoffnung sehe. »Girard oder Fournier«, so schloß er, »macht keinen Unterschied; sie wissen, daß ihre Tage hier herum gezählt sind, und werden sich hüten, den schon straffen Bogen noch weiter zu überspannen.«

Bamme wollte von diesem Troste nichts wissen; Hirschfeldt widersprach nicht geradezu, sah aber alles wirkliche Heil nur in einem selbständigen Vorgehen. Solange der Hals in der Schlinge stecke, wiederholte er, sei von Sicherheit keine Rede; ein Ungefähr, eine Laune, und die Schlinge ziehe sich zu. »Können wir uns auf Turganys Brief verlassen (und ich glaube, daß wir es können), so treten die Küstriner Herren nicht eher als morgen mittag oder nachmittag zusammen. Selbst wenn die Würfel schwarz fallen, woran leider nicht zu zweifeln, so haben wir vor übermorgen früh nichts zu befürchten. Füsilladen sind Früh- und Morgensache. Das ist so alter Brauch. Was also unsererseits zu geschehen hat, muß diese Nacht geschehen oder in der nächstfolgenden. Diese Nacht – unmöglich, vorausgesetzt, daß wir der Mitwirkung unserer Leute dazu bedürfen. Auch die besten halten solche Schlappe nicht aus. Also morgen; morgen nacht.«

Berndt und Bamme waren einverstanden, auch damit, daß man es mit List versuchen wolle. Hoppenmarieken sollte dabei helfen. Diese, wie Berndt sehr wohl wußte, lebte mit der Küstriner Garnison auf dem allerbesten Fuße; war sie doch jedem einmal mit Kauf oder Kuppelei zu Diensten gewesen. Westfalen oder Franzosen machte dabei keinen Unterschied, ja, die letzteren hatten eine besondere Vorliebe für sie und gestatteten ihr um ihrer grotesk-komischen Erscheinung oder vielleicht auch um ihrer gemutmaßten Geistesschwäche willen überallhin Zutritt. Daß Hoppenmarieken selbst, eitel und abenteuersüchtig, wie sie war, gegen Übernahme der ihr zugeteilten Rolle Bedenken erheben würde, daran war gar nicht zu denken; eine andere Frage blieb freilich, ob ihr auch in allen Stücken zu trauen sei. Man ließ dies indessen fallen, und Berndt schickte nach dem Forstacker, um sie herbeiholen zu lassen. Aber sie war von ihrem gewöhnlichen Tagesmarsche noch nicht zurück. So wurde beschlossen, die Besprechung mit ihr bis auf den andern Morgen zu vertagen. Bamme wollte dabei zugegen sein.

Hiernach trennten sich alle und zogen sich auf ihr Zimmer zurück. Was noch zu tun war, waren Dinge, die sich mit Kniehase besser als mit jedem anderen erledigen ließen; dieser kam denn auch, beschaffte und ordnete alles Nötige und war bei Dunkelwerden wieder auf dem Schulzenhofe.

Sein erster Gang, als er wieder daheim war, war zu Marie, bei der er, seiner eignen Wunde wenig achtend, den größten Teil des Tages zugebracht hatte.

Er setzte sich auch jetzt wieder an ihr Bett und horchte und fragte; ihr aber, als sie diese vom herzlichsten Mitgefühl eingegebenen Fragen hörte, kam der stille Vorwurf zurück, in allen voraufgegangenen Stunden immer nur an Lewin und nicht ein einziges Mal an ihn gedacht zu haben, an ihn, der jetzt so liebreich zu ihr sprach und vom ersten Tage an nur Güte und Nachsicht für sie gehabt hatte. Sie klagte sich ihrer Selbstsucht an und vergoß bittere Tränen. Er aber wollte davon nichts wissen und wiederholte nur einmal über das andere: »Laß, Kind; das ist die Jugend.« Und dann beruhigte sie sich und ließ sich wieder erzählen. Ach, wie schlug ihr das Herz höher, als sie von Turganys Brief hörte: Othegraven war tot, aber Lewin *lebte*. Und das bedeutete alles! Dieselbe Selbstsucht, deren sie sich eben noch bezichtigt hatte, war wieder da. Und sie wußte es kaum.

Ihre Stirn wurde gekühlt; der Blutverlust aus der Wunde galt für ein gutes Zeichen, und ihr Befinden war nicht schlecht. Sie lächelte vor sich hin, wenn Bammes und Rutzes und ihrer Haltung während des Straßenkampfes Erwähnung geschah. Erst gegen Abend stellte sich Fieber ein, und sie begann nun leise vor sich hin zu sprechen: »Wenn nur Othegraven da wäre... der würde helfen... mir zuliebe.« Und dann nannte sie des alten Füllgraf Namen und dann den des alten Küstrinschen Kastellans, der ein Vetter von den Kümmritzens war und den sie nun in ihren Phantasien inständigst bat, den »jungen Herrn« in seinem Schlosse verstecken zu wollen, »mitten im großen Saal, da würd' ihn niemand suchen«.

So vergingen die Stunden, und die Bilder drehten sich im Kreise. Aber eine Stunde nach Mitternacht ließ das Fieber nach, und sie schlief ein.

21. KAPITEL

»Dat möten wi«

Es war noch nicht sieben am andern Morgen, als Hoppenmarieken in ihrem gewöhnlichen Aufzuge die Dorfgasse heraufkam. In Front des Herrenhauses bog sie nach rechts hin ein und musterte die lange, dunkele Fensterreihe. Nur in den zwei Eckfenstern des ersten Stockes war Licht. »He is all bi Weg'«, sagte sie und schritt auf die Glastür des Hauses zu.

Und sie hatte recht gesehen. Berndt war schon seit einer Stunde auf und saß oben in seiner Amts- und Gerichtsstube. Mit ihm Bamme, der, nach einem ersten Versuche, sich wieder in Nähe des stark überheizten und beinahe glühenden Ofens zu placieren, schließlich seinen Rückzug auf das Fenster hin hatte nehmen müssen. Von diesem aus sah er jetzt Hoppenmarieken über den Hof kommen. Er war in einem Kostüm, das, kaum minder auffällig als das der alten Forstackerhexe, selbst Berndt einen Augenblick in Erstaunen gesetzt hatte: enger schwarzer Schlafrock von Sammetmanchester, roter Wollschal und gelbe Filzschuhe. Dazu die kurze Morgenpfeife.

Und nun klopfte es.

»Herein!«

Die Alte trat ein, blieb aber – mit ihrer Kiepe sich an die Türpfosten lehnend – in respektvoller Entfernung von ihrem »gnädigen Herrn« stehen, mehr aus Gewohnheit als aus Furcht, da sie wohl gemerkt hatte, daß man ihrer bedürfe.

»Dag, gnäd'ger Herr«, sagte sie mit ihrer tiefen und rauhen Stimme und nickte, als Berndt ihren Gruß erwidert hatte, mit derselben Vertraulichkeit auch nach der Fensterecke hinüber. »Dag, Genral.«

»Kennst du mich denn?« fragte dieser und blies behaglich ein paar Wölkchen aus seinem Meerschaum.

»I, wat wihr ick denn uns'n lütten Genral nich kennen? Ick wihr jo mit bi de Revü buten un hebb' allens siehn: Rutzen un sine Piken, un den dicken Protzhagenschen mit sine Füertut'. Jott, wie segg de ut! Un denn Drosselstein'n sine rote Voßstut' mit de lange Been'. Ne, Genralken, dat wöhr nix för Se.«

»Da hast du recht, Hoppenmarieken. Ich seh', du hast einen guten Blick, und das nächste Mal werd' ich dich fragen.«

Sie lachte.

»Dat dohn Se man, Genralken. De Dummen, so as wi ick, de sinn ümmer de Klöksten.«

Berndt sah, daß er das Gespräch unterbrechen müsse, denn solche Vertraulichkeiten waren gerade das letzte, was er brauchen konnte. »Stell deine Kiepe hin, Marieken, und tritt hier an diesen Tisch. Hierher, daß ich dich besser sehen kann.«

Sie verlor einen Augenblick ihre sichere Haltung, brummte allerhand unverständliches Zeug und tat dann, wie ihr geheißen.

»Du weißt, Hoppenmarieken –«

»Ick weet.«

»Und du weißt auch, daß sie kurzen Prozeß machen. Der Konrektor ist erschossen auf dem Lohhof, da, wo die große Pappel steht. Ein Wunder, daß sie Lewin noch aufgespart haben. Aber wie lange? Sie haben ihn nach Küstrin gebracht, und wir müssen ihn freikriegen.«

»Dat möten wi, dat möten wi.«

»Und du sollst helfen.«

»Dat will ick.«

»Gut, so steck' dies Knäuel ein und spiel es ihm heimlich zu. Er sitzt auf Bastion Brandenburg; Mencke hat mir's gestern abend geschrieben. Übereile nichts, laß dir Zeit, und wenn es auch Mittag wird. Aber sei schlau, so schlau, wie du sein kannst, wenn du willst, und vergiß nicht, es hängt Leben und Sterben dran.«

»Ick weet, ick weet.«

Der alte Vitzewitz schwieg eine Weile, während welcher

Zeit Hoppenmarieken das Knäuel in ihre Kiepe packte; dann fuhr er fort: »Und nun tritt noch einmal hierher und paß auf und höre, was ich dir zu sagen habe.«

Hoppenmarieken gehorchte.

»Hier, wo du jetzt stehst, hier hat Lewin für dich gebeten, und weil er für dich bat, und bloß deshalb hab' ich dich laufen lassen. Sonst säßest du jetzt bei Wasser und Brot. Und das schmeckt dir nicht, denn du hast gern was Gutes.«

»Jo, dat hebb' ick.«

»Sprich nicht. Du sollst mich hören. Und so sag' ich dir denn: sieh dich vor. Ich habe viel Nachsicht und Geduld mit dir gehabt und die Augen öfter zugemacht, als recht war, aber wenn du wieder doppeltes Spiel spielst, so sei dir Gott gnädig. Kobold, ich trete dich unter die Füße und würge dich mit diesen meinen Händen.«

Er hatte diese Drohung in innerster Erregung gesprochen; aber ihre Wirkung auf Hoppenmarieken war nur gering. Sie schüttelte bloß den Kopf, und ohne sich im übrigen im geringsten eingeschüchtert zu fühlen, wiederholte sie nur immer: »Gnäd'ge Herr, de junge Herr!« und salutierte dabei mit ihrem Hakenstocke, zum Zeichen, daß man sich auf sie verlassen könne. Es war dies auch besser und bedeutete mehr, als wenn sie bekräftigungshalber ihre Schwurfinger erhoben hätte. Dann griff sie wieder nach der Kiepe, lehnte den Rat, der ihr noch gegeben wurde, »sich womöglich an die Westfalen zu machen«, mit der Bemerkung ab: »Ne, ick geih to de lütten Franzosen; de passen nich upp«, und verließ einen Augenblick später das Zimmer.

Erst als sie zwischen den zwei Auffahrtspfeilern war, machte sie noch einmal mit militärischer Promptheit kehrt und grüßte nach dem Eckfenster hinauf. Wußte sie doch ganz bestimmt, daß der alte General ihr nachgesehen habe. Dieser lachte denn auch, nahm seinen kleinen Meerschaum in die Linke und warf ihr mit der Rechten Kußfingerchen zu.

»'s bleibt doch ein Prachtexemplar, Vitzewitz«, sagte er. »Ich wollte, ich hätte so was in Groß-Quirlsdorf.«

Berndt schwieg und stützte den Kopf. Nach einer Weile sagte er:

»Bamme, Sie sind ein Menschenkenner. War es nicht gewagt, unser Spiel auf *diese* Karte zu setzen? Können wir ihr trauen?«

»Unbedingt.«

»Und warum? Weil ihr altes Hexenherz an Lewin hängt?«

»Vielleicht auch deshalb. Etwas muß das Herz haben. Und je weniger es hat, desto fester hängt es dran. Es stirbt dafür. Gut oder böse macht keinen Unterschied.«

Berndt nickte.

»Aber«, fuhr Bamme fort, »das ist es nicht, weshalb ich ihr traue. Ich trau' ihr, weil sie klug ist. Wissen Sie, was sie jetzt denkt?«

»Nun?«

»Die Franzosen werden nicht ewig im Lande Lebus bleiben, aber die Vitzewitze noch lange.«

»Und?«

»Und Bündnisse schließt man nur mit Dauermächten. Auch wenn man Hoppenmarieken heißt.«

22. KAPITEL
Im Weißkopf

In denselben Stunden, in denen der über Lewins Gefangenschaft Auskunft gebende Brief den Weg von Frankfurt nach *Hohen-Vietz* hin machte, machte Lewin in Person den Weg von Frankfurt nach *Küstrin.* Nur die Breite des Flusses lag zwischen ihnen, und der alte Rysselmann, wenn er schärfer zugesehen hätte, hätte die französischen Eskortemannschaften erkennen müssen, die drüben am neumärkischen Ufer ihre Straße zogen. Es waren Voltigeurs, ausgesuchte Leute, die man unter den Befehl eines alten, schon in Spanien gedienten Sergeanten gestellt hatte. Und solche Vorsichtsmaßregeln waren mit gutem Grunde getroffen worden, denn hatten es die Russen auch tags zuvor an gutem Willen und jedenfalls an Worthalten fehlen lassen, so waren sie doch in der Nähe, durchschwärmten die Neumark und machten sich recht eigentlich eine Aufgabe daraus, kleine feindliche Kommandos wegzufangen. Das erheischte nur geringe Opfer und machte von sich reden. Dieser Sachlage waren sich die Begleitmannschaften auch voll bewußt und ließen es, um schlimmstenfalles nicht ohne Fürsprache zu sein, an Aufmerksamkeit gegen ihren Gefangenen nicht fehlen. Mußten sie doch fürchten, jeden Augenblick selber Gefangene zu werden.

Aber ihre Befürchtungen erfüllten sich nicht; die Kosaken, nach denen auch Lewin von Zeit zu Zeit ausgesehen hatte, kreuzten nirgends ihren Weg, und nachdem um Mittag die Kirch-Göritzer ausgebauten Häuser und bald darauf auch die Pulvermühlen von ihnen passiert worden waren, trafen sie Punkt zwei vor der Festung ein und lieferten ihren Gefangenen auf dem alten Küstriner Schloßhof ab. General Fournier d'Albe tat ein paar Fragen, die trotz aller Kühle doch Teilnahme verrieten, musterte die schlanke Gestalt Lewins und gab dann Befehl, ihn auf dem »Weißkopf« unterzubringen.

Lewin erschrak, als er diesen Namen hörte.

Der »Weißkopf« war ein auf Bastion Brandenburg stehender Rundturm, eigentlich nur das mannshohe Fundament eines solchen, von dem die Sage ging, daß es zwei, drei Tage vor der Hinrichtung Kattes als Schafott für diesen aufgemauert worden sei. Dies alles war nun freilich durch einige lebusische Spezialhistoriker, darunter auch unser Seidentopf, als nicht stichhaltig nachgewiesen worden; aber stichhaltig oder nicht, die bloßen Vorstellungen, die sich infolge dieser Sage an ebendiese Örtlichkeit knüpften, reichten gerade hin, den Gedanken eines vor einem Kriegsgericht Stehenden eine sehr trübe Richtung zu geben.

Und nach diesem »Weißkopf« hin wurde Lewin nun wirklich abgeführt. Ein Gefreiter und zwei Mann nahmen ihn in ihre Mitte, und unser Gefangener fürchtete schon, den Rest des Tages und vielleicht auch die Nacht in einem kellerartigen Gewahrsam zubringen zu müssen, als er im Näherkommen zu seinem Troste wahrnahm, daß auf dem mannshohen Unterbau des Turmes noch ein nicht unfreundlich aussehendes, aus Fachwerkwänden aufgeführtes Turmhäuschen stand, an das sich von außen her eine Holztreppe lehnte, acht oder zehn halbausgebrochene Stufen.

Und vor diesen Stufen hielt jetzt das Kommando. Der Schlüssel zu der kleinen eisenbeschlagenen Obertür fehlte, fand sich indes schließlich, als der Kastellan vom Schloß her herbeigeholt worden war, der nun öffnete und den Gefangenen eintreten ließ. Der Alte, solange der Gefreite da war, zeigte sich einsilbig und mürrisch genug; Lewin aber, aller mangelnden Menschenkenntnis unerachtet, konnte doch leicht erkennen, daß dieses einsilbig mürrische Wesen nur äußerlich angenommen war. Er durfte sich in der Folge und unter vier Augen mehr Entgegenkommen von dem Alten versprechen. Vorläufig schloß dieser wieder ab, schob zum Überfluß noch einen Riegel vor und folgte dann dem abrückenden Wachkommando.

Und nun war unser Gefangener in seinem Turmzimmer allein.

Aber war es denn ein Zimmer? Die Mansardenstuben der alten Hulen hatten ihn nicht verwöhnt, und doch waren es Palasträume, verglichen mit diesem Erstenstockzimmer im »Weißkopf«. Es hatte fünf Schritt im Quadrat, und wenn er sich aufrichtete, berührte seine Filzkappe die Decke. »Wie lebendig begraben!« sagte er und schritt auf das Fenster zu, um wenigstens frische Luft einzulassen. Der rechte Flügel, den er zuerst öffnete, hing nur in der oberen Haspe, so daß er ihn um des Windes willen, der wehte, rasch wieder schließen mußte; mit dem linken Flügel aber ging es besser, und er hakte das Ösenstäbchen ein und sah nun den Fluß und das Land hinauf, das als ein Bild winterlicher Schöne vor ihm lag. Und alles in dem Bilde kannte er, und alles war ihm wohlvertraut. Da nach links hin die weite Fläche mit den Weidenbüschen am Ufer, das war die Krampe, wo die Kirch-Göritzer ihre Schlacht geschlagen hatten, und dahinter, an den Kusseln erkennbar, lief der Hohlweg, den er, als er mit Tubal von Dr. Faulstich kam, bei halbem Dunkelwerden passiert hatte. Und nun gar nach rechts hin ins Bruch hinein! Da dehnten sich, nur durch Pappelwege verbunden, die Gorgaster und Neu-Manschnower Gehöfte, und mitunter war es ihm, als sähe er den Hohen-Vietzer Turm und das Kreuz darauf, blitzend in der Nachmittagssonne. Lange hing er dem Bilde nach, dann zog er den Fensterflügel wieder heran und durchmaß den engen Raum.

Fünf Schritt. In der Quere noch weniger, denn hier stand eine Bettlade. In dieser lagen vier, fünf Bretter, und zu Füßen lehnte ein Binsenstuhl, tief eingesessen, mit einzelnen, nach unten hängenden Halmen. Sonst nichts; nur ein paar eingekratzte Herzen in der Wand, und vier, fünf Namen darunter. Französische Namen. Also Neues, nichts Altes, nichts aus den Katte-Tagen her, und Lewin war so trostbedürftig, daß er in diesem geringfügigen Umstand einen Trost für seine bedrückte Seele fand.

Eine Stunde mochte vergangen sein, als er wieder Tritte draußen hörte und gleich darauf den Alten eintreten sah, der inzwischen den Namen seines Gefangenen erfahren hatte und nun kam, um sich nach den Wünschen des »Junkers« zu erkundigen. Der General, so verschwor er sich, habe alles erlaubt, und was er *nicht* erlaubt habe, darüber würden zwei Landsleute doch miteinander reden können. »Nicht wahr, Junkerchen? Und dann, Junkerchen, es wird nichts so heiß gegessen, wie es vom Feuer kommt. Und der letzte Trost ist immer: ›*einen* Tod kann der Mensch bloß sterben.‹«

»Ja«, sagte Lewin, »aber wann?«

»Ei, noch lange nicht. Ihr Sand, Junkerchen, ist noch nicht durchgelaufen. Bei Ihnen hat die Predigt erst angefangen. Und der Sand muß durch, eher ist es mit keinem nich vorbei.«

Lewin dankte dem Alten für seinen Zuspruch und bat ihn um ein Nachtessen, was es sei, am liebsten eine Suppe. Aber nicht vor sieben Uhr. Wenn er ein Buch habe, so solle er es ihm schicken; er wolle sich ans Fenster setzen, solang es noch Tag sei, und sich die Zeit mit Lesen vertreiben.

Der Alte versprach alles, und nicht lange – die kleine Schloßturmuhr schlug eben vier –, so wurden draußen Stimmen laut, und ein Klappen wie von Holzpantinen ließ sich auf den Treppenstufen vernehmen. Gleich darauf öffnete sich auch wieder die kleine Tür, und ein breitschulteriger, allem Anscheine nach auch riesengroßer Chasseur à pied – der, vornübergebückt, sich abmühte, ein breit zusammengeschnürtes Bündel durch die zu schmale Türöffnung hereinzuziehen –

wurde von hinten her sichtbar. Ein altes Weib, mit vielem Kupfer im Gesicht, stand noch auf den Stufen draußen und schob nach. Endlich war das Bündel durch, und der Chasseur machte jetzt Front und begrüßte den Gefangenen mit einem halb gutgelaunten, halb spöttischen: »Bon jour, camarade«, in gleichem Tone hinzusetzend: »Voici votre équipage!«

Lewin erwiderte den Gruß und musterte den jetzt aufrecht vor ihm stehenden Chasseur, der in seiner ganzen Haltung und Ausstaffierung als ein vollkommener Typus südfranzösischer Nonchalance gelten konnte. Sein Kollett stand offen, während seine beiden Füße in großen, mit Stroh gefütterten Holzschuhen steckten; offenbar ein gutmütiger, renommistischer Gaskogner, der, um anderweitig dienstfrei zu werden, den Kalfakterdienst im Schloß übernommen hatte.

»Madame de Cognac«, wandte er sich jetzt an die noch immer auf der Treppe stehende Alte, »s'il vous plaît! Komme Sie herein, Madame, und knüppre Sie auf.« Lewin lächelte. »Oui, monsieur; knüppre Sie auf; c'est tout-à-fait allemand. Oh, ich gelernt habe gut Deutsch. Moi. N'est-ce pas, Madame?«

Diese nickte.

»Vous voyez, Monsieur, notre marquise de Chaudeau a consenti.«

Während dieses Gespräches war denn auch wirklich das Bündel aufgeknotet worden, und der Chasseur und seine Begleiterin mühten sich jetzt gemeinschaftlich ab, ein Lager für den Gefangenen herzustellen. Und nun waren sie fertig damit: ein Strohsack, ein Seegraspfühl und ein verschossener Mantel mit Otterfellkragen, den der alte Kastellan, da Betten oder Decken im ganzen Schloß nicht mehr aufzutreiben gewesen waren, aus seinem eigenen Kleiderschranke hergegeben hatte. In dem großen Bündel hatten sich übrigens auch noch drei Bücher befunden, die jetzt von seiten des Chasseurs unter affektiert respektvollen Verbeugungen und »Avec les compliments de monsieur le Châtelain« an Lewin überreicht wurden. »Et à sept heures le souper.« Darnach klappten wieder die Pantinen auf der Treppe draußen, und das Kauderwelsch mit der Alten setzte sich fort, bis es in dem Winde, der über Bastion Brandenburg hinstrich, verklungen war.

Lewin rückte den Stuhl ans Fenster, um in die drei Bücher hineinzusehen, die der Kastellan ihm geschickt hatte. Zwei, schwarzgebunden mit zitronengelbem Schnitt, waren, was sich erwarten ließ, Bibel und Gesangbuch. Aber das dritte! Es war nur ein Büchelchen, zwei Pappdeckel, mit marmoriertem Papier, an den Ecken abgestoßen. Und nun las er: »Bericht des Majors von Schack über des Leutnants von Katte Dekapitation, 6. November 1730.« Das hatte der Alte schlecht getroffen. Es überlief unseren Gefangenen eiskalt, und er legte die Bibel darauf, daß er es nicht sähe.

Lange, lange Stunden.

Er ging wieder auf und ab und zählte. »Erst tausend Schritt.« Endlich schlug es sieben. Es war ihm ein unangenehmer Gedanke, den Gaskogner noch einmal eintreten zu sehen; aber statt seiner erschien der alte Kastellan selbst und brachte das Nachtessen: eine Suppe aus Brotrinden und Hagebutten gekocht.

»Nun, Junkerchen, da haben Sie was Warmes. Das Brot, das haben die Franzosen gebacken, aber die Hagebutten, die sind aus Markgraf Hansen seinem Küchengarten, und meine Lene, was meine Jüngste ist, die hat sie selber gepflückt. Es war ein rechtes Hagebuttenjahr. Hören Sie, Junkerchen, auch für die Franzosen; aber die haben die Hacheln gekriegt.« Und dabei setzte der Alte den Suppentopf und eine Stallaterne, in der ein Lichtstümpfchen schwelte, vor Lewin nieder und sagte, während er schon halb in der Türe stand: »Und nun Gott befohlen, Junkerchen. Es kommt, wie's kommt. Und blasen Sie gleich aus; denn Licht darf nicht sein. Es geht mir sonst an Kopp und Kragen. Hören Sie, gleich ausblasen.«

Lewin hatte Hunger, und der würzige Duft tat seinen Sinnen wohl. Aber er konnte nicht essen. Es war nicht der verzinnte Löffel, der so bitter schmeckte, es war die Todesfurcht, die sich ihm auf die Zunge legte. Er stellte den Napf aus der Hand, löschte das Licht und warf sich auf das Bett. Im Liegen empfand er, daß ihn die Uhr drücke, und er nahm sie heraus, um sie neben sich auf den Binsenstuhl zu legen. Dann erst wickelte er sich in den Mantel, zog den Kragen bis unter das Kinn und sah von seinem Kissen aus auf die Sterne, die matt durch die kleinen Fensterscheiben zu ihm her flimmerten. »Und kann auf Sternen gehn«, klang es in seiner Seele immer leiser, immer ferner, und darüber schlief er ein.

Er schlief fest, viele Stunden lang; der überanstrengte Körper verlangte sein Recht. Aber gegen Morgen begann er zu träumen. Er sah eine Schlittenfahrt und hörte das Läuten der Glocken, und als die Schlitten hielten, war es vor einem alten Rundbogenportal, durch das winterlich in Mäntel und Muffen gekleidete Paare in ein hochgewölbtes Schiff eintraten. An den Pfeilern hingen vertrocknete Kränze mit langen Bändern, die sich im Zugwind bewegten, und zwischen diesen Pfeilern hin schritten alle, unter denen auch die schöne Matuschka war, auf den Altar der Kirche zu. Und als sie nun dicht heran waren, begann die Orgel zu spielen. Aber in demselben Augenblicke wandelte sich das Bild, und die grauen Steinpfeiler wurden zu weißgetünchten Holzsäulen, um die grüne Girlanden gewunden waren. Und auch die Frauen waren nicht mehr dieselben, andere waren es, sommerlich gekleidete mit Blumen im Haar, und alle folgten einem voranschreitenden Paare, das er nicht erkennen konnte, denn er schritt hinterher, und erst, als er den Altar erreicht hatte, vor dem ein Grabstein lag, sah er, daß er es selber war, der an dieser Stelle getraut werden sollte. Aber er wußte nicht mit wem, denn die Braut war über und über in einen weißen Schleier gehüllt, und auf dem weißen Schleier leuchteten goldene Sterne.

Als nun aber die Orgel schwieg und der Geistliche nach dem »Ja« fragte, da schlug die Braut den Schleier zurück, und statt des »Ja«, das ihm auf der Lippe war, sagte er: »Marie«.

Er hatte das Wort laut gesprochen und fuhr auf, als ob er eine schwindende Erscheinung festhalten wolle. Wo war er? Er sah den Sternenhimmel und fühlte den von seinem eigenen Atem feucht und eisig gewordenen Mantelkragen. Und allmählich stieg die ganze furchtbare Wirklichkeit vor ihm herauf, und er lauschte, ob er nicht schon den Tritt eines ihn abholenden Wachkommandos hören könne. Wußte er doch, daß die Morgendämmerung die Zeit für solche Szenen sei.

Aber was war die Stunde? Er griff nach der Uhr und ließ sie repetieren. Fünf. Das war noch zu früh; es konnte nicht vor sechs geschehen. Also noch eine Stunde Leben, aber auch noch eine Stunde Tod, und er wünschte sich die Minuten weg, um Gewißheit zu haben. Das letzte, das Schreckliche konnte nicht so schrecklich sein wie diese Qual. Er sprang auf, öffnete das Fenster und sog begierig die Nachtluft ein, aber umsonst; er sah alles, wie es kommen mußte, und rief Gott an, nicht mehr um sein Leben, das war hin, sondern um Kraft in seiner letzten Stunde. »Nur nicht gemein aus diesem Leben gehen!« Und dann sah er wieder nach Hohen-Vietz hinüber, nach dem Fleckchen Erde, das ihm vor allem teuer war, und er winkte und grüßte mit der Hand. »Lebt wohl, all ihr Geliebten.«

In diesem Augenblicke schoß ein Lichtstrahl am östlichen Himmel auf und verschwand wieder. Es war der erste Bote, den der Tag sendet, lange bevor er selber mit seinem goldnen Wagen heraufzieht. »Soll es mir ein Zeichen sein?«

Und er wurde ruhiger.

Sechs Uhr. Der Tritt keines Wachkommandos wurde draußen hörbar, und so festigte sich in ihm die Überzeugung, daß er wenigstens diesen Tag noch zu leben haben werde. Und ein Tag war viel; was konnte dieser eine Tag nicht alles bringen? Und er sprach wieder die Strophe vor sich hin, die schon einmal in allertrübster Stimmung ihn aufgerichtet hatte:

»Hoffe, harre; nicht vergebens
Zählest du der Stunden Schlag,
Wechsel ist das Los des Lebens,
Und es kommt ein andrer Tag.«

Ja, ja, hoffe, harre. Ein Tag noch, ein ganzer Tag noch! Und dieser Tag lag jetzt vor ihm wie das Leben selbst, und er sah ihm entgegen, als ob er ihm eine Welt von Ereignissen bringen müsse.

Was er ihm aber zunächst brachte, war nur wieder der Chasseur, dessen ohnehin unsoldatischer Aufzug durch einen an seinem linken Arm hängenden Deckelkorb noch gesteigert wurde. »Bon jour, monsieur de Vietzewitz. Pardon, si ce n'est pas tout-à-fait correct. Mais votre nom, c'est un nom difficile.«

Lewin bestätigte.

»Voici votre café. Un bon café, sans doute. Cela veut dire: de la chicorée! Mais qu'importe! c'est un café allemand.«

Unter diesen und anderen Worten (denn er zählte zu den Schwatzhaften) hatte der Chasseur den Deckelkorb geöffnet und den braunen Bunzlauer Topf auf das Fensterbrett gesetzt, unterließ auch nicht, Schwarzbrot und ein paar frischgebackene Semmeln hinzuzulegen. Dann hing er statt des Korbes die große Laterne, die vom Abend vorher noch da war, an seinen Arm und empfahl sich mit einem halb spöttischen: »Votre serviteur.«

Lewin war froh, wieder allein zu sein, rückte den Stuhl an das Fenster und nahm sein Frühstück. Es schmeckte leidlich, und als er damit geendigt, lehnte er sich zurück und sah, aufatmend und neu belebt, in den glühenden Sonnenball, der eben die vor ihm liegende Göritzer Kirchturmspitze vergoldete.

»Nun will ich lesen.« Und damit nahm er die Bibel und schlug auf:

»Prophet Daniel!« Ein Lächeln überflog seine Züge, und er sagte vor sich hin: »Nein, nicht Daniel. Jeder in meiner Lage bildet sich ein, in der Löwengrube zu sein.« Und er blätterte weiter, bis er an die Makkabäer, und dann wieder zurück, bis er an das Buch der Richter kam. »Ja, das ist ein hübsches Buch; frisch, mutig, das soll mich aufrichten!«

Und er begann zu lesen.

Aber seine Lektüre war noch nicht weit gediehen, als er ein Stampfen und Räuspern hörte und, sich aufrichtend, Hoppenmarieken erkannte, die hart am Rande von Bastion Brandenburg entlang kam. Keine zwölf Schritt von ihm entfernt. Sie sah jetzt hinauf, hob den Stock mit ihrer Linken und warf im selben Augenblick ein Knäuel, das sie rasch aus dem Brusttuch hervorgeholt hatte, in sein Fenster hinein. Zugleich mit dem Knäuel fielen ein paar Scheibensplitter vor ihm nieder, und ehe er noch Zeit hatte, sich von seiner Überraschung zu erholen, war die Alte schon wieder fort. Er sah ihr nach und bemerkte jetzt, daß sie mit einem weiter abwärts stehenden Wachtposten ein Gespräch begonnen hatte, natürlich in Zeichensprache. Sie bot ihm aus ihrer Flasche an, und als andere, von den nächsten

Schilderhäusern her, herzukamen, gab es Kapriolen und schallendes Gelächter, bis sie schließlich mit ihrem Stock salutierte und um den Schloßhügel herum wieder auf die Stadt zuschritt.

Jetzt erst nahm Lewin das Knäuel auf. Es war nicht groß, wog aber schwer und mußte mithin noch einen Inhalt haben. Er spaltete zunächst von einem der in der Bettlade liegenden Bretter einen Span ab und begann nun die nur stricknadeldicke, aber sehr feste Hanfleine vorsichtig abzuwickeln, ersichtlich zu dem Zweck, daß er, wenn er überrascht würde, beide Knäuel, das alte und das neue, mit Leichtigkeit verbergen könne. Und jetzt war er fertig und hielt sorglich einen umnähten flachen Stein in Händen, an dessen fester Lederöse das eine Hanfleinenende befestigt war. In derselben Lederöse steckte aber auch ein zusammengerollter Papierstreifen. Diesen rollte er jetzt auseinander und las: »Wirf Schlag zwölf (Ablösung ist erst um eins) dieses Knäuel über das Bastion; halte den Faden fest und sorge, daß er abläuft. Wenn er sich strafft, ziehe die Strickleine hinauf. Dann laß dich hinab. Schlimmstenfalls springe! Unten tiefer Schnee – und wir.«

Lewin verbarg das Zettelchen; es zerreißen, das konnte er nicht, denn er fühlte, daß er es wieder und immer wieder lesen werde. Dann aber sank er, wo er stand, in die Knie und dankte Gott für die Rettung seines Lebens. Denn er zweifelte nicht mehr, daß er gerettet werden würde, und war fest entschlossen, wenn alles andere scheiterte, den Sprung von dem Bastion aus zu wagen. Sprang er fehl, so starb er wenigstens in den Händen der Seinen, und der Armesündergang, samt dem Trommelwirbel und den verbundenen Augen, blieb ihm erspart. Und vor diesem Apparat erschrak er am meisten. »Der Tod ist erträglich, aber die Exekution ist unerträglich.« Das bloße Wort widerte ihn an, und alles, was roh und häßlich ist, stieg bei dem bloßen Klange desselben in einer Reihe fratzenhafter Jahrmarktsbilder vor ihm auf.

Und diesem Widerwärtigen, was auch kommen mochte, war er nun entronnen. Aber freilich, als der erste Jubel seines Herzens vorüber war, fühlte er bald, daß er nur die Tyrannen gewechselt habe und daß das Horchen auf die Rettungsstunde fast so qualvoll sei wie das Horchen auf den Tod. Er durchmaß den engen Raum immer wieder, öffnete und schloß das Fenster und überflog den Zettel, dessen Inhalt er längst auswendig wußte, zum zehnten- und dann zum hundertstenmal. Der Chasseur brachte das Mittagessen; aber er bat ihn, alles wieder mit fortzunehmen; ihn verlangte nur nach Luft und Frische, und wahrnehmend, daß vom Dache her lange Eiszapfen bis dicht an sein Fenster niederhingen, brach er ein paar davon ab und labte sich an ihrer Kühle. Dann las er wieder und prüfte das Knäuel und berechnete die Höhe des Bastions. Und das letzte war immer, daß es nichts sei und daß jeder Sprung aus einer zweiten Etage viel, viel mehr bedeute. Und unten zehn Fuß Schnee! Es mußte glücken, und er vergaß unter diesen Vorstellungen fast, daß ihm der Sprung überhaupt nur als Notbehelf und letztes Mittel dienen sollte.

Und nun war Mittag vorüber und endlich auch der Nachmittag. Die Sonne ging unter, das Abendrot erblaßte, und der Tag schwand hin. Nur noch sechs Stunden, bald nur noch fünf. Er zählte die Minuten.

Um sieben Uhr kam der alte Kastellan. »Junkerchen, sie sitzen jetzt am grünen Tisch; der alte General ist auch da, ein ›bon garçon‹, wie der Tagedieb sagt, den sie mir als Kalfakter zugelegt haben.«

»Also Kriegsgericht über mich?«

»Ja, Junkerchen. Ich habe den großen Saal heizen müssen. Das ist der mit dem Balkon, wo Markgraf Hans über dem Kamin hängt, lebensgroß mit gelbledernen Stiefeln und Sporen so lang wie meine Hand. Der wird sich wundern.«

»Ich glaub's.«

»Und wenn der junge Herr noch einen Brief schreiben wollen oder eine Bestellung an den Papa...«

»Steht es so, Kastellan?«

»Ich sage nicht, daß es so steht; aber es kann so stehen. Ein Kriegsgericht ist ein Kriegsgericht, und es hängt allewege an einem seidenen Faden. Ach, Junkerchen, unser Bestes ist schon immer: gesattelt sein.«

»Das ist es«, sagte Lewin mechanisch, während sich seine Seele, der ihre Furcht noch einmal wiederkehrte, mit doppelter

Gewalt an das Leben klammerte. Aber der Alte sah es nicht; er nahm den Deckelkorb, den der Chasseur zurückgelassen hatte, bot eine »Gute Nacht!« und ließ seinen Gefangenen allein.

»Sie sitzen also jetzt oben«, sagte dieser, »und Markgraf Hans mag dreinschauen, wie er will, er wird mich vor ihrem Todeswort nicht retten. Es ist mir, als sprächen sie es jetzt. Und ich fühle den Stich hier im Herzen. Aber ich will leben; Gott, erbarme dich meiner und sei mit deiner Gnade über mir. Laß ihr Wort zuschanden werden.« Und er faltete die Hände wieder und preßte seine heiße Stirn an die Scheiben.

Die Sterne zogen herauf, und er suchte die Bilder zusammen, soviel er deren kannte. Aber im Gewölk verschwanden sie wieder. »Die Stunde rinnt auch durch den längsten Tag.« Und nun endlich schlug es elf.

»Noch eine Stunde«, murmelte er vor sich hin, »und diese Qual hat ein Ende! So oder so.«

23. KAPITEL

Die Befreiung

Um dieselbe Zeit, wo Lewin diese Worte sprach, hielten zwei Schlitten vor dem Hohen-Vietzer Herrenhause. Der vorderste war eine bloße Schleife und sah dem Planschlitten ähnlich, in dem Lewin am Weihnachtsheiligabend seine Fahrt von Berlin nach Hohen-Vietz gemacht hatte, nur daß die Korbwände niedriger waren und der hohe Planbogen völlig fehlte. Statt dieses Planbogens war ein Stück schwarze, nach beiden Seiten hin tief herabhängende Wachsleinwand über den Wagenkorb gelegt und mittels eingeschnittener Löcher an den vier Speichen befestigt worden. In der Gabeldeichsel ging ein kleines, struppiges Bauernpferd, und Pachaly, die Leinen in der Hand, saß auf dem Vorderbrett. Das zweite Gefährt war ein gewöhnlicher, aber sehr großer Fahrschlitten, den man sich, um ebendieser Größe willen, von Schulze Kniehase geborgt hatte. In diesem Schlitten saßen sechs Personen: Berndt und Hirschfeldt im Fond, ihnen gegenüber auf dem Rücksitze

Tubal und Kniehase, vorne Krist und der junge Scharwenka. Krist fuhr. Die Ponies waren eingespannt, aber ohne Geläut.

Was am meisten überraschen durfte, war, daß Bamme fehlte, und doch war ebendieses Fehlen für jeden, der ihn genauer kannte, in voller Übereinstimmung mit seinem Charakter. Die Frankfurter Affäre hatte weder innerlich seinen Mut gebrochen, noch ihn äußerlich kleinlaut gemacht; aber durch und durch von Spielervorstellungen beherrscht, erging er sich seitdem in Versicherungen, daß er keine »glückliche Hand« habe. »Ohne ihn werd' es besser gehen«, versicherte er einmal über das andere, und nur einen Augenblick lang, als der Schlitten mit der herabhängenden schwarzen Wachsleinwand vorgefahren war, war er in dieser seiner Überzeugung erschüttert worden. Und dabei hatte folgendes Zwiegespräch zwischen ihm und seinem neben ihm stehenden Aide de Camp stattgefunden.

»Was will nur der schwarze Kasten, Hirschfeldt? Schwarz und schräg und eine Zudecke darüber. Der reine Sarg. Soll mich wundern, wen sie hineinlegen werden.«

»Vielleicht mich.«

»Nein, Sie nicht, Hirschfeldt. Sie werden immer mit einem Prellschuß oder einer Kugel ins dicke Fleisch davonkommen ... Aber was ist das nur, was dieser Tölpel von Pachaly da heranschleppt und in das Schlittenstroh hineinpackt? Sehen Sie nur: ›sechs Bretter und zwei Brettchen‹. Und jetzt zwei Grabscheite und eine Strickleine. Was *die* soll, weiß ich allenfalls, aber all das andere! Grabscheite und Bretter, und gerade sechs. Es schmeckt so nach Begräbnis.«

Hirschfeldt, so kaltblütig er war, war doch schließlich durch diese Betrachtungen in eine wenig erbauliche Stimmung versetzt worden, und nur um etwas zu sagen, warf er hin: »Sie sind abergläubisch, General.«

»Ja, das bin ich, Hirschfeldt, und ich habe meine Freude daran. Nehmen Sie mir das bißchen Aberglauben, so hab' ich gar nichts und falle zusammen. Übrigens geht es den meisten Menschen so, und wem es nicht so geht, desto schlimmer. Sehen Sie die Schorlemmer. Die hat keinen Aberglauben. Aber was kommt dabei heraus? Eine Nußschale voll Weisheit und ein Scheffel Langeweile. Und eine Dormeuse darüber gestülpt.«

Bamme drehte sich seinen Schnurrbart und hatte das Gefühl, etwas apart Gutes gesagt zu haben. Aber seine ganze Oratio pro domo war von Hirschfeldt überhört worden, der mit seinen Vorstellungen immer noch bei »Sarg« und »Begräbnis« aushielt und endlich sagte: »So glauben Sie, General, daß wir von Küstrin her nicht viel anders heimkehren werden als von Frankfurt?«

»Doch, Hirschfeldt. Ich bin nicht mit dabei, das ist eins; und das zweite ist, sie passen nicht auf. Ich meine die Franzosen. Ihr werdet ihn also freikriegen; aber einen Einsatz kostet's, ein Bein oder ein paar Rippen. Billiger habt ihr's nicht. Vielleicht aber teurer. Und deshalb gefällt mir der Kasten nicht.«

So war das Gespräch zwischen Bamme und Hirschfeldt verlaufen; unmittelbar darauf hatten alle an der Expedition Teilnehmenden ihre Plätze eingenommen und fuhren in leichtem Trabe die Küstriner Chaussee hinauf. Als sie bis an die Stelle gekommen waren, wo vor zwei Tagen erst die »Revue« stattgefunden hatte, bogen sie nach rechts hin ab, passierten das Fichtenwäldchen an seinem nördlichen Rande und hielten sich nun scharf auf den Fluß zu. Die Wege waren hier schmal und meist verschneit, so daß sie Schritt fahren mußten. Und doch waren die Minuten berechnet. Berndt und Hirschfeldt wurden ungeduldig. Endlich hatten sie den Fluß vor sich, erkannten trotz der Dunkelheit die inmitten des Eises abgesteckte Fahrstraße und fuhren vorsichtig erst die Böschung hinunter und dann mit einer allmählichen Linksbiegung in die niedrige Kusselallee hinein. Und nun konnten sie wieder traben. Es war aber auch hohe Zeit.

Noch war kein Wort gesprochen worden. Berndt, den das Schweigen bedrückte, wandte sich an den ihm gegenübersitzenden Kniehase, dessen noch verbundener Kopf in einer Pelzkappe steckte, und sagte:

»Alles in Ordnung, Kniehase?«

»Ja, gnäd'ger Herr.«

»Strick, Scheite, Bretter?«

»Alles da. Hab' es Pachaly'n in die Hand gezählt. Und auch die kleine Leiter und zwei Bund Stroh.«

»Und Kümmritz?«

»Ist um neun Uhr abgerückt auf die Manschnower Mühle zu.«

»Und Krull und Reetzke?«

»Stehen drüben zwischen Entenfang und Pulvermühlen.«

»Gut. Und nun komme, was soll.«

Einen Augenblick schwieg er, und seine Lippen sprachen nur leise vor sich hin. Dann aber, alle Sorge hinter sich werfend, sagte er: »Und nun schärfer zu, Krist, oder wir verpassen's. Sieh, Tubal, alles grau; der Himmel ist mit uns, indem er sich uns verbirgt.«

Während sie so sprachen, hatten sie sich der Festung bis auf fünfhundert Schritt genähert, und in dem Dunkel, das herrschte, stieg ein noch dunklerer Schatten auf: Bastion Brandenburg. Daß ihr Herankommen von dem einen oder andern Wachtposten bemerkt worden wäre, war wenig glaubhaft, denn ihre niedrigen Fuhrwerke fuhren nicht nur im Schutze einer mannshohen, zu beiden Seiten des Weges aufgeschaufelten Schneemauer, sondern auch im Schatten der von zehn Schritt zu zehn Schritt stehenden Kusselpyramiden. Und im Schatten einer solchen hielten jetzt die Schlitten.

Die kleine Turmuhr, von der Schloßkirche her, schlug halb. Das traf zu; so war es berechnet. Berndt war der erste aus dem Schlitten heraus und schlich sich jetzt über das Eis hin bis an die Festungswerke vor, gerade bis unter den »Weißkopf«. Als er heran war, sah er, daß am Fuße des Bastions alles tiefverschneit war; der Westwind hatte hier ganze Schneeberge zusammengetrieben. Aber so hoch der Schnee lag, so war er doch zu locker und hatte nicht Tiefe genug. Es mußte also nachgeholfen werden. Dazu sollten die mitgenommenen Bretter dienen, mit deren Hilfe man eine der zehn Schritt breiten und halb festgewordenen Schneemauern bis hart an das Bastion vorzuschieben gedachte. Sie traten deshalb an den einspännigen Schlitten heran, den Bamme kurzweg, und vielleicht auch vorahnend, als »Sargschlitten« bezeichnet hatte, und wollten eben die zum Schieben bestimmten Bretter hervorziehen, als sich's in dem darübergepackten Stroh zu regen und zu schütteln begann. Und siehe da, gleich darauf stand Hektor – wohl wissend, daß er viel gewagt habe – verlegen wedelnd an der Seite seines Herrn, verlegen, aber doch auch mit einem Ausdruck von Stolz und Freude, und seine klugen Augen schienen zu sagen: »Hier bin ich; ich, Hektor, Freund meines Freundes Lewin. Ich weiß, daß es ernst wird, und weil ich es weiß, will ich mit dabei sein.«

Der sich zuerst faßte, war Berndt; er bückte sich nur, um dem Schuldigen mit dem Zeigefinger zu drohen. Als er sich dann wieder aufrichtete, richtete sich auch der Hund auf und legte seine Vorderpfoten auf seines Herrn Schulter; so standen sie und sahen einander an.

»Pst, Hektor«, flüsterte Berndt und klopfte und streichelte das treue Tier. Dieser aber, als er sich so zu Gnaden angenommen sah, fuhr in leidenschaftlicher Erregung in seines Herrn Bart und Haar umher und nickte und wedelte nur immer wieder, um zu zeigen, daß er alles wohl verstanden habe. Dann endlich ließ er ab von ihm.

Die Bretter waren inzwischen hervorgezogen worden und wurden nun von der einen Seite her eingestemmt. Aber es wollte mit dem Schieben nicht glücken. Das am Tage durchgesickerte Schneewasser war unten mit der Flußdecke zusammengefroren, und so mußten denn die Spaten herbeigeholt werden, um durch Abstechen das Eis wieder zu lösen. Und nun endlich war es geschehen, und die Masse setzte sich in Bewegung, erst langsam, dann immer rascher, bis sie zuletzt den weichen Schnee beiseitedrängte und am Fuße des Bastions feststand. Was der Westwind höher hinauf an die Schrägwand geweht hatte, das fiel jetzt herab, ein weiches Polster über der Schneemauer bildend. Und nun kletterte der junge Scharwenka, der der Flinkste und Geschickteste war, hinauf und zog die Strickleine rasch nach sich, während sich die vier anderen zu beiden Seiten der Mauer niederkauerten. Krist hielt Hektor am Halsband; Pachaly war bei den Schlitten geblieben.

Alle sahen erwartungsvoll nach der Uhr. Noch fünf Minuten. In jedem Augenblick konnt' es oben auf dem Schloß zum Schlagen einsetzen.

Und jetzt schlug es wirklich. Lewin riß das Fenster auf, zählte bis zwölf, und im selben Augenblicke warf er das Knäuel, dessen loses Ende er um die linke Hand geschlungen hatte, mit der Rechten über den Rand des Bastions. Er hörte, wie es aufschlug; und nun wickelte sich's ab. Eine kleine Weile noch, dann sah er, daß sich die dünne Hanfleine zu straffen anfing. Die Strickleine mußte also von den Freunden unten angeknotet worden sein. Und nun begann er mit aller Kraft zu ziehen. Aber eben jetzt kam ein französischer Wachtposten in Sicht, um seinen vorgeschriebenen Weg von Eck zu Eck zu machen. Er war schon dicht heran; hielt er sich in Nähe des Fensters, so ging das Bajonett unter der Leine weg, hielt er sich aber mehr rechts am Rande des Bastions hin, so traf er die Leine. Lewin war schon darauf gefaßt, sie fallen lassen zu müssen, und dann blieb nur noch der Sprung. Aber der Posten schritt, eine Melodie summend, hart an dem Unterbau des Weißkopfs vorbei.

Das Eck, an dem er wieder kehrtmachen mußte, lag hundertundfünfzig Schritt entfernt. Lewin berechnete sich, daß er zwei Minuten habe. Also schnell. Er zog jetzt rascher und heftiger noch als zuvor, und nun hielt er die Strickleine in seinen beiden Händen. Aber wo sie befestigen? Das Fensterkreuz war viel zu morsch, so schlang er sie, da nichts Besseres da war, um den Fuß der Bettstelle und schob diese, um ihr mehr Halt zu geben, bis an den Fensterpfeiler vor. Und nun hinaus. Draußen warf er sich nieder, kroch bis an den Rand des Bastions und packte den Strick. Und nun noch ein kurzes Stoßgebet, und dann vorwärts und hinab! Als er bis über die Mitte war, brach der Bettfuß, an dem oben die Leine befestigt war, ab oder ging aus den Fugen, aber es waren keine sechs Ellen mehr, und so glitt er an der mit Schnee bedeckten Schrägung ohne Fährlichkeit hinunter. Die ganze Niederfahrt war nur um ein paar Sekunden beschleunigt worden.

Er war gerettet, und ein seliges Gefühl wiedergewonnenen Lebens durchdrang ihn, als er sich aus den lockeren Schneemassen herauswühlte. Was noch an Gefahr da war, war keine Gefahr mehr; ein Schuß in die Nacht hinein hatte nicht viel zu bedeuten.

Und jetzt fiel wirklich der erste Schuß. Ein Hurra unten antwortete; alles schwenkte die Mützen, und Hektor, der sich jetzt rühren durfte, sprang an seinem jungen Herrn in die Höhe und fuhr ihm mit der Zunge liebkosend und freudekeuchend über Hand und Gesicht. »Laß, laß!« Aber ehe er noch gehorchen konnte, krachte von oben her eine ganze Salve in das Dunkel hinein, und der Hund, dessen Liebestreue seinen Herrn gedeckt hatte, brach zusammen. Lewin stand unbeweglich und wußte nicht, was tun; endlich rissen Berndt und Hirschfeldt ihn mit sich fort. Alles stürzte den Schlitten zu, und nur Hektor, zurückgelassen, lag winselnd am Fuße des Bastions.

»Nein«, rief Tubal, »das soll nicht sein.« Und wieder umkehrend, bückte er sich und lud das treue Tier, das sich vergeblich fortzuschleppen trachtete, auf seine beiden Arme. Aber lange bevor er den nächsten Schlitten erreicht hatte, folgte der ersten Salve eine zweite, und Tubal, unterm Schulterblatt getroffen, taumelte und fiel.

»Fort, fort!« und zehn Hände griffen zu, und über den Schnee hin, ihn tragend und ziehend, erreichten sie das Pachalysche Gefährt und legten den Schwerverwundeten auf die Strohbündel nieder, Hektor ihm zu Füßen. So ging es zwischen den schwarzen Kusseln hin in die Nacht hinein. An Verfolgung war nicht zu denken. Hätte sie stattgefunden, so wäre man mit Hilfe der aufgestellten Seitenkommandos stark genug gewesen, ihr zu begegnen.

Als sie bis in Höhe von Gorgast waren, bogen sie rechts aus ihrer Kiefernallee heraus und fuhren langsam die Böschung des Ufers hinauf. Tubal hatte brennenden Durst, und man gab ihm Schnee; so ging es weiter bis an die Manschnower Mühle. Hier wurde der Weg immer holpriger, und Pachaly mußte des Verwundeten halber im Schritt fahren. Der andere Schlitten trabte vorauf.

Berndt hatte die Leinen genommen. Als er zwischen den Pfeilern der Auffahrt hindurch wollte, scheuten die Ponies, und er sah jetzt, daß Hoppenmarieken auf dem linken Prellstein saß. Sie lehnte sich wie gewöhnlich an ihre Kiepe und hielt den Hakenstock in ihrer Hand. Aber sie salutierte nicht – und rührte sich nicht.

24. KAPITEL

Salve caput

Es war zwölf Stunden später; die helle Mittagssonne stand über Hohen-Vietz, und es taute von allen Dächern. Auch das Eis, das stumpf geworden an den Rädern von Miekleys Mühle hing, blitzte wieder durchsichtig und kristallen, und die Tauben saßen auf Kniehases langem Scheunenfirst. Alles war licht und heiter, und ein erstes Frühlingswehen ging durch die Natur.

Und in hellem Sonnenscheine lag auch das Herrenhaus. Wer aber von der Auffahrt her einen Blick auf den Vorplatz und die lange Reihe der Fenster geworfen hätte, der hätte doch wahrnehmen müssen, daß es ein Trauerhaus sei oder, schlimmer als das, in jedem Augenblicke ein solches zu werden drohe. Über den Damm hin war eine dichte Strohlage gebreitet, und hinter den Scheiben wurde niemand sichtbar. Auch nicht hinter der Glastüre der Halle. Alles wie ausgestorben. Nur die Sperlinge waren guter Dinge; sie saßen in Scharen auf dem ausgestreuten Stroh und pickten die verlorenen Körner. Ihr Zwitschern war der einzige Ton, der in der tiefen Stille laut wurde.

Zwölf Stunden lagen zurück, und nur *eine* Minute vollen Glücks und höchster Freude hatten sie gebracht: *die* Minute, wo nach der ersten Begrüßung mit der Schwester das in Jubel und Tränen ausbrechende Wiedersehen zwischen Lewin und Marie auch zugleich ihr Verlöbnis bedeutet hatte. Und ein Verlöbnis, wie Menschenaugen kein schöneres gesehen. Denn es war nur gekommen, was kommen sollte; das Natürliche, das von Uranfang an Bestimmte hatte sich vollzogen, und Berndt selber, tiefbewegt in seinem Herzen, hatte sich des Glückes der Glücklichen gefreut.

Aber welch andere Minuten dann, als eine kleine Weile später der zweite Schlitten vorgefahren war und Krist und

Pachaly den auf Betten und Kissen gelegten Tubal langsam und leise treppauf getragen hatten. Und auch Hektor hatte mit hinauf gewollt; aber gleich an der ersten Treppenstufe hatte seine Kraft versagt, und er war den schmalen Küchenkorridor entlang bis an seine Binsenmatte zurückgekrochen. Da lag er nun und schob sich näher an die warme Wandstelle hinter dem Herde; denn ihn fror.

Um elf Uhr war Doktor Leist von Lebus gekommen. Er stieg – so geräuschlos es seine Gewohnheit und seine Schneestiefel zuließen – in den oberen Stock hinauf und trat hier in das Krankenzimmer ein, in dem die Vorhänge, der prall auf die Fenster stehenden Morgensonne halber, dicht geschlossen waren. »Wir müssen Licht haben«, sagte er und schob eine der Gardinen beiseite.

Nun erst sah er Tubal. Dieser hatte heftige Schmerzen, ertrug aber ohne Zucken das Sondieren seiner Wunde, trotzdem eine »leichte Hand« nicht gerade das war, worüber Doktor Leist Verfügung hatte.

»Brav, junger Herr, das nenn' ich tapfer ausgehalten.«

»Was ist es?« fragte Tubal.

»Ein häßlicher Fall; Perforation der Milz. Aber was ist die Milz? Das Überflüssigste, was der Mensch hat. Es gibt welche, die sie sich ausschneiden lassen. Und Jugend überwindet alles. In vier Wochen setzen wir uns hier ans Fenster, zählen die Dohlen auf dem Kirchendach und rauchen eine Pfeife Tabak. Sie rauchen doch, junger Herr?«

Tubal verneinte.

»Nun, dann spielen wir Patience oder Mariage.«

»Patience.«

Der alte Leist streichelte dem Schwerverwundeten die Hand.

»Das ist recht; immer Kopf oben und bei Laune geblieben. Gute Laune heilt und ist das beste Pflaster.«

Und darnach stieg er wieder treppab, um unten in Berndts Arbeitskabinett über den Befund seiner Untersuchung zu berichten.

»Nun, Doktor?« fragte Vitzewitz.

Der alte Leist zuckte die Achseln. »Er muß sterben.«

»Keine Rettung?«

»Nein; es war ein Schrägschuß, und das sind immer die schlimmsten. Alles durch: Lunge, Leber. Und zum Überfluß auch noch die Milz.«

»Und wie lange dauert es noch?«

»Wenn's hoch kommt, bis diese Nacht. Es ist heute sein letzter Tag, und morgen hat er es hinter sich. Wenn Sie seinem Vater, dem Geheimrat, noch Nachricht geben wollen, so ist es höchste Zeit. Freilich... doch zu spät. Er trifft ihn nicht mehr, und wenn er Flügel der Morgenröte nähme. Und das sind die schnellsten, wenn ich meinen Psalm recht verstehe.«

»Dann wollen wir es abwarten. Besser, er erfährt das Ganze als das Halbe.«

Leist nickte.

»Ach, Doktor«, fuhr Berndt fort, »welche Tage das! Um Lewin zu retten, *dieser* Preis. Wie soll ich dem Vater unter die Augen treten! Der einzige Sohn, nein, mehr... das einzige Kind!«

Berndt stützte seinen Kopf in die Hand und sagte dann nach einer Weile: »Was haben Sie verordnet?«

»Nichts.«

»Und was geben wir ihm, wenn er etwas will?«

»Alles.«

»Ich verstehe. Und wann kommen Sie wieder? Am Nachmittag oder gegen Abend?«

»Ich bleibe«, sagte der Alte und ging dann, da nichts mehr zu sagen war, zu Bamme hinüber, den er von Guse her kannte. Und das traf sich gut für beide. Sie setzten sich alsbald an den Ofen und rauchten sich durch ein paar Stunden durch, unerschöpflich in ihrem Diskurse, der bei Tubal begann und bei Hoppenmarieken endete. Diese war am Morgen auf demselben Prellstein, auf dem Berndt sie hatte sitzen sehen, tot vorgefunden worden. Ob erfroren oder vom Schlage getroffen, hatte sich durch Pachaly, der auch dokterte, nicht feststellen lassen, und auch Leist bezeigte keine Lust, den Ursachen ihres Ablebens wissenschaftlich nachzuforschen. Sie war tot, und das genügte. Von Zeit zu Zeit ging er treppauf, um dem Verwundeten, wenn dieser über Schmerzen klagte, von seiner »Crocata« zu verabreichen, deren Überlegenheit über die »Simplex« er bei dieser Veranlassung wieder in enthusiastischen Ausdrücken pries, bis er – als es ihm endlich geglückt war, unter Anwendung dieses Opiats einen schmerzensfreien Zustand herzustellen – auch für sich persönlich den Zeitpunkt für gekommen erachtete, wieder freier aufzutreten und sich eines Café au Cognac zu versichern. Jeetze brachte das Verlangte, Bamme nahm teil, und immer seltner ein ernstes Gesicht aufsetzend, einigten sich schließlich beide dahin, im ganzen genommen seit längerer Zeit keinen so gemütlichen Nachmittag verplaudert zu haben.

Und nun kam der Abend. In dem Eckzimmer war alles versammelt, nur Renate hatte sich zurückgezogen. Man sprach über gleichgültige Dinge, als Jeetze, der sich mit Lewin und der Schorlemmer in den Krankendienst teilte, eintrat und meldete, daß der junge Herr Tubal nach dem Herrn Rittmeister verlangt habe.

Hirschfeldt ging hinauf. Eine Lampe mit einem kleinen grünen Schirm brannte und gab ein spärliches Licht.

»Ich habe Sie bitten lassen, Hirschfeldt«, sagte Tubal. »Es ist so dunkel, aber ein Stuhl wird ja wohl zu finden sein. Bitte, hierher.«

Hirschfeldt tat, wie ihm geheißen, und setzte sich an das Bett.

»Ich sterbe, Freund. Cita mors ruit.«

Hirschfeldt wollte antworten.

»Nein, keine Versicherungen vom Gegenteil ... Ich fühle es, und wenn ich es nicht fühlte, so würd' ich es aus jedem Worte des alten Leist heraushören können. Er versteht sich schlecht auf Verstellung und hat einen Gemütlichkeitston, in dem die Sterbeglocken immer mitklingen. Und am Ende, was tut es? Früher oder später!«

»Sie regen sich auf, Tubal«, sagte der Rittmeister. »Ich glaube, daß Ihnen der Alte die Wahrheit gesagt hat. Ihnen und uns.«

Der Kranke schüttelte den Kopf.

Hirschfeldt aber fuhr fort: »Sie werden leben, und Sie *wollen* auch leben, Tubal. Es ist niemand, der gern aus dieser Welt scheidet. Nur die Müden ausgenommen.«

»Ich bin müde. Aber lassen wir das. Ich habe nur noch wenig Stunden. Bitte, lassen Sie mich trinken. Wein; dort. Der Alte hat es erlaubt, er hat alles erlaubt.«

Hirschfeldt gab ihm.

»Und nun hören Sie mich. Ich habe zwei Wünsche. Sorgen Sie, daß ich in die Kirche hinaufgeschafft werde, so bald wie möglich. Ich will dort vor dem Altar stehen.«

Das Sprechen griff ihn sichtlich an. Als er aber getrunken und das Glas wieder beiseitegesetzt hatte, fuhr er in ruhigerem Tone fort: »Das ist eins. Und nun das andere. Ich möchte hier bestattet sein. Aber nicht in der Gruft, in der ich vielleicht unruhig würde wie das Fräulein von Gollmitz, die wieder heraus wollte. Nein, fest in Erde.«

Er schwieg eine Weile und setzte dann unter schmerzlichem Lächeln hinzu: »Sie sehen mich an, Hirschfeldt, als ob ich im Fieber spräche. Nein, ich fiebere nicht. Aber das von dem Fräulein, das müssen Sie sich erzählen lassen, von Renate oder von Marie. Ja, von Marie, die hat es mir erzählt. Also nicht in die Gruft. Und nun schicken Sie mir den Doktor, ich will mich noch einmal trösten lassen. Die Schmerzen kommen wieder, und sein Opium ist mein bester Trost.«

Hirschfeldt ging, um den alten Leist hinaufzuschicken. Dieser verordnete dem Kranken eine neue Dosis von seiner »Crocata«, sprach eingehend von »Anno zweiundneunzig« und der Kanonade von Valmy und schloß nicht bloß mit der Versicherung, daß in höchstens sechs Wochen alles wieder in Ordnung sein würde, sondern empfahl ihm auch aufs ernsthafteste, bei der bevorstehenden Reise nach Breslau lieber in Sagan als in Sorau übernachten zu wollen. Er machte dies so gut und so geschickt, daß Tubal einen Augenblick über seine wirkliche Lage getäuscht wurde.

Aber nicht auf lange. Denn in der Tat, es ging rasch zu Ende, rascher noch, als der alte Doktor erwartet hatte. Um acht kam Seidentopf, und die Schorlemmer ging jetzt nach oben, um den Kranken zu fragen, ob er den »alten Freund des Hauses« vielleicht noch sprechen wolle; sie wollte nicht sagen: »den Geistlichen«.

Tubal lächelte und verneinte, trotzdem er ein Trostbedürfnis und eine rechte Sehnsucht nach Erhebung fühlte; aber er empfand auch, daß Seidentopf ihm nicht geben könne, wonach er verlangte.

Eine halbe Stunde später stellten sich Phantasien ein: er sprach von der Mutter Gottes, die das Jesuskindlein habe fallen lassen; dann bat er, daß sie mit dem Trommeln und Blasen aufhören möchten, und zuletzt richtete er sich auf und sagte: »Nein, nein, das soll nicht sein; Hektor, das treue Tier.«

Aber plötzlich war es, als würd' er wieder klar; er verlangte zu trinken, und gleich darauf bat er die Schorlemmer, ihm Renate zu rufen.

»Und den Doktor?«

»Nein, den nicht. Er lügt mit jedem Wort, und seine Tropfen lügen auch. Ich will von beiden nicht mehr. Renate soll kommen.« Und Renate kam.

Als sie da war, war aus allem zu sehen, daß er mit ihr allein sein wollte, und die Schorlemmer verließ das Zimmer.

»Setze dich zu mir, Renate«, sagte der Kranke. »Ich will Abschied von dir nehmen.«

Sie brach in krampfhaftes Weinen aus, warf sich auf die Knie und barg ihr Haupt in die Kissen.

»Nicht doch; mach' es mir nicht so schwer. Ach, du weißt nicht *wie* schwer. Und du sollst es auch nicht wissen. Nie, ich hoffe nie ... Ach, Renate, das Scheiden ist doch bitterer, als ich dachte, und nur eines ist, das mich tröstet: es war nichts Rechtes mit mir, und ich hätte dich nicht glücklich gemacht.«

Sie wollte antworten, aber er fuhr abwehrend fort: »Sage nichts, sage nicht nein. Ich weiß es besser. Denn was gibt Glück uns und andern? Fest sein und stetig sein, stetig sein im Guten. Und wir waren immer unstet, alle, alle. Auch mein Vater war es. Land, Glauben, Freunde gab er hin. Und warum? Einem Einfall zuliebe. Und wir haben nichts Gutes davon gehabt.«

»Verklage dich nicht, mein Geliebter. Ach, Tubal, um was stirbst du jetzt? Um Lieb' und Treue willen. Ja, ja. Erst galt es Lewin, und dann, als er gerettet war, da dauerte dich die arme Kreatur, die verlassen dalag und vor Schmerz und Jammer aufwinselte, und du stirbst nun, weil du dich des treuen Tieres erbarmtest.«

»Ja, Mitleid hatt' ich! Das hatt' ich immer, Mitleid und Erbarmen. Und vielleicht auch, daß meiner ein Erbarmen harrt, um meines Erbarmens willen. Ich kann es brauchen; jeder kann es. Und in der letzten Stunde tut es wohl, etwas von diesem Ankergrund zu haben... Ich entsinne mich eines langen Liedes, das ich in der Predigerstunde bei dem alten Oberkonsistorialrat lernen mußte; ich hatte keinen Sinn dafür, aber eine Strophe gefiel mir; die war schön.«

»Welche? Sprich sie, oder willst du, daß ich sie spreche?«

»Es war etwas von Tod und Sterben und von Christi Beistand in der Scheidestunde.«

Renate hatte seine Hand genommen und sprach jetzt, ohne weiter zu fragen, mit leiser, aber fester Stimme vor sich hin:

»Wenn ich einmal soll scheiden,
So scheide nicht von mir,
Soll ich den Tod erleiden,
Tritt *du* für mich herfür;
Wenn mir am allerbängsten
Wird um das Herze sein,
Reiß mich aus meinen Ängsten,
Kraft deiner Angst und Pein.«

Tubal hatte sich aufgerichtet.

»Ja, das ist es.«

Er schien noch weitersprechen zu wollen, sank aber, immer matter werdend, in die Kissen zurück und begann unruhig und hastig, wie die Sterbenden tun, an seiner Bettdecke herumzuzupfen. Dabei war es, als ob er in seiner Erinnerung nach etwas suche.

Endlich hatte er es und fuhr in abgerissenen Sätzen fort: »Es war noch früher, viel früher, und wir waren noch in der alten Kirche, da sagte mir der Kaplan ein lateinisches Lied vor. Und als Ostern herankam, da mußt' ich es hersagen vor meinem Vater und vor meiner Mutter und vor Graf Miekusch. Und meine Mutter lachte, weil sie das Lateinische nicht verstand. Aber mein Vater war ernst geworden und Graf Miekusch auch.«

Er schwieg eine Weile, und Renate sah bang auf ihn.

»Das ist nun zwanzig Jahre«, fuhr er fort, »oder noch länger, und ich hatt' es vergessen. Aber nun hab' ich es wieder:

Salve caput cruentatum
Totum spinis coronatum
Conquassatum, vulneratum
Facie sputis illita....«

Er hatte sich bei jeder neuen Zeile mehr und mehr erhoben und starrte mit einem Ausdruck, als ob er etwas sähe, auf den Wandpfeiler zu Füßen seines Bettes. Und ein Lächeln, in dem Schmerz und Erlösung miteinander kämpften, verklärte jetzt sein Gesicht.

»Kathinka hatte recht... aber nun ist es zu spät... Salve caput cruentatum...« Es waren seine letzten Worte.

Er sank in die Kissen zurück, und seine Augen schlossen sich für immer.

25. KAPITEL

Wie bei Plaa

In derselben Stunde noch war ein reitender Bote nach Berlin hin abgegangen, um dem Vater, in einigen Zeilen Berndts, die Nachricht von dem Tode seines Sohnes zu überbringen. Kein Versäumnis hatte stattgefunden. Nichtsdestoweniger ließ sich das Eintreffen des alten Geheimrats vor nächstem Abend nicht erwarten.

Am Morgen fanden sich wie gewöhnlich alle Hausgenossen in dem Eckzimmer zusammen, nur Renate fehlte, und Hirschfeldt nahm jetzt Veranlassung, alles, was ihm Tubal als seinen »Letzten Willen« ausgesprochen hatte, zur Kenntnis Berndts zu bringen. Dieser war einverstanden damit, das Hinaufschaffen des Toten in die Kirche so weit wie möglich zu beschleunigen; was aber das Begräbnis angehe, so werde der alte Ladalinski darüber zu bestimmen haben. Darnach trennte man sich. Hirschfeldt und Bamme ritten auf eine Stunde zu Drosselstein hinüber, und Lewin ging in die Pfarre, um all sein Freud' und Leid an dieser Stelle auszuschütten. Wußte er doch, daß er hier alles sagen durfte, weil er für alles ein Verständnis fand. Und mehr als das: ein stilles Gemüt, das den Frieden geben konnte, den es selber hatte. Und nach diesem Frieden sehnte sich sein Herz.

Um zwei Uhr mittags fuhr ein großer Leiterwagen auf das Dorf zu, einer von denen, wie man sie zur Erntezeit, mit Garben hoch beladen und einem »Baum« darüber, in die vorn und hinten geöffneten Scheunentore hineinschwanken sieht. Ein sogenannter Oostwagen. Er kam von Küstrin, und jeder Hohen-Vietzer, der ihm irgendwo begegnet wäre, hätte gewußt, daß es ein Kniehasesches Gespann war und ein Kniehasescher Knecht, der fuhr. Dieser saß auf einem etwas vorstehenden Brett und hatte beide Füße auf die Deichsel gesetzt. Auf demselben Brette, dicht hinter ihm, standen zwei Särge, der eine schwarz mit weißem Beschlag, der andere gelb und mit häßlicher blauer Verzierung. Der gelbe viel kleiner. An den schwarzen hatte sich der Knecht angelehnt und rauchte.

»Hü!« und dabei gab er den Pferden einen Schlag. Als sie bis an die Auffahrt gekommen waren, traten Krist und Pachaly, die schon warteten, vor, um den vordersten Sarg abzuladen. Der Kniehasesche Knecht war ihnen dabei behilflich.

»Wecke Stunn bringen se'n rupp?« fragte der Knecht, als er Kristen in den oberen Griff des Sarges einfassen sah.

»Hüt noch, glieks.«

»Un vörn Altar?«

»Joa, so seggen se.«

»Un woto vörn Altar? Dat's nich Mod' bi uns.«

»Ick weet nich. Et is en Polscher. Un da möt et woll so sinn.«

Damit beruhigte sich der Kniehasesche Knecht und fuhr mit dem gelben Sarge weiter die Dorfstraße hinauf, an dem Schulzenhofe vorüber. Als er bei Miekleys Mühle war, bog er in den Forstacker ein und hielt endlich vor Hoppenmariekens

Haus. Hier standen alte Weiber, die den gelben, häßlichen Sarg in Empfang nahmen.

»Kuck«, sagte die eine, »geel un blu. Dat is so wat för Hoppenmarieken.«

»Un so kleen as en Kinnersark.«

»Na, vun 'ne Kinner wihr se nu groad' nich.«

»Nei, awers de Düwel is ook mal kleen west. Un wat deiht et ehr, dat se 'ne Hehlersch wihr? Se kümmt jo nu ook rupp, un se kulen ehr inn mang all de annern. Oll-Sidentopp wihr joa daför.«

»Joa, he. He denkt ook, he kann allens.«

Und damit brach das Gespräch ab.

Im Herrenhause war inzwischen ein lebhaftes Treiben gewesen, auf und ab, aber wie auf Socken, und kein Wort wurde gesprochen. Um vier Uhr lag der Tote gebettet in seinem Sarge, und eine Stunde später trugen ihn sechs Träger über den oberen Korridor hin und langsam die Treppe hinunter. Als sie die letzten Stufen eben passiert hatten und über den Hinterflur fort, wo das Hausgesinde stand, auf die Halle zu wollten, sahen sie sich aufgehalten, denn Hektor lag mitten in ihrem Wege. Er hatte sich von seiner Binsenmatte her bis an diese Stelle vorgeschleppt und mühte sich jetzt, sich aufzurichten. Aber umsonst; er winselte nur, und den Augen Berndts, der sich bis dahin gehalten hatte, entstürzten Tränen. So durchschritten sie das Haus, den Hof und bogen zuletzt in den oft genannten Hügelweg ein, der zur Kirche hinaufführte. Als sie bis dicht heran waren, erglühte der Horizont im Widerschein der eben untergegangenen Sonne. Der alte Kubalke schloß auf, und eine kleine Weile noch, so stand der Tote vor dem Altar.

Es war eben neun Uhr, als eine Chaise vor dem Herrenhause hielt, deren Ankunft, da das Stroh noch lag, von niemandem, am wenigsten von Jeetze, der ohnehin schlecht hörte, bemerkt worden war. Endlich ward es hell an den Fenstern, und gleich darauf erschien Lewin und trat an den Wagenschlag, um dem alten Ladalinski, denn er war es, beim Aussteigen behilflich zu sein. Das Aussehen des Geheimrats zeigte sich wenig verändert; seine Haltung war gerade und aufrecht, Anzug und Haar geordnet. Er fragte nach Renate, die nicht zugegen war, und folgte dann Berndt in das Eckzimmer, in dem ein hohes Kaminfeuer brannte und der Teetisch nach russischer Art, wie der Gast es liebte, hergerichtet war. Bamme und Hirschfeldt wollten sich zurückziehen, wurden aber aufgefordert, zu bleiben, ebenso die Schorlemmer. Alle setzten sich, Tee wurde gereicht und von der Fahrt gesprochen. Es sei nicht möglich gewesen, Berlin vor Mittag zu verlassen; allerhand Anordnungen hätten den Moment der Abreise hinausgeschoben.

Unter solchem Geplauder vergingen Minuten, ohne daß des Ereignisses, das den Geheimrat hierher geführt hatte, erwähnt worden wäre. Er bat um ein zweites Glas Tee, und erst, als er auch dieses geleert und dabei den Wunsch ausgesprochen hatte, seine Weiterreise so bald wie möglich antreten zu können, sagte Berndt:

»Hab' ich recht verstanden? Weiterreise?«

Der Geheimrat nickte.

»So werden Sie nicht unmittelbar nach Berlin zurückkehren?«

»Nein. Ich gedenke gleich von hier aus die Leiche meines Sohnes nach Bjalanowo überzuführen. Alle Ladalinskis stehen dort. Das Leben hat seine Forderungen, aber auch der Tod. Es liegt mir daran, im Sinne meines Sohnes zu handeln, der, wie mir wohl bewußt, diesen Zug nach der Heimat hatte.«

Hirschfeldt wollte berichtigen; Berndt aber, der den Eigensinn Ladalinskis kannte und von mancher früheren Erfahrung her wußte, daß unbequeme Mitteilungen wohl das Gemüt seines Gastes beunruhigen, aber an seinen Entschlüssen nichts ändern konnten, ergriff deshalb statt des Rittmeisters das Wort und beeilte sich, ohne weiteres seine Zustimmung auszusprechen. Hirschfeldt erriet die Absicht, und so wurde denn festgestellt, daß um neun Uhr früh die Weiterreise stattfinden und zur Überführung des Toten ein Schlitten, am besten ein Planschlitten, leicht und einspännig, beschafft werden solle. Alles regelte sich rasch und kurz, und nun erst sagte der Geheimrat, indem er sich erhob:

»Ich wünsche meinen Sohn zu sehen.«

»Er steht in der Kirche oben«, bemerkte Berndt. »Vor dem Altar. Es war sein letzter Wunsch.«

»So will ich hinauf. Aber allein, Vitzewitz. Ich bitte nur um die Begleitung Ihres Küsters. Ein Alter, hoff' ich.«

Dies konnte bejaht werden, und das Gespräch, das sonst ins Stocken geraten wäre, wandte sich jetzt mit Vorliebe und Ausführlichkeit dem Umstande zu, daß es im ganzen Oderbruche kein Dorf gäbe, in dem die Leute so alt würden wie in Hohen-Vietz. Immer neue Beispiele wurden gefunden, erst der alte Wendelin Pyterke und dann Seidentopfs Amtsvorgänger, der seine diamantene Hochzeit gefeiert und drei Tage später einen kleinen Ururenkel getauft habe. Schwächehalber freilich habe er die Taufformel im Sitzen sprechen müssen. Und bei diesem Amtsvorgänger und seinem Ururenkel – dessen Existenz übrigens, wie wenn es sich um eine Unschicklichkeit gehandelt hätte, von der Schorlemmer bestritten wurde – verweilte das Gespräch noch, als Jeetze meldete, daß der alte Kubalke angekommen sei und draußen warte.

Alle gingen ihm entgegen. Er stand in der Halle und hielt den Kirchenschlüssel und eine große Laterne in seiner linken Hand. Mit der rechten nahm er sein Sammetkäpsel ab und grüßte.

»'s ist schon spät, Papa«, sagte Ladalinski. »Mehr Bettzeit als Kirchenzeit. Aber Ihr wißt –«

Und damit verließen beide den Flur und traten in die mit allerhand Strauchwerk besetzten Parkgänge hinaus. Lewin und Hirschfeldt waren ihnen bis an die Hoftüre gefolgt. »Wie bei Plaa«, sagte jener und setzte nach einer kurzen Pause hinzu: »Aber dieser Gang ist schwerer.«

Hirschfeldt nickte still, und beide kehrten in das Eckzimmer zurück.

Die beiden Alten stiegen inzwischen hügelan, Kubalke zwei, drei Schritt' vorauf, um besser leuchten zu können, denn nur wenige Sterne schienen, und hier und dort waren Wurzeln über den Weg gewachsen. Als sie halb hinauf waren, hielt er, bis der Geheimrat heran war, und sagte: »Passen's Achtung, gnäd'ger Herr, hier ist Glatteis.« Und dann ins Plattdeutsche fallend, was ihm, trotzdem er Schulmeister war, aus Alter und

Unachtsamkeit öfters passierte, schloß er seinen Satz: »De verdüwelten Jungens, se hebben hier 'ne Slidderboahn moakt. Un mihr as een. Se weeten nich, dat ook olle Lüd' in de Welt rummerlopen. Olle Lüd', as wie *ick*.«

»Wir werden so weit nicht auseinander sein«, sagte Ladalinski, dem die Weise, wie der Alte sprach, angenehm im Ohre klang.

»Doch, doch«, antwortete dieser und fuhr dann, ebenso unwissentlich das Hochdeutsche wieder aufnehmend, fort: »Als ich so war, wie der gnäd'ge Herr jetzt sind, Mitte Sechzig oder so, da war meine Maline noch keine zehn Monat alt, und die Eve, die ja der gnäd'ge Herr auch kennen – drüben in Guse, aber jetzt hab' ich sie wieder bei mir, denn es ist unser Nestküken – ja, das Evelchen, das war noch gar nicht geboren.«

»Da sind Sie über achtzig, Papa?«

»Dreiundachtzig. Das heißt nächsten dreizehnten August.«

». . . Und müssen also spät geheiratet haben.«

»Ja, gnäd'ger Herr, das hab' ich. Das heißt, es war die zweite Frau. Als ich das erstemal auf die Freite ging, das war drei Jahr' eher, als wir die Russen hier hatten, und ich war eben erst ins Dorf gekommen . . . Aber da sind wir schon.«

Und dabei trat er auf die Steinstufen des tief eingeschnittenen Portals und schloß die große Kirchentür auf, die sich nach innenhin öffnete. Sie passierten erst den Turm zwischen dem Stubbenholz und den alten katholischen Altarpuppen hin, die zusammengefegt in der Ecke lagen, und schritten dann, an den Chorstühlen vorbei, den breiten Mittelgang hinauf, auf Altar und Kanzel zu.

Als sie bis an die vorderste Stuhlreihe gekommen waren, wollte der Geheimrat nach links hin eintreten und sich einen Augenblick setzen; denn er bedurfte der Sammlung. Aber der alte Kubalke zog ihn hastig wieder zurück und sagte: »Nicht da, gnäd'ger Herr; das ist der Majorsstuhl.«

Der Geheimrat sah ihn verwundert an.

»Nicht da, gnäd'ger Herr«, wiederholte der Alte, »nicht da. Das war anno 59, und ich seh' es noch wie heute. Sie brachten ihn von Kunersdorf her, Grenadiere vom Regiment Itzenplitz, und hier legten sie ihn nieder, hier auf diese Bank. Aber er hatte das Leben satt. ›Kinder, ich *will* sterben‹, sagte er und riß sich die Binden ab. Und da hat er sich verblutet. Es war den 12. August, den Tag vor meinem Geburtstag.«

Bei diesen Worten hatte der alte Kubalke den Geheimrat nach der andern Seite hinübergezogen. Die vorderste Chorstuhlreihe war hier freilich geschlossen, aber in ihrer Front lief eine schmale Bank, auf der, wenn Konfirmation war, die Einsegnungskinder ihre Plätze hatten. Darauf setzten sich jetzt die beiden Alten und hatten nun die Bahre dicht vor sich, keine drei Schritt' ab.

Als sie sich eine Weile geruht, sagte Ladalinski: »Nun, denk' ich, wollen wir den Deckel abnehmen.«

»Noch nicht, gnäd'ger Herr. Sie müssen den jungen Herrn Sohn doch wenigstens sehen können. Und es ist ja noch so dunkel. Ein lieber junger Herr. Erst letzten Sonntag, da hab' ich ihn hier eingeschlossen mit Marie Kniehase; denn ich habe keine Augen mehr. Und als ich nach einer Viertelstunde wiederkam, da stand er hier und hatte rote Backen. Dicht neben dem Majorsstuhl. Aber die Marie war noch röter. Ich will erst die Lichter anstecken, gnäd'ger Herr.«

Damit ging er auf den Altar zu, nahm die Wachslichter von den großen Messingleuchtern und zündete sie an. Anfangs schien es, daß sie wieder verlöschen wollten, aber zuletzt brannten sie, und der Alte, während er jetzt die Bahrdecke fortnahm und auf die Altarstufen niederlegte, sagte ruhig: »Nu, mit Gott, gnäd'ger Herr.«

Ladalinski hatte sich erhoben und stellte sich an die eine Schmalseite des Sarges.

»Steh' ich zu Häupten oder zu Füßen?« fragte er.

»Zu Häupten.«

»Ich will doch lieber zu Füßen stehen.«

Darnach wechselten sie die Plätze und hoben nun den Deckel ab, der alte Geheimrat mit krampfhaft geschlossenem Auge.

Und nun erst sah er auf den Sohn, fest und lange, und fand zu seiner eigenen Überraschung, daß sein Herz immer ruhiger schlug. Was war es am Ende? Er war tot. Und er fühlte tief in seiner Seele, daß es nichts Schreckliches sei, nein, nein, Freiheit und Erlösung. Das Leben erschien ihm so arm, der Tod so reich, und nur *ein* Gefühl beherrschte ihn: »Ach, daß ich an dieses Toten Stelle wäre.«

Er betete für ihn und für sich selbst; dann, während ihn alles traumhaft umwogte, stand er eine Minute noch und sagte dann: »Nun, Papa, wollen wir wieder schließen.«

Der war es bereit, und sie legten auch die Bahrdecke wieder über den Sarg, ein verschossenes Stück Wollenzeug, das nur eben bis an die Tragbalken der Bahre reichte. Und siehe, das alte katholische Gefühl, wie es sich erst in Kathinka und dann zuletzt auch in Tubal geregt hatte, es wurde jetzt ebenso in dem Herzen des alten Ladalinski wieder lebendig, und er sagte, während er auf den Sarg und die ärmliche Decke deutete:

»Es sieht so kahl aus. Was meint Ihr, ich möchte das Kruzifix nehmen und es obenauf legen. Oder glaubt Ihr, daß es Anstoß gibt?«

»Nicht doch, gnäd'ger Herr. Das ist so recht was für ein Kruzifix. Dafür ist es ja da, für die Toten, die brauchen's. Hier unten geht es noch so; aber drüben, da fängt es an.«

Und so nahmen sie das Kruzifix vom Altar, legten's auf die Sargdecke und setzten sich wieder, der alte Kubalke aber fuhr in zutraulichem Tone fort: »Es ist noch keine sieben Jahre her, da hab' ich es auch vom Altar weggenommen. Denn da war die Löffelgarde hier und die Marodeurs; und auch den andern war nicht viel zu trauen, wenn es was Silbernes war. Und da sagt' ich zu meiner Frau: ›Frau, wo stecken wir's hin?‹ ›Steck es in den Bettsack‹, sagte sie, aber das wollt' ich ja nicht, und so steckt' ich es in mein Kopfkissen und legte mich und wollte darauf schlafen. Aber das war auch nicht das Rechte, und ich hatte keine Ruhe, und mir war es immer, als drückt' ich auf die Wunden meines Heilands und tät' ihm weh. Da stand ich denn auf und nahm es wieder heraus und hing es an den Spiegelpfeiler. ›Mutter‹, sagt' ich, ›es ist nicht nötig, daß wir es verstecken. Und wenn das Franzosenzeug auch in unsere Kirchen einbricht, in ein armes Küsterhaus werden sie *nicht* einbrechen. Da suchen sie nichts. Und wenn sie doch kommen, da wird Er sich selber zu schützen und zu helfen wissen. Denn das haben wir hier herum erfahren, er läßt sich nicht spotten. Auch in seinem Bilde nicht.‹«

Der Geheimrat hatte bewegten Herzens zugehört. Ach, wie wohl ihm diese Sprache tat und dieser kindliche Glaube. Er nahm seines Begleiters Hand und sagte: »Nun wollen wir wieder gehen.«

Und beide standen auf; der Alte löschte die Lichter, und zwischen den Kirchenstühlen hin schritten sie wieder auf den Ausgang zu. Als sie den Turm eben passierten, schlug es zehn. Der Schlag der Glocke dicht über ihnen erfrischte dem alten Ladalinski das Herz, und so traten sie wieder ins Freie.

Es war noch dunkler geworden, die letzten Sterne fort, und Kubalke ging wieder vorauf, bis sie halben Weges an die Schlitterbahnstelle kamen.

»Passen's Achtung, gnäd'ger Herr, hier ist das Glatteis«, sagte der Alte wie beim Hinaufsteigen und schien auch wieder von den »verdüwelten Jungens« sprechen zu wollen. Aber Ladalinski kam ihm zuvor und sagte, anknüpfend an ihr unterbrochenes Gespräch: »Sie waren zweimal verheiratet, Papa? War es nicht so?«

»Ja, gnäd'ger Herr.«

»Und hatten auch Kinder von der ersten Frau?«

»'ne Tochter.«

»Und die lebt noch?«

»Nein, gnäd'ger Herr. Lange tot; gestorben und verdorben. 's war so der Nachlaß von der Mutter her.«

Der alte Geheimrat sah ihn fragend an.

»Ja, die Mutter. Das war so eine schmucke Person, und alles Mannsvolk lief ihr nach. Und da war auch ein Kandidat hier, und eines Sonntags, als sich der alte Pastor Ledderhose, der hundert Jahr' alt wurde, den Fuß ausgerenkt hatte, da stand unser Herr Kandidat auf der Kanzel und predigte, und Wendelin Pyterke, der damals unser Schulze war, sagte zu mir: ›Höre, Kubalke, der versteht's.‹ Und er verstand es auch. Aber was? Am Abend waren sie beide fort. Ins Pommersche, so nach Kammin oder Kolberg zu. Und da wurd' er Salzinspektor; aber es dauerte nicht lange, und es hat ein schlechtes Ende genommen.«

»Und die Tochter?«

»Die war bei mir, bis sie siebzehn war; da flog sie auch weg, und es war alles ebenso. Wie sich einer bettet, so liegt er. Aber nun ist Gras drüber gewachsen.«

Bei diesen Worten waren sie wieder bis an die Rückseite des Herrenhauses gekommen, und der alte Kubalke klinkte die Hoftür auf. Auf dem matterleuchteten Hinterflur trafen sie Jeetze.

»Gute Nacht, Papa!« sagte Ladalinski. »Haben auch manches erlebt.«

»Ja, gnäd'ger Herr. Aber Gras wächst über alles.«

26. KAPITEL

Zwei Begräbnisse

Um neun Uhr früh hatte Ladalinski seine Reise nach Bjalanowo hin fortsetzen wollen, und nachdem er sich, als diese Stunde da war, im Hause verabschiedet hatte, stieg er jetzt die winterlich kahle Nußbaumallee hinauf, um den vor dem Altar stehenden Sarg abzuholen. Mit ihm waren nur Berndt und Lewin. Neben ihnen her schwankte ein in Federn hängender Chaisewagen, während ein nur mit einem einzigen Pferde bespannter Planschlitten um zehn oder zwanzig Schritt' voraufführ. Es war derselbe, der schon die Fahrt nach »Bastion Brandenburg« mitgemacht und von Bamme vorahnend den Namen »Sargschlitten« empfangen hatte. Pachaly saß wieder auf dem Deichselbrett, alles wie drei Tage vorher, nur daß sich auf dem hohen Kummet des Pferdes, in einem alten Stahlbügel aufgehängt, ein einziges Schlittenglöckchen hin und her bewegte.

Nun war man oben; die Planschleife fuhr unmittelbar bis an die Stufen des Portals, während der Chaisewagen in einiger Entfernung halten blieb. Die Kirche stand auf; Pachaly trat mit ein, und einen Augenblick später erschien auch der Ladalinskische Diener. So schritten sie den Mittelgang hinauf bis an den Altar; Berndt erkannte das Kruzifix und wußte wohl, wer es dahin gelegt hatte. Sie stellten sich nun zu beiden Seiten des Sarges, ohne daß ein Wort gesprochen worden wäre; endlich sagte der Geheimrat: »Nun tragt ihn hinaus.« Und dabei nahm er das Kruzifix, um es wieder auf den Altar zu stellen, von dem er es genommen hatte. Aber der alte Vitzewitz kam ihm zuvor und sagte: »Nein, Ladalinski, nicht so, das ist nun *Ihre;* mein Großvater hat es dieser Kirche gestiftet, und ich werde ein neues stiften. Nehmen Sie es, ich bitte Sie darum. Sie haben mir, wollentlich oder nicht, Ihren Sohn gegeben, und alles, was ich Ihnen wiedergeben kann, ist dieses Kreuz. Ach, ich hab' es auch getragen.«

Ladalinskis Lippen zitterten; er konnte nicht sprechen oder wollte nicht. Dann aber riß er in freudiger Erregung einen Streifen von der Bahrdecke, legte den Streifen, als ob es eine Schärpe wäre, um die Mitte des Sarges und schob das Kruzifix, das sonst keinen Halt gehabt hätte, in den schwarzen Schärpenknoten hinein. Danach trat er beiseite, und Pachaly und der Diener faßten nun die Bügel und trugen den Toten hinaus.

Eine Viertelstunde später bog der Schlitten, der sich bis dahin auf der Höhe langsam fortbewegt hatte, nach links hin aus und fuhr, als er den Abhang glücklich hinunter war, zwischen den Uferweiden auf Frankfurt zu. Die Chaise folgte, und während ihr überdeckter Polstersitz auf dem holprigen Wege hin und her schwankte, wurden Erinnerungen in dem Herzen des alten Ladalinski wach, und er mußte jener Reise gedenken, die ihn vor langer, langer Zeit auf ebenso verschneiten Wegen nach Bjalanowo hingeführt hatte. Und doch wie anders damals! Eine Hochzeitsreise war es, und die reizendste der Frauen – eben erst die seine – schmiegte sich unter übermütigem Lachen an seine Seite; der Schnee stäubte, die Pferde flogen, und jeder neue Rasteplatz brachte neue Blumen und neue Huldigungen. Erfinderisch war er gewesen, wie die Liebe selbst. Und jetzt sah er nichts vor sich als den Schlitten, den die Uferweiden streiften und der langsam auf eine Gruft zufuhr, die nicht mehr die seine war und an deren Tür er um Gastlichkeit bitten mußte für seinen Toten. Das war mehr, als er tragen konnte. Scharf und leise klang das Glöckchen, und scharf und leise fielen seine Tränen.

Um dieselbe Stunde, wo der alte Geheimrat, begleitet von Berndt und Lewin, zu der Kirche hinaufgestiegen war, war auch Bamme, nach Anlegung seines Husarenrocks, aus dem Herrenhause getreten, hatte sich aber nach fast entgegengesetzter Seite hin begeben. Es lag ihm daran, dem Begräbnis Hoppenmariekens, das im Laufe des Vormittags stattfinden sollte, beizuwohnen, bei welcher Gelegenheit er noch einen Blick auf diesen Gegenstand seines besonderen Interesses zu tun hoffte. Als er in die Nähe des Heckenzaunes kam, der das Häuschen einfaßte, sah er, daß allerhand Gesindel zu beiden Seiten des Weges Spalier gebildet hatte, zum Teil dieselben alten Weiber, die gestern dem Kniehaseschen Knecht beim Abladen des Sarges behilflich gewesen waren. Bamme grüßte und hörte nicht ohne Befriedigung, daß hinter ihm her gezischelt wurde: »Dat is he; wie schnaaksch he utsieht.« Darnach trat er in das offenstehende Haus. Ein starker Zug wehte, trotz dieses Zuges aber war es warm, denn der Ofen pustete und auf dem Flurherd brannten große Scheite, um die seltsamerweise mehrere Kochtöpfe gestellt waren. Das hatten die Forstackersleute getan, die sich auf Hoppenmariekens Kosten einen guten Tag machen wollten. Erben waren nicht da, und Kniehase sah ihnen durch die Finger.

Bamme hatte sich was versprochen, aber er fand doch mehr noch, als er erwartet hatte. Auf zwei Stühle, nach Art eines Reisekoffers, war der offene Sarg gestellt, und auf dem Rande des Sarges saß ein schwarzer Vogel, einem Raben ähnlich, nur viel kleiner. Als der Vogel den Eintretenden gewahr wurde, hüpfte er von dem einen Rande auf den andern hinüber und von diesem auf den Sargdeckel, der mit seinen blitzblauen Beschlägen auf zwei andern Stühlen lag. Es machte dies Platzwechseln durchaus den Eindruck, als ob es aus Respekt gegen Bamme geschähe, der es denn auch so nahm und, an den Vogel herantretend, ihn belobigte. »Bist ein braver Kerl, hast Lebensart.« Gleich darauf indessen entsann er sich seines eigentlichen Zwecks, schob den am Wandpfeiler stehenden Tisch, darin das Gesangbuch und die Karten lagen, beiseite und probte sich einen Platz aus, um die Tote bequem und in guter Beleuchtung betrachten zu können. Diese lag in Staat, und nichts war vergessen, was zu Hoppenmarieken gehörte. Das weiße Haar war unter das schwarze Kopftuch gebunden, die Zipfel standen hoch nach oben, und ihre zwei dicken Wasserstiefel sahen mit halber Sohle aus dem Sarge heraus. In ihrer Rechten hielt sie den Hakenstock, weil er aber zu lang gewesen war, war er in zwei Hälften zerbrochen worden, und das untere Stück lag nun daneben. Ihr Gesichtsausdruck hatte sich wenig verändert; das Listige hatte der Tod fortgenommen, aber das Trotzige war geblieben. Bamme war entzückt; er drehte den Hakenstock ein wenig zur Seite und sagte dann vor sich hin: »Zwergenbischof«, eine Bemerkung, zu der er sich, in Ermangelung eines guten Publikums, vorläufig selber gratulierte. Dann sah er in den Alkoven hinein, in dem sich die großen Gundermannsbüschel im Zugwinde hin und her bewegten, und fand auch hier alles »superbe«.

Als er wieder in die Vorderstube trat, war der schwarze Vogel auf den Rand des Sarges zurückgeflogen, und Bamme, neugierig und verwundert, was das Tier da wolle, trat jetzt heran und sah, daß es von der Toten in aller Wirklichkeit gefüttert wurde. Die Nachbarweiber hatten ihr nämlich Ebereschenbeeren und Weizenkörner in die geöffnete linke Handfläche gelegt. Das war so Forstackerpoesie.

Bamme nickte und wollte wieder auf seinen Beobachtungsposten zurückkehren, mußte sich aber bald überzeugen, daß es mit dem Zauber dieser Stunde zu Ende gehe.

Die Neugierde der Hoppenmariekeschen Vögel, die zwischen ihren Gitterstäben hindurch auf ihn und seinen roten Husarenrock niederblickten, hätte sich vielleicht ertragen lassen, aber das Gaffen der draußenstehenden alten Weiber und Kinder fing doch an, unbequem und lästig zu werden, so lästig, daß er schließlich froh war, als ihm das Erscheinen der Träger gemeldet wurde. Diese traten denn auch bald darauf ein, schlossen den Sarg und setzten sich auf den Kirchhof zu in Bewegung. Einer der Träger war Hanne Bogun, der den linken Vorderbügel gefaßt hatte, während rechts neben ihm ein lahmer Scherenschleifer ging, dessen untere Beinstellung ein gleichschenkliges Dreieck bildete. »Das laß ich mir gefallen«, sagte Bamme, froh, seinen Meister gefunden zu haben, und schloß sich als erster Leidtragender an, während der ganze »Forstacker« in corpore folgte. Alles war heiter, die Kinder schneeballten sich, und Kniehases Tauben flogen über dem Zuge hin, als würde Schneewittchen oder irgendeine Märchenprinzeß begraben.

So kamen sie bis an das Kirchhofsportal. Die Träger, müde geworden, wechselten hier ihre Plätze, und nur Hanne Bogun, weil er bloß den rechten Arm hatte, blieb an der linken Seite des Sarges. Und nun zwischen den Gräbern hin setzte sich der Zug wieder in Bewegung, bis er am andern Ende des Kirchhofs hielt. Hier dicht an der Feldsteinmauer war ein Grab gegraben, an einer Stelle, wo zur Sommerzeit Disteln und Schafgarbe wucherten und die Ziegen zu grasen pflegten. Neben dem Grabe standen Seidentopf und Kniehase und beiden gegenüber Berndt und Lewin, die nach dem Abschiede von Ladalinski gleich auf dem Kirchhügel geblieben waren, weil sie das Herankommen des Zuges bemerkt hatten. Von den Dörflern, ein paar Kossäten und Büdner ausgenommen, war nur Miekley da, der das »ehrliche Begräbnis« zwar ebenso mißbilligte wie alle andern, aber doch durch zwei Dinge bestimmt worden war, diese seine Mißbilligung nicht zu zeigen. Und zwar erstens, um, wenn »etwas geschähe« – woran er nicht zweifelte –, seinerseits nichts versäumt zu haben, und zweitens und hauptsächlichst, um Uhlenhorsten, der sich auf dem Mühlenhofe zu Mittag und Abend hatte ansagen lassen, mit einer neuen »Seidentopferei« unterhalten zu können.

Die Träger hatten ihre Last niedergestellt; nun ließen sie den Sarg hinab, und Seidentopf, während alle Forstackerkinder neugierig das Grab umdrängten, sagte mit seiner klaren Stimme: »Empfehlen wir ihre Seele Gott. Es war kein christliches Leben, das sie geführt; aber ihr letzter Tag, so hoffe ich, hat vieles ausgeglichen. Sie hatte keinen Menschen lieb, einen ausgenommen, und diesen einen, der jetzt mit an ihrem Grabe steht, hat sie gerettet oder doch mit zu seiner Rettung geholfen. Ihre List, die sonst ihr Böses war, war hier ihr Gutes. Und wenn dieses Gute nicht schwer genug wiegen sollte, so wird die Barmherzigkeit Gottes hinzutreten und in Gnaden geben, was noch fehlt. Beten wir für sie.« Und dabei nahm er sein Barett ab und sprach das Vaterunser, während zwei seitabstehende Forstackerweiber kicherten.

»Jott, uns' Oll-Seidentopp; ick weet nich, he beet't ook för alles. Allens sall 'inn.«

»Joa. Awers Hoppenmarieken beet't he nich rinn.«

Zwei Stunden später saßen Uhlenhorst und Miekley zu Tisch; auch Kallies-Sahnepott war geladen worden. Es wurde schon die dritte Flasche Graves aus dem Keller geholt, denn alle hielten auf ein »gutes Glas«, und Uhlenhorst zeigte sich von Minute zu Minute besserer Laune. Begreiflich; denn der reiche Sägemüller sägte heute nicht bloß Stämme, sondern auch Seidentopfen mitten durch. Als er zuletzt auch von Bammes Besuch in Hoppenmariekens Wohnung berichtet hatte, sagte Uhlenhorst wichtig und indem er sich etwas vorbeugte: »Nichts natürlicher als das, es sind Geschwister.«

Miekley, so sehr er aus dem Munde des Kandidaten an Orakelsprüche gewöhnt war, erschrak doch einigermaßen; Uhlenhorst selbst indessen fuhr in demselben Tone fort: »Ich meine nicht von dieser Welt. Aber sie haben beide denselben Vater und wurden beide an derselben Stelle geboren. Wo? Das brauche ich Ihnen nicht erst zu sagen.«

Sahnepott hatte die Ohren gespitzt (das war etwas für den Krug), und ehe fünf Minuten um waren, waren beide Bauern der Überzeugung, daß ihr Kandidat mal wieder den Seherblick gehabt und den Nagel auf den Kopf getroffen habe. »Ich kann mich irren«, sagte Uhlenhorst, in einen Demutston übergehend, »aber ich zweifle.«

Und damit schloß das Gespräch.

Zu Beginn des Nachmittags fuhr der Kaleschewagen vor dem Herrenhause vor; die Ponies waren eingespannt; Bamme wollte mal wieder nach seinem Gut hinüber und nach dem Rechten sehen. »Es ist mir von wegen des Pastors, Vitzewitz«, waren seine letzten Worte gewesen, als Berndt ihn aufgefordert hatte, noch ein paar Tage zu bleiben. »Ich muß ihn in der Furcht des Herrn halten, sonst wird er mir übermütig und erzählt meinen Groß-Quirlsdorfern von der Kanzel her, daß sich

Hoppenmarieken aus Liebe zu mir umgebracht habe. Natürlich alles sub rosa. Immer mit Bibelstellen. Im Alten Testament, so nur der gute Wille da ist, findet sich schließlich alles, was einer braucht.« Und darnach hatte der Alte die Zügel genommen und war wie die wilde Jagd vom Hofe hinuntergefahren, erst an dem Blachfeld und dann an dem Fichtenwäldchen vorbei, immer in der Richtung auf Küstrin zu.

Das war um drei Uhr gewesen. Schon vor Dunkelwerden erschien Kallies-Sahnepott im Krug, wo er sich vorläufig mit Krüger Scharwenka behelfen mußte, denn von den andern Bauern war noch keiner da.

»Nun ist ja der General auch fort«, sagte Sahnepott und sah so wichtig aus, als ob er wieder von »Tiegel-Schulzen« und dem Schwedter Markgrafen erzählen wollte. »Ich hab' ihn heute nachmittag auf der brandroten Fuchsstute nach Frankfurt reiten sehen. Er ritt über den Forstacker. Es war so Klokker vier.«

»Das kann nicht sein, Sahnepott«, erwiderte Scharwenka.

»Und warum nicht?«

»Erstens weil die Fuchsstute tot ist; ich habe sie selber fallen sehen, keine zehn Schritt von der Pappel, wo sie nachher den Konrektor erschossen haben, und dann zweitens, weil er heute nachmittag (ich meine den General) in unseres Alten Kaleschwagen an mir vorbeigefahren ist. So Klocker drei. Die Ponies waren vorgespannt, und der Shetländer ging als Handpferd.«

Kallies schüttelte den Kopf. »Du verstehst mich nich, Scharwenka. Das is es ja gerade, was ich meine. Nach Küstrin hin in der Kalesche und nach Frankfurt hin auf der Fuchsstute. Du hast sie fallen sehn. Gut. Aber tot oder nicht, macht keinen Unterschied. So was kommt vor. Du mußt doch wissen, was es mit ihm is. Uhlenhorst ...«

Hier brach das Gespräch ab, weil andere Bauern eintraten, unter ihnen auch Kniehase, vor dem Kallies eine Scheu hatte. Ganz besonders, wenn er sich mit Uhlenhorstschen Federn schmücken und allerhand schabernacksche Konventikler-Visionen in Kurs setzen wollte.

27. KAPITEL

»Und eine Prinzessin kommt ins Haus«

Eine Woche war vergangen. Die Strohschütten, die vor dem Hause lagen, waren weggeschafft worden, aber alles ging leise, als wäre noch jemand da, der nicht gestört werden dürfe. Renate hatte seit jenem Abend, wo wir sie zuletzt sahen, das obere Stock nicht mehr verlassen, und um ihretwillen war es, daß sich der Ton des Hauses dämpfte. Berndt arbeitete viel; im Erdgeschoß, auf spezielles Geheiß der Schorlemmer, standen zwei, drei Fenster auf, um das »Bammesche« wieder hinauszulassen, und statt Hoppenmariekens – von der es im Dorfe hieß, daß sie drei Nächte lang auf ihrem Grabe gesessen habe – erschienen abwechselnd Krist und Hanne Bogun, um Briefe und Zeitungen auf den Tisch zu legen. Es war eine rechte Jeetze-Zeit, alles still und grau und mit schwarzen Gamaschen; der alte Jeetze selbst aber, der kaum noch Dienst hatte, saß halbe Stunden lang neben der Binsenmatte und plauderte mit Hektor.

So vergingen die Tage. Marie kam oft vormittags schon und stieg zu Renaten hinauf, um ihr vorzulesen oder zu erzählen. Nur von Tubal sprach sie nicht. Danach begab sie sich zu Lewin in das Eckzimmer hinunter, der ihrer schon wartete, und sie saßen dann am Kamin oder in der tiefen Fensternische und gedachten vergangener stiller Tage, am liebsten des letzten Weihnachtsfestes und jenes schönen Plauderabends, wo sie, den hohen Christbaum zwischen sich, über seine hohe Spitze hinweg, die goldenen Nüsse geworfen und gefangen hatten. Von ihrem Glücke schwiegen sie, denn sie hatten eine Scheu, daß es fortfliegen könnte, wenn es genannt würde. Nur einmal kam es wie von ungefähr dazu. Das war an dem Tage, wo der Bohlsdorfsche Pastor, auf einer Dienstreise begriffen, bei seinem Hohen-Vietzer Amtsbruder vorgesprochen und zugleich auch einen Besuch auf dem Schulzenhofe gemacht hatte. Als Marie davon erzählte, sagte Lewin: »Ach, du weißt nicht, Marie, wie viel ich diesem alten Bohlsdorf und seiner Kirche verdanke. Vor allem *dich.* Dort begann ich zu genesen, noch eh' ich wußte, daß ich krank war. Wie blind ich doch war und wie selbstsüchtig! Aber nun hab' ich sehen gelernt und habe dich, dich, mein Glück und meine Goldsternprinzessin.«

Es war unmittelbar nach diesen Worten, daß Berndt in das Zimmer trat und, das Erröten Maries wahrnehmend, ihr lächelnd und mit väterlicher Zärtlichkeit die Stirn küßte. Sie sah vor sich nieder und zitterte vor Bewegung, denn sie fühlte wohl, was ihr dieser Augenblick bedeute. Gleich darauf verabschiedete sie sich, um Vater und Sohn allein zu lassen.

Als sie gegangen war, sagte Berndt: »Ich freue mich eures Glücks, Lewin, trotzdem ich noch nicht weiß, was ich all den Vitzewitzes, die draußen in der Halle hängen, zu sagen haben werde, wenn ich über kurz oder lang an anderer Stelle unter ihnen erscheine. Aber ich werde noch manch anderes vor ihnen zu verantworten haben. Ungehorsam und Auflehnung standen auch nicht in unserem Hauskatechismus, und ich denke, eines rechnet sich dann ins andere, und das Kleine wird in dem Großen mit aufgehen. Und nun nichts mehr davon. Ist es in den Sternen anders beschlossen, so wird eine französische Kugel mitsprechen. Gott verhüt' es! Haben wir dich aber wieder, so haben wir auch Hochzeit. Und eines weiß ich, sie wird uns freilich den Stammbaum, aber nicht die Profile verderben, nicht die Profile und nicht die Gesinnung. Und das beides ist das Beste, was der Adel hat.«

Und abermals lagen Tage zurück, und Renate, die sich in ihren einsamen Stunden, wenn nicht die Heiterkeit, so doch die Klarheit ihrer Seele zurückgewonnen hatte, saß wieder teilnehmend im Kreise der Ihrigen. Am andern Morgen sollten Lewin und Hirschfeldt nach Breslau hin aufbrechen. Sie waren in Vorbereitung für ihre Reise und packten eben an ihren Mantelsäcken, als sie vom Eckfenster her, zwischen den Pfeilern der Auffahrt, plötzlich eines Reiters gewahr wurden, der auf seinem Shetländer in den Hof einritt. Also Bamme. Alles lief ans Fenster, und selbst die Schorlemmer vergaß auf einen Augenblick ihre Abneigung. Denn sie war streitlustig, und neue Fehden standen jetzt in Aussicht. Am erfreutesten war Berndt, der es längst aufgegeben hatte, sich über die Schrullen und Eitelkeiten des Alten zu ereifern.

»Nun, Bamme«, hob er an, als dieser sich gesetzt und ein Tablett mit Likören rasch hintereinander absolviert hatte, »wie war der Groß-Quirlsdorfer Befund? Dorf, Pfarre, Kanzel?«

»Gut, Vitzewitz, über Erwarten gut. Er hat eben seinen Frieden mit mir gemacht. Gleich am andern Tage war Kirche. Da mußte sich's also zeigen, und neugierig, wie ich bin, wartete ich nicht einmal das dritte Läuten ab. Das strafte sich nun freilich, denn das Orgelspiel wollte kein Ende nehmen, und mir war ein paarmal, als würde das ganze Gesangbuch durchgesungen. Aber endlich kam er, und was glauben Sie, worüber er predigte? Über Saul und David predigte er. Und immer wieder hieß es: ›Saul hat tausend geschlagen, aber David hat zehntausend geschlagen.‹ Nun, Vitzewitz, wir wissen am besten, daß wir unserer Reputation diese Zehntausend eigentlich noch schuldig sind; aber enfin, der ewige kleine David, wer konnt' es am Ende sein? Anfangs sträubt' ich mich, bis ich mich schließlich drin ergab. Und so wissen Sie denn jetzt, meine Damen und, worauf ich ein besonderes Gewicht lege, auch Sie, meine liebe Schorlemmer, wer eigentlich unter Ihrem Dache weilt. Ein neuer Beweis für den alten Satz: Wer nur alt genug wird, wird alles.«

Das Geplauder ging noch weiter, und ehe Mittag heran war – das Diner sollte nicht vor vier Uhr genommen werden –, machte Bamme den Vorschlag, zu Drosselstein hinüberzureiten, um »Ostpreußen mal wieder auf Herz und Nieren zu prüfen.«

Berndt war es zufrieden, und nach einigen Minuten wurden die Pferde vorgeführt.

Als sie bei Miekleys Mühle vorüber waren, sagte Berndt: »Was ich Ihnen sagen wollte, Bamme, wir haben ein Brautpaar im Hause.«

»Das wäre! Die Schorlemmer?«

»Nein.«

»Ich dachte, sie hätte sich den Seidentopf rangebetet. Mit Speck fängt man Mäuse. Witwer und Urnensammler gehen ins Garn wie die Wachteln. Und nun gar dieser Seidentopf. Sehen Sie sich seinen Jubiläumsschrank an; er hat alles aufgehoben, was ihm seine Selige geschenkt hat. Und solch Kultus ist immer gefährlich.«

Berndt lachte.

»Sie verlieben sich in eine Ihrer Vorstellungen, Bamme, wie gewöhnlich. Aber die Tatsachen sind unerbittlich. Es liegt anders. *Nicht* Seidentopf.«

»Nun, wer denn?«

»Lewin.«

»Gratuliere! Aber das ist erst einer, ein halbes Paar. Wer noch?«

»Lewin und Marie Kniehase. Des Schulzen Kniehase Pflegetochter.«

Bamme riß den Shetländer herum, daß er im rechten Winkel zu Vitzewitz stand, und sah diesen aus seinen kleinen Augen mit allen Zeichen aufrichtigsten Erstaunens an.

»Sie verwundern sich?« sagte dieser.

»Ja.«

»Und mißbilligen es?«

»Nein, Vitzewitz. Au contraire. Ich habe seit zehn Jahren, wenn ich das Neunundzwanzigste Bulletin und den großen Diebstahl bei Krach ausnehme, nichts gehört, das mich so erfreut hätte als das. Das ist das reizendste Geschöpf, und ich verlange nach dieser Seite hin etwas, wie alle, die selber nicht viel einzusetzen haben. Also nochmals: gratulor! Wetter, Vitzewitz, das gibt eine Rasse.«

Berndt wollte antworten, aber der Alte, der sich unerwartet einem Lieblingsthema gegenübersah, hatte wenig Lust, das Wort so schnell wieder aus der Hand zu geben.

»Frisches Blut«, fuhr er fort, »frisches Blut, Vitzewitz, das ist die Hauptsache. Meine Ansichten sind nicht von heute und gestern, und Sie kennen sie. Ich perhorresziere dies ganze Vettern- und Muhmenprinzip, und am meisten, wenn es ans Heiraten und Fortpflanzen geht. Ihre Schwester, die Gräfin, dachte ebenso, und ich habe sie sich mehr als einmal zu Grundsätzen bekennen hören, die selbst mir imponierten. Ehre ihrem Andenken! Es war eine superbe Frau. Ja, Vitzewitz, wir müssen mit dem alten Schlendrian aufräumen. Weg damit. Wie ging es bisher? Ein Zieten eine Bamme, ein Bamme eine Zieten. Und was kam schließlich dabei heraus? *Das* hier!« Und dabei schlug er mit dem Fischbeinstock an seine hohen Stiefelschäfte. »Ja, *das* hier, und ich bin nicht dumm genug, Vitzewitz, mich für ein Prachtexemplar der Menschheit zu halten.«

Berndt schwieg, weil er mehr hören wollte, und Bamme ließ auch nicht lange auf sich warten.

»Wir sind unter uns, Vitzewitz«, fuhr er fort, »und können uns ohne Gefahr unsere Geständnisse machen. Mitunter ist es mir, als wären wir in einem Narrenhause großgezogen. Es ist nichts mit den zweierlei Menschen. Eines wenigstens glaubten wir gepachtet zu haben: den Mut, und nun kommt dieser Kakerlaken-Grell und stirbt wie ein Held mit dem Säbel in der Hand. Von dem Konrektor sprech' ich gar nicht erst; ein solcher Tod kann einen alten Soldaten beschämen. Und woher das alles? Sie wissen es. Von drüben; Westwind. Ich mache mir nichts aus diesen Windbeuteln von Franzosen, aber in all ihrem dummen Zeug steckt immer eine Prise Wahrheit. Mit ihrer Brüderlichkeit wird es nicht viel werden, und mit der Freiheit auch nicht; aber mit dem, was sie dazwischengestellt haben, hat es was auf sich. Denn was heißt es am Ende anders als: Mensch ist Mensch. Ich darf so sprechen, Vitzewitz, denn die Bammes sterben mit mir aus, ein Ereignis, um das der Vorhang des Tempels nicht zerreißen wird, und nicht einmal ein Namensvetter ist da, den ich in seinem Standesbewußtsein kränken oder schädigen könnte. Denn im Vertrauen gesagt, das Kränken fängt bei uns immer erst mit der Schädigung an.«

Damit waren sie bis an die Parkmauer gekommen und hielten eine Minute später vor dem Drosselsteinschen Gartensaal.

Während dieses Gespräch auf dem Wege nach Hohen-Ziesar hin geführt wurde, plauderten auch Renate und Marie, die sich in den Hintergrund des Zimmers zurückgezogen und auf dem großblumigen Sofa Platz genommen hatten. Lewin kam herzu, war aber ersichtlich zerstreut und saß schon minutenlang zwischen ihnen, ohne daß er Maries Hand genommen oder einen Blick für sie gehabt hätte.

Marie selbst, ihrer ganzen Natur nach unbefangen und anspruchslos, schien es nicht zu bemerken; aber Renate sagte: »Sonderbares Brautpaar ihr, ihr seid ja nicht einmal zärtlich.«

»Gib uns nicht auf«, lachte Marie, und Lewin setzte hinzu:

»Wir waren zu lange Geschwister. Aber es findet sich wohl noch. Was meinst du, Marie?«

Und das Rot, das über ihre Wangen flog, überhob sie jeder anderen Antwort.

Nach diesem – es war wieder ein Sonnabend – gingen Lewin und Hirschfeldt in die Pfarre, um von Seidentopf Abschied zu nehmen. Sie fanden ihn über Bekmann, und nicht bloß die Schranktüre seines Arcus triumphalis stand weit offen, sondern auch das Mittelbrett war vorgezogen, auf dem die drei Hauptstücke der Sammlung ihren Platz hatten und seit dem zweiten Weihnachtstage auch der Wagen Odins. Wer die Seidentopfsche Wocheneinteilung kannte, konnte durch diesen Anblick nicht überrascht werden. Er gehörte nämlich zu den klugen Predigern, die schon freitags mit ihrer Predigt abschließen, um dann den zwischenliegenden Tag zur Erfrischung ihrer Seele verwenden zu können. Und was hätte sich besser dazu geschickt, als die Ultima ratio Semnonum! Eine Störung bei diesem Erfrischungsprozesse galt denn auch im allgemeinen als unstatthaft, aber heute, wo Lewin und Hirschfeldt kamen, um ihm Lebewohl zu sagen, konnte von einer solchen Störung nicht wohl die Rede sein. Um neun Uhr früh, so hieß es im Laufe des Gespräches, gedächten sie nach Frankfurt hin aufzubrechen, um daselbst in der Mittagsstunde schon mit Berliner Freunden zusammenzutreffen. Es wurde dies alles nur leicht hingeworfen, Seidentopf aber verstand sehr wohl, daß mit Hilfe dieser genauen Zeitangaben nur ihr Nichterscheinen in der Kirche entschuldigt werden sollte. Es verdroß ihn ein wenig, hatte er doch die Empfindlichkeit aller Pastoren; aber sich schnell wieder fassend, gab er seinen Wünschen für Lewin einen allerherzlichsten Ausdruck. Dann wandte er sich zu dem Rittmeister, um von den »zurückliegenden, gemeinschaftlich durchlebten Tagen« zu sprechen.

»Es waren stürmische Tage«, so schloß er.

»Und doch Tage *vor dem Sturm!*« antwortete Hirschfeldt.

Und nun war es neun Uhr früh. Hektor hatte sich mühsam bis an die Sandsteinstufen geschleppt, und zum letztenmal in diesem Buche fuhren die Ponies vor. Ihre Schellen klangen hell, und an Krists altem Hut mit der alten Kokarde flatterte heut ein langes grünes Band. Seine Frau hatte rot nehmen wollen, aber er hatte auf grün bestanden.

Und nun nichts mehr von Abschied.

Über den Forstacker hin flog der Schlitten, in dem Lewin und Hirschfeldt saßen, an Hoppenmariekens Häuschen vorbei, und als sie gleich darauf wieder hügelab und am Flußufer hinfuhren, rollte plötzlich ein Ton wie dumpfer Donner herauf und verhallte in weiter Ferne.

»Das Eis birst«, sagte Hirschfeldt. »Ein gutes Zeichen, unter dem wir ausziehen.«

Und in demselben Augenblicke begannen auch die Hohen-Vietzer Glocken zu klingen, und beide Freunde wandten sich unwillkürlich noch einmal zurück.

»Was bedeutet uns ihr Klang?« fragte Lewin.

»Eine Welt von Dingen: Krieg und Frieden und zuletzt auch Hochzeit; Hochzeit, der glücklichsten eine, und ich, ich bin mit unter den Gästen.«

»Sie sprechen, Hirschfeldt, als ob Sie's wüßten«, antwortete Lewin bewegten Herzens.

»Ja, Vitzewitz, ich weiß es, ich seh' in die Zukunft.«

An demselben Sonntagnachmittag saßen auch die Frauen in dem Eckzimmer, darin wir ihnen so oft begegnet. Ihre Tränen waren getrocknet, die Schorlemmer hatte sich mit einem Kraftspruch über Abschied und Rührung hinweggeholfen, und nur an Mariens langen schwarzen Wimpern hingen noch einzelne Tropfen.

Renate küßte sie und sagte: »Laß, Marie, denn du mußt wissen, ich glaube an dreierlei.«

»Das tun alle vernünftigen Menschen«, sagte die Schorlemmer. »Das heißt alle Christen.«

»Und zwar glaub' ich«, fuhr Renate fort, »erstens an den Hundertjährigen Kalender, zweitens an Feuerbesprechen und drittens an Sprüchwörter und Volksreime. Und weißt du, an welchen ich am meisten glaube!«

»Nun?«

»Und eine Prinzessin kommt ins Haus.«

Marie lächelte.

Die Schorlemmer aber sagte: »Torheit, ich will euch einen bessern Spruch sagen.«

»Und?«

»Denen, die Gott lieben, müssen alle Dinge zum Besten dienen.«

28. KAPITEL

Aus Renatens Tagebuch

Erzählungen schließen mit Verlobung oder Hochzeit. Aber ein Tagebuch, das sich bis auf diesen Tag im Hohen-Vietzer Herrenhause vorfindet und als ein teures Vermächtnis daselbst gehütet wird, gönnt uns noch einen Blick in die weitere Zukunft. Es sind Blätter von Renatens Hand, und aus ihnen ist es, daß ich das Folgende entnehme.

»Lewin ist zurück. Ich habe nur auf diesen Tag gewartet, um, wie ich seit lange wollte, mit einem Tagebuch zu beginnen. Der Säbelhieb über die Stirn kleidet ihn gut; der weiche Zug, den er hatte, ist nun fort; Marie findet es auch. Wie war sie so glücklich! Und doch ebenso ruhig, wie sie glücklich war. Und das freute mich am meisten. Denn mir ist nichts verhaßter als Lärm; und nun gar Lärm in Gefühlen! Es traf sich sonderbar, daß wir, eine Stunde vor Lewins Ankunft, den für Grell bestimmten Grabstein ausgepackt hatten. Ein kleiner Marmor. Es war nicht ohne Bewegung, daß wir Namen und Datum und die Hölderlinschen Zeilen lasen. Jeetze wollte den Stein verstecken, aber Maline sagte: ›Nein, nein, das bedeutet Glück‹, was natürlich meine gute Schorlemmer in Feuer und Flamme über die Unausrottbarkeit wendischen Aberglaubens brachte. (Lewin übernimmt Guse; sie werden dort als ein junges Paar leben. Es ist am besten so.)«

»Gestern war Hochzeit. In *Bohlsdorf*. Lewin hatte darauf bestanden; er wollte *da* getraut werden, wo sich sein Leben entschieden habe. So fuhren wir in drei Wagen hinüber. Mit uns

Drosselstein und Hirschfeldt (der den Arm verloren hat, leider den rechten). Bamme war geheimnisvoll und erklärte, ›sein Brautgeschenk vorläufig vergraben zu haben‹. Aber der Tag der Auferstehung werde kommen. Die Schorlemmer über diesen Ausdruck empört, wir anderen neugierig. Seidentopf hielt die Rede; nie hat er besser gesprochen; es ist doch wahr, daß das Herz den Redner macht. Er nahm einen Bibeltext; aber eigentlich sprach er über die Zeile: ›Und kann auf Sternen gehen‹. Nach der Trauung nahmen wir einen Imbiß auf dem Amtshofe. Die junge Frau noch hübscher geworden; wieder an Kathinka erinnert. Rückfahrt im offenen Wagen. Entzückend. Die Sommerfäden flogen und setzten sich in Mariens grünen Kranz. Es war wie ein zweiter Brautschleier. Bamme, der nur den volkstümlichen Namen dieser Fäden kannte, ereiferte sich über die ›Ungalanterie des heurigen Septembers‹, beruhigte sich aber, als ich ihm sagte, daß diese Fäden auch ›Mariengarn‹ heißen. Übrigens haben Lämmerhirt und Seidentopf Brüderschaft getrunken und wollen korrespondieren. Lämmerhirt sammelt auch Totenköpfe und ist germanisch. Also gegen Turgany.«

»Heute haben wir unseren lieben Seidentopf zur letzten Ruhe gebracht. Auch Lewin und Marie kamen von Guse herüber und die drei ältesten Kinder. Sie brachten große Kränze von Flieder mit, der in diesem Jahre so schön in Guse blüht. Pastor Zabel von Dolgelin hielt die Grabrede; gutgemeint und alltäglich. Papa will es nicht wahr haben; aber er legt immer aus seinem Eigenen zu. Auch Turgany war da; sehr bewegt. Er führte mich, als wir zurückgingen, und sagte dann in seiner Art: Nun kann ich diesen Landesteil unangefochten für wendisch erklären; aber ich tät' es lieber nicht.«

»Brief von Kathinka (aus Paris). Teilnehmend, aber sehr vornehm. Wir sind ihr kleine Leute geworden. Sie kennt nur noch zweierlei: Polen und ›die Kirche‹.«

»Wir waren gestern in Guse drüben, Papa, die Schorlemmer und ich. Als wir bei Tische saßen, wurde der Selower Gerichtsdirektor gemeldet, der ein auf dem dortigen Gerichte niedergelegtes Dokument in Person überbrachte. Aufschrift: ›An Frau *Marie von Vitzewitz.* Nach meinem Ableben zu Händen der Adressatin. *Bamme,* Generalmajor.‹ Wir öffneten und lasen. Er hat Marie sein ganzes Vermögen vermacht, alles in sehr Bammeschen Ausdrücken. Am Schlusse stand: ›Ich hab' es früh erfahren, wie wenig der Schein bedeutet.‹ Marie entsann sich, Ähnliches gegen ihn geäußert zu haben. Wir gratulierten alle; nur die Schorlemmer verlangte Zurückweisung, ›es sei kein Segen daran‹. Marie aber meinte, ›*dazu* sei sie doch nicht fromm genug‹, worüber wir alle herzlich lachten; zuletzt auch die Schorlemmer.«

»Und nun bin ich allein, *ganz* allein, und morgen wird Lewin, der nun Guse verläßt, seinen Einzug in dies alte Hohen-Vietz halten, in das mir und ihm so teure Haus, in dem er gesegnet sein möge wie bisher. Und er wird es, denn er bringt seinen guten Engel mit. Meine teure Marie. Sie hat die schwerste Probe bestanden, und das Glück hat sie gelassen, wie sie war: demütig, wahr und schlicht. Und so könnt' ich bleiben und weiter leben mit und unter ihnen, aber ich mag doch nicht die Tante Schorlemmer ihres Hauses sein. Auch fehlen mir die Lieder und Sprüche. So will ich denn nach ›Kloster Lindow‹, unserem alten Fräuleinsstift. Da gehör' ich hin. Denn ich sehne mich nach Einkehr bei mir selbst und nach den stillen Werken der Barmherzigkeit. Und nur eines ist, das ich noch mehr ersehne. Es gibt eine verklärte Welt, mir sagt es das Herz, und es zieht mich zu ihr hinauf.«

Hier schließt das Tagebuch.

Auf einer schmalen Landzunge zwischen zwei märkischen Seen liegt das adlige Stift *Lindow.* Es sind alte Klostergebäude: Kirche, Refektorium, alles in Trümmern, und um die Trümmer her ein stiller Park, der als Begräbnisplatz dient, oder ein Begräbnisplatz, der schon wieder Park geworden ist. Blumenbeete, Grabsteine, Fliederbüsche und dazu Kinder aus der Stadt, die zwischen den Grabsteinen spielen.

Und auf einem dieser Grabsteine stand ich und sah in die niedersteigende Sonne, die dicht vor mir das Kloster und die stillen Seeflächen vergoldete. Wie schön! Es war ein Blick in Licht und Frieden.

Im Scheiden erst las ich den Namen, der auf dem Steine stand:

Renate von Vitzewitz.

ANHANG

Zur Taschenbuchausgabe

Text und Anhang der vorliegenden Taschenbuchausgabe sind dem 3. Band der 1. Abteilung der im Hanser Verlag, München, erschienenen Ausgabe Theodor Fontane: Werke, Schriften und Briefe, herausgegeben von Walter Keitel und Helmuth Nürnberger, 2. Auflage 1971, entnommen.

Diese Hanser-Fontane-Ausgabe, auf die der vorliegende Anhang durch die Abkürzung HF bezug nimmt, erschien erstmals 1962 ff., herausgegeben von Walter Keitel; 1970 ff. wurde sie in der 2. Auflage gründlich revidiert und von Helmuth Nürnberger mitherausgegeben. Hierbei wurden die Texte nach den Erstausgaben und Vorabdrucken überprüft und die Anhänge unter Benutzung neuen Materials erweitert.

Die Taschenbuchausgabe übernimmt Text und Anhang unverändert. Das ausführliche Verzeichnis der Textabweichungen zwischen Vorabdruck und Buchausgabe von »Vor dem Sturm« wurde weggelassen; es sei hier auf HF I, 3 (S. 862–891) verwiesen. Neu aufgenommen sind eine Zeittafel und Literaturhinweise, zusammengestellt von Helmuth Nürnberger. Deutscher Taschenbuch Verlag

Vorbemerkung

Die Niederschrift von »Vor dem Sturm« erstreckt sich über einen ungewöhnlich langen Zeitraum. Nimmt man die ersten epischen Pläne, die der Stoffwelt des 1878 erschienenen Romans benachbart sind, hinzu, so kommt man auf mehr als zwanzig Jahre, in denen F. sich mit dem Gedanken dieses Werkes trug. Zwischen den ersten erhaltenen Vorarbeiten und den abschließenden Korrekturen liegen mindestens fünfzehn Jahre. In dieser Zeit haben sich F.s Auffassungen und seine künstlerischen Mittel außerordentlich gewandelt. Treffend hat Hans-Heinrich Reuter in diesem Zusammenhang bemerkt: »Es ist ein ästhetisches Problem, es ist ein biographisches und ein historisches. Der Roman wird zur Sammellinse, in der noch einmal zusammengefaßt ist, was eine an Widersprüchen reiche Entwicklung gezeitigt hatte.« (»Fontane«, Berlin 1968, Bd. 2, S. 536). »Vor dem Sturm« ist F.s »Schmerzenskind«, aber auch sein »einziges Glück«, seine »einzige Erholung« (an Mathilde von Rohr am 1. Nov. 1876) in schwierigen Lebensumständen gewesen. Die leidenschaftliche Beteiligung F.s an diesem Roman schränkt vielleicht manche seiner Äußerungen, auch zu Fragen der Datierung, in ihrer faktischen Zuverlässigkeit ein. Insgesamt kann man sagen, daß wir über die Entstehungsstufen von »Vor dem Sturm« noch nicht genügend wissen und daß die Forschung die Grundlagen für eine summarische und doch differenzierte Auskunft noch nicht erarbeitet hat. Erforderlich wäre nicht zuletzt eine umfassende Untersuchung der Handschrift, eine Frage, zu der die jüngst erschienene Fontane-Ausgabe des Aufbau-Verlages bemerkt: »Die Handschrift des Romans, teils mit Tinte, teils mit Bleistift niedergeschrieben, hat sich erhalten und befindet sich im Märkischen Museum zu Berlin. Die Kapitel der vier Bände liegen jeweils, wie Fontane zu tun pflegte, in besonderen, vielfach beschrifteten Umschlägen und bieten oft mehrere Fassungen und verschiedene Entwicklungsstufen dar. Weitere Aufschlüsse über die Entwicklung des Textes geben die zahlreichen Skizzen, Vorarbeiten und Notate auf Rückseiten, eingelegten und eingeklebten Zetteln. Die Fülle dieses Materials, zu dem weitere Entwürfe und Manuskriptteile auf Rückseiten anderer Handschriften gehören, war im Rahmen der vorliegenden Ausgabe nicht auszuwerten, verdiente jedoch eine wissenschaftliche Untersuchung.« (A 1, S. 360). Einige Hinweise in unserer Ausgabe, die auf bereits veröffentlichten Vorarbeiten basieren, können nur als Beispiele gewertet werden.

Die Einzelanmerkungen versuchen, dem Leser ohne Hinzuziehung weiterer Hilfsmittel ein sachliches Textverständnis zu ermöglichen. Bei einem historischen Roman – und »Vor dem Sturm« wird im Untertitel des Vorabdrucks noch ausdrücklich als »Historischer Roman« bezeichnet – heißt dies wohl vor allem Erläuterung der historischen Wirklichkeit, an der sich das Romangeschehen orientiert. Allerdings ist ein historischer Roman Fontanes in erster Linie ein Roman *Fontanes*, von charakteristischer und in sich folgerichtiger Eigenart. »Vor dem Sturm« – der Titel spricht es bereits aus – ist kein Roman der europäischen Wende von 1813; obwohl er von dieser seine Bedeutung empfängt, verzichtet er darauf, sie in ihren Höhepunkten darzustellen. Der Roman liefert kein vollständiges, aber ein – dieser Unvollständigkeit zum Trotz – sehr differenziertes Zeitbild. Daher muß dem Detail, der Anspielung, der Wahl des rechten Tons die ganze Sorgfalt des Autors gehören. Was der Wanderer in »historischer Landschaft« (dieser Ausdruck erscheint bereits in einer frühen, für sich genommen wenig bedeutenden Rezension über die »Wanderungen«), was der Plauderer und Causeur zu beschreiben unternahm, welchen Quellen er folgte, welche Vorbilder ihn inspirierten, dies mußte auch für die Erläuterungen vorrangig verpflichtend sein. In solchem Zusammenhang erweisen sich, wie man jederzeit bemerkt hat, die »Wanderungen« über weite Strecken als der eigentliche Kontext des Romans. Auf die »Wanderungen« war daher auch immer wieder zu verweisen, wobei uns der sorgfältige Kommentar, den Jutta Neuendorff-Fürstenau zu diesem Werk für unsere Ausgabe verfaßt hat, von besonderem Nutzen war. Daneben ist auch der Kommentar zu »Vor dem Sturm« von Gotthard Erler (A 1, S. 377 ff.) mit Dank herangezogen worden.

Die Querverweise beschränken sich jedoch nicht auf die »Wanderungen«, sondern es wurde der bereits in der ersten Auflage dieser

Ausgabe unternommene Versuch weitergeführt, den inneren Zusammenhang des ausgebreiteten Gesamtwerks aufzuzeigen. Ein solches Verfahren scheint gewisse Möglichkeiten innerhalb sehr bestimmter Grenzen zu eröffnen. Wir haben darauf bereits an anderer Stelle hingewiesen (vgl. HF I, 1, S. 870).

Für wertvolle Hinweise sind die Herausgeber Heide Streiter-Buscher, Bonn, Otto Drude, Duisburg, Heinz Gebhardt, Berlin und Jacques Legrand, Villecresnes, zu Dank verpflichtet. Besonderer Dank gebührt wiederum dem Propyläen-Verlag, Berlin, dessen Entgegenkommen es ermöglichte, innerhalb der Dokumentation zur Entstehungsgeschichte auch aus den bei Drucklegung des vorliegenden Bandes noch nicht erschienenen Bänden III und IV der Fontane-Briefausgabe (1968 ff.) zu zitieren.

Abgekürzt zitierte Literatur

A: Theodor Fontane. Romane und Erzählungen in acht Bänden. Hrsg. von Peter Goldammer, Gotthard Erler, Anita Golz und Jürgen Jahn. Berlin und Weimar: Aufbau-Verlag 1969

Auswahl Erler: Fontanes Briefe. Ausgewählt und erläutert von Gotthard Erler. 2 Bde. Berlin und Weimar 1968 (= Bibliothek Deutscher Klassiker)

Briefe: Theodor Fontane. Briefe I. Briefe an den Vater, die Mutter und die Frau. Hrsg. von Kurt Schreinert. Zu Ende geführt und mit einem Nachwort versehen von Charlotte Jolles. Erste wort- und buchstabengetreue Edition nach den Handschriften. Berlin 1968. Briefe II. Briefe an die Tochter und an die Schwester. Berlin 1969. Briefe III. Briefe an Mathilde von Rohr. Berlin 1971. Briefe IV. Briefe an Karl und Emilie Zöllner und andere Freunde. Berlin 1971.

Briefe an Friedlaender: Theodor Fontane. Briefe an Georg Friedlaender. Hrsg. und erläutert von Kurt Schreinert. Heidelberg 1954

Briefe an Kletke: Theodor Fontane. Briefe an Hermann Kletke. In Verbindung mit dem Deutschen Literaturarchiv Marbach a. N. hrsg. von Helmuth Nürnberger. München 1969

Briefe an Lindau: Theodor Fontane an Paul Lindau. Mitgeteilt von Alfred Merbach. In: Deutsche Rundschau. Jg. 53 (1927), Bd. 210, S. 239–46; Bd. 211, S. 56–64

Briefe an Paulsen: Theodor Fontane. Briefe an Friedrich Paulsen. In 500 gezählten Faksimiledrucken. Bern 1949

Briefe an Rodenberg: Theodor Fontane. Briefe an Julius Rodenberg. Eine Dokumentation. Hrsg. von Hans-Heinrich Reuter. Berlin und Weimar 1969

Briefwechsel mit Heyse: Der Briefwechsel von Theodor Fontane und Paul Heyse 1850–1897. Hrsg. von Erich Petzet. Berlin 1929

Briefwechsel mit Lepel: Theodor Fontane und Bernhard von Lepel. Ein Freundschafts-Briefwechsel. Hrsg. von Julius Petersen. 2 Bde. München 1940

Briefwechsel mit Wolfsohn: Theodor Fontanes Briefwechsel mit Wilhelm Wolfsohn. Hrsg. von Wilhelm Wolters. Berlin 1910

Buscher: Heide Buscher. Die Funktion der Nebenfiguren in Fontanes Romanen unter besonderer Berücksichtigung von »Vor dem Sturm« und »Der Stechlin«. Diss. phil. Bonn 1969 [Masch. Ms. in photomechanischem Druck]

Chronik: Hermann Fricke. Theodor Fontane. Chronik seines Lebens. Berlin-Grunewald 1960

Das Fontane-Buch: Das Fontane-Buch. Beiträge zu seiner Charakteristik. Unveröffentlichtes aus seinem Nachlaß. Das Tagebuch aus seinen letzten Lebensjahren. Hrsg. von Ernst Heilborn. Berlin 1919

Familienbriefe: Theodor Fontanes Briefe an seine Familie. Hrsg. von Karl Emil Otto Fritsch. 2 Bde. Berlin 1905 (= Ges. Werke. Serie 2, Bd. 6–7)

Fontane-Blätter: Fontane Blätter. Hrsg. vom Theodor-Fontane-Archiv der Deutschen Staatsbibliothek, Potsdam. Potsdam 1965 ff.

Freundesbriefe. Letzte Auslese: Theodor Fontane. Briefe an die Freunde. Letzte Auslese. Hrsg. von Friedrich Fontane und Hermann Fricke. 2 Bde. Berlin 1943

Freundesbriefe. Zweite Sammlung: Briefe Theodor Fontanes. Zweite Sammlung. Hrsg. von Otto Pniower und Paul Schlenther. 2 Bde. Berlin 1910 (= Ges. Werke. Serie 2, Bd. 10–11)

Fricke, Vorstufe: Hermann Fricke. Theodor Fontanes Wanderungen durch die Mark Brandenburg als Vorstufe seiner epischen Dichtung. In: Jahrbuch für brandenburgische Landesgeschichte. 13. Band. Berlin 1962, S. 119–35

Kehler: Neunundachtzig bisher ungedruckte Briefe und Handschriften von Theodor Fontane. Hrsg. und mit Anmerkungen versehen von Richard von Kehler. Berlin 1936

Marwitz: Aus dem Nachlasse Friedrich August Ludwig's von der Marwitz. 2 Bde. Berlin 1852

N: Theodor Fontane. Sämtliche Werke. München: Nymphenburger Verlagshandlung 1959 ff.

Rosenfeld: Hans-Friedrich Rosenfeld. Zur Entstehung Fontanescher Romane. Groningen, Den Haag 1926

Rost: Wolfgang E. Rost. Örtlichkeit und Schauplatz in Fontanes Werken. Berlin und Leipzig 1931 (= Germanisch und Deutsch. Studien zur Sprache und Kultur, H. 6)

Schriften und Glossen: Theodor Fontane. Schriften und Glossen zur europäischen Literatur. Ausgewählt, eingeleitet und erläutert von Werner Weber. 2 Bde. Zürich und Stuttgart 1965–67 (= Klassiker der Kritik)

Streckfuß: Adolf Streckfuß. 500 Jahre Berliner Geschichte. Vom

Fischerdorf zur Weltstadt. Geschichte und Sage. 2 Bde. Berlin o. J. (Zitate nach der 2. Auflage)
Wagner: Walter Wagner. Die Technik der Vorausdeutung in Fontanes »Vor dem Sturm« und ihre Bedeutung im Zusammenhang des Werkes. Marburg 1966 (= Marburger Beiträge zur Germanistik. 18)
Nur gelegentlich herangezogene Literatur wird in den Anmerkungen mit den bibliographischen Angaben zitiert.
Seitenangaben ohne weiteren Zusatz beziehen sich auf den vorliegenden Band.
Auf die übrigen Bände der Hanser-Fontane-Ausgabe (HF) wird durch Angabe der Abteilung (römische Ziffer) und der Bandnummer (arabische Ziffer) verwiesen. (Abteilung I: Sämtliche Romane, Erzählungen, Gedichte, Nachgelassenes; 7 Bde. [in erster Auflage 6 Bde.]. Abteilung II: Wanderungen durch die Mark Brandenburg; 3 Bde. Abteilung III: Erinnerungen, Ausgewählte Aufsätze und Kritiken; 5 Bde. [Bd. 1: Aufsätze und Aufzeichnungen; Bd. 2: Theaterkritiken; Bd. 3: Reiseberichte und Tagebücher; Bd. 4: Autobiographisches; Bd. 5: Schriften zur deutschen Geschichte und Kunstgeschichte]). – Wenn auf den Band HF I, 1 verwiesen oder aus ihm zitiert wird, handelt es sich um die zweite Auflage dieses Bandes. Bei allen übrigen Zitaten und Verweisen ist noch die erste Auflage der Ausgabe zugrunde gelegt.

Zur Entstehung

Entstehungszeit: Erste, thematisch und stofflich verwandte Pläne September 1854 bezeugt. Älteste überlieferte Vorarbeiten Januar 1862. Im Winter 1863/64 Niederschrift der »ersten Kapitel«. Nach wiederholten, mehrjährigen Unterbrechungen der Arbeit gelangt der Roman zu großen Teilen erst 1876/77 zur Ausführung und zum Abschluß. – *Vorabdruck* in »Daheim. Ein deutsches Familienblatt mit Illustrationen«, 14. Jg., Leipzig 1878, Nr. 14–65, S. 217 ff. (eine erheblich kürzere, überwiegend wohl von der Redaktion gekürzte Fassung in 65 fortlaufend numerierten Kapiteln). – *Erstausgabe:* Oktober / Anfang November 1878 (Hertz, Berlin). Die Auflage betrug 1500 Exemplare. Die zweite bis fünfte Auflage (jeweils in einer Höhe von 1600 Exemplaren) erschienen als wohlfeile Volksausgabe ebenfalls bei Wilhelm Hertz, die folgenden Auflagen kamen bei der J. G. Cottaschen Buchhandlung, Nachfolger, in Stuttgart heraus. 3000 Exemplare wurden für die Ausgabe »Gesammelte Romane und Erzählungen« (Berlin: Dominik, bzw. Fontane 1890–92), 4000 Exemplare in der Ausgabe »Gesammelte Werke. I. Serie« (Berlin: Fontane 1905, 1908 und 1911) gedruckt.
Textgrundlage: Erstausgabe. Eine Konjektur auf S. 658, die sich auf

die Handschrift stützt (Filzschuhe statt Fischschuhe), wurde aus A 1, S. 360, übernommen.

Zur Entstehung: Die Entstehungsgeschichte von »Vor dem Sturm« ist – wie bereits S. 715 ausgeführt – komplizierter als die jedes anderen Romans von F. Sie ist bisher nur lückenhaft bekannt und läßt sich vermutlich nicht mehr vollständig rekonstruieren. Kein anderes Werk des Dichters bedarf jedoch zu seinem formalen und inhaltlichen Verständnis und zu seiner Würdigung so sehr der Berücksichtigung eben dieser Entstehungsgeschichte, deren Bedeutung sich zudem nicht auf F.s ersten Roman beschränkt. Im folgenden wird der Versuch unternommen, sie von ihren Grundlagen und den frühesten, noch schwer kenntlichen Anfängen her zu umreißen. Der teilweise hypothetische Charakter besonders des ersten Abschnitts dieser Darstellung ist daher einschränkend zu betonen; er ergibt sich aus dem Mangel oder aus der mangelnden Eindeutigkeit positiver Zeugnisse. Man wird jedoch hinzufügen dürfen, daß die Darstellung insgesamt weniger hypothetisch ist als ihre Details. Sie bildet weniger eine Beweiskette, die durch das Herausbrechen nur eines Gliedes auseinanderfallen würde, als eine Sammlung voneinander relativ unabhängiger Einzelheiten, die für sich genommen gelegentlich unsicher sein mögen – darauf wird wiederholt hingewiesen werden – und die man in der einen oder anderen Weise interpretieren kann, die aber zusammengenommen doch die lange und verzweigte Vorgeschichte von »Vor dem Sturm« kennzeichnen.

Im August und September 1854 werden im Briefwechsel zwischen Storm und Fontane zwei größere epische Pläne des letzteren erwähnt. Storm zeigt sich an ihnen lebhaft beteiligt, obwohl oder weil die privaten Beziehungen der beiden Poeten soeben durch eine Krise gegangen sind, in der sich die tiefe Verschiedenheit ihrer Naturen ausgesprochen hat. Am 3. August fragt Storm: »Wie stehts mit Wolsey?« Am 19. August nimmt er den Faden wieder auf: »Jeden Tag muß ich an die beiden Arbeiten, die Sie vorhaben, die Novelle und den Roman denken und spreche sehr oft mit meiner Frau davon. Mir ist, als hätte ich selbst die Productionsfreude vor mir liegen ...« Er berichtet, daß er »six femmes ... mit dringender Bitte um schnelle Besorgung bestellt« habe. Was sich im Ton ein wenig leichtfertig gibt – vielleicht in versöhnlicher Absicht, denn die vorangegangene Auseinandersetzung betraf F.s gelegentliche Frivolitäten, die Storm gerügt hatte –, ist in Wahrheit Hilfe bei der Besorgung von Quellenliteratur: es handelt sich um eine dramatische Dichtung von Adolphe Empis über die sechs Frauen König Heinrichs VIII. von England, Kardinal Wolseys Souverän. Wieder schließt Storm mit der Frage: »Wie weit ist Wolsey?« Im folgenden Monat bittet er in einem undatierten Brief F., ihn am 14. September, seinem Geburtstag, zu besuchen und fügt hinzu: »Kommen Sie, so nehmen Sie mit, was von Wolsey oder Schill schon existiert.« Darauf F. am 12. September: »Gearbeitet hab' ich einiges, doch steht von Schill und Wolsey noch nichts auf dem Papier. Es werden auch noch vierzehn Tage vergehn.« (Vgl. S. 738; die Auszüge aus bisher ungedruckten Briefen Storms nach einer Mitteilung Kurt Schreinerts †).

Damit bricht die Erörterung ab, der noch nicht einmal bestimmt zu entnehmen ist, welcher von den beiden Stoffen als Roman und welcher als Novelle ausgeführt werden sollte – wenn es sich dabei überhaupt um bewußt und genau abgrenzende Bezeichnungen handelt. Von einem »Schill«-Manuskript ist nichts bekannt, abgesehen von einem »Entwurf zum ›Schill-Roman‹« (Fricke), veröffentlicht in einem Faksimile, das den Titel »1. bändiger vaterländ. Roman. Zeit von 1806 bis 9« wiedergibt, darüber hinaus aber nur einige Zeilen einer aufgeklebten Seite aus einem Notizbuch F.s (Fricke, Vorstufe, S. 135). »Wolsey« ist unter dem von unbekannter Hand geschriebenen Titel »Stück einer in England spielenden Erzählung« in F.s Nachlaß überliefert. Das Fragment liegt in einer textkritischen Ausgabe vor (H. Nürnberger, »›Wolsey‹. Ein unbekanntes episches Fragment von Theodor Fontane«. In: Jahrb. d. Freien Deutschen Hochstifts. 1965. S. 400–78; vgl. HF I, 7, in 1. Aufl. Bd. 5, S. 599 ff.). Es ist in der vorliegenden Gestalt nicht vor Juli 1857 entstanden. Was es enthält, kann vielleicht als Exposition der geplanten Darstellung betrachtet werden. In zwei ausgeführten Episoden wird ein weiträumiger Hintergrund eröffnet – in Conrad Ferdinand Meyers Novelle »Die Versuchung des Pescara« ist der Zeitraum der europäischen Geschichte, auf den F.s Intention zielt, meisterhaft behandelt worden –, man erwartet danach eine längere Erzählung. Es läßt sich hieraus aber nicht auf F.s Pläne 1854 schließen, als »noch nichts auf dem Papier« stand. Im vorangegangenen Jahr hatte F. für das belletristische Jahrbuch »Argo«, dessen Mitherausgeber er damals war, eine andere Figur der englischen Geschichte, den Thronprätendenten James Monmouth und seinen gescheiterten Umsturzversuch, in einer balladesken Novelle vorgestellt. Der Verleger der »Argo« hatte vertraglich 20 Bogen Manuskript, davon 10 Bogen Novellen gefordert. An den Novellen und dem von ihnen erwarteten Verkaufserfolg hing das Unternehmen, das für den jungen Dichter natürlich recht wichtig war; bereits 1854 geriet die »Argo« samt dem Verlag, der 1856 fallierte, in Schwierigkeiten. Es ist, so betrachtet, nicht unwahrscheinlich, daß sowohl »Schill« als auch »Wolsey« ursprünglich für die »Argo« bestimmt waren; und vielleicht wären diese Erzählvorhaben ausgeführt worden, wenn die »Argo«, wie vorgesehen, weiter hätte erscheinen können. F.s Briefe im Juli und August 1854 sorgen sich um den Fortgang der »Argo« im folgenden Jahr. Am 19. August teilt er Henriette von Merckel das Scheitern des Planes mit; er berichtet, daß von Franz Kugler, Karl Bormann, Paul

Heyse und Bernhard von Lepel keine Beiträge zu erwarten seien und schließt: »...ich selbst habe den Kopf voll der schönsten Novellen aber auch nicht die schlechteste auf dem Papier. ›Und sie trugen Einen hinaus und der war stumm‹ – bei Lebzeiten hatte er Argo geheißen« (zit. nach H. Nürnberger, »Der frühe Fontane«, Hamburg 1967, S. 260).

Der Zusammenhang der Briefzeugnisse von August und September 1854 mit »Vor dem Sturm« bleibt, für sich genommen, durchaus hypothetisch. Bekräftigt wird er vor allem durch zwei spätere Äußerungen F.s, von denen eine ziemlich allgemeiner Natur ist, während die andere als indirekte Bestätigung gelten mag. Am 22. August 1874 schrieb F. an seine Frau: »Seit 20 Jahren redet man auf mich ein: ›schreibe deinen Roman‹« (vgl. S. 743). Bezogen auf die zitierten Briefe Storms, stimmt diese Angabe auf den Monat genau. Ist es ein Zufall? Die Zeit seiner Mitarbeit an der »Argo« hatte sich F. gewiß sehr genau eingeprägt. Auch hat er sicherlich nicht nur mit Storm, sondern auch mit Berliner Freunden über seine Prosapläne gesprochen. Ebenso wie Storm werden auch die Freunde den mannigfaltig – gesundheitlich, materiell, politisch – bedrängten F. dadurch zu ermutigen gesucht haben, daß sie ihn zu einer größeren literarischen Arbeit antrieben. Nicht ebenso schlüssig ist F.s Brief an Wilhelm Hertz vom 11. August 1866: »Es ist nun 10 Jahre, daß ich mich mit dem Stoff trage...« (vgl. S. 740). Gemeint ist der Stoff zu »Vor dem Sturm«, aber der Bezugspunkt, der sich anbietet, wenn man es mit der Zeitangabe wiederum genau nimmt – wozu freilich nichts zwingt: sie mag ebensogut nur ungefähr sein und ebenfalls auf die erörterte Mitwirkung an der »Argo« anspielen –, bezeichnet anscheinend eine Vorstufe der »Wanderungen«, nicht des Romans. Am 19. August 1856 hat F. im Tagebuch notiert: »Einen Plan gemacht. Die Marken, ihre Männer und ihre Geschichte. Um Vaterlands und künftiger Dichtung willen gesammelt und herausgegeben von Th. F. – Die Dinge gebe ich alphabetisch. Wenn ich dazu komme, *das* Buch zu schreiben, so hab ich nicht umsonst gelebt und kann meine Gebeine ruhig schlafen legen.« (Chronik, S. 29). Wenn F. in seinem Brief an Hertz dieses oder ein ähnliches Vorhaben meint, so ist natürlich zunächst festzustellen, daß alphabetisch angeordnete Lokalgeschichte und ein vaterländischer Geschichtsroman künstlerisch wenig oder nichts miteinander gemein haben. Auf die ältesten erhaltenen Niederschriften zum Roman, die aus dem Jahr 1862 stammen, lassen sich F.s Angaben nicht beziehen. Kann sein, daß sich eine vollständige Erklärung noch findet. Vielleicht aber besteht sie darin, daß F. mit dem »Stoff«, mit dem »Roman« nicht so sehr das 1866 und besonders 1874 schon scharf begrenzte Werk, das wir als »Vor dem Sturm« kennen, meinte, sondern seinen Gestaltungswillen, diese für ihn noch singuläre Prosaschöpfung und die Masse seiner Gedanken, Pläne, Notizen und Vorstudien, zu denen also auch

»Schill« gehörte. »Schill« mochte sich F. zu verschiedenen Zeiten als selbständiger Plan, dann wieder als Keimzelle und Teil des märkischen Erzählwerks aus napoleonischer Zeit darstellen, zu dem auch der »Schach«-Stoff – den F. spätestens seit 1862 kannte – in einer losen Beziehung stand. Zu Recht ist das chaotische Element in der »Gesamtmasse der frühesten Entwürfe, Brouillons, Pläne und Studien Fontanes zu seinem ersten Erzählwerk« betont worden (Fricke, Vorstufe, S. 123 f.). Die gewisse Beweisnot, in der auch Frickes Darstellung sich befindet, besonders wenn es sich um exakte Datierung handelt, ist davon wohl nicht zu trennen. Streckenweise berührt sich mit dem Stoff von »Vor dem Sturm« auch der Plan, den Fricke als Eintragung vom 4. Juli 1857 in F.s Tagebuch zitiert: »Ein Buch intendiert unter dem Titel ›Brandenburgische Geschichten‹ (z. B. also: Der Falsche Waldemar, Die Hussiten vor Bernau, Die schöne Gießerin, Die weiße Frau, Die alten adeligen Geschlechter und ihre Sagen, Derfflinger, Sidonie von Borke [pommersch], Die kurfürstlichen Schlösser, Rheinsberg, Kohlhaas, Prinz von Hessen-Homburg)« (Fricke, Vorstufe, S. 122). Der bedeutendste Speicher dieser fluktuierenden epischen Pläne sind die »Wanderungen« geworden, ein vielgestaltiges Werk, ein Unikum, dessen formale Spannweite Reisefeuilletons und statistische Tabellen zusammenschließt und das nur durch das Thema eine Einheit bleiben konnte. Die Unbefangenheit, mit der F. den Stoff mischte und die Darstellungsform wechselte, trug nicht nur dazu bei, ein opus sui generis entstehen zu lassen, dessen Nachahmung niemandem gelungen ist, sondern sie stellt, wie man wiederholt bemerkt hat, auch eine epische und realistische Schule dar, Vorarbeit des Romanciers. Der Verdacht ist nicht ganz unberechtigt, er habe die enormen Stoffmassen der »Wanderungen« unbewußt mehr für sich als für die Leser aufgehäuft: einen erstmals gefilterten Rohstoff, den er später nach seinen Bedürfnissen verwerten konnte.

Fragt man nach der Entstehung von »Vor dem Sturm«, so fragt man zugleich nach F.s Weg zum (zunächst historischen) Romancier. In dem größeren Zusammenhang liegt das eigentliche Interesse der Frage, die Rechtfertigung der übergreifenden Betrachtungsweise. F., der anscheinend gelegentlich ähnlich empfunden hat, äußerte im Rückblick auf die ersten Arbeitsphasen, Gattungsfragen hätten ihn nicht beschäftigt, vielmehr sei es sein Ziel gewesen, die Arbeit ganz nach sich selbst, nach seiner »Neigung und Individualität« auszuführen. »Ich habe mir nie die Frage vorgelegt: soll dies ein Roman werden? und wenn es ein Roman werden soll, welche Regeln und Gesetze sind innezuhalten?« Er habe »das Eintreten einer großen Idee, eines großen Moments in an und für sich sehr einfachem Lebenskreise« schildern wollen. Sodann: »Anregendes, heitres, wenn's sein kann geistvolles Geplauder, wie es hierlandes üblich ist, ist die Hauptsache an dem Buch« (vgl. S. 740). Dies ist gewiß mehr Apologetik als Theorie. Aber konstitutiv waren zunächst nur der Raum und die Zeit. Berlin, das Oderbruch, die Grafschaft Ruppin (Rheinsberg), dies war der räumliche Vordergrund F.s deutsch-wendischen Geschichtstheaters, eingerahmt und geprägt durch die große preußische Staatskulisse. In der Familiengeschichte der Pudaglas blieb eine Ausstrahlung von England erhalten. Die Zeit: Aufstieg und Untergang Napoleons in ihrer Wirkung auf die Menschen dieser feudal-patriarchalisch bestimmten Gesellschaft, in ihrer Prüfkraft (wie bei Tolstoi) gerade auch auf die Leidenden und Schwachen, die gemeinhin nur Objekt der Geschichte sind; der Ausklang der friderizianischen Zeit, die in ihren Überresten auch nach Jena noch zu finden war, der in F.s Augen eine ästhetische Faszination eignete; Preußens neue Gestalt, die sich aus der Krisis entwickelt hatte, und die F. bereits aus Erzählungen seiner Eltern und aus eigenen Erinnerungen wenigstens andeutungsweise kannte. Wenn Willibald Alexis es unternommen hat, die Geschichte Brandenburg–Preußens in einer Folge von Romanen wie ein Gemälde zu schildern, so hat F. diese Geschichte in der Zeit von 1806 bis 1813 wie in einem Brennspiegel gesammelt.

Gehört nicht auch »Wolsey«, in einem Atemzug mit »Schill« genannt, aber in England und in einer viel weiter zurückliegenden Epoche angesiedelt, in solchen historischen Zusammenhang? In der Gestalt Shrewsburys begegnet uns in diesem Fragment F.s erster konservativer Charakter, ein alternder Mann von eigenwilligem, gelegentlich starrem Rechtsgefühl, der unter einer persönlichen Kränkung nicht weniger als unter der Unordnung des Staates zu leiden scheint. Shrewsbury ist noch nicht genügend individuell geprägt, um stärkere Teilnahme zu wecken. Soweit die wenigen Bogen des Fragments ein Urteil zulassen, ist jedoch etwas von dem Konflikt vorgebildet, der Vitzewitz beherrscht. Beide wissen sich als Angehörige einer Klasse, die schon vor dem Königshaus im Lande mächtig gewesen ist und fühlen sich daher diesem stärker als dem Monarchen verpflichtet. In den Kleidern der Tudorzeit nimmt sich Shrewsbury, ein unverbildeter Landedelmann (der er seinem Wesen nach ist), ein wenig wunderlich aus, nicht viel anders als Wolsey, in dem F. weniger den ränkevollen Kirchenfürsten als den maßlosen und um seiner Maßlosigkeit willen zum Untergang verurteilten politischen Emporkömmling zu gestalten sucht. Es sind Erfahrungen seines Jahrhunderts, die F. in diese Kostüm-Erzählung (einen Typus, den er als Kritiker später wiederholt gegeißelt hat) einzubringen sucht, Reflexe der ungeheuren Erschütterung, die das Ausnahmeschicksal Napoleons für Europa, besonders für Deutschland, bedeutet hat. Die vorausgegangene Epoche der Legitimität und der fortschreitenden Vernunft hatte keine Vorbereitung geliefert, »dies Meteor« – wie F. in einer Vorstudie zu »Vor dem Sturm« notiert – genügend zu verstehen. Die Literaten haben Napoleon verherrlicht und verdammt. Vor allem haben sie ihn gründlich dämonisiert. »Vor dem Sturm«, fünfzig Jahre nach dem Untergang der Großen Armee begonnen und 1878 als Werk eines fast Sechzigjährigen abgeschlossen, wird auch unter diesem Aspekt ein Werk maßvollen Geistes sein. Nur mittelbar, in Erzählung und Gespräch, und in der Wirkung auf die Charaktere, wird das Verhängnis Einlaß finden.

So drängte F. schon in den fünfziger Jahren zu weiträumigen epischen Formen, an deren Ausführung er jedoch durch seine Lebensumstände gehindert wurde. Im Verhältnis zum später Ausgeführten handelt es sich freilich nur um ein tastendes und unbestimmtes Wollen. »Wolsey« trägt zu »Vor dem Sturm« letztlich durch sein Mißlingen bei – womit natürlich kein irgendwie unmittelbares Zusammentreffen, sondern ein Lernprozeß gemeint ist. Wir wissen nicht, warum diese »Kostüm-Erzählung« unbeendet blieb, aber wir werden kaum fehlgehen, wenn wir den Grund dafür in der selbstkritischen Einsicht F.s suchen, der es gelernt hatte, lebendige und tote Stoffe zu scheiden und seine künstlerischen Mittel recht zu gebrauchen. Die Skepsis gegen die immer wieder nacherzählten und dramatisierten (heute verfilmten) historischen Kolossalvorwürfe wurde übermächtig. In seiner Besprechung von Gustav Freytags »Ahnen« – die ebenso wie die umfangreichen Studien über Walter Scott (1871) und Willibald Alexis (1872) als theoretische Vorarbeit zu »Vor dem Sturm« aufgefaßt werden kann – hat sich Fontane 1875 klar entschieden: »Der Roman soll ein Bild der Zeit sein, der wir selber angehören, mindestens die Widerspiegelung eines Lebens, an dessen Grenze wir selbst noch standen oder von dem uns unsere Eltern noch erzählten.« Und er fährt fort: »Auch der *historische* Roman ist an die Scottschen ›Sixty years ago‹ nicht unter allen Umständen gebunden und darf die Historie rückwärts durchmessen, so weit sie reicht. Aber er wird es nur in ganz besonderen Fällen dürfen – die Mehrzahl der geschichtlichen Romane ist einfach ein Greuel« (HF III, 1, S. 319 f.). Schärfer äußerte sich F. über einen typischen Vertreter des historischen Genres, den Dramatiker Ernst Raupach, dessen Stücke er als junger Mensch in Berlin oft gesehen hatte, in einem Brief an Paul Lindau vom 15. Dezember 1888: »Er schlachtete jeden Sommer einen Hohenstaufen oder, was dasselbe sagen wollte, einen Band Raumer ein und setzte uns dann den Schinken im darauf folgenden Winter vor.« (Briefe an Lindau, S. 63).

»Von den Tudors auf die Puttkamers! Das ist denn doch ein Sprung.« So wird die gelungene Rückwendung in »Vor dem Sturm« umschrieben werden: in einer Laune und tiefere Bedeutung sprühenden Konversation in dem Kapitel »Kleiner Zirkel« über die Symbolkraft von Ringen sehr verschiedener Provenienz – vom soeben verliehenen Konfirmationsring des Kronprinzen (Inschrift:

»Offenbarung Johannis 2. V. 10«, also: »Sei getreu bis in den Tod, so will ich dir die Krone des Lebens geben«) bis zu den sechs Trauringen des achten Heinrich von England, deren »Kollektivausstellung ... zu sonderbaren Betrachtungen führen« müßte. Die Konversation mündet schließlich in Lewins sehr gewinnende Erzählung vom Erbring der Bredows und diese unauffällig in den Bibelsatz: »Wen Gott lieb hat, dem müssen alle Dinge zum besten dienen!« (S. 450 ff.). Denselben Bibelsatz wird Tante Schorlemmer zitieren, er ist das eigentliche Schlußwort des Romans, auf das nur noch die Auszüge aus Renatens Tagebuch folgen (S. 709). Dichterischer Gerichtstag über sich selbst und Erwählungsbewußtsein – wenn man das anspruchsvolle Wort nicht scheut – verbergen sich in solcher Darstellung, die Erfahrungen und Irrtümer einer schwierigen Vergangenheit in überlegener Weise rekapituliert. Man ist versucht, von einem Diamanten zu sprechen, der fugenlos in eine glänzende Oberfläche eingelassen wurde, wenn man diese scheinbar absichtslosen Sätze prüft. Zweifellos deutet es auf künstlerische Meisterschaft hin, wenn das, was unter hohem Druck entstanden ist, nur noch durch schönen Schein gewinnend wirken will. Es ist Fontanesche Meisterschaft, die sich hier ankündigt, freilich nicht die letzte, die ihm gegeben war, obwohl man auch diese hier schon vorgebildet finden mag: Erzählung, die sich im Verstummen fortsetzt, Literatur gegen die Sprache, ein aus Scheu nicht Gesagtes, das beredter wirkt als jedwede Aussage.

Die bewußte Rückwendung zur Mark und ihrer Geschichte – nicht allein aus Liebe zur Heimat, die ihm freilich die seelische Spannkraft dazu gab, sondern aufgrund eines besonnenen schriftstellerischen Kalküls –, dies war die Quintessenz des Aufenthalts in England von 1855 bis 1859. Nach vielen Umwegen, die F. gegangen ist, scheint sein Weg, nachträglich betrachtet, folgerichtig und klar. England und Schottland, die Mark und Preußen, das waren nicht nur jahrzehntelang die historischen Landschaften, in denen er seine Stoffe suchte, nicht nur die Muster der politischen und kulturellen Strukturen, die seine Existenz bestimmten: es bestand zwischen diesen Ländern, diesen Stoffkreisen für ihn eine Verbindung, die sich so oft bestätigt hatte, daß er sie als schicksalshaft empfand. Die ersten Pläne zu den »Wanderungen«, die in England entstanden sind, hat F. charakteristischerweise im Anschluß an Reisen in die historisch markanten Landschaften der britischen Insel zu Papier gebracht: im August 1856 nach der Tour in die Midland Counties und dann wieder im September 1858 unter dem Eindruck der Reise nach Schottland. In dem visionären Bild von Rheinsberg während der Fahrt auf dem Leven-See, das F. im Vorwort zur ersten Auflage der »Wanderungen« vor dem Leser entfaltet (vgl. HF II, 1, S. 9 f.), in den Erinnerungen an das Havelland während der Fahrt auf dem Forth in »Jenseit des Tweed« (HF III, 3) haben diese lange und durch poetisch dürre Zeit fortgeschleppten Pläne berechneten Ausdruck gefunden; »berechnet«, insofern es sich dabei um Werbung für die »Wanderungen« handelte, was aber die Überzeugungskraft der geschilderten Szenen kaum mindern kann. »›Erst die Fremde lehrt uns, was wir an der Heimat besitzen.‹« (HF II, 1, S. 9). Wie Rheinsberg und das Havelland in schönen und ruhigen Bildern während der Wasserfahrten in Schottland vor den Augen erscheinen und die Liebe des Erzählers zu ihnen überzeugend fühlbar wird, das ist so glücklich empfunden und gestaltet, daß man der Dichtung im Leben des Künstlers ihr Recht nicht nehmen mag und ihrem Sinngehalt vertraut. Bereits der erste Roman F.s wird, für sich betrachtet, jene Rückwendung in die Geburtslandschaft, die Grafschaft Ruppin, bringen, die Conrad Wandrey beim Vergleich von »Vor dem Sturm« und »Der Stechlin« im epischen Schaffen F.s überhaupt gefunden hat. Der letzte Schauplatz des Erstlingsromans, Kloster Lindow, zeigt dies besonders deutlich. Ein vorläufiger Ruhepunkt scheint erreicht, von dem aus sich ein neuer Bogen spannt zu den »Kloster Wutz« betitelten Kapiteln im ersten Teil des »Stechlin«.

In den Aufzeichnungen Henriette von Merckels über die Familie Fontane heißt es 1865 über den Autor der »Wanderungen«: »Sehr merkwürdig ist die Erscheinung bei ihm, daß er in der Fremde in London, wohin ihn ein unwiderstehlicher Drang gezogen hatte, das Interesse für die Heimat fand, welches ihn, zurückgekehrt, bewog, die heimischen Fluren zu durchstreifen und ihre historischen wie literarischen Denkmale der Mitwelt darzulegen. Er sagte einmal zu mir, ›er würde das Werk mehr zu einem Kunstprodukt machen können, wenn er sich nicht streng an die Wahrheit hielte – es würde ihm deshalb schwerer, doch hielte er es für nötiger.‹« (Brandenburgische Landes- und Hochschulbibliothek. Theodor Fontane-Archiv, Potsdam. Bestandsverzeichnis, Teil 1, 1. Potsdam 1962, S. 191). Auch in dieser Äußerung F.s klingt mit, wie unabgeschlossen besonders seine formalen Zielsetzungen damals gewesen sind – was im übrigen auch die endgültige Gestalt des Romans »Vor dem Sturm« noch deutlich verrät –, und wie stark daneben ein auf Erkenntnis gerichteter Impuls von Anfang an bestimmend mitwirkte.

»Verengländert«, wie er selbst es empfand, kehrte F. nach Preußen zurück, und dies bedeutete unter anderem: mit einem konservativen Staatsgefühl, mit einem Sinn für gesellschaftliche Kontinuität – Eigenschaften, die in dem revolutionär gesinnten F. des Vormärz, der Revolution von 1848 und der ersten Jahre der Zweiten Restauration ebenfalls angelegt gewesen sein mögen, aber noch nicht entwickelt waren. Vom Gegner und Verächter – als der er in dem frühen Gedicht »Mönch und Ritter« erscheint – hatte er sich zu einem aufmerksamen und sympathisierenden Beobachter des Adels gewandelt; schon 1855 zählte er sich »zu seinen wärmsten Verehrern« (HF III,

1, S. 306). Am 28. Mai 1860 schrieb er an seine Mutter: »Wer den Adel abschaffen wollte, schaffte den letzten Rest von Poësie aus der Welt.« (Briefe I, S. 56).

Wir wissen heute, daß auch diese Auffassung eine vorübergehende war. F.s Verhältnis zum Adel änderte sich im Alter noch einmal sehr nachdrücklich. Soweit es positive Züge behielt, handelte es sich um eine »rein nach der aesthetischen und novellistischen Seite hin liegende Vorliebe« (an Georg Friedlaender am 2. September 1890). Für die politische Zukunft Preußens erhoffte er vom Adel nun nichts mehr. Bis zuletzt jedoch respektierte F. ein »ideelles, sittliches Altpreußentum ... Altpreußische Haltung in einer modernen, vorwärtsgerichteten politischen und sozialen Umgebung war sein Wunschtraum« (Attwood, »Fontane und das Preußentum«, Berlin 1970, S. 296). Diese sittlichen Werte des alten Preußen, nicht zuletzt seine Rechtsform, hat er schon früh rühmend betont – eine 1849 entstandene, von der radikaldemokratischen »Dresdner Zeitung« abgelehnte Korrespondenz bezeugt es recht eindeutig (vgl. HF III, 1, S. 32 f.). Wiederholt haben F.s Lieblingsfiguren und mit ihnen er selbst das alte Preußen über das »vom neuesten Datum«, das er kannte, gestellt; hat er in Anspruch genommen, daß die »Alten vom Cremmer Damm und von Fehrbellin her ... immer noch mehr Herz für die Torgelowschen im Leibe haben als alle Torgelowschen zusammengenommen« (»Der Stechlin«, 41. Kap.; HF I, 5, S. 370). Dem F. der ersten »Wanderungen«-Bände blieb es vorbehalten, in hervorragenden Gestalten des märkischen Adels gleichsam die Inkarnation der altpreußischen Wesenszüge zu finden und darzustellen. Friedrich August Ludwig von der Marwitz' Aufzeichnungen aus seinem Leben, die unter dem Titel »Aus dem Nachlaß« 1852 in freilich ganz verstümmelter Gestalt publiziert worden waren, haben ihn dabei beeinflußt; er hat sich noch im Alter zu diesem Buche bekannt. Überhaupt erschienen in seiner 1894 erteilten Antwort auf eine Umfrage »Was soll ich lesen?« mehrere Titel, die auch in den Vorarbeiten zu »Vor dem Sturm« genannt werden (HF III, 1, S. 570 ff.). F. erwartete vom Adel Humanität und Gesinnung – mit den Worten des alten Vitzewitz, die auch im »Stechlin« stehen könnten, sind »Profile« und »Gesinnung« das »Beste, was der Adel hat« (vgl. S. 703). Es schien F., daß die Junker in ihren allerbesten, geistig unabhängigen Vertretern in Freiheit loyal dem gerechten Staate dienen, aufrecht oppositionell dem ungerechten widerstehen konnten. Er respektierte den Mut der einzelnen. In der Gesinnung, nicht in der Zugehörigkeit zu einer Partei fand er das Kriterium für die Achtung, die er für die Junker hatte; Übereinstimmung mit seinen persönlichen Anschauungen erwartete er nicht. Dabei ist zu berücksichtigen, wie wenig ausgebildet das politische Gruppenwesen noch war. Keine der Gruppierungen, die der politisch aktive, jüngere Fontane kennenlernte, war bereits eine Partei in heutigem Sinne.

Wenn Marwitz zum Vorbild für Berndt von Vitzewitz in »Vor dem Sturm« wurde, so nicht in seiner Eigenschaft als Wortführer der in Opposition zu den Steinschen Reformen verharrenden Adligen; prägend wirkten hingegen Marwitz' Zivilcourage und Originalität. Von solchen Eigenschaften erwartete F. bereits mehr als von politischen Programmen. Es liegt nahe, anzunehmen, daß die niederdrückenden Erfahrungen der fünfziger Jahre, die an sich selbst verspürte Abhängigkeit des literarischen Berufs, ihn in dieser Auffassung bestärkt haben. Wieviel Gesinnungsschwäche aus Not hatte er mitangesehen, wie hatte er sich selbst zuzeiten schuldig gefühlt! Darüber hinaus kann man zeigen – besonders an den Briefen an Lepel über das geplante Stuart-Drama 1848 –, wie relativ früh F. von solchen Überlegungen bestimmt war. F.s Abneigung gegen die Phrase – in einem zu Bemäntelungen jeder Art neigenden Jahrhundert eine der Ursachen für die frische Lebendigkeit seines Werks – ist nur ein anderer Ausdruck für diese gewissenhafte, schlichte Frage nach dem eigentlichen Motiv und der von der Situation geforderten Entscheidung. Bereits in dem »Schill«-Stoff war ein Akt der Auflehnung aus tieferer Treue, eine den Befehlen vorausgreifende persönliche Entscheidung angelegt gewesen. Wenn F. nun auf diesen Stoff verzichtete und statt dessen die zeichenhafte Tat eines einzelnen märkischen Adligen im Winter 1812/13 zu erzählen unternahm – er hat sie erfunden, sie ist nicht historisch! –, so wechselte er weniger sein Thema als dessen Motivierung. Schill hatte in eklatanter Weise seine Gehorsamspflicht als Offizier verletzt, als er sein Husarenregiment auf eigene Faust gegen Napoleon führte, um Preußen zum Kriege fortzureißen; sein für die Zeit symptomatisches Vorgehen – wie viele Gehorsamskonflikte bis hin zu Yorks Kapitulation und der Unsicherheit der napoleonischen Marschälle während der Hundert Tage! – war Episode geblieben, und ein abenteuerlicher Zug haftete ihm an, den kein nationaler Weihrauch vernebeln konnte. F.s 1847 entstandene Ballade »Schill« (HF I, 6, S. 226 ff.) zeigt uns folgerichtig nicht viel mehr als einen draufgängerischen Schlagetot. Die Pläne des alten Landedelmanns auf Hohen-Vietz, durch einen Guerillakrieg auf heimischer Erde den schwachen König zum Befreiungskrieg zu ermutigen, erscheinen im Gegensatz zu Schills Husarenritt jedenfalls zum historisch richtigen Zeitpunkt ins Werk gesetzt; sie meinen es ernst ohne Überschwang. Im Guten wie im Bösen kommen Vitzewitz' Pläne aus einer seelisch tiefen Schicht. Vitzewitz fühlt sich in Übereinstimmung mit dem Boden, auf dem er steht, ihn trägt die Kraft des Volkskriegs, der nicht erobern, sondern verteidigen will. Konsequent wirbt er im Interesse seiner Sache für eine Kriegführung ohne Schonung und Menschlichkeit. Im Hintergrund seiner Pläne lauern Mord und Anarchie. Es beleuchtet die künstlerische Mäßigung F.s, wie er diese schrankenlosen Vorhaben zu entkräften weiß. »Vor dem Sturm« ist keine Kleistsche »Hermannsschlacht« geworden. Das kümmerliche Mißlingen des Angriffs auf Frankfurt setzt die martialischen Pläne in ein ironisches Licht. Der kleine Krieg des adligen Frondeurs empfängt seine Ehre aus dem tapferen Tod zweier Bürgerlicher, von denen der eine ein Konrektor, der andere ein Student der Theologie und Dichter ist. In entscheidender Stunde, als er seinen Sohn gefangen weiß, beschleicht Vitzewitz die Frage nach dem Motiv, das ihm den Landwehrdegen in die Hand gegeben hat. Der Zweifel an der eigenen Aufrichtigkeit erschüttert den Alten mehr als das Mißlingen seiner militärischen Pläne.

Die Fahrten ins Land Lebus, besonders die Besuche in Friedersdorf und Gusow im Mai 1860, die für den Band »Oderland« der »Wanderungen« unternommen wurden, wirkten belebend und anregend auch auf das Vorhaben des märkischen Romans. Das Leben der Bauern und der kleinen Leute im Bruch kannte F. seit seinen Jugendtagen, als sein Vater Apotheker in Letschin gewesen war. Nun verbanden sich diese Erfahrungen, von denen besonders »Unterm Birnbaum« ein genaues Zeugnis ablegt, mit den Studien über die Geschichte der großen Güter und der dort ansässigen Familien. F. verfügte also über eine wirkliche Vertrautheit mit seinem Stoff, als er 1862 mit Kompositions- und Handlungsskizzen begann.

Im vorliegenden Band ist auf die Quellen und Vorbilder F.s zumeist in den Einzelanmerkungen aufmerksam gemacht worden. Ebenso wie die bisherigen Bemerkungen beziehen sie sich jedoch vor allem auf den Roman, wie er tatsächlich ausgeführt worden ist. Auf die Entwicklungsstufen, die er seit 1862 durchlief, kann meist nur in allgemeiner, nur gelegentlich in detaillierter Weise hingewiesen werden. F.s Pläne in den frühen sechziger Jahren griffen zeitweilig wesentlich weiter aus, als spätere Äußerungen es vermuten lassen. F.s Zeilen an seinen Verleger vom 17. Juni 1866 (vgl. S. 739 f.) umreißen bereits einen Verzicht. Für das genauere Verständnis der Pläne F.s, soweit sie sich überhaupt rekonstruieren lassen, ist vor allem auf die eingangs zitierte Studie von Hans-Friedrich Rosenfeld (»Zur Entstehung Fontanescher Romane«) hinzuweisen, sodann auf die A 1, S. 331 ff. dargebotenen Proben aus Notizbüchern und Manuskripten in den Potsdamer und Berliner Archiven. Weitere Hinweise finden sich in den bereits zitierten Dissertationen von Heide Buscher und Wolfgang Rost. Kritisch gelesen und unter Heranziehung der anderen Quellendarstellungen wird auch der zitierte Aufsatz Frickes nützlich sein können, der einige weitere noch nicht gedruckte Materialien enthält.

Friedrich August Ludwig von der Marwitz und sein wesentlich jüngerer Bruder Alexander, der mit Schill in Stralsund gekämpft hatte, dessen Persönlichkeit sich jedoch im Soldatischen nicht erschöpft, sondern der auch künstlerische und wissenschaftliche Fähigkeiten zeigte, hatten vorübergehend ganz im Mittelpunkt der Überlegungen F.s gestanden. Sehr bald aber weitete sich F.s Konzeption zum Gesellschaftsroman, wofür nicht zuletzt die glänzende Persönlichkeit des jüngeren Marwitz – F. hat ihn in den »Wanderungen« mit Prinz Louis Ferdinand verglichen – mannigfache Ansätze zu bieten schien. Stadt und Land, berlinische und märkische Lebenskreise sollten gleichberechtigt zur Darstellung gelangen, die sich anbahnende Erhebung gegen Napoleon in ihrer ganzen Breite gezeigt werden. F. wollte die Berliner Gesellschaft in ihren hervorragendsten Vertretern in den Salons zu Worte kommen lassen. So sollte der Roman für die geistigen und künstlerischen Fragen der Zeit weit geöffnet sein. Das kompositorische Nebeneinander verschiedener Lebenskreise scheint also in dieser Werkstufe noch stärker als im fertigen Roman ausgebildet und durch Gutzkows Vielheitsroman beeinflußt (vgl. S. 757 f., F.s Brief an Paul Heyse vom 9. Dezember 1878). Dabei war es, wie Reuter bemerkt hat, »gerade die *Einheit* einer Gesinnung ... die in die auseinanderstrebende Vielheit des historischen Romans den Bezugspunkt und die geistige Mitte« brachte (»Fontane«, a. a. O., S. 600).

F.s Vorarbeiten spiegeln sein Bemühen, besonders die wichtigen Biographien und Briefsammlungen der Zeit als Quellen heranzuziehen; andere Notizen sprechen von seiner Absicht, literarische Weggefährten seiner Jugend – z. B. Julius Faucher und Hermann Maron – als Modelle für seine Figuren zu benutzen. Das Ladalinskische Haus, der Kreis um die Kastalia geben ein, freilich stark verkleinertes, Abbild der ursprünglichen Pläne, soweit sie Berlin betrafen. Fällt an F.s Beschäftigung mit Marwitz die Parallele zu Willibald Alexis' Roman »Isegrimm« (1854) auf, wo sich der gleiche Stoff behandelt findet, so nähert sich F. in seinen Plänen für die Berliner Kapitel Alexis' Roman »Ruhe ist die erste Bürgerpflicht« (1853), der im Zeitbild von 1806 das Leben aller Gesellschaftsklassen entfaltet hatte.

»Lewin von Vitzewitz« – so der ursprüngliche Titel – zeigte also bereits jene Misch- und Übergangsform, die für den Roman auch unter seinem endgültigen Namen bezeichnend geblieben ist. Ausgestattet wie ein historischer Roman (als solcher aber noch innerhalb der Grenzen des »sixty years ago«, wie Scott es des Erzählers wegen gewünscht hatte), nahm er alsbald Strukturelemente des Gesellschaftsromans auf. Sie sollten besonders in der Wichtigkeit, die den Gesprächen in diesem Roman zukommt, lebendig bleiben.

Weniger starken Veränderungen als die städtische Szene war die ländliche unterworfen, über die wir hier, um ein Beispiel für F.s Arbeitsweise zu geben, Rost im Zusammenhang zu Wort kommen lassen:

»Die in Fontanes Tagebuch Anfang 1862 erwähnten Vorarbeiten zu seinem Roman ... fanden sich in einem nachgelassenen blauen

Oktavheft. Eine der darin enthaltenen ersten Aufzeichnungen gliedert den Stoff in drei Abteilungen, für deren erste Berlin und Hohen-Vietz und für die letzte Berlin, Hohen-Vietz und Küstrin in Aussicht genommen war. Ferner zeigt eine erste Materialsammlung zum Roman, daß die Lokalität, die Oder und das Oderbruch, landschaftlich gegeben werden sollte und zwar durch eine Szene auf dem Eise und durch ein Überschwemmungsbild des Bruchlandes bei Gelegenheit einer Eisschmelze. Fontane wollte sich hierfür in Quellen aus erster Hand einarbeiten und namentlich als Grundlage zur Darstellung des Überfalls der Franzosen in Frankfurt a. O., für das er auch die Schauplätze ›Selow oder Lebus‹ notierte, Spezialgeschichten benutzen, zu deren Lektüre er als reisender und wandernder Journalist häufiger greifen mußte. Weiteres Material boten auch Briefe, Kalender, ein Kostümbuch u. dgl. und vor allem die ›Terrain-Karte‹. Im Anschluß an eine genaue Kapiteleinteilung geht aus dem obenerwähnten Taschenbuch Fontanes hervor, in welcher Weise die Schauplätze aufs neue, noch ohne den späteren zweiten Band ›Schloß Guse‹, verteilt wurden; danach sollte der Roman im ersten und letzten Band in Hohen-Vietz, in dem mittleren in Berlin spielen.

Zunächst ging Fontanes Erfindung von zwei Dörfern aus, von denen das eine ein Predigerhaus, das andere das Schloß eines alten Adligen erhielt. Nur eine halbe Meile Entfernung wird zwischen beiden Ortschaften angenommen; deshalb konnte mit einem freundnachbarlichen Verkehr zwischen den Söhnen dieser Familien gerechnet werden. In der Stadt Berlin, in der Klosterstraße, sollten die beiden Freunde zusammen wohnen, um den ebenda stattfindenden Zusammenkünften des literarischen Klubs beiwohnen zu können.

Ein anderer unter dem Studium der Karte entstandener Entwurf läßt demgegenüber wesentliche lokale Änderungen im Plan erkennen. Dieser Bleistiftentwurf liegt im Manuskript ›Vor dem Sturm‹ und lautet:

Ausfahrt durchs *Frankfurter* Thor.
Hier werden nur Dörfer berührt.
Bahlsdorf. Erstes Anhalten.
Abfahrt um 5 Uhr.
Ankunft in Hohen Vietz bald nach Mitternacht
über Lietzen, Lebbenichen, Podelzig.
Hohen-Vietz hat die Lage ohngefähr von *Reitwein*.
1 Meile von Cüstrin u. 1 von Lebus,
2 Meilen von Frankfurt.
Goeritz liegt gegenüber.
Elgelin 1 Meile westlich von Hohen-Vietz.
Gut der Gräfin v. Pudagla.

Andre Güter in der Nachbarschaft von Hohen-Vietz und Elgelin:	Lentzen (Lietzen) Hohen-Ziesar (Hohen-Jesar) Nieder-Barnekow (Zernikow) Machenower Mühle (Mantschnow) Replin (Treplin) Brodowin Lippehnichen (Lebbenichen) Ließow Diedershagen. Sievershagen.

Danach sind die ursprünglich auf zwei Dörfer verteilten Lokalitäten bereits in einem Ortsbild vereinigt; das Dorf trägt den erfundenen Namen Hohen-Vietz. Auch im übrigen verhüllt Fontane die benutzten Vorbilder, wie z. B. Elgelin, das spätere ›Schloß Guse‹, und die großenteils mit Klammerbemerkung versehenen Ortsnamen erweisen. Und durch Verbindung bestimmter Ortschaften erfolgt die Festlegung des Reisewegs für Lewins Schlittenfahrt über die im Roman ›Bohlsdorf‹ genannte, dichterisch lokalisierte, aber mit wirklichen Zügen gezeichnete Örtlichkeit. ...

Tiefgreifende Wandlungen zog die weitere Ausarbeitung dieses Schauplatzes nicht mehr nach sich. Hohen-Vietz behält etwa die geographische Lage von Reitwein, das unter gleichem Namen in der Nachbarschaft von Hohen-Vietz fortbesteht, im wesentlichen als ein Finkensteinsches Gut. Auf einer im Manuskript befindlichen Lokalskizze, die Fontane zur Romanschilderung der sich von Frankfurt bis in die Uckermark hinziehenden Adelssitze als Vorarbeit zur Einleitung des späteren zweiten Bandes entwarf, ist Reitwein nördlich von Hohen-Vietz, in der Buchausgabe südlich davon angenommen. Letzteres ergibt sich aus der Schilderung des Blicks auf die Landschaft, den Lewin in Gegenwart seines Freundes angesichts des Oderflußbettes mit dem gegenüberliegenden Dorf Oetscher von einem diesseitigen Hügel aus hat: ›Das hier zur Rechten ist Reitwein‹. An dieser Fixierung ist im Roman festgehalten; entsprechend wird dann Göritz südöstlich von Hohen-Vietz gerückt und erscheint nunmehr unter dem leicht veränderten Namen Kirch-Göritz, wozu den Dichter die in den ›Wanderungen‹ wiedergegebenen Eindrücke von seiner Oderfahrt Frankfurt–Schwedt bestimmt haben mögen ... So ließen sich für Fontane historische Beziehungen zu jenen denkwürdigen Tagen des August 1759 aufnehmen, die Ötscher, Göritz und Reitwein mit den Schlachttagen von Kunersdorf verbinden.« (Rost, S. 87 ff.).

Die Anfangskapitel des Romans entstanden, wie F. viele Jahre später an Ernst Gründler schrieb (vgl. S. 766), im Winter 1863/64. Die Arbeit wurde jedoch in den nächsten Monaten durch die beiden

Reisen zum dänischen Kriegsschauplatz, durch die sich daran anschließende Niederschrift des ersten Kriegsbuches und durch kleinere journalistische Beiträge immer wieder unterbrochen. Unter dem 27. Mai 1865 sind wiederum »Vorarbeiten zum Kapitel ›Der Wagen Odins‹« bezeugt (Chronik, S. 43). Am 4. November schloß F. mit Wilhelm Hertz den Kontrakt über den Verlag seines Romans. Der »Schleswig-Holsteinsche Krieg« war abgeschlossen, und F. scheint die folgenden Monate zu intensiver Arbeit an seinem Roman benutzt zu haben, wie das Tagebuch festhält (vgl. A 1, S. 351). Henriette von Merckel notiert unter dem 18. März 1866: »Freund Fontane hat ... einen historischen Roman begonnen. Der Inhalt ist noch Geheimnis, sogar für seine Frau, bis sie mit dem Abschreiben beginnen wird; wie sehr ihn diese selbstgewählte Arbeit beschäftigt und anregt, lernt man aus seinem ganzen Wesen kennen. Wenn er sich nicht wirklich krank fühlt, so überwindet er durch den sichtlichen geistigen Aufschwung das körperliche Unbehagen ...« (a. a. O. S. 192). Da stoppten der Ausbruch des Deutschen Krieges und F.s Reise nach Böhmen (12.–31. August), die zur Vorbereitung einer weiteren populärgeschichtlichen Darstellung unternommen wurde, erneut den Fortgang der Arbeit. Einen Tag vor der Abreise hat F. in einem Brief an seinen Verleger noch einmal ausgesprochen, was ihm der Roman bedeutete; dieser dürfe »nicht ungeschrieben bleiben. Die Welt würde es freilich verschmerzen können, *aber ich nicht*« (vgl. S. 741).

»Der deutsche Krieg von 1866« fesselte F.s Arbeitskraft bis tief in das Jahr 1869 hinein. Arbeiten für »Ost-Havelland«, den dritten Band der »Wanderungen«, schlossen sich an. Man schrieb 1870. F., der inzwischen seine Stellung bei der »Kreuzzeitung« aufgegeben hatte, erhoffte vom Sommer und Herbst dieses Jahres eine Förderung des Romans und holte in einer Korrespondenz mit Wilhelm Hertz noch einmal dessen Zustimmung zu dem nun schon Jahre zurückliegenden Verlagsvertrag ein. Da begann der dritte der drei Bismarckischen Kriege, der die Fortführung von »Vor dem Sturm« bis Anfang 1876 unterbrach. In der Zwischenzeit schrieb F. seine Bücher über Frankreich: »Kriegsgefangen«, »Aus den Tagen der Okkupation« und »Der Krieg gegen Frankreich 1870–1871«.

Die letzte Unterbrechung brachte das Jahr 1876, das Entscheidungsjahr, in dem F. sich endgültig für den Beruf des freien Schriftstellers entschied. Man hat diese mutige Entscheidung, die den Zeitgenossen F.s so unverständlich war, inzwischen oft gewürdigt. Es sollte beachtet werden, daß es sich konkret um eine Entscheidung für »Vor dem Sturm« gehandelt hat, was den Vorgang tatsächlich noch erstaunlicher macht. Nichts wäre leichter zu verstehen, als wenn ihm der Roman inzwischen fragwürdig, fremd geworden wäre. Die Gesellschaft, für die er schrieb, hatte sich gewandelt. Das neue »Reich«, seine schnell wachsende Hauptstadt, hatten sich einer lauten Gegenwart verschrieben, in der die Bilder des alten Preußen verblaßten. Fontane selbst war anders, freier und unabhängiger geworden, von Jahr zu Jahr stärker entfaltete sich in ihm die Fähigkeit zu unbefangener und selbständiger Kritik. Auf den Roman, den er damals wohl seinen »alten Hammel« nannte, »der nicht leben und nicht sterben kann« (vgl. S. 743), auf dieses immer wieder verschleppte Vorhaben eine neue Richtung seines Lebens zu gründen, dazu gehörte eine ungewöhnliche Beharrungskraft.

Im Februar 1876 hatte F. die Arbeit an »Vor dem Sturm« wieder aufgenommen, dessen Umfang er nunmehr – der endgültigen Einteilung des Stoffes entsprechend – auf vier Bände veranschlagte. Damals wußte er bereits, daß er im folgenden Monat in sein neues Amt als Erster ständiger Sekretär der Akademie der Künste eingeführt werden sollte. Er ahnte nicht, welche Konflikte ihm bevorstanden. Ende Mai reichte F. sein Rücktrittsgesuch ein, Anfang August erhielt er die erbetene Entlassung. Während der beruflichen Krise, als deren Folge auch F.s Ehe ihre schwerste Krise durchlief, hatte der Roman wiederum geruht. Nun wurde er, wie die gleichzeitigen Briefe an Mathilde von Rohr zeigen, F.s Zuflucht und Trost. Im März 1877 vollendete F. den zweiten Band. Offenbar arbeitete er damals ruhelos, auch nach seinen nicht niedrigen Maßstäben mit ungewöhnlichem Fleiß. Ende September war der dritte Band abgeschlossen. Bereits seit dem Vorjahr bestand ein Vereinbarung mit Theodor Hermann Pantenius und Robert Koenig, den Herausgebern des Familienblattes »Daheim«, über den Vorabdruck des Romans. Nun sandte F. die ersten drei Bände an die Redaktion, während er selber, um seine Lokalkenntnisse für den Schlußband aufzufrischen, im Oktober nach Frankfurt an der Oder reiste. Am 5. Januar 1878, F. arbeitete weiterhin am vierten Band, begann der Vorabdruck im »Daheim«. Der Dichter hatte sich auf Drängen Dr. Koenigs zu weitgehenden Kürzungen bereit gefunden, die den Roman von insgesamt 82 auf 65 Kapitel reduzierten (vgl. »Varianten«, S. 862). Am 11. Februar 1878 schrieb F. an Gensichen, daß er an den »letzten Romankapiteln« arbeite, Anfang April konnte er, laut Tagebuch, den Rest des Manuskripts nach Leipzig senden (vgl. A 1, S. 357). Fricke legt den Abschluß des Werkes auf den 15. April (Chronik, S. 58), woran sich bald noch umfangreiche stilistische Korrekturen für die Buchausgabe schlossen, die, wie bereits im Juni vereinbart worden war, im Oktober erschien.

So ist das ausgeführte Werk zum großen Teil ein Ergebnis der letzten Arbeitsperiode von 1876 bis 1878. Von dem Plan eines um die Schicksale der Brüder Marwitz gruppierten historischen Romans ist wenig geblieben. Hans-Heinrich Reuter hat dies vor allem mit Wandlungen in F.s Denken erklärt: »Im ganzen gesehen, laufen die Änderungen, denen Fontane seine Quelle im Fortgang des Romans unterwarf, auf eine so umfassende Revision hinaus, daß die Dichtung von 1878 ebenso zu einer Zurücknahme des [»Wanderungen«-] Aufsatzes von 1861 [über Marwitz] wie des ›Überzeugungsopfers‹ von 1851 wurde. Wie genau sich dieser Prozeß einer Gesamtentwicklung vom Pressehelfer der preußischen Regierung über den Redakteur der ›Kreuz-Zeitung‹ bis zum Schriftsteller der Kritiker-Jahre einfügte, ist uns bekannt.« (»Fontane«, a. a. O., S. 582). Indessen ist dieser »ideologische« Gehalt des Werkes keineswegs unumstritten, und auch die marxistische Fontane-Forschung ist zu wesentlich anderen, freilich nicht minder politisch pointierten Aussagen gelangt. Auf solche aktuellen Deutungen soll hier nur hingewiesen, zugleich aber die in diesem Zusammenhang vorgetragene Warnung Attwoods nicht unterdrückt werden, der es problematisch nannte, F. ganz überwiegend »mit ideologischen Maßstäben zu messen, was nur in einem sehr beschränkten, wohldosierten Umfange möglich ist« (Attwood, a. a. O., S. 313). »Was W. Bölsche sagt, ist sehr liebenswürdig und sehr fein«, hat F. über eine Rezension geschrieben, die seine »Weltanschauung« zu deuten unternahm, »und ich entdecke mich auf einer gedanklichen Höhe, von der ich mir nichts hatte träumen lassen. Denn so sorglich ich schreibe, so untendenziös; mein Fleiß gilt nur der künstlerischen Ausarbeitung; außerhalb der Kunst liegende Fragen und Probleme kenne ich nicht.« Man wird auch aus dieser Äußerung in einem Brief an Rodenberg vom 2. Juli 1891 keine Waffe schmieden. Aber wiederholt hat F. betont, daß es sich ihm als Künstler zunächst um »Kunst«, nicht um »Anschauung, Gesinnung, Tendenz« handle (an Emilie am 12. Juni 1883).

Den ästhetisch-künstlerischen Zug, der zu der allmählichen Verlagerung der Schwerpunkte in der Romanhandlung führte, hat bereits Conrad Wandrey treffend beschrieben: »Fontanes gleichmäßig nach allen Seiten ausgespanntes Interesse wollte keine Bevorzugung der menschlichen Erscheinung gegenüber dulden. Er umfing die Gestalten seines Werkes, wichtige und nebensächliche, mit gleicher Liebe, zog ihre individuellen Konturen mit gleicher Sorgfalt aus.« (»Theodor Fontane«, München 1919, S. 125). Ein fast unerschöpflicher Reichtum an Figuren gelangt in dem Roman zur Darstellung, die das alte und das neue Preußen in allen Schichten repräsentieren, und von denen sich manche auch auf historische Vorbilder zurückführen lassen. Dennoch eignet ihnen nur wenig historische Authentizität. Mit Recht ist geltend gemacht worden, daß F. historische Personen kaum jemals unverändert abkonterfeit hat. So sehr er der Auffassung war, daß er, um ein Zeitbild geben zu können, einer ausgebreiteten Darstellung, einer großen Bühne bedürfe, war es ihm um dokumentarische Treue im Detail nicht zu tun, weil er, wie Scott, »nicht Historiker, sondern eben nur Geschichtenerzähler« sein wollte; in dieser Betonung der künstlerischen Freiheit, auch um den Preis einer gelegentlichen Flüchtigkeit, gab er Scott vor Alexis den

Vorzug (vgl. HF III, 1, S. 459). So ist es zu verstehen, warum von den geplanten Darstellungen aus dem Berliner Leben überwiegend jene entfielen, in denen nach dem ursprünglichen Plan historische Personen auftreten sollten, von denen F. annehmen mußte, daß sie seinem Publikum aus anderen Quellen bekannt waren. Offenbar fand er es unbefriedigend, in einem fiktiven Salon wie in einem Wachsfigurenkabinett Berühmtheiten der Zeitgeschichte vorzuführen; oder er verzagte vor der schwierigen Aufgabe. Statt dessen ging er dazu über, den Gestalten Einzelzüge zu entnehmen, die er dann in Verbindung mit erfundenen Zügen oder mit realen Zügen anderer Gestalten zu einer neuen Figur verschmolz. Was dadurch an objektiver Bedeutung verloren ging, wurde durch subjektive Glaubwürdigkeit wiedergewonnen. Die Veränderung, die Lewin erfuhr, der ursprünglich nach dem jüngeren Marwitz gezeichnet werden sollte, dann aber immer mehr autobiographische Züge annahm, gibt ein bezeichnendes Beispiel. Ob Lewin eine »interessante« Hauptgestalt für einen Roman darstellen kann, darüber mag man streiten. Marwitz war, so betrachtet, jedenfalls ergiebiger. Dennoch wird man dem Takt des Künstlers recht geben müssen, der diese handlungsmäßig wenig aktive, seelisch aber so lebendige Gestalt geschaffen hat, deren unaufdringliche Vornehmheit und Sensibilität dem Gesamtcharakter des Werkes so vorzüglich entsprechen.

Auch das Nebeneinander von reiner Schilderung, wie sie uns aus den »Wanderungen« bekannt ist, und epischer Handlung, das für F.s Erstlingsroman bezeichnend ist, mag man – da wir uns hier immer wieder auf Beispiele beschränken müssen – an den Schicksalen Lewins ablesen. Die beiden ersten, zwischen Weihnachten und Silvester spielenden Bände, in denen wir Lewin von Berlin nach Hohen-Vietz und von dort auf die umliegenden Orte, vor allem nach Guse, begleiten, stehen einer märkischen Wanderung, wie man sie mit F. zu unternehmen gewöhnt ist, oft sehr nah. Im dritten und vierten Band hingegen lebt Lewin wiederholt die Erfahrungen und Leiden des Autors, der dabei nicht nur aus Jugenderinnerungen schöpft. Lewins Gefangenschaft in Küstrin, die Haltung, die er in Todesgefahr dort zeigt – das ist der Niederschlag der Kriegsgefangenschaft F.s 1870, eine existentielle Erfahrung aus der Entstehungszeit des Romans. Robert Koenig, der Chefredakteur des »Daheim«, war der Meinung, daß, wenn alle Bände des Romans so wie der Schlußband wären, es ein »Durchschläger« geworden wäre, ein Ausdruck, der F. offenbar amüsiert hat (vgl. A 1, S. 357).

»Arbeit und Inhalt meines Lebens«, so nennt F. »Vor dem Sturm« in einem Brief vom 23. Oktober 1878 an Paul Lindau (vgl. S. 752). Er spricht nicht von seinem *ersten* Roman, sondern ausdrücklich von »meinem Roman«, als zöge er eine Summe. Ähnlich ernst und geprüft ist der Ton in mehreren Äußerungen. Die Entstehung von »Vor dem Sturm« bedeutet in F.s Biographie, abkürzend gesagt, die Befreiung seines epischen Künstlertums, seiner stärksten Begabung. Es sollten Jahre vergehen, bis das gepreßte Gefühl nachließ, mit dem F. das Erscheinen seines Erstlingsromans begleitet hatte, und jene Gleichgültigkeit sich einstellte, die für das Verhältnis einer schöpferischen Natur zu einer abgeschlossenen Arbeit typisch scheint; »... meinem Roman ›Vor dem Sturm‹ ..., den ich auch immer vergesse, geschrieben zu haben«, heißt es 1883 (vgl. S. 764). Es war erst der erfüllungsreiche »Stechlin«, der auch auf »Vor dem Sturm« einen ganz freien Blick erlaubte. »Der Stechlin«, der letzte, zugleich der letzte märkische Roman F.s, ist, wie der Dichter am 29. November 1897 an Friedrich Paulsen schreibt, »auch patriotisch«, schneidet aber »die Wurst von der andern Seite an und neigt sich mehr einem veredelten Bebel- und Stöckertum als einem alten Zieten- und Blüchertum zu« (vgl. S. 767). Das ist die letzte uns bekannte Äußerung F.s zu diesem Thema.

»Vor dem Sturm« behauptet im Kanon der Werke F.s nicht den ersten, aber einen durchaus eigenartigen und hervorragenden Platz. Die Freunde dieses unaufdringlichen, in seinen ruhigen, großen Bildern unvergleichlich lebendigen Geschichtsromans werden sich angesichts mancher vom späteren F. überwundenen künstlerischen Unvollkommenheiten, angesichts mancher durch das spätere Selbstverständnis anders beleuchteten Standorte an das Wort einer der Lieblingsgestalten F.s erinnert fühlen. »Einen Brunnen graben«, fordert Pastor Lorenzen, »just an der Stelle, wo man gerade steht.« (»Der Stechlin«, 3. Kap.; HF I, 5, S. 31).

Briefliche Zeugnisse zur Entstehungsgeschichte

An Theodor Storm Berlin, 12. September 1854

Gearbeitet hab' ich einiges, doch steht von Schill und Wolsey noch nichts auf dem Papier.

(Freundesbriefe. Zweite Sammlung, Bd. 1, S. 127)

An Friedrich Wilhelm Holtze Berlin, 6. Dezember 1865

Der beiliegende Zettel ist, wie es die Weihnachtszeit mit sich bringt, abermals ein Wunschzettel. Sie werden nicht alles haben, aber doch einiges und in Betreff des Restes wird mir Ihr Rath zur Seite stehn. Ich möchte, wie Sie aus dem Zettel ersehn werden, eine Darstellung des Winters 12 auf 13 versuchen; die Form wird frei sein, der Inhalt soll es aber mit den Thatsachen genau nehmen. Vielleicht nennt mir ihre Güte noch dies und das, was ich zu meinem Zweck gebrauchen kann. Alles Biographische wäre mir sehr willkommen; doch mache ich mir wenig aus den Biographien der Berühmtheiten und ziehe die Biographien verhältnismäßig kleiner Leute (Biographieen [!] die allerdings sehr rar sind) weit vor. Mit andern Worten auf Schilderungen des *Kleinlebens* in Dorf und Stadt kommt es mir an; – die großen historischen Momente laß ich ganz bei Seite liegen, oder berühre sie nur leise. *Briefe die damals von in Berlin und in der Mark lebenden Leuten* geschrieben wurden, würden mein *bestes* Material sein. Vielleicht haben Sie einiges, oder kennen es doch. (Jahrb. d. Deutschen Schillergesellschaft, 4, 1960, S. 361)

An Friedrich Wilhelm Holtze Berlin, 26. März 1866

Sie haben vielleicht auch schon von dem vielgenannten kleinen Bronze-Wagen gehört, der, in der Neumark gefunden, jetzt das Prachtstück des sog: Zieten Museums in Neu-Ruppin ist. Unser dortiger Freund [Wilhelm Schwartz] hat darüber geschrieben; einiges (von Lisch und Grimm) soll sich in den Jahrbüchern des Mecklenburg: Vereins Jahrgang XVI, andres in den *Märkischen Forschungen* (von Schwartz' eigner Hand) von 1865 befinden.

Gern hätte ich *beides;* würde mich aber auch schon freuen, wenigstens in die Märkischen Forschungen einen Blick thun zu können.
(Jahrb. d. Deutschen Schillergesellschaft, 4, 1960, S. 362)

An Wilhelm Hertz Berlin, 17. Juni 1866

Was Sie mir am Mittwoch vor 8 Tagen sagten, deprimierte mich ein wenig; das schlimmste Urteil bleibt immer: »Es interessiert mich nicht«; davon ist gar kein Appell möglich. Heute vor 8 Tagen hoben Sie mich wieder etwas, aber ich wußte aus Ihren sehr wohlgemeinten Ratschlägen nicht recht was zu machen; Sie proponierten mir, flott zu tanzen, während ich doch fühlte, daß ich einen Klumpfuß und eine schwache Lunge habe.

Heute haben Sie mir einen wirklichen Dienst geleistet, und ich konnte Ihnen beinah Punkt für Punkt zustimmen. Die wichtigsten Punkte schienen mir folgende zu sein:

1. Man muß die Dinge nicht zu gut machen wollen; das gibt nur Unfreiheit und Peinlichkeit,

2. man muß nicht *alles* sagen wollen, dadurch wird die Phantasie des Lesers in Ruhestand gesetzt, und dadurch wieder wird die Langeweile geboren.

3. Man muß Vordergrunds-, Mittelgrunds- und Hintergrundsfiguren haben, und es ist ein Fehler, wenn man *alles* in das volle Licht des Vordergrundes rückt.

4. Die Personen müssen gleich bei ihrem ersten Auftreten so gezeichnet sein, daß der Leser es weg hat, ob sie Haupt- oder Nebenpersonen sind. Auf das räumliche Maß der Schilderung kommt es dabei nicht an, sondern auf eine gewisse Intensität, die den Fingerzeig gibt.

Alle diese Punkte sind wichtig, und das Hervorheben derselben enthält einen begründeten Hinweis auf vorhandene Schwächen. Ob ich es, da das Ganze fertig in mir lebt, hier und da noch ändern kann, ist freilich eine andre Frage. Das Ganze (womit ich mich nicht rechtfertigen will) ist mehr oder weniger auf eine derartige Behandlung hin angelegt.

Und darüber sei mir noch ein Wort gestattet. Ich habe mir nie die Frage vorgelegt: soll dies ein Roman werden? und wenn es ein Roman werden soll, welche Regeln und Gesetze sind innezuhalten? Ich habe mir vielmehr vorgenommen, die Arbeit *ganz nach mir selbst*, nach meiner Neigung und Individualität zu machen, ohne jegliches bestimmte Vorbild; selbst die Anlehnung an Scott betrifft nur ganz Allgemeines. Mir selbst und meinem Stoffe möchte ich gerecht werden. Ohne Mord und Brand und große Leidenschaftsgeschichten hab ich mir einfach vorgesetzt, eine große Anzahl märkischer (d. h. *deutsch-wendischer*, denn hierin liegt ihre Eigentümlichkeit) Figuren aus dem Winter 12 auf 13 vorzuführen, Figuren, wie sie sich damals fanden und im wesentlichen auch noch jetzt finden. Es war mir nicht um Konflikte zu tun, sondern um Schilderung davon, wie das große Fühlen, das damals geboren wurde, die verschiedenartigsten Menschen vorfand und wie es auf sie wirkte. Es ist das Eintreten einer großen Idee, eines großen Moments in an und für sich sehr einfache Lebenskreise. Ich beabsichtige nicht zu erschüttern, kaum stark zu fesseln, nur liebenswürdige Gestalten, die durch einen historischen Hintergrund gehoben werden, sollen den Leser unterhalten, wo möglich schließlich seine Liebe gewinnen; aber ohne allen Lärm und Eklat. Anregendes, heitres, wenn's sein kann geistvolles Geplauder, wie es hierlandes üblich ist, ist die Hauptsache an dem Buch. *Dies* hervorzubringen, meine größte Mühe. Daher zum Teil auch die ewigen Korrekturen, weil nicht die Dinge sachlich, sondern durch ihren Vortrag wirken. Ich möchte etwas Feines, Graziöses geben, ob ich es erreiche, steht dahin. Nur das bitt ich Sie schließlich freundlich zu erwägen: wenn Dinge durch eine gewisse Eleganz des Vortrags wirken sollen, so muß es eben kein Stotternder sein, der vorträgt. Mein M.S. aber stottert. Wenn das alles einst rund und nett an Sie herantreten und ununterbrochen, glatt hinfließen wird, wird Ihnen manches besser gefallen.

(Auswahl Erler, Bd. 1, S. 330 ff.)

An Wilhelm Hertz Berlin, 11. August 1866

Sie dürfen nicht glauben, daß mein Feuer für den Roman niedergebrannt ist. Im Gegenteil. Aber eben weil ich so sehr daran hänge, weil ich diese Arbeit als ein eigentlichstes Stück Leben von mir ansehe, so duldet diese Arbeit kein geteiltes Herz. An ein der Sache Fremdwerden ist gar nicht zu denken. Es ist nun 10 Jahre, daß ich mich mit dem Stoff trage, und wenn ich nach abermals 10 Jahren (was Gott verhüten wolle) erst an die Fortsetzung der Arbeit herantreten könnte, so würde das weder meinen Eifer erlahmt noch die Ausführung alteriert haben. Das Feuer flackert nie hoch auf, aber es brennt still weiter; Vertagungen, Unterbrechungen ändern nichts.

Ich wünsche das Kriegsbuch [»Der deutsche Krieg von 1866«] zu schreiben, ... aber die Sache ist *mir keine Herzenssache.* Wird das Buch geschrieben, – gut, wird es nicht geschrieben – auch gut; es geht der Welt dadurch von meinem Eigensten, von meiner Natur (wohl oder übel) nichts verloren; der Roman aber darf nicht ungeschrieben bleiben. Die Welt würde es freilich verschmerzen können, *aber ich nicht.* So liegt die Sache. Ich möchte das Kriegsbuch schreiben, weil der Roman, wenn Gott mich leben läßt, doch *unter allen Umständen* geschrieben wird. (Auswahl Erler, Bd. 1, S. 332 f.)

An Bernhard von Lepel Berlin, 11. Dezember 1868

Wenn mir ein Privatmann 1000 rth geben wollte, würd' ich sie ohne Weitres nehmen und meinen Roman mit Lust und Liebe fertig schreiben. (Briefwechsel mit Lepel, Bd. 2, S. 332)

An Ludwig Burger Berlin, 22. Dezember 1868

Bis Ende März wird mich unser Buch [»Der deutsche Krieg von 1866«] noch *ganz und gar* in Anspruch nehmen. ... Von Ostern ab kehr' ich dann zu einer Arbeit zurück, die ich im Sommer 66 reponirte. (Kehler, S. 41 f.)

An Mathilde von Rohr Berlin, 3. Januar 1869

Das Lebensbild der Gräfin Schwerin hat meine Frau mit dem größten Interesse gelesen; ich habe es nur durchblättert, was ich nicht zu mißdeuten bitte. Sie wissen, ich lese eigentlich immer nur Bücher, die mir bei der Arbeit, die ich vorhabe, direkt dienen müssen. Nun ist es gar keine Frage, daß mir solche Arbeiten, bei denen mir das ›Lebensbild‹ von Wichtigkeit sein wird, nahe bevorstehn (beispielsweise wenn ich mich wieder an meinen Roman mache) und deshalb war mir der Empfang des Buches von hohem Werth ...

(Briefe III, S. 82)

An Wilhelm Hertz Berlin, 26. April 1870

Ich schreibe heute wegen meines Romans. Die Arbeiten für den 3. Band der Wanderungen nahen sich ihrem Ende, ich sehe wenigstens Land, in etwa 8 Wochen hoff' ich mit allem fertig zu sein und möchte dann die Sommer- und Herbstmonate an eine ernste Förderung meines so lange beiseit geschobenen Romans setzen. Ich halt' es aber zuvor für anständig bei Ihnen anzufragen, ob Ihnen in den 4½ Jahren, die seit Niederschreibung des Kontrakts vergangen sind, die Sache nicht etwa leid geworden ist. Ich glaube der Kontrakt setzt keine Zeitpunkte fest; natürlich war aber nicht auf 5 Jahre und mehr gerechnet und so scheint es mir denn nur in der Ordnung bei Ihnen anzufragen, ob alles noch weitre Geltung haben soll oder nicht? (Freundesbriefe. Letzte Auslese, Bd. 1, S. 232)

An Emilie Fontane Berlin, 11. Mai 1870

[Über seine Pläne nach Kündigung der Stellung bei der »Kreuzzeitung«:] Bliebe noch der Roman. Hertz, in einem durch mich angeregten Briefwechsel, hat sich aufs neue freudig zu den Festsetzungen des Kontrakts bekannt. Die Geldangelegenheit wäre dadurch geregelt, und nur das eine verbliebe noch: *den Roman auch zu schreiben.* Dies unterschätz ich nun keineswegs. Aber Du magst mir glauben: ich werd es leisten. Ein gut Stück ist fertig, und wenn ich vom 1. Juli bis 1. Januar, also in 180 Tagen, auch täglich nur 4 Seiten schreibe, werde ich zu Neujahr im großen und ganzen fertig sein. Wenn dann auch 2 Monat Krankheit kommen, so bleiben immer noch 4 Monat, eh das Jahr um ist. Ich bin also gutes Muts und werd es zwingen. ...Vier Monate lang wirst Du mich immer nur besuchsweise hier haben; ich werde mich in Stille und Einsamkeit verfügen und dort meinen Roman schreiben. (Auswahl Erler, Bd. 1, S. 355 f.)

An Emilie Fontane Berlin, 23. Mai 1870

Auch noch ein Wort über die Pensionsfrage [über die Absicht Emilies, Pensionäre aufzunehmen]. Wie ich Dir mehrmals geschrieben habe: es ist nicht nötig ... Bist Du aber entschlossen, ... so hat dies ... meine vollständige Billigung, ich freue mich darüber, und gebe Gott seinen Segen dazu ... Werd ich ... durch das Pensionswesen in meiner Arbeit behindert, so bleibt allerdings nichts andres übrig, als daß ich viel fort bin und bis zum Schluß meines Romanes nur besuchsweise bei Dir einspreche. Vielleicht gewinnst Du mich dabei wieder etwas lieber und findest, daß ich doch nicht ganz so verworfen bin. (Fontane-Blätter, Bd. 2, Heft 2. S. 82)

An Mathilde von Rohr Berlin, 26. Juni 1870

Im Großen und Ganzen (kleine Abänderungen vorbehalten) ging mein Plan dahin: den Juli, oder vielleicht auch erst den August *mit ganzer Familie* ... in Heringsdorf zuzubringen, und mich dann zwei Monate-lang in Rottstiel, im Walde zwischen Ruppin und Rheinsberg, behufs emsigster Arbeit zu vergraben. Das Verlockende, das nun in Ihrem heutigen freundlichen Anerbieten liegt, veranlaßt mich meinen alten Plan fallen zu lassen ...

... das Haupt der Familie folgt Ihrer freundlichen Einladung und schreibt in Dobbertin ein Dutzend Romankapitel.

(Briefe III, S. 94 f.)

An Emilie Fontane Berlin, 22. August 1874

Mit dem *Parisius*schen Roman [Ludolf Parisius, »Pflicht und Schuldigkeit«, Hannover 1873, 3 Bde.] bin ich nun durch; er ist gut bis zuletzt; ich wollte, der meinige würde nicht schlechter. ... Seine Force ist das gefühlvoll Humoristische, und ich habe an vielen Stellen vor Bewegung und vor Vergnügen geweint. ... Betrüblich hat mich nur das eine gestimmt: solch' Buch kommt und geht und lebt nicht viel länger als ein Leitartikel oder eine Theaterrezension. Die Frage *muß* sich einem aufdrängen: verlohnt es sich dergleichen zu schreiben? Seit 20 Jahren redet man auf mich ein: »schreibe deinen Roman«; ich will froh sein, wenn er nicht schlechter wird als dieser, und doch läßt sich's nicht leugnen: es ist wie ein in den Teich geworfener Stein. Plumps, ein paar Ringe, und nach fünf Minuten ist alles wieder still und glatt. Was gibt mir ein Recht anzunehmen, daß ich es besser machen oder mehr Glück haben werde! Meine »Wanderungen« haben den einen großen Vorzug, als etwas relativ Originelles dazustehn, während Romane, selbst gute, im Dutzend verschwinden. (Familienbriefe, Bd. 1, S. 226 f.)

An Mathilde von Rohr Berlin, 20. April 1875

Zum Winter hin will ich dann endlich wieder meinen Roman vornehmen oder ein halbes Dutzend Wanderungs-Kapitel schreiben...

(Briefe III, S. 161)

An Wilhelm Hertz Berlin, 14. Juli 1875

In einer mit Stadtgerichtsrat Lessing geführten Korrespondenz hat sich dieser schließlich bereit erklärt, den alten Hammel: meinen Roman, der nicht leben und nicht sterben kann, etwa im ersten Halbjahr 1877 in seiner »Vossin« zum Abdruck zu bringen. Natürlich bedarf es dazu Ihrer Zustimmung, die ich hiermit nachsuche. Den Vorabdruck überhaupt haben Sie mir gestattet. Wohl aber ist es denkbar, daß Ihnen die »Vossin« nicht gerade angenehm ist. Ich bitte Sie herzlich, selbst wenn dies der Fall sein sollte, ein Auge zudrücken zu wollen. Sie wissen so gut wie ich, daß es nur vier, fünf Blätter in Deutschland gibt, die Romane bringen, und daß der arme Schriftsteller also heilsfroh sein muß, überhaupt ein Unterkommen gefunden zu haben. Sagen Sie »nein«, so bricht die ganze Geschichte zusammen, und ich muß meinen »Vitzliputzli«, wie Sie ihn, glaub ich, nannten, als Fragment der Nachwelt überliefern.

(Freundesbriefe. Zweite Sammlung, Bd. 1, S. 357)

An Wilhelm Hertz Berlin, 14. Juli 1875

Eben im Besitz Ihrer freundlichen Zeilen, eile ich, Ihnen zu danken. Den Rat eines Vorabdrucks (Vordruck ist vielleicht besser) haben Sie mir in großmütiger Stimmung vor vier, fünf Jahren selbst gegeben. Nur die »Vossin« machte mir Sorge, da ich mich zu entsinnen glaube, daß Ihnen, bei Gelegenheit der »Kinder der Welt« [Roman von Paul Heyse; Vorabdruck in der »Spenerschen Zeitung«, Buchausgabe bei Wilhelm Hertz], schon die Spenersche nicht angenehm war. Im übrigen ist es meine tiefste persönliche Überzeugung, die ich jetzt, wo ich Ihre freundliche Zusage habe, ohne Furcht vor Mißverständnissen aussprechen darf, daß infolge dieses Vorabdruckes auch nicht drei Exemplare weniger verkauft werden. Vielleicht im Gegenteil. Das Beste müssen ja die Leihbibliotheken tun.

Ich betrachte die Sache nun als nach beiden Seiten hin (W. Hertz und Lessing) geordnet und könnte aufatmen. Tu es auch. Dennoch ist es ein Atemzug, als hätt ich nur einen halben Lungenflügel. Von all dem Bitteren, was darin liegt, mit fünfundfünfzig Jahren unter Ach und Krach eine kümmerliche Jahreseinnahme zusammenzuschreiben, will ich nicht sprechen. Aber es bleibt so viel andres noch übrig, das ich bereits greifbar schrecklich vor mir sehe: Brotneid, Kollegenbosheit, Witzelei und Druckfehler.

(Freundesbriefe. Zweite Sammlung, Bd. 1, S. 358)

An Heinrich Kruse [1876]

Nachdem die Darstellung unserer drei Kriege mich zwölf Jahre lang friedlichen literarischen Arbeiten entzogen hat, steh ich jetzt auf dem Punkte, manches Belletristische, bei dem ich 1864 unterbrochen wurde, wieder aufzunehmen. Es sind das zunächst zwei Romane, der eine halbfertig, der andre [»Allerlei Glück«] nur geplant und in Einzelheiten begonnen, jener die Epoche von 1812 auf 13, dieser die Jetztzeit, zumal unser modernes Berliner Leben behandelnd. Den historischen Roman hat mir W. Hertz erlaubt, vorher in der Vossischen abdrucken zu lassen. (Fricke, Vorstufe, S. 133)

An Wilhelm Hertz Berlin, 10. März 1876

Vor etwa drei Wochen hab ich meine Roman-Arbeit wieder aufgenommen. Sind Sie einverstanden damit, daß es *vier* Bändchen zu je 15 Bogen werden? Dies entspräche am besten der Einteilung des Stoffs. Machen wir *zwei* Bände, jeder Band aus zwei Büchern bestehend, so werden die einzelnen Bände ein wenig zu stark. Doch würd ich dies immer noch besser finden als drei ungleiche Bände, »dick und dünn« durcheinander.

(Freundesbriefe. Letzte Auslese, Bd. 1, S. 284)

An Friedrich Wilhelm Holtze Berlin, 21. Juni 1876

Nach einer ganzen Reihe von Jahren komme ich wieder mit einer Bücher-Bitte. Die Kriegsbeschreibung liegt hinter mir und ich will mich wieder meinem märkischen Roman zuwenden, bei dem ich 1864 unterbrochen wurde. Ich brauche dazu allerlei Material, von dem Einiges ganz gewiß in Ihren Händen ist. Darf ich persönlich mit Ihnen Rücksprache nehmen und wann?

(Jahrb. d. Deutschen Schillergesellschaft, 4, 1960, S. 367)

An Mathilde von Rohr Berlin, 22. August 1876

Hab ich das Glück eine mir passende Redaktion zu finden, stürmen mir die Buchhändler das Haus, um, nach Erscheinen meines ersten Romans, sich eines zweiten à tout prix zu versichern, so wird alles gut gehn; kommen umgekehrt Angst und Sorge, fällt der Roman ins Wasser, so geh ich, von der Sorge ganz abgesehn, einer streit- und kämpfereichen Zukunft entgegen. Meine Frau, die große Meriten hat und in vielen Stücken vorzüglich zu mir paßt, hat nicht die Gabe des stillen Tragens, des Trostes, der Hoffnung. ...

Mein Roman, nach einem neuerdings getroffenen Abkommen, wird im ›Daheim‹ zuerst erscheinen, später als Buch bei W. Hertz. Ich erhalte vom Daheim 1000 Thlr, von Hertz dieselbe Summe. Bis zum Juli 77 hoffe ich fertig zu sein. (Briefe III, S. 166 ff.)

An Julius Rodenberg Berlin, 7. September 1876

Ich arbeite jetzt an meinem Roman und möchte gern ein gut Stück vorwärtsgekommen sein, eh ich mich wieder unterbreche.

(Briefe an Rodenberg, S. 17)

An Friedrich Wilhelm Holtze Berlin, 19. Oktober 1876

Ich habe einen Band Riedel [»Codex diplomaticus Brandenburgensis«. Hrsg. von Adolph Friedr. Riedel. Berlin 1838–68], einen Band Spenersche Zeitung und das kleine Buch von George [»Erinnerungen eines Preußen aus der Napoleonischen Zeit«. Grimma 1840] noch zurückbehalten, den erstgenannten Band bringe ich aber sehr bald, freilich nur um eine neue Bitte: das letzte Quartal der Spenerschen von 1812, daran zu knüpfen. Die Zeitungen, so kärglich es damals mit ihnen bestellt war, geben doch immer das beste Bild. George, der mir sehr werthvoll ist, darf ich wohl noch ein paar Monate behalten. (Jahrb. d. Deutschen Schillergesellschaft, 4, 1960, S. 368)

An Mathilde von Rohr Berlin, 1. November 1876

Am Sonnabend soll Theos Geburtstag mit jungen Herrn und Damen gefeiert werden; ich werde mich dieser Herrlichkeit aber entziehn und am selben Tage nach Küstrin und Frankfurt reisen, wo ich mir, meines Romans halber, Verschiedenes ansehen muß.

Ja, der Roman! Er ist in dieser für mich trostlosen Zeit mein einziges Glück, meine einzige Erholung. In der Beschäftigung mit ihm vergesse ich, was mich drückt. Aber wenn er überhaupt noch zur Welt kommt, so werde ich, im Rückblick auf die Zeit in der er entstand, sagen dürfen: ein Schmerzenskind. Er trägt aber keine Züge davon; er ist an vielen Stellen heiter und nirgends von der Misere angekränkelt. Dies letztre kann ich mit voller Bestimmtheit behaupten. Ich glaube auch sagen zu dürfen, *Ihnen* wird er gefallen und die Hoffnungen, die Sie in Ihrer großen Güte immer daran geknüpft haben, werden nicht ganz unerfüllt bleiben. Ich empfinde im Arbeiten daran, daß ich *nur* Schriftsteller bin und nur in diesem schönen Beruf – mag der aufgeblasene Bildungs-Pöbel darüber lachen – mein Glück finden konnte. (Briefe III, S. 171 f.)

An Friedrich Wilhelm Holtze Berlin, 8. November 1876

Ein Kapitel meines Romans, an dem ich jetzt fleißig arbeite, führt mich nach *Goeritz*, einem kleinen Nest am rechten Oderufer, das, wie alle märkischen Nester doch sein bischen Geschichte hat. Es hatte so etwas wie eine Bischofskirche – aehnlich wie Lebus und Fürstenwalde – und war später vielbesuchter Wallfahrtsort. Kirche und Kapelle wurden zerstört, diese zur Reformationszeit, jene schon früher.

Ich finde diese Notizen in einer Topographie von Mark Brandenburg, weiß aber nichts daraus zu machen, weil diese Angaben zu mager sind. Wo findet man nun wohl Näheres? Ich habe an *Wohlbrück* »Geschichte des Landes Lebus« [»Geschichte des ehemaligen Bisthums Lebus und des Landes seines Namens«. 3 Teile. Berlin 1829–32] gedacht; wahrscheinlich aber giebt es noch andre Quellen.

(Jahrb. d. Deutschen Schillergesellschaft, 4, 1960, S. 368)

An Karl Zöllner Berlin, 22. November 1876

Halte mich nicht für einen Eigensinn, wenn ich die Trauerfahne der Einsamkeit hochhalte. Ich muß über diesen Punkt mal eingehender mit Dir sprechen. Ich brauche *jede* Stunde nicht blos Geldes wegen, sondern ebenso sehr meiner Reputation halber.

Ich bin nicht so blind, daß ich nicht erkennen sollte wie seltsam mich die Menschen ansehn; mein Barometerstand ist sehr gesunken. Ich muß mich erst wieder legitimieren, zum mindesten aber die Anstrengungen dazu machen. Deshalb will ich ein Jahr lang ganz mir und meiner Arbeit gehören.

(Briefe IV, S. 71)

An Theodor Storm Berlin, 14. Januar 1877

Mein Roman wird im »Daheim« erscheinen, aber erst (frühestens) vom 1. Juli ab. Ich arbeite mit großer Lust daran, die selbst dadurch nicht getrübt wird, daß ich schon jetzt im Geiste die tadelnden Kritiken lese, tadelnd *das*, was ich selbst als schwach oder tadelnswerth erkenne und doch nicht ändern kann. Schinkel, als ihm in der Schule Blumen und Vögel als Vorlageblätter gegeben wurden, sagte: »ja, das ist ganz gut, aber Blumen und Vögel sehen doch noch anders aus.« Dies Gefühl werd' ich dem meisten gegenüber, was produziert wird, nicht los und hab es sehr stark auch im Hinblick auf meine eigenen Pappenheimer. Oft denk ich an das, was Sie mir vor länger als 20 Jahren über Liebeslieder sagten, wahre Weisheitsworte; aber es läßt sich mutatis mutandis auf *alles* anwenden, was geschrieben wird. Die Wahrheit des Lebens wird nur selten getroffen; es fehlt der Inhalt, noch häufiger die Form. Unter Form versteh ich das, was Sie in Aquis submersus erstrebt und vielfach auch erreicht haben. Aber wie wenige sind da, die vorgeschritten genug wären, sich auch nur die *Aufgabe* zu stellen.

(Mitteilung Kurt Schreinerts †)

An Mathilde von Rohr Berlin, 21. März 1877

... eine rechte Freudenbotschaft will doch nicht mehr über unsre Schwelle. Es ist alles wie verhext. Und so gedeiht langsam, langsam, unter Sorgen und Kümmernissen mein Roman. Ich bin nun mit der Hälfte fertig; nach einem halben Jahre wird er beendigt sein, ein wahres Schmerzenskind. Dann wird er gedruckt werden und alles wird sein wie zuvor; ich habe kein Glück mit Büchern und die ungeheure Summe fleißiger Arbeit (von was andrem red' ich nicht) wird mir nicht angerechnet.

(Briefe III, S. 179)

An Hermann Kletke Berlin, 18. Juni 1877

Ich werde diesen Sommer, so nötig es mir auch wäre, wieder nicht verreisen; ich habe kein Geld und muß außerdem die Zeit zusammennehmen, um endlich, wohl oder übel, der Welt meinen Roman präsentieren zu können.

(Briefe an Kletke, S. 55)

An Mathilde von Rohr Berlin, 8. Juli 1877

[Lepel] ... schrieb mir von Selbelang aus einige freundliche Zeilen. Schlechterweise habe ich sie nicht mal beantwortet; aber ich komme auch zu Nothwendigerem nicht, weil alles Dichten und Trachten auf *ein* Ziel gerichtet ist. Erst wenn der Roman beendigt ist, werde ich wieder Mensch.

(Briefe III, S. 180)

An Emilie Fontane Thale, 10. August 1877

Gestern abend acht Uhr bin ich bei leidlichem Wohlsein, mit Koffer, Rockbündel und Unsterblichkeitspaket, hier angekommen ...

Ob ich hier werde arbeiten können, muß sich morgen zeigen; aber wenn es auch weniger wird, als ich hoffe; es war doch wohl ein glücklicher Gedanke, hierher zu gehen.

(Familienbriefe, Bd. 1, S. 245 f.)

[In dieser Edition nicht gedruckt:]

Morgen vormittag will ich mich nun an die Arbeit machen; ich hoffe die kürzeren Kapitel in einem Tag, die längeren in zwei zu absolvieren. Sowie ich mit drei oder fünf Kapiteln fertig bin, schicke ich ein kleines Paket [zur Abschrift].

(A 1, S. 356)

An Emilie Fontane Thale, 13. August 1877

Scott, in dem ich täglich lese, interessiert mich wieder aufs höchste. Im einzelnen ist es angreifbar: breit, vollgestopft mit Notizen von höchst zweifelhaftem Interesse, nicht allzu sorglich in der Ausführung, nicht allzu tief in der psychologischen Behandlung, aber enfin doch ganz einzig. Ein reicher, gottbegnadeter Mann, der da spielen durfte, wo andre sich im Schweiße ihres Angesichts quälen. Alles einfach, natürlich, humoristisch und voll so entzückender Oasen, daß man die zwischenliegenden Steppen gern mit in den Kauf nimmt.

(Familienbriefe, Bd. 1, S, 247 f.)

An Emilie Fontane Thale, 14. August 1877

Trotz meines Schnupfens bin ich mit der Korrektur des schwierigen 3. Kapitels [des 3. Bandes] doch fast durchgekommen, was mich sehr erfreut; ich werde danach in einer Woche 4 Kapitel leisten können und in drei Wochen zwölf. Das ist alles, was ich verlangen kann. Kommen keine Störungen, so bin ich danach bis 12. September mit der Korrektur fertig und kann spätestens am 20. alles an Koenig schicken. Leider bin ich nachgerade in meinen Berechnungen fast noch mißtrauischer geworden als du selbst; ich muß jeden gesunden Tag wie ein Geschenk nehmen und nicht als mein Pflichtteil.

(A 1, S. 356)

An Emilie Fontane Thale, 25. August 1877

... so hoff ich bis auf 14 Kapitel zu kommen. Ich bin dann über den Berg. Übernimm *Du* Dich nur nicht beim Abschreiben; unter einem Monat kannst Du es nicht leisten, denn einige Kapitel sind ziemlich ebenso lang wie das letzte des II. Bandes. – Erlaubt es Deine Zeit, so wär es mir lieb, du nähmst in den nächsten Tagen den I. Band vor und schriebst die Blätter ab, die von mir mit *Bleistift* oder auch mit Tinte, aber auf schon *gebrauchte Bogen* geschrieben sind.

(A 1, S. 356)

An Emilie Fontane Thale, 29. August 1877

... bei Korrigierung meines berühmten Borodino-Kapitels, das die späteren Kritiker meines Romans, meine Frau mit eingeschlossen, wohl für überflüssig erklären werden, 4¾ geworden ...

(A 1, S. 356)

An Emilie Fontane Thale, 30. August 1877

Ich bin diese letzten Tage, wo ich meine Eßstunde auf 3 Uhr verlegt hatte, noch sehr fleißig gewesen. Dennoch bin ich nur bis Kapitel 13 [des 3. Bandes] gekommen; es war doch viel mehr Arbeit noch, als ich dachte. Aber auch mit diesem Resultat bin ich sehr zufrieden.

(A 1, S. 356)

An Wilhelm Hertz Berlin, 21. Dezember 1877

Darf ich zum 2. oder 3. Januar oder doch in der ersten Januarwoche à conto meines seit zwölf Jahren in der Luft schwebenden, Gott sei dank jetzt bis zu den Schlußkapiteln vorgerückten Romans abermals einen Vorschuß von dreihundert Talern empfangen?

(Freundesbriefe. Zweite Sammlung, Bd. 1, S. 384)

An Friedrich Wilhelm Holtze Berlin, 12. Januar [1878]
Ihrem Kataloge entnehme ich, daß Sie »*H. Bauer's* Denkschrift über die Erschießung des Kämmerers Schulz in Kyritz« besitzen [vgl. hierzu S. 218 und Anm. *(Kyritzer Kämmerer)*]. Sie würden mich Ihnen zu besondrem Dank verpflichten, wenn Sie das Büchelchen noch im Laufe des Vormittags herauslegen wollten, so daß mein Jüngster es vielleicht um 12½ schon in Empfang nehmen kann.

(Jahrb. d. Deutschen Schillergesellschaft, 4, 1960, S. 369)

An Mathilde von Rohr Berlin, 29. Januar 1878
[Betr. den Vorabdruck in »Daheim«:] Außer Ihnen habe ich noch eine fast allzu gütige Verehrerin: Frau Geheimeräthin Roland, die mir vorgestern einen Huldigungs-Besuch gemacht hat; im Uebrigen läßt sich der Beifall halten. ›Ja, es ist ganz nett, es ist ganz hübsch; aber es ist doch fast zu fein und die Namen sind so sonderbar, und der Pastor wird doch fast ridikülisirt (was durchaus nicht der Fall ist) und die Bauern im Kruge können mich nicht interessiren.‹ Und dergleichen mehr. Ich nehme diese Sprache keinem übel; man thut sein Bestes und sucht seinem Publikum zu gefallen, aber zuletzt – wenigstens gilt das von mir – schreibt man doch sich selber zu Liebe, will *sich* ein Genüge thun und kann weder verlangen noch erwarten, daß sich der eigne Anspruch und Geschmack in jedem Augenblick mit dem des Lesers deckt. Man muß zufrieden sein, wenn das Publikum im Ganzen genommen seine Zustimmung ausspricht; und darauf rechne ich einigermaßen.

(Briefe III, S. 182)

An Ludovica Hesekiel Berlin, 19. Februar 1878
Sie haben mir und dem ganzen Hause durch Ihren liebenswürdigen Brief eine große Freude gemacht, den solche frohe Botschaften fliegen einem nur selten zu, am seltensten von Collegen. Männlich oder weiblich macht keinen Unterschied. Gleichgültigkeit, Besserwissen und Neid sind die drei Grazien, die, wie das Leben jedes Strebenden, so auch das meine begleiten, und Worte wie die Ihrigen klingen fast wie eine Stimme aus einer andern Welt. So wenig ist man daran gewöhnt. Ich will nicht undankbar sein; ein paar Zuschriften ähnlichen Inhalts sind mir zugegangen, sämmtlich von Damen (eine darunter von meiner alten Freundin Mathilde v. Rohr, von der Sie gewiß einmal durch George oder auch durch mich selber gehört haben) im Ganzen aber ist es geradezu tragikomisch, mit welcher äußersten Nüchternheit solche Lebensarbeit hingenommen wird, am meisten natürlich von den Freunden. Neun von zehn lesen es überhaupt nicht; der zehnte liest es, schweigt sich aus, und wartet mit seinem Urtheil bis die ›Kritiken‹ gesprochen haben. Ein Haus, in dem ich viel verkehre, dem ich, wie kaum einem zweiten zu Dank verpflichtet bin, und das ich in all seinen Mitgliedern aufrichtig liebe und verehre, hat, um

wenigstens ein Beispiel zu citieren, auf das ›Daheim‹ abonnirt und könnte nun also lesen. Der Chef des Hauses sagte mir aber neulich: ›Lieber F., wir sind nun doch übereingekommen, bis zum Erscheinen des Buches zu warten.‹ Er denkt nämlich: Zeit gewonnen, alles gewonnen; er ist 70, seine Frau desgleichen; sterben sie mittlerweile, so haben sie wenigstens den Trost, daß *dieser* Kelch an ihnen vorübergegangen ist. Das klingt alles outrirt und ist es auch; wenn Sie aber ganz kleine Abzüge machen, so trifft es doch den Nagel auf den Kopf.

Was bis jetzt im ›Daheim‹ gestanden hat, ist etwa das 1. Bändchen; drei andere folgen. Nach etwa zwei, drei Nummern werden Sie einem Kapitel begegnen, das in einer gewissen ironischen Beurtheilung des Voraufgegangenen, die Ueberschrift trägt: ›Es geschieht etwas.‹ Von da ab beginnt dann allmälig der eigentliche Roman; alles andre war Exposition, Vorführung der Puppen behufs respektvoller Verbeugung vor einem hohen Publikum. Je mehr dem Ende zu, je mehr Aktion und je mehr Drucker. Doch will ich damit nicht gesagt haben, daß es von Stufe zu Stufe besser würde; vielleicht ist das Idyllische das Gelungenste. Die Darstellung des Kleinlebens war mir immer besonders sympathisch; auch zeigt sich dabei das eigentliche künstlerische Können. Was aber auch kommen möge, Gutes oder Böses, Palmen oder Schwerterklang, begleiten Sie es auch weiterhin mit so freundlichen Gesinnungen wie die waren, die Sie gegen mich ausgesprochen haben.

(Briefe IV, S. 144 f.)

An Elise Fontane Berlin, 22. April 1878

Ueber unser Ergehn wird Dir Emilie geschrieben haben; es hat sich vieles gebessert, und ich würde für meine Person – denn ich will nicht mehr viel vom Leben – zufrieden sein, wenn ich mit meiner großen nun endlich abgeschlossenen Arbeit wenigstens ein ›Etablirtsein‹ auf diesem Gebiet erreichte. Die Tagesruhmfrage ist mir gleichgültig, aber auch die Tägliche-Brotfrage, die mich mitunter ängstigt, hängt daran.

(Briefe II, S. 334)

An Wilhelm Hertz Berlin, 9. Mai 1878

Der Roman ist zwei, drei Wochen fertig, und ebenso lange beschäftigen mich Pläne für neue Arbeiten. Am liebsten ging' ich wieder an etwas Umfangreiches, an eine heitre und, soweit meine Kräfte reichen, humoristische Darstellung unsres Berliner gesellschaftlichen Lebens [»Allerlei Glück«]. Ich will aber, eh ich diesen zweiten Roman in Angriff nehme, doch erst die Wirkung des ersten abwarten. Und so möcht' ich denn einen Novellenband (zwei längere Novellen) zwischenschieben. ... Die zweite denk' ich im »Daheim« – das mir durch seinen Zaun-König schließlich sehr verbindliche Dinge hat zuzwitschern lassen [Robert Koenig über »Vor dem Sturm«] – zu vorläufigem Abdruck zu bringen. ... Könnten Sie sich entschließen, zu Weihnachten 1879 diesen Novellenband zu publizieren? Ausdehnung des Bandes zweihundertfünfzig bis dreihundert Seiten, ein Drittel der Länge meines gegenwärtig im Druck befindlichen Romans.

(Freundesbriefe. Zweite Sammlung, Bd. 1, S. 386 f.)

An Ludovica Hesekiel Berlin, 28. Mai 1878

Meine Situation ist in der That eine kritische. In Jahren, wo die meisten Schriftsteller die Feder aus der Hand zu legen pflegen, kam ich in die Lage sie noch einmal recht fest in die Hand nehmen zu müssen, und zwar auf einem Gebiet, auf dem ich mich bis dahin nicht versucht. Mißglückt es, so bin ich verloren. Ich habe meine Schiffe verbrannt und darf – wenn ich auch keine Siege feire – wenigstens nicht direkt unterliegen. Meine Arbeit muß zum Mindesten *so* gut sein, daß ich auf sie hin einen kleinen Romanschriftsteller-Laden aufmachen und auf ein paar treue, namentlich auch zahlungsfähige Käufer rechnen kann. Gott sei Dank, so viel scheint ja erreicht zu sein. Martha schreibt mir heute von Rostock aus: ›Man findet Deinen Roman nicht spannend, aber interessant‹ und selbst Koenig in Leipzig ließ sich, als ich ihm den 4. Band schickte, dahin vernehmen ›daß es, wenn alles wie der Schlußband wäre, ein ‚Durchschläger' geworden sein würde.‹ Das Wort war mir neu und amüsirte mich. Ihnen aber und meinem Dobbertiner Stiftsfräulein werd' ich vor allen andern dankbar bleiben, weil ich von Ihnen Beiden die ersten warmen Worte hörte.

Daß mir nichts lieber sein kann, als von Ihnen in der Kreuz-Ztng. besprochen zu werden, brauch' ich Ihnen nicht erst zu versichern. Sie verstehen diese Dinge aus dem Grunde, und bringen, was die Wenigsten thun, ein Herz dafür mit. Für die Sache, und ein bischen auch für die Person.

(Briefe IV, S. 146 f.)

An Emilie Fontane Berlin, 21. Juni 1878

Was Du über das »Daheim« schreibst, ist nur zu richtig und wer sich in den Dienst einer solchen buntgemusterten Druckwarenfabrik begibt, der muß zugrunde gehn. Ich begreife Pantenius nicht, für König war ein solches Unterkriechen das beste [Theodor Hermann Pantenius, Herausgeber des »Daheim«, sein Vorgänger: Robert Koenig].

(Heiteres Darüberstehen, S. 161 f.)

An Emilie Fontane Berlin, 10. August 1878

Am Mittwoch kam ein mächtiges Paket aus Leipzig, ... enthielt mein Romanmanuskript; mit eigentümlichen Empfindungen hab' ich es auf den Boden schaffen lassen. So wird man auch selber 'mal beiseite geschafft, Müh' und Arbeit liegen zurück, und niemand kümmert sich mehr drum. Auch nur einen Augenblick darüber traurig sein zu wollen, wäre lächerlich.

(Familienbriefe, Bd. 1, S. 265)

An Wilhelm Hertz Berlin, 9. Oktober 1878

Durch Zufall habe ich in Erfahrung gebracht, daß an zwei Stellen, von denen ich es am wenigsten erwartet hätte, mein Roman mit besonderem Interesse gelesen worden ist: am Rhein und im Posenschen. Was den Rhein angeht, so bedeutet es wohl nicht viel, Posen aber, über das ich gut unterrichtet bin, ist wichtig. Ich kann mir den Erfolg an dieser Stelle *nachträglich* auch sehr gut erklären. Die Weichsel-, Warthe- und Netze-Gegenden werden nämlich gerade vom Oderbruch aus kolonisiert und alle reichen Bauerssöhne aus dem Dreieck Wriezen–Küstrin–Frankfurt gehen ins Posensche, um dort »Rittergutsbesitzer« zu werden. Diese lesen natürlich gern von Manschnow und Gorgast und werden sich abquälen heraus zu kriegen, wer unter Vitzewitz, Pudagla, Drosselstein etc. eigentlich zu verstehen sei. *Dies* bildet immer das Hauptinteresse. Rätsel lösen. Alles andre ist Nebensache.

(Freundesbriefe. Letzte Auslese, Bd. 1, S. 309 f.)

An Paul Lindau Berlin, 23. Oktober 1878

... noch eine Nachschrift! In etwa zehn bis zwölf Tagen wird mein Roman ausgegeben, Arbeit und Inhalt meines Lebens. Darf ich darauf rechnen, daß Sie ihn noch im Laufe des Novembers lesen und besprechen?! Liegt aber zuviel vor, so warte ich bis Neujahr. Sagen Sie mir, wenn es dazu kommt, derb die Wahrheit, schenken Sie mir nichts (ja, ich *bitte* darum), aber sagen Sie mir auch was Nettes.

(Briefe an Lindau, S. 245)

An Paul Heyse Berlin, 4. November 1878

Der eine früher, der andere später. Ganz ohne geht es nicht mehr ... Lies nachsichtig und schreibe mir ein freundliches Wort. Aber betone auch, was fehlt. Denn schließlich dürste ich doch noch mehr nach Wahrheit als nach Lob.

(Briefwechsel mit Heyse, S. 131 f.)

An Mathilde von Rohr Berlin, 5. November 1878

Heute früh hat mir Hertz Exemplare geschickt. Das erste davon erhalten *Sie,* weil ich mich, in Bezug auf diesen Roman, niemandem so verpflichtet fühle wie Ihnen. Sie haben mich seit zehn Jahren und länger dazu ermuthigt, mich immer wieder darauf hinverwiesen und das danke ich Ihnen. Ob er Ihnen in allen Stücken gefällt, ist eine andre Frage, die neben jener verschwindet. Im Uebrigen denk' ich, daß Ihnen so im Zusammenhange manches berechtigter erscheinen

wird als vorher. Wenigstens dient alles einem Zweck, alles ist wohl überlegt und steht nicht blos da, um die Seiten zu füllen.
...

Im Buchhandel erscheinen die Bücher erst in etwa acht Tagen.

(Briefe III, S. 186)

An Wilhelm Hertz Berlin, 5. November 1878

Wenn erst »Ludchen« [Ludovica Hesekiel in der »Kreuzzeitung«] gesprochen hat, und der Landpastor sein Ohr spitzt – welches sag ich nicht – so wird alles anders werden. Ich kenne Barnim und Lebus, und beide werden mir meine Treue lohnen. Es ist *der* Teil unserer Provinz, wo das meiste Geld und das stärkste Selbstbewußtsein zu Hause ist. Das gibt ein gutes Publikum. Dazu freut sich jeder, seinen Namen gedruckt zu sehn.

Ihr Gedanke mit Schulrat Klix ist brillant. Und ist es nicht Klix, so irgend ein andrer. Glückt es, *diese* Seite des Romans zur Geltung zu bringen, so haben wir ein »Zeichen der Zeit« und damit vielleicht gewonnen Spiel. Ich muß dabei einen Augenblick verweilen. Der große Zug der Zeit ist *Abfall.* Aber man hat es nachgerade satt. Die Welt sehnt sich aus dem Haeckelismus wieder heraus, sie dürstet nach Wiederherstellung des Idealen. Jeder kann es jeden Tag hören. Und es ist ernst gemeint. Da kommt nun *dieses* Buch, das dem in tausend Herzen lebendigen Gefühl Ausdruck leiht. Hätt ich es *gewollt,* hätt ich auch nur einen Tropfen »fromme *Tendenz*« hineingetan, so wäre es tot, wie alles Zurechtgemachte. Aber es steckt in dem Buche ganz gegen mein Wissen und Willen. Ich *finde* es jetzt zu meiner Überraschung darin, und doch liegt eigentlich kein Grund zur Überraschung vor; denn alles, was ich gegeben habe, ist nichts als der Ausdruck meiner Natur. Ich hoffe, daß es auch so wirkt. Trifft dies zu, so ließe sich sagen: »Seht, der Wind dreht sich; die alten Götter leben noch. Unsinn. Das Christentum ist nicht tot. Es steckt uns unvertilgbar im Geblüt, und wir haben uns nur darauf zu besinnen. Jeder, der sich prüft, wird einen Rest davon in sich entdecken. Und diese Reste müssen Keime zu neuem Leben werden«. Was sagen Sie zu dieser Nachmittagspredigt?

(Freundesbriefe. Zweite Sammlung, Bd. 1, S. 391 f.)

An Ludovica Hesekiel Berlin, 6. November 1878

Der große Augenblick ist nun da; eben hab ich den Roman an Dr. Heffter geschickt. Ich hatte vor, Ihnen denselben direkt zugehen zu lassen, auf eine vorgängige Anfrage hat mir Dr. H. aber geantwortet, es wäre der Weg über die Kreuz-Ztng der für mich bessere, da ich auf *die* Weise auch in die vielgelesene ›Bücherschau‹ käme. Ich hatte von dem Ganzen den Eindruck, daß er den indirekten Weg doch für den richtigeren halte und so hab ich danach gehandelt.

Thuen Sie nun was Sie können und seien Sie meines Dankes und meiner Bereitwilligkeit zu kl. liter. Gegendiensten im Voraus versichert. Wenn ich noch einen Wunsch aussprechen darf, so ist es der: nicht zu viel Parallele mit Scott, W. Alexis, Hesekiel. Alle drei müssen natürlich genannt werden, aber es thut einem wohler die *unterscheidenden* Merkmale hervorgehoben zu sehn, als die Aehnlichkeiten. Ich glaube, daß der Papa auch mitunter unter diesen ›Einrangirungen‹ gelitten hat. Am meisten W. Alexis; denn zwischen ihm und Scott ist *innerlich* absolut gar keine Verwandtschaft.

(Briefe IV, S. 147)

An Hermann Kletke Berlin, 6. November 1878

Den Roman, wenn Sie ihn würdig erachten, bitt ich der berühmten »Kletkesiana« einzuverleiben; Pietsch hat ein zweites Exemplar erhalten* und wird, Ihre Zustimmung und seinen guten Willen vorausgesetzt, einiges in der Vossin darüber sagen. Daß ihm das Buch besonders gefällt, erwart' ich nicht; es ist ganz unmodern, etwas fromm, und etwas kirchlich, immer wird gepredigt und Gott sei Dank *noch* häufiger zu Mittag gegessen. Dazu literarische Gespräche und dann und wann eine Eruption im Stil von »Mit Gott für König und Vaterland«. An Zola, der einen unterirdischen Pariser Käseladen mit genialer Bravour zu beschreiben weiß, erinnert nichts. Und das spricht mir mein Urteil. Denn Pietsch ist für Zola. Vielleicht aber lobt er mich aus Commiseration.

* Ein drittes werd' ich gelegentlich bei Lessings überreichen, trotzdem ich eine Stimmung dafür wohl nicht voraussetzen darf.

(Briefe an Kletke, S. 58)

An Ludwig Pietsch Berlin, 6. November 1878

Wilhelm Hertz schreibt mir, daß er Ihnen meinen Roman gesandt habe. Ich halt es doch für in der Ordnung, der Buchhändlersendung noch diese Zeilen folgen zu lassen, mit der Bitte, in der Vossin, eventuell auch in der Schlesischen ein paar freundliche Worte darüber sagen zu wollen, immer vorausgesetzt, daß Ihnen die Richtung des Ganzen nicht zu sehr gegen den Strich ist.

(Fontane-Blätter, Bd. 2, Heft 1, S. 35)

An Ludwig Pietsch Berlin, 10. November 1878

Ihre Zeilen haben mir heute früh eine große Freude gemacht. Ich dachte, Sie würden aus Freundlichkeit ein freundliches Wort haben; nun zu hören, daß Ihnen das Ganze, oder doch wenigstens die Tonart des Ganzen wohltut, ist mir ein Herzenstrost. Denn ich weiß wohl, welch feines Ohr Sie haben. Außerdem, was alles von Hoffen und Bangen an solcher Arbeit hängt, brauch ich Ihnen nicht zu sagen. Verwöhnt hat mich das Leben nicht, wenigstens nicht durch

Erfolge, aber auch die bescheidendste Position will immer neu erstritten sein.

(Fontane-Blätter, Bd. 2, Heft 1, S. 35 f.)

An Eduard Hallberger Berlin, 19. November 1878

Erst jetzt, in meinen allerreifsten Jahren, wenn dieser Euphemismus gestattet ist, bin ich in den Orden der Erzähler eingetreten und habe, wie Sie vielleicht gütigst bemerkt haben, eben einen 4bändigen Roman herausgegeben. Seien alle guten Götter mit ihm.

(Auswahl Erler, Bd. 1, S. 460)

An Ludwig Pietsch Berlin, 22. November 1878

Seien Sie herzlichst bedankt. Am Kaffeetisch wurde ich gleich mit den Worten empfangen: »Eingehender und liebevoller« – und dann kam noch ein drittes Wort, das ich, weil es mich angeht, verschweigen muß – »ist nie über dich geschrieben worden.« Es war eine glückliche Stunde, und wenn es Ihnen eine besondere Freude gemacht hat, das Kind des »starken Mannes« nicht als 18 Jahre lang unerkannte Baronin abschließen zu sehen, so hat es mir eine riesige Freude gemacht, daß Sie meine Absicht hier ganz und gar erraten haben. Die Natur adelt; alles andre ist Unsinn, und eine der mir degoutantesten Erscheinungen ist es immer gewesen, gerade in den Romanen liberaler und allerliberalster Schriftsteller, den Hauslehrer oder die Gouvernante, wenn sie heldisch-siegreich auftreten, sich schließlich immer als Graf oder Gräfin entpuppen zu sehen. Wenn auch nur von der Bank gefallen.

(Fontane-Blätter, Bd. 2, Heft 1, S. 38)

An Wilhelm Hertz Berlin, 24. November 1878

Daß Jul. Schmidt ... den Roman besprechen will, ist mir eine *große* Freude. Sein Wort, wenn ich mich unter unsern Kritikern umsehe, hat doch das größte Ansehn; seine Belesenheit ist enorm und sein Stil wundervoll ...

Ich komme noch mal auf Jul. Schmidt zurück. Es schadet gar nichts, wenn er auf die Schwächen des Buches stark hinweist, wenn nur das Ganze nicht zu kurz kommt, will sagen, nicht lau und flau behandelt wird. *Das* ist der Tod; *nicht* ein energischer, aber wohlmeinender Tadel. Ich denke mir, *eines* wird er anerkennend hervorheben, und das eine ist mir die Hauptsache. Das Buch ist der Ausdruck einer bestimmten Welt- und Lebensanschauung; es tritt ein für Religion, Sitte, Vaterland, aber es ist voll Haß gegen die »blaue Kornblume« und gegen »Mit Gott für König und Vaterland«, will sagen, gegen die Phrasenhaftigkeit und die Karikatur jener Dreiheit. Ich darf sagen – und ich fühle das so bestimmt, wie daß ich lebe –, daß ich etwas in diesem Buche niedergelegt habe, das sich weit über das herkömmliche Romanblech, und nicht bloß in Deutschland, erhebt, und nichts hat mich mehr gereizt, als daß einer meiner *besten Freunde* (Name später mündlich) so tut, als ob es so gerade nur das landesübliche Dutzendprodukt wäre. Daß es gerade *das nicht* ist, wird Jul. Schmidt gewiß sagen. Denn es *ist* es nicht....

Roquette, sonst etwas nüchtern, hat mir beinah enthusiastisch über meinen Roman geschrieben und will ihn in der Augsb. Allg. Ztng. besprechen. Er ist nur nicht ganz sicher, ob die »Augsburgerin«, zu der er übrigens alte, aber doch immer nur zeitweilige und vorübergehende Beziehungen unterhält, diese seine Kritik auch nehmen wird. Bei der Wichtigkeit der »Augsburgerin«, worin ich Ihnen ganz zustimme, entschließen Sie sich vielleicht zu einer kurzen Anfrage bei dem Ihnen, denk ich, halb befreundeten Chefredakteur, ob er wohl geneigt sei, die Roquettesche Kritik über d. Roman zu bringen?

(Auswahl Erler, Bd. 1, S. 462 f.)

An Ludovica Hesekiel Berlin, 27. November 1878

Wenn es noch nicht zu spät ist, möcht' ich Sie freundlichst gebeten haben, den Hieb gegen die Daheim-Leute recht sanft zu führen, trotzdem die guten Herren *keinen* Anspruch darauf haben. Indessen sie bilden sich, glaub ich, ein, besonders freundlich, rücksichtsvoll und generös gegen mich gewesen zu sein, und so möcht' ich nicht gern als ein Undankbarer vor ihnen erscheinen. Zusammenhänge zwischen dem Kritiker und dem Opferthiere, das er, belorbeert oder nicht, zum Altare führt, werden leicht geahnt. Im Uebrigen will ich nicht leugnen, daß ich dem Daheim, von *alter* Zeit her, ein ganz klein wenig verpflichtet bin.

(Briefe IV, S. 148)

An Wilhelm Hertz Berlin, 1. Dezember 1878

Daß Sie den Brief Paul Heyses ... selbst kopiert haben, hat mich gerührt ... Er ist so graziös, so witzig, so wohlwollend, daß er einem eben alles sagen kann. Nur eine ganz kleine Natur kann sich dagegen auflehnen. Nur in einem – und zwar in einem Hauptpunkt – hat er entschieden unrecht. Der Schwerpunkt des Buches liegt nicht im »Landschaftlichen«, wenn er diesem Worte auch die allergröste Ausdehnung geben und *alles* Deskriptive darunter verstehen will. Der Schwerpunkt liegt vielmehr in der *Gesinnung*, aus der das Buch erwuchs, und *wenn* es einen bescheidenen Erfolg erringen sollte, so werden Kapitel wie das vierte des ersten Bandes, im zweiten Bande das Zwiegespräch zwischen Berndt und Kniehase beziehungsweise zwischen Berndt und Othegraven, im dritten Bande das Prinz Ferdinand- und das Bninski-Kapitel und im letzten Bande die Kapitel, die dem Frankfurter Überfall unmittelbar folgen, die wahre Ursach davon sein. Alle aber haben mit dem »Landschaftlichen« gar nichts zu schaffen. Morgen abend schreib ich an Paul. Den eben behandelten

Differenzpunkt berühre ich aber mit keinem Wort – es würde bloß kleinlich erscheinen.

(Freundesbriefe. Zweite Sammlung, Bd. 1, S. 395 f.)

An Wilhelm Hertz Berlin, 6. Dezember 1878

Das Pentagramma macht mir Pein.

Das »G« der Augsburgerin [die am Vortag erschienene Anzeige des Romans in der »Allgemeinen Zeitung« war mit Q. gezeichnet!] kann nur Gutzkow sein, mein geschworener Feind. Und ich kann es ihm nicht verdenken, denn ich habe ihn schwer gekränkt. Er wird sich also revanchieren. Tut er's nicht, komm ich mit einem blauen Auge davon, so ist mein Buch entweder sehr gut oder mein Feind sehr edel. Edler als ich ihn vorläufig taxieren kann.... So bin ich denn auf Abschlachtung gefaßt.... Dabei muß ich bemerken, daß ich gegen Tadel, selbst gegen starken oder meinem Gefühl nach ungerechten Tadel, gar nicht sehr empfindlich bin. Nur *Nichtachtung* kränkt mich tief. Wird dem Buche und seinem Verfasser die Existenzberechtigung zugesprochen, wird in den Hauptsachen eine *Kraft* anerkannt, so genügt mir das völlig. Nur unter die Masse geworfen zu werden, von der zwölf aufs Dutzend gehn, ist mehr als meine Geduld aushält.

(Freundesbriefe. Zweite Sammlung, Bd. 1, S. 397)

An Wilhelm Hertz Berlin, 9. Dezember 1878

[Wahrscheinlich mit Bezug auf eine Rezension:] Die Frommen kochen auch mit Wasser. Eigentlich ist hier gar nicht gekocht, sondern nur verdünnt. Ein Tropfen Urtinktur mit hundert Tropfen. Aber die Homöopathen nehmen wenigstens Spiritus zum Verdünnen, davon hab ich hier nichts gemerkt. Aqua pura. Aqua fontana geht meinetwegen nicht.

(Freundesbriefe. Zweite Sammlung, Bd. 1, S. 397 f.)

[In einem Zitat aus diesem Brief heißt es in A 1, S. 374 nach »Urtinktur«: »(Tinctura Pietschii)«; diese Anspielung auf Pietsch ist in der Ausgabe der »Freundesbriefe« wohl gestrichen worden.]

An Paul Heyse Berlin, 9. Dezember 1878

Sei herzlich bedankt für all das Freundliche, was Du zu W. Hertz über meinen Roman gesagt hast, also bedankt für den *ganzen* Brief; denn freundlich und wohlwollend ist er eben überall und am meisten vielleicht da, wo Du meine Schwächen persiflierst. Wie reizend, was Du über Lewin sagst und daß Du ihm das »Zusammenbrechen« eigentlich nicht zugetraut hättest. Ich lachte herzlich. Es ist alles so gesagt, daß auch der empfindlichste Autor über ein solches Geziepttwerden sich freuen muß. Prickelt und kitzelt es doch mehr, als es schmerzt. Manches – die Liebesverhältnisse, meine Schwäche, geb ich preis – könnt ich vielleicht entschuldigen oder selbst rechtfertigen, aber ich mag nicht in unsres alten Freundes Eggers Fehler verfallen, der in ähnlichen Fällen immer unter superiorem Lächeln versicherte: »Lieber Freund, Du hast mich mißverstanden; gerade *das* wollt ich; ich halt es für die gelungenste Stelle etc.« Nur *eines* laß mich fragen. Meinst Du nicht auch, daß neben Romanen, wie beispielsweise »Copperfield«, in denen wir ein Menschenleben von seinem Anbeginn an betrachten, auch solche berechtigt sind, die statt des Individuums einen vielgestaltigen Zeitabschnitt unter die Loupe nehmen? Kann in solchem Falle nicht auch eine Vielheit zur Einheit werden? Das größere dramatische Interesse, soviel räum ich ein, wird freilich immer den Erzählungen »mit *einem* Helden« verbleiben, aber auch der Vielheitsroman, mit all seinen Breiten und Hindernissen, mit seinen Porträtmassen und Episoden, wird sich dem Einheitsroman ebenbürtig – nicht an Wirkung, aber an Kunst – an die Seite stellen können, wenn er nur nicht willkürlich verfährt, vielmehr immer nur solche Retardierungen bringt, die, während sie momentan den Gesamtzweck zu vergessen scheinen, diesem recht eigentlich dienen. Nicht Du, sondern andre haben mir gesagt, daß der Roman schwach in der Komposition sei; ich glaube ganz aufrichtig, daß umgekehrt seine Stärke nach dieser Seite hin liegt.

(Auswahl Erler, Bd. 1, S. 463 f.)

An Ludovica Hesekiel Berlin, 11. Dezember 1878

Roma locuta est, würde Bamme sagen, und es gleichmäßig auf Sie und auf die Kreuz-Ztng beziehn. Haben Sie herzlichsten Dank; abgesehn von der großen Freundlichkeit gegen mich, die aus jeder Zeile spricht, ist es auch so sehr geglückt und liest sich so frei und gut. Und das ist eigentlich die Hauptsache. Es giebt so viele lobende Kritiken, denen man die Herzensqual des Kritikers anmerkt, und das ist schrecklich. Vieles hat mich noch im Detail gefreut, so z. B. daß Jeetze, eine mit Vorliebe gezeichnete Figur, zu seinem Rechte kommt, und daß Ihnen das Kapitel ›durch zwei Thore‹ gefallen hat; es ist lange nicht das beste, aber gewiß das poetischste des Buches. Ich fürchtete schon, daß die Besprechung zu spät kommen könnte und war heute um so freudiger überrascht. Der 11te, wo der ›Weihnachtsmarkt‹ anfängt, ist gerade ein besonders glücklich gewählter Tag, und daß unser Freund Heffter eine besondre Ueberschrift spendirt und dadurch die Aufmerksamkeit noch mehr darauf hingelenkt hat, ist ein kleiner Liebes- und Freundschaftsakt.

(Briefe IV, S. 149)

An Ludovica Hesekiel Berlin, 16. Dezember 1878

Mit Ihrer Kritik über mein Buch haben Sie nicht blos mir eine große Freude gemacht, sondern auch Hertz, der bekanntlich schwer zufrieden zu stellen ist. ... Reizend war es, daß Sie gerade die Stelle von der Gesinnung und den Profilen citirten; das lesen alle die mit einer besondren Passion, die eine Gaudy'sche Nase haben. Und das sind die meisten.

(Briefe IV, S. 150)

An Julius Rodenberg Berlin, 31. Dezember 1878

[Betr. einen Brief Rodenbergs an F. über »Vor dem Sturm«:] Haben Sie herzlichsten Dank für Ihre freundlichen Worte... Die Welt spricht immer von dem Neid der Fachgenossen; wenn ich meine Erfahrungen, ganz besonders die während der letzten 6 Wochen eingesammelten, befrage, so gestaltet sich's umgekehrt: *wirklich* Erquickliches ist mir nur von meiner Kollegenschaft gesagt worden... Ich glaube, daß wir, die wir die schweren Drangsale solcher Arbeit kennen, alle sehr Ähnliches empfinden und deshalb mit ganz andrem Ernst an die Lektüre derartiger Schöpfungen gehn. Verwandt mit diesem Ernst ist die Liebe, und ist *die* erst da, so ist man durch; denn das liebevolle Auge wird in einem umfangreichen und fleißigen Werke immer Dinge finden, die Anspruch auf ein freundliches Zunicken haben. Nur so kann ich mir die Tatsache erklären, daß einem die *Nebenbuhler* herzlich die Hand schütteln, die *Fremden* (das große Publikum), einen Mittelkurs haltend, halb flau-, halb wohlgesinnt bleiben, die *Freunde* aber allemal durch Ignorierung, Nüchternheit und Nörgelei glänzen.... Nichts wird so niedrig taxiert wie Bücher.

(Briefe an Rodenberg, S. 20)

An Wilhelm Hertz Berlin, 8. Januar 1879

»Die Braut von Messina« ist schuld, daß ich Ihnen erst heute für die gefällige Mitteilung der Geibelschen Briefstelle danke, die mich *sehr* erfreut hat. So zutreffend Pauls [Heyses] Urteil – ich hatte vor drei Tagen auch noch einen direkten Brief von ihm – über mein Buch ist, so, glaub ich, empfindet er seiner ganzen Natur nach die Mängel etwas stärker, als nötig, und legt etwas zu wenig Gewicht auf *das*, was die Seele des Ganzen ist. In letztrem Punkt liegt der Unterschied zwischen seinem und Geibels Urteil. Dieser kann dem, was ich eigentlich wollte: Verherrlichung der Vaterlandsliebe über die bloße, mehr oder weniger geschraubte »Loyalität« hinaus und Verherrlichung christlichen Sinnes und Lebens auf Kosten christlicher Bekenntnisformeln gerechter werden als jener. Denn er empfindet ähnlich wie ich.

(Freundesbriefe. Zweite Sammlung, Bd. 1, S. 403 f.)

An Wilhelm Hertz Berlin, 14. Januar 1879

Die Besprechung des Romans in »Mehr Licht« [verfaßt von Eugen Zabel] hab ich erst heute, durch Ihre Zeilen darauf aufmerksam gemacht, gelesen. Es ist »toll genug.« Nur die Stelle, daß der Erzähler nicht mitsprechen darf, weil es gegen das »epische Stilgesetz« sei, erscheint mir als reine Quackelei. Gerade die besten, berühmtesten, entzückendsten Erzähler, besonders unter den Engländern, haben es *immer* getan. Dies beständige Vorspringen des Puppenspielers in Person hat für mich einen außerordentlichen Reiz und ist recht eigentlich *das*, was jene Ruhe und Behaglichkeit schafft, die sich beim Epischen einstellen soll. Die jetzt modische »dramatische« Behandlung der Dinge hat zum Sensationellen geführt.

(Freundesbriefe. Zweite Sammlung, Bd. 1, S. 405 f.)

An Wilhelm Hertz Berlin, 15. Januar 1879

Hofrat Herrlich . . . war von der Kreuzzeitungsrezension so entzückt, daß er etwas aus derselben Werkstatt haben wollte [nämlich eine Besprechung des Romans im »Wochenblatt der Johanniter-Ordens-Balley Brandenburg« durch Ludovica Hesekiel]. Und da ist es nun. Ich find' es gut genug. Die Kritik hat mich merkwürdig artig und rücksichtsvoll behandelt, und so möcht' ich nicht gern undankbar erscheinen. Aber schließlich, aufs Gewissen gefragt, muß ich doch sagen, es ist alles ungeheuer unbedeutendes Zeug. Als Ausnahmen, aber doch auch nur zu guter Hälfte, kann ich bloß Pietsch und Roquette gelten lassen. Kritiken, die den Lebenspunkt eines Dinges treffen, scheinen gar nicht mehr geschrieben zu werden. Keiner geht mehr aufs Ganze; immer Details, immer Einzelheiten. Man sieht, es wird geblättert, nicht gelesen.

(Freundesbriefe. Zweite Sammlung, Bd. 1, S. 406 f.)

An Ludovica Hesekiel Berlin, 15. Januar 1879

Zweimal so 'was zu schreiben, ist ein vierfacher Liebesdienst; und so multiplicirt es sich weiter: dreimal wäre neunmal. Ich kleid' es scherzhaft ein, aber es ist ernsthaft gemeint. Haben Sie besten Dank; es ist *sehr* gütig, *sehr* freundlich; was in dem vorletzten Absatz steht, geradezu beschämend. Dazu alles dem ›Johanniter-Blatt‹ vorzüglich angepaßt, im Ausdruck, wie in ganz bestimmten Hinweisen.

(Briefe IV, S. 151)

An Friedrich Wilhelm Holtze Berlin, 28. Januar 1879

Am Sonnabend war meine Tochter auf einem Ball, lauter junge Offizier-Tanzbeine. Die »Kriegsbücher« und die »Wanderungen« waren eine wundervolle Ball-Unterhaltung. Aber überraschend blieb mir dies allgemeine und glänzende Bewandertsein doch. Das Räthsel sollte sich lösen. Gestern war ich bei Bath [Inhaber von Winckelmanns Buchhandlung in Berlin] und erfuhr nun nicht blos von acht Exemplaren »Vor dem Sturm«, sondern auch von Ihren das ganze Gebiet umfassenden wohlwollenden Gesinnungen für mich.

(Jahrb. d. Deutschen Schillergesellschaft, 4, 1960, S. 373)

An Julius Rodenberg Berlin, 29. Januar 1879

Eben habe ich Mm. [unter dieser Sigle hatte Rodenberg seine Besprechung von »Vor dem Sturm« in der »Deutschen Rundschau« erscheinen lassen] über meinen Roman sprechen hören, und ich eile, ihm, bez. *Ihnen*, herzlich dafür zu danken. Es ist mild und gerecht, mit einem, wie es sein soll, bemerkbaren Vorklingen des erstren, und damit ist alles gesagt. Nichts Gelungenes, das nicht von Ihrem freundlichen Auge bemerkt worden wäre, nichts Schwaches, das nicht der bekannte Mantel freundlich zugedeckt hätte. Sie lösen die Gentleman-Aufgabe, *wohltuend* zu loben und zu tadeln (jenes ebenso schwer wie dieses) und Ihren Ausstellungen Worte zu leihn, vor denen sich auch der Eigensinnigste und Selbstgerechteste jedes Widerspruchs begeben muß. Wie fein die Bemerkung, daß das, was ein Epos sein solle, hier im wesentlichen eine Aneinanderreihung von Balladen sei. Es trifft nicht nur den schwachen Punkt, es *erklärt* ihn auch, ja, glorifiziert ihn halb. »Wir vermissen nicht den äußren Zusammenhang, wohl aber fehlt zuweilen der organische, der künstlerische« – durch diese wenigen Worte haben Sie mich in meinem bisherigen Widerstande besiegt. Denn im Vertrauen gesagt, ich nahm bis dahin das »Schwach in der Komposition« für eine bloße Schablonenbemerkung; selbst Heyse, auf den ich begreiflicherweise viel gebe, hatte mich nicht bekehren können. *Ihnen* ist es geglückt.

Was Renate angeht, so haben Sie mir aus der Seele gesprochen, und ich wünschte nur, daß die des breiteren gezeichnete Figur auf alle meine Leser ähnlich wirkte wie Ihre Skizze des Charakters auf *mich*. – Auch in dem Schlußpassus stimmen wir zusammen; es ist ein Unsinn, uns einreden zu wollen, die Welt sei so schofel und erbärmlich, wie unsre Komödien- und Romanschreiber sie darstellen. . . . Es kann nicht ausbleiben: eine bessere, wahrere Zeit bricht auch in literarischen Dingen an. Viel werd ich davon nicht mehr sehn; aber es ist schon ein Vorzug, in dem Glauben an sie sein Tagewerk beschließen zu können.

(Briefe an Rodenberg, S. 21 f.)

An Wilhelm Hertz Berlin, 30. Januar 1879

In der »Deutschen Rundschau« las ich gestern eine Besprechung meines Romans. Sie rührt von Rodenberg selber her und zählt zu dem wenigen Guten, was bis jetzt über das Buch gesagt ist. Vielleicht ist es das beste. Seine Skizzierung des Charakters von Renaten, die sein Liebling ist (auch meiner), ist ganz ausgezeichnet und vielleicht besser als die Figur selbst. Ebenso sind die abschließenden Allgemeinbetrachtungen mir ganz aus der Seele gesprochen. Das Feinste und Zutreffendste ist aber der Tadel, den er ausspricht. *Das* laß ich mir gefallen. Die Schwächen liegen genau da, wo die Vorzüge liegen, und wenn einerseits das Balladen- und Wanderungskapitelhafte dem Buche Frische, Fleisch und Leben leiht, so hebt es doch partiell die

Kunstform des Ganzen auf. Ich habe das früher nicht zugeben wollen; jetzt geb' ich es wenigstens *halb zu.*

(Freundesbriefe. Zweite Sammlung, Bd. 1, S. 408 f.)

An Mathilde von Rohr Berlin, 3. Februar 1879

Mit dem Roman geht es gut; die ›Deutsche Rundschau‹ (Rodenberg) hat eine *sehr* hübsche Kritik gebracht. Mög' uns eine 2. Aufl. beschieden sein; wir können es brauchen.

(Briefe III, S. 188)

An Emilie Fontane Berlin, 29. Mai 1879

...wurde mir mitgetheilt, daß das Prof. v. Treitschke'sche Paar für meinen Roman schwärmt, besonders *er*, was mir natürlich noch um ein Grad lieber ist als *sie.* ›Das sei doch mal ein deutscher Roman, an dem man seine Freude haben könne.‹ Hat mir natürlich sehr wohl gethan. Es läppert sich schließlich doch so 'was zusammen. Im Urtheil *solcher* Männer: Droysen, Treitschke, Julian Schmidt, Geibel etc hab' ich bisher am besten abgeschlossen.

(Briefe I, S. 79)

An Emilie Fontane Berlin, 31. Mai 1879

...hatt' ich auch ein Gespräch mit Dr. Grosser über Lindau. Er (Lindau) läse jetzt meinen Roman, käme aber nicht recht von der Stelle, *könne* auch nicht, denn er ginge in Gesellschaftlichkeit unter.

(Briefe I, S. 80)

An Mathilde von Rohr Berlin, 3. Juni 1879

An meinem Roman erleb ich viel Freude; allerbeste Leute – freilich meist Männer – interessiren sich dafür und sagen mir allerhand Freundliches. Ich schriebe gern einen *zweiten* ... Aber unsre deutschen Buchhändler-, Verkaufs- und Lese-Zustände lassen es mir leider fraglich erscheinen, ob ich je zur Ausarbeitung kommen werde. ...Wieder unter Sorgen und Aengsten es schreiben, wie den ersten Roman, *das* thu ich sicherlich nicht.

(Briefe III, S. 190 f.)

An Emilie Fontane Berlin, 18. Juni 1879

...ein Brief von der Verfasserin von ›Papadam‹. Sie beschwert sich, daß ich ihr über ihren Roman noch nichts gesagt habe. ... Ich habe meinen Roman mit einer artigen Karte an Spielhagen geschickt; nun denke Dir, daß ich empfindlich bei ihm anfragen sollte, warum er noch keine Notiz davon genommen! Ich bin nicht mal böse, auch innerlich nicht, auf Lindau und Julian Schmidt. Letztrer entwickelt sich übrigens immer mehr als ein wunderbarer Heiliger. Vor länger als zwei Monaten begegnet er Frenzeln und sagt unaufgefordert zu ihm: ›ich bin jetzt dabei; in drei *Tagen* haben Sie's.‹ Frenzel sieht mich denselben Abend im Theater und erzählt es mir, lachend hinzusetzend: ›sagen wir in drei *Wochen*‹. ›Oder *Monaten*‹ ergänze ich. Diese drei Monate sind nun fast vergangen – ich habe Dir damals die Geschichte absichtlich nicht erzählt – und mein guter Julian ist immer noch weit im Felde. Dazu kommt, daß ich ihm jetzt jede Woche wenigstens einmal begegne und ihn durch meinen Gruß wieder an mich und sein Versprechen mahne. Aber es hilft alles nichts.

(Briefe I, S. 96 f.)

An Ludwig Pietsch Berlin, 24. April 1880

Eben beim Frühstück hat mir meine Frau Ihre Besprechung meines Romans vorgelesen; man hat nicht immer so süße »Einstippe«. ... Welcher freundliche Herzenszug und welche grundgesunde Natur gehören dazu, zweimal dasselbe Buch zu besprechen und *so* zu besprechen. Keine Spur von Ermüdung oder gar Widerwilligkeit: in Wohlwollen, in Lust und Liebe sprudeln die Worte.

Besonders dankbar bin ich Ihnen auch dafür, daß Sie auf die Schwächen des Buches hingewiesen haben. Ich war mir derselben selbst bewußt und wollt es deshalb ein »Zeit- und Sittenbild aus dem Winter 12 auf 13« nennen. Hertz aber meinte, »dann kaufe es niemand«. Ich bin überzeugt, daß er darin unrecht gehabt hat, auch in Bezug auf den äußeren Erfolg. »Isegrimm« stelle ich *sehr* hoch. Ich halte es in der ersten Hälfte für das Beste und Bedeutendste, was Willibald Alexis geschrieben hat, überhaupt für bedeutend und jedenfalls für viel bedeutender als Scott, ein paar Ausnahmestellen (Jenny Deans ect.) zugegeben. Ob es Willibald Alexis aber in dem Zeitton getroffen hat, ist mir zweifelhaft. Ein jeder wird glauben müssen, es sei alles so ernst und düster und fanatisch gewesen. Ich selbst würd es glauben, wenn ich ein Fremder wäre. Meine Eltern aber und die gesamten Swinemünder Honoratioren (unter denen ich meine Jugendeindrücke empfing) haben mir immer nur erzählt, wie kreuzfidel man damals gewesen sei. Alles entente cordiale mit den lieben kleinen Franzosen, alles verliebt und alles lüderlich. Was Alexis schildert, existierte auch, aber es war die Ausnahme. Übrigens haben Alexis und ich aus derselben Quelle geschöpft. Marwitz: Memoiren. *Er* hat aus Marwitz den Isegrimm gemacht, *ich* den Vitzewitz. Auch darin zeigt sich der Unterschied unsrer Naturen. Er war Melancholikus, ich bin ganz Sanguiniker.

(Fontane-Blätter, Bd. 2, Heft 1, S. 42 f.)

An Emilie Fontane Wernigerode, 10. August 1880

... die ›Daheim‹-Leute haben sich nüchtern und ungentil gegen mich benommen ...

(Briefe I, S. 145)

An Emilie Fontane Norderney, 17. August 1882
Ich sehe klar ein, daß ich eigentlich erst bei dem 70er Kriegsbuche und dann bei dem Schreiben meines Romans ein *Schriftsteller* geworden bin d. h. ein Mann, der sein Metier als eine *Kunst* betreibt, als eine Kunst, deren *Anforderungen* er kennt. Dies letztre ist das Entscheidende. Goethe hat einmal gesagt: ›Die Produktion eines anständigen Dichters und Schriftstellers entspricht allemal dem Maaß seiner *Erkenntniß*.‹ Furchtbar richtig. Man kann auch ohne Kritik mal was Gutes schreiben, ja vielleicht etwas *so* Gutes, wie man später *mit* Kritik nie wieder zu Stande bringt. Das alles soll nicht bestritten werden. Aber das sind dann die ›Geschenke der Götter‹, die, weil es Göttergeschenke sind, sehr selten sind, *ein*mal im Jahre, und das Jahr hat 365 Tage. Für die verbleibenden 364 entscheidet die Kritik, das Maaß der Erkenntniß.

(Briefe I, S. 178 f.)

An Emilie Fontane Thale, 16. Juni 1883
... ein alter 75jähriger Geh. R.Rath ... Nach Tisch ... trat er an mich heran und fragte mich, ob ich nicht auch Lafontaine [F.s »Tunnel«-Name] hieße? Anfangs ging es mir bei dieser Frage, wie es mir mit meinem Roman ›Vor dem Sturm‹ geht, den ich auch immer vergesse, geschrieben zu haben.

(Briefe I, S. 202 f.)

An Emilie Fontane Thale, 17. Juni 1884
Ich habe noch keine 6 Kritiken über mich gelesen, von denen ich sagen möchte: ›*Das* ist was.‹ Das Beste war, glaub ich, *das*, was Rodenberg mal über meinen Roman schrieb.

(Briefe I, S. 267)

An Otto Franz Gensichen Berlin, 30. Januar 1890
Von meinen Erzählungen soll eine Gesamt-Ausgabe erscheinen, darunter auch der dicke 4bändige Roman. Nun möchte ich gern, die von Ihnen mit nur zu gutem Recht monirten Fehler korrigiren, so zu sagen den Fleck tilgen [den Schauspieler Fleck, der bereits 1801 gestorben war, in F.s Roman, also 1813, jedoch noch lebte]. Nun mit dem Fleck ist es leicht, aber da war noch ein zweiter, den ich wieder vergessen habe. Wissen Sie's noch? Mir geschähe ein Dienst damit, wenn Sie mir's noch mal auf einer Karte schreiben wollten.

(Kehler, S. 89)

An Otto Franz Gensichen Berlin, 23. April 1891
In diesen Tagen habe ich versucht, den bewußten *Fleck*-Fleck aus meinem Roman zu tilgen, kam aber zu spät und erfuhr durch Freund Dominik, letzte Woche sei der Druck der Gesammtausgabe schon über das betr. Kapitel hinausgegangen. Glücklicherweise birgt

Berlin nur Einen, der den Schnitzer merkt und der weiß nun, daß wenigstens der gute Wille da war, den Fehler zu corrigieren.

(Kehler, S. 93)

An Martha Fontane Berlin, 25. Juli 1891

... Brahm und Sternfeld ..., mit denen ich noch eine halbe Stunde flanirte ... schossen mir Beide Liebenswürdigkeiten in den Leib – bei Brahm etwas Seltenes – und während Sternfeld von ›Vor dem Sturm‹ schwärmte (er scheint, bei einem Juden doppelt hoch anzurechnen, ein preußisch historisches Interesse zu haben) orakelte Brahm von ›Unwiederbringlich‹ ...

(Briefe II, S. 190)

An Martha Fontane Berlin, 9. Juli 1893

Ja, mit Rodenberg! Ich kann da nichts thun. ... Seine Bedenken, die Sache [»Meine Kinderjahre«] in aller Ausführlichkeit zu geben, sind wahrscheinlich berechtigt. Und doch kann ich es nicht bedauern, und bedaure es nicht, daß ich es so gemacht habe, wie's da liegt. Erst wollte man von den Ausführlichkeiten in ›Vor dem Sturm‹ nichts wissen, jetzt höre ich nur noch: ›gerade so, *so* war's richtig‹. Wer seinen eignen Weg geht, begegnet immer Widerspruch; die Schablone gilt ›und heilig wird sie Rodenberg bewahren.‹

(Briefe II, S. 209 f.)

An Theodor Hermann Pantenius Berlin, 14. August 1893

Ich versuche, die freundlich intendierte Frage wegen W. Scott und W. Alexis gleich hier zu beantworten. Wie mit meinem Lernen auf der Schule, so sieht es auch mit meinem Lesen sehr windig aus, am schlechtesten auf dem Gebiet der Belletristik. Vergleiche ich mich mit andern, so muß ich sagen, ich habe gar nichts gelesen. W. Scott las ich als Junge von 13 oder 14 Jahren, dann (1865 in Interlaken) noch mal die ersten Kapitel von »Waverley« mit ungeheurem Entzücken, aber damals war der 1. Band von »Vor dem Sturm« schon geschrieben und der Rest im Entwurf fertig. Das Erscheinen fällt über 12 Jahre später. W. Alexis las ich erst Ende der 60er Jahre ... Am meisten Einfluß auf mich übten historische und biographische Sachen; Memoiren des Generals v. d. *Marwitz* (dies Buch ganz obenan), *Droysen*, Leben Yorcks, *Macaulay* (Geschichte u. Essays), *Holbergs* dänische Geschichte, *Büchsels* »Erinnerungen eines Landgeistlichen« und allerlei kleine von Pastoren und Dorfschulmeistern geschriebene Chroniken oder Auszüge daraus. Bis diesen Tag lese ich dergleichen am liebsten.

(Auswahl Erler, Bd. 2, S. 309 f.)

An Georg Friedlaender Berlin, 9. Dezember 1894

Erich Schmidt ist mein besonderer Gönner; *der* nahm es in die Hand [die Verleihung der Würde eines Ehrendoktors] und versicherte sich zunächst Mommsens, der – wegen »Vor dem Sturm« – auch ein kleines liking für mich hat.

(Briefe an Friedlaender, S. 275 f.)

Widmung für Hans Sternheim Weihnachten 1895

Wannsee, Westend, ist alles blos Kietz,
Kaufe Dir was wie Hohen-Vietz,
Werde wie Vitzewitzens Lewin,
(Vom Hausvogteiplatz – *den* laß ziehn)
Werde klug und werde hell,
Aber nicht so poetisch wie Hansen Grell,
Vor allem werde nicht wie Bninski,
Forscher Kerl, aber Lukrinski.

(Sammlung Otto Drude; vgl. A 1, S. 376)

An Ernst Gründler Berlin, 11. Februar 1896

Das Buch ist schon aus dem Winter 63/64 und ich schrieb Abends und Nachts die ersten Kapitel – die, glaube ich, auch die besten geblieben sind – während die östreichischen Brigaden unter meinem Fenster vorüberfuhren und wenn zuletzt die Geschütze kamen, zitterte das ganze Haus und ich lief ans Fenster und sah auf das wunderbare Bild. Die Lowries, die Kanonen, die Leute hingestreckt auf die Lafetten und alles von einem trüben Gaslicht überleuchtet. ... Dann lag das Buch zwölf Jahre still, während welcher Zeit ich die Kriege von 64, 66 und 70 beschrieb und erst im Jahre 76 nahm ich die Arbeit wieder auf. Es war eine sehr schwere Zeit für mich; das Gedicht, das Lewin schreibt: »Tröste dich, die Stunden eilen«, gibt meine Stimmung von damals wieder. Alles besserte sich indessen wirklich.

(Freundesbriefe. Letzte Auslese, Bd. 2, S. 573)

An Ernst Gründler Berlin, 22. Februar 1896

Das Vorbild zu dem Ladalinskischen Haus war mir der Salon der Gräfin Schwerin (ihre Schwester, Frau von Romberg wohnte in einem neumärkischen Cammin) in der Wilhelmstraße, schräg gegenüber dem Auswärtigen Amt.

(Freundesbriefe. Letzte Auslese, Bd. 2, S. 575 f.)

An Friedrich Paulsen Berlin, 29. November 1897

Allerschönsten Dank für die freundlichen Worte, die Sie erneut für meinen vaterländischen Roman, den ersten, den ich schrieb (ich begann ihn 63 auf 64, als die nach Schleswig-Holstein gehenden östreichischen Batterieen auf der Verbindungsbahn, Königgrätzerstraße, an mir vorüberrasselten), gehabt haben. In Jahresfrist hoffe ich Ihnen einen Roman von beinah gleicher Dicke, der, statt im Oderbruch, in einem Ostwinkel der Grafschaft Ruppin spielt, überreichen zu können. Er ist auch patriotisch, aber schneidet die Wurst von der andern Seite an und neigt sich mehr einem veredelten Bebel- und Stöckertum, als einem alten Zieten- und Blüchertum zu.

(Briefe an Paulsen, S. 5)

7 *Parochialkirche:* Die in der Klosterstraße gelegene Kirche wurde 1695 nach Nerings Entwurf begonnen, 1714 von Gerlach beendet. Im Turm befand sich ein Glockenspiel mit 37 holländischen Glocken, das ursprünglich für den Münzturm des Berliner Schlosses bestimmt gewesen war. Es spielte zur halben und vollen Stunde aus Höltys Gedicht »Der alte Landmann an seinen Sohn« »Üb immer Treu und Redlichkeit« nach der Melodie der Arie des Papageno »Ein Mädchen oder Weibchen« in Mozarts Oper »Die Zauberflöte«. Text und Melodie sind in Freimaurerkreisen zuerst verbunden worden. – *»Zum grünen Baum«:* in der Klosterstraße Nr. 70. Vgl. F.s Gedicht »Berlin 1850«: »›Wilhelm, komm! Im Jrienen Baume / Ist Musik und Tanz; o, komm!‹« (HF I, 6, S. 298 ff. und Anm.). – *Schleife:* schlittenartiges Gestell, »Rutscher«.

8 *Krist:* märkische, bzw. norddeutsche Abkürzung für Kristian. – *Waldteufelgebrumm:* Mit Hilfe eines selbstgefertigten Instruments, dem sogenannten »Waldteufel«, lärmten Buben auf dem Berliner Weihnachtsmarkt. – *Lewin:* nicht selten als Vorname in märkischen Adelsfamilien jener Zeit, z. B. bei den Grafen von Bennigsen, von denen ein Lewin v. B. als russischer General bei Borodino (vgl. Anm. zu S. 240) mitkämpfte. – *von Vitzewitz:* Bekannt war der Name Zitzewitz, den eine alte Adelsfamilie führte.

9 *Unterhaltung ... Kutschers Pfeife:* Die Unterredung mit dem Kutscher zählt zu einer bestimmten Art von Figurenkonstellationen, die F. gern benutzt (vgl. Buscher, S. 172: »Hintergrundfiguren begleiten den vordergründigen Handlungsverlauf in aktiver Weise ...«); vgl. etwa »L'Adultera«, 6. Kap. (HF I, 2, S. 36 f.). – *Päth:* niederdt. Patenkind. – *verfiert:* niederdt. verwirrt, durch Schreck verstört. – *de oll' Matthias spöken deiht:* Vgl. »de oll Geisler« in »Meine Kinderjahre«, 4. Kap. (HF III, 4, S. 34 ff.).

10 *Miren-Spiritus:* Ameisenspiritus, zum Einreiben bei gichtischen und rheumatischen Leiden. – *Bohlsdorf:* Vgl. Anm. zu S. 493.

11 *blitzte der Christbaum:* Vgl. Ostwald, »Kultur- und Sittengeschichte Berlins«, Berlin o. J.: »Selbst die Vornehmen kannten zu Anfang des 18. Jahrhunderts noch nicht die weihnacht-

liche Tanne.« – *stand die Krügersfrau:* Die erste Begegnung Lewins mit den Krügersleuten, so hat man bemerkt (vgl. Buscher, S. 268), erinnert an die Szene, die Heyse in seiner Erzählung »Der Salamander« schildert. – *Zisterzienserbau:* Vgl. »Wanderungen«, ›Havelland‹, ›Die Zisterzienser in der Mark‹, über den Orden der Zisterzienser: »Sein nächster Zweck war nicht *Abzweigung* vom Benediktinertum, aus dem er hervorging, sondern *Wiederherstellung* desselben in seiner Ursprünglichkeit und Lauterkeit.« (HF II, 2, S. 38). »Überall, wo in den Teltow- und Barnimdörfen, in der Ukermark und im Ruppinschen, alte Feldsteinkirchen aufragen mit kurzem Turm und kleinen niedrigen Fenstern, überall, wo die Ostwand einen chorartigen Ausbau, ein sauber gearbeitetes Sakristeihäuschen, oder das Dach infolge späteren Anbaues eine rechtwinklige Biegung, einen Knick zeigt, überall da mögen wir sicher sein – *hier waren Zisterzienser*, hier haben Zisterzienser gebaut und der Kultur und dem Christentum die erste Stätte bereitet.« (HF II, 2, S. 43).

12 *Sie sieht nun tausend Lichter ...:* Die Strophe steht auf einem Grabstein der Berliner Nikolaikirche. Die Inschrift lautet vollständig:

Wohl ihr, Sie hat gewonnen,
Sie sitzt nun bei der Sonnen,
Für den die Sonn erbleicht,
Sie steht itzt alle Zeiten
Der Rahel an der Seiten,
Die ihr an Unfall gleicht.

Sie sieht viel tausend Lichter,
Die englischen Gesichter,
Die ihr zu Diensten stehn;
Sie schwengt die Siegesfahne
An güldnen Himmels-Plane
Und kann auf Sternen gehn.

(Zit. nach Wagner, S. 33). – *Bockmühle:* Windmühle mit drehbarem Gebäude, benannt nach der bockähnlichen Absteifung des Hausbaums. Vgl. »Quitt«, 28. Kap. (HF I, 1, S. 405).

13 *Tabouret:* niedriger Stuhl ohne Lehne. – *Göttin Venus ... Taubengespann:* Die Taube war der Liebesgöttin heilig. – *Dolgelin:* Ortschaft im Oderland, von F. in »Wanderungen«, ›Oderland‹, ›Friedrich August Ludwig von der Marwitz‹ erwähnt (HF II, 1, S. 764).

14 *In der Halle schwelen noch einige Brände ... plaudern wir ... von Hohen-Vietz:* Vgl. das »Wolsey«-Fragment: »... doch war Feuer in der Halle, das sah man an dem Glutschein ... Werfen

wir ... einen Blick auf das Herrenhaus ...« (HF I, 7; in 1. Aufl. Bd. 5, S. 600). Auch in »Wolsey« führt die Erzählung durch die weihnachtliche Schneelandschaft zu dem auf dem Lande gelegenen Adelssitz. – Das Feuer im Zimmer oder in der Halle als Zeichen der Behaglichkeit und als Einladung zum Plaudern häufig bei F.; vgl. auch »Wanderungen«, ›Die Grafschaft Ruppin‹, ›Die Menzer Forst und der Große Stechlin‹ (HF II, 1, S. 344 und Anm.). – *aus den Tagen der letzten Askanier:* Das askanische Fürstenhaus starb in der Mark Brandenburg 1319 aus; vgl. auch »Cécile«, 6. Kap. (HF I, 2, S. 161 und Anm.), wo der Historiker Eginhard Aus dem Grunde eingeführt wird, dessen Spezialgebiet die Geschichte der Askanier ist.

15 *Die Pommern:* Nach dem Tode des Herzogs Otto III. von Pommern-Stettin (1464) entbrannten zwischen Pommern und Brandenburg langwierige Kämpfe um das Herzogtum Stettin bis zum Vertrag von Prenzlau (1479) und später dem Vergleich von Grimnitz (1529). – *die Hussiten:* die Anhänger des böhmischen Reformators Jan Hus (um 1370–1415), gegen die Kurfürst Friedrich I. von Brandenburg (1418 Reichsverweser) als Befehlshaber der deutschen Heere Krieg führte, was Rachezüge der Hussiten in die Mark zur Folge hatte (besonders 1431 und 1432). – *Lebus ... Barnim:* Landschaften im Oderland, die F. in den »Wanderungen« beschreibt (HF II, 1); vgl. auch F.s Brief an Wilhelm Hertz vom 5. Nov. 1878 (S. 753). – *griechischen Feuers:* um 660 v. Chr. von Kallinikos erfundene brennbare Masse, die selbst unter Wasser gebrannt haben soll; zerstörendes Kampfmittel der Griechen und später der Sarazenen. – *Rhodus ... Feldzügen gegen die Türken:* Soliman II. (1520 bis 1566) vertrieb die Johanniter 1522 von Rhodos, wo sie seit 1309 saßen (Rhodiserritter). – *Dreißigjährige Krieg:* 1618–48. – *Hussitenüberschwemmung:* Vgl. oben. – *Schweden:* Sie nahmen unter ihrem König Gustav Adolf (gefallen 1632 bei Lützen) am Dreißigjährigen Krieg teil. – *Butler:* Vgl. Schillers »Geschichte des Dreißigjährigen Kriegs« und die »Wallenstein«-Trilogie; B. ließ Wallenstein am 25. Februar 1634 in Eger ermorden.

16 *Exaudi:* sechster Sonntag nach Ostern. – *Regiment Tiefenbach:* Vgl. Schiller, »Wallensteins Lager«, 10. Auftritt. – *Nördlingen:* In der Schlacht bei Nördlingen am 5./6. September 1634 siegten die Kaiserlichen, Spanier und Bayern zum ersten Male über die Schweden.

18 *Permission:* Erlaubnis. – *refüsieren:* verweigern. – *tempora futura:* zukünftige Zeiten. – *adolescentia:* Jugendalter. – *Münster und Osnabrügge:* Durch den Frieden von Münster und Osnabrück wurde am 24. Okt. 1648 der Dreißigjährige Krieg beendet. In der kirchlichen Frage bestätigte der Vertrag den

Augsburger Religionsfrieden. Die Konfessionen wurden vollkommen gleichgestellt. – *Herr Kurfürst:* Friedrich Wilhelm, der Große Kurfürst (1620–88), der mit zwanzig Jahren zur Regierung kam, begann bereits in den letzten Jahren des Dreißigjährigen Krieges eine zuverlässige Streitmacht aufzubauen, die er später in ein stehendes Heer umwandelte. Die Zeit von 1655–60 war die »Geburtsstunde der preußischen Armee« (Jany). – *konsiderieren:* achten. – *Burgsdorffs:* Vgl. »Wanderungen«, ›Spreeland‹, ›Blumberg‹, über die Frau Oberkammerherrin von Burgsdorf(!), geborene von Loeben, und ihren Gemahl: »Ihr Ehegemahl, eine genialische Natur, halb Held, halb Libertin, hatte sich nicht begnügt, wie ihr Vater, der Kanzler, als erster Diener *neben* dem Thron seines Fürsten zu stehn, er war, eine Zeitlang wenigstens, seines Herren *Herr* gewesen, und daß er es unausgesetzt hatte *bleiben* wollen, das hatte ihn gestürzt. Was Kurfürst Friedrich Wilhelm ertragen konnte, als er, fast ein Knabe noch, ins Land kam, in ein Land, das ihm der schlaue Mut Konrad von Burgsdorfs erst schrittweis erschließen mußte, das mußte notwendig zur Verstimmung und endlich zum Bruche führen, als der jugendliche Fürst ›der Große Kurfürst‹ zu werden begann.« (HF II, 2, S. 636 f.). – *post mortem Schwarzenbergii:* »nach dem Tode Schwarzenbergs«. Adam Graf von Schwarzenberg (1584–1641), seit 1619 Geheimer Rat des Kurfürsten Johann Sigismund, lenkte dessen schwachen Nachfolger Georg Wilhelm, unterstützte die kaiserliche Politik. Nach seinem Tode näherte Brandenburg sich Schweden. Seine angebliche Ermordung durch den Großen Kurfürsten widerlegte Friedrich der Große, der 1777 eine Untersuchung des Leichnams Schwarzenbergs veranlaßte. In den »Wanderungen« wiederholt erwähnt, vgl. das Register (HF II, 3, S. 1279).

19 *Catechismum Lutheri. Interim bene vale:* den Lutherischen Katechismus. Inzwischen lebe wohl. – *Pfuel von Jahnsfelde:* Vgl. »Wanderungen«, ›Oderland‹, ›Das Pfulen-Land‹ (HF II, 1, S. 1023 f.) und das Register (HF II, 3, S. 1267). – *Ihlow von Ringenwalde:* Vgl. »Wanderungen«, Register (HF II, 3, S. 1251). In »Stine«, 11. Kap., spricht Baron Papageno ironisch von den Schwilows, »die sich mit den umwohnenden Ihlows (die gerade so wie die Schwilows waren) in einem fort versippten und verschwägerten ... Und in derselben riesigen Proportion, wie die Ahnenreihe, sei auch die Stultitia gewachsen, die einzig historisch beglaubigte Ahnfrau des Geschlechts.« (HF I, 2, S. 528). – *Wulffen von Tempelberg:* Vgl. »Wanderungen«, ›Oderland‹, ›Steinhöfel‹ (HF II, 1, S. 967 f). – *Barfus von Hohen- und Nieder-Predikow:* Vgl. »Wanderungen«, ›Oderland‹, ›Predikow‹ (HF II, 1, S. 942 ff.) und das Register (HF II, 3, S. 1228). – *von Kracht:* Vgl. »Wanderungen«, ›Spreeland‹, ›Blossin‹ (HF II, 2,

S. 497) und das Register (HF II, 3, S. 1257); s. auch den alten Spruch: »Vor Köckeritzen, Lüderitze, / Vor Kröcher, Kracht und Itzenplitze / Behüt uns, lieber Herre Gott.« – *zwei Schapelows:* Vgl. »Wanderungen«, Register (HF II, 3, S. 1275). – *zwei Beerfeldes:* Vgl. »Wanderungen«, ›Oderland‹, ›Quilitz oder Neu-Hardenberg‹ (HF II, 1, S. 678). – *fünfe von Burgsdorff:* Vgl. Anm. zu S. 18. – *in Schloß Eger meuchlings gemordet:* Vgl. »Wanderungen«, ›Oderland‹, ›Das Oderbruch‹: »Der aus Schillers ›Wallenstein‹ männiglich bekannte Feldmarschall *Illo* schrieb sich eigentlich Ilow, oder Ylow, auch Ihlow (alle drei Schreibarten, und noch einige andre, kommen vor), und war keineswegs aus Böhmen oder Croatien, sondern aus dem sternbergischen Kreise in der Neumark gebürtig. Dorf Ihlow im Oberbarnim aber ist mutmaßlich das Stammgut der Familie. Noch jetzt ist das Ihlowsche Wappen, sowie ein Ihlowscher Leichenstein in der Kirche des letztgenannten Dorfes zu finden.« (HF II, 1, S. 563 f.). Vgl. auch »Wanderungen«, ›Spreeland‹, ›Am Schermützel‹ (HF II, 2, S. 482), F.s Gedicht »Schloß Eger« (HF I, 6, S. 202 ff.) sowie Schillers »Geschichte des Dreißigjährigen Kriegs« und »Wallensteins Tod«.

20 *des jüngeren Bruders Degen:* Vgl. die Schilderung des Zweikampfs zwischen den beiden Brüdern Barfus in »Wanderungen«, ›Oderland‹, ›Predikow‹ (HF II, 1, S. 941). – *General aufsteigen:* Vgl. »Wanderungen«, ›Oderland‹, ›Tamsel‹ über den Feldzug in Ungarn und die Erstürmung der Türkenfestung Ofen (24. Juni 1683): »Zwölfhundert Brandenburger unter General v. d. Marwitz rückten sofort in die Linie ein, avancierten unter dem lauten Beifall der ganzen alliierten Armee« (HF II, 1, S. 881). – *Peterwardein:* Die 1526 von den Türken eroberte Festung wurde von diesen nach den Siegen der Österreicher 1687 wieder geräumt. – *Dotationen:* Güterschenkungen.

21 *Erzählung vom verlorenen Sohn:* Vgl. Lukas 15; damals oft gemaltes Motiv, z. B. von Benkelaer (16. Jahrhundert), Museum Brüssel.

22 *Geschlecht auf zwei Augen:* Vgl. »Wanderungen«, ›Oderland‹, ›Der Schloßberg bei Freienwalde und die Uchtenhagens‹ (»... schaukelte ein einzig Kind auf seinen Knien ...«), ein Kapitel, an das man hier öfter erinnert wird, z. B. im Zusammenhang der Hussitenkämpfe und der »Tonne Goldes« (HF II, 1, S. 629 ff.).

23 *Blaker:* Leuchter (und Licht). – *Hacheln:* Grannen.

26 *»Nun danket alle Gott«:* Kirchenlied von Martin Rinckart (Rinckhart), 1586–1649, das wahrscheinlich dem hundertjährigen Jubiläum der Übergabe der Augsburger Konfession seine Entstehung verdankt. – *märkischen Kehlen am geläufigsten:* Vgl. etwa die oft kolportierte Episode nach der Schlacht bei

Leuthen, als die Grenadiere auf dem Marsch nach Lissa Rinckarts Lied anstimmten.

27 *Lob, Ehr und Preis...:* Vgl. die dritte Strophe von »Nun danket alle Gott« (S. 26 und Anm.). – *Suhler Arbeit:* Suhl in Thüringen, berühmt durch seine Waffenherstellung.

28 *Knobelsdorff-Dragonern:* nach der bekannten preußischen Offiziersfamilie, der auch Georg Wenzeslaus von Knobelsdorff, der Baumeister Friedrichs des Großen, entstammte; vgl. »Wanderungen«, ›Die Grafschaft Ruppin‹, ›Kronprinz Friedrich in Ruppin‹ (HF II, 1, S. 87). – *des Basler Friedens:* 5. April 1795 zwischen der französischen Republik und Preußen, das auf seine linksrheinischen Gebiete verzichtete und aus der Koalition gegen Frankreich ausschied. Preußens Entschädigung bildeten große Landgewinne im Osten, die bei der im selben Jahr beschlossenen Dritten Teilung Polens anfielen. Vgl. auch S. 644. – *Pariser Schreckensmänner:* die Männer um Robespierre (1758 bis 94), der 1793 erklärte, Gewalt und Schrecken müßten die Ordnung des Tages bilden, damit ein neues goldenes Zeitalter heraufgeführt werden könne. – *Regiciden:* »Königsmörder« nannte man nach der Restauration in Frankreich diejenigen, die als Mitglieder des Nationalkonvents 1793 für den Tod Ludwigs XVI. gestimmt hatten; sie wurden 1816 verbannt. – *Dumoulin:* bekannte preußische Refugiéfamilie, aus der zahlreiche hohe Offiziere hervorgingen. – *Zorndorf:* 25. Aug. 1758, verlustreicher Sieg Friedrichs des Großen über die Russen unter Fermor. – *Pour le mérite:* »Für das Verdienst«, von Friedrich dem Großen 1740 gestifteter preußischer Orden, ursprünglich an Militär- und Zivilpersonen, von Friedrich dem Großen später nur an letztere verliehen.

29 *Jena:* 14. Okt. 1806, Sieg Napoleons I. über die Preußen und Sachsen. – *der ihnen eigenen ritterlichen Gesinnung:* Immer wieder ist dies der Punkt, den F. bei der Schilderung französischer Wesensart hervorhebt.

30 *»Hier ruht mein Glück.«:* Vgl. »Wanderungen«, ›Oderland‹, ›Schloß Friedersdorf‹: »Marwitz bestattete die geliebte Frau, die sein Freud' und Stolz gewesen war und schrieb auf den Grabstein: ›Hier ruh't mein Glück‹.« (HF II, 1, S. 769). – *guten König:* Ludwig XVI. (1754–93), 1774 König von Frankreich.

32 *Spezialkarten von Rußland:* Vgl. »Wanderungen«, ›Die Grafschaft Ruppin‹, ›Carwe‹, wo F. aus den Aufzeichnungen Karl Friedrich von dem Knesebecks zitiert: »Die Karte von Rußland kam nicht von meinem Pult.« (HF II, 1, S. 36). Knesebeck ist – neben Marwitz – zum Vorbild für Berndt von Vitzewitz und insofern auch für den Typus des konservativen alten Edelmanns in F.s Romanen geworden (vgl. »Zur Entstehung«, S. 724). »Charakter Marwitz, aber gemäßigter, viel Züge von Knese-

beck«, hat F. in einem Notizbuch von 1862 über die Figur seines »alten Adligen« notiert (zit. nach H. Nürnberger, »Theodor Fontane und Karl Friedrich von dem Knesebeck«, in Jahrb. für brandenburgische Landesgeschichte, Bd. 20, 1969, S. 28). F. stützte sich auf die Publikation »Bruchstücke aus den hinterlassenen Papieren des kgl. preuß. General-Feldmarschalls Carl Friedrich von dem Knesebeck als ein Andenken an den Verstorbenen für die Familienmitglieder und Freunde zusammengestellt von A. v. d. Knesebeck«, Magdeburg 1850.

33 *das Bulletin:* das bekannte 29. Bulletin (Molodetschno, 3. Dez. 1812), das den Untergang der Großen Armee wenigstens andeutungsweise zugab und mit dem Satz schloß: »Die Gesundheit Seiner Majestät ist nie besser gewesen.« Das Bulletin wurde in Paris erst am 16. Dez. 1812 veröffentlicht (vgl. hierzu auch S. 311). – *Gastmahl des Belsazar:* Vgl. Heines Romanze »Belsatzar« über das im Buch Daniel, 5. Kap., beschriebene Gastmahl des babylonischen Königs: »Und schrieb, und schrieb an weißer Wand / Buchstaben von Feuer, und schrieb und schwand.« Vielleicht hat ein anderes berühmtes Gedicht Heines aus demselben Romanzenzyklus, »Die Grenadiere«, die Brücke für die Anspielung auf Belsazar im hier vorliegenden Zusammenhang gebildet. – *›Gezählt, gewogen und hinweggetan‹:* nach dem »Mene, mene, tekel, upharsin« der Flammenschrift, die Belsazar den Untergang ankündigte. Vgl. auch F.s Brief an Wilhelm Friedrich vom 5. Nov. 1882, in dem er »Gezählt, gewogen und hinweggetan« als Titel für die endgültig »Schach von Wuthenow« benannte Novelle vorschlägt (HF I, 1, S. 966). Über Swinemünder »Gastmähler, unter denen manches insoweit dem des Belsazar glich, als eine Geisteshand schon den Bankrutt des Gastgebers an die Wand schrieb«, vgl. »Meine Kinderjahre«, 10. Kap. (HF III, 4, S. 88).

34 *Bündnis:* Am 24. Febr. 1812 hatte Preußen sich bereiterklären müssen, Napoleons Feldzug nach Rußland mit einem Hilfskorps von 20000 Mann, der Hälfte der dem besiegten Staate verbliebenen Truppen, zu unterstützen. – *spanische Kriegsführung:* der Kleinkrieg der Freischaren, »Guerillas«, der in Spanien, wo ihn die Landesnatur begünstigte, seit alters üblich war, im Kampf gegen die napoleonische Invasion jedoch zu besonderer Bedeutung gelangte und in ganz Europa beachtet wurde, weil er eine beispielhafte Form des Widerstands gegen die bis dahin unbesiegbaren französischen Heere darstellte. Der Guerillakrieg begann, nachdem die regulären spanischen Truppen geschlagen waren, auf Befehl der Zentraljunta am 28. Dez. 1808. – *Ich bin für offenen Kampf:* Vgl. das »Wolsey«-Fragment, Ralph Tennyson zu Wolsey: »›... ich bin für *offnes Spiel.* ... Warum keinen ehrlichen Krieg?‹« (HF I, 7; in 1. Aufl. Bd. 5, S. 619).

35 *die rote Hand:* Vgl. S. 184 über die »Marodeurs«. – *unsere Königin:* Luise (1776–1810), geb. Prinzessin von Mecklenburg-Strelitz, Gemahlin Friedrich Wilhelms III.; ihre demütigende Unterredung mit Napoleon, durch die man mildere Friedensbedingungen für Preußen zu erlangen hoffte, fand am 6. Juli 1807 in Tilsit statt. – *das Auge des Großen Königs:* Marwitz hat »in höchst anschaulicher Weise« über das »bedeutendste Erlebnis seiner frühen Kinderjahre«, wie F. urteilt, geschrieben: über das »Merkwürdigste aus dieser meiner frühesten Zeit ... nämlich, wie ich Friedrich den Großen dreimal gesehen habe« (Marwitz, Bd. 1, S. 13); F. hat diese Schilderung wörtlich in seine »Wanderungen«, ›Oderland‹, ›Schloß Friedersdorf‹ übernommen (HF II, 1, S. 764 ff.).

36 *›die Rache ist mein‹:* Vgl. 5. Mose 32, 35. – *Simson:* ein biblischer Held, von dem das Buch der Richter erzählt. – *die Tempelpfosten faßte:* Vgl. Richter 16, 29. – *Hügelkirche ... Zisterzienser:* Vgl. Anm. zu S. 11.

37 *Askanier:* Vgl. Anm. zu S. 14. – *Zorndorf:* Vgl. S. 28 und Anm. – *Kunersdorf:* 12. Aug. 1759, fast vernichtende Niederlage Friedrichs des Großen im Kampf gegen die Russen unter Saltykow und die Österreicher unter Laudon. – *Burg Soltwedel:* (Salzwedel) Residenz der Markgrafen der Nordmark; alte Burg, die Wiege des preußischen Staates. Albrecht der Bär erhielt sie 1134 als erbliches Lehen von Kaiser Lothar und vertauschte später den Landesnamen mit Brandenburg. – *Sanssouci:* Lustschloß Friedrichs des Großen bei Potsdam, 1745 begonnen, 1747 nach dem Plan Knobelsdorffs vollendet.

38 *aus der katholischen Zeit her:* 1539 traten Kurfürst Joachim von Brandenburg und Johann von Küstrin zur lutherischen Lehre über, die aber in Brandenburg erst nach 1555 nachdrücklich durchgesetzt wurde. – *Knubbenholz:* Knorrenholz. – *die »Türkenglocke«:* Vorbild für die folgende Beschreibung in »Wanderungen«, ›Oderland‹, ›Lichterfelde‹, wo ausführlicher von der gesprungenen Glocke erzählt wird (HF II, 1, S. 1001). – *Zisterzienser:* Vgl. Anm. zu S. 11. – *Hussitenjahr:* Vgl. Anm. zu S. 15. – *Regiment Itzenplitz:* Vgl. auch S. 626. Über die Familie Itzenplitz berichtet F. wiederholt in den »Wanderungen« (vgl. das Register HF II, 3, S. 1251), vor allem in ›Oderland‹, ›Der große und der kleine Tornow-See‹ und ›Cunersdorf‹.

39 *Malplaquet:* Schlacht im Spanischen Erbfolgekrieg, vgl. Anm. zu S. 134. – *Mollwitz:* 10. April 1741, die erste Schlacht Friedrichs des Großen gegen die Österreicher, durch die von Schwerin befehligte Infanterie zu seinen Gunsten entschieden. – *der Stein sank:* Vgl. »Wanderungen«, ›Oderland‹, ›Predikow‹: »... der Estrich ... immer tiefer einsinkend ...« (HF II, 1, S. 942).

41 *seitdem die gereinigte Lehre ins Land gekommen:* Vgl. Anm.

zu S. 38. – *Prediger Seidentopf:* Vgl. Anm. zu S. 74. – *lutherisch oder kalvinistisch:* Seit 1613, als Kurfürst Johann Sigismund zur Lehre des Reformators Calvin übergetreten war, waren beide Richtungen in Brandenburg vertreten, doch überwog das lutherische Bekenntnis. Vgl. »Meine Kinderjahre«, 2. Kap., über das religiöse Bekenntnis von F.s Mutter (HF III, 4, S. 19). – *Konventiklern:* Konventikel nannte man häusliche religiöse Zusammenkünfte zum Zwecke der Erbauung und der Andacht; zu diesen erschienen die von F. wiederholt beobachteten, ihm so hochinteressanten »Leuchteblick«-Typen der Sektierer. – *von dem Engel des Herrn, der den Hirten erschien:* Vgl. Lukas 2, 8–14.

42 *»bedeckten Wagen und Reiter und alle Macht des Pharao ...«:* Vgl. 2. Mose, 14, 28. – *ein Schlitten ... zwei dunkle, tiefliegende Augen:* Die Flucht Napoleons aus Rußland ist auf zahlreichen Gemälden bildlich dargestellt (auch auf einem bekannten Bild von Wereschtschagin, aber ohne Schlitten).

43 *Judas Makkabäus:* gefallen 161 v. Chr., Anführer der jüdischen Erhebung gegen den Despotismus des syrischen Königs Antiochus IV. Epiphanes. – *›Das sei ferne, daß wir fliehen sollten ...‹:* Vgl. 1. Makkabäer 9, 10. Es handelt sich um die letzten überlieferten Worte des Judas vor seinem Tod auf dem Schlachtfelde.

45 *grönländischen Reisebeschreibung:* wohl die »Historie von Grönland« von dem Herrnhuter Missionar David Cranz; vgl. »Unwiederbringlich«, 5. Kap. (HF I, 2, S. 594). – Nikolaus Ludwig Reichsgraf von *Zinzendorf* und Pottendorf: 1700–60, der Stifter der Herrnhuter Gemeine, die sich innerhalb der evangelischen Kirche als selbständige religiöse Gemeinschaft entwickelte. – *»Du sollst den Feiertag heiligen«:* Vgl. 2. Mose 20, 8–11; das dritte der Zehn Gebote.

46 *Reprimande:* Zurechtweisung. – *resolvierte:* beschloß. – *Herrnhuterin:* Mitglied der von Zinzendorf auf seinem Gut in der Oberlausitz gestifteten Brüdergemeine; vgl. HF I, 2, Anm. zu S. 570 (»Unwiederbringlich«) und den dortigen Hinweis auf die Pflegemutter von F.s Frau, die Herrnhuterin war (Urbild von »Tante Schorlemmer«).

47 *den einwandernden böhmischen Brüdern:* die nach der Schlacht am Weißen Berge (1620) ihre Heimat verlassen mußten. Religiöse Gemeinschaft mit urchristlichen Bestrebungen. – *poste restante:* postlagernd. – *Sal sedativum:* beruhigendes Salz. – *Sal volatile:* erfrischendes Salz. Bezeichnend für die leichten, vielgebrauchten Heil- und Hilfsmittel, von denen F. im Hinblick auf seine Apothekerzeit und nicht ohne ironische Wendung gern spricht.

48 *elften zum zwölften:* Dezember 1806. – *im Auslande lebt:* Vgl.

David Cranz, »Alte und neue Brüderhistorie« (Barby 1773, fortgesetzt von Hegner 1791–1804), aus der auch F. schöpfte. – *Der »Empereur«:* der Kaiser.

49 *Immer Vortrag, nie Geplauder:* die Umkehrung von F.s Leitsatz. – *Guckkastenbilder:* Vgl. »Ein Sommer in London«, ›Out of town‹: »Nichts ermüdet schneller als die sogenannte ›schöne Natur‹; wie Guckkastenbilder müssen ihre Zauber wechseln, wenn man sie überhaupt ertragen soll.« (HF III, 3). – *Brand von Moskau:* Die Einäscherung der Hauptstadt zwischen dem 14.–16. Sept. 1812 (nach einem Plan von Graf Rostopschin) beraubte die bereits erschöpfte Armee Napoleons ihres wichtigsten Stützpunkts und zwang sie so zum Rückzug. – Fedor Wassiljewitsch Graf *Rostopschin:* 1763–1826, russischer General, Oberhofmarschall und Minister des Auswärtigen unter Zar Paul I., ehemals 1. Page der Kaiserin Katharina II., Gouverneur von Moskau, ließ beim Brand der Stadt seinen eigenen Palast zuerst anstecken. – *Übergang über die Beresina:* 26.–28. Nov. 1812, dramatischer und ruhmvoller Übergang der in Auflösung begriffenen französischen Armee auf Hilfsbrücken, zuletzt unter schwerstem russischen Druck. – *Springer:* wie die entsprechende Figur im Schachspiel.

50 *Karl XI.:* 1655–97, 1660 König von Schweden. Vgl. auch »Wanderungen«, ›Die Grafschaft Ruppin‹, ›Das Dosse-Bruch‹, die Friedrich dem Großen zugeschriebene Anekdote (HF II, 1, S. 405 f.). – *Reichsdrost:* Vertreter des Landesherrn. – Sten Freiherr *Bjelke:* 1624–84, Reichsrat und Admiral, später Reichsschatzmeister, Mitglied der Vormundschaftsregierung Karls XI. – Bengt Graf *Oxenstierna:* 1623–1707, schwedischer Staatsmann. Letzter aus der berühmten schwedischen Kanzlerfamilie.

51 *Gustav Erichson:* 1496 (oder 1497)–1560, aus dem Hause Wasa, 1523 Begründer der schwedischen Monarchie, führte in Schweden die Reformation ein.

52 *ein großer König:* Karl XIII., 1748–1818, 1809 König von Schweden, kinderlos, adoptierte Marschall Bernadotte, der sein Nachfolger wurde, trat der Allianz gegen Frankreich bei und erhielt Norwegen. – *Gustav IV.* Adolf: 1778–1837, 1792 König von Schweden, am 14. März 1809 von Aufständischen (Klingsport und Adlercreutz) verhaftet und zur Abdankung gezwungen.

53 *»Unter Gottes Schirmen ...«:* richtig: »Unter Deinen Schirmen ...«, zweite Strophe des Liedes »Jesu meine Freude« von Johann Franck (1618–77). – *ausgebaute Lose:* zugeteilte Landstücke mit Häusern; vgl. auch »Wanderungen«, ›Oderland‹, ›Das Oderbruch‹ (HF II, 1, S. 583 f.).

54 *Büdner:* Häusler, Einlieger. – Ferdinand Baptista von *Schill:* 1776–1809, preußischer Offizier, bildete 1807 sein berühmt

gewordenes Freikorps, suchte 1809 durch eine selbständige Unternehmung Preußen zum Krieg gegen Napoleon fortzureißen, zog mit seinem Husarenregiment durch die Altmark nach Mecklenburg zur Vereinigung mit den Engländern, fiel am 31. Mai in den Straßen Stralsunds im Kampf gegen dänische und holländische Truppen; vgl. F.s Gedicht »Schill« (HF I, 6, S. 226 ff.). Wie aus F.s Briefwechsel mit Storm hervorgeht (vgl. S. 720 f.), plante er 1854 einen Roman oder eine Novelle über Schill; dieser Plan wird oft als die Keimzelle zu »Vor dem Sturm« betrachtet. – *Erzherzog Karl:* 1771–1847, von 1806–09 österreichischer Generalissimus und Kriegsminister, behauptete sich bei Aspern und Eßlingen erfolgreich gegen Napoleon und bereitete diesem ernste Schwierigkeiten, bis er bei Eckmühl und Wagram von ihm geschlagen wurde. – *Bürgerressourcenstube:* Bürgerversammlungsort. – *»Beobachter an der Spree«:* 1802 begründetes Berliner Wochenblatt, das besonders vom jungen F. eifrig gelesen wurde und das er wiederholt mit ironischer Zustimmung erwähnt; vgl. »Was soll ich lesen?« (HF III, 1, S. 570) und »Christian Friedrich Scherenberg und das literarische Berlin von 1840 bis 1860«, 15. Kap. (HF III, 1, S. 670). – *»Berlinischen Nachrichten ...«:* Vgl. Anm. zu S. 310. – *Zweiundneunziger Feldzug:* Am 20. April 1792 hatte die französische Gesetzgebende Versammlung den Krieg gegen Österreich und Preußen beschlossen; während der inneren Wirren in Frankreich drangen die Preußen und Österreicher unter dem Herzog von Braunschweig in die Champagne ein, wurden aber nach der Kanonade von Valmy (20. Sept.) zum Rückzug gezwungen.

55 *Schloß-Tylsener Knesebeck:* Schloß Tilsen, das alte Stammgut der »Knesebeck«, wird von F. wiederholt in den »Wanderungen« erwähnt; vgl. das Register (HF II, 3, S. 1222). – *Kümmeritz ... Scharwenka:* Namen von Bauern aus Letschin; vgl. auch »Unterm Birnbaum« (HF I, 1, Anm. zu S. 468). – *Urbarmachung des Oderbruchs:* Vgl. »Wanderungen«, ›Oderland‹, ›Das Oderbruch‹ (HF II, 1, S. 562–88).

56 *Subhastationen:* Versteigerungen. – Wichard Joachim Heinrich Graf von *Möllendorf:* 1724–1816, preußischer Generalfeldmarschall, nahm an den Schlesischen Kriegen teil und erhielt für die Erstürmung des Kirchhofs von Leuthen den »Pour le Mérite«, übernahm 1794 vom Herzog von Braunschweig den Oberbefehl über die preußische Armee am Rhein, erfocht am 23. Mai und 20. Sept. die Siege bei Kaiserslautern, riet darauf zum Basler Frieden. Vgl auch »Wanderungen«, Register (HF II, 3, S. 1264). Das Regiment Möllendorf wird auch in »Schach von Wuthenow«, 8. Kap. erwähnt (HF I, 1, S. 612). – *Weißenburger Linien:* eine Kette von Verschanzungen bei Weißenburg im Unterelsaß, 1706 von Villars angelegt, 1793 schwer umkämpft.

In »Der Krieg gegen Frankreich 1870–1871«, Bd. 1, ›Weißenburg‹, hat F. eine Beschreibung gegeben: »Die Weißenburger Linien liefen zickzackförmig, dem Terrain sich anschmiegend fort, wurden von Strecke zu Strecke durch Redouten flankirt und bestanden aus Brustwehr und Graben. Sie galten für sehr fest, wurden aber im französischen Revolutions-Kriege umgangen und erobert und verfielen seitdem.« (HF III, 5). – *Jena:* Vgl. Anm. zu S. 29.

57 *schnackscher:* spassiger. – *räsonabel:* vernünftig.

58 *Schwedter Markgrafen:* Nachkommen des dritten Sohns von Kurfürst Friedrich Wilhelm aus zweiter Ehe, 1788 ausgestorben. – *Miekley:* Name eines Bauern in Letschin. – *Sektierer ... Sektiererzug:* Der spannungsvollen Zusammenfassung entgegengesetzter Charakterzüge gehört F.s ganze Aufmerksamkeit; vgl. eine ähnliche Spannung in »languissant« (»Ellernklipp«, 14. Kap., HF I, 1, S. 190 und Anm.).

60 *Glauben an Spuk- und Gespenstergeschichten:* für F. ein Moment »leis« erregender Poesie mit feinen Spannungen zwischen Angst- und Lustgefühl.

61 *eine Mumiengruft ... ihrer mehrere auf dem Hohen-Barnim:* Vgl. »Wanderungen«, ›Spreeland‹, ›Buch‹, wo F. von einer ähnlichen Grabschändung, die von französischen Soldaten ausgegangen sein soll, berichtet, dort allerdings mit der ausdrücklichen Bemerkung: »Ich bin seitdem in der Campehler Kirche gewesen und kann diese Geschichte leider nicht bestätigen.« (HF II, 2, S. 613).

62 *Hoppenmarieken:* nach dem Vorbild der zwergenhaft kleinen Tochter eines Büdners in Letschin namens Anna Dorothea Hoppe, die einen Hausierhandel trieb (vgl. Rosenfeld, S. 17), und einer Küstriner Botenfrau, über die F. am 10. Nov. 1847 an Wolfsohn aus Letschin schreibt: »Der geistige, mithin der bedeutsamere Verkehr wird durch ein altes Weib unterhalten, das nicht unähnlich der Norne im Scott'schen Piraten allsonnabendlich ein Felleisen in die Apotheke wirft und in Nacht und Grauen gespensterhaft verschwindet.« (Briefwechsel mit Wolfsohn, S. 26 f.). – *Kofen:* niederdt. Nebenform von »Koben«, kleiner Stall aus Holz, ursprünglich auch Hütte, Häuschen.

63 *Botenläuferin:* Vgl. Anm. zu S. 62.

64 *die Wenden:* Vgl. »Wanderungen«, ›Havelland‹, ›Die Wenden in der Mark‹ (HF II, 2, S. 14–36). – *Czernebogtempel:* Czernebog = »schwarzer Gott«, der oberste der finsteren Götter bei den Wenden.

65 *nüsterte:* blies die Luft durch die Nase. – *Wandschapp:* Wandschrank mit Doppeltür.

68 *Kursus ... durchschmarutzt:* Vgl. Goethe, »Faust«, Erster Teil, ›Studierzimmer‹, Mephisto zu Faust: »Mit welcher Freude,

welchem Nutzen/ Wirst du den Cursum durchschmarutzen!« Vgl. auch »Unwiederbringlich«, 10. Kap. (HF I, 2, S. 631). – *Schippenbube:* Spielkarte mit Anspielung auf den Tod.

70 *Kniehasesche Paar:* Kniehase war der Mädchenname der Frau eines Bauern Pehlemann aus Letschin; ihr Vater, Christian Kniehase, war ebenfalls Bauer und Schulze während der Franzosenzeit (vgl. Rosenfeld, S. 17).

71 *am Tage des Hubertusburger Friedens:* Am 15. Febr. 1763 erfolgte in dem sächsischen Jagdschloß Hubertusburg der Friedensschluß zwischen Österreich, Sachsen und Preußen.

72 *Thadden:* Adelsfamilie aus Pommern. – *Rabatten:* Aufschläge.

73 *Siebenjährigen Krieg:* 1756–63. – *Kunersdorfer Schlacht:* Vgl. Anm. zu S. 37.

74 *Der »starke Mann«:* Vgl. Anm. zu S. 250. – *Seidentopf:* wie das Lehrerverzeichnis ausweist, Name eines Lehrers am Neuruppiner Gymnasium, zur Zeit, als F. es besuchte. Die Altertumspassion S.s hatte der Walchower Superintendent Kirchner (vgl. »Wanderungen«, ›Die Grafschaft Ruppin‹, ›Walchow‹, HF II, 1, S. 355 ff.).

77 *Wenn die Flocken still ...:* Vgl. »L'Adultera«, 2. Kap.: »Etwas wie Sehnsucht überkam Melanie beim Anblick dieses Flockentanzes, als müsse es schön sein, so zu steigen und zu fallen ...« (HF I, 2, S. 11). Hier spiegeln sich elementare Empfindungen F.s Daher die Wiederholungen und das Zurücktauchen in die Kinderjahre, die diese Stimmungen geschaffen hatten. Vgl. auch »Effi Briest«, 18. Kap., das Gespräch zwischen Effi und Crampas über den Schneefall und über Brentanos Gedicht »Die Gottesmauer« (HF I, 4, S. 151).

78 *das selbstgewollte Grauen:* Vgl. das in »Meine Kinderjahre«, 9. Kap., geschilderte Erlebnis F.s auf der Camminker Kegelbahn (HF III, 4, S. 83).

79 *Florastatue:* Flora, die altitalienische Göttin des Blühens und des Gedeihens, auch der Jugend und des Genusses, wurde als blumengeschmücktes Mädchen dargestellt. – *Heliotrop, ... Lieblingsblume:* Vgl. »Effi Briest«, 36. Kap.: »... und sahen darauf hin und auf den Heliotrop, den man geschont und der den Stein jetzt einrahmte.« (HF I, 4, S. 295). Der poetisch bedeutungsvolle Klang, der »eigentümliche Parfum« des Wortes (Heliotrop, griech. = Sonnenwende, Sonnenzukehr) hat es F. angetan, hier ist ein erster Ansatz zur Stimmung, zu den »Flüsterungen« in »Effi Briest«.

82 *Nachbildung des »Lübecker Totentanzes«:* Die Darstellung in einer Kapelle der Marienkirche zu Lübeck – entstanden 1463, im zweiten Weltkrieg zerstört – zeigte den Totentanz noch in seiner einfachsten Form: 24 menschliche Gestalten, in absteigender Ordnung von Papst und Kaiser bis zum Kind, zu je

zweien geführt von springenden und tanzenden Todesgestalten. Der Totentanz war im 15. Jahrhundert (in Frankreich schon früher) ein häufiges Motiv für Wandgemälde in deutschen Kirchen. Er zeigte die Allgegenwart des Todes und seine Gewalt über das Leben auf; vgl. auch »Grete Minde«, 3. Kap. (HF I, 1, S. 18) und »Unwiederbringlich«, 2. Kap. (HF I, 2, S. 575 f.).

84 *junger Alligator:* Vgl. die Einrichtung der landrätlichen Wohnung, des »Spukhauses« in Kessin, »Effi Briest«, 6. Kap.: »›Das ist ein Haifisch.‹ ... ›Das ist ein junges Krokodil...‹« (HF I, 4, S. 50). Ein stark festgehaltener Eindruck, der wie alle solche Bilder bei F. wieder auftaucht.

85 *Camera archaeologica:* Altertümerzimmer. – »*Bekmanns historische Beschreibung*...«: von F. wiederholt, besonders für die »Wanderungen«, benutzt. Vgl. auch S. 532 und Anm. – *Camera theologica:* Theologen-, Pfarrzimmer. – *Arcus triumphalis:* Triumphbogen.

86 *Real:* Schriftkastengestell des Setzers, hier: Regal, vgl. »Von Zwanzig bis Dreißig«, ›Mein Leipzig lob' ich mir‹, 1. Kap. (HF III, 4, S. 239). – *Fricke:* Frigg, im Wortsinn »die Geliebte«, die in den Mythen mehr und mehr zur einzigen, dauernden Ehegefährtin des Himmelsgottes Wotan wird, eine starke, seherische Göttin, nicht klar zu scheiden von Freyja, der jedoch mehr Zauber- und Verführungskünste zugeschrieben werden. – *Wotan:* auch Wodan oder Odin, gemeinsamer Gott aller germanischen Stämme, Herrscher über Himmel und Erde. – *Teut:* ein von den Bardensängern des 18. Jahrhunderts erfundener, von dem Volksnamen Teutonen abgeleiteter Name für einen altgermanischen Gott, den sie mit dem bei Tacitus erwähnten Tuisco, dem Stammvater mehrerer germanischer Stämme, identifizierten.

87 *Arcus triumphalis:* Vgl. Anm. zu S. 85. – *Ultima ratio Semnonum:* letztes Mittel (Zeugnis) der Semnonen; vgl. »ultima ratio regis«, Kanonenemblem unter Friedrich dem Großen, ein Ausspruch, der Ludwig XIV. zugeschrieben wurde, sich jedoch bereits bei Calderon findet: »Ultima razon de reyes son la polvora y las balas« (1664). – Publius Cornelius *Tacitus:* um 54–117 n. Chr., berühmter römischer Geschichtsschreiber, dessen »Germania« eine wichtige Quelle über die Frühgeschichte der Germanen darstellt. – *Sanspareils:* Unvergleichliche. – Lucius Domitius *Nero:* 37–68 n. Chr., römischer Kaiser (54), berüchtigt durch seine Christenverfolgungen. – *Titus* Flavius Vespasianus: 41–81 n. Chr., 79 römischer Kaiser, der einen Tag verloren zu haben glaubte, wenn er an ihm keinem anderen eine Freundlichkeit erwiesen hatte; vgl. das Fragment »Oberstleutnant v. Esens«: »Ob eine Münze gefunden wird von Titus diesem deliciae generis humani...« (HF I, 7; in 1. Aufl. Bd. 5,

S. 843). – M. Ulpius *Trajanus:* 53–117 n. Chr., 98 römischer Kaiser, erhielt vom Senat den Beinamen Optimus (»der Beste«). – *»Imp. Caes. Trajano Optimo«:* dem Kaiser und Herrscher Trajan dem Besten. – *Antagonisten:* Widersacher. – *Semnonen- und Lutizenfrage:* Die Semnonen waren ein nach Einwanderung der Wenden um 500 zurückgebliebener germanischer Stamm, die Lutizen ein wendischer Stamm in der Mark und in Vorpommern; vgl. »Wanderungen«, ›Havelland‹, ›Die Wenden in der Mark‹ (HF II, 2, S. 14 ff.), sowie das Gedicht »Veränderungen in der Mark« (HF I, 6, S. 356 ff.).

88 *»Lutizii contra Semnones«:* Lutizen gegen Semnonen. – *»deutschen Eiche«:* Anspielung auf den Hainbund, einen nach Klopstocks Ode »Der Hügel und der Hain« benannten Freundschaftsbund von Dichtern, unter deren Idealen das Vaterlandsgefühl eine nicht geringe Rolle spielte. – *Klopstocksche Bardengesänge:* Friedrich Gottlieb Klopstock (1724–1803) versuchte in seinen späteren Oden und in den drei Dramen der Hermanntrilogie eine Wiederbelebung altdeutscher Dichtkunst; Barde = keltischer Sänger des Mittelalters. – *Hermann und Thusnelda:* Hermann der Cherusker (17 v.–21 n. Chr.), der Sieger in der Schlacht im Teutoburger Walde (9 n. Chr.), und seine Gemahlin Thusnelda waren Hauptgestalten der Hermanntrilogie (vgl. die vorhergehende Anm.).

93 *vom Doktor Faust abstamme:* Nachdem er sich dem Teufel verschworen, erhält Faust nach der Sage den Zaubermantel, der ihn durch die Luft trägt.

94 *Turgany:* soll einer Frankfurter Tradition zufolge nach dem Bild des Frankfurter Justizrats Heinrich Bardeleben (1775 geboren) gezeichnet sein. Erich Biehahn hat in seinem im Juli 1938 in der Frankfurter Oderzeitung erschienenen Aufsatz »Fontanes ›Vor dem Sturm‹, die Genesis des Romans und seine Urbilder« dieser Annahme widersprochen. Er weist auf die völlige Unvereinbarkeit der beiden Persönlichkeiten hinsichtlich des Charakters und der politischen Gesinnung hin. – *Paukdoktor:* Arzt oder älterer Medizinstudent bei der studentischen Mensur. – *Wandsbecker Boten:* Matthias Claudius (1740–1815), von 1771–75 Herausgeber der von Bode gegründeten gleichnamigen Zeitschrift. Nach einem vorübergehenden Aufenthalt in Darmstadt kehrte Claudius 1777 für dauernd nach Wandsbeck zurück. – *Claus Harms:* 1778–1855, evangelischer Theologe strenger Richtung, Konsistorialrat, Gegner Schleiermachers, Verfasser von Postillen, war 1806–16 Diakon in Lunden (Norderdithmarschen).

95 *Whist à trois:* Kartenspiel zu dreien, hier mit dem Gutsbesitzer und dem Dorfschullehrer. – *keine »Partie«:* doppelsinnig als Spiel- und Heiratspartie. – *Odins:* Vgl. Anm. zu S. 86.

97 *Drossen:* Der Wagen wurde tatsächlich 1848 dort gefunden. –

Mergel: Kalk- oder Kalkbittererde, mit Ton vermischt. – *petrifizierten:* versteinerten.

98 *Sophistereien:* Haarspaltereien (nach den Künsteleien der griechischen Sophisten). – *Priegnitz:* sandige Landschaft in Brandenburg zwischen Hannover, Mecklenburg, Mittelmark, Magdeburg, Altmark. – *die sagenhafte Pracht Vinetas:* Vineta, versunkene sagenhafte Wendenstadt, eine Swinemünder Kindheitserinnerung F.s, vgl. »Meine Kinderjahre«, 13. Kap. (HF III, 4, S. 125). – *Rethra:* die älteste der zwei Haupttempelstätten der Wenden, vgl. »Wanderungen«, ›Havelland‹, ›Die Wenden in der Mark‹: »›Nach Rhetra schicken die Wendenfürsten, ehe sie in den Kampf eilen, und sorgfältig wird hier vermittelst der Lose und des Rosses nachgeforscht, welch' ein Opfer den Göttern darzubringen sei.‹« (HF II, 2, S. 29). – *Oregunga:* ebenfalls eine (weniger bedeutende) wendische Tempelstätte. – *Kultur von Rethra und Julin:* »Diese Beschreibungen zeitgenössischer Schriftsteller, wie auch die Beschreibung von Vineta oder Julin (die beide dasselbe sind) beziehen sich auf wendische *Handels*- und Küstenstädte. Es ist indessen wahrscheinlich, daß die Binnenstädte wenig davon verschieden waren, wenn auch vielleicht etwas geringer. An Handel waren sie gewiß unbedeutender, *aber dafür standen sie dem deutschen Leben und seinem Einfluß näher.*« »Wanderungen«, ›Havelland‹, ›Die Wenden in der Mark‹ (HF II, 2, S. 22); ebendort: »Übrigens wird, was *Sitte* und *Gastlichkeit* anlangt, kein Volk zu finden sein, das sich ehrenwerter und dienstfertiger bewiese.« – *Säkula:* Jahrhunderte.

99 *Lutizischen oder Obotritischen Fürstensohnes:* Lutizen, vgl. Anm. zu S. 87 *(Semnonen- und Lutizenfrage).* Obotriten, wendischer Stamm im heutigen Mecklenburg. Vgl. auch »Schach von Wuthenow«, 15. Kap.; Schach hat sich nach Meinung Frau von Carayons »plötzlich auf seinen Obotritenadel besonnen« (HF I, 1, S. 654). – *Pribislaw:* »Um 982, unmittelbar nach dem großen Wendenaufstande, war es ... Der Fürst Pribislaw wurde Christ.« – *Mistiwoi:* »Mistiwoi war Obotritenfürst und bereits Christ geworden.« (Zitate aus »Wanderungen«, ›Havelland‹, ›Die Wenden in der Mark‹, HF II, 2, S. 18 und 32 f.).

100 *Isis- und Osiriswagen:* Isis und Osiris, ägyptische Gottheiten. Isis versinnbildlicht die Erde mit ihrer vegetativen Kraft, Osiris (ihr Bruder und Gemahl) ist der »König des Lebens«. Ein Teil der Sueben verehrte nach Tacitus die Isis, deren Attribut in Form eines Schiffes an den Wagen der Nerthus erinnert. – *Ibis:* den Ägyptern heiliger Vogel, dessen Tötung das Leben des Tötenden verwirkte. – *Jupiterwagen:* Jupiter, oberster lichtbringender römischer Gott mit weißen Pferden an seinem Wagen.

101 *Cour d'amour:* Minnehof (im Mittelalter), wo die Sängerwettstreite der Troubadours (Minnesänger) ausgetragen wurden.

102 *Niederländer aus der Rubensschule:* Peter Paul Rubens (1577 bis 1640), der auf die gesamte niederländische Malerei seiner Zeit einen außerordentlichen Einfluß übte, hatte viele Schüler. – *Bärenhatz:* Vgl. auch »Wanderungen«, ›Die Grafschaft Ruppin‹, ›Wustrau‹: »... eine Rubenssche Bärenhatz oder ähnlich traditionelle Saal- und Hallenbilder ...« (HF II, 1, S. 23). Vgl. auch »Cécile«, 8. Kap.: »... es lag ihr ungleich mehr an Bärenhatz und Sechzehnendern als an Porträts mit Pompadourfrisuren.« (HF I, 2, S. 177). – *Nußbaumetagere:* etagère: Absatz- oder Stufengestell, Glasschrank mit vielen Fächern, besonders für Nippsachen.

103 *Salz der Erde ... das noch nicht dumpf geworden:* Vgl. Matth. 5, 13. – *Astrachan rückt ein ... tiefsinniges Symbol:* Die Stadt an der Mündung der Wolga war berühmt für die Zubereitung und den Handel mit Kaviar. Das gleichnamige Gouvernement grenzte an das Gebiet der Kosaken.

104 *des 29. Bulletins:* Vgl. S. 33 und Anm. sowie S. 311. – *Konjekturalpolitik:* eine auf Mutmaßungen gegründete Politik. – *»On dit«:* »Man sagt«, Gerücht, Hörensagen. – *Korrektionshaus:* Besserungs- oder Zuchthaus. – *aus Brotkrume geformtes Kruzifix:* Vgl. F.s Brief an Julius Rodenberg vom 9. Juli 1891, die Bestimmung der Kunst als »der Gabe, aus ein bißchen Brotkrume, sagen wir den Raub der Sabinerinnen im Kate-Greenaway-Stil humoristisch herauszukneten« (Briefe an Rodenberg, S. 48).

105 *neuer Beweis:* Vgl. »Aus den Tagen der Okkupation«, Bd. 2, ›Sedan‹: »Der alte, ewig wahre Satz, daß jeder die äußere Welt, ja Gott selbst, nach seinem eigenen Ich sich auferbaut, bewahrheitete sich auch hier wieder ...« (HF III, 4, S. 871). – *»Noch heute ... im Paradiese sein«:* Vgl. Lukas 23, 43. – *Talisman:* Zaubergegenstand, für F. bedeutsam und in seinen Romanen oft verwendet.

107 *dezent Indifferentes:* fein Unentschiedenes (im »Fontane-Ton« fast eine »Tautologie«). – *Embonpointalter:* Rundlichkeitsalter.

108 Friedrich Wilhelm August Schmidt, genannt *Schmidt von Werneuchen:* 1764–1838, Pfarrer am Invalidenhaus in Berlin und später in Werneuchen in der Mittelmark, volkstümlicher Poet, eine »Mischung von Voß und Matthison« genannt, wegen seiner Simplizität und Ungelenkheit Zielpunkt spöttischer Angriffe seitens literarischer Zeitgenossen. Über Schmidts Balladen hat auch F., der bemüht ist, ihm Gerechtigkeit widerfahren zu lassen, ganz ablehnend geurteilt: »Keine Dichtungsart vielleicht kann die *Verwechslung von Einfach-Natürlichem mit Hausbacken-Prosaischem* so wenig ertragen wie die Ballade.« Vgl. »Wanderungen«, ›Spreeland‹, ›Werneuchen‹ (HF II, 2, S. 665). –

Ludwig Tieck: 1773–1853, vielseitiger romantischer Dichter, Übersetzer und Kritiker, untersuchte und förderte das Kunstmärchen; vgl. das Gedicht »Contenti estote« (HF I, 6, S. 389 f.), das F.s distanzierte Bewunderung für Tieck spiegelt; vgl. auch »Wanderungen«, Register (HF II, 3, S. 1284). – *Ziebingen:* Gut bei Frankfurt a. O., das Wilhelm von Burgsdorff an seinen Onkel, einen Grafen Finkenstein verkauft hatte, jedoch noch bewohnte. Ende des Jahres 1802 folgte Ludwig Tieck einer Einladung Burgsdorffs, seines Jugendfreundes, und siedelte auf das Gut über (vgl. Schriften und Glossen, Bd. 2, S. 462). Aus dem Namen Finkenstein hat F. Drosselstein geformt, vgl. S. 142 und Anm.

109 *»Kalenders der Musen und Grazien«:* Auf Schmidts »Kalender der Musen und Grazien für das Jahr 1796«, Leipzig, hat Goethe ironisch mit dem Gedicht »Musen und Grazien in der Mark« (»O wie ist die Stadt so wenig«) geantwortet, das in Schillers »Musenalmanach« für 1797 erschienen ist. – *»Zerbino«:* »Prinz Zerbino oder die Reise nach dem guten Geschmack, gewissermaßen eine Fortsetzung des gestiefelten Katers«, 1799 in Tiecks »Romantischen Dichtungen« erschienen. – *»Phantasus«:* »Phantasus. Eine Sammlung von Märchen, Erzählungen, Schauspielen und Novellen«, erschienen in der Realbuchhandlung Berlin 1812–16, dreibändige Sammlung früherer Märchen und Schauspiele, vermehrt durch neue Erzählungen und das Märchenspiel »Fortunat«. – *»an den Mond«:* F. hat Schmidts »An den Mond« nicht wörtlich zitiert; die achte Zeile lautet im Original: »O such' sie, lieber Mond, und schein'«, die letzte Zeile: »Und mach' ihr's Herzchen schwer!« (Vgl. Schriften und Glossen, Bd. 2, S. 463, wo das Gedicht nach der Ausgabe der »Gedichte. Mit Kupfern und Musik«, Berlin 1797, wiedergegeben ist.) Das Gedicht ist von J. F. Reichardt vertont worden.

110 *der weiße königliche Zelter ...:* nicht wörtliches Zitat aus »Der Aufzug der Romanze«, Prolog zum Schauspiel »Kaiser Octavianus« (1804) von Ludwig Tieck. Der Dichter redet so zur »Romanze«, die ihm »Auf diesem weißen königlichen Zelter? / Mit Federbüschen, in dem Winde flatternd, / Die weiße Brust mit blauem Schleier schmückend« begegnet. – *›mondbeglänzten Zaubernacht‹:* »Mondbeglänzte Zaubernacht, / Die den Sinn gefangen hält ...«, Verse aus Tiecks »Der Aufzug der Romanze« (vgl. die vorhergehende Anm.), »Romanze« antwortet dem »Dichter« (vgl. auch Schriften und Glossen, Bd. 2, S. 463). – *Ihr kleinen goldnen Sterne ...:* Aus der dritten Strophe von Tiecks wiederholt vertontem Gedicht »Nacht«.

111 *rotkalmankenen:* Kalmank = geköperter Stoff aus glattem, hartem Kammgarn. – *medisieren:* auf feine Art seinen Spott treiben.

112 *mehr Quarre als Pfarre:* nach dem Sprichwort »Erst die Pfarre, dann die Quarre«, d. h. man muß ein Amt haben, ehe man einen Hausstand gründet. – *Pastor Schultze:* Christian Heinrich Schultze, Pfarrer in Döberitz (Döbritz) im Havelland, vgl. »Wanderungen«, ›Spreeland‹, ›Werneuchen‹ (HF II, 2, S. 658 und 661). – *Nomen et omen:* »Name und (zugleich) Vorbedeutung«, Zitat aus Plautus' »Persa«, IV, 4, 74. – *Abfertigung ... von Weimar ... wohlverdient:* Vgl. die Anm. zu S. 108 und 109.

113 *»bis auf am Himmelsbogen ...«:* Aus Bürgers (1747–94) berühmter, von F. bewunderter Ballade »Lenore« (vgl. S. 483 und Anm.).

114 *Verdikt:* Geschworenenspruch. – *Inkulpat:* Beschuldigter. – *der Bürgerschen Lenore:* Vgl. Anm. zu S. 113. – *zu den stärksten Mitteln ... Im Namen:* Vgl. Goethe, »Faust«, Erster Teil, ›Studierzimmer‹, die Beschwörung des Pudels (»Erwarte nicht / Die stärkste von meinen Künsten!«). – *Zinzendorfs:* Vgl. Anm. zu S. 45. – *Saxonismus:* Sächsische Spracheigentümlichkeit.

115 *Holder Knabe ...:* 1734, von Zinzendorf (Gesangbuch der Gemeine Herrnhut von 1737, Lied Nr. 1188).

119 *unsere schöne Schildhornsage ... mit dem Wendenfürsten Jaczko:* Jazko (= Jakob von Köpenick), wendischer Teilfürst, ein Neffe von Pribislaw (vgl. S. 99 und Anm.), residierte auf Schloß Köpenick, erhob sich 1155 gegen Albrecht den Bär, dem er – nach vorübergehender Einnahme Brandenburgs – unterlag; vgl. »Wanderungen«, ›Spreeland‹, ›Schloß Cöpenick‹ (HF II, 2, S. 536). Die Schildhornsage ist anscheinend eine Hervorbringung des 18./19. Jahrhunderts. F. hat sie in einem später weggefallenen Kapitel »Das Schildhorn bei Spandau« im ersten Band der »Wanderungen« erzählt: »Brennibor (Brandenburg) war endlich nach langer Belagerung von Albrecht dem Bären erstürmt und das Wendenthum, seit lange von der Elbe zurückgedrängt, schien auch das Havelland nicht länger halten zu können. Aber Jaczko, der Wendenfürst, war wenigstens gewillt, die alten Sitze seiner Väter nicht ohne Schwertstreich aufzugeben, und noch einmal sammelte er die Seinen zum Kampf. Bei Spandau kam es zu einer letzten Schlacht. Jaczko unterlag, und hinfliehend am rechten Havelufer, von den siegestrunkenen Deutschen verfolgt, sah er kein anderes Heil mehr, als den Fluß und das jenseitige Ufer. Gegenüber dem jetzigen Schildhorn, wo die weit vorspringende Landzunge die Breite der Havel fast halbirt, gab er seinem Pferd die Sporen und setzte in den Fluß. Aber sein Pferd war matt und müde vom Kampf, und ehe es die rettende Landzunge halb erreicht hatte, empfand sein Reiter die schwindende Kraft des treuen Thiers. Da Angesichts des Todes warf das Herz des Wendenfürsten die alten

Heidengötter von sich, und die Hand, die den Schild hielt, hoch gen Himmel erhebend, rief er den Gott der Christen an, ihm zu helfen in seiner Noth. Da war es ihm, als faßte eine Hand den erhobenen Schild und hielt ihn mit leiser, aber sicherer Macht über dem Wasser; dem sinkenden Pferde kehrten die Kräfte zurück und der Vorsprung war erreicht. Jaczko hielt, was er gelobt, und wurde Christ. Seinen *Schild* aber, den der Finger Gottes berührt, ließ er dem Ort, wo das Wunder sich vollzogen hatte. Der Schild des Heiden war ihm zum Glaubensschild geworden.« (»Wanderungen durch die Mark Brandenburg«, Berlin 1862, S. 380 f., Wiederabdruck HF II, 3, S. 404). – *›der hebe den ersten Stein . . .‹:* Vgl. Joh. 8, 7. – *Examen rigorosum:* strenge Prüfung.

120 *Patriarchalität:* Bewahrung der alten, einfachen Sitten. – *Lot:* Gestalt des Alten Testaments, Neffe Abrahams. – *Sodom:* sprichwörtlich für »Sündenstadt«, im Alten Testament Wohnort Lots, mit Gomorrha im Strafgericht untergegangen.

122 *amende honorable retardée:* verspätete Ehrenerklärung. – *›moutarde après le diner‹:* Senf nach dem Essen. – Charles de *Montesquieu:* 1689–1755, einer der großen französischen »écrivains«, auf die F. stolz war; scharfsinnig, von kühler Eleganz und vollendeter Sprachbeherrschung, die seinen staatsphilosophischen Schriften sehr zugute kam. – Jean Jacques *Rousseau:* 1712–78, französischer Philosoph und Schriftsteller von größter Wirkung, starke zivilisationskritische Tendenz, einer der geistigen Vorbereiter der Französischen Revolution; seine »Confessions« (Bekenntnisse) haben F. dieses Wort geläufig gemacht; vgl. »Graf Petöfy«, 4. Kap. (HF I, 1, S. 698). Rousseaus »Eremitage« in Montmorency besuchte F. 1871. Vgl. auch »Stine«, 12. Kap. (HF I, 2, S. 538). – *›vaine fumée . . . néant‹:* eitler Dunst, den man gewöhnlich Ruhm und Größe nennt, dessen Nichtigkeit der Weise aber kennt.

123 *Prince Henri:* Prinz Heinrich von Preußen (1726–1802), Bruder Friedrichs des Großen, »ganz Franzose«, nach Friedrich dem Großen »der einzige General, der im ganzen Krieg keinen Fehler gemacht hat«. Vgl. »Wanderungen«, ›Die Grafschaft Ruppin‹, ›Rheinsberg‹: ». . . wie kommt es, daß dieser kluge, geistvolle Prinz *Heinrich*, dieser Feldherr sans peur et sans reproche, dies von den nobelsten Empfindungen inspirierte Menschenherz, so wenig populär geworden ist. . . . Um es mit einem Wort zu sagen: dem Prinzen hat der Dichter bis zu dieser Stunde gefehlt.« (HF II, 1, S. 278). – *Palimpsesten:* Palimpsest, Pergament, worauf nach Tilgung der alten Schrift wieder geschrieben worden ist. – *Chloe:* bei den Griechen Beiname der Ackerbaugöttin Demeter als Beschützerin der jungen Saat, viel gebrauchter Name in Schäfergedichten und Schäfer-

romanen, so »Daphnis und Chloe« von Longus (5. Jahrhundert n. Chr.), in Deutschland erst ab 1630 bis ins 19. Jahrhundert hinein. – *Lalage:* »Plappermäulchen«, wie Chloe Gestalt der Hirtendichtung. – *beauté:* (weibliche) Schönheit.

124 *Tabatière:* Tabaksdose. – *ma chère:* meine Liebe. – *On renonce...:* Man verzichtet lieber auf seine Grundsätze als auf seinen Geschmack, La Rochefoucauld (oft zitiert bei F.).

125 *Bninski:* historisch bekannte polnische Adelsfamilie. – *à la Reine Hortense:* in Königin-Hortense-Art (Hortense de Beauharnais, 1783–1837, Gemahlin Ludwig Bonapartes, Exkönigs von Holland, Mutter Napoleons III.).

126 *v. Schach:* Vgl. »Schach von Wuthenow« (HF I, 1).

127 *Kastalia:* nach der kastalischen Quelle am Fuß des Parnaß, des dem Apollon, dem Dionysos und den Musen geweihten Berges. Die kastalische Quelle galt als Quelle der dichterischen Begeisterung. – *vertrocknet:* Vgl. F.s Brief an Friedrich Witte vom 1. Mai 1851: »Dem Tunnel bin ich total entfremdet.« (Freundesbriefe. Zweite Sammlung, Bd. 1, S. 35). Vgl. auch F.s Brief an von Lepel vom 13. Okt. 1851; die Kastalia steht hier für den »Tunnel über der Spree«, in den F. im Mai 1844 eintrat. Der »Tunnel« war eine Vereinigung von Männern verschiedener Berufe, die ihr Interesse für die Dichtung zusammengeführt hatte; im Für und Wider der geäußerten Meinungen zu den vorgelesenen dichterischen Arbeiten sollten diese gefördert und vervollkommnet werden. – *Sukkurs:* Hilfeleistung.

128 *›Hakon Borkenbart‹:* Vgl. F.s gleichnamiges, 1874 entstandenes Balladenfragment (HF I, 6, S. 168), in der zweiten Auflage der »Gedichte«, 1875, zuerst gedruckt.

131 *Zweites Buch:* Druckfehler in unserer Ausgabe; lies: Zweiter Band. – *Schloß Guse:* Vorbild ist Gusow, Schloß und Gut; vgl. hierzu die Anm. zu S. 140 *(Schloß ... Eindruck)*, ferner die Schilderung – mit zum Teil wörtlichen Entsprechungen – in »Wanderungen«, ›Oderland‹, ›Gusow‹ (HF II, 1, S. 731 ff. und Anm.). Im Anschluß daran folgt dort das Kapitel »Schloß Friedersdorf«: »In der Nähe von Gusow liegt Friedersdorf, seit Ende des siebzehnten Jahrhunderts im Besitze der Familie von der Marwitz.« (HF II, 1, S. 752). Historische Vorlage und poetische Fiktion entsprechen einander auch räumlich. – *Sparrs:* Vgl. »Wanderungen«, ›Oderland‹, ›Von Sparrenland und Sparren-Glocken‹: »Die Sparrs oder die Sparren scheinen unter den ersten Askaniern in die Mark gekommen zu sein. Schon um 1300 begegnen wir ihnen an jenem Punkte, der später das Zentrum ihres Besitzes bildete.« (HF II, 1, S. 982). – *Uchtenhagens:* Vgl. »Wanderungen«, ›Oderland‹, ›Der Schloßberg bei Freienwalde und die Uchtenhagens‹: »... die historische Forschung, so viel ihr gelang, vermochte doch nicht bis auf die Anfänge des Geschlechtes

zurückzugehen. ... wir scheiden deshalb alles, was wir ... zu sagen haben werden, in eine *sagenhafte* und eine *historische* Zeit.« (HF II, 1, S. 624). – *die Barfus, die Pfuels, die Ihlows:* Vgl. Anm. zu S. 19. – *die Lestwitz und Prittwitz:* Vgl. »Wanderungen«, Register (HF II, 3, S. 1259 und 1268). – Joachim Bernhard von *Prittwitz:* 1727–93, preußischer General der Kavallerie. Als am Abend der unglücklichen Schlacht bei Kunersdorf das Pferd Friedrichs des Großen erschossen wurde und dieser durch ihn umdrängende Österreicher in große Bedrängnis kam, hatte Prittwitz seine Stunde; vgl. »Wanderungen«, ›Oderland‹, ›Quilitz von 1763 bis 1814‹: »Der Rittmeister von Prittwitz, nachmaliger General der Kavallerie, hatte unterdessen den Mut, daß er sich ohne Anfrage zum Geleitsmann des Königs aufwarf, ihn halb mit Gewalt aus dem Feuer herauszog und ihn über das Defilee bei der Mühle bis zur Schiffbrücke bei Goeritz durchbrachte, wo sich die Armee bald darauf wieder formierte. So wurde Prittwitz der Retter Friedrichs und der Retter des Vaterlandes.« (HF II, 1, S. 681). In den Anmerkungen am Schluß der Erstausgabe von »Oderland« hatte F. eine eingehendere Biographie des Genannten gegeben. – Hans Georg Sigismund von *Lestwitz:* 1718–88, wie Prittwitz aus alter schlesischer Familie, preußischer Generalmajor, machte sich in der Schlacht bei Torgau (3. Nov. 1760) verdient: Der König war durch eine Kartätschenkugel vom Pferd geworfen und nicht mehr fähig, die Armee zu führen, da sammelte der Major von Lestwitz die Mannschaften wieder und formierte sie: »›Wer ist Er und was will Er hier machen‹ fragte der König. – ›Ew. Majestät, ich bin der Major *Lestwitz* von Alt-Braunschweig und sammle Offiziere und Leute, um mit ihnen die Höhen zu stürmen.‹ – ›Na, Herr, das ist brav, sehr brav ...‹ – Es glückte Lestwitzen in der Tat ... Diese sieben Bataillone waren es, die ... den Tag entschieden.« Vgl. »Wanderungen«, ›Oderland‹, ›Cunersdorf‹ (HF II, 1, S. 709 f.). – *Kurrentausdruck:* geflügeltes Wort. – *»Prittwitz a sauvé ...«:* Prittwitz hat den König gerettet, Lestwitz den Staat. Vgl. »Wanderungen«, ›Oderland‹, ›Quilitz von 1763 bis 1814‹: »... so hieß es damals sprichwörtlich. Lestwitz a sauvé l'état, Prittwitz a sauvé le roi.« (HF II, 1, S. 679). Ebenso in dem Kapitel »Cunersdorf« (HF II, 1, S. 706). – *wo die Hand des Menschen ...:* mit geringfügigen Abweichungen wiederholt nach dem oben genannten »Wanderungen«-Kapitel »Gusow« (HF II, 1, S. 731); ein Gedanke, der auch andernorts bei F. anklingt.

132 *»Hier habe ich in Frieden ...«:* F. zitiert diese angeblich von Friedrich dem Großen gesprochenen Worte auch in »Wanderungen«, ›Oderland‹, ›Die Verwallung‹, übrigens leicht verändert (HF II, 1, S. 574). Franz Kugler schreibt in seiner »Geschichte

Friedrichs des Großen« (Leipzig o. J., S. 246): »Als Friedrich, nach Vollendung dieser Arbeiten, auf dem Damme des Oderbruches stand und die blühenden Fluren überblickte, die auf sein Wort hervorgetreten waren, konnte er mit innerer Befriedigung sagen: ›Hier ist ein Fürstentum erworben, worauf ich keine Soldaten zu halten nötig habe.‹« – *Blick von der ... »Seelower Höhe«:* Vgl. hierzu die Darlegung Wolfgang Rosts: »Von der Seelower Höhe aus war der Wanderer Fontane nach Gusow erst durch eine Pappel- und dann durch eine Kastanienallee an einer alten Schäferei vorbei gekommen; fast wörtlich kehrt die in den ›Wanderungen‹ gegebene Schilderung des Blicks von dieser höchsten Erhebung bei Seelow im Roman wieder, aber Fontane wählte hier die Allee alter Eichen, die in gerader Richtung auf die Kirche von Gusow zuläuft. Diese sich in die Dorfgasse fortsetzende Avenue wird dann bei der Schilderung des von Hohen-Vietz her eintreffenden Schlittens erwähnt, der wohl unter Benutzung der im Park laufenden Grandallee über die Sphinxenbrücke (richtig: Brücke mit Hirschen) in den Schloßhof gelangt. Vergleicht man diese ersten Kapitel des zweiten Bandes von ›Vor dem Sturm‹ mit der Beschreibung von Gusow in Brachvogels Derfflinger-Roman [Albert Emil Brachvogel, »Der Fels von Erz«, Berlin 1872], so zeigt Fontanes Behandlung des Schauplatzes eine möglichst anschauliche Wiedergabe; hierbei beschränkt er sich oft auf nur solche Punkte, deren Erwähnung um die handelnden Figuren den gemäßen Rahmen erstehen läßt, wenn es sich auch der Dichter hier, ähnlich wie Brachvogel, nicht versagen kann, Örtlichkeitsbeschreibungen, allerdings mehr entstehungsgeschichtlichen Charakters, die die Romanhandlung nicht fördern, einzuschalten.« (Rost, S. 93). – *Osnabrücker Friedens:* der Friede von Münster und Osnabrück, vgl. Anm. zu S. 18. – Georg Reichsfreiherr von *Derfflinger:* 1606–95, brandenburgischer Generalfeldmarschall, berühmter Feldherr des Großen Kurfürsten, trat 1654 in brandenburgische Dienste. Vgl. das Gedicht »Der alte Derffling« (HF I, 6, S. 205 ff.), mit dem F. 1846 die Reihe seiner Balladen auf preußische Heerführer eröffnet hatte, und »Der Stechlin«, 22. Kap. (HF I, 5, S. 213). – *Minorennen:* Minderjährigen.

133 *Tag von Fehrbellin:* 18. (28.) Juni 1675. Vgl. die aus den »Wanderungen« wieder ausgeschiedenen Kapitel »Fehrbellin« und »Fehrbellin in Sage, Kunst und Dichtung« (HF II, 3, S. 406 ff.). – *der pommersche und der ostpreußische Feldzug:* 1676/77 und 1678/79. – *»Neulibanon«:* Vgl. »Wanderungen«, ›Oderland‹, ›Gusow jetzt‹: »Der alte Derfflinger, dem Gusow, wie so vieles andere, auch diesen Park verdankt, war besonders darauf aus südliche Bäume, Zedern und Zypressen, großzuzie-

hen. Die Zedern ... bilden eine Parkpartie für sich, die den Namen ›Libanon‹ führt.« (HF II, 1, S. 748). – Wolf Heinrich von *Baudissin:* 1579–1646, Feldmarschall und Diplomat, zunächst in dänischen und schwedischen, ab 1633 in sächsischen Diensten; vgl. »Wanderungen«, ›Oderland‹, ›Der alte Derfflinger‹ (HF II, 1, S. 742).

134 *von der niedersten bis zur höchsten Stufe:* Derfflinger hatte sich vom einfachen Soldaten emporgedient. – *Friedrich* Freiherr *von Derfflinger:* 1662–1724, Generalleutnant. Vgl. »Wanderungen«, ›Oderland‹, ›Der alte Derfflinger‹ (HF II, 1, S. 746). – *einem der schlachtenreichsten Kriege:* dem Spanischen Erbfolgekrieg (1701–14). – *Turin:* 7. Sept. 1706, Sieg Prinz Eugens von Savoyen über die Franzosen unter dem Herzog von Orleans. – *Malplaquet:* 11. Sept. 1709, Sieg der Österreicher unter Prinz Eugen und der Engländer unter Marlborough über die Franzosen unter Villars; vgl. »Schach von Wuthenow«, 14. Kap. (HF I, 1, S. 650) und »Graf Petöfy«, 5. Kap. (HF I, 1, S. 716); die Schlacht ist F. auch durch ein »historisch angekränkeltes Stück«, vgl. »Graf Petöfy«, 5. Kap., HF I, 1, S. 716, in Erinnerung, womit er Scribe's »Ein Glas Wasser« (1842) meint. – *Schlüterzeit:* 1694–1713, in welchem Jahr Schlüter, der führende Berliner Architekt seiner Zeit, nach Petersburg ging. – *»agere ... fortiora«:* handeln oder das Stärkere erdulden.

135 *Pudagla:* Name einer Oberförsterei bei Swinemünde, vgl. »Meine Kinderjahre«, 11. Kap. (HF III, 4, S. 101 f.); vgl. auch: F.s Gedicht »Admiral Herluf Trolles Begräbnis«: »An der pommerschen Küste, vor Pudagla-Golm...« (HF I, 6, S. 181) sowie die »Oberförsterei Uvagla« in »Effi Briest«, 18. Kap. (HF I, 4, S. 148 f.). – *Amelie:* der Gestalt der Gräfin Karoline Amalie La Roche-Aymon (1770–1859) nachgebildet. »Die Marquise ... war eine stolze, selbstbewußte Frau. Sie repräsentierte die Vornehmheit einer nun zu Grabe getragenen Zeit, eine Vornehmheit, die von der Gesinnung unter Umständen abstrahieren und ihr Wesen in eine meisterhafte Behandlung der Formen setzen konnte. Diese Formen waren bei der Marquise von der gewinnendsten Art... Herrschen und ein großes Haus machen, waren ihre zwei Leidenschaften.« »Wanderungen«, ›Die Grafschaft Ruppin‹, ›Zwischen Boberow-Wald und Huvenow-See oder Der Rheinsberger Hof von 1786–1802‹ (HF II, 1, S. 318). – *»Henriade«:* 1728 in London erschienen, von Voltaire (1694–1778). – *Messiade:* »Der Messias« (1748–73 entstanden) von Klopstock (1724–1803). – *am Tage von Leuthen:* 5. Dez. 1757, Sieg Friedrichs des Großen über die Österreicher.

136 *Revue:* Heerschau. – *Frondeurs:* ursprünglich die in der »Fronde« vereinigten Adligen, die gegen die Zentralgewalt des Königtums kämpften (Frankreich, 17. Jahrhundert); später allge-

mein für politisch Unzufriedene. – *au fond du coeur:* im Herzensgrund. – *paterna rura:* väterliche Scholle.

138 *Défendu:* Verboten. – *voltairisch aufgefaßten Jeanne d'Arc:* »La Pucelle d'Orléans« (1755), satirisches Epos auf die Retterin Frankreichs von Voltaire (1694–1778). – *diskursiver:* gesprächsweiser. – *Prager Affaire:* die Schlacht bei Prag am 6. Mai 1757, Sieg Friedrichs des Großen über Prinz Karl von Lothringen, wobei das Regiment Itzenplitz auf dem rechten Flügel unter Prinz Heinrich den Ausschlag gab: »Plötzlich stutzten die Grenadiere vor einem allzu tief scheinenden Graben, Prinz Heinrich aber warf sich ohne Zögern hinein; die Kleinheit seiner Person steigerte nur noch die Größe der Aufopferung und natürlich auch die Wirkung. Alles folgte ihm nach und schlug den Feind.« »Wanderungen«, ›Die Grafschaft Ruppin‹, ›Zwischen Boberow-Wald und Huvenow-See oder Der Rheinsberger Hof von 1786–1802‹ (HF II, 1, S. 297). – *solenne:* feierliche. – *Hradschin:* Burg und Wahrzeichen Prags. – *Tableaux vivants:* lebende Bilder. – *Minerva:* römische kriegerische Göttin (der Kunst und Wissenschaft). – *Myrmidonen:* die tapferen Krieger des griechischen Helden Achilleus (archaische Völkerschaft).

139 *»Schwerins mit der Fahne« ... Prager Rivalen:* Vgl. F.s Gedicht »Schwerin«: »Er faßt die alte Fahne, / Noch nie zur Flucht gewandt, / Daß er den Sieg erbahne / Mit seiner Greisenhand.« (HF I, 6, S. 215). Generalfeldmarschall Kurt Christoph Graf von Schwerin (1684–1757) führte den zerschossenen linken Flügel bei Prag, mit der Fahne in der Hand, wieder vor und fiel; er gilt als der eigentliche Sieger von Prag. – *Bêtise:* Dummheit.

140 *Die Weiberherrschaft:* Friedrich Wilhelm II. (1744–97), Nachfolger Friedrichs des Großen, hatte mehrere Geliebte: die Gräfin Lichtenau, die Tochter des Musikers Encke, der Form nach vermählt mit Kammerdiener Rietz, 1752–1820; Julie von Voss, Gräfin von Ingenheim, gestorben 1789; Komtesse von Dönhoff, gestorben 1826 auf ihrem Gut bei Werneuchen. – *Madame Rietz:* Vgl. oben. – *Je la déteste ...:* Ich verabscheue sie von ganzem Herzen; meine Aufmerksamkeiten, wie Sie wohl wissen, gehören den Damen, aber nie den Weibern. – *Caprice:* bestrickende Laune. – *Akrostichon:* dichterisches Spiel, bei dem die Anfangsbuchstaben aufeinanderfolgender Verse oder Strophen einen Namen ergeben. – *Schloß ... Eindruck:* Vgl. hierzu Wolfgang Rost: »Einzelheiten wie z. B. das Schwanenhäuschen im Schloßgraben von Guse und die in der Mitte des Corps de Logis gelegene Flurhalle sind der Wirklichkeit entnommen; auch die Lage des Parks und eines früheren Obstgartens wird beibehalten, jedoch innerhalb dieses engeren Bildes eröffnet Fontane die Perspektive auf die in der Phantasie geschaute Abschlußkulisse, den dunklen Carzower Kirchturm ... Auch zu

den in der rechten Hälfte des Gusower Schloßbaues lokalisierten Räumlichkeiten enthält das Manuskript den zugehörigen Lageplan. Daraus entwickelte Fontane mit sinnlichem Reichtum farbig gemalte Szenerien, ohne Berücksichtigung der wirklichen oder gar historischen Verhältnisse, wie sie etwa Johann Bernoulli in seiner 1779 herausgegebenen Reisebeschreibung auch von Schloß Gusow überliefert hat.« (Rost, S. 93 f.). Vgl. auch Anm. zu S. 131. – *Administrationsjahre:* Verwaltungsjahre.

141 *Falkonetts:* Falkaunen, Halbschlangen (leichte Geschütze).

142 *L'hombre-Partien:* französisches Kartenspiel. – *Hohen-Ziesar:* nach Hohen-Jesar gebildet. – *Drosselstein:* Umwandlung des gräflichen ostpreußischen Familiennamens Finkenstein; vgl. Anm. zu S. 108 *(Ziebingen).* – *Mollwitz:* Vgl. Anm. zu S. 39. – *Moquerie:* treffender Spott. – *Chronique scandaleuse:* Klatschgeschichte; vgl. auch »Cécile«, 20. Kap. (HF I, 2, S. 275 und Anm.).

143 *Verteidigungskonklusum:* Verteidigungsbeschluß. – *Tous les genres ...:* Alle Wesensarten sind gut, ausgenommen die langweilige; ein Urteil, in dem auch viel Fontanesches liegt. – *»allerlei Freunde«:* eine ganz Fontanesche Formulierung wie Allerlei Glück und viele ähnliche Wendungen, die etwas »dezent Indifferentes« (vgl. Anm. zu S. 107) darstellen und, scheinbar nichtssagend, voller Andeutung sind; hier ist zugleich französische Vorliebe für das Nebeneinander und Fontanesches Zurückweichen vor dem Entweder-Oder am Werk. Wie bei allem, was F. aus der Seele kommt, wiederholen sich diese Wendungen oft – »man darf sich wiederholen«, sagt er bezeichnend im »Stechlin«. – *Fülle von Esprit ... Schatz von Anekdoten:* Man ist ganz im Fontaneschen Bereich, der sich vollends im nachfolgenden Satz auftut: »Nur die unausgesprochenen Menschen waren ihr interesselos, während alles Aparte, gleichviel, ob es nach der Beschränktheits- oder der Klugheitsseite hin lag, einen prickelnden Reiz für sie hatte.« Hier ist ein Wesenszug F.s aufgedeckt, ohne dessen Kenntnis die Hintergründe seiner Dichtung nicht zugänglich sind.

144 *Drosselstein:* Vgl. Anm. zu S. 142. – *Präsident von Krach:* soll nach einem Präsidenten von Kleist gebildet sein. – *Bamme:* Die Bammes waren einst Besitzer von Schorin (Marquardt) und zuvor von Groß-Glinicke; vgl. »Wanderungen«, ›Havelland‹, ›Groß-Glinicke‹: »Um die Mitte des 15. Jahrhunderts finden wir die *Bammes* hier, eine alte, westhavelländische Familie. In Groß-Glinicke saßen sie nicht allzulange.« (HF II, 2, S. 206). Der Name wurde nach seinem Klang gewählt. Bamme ist nach Friedrich Christian Ludwig Emil Graf von Zieten (1765–1854) auf Wustrau, dem Sohn des bekannten Kavalleriegenerals, gezeichnet; vgl. »Wanderungen«, ›Die Grafschaft Ruppin‹, ›Wu-

strau‹: »Selber eine Kuriosität, bracht' er es über die Kuriositätenkrämerei nie hinaus. Sein Witz und Humor verstiegen sich nur bis zur Lust an der Mystifikation. Den Altertumsforschern einen Streich zu spielen, war ihm ein besonderer Genuß.« (HF II, 1, S. 27). Das genügte F. nicht, er muß Originale geben, keine bloßen Nachkommen. – *Pehlemann:* Name eines Bauern in Letschin, der mit F.s Vater befreundet war.

145 *Renommisterei:* Prahlerei. – *perorierte:* sich verbreitete. – *Marine:* Seebild, hier: Küste.

146 *die Kaiserin:* Katharina II. (1729–96), 1762 Zarin von Rußland.

147 *Altdorf ... Küßnacht:* aus Schillers »Wilhelm Tell« geläufige Schweizer Orte.

148 *Revers:* Kehrseite.

149 *Kordialequivoken:* herzhafte Zweideutigkeiten. – *Flascheneskamotage:* Eskamotage = Taschenspielerei. – *coûte que coûte:* koste es, was es wolle.

150 *Baseler Frieden:* Vgl. Anm. zu S. 28.

151 *die Leiche zu schminken:* Vgl. »Der Stechlin«, 13. Kap., über Prinz Heinrich: »... eine geheimnisvolle Vorliebe für jungfräuliche Tote, besonders Bräute ... Und eh der Geistliche noch da sein konnte (den vermied er), erschien er und stellte sich an das Fußende des Sarges und starrte die Tote an. Aber sie mußte geschminkt sein und aussehen wie das Leben.« (HF I, 5, S. 133). – *Feuerassekuranz:* Feuerversicherung.

152 *»L'immoralité ouverte ...«:* Die offene Unsittlichkeit ist der einzige sichere Schutz gegen die Heuchelei (La Rochefoucauld). – *encouragiertes:* ermuntertes. – *Alle Stubenhocker dringen ... auf »Opfertod«:* Vgl. »Wanderungen«, ›Oderland‹, ›Hans Albrecht von Barfus‹: »Nur die Leute hinterm warmen Ofen dringen auf beständiges Heldentum.« (HF II, 1, S. 950).

153 *Cedo majori:* Ich weiche dem Größeren (nach Martial, bei dem es heißt: »Cedere maiori ...«).

154 *Mollwitzdose ... der junge König am Gattertor von Ohlau mit Flintenschüssen empfangen:* Vgl. die Ereignisse am Abend der Schlacht von Mollwitz in der Darstellung Kuglers: »Mitten in der Nacht kam er [Friedrich] mit seinem kleinen Gefolge an das Tor von Oppeln [!]; man fand es verschlossen ... erfolgten Flintenschüsse durch das Gattertor; – die Stadt war ... besetzt.« (Franz Kugler, »Geschichte Friedrichs des Großen«. Leipzig o. J., S. 176). Vgl. auch S. 39 und Anm. *(Mollwitz)*. – *Hubertusburgdose:* Vgl. Anm. zu S. 71. – *Papagenoarie:* Vgl. »Wanderungen«, ›Oderland‹, ›Freienwalde‹, ›Das Schloß‹: »Vieles im Schloß erinnert noch an jene Tage stillen Glücks, und besonders ist es ›Kronprinz Fritz‹ [d. i. Friedrich Wilhelm IV.], dessen Spuren sich verfolgen lassen ... Das interessanteste Überbleibsel aus jener Zeit aber ist ein Leierkasten, der damals dem

Kronprinzen zum Geschenk gemacht wurde, und dessen Hauptstück die Papageno-Arie war: ›Ein Mädchen oder Weibchen wünscht Papageno sich.‹« (HF II, 1, S. 604 und Anm.). Vgl. auch »Stine«, 2. Kap. (HF I, 2, S. 484); die Arie ist aus Mozarts »Zauberflöte«, nach der Melodie wurde auch »Üb immer Treu und Redlichkeit« gespielt (vgl. S. 7 und Anm.). – *die »Schlacht bei Marengo«:* vermutlich ein Lied über den Sieg Napoleons.

155 *Topographie:* Ortsbeschreibung; gemeint ist die Darstellung von Walter Christiani, »Das Oderbruch«, Freienwalde 1855, die von F. für den Band ›Oderland‹ der »Wanderungen« benutzt wurde. – *Protzhagen:* Vgl. »Wanderungen«, ›Oderland‹, ›Der große und der kleine Tornow-See‹, über Pritzhagen (HF II, 1, S. 649 f.). – *der letzte Rutze:* Vgl. »Wanderungen«, ›Oderland‹, ebendort: »*Pritzhagen* liegt mehr östlich ... Das Dorf selbst ist unbedeutend wie Bollersdorf. Viele Jahrhunderte lang besaßen es die ›Rutze‹ oder die ›von Reutze‹ wie sie später genannt wurden ... Der letzte, wie es scheint, war ›Junker Hans‹, ein Waidmann von altem Schrot und Korn, der seine Passion mit dem Leben bezahlte. Sein Name lebt fort in der Junker-Hansens-›Kehle‹, was in der Gebirgssprache der ›Märkischen Schweiz‹ soviel wie Schlucht bedeutet. In Pritzhagen weiß und erzählt noch jedes Kind von dem ›tollen Junker‹ ...« (HF II, 1, S. 649 f.). – *Reparti:* elegante Entgegnung. – *Revenant:* Zurückkehrender (Geist).

156 *Avenuen:* hier: baumbestandene Auffahrten.

158 Bogislaw Friedrich Emanuel Graf *Tauentzien* von Wittenberg: 1760–1824, später General und Kommandant von Berlin, ein besonderer Liebling des Prinzen Heinrich, 15 Jahre lang an seinem Hof. Vgl. »Wanderungen«, Register (HF II, 3, S. 1283). – *Wreechs:* Baron Friedrich Wilhelm Feodor von Wreech (Wreich), 1733–85, Hofmarschall, und Graf Ludwig Alexander von Wreech (Wreich), 1734–95, Kammerherr Prinz Heinrichs; 1795 ist das Geschlecht ausgestorben. – Dodo Heinrich von *Knyphausen:* 1729–89, »eine Art Ehrenkammerherr«, wie F. in »Wanderungen«, ›Die Grafschaft Ruppin‹, ›Zwischen Boberow-Wald und Huvenow-See oder Der Rheinsberger Hof von 1786 bis 1802‹ berichtet, »und gehörte dem prinzlichen Kreise mehr als Volontair an ... Neben der Unabhängigkeit seiner Stellung gab ihm sein scharfer Verstand und seine politische Bildung ein besondres Ansehen, eine politische Bildung, die bedeutend genug war, um die Aufmerksamkeit Mirabeaus zu erregen ...« (HF II, 1, S. 300). – Karl Franz Paridam Kraft von dem *Knesebeck*-Mylendonck: 1748–1828, Offizier und Kammerherr Prinz Heinrichs, »der letzte männliche Sproß aus der Linie *Tilsen*«, sagt F. in dem vorstehend genannten Aufsatz und fügt nach einer Schilderung seiner Herkunft und seiner Familienverhält-

nisse hinzu: »Einzelheiten aus seinem Rheinsberger Leben hab' ich nicht erfahren können.« (HF II, 1, S. 301 f.). – *Soyez les bien-venus:* Seien Sie willkommen.

159 *Causeuse:* (Plauder-)Sofa für zwei Personen. – *Bleu-de-France:* Französisch-Blau. – *Je vous en prie:* Ich bitte sie darum.

160 *ça dit tout:* das sagt alles. – *Bêtise allemande:* deutsche Dummheit. Ebenso äußert sich L'Hermite in »Quitt«, 29. Kap. (HF I, 1, S. 411). – *C'est étonnant:* das ist erstaunlich. – *par un caprice du sort:* durch eine Schicksalslaune. – *Dieu m'en garde:* Gott behüte mich davor. – *A quoi bon:* Wozu soll es gut sein? – *et voilà ce qui me fâche:* und das ärgert mich. – *je n'aime pas ...:* ich liebe nicht, um Worte zu feilschen.

161 *Oh cet air ...:* Oh, wird sich denn dieses bürgerliche Gehabe nie verlieren. – *Je ne le comprends pas:* Ich verstehe es nicht. – *Epiciertochter:* Händlerstochter. – *je les respecte ...:* ich achte sie, aber ich verabscheue ihre Verzerrung.

162 *Rauenthaler:* Vgl. S. 603 und Anm. – *Gourmandise:* Schwelgerei. – *Cedo majori:* Vgl. Anm. zu S. 153.

163 *galonierte:* betreßte. – *»Gastmahl der Götter«:* Deckengemälde (1517–19) von Raffael. Vgl. F.s Brief an Karl Zöllner vom 3. Nov. 1874 (Freundesbriefe. Zweite Sammlung, Bd. 1, S. 396 f.). – *Farnesina:* Renaissancebau in Rom, 1509 von Peruzzi erbaut, mit hervorragenden Gemälden. – Louis Graf von *Narbonne*-Lara: 1755–1813, 1791 durch die französische Nationalversammlung zum Kriegsminister und Feldmarschall ernannt, floh jedoch mit Hilfe von Frau von Staël 1792 vor der Französischen Revolution nach London und lebte bis 1800 in der Emigration. Nach der Amnestie zurück nach Frankreich, 1809 von Napoleon I. zum Generalleutnant ernannt, zeitweise Gesandter in München und Wien. Von Tauentzien 1813 in Torgau eingeschlossen. Starb durch Sturz vom Pferd. – Louis Charles Antoine *Desaix* de Voygoux: 1768–1800, am 14. Juli bei Marengo gefallen; bei Weißenburg und Kaiserslautern gegen die Österreicher bewährt, ebenso in Ägypten und Malta. – *je me le rapelle ...:* Oh, ich erinnere mich sehr gut. (Die Schreibweise »très-bien« wurde hier und auch an späteren Stellen belassen). – *Marie Antoinette:* 1755–93, eine Tochter Maria Theresias, Gemahlin Ludwigs XVI., am 15. Okt. enthauptet. Narbonne begleitete noch 1791 die Tanten des Königs auf ihrer Flucht, hatte sich aber schon der Französischen Revolution (in der Partei der konstitutionellen Monarchisten) angeschlossen. – *Empire:* das Kaiserreich Napoleons. – *Parvenus:* Emporkömmlinge.

164 Christian Graf von *Haugwitz:* 1752–1832, ab 1802 Minister des Auswärtigen, 1805 an der Spitze der preußischen Regierung bis November 1806. – *Kaiserkrönung:* am 2. Dez. 1804. – *Eh*

bien ...: Nun, was will das heißen? ... Majestät, auf diese Art überreichte man Ludwig XVI. die Eilbotschaften. ... Ah, das ist sehr gut. – *ancien régime:* die »alte Regierungsform«, besonders das absolutistisch regierte Frankreich vor 1789; auch allgemein in bezug auf die politischen und gesellschaftlichen Verhältnisse auf dem europäischen Kontinent vor 1789 gebraucht, öfters im verklärten Sinne. – *aus der Auvergne:* Desaix wurde auf Schloß St. Hilaire d'Ayat in der Auvergne geboren. – *Parenthese:* Einschaltung. – *in voller Junihitze:* Die Schlacht bei Marengo fand am 14. Juni statt.

165 *Chablis:* weißer Burgunderwein, benannt nach der Stadt Chablis. – *im Weißen Saale:* der Weiße Saal des Berliner Schlosses, 1728 begonnen, 1844 von Stüler ausgebaut. Hier fanden die feierliche Eröffnung des Reichstags und des Landtags und die großen Hoffestlichkeiten statt. – *Abbé Sieyès:* Emanuel Joseph Sieyès (1748–1836), französischer Staatsmann; ursprünglich Geistlicher, Kanonikus, dann Generalvikar des Bischofs von Chartres, 1788 Abgeordneter seines Standes in Orleans; Broschüren und Streitschriften von ungewöhnlicher Wirkung, Mitglied der Nationalversammlung. Stimmte 1793 für den Tod des Königs (vgl. unten); 1798 als bevollmächtigter Minister nach Berlin; Teilnahme an Napoleons Staatsstreich, Ausarbeitung der Verfassung, provisorischer Konsul. Danach von Napoleon entmachtet, mit dem Grafentitel und der Senatorenwürde abgefunden. Später als Régicide (Königsmörder) verbannt. Nach der Revolution 1830 wieder in Paris und Mitglied der Akademie. – *Ambassadeur:* Botschafter. – *trikolore:* dreifarbige (blau-weiß-rote). – ›*La mort sans phrase*‹: ›Den Tod ohne Redensarten‹ soll Abbé Sieyès, alle Reden abschneidend, als Urteil über Ludwig XVI. in der Konventsitzung vom 17. Januar 1793 gefordert haben. Wiederholt bei F., vgl. »Quitt«, 35. Kap. (HF I, 1, S. 440 und Anm.), »Meine Kinderjahre«, 5. Kap. (HF III, 4, S. 47) sowie F.s Gedicht »Ein Ball in Paris«: »Und jenen Hagren sieh! sag, kündet nicht / ›La mort – sans phrase!‹ dies steinerne Gesicht?« (HF I, 6, S. 261). – *Ragout en Coquille:* feines Fleischgericht in Muscheln. – Nicolas Jean de Dieu *Soult:* 1769 bis 1851, Herzog von Dalmatien, Marschall von Frankreich, vom Gemeinen hochgedient, in zahlreichen Schlachten bewährt; von Ludwig XVIII. zum Kriegsminister ernannt, 1815 wieder bei Napoleon I. Generalstabschef. – Louis Nicolas *Davoust:* (Davout, D'Avout), 1770–1823, Herzog von Auerstädt, Fürst von Eckmühl, Marschall von Frankreich; Mitschüler Napoleons in Brienne, 1793 General, 1804 nach Napoleons Thronbesteigung Marschall und Majorgeneral der kaiserlichen Garde. Nach dem Rückzug der französischen Truppen aus Rußland sprengte er 1813 die Dresdner Elbbrücke, besetzte Hamburg, das er we-

gen seines Abfalls zur Rechenschaft zog und erst auf Befehl Ludwigs XVIII. am 31. Mai 1814 übergab. – Joachim *Murat:* 1771–1815, einer der tapfersten Generäle Napoleons; Sohn eines Gastwirts. 1795 Adjutant Napoleons, 1800 mit dessen jüngster Schwester verheiratet, 1804 Reichsmarschall und Prinz des französischen Reiches, Mitsieger von Austerlitz, dafür Großherzog von Berg; 1808 erhielt er an Joseph Bonapartes Stelle das Königreich Neapel und wurde unter dem Titel Joachim I. Napoleon als König beider Sizilien proklamiert. Nach dem von ihm geleiteten Rückzug der französischen Truppen aus Rußland 1813 Sieg über die Österreicher bei Dresden.

166 *Mamelukengesindel in den Sand geritten:* Bonapartes Feldzug in Ägypten, an dem Murat hervorragend beteiligt war, besonders die Schlacht bei den Pyramiden (1798) brach die Herrschaft der Mameluken, einer ursprünglich aus gekauften Kriegsgefangenen gebildeten Militärkaste. – *Affaire von Jena:* Vgl. Anm. zu S. 29. – *Kaiser Alexander:* 1777–1825, 1801 Zar von Rußland. Alexanders Besuch in Berlin im November 1805 wird auch in »Schach von Wuthenow«, 6. Kap., behandelt (vgl. HF I, 1, S. 599 f.). – *Friedrich Wilhelm I.:* 1688–1740, 1713 König von Preußen, Vater Friedrichs des Großen, ein Hasser alles Ausländischen, besonders des Französischen. Die Anerkennung der Erbfolge seines Hauses in Jülich und Berg war ein Hauptziel seiner Außenpolitik. – *neugebackenen Herzog:* Vgl. Anm. zu S. 165 *(Murat).*

167 *glau:* hell, scharf, pfiffig (besonders von den Augen gebraucht). – *Tendre:* Neigung. – *Jüngling zu Nain:* Vgl. Lukas, 7, 11–15. – *weiblichen Pendant:* die Tochter des Jairus; vgl. Lukas 8, 41–56. – *bei Babel, bei Sodom:* Babel, eine Stadt im Lande Sinear, deren Name durch die Verwirrung der Sprachen beim großen Turmbau entstand (vgl. 1. Mose, 11, 9); Sodom (»Geheimnis«), eine Stadt im Lande Kanaan, die um ihrer Sünden willen durch einen Feuer- und Schwefelregen vertilgt wurde (vgl. 1. Mose, 19, 24). – *›Selig sind, die reines Herzens sind...‹:* Vgl. Matth. 5, 8. – *Pastor loci:* der Pastor (= Hirte) des Orts, Anspielung auf den sprichwörtlichen genius loci. – *wieder bei Lot und seinen Töchtern:* Vgl. S. 120 und Anm.; Lot und seine Töchter wurden bei der Vertilgung Sodoms verschont (1. Mose, 19, 1 bis 23).

168 *die Mutter kaum in Salz:* Vgl. 1. Mose, 19, 26: »Und sein Weib sah hinter sich und ward zur Salzsäule.« Lot und den Seinen war befohlen worden, sich nicht umzusehen. – *der Sohn der ältesten Tochter:* Die Töchter Lots wurden schwanger von ihrem Vater, die ältere gebar einen Sohn, der Moab genannt wurde. Er war der Stammvater der Moabiter, die den Israeliten benachbart waren, aber in Feindschaft mit ihnen lebten. Eine

sehr versteckte, aber vielschichtige Anspielung, ähnlich wie in »Schach von Wuthenow«, 6. Kap. (HF I, 1, S. 594 und Anm.). Bamme, der den Sohn der Tochter Lots höhnisch »Bamme« nennt, erklärt sich damit selbst zum Moabiter.

169 *perorierte:* Vgl. Anm. zu S. 145.

171 *Nullum vinum . . .:* Kein Wein außer einem ungarischen. – *Ruster-Ausbruch:* süßer, starker Weißwein aus dem Anbaugebiet bei Rust am Westufer des Neusiedler Sees. Vgl. »Unterm Birnbaum«, 5. Kap. (HF I, 1, S. 476).

172 *Tapferkeit der Gebirgsvölker:* Vgl. auch »Wanderungen«, ›Oderland‹, ›Falkenberg‹, wo »der modelnde Einfluß, den die Wohnstätte des Menschen auf den Menschen selber übt«, hervorgehoben wird (HF II, 1, S. 598), ein Gedanke, der auch sonst bei F. wiederkehrt; vgl. etwa »Meine Kinderjahre«, 6. Kap., über »die Überlegenheit der Meeresbewohner in allem was Erscheinung angeht« (HF III, 4, S. 63). – *Schrecken über ganz Burgund:* Bei Héricourt (1474), Grandson (1476), Murten (1476) und Nancy (1477) errangen die Eidgenossen glänzende Siege über burgundische Heere. – *Gebirgsclane:* schottische Gebirgssippen. – *Spanien und Tirol:* die Aufstände in Spanien 1808 und in Tirol 1809.

173 *Hannibal:* 247/46–183 v. Chr., der Heerführer Karthagos gegen Rom im Zweiten Punischen Krieg, einer der größten Feldherrn des Altertums. – Gaius Julius *Cäsar:* 100–44 v. Chr., als Feldherr und Staatsmann in seiner Zeit unerreicht. – *Gustav Adolf:* 1594–1632, 1611 König von Schweden und Held des Dreißigjährigen Krieges; vgl. S. 15 und Anm. *(Schweden).* – *Friedrich:* Friedrich der Große (1712–86). – *Suum cuique:* Jedem das Seine; vgl. F.s Gelegenheitsgedicht für Karl Zöllner, das anhebt: »Ich glaube, daß es der Großvater war« (HF I, 6, S. 503); Leitspruch des preußischen Schwarzen Adlerordens. – *›Victory‹:* Admiralschiff Lord Nelsons, des Siegers der Seeschlacht bei Trafalgar (21. Okt. 1805) über die spanisch-französische Flotte. – *Trafalgaraffaire:* Vgl. die vorhergehende Anm. – *Schwilow- oder Schermützelsee:* Vgl. »Wanderungen«, ›Havelland‹, ›Der Schwilow‹ (HF II, 2, S. 378 ff.) und ›Spreeland‹, ›Am Schermützel‹ (HF II, 2, S. 477 ff.). – *Zorndorf:* Vgl. Anm. zu S. 37. – *Nullum . . .:* Vgl. Anm. zu S. 171.

174 *Estrade:* erhöhter Platz des Fußbodens, Auftritt vor einem Fenster. – *Trumeau:* Pfeilerspiegel. – *der Minister:* Hardenberg (vgl. S. 225 und Anm.); die Audienz beim Minister ist der Audienz von der Marwitz' bei Hardenberg nachgebildet (vgl. Marwitz, Bd. 1, S. 332 ff.); gekürzte Wiedergabe in »Wanderungen«, ›Oderland‹, ›Friedrich August Ludwig von der Marwitz‹ (HF II, 1, S. 776). Das Notizbuch E 2 (Deutsche Staatsbibliothek, Fontane-Archiv Potsdam) enthält dazu die Bemer-

kung: »*Marwitz's* wichtiges Gespräch mit Hardenberg fand *Weihnachten 1812* statt, als man den Untergang der franz: Armee eben bestimmt erfahren hatte. (S. 332.)« (Faksimile in: »Theodor Fontane in Selbstzeugnissen und Bilddokumenten. Dargestellt von Helmuth Nürnberger«, Reinbek bei Hamburg 1968, S. 12).

175 *Negociationen:* Unterhandlungen.

176 *il faut en convenir:* man muß dem zustimmen.

177 *ça se désapprend:* das verlernt sich. – *il affronte nos préjugés:* er trotzt unseren Vorurteilen. – *Louis quatorze:* Ludwig XIV. (1638–1715), 1643 König von Frankreich. – *Ce n'est pas ça:* Das ist es nicht. – *et ce Louis . . .:* und dieser Ludwig selbst, das ist nicht mein Abgott. Du weißt wohl . . . – *grand monarque:* großer Monarch. – *etwas Schwerfällig-Habsburgisches:* Anna von Österreich (1601–61), die älteste Tochter Philipps III. von Spanien, wurde mit Ludwig XIII. vermählt und die Mutter des späteren Ludwig XIV. – *Le bon roi Henri:* Heinrich IV. (1553 bis 1610), 1589 König von Frankreich, vgl. auch »Unwiederbringlich«, 12. Kap. (HF I, 2, S. 649) und »Aus den Tagen der Okkupation«, Bd. 1, ›Die 1. Schlacht von Amiens‹ (HF III, 4, S. 799). – *Dauphin:* Titel des französischen Thronfolgers, zu dessen Apanage die Landschaft Dauphiné gehörte. – *Simier:* Vor allem der Kreis des Hôtel Rambouillet (Marquise de Rambouillet, 1588–1665), Treffpunkt großer Geister und großer Damen, empfand lebhaften Widerwillen gegen die rauheren Formen, die sich am Hofe Heinrichs IV. breitzumachen begannen. – *J'ai vu le roi . . .:* Ich habe den König gesehen, aber nicht Seine Majestät. – *comme un demi-reproche:* als einen halben Vorwurf.

178 *Wiege . . . eine Schildkrötenschale:* Von diesem Vorgang erzählt F. auch in »Aus den Tagen der Okkupation«, Bd. 1, ›Die 1. Schlacht von Amiens‹: ». . . wer . . . statt in eine Wiege in eine *Schildkröten-Schale* gelegt wurde, der darf manches mit anderen Augen ansehn als der nachgeborne Sohn einer prosaischeren Zeit.« (HF III, 4, S. 800). – *persiflierte:* bedachte mit feinem Spott (der ganze Satz ist eine Selbstschilderung F.s). – *Grandseigneurs:* großen Herrn (bei F. höchst positiv, ja sein Ideal). – *gascognischer Schelmerei:* Man sieht, wie F. hier bei sich selbst ist, betrachtet er doch die gascognischen (seine Voreltern stammten aus der Gascogne) Schelmereien als bestes Ahnenerbe. – *Que s'il n'avait pas . . .:* Daß, wenn er nicht König gewesen wäre, er gehängt worden wäre. – Gédéon *Tallemant des Réaux:* 1619–92, Sohn eines hugenottischen Bankiers, ein Hauptmitglied des »blauen Salons« im Hôtel Rambouillet; vgl. Anm. zu S. 177 *(Simier)*, schrieb die »Historiettes«, Sittenschilderungen seiner Epoche, eine anekdotenreiche, jedoch histo-

risch gut belegte Chronik. Vgl. »Aus den Tagen der Okkupation«, Bd. 1, ›Die 1. Schlacht von Amiens‹ (HF III, 4, S. 779 f.). – *Graf Beauffremont ... Gabriele:* Gabrielle d'Estrees (1571 bis 1599), Tochter des Großmeisters der Artillerie Antoine d'E., Geliebte Heinrichs IV., von der die Herzöge von Vendôme abstammen; von Tallemant des Réaux »franche coquine« (Erzspitzbübin) genannt. Vgl. »Aus den Tagen der Okkupation«, Bd. 1, ›Die 1. Schlacht von Amiens‹ (HF III, 4, S. 800), wo die von Tallemant des Réaux überlieferte Episode ebenfalls erzählt wird. Danach war es nicht Beauffremont, sondern Bellegarde, der erste Geliebte der Gabrielle – von F. nur »einer seiner Hofleute« genannt –, der dem König von der Untreue seiner Geliebten Mitteilung machte; auch war es dieser Quelle nach nicht im Schloß Chenonceaux, wo Franz I. den Spruch einschnitt, sondern im selben Schloß Le Château de Henri IV. in Boves, wo auch obige Szene spielte. In Wirklichkeit soll die Scheibe sich aber auf Schloß Chambord befunden haben (Brantôme, »Vie des dames galantes«). Später hat Gabrielle die Loireschlösser Chenonceaux und Chambord dem Schloß in Boves vorgezogen. Sie wurde zur Herzogin von Beaufort erhoben und starb, wie F. in »Aus den Tagen der Okkupation« erzählt, »an einer jener ›vergifteten Orangen‹, ohne die der kleinere Romanschriftsteller nicht bestehen kann.« (HF III, 4, S. 800). – *le roi Henri:* der König Heinrich. – *Non, je ne veux ...:* Nein, ich will nicht eintreten; das würde sie zu sehr verdrießen. – *tout à fait:* ganz und gar. – *Franz I.:* 1491–1547, 1515 König von Frankreich. – *Schloß Chenonceaux:* in der Touraine, 1515–22 als Brückenschloß über dem Cher erbaut. – *Souvent femme varie ...:* Oft wandelt sich die Frau, und ein Narr ist, wer ihr traut.

179 *C'est ça:* So ist es. – *›grand monarque‹:* Vgl. S. 177. – *Pau:* Geburtsstadt Heinrichs IV. in den Niederpyrenäen. Ludwig XIV. stiftete dort eine Universität. Eine Statue Heinrichs IV. wurde 1843 errichtet. – *›Celui-ci est le petit-fils ...‹:* Dies ist der Enkel unseres guten Heinrichs. – *Le bon roi ... le grand roi:* Der gute König ... der große König. – *Graf Tauentzien:* Vgl. Anm. zu S. 158.

180 *›Le prince est le seul ...‹:* Der Prinz ist der einzige, der nie Fehler gemacht hat. Vgl. hierzu Chester V. Easum, »Prinz Heinrich von Preußen. Bruder Friedrichs des Großen«, Göttingen 1958 (= Göttinger Bausteine zur Geschichtswissenschaft. 24), S. 305, über ein für den Prinzen unglücklich verlaufenes Gefecht Mitte Oktober 1762: »Die Schlappe war ... ernsthafter Art, jedoch kaum schwer genug, um ... zu verhindern, daß der Prinz in den Folgejahren einen legendären Ruhm gewann, der sich auf das angebliche Lob Friedrichs gründete, daß

er der einzige General Preußens sei, der niemals einen Fehler gemacht habe – *der fehlerlose Feldherr.*« Vgl. auch »Der Stechlin«, 3. Kap. über »›den Vorzug ... in der Rheinsberger Gegend zu leben. ... Erst der große König, und dann Prinz Heinrich, der nie 'ne Schlacht verloren.‹« (HF I, 5, S. 36). – *Hochkirch:* Die Unvorsichtigkeit Friedrichs erlaubte den Österreichern unter Daun am 14. Okt. 1758 einen nächtlichen Angriff auf das preußische Lager bei Hochkirch; Friedrich wurde unter schweren Verlusten geschlagen. – *Leuthen:* 5. Dez. 1757, Sieg Friedrichs über die zahlenmäßig weit überlegenen Österreicher unter Prinz Karl von Lothringen; ein Wendepunkt des Siebenjährigen Krieges. – *de temps à temps:* von Zeit zu Zeit. – *Prinzeß Amalie:* Anna Amalie (1723–87), Prinzessin von Preußen, Äbtissin von Quedlinburg. Nach dem Tod seiner Lieblingsschwester, der Prinzessin Wilhelmine, gewann die Beziehung zu seiner jüngeren Schwester für Friedrich an Bedeutung. Vgl. auch »Wanderungen«, ›Oderland‹, ›Friedrich August Ludwig von der Marwitz‹ (HF II, 1, S. 765).

181 *Montierungshut:* Uniform-, Diensthut.

182 *Chez soi:* Zu Hause.

184 *Marodeurs:* entlaufene Soldaten, Plünderer.

185 *Trumeau:* Vgl. Anm. zu S. 174. – *Hausgespenst ... »schwarze Frau«:* Vgl. hierzu die – in späteren Auflagen entfallenen – Äußerungen über die »schwarze Frau« von Carwe in der Erstausgabe der »Wanderungen«: »Leider entbehrt die übliche Spukgeschichte selbst aller charakteristischen Züge und paßt insofern schlecht nach Carwe hin, wo einem alles Andere plastisch bestimmt, gut motivirt und voll fesselnder Eigenthümlichkeit entgegentritt. Die übliche hohe Frau, deren schwarze Seide durch die Zimmer rauscht; das übliche Poltern, Rumoren und Thürenklappern; der traditionelle Seufzer, womit die Erscheinung verschwindet – nichts Besonderes, nichts Abweichendes. Niemand weiß, wer die schwarze Dame ist, und wer es weiß, will es vielleicht nicht wissen. Ihrer Erscheinung fehlt das bestimmte, historische Fundament, jener dunkle Fleck, ohne den es keine Gespenster und keine Gespenstergeschichten giebt.« (»Wanderungen durch die Mark Brandenburg«. Berlin 1862, S. 18). – *Boulearbeit:* kostbare Einlegearbeit, nach dem französischen Hofschreiner André Charles Boulle (1642–1732).

186 *Mon cher ...:* Mein lieber Faulstich. Alles geht gut. – *le style ...:* Der Stil ist der Mensch (frei nach Buffon, der aber sagt: Le style est l'homme même). – *et comme j'espère:* und wie ich hoffe. – Jean François de *la Harpe:* 1739–1803, Mitglied der Akademie, Begründer der französischen Literaturgeschichtsschreibung, Verfasser elegant geschriebener Dramen; begeistert für die Revolution, bis ihn fünf Monate Gefängnis wegen Ver-

spottung Robespierres zu ihrem erbitterten Feind machten. – *Tome VII:* Band VII. – *après quelque hésitation:* nach einigem Zögern. – Antoine Martin *Lemierre:* 1723–93, französischer Bühnendichter, sein »Guillaume Tell« (1766 auf der Bühne) wurde zu einem Lieblingsstück des Publikums. Die republikanische Begeisterung, die das Stück weckte, ließ Lemierre bereuen, es geschrieben zu haben. – *justement ...:* eben weil er nicht diese Reife hat. – *kaptiviert:* gefangengenommen, (durch List oder Kunst) gewonnen. – *et comme Intendant en Chef ...:* und als Generalintendant des Theaters von Schloß Guse. – *S'accomoder ...:* Sich dem Geschmack aller anzupassen, ist das Gebot unserer Zeit. – *et encore plus la surprise:* und noch dazu die Überraschung. – *cher Docteur ...:* lieber Doktor, deshalb wende ich mich an Ihre Güte. – *J'en suis sûre:* Ich bin dessen sicher. – *N'oubliez ...:* Vergessen Sie nicht, daß ich Sie am 30. erwarte! Ich bin mit vollkommener Wertschätzung Ihre ergebene ...

187 *»Jenaer Literaturzeitung«:* »Jenaische Allgemeine Literaturzeitung«, 1804 auf Anregung Goethes gegründet, der auch an der Zeitung mitarbeitete.

188 *Grell:* Vgl. »Wanderungen«, ›Havelland‹, ›Petzow‹ (HF II, 2, S. 402). – *Hansen:* Vgl. Frau Hansen in »Unwiederbringlich«, 10. Kap. (HF I, 2, S. 628). – *Jürgaß ... Gantzer:* Vgl. »Wanderungen«, ›Die Grafschaft Ruppin‹, ›Gantzer‹ über den alten Jürgaß, 1758–1833: »ein Muster der Tapferkeit und der *Herzensgüte«* (HF II, 1, S. 462); vgl. S. 359. – *Zietens:* Vgl. »Wanderungen«, ›Die Grafschaft Ruppin‹, ›Wustrau‹ (HF II, 1, S. 18 ff.). – *Rohrs:* Vgl. ebendort Anmerkungen; alte preußische Adelsfamilie, die F. besonders gut kennt durch seine Vertraute Mathilde von Rohr, mit der er in langem Briefwechsel steht: vgl. auch »Wanderungen«, ›Die Grafschaft Ruppin‹, ›Gantzer‹ (HF II, 1, S. 458 ff.).

189 *Kronprinz Friedrich:* Vgl. »Wanderungen«, ›Spreeland‹, ›Schloß Cöpenick‹: »Am 28. Oktober 1730 trat hier das Kriegsgericht zusammen, das über den Lieutenant *Katt* vom Regiment Gensdarmes so wie über den ›desertirten Obristlieutenant Fritz‹ Urteil sprechen sollte ...« (HF II, 2, S. 544). – *Kopenhagen ... dasselbe Jahr, in dem die Engländer die Stadt bombardierten:* 4./5. Sept. 1807, ein im dänischen Volksgemüt tief haftender Eindruck, vgl. die zahlreichen zeitgenössischen Gemälde und Stiche, so von C. W. Eckersberg (Nationalsammlung, Schloß Frederiksborg), Clementsen, Haas, Lahde, Lorentzen mit Überschriften wie: »Das freundschaftliche englische Bombardement«. – *Grafen Moltke:* dänische Linie, seit 1750 gräflich, zu jener Zeit sieben dänische Staatsmänner und Politiker von hohem Rang; vgl. »Unwiederbringlich«, 6. Kap. (HF I, 2, S. 607), an

das man hier öfter erinnert wird. – *Schill:* Vgl. Anm. zu S. 54.

190 *das kastanienbraune Haar:* Vgl. »Unwiederbringlich«, 14. Kap. (HF I, 2, S. 672 und Anm.).

191 *Verzug:* Liebling. – *Kirch-Göritz:* Göritz, vgl. »Wanderungen«, ›Oderland‹, ›Von Frankfurt bis Schwedt‹ (HF II, 1, S. 558 f.).

192 *Rietz-Lichtenau:* Vgl. Anm. zu S. 140.

193 *Tieck:* Vgl. Anm. zu S. 108. – ›*Gestiefelten Kater*‹: 1797, Kindermärchen von Tieck. – ›*Zerbino*‹: Vgl. Anm. zu S. 108. – ›*Genoveva*‹: »Leben und Tod der heiligen Genoveva«, 1800. – *Capricen:* Vgl. Anm. zu S. 140. – *Sinekure:* (lat.: sine cura – ohne Sorgen) geschäftsloses Amt.

194 *Von dem Brombeerstrauche ... keine Trauben:* Vgl. Matth. 7, 16: »Kann man auch Trauben lesen von den Dornen oder Feigen von den Disteln?« – *affablen Manieren:* freundlichen Umgangsformen. – *Sybaritismus:* Schwelgerei, sprichwörtlich nach der antiken Stadt Sybaris, die wegen ihres Reichtums und wegen des Wohllebens ihrer Bewohner bekannt war. – *kategorischen Imperativ:* die Hauptforderung Immanuel Kants (1724–1804) in der Sittenlehre: das unumschränkte Pflichtgebot. – *Arnold von Winkelried-Ballade:* Arnold Winkelried, ein Schweizer aus dem Kanton Unterwalden, entschied nach umstrittener Überlieferung durch seine Aufopferung die Schlacht bei Sempach am 9. Juli 1386: »Eidgenossen, ich will euch eine Gasse machen, sorgt für mein Weib und meine Kinder!« Damit faßte er die Lanzen der österreichischen Ritter und stieß sie in seine Brust, im Fallen eine Lücke reißend, in die die Schweizer Bauern einbrachen.

195 *29. Bulletin:* Vgl. Anm. zu S. 33 sowie S. 104 und S. 311. – *apotheosieren:* vergöttlichen.

196 *Ötscher:* Vgl. »Wanderungen«, ›Oderland‹, ›Von Frankfurt bis Schwedt‹, über »jenes Terrain, wo Stadt und Dorf ... an die Tage mahnen, die jenem Kunersdorfer 12. August *vorausgingen* und ihm *folgten.* Es sind ... Reitwein, Goeritz und Oetscher ... Der König verbrachte die Nacht, eine Viertelmeile südlich von der Schiffbrücke, im Dorfe *Oetscher;* er schlief auf Stroh in einer verödeten Bauernhütte. ... Oetscher, wiewohl nahe gelegen, verbirgt sich hinter Hügeln ...« (HF II, 1, S. 558). – *Kunersdorf:* Vgl. Anm. zu S. 37. – Ewald Christian von *Kleist:* 1715 bis 1759, Dichter und Offizier, wurde als Major beim Angriff auf eine russische Batterie tödlich verwundet. Er starb in Frankfurt, wohin man ihn gebracht hatte (vgl. S. 606 und Anm.). – Sigmund Wilhelm *Wohlbrück:* verfaßte eine »Geschichte des ehemaligen Bisthums Lebus und des Landes seines Namens«, Berlin 1829–32, die F. für »Vor dem Sturm« (vgl. S. 746 und die Anm. zu S. 374) und für die »Wanderungen« benutzt hat. – *dans toute sa gloire:* in seinem ganzen Ruhmesglanz.

197 *in medias res:* mitten in die Sache hinein. – *In manus...:* In Deine Hände, Herr, befehle ich meinen Geist. Entsprechend den letzten Worten Christi am Kreuz nach Lukas 23, 46: »Vater, in deine Hände...« – *Küstriner Markgrafen:* Johann (1513–71), übernahm 1535 die Regierung der Neumark; Bruder Joachims II., trat mit seinem Bruder 1539 zur lutherischen Lehre über. Vgl. über ihn »Wanderungen«, ›Oderland‹, ›Unter Markgraf Hans‹ (HF II, 1, S. 813 ff.).

198 *Reeperbahn:* Seiler- oder Reepbahn, wind- und sonnengeschützter Platz zum Spinnen des Hanfs zu Seilen.

199 *Chemise:* Hemd. – *Parure:* Putz, Staat. – *au fond:* im Grunde.

200 *Hasenköpfe, Reinetten:* Apfelsorten. – *Parnaß:* Vgl. Anm. zu S. 127. – *beiden Schlegel:* August Wilhelm (1767–1845) und sein Bruder Friedrich (1772–1829), der deutschen Romantik verbundene Kritiker und Literaturwissenschaftler von bedeutendem Einfluß. – *Tiecks:* Vgl. Anm. zu S. 108. – Wilhelm Heinrich *Wackenroder:* 1773–98, mit Ludwig Tieck befreundeter Dichter der deutschen Frühromantik, Wegbereiter einer romantischen Kunstauffassung.

201 *Maraschino:* Kirschlikör, ursprünglich aus der in Dalmatien heimischen Maraskakirsche. – *Roma locuta est:* (causa finita est), Rom (d. h. der Papst) hat gesprochen (die Sache ist entschieden). Vgl. die Satire »Philotanus« (1720) des Abbe Grécourt (Vers 784: »Rome a parlé, l'affaire est terminée«); dem Sinne nach schon bei Augustinus (»Sermo«, 131, 10) nachweisbar.

202 *Novalis:* eigentlich Friedrich Leopold Freiherr von Hardenberg (1772–1801), bedeutendster Lyriker der deutschen Frühromantik und Erzähler des Jenaer Kreises; aus Herrnhuter Familie. – *seinen Roman:* »Heinrich von Ofterdingen«, Novalis' Fragment gebliebener Bildungsroman, posthum in den »Schriften«, besorgt von Friedrich Schlegel und Ludwig Tieck, 1802 veröffentlicht. – *›Kreuzgesang‹:* wohl der Kreuzgesang der Ritter im vierten Kapitel des »Heinrich von Ofterdingen« (»Das Grab steht unter wilden Heiden«). – *›Bergmannslied‹:* im fünften Kapitel des »Heinrich von Ofterdingen«. – *›Hymnen der Nacht‹:* die sechs »Hymnen an die Nacht«, zuerst 1800 im »Athenäum«, auch in den »Schriften«. Aus dieser »Athenäum«-Fassung wird Faulstich im folgenden zitieren.

203 *Proselytenmacherei:* Bekehrungseifer. – *Verherrlichung des Griechentums:* Vgl. Nr. 5 der »Hymnen an die Nacht«. – *»Im Volke, das...«:* nicht wörtliches Zitat aus Nr. 5 der »Hymnen an die Nacht«; die Stelle lautet vielmehr: »Im Volk, das vor allen verachtet zu früh reif und der seligen Unschuld der Jugend trotzig fremd geworden war, erschien mit niegesehenem Angesicht die neue Welt – In der Armut dichterischer Hütte – Ein

Sohn der ersten Jungfrau und Mutter – Geheimnisvoller Umarmung unendliche Frucht. Des Morgenlands ahndende, blütenreiche Weisheit erkannte zuerst der neuen Zeit Beginn – Zu des Königs demütiger Wiege wies ihr ein Stern den Weg. In der weiten Zukunft Namen huldigten sie ihm mit Glanz und Duft, den höchsten Wundern der Natur. Einsam entfaltete das himmlische Herz sich zu einem Blütenkelch allmächtiger Liebe – des Vaters hohem Antlitz zugewandt und ruhend an dem ahndungsselgen Busen der lieblich ernsten Mutter. Mit vergötternder Inbrunst schaute das weissagende Auge des blühenden Kindes auf die Tage der Zukunft, nach seinen Geliebten, den Sprossen seines Götterstamms, unbekümmert über seiner Tage irdisches Schicksal.« (Novalis, »Schriften«. Hrsg. von Paul Kluckhohn und Richard Samuel, Bd. 1, »Das dichterische Werk«, Stuttgart 1960^2, S. 145 f.). – *de tout mon coeur:* von ganzem Herzen.

204 *Suprematie:* Oberherrschaft. – *›Wenn alle untreu werden ...‹:* nicht am Beginn der »Geistlichen Lieder« von Novalis (vgl. Anm. zu S. 202), vielmehr das sechste Lied; zitiert werden die ersten beiden Strophen des vierstrophigen Liedes. – *Paul Gerhardtschen ›O Haupt voll Blut und Wunden‹:* besonders als Choral in Johann Sebastian Bachs Matthäuspassion eines der bekanntesten geistlichen Lieder von Paul Gerhardt (1607–76), dem großen protestantischen Liederdichter des 17. Jahrhunderts, dessen inniges religiöses und poetisches Empfinden F. hoch schätzte. Vgl. »Kriegsgefangen«, ›Die Zitadelle von Besançon‹: »Da wirkt ein Gesangbuchvers von Paul Gerhardt doch anders!« setzt F. dem gelehrten Trost, den er in »Senecas Betrachtungen über den Tod« findet, entgegen (HF III, 4, S. 577); in den »Wanderungen«, ›Spreeland‹, ›Mittenwalde‹ berichtet er von der Entstehung des Liedes »Nun ruhen alle Wälder«, das er ein »Musterstück einfachen Ausdrucks und lyrischer Stimmung« nennt und erzählt in freier Form die Legende von der Entstehung des Liedes »Befiehl du deine Wege« – »jenem großen Trostes- und Vertrauensliede« (HF II, 2, S. 709 ff.); vgl. schließlich die Äußerung in dem Bekenntnisbrief an Mathilde von Rohr vom 30. Nov. 1876: »Das ›Frühlingslied‹ von Uhland oder eine Strophe von Paul Gerhardt ist mehr wert als 3000 Ministerialreskripte.« (Auswahl Erler, Bd. 1, S. 439).

205 *Klippschullehrer:* Klippschule = Winkelschule; vgl. Ostwald, »Kultur- und Sittengeschichte Berlins«, S. 431: »so entstanden ... auch viele von Leuten aller Art gehaltene Winkelschulen, die ohne jede Aufsicht waren« (um 1670). – *›Selig sind ...‹:* Vgl. Matth. 5, 8.

209 *Et voilà la Bérésine:* Und hier die Beresina; vgl. Anm. zu S. 49.

212 *Impromptus:* Einfälle. – Friedrich Freiherr von *Schuckmann:*

1755–1834, 1807 wegen Verdachts der Verräterei von den Franzosen festgenommen, 1810 auf Vorschlag Hardenbergs Geheimer Staatsrat und Abteilungsleiter im Innenministerium, 1814 Innenminister.

213 *Urväterhausrat:* Vgl. Goethe, »Faust«, Erster Teil, ›Nacht‹: »Urväter Hausrat drein gestopft – / Das ist deine Welt! das heißt eine Welt.« – *Dragonerkasketts:* Dragonerhelme.

214 *Quappendorfer Gesindel:* Quappendorf, nördlich Neu-Hardenberg gelegen, wird auch in den »Wanderungen«, ›Oderland‹, ›Die Kolonisierung und die Kolonisten‹ erwähnt (HF II, 1, S. 581); in »Effi Briest«, 19. Kap., ist der reale Ortsname Heringsdorf in Quappendorf umgewandelt worden (HF I, 4, S. 156).

216 *mit Permission:* mit Verlaub.

217 *Drömlinger Bauern:* die Bewohner eines waldigen, vormals sumpfigen Bruchs (Drömling) an der braunschweigischen und hannoveranischen Grenze der Altmark. Ursprünglich wohnten sie auf oasenähnlich mitten in Sümpfen liegenden Hörsten. Sie waren schon im Mittelalter als kriegerisch bekannt, besiegten 933 einen Reiterschwarm der Magyaren, während des Dreißigjährigen Krieges kaiserliche und schwedische Truppen.

218 *Kyritzer Kämmerer:* Vgl. H. Bauer, »Denkschrift über die Hinrichtung des Kämmerers Karl Friedrich Schulze und des Kaufmanns Karl Friedrich Kersten durch die Franzosen in Kyritz am 8. April 1807«, Kyritz 1845. F. entlieh die genannte Schrift, wie aus einem Brief vom 12. Jan. [1878] hervorgeht, von Friedrich Wilhelm Holtze (vgl. S. 749); er hat sich fast wörtlich auf sie gestützt. Der Bericht lautet bei Bauer: »Schulze hingegen starb nicht unmittelbar nach den fünf Schüssen, die er empfing, sondern bewegte sich noch, und schlug mit den Händen, da sprang dann ein mitleidiger Nassau-Usinger zu ihm, und schoß ihm ins Herz mit den Worten: aus Liebe, du unschuldiges Blut, will ich dir zum Tode helfen!« Zit. nach Jahrb. d. Deutschen Schillergesellschaft, 4, 1960, S. 369. – *Kunersdorf:* Vgl. Anm. zu S. 37.

219 *Sukkurs:* Vgl. Anm. zu S. 127.

220 *Schillschen:* Vgl. Anm. zu S. 189.

221 Andreas *Hofer:* 1767–1810, der berühmte Sandwirt, der Tirol gegen Napoleon führte und in Mantua erschossen wurde. – *Franz'l:* Kaiser Franz I. von Österreich (1768–1835), 1792–1806 als Franz II. römischer Kaiser.

224 *Prinz Ferdinand:* August Ferdinand Prinz von Preußen, 1730 bis 1813, jüngster Bruder Friedrich des Großen, General im Siebenjährigen Krieg; Wraxall: der König werde ihm in Gefahr nicht »die materiellen Interessen der Familie Brandenburg anvertrauen«; vgl. auch »Wanderungen«, ›Spreeland‹, ›Friedrichsfelde von 1762–1785. Prinz Ferdinand‹; F. vergleicht seine Hof-

haltung mit der Prinz Heinrichs und schreibt über sein Friedrichsfelder Leben: »Es hatte wohl auch seine ›Chronique‹, seine Flüsterungen, seine Geheimnisse, aber es fehlte doch der eigentümliche Parfum, der in dem stillen, abgelegenen Schloß am Grineritz-See alle Räume durchdrang.« (HF II, 2, S. 581). Für diesen »Parfum«, diese ungreifbare Atmosphäre war F. besonders empfänglich.

225 *von Massow auf Steinhöfel:* Über den 1817 gestorbenen von Massow vgl. »Wanderungen«, ›Oderland‹, ›Steinhöfel‹ (HF II, 1, S. 968). – *Prötzel:* Dorf im Kreis Oberbarnim; das Schloß 1730, angeblich von Schlüter, erbaut. Vgl. »Wanderungen«, Register (HF II, 3, S. 1299). – Karl August (1814: Fürst) von *Hardenberg:* 1750–1822, bedeutender preußischer Staatsmann, zwischen 1803 und 1807 Außenminister, 1810 Staatskanzler von nachhaltiger Wirkung. Große Verdienste während des Kriegs 1813/14; von Einfluß auf dem Wiener Kongreß. Nach Bischof Eylert (vgl. S. 358): »verehrungswürdig«, nach Niebuhr: »ein schwacher Tor«; nach Trennung seiner Ehe mit der (bei der Heirat 15jährigen) Gräfin Reventlow (ein Bruder des Prinzen von Wales fand sie liebenswürdig) noch zweimal verheiratet und zweimal geschieden. – Antoine Marie Philippe Asinari, Marquis de *St. Marsan:* 1761–1842, von 1809–13 französischer Gesandter am preußischen Hof; vgl. »Wanderungen«, ›Die Grafschaft Ruppin‹, ›Carwe‹, das Gespräch zwischen Napoleon und Graf St. Marsan (HF II, 1, S. 36 f.).

227 *Kosciusko:* Tadeusz Kościuszko, 1746–1817, aus altem Adel, 1777 Adjutant Washingtons, 1789 polnischer Generalmajor, 1792 Heerführer gegen Rußland, bis er am 11. Okt. 1794 im letzten Treffen bei Maciejowice nach dem vierten Angriff verwundet in Gefangenschaft geriet; sein dabei ausgerufenes Wort »Finis Poloniae« (lat. »Ende Polens«) ist nicht verbürgt und von ihm selbst später bestritten. – *Spanien:* Am Krieg in Spanien (1808–14) nahmen unter Soult auch polnische Truppen teil. – *Lancierregiment:* Die polnischen Lancier-(Lanzenreiter-) Regimenter – Ulanen – waren eine Elitetruppe; vgl. auch Anm. zu S. 423 *(Ulanendivision)*. – *Band der Ehrenlegion:* Am 19. Mai 1802 durch Erlaß des Konsuls Napoleon gestiftete Auszeichnung, vom Kaiser Napoleon am 11. Juli 1804 endgültig organisiert. Die Dekoration bestand aus einem fünfstrahligen, weißemaillierten Stern an scharlachrotem Bande.

229 *Dragonerkasketts:* Vgl. Anm. zu S. 213.

231 *Selbstpersiflierung ...:* feine, beachtenswerte Erklärung dieser ausgesprochenen F.-Gewohnheit: scheinbar belustigte Verspottung eigener Schwächen.

232 *Marodeurs:* Vgl. Anm. zu S. 184. – ›*Wer das Schwert nimmt ...*‹: Vgl. Matth. 26, 52.

234 *14e Rég. de ligne:* 14. Linienregiment.
237 *seit Martini:* seit dem 11. November (Festtag des hl. Martin von Tours).
240 *Tööf en beten:* Warte ein bißchen.
242 *Haspenbeschlag:* Türhakenbeschlag. – *Sukkurses:* Vgl. Anm. zu S. 127.
243 *Blak:* Rauch.
244 *Blaker:* Leuchter.
245 *Von Kajarnak:* der in der Anm. zu S. 45 genannten Historie von Grönland des Herrnhuter Missionars David Cranz entnommen.
246 *Marodeurs:* Vgl. Anm. zu S. 184.
247 *gestowtes:* gedämpftes. – *kalmieren:* beruhigen.
250 *Pachaly:* Name des Lehrers in Letschin, der die hinterlassene Tochter eines Akrobaten in sein Haus aufnahm.
254 *Nur einer ... auf dem Wege nach Emmaus:* Vgl. Lukas 24, 13 bis 31.
256 *Angekoks:* zu den Zauberpriestern der Eskimos auch der in den Anmerkungen zu S. 45 und 245 erwähnte Missionar David Cranz, »Alte und neue Brüderhistorie«, Barby 1773.
259 *am Johannistag:* Am 24. Juni feiert die abendländische Kirche das Geburtsfest Johannes des Täufers. In den nordischen Ländern auch als Sonnwendfest lebendig.
262 *Wangeline von Burgsdorff:* Vgl. F.s Gedicht-Fragment »Wangeline von Burgsdorff oder Die weiße Frau« (HF I, 6, S. 256 f.); die Burgsdorffs saßen auf Hohen-Jesar und Ziebingen. – *Vandyckschule:* Anthonis van Dyck (1599–1641), Rubensschüler und berühmtester flämischer Maler nach Rubens.
270 *Jo, Wettstang:* Ja, Donnerwetter.
273 *prädestinationsgläubiger Calvinismus:* der durch Calvin begründete Vorherbestimmungsglaube, auf dem so viele der Gestalten F.s ebenso wie er selbst beharren. Vgl. »Schach von Wuthenow«, 4. Kap.: »›Aber *das* laß dir sagen, es liegt alles vorgezeichnet in uns, und was Ursach' scheint, ist meist schon wieder Wirkung und Folge.‹« (HF I, 1, S. 577); ähnlich F.s Gedicht »Man hat es oder hat es nicht«: »Glaub nicht, du könnt'st es *doch* erklimmen / Und Woll'n sei höchste Kraft und Pflicht; / Was *ist,* ist durch Vorherbestimmen, – / Man hat es oder hat es nicht.« (HF I, 6, S. 386). Ostwald bemerkt in seiner »Kultur- und Sittengeschichte Berlins«, S. 45, über die französische Kolonie in Berlin: »sie fußten auf der Lehre der Prädestination«; diese Grundthese Calvins (1509–64) hebt F. immer wieder hervor und läßt z. B. auch den Atheisten L'Hermite in »Quitt« (10. Kap., HF I, 1, S. 429) sich an seiner Stelle dazu äußern. Das Wissen eines lange Wartenden, daß seine eigentliche Zeit noch kommt, ist daran sehr beteiligt. Das Schmerzliche des

Wartens und der Drang nach dem Kommenden wachsen in F.s Gestalten zusammen zum schmerzlichen Kommenden (»Ich wußt' es«). Titel wie: »Es muß etwas geschehen« in »Schach von Wuthenow« (HF I, 1, S. 621) und: »Es geschieht etwas« in: »Vor dem Sturm« (S. 222) sind für F. bezeichnend. Vor diesem Geschehen aber liegt »Gewölk« (vgl. S. 396). – *Real:* Vgl. Anm. zu S. 86.

280 *Que Dieu ...:* Möge Gott Sie in seinen Schutz nehmen, Sie und meinen Brief. – *Melpomene:* Muse der Tragödie. – *Klio:* Muse der Geschichtsschreibung. – *Polyhymnia:* Muse des Gesangs. – *Kostümfrage:* Vgl. »Wanderungen«, ›Havelland‹, ›Die Pfaueninsel‹, über die berühmte Schauspielerin Demoiselle Rachel: »... die Kostümfrage. Nichts war zur Hand, nichts zu beschaffen. Ihre eigene Gesellschaftsrobe half indessen über diese Verlegenheit am ehesten hinweg.« (HF II, 2, S. 199 f.). – *Demoiselle Alceste ... mit Hilfe Racines und seiner Schule:* Jean de Racine (1639–99), französischer Klassiker, dessen Dramen sich ganz im antikischen Kreis bewegen (»La Thébaide ou les frères ennemis« 1664, »Andromaque« 1667, »Britannicus« 1667, »Iphigénie« 1674, »Phèdre« 1677). Für ihn begeisterte sich Demoiselle Elise Felix Rachel (1820–58) und machte z. B. seine »Horatier und Curatier« 1838 zu einem großen Erfolg, ebenso das Stück »Lucrèce« 1843 (von François Ponsard) aus der *Racine-Schule* (vgl. Janin, »Rachel et la tragédie«, Paris 1859); in der Gestalt der Demoiselle Alceste wirkt ihr Vorbild nach, verbunden mit Schauspielerinnengestalten aus dem Rheinsberger Hofleben wie Demoiselle Aurore. – *Atriden:* Geschlecht der fluchbeladenen Nachkommen des Atreus, des Vaters von Agamemnon und Menelaos. – *Klytämnestra:* Gemahlin des Agamemnon, die mit Ägisthos die Ehe brach und A. erschlug. – *Elektra:* Tochter der Klytämnestra, half bei deren Ermordung und der des Ägisthos.

281 *Memorieren:* Auswendiglernen.

282 *Mon coeur aux dames!:* Mein Herz den Damen. (Bekannte galante Wendung.)

283 *Ottaverime:* italienische Strophenform (8 fünffüßige Jamben). – *Voilà notre ancien régime:* Das ist unsere alte Zeit. (Vgl. Anm. zu S. 164).

284 *Wreechs, Knesebecks und Tauentziens:* Vgl. Anm. zu S. 158. – *Blainville:* Vgl. »Wanderungen«, ›Die Grafschaft Ruppin‹, ›Rheinsberg‹: »Der Schauspieler Blainville, ein besonderer Liebling des Prinzen, gab sich selbst den Tod, als es der Kabale seiner Genossen gelungen war, ihm momentan die Gunst seines Herrn zu entziehen. Der Prinz soll diesen Verlust nie verwunden haben.« (HF II, 1, S. 277). – *Aurora Bursay:* Vgl. ebendort (HF II, 1, S. 296 und 312). Die Theaterszenen auf Schloß Guse

sind den Aufführungen in Rheinsberg am Hofe des Prinzen Heinrich nachgebildet. – *Selbstpersiflierung:* Vgl. Anm. zu S. 231. – *Embonpoint:* Vgl. Anm. zu S. 107. – *Regierungsantritt Ludwigs XVI.:* 1774. – *Phädra:* Vgl. Anm. zu S. 280 *(Demoiselle Alceste).*

285 *Je suis charmée...:* Ich bin entzückt, Sie zu sehen. Die Frau Gräfin, Ihre liebe Tante, hat mir viel von Ihnen erzählt. Sie sind Polin. Ah, ich liebe die Polen sehr. Sie sind ganz und gar die Franzosen des Nordens. Sie wissen ohne Zweifel, daß der Prinz Heinrich drauf und dran war, die Krone Polens anzunehmen. – *grand Frédéric:* großen Friedrich. – *Mais quelle...:* Aber welche Dummheit; ich bin Polin von ganzem Herzen und nun bin ich bereit, für den König von Preußen zu arbeiten. (Mit der Nebenbedeutung von »travailler pour le roi de Prusse«, für den König von Preußen, d. h. umsonst arbeiten, ein gelegentlich Voltaire beigelegter Ausdruck, der aber vielleicht bereits auf Kardinal Fleury zurückgeht; er soll damit auf die Beteiligung Frankreichs am Österreichischen Erbfolgekrieg angespielt haben, die weniger Frankreich als Preußen nützlich gewesen sei.)

286 *Akteurs und Aktricen:* Schauspieler und Schauspielerinnen.

287 *Insurrektion:* Erhebung. – *à tout prix:* um jeden Preis. – *Absolutismus:* Regierungsform der unumschränkten Herrschaft des Regenten. – *Lettre-de-Cachet-König:* Lettres de Cachet = geheime Verhaftungsbefehle der Könige von Frankreich, die jeden ohne Urteil in das Staatsgefängnis bringen konnten. Nur der Name des zu Verhaftenden war in die im voraus ausgefertigten Briefe einzutragen. Vor 1789 viel benutzt, häufig auch als königliche Gnade, um die dadurch Betroffenen der ordentlichen Gerichtsbarkeit zu entziehen. Diese »versiegelten Briefe« wurden 1789 durch Dekret der Nationalversammlung abgeschafft, 1811 von Napoleon I. wieder eingeführt. – *vor den Hohenzollern:* Burggraf Friedrich VI. von Nürnberg übernahm im Auftrage Kaiser Sigismunds 1411 die Verwaltung der Mark und wurde am 30. April 1415 mit ihr belehnt.

288 *Vous ferez...:* Sie werden all das tun.

289 *Théâtre du Château...:* Schloßtheater von Guse. – Donnerstag, den 31. Dezember 1812. – Die Vorstellung beginnt um 9 Uhr. – 1. Eröffnungsmusik, ausgeführt unter der Leitung von Herrn Nippler, Gesangsmeister zu Guse, mit 3 Geigen, 1 Flöte und 1 Baß. 2. Vorrede. (Melpomene). 3. Auftritt von Fräulein Alceste Bonnivant. Verschiedene Szenen, ausgewählt aus Wilhelm Tell. Tragödie in 5 Akten von Lemierre. a. Cléofé, Tells Gattin, sich an ihren Gemahl wendend: Warum denn dieses Geheimnistun vor mir und dieses Sichverbergen wie vor einer Fremden? b. Cléofé, zur Wache Geßlers gewandt: Ich will meinen

Gatten sehen, ihr haltet mich vergeblich auf usw. c. Cléofé zu Geßler gewandt: Was, Geßler, wenn ich dir einen meiner Söhne herführe, hier vor dich usw. d. Cléofé, zu Walther Fürst gewandt: Das war der Augenblick, die Schweiz zum Aufruhr zu bewegen. Du hast ihn verstreichen lassen. 4. Schlußmusik, komponiert für 2 Geigen und 1 Flöte von Herrn Nippler. – Der Unterdirektor Dr. Faulstich. Gedruckt von P. Nottebohm, Buchbinder, Buchhändler und Verleger in Kirch-Göritz.

290 *»des Basses Grundgewalt«:* »Wenn das Gewölbe widerschallt, / Fühlt man erst recht des Basses Grundgewalt.« Goethe, »Faust«, Erster Teil, ›Auerbachs Keller in Leipzig‹.

291 *Drapierungskunst:* Vgl. Anm. zu S. 280 (Rachel auf der Pfaueninsel). – *Klio ähnlicher ... als Melpomene:* Vgl. Anm. zu S. 280. Klio wurde mit Schriftrolle und Griffel dargestellt. – *›Ich habe keinen zweiten zu versenden‹:* Vgl. Schiller, »Wilhelm Tell«, IV, 3: Tell erwägt die Möglichkeit, daß sein Pfeil den Landvogt verfehlen könnte: »Entränn' er jetzo kraftlos meinen Händen, / Ich habe keinen zweiten zu versenden.«

292 *Kostümfrage mit äußerster Geringschätzung:* Vgl. Anm. zu S. 280 (Rachel). – *Echauffement:* Erhitzung, Erregung.

293 *Zornesalexandrinern:* Alexandriner = altfranzösische, später vor allem im klassischen französischen Drama verwandte Versform. – *»Tot der Tyrann! ...«:* F. gibt im Folgenden eine sehr freie Übersetzung der Verse Lemierres, die er auch inhaltlich konzentriert; der französische Wortlaut bei Wagner, S. 119.

294 *Affektion:* Gewogenheit. – *Kuverts:* Gedecke. – *»Henriade«:* Vgl. Anm. zu S. 135. – *»Charles Douze«:* »Histoire de Charles XII.«, Voltaires Biographie König Karls XII. von Schweden, 1731 erschienen, galt als ein Meisterstück romanhafter Geschichtsschreibung.

295 *Roi Frédéric:* König Friedrich.

296 *Villiers:* Vorort nordöstlich von Paris (bei Neuilly). – *›Anecdotes dramatiques‹:* Theateranekdoten (in Anlehnung an den Abbé de Voisenon, 1708–75, der »Anecdotes litteraires« herausgab?). – *kein Geld, keine Schweizer:* geflügeltes Wort über die schweizerischen Soldtruppen, nach Streckfuß schon um das Jahr 1720 bekannt als: »Kein Kreuzer, kein Schweizer«. Vgl. »L'Adultera«, 9. Kap. (HF I, 2, S. 59).

297 *»Idomeneus«:* eigentlich »Idoménée«. – *Lemierre n'est qu'un auteur ...:* Lemierre ist nur ein Schriftsteller zweiten Ranges. – Friedrich *Schiller:* 1759–1805, »Wilhelm Tell« 1804. – *vier Waldstätte:* Schwyz, Uri, Unterwalden und Luzern. – *Piccolomini unterm Hufschlag:* Vgl. Schiller, »Wallensteins Tod«, IV, 12, die Klage der Thekla: »Da kommt das Schicksal – roh und kalt / Faßt es des Freundes zärtliche Gestalt / Und wirft ihn unter den Hufschlag seiner Pferde – / Das ist das Los des Schö-

nen auf der Erde!« – *Weimaraner Herzog ... nobilitiert:* Schiller wurde auf Vorschlag Herzog Karl Augusts von Weimar (1757–1828) im November 1802 in den erblichen Adelsstand erhoben. – *Pas:* Schritt.

298 *Wenn der Gedrückte ...:* Vgl. Schiller, »Wilhelm Tell«, II, 2: »Wenn der Gedrückte nirgends Recht kann finden, / Wenn unerträglich wird die Last – greift er / Hinauf getrosten Mutes in den Himmel ...«. – *Tabulaturdichter:* der in formelhafter Weise nur die poetischen Regeln kennt.

299 Pierre *Corneille:* 1606–84, der große französische Dramatiker. – *Monsieur le Baron ...:* Herr Baron, Sie haben recht, und ich bin glücklich, einen wahren Edelmann kennenzulernen. Ich liebe Frankreich sehr, aber noch mehr liebe ich die Menschen mit gutem Herzen, wo immer ich sie finde... Ich bitte tausendmal um Entschuldigung, Frau Gräfin, aber ohne Zweifel erinnern Sie sich an den Lieblingsgrundsatz unseres teuren Prinzen: die Wahrheit ist die beste Politik.

300 *Drastika:* Kraftausdrücke. – *Ancien Régime:* Vgl. Anm. zu S. 164.

301 *»Zum König von Portugal«:* besonders vom Landadel bevorzugtes Hotel in der Burgstraße Nr. 12 nahe dem Schloß, im Zweiten Weltkrieg zerstört. Ort der Handlung in Lessings »Minna von Barnhelm«. Vgl. »Meine Kinderjahre«, 8. Kap. (HF III, 4, S. 73).

302 *Ritterschaft:* in Preußen die Vertretung der Rittergutsbesitzer bei den Provinziallandtagen. – *Herrenmeister des Ordens:* Prinz Ferdinand war Großmeister des königlich preußischen Johanniterordens, der nach der Auflösung der Ballei Brandenburg des ursprünglichen Johanniterordens 1812 gestiftet worden war und bis 1852 bestand; danach wurde die Ballei Brandenburg wiedererrichtet. – *Prinz Ferdinand:* Vgl. Anm. zu S. 224.

303 *Prinz Louis:* 1772–1806, glänzende, lebenssprühende Gestalt seiner Zeit, fiel bei Saalfeld am 10. Okt. 1806 (vgl. Karl von Nostiz, »Der Adjutant des Prinzen Louis Ferdinand«, Weimar 1916). Vgl. F.s Gedicht »Prinz Louis Ferdinand« (HF I, 6, S. 224 ff.). – *Jenaer Schlacht:* Vgl. Anm. zu S. 27. – *Lambrequins:* Bogenbehänge an Türen und Fenstern. – *Etageren:* Vgl. Anm. zu S. 102. – *Schloß Friedrichsfelde:* Vgl. »Wanderungen«, ›Spreeland‹, ›Friedrichsfelde von 1762 bis 1785. Prinz Ferdinand‹ (HF II, 2, S. 580 ff.). – Anton *Graff:* 1736–1813, bedeutender Porträtmaler aus Winterthur.

304 *tragierte:* darstellte.

305 *Austritt von ... Offizieren:* Diese – unter ihnen Clausewitz und Gneisenau – nahmen den Abschied, als das Bündnis bekannt wurde, das Preußen zur Stellung eines Hilfskorps gegen Rußland verpflichtete. Viele der ausgetretenen Offiziere nahmen

nun russische Dienste (vgl. auch S. 429). – *Königs:* Friedrich Wilhelm III. (1770–1840), 1797 König von Preußen. – *Komtureien:* Unterbezirke einer Ballei (Provinz) beim Deutschen Orden; die Ballei Brandenburg wurde durch Edikt vom 30. Okt. 1810 aufgehoben (vgl. Anm. zu S. 302).

307 *bin nicht impressioniert:* habe keine Veranlassung.

309 *Aide-toi ...:* Hilf dir selbst, so hilft dir Gott. – *Dejeuner:* Frühstück. – *Windmühlenberg:* vor dem Schönhauser Tor im Bezirk Prenzlauer Berg. Der Hügel trug Windmühlen und eine Gaststätte; vgl. Hosemanns bekanntes Gemälde »Kaffeeklatsch auf dem Windmühlenberg«, 1861.

310 *Tabulettkrämer:* Schubkastenkrämer. – *beiden Berliner Zeitungen:* die »Haude und Spenersche Zeitung« (eigentlich »Berlinische Nachrichten von Staats- und gelehrten Sachen«) und die »Vossische Zeitung« (»Berlinische Zeitung von Staats- und gelehrten Sachen«), beide bereits aus der ersten Hälfte des 18. Jahrhunderts.

311 *echauffiert:* erhitzt, erregt. – *Apoplektikus:* zum Schlagfluß Neigender. – *neunundzwanzigsten Bulletins:* Vgl. Anm. zu S. 33.

312 *Überganges über die Beresina:* Vgl. Anm. zu S. 49.

313 *is nich:* gilt nicht; vgl. F.s Gedicht »Berliner Landwehr bei Langensalza« (HF I, 6, S. 238). – *Quesen:* Blutblasen.

314 *neue französische Kolonie:* Der alten gehörte F. mit den Berliner Refugiéfamilien an. – *anno sechs:* 27. Oktober 1806. – Friedrich Christoph *Saldern:* 1719–85, preußischer General aus der Priegnitz, in fast allen Schlachten des Siebenjährigen Kriegs mitfechtend, erhielt 1763 die magdeburgische Inspektion, schrieb Lehrbücher über Taktik; vgl. auch »Wanderungen«, ›Die Grafschaft Ruppin‹, ›Carwe II‹ (HF II, 1, S. 39). – *Möllendorf:* Vgl. Anm. zu S. 56.

315 *drei Grazien:* auch Chariten genannt, Göttinnen der Anmut; nach Hesiod Töchter des Zeus mit Namen Aglaia (»Glanz«), Euphrosyne (»Frohsinn«) und Thalia (»die Blühende«). – *»Ännchen von Tharau«:* Hochzeitslied im ostpreußischen Dialekt, hochdt. Übertragung von Herder (»Volkslieder«, 1778). Nicht von Simon Dach (1605–59), wie man zur Zeit F.s noch annahm, sondern wohl von Heinrich Albert (1604–51). – *»Frisch auf, Kameraden ...«:* Reiterlied aus Schillers »Wallensteins Lager«, 11. Auftritt. – *»Herr Schmidt ...«:* Vgl. »Unterm Birnbaum«, 17. Kap. (HF I, 1, S. 535), volkstümlicher Berliner Bänkelsang, wie er lange Zeit von den »Zirngiblern« (Hökerinnen des Druckers Zirngibler) auf den Straßen Berlins vertrieben wurde. – *»Das Gespenst in Tegel«:* Bänkelsang nach einer Spukerscheinung auf dem Schloß der Familie Humboldt in Tegel. – *»Die Schlacht bei Groß-Aspern«:* Bänkelsang-Text (?). –

»Oh, Schill...«: Vgl. »Meine Kinderjahre«, 10. Kap. (HF III, 4, S. 92). – *»Warte, Bonaparte...«:* Unter dem Titel »Berliner Spottvers« mit Varianten 1889 in F.s Gedichte aufgenommen (HF I, 6, S. 228 f.). – *Sonne von Austerlitz:* Die sogenannte »Dreikaiserschlacht« bei Austerlitz (2. Dez. 1805) wird auch in »Schach von Wuthenow«, 6. Kap. (HF I, 1, S. 597 f.) erörtert. Als die Sonne den Morgennebel teilte, der das Kampffeld bedeckte, sprach Napoleon von der »Sonne von Austerlitz«. Vor der Schlacht an der Moskwa feuerte er die Soldaten mit denselben Worten an.

316 *Herr Feldwebel Klemm:* Das Notizbuch E 3 (Deutsche Staatsbibliothek, Fontane-Archiv Potsdam) enthält eine größere Vorstudie zu dem Kapitel »Auf dem Windmühlenberg«. Dort notiert F. über Klemm: »Herr Klemm (Feldwebel) eine wunderbare Mischung von Lump, Renommisten und Gelehrten. Er konnte kein Blut sehn, hätte aber die Schlacht bei Torgau gewonnen, lebte von den Gaben andrer fand aber alles schlecht, kroch vor jedem französischen Offizier aber bekrittelte den Kaiser. Er wäre unerträglich gewesen, wenn er nicht wirklich gelehrt gewesen wäre.« F. hat auch eine Skizze »Mausefalle an der Weichsel«, wie er ironisch bemerkt, gezeichnet und trocken hinzugefügt »Stratege«. Er hat sich weiter »Eigenschaften« Klemms notiert, z. B. »sackgrob«, »feige«, »geizig«, »unreinlich«, »liebedienerisch um Vortheils willen«, »schimpft ewig über das Wetter«, »Atheist«, »Raucher«, »Gourmand«, »Weinkenner«, »sehr belesen«. Auch über Aussehen und Garderobe Klemms hat sich F. Notizen gemacht. Klemm ist eine genau gesehene Nebenfigur, der offensichtlich eine größere Rolle zugedacht war, als sie sie später erhalten hat. (Zit. nach H. Nürnberger, »›Wolsey‹, Ein unbekanntes episches Fragment von Theodor Fontane«. In: Jahrb. d. Freien Deutschen Hochstifts, 1965, S. 476 f.).

318 Karl Freiherr *Mack* von Leiberich: 1752–1828, österreichischer General, 1805 Oberbefehlshaber der österreichischen Armee, die von Napoleon auf Ulm zurückgeworfen, dort eingeschlossen und fast ohne Gegenwehr zur Kapitulation veranlaßt wurde. Mack wurde von einem Kriegsgericht zum Tode verurteilt, jedoch zunächst zu Festungshaft, später völlig begnadigt. Napoleons Blitzsieg übte auf die Zeitgenossen eine große Wirkung aus. Vgl. auch »Schach von Wuthenow«, 4. und 6. Kap. (HF I, 1, S. 583 und 595).

319 *Torgau:* 3. Nov. 1760, die blutigste Schlacht des Siebenjährigen Krieges, Sieg Friedrichs des Großen über die Österreicher unter Daun, erst durch das Eingreifen Zietens entschieden.

320 *›Rackers, wollt Ihr denn ewig leben?‹:* Dieser Ausruf wird Friedrich dem Großen zugeschrieben, er galt den zurückweichenden

Soldaten. – *Bredows:* Sie erschienen F., wie er in »Ländchen Friesack«, ›Bei den Bredows‹ ausführt, »in ihrer Eigenart von Schlichtheit, Seßhaftigkeit, in ihrem offenbaren, durch alle Zeit sich hinziehenden Bestreben, nichts weiter als eine freie Familie sein zu wollen, als die märkischste aller märkischen Familien« (HF II, 3, S. 665); vgl. auch »Wanderungen«, ›Die Grafschaft Ruppin‹, ›Die Rheinsberger Kirche‹ (HF II, 1, S. 266 ff.). – *Rohrs:* Vgl. Anm. zu S. 188.

321 *Löffelgarde:* ursprünglich Spottname der französischen Infanterie in den Revolutionskriegen (weil sie den Eßlöffel oft auf dem Hut stecken hatte); später Bezeichnung für unordentliche Soldaten. – *Kompläsanten:* Gefälligen. – *Louisdor:* Louis d'or, eine französische Goldmünze, zuerst 1640 geprägt, 1803 abgeschafft. In Deutschland nannte man auch die verschiedenen goldenen Fünftalerstücke nach dem »Louis«. – *Jena:* Vgl. Anm. zu S. 29. – *Retraite ... Doppelsinn:* Zapfenstreich und Rückzug. – *Ladalinski:* vielleicht ins »Tingelnde und Klingelnde« (vgl. S. 359 und 414) umgebogener Name von Madalinski, dem polnischen Aufrührer, der am 15. März 1794 eine kleine südpreußische Stadt angriff und dem preußischen General von Günther Gelegenheit gab, sich auszuzeichnen; vgl. »Wanderungen«, ›Die Grafschaft Ruppin‹, ›General von Günther‹ (HF II, 1, S. 101); das Windspiel mit dem Glöckchen, das »an seinem Halse hin und her tingelte« (S. 323), ebenfalls in Anspielung hierauf. – *Haus ... in der Königsstraße:* Vgl. F.s Brief vom 22. Febr. 1896 an Ernst Gründler, in dem er mitteilt, daß das »Vorbild zu dem Ladalinskischen Haus ... der Salon der Gräfin Schwerin« gewesen sei (vgl. S. 766). Nicht zu Unrecht ist jedoch geltend gemacht worden, daß diese Mitteilung im Widerspruch steht zu dem Brief an Mathilde von Rohr vom 3. Jan. 1869 (vgl. S. 741); hierzu auch die Briefe an Mathilde von Rohr vom 15. Mai und 11. Aug. 1878 (Buscher, S. 264). – *Friedrich I.:* 1657–1713, 1701 als erster Fürst aus dem Hause Hohenzollern zum König in Preußen gekrönt.

322 Andreas *Schlüter:* 1662–1714, seit 1694 Hofbildhauer in Berlin, seit 1699 Hofbaudirektor (erbaute das königliche Schloß). – *Giulio Romano:* eigentlich Giulio Pippi, 1499–1546, hervorragender Schüler Raffaels, 1524 nach Mantua berufen. – *Corte reale:* herzogliches Schloß zu Mantua, einer der größten Paläste Europas mit herrlichen Decken, von Mantegna und Giulio Romano mit Fresken geschmückt. – *»Sturz des Phaethon«:* Der Sohn des Sonnengottes Helios will den Sonnenwagen fahren; die Pferde gehen durch, der Feuerwagen steckt Himmel und Erde in Brand. Zeus tötet Phaethon mit einem Blitzstrahl und stürzt ihn in den Fluß Eridanos, wo ihn seine Schwestern beweinen. Schon im Altertum ein häufiges Motiv der bildenden

Kunst. – *ins Rötliche spielende kastanienbraune Haar:* Vgl. Anm. zu S. 190 und »Unwiederbringlich«, 15. Kap. (HF I, 2, S. 672 und Anm.).

323 *Pendule:* Wanduhr. – *»Moniteur«:* Pariser Zeitung, 1789 als »Gazette nationale ou le Moniteur universel« begründet, von 1800–69 das amtliche Mitteilungsorgan der französischen Regierung, danach konservatives Privatjournal; wichtige Geschichtsquelle. – *Czenstochau:* an der Warthe, bekannt durch das Marienkloster auf dem Klaren Berg (Jasna Gorá), den berühmtesten Wallfahrtsort Polens.

324 *Thronbesteigung König Friedrich Wilhelms II.:* 1786; Mirabeau über ihn: »Friedrich Wilhelm haßt nichts, und kaum liebt er etwas. Sein einziger Widerwille sind die Leute, die Geist haben.« – *Bischofswerder:* Johann Rudolf von Bischoffwerder (1741–1803), preußischer General aus sächsischer Familie, Generaladjutant, später Minister König Friedrich Wilhelms II., Mitglied des Illuminatenordens, beeinflußte den König durch seinen Mystizismus in unheilvoller Weise; vgl. »Wanderungen«, ›Havelland‹, ›Marquardt von 1795 bis 1803. General v. Bischofswerder‹; F. zitiert zustimmend das Urteil Mansos über Bischoffwerder: »›In den Fesseln der Rosenkreuzerei verlor er früh die unbefangene Ansicht des Lebens ... Selten übte ein Mensch die Kunst, *andere zu erforschen* und sich zu verbergen, *glücklicher und geschickter* als er.‹« (HF II, 2, S. 276). Vgl. auch »Schach von Wuthenow«, 16. Kap. (HF I, 1, S. 660), und »Irrungen, Wirrungen«, 25. Kap. (HF I, 2, S. 470 f.).

325 *Zar Iwan:* Iwan IV., 1530–84, 1535 Zar von Rußland, war eine merkwürdige Mischung zwischen »Schrecklichkeit« und Kulturverlangen; seine Ansprüche auf Livland wurden von Polen, Schweden und Dänemark unter Stephan Batori (1578–82) bekämpft. – *Tannenberg:* 15. Juli 1410, Niederlage des Deutschen Ordens gegen Polen und Litauer. – *Sobieski:* Johann III. Sobieski (1624–96), 1674 König von Polen, berühmt durch die Entsetzung des von den Türken belagerten Wien (12. Sept. 1683). – *kleine Kinder immer häßlich gefunden habe ... keine Ausnahme machen:* Vgl. Briefe F.s bei Geburt seiner Kinder, z. B. am 6. Sept. 1852 an seine Frau: »Daß der ›Wurm‹ mir ähnlich sein soll, ist wohl nur so zur Erhöhung der Vaterfreuden ...« (Familienbriefe, Bd. 1, S. 33), am 5. Nov. 1856 an seine Frau: »Eine Schönheit scheint es wieder nicht zu sein ...« (Familienbriefe, Bd. 1, S. 77 f.); hierzu auch seine Äußerung, daß er »keinen Sinn für kleine Kinder« habe.

326 *Es war ein wundervoller Septembertag ... und die Sommerfäden zogen:* die Lieblingszeit der »Herbstnatur« F.s, die ihn immer wieder zu den tiefsten Stimmungsbildern seiner Dichtung führt. Hier ist die eigentliche »Fontane-Stimmung« spür-

bar, aus der fast immer eine Wende des Geschehens kommt: französische Verve und »deutscher Studierstubencharakter« in F.s Natur stehen hier in deutlicher Spannung. Vgl. auch das Schlußkapitel des Romans (S. 710) sowie »Grete Minde«, 12. Kap. (HF I, 1, S. 57 und Anm.) und »Ellernklipp«, 7. Kap. (HF I, 1, S. 143).

327 *Der rätselhafte Zug der Natur war mächtiger in ihm als alle Vorstellung:* Dieser Satz ist eine »Maxime« in F.s Natur; vgl. die zeitlich nahegelegene, aus diesem Charakterzug entspringende Aufgabe seiner Berufsstellung 1876; aus der gleichen Zeit stammt auch das auf S. 368 f. verwendete Gedicht »Trost« (»Tröste dich«). – *Kosciuszkoschen Partei:* Vgl. auch Anm. zu S. 227. Die Sympathien mit Polen stammen aus F.s Kindheit; vgl. »Meine Kinderjahre«, 12. Kap.: »... Grochow und Ostrolenka. Die Namen von damals prägten sich mir so tief in die Seele ... Kein anderer Krieg, unsere eigenen nicht ausgeschlossen, hat von meiner Phantasie je wieder so Besitz genommen wie diese Polenkämpfe ...« (HF III, 4, S. 110 f.). Das Ringen der Polen um die Unabhängigkeit findet daher mehrmals in seiner Dichtung, so auch in »Unterm Birnbaum« und »Schach von Wuthenow«, seinen Platz. Die Empfindung, mit seiner französischen Natur immer wieder auf das Unverständnis seiner Umgebung zu stoßen, ist an F.s Gefühlen für die Polenfamilien in Preußen sehr mitbeteiligt, ja aus ihr ist die Geschichte der Ladalinskis im letzten entstanden. – *Whigführer:* Whig (vom Zuruf der schottischen Bauern an ihre Pferde: whigam): Anhänger republikanischer Bestrebungen in England; damalige Whigs: Fox, Burke, Sheridan.

328 *Szekoszin:* Szczekociny (nördlich Krakau), 6. Juni 1794 Sieg des preußischen Generals Favrat über die polnischen Aufständischen unter Kościuszko. – *Maciejowice:* 10. Okt. 1794, vgl. Anm. zu S. 227 *(Kościuszko).* – *Arrièregarde:* Nachhut. – *Pilica:* linker Nebenfluß der Weichsel, bei der Stadt P. entspringend (südöstlich Czenstochau). – *bataillierte:* kämpfte. – Alexander Wasiljewitsch *Suwarow* (Suworow): 1729–1800, berühmter russischer Feldherr. – *Praga:* Vorstadt Warschaus, am 4. Nov. 1794 von den Russen erobert; vgl. auch »Unterm Birnbaum«, 5. Kap., wo die Eroberung Warschaus im September 1831 geschildert wird (HF I, 1, S. 477 ff.). – *Finis Poloniae«:* Ende Polens, vgl. Anm. zu S. 227 *(Kosciuszko).*

329 *reformierte Kirche:* Richtung Zwinglis und Calvins, die im Gegensatz zu Luther nicht an die leibliche Gegenwart Christi in Brot und Wein des Abendmahls glaubte, sondern darin nur Zeichen, Symbole dafür sah; die Familie F.s gehörte der reformierten Kirche an.

330 *et en effet ...:* und in der Tat, sie haben mich entzückt. – *liaison*

double: doppelte Verbindung. – *alten Derfflingersitz:* Vgl. Anm. zu S. 132. – *avec un teint ...:* mit einem Teint wie Lilien und Rosen. Dieser Ausdruck findet sich wiederholt bei F., z. B. in »Schach von Wuthenow«, 4. Kap. (HF I, 1, S. 582) und in den »Wanderungen«, ›Die Grafschaft Ruppin‹, ›Rheinsberg‹ (HF II, 1, S. 302), in ›Oderland‹, ›Kronprinz Friedrich und Frau v. Wreech‹ (HF II, 1, S. 895 f. und Anm.). – *Brahe:* Vgl. auch Axel Brah in »Allerlei Glück«, 4. Kap. (HF I, 7; in 1. Aufl. Bd. 5, S. 633).

331 *Dumoulin:* Vgl. Anm. zu S. 28. – *Vous savez ...:* Sie wissen das alles seit langem. Aber die Dinge richten sich nicht nach unseren Wünschen. – *qui ne l'aurait pas:* wer hätte es nicht. – *Et l'un ...:* Und die eine ist so schlecht wie die andere. – *mon cher beau-frère:* mein lieber Schwager. – *comme je souhaite ...:* wie ich aufrichtig wünsche. – *Et je suis ...:* Und ich bin derselben Ansicht. Ich erwähnte Frankreich. – *Il organise ...:* Er organisiert alles.

332 *C'est son métier:* Das ist sein Fach. – Michel *Ney:* 1769–1815, Herzog von Elchingen, Fürst von der Moskwa, Marschall und Pair von Frankreich, F.s Lieblingsheld aus den Unterrichtsstunden bei seinem Vater; Sohn eines Böttchers, zunächst Schreiber bei einem Notar, trat 1788 als einfacher Soldat in ein Husarenregiment ein, stieg bis 1799 zum Divisionsgeneral, 1804 zum Marschall auf, bekam am 14. Juni 1807 nach der Schlacht bei Friedland den Namen »le brave des braves« (der Tapferste der Tapferen), erhielt 1808 den Herzogs-, 1812 den Fürstentitel und rettete beim Übergang über die Beresina die Reste der Großen Armee. Nach der Abdankung Napoleons schloß er sich den Bourbonen an, ging jedoch bei der Rückkehr des Kaisers von Elba zu diesem über; am 7. Dez. 1815 im Garten des Luxembourg erschossen – eine Szene, die F. und sein Vater oft zusammen spielten. »... und ich seh ihn dann immer, wie sie ihn an die Gartenmauer stellten – in dem öden und einsamen Luxembourg-Garten und war gerade ein recht klatschiges Dezemberwetter – und wie dann der Offizier, der das Peloton kommandierte, noch einmal das Kriegsgerichtsurteil vorlesen wollte mit all den Prinzen- und Herzogstiteln, wie da mein Freund Ney abwehrte und unterbrach und mit seiner tiefen Stimme sagte: ›pourquoi tous ces titres? ... Michel Ney ... rien de plus ...‹« (Warum all diese Titel? ... Michel Ney ... nichts weiter ...). »Meine Kinderjahre«, 16. Kap. (HF III, 4, S. 154). – *à Ney, le héros de la Moskwa ...:* Ney, dem Helden von der Moskwa. Was mich betrifft ... – *Car le ridicule ...:* Denn das Lächerliche findet niemals Mitleid. – *J'en suis convaincu:* Ich bin davon überzeugt. – *le centre ...:* das Herz der europäischen Zivilisation. Ich wünsche es im allgemeinen und in unserem Interesse. Gott möge Sie in seinen hei-

ligen Schutz nehmen, mein lieber Ladalinski. Ganz die Ihre. Ihre gute Freundin Amélie P. – *»Es erben ...«:* Vgl. Goethe, »Faust«, Erster Teil, ›Studierzimmer‹, Mephisto zum Schüler: »Es erben sich Gesetz und Rechte / Wie eine ewge Krankheit fort.«

334 *Lagerszene aus den »Räubern«:* »Die Räuber«, Drama von Schiller. – *dorischen:* dorisch = griechischer Baustil, durch schwere, gedrungene Verhältnisse charakterisiert.

335 *Crèpe de Chine-Tuch:* chinesischer Florstoff.

336 *Demoiselle Laacke:* Ein Fräulein Laacke von unverkennbar verwandtem Typus tritt auch in »Allerlei Glück«, auf einer Kaffeegesellschaft bei Frau Dr. Brose, auf (HF I, 7; in 1. Aufl. Bd. 5, S. 657); man hat deshalb die Vermutung ausgesprochen, »daß die Hulen-Gesellschaft nicht allein unter dem Einfluß der Beschäftigung mit dem Gegenwartsroman entstanden ist, sondern daß F. hier auch Stoff aus dem Zeitroman in den hist. Roman mit hinübergenommen hat« (Buscher, S. 277). – *Königin Luise:* Luise von Mecklenburg-Strelitz (1776–1810), die Gattin Friedrich Wilhelms III. von Preußen.

340 *Teppichfabrikant Grüneberg:* Vgl. »Stine«, 2. Kap., das Ehepaar Polzin: »Er, Polzin, war seiner eigenen Angabe nach ›Teppichfabrikant‹ (allerdings niedrigster Observanz) und beschränkte sich darauf ... schmale, kaum fingerbreite Tuchstreifen wie Stroh oder Binsen nebeneinanderzuflechten ...« (HF I, 2, S. 480). Die Figur ist in »Stine« gegenüber »Vor dem Sturm« sehr viel weiter ausgeführt worden. – *Karl Moor, Roller und den hübschen Kosinski:* Gestalten aus Schillers Drama »Die Räuber«; vgl. dazu auch »Mathilde Möhring« (HF I, 4, S. 593 f.). Roller wird auch in »L'Adultera«, 5. Kap., genannt (vgl. HF I, 2, S. 31).

341 *›Schweizerfamilie‹:* volkstümliches Lied, nach dem gleichnamigen Singspiel (1809) von Joseph Weigl (1766–1846). – *›Bei Männern ...‹:* Duett aus Mozarts Oper »Die Zauberflöte« (Text von Emanuel Schikaneder).

342 *Mohnpilen:* Mohngebackenes.

343 *Malice:* Bosheit. – *von einem Mohr:* »Othello« von Shakespeare. – *alten König ... Töchter:* »König Lear« von Shakespeare.

344 *Küchenschapp:* Küchenschrank. – *Löffelgarde:* Vgl. Anm. zu S. 321.

345 *Davoustschen Korps:* Vgl. Anm. zu S. 165 und Chénier, »Histoire de la vie du maréchal Davoust«, Paris 1866.

346 *Auerstädt:* 14. Okt. 1806, Sieg Davousts über die Preußen. – *Eckmühl:* 22. April 1809, Sieg Napoleons über die Österreicher; hervorragende Rolle Davousts. – *recte von Jena her:* Anspielung auf einen Satz Rollers in Schillers »Die Räuber«: »Ich komme recta vom Galgen her.« (II, 3). – *Jena:* Vgl. Anm. zu

S. 29. – *zwei grüne Särge ... nicht davon gehört:* F.s Quelle für die Geschichte von den zwei grünen Särgen ist George, »Erinnerungen eines Preußen aus der Napoleonischen Zeit«, Grimma 1840; vgl. F.s Brief an Friedrich Wilhelm Holtze vom 19. Okt. 1876 (S. 745). Vgl. auch Buscher, S. 282. – *mit Permission:* Vgl. Anm. zu S. 216. – *vier Königen:* Friedrich Wilhelm I., Friedrich der Große, Friedrich Wilhelm II., Friedrich Wilhelm III. – *Rheinsberger Denkmal ... Soldaten einlud:* 4. Juli 1791, eine »militairische Feier und *Volksfest* zugleich«. »Wanderungen«, ›Die Grafschaft Ruppin‹, ›Zwischen Buberow-Wald und Huvenow-See oder Der Rheinsberger Hof von 1786–1802‹ (HF II, 1, S. 298 f.). Gemeint ist der Obelisk, den F. in »Wanderungen«, ›Die Grafschaft Ruppin‹, ›Der große Obelisk in Rheinsberg und seine Inschriften‹ eingehend beschrieben hat.

347 *Irren ist menschlich:* von Hieronymus (331–420), Epist. 57,11 (errare humanum est). – *Justitia fundamentum imperii:* Die Gerechtigkeit ist die Grundlage des Reichs. – *Mühle von Sanssouci:* Nach einer (historisch nicht richtigen) Anekdote wollte Friedrich der Große die Sanssouci benachbarte Mühle wegen des störenden Lärms stillegen, unterlag aber des Müllers Klage vor dem Kammergericht. Vgl. F.s 1849 entstandene, für die radikaldemokratische »Dresdner Zeitung« bestimmte, wegen der darin zutage tretenden altpreußischen Sympathien F.s von der Redaktion abgelehnte Korrespondenz »Preußen – ein Militär- oder Polizeistaat?«, in der in bezug auf den Staat Friedrichs des Großen gesagt wird: »... der Militärstaat jener Zeit schloß den *Rechtsstaat* nicht aus ... Die Mühle bei Sanssouci, und das vertrauensvolle: ›da müßte das Kammergericht nicht sein‹ wird ewig als ein leuchtendes Beispiel dastehen, daß der altpreußische Militärstaat nie aufhörte, ein Rechtsstaat zu sein ...« (HF III, 1, S. 35). – *Müller Arnoldschen Prozeß:* Johann Arnold, Besitzer der Krebsmühle bei Pommerzig, wandte sich nach einem verlorenen Prozeß unter Verschweigung einiger für ihn ungünstiger Umstände an Friedrich den Großen um Hilfe. Friedrich wies das Gericht an, zugunsten Arnolds zu entscheiden, konnte sich jedoch trotz Entlassung hoher Beamter und Gefangensetzung einiger Räte über mehrere Instanzen hinweg nicht durchsetzen; schließlich erzwang er seinen Willen durch eine Kabinettsorder, die erst von seinem Nachfolger wieder aufgehoben wurde (vgl. von Dohm, »Denkwürdigkeiten«, 1, Lemgo 1814). In seiner Korrespondenz »Waldeck ist frei!« vom 3. Dez. 1849 schrieb F.: »Als Friedrich der Große in bester Absicht, aber in Recht und Gesetz verletzender Weise, den Müller-Arnold'schen Prozeß selbst in die Hand nahm ..., da war kein Minister zu finden, der solche königlichen Befehle unterzeichnen wollte, und die Tat geschah endlich ..., als ein schreiender Akt

roher Gewalt und königlicher Machtvollkommenheit. Es war eine schlimme Tat, aber die Mannesehre war gerettet.« (HF III, 1, S. 27). Vgl. auch »Von Zwanzig bis Dreißig«, ›Der Tunnel über der Spree‹, 9. Kap.: »Unser Großer König ist ... nirgends größer als in dem Irrtum, den er bei Gelegenheit des Müller-Arnold'schen Prozesses beging ... Daß er schließlich Unrecht hatte, hebt das schöne Gefühl, aus dem heraus er handelte, nicht auf.« (HF III, 4, S. 461 f.). – *›es gibt noch Richter in Berlin‹:* sprichwörtlich nach der Sentenz: »Il y a des juges à Berlin« in der Verserzählung von Jean Stanislas Andrieux (1759–1833), »Le meunier de Sanssouci« (1797).

349 *Lestwitz:* Vgl. Anm. zu S. 131. – *maliziöse:* Vgl. Anm. zu S. 167.

350 *»Fanchon ...«:* »Fanchon das Leiermädchen. Vaudeville in drei Akten von Bouily. Aus dem Französischen übersetzt von August von Kotzebue«, am 21. Aug. 1813 im Königlichen Schauspielhaus aufgeführt; vgl. »Wanderungen«, ›Spreeland‹, ›Berlin in den Tagen der Schlacht bei Großbeeren‹ (HF II, 2, S. 745). – Friedrich Heinrich *Himmel:* 1765–1814, Komponist und Hofkapellmeister in Berlin.

352 *multrig:* leicht faulig. – *Kurrende:* arme Singschüler, die auf der Straße singen.

353 *Soiree und Ball:* Vgl. Anm. zu S. 321 *(Haus ... in der Königsstraße).*

356 *Venus ...:* Venus, gleichgesetzt mit Aphrodite, nach Homer Tochter des Zeus, hatte Anteil am Untergang Trojas, indem sie Paris die schöne Helena, die Gattin des Menelaos, zubestimmte, weil er ihr den Apfel »Der Schönsten« gegeben hatte.

357 *Gräfin Reale:* Bekannt ist die Gräfin Neale, Mutter der Gräfin La Roche-Aymon. – *Prinzessin Ferdinand:* Luise von Brandenburg-Schwedt, einem Haus, von deren Frauen F. sagt: »Ihre Ehen waren nicht immer normal, nicht immer das, was Ehen sein sollen; aber es waren gute Frauen, und – die Männer waren glücklich«. »Wanderungen«, ›Spreeland‹, Friedrichsfelde von 1762 bis 1785‹ (HF II, 2, S. 581). – *ein Fräulein von Bischofswerder:* Gemeint ist Caroline Erdmuthe Christiane von Bischoffwerder, eine Tochter des Ministers (vgl. S. 324 und Anm.), die wie ihre Schwester Dame d'atour der Gemahlin Friedrich Wilhelms II. wurde, im Gegensatz zu ihrer Schwester aber unverheiratet blieb; vgl. »Wanderungen«, ›Havelland‹, ›Marquardt von 1803 bis 1833‹ (HF II, 2, S. 283). Im folgenden Kapitel, ›Marquardt von 1833 bis 1858‹, erzählt F. von ihrer Beisetzung im Jahre 1842, bei der Friedrich Wilhelm IV. in die Worte ausgebrochen sei: »›Hier begrabe ich meine zweite Mutter; sie hat mich genährt und erzogen.‹« (HF II, 2, S. 289). – *Dame d'atour:* Hofdame. – *von Massow:* Vgl. Anm. zu S. 225.

358 *Wartensleben:* In den »Wanderungen« werden mehrere Ange-

hörige dieser Adelsfamilie erwähnt, vgl. das Register (HF II, 3, S. 1287). – *Reck:* Der Reichsfreiherr von der Recke (1745 bis 1810) war Generalintendant (an der Italienischen Oper in Berlin), nicht Generaldirektor (der Königlichen Schauspiele, welchen Posten damals Iffland innehatte), wie F. in »Wanderungen«, ›Havelland‹, ›Spandau und Umgebung‹ zutreffend angibt (HF II, 2, S. 125); vgl. hierzu auch die Notiz Otto Franz Gensichens (Kehler, S. 90). – *Le Coq:* Le Coque, 1753–1829, Generalmajor, 1812 Polizeipräsident von Berlin. – Rulemann Friedrich *Eylert:* 1770–1852, 1806 Hof-, Garde- und Garnisonsprediger in Potsdam, 1817 evangelischer Bischof und Mitglied des Staatsrats; »ein feiner Hofmann« (Vehse), von großem Einfluß auf Friedrich Wilhelm III. – Friedrich Samuel Gottfried *Sack:* 1738 bis 1817, seit 1786 Oberkonsistorialrat, begründete die Union zwischen Lutheranern und Reformierten. – Christian Ludwig *Mursinna:* 1744–1823, preußischer Generalchirurgus und Professor der Chirurgie. – Ferdinand *Fleck:* 1757–1801 (!), bekannter Schauspieler und Regisseur; vgl. hierzu F.s Briefe an Otto Franz Gensichen vom 30. Jan. 1890 und 23. April 1891 (S. 764 f.) über den »Fleck-Fleck«, nämlich über den Anachronismus, Fleck in »Vor dem Sturm« auftreten zu lassen. – *das Hinken Richards III.:* in Shakespeares Drama »König Richard III.«

359 *Jürgaß:* Vgl. S. 188; in der Grafschaft Ruppin ansässige Familie, wiederholt in den »Wanderungen« erwähnt, vgl. das Register (HF II, 3, S. 1252 f). Vgl. auch »Schach von Wuthenow«, 10. Kap. (HF I, 1, S. 623). – Karl *Graf* von *Brühl:* 1772–1837, Kammerherr bei Prinz Heinrich von Preußen, bei der Königinmutter und bei Königin Luise, 1815–28 Generalintendant der Königlichen Schauspiele, Geheimrat. – *es tingelt und klingelt:* Vgl. Anm. zu S. 321 *(Ladalinski).* – *Alt-Larisch:* das 1714 errichtete Infanterieregiment Nr. 26, dessen Kommandeur 1795 bis 1802 Johann Karl Leopold von Larisch war, seit 1800 »Alt-Larisch« genannt im Gegensatz zu »Jung-Larisch«; nach dem Zusammenbruch von 1806 aufgelöst. Vgl. »Schach von Wuthenow«, 8. Kap.: »... die zur Revue befohlenen, altberühmten Infanterieregimenter Alt-Larisch, von Arnim und Möllendorff, ihre Janitscharenmusik vorauf.« (HF I, 1, S. 612).

360 *sich selbst persiflierenden:* Vgl. Anm. zu S. 231. – *Kampagnen, die spanische:* 1808–13. – *und die russische:* 1812/13. – *Smolensk:* 17. Aug. 1812, Sieg Napoleons über Barclay de Tolly und Bagration.

361 *Borodino:* Vgl. Anm. zu S. 419. – *Seherr-Thoss:* Aus dieser Familie stammte die Frau von Prittwitz (vgl. S. 131). – *Zierotin:* altes mährisches Geschlecht; Karl von Z. setzte 1611 die Krönung des Matthias zum König von Böhmen durch. – *Wylichschen:* das alte Adelsgeschlecht Wylich aus Niederschlesien und

Pommern, in den »Wanderungen« wiederholt erwähnt, bekannt durch Graf Karl Philipp v. W. (1650–1719), und Karl Friedrich v. W. (1767–1841), General und Geheimer Staats- und Schatzmeister; vgl. das Register (HF II, 3, S. 1291). – *Embonpoint:* Vgl. Anm. zu S. 284. – *von Haacke:* Vgl. »Wanderungen«, ›Spreeland‹, ›Klein-Machenow oder Machenow auf dem Sande‹: »Erst neuerdings scheint man sich bis dahin geeinigt zu haben, nicht abwechselnd und nach Laune Hake, Haake, Haacke, Hacke, etc. zu schreiben, sondern ... zwei bestimmt geschiedene Namen anzunehmen: die *Hakes* und die *Hackes.*« (HF II, 2, S. 716); die einzige Familie, die seit über 400 Jahren ununterbrochen in Teltow ihren Sitz hatte; in den »Wanderungen« wiederholt erwähnt, vgl. das Register (HF II, 3, S. 1245 f.). Albrecht Georg Ernst Carl von H., 1769–1835, im Befreiungskrieg ausgezeichnet, 1819 Kriegsminister, 1825 General der Infanterie. – *Sack:* Vgl. Anm. zu S. 358. – *Sanctuarium:* Allerheiligste. – *Tres faciunt collegium:* Drei machen ein Kollegium aus (Rechtsregel des Priscus, um 100 n. Chr.). Vgl. »Oceane von Parceval« (HF I, 7; in 1. Aufl. Bd. 5, S. 794). – *conspectus:* Zuschauen.

362 *Cliquot:* C. veuve, ein berühmter Champagner. – *Goecking-Husaren:* ehemals Zieten-Husaren, bei F. häufig genannt. Goecking, späterer Kommandeur des 1733 errichteten Berliner Husarenregiments, das 1741 an den damaligen Oberst von Zieten (vgl. S. 408) als Leib-Husaren-Regiment Nr. 2 verliehen wurde.

363 *York hat kapituliert:* Johann David Ludwig (1814: Graf) York von Wartenburg (1759–1830), preußischer Generalfeldmarschall, befehligte Ende 1812 das preußische Hilfskorps, das, ursprünglich zur Blockade von Riga eingesetzt, nunmehr den Rückzug des französischen Armeekorps Macdonald deckte. Am 30. Dez. 1812 schloß er mit dem russischen General Diebitsch in der Mühle von Poscherun (bei Tauroggen) eigenmächtig die Konvention über die neutrale Haltung der ihm unterstellten Truppen. – Etienne Jacques Joseph Alexandre *Macdonald:* 1765–1840, Herzog von Tarent, Marschall und Pair von Frankreich, 1812 Befehlshaber des linken französischen Flügels bei Riga. – *Eh bien:* Nun wohl.

364 *Odium:* hier: üblen Geruch. – *eskamotieren:* weglisten.

365 *Contre:* Reigentanz mit Gegenbewegung.

366 *Reiterstandbild des Großen Kurfürsten:* von Andreas Schlüter 1698 geschaffen, 1703 auf der langen Brücke beim Schloß aufgestellt; seit 1952 im Ehrenhof des Charlottenburger Schlosses; vgl. auch Anm. zu S. 18. – *Bernauscher:* von Bernau, nordöstlich von Berlin; Nordostwind.

367 *»Graue Kloster«:* »das damals unter Gedikes Leitung stehende höchst ausgezeichnete Gymnasium ›Zum Grauen Kloster‹« (HF

II, 1, S. 787), das Alexander von der Marwitz und auch F.s Vater besuchten; vgl. »Wanderungen«, ›Oderland‹, ›Schloß Friedersdorf‹ (HF II, 1, S. 787) und »Meine Kinderjahre«, 1. Kap. (HF III, 4, S. 11).

368 *Tröste dich ...:* Gedicht F.s aus dem Jahr 1876 in der schweren Ehekrise, die durch die Aufgabe seiner Berufsstellung hervorgerufen wurde. Das Gedicht ist unter dem Titel »Trost« 1889 in die dritte Auflage der »Gedichte« aufgenommen worden (HF I, 6, S. 314).

369 *Universität ... Prinz Heinrichsche Palais:* Das Gebäude wurde zwischen 1748–66 auf Anordnung Friedrichs des Großen für dessen Bruder Heinrich mit großer Wahrscheinlichkeit nach Plänen Knobelsdorffs von Johannes Boumann erbaut. Seit 1810 diente es der neugegründeten Universität.

370 *Triennium:* Zeitraum von drei Jahren; das triennium academicum war die damals allgemein übliche, als Minimum für die Ablegung der meisten Staatsprüfungen gesetzlich geforderte Studienzeit. – Friedrich Karl von *Savigny:* 1779–1861, Rechtsgelehrter, das Haupt der Historischen Rechtsschule, 1810 nach Berlin berufen; sein ganzes Wesen sei freundlich ausgleichend und ölartig beschwichtigend gewesen, versichert der Mediziner Ringseis in seinen »Erinnerungen«. Savigny war mit Gundel Brentano verheiratet; sein Haus bildete einen gesellschaftlichen Mittelpunkt der deutschen Romantik. – *Thaer:* 1752–1828, Begründer einer planvollen, wissenschaftlich orientierten Landwirtschaft, 1810 Professor an der Universität Berlin; vgl. »Wanderungen«, ›Oderland‹, ›Albrecht Daniel Thaer‹, über den Studenten in Göttingen: »Sein ganzes Wesen damals, im Gegensatz zu seinen reiferen Jahren war genialisch und exzentrisch; er hatte etwas Wunderkindartiges an Gaben wie an Unarten« (HF II, 1, S. 655); weltbekannter Spezialist in Schafzucht und Kartoffelbau. – Johann Gottlieb *Fichte:* 1762–1814, Begründer des philosophischen Idealismus, bereits 1799, endgültig seit 1807 in Berlin, Lehrtätigkeit, Planung der dortigen Universität, »Reden an die deutsche Nation, gehalten im Winter 1807–1808«, seit 1810 erster Rektor an der neuen Universität, am 19. Febr. 1813 Abbruch seiner Vorlesungen mit der historischen Rede »Über den Begriff des wahren Kriegs«. – William *Shakespeare:* 1564–1616, der große englische Dramatiker, der hier in durchaus autobiographischer Anspielung als Lieblingsautor Lewins bezeichnet wird. F. hat als junger Mensch den größten Anteil an Shakespeare genommen (eine »Hamlet«-Übersetzung blieb im Nachlaß erhalten und ist 1966 [Berlin und Weimar] im Druck erschienen) und sich in späteren Jahren als Kritiker des Londoner und des Berliner Theaters immer wieder mit ihm beschäftigt. Vgl. hierzu die in den Bänden HF III, 1 und

2 wiederabgedruckten Beiträge sowie Schriften und Glossen, Bd. 1, S. 11 ff., wo F.s Rede »Zum Shakespeare-Fest 1864«, gehalten im »Tunnel über der Spree«, erstmals gedruckt worden ist. – *Percysche Balladensammlung:* Thomas Percy (1729–1811), Bischof von Dromore in Irland, gab eine Sammlung altenglischer Balladen heraus (»Reliques of ancient English poetry«, Edinburgh 1765), die besonders im Sturm und Drang anregend auf die deutsche Dichtung wirkte und die auch noch für F. als Quelle für seine Nachdichtungen aus dem Englischen wichtig war. Vgl. »Von Zwanzig bis Dreißig«, ›Der Tunnel über der Spree‹, 2. Kap.: »... 1848 ... ich weiß nicht mehr in welcher Veranlassung, kamen mir Bischof Percys ›Reliques of ancient English poetry‹ und bald danach auch Walter Scotts ›Minstrelsy of the Scottish border‹ in die Hände, zwei Bücher, die auf Jahre hin meine Richtung und meinen Geschmack bestimmten.« (HF III, 4, S. 327). – *»Römisches Recht im Mittelalter«:* Das Hauptwerk Savignys (vgl. Anm. oben) ist die »Geschichte des Römischen Rechts im Mittelalter« (Heidelberg 1815–31, 6 Bde.), zu großen Teilen eine Geschichte der juristischen Literatur. – *»Der Fruchtwechsel ...«:* Vgl. Anm. oben *(Thaer).*

371 *Collegium publicum:* öffentliche Vorlesung. – *Affektation:* Gezwungenheit, Unnatur.

372 *Ecke des Redernschen Palais:* Das Redernsche Palais befand sich am Pariser Platz, an seine Stelle trat später das Hotel Adlon. Über Friedrich Wilhelm Graf von Redern (1802–83, von 1828 bis 1842 Generalintendant der Königlichen Schauspiele, auch Komponist) schrieb F. am 15. Jan. 1880 an Mathilde von Rohr: »Letzten Freitag erschien ein Diener von Exzellenz Graf Redern und sagte mir, der Graf würde sich freuen, mich am Montag zwischen 9 und 11 zu sehen; es sei in literarischer Angelegenheit. Meine Frau war wütend über dieses Zitiertwerden, ich beruhigte sie aber und sagte ihr, daß sie dreierlei nicht vergessen dürfe: 1. sei er über achtzig, 2. sei er Oberstkämmrer und Graf und 3. bewohne er das schönste Palais in ganz Berlin.« (Auswahl Erler, Bd. 2, S. 18). – *Schinkelrenovierung:* Die Renovierung des Redernschen Palais, die 1832 erfolgte, wird auch in »Wanderungen«, ›Die Grafschaft Ruppin‹, ›Karl Friedrich Schinkel‹ erwähnt (HF II, 1, S. 117). Über Schinkel (1781 bis 1841), einen Sohn Neuruppins, vgl. den genannten Aufsatz und die Anmerkungen (HF II, 3, S. 839 ff.). – *von Haacke:* Vgl. Anm. zu S. 361. – Oldwig Leopold Anton von *Natzmer:* 1782 bis 1861, preußischer General der Infanterie, 1809 Flügeladjutant des Königs. Im Januar 1813 wurde er in das französische Hauptquartier gesandt, um über Yorks Kapitulation Erklärungen abzugeben, leitete jedoch unmittelbar danach das Bündnis mit Rußland ein (vgl. Gneomar Ernst von Natzmer,

»Unter den Hohenzollern. Denkwürdigkeiten aus dem Leben des Generals Oldwig von Natzmer«, Gotha 1887–88, 4 Bde.). – Friedrich Heinrich (1813: Graf) *Kleist* von Nollendorf: 1762 bis 1823, preußischer Generalfeldmarschall, befehligte 1812 im russischen Feldzug eine Brigade des Yorkschen Korps.

373 *Reunions:* Gesellschaften. – *Sans doute ...:* Ohne Zweifel, heute wie immer. – *Suchet, so werdet ihr finden:* Vgl. Matth. 7, 7; ebenso Lukas 11, 9.

374 *Kastalia:* nach dem Vorbild der literarischen Gesellschaften und Zirkel, denen F. als junger Poet selbst angehört hatte; vgl. besonders F.s Erinnerungen an den »Tunnel über der Spree« in »Von Zwanzig bis Dreißig« (HF III, 4, S. 314–464). – *vom Kandidaten Himmerlich:* Der Name Himmerlich, mit dem Zusatz »Prediger zu Sternberg« steht in der Subskribentenliste von Wohlbrücks »Geschichte des ehemaligen Bisthums Lebus und des Landes seines Namens« (vgl. S. 196 und Anm.).

375 *exzeptionell:* ausnahmsweise. – *Substantia:* hier: Stoffliches (Speisen).

376 *Dido:* die sagenhafte Gründerin Karthagos (um 800 v. Chr.), vgl. auch Virgils »Aeneis«. – *Hirschfeldt:* Vgl. »Von Zwanzig bis Dreißig«, Bei ›Kaiser Franz‹, 1. Kap., über das Regiment, in das F. Ostern 1844 eintrat: »Regimentskommandeur war Oberst von Hirschfeld, Sohn des noch aus der fridericianischen Zeit stammenden Generals *Karl Friedrich von Hirschfeld,* der am 27. August 1813 das als ›Landwehrschlacht‹ berühmt gewordene Treffen bei *Hagelsberg* siegreich führte und Bruder des Generals *Moritz von Hirschfeld,* der von 1809 bis 15 in Spanien gegen Napoleon focht – später Kommandierender General des achten Armeekorps – und über seine spanischen Erlebnisse sehr interessante Aufzeichnungen hinterlassen hat.« (HF III, 4, S. 292). – *Meerheimb:* ebenfalls eine historische Figur aus dem spanischen Feldzug; vgl. Anm. zu S. 387 *(Erinnerungen).*

377 *Politesse:* Höflichkeit. – *Embonpoint:* Vgl. Anm. zu S. 361.

378 *Kalkreuth:* Friedrich Graf von Kalckreuth: 1790–1873, Sohn des Generalfeldmarschalls Friedrich Adolf Graf v. K., Verfasser der »Dramatischen Dichtungen«, Leipzig 1824. – Julius Eduard *Hitzig:* 1780–1849, begründete 1808 in Berlin ein Verlagsgeschäft, mit dem er später eine Sortimentshandlung und 1810 ein Lesezimmer für die Universität verband; 1815 Kriminalrat am Kammergericht, auch Kriminal-Schriftsteller. – *»Dramatischen Dichtungen«:* »Dramatische Dichtungen für Deutsche«, 1813. – *Friedrich* Heinrich Karl Freiherr *de la Motte Fouqué:* 1777–1843, aus einer Refugié-Familie wie F., Leutnant im Regiment Garde du Corps; einfallsreicher, romantischer Dichter; das von ihm häufig verwendete Motiv des »Lindwurms« – z. B. in dem Drama »Sigurd der Schlangentöter« (1808) – belustigte F. (vgl.

S. 484). Seit 1803 verheiratet mit der ebenfalls poetisch tätigen Karoline von Briest (!). – Interessant die Unterschiede seiner Undine zu F.s Oceane und Melusine, wobei beiden die Absicht vorschwebte, das zaubrisch Rätselhafte des Wassers in menschliches Handeln und Leiden hinüberzutragen. – *›Der Sabbat‹*: in Wirklichkeit das Gedicht »The Poet's Sabbath« von John Critchley Prince (1808–66):

'Tis morn, but yet the full and cloudless moon
Pours from her starry urn a chastened light:
'Tis but a little space beyond the noon –
The still delicious noon of Summer's night;
Forth from my home I take an early flight,
Down the lone vale pursue my devious way,
Bound o' er the meadows with a keen delight,
Brush from the forest leaves the dewy spray,
And scale the toilsome steep, to watch the kindling day.

The lark is up, disdainful of the earth,
Exulting in his airy realm on high;
His song, profuse in melody and mirth,
Makes vocal all the region of the sky;
The startled moor-cock, with a sudden cry,
Springs from beneath my feet; and as I pass,
The sheep regard me with an earnest eye,
Ceasing to nibble at the scanty grass,
And scour the barren waste in one tumultuous mass.

But lo! the stars are waning, and the dawn
Blushes and burns athwart the east; – behold!
The early sun, behind the upland lawn,
Looks o'er the summit with a front of gold;
Back from his beaming brow the mists are rolled,
And as he climbs the crystal tower of morn,
Rocks, woods, and glens their shadowy depths enfold
The trembling dews grow brighter on the thorn,
And Nature smiles as fresh as if but newly born.

God of the boundless universe! I come
To hold communion with myself and Thee!
And though excess of beauty makes me dumb,
My thoughts are eloquent with all I see!
My foot is on the mountains, – I am free,
And buoyant as the winds that round me blow!
My dreams are sunny as yon pleasant lea,
And tranquil as the pool that sleeps below;
While, circling round my heart, a poet's raptures glow.

Zu Weihnachten 1841 war in der Leipziger Zeitschrift »Die Eisenbahn«, in der F. seit einigen Monaten publizierte, ein mit »G.« [d. i. Georg Günther?] gezeichneter Aufsatz »Die geistigen Vorkämpfer des Radikalismus in England« erschienen. Im Mittelpunkt des Aufsatzes stand John Critchley Prince. Eine Anzahl von Gedichten aus seinem im selben Jahr erschienenen Gedichtband »Hours with the Muses« war dem Aufsatz in der Übersetzung Ludwig Köhlers beigefügt. Offensichtlich durch diese Veröffentlichung wurde F. zu einer Reihe von Übersetzungen nach Prince und anderen Arbeiterdichtern angeregt, die er, mit einem größeren Vorwort (das z. T. ebenfalls Übersetzung einer biographischen Skizze über Prince war) in Buchform zu veröffentlichen gedachte. Dieser Plan ließ sich jedoch nicht verwirklichen, und F. gab ihn bald ganz auf. Nur einige der von ihm übersetzten Gedichte erschienen in der »Eisenbahn«. Vgl. »Das John Prince-Manuskript« (HF III, 1, S. 207–35). – Den Decknamen Wilberforce verwandte F. wegen des Bonmots über die Abschaffung des Sklavenhandels. – In gleicher Weise wie Himmerlich hatte F. am 23. Juli 1843 im »Tunnel« ein Gedicht des Arbeiterdichters Robert Nicoll vorgelesen. Ein anderer Arbeiterdichter, den F. übersetzte, war Ebenezer Elliot, 1781 bis 1849 (dessen Vornamen eine Hauptgestalt in »L'Adultera« trägt). – William *Wilberforce:* 1759–1833, philanthropisch gesinnter britischer Politiker, maßgeblich an der Abschaffung des Sklavenhandels beteiligt.

379 *Weibliche Reime:* zweisilbige (klingende) Reime, während der männliche (stumpfe) Reim einsilbig ist. – ›*Wohltätig* ...‹: aus Schillers »Glocke«.

381 *Omen:* Vorzeichen.

382 *Spencerstrophen:* von dem englischen Dichter Edmund Spenser (1553–99) erstmals in seinem Gedicht »The Fairy Queen« (»Die Feenkönigin«) verwendete Strophenform. – *Ottaverime:* Vgl. Anm. zu S. 283. – Torquato *Tasso:* 1544–95, gefeierter italienischer Dichter schon in jugendlichem Alter; vollendet 1575 das Stanzenepos »La Gerusalemme liberata« (»Das befreite Jerusalem«), mit dem seine kränkliche Natur sich bewundernswert überwindet. – Lodovico *Ariost:* 1474–1533, bedeutender Dichter der italienischen Renaissance, als Hauptwerk gilt das Stanzenepos »Orlando furioso« (»Der rasende Roland«), in dem er das Haus Este verherrlicht. – *Jambus ... Alexandriner:* Vgl. Anm. zu S. 293.

383 Friedrich Wilhelm von *Seydlitz:* 1721–73, preußischer General, in Kalkar bei Kleve geboren, eine der glänzendsten Gestalten um Friedrich den Großen, entschied durch sein Eingreifen die Schlachten bei Roßbach und Zorndorf; verheiratet mit einer Gräfin v. Haacke (vgl. Anm. zu S. 361); gilt als der bedeutend-

ste Reiterführer seiner Zeit. – *Captatio benevolentiae:* Gunsterschleichung. – *»General Seydlitz ...«:* Das Gedicht wurde 1889 etwas verändert und unter dem Titel »Und Calcar, das ist Sporn« als dritte der Balladen um Seydlitz in die 3., vermehrte Auflage der »Gedichte« aufgenommen (vgl. HF I, 6, S. 213 f.).

384 *Ovationen:* Es ist nicht ohne Aufschluß, wie sich F. den Beifall um sein eigenes Gedicht ausmalt und ihn genießt, ähnlich wie den Nachruf auf den alten Stechlin, mit dem er sich in seinem letzten Roman identifiziert. Allerdings hat sich F. in dem Kastalia-Kapitel gleichsam geteilt. Er kostet in dem Erfolg Hansen-Grells eigene Triumphe im »Tunnel« nach, aber er ist auch Himmerlich, der sich über Strophenformen verbreiten will und das Wort abgeschnitten bekommt. Auch F. hatte einst im Tunnel englische Arbeitergedichte mit mäßigem Erfolg vorgetragen, und auch er hatte sich einer Mehrzahl von Offizieren und Adligen gegenübergesehen, denen er sich gesellschaftlich nicht gleichberechtigt fühlte.

387 *Erinnerungen ...:* F. benutzte für die folgende Darstellung die »Erinnerungen an Eugen und Moritz von Hirschfeld aus Deutschland und Spanien«, Berlin 1863; vgl. auch die Anm. zu S. 376 *(Hirschfeldt).* – *Das Gefecht bei Plaa:* Über den Feldzug Napoleons in Spanien vgl. P. Lanfrey, »Histoire de Napoleon Ier«, Tome 4 et 5, Chapitre IX, Torrès-Védras etc. – *Schill:* Vgl. Anm. zu S. 189. – Friedrich Wilhelm *Herzog von Braunschweig:* 1771–1815, Sohn von Herzog Karl Wilhelm Ferdinand, focht bei Auerstädt mit, wo sein Vater fiel; warb 1809 in Böhmen ein Freikorps gegen Napoleon, der ihm sein Erbland genommen hatte, nahm Dresden und Leipzig und schlug sich nach England durch; sein Korps trat in englische Dienste und wurde in Portugal und Spanien eingesetzt. Der Herzog, der 1813 in sein Land zurückgekehrt war, fiel am 16. Juni 1815 bei Quatrebras.

388 *Rabatten:* Vgl. Anm. zu S. 72. – Joseph Heinrich *O'Donnell:* 1769–1834, spanischer General, nach dem Sieg bei Abispal zum Grafen von Abispal ernannt, am 23. April 1810 bei Levido und am 20. Febr. 1811 bei Vich geschlagen. 1814 im Streit mit den Cortes (Reichsversammlungen in Spanien) eingekerkert. Starb in Frankreich. – Pablo *Sarsfield:* spanischer Divisionsgeneral, »der Kämpfer der Armee« genannt, Herkunft unbekannt (nicht aus Catalanien). – *Wimpfen:* auch Wimpffen, reichsunmittelbares Geschlecht, in Österreich, Preußen, Württemberg, Frankreich und Dänemark verbreitet, das viele Offiziere hervorbrachte; dem französischen General Emanuel Felix Freiherr von W. (1811–84), der nach Mac Mahons Verwundung den Oberbefehl bei Sedan übernahm und die Kapitulation unterzeichnete, hat F. in »Der Krieg gegen Frankreich 1870–1871«, Bd. 1,

›General von Wimpffen‹, ein Denkmal gesetzt (HF III, 5). – *Macdonald:* Vgl. Anm. zu S. 363; der Marschall befehligte 1810 das Augereausche Korps in Katalonien.

389 *Tortosa:* befestigte Stadt in der Provinz Tarragona. – *Defilee:* Engpaß. – Louis Gabriel *Suchet:* 1770–1826, Herzog von Albufera, Marschall und Pair von Frankreich; eroberte Tortosa und Tarragona, 28. Aug. 1811 (wofür er Marschall wurde); erhielt 1812, nach Einnahme von Valencia, den Herzogstitel.

390 *Chasseurregiment:* Jägerregiment. – *des Demelées:* démêlé = Handgemenge.

391 *Krokis:* Handskizzen. – *Blessuren:* Verwundungen. – *garnisonierte:* in Garnison lag.

396 *Leichtes Gewölk:* Vgl. Anm. zu S. 273 *(prädestinationsgläubiger Calvinismus);* hierzu jedoch die Notiz in der Handschrift: »Diese Überschrift ist nicht gut. Erstens paßt es nicht, daß ein Kapitel mit dieser Überschrift anfängt: ›Der Tag war hell und sonnig‹, außerdem aber ist es auch besser den Inhalt schärfer zu charakterisieren. Etwa: ›Halbes Versprechen‹, ›Dunkle Zusagen‹ u. dgl. m.« Nachträglich ist noch hinzugefügt: »›Confessions‹, ›Konflikte‹.« (Zit. nach A 2, S. 460).

401 *Zeltersche Komposition:* Karl Friedrich Zelter (1758–1832), erst Maurermeister, dann Direktor der Singakademie, 1809 Professor der Tonkunst, vertonte viele Lieder, auch Gedichte von Goethe; Lehrer von Mendelssohn-Bartholdy. – Karl Friedrich *Rungenhagen:* 1778–1851, Nachfolger Zelters als Direktor der Singakademie (1833), später Lehrer an der Kompositionsschule, äußerst fruchtbarer Komponist (fast 1000 Lieder).

402 *»extraordinären Session«:* außerordentlichen Sitzung. – *»Völkerstimmen«:* »Volkslieder« 1778, gesammelt von Johann Gottfried Herder (1744–1803), dem »Erwecker« der Sturm- und Drangbewegung. Die zweite Auflage, die »Neue umgearbeitete Ausgabe«, die 1807 erschien, erhielt von ihrem Herausgeber, Johannes von Müller, den später oft üblich gewordenen Titel »Stimmen der Völker in Liedern«, auf den hier auch F. anspielt. – *das Naive:* das ursprünglich Ungekünstelte, rein aus der Seele Kommende.

403 *schlug eine Flamme auf:* Der Brand von Schloß Friedersdorf ist historisch. Marwitz berichtet in seinen Memoiren: »Da brach am Morgen des Pfingstsonntags, am 25sten Mai 1806, um 3 Uhr, Feuer in meinem Gehöfte aus, wahrscheinlich von Zigeunern angelegt. Nur mit größter Anstrengung gelang es mir, das Schloß und das Amtsgehöft zu retten und das Vieh aus den Ställen zu bringen. Die Ställe und die Scheunen brannten nieder mit dem ganzen Korn-Vorrath ...« (Marwitz, Bd. 1, S. 160).

406 *ließ augenblicklich nach:* Der leise Hang zum Aberglauben – ein

feines Spielfeld für Humor und Poesie – ist ein Wesenszug F.s. In Marwitz' Memoiren heißt es über den Brand von Friedersdorf: »Ein kleiner Stall blieb mitten in der Brandstelle stehen. An selbigem stand ein Stock. Wie ich mich wunderte, daß dieses kleine Ding von Holz und Stroh mitten in den Flammen unversehrt geblieben, sagte man mir: ›Ja, das macht der Stock!‹ ›Wie so?‹ ›Es kam ein alter Mann, sah das Feuer an, murmelte einige Worte, setzte den Stock gegen den Stall, sprach: laßt den Stock da stehen – und ging fort.‹ – Soviel war wahr, der Stock stand da, und der Stall war wunderbarer Weise nicht mitverbrannt.« (Marwitz, Bd. 1, S. 160 f.).

407 *Rätsel umgeben uns ...:* Vgl. auch »Schach von Wuthenow«, 21. Kap.: »... wie lösen sich die Rätsel? Nie. Ein Rest von Dunklem und Unaufgeklärtem bleibt, und in die letzten und geheimsten Triebfedern andrer oder auch nur unsrer eignen Handlungsweise hineinzublicken, ist uns versagt.« (HF I, 1, S. 681). Ähnlich wie in den Gedichten »Umsonst« (HF I, 6, S. 391) und »Die Frage bleibt« (HF I, 6, S. 393) spricht sich an dieser Stelle eine lange gereifte Überzeugung aus und eröffnet sich ein Einblick in F.s feine Nervlichkeit und in den Quellbezirk seiner Poesie. – *›Komtur‹:* Anspielung auf Mozarts »Don Giovanni«, II, 11. Im Auftrage seines Herrn bittet Leporello das Standbild des Komturs zum Gastmahl.

408 *Jürgaß:* Vgl. Anm. zu S. 359. – *Reprimande:* Vgl. Anm. zu S. 46. – *Gendarmenmarkt:* der heutige Platz der Akademie. – *Beletage:* Hauptgeschoß. – *Fräuleins von Zieten:* Vgl. Anm. zu S. 144 *(Bamme).* – *Konventualin:* Stiftsfrau. – *Heiligengrabe:* bei Techow, zwischen Pritzwalk und Wittstock; vgl. F.s Gedicht »Kirchenumbau« (HF I, 6, S. 374). – *Hans Joachim von Zieten:* 1699–1786, »der Ahnherr aller Husaren«, der Sieger von Liegnitz (15. Aug. 1760), wo er auf dem Schlachtfeld zum General der Kavallerie ernannt wurde, und von Torgau (3. Nov. 1760); vgl. F.s Gedicht »Der alte Zieten« (HF I, 6, S. 208 f.) und »Wanderungen«, ›Die Grafschaft Ruppin‹, ›Wustrau‹ (HF II, 1, S. 18 bis 28).

409 *Jena:* Vgl. Anm. zu S. 29. – *Auerstädt:* Vgl. Anm. zu S. 346. – *Tintoretto:* eigentlich Jacopo Robusti (1512–94); »von Michelangelo die Zeichnung, von Tizian die Farbe«; F. an Karl und Emilie Zöllner am 10. Okt. 1874: »Das Kompositionstalent, die Gabe zu gruppieren, Klarheit in die Massen zu bringen, ist außerordentlich; aber der Mangel an Innerlichkeit ist geradezu erschreckend ... Ich habe für diese Art von Kunst wohl ein Verständnis, aber kein Herz.« (Auswahl Erler, Bd. 1, S. 401). Vgl. auch »Graf Petöfy«, 14. Kap., über Tintorettos »Glorie des Paradieses« (HF I, 1, S. 772 und Anm.). – *Reynoldsscher Werke:* Sir Joshua Reynolds, 1723–92, berühmter englischer Maler mit

meisterlichen Porträts; in seinem Haus traf sich die große Welt, in seinen Bildern blieb sie lebendig. In »Aus Manchester«, ›Sechster Brief‹, hat F. Reynolds einige nicht unkritische Seiten gewidmet: »Die hohe Schätzung, die Reynolds in seiner Heimat genießt, überrascht den Fremden und, wenigstens teilweis', mit Recht.« (HF III, 3).

410 *cause célèbre:* aufsehenerregende Sache (Titel der berühmten Sammlung von Kriminalfällen des französischen Strafrechtlers und Kriminologen François Gayet de Pitaval, 1673–1743). – *Wolf Quast:* Vgl. »Wanderungen«, ›Die Grafschaft Ruppin‹, ›Garz‹: »Unter den jungen Offizieren eben dieses Regimentes war denn auch Wolf Ludwig Friedrich v. Quast, wegen seiner tollkühnen Streiche kurzweg der ›tolle Quast‹ genannt. Eines Tages (wahrscheinlich im Jahre 1794) ging er mit Lieutenant v. Jürgaß, dem spätern ausgezeichneten Kavalleriegeneral unter York, über die Weidendammer-Brücke, als ihnen, einige Häuser weiter, ein riesiger Sporn auffiel, der im Schaufenster eines Eisenladens hing. Es ward ausgemacht, daß derjenige der zuerst in Arrest käme, das wunderliche Ding kaufen solle. Jürgaß war der erste der dieses Vorzugs genoß und kaufte den Sporn, aber freilich nicht ohne beim Kauf ein neues Abkommen getroffen zu haben: ›der *nächste* der in Arrest kommt, läßt einen *Stiefel* dazu machen‹. Dieser nächste war nun selbstverständlich Quast und schon eine Woche danach wurde der etwa sechs Fuß hohe Riesenstiefel unter allen möglichen Formalitäten in die Kaserne getragen. Da stand er nun, der Koloß, und der Sporn ward ihm angeschnallt. Aber der Übermut, einmal wachgeworden, sehnte sich nach *mehr* und so beschloß man denn einstimmig, dem Stiefel zu Ehren ein Fest zu geben...« (HF II, 1, S. 384 f.). – *Gensdarmes:* Vgl. »Wanderungen«, ›Die Grafschaft Ruppin‹, ›Garz‹: »Wer kennt nicht das Regiment Gensdarmes? Und wer hätte nicht gehört von der Verschwendungslust und Tollkühnheit seiner Offiziere, von ihrem Mut und Übermut!« (HF II, 1, S. 384). Danach folgte der später gestrichene Zusatz: »Die Geschichte vom großen Stiefel in Garz ist im engsten Zusammenhang mit einer solchen Übermuts-Szene, wie die Engländer sagen, ›practical jokes‹, die, nach den Tagen von Jena und Auerstädt – und zum guten Teil um dieser Tage willen – wesentlich härter beurteilt worden sind, als nötig gewesen wäre. Jugend will austoben; warum soll die militärische auf dieses Vorrecht verzichten?« (HF II, 3, S. 883). Sehr viel abfälliger wird in »Aus den Tagen der Okkupation«, Bd. 1, ›St. Denis‹, über die »Säbelwetzereien des Regiments Gensdarmes und alles was auf gleicher Stufe steht«, geurteilt (HF III, 4, S. 743). Die Novelle »Schach von Wuthenow« trägt den bezeichnenden Untertitel »Erzählung aus der Zeit des Regiments

Gensdarmes« (HF I, 1, S. 555). Zu diesem Regiment gehörte auch Leutnant Katte, der mit dem späteren König Friedrich dem Großen desertierte und zum Tod verurteilt wurde. Vgl. »Wanderungen«, ›Oderland‹, ›Die Katte-Tragödie‹ (HF II, 1, S. 836). – *Pépinière:* »Pflanzstätte«, die 1795 gegründete Anstalt zur Heranbildung von Sanitätsoffizieren, nach Errichtung der Berliner Universität mit dieser verschmolzen. – *coûte que coûte:* koste es, was es wolle. – *nolens volens:* man mag wollen oder nicht (Augustin).

412 *aus drei Drachenschwänzen aufgeführte Spitzturm:* Vgl. F.s 1865 erschienenen Aufsatz »Kopenhagen«: »Noch grotesker ist die *Börse;* man könnte sagen, sie sei in Rokokogotik gebaut. Zwischen den Fenstern hin laufen schmale, mit allerhand Fratzen verzierte Pilaster, der ziemlich hohe Turm aber, den dieses seltsame Bauwerk trägt, besteht aus vier Drachen, die mit Kopf und Vorderleib horizontal auf dem Turmsockel ruhen, während die vier Schwänze, in einander verflochten, senkrecht in die Höhe steigen.« (HF III, 3). – *Entrée joyeuse:* fröhlicher Einzug – Enevold (1771: Graf) von *Brandt:* 1738–72, dänischer Höfling, ständiger Begleiter des geisteskranken Königs Christian VII., ein Günstling Struensees, nach dessen Sturz er hingerichtet wurde; vgl. auch die folgende Anm. – Johann Friedrich (1771: Graf) von *Struensee:* 1737–72, dänischer Minister, erst Leibarzt König Christians VII., erreichte die Verdrängung der bisherigen Günstlinge am Hof, so z. B. des Grafen Holk, an dessen Stelle sein Freund Brandt trat, regierte mit der ihm geneigten Königin Mathilde, über den schwachen König hinweg, sehr fortschrittlich, aber auch übereilt. Intimer Beziehungen zur Königin beschuldigt (nach Geburt von deren Tochter, 1771), erlag er der Gegenpartei, wurde im Januar 1772 mit Brandt verhaftet und am 28. April zusammen mit ihm hingerichtet (vgl. Jenssen-Tusch, »Die Verschwörung gegen Karoline Mathilde von Dänemark und die Grafen Struensee und Brandt«, Jena 1864). – *Rankünе:* versteckte Feindschaft.

413 *das Kanonisieren:* die Aufnahme in den Kanon, d. h. in das Verzeichnis der von der Kirche anerkannten Heiligen. – *Karoline Mathilde:* 1751–75, Königin von Dänemark und Norwegen, vgl. Anm. zu S. 412 *(Struensee).* Am 6. April 1772 wegen der Struensee-Affäre von König Christian VII. von Dänemark geschieden, an ihrem späteren Wohnsitz Celle wegen ihrer Wohltätigkeit sehr beliebt. – *Saxo Grammaticus:* »Vater der dänischen Geschichte«, Schreiber des Bischofs Absalon von Roeskilde, soll 1204 dort als Propst gestorben sein; »Historia Danica«, in viele Sprachen übersetzt, über die frühen Zeiten lebensvolle, farbige Schilderungen, über das Zeitalter des Verfassers von besonderem Quellenwert.

414 *Thyra Danebod:* Vgl. »Unwiederbringlich«, 19. Kap. (HF I, 2, S. 701); Gattin von Gorm dem Alten (gestorben um 936), Erbauerin des Danewerks; vgl. F.s Gedicht »Gorm Grymme« (HF I, 6, S. 169 ff.). – *wundervoller Name. Er tingelt etwas weniger als Kathinka von Ladalinska:* Vgl. Anm. zu S. 321. – *Sigurd Ring:* sagenhafter nordischer König, gründete eine Alleinherrschaft und neue Dynastie, unter der die Wikinger durch ihre Züge ganz Europa in Schrecken setzten; vgl. auch »Graf Petöfy«, 5. Kap. (HF I, 1, S. 710). – *König Helge:* Sohn Sigmunds, Halbbruder Sigurds, erschlägt König Hunding von Hunland, erobert sich Sigrune zur Gattin, wird von Dag, dem Bruder des ehemaligen Verlobten Sigrunes, getötet; nach drei Tagen erscheint der Erschlagene der klagenden Gattin (Ausgang der Lenorensage?). – *Ragnar Lodbrok:* Vgl. »Unwiederbringlich«, 6. Kap. (HF I, 2, S. 605); mächtiger, sagenhafter Normannenkönig, durch König Aella in England in einer Schlangengrube zu Tode gebracht. – *Harald Hyldetand:* Sohn König Röriks und der Oeda, regierte nach dem Tod seines Großvaters Ivar Widfadme seit 645; später erblindet, übergab er die Krone Schwedens an Sigurd Ring. Da dieser den bedungenen Tribut nicht leistete, Schlacht zwischen beiden auf der Bravallaheide, wo Harald von seinem Wagenlenker erschlagen wurde. Die Vorgänge verlieren sich im Dämmer der Sage. – *bloßen Klang:* Vgl. »Unwiederbringlich«, 21. Kap. (HF I, 2, S. 720), über F.s Überzeugung, daß die Ballade aus der Stimmung und diese »aus dem Ton erblüht«, den er oft dem Klang der Namen entnimmt. Hierzu auch F.s Gedicht »Nordische Königsnamen« (HF I, 6, S. 167 f.). – *einem einzigen Beiwort:* Vgl. die Kunst des Zertifikats bei L'Hermite in »Quitt«, 22. Kap. (HF I, 1, S. 360 f.), die F. auch an seinem Vater rühmt und selbst übt. – *Château d'Yquem:* F. trank diesen nach dem gleichnamigen Schloß benannten französischen Weißwein an »jenem schönen Maitage 1864«, an dem er »mit Dr. H.«, dem Redakteur der »Kreuzzeitung«, Dr. Heffter, mit dem zusammen er Dänemark bereiste, »in Wilkens Keller die ohnehin frischen Düppel-Reminiszenzen ... noch frischer machte ... Denn ein echtes Frühstück, man täusche sich darüber nicht, ist rar wie alles Schöne und Große.« »Aus den Tagen der Okkupation«, Bd. 1, ›Dieppe‹ (HF III, 4, S. 833 f.); die zahlreichen Erinnerungen an Dänemark (Reise F.s 17.–29. Mai 1864) verbinden diese Stellen stark mit dem Roman »Unwiederbringlich« (HF I, 2.).

415 *Erik Barn:* Erich II. das Kind (reg. 840–60). – *Erik Ejegod:* Erich III. der Gute (reg. 1095–1103). – *Erik Lam:* Erich V. das Lamm (reg. 1137–47). – *Erik Plopenning:* Erich VI. Plogpenning (Pflugpfennig, weil er auf jeden Pflug Ackerland eine Steuer legte), reg. 1232–50 (bis 1241 Mitregent seines Va-

ters). – *Erik Glipping:* Erich VII. der Blinzelnde (reg. 1259–61), 1285 bei Viborg von zwölf dänischen Edelleuten unter Führung von Graf Jakob von Halland ermordet. – *sechsundfünfzig Stichen:* Vgl. oben. – *die Zahl in Mode gekommen:* Vgl. F.s Gedicht »Nordische Königsnamen«: »Mir gefällt nicht der ›Erste‹, der ›Dritte‹, der ›Fünfte‹, / Zahlen und wieder Zahlen bloß / Scheinen mir tot und charakterlos.« (HF I, 6, S. 167).

416 *Epigrammatischer:* sinngedichtartiger. – *Waldemar Atterdag:* (reg. 1340–75), der Erklärung des Namens als »Andertag« (vgl. unten) durch F. tritt Kai Jörgensen, »Bilder aus der dänischen Geschichte« (1936) entgegen: »... Sie halfen deshalb dem jungen Herzog Waldemar auf den Thron. Mit ihm wurde es wieder Tag in Dänemark, und er erhielt den Ehrennamen Atterdag. ›Wiedertag‹ (und nicht, wie F. noch glaubte, weil er alles auf den nächsten Tag verschob, er verschob nur, was er nicht gleich zu lösen vermochte).«

417 *herkömmlichen Versuch, von Kopenhagen ... Aalborg ... quer durch Jütland ... Limfjord ... allein:* Vgl. F.s Brief vom 16. Sept. 1864 an seine Frau, der gleichsam die Vorlage zu Bummckes »Lieblingstour« bildet: »Heute früh ... bin ich leidlich wohlbehalten hier in Aalborg eingetroffen, nachdem ich gestern ... Kopenhagen verlassen hatte. – Mit Ausnahme einer Partie auf dem Limfjord ... habe ich nun keine Wasserfahrt mehr vor ... – Nach Skagen will und muß ich, und doch ist es in jeder Beziehung kein Spaß; als Solokrebs ist es doch leidlich unangenehm hier.« (Familienbriefe, Bd. 1, S. 138 f.). – *Nymphäen:* Seerosen.

418 *Moshaisk:* Kreisstadt im damaligen Gouvernement Moskau, an der Mündung der Mosaika in die Moskwa. Im Kreis Moshaisk liegt das Schlachtfeld von Borodino. – *Aperçus:* eigentlich das Wahrgenommene, geistvoll zusammenfassende Bemerkungen, in denen auch F. »brilliert«. – *Konfessions:* Vgl. Anm. zu S. 122 *(Rousseau).*

419 *Borodino:* Dorf im damaligen Gouvernement Moskau, an der Kaluga, einem Nebenfluß der Moskwa, dort Schlacht (auch »Schlacht an der Moskwa«) zwischen der unter Napoleons Führung auf Moskau vordringenden Großen Armee und den Russen unter Kutusow am 7. Sept. 1812, nach der Zahl der beteiligten Truppen und der Verluste eine der größten Schlachten der napoleonischen Kriege. Napoleon konnte Kutusow zwar zum Rückzug und zur Räumung Moskaus zwingen, errang aber keinen eindeutigen Sieg. Die Schilderung der die Phantasie der Zeitgenossen vielfältig bewegenden Schlacht, die F. hier einschiebt, erinnert an seine Darstellungen der drei Kriege von 1864 bis 1870/71, die die Arbeit an »Vor dem Sturm« für Jahre unterbrachen. Ebenso wie die »Wanderungen« werfen die

Kriegsbücher ihren Schatten über F.s ersten Roman. – Michail Illarionowitsch *Kutusow:* 1745–1813, Fürst Smolenskoj, russischer Feldmarschall, löste im Mai 1812 Barclay de Tolly im Oberbefehl des russischen Heeres gegen Napoleon ab. In der Schlacht bei Borodino Befehlshaber des Zentrums. Den genannten Beinamen erhielt er für seinen Sieg bei Smolensk über Davoust und Ney; vgl. auch »Schach von Wuthenow«, 6. Kap. (HF I, 1, S. 598). – Michail Bogdanowitsch (1815: Fürst) *Barclay de Tolly:* 1761–1818, russischer Feldmarschall, aus schottischer Familie, 1810 Kriegsminister, wiederholt Oberbefehlshaber der russischen Armee. Bei Borodino kommandierte er den rechten Flügel.

420 *Bagrationfleschen:* Fleschen = Pfeilschanzen aus 2 Facen (Brustwehren in stumpfem, gegen den Feind gerichtetem Winkel), benannt nach Fürst Pjotr Iwanowitsch Bagration (1765–1812), einem wiederholt bewährten russischen General. Bagration schlug Davoust am 25. Juli 1812 bei Mogilew, führte den linken Flügel bei Borodino, wo er tödlich verwundet wurde.

421 *Davoust und Ney:* Vgl. Anm. zu S. 165 und 332; Davoust und Ney standen bei Borodino im Zentrum; Ney erhielt für diesen Tag den Titel »Fürst von der Moskwa«. – Andoche *Junot:* 1771 bis 1813, Herzog von Abrantes, französischer General, erregte schon 1793 bei Toulon Napoleons Aufmerksamkeit durch seine Tapferkeit; 1805 Gesandter in Lissabon, 1806 bei Auerstädt ausgezeichnet, 1807 Befehlshaber in Portugal, führte das 8. Armeekorps gegen Rußland. Er wurde später geisteskrank und endete sein Leben durch Sturz von einer Mauer. – *Murat:* Vgl. Anm. zu S. 165. – *Vizekönigs:* Eugen Beauharnais (1781–1824), Herzog von Leuchtenberg, Fürst von Eichstätt, Vizekönig von Italien, seine Mutter wurde Napoleons Gattin; erwarb sich als Vizekönig (seit 1805) die Neigung der italienischen Bevölkerung, Sieger von Raab (1809), 1812 führte er das 4. Armeekorps mit Auszeichnung, Sieg bei Lützen 1813; nach Napoleons Sturz lehnte er alle Anerbieten der Verbündeten ab. Eugen Beauharnais führte bei Borodino den linken Flügel. – Joseph Anton Fürst *Poniatowski:* 1762–1813, erst österreichische Dienste, 1787 Oberst und Flügeladjutant Kaiser Josephs II., beim Krieg gegen Rußland 1792 Oberbefehlshaber des polnischen Heeres, befehligte auf dem Zug nach Rußland 1812 die polnischen Truppen, für seine Bewährung in der Schlacht bei Leipzig zum Marschall von Frankreich ernannt, fand bei Deckung des Rückzugs den Tod in der Elster. – *Tête:* Spitze. – Jean Graf von *Rapp:* 1772–1821, französischer General, Pair von Frankreich, bei Jena Adjutant Napoleons, bei Aspern zum Grafen ernannt. R. spielte eine Rolle in den Erzählungen von F.s Vater, vgl. »Meine Kinderjahre«, 10. Kap. (HF III, 4, S. 92 f.).

422 *Woronzoff:* berühmte russische Grafen- und Fürstenfamilie; Michail Graf Woronzoff (1782–1856), russischer General, ausgezeichnet im Feldzug 1812–14 gegen Frankreich, später Feldmarschall. – Louis (1804: Graf) *Friant:* 1758–1829, französischer General, trat als Gemeiner 1781 in die Garde ein, wurde 1794 Brigadegeneral; in Ägypten bewährt, zum Grafen ernannt, 1805–09 unter Davoust bei Austerlitz, Jena, Eckmühl usw., 1812 Führer einer Division bei Smolensk und Borodino. – Auch Friant war F. durch seinen Vater bekannt, vgl. »Meine Kinderjahre«, 10. Kap. (HF III, 4, S. 92). – *Ravins:* Einsenkungen im Gelände. – Emanuel Marquis de *Grouchy:* 1766–1847, Marschall und Pair von Frankreich, Teilnahme an der Revolution, 1795 General und Generalstabschef der Westarmee, trefflicher Kavallerieführer, besonders bei Wagram, 1812 Führer eines Hauptkorps der Reiterei, später der aus Offizieren gebildeten Leibwache Napoleons (Bataillon sacré). Nach der Rückkehr Napoleons von Elba zum Marschall ernannt. Ihm wird vorgeworfen, daß er zur Niederlage Napoleons bei Waterloo entscheidend beitrug, weil er sich an seine Befehle klammerte, die ihm die Verfolgung Blüchers statt das unmittelbare Eingreifen in die Schlacht vorschrieben. – Etienne Marie Antoine Graf von *Nansouty:* 1768–1815, seit 1803 Divisionsgeneral. Vgl. »Meine Kinderjahre«, 10. Kap., die Erzählungen des Vaters: »In seiner Hinneigung zu den kleinen Größen, lag aber nichts von Zufall oder Laune, ganz im Gegenteil, er wußte das »Warum« recht gut; mitunter waren es nur Äußerlichkeiten und ihn beispielsweis über Nansouty, der eine Kürassier-Division kommandierte, sprechen zu hören, war ein vollkommener Hochgenuß. Nansouty stand dann leibhaftig vor einem.« (HF III, 4, S. 92). – Louis Pierre Graf *Montbrun:* 1770–1812, 1809 General der Kavallerie (bei Borodino gefallen).

423 Marie Victor de Fay Marquis de *Latour-Maubourg:* 1766–1850, französischer General, rettete während der Revolution am 6. Oktober 1789 als Leutnant bei den Garde du Corps der Königin Marie Antoinette das Leben; nach der Schlacht bei Austerlitz Brigadegeneral, 1808 Befehlshaber der Kavallerie in Spanien, als Divisionsgeneral 1812/13 in Rußland; 1827 Gesandter in England und Marquis, 1819–21 Kriegsminister. – *de Lorges:* 1767–1826, Baron (de Lorge), seit 1799 General der Kavallerie. – *»Ritter de Lorges« ... »Handschuh aus dem Löwengarten«:* In Schillers Ballade »Der Handschuh« birgt der Ritter Delorges den Handschuh seiner Dame aus dem »Löwengarten«. – *Ulanendivision:* Ulanen waren mit Lanzen bewaffnete Reiter. Die Polen übernahmen den Ausdruck von den Tataren. Vgl. auch Anm. zu S. 227 *(Lancierregiment).*

424 *von Lepel:* Die Familie war F. durch die langjährige Freund-

schaft mit Bernhard von Lepel gut bekannt; vgl. »Von Zwanzig bis Dreißig«, ›Der Tunnel über der Spree‹, 8. Kap. (HF III, 4, S. 434–454). – *König Jérôme:* Jérôme Bonaparte (1784–1860), der jüngste Bruder Napoleons, Seeoffizier, 1805 Konteradmiral, heiratete 1808 als König des neubegründeten Königreichs Westfalen die Prinzessin Katharina von Württemberg, nachdem er sich auf Befehl Napoleons 1805 von seiner ersten Frau getrennt hatte. Sein »lustikes« Leben in Westfalen ist sprichwörtlich. 1812 fiel er beim Feldzug in Rußland in Ungnade, weil er die Vereinigung Bagrations mit Barclay de Tolly zugelassen hatte. 1850 Marschall von Frankreich, 1852 Präsident des Staatsrats. – Johann Adolf Freiherr von *Thielmann:* 1765–1824, sächsischer, später preußischer General, trat 1782 in ein sächsisches Cheveaulegersregiment ein, focht bei Jena mit, 1810 Generalleutnant, zeichnete sich als Führer einer Kavalleriebrigade bei Borodino aus und wurde dafür in den Freiherrnstand erhoben; trat 1815 in preußische Dienste, 1819 General der Kavallerie. – *Garde du Corps:* 1740 von Friedrich dem Großen gegründetes, berühmtes preußisches Eliteregiment, oft bei F. genannt. – *von Zastrow:* bekannte preußische Offiziersfamilie aus der Gegend von Danzig. Auch in den »Wanderungen« erwähnt; vgl. das Register (HF II, 3, S. 1291).

425 *Crête:* Brustwehr bei Befestigungen.

426 *Baschkiren- und Kalmückenschwärme:* tatarische und türkisch-mongolische Volksstämme. – *irreguläre Truppen:* Freischärler. – *von Hoyer:* vielleicht der als Militärschriftsteller bekannt gewordene preußische Generalmajor Johann Gottfried von H. (1767–1848), 1810 Oberstleutnant in sächsischen Diensten, trat 1814 als Oberst in preußische Dienste, 1818 General. – *Brigadeadjutant von Minckwitz:* Ein von Minckwitz ist Autor der 1878 in Dresden erschienenen Schrift »Die Brigade Thielmann in dem Feldzug von 1812 in Rußland«.

428 *Redoute:* viereckige Verschanzung.

429 *Je payerai . . .:* Ich werde die zerschlagenen Töpfe bezahlen, aber ich opfere mich für das Wohl meines Vaterlandes. – *Trümmerhaufen:* Die Franzosen verloren in der sehr verlustreichen Schlacht 30 000, die Russen 45 000 Mann.

430 *»Vestalin«:* »Die Vestalin«, große Oper von Gasparo Spontini (1774–1851), Text von Jouy, am 15. Dez. 1807 in Paris mit großem Erfolg uraufgeführt.

431 *Chants . . .:* Gesänge und Volkslieder. – *Dédié à son . . .:* ihrem lieben Neffen L. v. V. gewidmet von Amelie, Gräfin von P., Schloß Guse, Weihnachten 1812. – *Ma petite . . .:* Meine Enkelin hat morgen ihr Fest, / Ich weiß, was man für sie vorbereitet: / Der Bäcker macht einen Kuchen, / Die Schneiderin macht ein Mäntelchen . . .

432 *Molière:* eigentlich Jean Baptiste Poquelin (1622–73), der größte französische Lustspieldichter; lebte in keiner glücklichen Ehe, um so höher stellte er seine alte Haushälterin Laforest, der er verschiedene seiner Dichtungen vorlas, bevor sie aufgeführt wurden. Man darf an dieser Stelle an F.s Wort über sein altes Hausmädchen (im Zusammenhang mit der nicht immer verständnisvollen Haltung seiner Familie) in dem Brief an Friedrich Stephany vom 20. Nov. 1889 erinnern: »... *die* wird trauern, wenn ich selber gehe, das andre ist alles nichts.« (Auswahl Erler, Bd. 2, S. 255). Vgl. auch F.s Besprechung des Buches »Molière« von Paul Lindau (Leipzig 1872) in der »Vossischen Zeitung« vom 26. Mai 1872, Sonntagsbeilage (Wiederabdruck in Briefe an Kletke, S. 70). – *Zu meiner Enk'lin Namenstag:* unter dem Titel »Zum Namenstag meiner Enkelin« 1889 mit leichten Abweichungen in die 3., vermehrte Auflage der »Gedichte« aufgenommen (vgl. HF I, 6, S. 327).

433 *Lichtenberg:* ursprünglich ein Dorf, als solches in den »Wanderungen«, ›Oderland‹, ›Friedrichsfelde von 1812 bis 1816‹ erwähnt (HF II, 2, S. 591); später Stadtteil von Berlin.

434 *desolat:* trostlos.

435 *Equipierung:* Ausrüstung. – *Vous venez ...:* Sie kommen ... – *de la Russie:* aus Rußland. – *ein Leichenzug:* Diesen Zug der Rußlandheimkehrer schildert, wie man bemerkt hat (vgl. Buscher, S. 275), auch Gustav Freytag in »Aus neuer Zeit. Bilder aus der deutschen Vergangenheit«, IV, mit fast wörtlichen Übereinstimmungen (z. B.: »Es war eine Herde armer Sünder, die ihren letzten Gang angetreten hatten, es waren wandelnde Leichen.« »... lautlos wie ein Totenzug nahten sie sich der Stadt.« Hingegen findet sich das gegensätzliche Bild, der Einzug der frischen Truppen, den F. im Folgenden beschreibt, nicht bei Freytag. – *den Schlaf morden:* Vgl. Shakespeare, »Macbeth«, II, 2: »Methought I heard a voice cry, ›Sleep no more! / Macbeth does murder sleep‹, – the innocent sleep ...«.

436 *Suivez-moi:* Folgen Sie mir. – *Wilhelmsplatz:* der heutige Thälmannplatz. – *Statue Winterfelds:* Der preußische Generalleutnant Hans Karl von Winterfeldt (1707–57), ein fähiger und gebildeter Soldat, ein Vertrauter Friedrichs des Großen, fiel bei Moys. Antoine Tassaert (1727/29–88), der Lehrer Schadows, schuf die Marmorskulptur des Generals auf dem Wilhelmsplatz, die 1862 durch ein Erzstandbild von August Kiß (1802–65) ersetzt wurde. Auf das ältere Denkmal beziehen sich die Worte F.s in seinem Aufsatz »Unsere lyrische und epische Poesie seit 1848«: »Als *Gottfried Schadow* die Kühnheit hatte, den Zopf in die Kunst einzuführen, nahm er ihr zugleich den Zopf. So wurde der *›Alte Dessauer‹* ... zu einer Tat von unberechenbarer Wirkung. Jener Statue zur Seite stehen *Schwerin* und

Winterfeldt in antikem Kostüme, und wahrlich, wenn es Absicht gewesen wäre, das Ridiküle der einen Richtung und das Frische, Lebensfähige der andern zur Erscheinung zu bringen, die Zusammenstellung hätte nicht sprechender getroffen werden können.« (HF III, 1, S. 237). – *Entendez-vous:* Hören Sie. – *Ce sont . . .:* Das sind französische Trompeten.

437 Paul Graf *Grenier:* 1768–1827, französischer General; 1799 in Italien, 1800 (unter Moreau) bei Höchstädt, großer Anteil am Sieg bei Raab (14. Juni 1809), 1810 General, 1813–14 hervorragend bei der französisch-italienischen Armee in Oberitalien. – Pierre François Charles *Augereau:* 1757–1816, Herzog von Castiglione, Marschall und Pair von Frankreich, Sohn eines Obsthändlers, diente in mehreren ausländischen Heeren, trat 1792 in Neapel in die französische Armee ein; 1794 Brigadegeneral, 1796 große Waffentaten im italienischen Feldzug (Castiglione); am 18. Brumaire 1799 schloß er sich Napoleon an, 1804 wurde er Marschall, 1812 führte er das in Berlin gebildete 11. Armeekorps, verlor 1814 Napoleons Vertrauen. – *die demontierten Kürassiere:* die ihre Pferde eingebüßt hatten. – *Voilà . . .:* Da, der Herzog von Castiglione; vgl. oben. – *Tête:* Spitze.

438 *Sappeurs:* Pioniere, Bausoldaten. – *Eh bien, hâtons-nous!:* Nun gut, beeilen wir uns!

439 *Deroute:* Auflösung, Untergang.

440 *Reunion:* Vgl. Anm. zu S. 187.

441 *Folie für einen glänzenderen Stein:* beliebte F.sche Wendung. – *Commandant en Chef:* Kommandierender General. – *Subalternoffiziere:* unter dem Rang von Stabsoffizieren stehende Offiziere. – *Employés:* Heeresbeamte.

442 Alexander von der *Marwitz:* 1787–1814, studierte die Rechte; 1811 beschäftigte er sich mit Vorarbeiten zu einem juristischen oder kameralistischen Examen; vgl. auch Anm. zu S. 367 *(Graue Kloster).* – *Löschebrand:* Vgl. »Wanderungen«, ›Spreeland‹, ›Groß Rietz‹; die Löschebrands standen ebenfalls bei den Gensdarmes oder bei Garde du Corps. »Ihr Name schon klang mir prächtig im Ohr, und ich sah eigentlich alles was Löschebrand hieß, hoch zu Roß irgendeinen Brand mit geweihter Lanze löschend. Jeder ein Ritter Sankt Georg.« (HF II, 2, S. 470). Selten wird das spontane Aufsteigen eines Bildes aus einem Namen bei F. so deutlich! – *Türkische Zelt:* Vergnügungslokal in Charlottenburg (Berliner Straße). – *Billet-doux:* zarte Botschaft, Liebesbriefchen.

443 *Ordre de bataille:* Schlachtordnung.

445 *nach Breslau:* 22. Januar 1813. – *unseren Farben:* schwarz-weiß (Farbe des Templer-Ordens). – *des Großen Königs Tagen:* Friedrich der Große starb am 17. Aug. 1786.

446 *Astrallampe:* »Sternlampe«, Öllampe, deren Ring fast keinen Schatten wirft.

447 *Fräulein von Bischofswerder:* Vgl. Anm. zu S. 357. – *Oberhofmeisterin-Exzellenz:* Frau von Voß, geb. von Pannwitz (1729 bis 1814), Gemahlin des Oberhofmeisters, darum Oberhofmeisterin par courtoisie (aus Höflichkeit); wiederholt in den »Wanderungen« erwähnt, vgl. das Register (HF II, 3, S. 1286). Die amtierende Oberhofmeisterin war Gräfin Kannenberg. – *Beeskow:* Kreisstadt im Bezirk Potsdam, an der Spree; vgl. »Wanderungen«, ›Spreeland‹, ›Eine Osterfahrt in das Land Beeskow-Storkow‹: »... ein wenig gekannter Winkel, der nichtsdestoweniger seine Schönheit und seine Geschichte hat. Beiden beschloß ich nachzugehen...« (HF II, 2, S. 470). – *Tippelskirch:* sehr bekannte preußische Offiziersfamilie.

448 *Reprimande:* Vgl. Anm. zu S. 46. – *Dumoulin:* Vgl. Anm. zu S. 28. – *Sans doute:* ohne Zweifel.

449 *Taburett:* niedriger Stuhl ohne Lehne.

450 *Polykrates:* Tyrann von Samos, das er zuerst mit seinen Brüdern, seit 535 v. Chr. allein regierte und zum Mittelpunkt eines großen Seestaates machte. Sein Siegelring war von der Meisterhand des Theodorus; vgl. Schillers Ballade »Der Ring des Polykrates« (Polykrates wirft seinen Ring ins Meer, um Unglück abzuwenden, ein Fischer bringt den Ring zurück – ein Zeichen, daß Polykrates dem Verderben geweiht ist). Polykrates wurde von dem persischen Satrapen Oroetes getäuscht und ans Kreuz geschlagen. – *Heinrich VIII.:* 1491–1547, 1509 König von England. – *seine sechs Frauen:* Katharina von Aragonien, Anna Boleyn, Johanna Seymour, Anna von Kleve, Katharina Howard, Katharina Parr. Seine zweite und seine fünfte Frau ließ Heinrich hinrichten. F. spielt häufig auf diese Vorgänge an; vgl. »Unwiederbringlich«, 22. Kap. (HF I, 2, S. 730) sowie die Anm. unten *(Anne Bulen).* – *six-le-va:* sechsfache Geltung beim Pharaospiel. – *König Oger:* menschenfressender Riese im Märchen. – *Anne Bulen* (Anna Boleyn): 1507–36, Tochter des aus dem Bürgerstande stammenden Sir Thomas Boleyn, nunmehrigen Viscount Rochford und Grafen von Wiltshire, und der Elisabeth Howard, die einer der vornehmsten Familien des Landes entstammte; Hoffräulein der Königin Katharina, mit der Heinrich VIII. seine Ehe auflöste, um Anna zu heiraten; 1533 gebar sie die spätere Königin Elisabeth, wurde des blutschänderischen Umgangs mit ihrem Bruder beschuldigt und am 18. Mai 1536 im Tower enthauptet. – *Puttkamers:* bekannte Adelsfamilie, aus der Bismarcks Frau stammte, ursprünglich aus Pommern. – *Von den Tudors auf die Puttkamers! Das ist denn doch ein Sprung:* autobiographische Anspielung. F.s drei Aufenthalten in England war, beginnend 1859, die Niederschrift der »Wanderungen«,

seinem intensiven Interesse für die englische Geschichte (Tudors: englisches Königshaus, das von 1458–1603 regierte und dem auch Heinrich VIII. angehörte) die Beschäftigung mit der märkischen Spezialhistorie gefolgt (vgl. auch S. 725).

451 *Pommern eben fertig:* um 1100 (unter Fürst Swantibor I.). – *Fertigwerdung der Mark:* 931 (durch König Heinrich I., der die Slawen an der Elbe schlug und aus dem ihnen entrissenen Land die Mark Nordsachsen, später Altmark genannt, gründete). – *Geisterring Ihres Herrn Vaters:* Vgl. »Wanderungen«, ›Havelland‹, ›Marquardt von 1795–1803, General v. Bischofswerder‹: »Der Erbring mit dem weißen Milchstein dunkelte rasch auf dem Zeigefinger, an dem er ihn trug, und so wußte er denn, daß seine letzte Stunde nahe sei.« (HF II, 2, S. 274).

452 *Bredowschen Erbringe:* bei den Bredows unbekannt. – *Reale:* Vgl. Anm. zu S. 357. – *König Pharaos Tagen:* Vgl. 1. Mose 44. – *Tugendministers:* Joseph, Jakobs Sohn, vgl. Apostelgeschichte 7: »... und gab ihm Gnade und Weisheit vor dem Könige Pharao in Ägypten, der setzte ihn zum Fürsten über Ägypten ...« und 1. Mose 39 über Josephs Tugend der Potiphar gegenüber: »Aber er gehorchte ihr nicht.« – *Lehnin:* Vgl. »Wanderungen«, ›Havelland‹, ›Kloster Lehnin‹ (HF II, 2, S. 44 ff.).

453 *Plessow:* Kreis Zauch-Belzig, gehörte den Rochows (Schloß um 1780). – *Reckahne:* ebendort, ebenfalls den Rochows gehörend, schönes Herrenhaus aus der Mitte des 18. Jahrhunderts. – *Rochows:* Vgl. F.s Gedicht »Adlig Begräbnis«: »Und Hans Rochow von Reckahne / Schloß ab den Trauerzug.« (HF I, 6, S. 251). Die Rochows gehörten wie die Quitzows zum märkischen Uradel; vgl. auch »Wanderungen«, ›Havelland‹, ›Kloster Lehnin‹: »In Burg Golzow (dem alten Rochowsitz, in der Nähe Lehnins) war *Wichard von Rochow,* der treue Anhänger der Quitzows, gefangengenommen worden.« (HF II, 2, S. 63). – *Groß-Kreuz:* Kreis Zauch-Belzig, später den Marwitz gehörend. – *Arnstedt:* alte märkische Familie. Vgl. »Fünf Schlösser«, ›Hoppenrade‹, 13. Kap. (HF II, 3, S. 199 ff.). – *Diversionen:* Ablenkungen.

454 *geborene von Ribbeck:* Vgl. »Wanderungen«, ›Havelland‹, ›Groß-Glinicke‹: »Schon 1572 erscheinen die Ribbecks, zuerst Oberhofmeister Jürgen *v. Ribbeck.*« (HF II, 2, S. 206); vgl. auch das Register (HF II, 3, S. 1271) sowie F.s Gedichte »Herr von Ribbeck auf Ribbeck im Havelland« (HF I, 6, S. 255 f.) und »Adlig Begräbnis« (HF I, 6, S. 250). – *›Wen Gott lieb hat ...‹:* abgewandelt nach Röm. 8, 28. Denselben Bibelspruch wird Tante Schorlemmer zitieren (vgl. S. 709).

455 *hautaine:* hochmütige. – *Lehnin ... die Weissagung:* Vgl. »Wanderungen«, ›Havelland‹, ›Die Lehninsche Weissagung‹: »Zu Anfang des vorigen Jahrhunderts ... erschienen ... hun-

dert gereimte lateinische Hexameter, sogenannte Leoninische Verse, die in dunklem Prophetenton über die Schicksale der Mark und ihrer Fürsten sprachen ...« (HF II, 2, S. 76). Verschiedene Autoren halten Martin Friedrich Seidel (gest. 1693) für den Verfasser der Weissagung (vgl. die Anm. HF II, 3, S. 1002). Nach 1870 gewann die Lehninsche Weissagung erneute Aktualität (vgl. Buscher, S. 280 f.).

456 *Relais:* Pferdewechsel-Station. – *Au revoir:* Auf Wiedersehen. – *Dame d'atour:* Kammerfrau.

457 *Tête:* Vgl. Anm. zu S. 421. – *Célibataire:* Junggeselle.

458 *Stimmingsche Gasthaus am Wannsee:* in dem Kleist vor seinem Tode abgestiegen war. – *Heinrich von Kleist:* 1777–1811; erschoß sich am 21. Nov. 1811 am Wannsee. Vgl. »Fünf Schlösser«, ›Dreilinden‹, 10. Kap. (HF II, 3, S. 386 ff.). – *Käthchens von Heilbronn:* »Das Käthchen von Heilbronn oder die Feuerprobe«, Drama von Kleist, Erstaufführung und Buchausgabe 1810; in der Gestalt des Käthchens verbindet sich klare Naivität mit romantisch phantastischen Zügen; das Stück zeigt deutlich Einbrüche der die Romantik faszinierenden ›Nachtseite des Lebens‹. – *Somnambulen:* Nachtwandlerischen. – *defileeartige:* engpaßartige. – *Weberhäuser von Nowawes:* Der Ort war 1751 von Friedrich dem Großen als Kolonie protestantischer Weber aus Böhmen angelegt worden.

459 *Communs:* Nebengebäude zum (1763–69 erbauten) Neuen Palais, »pour les communs«, also eigentlich Dienerschaftsräume, von Gontard der Gesamtanlage meisterhaft eingefügt.

460 *Claude-Lorrain:* eigentlich Claude Gellée (1600–82), französischer Maler und Radierer: »... mit dem Liniengefühl und dem Sinn für zauberhafte Beleuchtung eines Claude Lorrain«, vgl. »Wanderungen«, ›Die Grafschaft Ruppin‹, ›Karl Friedrich Schinkel‹ (HF II, 1, S. 114). – *Klosterkirche von Lehnin:* Vgl. »Wanderungen«, ›Havelland‹, ›Kloster Lehnin, wie es war und wie es ist‹ (HF II, 2, S. 71 ff.).

461 *Askanier:* Vgl. Anm. zu S. 14. – *Anhaltiner:* Esiko von Ballenstedt vereinigte das anhaltische Gebiet unter dem Namen der Askanier (1031), sein Enkel nannte sich zuerst Graf von Askanien; die späteren Anhalter Fürstenhäuser (nur die 1468 erloschene Ascherslebensche Linie führte den Titel der Grafen von Askanien), die Ernestinische und Dessauer, Bernburger und Köthener Linie, hatten mit den Askaniern keine Verbindung. – *Dessauer:* Fürst Leopold I. von Anhalt-Dessau (1676–1747), der berühmte Feldmarschall des »Soldatenkönigs«, der »Vater« des Gleichschritts und des eisernen Ladestocks. – *Lustgarten:* zwischen Schloß und Altem Museum, war 1716 in einen Exerzierplatz umgewandelt worden. – *Markgraf Otto:* 1170–84. – *Albrecht der Bär:* 1106–70, bekämpfte mit Heinrich dem

Löwen die Obotriten 1164 und gehörte 1166–68 dem Fürstenbund gegen Heinrich an. – *Heinrich der Löwe:* 1129–80, durch seine Kämpfe gegen den Kaiser Barbarossa bekannt.

462 *ersten Lehniner Abtes, ... Verdacht eines Liebesabenteuers:* Abt Siebold, von 1180–90 amtierend, ermordet 1190; vgl. »Wanderungen«, ›Havelland‹, ›Die Äbte von Lehnin‹: »... während die Frau ... ängstlich unter den Backtrog kroch, der nach damaliger Sitte nichts als ein ausgehöhlter Eichenstamm war. Abt *Siebold*, nichts Arges ahnend, setzte sich auf den umgestülpten Trog, die Kinder aber ... liefen jetzt an den See und riefen dem Vater und den übrigen Fischersleuten zu: ›Der Abt ist da‹, zugleich erzählend, in welch eigentümlicher Situation sie die Mutter und den Abt verlassen hatten. Die versammelten Fischersleute gaben dieser Erzählung die schlimmste Deutung ... und erschlugen endlich den am Boden Liegenden«. (HF II, 2, S. 51 f.)

464 *Refektorium:* Speisezimmer. – *Frater Hermannus:* Bruder Hermann; der Titel der Lehninschen Weissagung lautet nach F.s Wiedergabe in »Wanderungen«, ›Havelland‹, ›Die Lehninsche Weissagung‹: »Weissagung des seligen *Bruders Herrmann*, weiland Lehniner Mönches, der ums Jahr 1300 lebte und blühte.« (HF II, 2, S. 76).

468 *Vivat Borussia ... Pereat Bonaparte:* Es lebe Preußen ... Nieder mit Bonaparte. – *renommistische Ton des Regiments Gensdarmes:* Vgl. »Schach von Wuthenow« (HF I, 1) und Anm. zu S. 410.

470 *memorierten:* Vgl. Anm. zu S. 281.

471 *Relais:* Vgl. Anm. zu S. 456.

472 *Frau Venus ... Taubengespann:* Vgl. S. 13 und Anm. – *Taburett:* Vgl. Anm. zu S. 449.

474 *Edelsinn, dessen gänzliches Fehlen:* Von England aus tadelte F. »dieses Fehlen jeder Spur von Kavalierschaft im deutschen Volksgemüt«. – *Tedeum:* Hymnus in der Katholischen Kirche, der sogenannte Ambrosianische Lobgesang, nach den Anfangsworten »Te deum laudamus« (»Dich, o Gott, loben wir«).

475 *verschacherte:* durch seine Beteiligung bei den Teilungsverträgen, zuletzt bei der Dritten Teilung Polens vom 24. Oktober 1795, wo Preußen 697 Quadratmeilen erhielt und Polen aufhörte zu bestehen. – *mehr Prinzen auf den Schlachtfeldern:* Vgl. die Anmerkungen über die Marschälle Napoleons, die alle (mit dem Namen der Siegesorte als Titel) zu Fürsten und Prinzen erhoben wurden (z. B. Ney »Fürst von der Moskwa« usw.).

476 *Ritter von La Mancha:* Don Quijote in dem gleichnamigen Roman von Cervantes.

478 *nach Breslau:* Vgl. Anm. zu S. 445. – *Zisterzienser-Kloster:* Vgl. F.s Aufzählungen der Zisterzienserklöster in der Mark

(»Wanderungen«, ›Havelland‹, ›Die Zisterzienser in der Mark‹): »Das wichtigste unter den hier aufgezählten märkisch-lausitzischen Klöstern war wohl das Kloster Lehnin.« (HF II, 2, S. 42). – *Johann Cicero:* 1455–99, 1486 Kurfürst von Brandenburg. Vgl. »Wanderungen«, ›Havelland‹, ›Kloster Lehnin, wie es war und wie es ist‹: »Elf Askanier lagen hier, und einträchtig neben ihnen *drei* aus dem Hause Hohenzollern, *Friedrich* mit dem Eisenzahn, *Johann Cicero* und *Joachim I.*« (HF II, 2, S. 72). – *Joachim Nestor:* 1484–1535, Johanns Sohn, 1499 Kurfürst von Brandenburg, Gründer der Universität Frankfurt a. O. – *›Vaticinium Lehninense‹:* Lehninsche Weissagung, vgl. »Wanderungen«, ›Havelland‹, ›Die Lehninsche Weissagung‹ (HF II, 2, S. 76–85).

479 Johann Joachim *Bellermann:* 1754–1842, seit 1804 Direktor des Gymnasiums zum Grauen Kloster in Berlin, 1810 auch außerordentlicher Professor der Theologie an der neugegründeten Universität und Konsistorialrat. Vgl. auch »Wanderungen«, ›Havelland‹, ›Kloster Chorin von 1272 bis 1542‹ (HF II, 2, S. 91). – *Vizekönig:* Vgl. Anm. zu S. 421. – *Poniatowski:* Vgl. Anm. zu S. 421.

480 *Enrollierung:* Stammrolleneintragung.

482 *Defilee:* Vgl. Anm. zu S. 389.

483 *In jüngeren Tagen ...:* »Ehmals und jetzt«, 1798 entstandenes Gedicht von Friedrich Hölderlin (1770–1843) in alkäischem Versmaß. – *›ums Morgenrot fahrenden Lenore‹:* Die Ballade »Lenore« (1773) von Gottfried August Bürger beginnt mit den Versen: »Lenore fuhr ums Morgenrot / Empor aus schweren Träumen ...« F. hat von »dem wundervollen Gedicht«, wie er am 9. Juni 1894 an Paul Schlenther schreibt (Freundesbriefe. Zweite Sammlung, Bd. 2, S. 321), wiederholt höchst anerkennend gesprochen. – *den ›wilden Jäger‹:* Ballade von Bürger (vgl. die Anm. oben). – *die ›Chevyjagd‹:* Vgl. F.s Gedicht aus dem Englischen »Chevy-Chase oder Die Jagd im Chevy-Forst«: »Im Chevy-Walde hat sich einst / Wehvolle Jagd begeben.« (HF I, 6, S. 65 ff.).

484 *Romantikern ... Schlangentötern:* Vgl. Anm. zu S. 378 *(Fouqué).* – *Hexameter:* griechisches Versmaß (vor allem in der epischen Dichtung); in der deutschen Klassik viel verwendet. – *alkäische Strophe:* griechische Strophenform (nach Alkäos, um 600 v. Chr.); vgl. Anm. zu S. 483 (Hölderlin). – *›Toujours perdrix‹:* Immer Rebhühner, soll der Beichtvater Heinrichs IV. von Frankreich geklagt haben, als ihm dieser jeden Tag Rebhühner vorsetzen ließ, um sich für den Tadel wegen seiner zahlreichen Liebschaften zu rächen; eine für F. höchst amüsante Anekdote (oft zitiert), vgl. »Schach von Wuthenow«, 7. Kap. (HF I, 1, S. 608).

485 *Nur einen Sommer ...:* Hölderlins Gedicht »An die Parzen« (1798).

489 *Maréchal de logis:* Quartiermeister. – *Tressen ... und einen Klunker:* Anspielung auf Matthias Claudius' Gedicht »Die Geschichte von Goliath und David, in Reime bracht«, das beginnt: »War einst ein Riese Goliath, / Gar ein gefährlich Mann! / Er hatte Tressen auf dem Hut / Mit einem Klunker dran ...«.

490 *Le boulanger:* Vgl. S. 431.

491 *Der Tauwind kam ... Grafen ... Zöllner ... braven Mann:* »Das Lied vom braven Manne«, bekannte Ballade von Bürger (vgl. Anm. zu S. 483).

492 *lautlos inmitten des Weges niederstürzte:* Vgl. F.s am 13. Juli 1878 in der »Vossischen Zeitung« erschienene Besprechung des Romans »Lebensrätsel« von E. Juncker (d. i. Elise Schmieden). Dort schreibt F. im Anschluß an eine kurze Wiedergabe der Romanhandlung: »Dies Liebesverhältnis bildet den eigentlichen Inhalt des Romans. ... Einzelnes ist nicht zu übertreffen. Dahin rechne ich vor allem das 3. Kapitel des II. Bandes, in dem Margarethe entdeckt, daß sie hintergangen, und nun flieht und halbtot am Wege gefunden wird.« Zu Beginn seiner Besprechung weist F. auf Übereinstimmungen zwischen E. Junckers Roman und Spielhagens »Sturmflut« hin und erklärt: »Wer die Geschichte der Entdeckungen und Erfindungen einigermaßen kennt, weiß, daß die *Gleichzeitigkeit* im *Erfinden* eine sich hundertfältig wiederholende Erscheinung ist.« Die Besprechung ist neuerdings wieder abgedruckt worden (Briefe an Kletke, S. 83 f.). – *Künn jih nich töwen:* Könnt ihr nicht warten.

493 *Knaken:* Knochen. – *Bohlsdorf:* Name wohl nach Bollersdorf, das F. in den »Wanderungen«, ›Oderland‹, ›Der große und der kleine Tornow-See‹ (HF II, 1, S. 649 ff.) beschreibt, Besitz der oft genannten Familie Itzenplitz; in der alten Kirche dort sind Gräber der Löschebrands; B. hatte in der 2. Hälfte des 17. Jahrhunderts denselben Besitzer wie Friedersdorf: Goertzke.

497 *mit Permission:* Vgl. Anm. zu S. 216. – *›La Terreur‹:* Der Schrecken. – *Anno 93 ... quatre-vingt-treize ... Champagnefeldzug:* Vgl. Anm. zu S. 56 (Rheinkampagne); der erste Feldzug Preußens (zusammen mit Österreich) gegen Frankreich endete im Spätsommer 1792 in der Champagne nach der ergebnislosen Kanonade bei Valmy (vgl. S. 54). – *Alt-Larisch:* Vgl. S. 359 und Anm.

500 *Schnebbe:* in die Stirn hinabreichende Spitze der Haube, auch diese selbst; vgl. auch die Witwentracht der Gräfin in »Ellernklipp«, 14. Kap. (HF I, 1, S. 184), sowie das Gespräch in »Die Poggenpuhls«, 13. Kap. (HF I, 4, S. 560 f.).

501 *Allod:* Freigut, frei von Lehnspflichten und ohne festliegende Erbfolge.

502 *»Schau von deinem Thron ...«:* 1720 geschriebenes Gebetslied des jungen Zinzendorf (vgl. S. 45 und Anm.); F. hat die von ihm vollständig zitierte dritte Strophe des Liedes, die inhaltlich und formal als Mittelpunkt des Ganzen erscheint, offensichtlich in charakteristischer Weise verändert (»Auch mit meinem Schmerz« statt »Auch durch Leid und Schmerz«) und dadurch zu dem persönlichen Schicksal Renates in Beziehung gesetzt (vgl. Wagner, S. 68).

504 *eine Kreuzigung:* Vgl. in den (in späteren Auflagen entfallenen) Anmerkungen zur Erstausgabe der »Wanderungen«, ›Oderland‹ (1863) über das Altarbild in der Kirche von Bollersdorf: »die Kreuzigung, jedoch nur mit Maria, Johannes und Magdalena ... die Kreuzigung zeigt nämlich den manierierten Stil, der sich in der zweiten Hälfte des 16. Jahrhunderts durch den Einfluß der italienischen Kunst in Deutschland bildete«.

506 *kräpsche:* streitlustige. – *Pastor Lämmerhirt:* »Hofrat Lämmerhirt« sollte ein Kapitel in F.s unvollendeter »L. P.-Novelle« benannt werden (HF I, 7; in 1. Aufl. Bd. 5, S. 823).

508 *Anker:* altes Flüssigkeitsmaß (in Preußen = 34,3 l).

512 *Porstsche:* Johannes Porst, 1668–1728; vgl. »Wanderungen«, ›Spreeland‹, ›Malchow. Eine Weihnachtswanderung‹: »der alte Gesangbuchmann« (HF II, 2, S. 675) war Prediger in Malchow.

513 *Stött:* stoße.

515 *Karwe:* (Karve) gemeiner Kümmel. – *so spricht die Natur:* Vgl. S. 499.

524 *›Wer das Schwert nimmt ...‹:* Vgl. Matth. 26, 52. – *Lauenburger:* aus dem ehemaligen Herzogtum Lauenburg am rechten Elbufer östlich von Hamburg. Lauenburg kam 1803 zugleich mit Hannover unter französische Herrschaft und wurde 1810 dem Departement der Elbmündung zugeteilt. – *aus dem Eutinschen:* aus der Gegend um Eutin, der Hauptstadt des oldenburgischen Fürstentums Lübeck.

527 *›Was Gott tut ...‹:* von Samuel Rodigast, 1649–1708, Rektor des Gymnasiums zum Grauen Kloster in Berlin. – *›O Haupt ...‹:* von Paul Gerhardt (1606–76), vgl. Anm. zu S. 204. – *L'éloge ...:* Lob oder Tadel berühren den nicht mehr, der in der Ewigkeit ruht. Die Hoffnung verschönte mein Leben und begleitete mich im Sterben. – *Douceur:* Dankgeld, Geschenk.

528 *›Ich marchandiere nicht‹:* ich feilsche nicht, vgl. »Von Zwanzig bis Dreißig«, ›Der Tunnel über der Spree‹, ›George Hesekiel‹: »Sein ›ich marchandiere nicht‹ hab' ich an manchem Abend erlebt, mitunter halb schaudernd.« (HF III, 4, S. 414).

529 *Tulaer Arbeit:* Tula, die Hauptstadt des gleichnamigen russischen Gouvernements, war berühmt durch seine Eisen- und Metallwaren, namentlich aber durch niellierte (mit einem schwarzen Schmelz, Niello, verzierte) Silbersachen.

530 *»Hohen Kavalier«:* Vgl. »Wanderungen«, ›Oderland‹, ›Die Festung Küstrin und ihre Belagerungen‹: »Auf Bastion ›Kronprinz‹ erhob sich und erhebt sich noch der sogenannte ›Hohe Kavalier‹, ein besonders fester Punkt, der eine vierfache Verteidigung gestattet.« (HF II, 1, S. 825).

531 *Dohnenstrich:* in gerader Linie an Bäumen befestige Vogelschlingen. – *A la bonne heure:* Das laß ich mir gefallen, vortrefflich.

532 *Beckmanns »Geschichte der Kurmark Brandenburg«:* Johann Christoph Bekmann, »Historische Beschreibung der Chur und Mark Brandenburg« erschien, fortgesetzt von Bernhard Ludwig Bekmann, 1751. Vgl. auch S. 85 und Anm. – *beiden berlinschen Zeitungen:* Vgl. Anm. zu S. 310.

534 *kräpscher:* Vgl. Anm. zu S. 506.

535 *Werft:* Weidengestrüpp. – *Schill:* Vgl. Anm. zu S. 54. – Gebhard Leberecht von *Blücher:* 1742–1819, 1814 Fürst von Wahlstatt, preußischer Generalfeldmarschall, der volkstümliche Heerführer der Befreiungskriege; aus pommerscher Adelsfamilie.

537 *Reperbahn:* Vgl. Anm. zu S. 198.

538 *Pirmasens:* Am 14. Sept. 1793 siegten auf der Husterhöhe die Preußen unter dem Herzog von Braunschweig über die Franzosen unter Moreau.

539 *Chorinchen:* Dorf südwestlich Angermünde; vgl. »Wanderungen«, ›Havelland‹, ›Kloster Chorin‹ (HF II, 2, S. 86). Seit 1935 heißt das Dorf Chorin.

540 *medisanten:* lästernden. – *Handschuhmacher Pfeiffer:* Am 16. April 1813 unternahm die französische Besatzung der damals eingeschlossenen Festung Küstrin einen Ausfall nach der Krampe, wurde aber durch die Landsturmleute zurückgeschlagen, unter denen sich Pfeiffer besonders auszeichnete. – *Than:* eigentlich Diener, dann Beamter militärischen Ranges; im alten Schottland Titel vornehmer Häuptlinge, Gewaltenträger des Königs. – *Feif':* Fife, Grafschaft in Schottland. König Macbeth war ursprünglich Than von Fife; vgl. »Jenseit des Tweed«, ›Inverneß‹ (HF III, 3).

541 *Und ist es das Herz, dann ist es schlimm:* Vgl. »Irrungen, Wirrungen«, 13. Kap. »›Jott, Kind ... Sie sind woll am Ende mit *hier* dabei‹ (und sie wies aufs Herz) ›... Ja, Kind, *denn* is es schlimm ...‹« (HF I, 2, S. 396); vgl. auch »Stine«, 10. Kap. (HF I, 2, S. 520).

542 *›Oft hast du ...‹:* Fünfte Strophe von »O Haupt voll Blut und Wunden« von Paul Gerhardt aus »Gesangbuch zum gottesdienstlichen Gebrauch für evangel. Gemeinen«, Berlin o. J. (Vorrede 28. August 1829), Nr. 191. Seltene Fassung!

543 *›Brand von Moskau‹:* Vgl. »Wanderungen«, ›Die Grafschaft Ruppin‹, ›Karl Friedrich Schinkel‹: »Er malte ... vor allem je-

nen reichen Zyklus *perspektivisch-optischer Bilder* (meist für die Gropiusschen Weihnachtsausstellungen), worin er fast aus allen Teilen der Welt das Schönste und Interessanteste vor den staunenden Augen seiner Landsleute entrollte: . . . den Markusplatz, den Brand von Moskau, die Leipziger Schlacht . . .« (HF II, 1, S. 114); gemalt in den Jahren 1805–16.

544 ›*die Mutter aller Liebe und ihr Kind*‹: Vgl. F.s Gedicht »In Hangen und Bangen«: »*Vertrauen,* schönster Stein in Königskronen, / Du Mutter aller Liebe, und ihr Kind . . .« (HF I, 6, S. 296).

545 Denis *Diderot:* 1713–84, rühriger und geistvoller Schriftsteller der französischen Aufklärung, Herausgeber der berühmten »Enzyklopädie«, die das Wissen der Zeit umfassen sollte.

546 *Allod:* Vgl. S. 501 und Anm.

548 Nicolas Charles *Oudinot:* 1767–1847, Herzog von Reggio, Marschall und Pair von Frankreich; Kaufmannssohn, verteidigte 1792 das Schloß Bitsch gegen die Preußen, darauf Oberst des Regiments Picardie, 1794 Brigadegeneral; kämpfte 1807 bei Ostrolenka und Friedland; Grafentitel; besetzte am 13. Mai 1809 Wien, voller Erfolg bei Wagram, Marschall; im russischen Feldzug schwer verwundet, an der Beresina wieder dabei, 1813 Oberbefehl über das 12. Armeekorps, im August mit dem 4., 7., 12. Korps gegen Berlin, bei Großbeeren aber von Bülow geschlagen. Dreiundzwanzigmal verwundet, ein besonders erprobter und tapferer Offizier, aber kein Feldherr. – *schwarzer Italiener:* Ende Februar wurde tatsächlich eine Abteilung Italiener durch Kosakentrupps bei Quilitz überrumpelt. – *Conte:* Graf.

551 *Stellmeiserei:* Raubritterei. – ›*suspect*‹: verdächtig. – *Nürnberger Herren:* die Hohenzollern (ehemals Burggrafen von Nürnberg), von den alteingesessenen märkischen Geschlechtern, verkörpert in den Quitzows, als eine Art emporgekommener Eindringlinge betrachtet.

552 »*Hohenzollern contra Quitzow und Genossen*«: wiederholt bei F. erörtert; vgl. besonders »Fünf Schlösser«, ›Quitzöwel‹ (HF II, 3, S. 11–101).

553 *Chateau d' Yquem:* Vgl. Anm. zu S. 414. – *Aide de Camp:* persönlicher oder Generaladjutant. – *Maria Theresia:* 1717–80, die Tochter Karls VI. und große Gegnerin Friedrichs des Großen.

554 ›*unser Graf*‹: Zinzendorf, vgl. Anm. zu S. 45.

555 ›*Das Traurigste sind die Dubletten*‹: Vgl. F.s Brief an Lepel vom 8. Sept. 1851: »Ich fühle mehr und mehr wie viel mir fehlt, und namentlich will mir der Hebbelsche Ausspruch gar nicht aus dem Kopf: ›mit Duplikaten ist unsrer Literatur nicht geholfen‹.« (Briefwechsel mit Lepel, Bd. 1, S. 374). – *Pregelwasser:* Pregel, ostpreußischer Fluß. – *in Königsberg ist die Weisheit zu Hause:* Heimatort des großen Philosophen Kant (1724–1804), der nie aus dem Kreis Königsberg hinauskam.

556 *›Jochimken . . .‹:* In Schloß Köpenick schrieb ein Otterstedt den Spruch: »Jochimken, Jochimken, höde Dy, / Wo wi di krigen, da hängen wi Dy« an die Tür des Kurfürsten Joachim II. (1505–71); vgl. »Wanderungen«, ›Spreeland‹, ›Schloß Cöpenik‹ (HF II, 2, S. 536). Otterstedt wurde 1513 hingerichtet. In Willibald Alexis' Romanen »Die Hosen des Herrn von Bredow« und »Der Werwolf« sind die Vorgänge, auf die hier angespielt wird, ausführlich beschrieben worden. – *Manus manum lavat:* Eine Hand wäscht die andere.

557 *emphatisch:* nachdrücklichst. – *Lukull:* L. Licinius Lucullus (117–57 v. Chr.), römischer Feldherr, bekannt durch seine üppigen Gastmähler. – *Friedrich den Großen:* Vgl. Anm. zu S. 35. – *Bacchus:* römischer Gott des Weins. – *Momus:* römischer Gott des Spotts und des Tadels. – *Pomona:* römische Göttin der Gärten und Fruchtbäume.

558 *Detachements:* Abteilungen. – *Fourageurs:* Futter-, Lebensmittelholer. – *Marodeurs:* Vgl. Anm. zu S. 184. – *Blücher:* Vgl. Anm. zu S. 535. – *Equipierung:* Vgl. Anm. zu S. 435.

559 *recta:* geradewegs. – *comme il faut:* wie es sein muß. – *Pour le mérite:* Vgl. Anm. zu S. 28. – *Exerzitium:* Übung.

560 *Bataillieren:* Vgl. Anm. zu S. 328. – *›Suchet, so werdet ihr finden‹:* Vgl. S. 373 und Anm. – *›Aide de Camp‹:* Vgl. Anm. zu S. 553.

562 *›Wenn wir die Sünde . . .‹:* von La Rochefoucauld (1630–80). – *affabel:* umgänglich, freundlich.

564 *Das Rechte, aber nicht immer das Richtige:* ein aufschlußreicher Satz, der F.s Realismus und seine Weltgläubigkeit erkennen läßt.

565 *Aufruf:* Am 3. Febr. 1813 erließ König Friedrich Wilhelm III. den Aufruf zur Bildung freiwilliger Jägerkorps; der Aufruf »An mein Volk« erfolgte am 17. März; obwohl zeitlich gesehen der erstere gemeint sein müßte, handelt es sich nach der Bemerkung auf S. 576 um den letzteren, denn ihn verfaßte der Ostpreuße Theodor Gottlieb von Hippel (1775–1843); vgl. auch S. 588 und Anm. – *Markgraf Hans:* Markgraf Johann (vgl. S. 197 und Anm.), aus einer Seitenlinie der Hohenzollern, der im Besitz der Neumark war und sich Markgraf von Brandenburg-Küstrin nannte, nahm in Küstrin 1535–71 seine Residenz; mit ihm starb die Linie aus.

566 *Wispeln Düttchens:* Wispel = altes Getreidemaß (je 24 Scheffel), Düttchen = Verkleinerungsform von Deut, kleine Silbermünze; in Preußen seit 1764 = 1 Groschen (zunächst 12, später 10 Pfennig). In der Erstfassung des Bandes »Oderland« zitiert F. aus einer »alten Soldinischen Chronik« folgende Angaben: »Der Durchlauchtigste Fürst Herr Johannes Markgraf zu Brandenburg hat bei seinem Absterben 1571 an baarem Gelde

Vierundzwanzig Wispel alte Düttchens hinterlassen. Jedes Düttchen hat jener und dieser Zeit gegolten zwei gute Reichsgroschen und drei Pfennige; eine Metze gestrichen Geld alte Düttchen macht demnach 528 Thaler, macht ein Scheffel 8448 und ein Wispel 202,752 Thaler. Summa der ganzen Hinterlassenschaft (24 Wispel) 4,866,048 Thaler« (zit. nach HF II, 3, S. 958 f.). – *Quartschen:* bildete in der Schlacht bei Zorndorf (1758) »den Mittelpunkt der russischen Stellung«. Vgl. »Wanderungen«, ›Oderland‹, ›Zorndorf‹ (HF II, 1, S. 923). – *Tamsel:* »Tamsel ist ein reiches, schön gelegenes Dorf, etwa eine Wegstunde nordöstlich von Küstrin.« »Wanderungen«, ›Oderland‹, ›Tamsel‹ (HF II, 1, S. 871). – *Markgraf Hans war ein Hohenzoller, und die verstehen's ... wollen Zinsen haben:* Vgl. das Urteil über ihn in »Wanderungen«, ›Oderland‹, ›Unter Markgraf Hans‹: »Er war von Kopf zu Fuß ein Finanz- und Börsenmann ...« (HF II, 1, S. 819). – *›Aufruf‹:* Vgl. Anm. zu S. 565.

567 *Jahnsfelde:* Vgl. »Wanderungen«, ›Oderland‹, ›Jahnsfelde‹ (HF II, 1, S. 1021 ff.). – Friedrich Karl Freiherr von *Tettenborn:* 1778–1845, berühmter Reitergeneral im Befreiungskrieg, erst in badischen und österreichischen Diensten, bei Wagram zum Major befördert; trat 1812 als Oberstleutnant in russische Dienste, verfolgte an der Spitze der leichten Reiterei die französische Armee auf dem Rückzug, vereinigte sich in Landsberg mit Tschernitscheff und zog in Berlin ein, dann Besetzung von Hamburg und später Bremen unter Walmoden; zuletzt wieder in badischen Diensten (an ihn trat in Wahrheit Marwitz mit dem Plan eines Überfalls auf Frankfurt heran, T. aber lehnte ab und zielte auf Berlin). Vgl. auch Anm. zu S. 577 *(Tschernitscheff).*

569 *Trajan:* Vgl. Anm. zu S. 87. – *Hadrian:* Publius Aelius Hadrianus, 76–138 n. Chr., römischer Kaiser (117), um Staat, Wissenschaft und Kunst verdient, adoptierte den nachmaligen Kaiser Antoninus Pius. – *Antoninus Pius:* 86–161 n. Chr., 138 römischer Kaiser, seine Vergöttlichung Hadrians erwarb ihm den Beinamen »der Fromme«; gerecht, streng gesetzlich, sparsam.

570 *Wittenbergische:* Von Wittenberg ging 1517 die Reformation aus.

571 *Hohen-Ziesar:* Vgl. Anm. zu S. 142.

573 *Lieven:* sehr bekannt waren damals Fürst Christoph Andrejewitsch von Lieven (1774–1839), seit 1811 russischer Gesandter in Berlin, und seine bedeutende Gemahlin Dorothea (1784 bis 1857). – *wo der Protestantismus versagt und der Katholizismus das Herz weicher bettet:* Vgl. »Cécile«, 29. Kap.: »Jede Kirche hat reiche Gaben, ... die aber, darin ich geboren und großgezogen wurde, macht uns das Sterben leichter und bettet uns sanfter.« (HF I, 2, S. 317). – *Herkulanum und Pompeji:* im Jahre 79 n. Chr. durch einen Ausbruch des Vesuv verschüttete

Städte. Beginn der Ausgrabungen 1719, systematisch 1738, dann wieder 1869. – *der ›weißen Frau‹*: Das »Selektive«, das Auswählen des Besonderen, das diesen mit Stimmung geladenen Bezirk auszeichnet, bezeugt »Wanderungen«, ›Havelland‹, ›Kloster Lehnin, wie es war und wie es ist‹: »Dabei wird es kalt und kälter: das Abendrot streift die Kirchenfenster, und mitunter ist es, als stünde eine weiße Gestalt inmitten der roten Scheiben. Das ist das weiße Fräulein, das umgeht, treppauf, treppab, und den Mönch sucht, den sie liebte. Um Mitternacht tritt sie aus der Mauerwand, rasch, als habe sie ihn gesehen, und breitet die Arme nach ihm aus. Aber umsonst. Und dann setzt sie sich in den Pfeilerschatten und weint. – Und unter den Altangesessenen, deren Vorfahren noch unter dem Kloster gelebt, ist keiner der das weiße Fräulein nicht gesehn hätte. Nur die reformierten Schweizer und alle die, die nach ihnen kamen, sehen nichts und starren ins Leere. Die Alt-Lehninschen aber sind stolz auf diese ihre Gabe des Gesichts, und sie haben ein Sprüchwort, das diesem Stolz einen Ausdruck gibt. Wenn sie einen Fremden bezeichnen wollen, oder einen später Zugezogenen, der nichts gemein hat mit *Alt*-Lehnin, so sagen sie nicht: ›er ist ein Fremder oder ein Neuer‹, sie sagen nur: ›er kann das weiße Fräulein nicht sehn.‹« (HF II, 2, S. 75). Vgl. auch »Graf Petöfy«, 14. Kap. (HF I, 1, S. 771) und das Flugblatt von 1799 über »die weiße Frau« in Ostwald, »Kultur- und Sittengeschichte Berlins«, S. 477.

574 *Wangeline von Burgsdorff*: Vgl. F.s Gedicht-Fragment »Wangeline von Burgsdorff oder Die weiße Frau«: »Die Lichter verglühn, im Schloß wird's still ...« (HF I, 6, S. 257). – *das ... Schloß*: Vgl. hierzu Wolfgang Rost: »Bis zu einem gewissen Grade findet die Wirklichkeit in der Darstellung von Hohen-Ziesar Berücksichtigung. Besondere Züge gab Fontane dem Drosselsteinschen Schloß durch die Schilderung eines Flachdaches und einer an der Gartenseite gelegenen Rampe, die aber wegen der tiefen Lage des ersten Innengeschosses nicht denkbar ist. Aus dem hügligen Terrain formte er im Rokokostil eine groteske Gartenszenerie, die im Roman als Hohen-Ziesarsche ›Schweiz‹ bezeichnet wird. Ferner verlegte er unter anderm den Ahnensaal in den linken Schloßflügel, der nach Norden orientiert ist.« (Rost, S. 94). Vgl. auch Anm. zu S. 142.

575 *Tableau*: Gemälde. – Septimius *Geta*: jüngerer Bruder und Mitregent von Caracalla, 211 n. Chr. von ihm ermordet. – *Caracalla*: 188–217 n. Chr., seit 211 römischer Kaiser, ein maßloser Gewaltherrscher, der nach zahlreichen Morden selbst ermordet wurde. – *Alexander Severus*: 208–235 n. Chr., römischer Kaiser seit 222, konnte seine gutgemeinten, aber schwachen Versuche zu Verbesserungen nicht durchsetzen, fiel mordenden Soldaten

zum Opfer. – *»Hochzeit der Psyche«*: mit Eros, ein unerschöpfliches Thema der bildenden Kunst. – *Giulio Romano:* Vgl. Anm. zu S. 322. – *Palazzo del Té:* auf der Insel Il Té gelegener Palast in Mantua, nach Plänen Giulio Romanos erbaut, viele Fresken von seiner Hand. – *Medisieren:* Vgl. Anm. zu S. 111. – *Unterhaltungspräliminarien:* Präliminarien = Einleitungen, Vorbereitungen.

576 *perorieren:* Vgl. Anm. zu S. 145. – *ad vocem:* bei dem Wort (fällt mir ein). – *in dem Aufrufe das Ostpreußische:* Vgl. Anm. zu S. 565. – Friedrich Ferdinand Alexander Burggraf zu *Dohna-*Schlobitten: 1771–1831, seit 1808 Minister des Inneren (nach Rücktritt Steins), nahm an Reformen in Verwaltung und Gesetzgebung teil, schied 1810 (bei Hardenbergs Eintritt) aus; förderte als Generallandschaftsdirektor 1813 nachdrücklich die Bewaffnung der Provinz und wurde Zivilgouverneur der Provinz Preußen. – Heinrich Theodor von *Schön:* 1773–1856, preußischer Staatsmann, entschiedene Natur, von Kants Philosophie mitgeformt; 1802 Geheimer Finanzrat in Berlin, am 15. Mai 1813 Generalgouverneur des Gebiets zwischen Weichsel und russischer Grenze; durchdachte Maßnahmen (über Stein) gegen ein zu weites Vordringen der russischen Truppen; setzte mit York und Graf Dohna zusammen wirksame Maßnahmen für die Wahrung preußischer Interessen im Befreiungskrieg durch. – Hans Jakob von *Auerswald:* 1757–1833, 1808 Oberpräsident von Ostpreußen, Westpreußen und Litauen, 1811 Landhofmeister des Königreichs Preußen, berief Januar 1813 auf Anraten Steins ohne königliche Genehmigung den Landtag ein, um die Erhebung der Provinz zu fördern.

577 Alexander Iwanowitsch (1831: Fürst) *Tschernitscheff* (Tschernyschew): 1779–1857, 1811 Oberst eines Kosakenregiments, 1812 kühne Operationen im Rücken der Franzosen, durch die er General Witzingerode befreite. 1813 General, bedrohte im März Augereau in Berlin; vgl. »Wanderungen«, ›Oderland‹, ›Cunersdorf‹: »Am 18. Februar, als man es mit gutem Grunde längst aufgegeben hatte, die Nansoutyschen wiederzusehen, hielten plötzlich, unvermutet und unangemeldet, struppige Pferde vor jedem Ausgange des Dorfes und auf den kleinen abgetriebenen Gäulen saßen seltsame Leute mit Pelzmützen und Piken, wie sie seit den Tagen von Zorndorf und Schlachten-Kunersdorf in diesen Gegenden nicht mehr gesehen worden waren. Es waren Kosaken. – Damit hatte es folgenden Zusammenhang. General *Tschernitscheff,* der Führer der russischen Avantgarde, nachdem seine Vorhut unter Oberst *von Tettenborn* bereits am Tage zuvor bis Werneuchen und Alt-Landsberg vorgedrungen war, hatte am 18. in der Mittagsstunde die Oder passiert.« (HF II, 1, S. 721).

578 *Tripoden:* Dreifüße.
579 *bekannte ›vergiftete Orange‹:* Vgl. Gabrielle d'Estrée, Anm. zu S. 178. In F.s Gedicht-Fragment »Wangeline von Burgsdorff oder Die weiße Frau« heißt es: »... auf schreit sie jäh – / Ein trat Kurfürstin Dorothee.« (HF I, 6, S. 257). Seit 14. Juni 1668 war Friedrich Wilhelm, der Große Kurfürst, in zweiter Ehe mit der verwitweten Herzogin Dorothea von Lüneburg (1636–89), geborenen Prinzessin von Holstein-Glücksburg, verheiratet, die ihm sieben Kinder gebar; der Wunsch des Großen Kurfürsten, auch die vier Söhne aus dieser Ehe mit fürstlichem Besitz auszustatten, hatte zur Folge, daß der Kronprinz schwere Vorwürfe gegen seine Stiefmutter vorbrachte und sie später zum Verzicht auf die Testamentsbestimmungen zu ihren und ihrer Söhne Gunsten zwang; die Familie war voller Zwist, Kurfürstin Dorothea soll die Ermordung des Erbprinzen aus erster Ehe angestiftet haben.
580 *›Höllischem Morpheus‹:* Peter Goldschmidt, »Höllischer Morpheus. Welcher kund wird Durch Die geschehenen Erscheinungen Derer Gespenster und Poltergeister ...«, Hamburg 1698. – *›Brandenburgischen Zedernhain‹:* Johann Wolfgang Rentsch, »Brandenburgischer Ceder-Hain, worinnen des Durchlauchtigsten Hauses Brandenburg Aufwachs und Abstammung ... vorgestellet worden«. Beweut o. J. (um 1670). – *Orlamünderin:* Von der schuldbeladenen Gräfin Agnes von Orlamünde, die ihre zwei Kinder ermordet hatte, um den Burggrafen Albrecht heiraten zu können, soll die Sage von der »weißen Frau« ihren Ausgang genommen haben; vgl. Kraussold, »Die weiße Frau und der Orlamünder Kindermord«, Erlangen 1866. – *Ranküne:* Vgl. Anm. zu S. 412. – *Konrad von Burgsdorff:* Vgl. »Wanderungen«, ›Spreeland‹, ›Blumberg‹: »eine genialische Natur, halb Held, halb Libertin« (HF II, 2, S. 636); vgl. auch Anm. zu S. 18. – *ein Paroli:* eine tüchtige Entgegnung.
581 *›König Richard III.‹:* Tragödie von Shakespeare. – *ich find' es ... nur in der Ordnung:* Vgl. F.s höchst ausgeprägten Ordnungssinn, der (auch in seinen Werken) für jedes Aus-der-Reihe-Treten eine Korrektur fordert: »Ich verlange von 300 000 Mann, daß sie mit 30 000 Mann schnell fertig werden, und wenn die 30 000 trotzdem siegen, so finde ich das zwar heldenmäßig und wenn sie für Freiheit, Land und Glauben einstanden, außerdem auch höchst wünschenswert, kann aber doch über die Vorstellung nicht weg, daß es eigentlich nicht stimmt.« »Meine Kinderjahre«, 12. Kap. (HF III, 4, S. 112).
582 *Spezies:* Art. – *Plassenburg, Bayreuth, Berlin:* 1486 soll die weiße Frau auf der Plassenburg in Franken erschienen sein, in Bayreuth 1677 und 1812 (Napoleon I.), in Berlin 1598, 1619, 1667, 1688, 1840 und 1850. – *Libertinage:* Liederlichkeit. –

Skapulier: Schulterumhang (der katholischen Geistlichen). – *mais enfin:* aber endlich. – *une dame blanche:* eine weiße Frau. – *tout-à-fait:* ganz und gar. – *Parüre:* Putz.

583 *Bayreutherin, die letzten Sommer:* Vgl. Anm. zu S. 582. – *Ce maudit château:* dieses verdammte Schloß. – *ad latus:* zu Seiten.

584 *O'Donell:* Vgl. Anm. zu S. 388. – *Aperçus:* Vgl. Anm. zu S. 418. – *Girard:* Frankfurt blieb mit 2500 Mann und 8 Kanonen unter General Girard besetzt, nachdem Vizekönig Eugen am 21. Febr. 1813 von dort aufgebrochen war.

586 *spanische Kriegsführung:* Vgl. Anm. zu S. 34. – *Rudera:* Trümmer. – *Tettenborn:* Vgl. Anm. zu S. 567.

587 *en ligne:* in Linie. – *Rotüre:* Nichtadel, Bürgerstand; meist verächtlich gebraucht. – *armen König:* Ludwig XVI., vgl. S. 30 und Anm. *(guten König).* – *Le jeu vaut ...:* Das Spiel ist den Einsatz wert.

588 Theodor Gottlieb von *Hippel:* 1775–1843, ein Neffe des gleichnamigen Schriftstellers, vgl. Anm. zu S. 565 *(Aufruf).* – *pur sang:* reines Blut. – *Sanspareil:* Unvergleichliche.

589 *Tschernitscheff:* Vgl. Anm. zu S. 577. – *decouragiert:* entmutigt. – *proponiere:* schlage vor.

590 *Selbstpersiflierung:* Vgl. Anm. zu S. 231.

591 *»Andächtige Gemeinde ...«:* Die folgende Predigt ist, wie Alexander Faure nachgewiesen hat, eine veränderte und vor allem stark verkürzte Wiedergabe einer Predigt von Friedrich Schleiermachers in Fontanes Roman ›Vor dem Sturm‹«, in: Zeittigkeitskirche gehalten wurde und noch im selben Jahr »zum Besten der Auszurüstenden« im Verlag der Realschulbuchhandlung gedruckt worden ist. Vgl. Alexander Faure, »Eine Predigt Schleiermachers in Fontanes Roman ›Vor dem Sturm‹«, in: Zeitschrift f. systematische Theologie, Jg. 17, 1940, S. 221 ff. sowie neuerdings Julius Rieger, »Schleiermacher und Fontane«, in: Die Kirche, Berliner Sonntagsblatt, 18. Mai 1969. Der vollständige Wortlaut der Predigt Schleiermachers auch bei Ingeborg Schmeiser, »Theodor Fontanes Auffassung von Kunst und Künstlertum unter besonderer Berücksichtigung der Dichtung«, Phil. Diss. [Masch.], Tübingen 1954, S. 284 ff.

599 *au fond ...:* Vgl. Anm. zu S. 136.

600 *Kunersdorf:* Vgl. »Wanderungen«, ›Oderland‹, ›Cunersdorf‹ (HF II, 1, S. 706–30).

601 *Soutiens:* Stützen, Hilfstruppen. – *Beelzebub:* erscheint in den Evangelien als eine zur Zeit Christi bei den Juden gebräuchliche Bezeichnung Satans.

602 *Nomen ...:* Vgl. Anm. zu S. 112.

603 *die Geschichte des Tobias:* Vgl. das Buch Tobias des Alten Testaments. – *Rauenthaler:* Rauenthal, Ort im Bezirk Wies-

baden mit vorzüglichem Weinbau. – *Carpe diem:* »Pflücke«, d. h. nütze den Tag, Spruch aus Horaz (»Oden«, I, 11, 8).

605 *Voltigeurs:* leichte Infanterie. – *Prinz Eugen* von Savoyen: 1663–1736, einer der berühmtesten Feldherrn der europäischen Geschichte, besonders durch seinen Sieg über die Türken bei Peterwardein (5. August 1716); seit 1693 österreichischer Feldmarschall. – Raimund Graf von *Montecuculi* (Montecuccoli): 1609–80, deutscher Reichsfürst, Herzog von Melfi, österreichischer Feldherr, seit 1648 Oberbefehlshaber des kaiserlichen Heeres, vereinigte sich im selben Jahre bei Küstrin mit den Truppen des Kurfürsten von Brandenburg zum Zug gegen die Schweden; Sieger über Turenne.

606 *Alea jacta est:* Der Würfel ist gefallen. Mit diesen Worten soll Cäsar im Januar des Jahres 49 v. Chr. den Rubikon, Grenzfluß zwischen dem zisalpinischen Gallien und dem eigentlichen Italien, überschritten und den Bürgerkrieg eröffnet haben. – *Repassierung:* Wiederüberschreitung. – *Kleistdenkmal:* Denkmal für den Dichter Ewald von Kleist (vgl. S. 196 und Anm.), der am 24. Aug. 1759 in Frankfurt an seinen in der Schlacht bei Kunersdorf empfangenen Wunden starb. – *Voilà:* Sehen Sie an. – *champ de bataille:* Schlachtfeld.

607 *Herzog-Leopold-Denkmale . . . Aber es ist widerlegt:* Denkmal für den am 27. April 1785 bei einem Rettungsversuch ertrunkenen Herzog Leopold von Braunschweig auf dem rechten Oderufer; vgl. »Wanderungen«, ›Oderland‹, ›Cunersdorf‹ (HF II, 1, S. 718). Herzog Leopold, geboren 1752, Neffe Friedrichs des Großen, preußischer General, sehr beliebt und menschenfreundlich, ertrank nach unverbürgter Überlieferung bei dem Versuch, die von Wasserfluten bedrohten Bewohner der Dammvorstadt zu retten, nach Keßler (Raumers Historisches Taschenbuch, Leipzig 1844) aber »als Opfer seiner eigenen Verwegenheit«; vgl. dazu F.s Wort über den Helden »Klinke« bei Düppel. »Mit der historischen Aufhellung . . . ist dem Bedürfnis des Volkes nicht immer am meisten gedient.« Keßlers Darstellung ist später »widerlegt« worden. – Vgl. auch Goethes Gedicht »Herzog Leopold von Braunschweig«.

608 William *Pitt:* Die Nachricht vom Ausgang der Schlacht bei Austerlitz (2. Dezember 1805) soll Pitt (geb. 1759) den Tod gegeben haben; er starb am 23. Januar 1806 mit dem Seufzer: »O my country!«. – *Trafalgar:* 21. Oktober 1805. – Horatio Viscount *Nelson:* 1758–1805, Herzog von Bronte, britischer Admiral, fiel bei Trafalgar, nachdem er die spanisch-französische Flotte bereits entscheidend geschlagen hatte. – *Pas permis . . .:* Nicht erlaubt, mein Herr.

609 *Marqueur:* Aufwärter, Kellner. – *storres:* sprödes. – *Der letzte Heller:* auch Name einer Schenke im alten Berlin, Bellevuestraße

(später: Kemperhof). – *Miserere:* »Erbarme Dich«. Katholischer Kirchengesang, dem der Text des 57. Psalmes zugrunde liegt; in Buß- und Fastenzeiten, besonders bei der Liturgie für die Toten. Zahlreiche Vertonungen von berühmten Meistern.

610 *Queueständer:* Ständer für Billardstöcke – *Karoline:* Billardspiel mit 5 Bällen.

611 *Parole ›Zieten‹:* Vgl. die Anm. zu S. 144 *(Bamme).*

613 *Astrallampe:* Vgl. Anm. zu S. 446. – *refüsiert:* zurückgewiesen.

614 Ludwig Adolf Peter (seit 1834: Fürst) von Sayn-*Wittgenstein*-Ludwigsburg: 1769–1843, russischer Heerführer, 1828 Feldmarschall, in den Befreiungskriegen Korpskommandant, zeitweilig Oberbefehlshaber. – *tout à vous:* ganz der Ihre. – *perorieren:* Vgl. Anm. zu S. 145.

615 *Diogenes:* 412–323 v. Chr., berühmter griechischer Philosoph (Kyniker), von verschrobener Genialität und äußerster Bedürfnislosigkeit. Er soll in einer Tonne gewohnt haben. Als Alexander der Große ihn besuchte und ihn aufforderte, einen Wunsch zu äußern, antwortete Diogenes: »Geh mir aus der Sonne.« – *alten Zieten:* Vgl Anm. zu S. 408.

618 *Revue:* Heerschau. – *ordre du jour:* Tagesbefehl.

619 *Mit Permission:* Vgl. Anm. zu S. 216.

621 *alten Reim:* »aus Sachsen, wo die schönen Mädchen auf den Bäumen wachsen«.

623 *Markgraf Karl:* Vgl. »Wanderungen«, ›Spreeland‹, ›Friedrichsfelde von 1731 bis 1762. Markgraf Karl‹: »Markgraf Karl starb am 23. Juni 1762 zu Breslau. Er war, wie sein Vater Markgraf Albrecht, teils um seiner Herzensgüte teils um der Pflege willen, die er der heimischen Kunst bezeigt, eine in Berlin sehr beliebte Persönlichkeit gewesen.« (HF II, 2, S. 579). Vgl. auch S. 626 und Anm.

624 *Hussitentagen:* Vgl. S. 15 und Anm. *(Hussiten).* – *Königin Christine:* 1626–89, die Tochter König Gustav Adolfs von Schweden, 1644 Königin, dankte 1654 ab. – *Hans von Rutze:* Vgl. Anm. zu S. 155 *(der letzte Rutze).*

625 *Schlacht bei Budapest:* 1686; vgl. »Wanderungen«, ›Oderland‹, ›Hans Adam von Schöning‹: »Am 24. Juni trafen die Brandenburger vor Ofen ein ... Der 17. August war der Tag, der über das Schicksal der Festung entschied ... die Türken gaben ihnen [den brandenburgischen Soldaten] deshalb den Beinamen ›Feuermänner‹. Zugleich brachten sie das Sprüchwort in Umlauf: ›der steht wie ein Brandenburger‹.« (HF II, 1, S. 881 ff.). – *Pikenierkompanie:* Pikeniere (von pique = Spieß) waren mit langen Spießen (Piken) bewaffnete Fußsoldaten. – *Sponton:* kurze Pike der Infanterieoffiziere im 17. und 18. Jahrhundert. – *Voilà:* Vgl. Anm. zu S. 606. – *Boa Constrictor:* Abgott- oder Königsschlange. – *Horn von Uri:* Vgl. »Wilhelm Tell« von Schiller:

»Hört das Horn von Uri!« (II, 2). – *en ligne:* Vgl. Anm. zu S. 587. – *Suite:* Gefolge.

626 *Regiment Markgraf Karl:* Vgl. »Wanderungen«, ›Spreeland‹, ›Friedrichsfelde von 1731 bis 1762. Markgraf Karl‹ (HF II, 2, S. 578 ff.). Das Regiment war von Markgraf Albrecht, dem Vater des Markgrafen Karl, während des Spanischen Erbfolgekrieges errichtet worden und trug auf Fahnen und Trommeln das Johanniterkreuz.

628 *Queue:* Schwanz, Ende.

629 *tief in ihrer Natur, an einen Ausgleich zu glauben:* Dieser auch für F. bezeichnende Glaube äußert sich an vielen Stellen seines Werkes, in »Quitt« (vgl. HF I, 1) tritt er bereits im Titel auf.

631 *Josua:* »... sprach Josua zum Volk: ›Macht ein Feldgeschrei‹ ... Da machte das Volk ein Feldgeschrei, und man blies Posaunen ... Und die Mauern fielen um ...« (Josua 6, 16–20). – *Moabiter ... Amalekiter:* eingeborene Stämme um Jordan und Libanon. – *Baal:* ursprünglich ein semitischer Sonnengott, für die Völkerschaften zwischen dem Tigris und dem Mittelmeer von weitgreifender Bedeutung. Bei den ausschweifenden Kulthandlungen wurden auch Menschen geopfert. Da auch die Juden zeitweilig Baal anhingen, spielt der Gott auch im Alten Testament eine wesentlich negativ gesehene Rolle. – *Gideon:* »Da nun Gideon, der Sohn Joas, wiederkam vom Streit, ehe die Sonne heraufgekommen war ...« (Buch der Richter 8, 13). – *Jephtha:* »Also zog Jephtha auf die Kinder Ammon, wider sie zu streiten. Und der Herr gab sie in seine Hände ... Da nun Jephtha kam gen Mizpa, zu seinem Hause, siehe, da gehet seine Tochter heraus ihm entgegen mit Pauken und Reigen« (Buch der Richter 11,32 und 34). Jephtha hatte jedoch Gott das erste Wesen, das ihm bei der Rückkehr nach dem Kampfe aus seinem Hause entgegenkommen würde, als Opfer gelobt. Vgl. auch »Ellernklipp«, 4. Kap. (HF I, 1, S. 126).

632 *Camera theologica:* Vgl. Anm. zu S. 85. – *Augsburgsche:* alter Bibeldruck aus Augsburg.

633 *Reitwein:* Vgl. »Wanderungen«, ›Oderland‹, ›Von Frankfurt bis Schwedt‹, über den Aufenthalt des Königs in Reitwein nach der Schlacht bei Kunersdorf: »Anderntags nahm er *Quartier* in Reitwein, damals noch den Burgsdorffs gehörig.« (HF II, 1, S. 558).

635 *awers de de Voß' meten hett:* aber die der Fuchs gemessen hat. – *kachelt in:* heizt ein. – *Queue:* Vgl. Anm. zu S. 628. – *bin nicht recht in meinem esse:* bin nicht recht ich selbst (esse = sein).

636 *Die Nacht ist keines Menschen Freund:* »Die Nacht ist niemands Freund«, sagt Don Cacciadiavolo in Andreas Gryphius' »Horribilicribrifax«; vgl. auch Christian Fürchtegott Gellerts Fabel »Die Frau und der Geist«. Es handelt sich um ein in verschiedenen Sprachen wiederkehrendes Sprichwort.

638 *schildere:* Schildwacht stehe. – *Werft:* Vgl. Anm. zu S. 535.

639 *coûte que coûte:* Vgl. Anm. zu S. 149. – *Tête:* Vgl. Anm. zu S. 421. – *anno vierundneunzig:* Vgl. Anm. zu S. 56 *(Möllendorf).*

640 *Petit crevé:* kleines Luder. – *en ligne:* Vgl. Anm. zu S. 587.

643 *En avant:* Vorwärts. – *en ligne:* Vgl. Anm. zu S. 587.

644 *Anno 95:* Vgl. S. 28 und Anm. (Basler Frieden). – *pour combler le malheur:* um das Unglück voll zu machen.

647 *recte:* richtig.

649 *Ja, sich besser dünken ... Hochmut kommt vor dem Fall:* Sprüche Salomonis 16, 18. Vgl. auch »Grete Minde«, 10. Kap. (HF I, 1, S. 48).

653 *›Selig sind die Friedfertigen‹:* Vgl. Matth. 5, 9.

654 *daß er einmal gelesen habe:* Vgl. »Effi Briest«, 36. Kap.: »Es war noch in glücklichen Tagen, da las mir Innstetten abends vor; er hatte sehr gute Bücher, und in einem hieß es: ›Es sei wer von einer fröhlichen Tafel abgerufen worden, und am andern Tage habe der Abgerufene gefragt, wie's denn nachher gewesen sei. Da habe man ihm geantwortet: ›Ach, es war noch allerlei; aber eigentlich haben Sie nichts versäumt.‹« (HF I, 4, S. 293). Vgl. auch F.s Gedicht »Würd' es mir fehlen, würd ich's vermissen?«: »Alles war freundlich, alles war nett, / Aber wenn ich weiter geschlafen hätt' / Und tät' von alledem nichts wissen, / Würd' es mir fehlen, würd' ich's vermissen?« (HF I, 6, S. 340). – *Hofer:* Vgl. Anm. zu S. 221. – *Directeur adjoint:* Konrektor. – *comme un vieux soldat:* Wie ein alter Soldat.

656 *Füsilladen:* Erschießungen.

658 *Dat möten wi:* Das müssen wir.

659 *Füertut':* Feuerhorn. – *Voßstut':* Fuchsstute.

662 *Hinrichtung Kattes:* Hans Hermann von Katte, 1704–1730, Jugendfreund Friedrichs des Großen, Sohn des späteren Feldmarschalls Hans Heinrich (1740: Graf) von Katte, Leutnant bei den Gensdarmes, beteiligte sich am Fluchtversuch Friedrichs und wurde wegen Fahnenflucht am 6. November 1730 in Küstrin mit dem Schwert hingerichtet; vgl. Anm. zu S. 189 *(Kronprinz Friedrich)* und »Wanderungen«, ›Oderland‹, ›Die Katte-Tragödie‹ (HF II, 1, S. 831–70).

664 *Chasseur à pied:* Jäger zu Fuß.

665 *Bon jour ...:* Guten Tag, Kamerad ... Hier ist Ihre Ausstattung. – *renommistischer Gaskogner:* Vgl. F. über die »Rodomontaden« seines Vaters (»Meine Kinderjahre«) und die Schilderung des französischen Wesens in »Kriegsgefangen«. – *Kalfakterdienst:* Aufwärterdienst. – *Madame ...:* Frau von Cognac ... bitte ... Ja, mein Herr ... das ist ganz deutsch ... Ich. Nicht wahr, Madame? ... Sie sehen, mein Herr, unsere Marquise von Chaudeau hat beigestimmt (Chaudeau = Weinsauce). –

Avec ...: Mit den Empfehlungen vom Herrn Kastellan ... Und um sieben Uhr das Abendessen.

666 *Dekapitation:* Enthauptung. – *Hacheln:* Grannen.

668 *Also noch eine Stunde Leben:* Empfindungen F.s aus seiner Kriegsgefangenschaft; vgl. »Kriegsgefangen«, 3. Kap. (HF III, 4, S. 559 f.). – *»Hoffe, harre ...«:* Gedicht F.s (»Trost«) aus der Zeit des Zerwürfnisses mit seiner Frau wegen Aufgabe seiner Berufsstellung 1876; 1889 mit Varianten in die 3., vermehrte Auflage der »Gedichte« aufgenommen (HF I, 6, S. 314). – *Bon jour ...:* Guten Tag, Herr von Vitzewitz. Verzeihung, wenn das nicht ganz in Ordnung ist. Aber ihr Name ist ein schwieriger Name.

669 *Voici ...:* Hier ist Ihr Kaffee. Ein guter Kaffee, ohne Zweifel. Das heißt: Zichorie. Aber was macht das! Es ist ein deutscher Kaffee. – *Votre serviteur:* Ihr Diener.

671 *›bon garçon‹:* guter Junge; vgl. auch das »Zertifikat« in »Quitt«, 22. Kap. (HF I, 1, S. 360). – *Markgraf Hans:* Vgl. Anm. zu S. 565.

672 *»Die Stunde rinnt ...«:* Vgl. Shakespeare, »Macbeth«, I, 3: »Come what come may, / Time and the hour runs through the roughest day.« Vgl. auch »Aus den Tagen der Okkupation«, Bd. 1, ›Eine Bekanntschaft‹ (HF III, 4, S. 698).

673 *Aberglauben ... wem es nicht so geht, desto schlimmer:* Vgl. Anm. zu S. 406.

674 *Dormeuse:* Schlafhaube. – *Oratio pro domo:* Rede in eigener Sache.

679 *Salve caput:* Sei gegrüßet, Haupt (vgl. Anm. zu S. 686).

680 *Perforation:* Durchlöcherung. – *Patience ... Mariage:* eigentlich »Geduld«, »Hochzeit«; zugleich Namen von Kartenspielen.

681 *wenn er Flügel der Morgenröte nähme:* Vgl. Psalm 139, 9.

682 *»Crocata« ... »Simplex«:* Tinctura opii crocata bzw. simplex, ein stärkeres bzw. schwächeres Betäubungsmittel. – *Cita mors ruit:* Schnell kommt der Tod (vgl. in Schillers »Wilhelm Tell«, IV, 3: »Rasch tritt der Tod den Menschen an ...«).

683 *»Anno zweiundneunzig« ... Kanonade von Valmy:* Vgl. Anm. zu S. 54.

685 *»Wenn ich einmal ...«:* die zweitletzte Strophe aus »O Haupt voll Blut und Wunden« von Paul Gerhardt (vgl. S. 204 und Anm.).

686 *Salve caput ...:* Sei gegrüßt, gepeinigt Haupt, / Du mit Dornen ganz gekrönet, / Du mißhandelt, Du verwundet, / Du mit angespienem Gesicht ...: Hymnus, Bernhard von Clairvaux (1091 bis 1153) zugeschrieben, nach neuerer Forschung aber von Bernhards Schüler Arnulph von Löwen (vgl. Schriften und Glossen, Bd. 2, S. 454); Paul Gerhardt schuf danach sein Lied »O Haupt voll Blut und Wunden ...«.

687 *Oostwagen:* ländlicher Leiterwagen. – *Wecke Stunn:* Welche Stunde. – *woto:* wozu.

688 *un se kulen ehr inn mang all de annern:* und sie graben sie ein unter all die andern.

694 *Lederhose:* Name eines F. bekannten Theologen, des Biographen Valerius Herbergers, Karl Friedrich L.; 1806–90 (HF I, 1, S. 935); vgl. auch »Cécile«, 6. Kap. (HF I, 2, S. 162). Zu denken ist ferner an den Kirchenrechtler Conrad Wilhelm L. (1751 bis 1812).

697 *schnaaksch:* Vgl. Anm. zu S. 57.

698 *»superbe«:* prächtig.

699 *in corpore:* in Leibgestalt. – *Kossäten:* Kleinbauern. – *Büdner:* Vgl. Anm. zu S. 54.

701 *sub rosa:* »unter der Rose«, im Vertrauen; die Rose galt den Römern als Sinnbild der Verschwiegenheit und wurde in dieser Bedeutung auch an Beichtstühlen und an der Decke von Konventssälen in Klöstern angebracht.

704 *Saul und David:* die beiden ersten Könige Israels. – *enfin:* endlich.

705 *au contraire:* im Gegenteil. – *gratulor:* ich wünsche Glück. – *perhorresziere:* verabscheue. – *Ein Zieten eine Bamme, ein Bamme eine Zieten:* Der Husarengeneral Hans von Zieten hatte eine Jürgaß zur Frau, seine Tochter heiratete einen Jürgaß und seine Tochter aus zweiter Ehe einen Zieten.

706 *Von drüben:* Die Französische Revolution hatte die Standesvorurteile beim Militär beseitigt. Unter Napoleon stiegen Nichtadelige auf Grund ihrer Tapferkeit und Bewährung in höchste Offiziersstellen auf; vgl. die verschiedenen Anmerkungen über Napoleons Generale. – *was sie dazwischengestellt:* Gleichheit (Wahlspruch aus der Französischen Revolution: Freiheit, Gleichheit, Brüderlichkeit); vgl. auch »Aus den Tagen der Okkupation«, Bd. 1, ›Die Abteikirche von St. Denis‹: »... und hat eben jetzt wieder an das Portal der französischen Königskirche seinen alten langweiligen Spruch geschrieben: égalité, liberté, fraternité. – Einst ein Idol; heute nur noch ein Unsinn, eine Lüge.« (HF III, 4, S. 775). – *sterben mit mir aus:* Friedrich Christian Ludwig Emil Graf von Zieten, das Vorbild zu F.s Figur, starb als letzter der Wustrauer Linie der Zieten kinderlos. – *der Vorhang des Tempels:* Vgl. Matth. 27, 51.

707 *Bekmann:* Vgl. Anm. zu S. 532. – *Arcus triumphalis:* Vgl. Anm. zu S. 87. – *Ultima ratio Semnonum:* Vgl. Anm. zu S. 87.

709 *Denen, die Gott lieben ...:* Vgl. Röm. 8, 28. In demselben Bibelspruch gipfelte auch Lewins Erzählung von dem Bredowschen Erbring (vgl. S. 454). – *Erzählungen schließen:* Der folgende Absatz hatte nach Frickes Darstellung ursprünglich die folgende, von F. später verworfene Fassung: »Das Leben in

Romanen schließt mit Verlobung oder Hochzeit, aber nicht alle feiern Verlobung oder Hochzeit und da schließt das Leben wie sonst wohl erst mit dem Tod. Und so war es mit Renate. Und da sie mein Liebling war, auch der Verfasser hat seine Lieblinge, so geleit ich sie bis an ihren Ausgang. Und indem wir dies tun, erfahren wir noch allerhand. Es ist eine Guttat, die uns belohnt wird und wir hören noch dies und das. Wir können das mit Hilfe eines Tagebuchs, das bis diesen Tag im Hohen-Vietzer Herrenhause als ein teures Vermächtnis gehütet wird.« (Fricke, Vorstufe, S. 135).

710 *Die Sommerfäden flogen:* Vgl. Anm. zu S. 326.

711 *Lindow:* am Gudelacksee im Kreis Ruppin; vgl. »Wanderungen«, ›Die Grafschaft Ruppin‹, ›Lindow‹ (HF II, 1, S. 484 ff.), sowie »Der Stechlin«, ›Kloster Wutz‹ (HF I, 5, S. 78 ff.), denn »Wutz ist Lindow«, wie F. am 8. Juni 1896 an Carl Robert Lessing schreibt (Freundesbriefe. Zweite Sammlung, Bd. 2, S. 389). Die Ähnlichkeiten zwischen dem ersten und dem letzten Roman sind von der Forschung, besonders in Interpretationen des »Stechlin«, wiederholt herausgearbeitet worden. »Die Erinnerung an das Erstlingswerk wird allenthalben laut. Fontane kehrt mit dem ›Stechlin‹ in die Mark heim, aus der seine Dichtung hervorgewachsen war. In die Geburtslandschaft, die Grafschaft Ruppin, sinkt ... das Ende seines epischen Schaffens zurück.« (Wandrey, Theodor Fontane, München 1919, S. 301). Die ältere Literatur über dieses Problem hat Erich Behrend kritisch zusammengefaßt (»Theodor Fontanes Roman ›Der Stechlin‹«, Marburg a. L. 1929, S. 10 ff. = Beiträge zur deutschen Literaturwissenschaft. 34). – *Refektorium:* Vgl. Anm. zu S. 464.

Zeittafel

1819 30. Dezember: Henri Théodore (Theodor) Fontane in Neuruppin geboren.
1827 Juni: Die Familie zieht nach Swinemünde.
1832 Ostern: Eintritt in die Quarta des Gymnasiums in Neuruppin.
1833 1. Oktober: Eintritt in die Gewerbeschule K. F. Klödens in Berlin.
1836 Beginn der Apothekerlehrzeit. Konfirmation in der französisch reformierten Kirche.
1839 *Geschwisterliebe*, sein erstes gedrucktes Werk.
1840 Apothekergehilfe. Gedichte im »Berliner Figaro«. Roman *Du hast recht getan* und Epos *Heinrichs IV. erste Liebe* (beide nicht überliefert).
1842/43 Gedichte und Korrespondenzen in dem Unterhaltungsblatt »Die Eisenbahn«. Ab 1843 Gedichte im »Morgenblatt« (Cotta). Anfang August Rückkehr nach Letschin, Defektar in der väterlichen Apotheke. 30. Juli: Gast (»Rune«) im Literarischen Sonntagsverein »Tunnel über der Spree«.
1844 1. April: Beginn des Militärjahrs. 25. Mai – 10. Juni: Erste Reise nach England. 29. September: Aufnahme in den »Tunnel«.
1845 8. Dezember: Verlobung mit Emilie Rouanet-Kummer.
1847 Approbation als Apotheker erster Klasse. Trennung der Eltern ohne Scheidung.
1848 Teilnahme an den Barrikadenkämpfen in Berlin am 18. März. Vier Aufsätze in der »Berliner Zeitungs-Halle«. *Karl Stuart* (Fragment). 15. September: Anstellung im Krankenhaus Bethanien.
1849 30. September: Fontane verläßt Bethanien, arbeitet als »freier Schriftsteller«. Korrespondent der »Dresdner Zeitung« (bis April 1850).
1850 *Männer und Helden; Von der schönen Rosamunde*. Eintritt ins »Literarische Kabinett«. 16. Oktober: Heirat.
1851 *Gedichte*. 14. August: Sohn George Emile geboren.
1852 *Deutsches Dichter-Album. Hrsg. von Theodor Fontane*. 23. April – 25. September: Aufenthalt in London.
1853 *Unsere lyrische und epische Poesie seit 1848*.
1854 *Ein Sommer in London; Argo. Belletristisches Jahrbuch für 1854. Hrsg. von Th. Fontane und Fr. Kugler*.
1855 10. September: Beginn eines mehrjährigen Aufenthalts in London.
1856 Halbamtlicher »Presse-Agent«. 3. November: Sohn Theodor geboren.
1857 Emilie übersiedelt mit den Kindern nach London.

1858 August: Reise mit Bernhard von Lepel nach Schottland.
1859 15. Januar: Rückkehr nach Berlin. Beginn der *Wanderungen.*
1860 *Aus England; Jenseit des Tweed.* Eintritt in die Redaktion der »Kreuz-Zeitung«. 21. März: Tochter Martha (Mete) geboren.
1861 *Balladen.*
1862 *Wanderungen durch die Mark Brandenburg* (bis 1882 vier Bände).
1864 5. Februar: Sohn Friedrich geboren. Reisen nach Schleswig-Holstein und Dänemark.
1865 13. August: Tod Wilhelm Wolfsohns in Dresden.
26. August–21. September: Reise an den Rhein und in die Schweiz. Scott-Lektüre.
1866 *Der Schleswig-Holsteinsche Krieg im Jahre 1864.* Reisen auf die böhmischen und süddeutschen Kriegsschauplätze. *Reisebriefe vom Kriegsschauplatz* im Deckerschen »Fremdenblatt«.
1867 5. Oktober: Tod des Vaters.
1869 13. Dezember: Tod der Mutter.
1870 Bruch mit der »Kreuz-Zeitung«. Theaterrezensent der »Vossischen Zeitung«. Reise zum französischen Kriegsschauplatz. 5. Oktober: Festnahme in Domremy. Internierung auf der Île d'Oleron. 5. Dezember: Rückkehr nach Berlin. *Der deutsche Krieg von 1866* (Bd. 2: 1871).
1871 »Osterreise« nach Frankreich. *Kriegsgefangen; Aus den Tagen der Occupation.*
1872 *Willibald Alexis* in Julius Rodenbergs »Der Salon für Literatur, Kunst und Gesellschaft«. Umzug in die Potsdamer Straße 134c, Fontanes letzte Wohnung.
1873 *Der Krieg gegen Frankreich 1870–1871* (Bd. 2 in zwei Halbbänden 1875/76).
1874 Italienreise mit Emilie.
1875 *Gedichte. 2., vermehrte Auflage.* Reise in die Schweiz und nach Oberitalien. Heimkehr über Wien.
1876 6. März: Ständiger Sekretär der Akademie der Künste in Berlin. Ende Mai Rücktrittsgesuch. 2. August: Entlassung. *Vor dem Sturm* wiederaufgenommen.
1878 *Vor dem Sturm.*
1880 *Grete Minde.*
1881 *Ellernklipp.*
1882 *L'Adultera; Spreeland.*
1883 *Schach von Wuthenow.* Zola-Studien.
1884 *Graf Petöfy.* Beginn der Korrespondenz mit Georg Friedlaender.
1885 *Christian Friedrich Scherenberg und das litterarische Berlin von 1840 bis 1860; Unterm Birnbaum.*
1887 *Cécile.* 24. September: Tod des Sohnes George.
1888 *Irrungen, Wirrungen.* Friedrich Fontane gründet eigenen Verlag.
1889 *Fünf Schlösser; Gedichte. 3., vermehrte Auflage.*

1890 *Stine.* Für die naturalistische Bewegung wichtige Theaterkritiken.
1890/91 Erste Gesamtausgabe der erzählenden Werke in zwölf Bänden.
1891 *Quitt.*
1892 *Gedichte, 4., vermehrte Auflage; Unwiederbringlich.* Schwere Erkrankung.
1893 *Frau Jenny Treibel oder »Wo sich Herz zum Herzen find't«.*
1894 *Von[,] vor und nach der Reise; Meine Kinderjahre.*
8. November: Ehrendoktor der Philosophischen Fakultät der Universität Berlin auf Vorschlag Erich Schmidts und Theodor Mommsens.
1895 Beginn der Arbeit an *Der Stechlin.* Erster überlieferter Brief an James Morris.
1896 *Effi Briest; Die Poggenpuhls.*
1897 *Der Stechlin* (Beginn des Vorabdrucks. Buchausgabe nach Fontanes Tod 1898 mit Impressum 1899).
1898 *Gedichte. 5., vermehrte Auflage; Von Zwanzig bis Dreißig.* 20. September: Tod Fontanes in Berlin. 24. September: Beisetzung auf dem Friedhof der Französischen Reformierten Gemeinde an der Liesenstraße.
1902 18. Februar: Tod Emilie Fontanes in Berlin.
1905 *Briefe an seine Familie.*
1906 Erstdruck des nachgelassenen Romans *Mathilde Möhring* in der Gartenlaube.
1910 *Briefe an seine Freunde.*
1917 10. Januar: Tod der Tochter Martha (Mete) in Waren in Mecklenburg.
1929 *Der Briefwechsel von Theodor Fontane und Paul Heyse.*
1940 *Theodor Fontane und Bernhard von Lepel. Ein Freundschafts-Briefwechsel.*
1941 22. September: Tod des Sohnes Friedrich in Neuruppin.
1956 *Briefe an Georg Friedlaender.*
1969 *Briefe an Hermann Kletke; Briefe an Julius Rodenberg.*

Maßgebend für die Werkdaten der Zeittafel ist das Impressum der Buchausgabe, für zu Lebzeiten Fontanes nicht in Buchform erschienene Werke der Erstdruck.

Literaturhinweise

Kuhlmann, Carl: Über Ursprung und Entwicklung des Dubslav-Charakters in Theodor Fontanes Roman »Der Stechlin«. In: Zeitschrift für den deutschen Unterricht 32 (1918), S. 219–231.

Wandrey, Conrad: Theodor Fontane. München 1919, S. 104–136 (»Vor dem Sturm«).

Walter, Fritz: Theodor Fontanes »Vor dem Sturm« und seine Stellung zur Romantik. Phil. Diss. [Masch.] Münster 1924.

Rosenfeld, Hans-Heinrich: Zur Entstehung Fontanescher Romane. Groningen / Den Haag 1926, S. 5–23 (»Vor dem Sturm«).

Behrend, Fritz: Zu Fontanes »Kajarnak der Grönländer«. In: Euphorion 30 (1929), S. 249–254.

Sieper, Clara: Der historische Roman und die historische Novelle bei Raabe und Fontane. Weimar 1930.

Rost, Wolfgang E.: Örtlichkeit und Schauplatz in Fontanes Werken. Berlin / Leipzig 1931 (= Germanisch und Deutsch. Studien zur Sprache und Kultur. 6).

Hahn, Anselm: Theodor Fontanes »Wanderungen durch die Mark Brandenburg« und ihre Bedeutung für das Romanwerk des Dichters. Phil. Diss. Breslau 1935.

Biehahn, Erich: »Vor dem Sturm«. Die Genesis des Romans und seine Urbilder. In: Frankfurter Oderzeitung, Juli 1938 (Wiederabdruck in: Fontane-Blätter, Bd. 2, 1971, Heft 5, S. 339–354).

Faure, Alexander: Eine Predigt Schleiermachers in Fontanes Roman »Vor dem Sturm«. In: Zeitschrift für systematische Theologie 17 (1940), S. 221–279; 19 (1942), S. 385–413.

Zerner, Marianne: Zu Fontanes »Vor dem Sturm«. In: The German Quarterly 13 (1940), S. 201–206

Putzenius, Charlotte: Theodor Fontanes erster Roman »Vor dem Sturm« als Spiegel der Welthaltung des Dichters. Phil. Diss. [Masch.] Hamburg 1947.

Hoffmann, Paul: Zu Theodor Fontanes »Vor dem Sturm«. In: Archiv für das Studium der neueren Sprachen 100 (1948), Bd. 185, S. 107 bis 117.

Schmidt, Arno: Fontane und der Eskimo. Ein Beitrag zur Technik und Geschichte der literarischen Restauration. In: Augenblick 1 (1955), Nr. 3, S. 55–58.

Bosshart, Adelheid: »Vor dem Sturm«. In: A. B.: Theodor Fontanes historische Romane. Winterthur 1957, S. 17–42.

Fricke, Hermann: Theodor Fontanes Wanderungen durch die Mark Brandenburg als Vorstufe seiner epischen Dichtung. In: Jahrbuch für brandenburgische Landesgeschichte 13 (1962), S. 119–135.

Carlsson, Anni: »Preußen vor dem Sturm«. In: Neue Zürcher Zeitung Nr. 88 (1963), Bl. 22 b.

Monecke, Wolfgang: Der historische Roman und Theodor Fontane. In: Festgabe für Ulrich Pretzel. Berlin 1963, S. 278–288.

Demetz, Peter: Formen des Realismus: Theodor Fontane. München 1964, S. 51–76 (Theodor Fontanes »Vor dem Sturm«). Nachdruck: Frankfurt a. M. / Berlin / Wien 1973.

Nürnberger, Helmuth: »Wolsey«. Ein unbekanntes episches Fragment von Theodor Fontane. In: Jahrbuch des Freien Deutschen Hochstifts 1965, S. 400–478 (zu »Vor dem Sturm« S. 474–478).

Wruck, Peter: Zum Zeitgeschichtsverständnis in Theodor Fontanes Roman »Vor dem Sturm«. In: Fontane Blätter, Bd. 1 (1965), Heft 1, S. 1–9.

Baigue, Hélène: Theodor Fontane: »Vor dem Sturm«. Les sources, les influences, l'accueil dans la presse. Diplome d'études supérieures (Faculté des Lettres et Sciences Humaines de Nanterre) 1966.

Wagner, Walter: Die Technik der Vorausdeutung in Fontanes »Vor dem Sturm« und ihre Bedeutung im Zusammenhang des Werkes. Marburg 1966 (= Marburger Beiträge zur Germanistik. 18).

Wruck, Peter: Preußentum und Nationalschicksal bei Theodor Fontane. Zur Bedeutung von Traditionsbewußtsein und Zeitgeschichtsverständnis für Fontanes Erzählungen »Vor dem Sturm« und »Schach von Wuthenow«. Diss. phil. [Masch.] Berlin 1967.

Ohl, Hubert: Bild und Wirklichkeit. Studien zur Romankunst Raabes und Fontanes. Heidelberg 1968, S. 222–241 (»Der Zusammenhang der Dinge. Die Symbolik in ›Vor dem Sturm‹ und ›Der Stechlin‹«).

Reuter, Hans-Heinrich: Fontane. 2 Bde. Berlin 1968 (zu »Vor dem Sturm« Bd. 2, S. 529–601).

Buscher, Heide: Die Funktion der Nebenfiguren in Fontanes Romanen unter besonderer Berücksichtigung von »Vor dem Sturm« und »Der Stechlin«. Phil. Diss. [Masch.] Bonn 1969.

Attwood, Kenneth: Fontane und das Preußentum. Berlin 1970 (zu »Vor dem Sturm« S. 173–176, 310–313).

Sommer, Dietrich: Das Polenbild Fontanes als Element nationaler Selbstverständigung und -kritik. In: Weimarer Beiträge 16 (1970), S. 137–190.

Richert, Hans-Georg: Ernst Moritz Arndt als Quelle in Fontanes »Vor dem Sturm«. In: Euphorion 65 (1971), S. 206–208.

Betz, Frederick: Theodor Fontane's Vor dem Sturm in the Augsburger Allgemeine Zeitung: Karl Gutzkow or Otto Roquette? In: Modern Language Notes 87, 1972, S. 768–776.

Betz, Frederick: The Contemporary Critical Reception of Theodor Fontane's Novels Vor dem Sturm and Der Stechlin: 1878–1899. Indiana University, Ph. D., 1973.

Aust, Hugo: Theodor Fontane. ›Verklärung‹. Eine Untersuchung zum Ideengehalt seiner Werke. – Bonn 1974. VIII, 352 S. = Bonner Arbeiten zur deutschen Literatur. Bd. 26 (zu »Vor dem Sturm« S. 25–124).

Müller-Seidel, Walter: Theodor Fontane. Soziale Romankunst in Deutschland. Stuttgart 1975, S. 111–132 (»Vor dem Sturm«).

Cartland, Harry E.: The Prussian officers in Fontane's novels: a historical perspective. In: The Germanic Review 52, 1977, S. 183–193.

Kniehase, Hans-Friedrich: Das Urbild des Schulzen Kniehase in Fontanes »Vor dem Sturm«. In: Fontane-Blätter 4, 1977/79, S. 493 bis 497.

Robinson, Alan Ronald: ›Bei Frau Hulen‹. An examination of chapter 40 in Fontane's novel »Vor dem Sturm«. In: Formen realistischer Erzählkunst. Festschrift for Charlotte Jolles in Honour of her 70th Birthday. Ed. by Jörg Thunecke in conjunction with Eda Sagarra. Nottingham 1979, S. 471–477.

Aust, Hugo: Nachwort zu Theodor Fontanes »Vor dem Sturm«. Frankfurt am Main 1982 (= insel taschenbuch 583), S. 749–779.

INHALT

Vor dem Sturm

Erster Band. *Hohen-Vietz* 7
Zweiter Band. *Schloß Guse* 131
Dritter Band. *Alt-Berlin* 301
Vierter Band. *Wieder in Hohen-Vietz* 493

Anhang

Zur Taschenbuchausgabe 715
Vorbemerkung 715
Abgekürzt zitierte Literatur 717
Zur Entstehung 719
Briefliche Zeugnisse zur Entstehungsgeschichte 738
Anmerkungen 767
Zeittafel 863
Literaturhinweise 866